HEYNE

Das Buch

In Bens Welt gelten Drachen als unberechenbar, und man setzt alles daran, sie zu jagen und zu zähmen – eine Aufgabe, der sich der angesehene Orden der Drachenritter verschrieben hat. Seit Ben denken kann, will er dem Orden angehören. Doch dann begegnet er seinem ersten wirklichen Drachen, und von einem Augenblick zum nächsten ist nichts mehr, wie es einmal war: Denn Ben ist ein Drachenflüsterer, er versteht, was die majestätischen Geschöpfe denken und fühlen. Und er begreift, dass sie nicht von Natur aus böse sind – zumindest auch nicht boshafter als die Menschen. Gemeinsam mit seinen Freunden Yanko und Nica macht er sich auf, so viele Drachen wie möglich vor den Rittern zu retten. Doch ihre Unternehmung wird nicht gern gesehen, und es beginnt eine abenteuerliche Reise, während der sie immer auf der Flucht sind und einzig von den Drachen, den Herren der Lüfte, unterstützt werden …

Der Autor

Boris Koch, Jahrgang 1973, wuchs auf dem Land südlich von Augsburg auf und lebt heute als freier Autor in Berlin. Für seinen Krimi *Feuer im Blut* erhielt er den Hansjörg-Martin-Preis, der Roman *Vier Beutel Asche* wurde von der Deutschen Akademie für Kinder- und Jugendliteratur ausgezeichnet.

BORIS KOCH

DIE DRACHENFLÜSTERER-SAGA

Der Drachenflüsterer

Der Drachenflüsterer –
Der Schwur der Geächteten

Der Drachenflüsterer –
Das Verlies der Stürme

Drei Romane in einem Band

Wilhelm Heyne Verlag
München

MIX
Papier | Fördert gute Waldnutzung
FSC® C014496

Penguin Random House Verlagsgruppe FSC® N001967

7. Auflage

in der Penguin Random House Verlagsgruppe GmbH,
Neumarkter Str. 28, 81673 München
Redaktion: Catherine Beck
Umschlaggestaltung: Nele Schütz Design, München,
unter Verwendung einer Illustration von © Luisa J. Preißler
Karte: © Andreas Hancock
Innenillustrationen: Dirk Schulz und Horst Gotta
Satz: Buch-Werkstatt GmbH, Bad Aibling
Druck und Bindung: GGP Media GmbH, Pößneck
Printed in Germany

ISBN: 978-3-453-53439-1

www.heyne.de

Für Mia, die inzwischen sogar alt genug ist,
diese Geschichten zu lesen.
Für Nicki und Grobi und den geduldigen Süden.
Und für Claudia, die Drachen liebt.

Auch als Sammelband sind diese Romane noch immer für euch.

INHALTSVERZEICHNIS

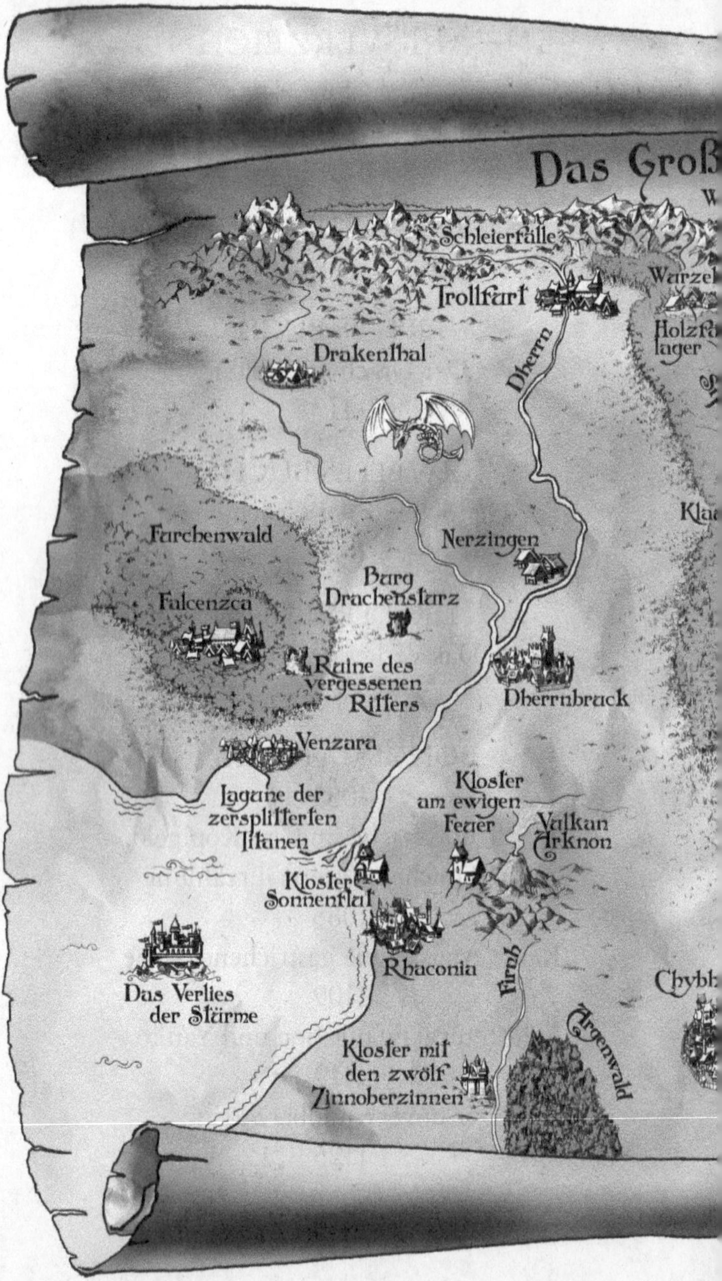
Schleierfälle
Trollfurt
Drakenthal
Dherrn
Furchenwald
Nerzingen
Burg Drachensturz
Falcenzca
Ruine des vergessenen Ritters
Dherrnbruck
Venzara
Lagune der zersplitterten Titanen
Kloster am ewigen Feuer
Vulkan Arknon
Kloster Sonnenflut
Rhaconia
Firnh
Das Verlies der Stürme
Argenwald
Kloster mit den zwölf Zinnoberzinnen

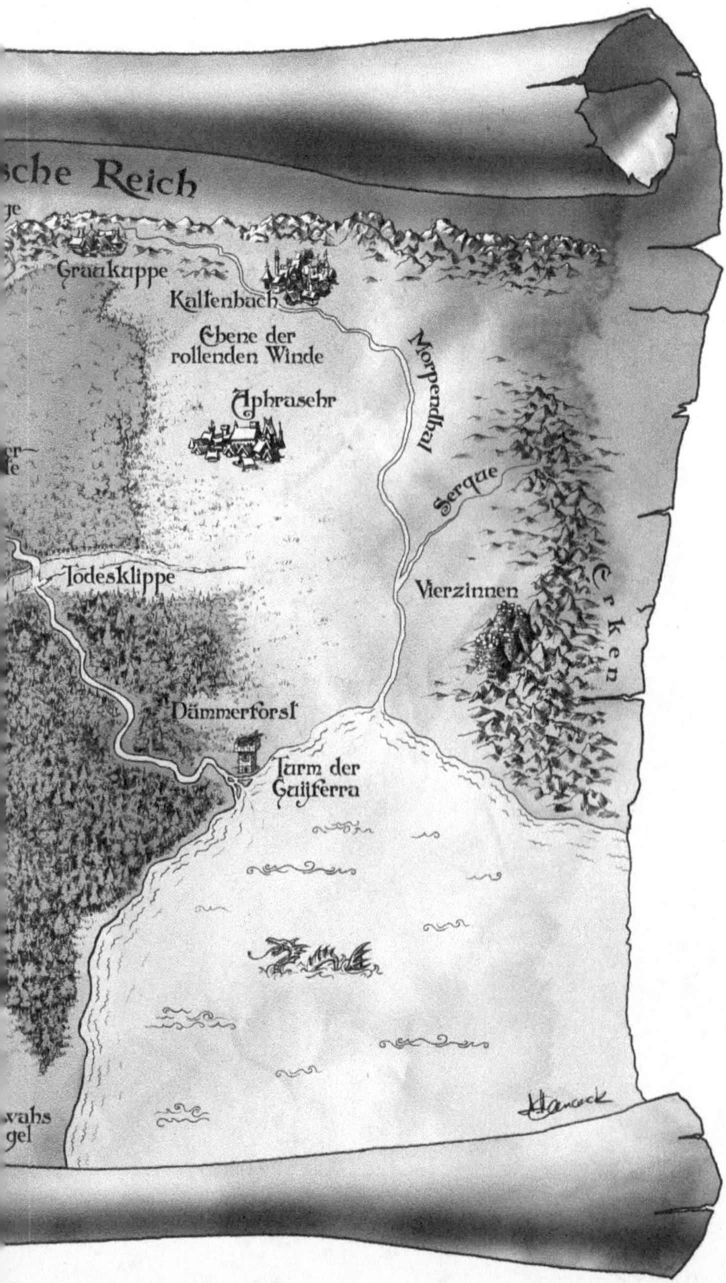
Graukuppe
Kaltenbach
Ebene der
rollenden Winde
Morpendhal
Aphrasehr
Serque
Todesklippe
Vierzinnen
Dämmerforst
Turm der
Guijferra

ERSTES BUCH
DER DRACHENFLÜSTERER

PROLOG

Ben war elf Jahre alt und erkältet, als er den Ordensritter auf dem befreiten Drachen durch Trollfurt reiten sah. Milde Herbstwinde wehten von den schneebedeckten Berggipfeln herunter, und die ersten bunten Blätter sammelten sich raschelnd im Rinnstein der grauen Hauptstraße.

Der Drache hatte kohlschwarze Schuppen und war bestimmt zehn Schritt lang, sein mit kantigen Hornsplittern übersäter Schwanz schrappte zwischen den verdreckten Fahrrinnen über das Pflaster. Die Schulterknubbel hinter seinem kräftigen Hals waren frisch vernarbt; hier hatten ihn bis vor Kurzem Samoths fluchbeladene Flügel versklavt, nun war er flügellos und frei. Freundlich blickten die großen hellgrünen Augen über die lange Schnauze in die Welt, zugleich strahlte sein majestätischer Körper Stärke und Macht aus.

Voller Ehrfurcht und atemlosem Staunen lief Ben mit einer ganzen Horde Jungen neben dem Fremden her.

Hinter ihnen ritt eine schöne junge Frau mit golden schillerndem Kopfschmuck auf einem schwarzen Pferd und führte einen mit allerlei Gepäck beladenen Schimmel am Zügel, doch Ben beachtete sie nicht. Er hatte nur Augen für den Drachen und seinen Ritter.

Dieser trug keinen Helm, die langen dunklen Haare wehten im Wind, und das erschöpfte, kantige Gesicht war unrasiert. Sein Kettenhemd aus wertvollem, gedämpftem Blausilber schimmerte selbst an diesem bewölkten Tag hell und klar, auch wenn es nicht von selbst leuchtete wie reines Blausilber, das im tiefen Fels ruhte. Kein Rost, kein Schmutz, kein Schatten konnte den Glanz von Blausilber trüben. Die rote, ärmellose Tunika mit dem stilisierten gelben Drachenkopf, dem Symbol des Ordens, war von Reise und Kämpfen verdreckt, doch der Ritter lächelte und winkte den Kindern zu, und Ben war sicher, dass er gerade ihn besonders lange angesehen hatte.

Deshalb nahm Ben all seinen Mut zusammen und näherte sich dem Drachen im Lauf, berührte die schwarzen Schuppen, die sich ganz kühl und rauer anfühlten, als er gedacht hatte, nicht so glatt wie ein perfekter Flussstein oder gar ein Fingernagel. Fast wie die Hornhaut auf seiner Fußsohle, nur noch härter und unverletzbar. Die Berührung kribbelte, so aufgeregt war Ben, und er zog die Hand schnell wieder zurück. Dabei musste er niesen.

Die anderen Jungen hatten es gesehen und drängten ihn nun ab, um ihrerseits den Drachen zu berühren. Sie schoben ihn einfach zur Seite wie immer, wenn er ihnen im Weg war.

»Vorsicht, Kinder«, brummte der Ritter, als das Gedränge um ihn zu eng wurde. »Nicht, dass einer unter Nachthimmels Füße stürzt.«

Nachthimmel. Lautlos wiederholte Ben den Namen des Drachen, flüsterte ihn sich vor, während er von den zurückweichenden Jungen noch weiter abgedrängt wurde und sich ein trockener Husten seiner Kehle entrang. Neugierige Mädchen wurden von ihren besorgten Eltern zurückgehalten, welche ebenfalls auf die Straße geeilt waren, um den Ritter zu betrachten und ihm Grußworte zuzurufen, die er freundlich erwiderte. Viel zu lange war kein Mann des Ordens mehr hier gewesen.

Auf dem Marktplatz bog der Ritter in die alte Handelsstraße ein, die den rauschenden Dherrn hinabführte, hinaus aus der Stadt, vorbei an Weiden und Feldern und dann durch den Wald ins Landesinnere. Ohne anzuhalten, nicht einmal, um die Tiere zu tränken, verließ er die Stadt, noch immer lächelnd und grüßend. Die Erwachsenen tuschelten und schimpften, weil er nicht einmal auf ein Bier geblieben war, um Geschichten aus der Ferne zu erzählen. Mit verbitterten Gesichtern murmelten sie, dass der Orden der Drachenritter Trollfurt vergessen habe.

»Schlimme Zeiten brechen an«, brabbelte der weißhaarige Konaan, der nur noch einen einzigen Zahn im Mund hatte und jeden Herbst das Ende der Stadt kommen sah, an gewitterdunklen, stürmischen Abenden gar das Ende der Welt.

Doch Ben war dies alles egal. Er hatte einen Drachen gesehen!

Lachend lief er nach Hause, stürmte in das kleine Haus am linken Flussufer, in dem er mit seiner Mutter lebte, und rief: »Mama! Ich will Drachenritter werden! Ich …«

»Wo warst du?«, unterbrach sie ihn scharf. »Du bist krank.« Eine Strähne war dem ausgeblichenen Haarband entkommen und hing ihr ins ausgemergelte Gesicht mit den blassen, schmalen Lippen. Eine dünne Schicht Mehl bedeckte ihre bloßen Arme, und auch auf dem abgetragenen, ehemals nachtblauen Rock waren Flecken aus staubigem Weiß zu erkennen. Mit den Händen stützte sie sich auf der Tischplatte ab, bis eben hatte sie sauren Apfelkernbrotteig geknetet. Ihre trüben Augen glänzten.

»Auf der Straße, da war ein riesiger schwarzer Drache mit einem Ritter und … Ich will Drachenritter werden, weil …«

»Du wirst nie ein Drachenritter«, unterbrach sie ihn erneut und kam auf ihn zu. »Dein Vater war ein nichtsnutziger Rumtreiber, und du bist ein nichtsnutziger Rumtreiber!«, schrie sie plötzlich, und dann verpasste sie ihm einen Schlag auf den Hinterkopf.

Ben wurde von dem Schlag völlig überrascht. Doch dann roch er ihren säuerlichen Atem und sah den leeren Weinkrug auf dem Tisch stehen. Den zweiten Schlag sah er kommen, aber er wagte nicht, auszuweichen, das würde alles nur schlimmer machen.

»Der hohe Herr wird also ein Drachenritter! Dass ich nicht lache«, keifte seine Mutter noch einmal und stierte ihn an. »Schlimmer als der Vater, das Balg ist schlimmer als der Vater.«

Das wusste er nicht, denn an seinen Vater konnte er sich nicht erinnern. Mit einem Fußtritt schickte sie ihn ins Bett und wäre dabei beinahe gestolpert. Wenn sie zu viel getrunken hatte, nannte sie ihn immer das Balg und behandelte ihn wie einen Hund. Und sie trank oft, deshalb war er gern und viel auf den Straßen Trollfurts unterwegs.

Gehorsam und still ging Ben in das angrenzende Zimmer und rollte sich auf dem Strohsack zusammen, obwohl es draußen noch hell war. Er hustete, starrte aus dem Fenster und lauschte angespannt auf die Geräusche aus der Küche, wo seine Mutter weiter den Teig knetete und vor sich hinfluchte.

Egal, was sie auch sagte, er würde doch ein Drachenritter werden. Er würde eine Klinge aus Blausilber und eine Rüstung tragen, und er würde zahlreiche Drachen von Samoths Fluch befreien. Eines Tages würde er auf einem Drachenrücken sitzen, das schwor er sich. Und dann würde sie Augen machen.

Erst lange nach Sonnenuntergang schlief er ein, und er träumte davon, wie er auf einem großen, schwarzen Drachen durch ferne, schöne Länder ritt.

ERSTER TEIL

TROLLFURT

NÄCHTLICHER ZAUBER

Natürlich geht eine tote Ratte auch, aber eine Drachenschuppe wirkt viel besser.«

»Wenn ich eine Drachenschuppe hätte, würde ich die nicht wegen einer Warze verschwenden. Eine tote Ratte bekommt man viel leichter noch mal neu.«

»Nimm, was du willst, Hauptsache, du sagst den passenden Spruch dazu. Und zwar unbedingt um Mitternacht auf dem Friedhof.«

Ben nickte, in dem Punkt waren sich er und sein bester und einziger Freund Yanko einig. Ben war ein drahtiger Junge von fünfzehn Jahren mit unscheinbar graublauen Augen, schmalen Wangen, stets ungekämmtem braunem Haar und flinken Fingern. Die Risse in seiner dunklen Leinenhose waren mehrmals notdürftig genäht worden, überall prangten bunte, ausgefranste Flicken in unterschiedlichster Form und Größe. An den Beinen war die Hose bereits im letzten Jahr zu kurz gewesen, doch das scherte ihn nicht, nicht jetzt, im Sommer. Sein Hemdkragen stand offen, weil die obersten Knöpfe abgerissen waren und er noch keine neuen gefunden hatte.

Yanko dagegen hatte schalkhaft-unruhige dunkle Augen und war kräftiger gebaut, jedoch zwei Fingerbreit kleiner. Irgendwann werde er Ben noch überholen, sagte er immer, er sei ja schließlich auch hundert Tage jünger. Das dunkle Haar schnitt ihm seine Mutter jeden zweiten Samstag ganz kurz, damit er es sich in der Schmiede des Vaters nicht versengte.

Sein helles Hemd knöpfte er stets anständig zu, bevor er nach Hause ging. Unter dem Hemd trug Yanko einen abgegriffenen Glücksgroschen an einem Lederband.

Vertieft in ihr Gespräch über Warzen, saßen sie auf dem blutroten Felsen, von dem vor vielen Jahren der grausame Raubritter Erkendahl in den Tod gestürzt war. Das war bereits so lange her, dass der Geist des Räubers seit ihrer Geburt nicht mehr gesichtet worden und der Platz nun gefahrlos war. Dennoch kamen nicht viele Menschen hier herauf, seit die Blausilbermine weiter oben geschlossen worden war.

»Zeig mal die Ratte«, verlangte Yanko, und Ben kramte sie aus der geräumigen Hosentasche heraus und gab sie ihm.

»Die ist ja ganz weiß, das ist gut. Das ist sehr gut.«

»Das *wäre* gut, wenn sie nicht den grauen Fleck auf der rechten Seite hätte.«

»Hm.« Kritisch drehte Yanko das tote Tier im hellen Sonnenlicht hin und her. Das Fell war zerzaust, ein Vorderfuß verdreht, doch sonst sah die Ratte noch ganz passabel aus. Prüfend roch Yanko an ihr und nickte. »Hat noch nicht angefangen zu stinken.«

»Hab sie heute früh ganz frisch gefunden.«

»Wo?«

»Hinter dem Haus des Schulmeisters.«

»Das passt«, sagte Yanko, auch wenn Ben nicht wusste, was daran passen sollte. Yanko gab ihm die Ratte zurück. »Das ist eine gute Ratte, deine Warze ist so gut wie weg.«

Ben schob sie wieder in die Tasche, ganz vorsichtig, nicht dass jetzt noch der Kopf oder der Schwanz abbrachen, dann wäre sie unbrauchbar. Wenn Yanko sagte, es war eine gute Ratte, dann stimmte das auch. Er musste gut auf sie aufpassen. Ben spuckte auf die dicke Warze auf dem oberen Gelenk seines linken Daumens und verrieb den Speichel langsam, während er ins Tal hinunterblickte.

Das Städtchen Trollfurt lag zu ihren baumelnden Füßen in der warmen Nachmittagssonne, geteilt durch den glitzernden Fluss Dherrn. An seinem rechten Ufer standen die meisten bewohnten Häuser, vor allem die der angesehenen Familien, der große weiße Tempel des Sonnengottes und der verwinkelte, vieleckige Tempel aus bemaltem Granit für die anderen Götter. Das Rathaus, die ehrbaren Geschäfte und das Spital des miesepetrigen Heilers Torreghast fanden sich dort ebenso wie die Gasthöfe, das Standbild des Trollbezwingers und Drachenreiters Dagwart, das Schulhaus und einfach alles Wichtige.

Ben selbst lebte auf der linken Seite des Flusses und sogar ein gutes Stück von der Brücke entfernt. Direkte Nachbarn hatte er keine, die meisten Häuser auf der linken Dherrnseite waren verlassen und mehr oder weniger verfallen. Dort hatten die Familien der Minenarbeiter gelebt, bevor die Mine geschlossen wurde und die Arbeiter weitergezogen waren, nach Graukuppe, Drakenthal und in andere Städte, wo nach Metallen oder Stein geschürft wurde. Ben hatte sich aus den verlassenen Gebäuden schon den einen oder anderen Ziegel geholt, um sein Dach auszubessern. Auch wenn ihm ein bisschen Regen eigentlich nichts ausmachte.

»Magst du heute Nacht mit auf den Friedhof kommen?«, fragte Ben, weil man ja nie wusste, ob nicht doch ein Geist auftauchte, selbst wenn nicht Freitag war.

»Spinnst du? Wenn der Zauber funktionieren soll, musst du allein sein.«

»Sicher?«

»Ganz sicher. Der alte Jorque hat einmal sogar drei Freunde auf den Friedhof mitgenommen, als er sich eine Warze von der Zehe weggezaubert hat, und sie alle haben zugesehen, und das hat den Zauber ins Gegenteil verwandelt. Drei Tage später sprossen ihm auf dem ganzen Fuß Warzen, eine direkt neben der anderen, und dann wuchsen Warzen auf den Warzen. Der Jorque hat in keinen Stiefel mehr gepasst! Bald war der Fuß doppelt so groß wie sein gesunder, und dann sogar dreimal so groß. Die Warzen haben derart gewuchert, du hast ihnen beim Wachsen richtig zusehen können. Was immer er fortan versucht hat, nichts hat geholfen, sie haben ihm den Fuß abnehmen müssen, und Jorque wurde zum Säufer, um das alles zu vergessen. Seine drei Freunde sind davongelaufen, weil sie es nicht mehr ausgehalten haben in Trollfurt. Es tut mir leid, Ben, aber du musst allein auf den Friedhof. Dich zu begleiten, ist viel zu riskant.«

Ben nickte dankbar. Dabei hatte er immer gedacht, Jorque hätte seinen Fuß vor Jahren in der Mine verloren, aber das sagte der alte Mann wohl nur, weil es besser klang und ihm die Leute so immer mal eine Münze zusteckten. Es war wirklich gut, dass Yanko so viel wusste. Ben wollte sich gar nicht ausmalen, wie sich ein wild wucherndes Warzengebirge über seine Hand ausbreitete.

Sie kletterten vom Raubritterfelsen und stiegen langsam wieder nach Trollfurt hinab, denn Yanko musste pünktlich zum Abendessen zu Hause sein. Am Stadttor verabschiedeten sie sich und verabredeten sich für den nächsten Morgen, um am oberen Fonksee zu fischen. Einen Moment lang sah Ben seinem Freund nach, der pfeifend und mit den Händen in den Taschen die Straße entlanglief, dann schlenderte er langsam in Richtung Brücke. Auf ihn wartete niemand mit dem Essen.

Seit dem Tod seiner Mutter lebte Ben allein und hielt sich mit dem Verkauf von Fischen und anderen Gelegenheitsarbeiten über Wasser oder klaute sich mal bei diesem, mal bei jenem Bauern einen Apfel oder einen Eimer Kartoffeln. Die Knechte drückten meist ein Auge zu und hetzten die Hunde nicht auf ihn, doch die meisten guten Familien verboten ihren Kindern, mit ihm zu reden oder – schlimmer noch – etwas zu unternehmen. Ben ging weder zur Schule noch arbeitete er; ein schlimmeres Vorbild konnten sich die besorgten Väter und Mütter nicht vorstellen. Und nur Yanko pfiff auf die Meinung seiner Eltern.

Eine gute Weile nachdem die Sonne untergegangen war, spuckte Ben noch einmal auf die Warze und machte sich auf den Weg zum Friedhof. Der Himmel war sternenklar, der Mond noch immer halb voll, darum war diese Nacht nicht stockfinster. Trotzdem war ihm nicht wohl bei dem Gedanken, allein auf den Friedhof zu gehen. Doch die Warze störte ihn zu sehr, sie juckte und schien zu wachsen, sie musste einfach weg. Vier- oder fünfmal hatte er sie bereits rausgeschnitten, doch sie war immer wieder nachgewachsen. Es war eine von den Warzen, die nur mit einem Zauber zu bezwingen waren. Er hoffte, dass die meisten Toten dort spukten, wo sie gestorben waren, nicht da, wo sie begraben lagen.

Ohne einen Menschen zu treffen, gelangte er bis zur Brücke und überquerte den Fluss. Aus dem *Goldenen Stier* drangen noch Licht, trunkenes Lallen und lautes Gelächter, sonst war es auch auf der rechten Seite des Dherrn ruhig. Ben schlich weiter, folgte der Hauptstraße zum Marktplatz und wäre fast über einen herausstehenden Pflasterstein gestolpert. So schlug er sich nur die Zehe an und fluchte leise vor sich hin. Kleine Pfoten eilten im Dunkeln davon, wahrscheinlich eine Ratte oder eine nachtaktive Echse, die er aufgescheucht hatte. Dann herrschte wieder Stille.

Auf dem Marktplatz ging er direkt zur Wasseruhr hinüber, die zwischen Rathaus und Tempel stand. Sie funktionierte wie eine Sanduhr; das klare Glas, aus dem sie gefertigt war, stammte aus Venzara, der hängenden Stadt an der Lagune der Zersplitterten Titanen, und sie war so hoch wie drei ausgewachsene Männer. Trotz ausgeklügelter Mechanik brauchte es auch drei ausgewachsene Männer, um sie jeden Mittag umzudrehen. In vierundzwanzig Stunden lief das Wasser aus dem oberen Zylinder durch die Gefäßverengung in der Mitte der Uhr in den unteren Zylinder. An der Strichskala auf den Zylindern konnte man ablesen, wie spät es war. Yanko hatte ihm einmal erklärt, warum Wasseruhren genauer gingen als Sonnenuhren, aber Ben hatte es wieder vergessen. Er machte sich nur selten etwas aus der genauen Uhrzeit.

Das brackige Wasser stand irgendwo zwischen der elften und zwölften Stunde, er hatte also noch genug Zeit; der Friedhof war nicht weit. Ben drehte sich um und schlenderte zu Dagwarts Standbild, das in der Mitte des Marktplatzes thronte.

Der Held Dagwart hatte vor drei oder vier Jahrhunderten die damals zahlreichen Trolle in die Berge zurückgeschlagen. In einer letzten großen Schlacht im Tal waren die grauen, menschenfressenden Kreaturen auf der Flucht durch den Dherrn so zahlreich gefallen, dass ihre steinernen Leiber den Fluss beinahe aufgestaut hatten. Und als sie nach ihrem Tod wieder zu Fels wurden, ihr Blut und ihre Tränen zu Sand, bildeten sie im Dherrn am Fuß der Berge eine Furt. An dieser Stelle gründete Dagwart eine Siedlung und nannte sie im

Gedenken an seinen großen Sieg Trollfurt. Von hier aus unternahm er zahlreiche Streifzüge in die Berge, um die letzten Trolle zu jagen und sie endgültig zu vertreiben.

»Heute gibt es keine Helden wie Dagwart mehr«, sagten die Leute in Trollfurt, und dann klangen immer Respekt und zugleich Tadel für die Nachfahren des oft besungenen Stadtgründers in ihren Stimmen mit.

Das Standbild war noch ein Stückchen größer als die Wasseruhr. Der imposante Trolltöter hatte sein Schwert erhoben und ritt auf einem flügellosen Drachen, der dreimal so groß wie ein Pferd war und sich angriffslustig auf die Hinterbeine erhoben hatte, die vorderen Klauen hochgereckt. Ben klammerte sich an Dagwarts linkes Knie, setzte den Fuß auf den Stiefel des Helden und zog sich hoch. Die Bronze war überall kühl, und die geschuppte Haut des Drachen fühlte sich rau an. Ben kletterte vor Dagwart in den Sattel und plumpste hinein, dann rieb er mit den Händen über die Schulterknubbel des Drachen. Das brachte bei lebenden Drachen Glück und konnte hier sicher nicht schaden. Daran glaubten die meisten Kinder in Trollfurt fest, deshalb war die Bronze an den Knubbeln ganz glatt gerieben.

Eine Weile ließ er die Hände auf den Knubbeln liegen und blieb einfach sitzen. Irgendwann würde er auf einem echten, lebendigen Drachen reiten, nicht immer nur nachts auf diesem Standbild. Er hatte nie vergessen, was er sich vor Jahren geschworen hatte, als er den Drachenritter gesehen hatte. Zweimal schon hatte er seine Sachen gepackt gehabt, doch das nächste Ordenskloster war weit, und plötzlich waren Zweifel in ihm erwacht. Weshalb sollte der Orden einen zerlumpten Jungen wie ihn überhaupt aufnehmen? Er gehörte nicht zu den unfreien Knechten, doch eine angesehene Familie hatte er auch nicht vorzuweisen. Er hatte gar keine, und er wusste nicht, ob man den Orden belügen konnte wie einen normalen Menschen. Wieso sollte der mächtige Orden ihn aufnehmen, wenn er nicht einmal in seiner unbedeutenden Heimatstadt akzeptiert wurde? Betrübt hatte er seine spärliche Habe wieder aus dem Rucksack genommen und auf die Bretter geräumt. Noch hatte er hier ein Dach über dem Kopf und einen Freund. Außerdem wusste er, wie er ohne Schule, Arbeit und größere Scherereien durchkam. Hatte er gerade keinen Ärger am Hals, war er frei wie ein Vogel. Also war er geblieben, um auf den nächsten Drachenritter zu warten. Ihn würde er fragen, wie er das Ritterwerden anstellen sollte, doch seit fast drei Jahren war keiner mehr in Trollfurt gewesen, nicht einmal hindurchgeritten. Trollfurt lag einfach am vergessenen Ende der Welt.

Ben rieb noch einmal über die Knubbel, um ganz bestimmt keinen Geistern zu begegnen, glitt wieder vom Standbild hinunter und schlich zum Friedhof am Stadtrand.

Das alte eiserne Tor war abgesperrt. Bei dem gespaltenen Olivenbaum stieg Ben über die Mauer und landete auf der anderen Seite zwischen zwei alten Grabsteinen. Sie waren klein und schief, und einer hatte eine abgeschlagene Ecke.

»Bleib aber bloß nicht am Rand, der Zauber ist stärker, je weiter du zur Mitte des Friedhofs kommst«, hatte Yanko gesagt, und so schlich Ben zwischen den Gräbern und Bäumen entlang zum Brunnen im Zentrum, der unweit der Toteneiche stand.

Das Mondlicht fand nur selten den Weg bis zum Boden, die Schatten unter den zahlreichen Baumkronen waren tief und für seine Augen kaum zu durchdringen. Ein Mondhäher stieß sein klagendes Krächzen aus, dann war weiter nichts zu hören als Bens vorsichtige Schritte.

Die Grabsteine wirkten in der Nacht viel massiger und dunkler. Hier und da schimmerte ein Stein sanft im Mondlicht, doch die meisten schienen selbst die kleinste Helligkeit aufzusaugen. Immer wieder sah sich Ben um, aber Geister konnte er keine entdecken. Doch hatte sich dort, unter den drei ausufernden Weidenbäumen um das gedrungene, breite Grab, nicht etwas bewegt? War das überhaupt ein Grab, oder kauerte dort irgendetwas? Ben vernahm kein Geräusch, aber das hatte nichts zu bedeuten. Geister bewegten sich schließlich lautlos, sie machten nur Lärm, wenn sie es wollten.

Ein gutes Stück links von ihm raschelte etwas.

Ben wich nach rechts und wurde mit jedem Schritt schneller, sah nach links und rechts und wieder nach links, dann nach rechts. Doch was in den dunklen Schatten steckte, konnte er nicht erkennen. Das letzte Stück zum Brunnen rannte er beinahe. Verflucht, hoffentlich erschien ihm nicht seine Mutter!

Ben schielte hinüber zur Toteneiche, deren Blätter jedoch schwiegen. Sie war bei der Stadtgründung mit Hellwahs Segen gepflanzt worden, bevor der erste Tote hier begraben wurde; so, wie es sich gehörte. Seither hatte sie mit ihren weit verzweigten magischen Wurzeln einen Teil der Seele eines jeden aufgenommen, der hier begraben lag. Nicht viel, den Toten sollte es im Nachleben an nichts mangeln, sie sog nur eine winzige Ahnung von ihnen aus der Erde, auf dass sie nicht vergessen wurden und der Stadtgemeinschaft zugehörig blieben, und formte Blätter nach den Gesichtern der Verstorbenen aus. Die Blätter wisperten im Wind – hörte man ihnen lange genug zu, konnte man deutlich Worte verstehen, hörte, was die Toten einem zuraunten. Manch einer fragte vor wichtigen Entscheidungen hier seine Ahnen um Rat, allerdings nie nachts. In der Nacht verbargen sich oft Schattenkrähen zwischen den Ästen und mischten ihre dämonischen, falschen Ratschläge unter das Wispern der Toten, um die Lebenden zu Untaten zu verleiten. Ben hatte noch keine Frage an seine Mutter gerichtet, er hatte noch nicht einmal nach ihrem Blatt gesucht. Auch jetzt hatte er nicht mehr als einen flüchtigen Blick für die Toteneiche übrig, sie war ihm unheimlich.

Es musste längst Mitternacht sein. Hastig zerrte er die Ratte aus der Hosentasche, legte das tote Tier auf den Brunnenrand und beruhigte sich. Hier war nichts, nichts und niemand. Es gab keinen Grund zur Panik, und er durfte jetzt keinen Fehler machen.

Noch einmal atmete er aus, dann holte er von tief unten Speichel hoch. Dreimal spuckte er auf die Warze, dreimal rieb er mit der Ratte über sie hinweg und murmelte die Beschwörung, die er von der alten Magd Irbanij gelernt hatte:

»Speichelfluss und Rattenzahn,
die Warze muss ins Jenseits fahr'n.
Bei Toten ruh'n in Ewigkeit,
Für mich ist sie Vergangenheit.«

Dann packte er die Ratte am Schwanz, stellte sich mit dem Rücken zum Mond und wirbelte sie dreimal über dem Kopf, um mit einem zweiten Zauber auf Nummer sicher zu gehen.

»Flieg hinfort, du Rattenvieh,
mit dir mit die Warze zieh.
Halt sie fest am fremden Ort,
Nimm sie von mei'm Daumen fort.«

Er ließ das Tier los, so dass es über seine linke Schulter geschleudert wurde, und hörte, wie es durch das Laub rauschte und dann irgendwo aufschlug. Erleichtert atmete er durch. Das wäre geschafft, die Warze war er los.

In diesem Moment der Erleichterung entdeckte er plötzlich ein schwaches Licht am östlichen Ende des Friedhofs, dort, wo auch seine Mutter lag, gleich neben den Opfern des großen Minenunglücks, das dreißig Jahre zurücklag. Langsam und ruckelnd schwebte es herbei. Ben stand starr vor Angst. War das ein Irrlicht? Oder doch eine verdammte Seele?

Da nahm er leises Murmeln und schlurfende Schritte wahr und wollte schon erleichtert aufatmen, weil es wohl doch ein lebender Mensch war, oder auch mehrere, die mit einer Laterne unterwegs waren. Aber dann fragte er sich, was jemand um Mitternacht auf dem Friedhof tat, wenn er nicht gerade eine Warze loswerden wollte? Konnte der Zauber jetzt schon wirken, oder würde seine Warze auch dann zu wuchern beginnen, wenn ihn nur jemand sah, solange er noch auf dem Friedhof war? Das wollte er nicht riskieren, und so huschte er möglichst leise und rasch davon. Einmal noch drehte er sich kurz um, aber das Licht war entweder hinter den Bäumen verschwunden, oder der Besitzer hatte es gelöscht, weil er Ben gehört hatte. Er rannte noch schneller, immer nah an großen Gräbern und Bäumen entlang, um nicht gesehen zu werden. Er wollte schließlich keine riesige Warzenhand bekommen!

Keuchend erreichte er die Mauer, kletterte über einen alten, verwitterten Grabstein am Rand des Friedhofs auf sie hinauf und sprang auf der anderen Seite in den Olivenbaum, hangelte sich dort hinab und hetzte davon. Niemand folgte ihm.

EIN NEUES GESICHT

Und du hast keine Ahnung, wer das auf dem Friedhof war?«, fragte Yanko am nächsten Tag, als Ben ihm sein nächtliches Abenteuer erzählt hatte.

»Nicht die geringste.«

Sie saßen in der heißen Mittagssonne auf dem kurzen, alten Steg des oberen Fonksees und hatten die Angeln ausgeworfen, der Friedhof war fern.

Der See war nicht groß, maß vielleicht hundert, höchstens hundertfünfzig Schritt im Durchmesser, doch sein Grund fiel rasch und steil ab, er musste ungeheuer tief sein. An seinem anderen Ufer erhob sich das Wolkengebirge, dessen kahle Gipfel mit Schnee bedeckt waren, selbst im Sommer. Ben konnte sich nicht vorstellen, dass die Trolle nun dort oben in der Kälte lebten, vielleicht waren sie ja weitergezogen, in die Länder nördlich davon. Fahrende Händler hatten erzählt, dass die Menschen jenseits der Berge selbst fast wie Trolle aussahen, in primitiven Holzhütten ohne Fenster lebten und grob und laut feierten.

Mehrere Bäche und Rinnsale von den Gipfeln ringsum flossen in den Fonksee, der beinahe reglos dalag. Nur manchmal kräuselte sich die Oberfläche, wenn ein Fisch in ihrer Nähe nach einem Insekt oder anderem Futter schnappte. Ein sanftes Plätschern war über das leise Rauschen der Schleierfälle hinweg kaum zu hören.

Das Wasser aus den Bergen verließ den Fonksee nur wenige Schritte neben dem Steg, es floss hinüber zu dem bestimmt dreihundert Schritt hohen Abhang in ihrem Rücken und stürzte als Schleierfälle über mehrere Stufen hinab ins Tal, wo es sich mit dem Dherrn vereinte und durch Trollfurt hindurch weiter in den Süden floss. Wenn seine Mutter ihn früher schlimm geschlagen hatte, hatte Ben unterhalb der schimmernden Schleierfälle kleine Holzboote ins Wasser gelassen und sich gewünscht, er würde selbst an Bord sein und nach Süden getragen werden. Das hatte er sich bis zu dem Tag gewünscht, an dem er ein Boot in den Wellen hatte kentern sehen, danach hatte er sich vorgestellt, seine Mutter wäre an Bord.

Seine Mutter hatte nie ein Boot betreten, doch sie war tatsächlich im Dherrn gestorben. Eines Nachts vor über zwei Jahren, nachdem sie Ben wieder einmal als Nichtsnutz beschimpft und geschlagen hatte und er sich mit Zornestränen auf dem Strohsack hin und her gewälzt und geschworen hatte, eines Tages würde er sich rächen, irgendwie, war sie im Suff von der Brücke gefallen oder gesprungen. Eigentlich glaubte er nicht, dass seine Wünsche ihr den Tod gebracht hatten, aber seitdem war er dennoch vorsichtig mit den Gedanken gewesen, die er den kleinen Holzbooten mitsandte.

Die wenigen Trollfurter, die zur Beerdigung gekommen waren, hatten ihm kondoliert, doch in den meisten Gesichtern war so wenig Bedauern zu lesen gewesen wie in seinem eigenen.

»So ganz ohne Eltern wird es schwer für dich«, hatten sie ohne viel Mitleid gesagt, eine einfache Feststellung, und seither behandelten sie ihn so, dass dieser Satz auch wirklich zutraf. Auch nach ihrem Tod blieb er für alle der Sohn der verachteten, verlassenen Säuferin. Seitdem schlug er sich allein durch.

Immer wieder schielte Ben auf seine Warze. Über Nacht war sie zwar nicht verschwunden, aber immerhin auch nicht gewachsen. Er würde das im Auge behalten.

»Bist du sicher, dass es kein Geist gewesen ist?«

»Ich weiß nicht. Hauptsache, mich hat niemand gesehen.« Wer wusste schon, was Warzen anstellten, wenn der Zauber nicht von einem Menschen, sondern einem Toten beobachtet wurde? Oder gar mehreren Toten? Würde die Warze dann nicht nur wuchern, sondern sogar vor sich hinfaulen, so wie das lebende Tote taten? Ben mochte gar nicht daran denken.

»Und das Licht ist aufgetaucht, direkt nachdem du die Ratte fortgeschleudert hast?«

»Ja, zumindest habe ich es erst dann gesehen.«

»Und du bist sicher, dass du die richtigen Worte gesagt hast?«

»Ja, Yanko. Ganz sicher!« Oder hatte er nicht? Er konnte doch gar keinen Zauber wirken, der Geister herbeirief. Außerdem war das Licht kein Geist gewesen.

»Aber was, wenn …«, setzte Yanko noch einmal an, dann riss etwas an seiner Angelrute. Er hielt dagegen und holte die Schnur langsam ein. Es war ein fetter Regenbogenflächler, ein wirklich dicker Brocken. Der wog sicher ein Dutzend Pfund, und als sie ihn aus dem See gezogen hatten und zu den zwei kleinen Lyngelen in den Eimer warfen, war dort kein Platz mehr für weitere Fische. Yanko beharrte darauf, dass das der größte Regenbogenflächler war, den er je gesehen hatte, und Ben musste zugeben, dass er selbst nie einen größeren gefangen hatte.

Der Friedhof war vergessen.

Sie legten sich auf den Steg, sahen in den klaren blauen Himmel und sprachen über die größten Fische Trollfurts, und dann über die größten Fische der Welt. Obwohl sie dazu natürlich auf Gehörtes zurückgreifen mussten und nur Vermutungen anstellen konnten, denn viel hatten sie von der Welt noch nicht gesehen.

»Lass uns zur Mine rübergehen«, schlug Yanko, der nie lange ruhig sitzen konnte, schon bald vor.

»Aber was willst du denn da? Da ist der alte Eingang zugenagelt.«

»Ich will doch auch nicht hinein, ich bin ja nicht verrückt. Ich will nur an den Brettern lauschen, ob man was hören kann.«

»Was soll man da hören können?«, wollte Ben wissen. Wenn Yanko ein solches Gesicht zog, fragte man besser nach.

»Ich weiß nicht. Deshalb will ich doch lauschen, ob man was hören kann. Wenn wir einen Höhlenalb lachen hören, dann wissen wir, dass die Mine wirklich wegen eines Höhlenalbs geschlossen wurde.«

»Aber ich will keinen Höhlenalb lachen hören«, erwiderte Ben. Das konnte selbst einen gestandenen Mann um den Verstand bringen.

»Deshalb müssen wir ja mittags hin. Wenn man in der Sonne steht und auf frischem Gras kaut, dann kann einem nichts passieren. Das bricht den Zauber des Albs.«

»Das ist gut. Aber woher weißt du, wie das Lachen eines Höhlenalbs klingt?«

Yanko wusste es nicht, doch er sagte, sie würden das schon erkennen. Er würde nur gern wissen, warum die Mine vor gut zehn Jahren geschlossen worden war. Damals waren Ben und Yanko noch zu klein gewesen, beide konnten sich nicht erinnern. Ben war fünf gewesen, und sein Vater schon verschollen. Mit der Mine hatte Ben nichts zu schaffen gehabt.

»Ich schätze, sie war einfach erschöpft«, sagte er, weil ihm das seine Mutter erzählt hatte, und sie konnte schließlich nicht immer gelogen haben.

»Ja, aber warum? Warum war sie erschöpft?« Yanko zählte die möglichen Gründe an den Fingern ab. »Der Müller-Taque sagt, es wäre der Fluch eines rachedurstigen Trollschamanen gewesen, der die Mine erschöpft hätte. Der alte Hender hat mir einmal erzählt, immer, wenn sie auf eine vielversprechende Stelle gestoßen waren, hätte diese kein Erz mehr hergegeben, sondern begonnen zu bluten. Manche behaupten sogar, es wäre so viel Blut geflossen, dass sieben Arbeiter ertrunken wären, bevor sie die Mine geschlossen hätten. Taques Vater glaubt, ein Höhlenalb hat die Arbeiter verwirrt, und sie haben fortan an den falschen Stellen gegraben, und die Mine ist gar nicht erschöpft, sondern noch immer voller Blausilber. Und Yhmas hat gehört, die Mine wurde geschlossen, weil dort Kristallwasser gefunden wurde, und jeder Ort mit Kristallwasser geht automatisch in den Besitz eines geheimen Ordens im Dienste des Königs über. Aber Yhmas redet ja die meiste Zeit Unsinn.«

»Was ist Kristallwasser?«, fragte Ben, der davon noch nie gehört hatte.

»Siehst du? Das meine ich. Yhmas redet den ganzen Tag Unsinn.« Yanko stand auf. Er warf sich die Angel über die Schulter und griff sich den Eimer.

Ben stapfte ihm hinterher. Zur Mine war es nicht weit, zehn oder fünfzehn Minuten Weg, der kaum bergauf führte. Schon von Weitem sahen sie den riesigen Eingang zur Mine. Er war übermannshoch, doppelt so breit, lag nach Süden hin und wurde somit von der Sonne direkt angestrahlt. Der Eingang war nicht einfach nachlässig mit ein paar Brettern vernagelt worden, vielmehr hatte man eine massive Konstruktion aus schweren Bolzen und Balken in die Felswand und den Boden versenkt. Nicht einmal eine Eidechse konnte sich dort durchzwängen. Inmitten der Konstruktion befand sich eine eisenbeschlagene Tür mit einem schweren Schloss. Ziemlich viel Aufwand für eine Mine, in der nichts mehr zu holen war. Zudem hatte man ein bürgermeisterlich besiegeltes und inzwischen von zahlreichen Tieren zerkratztes Eisenschild an das Holz genagelt, auf dem stand:

PRIVATBESITZ!
BETRETEN BEI STRAFE VERBOTEN!
Interessierte Käufer wenden sich bitte an den Bürgermeister Trollfurts oder direkt an eine Niederlassung der Kaufmannsfamilie Vestapan.

Sie rissen ein paar Büschel Gras aus, stopften sie sich in die Münder und näherten sich kauend der Tür. Ben spuckte einen kleinen blauen Wurm aus, der versehentlich mit hineingelangt war. Dann legten sie die Ohren an das warme Holz. Ben hielt die Luft an und kaute nur noch langsam und leise, doch er konnte nichts hören. Nur ein paar Vögel zwitscherten, Wind ging nicht. Er hielt sich das andere Ohr zu, doch es half nichts, nicht das geringste Geräusch drang aus der Mine heraus.

Yanko ging in die Knie und lauschte am Schlüsselloch, dann roch er daran, schließlich schüttelte er den Kopf.

»Wir holen uns den Schlüssel von Byasso.«

Byasso war der Sohn des Bürgermeisters und ein eher ängstlicher Junge. Sagte man ihm das jedoch ins Gesicht, ließ er sich zu allen möglichen Abenteuern reizen, nur damit man

»das Maul hielt«. Seitdem Yanko das herausgefunden hatte, verbrachte er ziemlich viel Zeit mit Byasso.

Wenn Ben und Byasso in Yankos Beisein aufeinandertrafen, beschimpften sie einander meist als *Gassenkind* und *Hosenscheißer*, Byasso nannte Bens Mutter eine *tote Schnapsflasche* und Ben Byassos Vater eine *leere Irgendwas-Flasche*, und dann schubsten sie sich herum, bis Yanko eingriff. War Yanko nicht in der Nähe, ignorierten sie sich, schließlich wurde Ben ja häufig ignoriert. Dagegen hatte er nichts, das war besser, als verkloppt zu werden, weil irgendwer der Meinung war, es sei mal wieder nötig, es diesem Ben zu zeigen.

Während sie ins Tal hinabstiegen, dachte Ben über neue Beschimpfungen nach, die er Byasso an den Kopf werfen konnte, und als sie schließlich in Trollfurt ankamen, quoll sein eigener vor neuen Schimpfwörtern und Beleidigungen förmlich über.

Zuerst wollte Yanko jedoch den Fisch und die Angelruten nach Hause bringen, bevor sie dann mit dem Schlüssel wieder den Berg hinauf wollten. Ben wartete an der Dherrnbrücke auf seine Rückkehr.

Während er auf der steinernen Brückenmauer in der Sonne saß und sich die Erde zwischen den Zehen rauspulte, kam ein schrecklich vornehm gekleideter Junge die Straße hinunter, sein Hemd wies mehr Rüschen auf als alle Sonntagshemden, die Ben je gesehen hatte, sogar zusammengenommen. Er trug auch noch blank gewienerte Schuhe mit einer verschnörkelten silbernen Schnalle. Er war Ben vollkommen fremd, und die meisten in seinem Alter kannte er wenigstens vom Sehen, auch wenn die Kinder aus den besseren Familien kaum mehr als Schimpfworte mit ihm wechselten. Der fremde Junge war ein bisschen größer als Ben, kräftig, und sein Gesicht mit der schmalen Nase und dem vorspringenden Kinn trug einen ungemein blasierten Ausdruck zur Schau. Das helle, dünne Haar war frisch gekämmt, und auf Oberlippe und Kinn zeigte sich ein erster, spärlicher Bartflaum, den er anscheinend mit Kohle gefärbt hatte, um ihn zu betonen. Zielstrebig schritt er auf die Brücke zu und ließ den Blick über die kleinen, heruntergekommenen Häuser im linksseitigen Trollfurt schweifen.

»Was für ein erbärmlicher Anblick«, sagte er mit näselnder Stimme und musterte dann Ben ebenso abschätzig. »Wirklich ganz und gar erbärmlich.«

Ben starrte ihn voller Abneigung an. Und weil er nicht sicher war, ob der Junge vielleicht sogar ihn meinte, fragte er mit kalter Stimme: »Sprichst du etwa mit mir?«

»Mit dir? Sehe ich aus, als würde ich mit jemandem wie dir reden?« Irritiert maß der blasierte Junge Ben von oben bis unten.

Ben sprang auf die Füße. Er hatte sich so viele neue Beschimpfungen für Byasso überlegt, sie kreisten in seinem Kopf, warteten ungeduldig darauf, ausgesprochen zu werden, da kam ihm dieser aufgeblasene Wicht gerade recht. Was hatte der überhaupt auf der Brücke zu suchen? Er sah wirklich nicht aus, als gehörte er auf die linke Dherrnseite. Wenn er nur hergekommen war, um Ärger zu machen – den konnte er haben. Natürlich waren die kleinen, heruntergekommenen Häuser schäbig, doch ein Fremder von der rechten Seite hatte kein Recht, das zu sagen.

»Nein«, sagte Ben also, und begann ganz langsam: »Du siehst eher aus wie jemand, der überhaupt nicht reden kann. Eine von diesen kleinen niedlichen Kinderpüppchen, mit denen die vornehmen kleinen Mädchen aber nicht mehr spielen wollen, wenn sie merken, dass es auch echte Menschen gibt.«

Erstaunt öffnete der fremde Junge den Mund und starrte ihn an.

»Mach die Klappe wieder zu, es stinkt«, fuhr Ben fort, weil der andere nichts sagte. »Was hast du heute gefrühstückt? Einen Schweinestall? Oder läuft es bei dir alles andersrum, und du schiebst dir das Essen in den Hintern und verdaust mit dem Kopf?«

»Wo ich herkomme, werden die Bälger von Knechten für so etwas ausgepeitscht.« Der Junge war blass geworden, sein Kinn zitterte.

»Und wo soll das sein? Im Darm eines Drachen, der Durchfall hat?«

»Halt's Maul, du Missgeburt einer Trollin, oder ich verpass dir eine!«

»Du mir? Noch so 'n Spruch, Nasenbruch!«

»Missgeburt!«

»Warzenkopf!«

»Missgeburt!«

»Nisten in dem Hohlraum zwischen deinen Ohren eigentlich Vögel oder eher Fledermäuse?«

»Missgeburt! Missgeburt! Missgeburt einer Trollin!«

»Sag mal, musst du dich immer wiederholen? Oder kennst du auch noch andere Wörter?«, grinste Ben überlegen. Das lief ja bestens. Die Wortgefechte mit Byasso gewann er nie so leicht.

»Ich schlag dich zu Brei!«

»Na also, geht doch«, sagte Ben, und der Fremde schlug tatsächlich zu.

Ben wich aus und packte den anderen am Kragen. Der trat

ihm gegen das Schienbein. Ben stieß ihn zurück und sprang hinterher. Er traf ihn mit der Schulter an der Brust und warf ihn zu Boden, taumelte selbst und kam auf ihm zu liegen. Ineinander verkeilt rollten sie auf der Brücke hin und her. Der Warzenkopf versuchte tatsächlich, ihn zwischen die Beine zu treten, aber Ben konnte den Tritt abblocken.

»Schneckenschleim«, presste er hervor, stieß den anderen gegen die Mauer und wälzte sich weg. Er sprang als Erster auf die Beine und spuckte ein bisschen Blut. Nicht wild, er hatte sich wohl auf die Lippe gebissen. »Was ist? Wo ist meine Abreibung? Ich dachte, du wolltest mir eine verpassen.«

Der andere Junge rappelte sich mühsam auf und hielt sich den Hinterkopf. In seinen Augen glitzerten Tränen. »Dafür wirst du büßen!«

»Sind das Abschiedstränen? Kriechst du wieder in deinen Drachendarm zurück?«

»Missgeburt!« Schniefend rannte der Junge davon.

»Oder rennst du heim zu deiner Mami?« Was für ein hochnäsiger Jammerlappen. Fing nach ein paar Beleidigungen eine harmlose Rauferei an, versuchte dann aber feige, ihm das Knie zwischen die Beine zu rammen. Und heulte rum, wenn er trotzdem verlor. Wenn jeder so flennen würde, der eine kleine Rauferei verliert, dann gäbe es ständig Hochwasser in Trollfurt. Ben bückte sich und hob einen hellen Messingknopf auf, der vom Hemd des anderen abgerissen sein musste. Zufrieden steckte er ihn ein.

Als Yanko kam, war er enttäuscht, dass er die Rauferei verpasst hatte. Ben beschrieb den Jungen, aber auch Yanko kannte ihn nicht. Also wandten sie sich wieder wichtigeren Dingen zu und suchten Byasso.

Sie fanden ihn außerhalb der Stadtmauer, direkt bei den Schleierfällen, wo er Steine über den Fluss flitzen ließ. Er war gut darin, trotz der Wellen. Byasso hatte die Ärmel des weißen Hemds akkurat hochgekrempelt, sein kurzes dunkles Haar war wie stets sauber gescheitelt. Seine Eltern waren der Meinung, dass er als Sohn des Bürgermeisters jederzeit einen guten Eindruck machen musste, denn er repräsentierte die Familie sogar beim Steineflitzen. Dennoch hatte Byasso die Schuhe ausgezogen und stand barfuß am Ufer.

Als sie ihn ansprachen, nickte er ihnen zu und vergaß ganz, Ben zu beschimpfen. Der war darüber nicht traurig, er hatte seine kleine Auseinandersetzung heute ja schon gehabt.

»Ich hab gehört, du traust dich nicht in die alte Mine«, sagte Yanko.

»Wer behauptet das?«, fragte Byasso empört.

»Ich weiß es nicht mehr, es waren ein paar Jungs. Ich hab es hier und da aufgeschnappt und wollte wissen, ob das stimmt.«

»Natürlich stimmt es nicht!« Byassos Kopf war knallrot geworden.

»Dann beweis es.«

»Und wie? Die Mine ist verschlossen, falls du das noch nicht mitbekommen hast.«

»Das weiß ich«, sagte Yanko. »Aber ich weiß auch, dass dein Vater den Schlüssel hat, und du könntest uns Zugang verschaffen.«

»Mein Vater hatte den Schlüssel mal. Jetzt hat ihn der neue Besitzer der Mine.«

»Der neue Besitzer?« Ben und Yanko starrten Byasso an.

»Sag mal, wo seid ihr gewesen? Bei den Trollen? Der Neue ist heute Morgen mit viel Tamtam und fünf voll beladenen Kutschen angekommen.« Byasso zuckte mit den Schultern.

»Mein Vater wusste natürlich schon länger Bescheid, aber er durfte nichts sagen.«

Die Mine hatte einen neuen Besitzer. Hieß das, sie war noch gar nicht erschöpft? Oder hatte der Vorbesitzer den Mann ausgetrickst und ihm ein wertloses Stück Land angedreht? Ben und Yanko löcherten Byasso und fluchten darüber, dass sie die Ankunft des Mannes verpasst hatten. Wenn sich einmal etwas in Trollfurt ereignete, dann waren sie angeln.

»Ich weiß auch nicht mehr als ihr. Mein Vater sagt mir ja nichts. Aber der Mann hat einen Sohn in unserem Alter. Fragt doch am besten ihn nach dem Schlüssel. Wenn ihr noch mal in die Mine wollt, bevor sie wieder in Betrieb genommen wird, solltet ihr euch aber beeilen. Wollen wir rübergehen, und ich stell euch vor?«

»Hm«, brummte Ben. Er hatte das dumme Gefühl, den Jungen gerade eben kennengelernt zu haben, und verspürte nicht das geringste Bedürfnis, ihn gleich wieder zu treffen. »Geht mal lieber allein. Ich glaube nicht, dass er mich sehen will.«

Yanko stutzte kurz, dann nickte er. »Ich befürchte, da hast du recht.«

Byasso sah die beiden verständnislos an.

»Wir sehen uns dann später«, sagte Yanko und zog mit Byasso ab.

Ben blieb am Fluss zurück, um selbst ein paar flache Steine über das Wasser flitzen zu lassen.

VON GÖTTERN UND DRACHEN

Als Ben am nächsten Morgen erwachte, schien ihm die Sonne direkt ins Gesicht. Brummend kletterte er von seinem Strohsack, schlüpfte in die geflickte Hose und setzte sich an den kleinen Holztisch in der Wohnküche. Über die Jahre hatte er alle Wände mit schwarzer, blauer und grüner Kohle bemalt, überall rannten, kämpften und posierten große und kleine Drachen. Die Wand am Tisch wurde ganz von einem großen, schwarzen Drachen eingenommen, den er aus der Erinnerung gezeichnet hatte; jede einzelne Schuppe hatte er sorgfältig schraffiert, und die großen Augen hatte er sicher hundert Mal weggewischt und neu gemacht. Jetzt sah es fast so gut aus wie das Drachenbild über dem Eingang des Hellwahtempels, fand Ben.

Bevor er sich ans Frühstück machte, begutachtete er misstrauisch seine Warze. Sie schien sich nicht verändert zu haben. Zur Sicherheit rieb er sie noch mal mit Speichel ein. Dann aß er die Fischreste von gestern, die Yanko ihm abends noch gebracht hatte, und trank einen großen Krug Wasser. Den letzten Kanten Brot, den er vorgestern stibitzt hatte, hob er sich für Mittag auf. Um ein Abendessen würde er sich noch kümmern müssen.

Geschirr und Besteck ließ er stehen, nur das Messer steckte er ein, als er kurz darauf das Haus verließ. Mit seiner Mutter hatte er zwei Straßen weiter gewohnt, aber nachdem sie gestorben war, hatte er seine Habe gepackt und in dieses verlassene Haus gebracht. Hier wohnten keine bösen Erinnerungen.

Vor der Tür machte er rasch das Zeichen der ewigen Sonne und lief dann die Straße hinunter.

Es war Sonntag, und die älteren Jungen und Mädchen der besseren Familien wurden im Tempel unterrichtet, die Kinder der Knechte, Mägde und Diener kamen nur selten. Als Kind galt in Trollfurt jeder, der noch nicht siebzehn Jahre zählte und noch keine Flasche heiligen Schnees vom Gipfel des zerklüfteten Torregg geholt hatte, ihn in der Sonne geschmolzen und rituell mit dem Bürgermeister und Priester getrunken hatte. Ben wurde im Herbst sechzehn, nächstes Jahr also würde er endlich zum Erwachsenen werden. Den Torregg hatte er schon mehrmals erklommen, obwohl es Kindern eigentlich untersagt war.

Fein rausgeputzt in Feiertagskleidung und sauber gekämmt saßen die Kinder Trollfurts auf den harten Bänken in der vorderen Halle und ließen die Worte des Priesters Habemaas über sich ergehen. Ben war schon vor dem Tod seiner Mutter nur unregelmäßig zum Sonntagsunterricht gegangen, und dann in den letzten zwei Jahren überhaupt nicht mehr. Er hatte weder das nötige Schulgeld noch die Lust dazu.

Viel lieber legte er sich neben dem Tempel ins Gras, ließ sich die Sonne auf den Bauch scheinen und lauschte auf die Worte, die aus den hohen Fenstern nach draußen drangen. Langweilte ihn das Gerede des Priesters, dachte er an etwas anderes oder zog ein paar Würmer aus der Erde, um sie später als Köder zu verwenden. Doch die meisten Sagen gefielen ihm, und er hörte gern zu. Von hier draußen, wo ihm niemand sagte, er solle gerade sitzen und sich nicht am Hintern kratzen und dergleichen, und wo er auch keine Fragen beantworten musste. Das hasste er, ihn interessierten oft andere Dinge an einer Geschichte als den Priester, und er wusste nie, worauf dieser mit seinen Fragen hinauswollte. Außerdem war es schön zu wissen, dass alle Kinder im Tempel neidisch zu ihm hinaussahen. Auch wenn sie ihn sonst verlachten und auf ihn herabsahen, in diesem Moment wären sie alle gern an seiner Stelle.

Ben lag im Gras und hatte die Arme hinter dem Kopf verschränkt. Im Tempel wurde eben noch das Opfergeld eingesammelt, und der Priester stellte allen die drei neuen Geschwister in der Stadt vor: die beiden Söhne und die Tochter des neuen Minenbesitzers Yirkhenbarg. Die Namen der Kinder vergaß Ben sofort wieder, er merkte sich nur, dass es demnach nicht nur einen von dieser hochnäsigen Brut gab.

»Heute erzähle ich euch, wie der dunkle Samoth die Drachen verdarb«, sagte der Priester kurz darauf mit seiner tiefen, weichen Stimme, »und wie ein mutiger Mann den Fluch wieder von ihnen nahm.«

Diese Sage mochte Ben besonders, und egal, wie gut er sie schon kannte, er konnte sie immer wieder hören. Von Geschichten über Drachen bekam er einfach nie genug.

Der Priester begann:

In den Tagen, als Hellwah, der Sonnengott und höchste aller Götter, die Menschen und Drachen und alle Tiere der Erde geschaffen hatte, da lebten die Götter noch mitten unter ihren Kreaturen. Und sie sprachen offen und freundlich mit allen Menschen. Manche der Götter wohnten sogar dem einen oder anderen Menschen bei, denn die ersten Menschen waren schön und stark und langlebig.

Hatte Hellwah auch alle Kreaturen geschaffen, die auf der Erde wandelten, so waren die Vögel das Werk seiner Göttergattin Aphra, der Mondgöttin. Sie hatte die Vögel ihrem Gemahl an ihrem Hochzeitstag zum Geschenk gemacht, denn es waren Wesen, die nicht einfach auf Erden wandelten, sondern sich in die Lüfte erhoben, in Richtung Sonne, um Hellwah näher zu sein und um ihn mit ihrem Flug zu erfreuen. Und weil sie für ihn gemacht waren, sangen die Vögel ihre frohen Lieder am Tag, solange sein Gestirn am Himmel schwebte, während in der Nacht nur jene Vögel ihre Stimme erhoben, die klagten.

Im Flug der Vögel konnte man die Launen und den Willen Hellwahs lesen, doch die wenigsten Menschen lernten diese Kunst, denn Hellwah und die anderen Götter lebten ja mitten unter ihnen. Wer seinen Willen erforschen wollte, konnte den höchsten der Götter einfach fragen, es brauchte keinen Vogelflug, um Antworten zu erhalten. Es waren gute Tage in jener Zeit.

Doch da kroch Samoth, der Gott der Orte, die nie von Sonne oder Mond beschienen wurden, der Herr der Würmer und aller Kreaturen, die in der Erde und in den Tiefen der Meere leben, aus seinem unterirdischen Reich herauf. Er hatte Freude an der Zwietracht, und so nahm er die Gestalt eines schönen Mannes an, ging zu dem Menschenkönig Daliath und umschmeichelte ihn, lobte seine Größe und seinen Verstand und die Kraft der Menschen, bis der König ihn seinen besten Freund nannte.

Da offenbarte Samoth dem König, Hellwah würde der Königin nachsteigen und ihr in Daliaths Gestalt beiwohnen. Der König kochte vor Wut und ließ seine Frau in den tiefsten Kerker sperren, obwohl sie flehte und ihre Unschuld beteuerte. Sie wäre immer nur ihm treu gewesen, wie hätte sie die List eines Gottes denn durchschauen sollen? Doch der König ließ sich nicht erweichen, sein Zorn und Stolz waren zu groß. Doch wagte er es nicht, Hellwah zur Rede zu stellen, der Gott war zu mächtig, und Samoth sagte, er würde König Daliath einfach zermalmen.

Daliath verstieß auch seine drei Söhne und seine drei Töchter, denn er wusste nicht, welches der Kinder von ihm war, und er ertrug es nicht, sie anzusehen, um in ihren Gesichtern nach Merkmalen zu suchen, die ihre wahre Herkunft verrieten.

»Soll ich dir helfen, Rache an Hellwah zu nehmen?«, fragte Samoth ihn.

Und König Daliath sagte: »Ja.« Denn Rache war alles, an das er noch denken konnte. Der Palast war ohne seine Kinder so schrecklich leer und still, und die Diener wagten nicht zu reden, nur manchmal hörte man die Schreie der Königin aus der Tiefe des Kerkers.

Samoth sagte also zum König: »Gehe zur Mondgöttin und stiehl von ihr das Geheimnis der Flügel, die sie den Vögeln gemacht hat. Damit können wir deine verdiente Rache in die Tat umsetzen.«

Samoth hatte schon zahlreiche Vögel gefangen und ihnen die Flügel ausgerissen, um hinter ihr Geheimnis zu kommen, doch er hatte selbst keine Flügel erschaffen können.

Weil Aphra, die Mondgöttin, König Daliath vertraute, verriet sie ihm, wie sie aus den Blättern des Lebensbaums Federn gemacht hatte, indem sie die stärksten Winde aus allen vier Himmelsrichtungen eingeatmet und mit einem magischen Wort auf die Blätter gehaucht hatte. Diese Federn band sie dann zu Flügeln zusammen. Doch das magische Wort wollte Aphra König Daliath nicht verraten, denn sie sagte, es sei nicht für die Ohren eines Menschen bestimmt.

Damit gab sich Daliath nicht zufrieden, und so versteckte

er sich im Haus der Göttin und wartete, bis sie einen weiteren Vogel erschuf. Und sie besprach die Blattfedern mit dem Wort, und der König hörte es, und es brannte sich ihm ein.

Und von König Daliath erfuhr Samoth das Wort.

Und der Gott der Tiefe erschuf nun Flügel von seiner Hand. Jedoch fertigte er sie nicht aus Federn, gewonnen aus den Blättern des Lebensbaums, sondern er spannte sie über große schwarze Knochen aus den Netzen der giftigsten Spinnen aus den tiefsten Höhlen, und er hauchte über sie die eingeatmeten Wirbelwinde des Herbstes, wilde Stürme, die keiner Richtung folgten.

Er erschuf neun Flügelpaare und nähte sie neun großen Drachen an die Schultern.

»Wozu soll das gut sein?«, fragte König Daliath.

Und Samoth offenbarte ihm, dass die Drachen nun fliegen konnten und fortan die Vögel im Himmel fressen würden, welche die besonderen Tiere Hellwahs waren, das Hochzeitsgeschenk seiner geliebten Gemahlin. Denn Hellwah sollte seine Tiere verlieren, so wie der König seine Kinder verloren hatte.

Der König griff sich eine beinerne Nadel und nähte voller Eifer mit, und er wollte sich nicht erinnern, dass er es doch selbst gewesen war, der seine Kinder fortgeschickt hatte.

Damals lebten die Drachen als treue Gefährten der Menschen unter ihnen, und sie waren von freundlichem Wesen und klug. Doch mit Samoths Flügeln kam auch Samoths Bosheit über sie, und so wurden sie zu Geschöpfen der Finsternis. Sie jagten Hellwahs Vögel, so wie Samoth es vorausgesagt hatte, doch sie fraßen zudem weiterhin die Tiere des Landes, sie fraßen alle flügellosen Drachen, und von jenem Tag an fraßen sie auch Menschen.

Hellwahs Zorn über Daliaths Verrat war so groß, dass er die Berge Feuer speien ließ, und Asche und Glut regnete auf die Stadt des Königs herab. Und Daliath verbrannte mit seinem Palast, und der Zugang zu den Kerkern wurde verschüttet, so dass die Königin in der finsteren Tiefe eingesperrt wurde.

Aphras Trauer war ebenso groß wie Hellwahs Zorn, und ihre Tränen flossen so zahlreich ins Meer, dass es salzig wurde und drohte, das ganze Land zu überschwemmen. Sie und Hellwah und die anderen Götter zogen sich auf den höchsten Berg der Welt zurück, auf den steilen Gipfel, den kein Mensch erklimmen konnte.

Und Samoth zog sich unter die Erde zurück, denn er hatte erreicht, was er wollte. Und er nahm die Königin aus dem Kerker mit sich, und sie gebar ihm acht unmenschliche Kinder der Finsternis, die sie im Hass auf alle Menschen erzog.

Die Menschen lebten in Angst vor Überschwemmungen, Feuerregen und den menschenfressenden Drachen, nur der verstoßene Chillos, der älteste der Königssöhne, wollte sich nicht mit dem Schicksal abfinden. Er schmiedete im Feuer, welches Hellwah vom Berg herabgesandt hatte, ein Schwert aus hartem Stahl, und er kühlte es in den Tränen Aphras.

»Ich werde die schlimme Tat meines Vaters ungeschehen machen«, sagte Chillos und zog los, um sich den Drachen zu stellen. Sie wüteten, zerstörten Häuser und verzehrten Jungfrauen und Kinder, ein jeder Drache für sich. Einen nach dem anderen zwang Chillos in einen Zweikampf, und einen jeden besiegte er mit seinem mächtigen Schwert. Er tötete sie nicht, sondern schlug einem jeden von ihnen die Flügel ab, und so wich Samoths Bosheit wieder aus ihnen.

Als Chillos alle neun Drachen von Samoths Geißel befreit hatte, ritt er auf dem größten von ihnen zum Berg der Götter und rief hinauf: »Ich habe die Untaten meines Vaters gesühnt, und so bitte ich euch, Hellwah und Aphra und ihr anderen Götter, lasst kein Feuer mehr regnen, nehmt die Fluten von unserem Land und lasst uns wieder gemeinsam leben.«

Aphra hörte auf zu weinen, denn es gab keine geflügelten Drachen mehr, die ihre Geschöpfe, die Vögel, fraßen. Und Hellwah befahl den Bergen, kein Feuer mehr zu speien. Doch die Götter blieben auf ihrem Berg, sie wollten nun nicht mehr unter den Menschen leben. Aber sie versprachen dem Helden Chillos, dass sie die Gebete der Menschen von nun an wieder erhören und auch dargebotene Opfer annehmen wollten.

»Doch auf den Drachen lastet fortan der Fluch von Daliaths Flügel«, sagte Hellwah. »Ein jeder Drache soll geflügelt und als Geschöpf der Finsternis geboren werden. Findet sich jedoch ein Held unter den Menschen, der dem Drachen seine Flügel abschlägt, so soll der Drache dadurch aus der Finsternis befreit werden und wieder ein treuer Gefährte des Menschen sein. Was euch vor Daliaths Verrat in den Schoß gefallen ist, das müsst ihr euch nun mit Heldenmut und einem starken Arm erkämpfen.«

Das waren die Worte Hellwahs, und Chillos brachte sie zu den Menschen und gründete den Orden der Drachenritter.

Damit endete die Sage von Chillos' erster Heldentat, und der Priester fügte an: »Seit diesen frühen Tagen schützt der Orden die Menschen und befreit die Drachen von ihrem Fluch.«

»Wie wird man ein Drachenritter?«, rief ein Junge, noch bevor der Priester selbst eine Frage an die Kinder stellen konnte.

Überrascht hob Ben den Kopf und schielte zum Fenster hinein. Warum war er nie auf den Gedanken gekommen, den

Priester zu fragen? Seit seine Mutter seinen Wunsch verlacht hatte, hatte er ihn in sich vergraben gehabt, und nun sprach ein anderer ihn aus. Sein Herz schlug schneller, während er der Antwort lauschte.

Der Priester lächelte milde und verschränkte seine Finger über dem runden Bäuchlein, das sich in den letzten Jahren immer deutlicher unter der bodenlangen, tiefblauen Schultoga abzeichnete. Dabei achtete er penibel darauf, nicht Hellwahs rote, zwölfstrahlige Sonne auf seiner Brust zu verdecken. »Nun, das ist nicht ganz leicht. Ihr wisst um die Bedeutung des Ordens. Er ist der weltliche Arm Hellwahs, und neben seinen ursprünglichen Aufgaben steht er den Herrschenden mit Rat und Tat zur Seite. Er schützt die einfachen Bürger und entscheidet gemeinsam mit Hellwahs Priesterschaft, welchem Adligen und welchem Kaufherrn der Titel eines Drachenreiters verliehen wird, wer mit einem befreiten Drachen geehrt wird. In fast allen großen Städten unterhalten sie ein Kloster oder wenigstens einen kleinen Ordenssitz, auch Trollfurt hatte bis zur Schließung der Mine einen eigenen Drachenritter. Nun, es ist also offensichtlich, dass der Orden seine Mitglieder sehr sorgfältig auswählen muss. Nur die tapfersten und stärksten jungen Männer werden im Orden aufgenommen, um dort drei Jahre zu dienen und zu lernen. Dann müssen sie drei schwere Prüfungen bestehen, was nicht vielen gelingt, bevor sie drei Jahre als Drachenknappe mit einem Ritter reisen. Bürgt dieser schließlich für den Mut und die Tatkraft seines Knappen, so wird er vom Großmeister des Ordens mit Hellwahs Segen zum Ritter geschlagen.«

»Müssen Drachenritter von Adel sein?«, hakte ein anderer Junge nach.

»Nein. Es gab schon einige Drachenritter aus angesehenen

bürgerlichen Familien. Mir ist zwar nicht bekannt, dass jemals der Sohn eines Knechts zu einem Drachenritter geschlagen wurde, aber ausdrücklich verboten ist selbst dies nach den Regeln des Ordens nicht.«

Jetzt erhob sich ein Getöse im Tempel, denn jeder der Jungen brüstete sich mit seinen Heldentaten, seinem Geschick bei der Jagd und allerlei bestandenen Mutproben und versicherte, er wolle Drachenritter werden, und er würde die Prüfungen schon bestehen. Tischnachbarn gaben sich Kopfnüsse oder nahmen einander in den Schwitzkasten, um zu beweisen, wer der Stärkere war, und jeder hielt einem anderen vor, dass dieser sich dieses oder jenes nicht trauen würde.

»Und ob ich mich traue, von der unteren Klippe der Schleierfälle zu springen! Und zwar auf der Stelle!«, schrie Byasso.

»Setz dich wieder hin!«, rief Priester Habemaas.

»Aber …«

»Byasso! Du wirst jetzt nicht von einer Klippe springen! Und zieh dein Hemd wieder an. Das hier ist ein Tempel, kein Bordell!«

Ben grinste. Und mit einem Mal durchströmte ihn die Hoffnung, dass sein Wunsch, Drachen zu befreien, vielleicht doch in Erfüllung gehen konnte. Oft hatte er mit einer schartigen, gebrochenen Klinge, die Yanko ihm vom Alteisen aus der Schmiede seines Vaters stibitzt hatte, im Wald kämpfen geübt, hatte mächtigen Bäumen aus der Drehung schwungvoll die Äste abgeschlagen wie einem Drachen die verfluchten Flügel. Aber nicht oft genug – ab heute würde er viel regelmäßiger üben. Natürlich war ihm klar, dass seine Chancen nicht allzu groß waren, aber er konnte es schaffen. Er musste es einfach versuchen. Den Sommer über würde er noch üben, dann wollte er sein Glück versuchen. Dem weiter anschwellenden Lärm im Tempel nach war er nicht der Einzige, der solche Pläne gefasst hatte. Priester Habemaas konnte seine Schüler nur mühsam beruhigen.

»Mein Vater hat einen Drachen«, sagte plötzlich der Junge, den Ben am Tag zuvor verdroschen hatte, ganz nebensächlich, und schon war die Ruhe im Tempel wieder dahin. Alle schrien durcheinander und wollten wissen, wie groß der Drache sei, was für einer es wäre und welcher Ritter ihn vom Fluch der Flügel befreit habe. Die meisten Kinder fragten, ob man ihn anschauen könne.

»Natürlich«, antwortete der Junge, und an Unterricht war nicht mehr zu denken.

Also seufzte der Priester schwer und sagte: »Wenn deinem Vater das wirklich recht ist, Sidhy, dann führ uns doch bitte hin.«

Ben war längst aufgesprungen und näher ans Fenster getreten. Seine Hände zitterten, und sein Herz raste vor Aufregung. Ein Drache! Ein echter Drache war nach Trollfurt gekommen! Er schloss die Augen und lehnte sich neben dem Fenster an die weiße Steinwand. Aufgewühlt wartete er, bis die gut fünf Dutzend plappernder Kinder aus dem Tempel geströmt waren, angeführt von einem Sidhy mit stolz geschwellter Brust und einem würdevoll ausschreitenden Priester, der den Anschein erwecken wollte, als wäre der ganze Ausflug seine Idee und von ihm geplant und angeordnet. Ben löste sich von der Wand und schloss sich dem Zug unauffällig an. Er würde einen Drachen sehen!

Sie liefen die breite Hauptstraße entlang, vorbei an der Schmiede von Yankos Eltern und ein wenig später auch am strahlenden Haus Dagwarts, in dem der Bürgermeister residierte. Aus der einen oder anderen Küche drang der würzige

Duft eines Mittagessens auf die Straße, und hinter manchem Fenster zeigte sich das neugierige Gesicht eines Bediensteten.

Trollfurt war keine arme Stadt, doch noch vor gut zehn Jahren hätte sie als reich gegolten. Sie lag abseits, am wenig besiedelten nördlichen Rande des Großtirdischen Reichs, fern der Burgen und Klöster des Ordens, doch das Blausilber, das damals noch abgebaut worden war, hatte ihr Bedeutung verliehen. Das leuchtende Metall trug die Magie der alten Bergherzen in sich und war eines der seltensten und das härteste der Welt, aus ihm wurden in Schmieden mit Faystos Feuer die Schwerter und Rüstungen der Drachenritter gehämmert. Nur eine solche Klinge konnte die Schuppen eines Drachen durchdringen. Häufig wurde ihm ein wenig Schattenstahl beigemischt, der das Licht des Blausilbers schluckte, denn es war von Nachteil, in einem Kampf bei Nacht selbst ein weithin strahlendes Ziel zu bieten.

Ben hatte noch ganz schwache Erinnerungen an Arbeiter, die nach Sonnenuntergang den Berg herabgestiegen kamen, den Staub der Felsen und des Blausilbers auf den müden Schultern und im Gesicht. Wie schimmernde Gespenster waren sie ihm erschienen, gesprenkelt leuchtende Gestalten in der Nacht. Und dann war die Mine von heute auf morgen geschlossen worden und Trollfurt ebenso schnell in der Bedeutungslosigkeit versunken. Ohne Blausilber interessierte sich niemand für die Stadt. Die einflussreichsten Familien waren fortgegangen, zurück blieb niemand, der einen Drachen besaß, nicht einmal einen hundegroßen Wach- und Jagddrachen. Und da man Geld und Einfluss und das Wohlwollen des Ordens benötigte, um einen Drachen zu erhalten, blieb Trollfurt über Jahre ohne Drachen. Denn wie sollte man sich hier dieses Wohlwollen verdienen, in einer

Stadt, die so abseits lag, dass sie von den Drachenrittern gemieden wurde?

Und jetzt war völlig unvermutet und ohne große Ankündigung doch ein Drache in die Stadt gekommen.

Yanko lief ein gutes Stück vor Ben zwischen Byasso und dem schlaksigen Taque und fuchtelte mit den Armen, während er von offenbar wilden Dingen erzählte. Niemand beachtete Ben.

Schließlich erreichten sie das befestigte Anwesen, das dem einstigen Minenbesitzer gehört hatte und nun auch vom neuen bewohnt wurde. Das stählerne Tor stand offen, doch zwei große muskulöse Diener mit steinernen Gesichtern musterten die Kinder misstrauisch. Sie postierten sich mitten im Tordurchgang und ließen nur Sidhy und den Priester ein. Der Junge eilte zum Haupthaus hinüber, um seinem Vater von dem zahlreichen Besuch zu berichten.

Ben ging ein paar Schritte näher an das Tor heran, um einen Blick auf das Gelände zu werfen. Das massive Haupthaus mit dem prunkvoll verzierten Balkon lag zwanzig oder dreißig Schritt vom Tor entfernt, rechts kauerten die Gesindehäuser und links die Stallungen. Die Farbe an den Wänden war noch immer verblasst und teilweise abgeblättert, doch sahen die Gebäude nicht mehr verlassen aus. Zahlreiche Fenster standen offen, Stimmen drangen heraus, vor den Stallungen wurden eben Pferde an eine große, offene Kutsche gespannt, eine Magd hängte Wäsche auf die Leinen, die nur zum kleinen Teil hinter den Gesindehäusern hervorlugten. Der kleine Brunnen inmitten des Hofs war wieder mit Wasser gefüllt, die Sonne spiegelte sich auf der Oberfläche. Nächste Woche würde Yirkhenbarg sicher mit den Renovierungsarbeiten beginnen.

Pferde wieherten, Hunde bellten, und dann erklang ein tiefes, zufriedenes Fauchen aus den Stallungen. Ein Fauchen, das Bens Haut kribbeln ließ. Die Härchen auf seinen Armen stellten sich auf. Ehrfürchtig verstummten alle Gespräche um Ben herum, jeder drängte sich näher ans Tor, um den Drachen als Erster sehen zu können.

»Zurück, Kinder!« Die beiden Diener hatten bei dem Fauchen nicht ein bisschen gezuckt, natürlich, sie waren es ja auch gewohnt, in der Nähe eines Drachen zu sein.

In diesem Moment kamen Habemaas, Sidhy und ein großer bärtiger Mann aus dem Haupthaus. Als der Mann die dicht zusammengedrängten Kinder sah, lachte er laut auf.

»Ein paar Freunde? Das nennst du ein paar Freunde?« Seine tiefe Stimme drang deutlich bis zu ihnen herüber. Aber er winkte gut gelaunt, und so gaben die Diener das Tor frei.

Yirkhenbarg war vielleicht vierzig Jahre alt, sein Haar fiel noch dicht und ohne graue Strähnen auf seine Schultern, und er bewegte sich geschmeidig wie ein zehn Jahre jüngerer Mann. Er hatte dieselbe schmale Nase wie sein Sohn. Der dickliche Priester Habemaas mit dem spärlicher werdenden Haar und den kleinen, eng stehenden Augen wirkte neben ihm nicht mehr wie einer der wichtigsten Männer der Stadt, er strahlte nicht halb so viel Macht aus, so sehr er sich auch um eine gebieterische Haltung bemühte. Dass Yirkhenbarg dieser Eindruck in einem schlichten grünen Hemd und mit einem Lächeln gelang, beeindruckte Ben umso mehr.

»Ich wollte euch nur kurz begrüßen, ich muss gleich wieder zurück an die Arbeit. Aber Sidhy«, hier legte er dem Jungen die Hand auf die Schulter, »wird euch meinen Drachen Feuerschuppe zeigen, und ihr dürft ihn gern auch streicheln. Nur seid bitte so gut und stürzt nicht alle gleichzeitig auf

Feuerschuppe zu, das könnte ihn nervös machen.« Er winkte noch einmal in die Runde, lächelte und schritt zurück ins Haupthaus.

»Ihr habt gehört, was Vater gesagt hat. Jetzt kommt mit.« Sidhy schritt zu der besonders breiten Stalltür ganz am hinteren Ende der Stallungen. Das Holz der Tür war verwittert, doch die Scharniere schienen frisch geölt; sie machten kein Geräusch, als Sidhy die Tür aufschob.

Keiner sagte ein Wort, alle drängten sich stumm und aufgeregt nach vorn und reckten die Hälse, um den ersten Blick auf den Drachen werfen zu können. Als wären der zweite und dritte und alle weiteren Blicke nicht so viel wert, als wäre der Drache ein paar Augenblicke später nur halb so betrachtenswert oder könnte gar platzen wie eine Seifenblase.

Aus dem Inneren drang ein regelmäßiges Schnauben, ein schwerer, fast erdiger und zugleich süßlicher Geruch lag in der Luft. Er war streng, aber nicht unangenehm, im Gegenteil. Ben sog ihn genussvoll ein.

Längst nicht alle hatten Platz im Stall, wer nicht gleich hineingekommen war, drängte weiter vor der Tür und wartete, dass die Ersten genug gesehen hatten. Draußen hörten sie begeistertes, ehrfürchtiges Gemurmel und Sidhys selbstbewusste Stimme: »Komm her, Feuerschuppe, komm her zu mir.« Und: »So ist es gut, alter Junge, ja, so ist es gut.«

Ben stellte sich auf die Zehenspitzen, aber er konnte nicht über alle Köpfe hinwegsehen. Zudem war es im Stall dunkler als in der grellen Sonne. Von ihr geblendet, erahnte er drinnen nur Schemen.

»He! Lasst uns auch mal«, murrte der hoch aufgeschossene Yhmas, der ganz vorn an der Tür stand und wahrscheinlich alles sehen konnte, und andere fielen in sein Murren ein.

»Gleich!«, tönte es aus dem Inneren, und dann, irgendwann, ging es tatsächlich weiter.

Sidhy hatte die Zwischentür zu den Pferdeställen geöffnet, und die ersten Mädchen und Jungen traten mit glänzenden Augen weiter vorne wieder aus den Stallungen.

Sie wagten es noch immer nicht, laut zu reden, und stellten sich hinter Ben gleich wieder an, aber ganz ruhig und ohne zu drängeln. Ben hüpfte auf und ab, seine Geduld war aufgebraucht.

»Ich möchte den ganzen Tag nichts anderes tun als Feuerschuppe ansehen und ihn streicheln«, sagte ein kleines Mädchen mit Stupsnase und großen grünen Augen, das wie eine Schwester vom Müller-Taque aussah, nur hübscher.

Endlich konnte auch Ben einen Fuß in den Stall setzen, und sobald seine Augen aus der Sonne waren, konnte er alles deutlich erkennen. Doch ihn interessierte ohnehin nur der Drache, auch wenn er nur einen Teil von ihm sehen konnte, zu viele standen um ihn herum.

Feuerschuppe trug seinen Namen zu Recht, seine Schuppen waren überwiegend aus dunklem, kräftigem Rot, teilweise jedoch auch orange oder gelb gemustert. Durch ein kleines Fenster drang Licht herein, und wo es auf den Drachen fiel, schien seine Haut zu tanzen, als bestünde sie aus zahllosen fröhlichen Flammen. Feuerschuppe war deutlich massiger als ein Pferd und mit Schwanz sicher sieben oder acht Schritt lang, ziemlich groß für einen Reitdrachen und sicherlich so imposant wie der schwarze des Drachenritters.

Bens Mund wurde vor Ehrfurcht ganz trocken, dafür begannen seine Hände zu schwitzen. Er wischte sie an der Hose ab, und ihn erfasste wieder die grenzenlose Begeisterung und das atemlose Staunen, das ihn damals auf der Hauptstraße gepackt hatte, und er wusste, er musste einfach alles dafür tun, Drachenritter zu werden.

»Nächste Woche werden wir ihm als Erstes eine Tür in die Wand hauen, damit er immer raus in den hinteren Garten kann, wenn er möchte«, sagte Sidhy gerade.

»Aber läuft er denn dann nicht weg?«, fragte Shayleen, Yankos Cousine.

»Weglaufen?« Sidhy lachte. »Nein, nein. Feuerschuppe ist ein Freund, kein Gefangener. Sollte er wirklich einmal weglaufen, hat er seine Gründe dafür und kommt danach auch wieder.«

Der Drache lümmelte bequem und zugleich majestätisch auf einer Steinliege, hatte den breiten Kopf mit der langen, eleganten Schnauze auf einem großen Strohkissen abgelegt und ließ sich streicheln. Die Augen hatte er halb geschlossen, fast, als döste er. Manch einer näherte sich ihm nur sehr vorsichtig, aber jeder berührte ihn letztlich doch, und alle rieben seine Schulterknubbel, denn das brachte schließlich Glück.

Ben zitterte nun am ganzen Körper vor Aufregung, die verschwitzten, drängenden Körper um sich nahm er nicht mehr wahr. Erst vor zwei Nächten hatte er die Schulterknubbel der Statue gerieben, und da hatte er zwar davon geträumt, sich aber nicht vorstellen können, schon so bald einem echten Drachen zu begegnen. Einem wunderschönen noch dazu, der der ganzen Stadt Glück bringen würde. Alles in Ben drängte danach, ihn zu berühren, seine Hände schienen wie magisch von den Schulterknubbeln angezogen zu werden, er spürte ein richtiges Kribbeln der Vorfreude in den Handflächen. Er schnaubte durch die Nase aus und wisperte unhörbar: »Hallo Feuerschuppe.«

Der Drache öffnete ein Auge, musterte Ben und ließ ein langes Schnauben vernehmen.

Ben machte einen weiteren Schritt auf ihn zu, streckte die Hand aus und sah dem Drachen direkt ins Auge. Ein dunkelrotes, freundliches Auge, das strahlenförmig in einen schmalen, hellblauen Rand auslief.

»Halt!«, schrie Sidhy in diesem Moment. »Der nicht! Der fasst unseren Drachen nicht an!«

Bevor Ben überhaupt verstand, dass er gemeint war, packten ihn drei Jungs und hielten ihn fest.

»Ich kann mich nicht erinnern, dich eingeladen zu haben.« Hasserfüllt sah Sidhy ihn an, seine Stimme zitterte vor Wut. »Du, du bist hier nicht willkommen!«

Der Griff der Jungen wurde fester, und Cirpas, der älteste von ihnen, erklärte: »Das ist der Rumtreiber Ben, der macht immer wieder Ärger. Ist aber eigentlich harmlos.«

Cirpas war ein großer, bulliger Kerl, der in jeder Rauferei mitmischte und auch gern eine begann. Das Auffälligste an ihm war seine dicke, schiefe Nase mit dem krummen Hubbel an der Wurzel. Der Pechvogel hatte sie sich schon mehrmals gebrochen, er war daheim die Treppe runtergefallen, gegen einen Schrank gelaufen und auch gegen den Türstock. Einmal war er sogar in einen Rechen am Boden getreten, dessen Stiel daraufhin wie ein Katapult hochgeschnellt war, direkt auf die Nase. Das Seltsame daran war, dass an diesen Abenden immer sein Vater betrunken gewesen war, Cirpas niemals, aber trotzdem verletzte sich ständig der Junge. Noch seltsamer fand Ben, dass jeder in Trollfurt diese Geschichten glaubte oder zumindest so tat. Als hätte die offene Wahrheit etwas geändert.

»Ich kenne ihn. Eine Missgeburt ist er, die Missgeburt einer Trollin, einer hässlichen, dummen Trollin, jawohl«, keifte Sidhy und deutete mit dem Finger auf Ben.

Ein paar Umstehende grinsten und nickten. »Ja, zeig's ihm, Drachenreiter.«

»Jetzt ist dir immer noch nichts Neues eingefallen, du hirnlose, schwabbelnde Eiterkreatur!«, konterte Ben, ohne nachzudenken. Warum war der Kerl überhaupt so nachtragend? Das war doch nur eine harmlose Rauferei gewesen, außerdem hatte er schließlich selbst angefangen.

»Raus! Schafft ihn raus!«, giftete Sidhy.

Feuerschuppe hob den Kopf und schnaubte missmutig, der plötzliche Tumult vertrieb alle Behaglichkeit. Niemand streichelte ihn im Moment.

Die drei Jungs gehorchten tatsächlich und zerrten Ben in Richtung Pferdestall. Er ließ es geschehen, denn er wusste, wenn er sich jetzt wehrte, würde es Prügel setzen, und zu Hilfe käme ihm auch keiner. Den anderen aber wohl schon, obwohl sie in der Überzahl waren. Das hatte er schon zur Genüge erlebt.

Gerade einmal einen einzigen Tag war Sidhy nun in der Stadt, doch weil sein Vater einen Reitdrachen besaß, konnte er schon Befehle erteilen. Vielleicht klappte das auch nur, weil sich Sidhy Ben als Opfer ausgesucht hatte, möglicherweise hörten sie ja auch nur auf Sidhy, weil dieser Befehl – »Schmeißt Ben raus!« – auch von ihren Eltern oder eigentlich jedem in Trollfurt hätte kommen können. Andere Jungs mussten sich ihre Position erkämpfen, aber wer kämpfte schon gegen einen Jungen, dessen Freund ein Drache war? So oder so, Sidhy war nun wohl endgültig in Trollfurt angekommen.

Ben blickte so lange zu Feuerschuppe, wie es ging, reckte den Hals nach den flammend roten Schuppen und den freundlichen feuergleichen Augen, die ihm nachsahen. Dann wurde er an wiehernden Pferden vorbeigeschleift, raus in die Sonne.

»He, Ben, was machst du denn hier?«, rief Yanko, der darauf wartete, wieder hinein zu dürfen, und ihn plötzlich entdeckte.

»Ich …«, sagte Ben, aber Cirpas stieß ihn einfach in Richtung Straße: »Weiter!«

»He! Cirpas! Jungs!« Yanko kam angelaufen und hielt sich neben ihnen. »Was soll denn das? Lasst doch Ben einfach auch den Drachen anschauen und die Knubbel reiben. Er kann doch echt ein bisschen Glück gebrauchen.«

»Sidhy will das nicht.«

»Sidhy?« Yanko klang erstaunt. »Ich seh ihn gar nicht. Wenn Sidhy ihn hier nicht haben will, soll er ihn doch selbst rausschmeißen. Oder seine Bediensteten anweisen, das zu tun. Oder seid ihr jetzt seine neuen Diener?«

»Ach, halt die Klappe, Yanko! Ich tu hier nur einem Freund einen Gefallen.«

»So, so, einem Freund«, sagte Yanko und hob die Augenbrauen, dann waren sie auch schon am Tor angelangt. Es stand noch immer offen, doch jetzt war kein Bediensteter mehr zu sehen. Sie stießen Ben auf die Straße, er stolperte und fiel auf Knie und Hände. Die Hände schürfte er sich auf dem grob gehauenen Stein auf.

»Verzieh dich!«, sagte Cirpas noch, dann stolzierte er wieder zurück zum Stall.

Yanko sah Ben an und half ihm wieder auf die Füße. »Was war denn das?«

»Der feige Warzenkopf Sidhy trägt mir nach, dass ich ihn

gestern ein bisschen verdroschen habe. Und Cirpas hat wohl Angst vor dem Drachen oder vor Sidhys Papa und gehorcht brav.«

»Ich glaube eher nicht, dass er Angst hat. Der will sich nur einschleimen, um jeden Tag die Knubbel reiben zu dürfen. Oder irgendwann auf dem Drachen zu reiten. Ich meine, hast du den gesehen? Unglaublich!« Yanko begann von der Größe und Schönheit und Stärke und Anmut und Majestät des Drachen zu schwärmen, von den flammenden Schuppen, den glücksbringenden Knubbeln, den mächtigen Klauen, den Nüstern, den Augen, dem lodernden Rückenkamm aus schillerndem Horn, aber das war das Letzte, was Ben jetzt hören wollte. Er hatte Feuerschuppe schließlich selbst gesehen, und jetzt durfte er nicht mehr. Er war der Einzige, der ihn nicht hatte berühren dürfen, und er wollte jetzt nicht mehr an den Drachen denken, er fühlte sich innerlich ganz leer. Jahrelang hatte er darauf gehofft, wieder einen Drachen zu sehen, zu berühren, zu reiten. Und nun, da der Drache endlich gekommen war, wurde er fortgeschickt. Hätte er sich nur nicht mit diesem verfluchten Sidhy geprügelt! Dabei hätte das jeder andere an seiner Stelle auch, schließlich hatte Sidhy angefangen. Aber was half das jetzt, wieder einmal war er der Trottel in Trollfurt. Wie er das hasste. Also unterbrach er Yanko, bevor dieser sogar noch ein Loblied auf das Ohrenschmalz des Drachen anstimmen würde, und fragte, was sie jetzt machen würden.

»Ich muss wieder rein«, sagte Yanko. »Ich hab noch eine Wette mit Byasso laufen. Außerdem muss ich mir noch ein bisschen Glück herbeirubbeln, nicht dass am Ende alle anderen mehr haben als ich. Glück kann man immer brauchen, weißt du doch.« Mit einem Schulterzucken und einem entschuldigenden Grinsen drehte er sich wieder um. »Wir sehen uns morgen.«

Ben nickte knapp und sah ihm nach, wie er zum Stall zurücklief und sich zwischen die anderen drängte. Alle sahen zu Feuerschuppe hinein, niemand beachtete Ben. Sonst gab es immer ein großes Hallo und ein paar Gaffer, wenn er seine Abreibung bekam, aber heute interessierte man sich nicht einmal mehr für seinen Rausschmiss.

Nur ein strahlend blondes Mädchen in einem feinen grünen Kleid mit goldener Schnürung, das teuer aussah, stand abseits des Getümmels und blickte zu ihm herüber. Auf die Entfernung war er nicht sicher, ob sie lächelte, doch sie musterte ihn neugierig. Er war sofort sicher, dass sie schön war, er hatte ihr schmales, ebenmäßiges Gesicht mit der geraden Nase und den tiefen dunklen Augen vorhin schon gesehen, als er von dem dummen Drachen abgelenkt gewesen war. Und da hatte sie gelächelt, ganz leicht nur und ein wenig spöttisch.

Ben klopfte sich den Staub von der Hose und blickte dabei unverwandt zurück. Sein Herz schlug plötzlich wieder schneller. Wie sie in der Sonne stand, den Kopf leicht schief, und zu ihm herübersah, als wäre er wichtiger als der Drache … Sie wandte den Kopf nicht schüchtern ab und erinnerte ihn an die Königstöchter in den alten Sagen, für die sich ein Held in die schlimmsten Abenteuer stürzte, um sie zu erobern. Ben konnte sich nicht an sie erinnern, dabei hätte er eine solche Schönheit in Trollfurt doch gar nicht übersehen können.

Bis zum Tor ging er ihr entgegen, drei Schritte, und lächelte. Sie sah ihn weiter an. Es gab nicht viele blonde Mädchen in Trollfurt, wie konnte er sie da nicht kennen? Und dann fiel es ihm ein: Sie musste Sidhys Schwester sein. Deshalb sah sie zu ihm herüber; den Drachen kannte sie zur Genüge. Für sie war Ben das Kuriosum, der Trottel, der ihren Bruder zur Begrüßung in der neuen Heimat mal eben schnell verdroschen hatte. Derjenige der fünf Dutzend Besucher, der als Einziger rausgeschmissen wurde und sich dabei nicht einmal wehrte, weil er es gewohnt war, rausgeschmissen zu werden. Der verachtenswerte Prügelknabe in der vergessenen Stadt am Ende der Welt.

Was für ein Mist. Natürlich lächelte sie nicht und winkte auch nicht. Sie passte einfach nur auf, dass Ben nicht wieder zurück auf ihren Grund stolperte. Sein Herz pochte immer noch schnell, und das Blut schoss ihm ins Gesicht.

Fluchend vergrub Ben die Hände in den Hosentaschen und stapfte davon, nur irgendwohin, rauf in die einsamen Berge. Heute wollte er niemanden mehr sehen.

EIN NEUES HEIM

In den nächsten Tagen sah man ganz deutlich, welcher Junge in Trollfurt die Schulterknubbel des Drachen nicht berührt hatte. Überall entdeckte Ben strahlende Gesichter, Mädchen lächelten Sidhy hinterher, Jungen klopften ihm ständig auf die Schulter und machten seiner schönen Schwester Nica den Hof. Alle sprachen davon, wie viel Reichtum Trollfurt zu erwarten hatte, jetzt, da das Glück in die Stadt zurückgekehrt sei und in der Mine wieder Blausilber gefördert werden würde. Dann würde sicher auch der Orden der Drachenritter wiederkehren.

Yanko erzählte eines Mittags, dass seine Eltern aufgehört hatten zu streiten und dass er einen Gulden gefunden hatte, einfach so, die blinkende Münze hatte mitten auf der Straße gelegen.

»Ein Gulden, Ben, ein ganzer Gulden!«

»Ein halber wäre ja auch zu blöd gewesen«, brummte Ben missmutig. So viel Geld hatte er noch nie besessen.

Yanko lachte, klopfte ihm auf die Schulter und lief nach Hause.

Ben hatte kein Geld gefunden, nicht einmal einen alten Knopf, gar nichts. Er hatte auch noch kein Wort mit Nica gewechselt, er wusste nicht einmal, was er sagen sollte, sollte er sie je ohne einen ihrer Verehrer oder ohne Freundin antreffen. Verehrer und Freundinnen hatte sie selbstverständlich zuhauf, sie konnte schließlich seit Jahren Feuerschuppes Schulterknubbel reiben, wann immer sie wollte.

Er hatte dafür Ratten im Haus, die ihm in drei aufeinander folgenden Nächten das Frühstück wegfraßen; Vorräte besaß er nicht, und so verbrachte er die Vormittage hungrig, bis er einen Fisch fangen oder eine Frucht stibitzen konnte.

Manchmal schubste ihn irgendein Junge herum, wenn Sidhy in der Nähe war, um diesen zu beeindrucken.

Von einem der Nachbarhäuser löste sich ein Dachziegel und stürzte neben ihm zu Boden. Dass er nicht getroffen wurde, konnte man eigentlich nicht Glück nennen; es war einfach eine Warnung der Götter. Und als ihm am nächsten Tag beim Üben mit der alten Klinge ein Ast ins Gesicht schnellte und ihm fast das Auge ausstach, wusste er, jetzt wurde es ernst. Die breite Schramme auf seiner Wange blutete, er ging augenblicklich nach Hause, ohne weitere Äste im gespielten Drachenkampf abzuhacken.

Seine Warze juckte wie wild, bis plötzlich neben ihr eine zweite zu wachsen begann. Ein kleines, hässliches, weißes Ding. Panisch drehte er die Hand im hellen Sonnenlicht hin und her, ob irgendwo noch eine dritte Warze wäre. Noch konnte er keine entdecken. Aber an zwei Punkten schien ihm seine Haut bleicher als sonst. Waren das erste Anzeichen? Würden dort Warzen wachsen? Er strich die Stellen mit Speichel und kühler Erde ein und murmelte Hellwahs Namen.

Wenn alle anderen in Trollfurt nun Glück hatten, musste ja alles Pech bei ihm hängen bleiben. Das durfte nicht sein, das konnte er nicht einfach so zulassen! Er musste irgendwie zu Feuerschuppe gelangen, um seine Schulterknubbel zu reiben. Anders würde er nicht mehr lange überleben.

»Jetzt übertreibst du aber«, sagte er sich, aber sicher war er nicht. Wenn wirklich alles Pech Trollfurts auf ihn fiel, dann würde er sterben müssen. Das sollte er sich gar nicht schönreden. So viel Pech konnte niemand überleben. Seine einzige Hoffnung waren Feuerschuppes Schulterknubbel, und wenn er sie gerieben hatte und das Glück ihm wieder hold war, fand sich vielleicht ja auch eine Drachenschuppe, mit der er seine beiden Warzen wegzaubern konnte. Oder wie viele auch immer es dann sein würden. In ihm saß die Angst, dass er auf dem Friedhof doch gesehen worden war und sich die Warzen nun über seiner Hand ausbreiten würden, vielleicht über den ganzen Arm oder gar seinen ganzen Körper. Alles würde jucken, er würde sich nur noch schwerfällig bewegen können, und dann ginge er als Ben der Warzenjunge in die Geschichte Trollfurts ein. Eine Lachnummer und zugleich der Schwarze Mann, mit dem man kleine Kinder noch lange nach seinem viel zu frühen Tod erschrecken konnte.

Ben beschloss, erst wieder einen Fuß vor die Tür zu setzen, wenn er einen Plan hatte, wie er ungesehen in Feuerschuppes Stall gelangen konnte. Na gut, um sich Essen zu beschaffen, musste er hinaus, aber das würde er nachts machen. Er wollte einfach keiner dieser glücklich grinsenden Gestalten begegnen.

Er legte sich auf sein Bett und starrte an die Decke. Hier hatte er seine Ruhe, aber ein Plan wollte ihm nicht einfallen. Er dachte an das hohe Tor aus Stahlgittern um das Anwesen, den verschlossenen Stall, die muskulösen Bediensteten, den freundlichen Yirkhenbarg, dessen Freundlichkeit jedoch sicher nicht gegenüber nächtlichen Eindringlingen galt. Er verfluchte den hochnäsigen, widerlichen Feigling Sidhy und verdrosch ihn in Gedanken immer wieder. Das half ihm natürlich nicht im Geringsten weiter.

Die meiste Zeit dachte er jedoch an die schöne Nica, aber auch das führte ihn nirgendwohin. Ja, wäre sie seine Geliebte, dann könnte sie ihm den Schlüssel für das Tor hinter einem losen Mauerstein verstecken, und Ben könnte so auf das Anwesen gelangen, zu Feuerschuppe und dann zu ihr, und er würde mit ihr fortgehen, am besten mit ihr auf Feuerschuppe davonreiten …

»Denk an deinen Plan!«, ermahnte er sich und schlug mit der Faust gegen die Wand. Was sollten diese romantischen Träumereien? Er hatte ernsthafte Probleme, um die er sich kümmern musste, und eine wuchernde Warze. Wenn er mit Nica in den Sonnenuntergang reiten wollte, dann musste er sie schon entführen, freiwillig käme sie nicht mit. Und auch den Drachen müsste er entführen. Wenn ein armer Schlucker wie er ein Mädchen wie sie gewinnen wollte, dann brauchte er Glück. Und genau hier war er wieder am Anfang angekommen.

Sein Magen knurrte, aber er würde jetzt nicht rausgehen. Erst später, wenn es dunkel war.

Er drehte sich um und starrte auf das große Drachenbild, das er an die Wand gekritzelt hatte. Der Schulterknubbel war schon nicht mehr zu erkennen, die ganze Kohlefarbe fortgerieben, so sehr hatte er versucht, ein wenig Glück durch die Zeichnung herbeizurufen. Natürlich vergebens.

»Ich werde das Glück zu mir zwingen«, presste er zwischen den Zähnen hervor.

In diesem Moment klopfte es plötzlich an die Tür. Drei schwere Schläge von einer großen Hand. Das war sicher nicht Yanko. Aber wer sollte ihn sonst besuchen?

Manchmal, wenn seine Mutter früher, viel früher, einen guten Tag gehabt hatte und er einen schlechten, hatte sie ihn auf den Schoß genommen und gesagt, er solle nicht traurig sein, irgendwann, wenn er es am wenigsten erwartete, würde das Glück an seine Tür klopfen. Damals hatte er immer gekichert, denn er fand die Vorstellung lustig, das Glück würde wie ein echter Vagabund von Haus zu Haus wandern, er würde die Tür öffnen, und es sagte: »Hallo, mein Junge, ich bin das Glück. Was kann ich für dich tun?« Also hatte er immer öffnen wollen, wenn es geklopft hatte, aber nur ganz selten hatten Vagabunden vor der Tür gestanden, und nie das Glück.

Wieder klopfte es.

»Ben! Junge! Bist du da?«, fragte eine tiefe Männerstimme.

Ben hatte keine Lust, jemanden zu sehen. Er schwieg.

»Wenn du da bist, mach auf.« Wieder klopfte es. »Wir kommen jetzt rein!«

»Was?«, rief Ben. »Wartet.« Er sprang vom Bett und stolperte, rappelte sich wieder hoch und schlurfte zur Tür. Wenn das nicht wichtig war, dann …

»Hallo Ben.« Vor der Tür standen drei Büttel, das Wort führte der Oberbüttel Gunnadrakh, ein riesiger, bärtiger, bärenhafter Mann mit ungebändigtem dunklem Haar, der eigentlich nur dann ungemütlich wurde, wenn man ihm widersprach.

»Herr Oberbüttel«, sagte Ben und fragte sich, ob ihn jemand beim Apfelklauen gesehen und angeschwärzt hatte. Aber würden die Büttel deshalb zu dritt kommen? »Kann ich Sie hereinbitten?«

»Nein, danke«, brummte Gunnadrakh. »Eigentlich sind wir gekommen, um dich herauszubitten.«

Die beiden anderen Büttel feixten und nickten.

»Warum das? Können wir nicht hier auf der Schwelle reden?«

»Es geht nicht um ein nettes Plauderstündchen, Ben. Wie du sicher weißt, hat Herr Yirkhenbarg die Blausilbermine oben am Berg gekauft. Und zur Mine gehören auch alle Arbeiterhäuser am linksseitigen Ufer. Als neuer Besitzer hat er uns gebeten, alle widerrechtlich besetzten Häuser zu räumen. Also auch dieses hier.«

»Was?« Ben gaffte die Büttel an. »Aber … aber … ich wohne hier!«

»Du hast hier gewohnt, solange der Besitzer das toleriert hat.«

»Und jetzt? Was soll ich denn jetzt machen?«

»Hast du's nicht verstanden? Du sollst gehen. Mach Platz für die anständigen Arbeiter, die demnächst kommen werden. Und sei froh, dass Herr Yirkhenbarg so großzügig ist, nicht die Miete für die letzten Wochen zu verlangen. Da hat ihm das Haus nämlich schon gehört.«

Ben konnte es nicht glauben; das musste doch ein schlechter Scherz sein. Hier waren weit und breit keine anständigen Arbeiter zu sehen, nur verlassene Häuser. Er hatte Yirkhenbarg nichts getan, der Mann war doch freundlich gewesen und …

Sidhy!, dachte Ben. *Das war sicher Sidhys Idee!* Der hässliche Echsenkopf hatte seinen Vater aufgehetzt. Dieser verfluchte Kerl!

»Junge, komm, jetzt mach keinen Ärger. Beweg dich hier raus und verschwinde.« Der bullige Büttel mit den kurzen schwarzen Haaren grinste ihn fies an und winkte ihn mit der Rechten nachlässig heraus. Ben war von ihm schon mal beim Zitronenklauen erwischt worden, aber er hatte seinen Namen wieder vergessen.

»Ich muss mein Zeug holen«, brachte er hervor. Die meinten es tatsächlich ernst.

»In Ordnung.« Oberbüttel Gunnadrakh nickte gnädig.

»Trödel aber nicht herum«, sagte der Bullige nicht ganz so gnädig. »Wir warten hier. Und wir haben noch anderes zu tun.«

Ben drehte sich um und warf die Tür hinter sich ins Schloss. Er hörte noch, wie der dritte Büttel sagte: »Lass ihm doch ein paar Minuten. Der Junge verliert gerade sein Zuhause.«

»Genau genommen ist es nicht sein Zuhause, deshalb sind wir ja hier. Außerdem ist die Hälfte seiner Sachen doch sowieso geklaut. Je weniger er mitnimmt, desto besser.«

Einen Wagen besaß Ben nicht, und er wusste, sie würden ihn nur mitnehmen lassen, was er tragen konnte. Also band er sich rasch aus seinem Gürtel und einem Strick eine Art Pferdegeschirr und knotete es an die große Truhe. In sie stopfte er seine wenige Kleidung, Nähzeug, Besteck, Teller, das Brett, seine zwei Töpfe und die schwere Eisenpfanne, die er im Nachbarhaus gefunden hatte. Dazu drei tote Ratten an einer Schnur, die alte, aber scharfe Axt von seinem Vater, die rostige Übungsklinge, zwei verrußte Laternen, vier Fläschchen Öl und eine Handvoll fast kugelrunder Steine, die er im Fluss gesammelt hatte. Als Letztes presste er seine Bettdecke und das Kopfkissen hinein, oben drauf schnallte er seine Angel, die zu lang war, um in die Truhe zu passen, und die zusammengerollte Matratze.

»Junge!«, brüllte der bullige Büttel vor dem Haus. »Mach schon!«

»Ja!« Ben zerrte die Truhe langsam am Griff zur Tür. Die Matratze löste sich und rollte vom Deckel herunter. Verdammt! Mühsam rollte er sie wieder zusammen, machte einen dreifachen Knoten in die Verschnürung und …

»Junge! Nun beeil dich!«

»Ich komm ja schon!« Ben atmete tief durch und warf einen letzten Blick auf die Drachen, vor allem den großen, den er mühevoll an die Wand gemalt und immer wieder verbessert hatte. Viel mehr als das Bild blieb hier von ihm nicht zurück, und das würden die neuen Bewohner bestimmt gleich am ersten Tag abwaschen. Wenn nicht, würde Sidhy es ihnen schon befehlen. Er kämpfte mit den Tränen, aber er würde nicht heulen wie ein Kleinkind. Nicht vor den Bütteln, nicht vor irgendwem aus Trollfurt! Aber er würde Sidhy zum Heulen bringen. Sidhy würde so sehr heulen, dass es in Trollfurt eine Überschwemmung von seinen Tränen geben würde. Und wenn Sidhy darin ertrinken würde, wäre Ben nicht im Geringsten traurig.

Er zurrte die Matratze fest und zog die Truhe mühsam nach draußen. Dort nahm ihm Oberbüttel Gunnadrakh den Schlüssel ab und verschloss die Tür.

»Hier hast du nun nichts mehr verloren«, sagte er noch, dann schlenderten die Büttel davon.

Seine Mutter hatte – wie so oft – nur Unsinn erzählt. Wieder einmal hatte sich gezeigt, dass nicht das Glück vor der Tür stand, wenn es klopfte. Jedenfalls nicht vor seiner.

Ben drehte sich noch einmal um, spuckte gegen die Haustür und wünschte dem nächsten Bewohner alles Schlechte, Warzen, Flöhe und giftige Kakerlaken, groß wie Kaninchen. Dann schnallte er sich sein improvisiertes Geschirr um die Brust und stapfte los. Der Schweiß rann ihm schon bei den ersten Schritten übers Gesicht, die Truhe war ungeheuer schwer, schon leer wog sie mehr als ein Dutzend Pfund.

Noch wusste er nicht, wohin, doch die Sonne stand schon tief. Er sollte einen sicheren Unterschlupf für die Nacht finden, bevor es dunkel wurde, morgen konnte er dann weitersehen. Ein Stück den Berg hinauf gab es eine verborgene kleine Höhle. Dort hätte er seine Ruhe und wäre näher am Fonksee, wo es die besten Fische gab und das Angeln am ungefährlichsten war.

Als er sich an gerade einmal zwei Häusern entlanggekämpft hatte, wollte die Truhe schon nicht mehr weiter. Sie hatte sich in einer Vertiefung aus festgetretener Erde verkantet. Ben drehte sich um und hob die Truhe über das Hindernis hinaus. Es würde ewig dauern, bis er auch nur das Ende der Straße erreicht hätte, ganz zu schweigen vom Stadttor. Und wie er es ohne Glück auch noch den Berg hinauf schaffen sollte, wusste er nicht. Doch aufgeben würde er nicht, er musste erst einmal aus der Stadt rauskommen.

Als sich die Truhe zum dritten Mal in die Erde gegraben hatte und festsaß, konnte er immer noch sein altes Haus sehen, wenn er sich umwandte. Er kam einfach nicht voran. Auf welche Dinge konnte er am leichtesten verzichten? Was konnte er am Straßenrand zurücklassen, ohne dass es jemand stahl, bevor er zurückkam, um es zu holen?

Plötzlich kam Yanko um die Ecke gebogen. Er pfiff vor sich hin und zog einen großen leeren Leiterwagen hinter sich her.

»He, Ben, ich habe gehört, du kannst ein paar Räder unter deiner Truhe gebrauchen?«

Ben strahlte seinen Freund an und ließ sich erschöpft und erleichtert zu Boden sinken. »Mann, Yanko! Wer hat das gesagt?« Hemd, Hose und Haare waren so nass, als wäre er einmal quer durch den Dherrn getaucht.

»So direkt niemand. Aber Sidhy hat in der Schule geprahlt, er würde dich noch heute aus deinem Haus werfen lassen. Ich dachte erst, der schwätzt nur mal wieder groß herum, doch als ich heimgekommen bin, war der Büttel Kazhis gerade bei uns, um ein neues Schwert in Auftrag zu geben. Und er erzählte meinem Vater hämisch, wie sie dich eben rausgeschmissen hätten, was sie schon längst hätten tun sollen, denn das Haus habe dir schließlich nie gehört. Er hat gelacht und sagte, dass du dein Diebesgut kaum schleppen konntest, und allein daran könne man erkennen, dass du ein raffgieriger kleiner Schmarotzer bist. Mein Vater hat gesagt, da könne ich sehen, wohin ein Leben als Taugenichts führen würde und warum du kein passender Umgang für einen wohlerzogenen Jungen bist.« Yanko grinste. »Meine Mutter beschwert sich ja immer, ich sei nicht höflich genug. Ich bin also leider nicht wohlerzogen, und da dachte ich, der Taugenichts könnte vielleicht ein wenig Hilfe gebrauchen.«

»Und wie! Doch zuerst brauche ich eine Pause und einen Schluck Wasser.«

Gemeinsam und mit dem Wagen war es dann ein Leichtes, die Sachen auf den Berg zu schaffen. Die Höhle lag etwa fünfzig oder hundert Schritt abseits des Wegs zur Mine hinauf, und sie war gut verborgen hinter einem Felsen und dichtem Gesträuch. Dort hinauf schafften sie die Dinge ohne Wagen und wünschten Sidhy abwechselnd alle Krankheiten an den Hals, die ihnen einfielen, und noch ein paar, die sie eigens für ihn erfanden.

»Danke«, sagte Ben schließlich, als auch die schwere Truhe endlich oben stand. Die Höhle war nicht besonders groß, aber ein Stück geräumiger als sein Haus. Über die rissigen Wände krabbelten allerlei Insekten und schwarze Gebirgsasseln, der lehmige Boden war von kantigen Gesteinsbrocken übersät. Es roch muffig, und ganz hinten entdeckten sie einen handbreiten Spalt, der hoffentlich nicht bis in Samoths Reich hinabreichte. Im Licht der Laterne konnten sie sein Ende nicht erkennen.

Yanko zuckte nur mit den Schultern. »Ja, schon gut, hättest du für mich doch auch getan.«

Ben nickte.

Yanko nahm das Lederband mit dem verbogenen, durchlochten Groschen vom Hals und reichte es Ben. »Da. Der Groschen hat mir immer Glück gebracht.«

»Aber …?« Ben starrte ihn an.

»Kein Aber. Du hast ein bisschen Glück echt nötig. Das ist nur ein Groschen, der ist nicht halb so mächtig wie die Schulterknubbel eines Drachen, an denen ich jetzt schon mehrmals gerieben habe. Aber er bringt doch Glück, und du kannst es brauchen.«

Ben hängte sich den Groschen um den Hals und fühlte sich mit einem Mal sicher. Noch einmal sagte er: »Danke.« Fast war es, als fühle er das Glück zu sich zurückfließen, aber das war wohl nur Einbildung und das ferne Rauschen der Schleierfälle.

»Ich muss dann mal.« Yanko nickte ihm zu und stieg zum Leiterwagen hinunter. Während er den leeren Wagen den holprigen Weg ins Tal zog und dabei eine Melodie pfiff, die er sich aus verschiedenen bekannten Liedern selbst zusammenbastelte, sah Ben ihm lange nach und hielt den Glücksgroschen fest mit der rechten Faust umschlossen.

FEUERSCHUPPE

Rasch hatte sich Ben eingerichtet, so gut es ohne Möbel eben ging. Die Matratze lag dort, wo ihm der Boden einigermaßen gerade vorgekommen war, daneben stand die Truhe, aus der er nichts herausgeräumt hatte außer dem Kopfkissen, der Decke, einer Laterne und der Scheide mit dem langen, scharfen Dolch, mit dem er immer die Fische ausnahm.

Seit Sonnenuntergang saß Ben auf dem Felsen vor der Höhle und starrte ins dunkle Tal. Es war beinahe Neumond, doch eine schmale Sichel und die Sterne erleuchteten den wolkenfreien Himmel. Er wartete darauf, dass in Trollfurt die letzten Lichter verloschen. Yankos Groschen würde ihm genug Glück bringen, um sich bis zu Feuerschuppe zu schleichen. Dann würde er die halbe Nacht lang die Schulterknubbel des Drachen reiben und sich dabei überlegen, wie er Sidhy eins auswischen konnte. Rache war wirklich etwas Wunderbares. Dennoch freute er sich tatsächlich noch mehr darauf, den Drachen wiederzusehen.

Irgendwo weiter oben am Berg löste sich ein Stein und rollte hinab, und ein einsamer Felsenwolf heulte den Mond an. Ben holte den Dolch aus der Scheide. Angst hatte er keine, aber deshalb musste er ja nicht alle Vorsicht außer Acht lassen. Angestrengt lauschte er in die Nacht, doch das nächste Wolfsheulen erklang ein Stück weiter entfernt. Gut so. Er sah wieder nach unten.

Nur noch eine Handvoll Lichter brannten in der Stadt, es

wurde Zeit. Alles konnte er von hier oben natürlich auch nicht überblicken, nicht die Rückseiten der Häuser, nicht jene im Schatten der Stadtmauer, aber bis er unten war, würde die Stadt schlafen.

Ben steckte den Dolch kurz weg, sprang vom Felsen und zerrte einen frisch abgerissenen Ast mit vielen Verzweigungen und noch beinahe grünem Laub vor den Höhleneingang. So würden während seiner Abwesenheit keine großen Tiere hineingelangen.

Danach nahm er den Dolch wieder in die Hand und stieg bedächtig zum Bergweg hinunter. Diesem folgte er bis ins Tal, dann schlich er querfeldein zu den Schleierfällen hinüber. Zum Stadttor würde man ihn jetzt nicht einlassen, nicht, nachdem er aus seinem Haus geworfen worden war. Nicht, wenn er keine plausible Geschichte vorzuweisen hatte. Doch wozu sollte er sich eine Geschichte zusammenschwindeln, wenn es einen viel einfacheren Weg in die Stadt gab? Grinsend ließ er sich unterhalb der Schleierfälle in den Dherrn gleiten.

»Oh, verdammt«, zischte er. Der Weg war einfacher, aber auch deutlich kühler.

Langsam ließ er sich von der Strömung mittreiben, nah am Ufer, wo er jederzeit mit den Füßen den Grund erreichen konnte. In Friedenszeiten patrouillierten nur wenige Nachtwächter auf der Stadtmauer, denn Trollfurt lag abseits der großen Handelsrouten, eigentlich abseits von allem. Fremde verirrten sich nur selten hierher. Die Tore wurden bewacht, doch über dem Fluss war schon lange kein fester Wächter mehr postiert.

Die Stadtmauer war drei Mann hoch, und in der Nacht, von unten aus dem Fluss betrachtet, wirkte sie noch viel massiger, ein schwarzer, unüberwindlicher Block. Doch in der

Mauer befand sich ein Durchgang für den Fluss, der jetzt im Frühsommer bis etwa einen Schritt Raum zwischen dem Stein und dem Wasserspiegel ließ; zu Zeiten von Hochwasser schwappte die Flut gegen das Gemäuer, auch wenn das meiste Wasser dann in den beiden Überlaufgräben um die Stadt herumgeleitet wurde. Der einzige Haken an dem Durchlass war, dass er mit einem groben Gitter aus massiven Eisenstangen versehen war.

Ben wurde von der Strömung gegen das Gitter gedrückt. Kleine Wellen plätscherten um ihn herum, das Wasser drang ihm in Nase und Ohren, den Mund hielt er fest geschlossen. Langsam zog er sich am Gitter entlang zur Flussmitte. Dort holte er tief Luft und tauchte hinab, zog sich im Dunkeln bis an den steinigen Grund und tastete dabei immer nach dem Gitter. Yanko hatte ihm erzählt, hier wäre eine Lücke, sein Vater hätte sich beim Ausbessern des Gitters vor ein paar Jahren verrechnet und wäre dann zu faul gewesen, es zu korrigieren. Welcher Feind würde schon davon wissen und so in die Stadt gelangen? Von außerhalb des Wassers wäre ja nichts zu erkennen. Doch auch für Ben, der davon wusste, war kein Durchkommen. Er tauchte wieder auf und holte möglichst leise Luft.

Hatte Yanko ihn angelogen? Nein, sicher nicht. Wahrscheinlich war Ben nur nicht in der Flussmitte. Er taxierte die Ufer und zog sich dann am Gitter ein Stück weit nach links. Er füllte seine Lungen mit Luft und stieß wieder in die Tiefe hinab. Das Wasser schob ihn gegen das Eisen, er tastete nach dem Grund. Endlich war er unten, aber auch hier ließ das Gitter nur eine Handbreit Raum. Ben tastete nach rechts und links und noch weiter nach links, und da spürte er es – der Boden sackte noch einmal ab, das Gitter aber machte eine Art Bogen nach oben. Er drückte sich ganz zum Grund hinab, und der Fluss spülte ihn unter dem Gitter hindurch. Da verhedderte sich sein weites Hemd am Ende einer Stange. Panisch griff Ben hinter sich, doch er bekam den Haken nicht zu fassen. Er wollte nicht ertrinken! In diesem Moment huschte eine handgroße Wasserfee mit Regenbogenflossen vor seinem Gesicht vorbei, und mit letzter Hoffnung dachte er: *Ich will hier weg!*

Denn wenn man eine Wasserfee sah, durfte man sich etwas wünschen, fischte man sie dagegen aus dem Dherrn, brachte dies sieben Jahre Pech. Deshalb angelte Ben auch lieber am Fonksee, wo es keine Wasserfeen gab.

Kaum hatte er seinen Wunsch zu Ende gedacht, konnte er sich wieder losreißen. Dabei schürfte er sich die Schulter und den Rücken auf, aber nicht tief; es blutete kaum.

Schnell, aber vorsichtig tauchte er in der Stadt an die Oberfläche. Tief atmete er durch und küsste mit zitternden Lippen Yankos Groschen. Zum ersten Mal seit Tagen hatte er wieder Glück gehabt.

Ein Stück weit schwamm er mit der Strömung, es war besser, nicht direkt an der Mauer aus dem Wasser zu steigen, falls irgendein Nachwächter doch einem Anfall von Pflichtbewusstsein erlegen war und das Würfelspiel verlassen hatte.

Ben wollte eben in der Nähe der Brücke ans Ufer klettern, da fiel ihm ein, dass das Anwesen des Minenbesitzers mit der Rückseite an einen Seitenarm des Dherrn grenzte. Von dort wäre es wahrscheinlich leichter, auf das Grundstück zu gelangen; sollte ein Bediensteter Wache schieben, dann sicher vorne am Tor.

Die Seitenarme des Dherrn waren eigentlich künstliche, schnurgerade verlaufende Kanäle, die Dagwarts Urenkel Medes angelegt hatte, um den vornehmen Häusern den Weg zum Brunnen und Fluss zu ersparen. Nur eine Spielerei und nicht von so großer Bedeutung für die vornehmen Leute, die ja ohnehin nicht selbst zum Brunnen liefen, sondern ihre Mägde und Knechte schickten. Ben vermutete, dass Medes einfach von Wasser besessen gewesen war, denn auch die Wasseruhr hatte er errichten lassen, ebenso wie die Aquarien im Tempel der anderen Götter und die riesige Mühle hinter der Stadt, die von drei miteinander verbundenen Wasserrädern betrieben wurde und das Korn schneller zu mahlen vermochte, als jeder Müller es nachfüllen konnte.

Ben schwamm also weiter, unter der Brücke hindurch, über die eben zwei Betrunkene nach Hause torkelten – oder zumindest in die Richtung, in der sie ihr Zuhause vermuteten.

»Ich wusste gar nicht, dass wir so viele Brücken in Trollfurt haben«, lallte der eine.

»Das fällt dir bei Tag nur nicht auf, weil die alle gleich aussehen«, erwiderte der andere.

Eigentlich war es nur eine große Brücke, dachte Ben, dazu drei schmale Stege aus Holz und die kleinen Stege über die Kanäle. Grinsend bog er nach rechts in den ersten Kanal, der hinter den Häusern der Hauptstraße entlanglief. Es war still hier, das Wasser ruhig, es floss langsam und ohne große Wellenbewegungen dahin. Manchmal erklang ein Platschen, wenn eine Flussechse oder eine Wasserratte auf- oder untertauchte. Aus einem geöffneten Fenster drang lautes Schnarchen und leises Motzen, das Ben jedoch bald hinter sich ließ.

Schließlich hörte er ein tiefes Schnauben, dessen Ursprung in der Nacht vor ihm lag. Es war leise, und doch spürte er es im ganzen Körper, wie ein leichtes Vibrieren.

Feuerschuppe.

Er erreichte die rückseitige Mauer um Yirkhenbargs Anwesen. Ein vielleicht zwei Fuß schmales Rinnsal zweigte vom Kanal ab und strömte durch ein massives Gitter in der Mauer; hier kam er sicher nicht hindurch. Eine Hintertür, wie in vielen anderen Anwesen, fand sich auch nicht. Ben stieg auf den schmalen, von Gras und Unkraut überwucherten Uferstreifen zwischen Kanal und Mauer. Der sanfte Nachtwind ließ ihn frösteln. Leise schlüpfte er aus dem Hemd, wrang es aus und stopfte es in den Hosenbund, die Tropfen auf seiner Haut wischte er fort, so gut es ging. Die Hose behielt er an, er presste nur schnell so viel Wasser wie möglich heraus.

Der vergitterte Durchlass in der Mauer wurde von einem Rundbogen verziert. Der Bogen war nicht besonders breit und in der Mitte nicht einmal hüfthoch, doch vielleicht reichte es aus. Ben setzte die linken Zehenspitzen darauf und drückte sich mit dem rechten Fuß vom Boden ab. Sofort reckte er die Arme nach oben, und tatsächlich konnte er mit den ausgestreckten Händen an die Mauerkante greifen.

Ben war ein guter Kletterer, oft genug war er in den Bergen gewesen und auf zahlreiche Felsen gekraxelt. Jetzt zahlte es sich aus. Er zog sich mit den Armen hoch, schwang ein Bein auf die Mauerkante und wälzte sich ganz hinauf. Auf der anderen Seite ließ er sich direkt über dem Rinnsal hinab, das gemütlich in Richtung Brunnen im Hof dahinplätscherte, und tatsächlich ertasteten seine Füße auch hier einen Zierbogen. Er nutzte ihn als Trittfläche und ließ sich ins Gras hinabsinken.

Er wusste, dass Yirkhenbarg weder Hunde noch Wachdrachen besaß, trotzdem lauschte er, ob nicht irgendwo ein Wächter zu hören war. Das war nicht der Fall, doch irgendwo vor ihm erklangen wieder tiefes Schnauben und unruhiges Scharren. Lief der Drache in seinem Stall auf und ab? Es erschien Ben seltsam, dass er Feuerschuppe durch die Wände so deutlich vernehmen konnte.

Moment! Was hatte Sidhy damals gesagt? Sie würden als Erstes eine breite Tür auf der Rückseite der Stallungen anbringen, damit Feuerschuppe rein und raus konnte, wie es ihm gefiel. Und das hier, wo Ben gerade stand, war die Rückseite des Anwesens, die an die Rückseite der Stallungen grenzte!

Eine massige Gestalt kroch auf ihn zu, große Nüstern schnupperten geräuschvoll, als nähmen sie Witterung auf. Weshalb war er sich eigentlich immer so sicher gewesen, dass sich Feuerschuppe über ein erneutes Aufeinandertreffen ebenso freuen würde wie er?

Wenn sich Ben nachts einschleichen würde, nicht in Begleitung von Sidhy oder Yirkhenbarg oder Nica, wäre er dem Drachen dann eigentlich willkommen? Oder erkannte Feuerschuppe in ihm nicht eher doch den Eindringling, der schon einmal rausgeschmissen worden war? Hatten Drachen ein derart gutes Gedächtnis?

»Hallo Feuerschuppe?«, flüsterte Ben zaghaft und schluckte. Der Drache war groß genug, um seinen Kopf mit einem Haps zu verschlingen, ohne sich überhaupt die Mühe machen zu müssen, einmal zu kauen. *Ganz schlau, hier einfach mal so über die Mauer zu steigen,* dachte Ben.

Feuerschuppe blies ihm warmen Atem ins Gesicht und schnüffelte, schob seinen Kopf mit dem leicht geöffneten Maul näher. Die handlangen spitzen Eckzähne konnte Ben sogar in der Dunkelheit erkennen, weil sie so nah waren und noch immer näher kamen.

»Ich bin dein Freund, Feuerschuppe, ja, dein Freund. Ehrlich«, stopselte er herum, und der Drache stieß ihn mit seinen feuchten Nüstern gegen die nackte Brust, ganz sanft und spielerisch.

Ben atmete tief durch und kraulte Feuerschuppe vorsichtig an der Schnauze. Der Drache blieb ganz ruhig stehen und ließ es sich gefallen.

»Du bist wunderschön«, flüsterte Ben. Die Schuppen zwischen den Nüstern waren warm und glatt, kein bisschen glitschig oder so rau wie die des Standbilds oder die des schwarzen Drachen.

Feuerschuppe brummte leise vor sich hin. Viel tiefer als ein Katzenschnurren, doch es klang ähnlich zufrieden. Langsam wanderte Ben seitlich am Kopf vorbei zur Flanke des Drachen, dabei fuhr er mit seiner Hand weiter über die Drachenschuppen, bis er einen Schulterknubbel erreichte, der beinahe so groß war wie ein menschlicher Kopf.

Feuerschuppe sah ihn über die Schulter hinweg mit großen, verdrehten Augen an, dann ließ er sich auf dem Boden nieder, und Ben setzte sich neben ihn. Er schmiegte sich an den Drachen und rubbelte mit der erhobenen Rechten weiter über den Schulterknubbel, der aus vernarbtem Gewebe bestand, nicht aus Schuppen. Bens Handfläche begann zu kribbeln wie Muskeln, wenn sie eingeschlafen waren und dann wieder erwachten.

»Was ist das eigentlich für eine grausame Götteridee, dass jeder Drache eine solche Verwundung über sich ergehen lassen muss, bevor er frei von Samoths Bosheit sein kann?«, murmelte Ben und wunderte sich, woher dieser Gedanke kam. Hoffentlich strafte ihn Hellwah nicht dafür.

Doch kein Flammenpfeil stieß vom Himmel herab, und Feuerschuppe brummte einfach weiter vor sich hin.

Also rieb Ben mit kribbelnden Händen auch weiter sanft über den Knubbel, er spürte richtig das Blut darunter pulsieren. Es war, als würde ihr Pulsschlag sich angleichen, als würde etwas durch ihre Haut hin und her fließen. Konnte es wirklich das Glück sein, das durch den Knubbel zu ihm herüberfloss?

Ben erhob sich und lehnte sich über den Drachen, damit er beide Schulterknubbel zugleich berühren konnte. Sie pulsierten, so viel Leben regte sich unter ihren Narben. Ben war jetzt ganz sicher, dass Drachen Glück brachten, er konnte es regelrecht fühlen. Und Feuerschuppe brummte immer weiter, tief und wohlig und glücklich.

Ben erzählte Feuerschuppe, was für ein käferhirniges Ekel Sidhy war, und fragte, ob er sich Feuerschuppe gegenüber auch so mies verhielt.

Der Drache brummte weiter, aber kurz dachte Ben, er hätte den Kopf geschüttelt.

»Dann ist es ja gut«, sagte Ben, obwohl er da schon sicher war, dass er sich die Bewegung nur eingebildet hatte. »Dann ist es ja gut.«

Das Rubbeln war inzwischen fast zu einem Streicheln geworden, die Narben erschienen ihm nun nicht mehr so hart und rau. Er erzählte ihm, wie schön Nica war, aber leider auch unerreichbar für ihn, und wie viel Pech er in letzter Zeit gehabt hatte und wie froh er war, dass dies nun vorbei sei, dank Yanko und auch dank Feuerschuppe. Der Drache verstand ihn natürlich nicht, aber er brummte weiter vor sich hin, und das klang fast zustimmend.

»Du hast nicht zufällig irgendwo eine Schuppe verloren?« Ben lächelte vor sich hin. »Damit würde ich meine Warzen loswerden können. Sonst vertraue ich einfach auf mein kommendes Glück.«

Feuerschuppe ließ ein Schnauben erklingen, das fast wie ein Niesen klang, und brummte weiter. Plötzlich hob er seine vordere Klaue an die Schnauze und knurrte, es knirschte, er drehte den Kopf zurück und spuckte wie beiläufig etwas zu Bens Füßen ins Gras. Dann brummte er weiter, als wäre nichts geschehen.

Ben starrte den Drachen ungläubig an und vergaß, die Knubbel zu reiben.

Feuerschuppe knurrte, und Ben streichelte sofort weiter. Mit den Zehen tastete er über den Boden, bis er etwas spürte. Er umkrallte es und hob es hoch. Es war tatsächlich eine Schuppe.

»Warum hast du das …? Verstehst du denn, was ich sage?«

Der Drache brummte noch beiläufiger vor sich hin, drehte sich aber nicht um.

In diesem Moment hörte Ben eine Tür schlagen. Erschrocken wandte er sich um und sah eine Laterne hinter den Stallungen auf und ab gehen.

»Feuerschuppe? Hallo?«, klang eine unterdrückte Stimme durch die Nacht. Sie gehörte einem Mann. Ben musste auf der Stelle verschwinden – wenn er erwischt wurde, wäre es um ihn geschehen! Wahrscheinlich würde er grün und blau geschlagen werden, mindestens, aber niemand würde sich groß beschweren, wenn er erschlagen würde. Das konnte einem Eindringling schon mal geschehen, das war schließlich kein Mord.

Hastig griff er sich die Drachenschuppe aus seinen Zehen und schob sie in die Hosentasche.

Feuerschuppe erhob sich und stupste Ben wieder mit der Schnauze an.

»Ich komme wieder«, wisperte Ben und hatte das Gefühl,

der Drache würde lächeln. Dann kletterte er blitzschnell auf die Mauer und rollte sich über sie hinweg.

»Da bist du ja«, sagte der Mann, als sich Ben auf der anderen Mauerseite ins Gras sinken ließ und die Luft anhielt. Das war gerade noch einmal gut gegangen. Das Glück kehrte zu ihm zurück.

»Was ist das?« Die Stimme des Mannes klang plötzlich ernst, in ihr schwang Ärger mit. Auch wenn Ben nicht wusste, was der Kerl meinte, spannte er instinktiv die Muskeln an – bereit zu fliehen oder zu kämpfen, je nachdem.

»Das ist doch … Hast du einen Eindringling erwischt? Guter Junge, braver Junge. Und nur das eingerissene, blutbesudelte Hemd übrig gelassen? So ist es brav, ja. Hat er geschmeckt, ja? Du wilde Bestie, du.« Der Mann schien jetzt zu lächeln und Feuerschuppe zu kraulen, denn der Drache brummte wieder vor sich hin.

Ben schluckte und war froh, nicht erwischt worden zu sein. Zur Sicherheit tastete er nach seinem Hemd, doch es hing nicht mehr in seinem Hosenbund. Ben fluchte lautlos vor sich hin. Wie sollte Feuerschuppe Menschen auffressen, er hatte doch keine Flügel mehr und war nicht böse. Ihn hatte der Drache auch in Ruhe gelassen – Feuerschuppe war kein gefährliches Monster.

Der Mann hinter der Mauer lachte kurz auf und gab Feuerschuppe einen hörbaren Klaps. »Na, ich bring das Hemd mal wieder rüber auf die Leine, aber waschen und nähen tu ich es nicht. Und du machst dich auf eine gehörige Standpauke gefasst, wenn das Hemd morgen entdeckt wird. Du weißt doch, du sollst keine Wäsche von der Leine reißen. Ich weiß sowieso nicht, was daran so viel Spaß macht, frisch gewaschene Kleidung im Zweikampf zu besiegen.«

Feuerschuppe schnaubte protestierend, und Ben atmete tief durch. Dieser Kerl hatte einen seltsamen Sinn für Humor. Er wollte erst gar nicht herausfinden, wie viel Humor der Mann wirklich besaß, wenn er bemerken sollte, dass auf der Leine kein Hemd fehlte, dass dort vielleicht überhaupt keine Wäsche hing. Ben wollte nicht mehr in der Nähe sein, falls der nun doch auf die richtige Idee kam. Langsam und geräuschlos glitt er ins kalte Wasser und schwamm auf demselben Weg zurück, den er gekommen war. Zurück in sein neues Zuhause.

Sidhy würde eben an einem anderen Tag seine Abreibung bekommen.

VERBOTENE TIEFEN

In den nächsten drei Tagen richtete sich Ben in seiner Höhle ein. Er zimmerte sich ein ordentliches Gatter für den Eingang, damit er nicht ständig den Ast hin und her schleifen musste, und er zeichnete mit Kohle wieder einen großen Drachen an die Wand. Aus dem dicken Ende eines umgestürzten Baumstamms hackte er sich einen kleinen Tisch heraus sowie zwei einfache Klötze, die ihm und Yanko als Hocker dienen konnten. Außer Yanko wusste niemand, wo Ben jetzt wohnte. Jeden Nachmittag ging er in den Wald und übte das Abhacken von Drachenflügeln an Bäumen. Er würde Drachenritter werden!

Mit der Drachenschuppe hatte er sich seine beiden Warzen aus der Haut gekratzt, mit aller Sorgfalt hatte er sie weggeschabt. Dann hatte er die Schuppe zu einem Pulver zerstampft und auf die offene Wunde gestreut, alles verbunden. Der Daumen hatte furchtbar geeitert, doch die Warzen waren nicht zurückgekehrt.

Yanko hatte also recht behalten, Drachenschuppen waren ungeheuer mächtig. Und zudem hatte Ben mit seinem nächtlichen Besuch bei Feuerschuppe ja das Glück wieder herbeigezwungen. In sein Haus in der Stadt durfte er dennoch nicht zurückkehren.

Es schien, als würden demnächst tatsächlich Arbeiter nach Trollfurt kommen: Yirkhenbarg ließ einige der Häuser am linken Dherrnufer herrichten, die Dächer neu decken und eingeschmissene Fenster neu verglasen. Es waren vornehmlich die größeren Gebäude, die nahe der Brücke standen. Yirkhenbarg trieb die Handwerker zur Eile an, seine Arbeiter würden wohl bald eintreffen. Dabei bezahlte Yirkhenbarg pünktlich jeden Abend und großzügig, so dass sein Ansehen schnell wuchs.

Als Ben jedoch mit Byasso auf der großen Dherrnbrücke saß, ohne Yanko und ohne einander zu beschimpfen, die Beine baumeln ließ, den Handwerkern bei ihrer Arbeit zusah und dabei auch ein paar wehmütige Blick zu seinem alten Haus sandte, sagte Byasso plötzlich: »Ich weiß nicht, was dieser Yirkhenbarg hier überhaupt verloren hat. Vater fragt sich das auch.«

»Ich dachte, dein Vater wusste als Erster vom Kauf der Blausilbermine und auch von Yirkhenbarg?«, entgegnete Ben.

»Das schon. Aber er wusste ja nicht, dass dieser Kerl hier so auftreten würde, so hochnäsig, so anmaßend. Dass er sich nicht einfach einfügen würde, sondern mit einem Drachen einmarschieren, als wäre er der Größte. Wie ein König! Als wäre er hier der Bürgermeister und nicht nur einer von vielen Geschäftsleuten am Ort.«

Daher also weht der Wind, dachte Ben. Byassos Vater, der Bürgermeister, sah seine Macht bedroht. Laut sagte er: »Immer wenn ich deinen Vater mit Yirkhenbarg sehe, lächelt er und klopft ihm auf die Schulter.«

»Ja, was soll er denn sonst machen? Yirkhenbarg genießt hohes Ansehen, seine Arbeiter werden bald kommen, dann ändert sich hier einiges, wenn wir nicht aufpassen. Einiges!« Byasso sah Ben wissend an.

»Und um das zu verhindern, lacht dein Vater täglich über Yirkhenbargs Scherze und klopft ihm auf die Schulter?«

»Ja, das macht man so«, sagte Byasso. »Das ist Politik, davon verstehst du nichts.«

Und Byasso war nicht der Einzige, der langsam seine Einstellung zu den Neuankömmlingen änderte. Noch gab Sidhy unter den Jungen den Ton an, und noch suchten viele Mädchen Nicas Freundschaft, viele Jungen ihre Nähe. Ihr kleiner Bruder Lenyoni mit der ständig schmollenden Unterlippe dominierte auch noch die jüngeren Kinder. Doch die drei hielten nicht mehr alle in ihrem Bann wie noch während der ersten Tage, als sie neu im Ort gewesen waren und den Drachen in die Stadt gebracht hatten.

Seit Bens Rauswurf war Yanko aus Freundschaft zu ihm nicht mehr gut auf Sidhy zu sprechen und nannte ihn einen feigen und verwöhnten Möchtegern-Tyrannen. Yanko verabscheute jeden, der sich so aufspielte. Ben mochte das, auch wenn er vermutete, dass Yanko es auch deshalb tat, weil er immer selbst gern die Kommandos an die Jungen in seinem Alter gab.

Der Müller-Taque hatte als einer der Ersten eine Abfuhr von Nica erhalten und war inzwischen der Meinung, Schönheit allein sei nicht alles, und die ganze Familie Yirkhenbarg sei sowieso hochnäsig und überheblich und hielte sich für etwas Besseres, nur weil sie einen Drachen verliehen bekommen hatte.

»Dabei sind Pferde doch eigentlich die besseren Reittiere, wenn man genau hinsieht und sich nicht von Größe blenden lässt. Wie man sich auch nicht von der Schönheit blenden lassen soll«, sagte er, und andere, die ebenfalls von Nica abgewiesen worden waren, stimmten ihm lautstark zu.

Unter diesen Jungen entbrannte eine wahre Pferdebegeisterung, und sie organisierten beinahe jeden Tag ein Wettreiten um die Stadtmauer, bei dem sie große Schilder aufstellten, auf denen stand:

HEUTE
Das große Trollfurt-Rennen.
Nur edle Tiere zugelassen.
Drachen und Stinktiere verboten.

Ben sah sich ein paar Rennen an, doch er konnte die Pferdebegeisterung nicht teilen, er wollte nur Sidhy eins auswischen. Und weil eine Abreibung viel befriedigender war, lauerte er mit Yanko und Byasso dem Sohn des Minenbesitzers auf. Da dieser jedoch von Cirpas, Lugh und Aaser begleitet wurde, waren es Ben, Yanko und Byasso, welche die Abreibung abbekamen. Und zwar eine ordentliche, so dass Bens Glieder noch am nächsten Tag schmerzten.

Als er erwachte, konnte er den rechten Oberschenkel nur unter Schmerzen bewegen. Er war froh, dass er nicht von irgendwelchen Eltern herausgequält wurde, um in die Schule oder irgendeine Lehre zu gehen. Er würde einfach liegen bleiben und später irgendwann ein paar Fische fangen, das war nicht so anstrengend wie Äpfel klauen.

Er starrte über das Gatter hinaus in den blauen Himmel und dachte an Nica. In seinen Träumen war es egal, wie viele andere Verehrer sie hatte und dass er bei ihr sowieso keine Chancen hatte, weil sie zur angesehensten Familie Trollfurts gehörte.

Er hauchte ihren Namen und starrte einfach ins Nichts.

Nach einer Weile stand Ben mühsam ächzend auf und wusch sich, wo es nötig war. Dann humpelte er in die Sonne und setzte sich auf den Felsen. Die Fische konnten noch eine Stunde warten.

Während er faul in der Sonne lümmelte und seinen juckenden, noch immer warzenfreien Daumen kratzte, sah er vier

Kutschen aus dem Süden auf die Stadt zufahren. Staub wirbelte auf, die Straße am Ufer des Dherrn war trocken, denn es hatte lange nicht mehr geregnet. Über diese Straße kamen die meisten Fremden in die Stadt, aber gleich vier Kutschen auf einmal war ungewöhnlich. Ben wäre am liebsten einfach hinuntergelaufen, aber sein Bein schmerzte, und er war völlig ausgepumpt. So blieb er sitzen und beobachtete alles, was passierte.

Die Kutschen erreichten das Stadttor und wurden rasch eingelassen. Sie rumpelten durch die Straßen, verschwanden immer wieder hinter Häusern, wurden von Neugierigen angegafft und zuckelten schließlich über die große Dherrnbrücke ans linksseitige Flussufer.

Natürlich, die Arbeiter!

Ben war froh, sich nicht hinuntergequält zu haben. Arbeiter waren eben Arbeiter, da gab es nicht viel zu sehen. Sie würden ihre spärliche Habe in die Häuser schaffen, und das wäre das Aufregendste, was passieren würde. Außerdem würden sie hier natürlich wohnen bleiben, er würde ihnen also noch oft genug über den Weg laufen.

Seufzend erhob er sich und griff nach seiner Angel. Bis er endlich am See oben wäre und etwas gefangen hätte, würde sein Magen lauter knurren als alle Felswölfe des Wolkengebirges zusammen. Langsam schlurfte Ben den steinigen, aber glücklicherweise auch schattigen Pfad zum Fonksee hinauf.

Nachdem er die ersten beiden Fische verzehrt hatte, fühlte er sich schon viel besser, längst nicht mehr so jämmerlich wie am Morgen. Das Bein hatte sich mit jedem Schritt wieder an Bewegung gewöhnt, der Schmerz war dumpf und erträglich. Jetzt war Ben auch bereit, sich die Neuankömmlinge in Trollfurt anzusehen. Doch zuerst wollte er sich noch ein paar Fische für die nächsten zwei, drei Tage fangen, die er in Salz einlegen konnte.

Plötzlich hörte er ferne Stimmen, irgendwer kam den Berg herauf. Die Stimmen klangen tief, sicher nicht Yanko und Byasso oder ein anderer Junge. Doch Erwachsene kamen unter der Woche selten hier hoch. Ben konnte nicht verstehen, was sie sagten, dafür waren sie zu weit weg. Ein Stück noch kamen sie näher, dann entfernten sie sich wieder. Nicht hinab, sondern am Hang entlang.

Die gehen zur Mine, fuhr es Ben durch den Kopf. Kaum in der Stadt, gleich zum Arbeitsplatz – solch eifrige Arbeiter mussten Herrn Yirkhenbarg glücklich machen. Vielleicht nahmen sie Ben sogar mit hinein, wenn er große Begeisterung für ihre Arbeit zeigte? Es war einen Versuch wert. Oder er schlich ihnen einfach nach und hoffte, sie würden die Tür hinter sich nicht wieder verschließen.

Seine Neugier war größer als die Angst vor einem Höhlenalp.

Ben holte die Angel ein und versteckte sie und den Eimer schnell im nahen Gebüsch. Dann machte er sich auf den Weg zur Mine. Er lief, so schnell seine schweren Beine ihn trugen, und irgendwann vernahm er wieder die Stimmen. Sie klangen nun dumpfer, und als er um die Bergkante bog, hinter der die Mine lag, sah er eben noch einen fremden Mann in der Tür verschwinden.

»Halt!«, rief Ben, ohne nachzudenken.

Der Kopf des Mannes tauchte wieder auf, er sah sich um und entdeckte Ben. »Was willst du, Junge?«

»Ich will mit«, keuchte Ben und humpelte die letzten Meter heran.

Der Mann trat nun wieder ganz in die Sonne. Er war groß, kräftig und glatt rasiert und trug kein Hemd, etwas, das für einen Erwachsenen unschicklich und auf den Straßen der Stadt eigentlich undenkbar war. Sein langes dunkles Haar hing ihm über die bloßen Schultern, und auf dem linken Oberarm hatte er einen gewundenen grünen Drachen tätowiert. Der Drache war detailgenau in die Haut gestanzt, die Augen wirkten beinahe lebendig, selbst die Narben auf den Schulterknubbeln waren zu erkennen. Ben hatte eine solch kunstvolle Arbeit noch nie gesehen. Direkt hinter dem Mann kam ausgerechnet Yirkhenbarg selbst aus der Mine gestapft. Dieser besaß so viel Anstand, dass er sein Hemd nicht ausgezogen hatte.

Er blinzelte gegen das Licht und lächelte Ben dann an. »Du willst also mit? Wohin denn?«

»In die Mine, Herr Yirkhenbarg.« Ben versuchte möglichst freundlich und treuherzig dreinzublicken. Inzwischen war er nicht mehr so sicher, ob wirklich Sidhy allein für seinen Rauswurf aus dem Haus verantwortlich war. Klar prahlte der Mistbeutel damit, aber entschied nicht letztlich doch das Familienoberhaupt, was getan wurde? Auch wenn Sidhy es angeregt hatte, die Anweisung zum Rauswurf musste letztlich doch der gute Herr Yirkhenbarg gegeben haben. Ben spürte plötzlich den Groll in sich wachsen, aber er ließ sich nichts anmerken.

»Was willst du denn da?«

»Na ja, mein Vater hat dort vor Jahren gearbeitet, aber ich war damals viel zu klein, um ihn da zu besuchen. Und dann wurde die Mine ja geschlossen, und ich habe noch nie einen Fuß hineingesetzt. Dabei will ich unbedingt wissen, wie so eine Blausilbermine aussieht, ich möchte die Loren mit der schimmernden Staubschicht selbst sehen, von denen ich schon so viel gehört habe. Ihr silbrig-blaues Leuchten in der Dunkelheit … Die Arbeit in der Mine muss einfach toll sein.«

»Vor allem ist sie anstrengend«, brummte der Arbeiter mit vorgeschobenem Unterkiefer.

Yirkhenbarg sah ihn von der Seite an und lächelte spöttisch, sagte jedoch nichts.

»Anstrengend macht mir nichts aus, Hauptsache, die Arbeit ist spannend.«

»Wie heißt du, Junge?«, fragte Yirkhenbarg. »Gesehen habe ich dich schon einmal.«

»Ben, Herr Yirkhenbarg.« Er bemühte sich, weiterhin zu lächeln. Der werte Herr Yirkhenbarg hatte ihn also schon einmal gesehen. Wie großzügig. War das bevor oder nachdem er Ben aus seinem Haus hatte schmeißen lassen?

»So, so, du bist also der Ben.« Yirkhenbarg nickte vor sich hin.

Kannte er die Namen der Leute, die er vor die Tür gesetzt hatte, oder hatte Sidhy etwa zu Hause von ihm erzählt? Vielleicht hätte sich Ben doch einen falschen Namen ausdenken sollen. Aber das wäre sicher bald rausgekommen, und er musste ja nicht den mächtigsten Mann der Stadt grundlos anlügen.

»Sie wissen, wer ich bin?«

»Ich habe von dir gehört. Du hast bis vor Kurzem in einem meiner Häuser gewohnt.« Inzwischen hatte das Lächeln seine Augen verlassen, nur auf den Lippen zeigten sich noch letzte Reste.

Ben nickte. Er sagte nicht, dass es genau genommen bis vor Kurzem sein Haus gewesen war, nicht Yirkhenbargs, auch wenn es immer mehr in ihm brodelte. Doch er zwang sich, an die Mine zu denken und daran, dass Yirkhenbarg ja auch Nicas Vater war. Bestimmt war es nicht das Klügste, gleich mit ihrem nächsten Verwandten einen Streit zu beginnen.

»Wo wohnst du denn jetzt? Immer noch linksseitig des Dherrn?«, wollte Yirkhenbarg wissen.

»Ich dachte, dort gehören alle Häuser Ihnen?«

»Fast alle. Die Häuser einer kleinen Gasse hat mein Vorbesitzer anscheinend verkauft. Aber dort wohnst du demnach nicht?«

»Nein.« Ben schüttelte den Kopf. Er hatte wirklich keine Lust, über seine Höhle zu sprechen. Was sollte er da sagen? *Ich lebe momentan in einer geräumigen Höhle. Nichts Besonderes, aber mit schönem Gatter und tollem Aussichtsfelsen vor dem Eingang. Und die Wände bemale ich eigenhändig. Übrigens, ich liebe Ihre Tochter, vielleicht kann ich sie ja mal auf einen frischen Fisch und einen geklauten Apfel zu mir einladen? Ich hoffe, Sie haben nichts dagegen? Es ist wirklich eine anständige Höhle.* Ein solches Gespräch wollte er bestimmt nicht führen.

Also brachte er sein ursprüngliches Anliegen wieder zur Sprache: »Aber ich würde wirklich gern mit in die Mine kommen.«

»Das verstehe ich gut, wirklich gut, in deinem Alter war ich auch immer sehr neugierig.« Yirkhenbarg nickte und sah für einen Moment aus, als wollte er Ben über den Kopf streicheln wie einem kleinen Jungen. Zum Glück tat er es nicht. »Aber leider können wir dich nicht mitnehmen. Wir müssen weit hinein, um uns alles einmal anzusehen. Das ist schon für erfahrene Leute nicht ungefährlich, seit Jahren wurden keine Stützpfeiler erneuert, wir wissen nicht, ob es irgendwo Einstürze oder einen Felsrutsch gegeben hat. Nichts ist gesichert, da ist es zu riskant, jemanden mitzunehmen, der keine Erfahrung mit Minen hat. Das geht auf keinen Fall. Ich würde es mir nicht verzeihen, sollte dir etwas zustoßen. Zumal du wirklich ein wenig angeschlagen aussiehst, Ben.«

»Ich bin wirklich vorsichtig«, versprach Ben so aufrichtig er konnte, aber Yirkhenbarg sagte nun scharf: »Ich habe Nein gesagt!«

Nichts lächelte mehr an ihm, er wirkte mehr denn je wie ein Mann, der das Befehlen gewohnt war und keinen Widerspruch kannte. Ohne es zu wollen, senkte Ben den Kopf und murmelte etwas, das er selbst nicht verstand.

Yirkhenbarg drehte sich um und stieg gemeinsam mit seinem Arbeiter wieder in die Mine. Scheppernd schloss sich die massive Tür hinter ihnen, und Ben hörte, wie ein Schlüssel im Schloss gedreht wurde.

Kurz, ganz kurz hatte Ben noch einen Blick hineinwerfen können, zumindest ein Stückchen, so weit das Sonnenlicht reichte. Und er war sicher, dass auf dem alten, verstaubten Holztisch gleich hinter dem Eingang kein Werkzeug für die beiden Männer bereit lag, sondern Laternen, mehrere Ölfläschchen, Seile und zwei breite Schwerter mit reich verziertem Griff, die in schlichten schwarzen Scheiden steckten.

Ben legte das Ohr an die Tür, doch die beiden sprachen nicht laut genug, als wüssten sie, dass er lauschte. Mehr als undeutliches Gemurmel konnte er nicht verstehen. Nur kurz hielten sich die beiden nah bei der Tür auf, wahrscheinlich, um sich die Lampen und Schwerter an den Gürtel zu hängen. Dann stiefelten sie davon. Langsam wurden ihre dumpfen Schritte immer leiser.

Was wollten sie mit den Waffen in einer Mine? Hauste dort etwa wirklich ein Höhlenalb, oder gab es andere Untiere, die sie erst besiegen mussten, bevor die Arbeit wieder aufgenommen werden konnte? Der Arbeiter hatte sich zumindest viel geschmeidiger bewegt, als Ben erwartet hätte, es war nicht der gebeugte Gang gewesen, den er von den Knechten der Stadt kannte. Er verharrte noch ein paar Minuten vor dem Eingang und rüttelte an der verschlossenen Tür, doch sie wollte nicht aufgehen. Also humpelte er wieder zum Fonksee, holte seine Angel und Fische und stieg hinab nach Trollfurt, um Yanko von all dem zu berichten.

UNGEBETENER BESUCH

Er traf Yanko zufällig auf dem Marktplatz, und auch dieser humpelte noch von der gestrigen Prügelei. Es war später Nachmittag, und viele Jungen und Mädchen hielten sich hier auf, von Sidhy, Cirpas, Lugh und Aaser war zum Glück aber nichts zu sehen.

Ein paar Jungen hatten alte Leinenhemden zu einem Ball zusammengebunden, traten ihn quer über den Platz. Andere fochten mit Stöcken oder schnippten kleine runde Steine möglichst nah an den Sockel von Dagwarts Standbild. Die jüngeren Mädchen sprangen abwechselnd über ein Seil, das von zwei anderen im großen Bogen geschwungen wurde. Die älteren saßen aufrecht auf den Bänken vor der Wasseruhr und redeten, manche nähten oder stopften dabei irgendwas. Mitten unter ihnen befand sich auch Nica. Ben sah zu ihr hinüber und wandte sich dann ab, bevor sie seinen Blick bemerken konnte.

»He, Yanko! Wie geht's?«, rief er und schlenderte mit den Händen in den Hosentaschen zu seinem Freund hinüber.

»Ben, alter Junge, alles klar?«, rief dieser zurück, und dann lehnten sie sich an die Rückseite des Standbilds, wo niemand mit runden Steinen spielte.

Ben stand so, dass er über Yankos Schulter hinweg zu Nica schauen konnte. Er erzählte, was er eben an der Mine erlebt hatte.

»Schwerter?«, fragte Yanko darauf. »Ich sage dir, wir brauchen den Schlüssel! Wir müssen unbedingt einen Blick in die

Mine werfen. Schwerter! Damit suchen die sicher kein Blausilber. Da steckt etwas anderes in der Mine!« Yanko gehörte zu den Jungen, die die Aussicht auf Untiere spannend fanden. Er war überzeugt, dass in der Mine keine wirklich gefährlichen Untiere hausen konnten, denn solche hätten schon längst die Holztür eingerissen und wären in Trollfurt eingefallen. Alle Untiere, die nicht in der Lage waren, eine noch so massive Holztür einzureißen, konnten nicht als gefährlich bezeichnet werden.

Das klang überzeugend, doch Ben blieb misstrauisch. Was, wenn irgendein Untier eben einfach lieber im Dunkeln blieb, als Türen einzureißen?

»Ach was«, erwiderte Yanko. »Du nimmst deinen Dolch mit, und ich leihe uns ein paar richtige Waffen aus Vaters Werkstatt aus, ein Schwert und eine Kriegsaxt müssten sich da auftreiben lassen.«

»Und der Schlüssel?«

»Ja, ich habe doch gesagt, dass wir den brauchen. Mir wird schon was einfallen. Sonst knacken wir das Schloss eben.«

Ben nickte, auch wenn er nicht die geringste Ahnung vom Schlösserknacken hatte, und sah an Yanko vorbei zu Nica hinüber. Sie zuckte eben mit den Schultern, lächelte zurückhaltend und sprach mit einem Jungen, der daraufhin mit hängendem Kopf abzog. Die anderen Mädchen kicherten.

»Ha!«, stieß Ben triumphierend aus.

»Was?«, fragte Yanko.

»Nichts, nichts«, versicherte Ben hastig.

»Ja, ja.« Yanko grinste. »Lass mich raten. Dieses *Nichts-Nichts* hat strahlend blonde Haare und sitzt auf einer Bank bei der Wasseruhr.«

»Ach was!«

»Wenn du es sagst, dann muss ich mich wohl irren …«

Ben starrte Yanko an. Sollte der doch sagen, was er wollte. Stattdessen fragte er: »Ich hab gesehen, wie die Arbeiter angekommen sind.«

»Ich auch.«

»Und? Vom Berg oben war nicht viel zu erkennen. Wie kamen die dir vor?«

»Wie Arbeiter. Warum?« Yanko mühte sich sichtlich, nicht zu lachen.

»Weil der eine oben an der Mine …« Ben wich Yankos Blick aus, und seine Augen zuckten automatisch zu Nica hinüber, er konnte nichts dagegen tun. In diesem Moment wandte Nica schnell den Kopf ab. Hatte sie etwa gerade zu ihm herübergesehen? Er fixierte ihre Augen, aber sie wollte einfach nicht mehr hersehen.

»Dir ist echt nicht zu helfen«, brummte Yanko und humpelte davon.

»He! Warte!«

»Warum denn? Damit du mich weiterhin als Deckung benutzen kannst, um zu deinem blonden *Nichts-Nichts* hinüberzugaffen?«

»Jetzt komm schon.« Ben legte Yanko den Arm um die Schulter. »Sei doch nicht gleich eingeschnappt.«

»Gleich eingeschnappt?« Yanko riss sich los. »Du tust so, als wäre ich blind und vollkommen verblödet! Ich geh jetzt Byasso suchen, der traut sich wenigstens mit in die Mine und glotzt nicht immer weg. Du liebestoller Höhlenmensch!«

»Leck mich, dämlicher Moorschädel! Fall vom Berg und brich dir den Hals!« Ben trat nach Yankos Hintern, war aber zu langsam und traf nur Luft. Er hielt sich den Oberschenkel, der durch den Tritt wieder schmerzte, und starrte Yanko hinterher.

Dann äugte er kurz zu den Mädchen hinüber und schlenderte ganz langsam über den Marktplatz und weiter in die Bäckergasse, die zum Dherrnufer führte. Er hatte die wilde Hoffnung, dass Nica ihn gesehen hatte und ihm folgen würde. Doch vielleicht konnte sie nicht sofort weg von ihren Freundinnen, wenn sie sich nicht verraten wollte. Wenn sie etwas für Ben empfand, würde sie später nachkommen. Vielleicht. Er ging bis zum Dherrn, setzte sich ans Ufer und wartete.

Er wartete und wartete, starrte aufs Wasser, warf kleine Steinchen nach Wasserratten. Keine Nica erschien.

Er wartete und wartete, bis sich die Sonne schließlich dem Horizont näherte. Der Fluss verschwand im Schatten der Häuser und hörte auf zu glitzern. Ben wartete vergeblich; es dämmerte und wurde schließlich ganz dunkel. Die Sonne war verschwunden, und auch das Glück hatte ihn verlassen. Er blieb einfach sitzen, dachte an Nica oder an nichts, bis in Trollfurt Ruhe einkehrte, nur noch das sanfte Plätschern des Dherrn zu hören war und hier und da der Ruf eines Tiers. Egal, wie er es drehte und wendete, Nica würde nicht mehr kommen.

Er stand auf und machte sich auf den Weg, um Feuerschuppe zu besuchen.

Als sich Ben bald darauf über die Mauer zum Yirkhenbarg-Anwesen wälzte, lungerte der Drache wieder im hinteren Garten herum. Ben ließ sich mühsam ins Gras hinabgleiten und hielt sich erst einmal den pochenden Oberschenkel, bevor er sich dem Drachen zuwandte.

»Hallo Feuerschuppe, wie geht's?«, flüsterte Ben und kraulte den Drachen auf den glatten Schuppen zwischen den Nüstern. Im spärlichen Licht sah es beinahe so aus, als würde er grinsen.

»Ausgezeichnet. Und dir?«, brummte Feuerschuppe mit tiefer, knarzender Stimme.

Ben erstarrte, die Härchen auf seinen Armen hatten sich aufgerichtet, als hätte ihn eine kühle Herbstbrise erfasst, und seine Kopfhaut kribbelte. Hatte der Drache gerade eben wirklich gesprochen? Er kniff die Augen zusammen und riss sie sofort wieder auf. »Du ... du kannst reden?«

»Natürlich kann ich reden. Warum nicht?«

»Weil ... weil ...«, stotterte Ben. Er wusste nicht, was er sagen sollte. In manchen Geschichten sprachen Drachen, aber das waren Geschichten. Konnten Drachen also tatsächlich und wirklich sprechen? »Warum hast du dann letztes Mal nichts gesagt?«

»Herr Yirkhenbarg will nicht, dass ich mit anderen Leuten rede.« Feuerschuppe wiegte den Kopf hin und her.

»Und warum sprichst du jetzt mit mir?«

»Man muss ja nicht immer nur das machen, was andere wollen.« Der Drache zeigte wieder sein eigenwilliges Grinsen. »Aber ich wäre dir sehr verbunden, wenn du mir trotzdem wieder die vernarbten Flügelreste auf meinem Rücken massieren könntest. So, wie du es letztes Mal gemacht hast, ja?«

»In Ordnung«, sagte Ben überrumpelt, und Feuerschuppe drehte ihm die Flanke zu, damit er die Schulterknubbel gut erreichen konnte. Und dann überfiel es ihn siedend heiß: Wenn Feuerschuppe reden konnten, dann hatte er alles genau verstanden, als Ben ihm neulich sein Herz ausgeschüttet hatte. Ausgerechnet der Drache von Nicas Familie wusste Bescheid! Hoffentlich hatte er Nica oder Sidhy nicht alles erzählt.

»Also, was ich dir das letzte Mal gesagt habe, das …?«, versuchte Ben zu fragen.

»Bleibt unter uns. Ich schweige.«

Ben atmete erleichtert aus und umschloss die Schulterknubbel mit seinen Händen. Sie schienen ihm größer als das letzte Mal, ein ganzes Stück größer sogar. Auch war das Gewebe nicht mehr so vernarbt, sondern weich, fast wie frische Haut, die über eine Schürfwunde wuchs. Beinahe sofort spürte Ben wieder dieses sanfte Pulsieren, dieses Gefühl, als würde das Glück vom Drachen zu ihm hinüberfließen. Oder als würde alles, was in letzter Zeit schiefgelaufen war, seinen Körper verlassen.

»Ah, das ist gut, ja, genau da. Weitermachen.« Feuerschuppe ließ sich auf den Boden sinken und brummte zufrieden vor sich hin.

Schweigend massierte Ben einfach weiter. Dieses Pulsieren war wie eine magische Verbindung zwischen ihm und dem Drachen, er spürte richtig, wie etwas mit ihm geschah, mit ihnen beiden. Die Traurigkeit und Einsamkeit, die er vorhin am Fluss noch empfunden hatte, bröckelte von ihm ab, er fühlte sich glücklich. Mit aller Willenskraft versuchte er das Pulsieren noch zu verstärken, und sein ganzer Körper begann zu kribbeln. Alles schien ihm gut und richtig, nur die Schulterknubbel irgendwie nicht. Waren sie größer geworden? Er hatte sie kopfgroß in Erinnerung, aber jetzt waren sie schon eher länglich und deutlich größer als sein Kopf, etwa so lang wie sein Arm. So konnte man sich viel leichter vorstellen, dass dies einmal Ansätze von Flügeln gewesen waren. Und oben wirkten sie frisch und weich, lebendig, nicht wie die knotigen Überreste abgeschlagener Schwingen.

»Du, sag mal, sind deine Schulterknubbel gewachsen? Sie kommen mir größer vor«, fragte er also Feuerschuppe, der es ja wissen musste.

»Größer? Nein, das kann nicht sein, das bildest du dir bestimmt ein.« Der Atem des Drachen verlangsamte sich, doch er brummte weiter.

»Aber ich hätte schwören können …«

»Wie sollen sie denn größer werden? Die sind nicht geschwollen, das waren sie noch nie.«

»Geschwollen?« Ben tastete noch einmal über die Schulterknubbel. Es war zu dunkel, er konnte nichts sehen, aber sie fühlten sich gesund und lebendig an, nicht krank und geschwollen. »Nein, geschwollen sind sie nicht. Sie …«

»Na also.«

Wenn Feuerschuppe unbedingt recht haben wollte, seinetwegen. Es war schließlich sein Körper, Ben ging das nichts an. Er rieb schweigend über die Knubbel und holte sich so sein Glück. Deswegen war er ja hier.

»Erzählst du mir was über Drachen?«, fragte Ben dann doch wieder. Er war viel zu neugierig, um den Mund zu halten, und die alten Mythen verrieten einfach viel zu wenig. »Wo kommt ihr her? Wie lebt ihr so? Habt ihr auch Helden und Könige und …?«

Feuerschuppe ließ ein amüsiertes Schnauben hören. »Bist ganz schön neugierig, was? Ich mach dir einen Vorschlag: Lass mich das hier noch eine Weile genießen, nachher erzähle ich dir mehr, ja? Aber erwarte nicht zu viel, unsere Helden sind anders als eure, und Könige haben wir nicht. Nein, so was haben wir nicht.« Mit einem Seufzen verstummte der

Drache. Fast klang er schwermütig, wie abwesend und in wehmütige Erinnerungen versunken.

»Meinetwegen.« Ben war wenig begeistert, aber schwieg erst einmal, zumindest für ein paar Minuten. Dann fiel ihm noch etwas ein. Nachdem der Drache sowieso schon so viel wusste, konnte er auch ganz direkt werden. »Du, Feuerschuppe, hinter welchem Fenster ist eigentlich Nicas Zimmer?«

»Zweiter Stock, das Balkonzimmer zum Garten hin.«

»Danke. Und das von Sidhy?«

»Erster Stock, zweites Fenster von links. Aber auf der Vorderseite, das kannst du von hier nicht sehen. Auf dem Fensterbrett ist eine Auflage aus Stahl für eine Armbrust montiert.«

»Aha«, brummte Ben und starrte zum Haupthaus hinüber, zum Balkon im zweiten Stock. Dort also schlief sie.

»Und, Feuerschuppe …?«

»Nachher!«, grollte der Drache. »Nachher, habe ich gesagt.«

Gut, dann eben keine Fragen mehr. Während Ben mit den Gedanken bei Nica war und die Schulterknubbel massierte, begann Feuerschuppe wieder zufrieden zu brummen.

Blumen, er musste ihr Blumen auf den Balkon legen, dachte Ben plötzlich. Es war albern und unsinnig, doch Mädchen liebten Blumen, und so sprang er auf und sagte: »Tut mir leid, ich mach gleich weiter.«

Er pflückte alle, die er finden konnte. Hauptsache viele, nachts wirkten alle Blumen grau. Feuerschuppe blieb an der Mauer liegen.

Der Balkon war Teil eines richtigen Vorbaus, an dem sich knorrige Weinpflanzen nach oben rankten. Ben klemmte sich die Blumen in den Hosenbund und griff nach einer möglichst hoch gelegenen Verzweigung, sein Fuß fand zwischen der Pflanze und dem hölzernen Pfeiler Halt. Langsam mühte er sich nach oben, der Oberschenkel schmerzte wieder. Auf Höhe des ersten Stocks rutschte ihm der Blumenstrauß aus dem Hosenbund. Ben drehte sich blitzschnell um und grabschte nach dem fallenden Strauß. Als er die Blumen fast erreicht hatte, stach ihm ein böser Schmerz in den Oberschenkel, und er verlor den Halt.

Inmitten der Blumen klatschte er zu Boden. Aus dem Haus drangen verärgerte Rufe, jemand drohte damit, rauszukommen. Verflucht, er musste verschwinden. Sofort! Mit pochenden Schmerzen im Oberschenkel spurtete er zur rückseitigen Mauer, vorbei an dem schweigenden Feuerschuppe. Er wälzte sich über die Mauer hinweg, glitt ohne zu verschnaufen ins Wasser und schwamm den Kanal entlang, folgte dem Dherrn gegen die Strömung und zog sich durch die Lücke im Gitter hinaus aus der Stadt.

Es war schon tiefe Nacht, als er die letzten Meter zu seiner Höhle zurücklegte. Nachdem er unterwegs lange an Nica gedacht hatte, dachte er nun seit einer Weile über Feuerschuppes gewachsene Schulterknubbel nach. Bestand ein Zusammenhang zwischen ihnen und der Tatsache, dass der Drache trotz Verbots gesprochen hatte? Entwickelten sich aus den Knubbeln etwa langsam wieder Flügel?

Ben war zu müde, um einen klaren Gedanken zu fassen, mit jedem schweren Schritt tauchte eine Frage in seinem Kopf auf, aber keine einzige Antwort. Er war schon zufrieden damit, dass er nicht strauchelte, Antworten würde er morgen finden. Die Fragen jedoch wollten nicht weichen. Er konnte sich nicht vorstellen, weshalb die Flügel wieder wachsen sollten, denn von einer solchen Geschichte hatte er noch nie gehört. Doch wenn es so war – kehrte dann mit den Flügeln auch Samoths Bosheit zurück?

Wenn die Flügelansätze noch weiter wuchsen, über welche Befehle und Regeln würde sich der Drache dann hinwegsetzen?

Feuerschuppe wirkte so freundlich, aber wenn Samoths Bosheit wieder mit aller Macht über ihn kam, was würde er dann anstellen? Drachen mit Flügeln waren von ihrer Natur her Menschenfresser. Würde Feuerschuppe mit Flügeln in Trollfurt wüten und wahllos töten? Warum wuchsen diese Flügel wieder?

Bens Fragen wurden mit einem Schlag hinfortgewischt, als er um seinen Aussichtsfelsen bog.

Das Gatter lag zerbrochen vor dem Eingang.

Ben verharrte augenblicklich, schüttelte die Müdigkeit ab, so gut es ging, und lauschte, doch kein Geräusch drang aus der Höhle. Prüfend sog er die Luft ein, es roch auch nicht streng nach Raubtier, es roch wie immer. Vielleicht hatte ein schlecht gelaunter Bär das Gatter zerstört und war dann weitergetappt. Noch einmal lauschte Ben angestrengt, dann beschloss er nachzusehen, ob irgendein Tier seine Höhle besetzt hatte, schließlich hatte er keinen anderen Schlafplatz. Und wenn er sich auch von Yirkhenbarg aus seinem Haus hatte schmeißen lassen, von einem Tier ließ er sich nicht vertreiben!

Entschlossen zog er seinen scharfen Dolch aus der Scheide. Vorsichtig legte er die letzten Schritte zurück und tauchte ins Dunkel. Noch immer war nichts zu hören. Er ging in die Hocke, ließ sich auf ein Knie nieder und spannte die Muskeln an, so dass er jederzeit aufspringen konnte. Leise tastete er nach Öllampe und Zunder, die er gleich am Eingang hinter ein paar Gesteinsbrocken versteckt hatte. Als er sie gefunden hatte, legte er den Dolch kurz aus der Hand, um Licht zu machen. Er legte ihn direkt neben sein Knie, so dass er ihn auch im Dunkeln mit einem Griff finden würde, sollte es nötig sein.

Die Laterne flammte auf, und Ben erkannte mit einem Blick, dass die Höhle verlassen war: Auch die hintersten Ecken, die vom Lichtschein gerade noch erfasst wurden, bargen nichts Gefährlicheres als flackernde Schatten. Doch irgendetwas war hier gewesen. Oder irgendjemand.

Die Truhe war umgestoßen, der Inhalt überall auf dem Boden verteilt. Seine Angelrute lag in zwei Teile gebrochen neben dem Tisch, die Fetzen des Kissens überall verteilt. Matratze und Decke waren feucht, sie rochen streng, und Ben war überzeugt: Hier hatte jemand seine Notdurft verrichtet. Er wusste nur nicht, ob Tier oder Mensch. Oder hatte sich gar ein Troll erleichtert? Doch Trolle hatte man hier seit Jahrzehnten nicht mehr gesehen.

Würden Tiere eine solche Verwüstung anrichten und wieder verschwinden? Der einzige Mensch, der wusste, dass Ben hier hauste, war Yanko. Und Yanko kam nicht in Frage, auch nicht nach ihrem kleinen Streit auf dem Marktplatz. Oft genug hatten sie sich schon schlimmer in der Wolle gehabt.

Im hinteren Teil der Höhle entdeckte Ben die Fische, die er am Mittag gefangen hatte. Sie lagen im Dreck, wirkten, als wären sie mehrmals darin gewendet worden wie in Panade, und rochen ebenso streng wie seine Matraze. Das sah nun gar nicht nach einem Tier aus, dachte Ben. Und einer allein konnte es auch nicht gewesen sein, so groß war keine Blase der Welt.

Ben war erschöpft und tief frustriert, er fühlte sich ausgelaugt und allein. Vertrieben aus Trollfurt, hatte er nun nicht einmal in einer ungemütlichen kleinen Höhle seine Ruhe. Wenn er ein Mädchen wäre, würde er jetzt flennen, so aber riss er sich zusammen und trat nur gegen seine Decke. Warum erwischte es immer ihn? Warum jetzt, wo ihm doch das Glück gerubbelter Schulterknubbel beschieden sein sollte. Was für ein Schweinematsch!

Er stellte die beiden Hälften des Gatters wieder auf und drehte die Matratze um. Die Unterseite war voller Erde, sonst jedoch trocken. Er legte sich hin und deckte sich mit seiner Jacke zu. Morgen würde er den dreimal verfluchten Eindringling suchen und Rache nehmen, dachte er noch, dann war er eingeschlafen.

DER DRACHENRITTER UND DIE JUNGFRAU

Ben schlief unruhig und schreckte immer wieder hoch. Falls es doch ein wildes Tier gewesen war, musste er bereit sein, wenn es zurückkehrte. Und draußen gab es viele unheimliche Geräusche. Doch kein wildes Tier drang in seine Höhle ein.

Am nächsten Morgen schaffte er Decke und Matratze in die Sonne, damit sie trocknen konnten. Im Süden zeigten sich ein paar Wolken am Himmel, doch sie waren zu klein und zu weiß, um Regen zu verkünden.

Ben besserte das Gatter notdürftig aus. Es sah wirklich aus, als hätte es jemand mit Absicht entzweigebrochen. Tiere und Yanko schieden auch bei Tag betrachtet aus. Konnten wirklich Trolle aus den Bergen zurückgekehrt sein? Wie sollte er sich da wehren? Oder war es doch jemand aus der Stadt gewesen?

Ihm wurde ganz schwindelig von so vielen Fragen. Er würde nach Trollfurt gehen und Yanko alles erzählen. Yanko wusste immer, was zu tun war, er hatte oft genug Antworten, wenn Ben irgendetwas nicht verstand.

Ben packte die Fische ein und stieg ins Tal. Im Dherrn wusch er sie, rieb den Dreck sorgfältig ab und auch den Geruch. Selbst essen wollte er sie sicher nicht, auch wenn sein Magen lauter knurrte als des Königs Wachhunde. Doch so sahen sie wieder einigermaßen frisch aus, zumindest frisch genug, dass der Wirt von der *Fetten Wildsau* sie ihm abnahm. Von dem Geld kaufte er sich einen Kanten Brot und ein ordentliches Stück Käse, das er auf der Wiese vor dem Schulgebäude verzehrte.

Durch die geschlossenen Fenster konnte er nicht hineinblicken, doch er sah, wie Priester Habemaas irgendwann mit ernster Miene das Gebäude verließ, und grüßte ihn mit vollem Mund. Hellwahs Diener schien ihn jedoch nicht bemerkt zu haben, er eilte einfach weiter. Ben blieb in der Sonne sitzen. Er hatte Zeit, denn Yanko schwitzte wie alle Jungen noch in der Schule.

Oder wie *fast* alle Jungen, denn plötzlich rannte der kleine Nydhas auf den Tempelplatz, ein schmächtiger Stumpen, neun oder zehn Jahre alt, und immer ganz vorne mit dabei, wenn es darum ging, den Leinenball zu treten.

Ein Junge, der niemals ruhig sitzen konnte und der jetzt an Ben vorbeijagte und brüllte: »Drachenritter! Ein Drachenritter ist da!«

Ben brauchte einen Moment, um den Satz wirklich zu begreifen, dann sprang er auf. »Was? Wo?«

Aber Nydhas war schon an der Schule vorbei, rannte über die buckligen grauen Pflastersteine und schrie wieder: »Ein Drachenritter ist da!«

Türen öffneten sich auf beiden Seiten der leicht abschüssigen Straße. Ben wartete nicht weiter ab, dass sich die Schulpforten öffneten, sondern eilte in die Richtung, aus der Nydhas gekommen war – dort musste der Drachenritter doch irgendwo sein.

Ein Drachenritter!

Endlich doch ein Drachenritter! Wenn das Ganze kein Scherz war. Wenn es stimmte, wollte er jedenfalls der Erste sein.

Als er den Marktplatz erreichte, standen schon jede Menge Knechte und Mägde herum, auch Yankos Vater entdeckte Ben in der rasch wachsenden Menge, andere Handwerker und ihre Frauen ebenso und auch den kahlköpfigen Gastwirt aus der *Fetten Wildsau.* Viele Augen glänzten, Münder standen offen, und selbst das verhärmte Antlitz eines greisen Knechts strahlte wie ein beschenkter Junge. Auf all diesen Gesichtern stand die Hoffnung, die mit einem Drachenritter das Ende der Abgeschiedenheit Trollfurts verband. Erst der neue Minenbesitzer, und so kurz darauf ein Ritter des Ordens! Es würde wieder bergauf gehen mit Trollfurt, nervöse, ausgelassene Vorfreude auf bessere Zeiten lag greifbar in der Luft.

Um eine würdevollere und angemessen zurückhaltende Freude bemüht, stand der gut genährte Bürgermeister Odhulan vor der Menge und hatte eine Haltung eingenommen, mit der er nach Byassos Worten immer repräsentierte. Er hatte sich mit strahlendem Gesicht und stolz gereckter Brust zwischen Dagwarts Standbild und einem verstaubten Planwagen postiert, auf dessen Kutschbock eine junge Frau mit tiefschwarzen, gelockten Haaren saß. Ihre Lippen waren dunkelrot geschminkt, die Augenlider himmelblau, und an den Ohren baumelten große, runde Silberringe, die beinahe bis zu den Schultern hinabreichten. Sie lächelte. Ihre weiße Bluse war eng geschnitten, und zwischen den deutlich erkennbaren Brüsten hing ein glänzender hellblauer Stein.

Direkt am Planwagen stand ein riesiger Mann, der den Bürgermeister neben sich um beinahe eine Haupteslänge überragte. Der Mann trug die rote Tunika der Drachenritter, auf deren Brust ein eingewobener sonnengelber Drachenkopf prangte. Sein Gesicht war kantig und von einer großen Hakennase beherrscht, die dunkelbraunen Haare kurz geschoren. Die Arme des Ritters wurden von Ärmeln aus dünnem weißen Stoff bedeckt, sie waren so dick wie Bens Oberschenkel, deutlich zeichneten sich die Muskeln unter dem engen Stoff ab. Über den linken Handrücken verlief eine lange rote Narbe. Der Mann hätte seinen Wagen wahrscheinlich selbst ziehen können, so beeindruckend stark sah er aus, doch es waren zwei dunkle Pferde an die Deichsel gespannt.

Eigentlich hatte sich Ben einen Drachen erhofft, aber auch auf den zweiten Blick blieben es nur Pferde. Doch das änderte nichts daran, dass ein leibhaftiger Drachenritter gekommen war. Bens Hände schwitzten, und sein Mund wurde ganz trocken.

»Herzlich willkommen in Trollfurt, Herr Narfried«, intonierte der Bürgermeister feierlich, und der Ritter dankte ihm. Kurz darauf hieß der Bürgermeister ihn erneut herzlich willkommen, als noch weitere Trollfurter herbeigeströmt waren, hoffnungsvoll, neugierig und mit verschmierten Händen, so dass man an dem Teig zwischen den Fingern oder dem Ruß erkennen konnte, von welcher Arbeit sie fortgerissen worden waren. Und schließlich begrüßte er ihn noch ein weiteres Mal aus tiefstem Herzen. Ben war nicht sicher, ob das jetzt die dritte Begrüßung war oder ob er sogar welche verpasst hatte. Der Drachenritter lächelte noch immer, aber das Lächeln schien nicht mehr ganz so breit wie zu Beginn.

Hinter sich hörte Ben Kinder tuscheln, die dem Unterricht entkommen waren, aber er drehte sich nicht um, um Yanko zu suchen. Er war froh, dass er einen Platz so nahe am Wagen gefunden hatte und alles sehen konnte.

»Was führt einen hohen Ritter wie Euch in unsere schöne Stadt?«, fragte der Bürgermeister endlich. Es sollte wie eine höfliche Begrüßungsfloskel klingen, doch er war sichtlich nervös. Auch die Menschen um Ben her hielten gespannt die Luft an.

»Unser Ordensmeister war einfach neugierig, wie es um das Trollfurt des berühmten Dagwart bestellt ist. Er wollte allen Bürgern der Stadt seine Grüße senden.« Hier lächelte Ritter Narfried in die Menge, die wohlwollend murmelte, zumindest die ersten Reihen, die seine Worte verstanden hatten.

Eine Frau neben Ben schluchzte, und ein Knecht nickte mit zusammengepressten Lippen. Der Orden hatte sie also nicht vergessen, nicht die Stadt, die ihm lange wertvolles Blausilber aus den Eingeweiden der Berge gekratzt hatte, und auch nicht ihre Bewohner. Hoffnung war in den Gesichtern zu lesen.

Der Blick des Ritters wanderte freundlich über die Neugierigen hinweg, kurz sah er Ben direkt an, dann wandte er sich wieder dem Bürgermeister zu und sprach laut und deutlich weiter. »Zu lange war keiner aus unserem Orden mehr hier, viel zu lange. Es ist an der Zeit, unsere freundschaftlichen Beziehungen zu erneuern und zu vertiefen, so viel sei auf die Schnelle gesagt. Alle Einzelheiten würde ich allerdings gern mit Euch unter vier Augen besprechen.«

Der Angesprochene deutete eine Verbeugung an und sagte, es sei ihm eine große Ehre.

»Zuvor würde ich nur gern meine Pferde tränken und mir zwei Zimmer für die Nacht nehmen. Eins für mich, eins für meine Begleiterin, die tapfere Jungfrau Ivallya.«

»Zimmer nehmen? Das kann ich nicht zulassen. Selbstverständlich seid Ihr mein Gast«, sagte der Bürgermeister gewichtig und breitete die Arme aus. »Auch Wasser und Futter haben wir genug für Eure Pferde. Bitte folgt mir in Dagwarts Haus.«

Der Ritter dankte, nahm sein Gespann am Zügel und führte es hinter dem Bürgermeister her. Dabei plauschten die beiden Männer darüber, wie die Reise gewesen war und welche banalen Neuheiten es im Süden gab, über alles eben, was man in zwei, drei Sätzen zusammenfassen konnte, denn der Weg war kurz und die Höflichkeit zwischen ihnen groß.

Die meisten Trollfurter drängten den beiden nach und lauschten begierig auf jedes Wort, das der Fremde zu berichten wusste. Dabei schielten nicht wenige zur Jungfrau Ivallya, die schweigend und mit übergeschlagenen Beinen auf dem Kutschbock saß.

Auch Ben drehte sich immer wieder um. Doch sein Blick streifte Ivallya nur kurz, er versuchte, an ihr vorbeizuschauen, denn er wollte wissen, was ein Drachenritter so alles mit sich führte. Leider war der Wagen gut verhangen, und auch durch das beständige Ruckeln auf dem Pflaster öffnete sich kein Spalt im Stoff.

Am Haus des Bürgermeisters angekommen, wandte sich Odhulan an die Menge, winkte und rief: »Dank euch allen für die Begleitung, doch Ritter Narfried und die reizende Ivallya sind sicher müde von der Reise. Lassen wir sie ein wenig ruhen, heute Abend sind sie dann gewiss bereit für einen geselligen Abend unter neuen Freunden. Nicht wahr, Herr Narfried?«

Der Ritter nickte und lächelte noch immer. »Natürlich, darauf freuen wir uns.«

Dann rollte der Planwagen durch das Hoftor, und die Diener verschlossen es vor den neugierigen Trollfurtern. Ben stand ganz vorn, die Hände auf zwei Eisenstangen des Torgitters gelegt, und blickte dem Ritter nach.

»Komm mit«, zischte plötzlich eine Stimme in sein Ohr, und er erkannte Yanko. In seinem Blick waren keine Überreste ihres gestrigen Streits mehr zu sehen, die Augen strahlten schelmisch wie immer, wenn Yanko etwas ausheckte. Gemeinsam wühlten sie sich durch die dicht gedrängte, hoffnungsvolle Menge, die noch immer an Tor und Zaun verharrte und beobachtete, wie Ivallya vom Kutschbock stieg und wie die Pferde zur Tränke vor dem Stall geführt wurden.

»Wohin?«, fragte Ben, doch Yanko zog ihn einfach am Ärmel weiter und hinüber zu Byasso, der zwei Häuser weiter vor der Metzgerei auf sie wartete.

»Was gibt's denn?«, wollte Ben wissen.

»Willst du wissen, was der Ritter mit meinem Vater zu besprechen hat?«, antwortete Byasso mit einer Gegenfrage.

»Natürlich.«

»Dann komm mit.«

Sie rannten den schmalen Weg zwischen der Metzgerei und der anschließenden Bäckerei entlang, der mit wucherndem, hüfthohem Unkraut zugewachsen war und zu keinem der beiden Grundstücke gehörte. Vor drei oder vier Generationen hatte sich darüber eine Familienfehde entwickelt, vier Menschen waren dabei getötet worden. Der damalige Bürgermeister hatte als Richter beide Nachbarn für verrückt und den schrittbreiten Streifen Land zwischen ihren Grundstücken zu Allgemeinbesitz erklärt. Da dieser Streifen aber als Sackgasse am Kanal endete, wurde er von der Allgemeinheit eigentlich nicht benutzt.

Nach wenigen Augenblicken erreichten sie den Kanal, der weiter unten auch an Yirkhenbargs Anwesen vorbeifloss. Byasso führte sie triumphierend auf dem schmalen Uferstreifen entlang, als wäre der Weg ein großes Geheimnis. Wahrscheinlich war er das große Geheimnis von jedem Jungen in der Stadt, dachte Ben, und auch Yanko lächelte, als wäre er ihm vertraut.

Der Bürgermeister lebte traditionell in Dagwarts Haus, dem Gebäude, das der Stadtgründer selbst errichtet und bewohnt hatte. Die Mauer am Kanal war also schon alt und durch die Nähe zum Wasser feucht, der Verputz bröckelte, und Ben wollte seine Finger und Zehen schon in die Fugen krallen, da deutete Byasso auf die kleine Hintertür aus geschwärztem Holz. Augenzwinkernd kramte er den Schlüssel für das rostige Schloss aus seiner Hosentasche.

Kein Klettern also, dachte Ben, doch Byasso führte sie hinter den Stallungen entlang zur Rückseite des schmutzig weißen Haupthauses und deutete dort auf eine Kellerluke.

»Da runter. Mein Vater lässt mich schon alleine nie in sein Amtszimmer. Nur hohe Gäste bewirtet er immer dort.«

»Und deshalb steigen wir in den Keller, statt an der Tür zu lauschen?«

»Wartet's ab.« Byasso grinste. »Ich habe nicht vor, mich beim Lauschen am Schlüsselloch von meiner Mutter erwischen zu lassen!«

Sie klammerten sich an den Rand der Luke, ließen die Beine in die Tiefe baumeln und sich schließlich fallen, einer nach dem anderen. Sie landeten in einem Vorratskeller. Ben griff sich im Vorbeigehen zwei Äpfel und eine Zitrone aus den Regalen, stopfte sie in die Hosentaschen und folgte den anderen beiden an zwei Weinfässern und einer Treppe nach oben vorbei in eine kleine, holzverkleidete Kammer, die außer Staub nichts zu enthalten schien.

»Was ihr jetzt zu sehen bekommt, das müsst ihr für euch behalten.« Byasso musterte sie ernst.

»Schwört es«, verlangte er. »Schwört bei Hellwahs Sonnenlicht. Wenn ihr nicht schweigt, sollen euch die Augen aus dem Gesicht faulen und von fetten grauen Würmern verputzt werden.«

»Wir schwören.« Ben zögerte keinen Augenblick, auch wenn dies ein mächtiger Schwur war. Weit unten im Süden sollte es eine ganze Stadt geben, die auf diese Weise einem Grafen und Drachenreiter Treue geschworen und ihn dennoch im Stich gelassen hatte. Jetzt lebten nur noch Blinde in der Stadt, ein paar sehende Kinder, die erst nach dem Schwur geboren worden waren, sowie ein stummer Bettler, der nicht hatte schwören können und nun, als der einzige Erwachsene mit Augenlicht, so etwas wie der heimliche Herrscher war.

»Gut. Denn davon weiß nicht einmal mein Vater.« Byasso langte hinter die Holzverkleidung, und ein leises Klacken ertönte, dann schwang ein schmaler Teil der Verkleidung an Scharnieren nach vorn. Dahinter verbarg sich ein schmaler, unbeleuchteter Gang.

»Mann«, entfuhr es Yanko, »das ist unglaublich!«

Byasso lächelte und ließ Ben und Yanko zwei Schritte vorausgehen. Die Wände bestanden aus rauen alten Ziegelsteinen, und eine dicke Staubschicht lag über allem. Die schwere feuchte Luft roch nach Moder.

»Ist nicht besonders aufgeräumt«, grinste Byasso, nahm eine Laterne von einem Wandhaken gleich hinter der Tür und entzündete sie. Als er die Geheimtür hinter sich zuzog, blieb ihnen nur das spärliche Licht der kleinen Flamme, Fenster gab es hier unten keine.

»Vorne rechts. Aber seid leise.« Er hatte die Stimme gesenkt und hielt sich den Zeigefinger an die Lippen.

Am Ende des Gangs befand sich auf jeder Seite eine Tür. Ben, der vorausging, drückte die rechte auf und betrat einen länglichen Raum, in dem sich ein Strohsack zum Rumlümmeln befand. Neben ihm standen eine Handvoll Weinflaschen, die Hälfte davon leer. Doch das Auffälligste war eine Art Metallkasten an der gegenüberliegenden Wand. Das Türchen des Kastens stand offen, und heraus hing ein Schlauch, vielleicht zwei Finger dick, dessen eines Ende durch die Rückseite des Kastens direkt in die Wand führte und dessen anderes Ende einen handtellergroßen, trichterförmigen Abschluss hatte.

»Seid jetzt bloß leise«, flüsterte Byasso und schlich zu dem Schlauch hinüber.

Ben und Yanko folgten ihm auf Zehenspitzen.

Byasso hielt den Trichter mit einer Hand zu. »Der Schlauch endet in Vaters Empfangsraum, und durch ihn kann man hören, was dort gesprochen wird. Ich habe keine Ahnung, ob schon Dagwart den hier eingebaut hat und welcher Bürgermeister damit zuerst belauscht wurde, aber jetzt ist es meiner. Wenn mir langweilig ist, belausche ich meinen Vater. Ich weiß nur nicht, wie gut unsere Worte oben zu verstehen sind, das konnte ich allein nie ausprobieren.«

Ben und Yanko nickten bewundernd, das machte gar kein Geräusch. Lächelnd nahm Byasso die Hand vom Trichter.

Nun drang aus ihm die Stimme des Bürgermeisters. Nicht besonders laut, aber gut verständlich. Die drei Jungen setzten sich im Kreis um die Laterne auf den Boden, den Trichter hielten sie in ihre Mitte und reckten ihm die Ohren entgegen. Anfangs wagte Ben nicht einmal richtig zu atmen, er hatte Angst, dass Bürgermeister Odhulan sonst auch ihn hören konnte.

»Ich hoffe, es mundet?«, fragte der Bürgermeister gerade, und seine Gäste versicherten, der kalte Braten und die Früchte seien ganz ausgezeichnet. Dann lobten sie abwechselnd

Trollfurt, seine heroische Vergangenheit und die vielversprechende Zukunft, jetzt, da die Mine dank der engagierten Vermittlungsarbeit des Bürgermeisters wieder einen neuen Besitzer hatte. Blausilber war ein edles Metall; wo es gefördert wurde, versprach es Wohlstand, nicht nur für den Besitzer einer Mine. Bürgermeister Odhulan versicherte seine Bewunderung für den Orden und die aufopferungsvollen Taten seiner tapferen Ritter.

»Nun ja, danke«, erwiderte Narfried. »Doch zu viel der Ehre, die Tapferste in diesem Raum hier, das ist die Jungfrau Ivallya.«

»Wirklich?« Der Bürgermeister klang neugierig, aber auch ein wenig reserviert. Vielleicht ärgerte es ihn, dass der Ritter gerade eine Jungfrau tapferer genannt hatte als ihn. Aber auch Ben war überrascht.

»Ja«, beharrte der Ritter und erzählte, dass jeder Ritter nur in Begleitung einer Jungfrau auf Drachenjagd ginge, denn Jungfrauen seien die bevorzugte Speise der geflügelten Wesen. »Während ich also, gerüstet mit Schwert und Schild, im Verborgenen auf den geflügelten Drachen lauere, lässt sie sich an einen Pfahl binden und wartet wehrlos auf das Untier. Wir sind dabei fern jeder Ortschaft, damit kein anderer zufällig zu Schaden kommen kann, wenn wir den Drachen anlocken. Wir sind ganz allein, so dass die Nase des Drachen nicht durch die Gerüche anderer Menschen verwirrt wird; ich selbst bin mit Kolbenkraut eingerieben, das verdeckt meinen Geruch. Denn ein Drache riecht Jungfrauen auf Meilen hin, besonders gefesselte.

Befindet sich nun ein Drache in mehreren Meilen Umkreis, so dauert es selten lange, bis er angerauscht kommt. Im Sturzflug von oben, die grässlichen Flügel angelegt, das Maul mit den spitzen Zähnen aufgerissen. Er prallt auf den Boden, gleich neben dem Pfahl der Jungfrau, die Züge vor Gier verzerrt. Alles, an das er noch denken kann, ist, sich auf sie zu stürzen, sie zu zerfleischen und roh zu verschlingen! Und in eben jenem Moment stürze ich aus der Deckung und schlage dem verfluchten Drachen einen Flügel ab.«

Hier unterbrach sich der Ritter selbst und nahm einen lauten Schluck von seinem Wein.

Die drei Jungen starrten gebannt auf den Trichter, lautlos beschwor ihn Ben, endlich weiterzureden. Endlich hörten sie, wie ein schwerer Becher schwungvoll abgesetzt wurde.

»Nun, ich schmeiße mich also zwischen ihn und die Jungfrau, attackiere auch den zweiten Flügel, doch der Drache schlägt nur halbherzig nach mir, sein eigentliches Ziel ist und bleibt die Jungfrau, die wehrlos am Pfahl hängt. Sie ist es, die die ganze Zeit in Gefahr schwebt! Bis es mir gelingt, auch den zweiten Flügel abzuhacken und damit den Fluch Samoths endgültig von dem armen Geschöpf zu nehmen, das in diesem Moment jedoch noch eine wilde Bestie ist. Hundegroß, pferdegroß oder noch viel, viel größer.

Und deshalb kann man sagen, dass meine Arbeit jede Menge Kraft und Geschick erfordert, eine hohe Fertigkeit im Umgang mit dem Schwert und sicherlich auch eine gehörige Portion Mut, aber die meiste Tapferkeit wird von den Jungfrauen verlangt, die sich ganz in die Hände von Ritter und Drache begeben. Versagt der Ritter, ist er einmal auch nur einen Augenblick zu spät oder verliert gar den Kampf, ist es um sie geschehen, dann hat der Drache sie mit seinen Klauen aufgeschlitzt. Und sie hat keinerlei Möglichkeit, sich selbst zu wehren oder davonzulaufen. Ich weiß nicht, ob ich das könnte, ob ich diesen Mut aufbringen würde.«

»Meinen Respekt, meinen aufrichtigen Respekt, Jungfrau Ivallya«, sagte der Bürgermeister, und er klang wirklich beeindruckt.

Ben dagegen war vor allem von der Schilderung des Kampfes gefangen. Egal, wie sehr Narfried Ivallyas Tapferkeit herausstellte, Ben wollte Drachenritter werden, nicht Jungfrau! Schließlich war er ja kein Mädchen; Mädchen konnten vielleicht von einer Karriere als Jungfrau träumen.

Natürlich war ihre Hingabe und Tapferkeit bewundernswert, aber Ben wollte nicht wehrlos sein, er wollte nicht zur Tatenlosigkeit gezwungen sein, er wollte kämpfen. Seine Taten sollten dazu beitragen, dass aus mordgierigen Bestien so sanfte und herrliche Wesen wie Feuerschuppe wurden. Er würde gefesselte Jungfrauen wie Ivallya beschützen und Drachen retten. Es drängte ihn, diese wundervollen Geschöpfe von ihrem Fluch zu befreien. Es war ihm nun endgültig nicht mehr genug, Äpfel zu klauen und Fische zu fangen, er musste einfach ein Drachenritter werden! Jetzt und nicht irgendwann, er hatte das ohnehin schon viel zu lange vor sich hergeschoben.

Und als er die angespannten Gesichter von Yanko und Byasso sah, erkannte er, dass er mit diesem Wunsch nicht allein war.

»Wird ein Ritter auch von einer Jungfrau begleitet, wenn er nicht auf der Jagd ist?«, fragte da der Bürgermeister ganz beiläufig.

»Manchmal«, antwortete der Ritter ausweichend. »Man weiß ja nie, was unterwegs geschehen mag. Aber lasst uns darüber morgen reden, Ivallya und ich sind ja noch eine Weile hier, und wir sind doch redlich erschöpft von der Reise. Nichtsdestotrotz sind wir auch neugierig. Wollt Ihr nicht ein wenig das Reden übernehmen und uns etwas über Trollfurt erzählen? Wie ist es derzeit um den Tempel des allerhöchsten Hellwah bestellt, und wie gehen die Arbeiten an der Mine voran? Der Besitzer soll ein Drachenreiter sein, habe ich gehört …«

»In der Tat, das ist er. Darf ich Euch jedoch zuerst noch ein wenig Wein nachschenken?«

»Gern«, sagte der Ritter.

Ben schüttelte den Kopf. Warum mussten Würdenträger manchmal so gestelzt um alles herumreden? Er verstand das einfach nicht. Wie sollte ein kampferprobter Ritter denn davon erschöpft sein, auf einem Kutschbock gesessen zu haben und durch die Gegend gezuckelt zu sein. Er war nicht einmal selbst gelaufen.

»Ist das jetzt auch wieder Politik?«, flüsterte er fast lautlos, und Byasso nickte.

Bevor er noch mehr sagen konnte, erklang draußen ein tiefes Grollen, wie ein fernes Gewitter. Auch wenn die alten Mauern alles dämpften, erkannte Ben doch sofort das tiefe, kehlige Fauchen, das sich zu einem wütenden Brüllen steigerte. Feuerschuppe!

»Was ist das?«, rief der Ritter. Dem Getrappel und Geschepper aus dem Schlauch nach war er aufgesprungen. Vielleicht auch die Jungfrau Ivallya, die jedoch auch jetzt nichts sagte.

»Der Drache des Minenbesitzers«, erwiderte Bürgermeister Odhulan ruhig.

»Seid Ihr sicher?«

»Ganz sicher.«

»Schreit er üblicherweise so, oder hat er einen schlechten Tag?«

»Es muss wohl ein schlechter Tag sein. Was dachtet Ihr, was es ist?«

»Nichts, nichts«, murmelte Narfried.

Da stimmt irgendetwas nicht, dachte Ben.

»Ich muss weg«, flüsterte er und schlich aus dem Raum. Er hörte nicht, ob einer der beiden etwas hinter ihm herwisperte, auf jeden Fall folgten sie ihm nicht.

Wieder erklang das wilde Fauchen Feuerschuppes.

Ein Kribbeln lief Bens Rückgrat entlang, die Härchen auf seinem ganzen Körper stellten sich auf. Er tastete sich durch den dunklen Gang und fand die Verriegelung der Geheimtür, die innen nicht verborgen war. Er schlüpfte in den Vorratskeller hinaus, drückte die Geheimtür hinter sich zu und eilte zur Klappe, hangelte sich hinaus und spurtete zur Rückseite des Grundstücks.

Feuerschuppe brüllte.

Wieder lief ein feines Kribbeln über Bens Körper, so wie schon früher, wenn er Feuerschuppe gehört oder in seiner Nähe gewesen war.

Hastig kletterte er über die Mauer und rannte am Kanalufer entlang, während das Fauchen des Drachen immer wieder erklang, irgendwann nur noch ein Knurren. Was war da nur los?

Schwer atmend erreichte er die Rückseite von Yirkhenbargs Anwesen. Sofort warf er sich neben der kleinen Wasserrinne auf den Bauch und reckte den Kopf in den vergitterten Durchlass, um sich einen Überblick zu verschaffen, was auf dem Grund vor sich ging.

Auf der Rasenfläche hinter den Stallungen umkreisten sich Yirkhenbarg und Feuerschuppe, der Boden war aufgewühlt, die Klauen des Drachen hatten tiefe Furchen in der Erde hinterlassen. Um sie herum standen mehrere Diener mit Knüppeln, einer trug ein grobmaschiges Netz bei sich, sie alle lauerten schweigend und kampfbereit. Yirkhenbargs Hemd war mit Blut verschmiert, und er führte ein breites, besudeltes Schwert, auf dessen Klinge ein bläulicher Schimmer lag und zugleich ein Schatten. Eine Waffe aus Blausilber und Schattenstahl!

Feuerschuppe fauchte und knurrte, er blutete an der rechten Flanke. Der Drache fletschte die Zähne, seine Augen flackerten vor Wut, er wirkte ganz anders als in den beiden Nächten, als Ben ihn besucht hatte. Zornig, wild und sehr viel gefährlicher.

»So nicht, alter Knabe, so nicht. Du entkommst mir nicht«, keuchte Yirkhenbarg und hielt das Schwert erhoben, bereit, sofort zuzuschlagen. Er atmete schwer, doch trotz allem wirkten seine geschmeidigen Bewegungen gelassen, als hätte er schon oft gekämpft, und er behielt den Drachen stets im Blick.

Was sollte das? Warum kämpften sie?

Ungläubig beobachtete Ben die Szenerie. Da bemerkte er, dass der linke Schulterknubbel des Drachen weiter gewachsen war. Er war nun länger als der Arm eines Mannes und ragte zuckend aus seinem Rücken. Der Ansatz eines Flügels war deutlich zu erkennen.

Rechts, da, wo das Blut dunkel über die roten Schuppen floss, hatte der Knubbel die Größe eines kleinen Kinderschädels und war eine offene Wunde. Ben ließ seinen Blick über den Boden schweifen und entdeckte auf dem befleckten Gras tatsächlich etwas, das aussah, als wäre es der fehlende Flügelansatz.

Feuerschuppe knurrte wie ein in die Ecke gedrängter Bluthund, aber er sagte nichts, kein einziges Wort. Angespannt behielten die Diener ihn im Auge, sie wirkten viel nervöser als ihr Herr.

»Was soll das? Warum lässt Samoth dir wieder Flügel wachsen?«, fauchte Yirkhenbarg und setzte immer wieder einen Ausfallschritt, täuschte mit dem Schwert Hiebe an. Feuerschuppe wich zurück, attackierte seinen Reiter jedoch nicht. Sein peitschender Schwanz traf beiläufig, wie ungewollt, einen Diener und schmetterte ihn zu Boden. Knirschend vor Schmerz rappelte sich der Mann wieder auf und torkelte zurück auf seinen Platz. Er hielt sich die Rippen, und der Arm mit dem Knüppel hing kraftlos an der Seite herab.

Im ersten Moment war Ben instinktiv auf Seiten des Drachen, weil er ihn kannte und mochte – und weil sie ihn in die Ecke drängten, so wie er selbst oft genug von einer Rotte Jungen eingekreist worden war. Er erwischte sich dabei, wie er Feuerschuppe einen kurzen Augenblick lang anfeuerte, bis er erkannte, wie unsinnig das war. Und er wollte Drachenritter werden? Das musste ihm noch mehr in Fleisch und Blut übergehen. Yirkhenbarg kämpfte hier nicht gegen seinen Drachen, sondern für ihn, für seine Freiheit. Das musste Ben sich bewusst machen, denn er war nur die Prügeleien zwischen Jungen oder den Kampf gegen ein wildes Tier gewohnt, und da waren die Seiten immer eindeutig verteilt. Wer gewann, gewann. Der Kampf vor seinen Augen war anders, entweder gewannen beide, oder beide verloren. Also umklammerte Ben seinen Glücksgroschen und wünschte Yirkhenbarg den rettenden Schlag und Feuerschuppe möglichst wenig Schmerzen.

Und sein Wunsch ging in Erfüllung: Plötzlich glitt Feuerschuppe im verschmierten Gras aus und rutschte zur Seite. Sofort setzte Yirkhenbarg nach. Blitzschnell schlug er zu und trennte den zweiten Flügelansatz ab. Zuckend fiel er ins Gras und blieb reglos liegen. Der Drache brüllte auf, dann ließ er sich erschöpft zu Boden sinken. Aus seinem Brüllen wurde ein leises Schnauben. Er schloss das Maul, die Lefzen verdeckten nun wieder die scharfen Zähne.

Yirkhenbarg ließ sich vor dem Drachen auf die Knie sinken. Er rieb ihm fest über die Schnauze und sagte: »Junge, Junge, was war denn das? Bist du jetzt wieder klar im Kopf?« Und dann murmelte er etwas, das Ben auf die Entfernung nicht verstehen konnte.

Feuerschuppe antwortete nicht. Das Blut auf seinem Rücken versiegte und verkrustete schnell.

»Auf geht's, alter Junge, gehen wir rein. Los«, befahl Yirkhenbarg und stapfte mit Feuerschuppe in den Stall. Der Drache brummte friedlich vor sich hin.

Ben blieb noch eine Weile am Kanal sitzen. Der Zorn des Drachen hatte ihm Angst gemacht, Feuerschuppes beiläufiger Schwanzhieb hatte seine Kraft deutlich aufgezeigt. Und sein wütendes Knurren hatte erahnen lassen, zu welchem Zorn ein Drache mit ausgewachsenen Flügeln in der Lage war.

Auf was würde sich Ben da als Drachenritter einlassen? War er wirklich tapfer und stark genug? Grübelnd starrte er ins ruhige Wasser.

TAUGENICHTS UND HUNDERITTER

Am Abend ging Ben in die völlig überfüllte, stickige *Wildsau.* Ritter Narfried stand am Tresen und gab lautstark Erlebnisse von seinen Drachenjagden zum Besten. Zahlreiche Trollfurter drängten sich um ihn, um wenigstens einen Teil seiner Worte zu verstehen, und verlangten nach jeder Episode eine weitere.

Ben hatte sich ans andere Ende des Tresens durchgekämpft und lauschte ebenfalls, eingeklemmt zwischen verschwitzten Erwachsenen. Er hatte beschlossen, sich Mut anzutrinken, um Narfried zu fragen, wie man Drachenritter wurde. Nicht nur das, er würde ihn sogar fragen, ob er ihn gleich mitnahm, sofort, auf der Stelle!

Schon seit Jahren träumte er davon! Und was hatte er schon zu verlieren? Was ließ Ben in Trollfurt zurück, außer Yanko, und vielleicht Byasso, der ihn langsam zu akzeptieren schien? Eine dunkle Wohnhöhle, in der irgendwer seine Notdurft verrichtet hatte, und ein wunderschönes Mädchen, dessen Liebe er nicht gewinnen konnte, weil er zu arm und unbedeutend war. Als Drachenritter mochte es ihm vielleicht gelingen, aber im Moment blieb ihm nur der Kummer, nicht einmal Hoffnung.

Narfried erzählte eben, wie er einmal von drei armen Männern mit vor Panik verzerrten Gesichtern zu Hilfe gerufen worden war, wie ein ganzes Dorf zitternd von einem bösartigen Drachen erzählte, der ihre Felder und ihr Leben bedrohte. Er und seine damalige Jungfrau Dirdea bauten also die erprobte Falle mit der angeketteten Jungfrau auf und warteten auf eine furchterregende Bestie. Narfried hatte seine lange, schwere Klinge gezogen, und dann stürmte ein kleiner grüner Drache heran, nicht halb so groß wie ein gewöhnlicher Jagdhund.

»Wenn ich das gewusst hätte, hätte ich mein Kurzschwert gezogen«, lachte der Ritter am Tresen und verschüttete einen Schluck Wein. »So aber hatte ich eine viel zu große Klinge, viel zu schwerfällig für das kleine wendige Vieh. Mit viel zu viel Schwung hackte ich an dem Winzling vorbei, konnte mich ihm aber dann dennoch rechtzeitig in den Weg werfen, so dass er sich in meinem Stiefel festbiss und nicht in der Jungfrau. Als er nun knurrend an meiner Wade festhing, da war es ein Leichtes, die zappelnden Flügel zu erwischen, dennoch drangen seine Zähne mir durch das starke Leder tief in die Haut. An jenem Tag lernte ich, nicht immer mit einem furchteinflößenden Riesendrachen zu rechnen, egal, was die Leute dir erzählen, und wurde zum einzigen Drachenritter, der Narben von einer Kreatur trägt, die ihm gerade einmal bis zum Knie reichte. Nicht gerade die Blessuren, mit denen man die holde Damenwelt beeindruckt.«

Das ganze Wirtshaus lachte, und Narfried nahm einen tiefen Schluck von seinem Wein. »Der kleine grüne Wadenbeißer aber ist nun ein vorzüglicher Wachdrache bei einem wohlhabenden Tuchhändler in Venzara.«

Bens Plan, sich Mut anzutrinken, hatte einen Haken, nämlich den, dass er überhaupt kein Geld für Wein besaß. Also nippte er hier und da an einem fremden Becher, wenn der Besitzer gerade nicht hersah, oder nahm einen langen Zug, wenn der Besitzer draußen war, um sich zu erleichtern. Überwiegend leichten Wein erwischte er, weißen oder mit

Wasser verdünnten, und auch wenn er ihn im Kopf spürte, so richtig mutig fühlte er sich noch nicht. Dann kam plötzlich die Gelegenheit, der Bedienung einen großen gefüllten Krug vom Tablett zu stibitzen, und er griff zu. Er erwischte schweren Rotwein und nahm glücklich einen tiefen Schluck.

Auch Narfried trank fleißig, ein Trollfurter nach dem anderen bestand darauf, ihm einen auszugeben. Der Ritter trank und erzählte, dabei wurden seine Geschichten immer alberner und zotiger. Schließlich berichtete er, wie er Jungfrau Dirdea an einen Würfelspieler verloren hatte.

»Also, natürlich nicht im Spiel. Nein, nein, das wäre ja völlig unmoralisch. Weder bin ich als Ritter der Besitzer meiner Jungfrau, noch käme das irgendwie in Frage. Auch weiß ich sehr gut, wie man würfelt. Ich habe den Spieler nach Strich und Faden ausgenommen. Das letzte Hemd habe ich ihm genommen, ich habe ihn in einer vollen Wirtsstube nackt bis auf die Haut gemacht, und das sogar beinahe wörtlich; nur die Hosen habe ich ihm gelassen, ich bin ja kein Unmensch. Aber wie heißt es so schön: Glück im Spiel, Pech in der Liebe, oder andersherum. Noch in derselben Nacht ist Dirdea mit dem Spieler durchgebrannt, und ich bin sicher, er hat noch vor Morgengrauen auch seine Hose verloren. Ganz freiwillig.« Alle lachten, und Narfried setzte mit glänzenden Augen nach: »Ich habe nie wieder von den beiden gehört, ich weiß nur, es muss wahre Liebe gewesen sein. Wäre sie hinter seinem Geld hergewesen, hätte sie ja bei mir bleiben müssen!«

Auch Ben grölte jetzt mit, was aber vor allem am Wein lag, der ihm langsam zu Kopf stieg. Er leerte den Becher mit einem Zug und stieß sich vom Tresen ab. Jetzt galt es, Narfried machte eben eine erzählerische Pause.

Stotter nicht rum und sag deutlich, wie wichtig es ist, dass du Dra-

chenritter wirst und dass du alles dafür tun willst, dachte Ben und zwängte sich zwischen schwitzenden, trinkenden Männern hindurch. Ganz sicher war sein Gang nicht mehr. Durch eine plötzliche Lücke in der Menge sah er, dass ein paar Männer an einem Tisch um Jungfrau Ivallya herumstanden und posierten, einer schwenkte lachend einen Würfelbecher. Die Lücke wurde wieder geschlossen, Ben wurde weitergeschoben und stand schneller als erwartet vor dem Ritter.

»Herr Ritter?«, sagte Ben. Aller Mut drehte sich zusammen mit den Gedanken in seinem Kopf.

»Ja?« Narfried sah ihn mit zusammengekniffenen Augen an.

»Ich …«

Wo waren seine guten Vorsätze, wo war der weingeborene Mut?

»Ich … ich würde wirklich alles tun, um Drachen zu rittern.«

»Was?«

»Nein, tut mir leid«, stammelte Ben und atmete tief durch. *Denk an Feuerschuppe,* sagte er sich, *denk an Nica, die du nur gewinnen kannst, wenn du etwas aus dir machst.* Ritter Narfried war seine Gelegenheit, etwas aus sich zu machen, hier wegzukommen, raus aus Trollfurt, wo die meisten Menschen ihn hassten, wo er in eine Höhle verjagt worden war und nicht einmal dort in Ruhe gelassen wurde. *Jetzt versau es nicht! Reiß dich zusammen!*

»Ich will Drachenritter werden. Ich bin bereit, alles dafür zu tun. Ich bin fleißig, ich habe schon gegen Wölfe gekämpft und will alles lernen, was nötig ist. Ich bin bereit, mich jeder Prüfung zu unterziehen. Ich bitte Euch, nehmt mich mit zu Eurem Orden.«

»Dich? Dich soll er mitnehmen?« Ein triefnasiger Knecht Yirkhenbargs am Tresen kicherte betrunken los. »Dich Taugenichts?«

»Ich bin kein Taugenichts!«, sagte Ben trotzig, sah aber weiter Ritter Narfried an und wurde rot.

»Wie heißt du denn?«

»Ben.«

»Schön, Ben. Und es ist auch schön, dass du schon gegen Wölfe gekämpft hast, aber lass dir sagen: Geflügelte Drachen sind keine kleinen, netten Wölfe.«

Der Knecht brüllte vor Lachen und schlug mit der flachen Hand auf den Tresen.

»Das weiß ich doch«, zischte Ben viel bissiger als gewollt, dieser Knecht ging ihm auf die Nerven. »Ich wollte doch nur …«

»Und ich weiß, dass du nicht der Richtige für den Orden bist«, unterbrach ihn der Ritter und zeigte mit dem Weinkrug auf ihn. »Ein betrunkener Junge, der Abenteuer spielen will! Was denkst du, wie viele von deiner Sorte ich in jedem Dorf und jeder Stadt treffe? Immer, wenn sie einen Drachenritter sehen, wollen sie einer sein. In der Woche darauf kommt dann ein Barde, und sie wollen Barde werden, dann kommen fahrende Gaukler, und sie wollen Gaukler werden. Immer dasselbe, ziellose Träumer, die von der großen weiten Welt schwärmen, weil sie noch nie dort gewesen sind! Irgendwelche verwöhnten Rotzlöffel, die aus irgendeinem Grund gerade wütend auf ihre Eltern sind.«

»Ich hab gar keine Eltern!« Ben starrte den Ritter erbost an. Der kannte ihn doch überhaupt nicht! Der hätte besser Prediger als Ritter werden sollen!

»Vor wem willst du dann überhaupt weglaufen?«, fragte

der Ritter mit einem Lächeln von oben herab, und Yirkhenbargs Knecht lachte wieder, und auch andere, die inzwischen belustigt zusahen, wie der fremde Ritter den nutzlosen Ben abkanzelte. Ihr Lachen hallte laut in seinen Ohren, grub sich in seinen Kopf.

»Ich lauf vor niemandem weg! Vor niemandem! Ich will Drachenritter werden, und Ihr könnt mir das nicht verbieten!«, schrie Ben. Der Wein in seinem Blut hatte alle Höflichkeit und Vorsicht weggeschwemmt.

»Kann ich nicht? Bist du sicher? Und wie willst du es ohne mich schaffen? Jagst mit einem Holzschwert Hühner und bildest dir ein, die Federn wären Schuppen?« Der Ritter musterte ihn belustigt, und der Knecht schlug mit seinen angewinkelten Armen und imitierte ein Huhn: »Gak! Gak, gak, gak!«

»Nein! Ich schaff das!«, stieß Ben hervor. »Ich schaff das allein. Dafür brauch ich keine Hilfe von einem angeberischen, würfelnden Hunderitter!«

Mit einem Schlag verstummten die Leute um sie her. In den anderen Ecken der *Wildsau* wurde noch getrunken und gelacht, aber hier war es damit vorbei. Niemand beleidigte einen Drachenritter und Gast des Bürgermeisters, zumindest niemand wie Ben.

Ihm war das aber in diesem Moment egal. Der trübsuppige Ritter hatte doch angefangen!

»Wie hast du mich eben genannt?« Die Stimme von Ritter Narfried war eiskalt.

»Hunderitter!«, wiederholte Ben und wurde von einer plötzlichen Euphorie gepackt. Im Beleidigen war er gut, das hatte er oft genug an Byasso geübt. Diesem Ritter würde er es zeigen. »Das habt Ihr doch selbst gesagt. Ihr habt einem

Tuchhändler einen kleinen grünen Wachhund gefangen und Euch dabei beißen lassen. Ha! Tut's noch weh? Soll ich mal pusten?«

Kurz sah es so aus, als würde der Drachenritter ihn auf der Stelle verprügeln, dann zwang sich der Mann zu einem Lächeln. »Kleiner Junge. Jag doch einfach weiter große, böse Wölfe. Du wirst niemals ein Drachenritter, das verspreche ich dir. Niemals! Dafür werde ich sorgen. Und jetzt verzieh dich. Aus meinen Augen!«

Yirkhenbargs triefnasiger Knecht sprang auf und packte Ben am Arm, andere Gäste griffen nach ihm, krallten sich in sein Hemd und seine Haut und zerrten Ben weg von Narfried. Sie stießen ihn in die Rippen, klatschten ihn gegen den Hinterkopf und schoben ihn Richtung Ausgang.

»He! Wir haben doch gerade erst angefangen!«, protestierte Ben.

»Angefangen? Ich sagte, ich bin fertig mit dir!«, rief Narfried und wandte sich demonstrativ ab und seinem Bierkrug zu.

Johlend bugsierten große betrunkene Hände Ben weiter in Richtung Ausgang.

»Das wird Euch noch leidtun«, knurrte er. »Das wird Euch noch furchtbar leidtun!« Dabei wusste er selbst nicht, ob er den Ritter meinte oder die Trollfurter, die ihn mit sichtlichem Vergnügen aus der *Wildsau* warfen. Es war ihm auch egal, alles war ihm egal, und er wollte nur, dass es einfach irgendwem leidtat, dass nur irgendwer außer ihm noch Ärger bekam. Er wollte irgendwem Rache dafür androhen, dass er es eben selbst versaut hatte.

»Verschwinde!« Sie warfen ihn in die dunkle Nacht und gaben ihm noch einen Tritt mit. Er stolperte und stürzte auf die Straße. Die Tür schloss sich hinter ihm und dämpfte das Lachen der Gäste.

Verzweifelt kämpfte sich Ben auf die Beine und taumelte in Richtung Stadttor. Er war müde und erschöpft, aller angetrunkene Mut war dumpfer Traurigkeit gewichen. Er zitterte. Wie hatte er nur einen Drachenritter so beschimpfen können?

Dann murmelte er wieder Flüche auf den Ritter vor sich hin. Warum hatte dieser ihn so schnell beleidigt und behandelt, als wäre er irgendein Sumpftaucher? Er kannte Ben doch gar nicht. Was war an seinem Wunsch, Drachenritter zu werden, denn so verwerflich? Er konnte doch nichts für die Wünsche anderer Jungen in anderen Städten. Jeder sollte die Chance bekommen, etwas aus sich zu machen, und nicht einfach weggeschoben werden. Wie sollte er sonst Nicas Herz gewinnen?

Ben versuchte, einen Stein in den Straßengraben zu treten, aber er traf ihn nicht. Verdammt, er war wirklich zu nichts nutze! Und Ritter Narfried hatte das eben sofort erkannt und ihm deshalb gleich alle Hoffnung nehmen wollen. Was bildete er sich auch ein?

Ben, der Drachenritter. Ha! Ben, der Größenwahnsinnige, Ben, der Anmaßende – das passte schon besser.

Oder hatte der Drachenritter das alles gar nicht so gemeint? War das vielleicht eine erste Prüfung gewesen? Sollte Ben beweisen, dass er hartnäckig war?

Das war's! Er sollte zeigen, dass er sich nicht sofort entmutigen ließ! Und genau das würde er tun – morgen würde er es einfach noch einmal versuchen. Ohne vorher zu trinken. Er würde Fragen stellen und nicht fordern. Und Narfried würde ihm auf die Schulter klopfen und ihn mitnehmen.

Und wenn er erst Drachenritter war, würde es Yirkhenbargs triefnasigem Knecht und allen, die ihn heute hinausgeworfen hatten, leidtun.

»Leid wird es euch tun! Jawohl!«, lallte Ben und torkelte aus der Stadt.

Der Torwächter schüttelte den Kopf und verschloss die kleine Tür wieder hinter ihm.

Denen würde er es zeigen! Aber morgen! Mühsam stapfte Ben die Steigung zu seiner Höhle hinauf. Heute wollte er nur noch schlafen.

Doch sein Schlaf war unruhig, immer wieder schreckte er hoch. Sein Kopf drehte sich noch immer vom Wein, dabei war es ihm in der *Wildsau* gar nicht so viel vorgekommen. Nur der Rotwein war schwer gewesen. Er war nicht sicher, ob er sich nicht übergeben müsste, immer wieder hörte er irgendwelche Geräusche und träumte schlecht.

»Frische Luft ist gut«, murmelte er irgendwann und krabbelte aus der Höhle. Die kühle Nachtluft ließ ihn kurz schwindeln, dann fühlte er sich besser und döste an den Aussichtsfelsen gekuschelt wieder ein. »Rittiger Würfeldrache«, murmelte er noch, ohne zu wissen, was das bedeuten sollte.

Irgendwann schreckte ihn wieder ein Geräusch auf. Er war viel zu müde, um sich zu erheben, aber er blinzelte. Noch immer war es tiefe Nacht. In der Stille hörte er die Tritte schwerer Stiefel und schweres Atmen.

Irgendwer kam schweigend den Bergweg herauf. Mehrere Personen. Ben hörte leise Metall gegen Stein scheppern, und lautlos robbte er ein Stück hangabwärts und lugte um den Felsen herum.

Vier Schemen stiegen im schwachen Mondlicht den Berg hinauf. Zwischen ihnen trugen sie etwas großes Rundes wie eine Kugel. Nein, eher etwas Flaches, Scheibenförmiges, das silbrig schimmerte, am Rand sogar bläulich. Noch dazu schien dieser Rand jedoch gezackt zu sein. Es sah aus wie das Blatt einer Kreissäge, nur eben viel, viel größer, sein Durchmesser überragte einen durchschnittlichen Mann deutlich.

Ben starrte den Gestalten nach. Wer stieg nachts auf den Berg? Und wohin? Wollten die vier mit ihrer Säge Quader aus dem Eis des verschneiten Gipfels schneiden? Oder war dieses Ding doch ein Rad aus weißem Holz, ein seltsames Floß, um im Fonksee zu fischen? Oder wollten sie zur Mine? Yanko hatte gesagt, er wolle die Tür zur Mine knacken. Aber das auf dem Weg war nicht Yanko, Yanko hätte ihn mitgenommen. Und es gab einfachere Wege, eine Tür zu knacken, als mit einer solchen Scheibe. Unauffälligere. Vielleicht wollten die vier auch nur ein Ritual zu Ehren der Mondgöttin Aphra durchführen, hoch in den Bergen, und die Scheibe war ein stilisierter Vollmond, eine Gabe an die Göttin. Das schien viel vernünftiger als eine riesige Kreissäge in den Bergen. Ein Einweihungsritual für die Mine vielleicht. Inzwischen war er gar nicht mehr sicher, ob dieses Ding nicht doch eine Kugel gewesen war.

Ben zuckte mit den Schultern. Ihm konnte das egal sein, alle Trollfurter konnten ihm egal sein.

Da sah er plötzlich eine weitere Gestalt, die den vieren folgte. Sie hielt Abstand und bewegte sich vorsichtig, hielt sich im Schatten. Das war niemand, der zu ihnen gehörte und nur ein Stück zurückgeblieben war, das war ein Verfolger.

Jetzt wurde die Sache doch interessant.

Ben rappelte sich auf, um den Verfolger zu verfolgen. Aber seine Beine wollten nicht gehorchen, sie wackelten und knickten weg, hielten hier am Hang keine Balance. Ben musste nach zwei Schritten stehen bleiben und mit rudernden Armen mühsam das Gleichgewicht halten. Nein, es hatte keinen Sinn.

»Macht doch alle, was ihr wollt«, nuschelte er und drehte um. Wenn er schon stand, konnte er auch gleich ganz zurückgehen in die Höhle. Er torkelte zu seiner Matratze und beschloss dann doch, dass frische Luft ganz wichtig war. Also zerrte er die Matratze vor die Höhle und sank darauf nieder. Noch eine Weile dämmerte er vor sich hin, doch schließlich schlief er endgültig und tief ein.

MÖRDER!

»Tot! Er ist tot!«

Diese Worte rissen Ben aus dem Schlaf. Irgendwer brüllte da vorne herum. Ben brummte und griff sich an den schweren Schädel. Dann erst erfasste er die Bedeutung der Worte.

Tot? Wer war tot?

»Lass ihn nicht fallen!«, hatte Ben noch verstanden, und auch: »Ich habe doch immer gesagt, dass er nichts taugt!«

Jetzt entfernten sich die Stimmen immer weiter.

Ben wälzte sich auf den Bauch und robbte an die Kante seines Aussichtsfelsens heran. Vorsichtig blickte er um die Ecke. Eine größere Gruppe Leute stieg ins Tal hinab, sie schimpften, gestikulierten wild und trugen einen Körper mit sich. Er konnte nicht erkennen, wer es war.

Bens Kopf war von gestern noch schwer, er brauchte erst einen Schluck Wasser, oder besser eine ganze Karaffe, dann würde er runter nach Trollfurt gehen und nachsehen, wer gestorben war. Der Tote lief ja nicht weg.

Trotzdem trank er hastig, seine Neugier wollte befriedigt werden. Er warf sich sein Hemd über und griff nach dem Dolch. Doch die Scheide war leer. Auch das noch! Fluchend suchte er die Höhle ab, dann die Fläche direkt vor dem Eingang, aber er konnte den Dolch nicht finden. Wo, zur Buckelkuh, war sein Dolch?

Langsam stapfte er zum Bergpfad, den Blick zu Boden gerichtet. Eigentlich dachte er, er hätte ihn gestern Nacht noch gehabt, doch er musste ihn wohl im Suff auf dem Weg verloren haben. Das war wirklich nicht sein Tag gewesen. Verdammt! Wie sollte er ohne Dolch Fische ausnehmen? Er musste ihn finden, einen neuen konnte er sich nicht leisten. Der Dolch war das Wertvollste, was er besaß.

Schritt für Schritt folgte er dem Weg ins Tal und blickte dabei aufmerksam zu Boden. Doch nirgendwo blitzte es metallisch auf. Als er schon fast im Tal angelangt war und immer verzweifelter wurde wegen des Verlusts, stürmte Yanko auf ihn zu. Er packte ihn und riss ihn mit in den Wald am Wegrand.

»Lauf!«, zischte er. »Lauf um dein Leben!«

Ohne Fragen zu stellen, rannte Ben los, folgte Yanko, der sich einen Weg durch das Unterholz schlug. Yankos Gesicht war ängstlich verzerrt, das war kein Spiel und wohl nicht einmal eine Übertreibung.

Lauf um dein Leben!

Und irgendwer war tot …

Was war hier los? Sie hetzten quer am Berghang entlang, fort von Trollfurt.

»Was ist denn los?«, keuchte Ben, ohne anzuhalten. Seine Füße hämmerten auf den Boden.

»Der Ritter ist tot!«

»Was?«

»Ja. Und sie sagen, du hast ihn gestern bedroht. Sie sagen, du warst es, und …«

»Aber das ist doch Unsinn!« Abrupt blieb Ben stehen. »Wie soll ich denn diesen riesigen Mann …?«

»Weiter.« Yanko zerrte an Bens Hemd, er hatte wirklich Angst.

»Ja, aber …« Ben rannte wieder los.

»Kein Aber! Weiter, immer weiter! Dein Dolch steckte in seinem Herzen.«

»Mein Dolch? Den muss ich gestern verloren haben …«, erwiderte Ben, während er fast über eine knorrige, aus dem Boden ragende Schlangenbaumwurzel stolperte.

»Und du meinst, irgendwer glaubt dir das?« Yanko lachte bitter.

»Der Richter muss mir glauben …«

»Richter? Du glaubst, es gibt einen Richter?« Schwer atmend stieß Yanko Wort für Wort hervor, was er in der Stadt gesehen hatte: »Verflucht, nein! Sie sind gerade auf dem Weg zu deiner Höhle. Zwanzig oder dreißig Mann. Sie wollen dich am nächsten Baum aufknüpfen! Vielleicht auch vierteilen oder einfach erschlagen! Das wollen sie entscheiden, wenn sie dich haben. Es gibt keinen Richter!«

Kleine Äste rutschten Ben durch die Finger und schlugen ihm ins Gesicht, doch er rannte immer weiter. Er ignorierte die schmerzhaften Striemen auf seiner Wange und die aufgeschürfte Haut an den Handflächen, er rannte und rannte.

Vor sich sah er vertraute Gesichter aus Trollfurt, von Zorn verzerrt und mit geifernden Mündern, die brüllend seinen Tod verlangten.

Er stellte sich vor, wie sie ihn packten, sah, wie ihm ein dicker grauer Strick um den Hals geworfen wurde, während er geschlagen, bespuckt und beschimpft wurde.

Plötzlich war er in ihren Augen nicht mehr nur ein Taugenichts, sondern ein Mörder.

»Aber woher kennen sie meine Höhle?«, keuchte er, weil er nicht fragen wollte, warum sie ihn alle für schuldig hielten, ohne ihn befragt zu haben, und ob denn niemand für ihn gesprochen hatte. Auf diese Fragen wollte er keine Antworten hören, die Fragen allein waren schon schlimm genug.

»Sidhy!« Yanko bog leicht nach rechts und rannte durch eine Kuhle im Wald. »Sidhy führt sie an. Er hat gesagt, er weiß, wo du wohnst.«

»Was? Woher?«

»Ich weiß nicht.«

»Verdammt!«

»Er muss dir irgendwann gefolgt sein. Von mir hat er es jedenfalls nicht erfahren.«

Das hatte Ben auch nicht vermutet. Zwischen all seiner Angst fühlte er Dankbarkeit für Yanko. Yanko war hier, er hatte ihn gewarnt, obwohl Bens Messer in der Brust des Ritters steckte. Yanko zweifelte nicht an ihm, gegen alle anderen hatte er zu ihm gehalten. Auf der ganzen Welt gab es keinen besseren Freund. Und in einem Kaff wie Trollfurt schon gar nicht.

Woher sie seine Höhle kannten, war letztlich auch egal. Was kümmerte ihn Sidhy jetzt noch? Die ganze Stadt wollte ihn töten! Töten für etwas, das er nicht getan hatte. Er rannte und rannte. Nur immer weiter, nur immer weg. Doch wohin? Wo fanden sie ihn nicht?

»Lass uns in die Berge! Da kenn' ich viele Verstecke.«

»Nein. Das erwarten sie doch. Jeder in Trollfurt weiß, dass du dich in den Bergen auskennst. Da werden sie dich zuerst suchen.«

»Aber nicht finden.«

»Doch!« Yankos Ausruf klang fast wie ein wütender Huster. »Sie werden nicht aufgeben. Das ist kein Spiel! Er ist ein Ordensritter, kein Landstreicher. Sie müssen den Täter finden.«

»Ich bin nicht der Täter!«

»Mir musst du das nicht sagen! Ich glaube dir, aber niemand sonst. Du bist der Einzige, den sie suchen. Einen anderen Täter werden sie also nicht finden.« Yanko presste sich die Hand auf die Seite, als habe er Seitenstechen. Er atmete so heftig, dass Ben ihn nur schwer verstand. »Und solange sie keinen anderen finden, bist du für sie der Mörder.«

Ben rannte und rannte. Was sollte er jetzt tun? Er hatte niemanden getötet. Das mussten sie doch wissen, egal, was er in der *Fetten Wildsau* gebrabbelt hatte. Da hatte er zu viel Wein getrunken gehabt. Aber sie kannten ihn doch, sie wussten, dass er mal einen Apfel oder eine Birne oder Zitrone klaute, aber er war doch kein Mörder!

»Wohin rennen wir dann?« Bens Lungen stachen, hier im Unterholz und panisch auf der Flucht war es schwierig, einen Laufrhythmus beizubehalten.

»Zum Sippa.«

»Zum Sippa? Warum?«

»Ich habe ihn mal überquert, als ich meinen Vater nach Graukuppe begleitet habe. Er fließt parallel zum Dherrn nach Süden, bis sie sich schließlich vereinen. Habe ich damals auf einer Karte nachgesehen.«

»Ganz toll. Und was soll ich da?«

»Leben!«

Das klang gut, aber er brachte kein Wort hervor. Noch immer sah er die kreischenden Gesichter vor sich, die seinen Tod forderten. Sie ließen sich nicht mit einem Kopfschütteln fortwischen.

»Du musst weit weg, hörst du?« Yanko starrte ihn mit verzerrtem Gesicht an und hielt sich noch immer die Seite. »Je weiter weg, umso sicherer.«

Ben nickte. Inzwischen liefen die Jungen langsamer, das

hohe Tempo war nicht länger durchzuhalten, Bens Lunge drohte zu bersten, seine Beine zitterten, und bis zum Fluss waren es noch ein paar Meilen.

Yanko erklärte Ben, dass am dicht bewachsenen Sippa-Ufer keine Straße entlangführte, nicht einmal ein schmaler Pfad, dass man ihn dort also vermutlich nicht suchen würde. Die aufgebrachte Menge aus Trollfurt vermutete ihn ja ohnehin im Gebirge, doch am Dherrn würden sie sicher auch einen Boten entlangschicken, um zu erfahren, ob Ben in den nächsten Ortschaften aufgetaucht war. Und weil ihn da dann niemand gesehen hatte, würden sie weiter das Gebirge durchkämmen, bis Ben längst dreihundert Meilen im Süden war, vielleicht sogar fünfhundert.

Als sie schließlich das Ufer erreichten, ein gutes Stück nördlich der Brücke nach Graukuppe, blieben sie keuchend stehen und sahen sich an.

»Ich muss zurück«, sagte Yanko und blickte Ben traurig an. »Es tut mir leid.«

»Nein, dir muss es nicht leidtun. Den anderen sollte es leidtun.« Ben umarmte seinen Freund. »Danke.«

Sie hielten sich fest, und Ben wurde erst jetzt bewusst, dass dies wahrscheinlich ein Abschied für immer war. Wie sollte er denn je erfahren, ob der wirkliche Mörder gefasst war und er heimkehren konnte?

Yanko schien ähnliche Gedanken zu haben. Nur langsam löste er sich von Ben, stieß ihm mit der Faust freundschaftlich gegen die Brust und versprach, er würde den wahren Mörder suchen. Der musste ja noch in der Stadt sein.

»Danke«, sagte Ben und schniefte.

»Jetzt heul nicht rum wie ein Mädchen«, brummte Yanko und schniefte ebenfalls.

»Ach, halt die Klappe!« Ben umarmte ihn noch einmal. »Du hast mir das Leben gerettet. Danke.«

»Ja, schon gut. Jetzt lass dich aber auch nicht mehr erwischen und werde Drachenritter oder so.« Yanko grinste, zog seinen Dolch und drückte ihn Ben in die Hand. »Und nimm den. So ganz ohne Dolch ist das Überleben in der Wildnis nicht gut zu machen.«

»Aber das ist doch deiner!«

»Vergiss es, du brauchst ihn dringender. Ich jammer meinem Vater einfach die Ohren voll, bis er mir einen neuen macht. Wozu ist er denn Schmied?«

Jetzt grinste auch Ben, und dann trennten sie sich. Yanko lief heim, und Ben sah ihm nach, bis er zwischen den Bäumen verschwunden war. Gestern hatte er noch davon geträumt, Trollfurt zu verlassen, aber nicht so. Er hatte sich gefragt, was er denn schon zurücklassen würde, und jetzt wusste er es. Den besten Freund der Welt. Und auch wenn das das Einzige war, es war verdammt viel. Er wischte sich eine Träne von der Wange, die er nicht zurückhalten konnte.

»Mädchen«, knurrte er und stieg in die Uferböschung hinab, wo er nach Süden wandern konnte, ohne gesehen zu werden. Nicht entdeckt zu werden, war im Augenblick das Wichtigste. Sobald er auf dem Fluss etwas fand, das sich als Floß verwenden ließ, würde er aufsteigen und sich einfach treiben lassen. Er atmete tief durch und lief wieder los.

ZWEITER TEIL

Auf der Flucht

AIPHYRON

Warme Regentropfen fielen vom Himmel. Sie perlten auf die Blätter und blieben dort hängen. Ben, der unter ihnen entlangeilte, wurde nicht getroffen, aber er konnte die Feuchtigkeit in der Luft spüren. Seit Stunden kämpfte er sich durch das Unterholz und gönnte sich keine Pause. Wenn die hohen Gräser und Sträucher spärlicher wurden, verfiel er in einen Laufschritt, so schnell die müden Füße ihn trugen. Immerhin hatte er inzwischen aufgehört, sich nach jedem Geräusch umzudrehen. Im Gebüsch raschelten nur Tiere, die er selbst aufscheuchte und in die Flucht schlug. Dennoch verschwand die Angst nicht, dass irgendwann doch die schweren Schritte wütender Trollfurter hinter ihm auftauchen würden, nicht nur das schlurfende Tippeln eines gestreiften Wurzelstrolchs.

Weiter, nur immer weiter.

Vielleicht würden sie auch gar keinen Lärm machen, sondern umkreisten ihn lautlos und brachen plötzlich aus den Büschen. Schatten lauerten dort genug. Misstrauisch hetzte sein Blick von einem zum anderen, während er weiterfloh.

Es gab erfahrene Jäger in Trollfurt. Sie könnten ihn mit einem Pfeil niederschießen, bevor er sie hörte oder sah. Jeden Gedanken an sie versuchte er zu unterdrücken. Immer wieder sagte er sich, dass Yanko sicherlich recht gehabt hatte. Hier suchte ihn niemand. Genau genommen war hier auch niemand. Er hatte seit Beginn seiner Flucht noch nicht einen

Menschen gesehen, weder an Land noch auf dem Fluss. Wer aus dem Süden kam oder in den Süden wollte, reiste am oder auf dem Dherrn, dort lagen Trollfurt und die anderen Städte. Am Sippa lag nichts.

Kaum hatte er das gedacht, tauchte am anderen Ufer plötzlich ein Anlegesteg auf. Auf ihm saßen ein Junge und ein Mädchen und angelten. Am Ufer waren Bäume gefällt worden und alle Blumen und Gräser gestutzt. Auf dieser Fläche erkannte Ben vier Kanus, hinter ihnen kauerten eine Handvoll Blockhäuser aus dunklen Balken zwischen den Bäumen.

Ben verlangsamte seinen Schritt und zog sich noch ein Stück zurück, um nicht gesehen zu werden. Er versuchte, leise zu atmen, und vergaß es beinahe ganz, bis seine Brust zerspringen wollte und ihm ein gepresstes Keuchen entwich. Doch der Junge und das Mädchen achteten nicht auf ihn. So ein Boot würde ihm vieles erleichtern, seine Beine waren schwer, und auf dem Fluss käme er sicher schneller voran. Kurz überlegte er, ein Boot zu klauen, aber dann verwarf er den Gedanken. Er konnte es nicht riskieren, erwischt zu werden. Und er wollte nicht bis zur Dunkelheit warten und Verfolgern die Möglichkeit geben, ihn einzuholen. Irgendwo dort draußen suchten sie nach ihm. Er musste in Bewegung bleiben, nur immer weiter voran. Außerdem fühlte er sich unter den Bäumen wohl, geschützt und verborgen. Zwischen den schlanken Stekkelesbäumen mit der rissigen Rinde, den großblättrigen Pilzahornen und anderen Laubbäumen wucherten zahlreiche Büsche und hohe Gräser, so dass er nicht gesehen werden konnte.

Als er einen schäumenden, übermannshohen Wasserfall erreichte, war er endgültig froh, gerade nicht in einem Boot zu sitzen, sondern ganz bequem ein paar Schritte vom Ufer entfernt entlangzumarschieren. Weiter, immer weiter.

Nach Einbruch der Dunkelheit schleppte er sich noch eine Stunde voran, dann konnte er nicht mehr. Er suchte sich einen dichten Busch und trat fest dagegen, um alles Getier zu vertreiben, vor allem die ekligen mattblauen Flussnattern, die es hier gab. Dann legte er sich schlafen, ohne etwas gegessen zu haben.

Bei Sonnenaufgang war er bereits wieder auf den Beinen, pflückte sich ein paar taubenetzte Beeren und trank gierig aus dem Fluss. Das löschte den Durst, aber gegen den Hunger halfen die Beeren kaum. Später würde er sich eine Essenspause gönnen, vielleicht fand er ja irgendwo Pilze oder nahrhafte Lianen. Doch noch war er nicht weit genug gekommen, um sich sicher zu fühlen.

Der Himmel war wieder bewölkt, doch im Moment regnete es nicht. Er hatte kaum ein Auge zugemacht und fühlte sich wie gerädert, aber er wagte nicht, länger zu rasten. Wer wusste denn, ob sie nicht doch noch hier nach ihm suchen würden? Ob sie, die zornig geifernden Gestalten, nicht Yanko so lange verprügelten, bis er ihnen alles verriet?

Die Bäume standen nicht nur am Flussufer, sie erstreckten sich weit in die Ebene zwischen Sippa und Dherrn hinein. Ben entfernte sich ein Stück vom Ufer, doch ein Ende der Bäume war nicht in Sicht. Es war ein dichter Wald, der seine Flucht deckte, und Ben fühlte sich immer sicherer. Noch jubelte er nicht, aber er glaubte nun wirklich, er könnte es schaffen.

Er kehrte an den Sippa zurück, dort hatte er immer Wasser, und folgte seinem Lauf nach Süden. Seine Gedanken kreisten nun nicht mehr ausschließlich um den Mord an dem Drachenritter und die rachedurstigen Verfolger, sondern auch immer wieder um Nica. Hielt sie ihn auch für den Täter? Wahrscheinlich. In seinen Tagträumen kehrte er nach Trollfurt zurück und überzeugte sie von seiner Unschuld.

Es begann wieder zu regnen.

Auch wenn die Angst vor Verfolgern ihn nicht mehr beherrschte, verfiel er doch immer wieder in einen Trab, um möglichst schnell mehr Abstand zwischen Trollfurt und sich zu bringen, man wusste ja nie. Er passierte einen weiteren Wasserfall, der nicht hoch war, aber den Anfang von sich überschlagenden Stromschnellen bildete, die nun neben ihm nach Süden rauschten. Und auf ihnen tanzte ein dicker schwarzer Stamm, der ihn aus dunklen Astlöchern wie Augen anzustarren schien.

»Ha, du bist nicht schneller als ich«, murmelte Ben ihm zu und lief los. Er wusste selbst nicht, weshalb er das tat, vielleicht wollte er einfach nur gegen etwas anrennen, das nicht unsichtbar war wie seine Verfolger. Äste und Unterholz drückte er mit ausgestreckten Armen zur Seite, während er sich zwischen den Baumstämmen hindurchschlängelte. Durch das Laub sah er den Stamm langsam an sich vorbeiziehen. Das durfte nicht sein, er hatte das Wettrennen begonnen, jetzt würde er es auch gewinnen. Ben beschleunigte, rannte, so schnell er konnte, und holte auf, kam Schritt für Schritt dem Stamm näher, der zwischen schäumenden Wellen und runden Felsen hin und her geworfen wurde. Ben hörte nichts außer dem Rauschen des Sippa und dem Schlagen der Äste, die hinter ihm zurückfederten, seine hämmernden Schritte und das wilde Atmen. Voran, voran.

Da stolperte er plötzlich aus dichtem Unterholz auf eine Lichtung.

Und los, dachte er und wollte die freie Fläche für einen Zwischenspurt nutzen, *jetzt lass ich dich weit zurück, du pummliger Stamm.* Er stürmte los und erkannte zu spät, dass die Fläche gar nicht so frei war, wie er angenommen hatte.

Im Zentrum der Lichtung stand ein sauber entrindeter Holzpfahl von vielleicht drei Schritt Höhe, und vor dem Pfahl kauerte ein großer geflügelter Drache mit blauen Schuppen.

»Heilige …«, setzte Ben einen Fluch an und bremste sofort seinen Lauf. Doch das Gras war feucht, und so schlitterte er erst einmal weiter, stolperte und rutschte ungebremst auf den Drachen zu.

Dabei nahm er mehrere Dinge wahr. Unweit des Pfahls lag ein blutüberströmter Drachenritter mit vollkommen verrenkten Gliedern auf dem Boden. Der Drache war ebenfalls voller Blut, und er war eigentlich nicht geflügelt, oder zumindest nicht vollständig. Er besaß nur noch seinen linken Flügel, der andere lag neben dem Ritter im Gras. Mit einer großen gelben Zunge leckte der Drache über seinen blutenden Schulterknubbel, als Ben auf ihn zuschlitterte. Von der Jungfrau, die an den Pfahl gefesselt gewesen sein musste, fehlte jede Spur. Wahrscheinlich hatte der Drache sie schon längst gefressen! Er war ein gutes Stück größer als Feuerschuppe.

Der Drache blickte genau in Bens Richtung, und große, blau lodernde Augen voller Zorn fixierten Ben. Er stürzte endgültig und rutschte auf dem Bauch weiter. Direkt vor der Klaue des Drachen kam er zum Liegen. Er würde also doch als Jungfrau enden …

»Bitte! Tu mir nichts!«, brachte Ben noch heraus und hielt sich die Arme schützend vor den Kopf. Das tat er instinktiv, nicht, weil es etwas nutzen würde; der Drache könnte ihm leicht Kopf und Arme zusammen mit einem Bissen vom Rumpf reißen.

»Na gut«, brummte der Drache mit schleppender Stimme, so als wäre er gar nicht richtig wach. »Das hatte ich eigentlich auch nicht vor.«

Langsam nahm Ben die Arme vor seinem Gesicht weg und rappelte sich mühsam auf. Misstrauisch musterte er dabei den Drachen. Priester Habemaas hatte stets gesagt, dass ein Drache erst befreit war, wenn ihm beide Flügel abgeschlagen worden waren. Diese angebliche Friedfertigkeit war sicher eine List.

»Warum sollte ich dir auch etwas tun?«, fuhr der Drache fort. Doch freundlich war sein Gesicht dabei nicht. »Du hast mich ja nicht mal getroffen.«

»Getroffen?« Ben stand wie angewurzelt da und starrte den Drachen an. Das Herz schlug ihm bis zum Hals. Was nutzte es, einem wilden Mob zu entkommen, wenn man dann einem Drachen in die Klauen rannte?

»Na ja, mit deiner Rutschpartie. Wenn du mir ins Auge schlitterst, dann tut das verdammt weh, dann hätte ich dir eine gelangt. Aber so? Das war doch keine Absicht von dir, oder?«

»Nein«, versicherte Ben rasch. Der Drache hätte ihm eine gelangt? Was sollte jetzt das schon wieder? Waren Drachen mit einem Flügel vielleicht nicht ganz klar im Kopf? Darüber schwiegen sich die alten Mythen aus.

»Du gehörst auch nicht zu diesem Ritterzeugs, das sehe ich. Also, warum sollte ich dir was tun?«

»Weil …« Ben biss sich auf die Zunge. Er hatte sagen wollen: *weil Drachen Menschen fressen.* Aber vielleicht war es besser, den Drachen nicht daran zu erinnern? Hätte er es vergessen, wäre das großartig! Ben verspürte nicht das geringste

Bedürfnis, gefressen zu werden. »Ich weiß auch nicht, ist mir einfach so rausgerutscht.«

»Ja, schon gut. Aber wenn du schon mal da bist, kannst du mir einen Gefallen tun.« Inzwischen sprach der Drache nicht mehr ganz so schleppend, er schien nun wach zu sein.

»Jaaaaa«, sagte Ben vorsichtig und gedehnt und warf immer wieder verstohlene Blicke auf die mächtigen Klauen des Drachen.

»Da, wo dieser Schwachkopf mir den Flügel abgehackt hat, da steckt ein Knochensplitter in der Wunde. Ich krieg das widerspenstige Ding mit der Zunge einfach nicht weggeleckt. Mit der Klaue komme ich nicht hin, meine Gelenke sind heute irgendwie so steif, muss am Regen liegen. Könntest du vielleicht?«

Ben war nicht sicher, ob das eine List war, aber eigentlich hatte der Drache solche Tricksereien nicht nötig. Wenn er Ben fressen wollte, könnte er das leicht tun. Ben war zu schwach, um sich zu wehren, und zu langsam, um wegzulaufen. Also nickte er und trat an die Flanke des Drachen.

Die Schuppen waren von einem tiefen, wunderschönen Blau, fast wie der Himmel am Abend eines klaren Sommertags, und dabei zugleich so reich an Konturen wie Granit oder ein vielfältig gemaserter Baum. Die Drachenhaut schimmerte wie die Rinde einer alten, großen Himmelsbuche, sie war wunderschön. Doch die rechte Flanke war übersät mit dunklen Blutflecken.

Ben trat an den Flügelansatz heran und entdeckte tatsächlich einen Knochensplitter, der sich tief ins Fleisch gebohrt hatte.

»Vorsicht«, sagte er zu dem Drachen. »Das kann jetzt wehtun.«

Beruhigend legte er ihm die Hand auf die Schuppen und zog Yankos Dolch. Er spürte überhaupt keine Furcht mehr, er hatte einfach nur das Gefühl, dass es richtig war, dem Drachen zu helfen. Diesem Gefühl folgte er, und es verriet ihm auch, was er tun musste. Mit ruhiger Hand und der Dolchspitze löste er den Knochensplitter, der sich irgendwie im Flügelgelenk verhakt hatte, und zog ihn mit der Linken aus der offenen Wunde. Als er dabei den Schulterknubbel berührte, spürte er wieder das Glück pulsieren, spürte, wie es zu ihm floss, und lächelte. Jetzt würde der Drache ihn sicher nicht mehr verspeisen. Der Splitter war beinahe so lang wie seine ganze Hand. Er zeigte ihn dem Drachen.

»Danke, Junge.« Neugierig musterte ihn der Drache. Sein Blick hatte sich verändert, Ben sah nun weniger Zorn darin lodern.

»Darf ich den Splitter behalten?«

»Warum?«

»Na ja, ich mach mir vielleicht eine Kette daraus. Wenn Schulterknubbel Glück bringen, dann so ein Splitter sicher auch.«

»Wer bringt Glück?«, fragte der Drache verwirrt.

»Ähm. Nicht so wichtig.« Ben war nicht sicher, wie er mit dem Drachen reden sollte und was er alles sagen durfte. Wenn der hier mit seinem einen Flügel noch wild und fluchbeladen war, wäre er sicher nicht erfreut darüber, ein Loblied auf die Schulterknubbel und abgehackte Flügel zu hören.

»Na gut«, brummte der Drache. »Wie heißt du eigentlich?«

»Ben.«

»Dann danke, Ben. Mein Name ist Aiphyron.«

»Sehr erfreut«, erwiderte Ben, weil er nicht wusste, wie viel Wert Drachen auf Höflichkeit legen. In den alten Sagen wurde darüber nichts berichtet, doch sprachen die Ritter immer sehr zuvorkommend mit ihnen. Er steckte den Knochensplitter weg, und dabei fiel sein Blick wieder auf den einsamen Pfahl. Am Boden vor ihm lagen die ausgefaserten Überreste von einem zerfetzten Seil. Er dachte an die Jungfrau, die hier angebunden gewesen sein musste, und plötzlich hatte er wieder Angst. Dieser Drache war immerhin riesig, sicher zwölf oder gar fünfzehn Schritt lang, und hatte lodernde Augen, so groß wie Bens Hände. Ben musterte die spitzen Zähne eingehend, um zwischen ihnen vielleicht Reste der Jungfrau oder ihrer Kleidung zu entdecken, aber die hinteren im Rachen konnte er nicht erkennen.

»Sag mal, hattest du schon öfter mit Drachen zu tun?«, fragte Aiphyron.

»Nein. Das heißt: ja. Also einmal, oder so«, stotterte Ben und trat ein paar Schritte zurück. Er versuchte, es nicht wie eine Flucht aussehen zu lassen. Dabei stolperte er jedoch über den am Boden liegenden Ritter. Er fiel auf den Hosenboden und war also wieder da angekommen, wo er vor Kurzem gewesen war: Er lag auf dem nassen Boden vor einem nur zur Hälfte befreiten Drachen.

Aiphyron knurrte, und seine Klaue schoss schnell und zornig nach vorn. Sie schnappte zu und umkrallte den toten Ritter. Aiphyron schüttelte den Toten, spuckte ihn an und hielt ihn sich direkt vors Maul. »Du verdreckter Erdkriecher! Bodenlutscher! Warum hast du mir meinen Flügel genommen? Warum? Ich hoffe, deine Seele brennt ewig im Nichts!« Knirschend drückte er ihn zusammen und schleuderte ihn über die Schulter davon. Weit entfernt krachte der Ritter in die Wipfel und polterte scheppernd von Ast zu Ast und schließlich zu Boden.

Zitternd gaffte Ben den wütenden Drachen an. Da war Samoths Fluch deutlich zu sehen gewesen, er steckte noch immer in ihm!

Aiphyron wandte sich wieder Ben zu, schnaubte einmal und brummte: »Widerliches Pack! Man hat nur Ärger mit ihnen. Selbst tot gehen sie einem noch im Weg um.« Er streckte Ben die Klaue entgegen und sagte freundlich: »Komm hoch.«

Ben hielt sich oberhalb der kleinsten Kralle fest und wurde vom Drachen wieder auf die Beine gezogen. Vielleicht sollte er erzählen, dass er wegen Mordes an einem Drachenritter gesucht wurde? Wenn Aiphyron diese nicht leiden konnte, dann konnte er damit womöglich Eindruck schinden – zumindest so lange, bis er zugeben musste, dass er eigentlich unschuldig war.

Nein, besser, er sagte überhaupt nichts.

»Du hattest also einmal mit einem Drachen zu tun?«

Und weil Ben überhaupt nicht wusste, was er erzählen sollte, was er überhaupt sagen durfte, ohne Aiphyron zu verärgern – er wollte ganz sicher nicht zerquetscht und dreißig Schritt durch die Luft geschleudert werden –, stellte er lieber sofort eine Gegenfrage: »Was ist denn an den Rittern so schlimm?«

»Was an denen schlimm ist? Sag mal, weißt du, was die tun?« Aiphyron schnaubte kleine Rauchwolken aus den Nüstern, die Augen schienen plötzlich zu brennen. »Die sind vollkommen irre. Das ist jetzt der dritte, den ich getroffen habe, und jeder von ihnen hatte irgendwo in der Wildnis eine Jungfrau an einen Pfahl gebunden. Jedes Mal bin ich natürlich sofort runtergerauscht, im Sturzflug, damit ich nicht zu spät komme. Was diese Ritter auch vorhaben mögen, es kann nichts Gutes sein, sonst müssten sie sie ja nicht fesseln.

Und siehe da, kaum will ich die Jungfrau vom Pfahl losbinden, ihre Fesseln mit meiner Klaue durchtrennen, stürmt so ein Ritter aus dem Gebüsch und greift mich an. Ohne Vorwarnung, immer von hinten. Das habe ich gegen die Kerle. Es sind Feiglinge. Entweder gegen Frauen oder von hinten, das sollte doch für jeden Ritter eine Schande sein!«

Ben starrte den Drachen an. Er wusste nicht, was er sagen sollte.

»Was ist? Warum glotzt du so? Findest du das etwa gut? Fesselst du üblicherweise auch irgendwelche Jungfrauen irgendwo im Wald?«

»Nein, nein«, versicherte Ben schnell. »Du willst die Jungfrauen also retten?«

»Was denn sonst? Es ist schrecklich, gefangen zu sein. Das Schrecklichste überhaupt!«

Ben nickte und starrte den Drachen weiter an. Konnte das stimmen?

»Also, die Ritter sagen, also, das habe ich nur gehört, weil, ich kenne ja keinen, also, die sagen, Drachen würden Jungfrauen fressen.«

»Was? Wir sollen sie fressen? Es sind doch die Ritter, die die Jungfrauen an den Pfahl binden, nicht wir!«

Ben nickte langsam. Das klang völlig falsch, es passte nicht zu all den Sagen, die er von Priester Habemaas vor dem Tempel gehört hatte. Es passte auch nicht zu dem, was der Drachenritter erzählt hatte, nicht zu dem, was alle Leute in Trollfurt sagten. Aber irgendetwas in ihm wollte Aiphyron glauben.

»Hör mir mal zu, Ben. Die Jungfrau hier war genauso seltsam wie die anderen beiden. Kaum war sie losgeschnitten, ist sie davongestürmt und hat gebrüllt, ich hätte ihn getötet. Ich bin sicher, sie holt irgendwo Hilfe, und dann kommen sie in einer großen Gruppe, um mir den Garaus zu machen. Mit einem Flügel allein kann ich nicht davonfliegen. Und ich habe keine Lust zu kämpfen, ich will diese ganzen Leute nicht töten, und ich will dich nicht mit reinziehen, aber ich würde gern noch eine Weile mit dir plaudern. Was hältst du davon, wenn du mir auf der Flucht ein wenig Gesellschaft leistest?«

Ben nickte, ohne nachzudenken. Das klang gut. Er wurde ja auch verfolgt, aber mit einem Drachen an seiner Seite fühlte er sich sicherer. Stärker. Das Problem war nur: Es war ein Leichtes, Aiphyrons Fährte zu folgen, wenn sie gemeinsam durchs Unterholz tapsten. Fliegen funktionierte mit nur einem Flügel auch nicht, also gab es nur eine Möglichkeit, von hier zu verschwinden, ohne Spuren zu hinterlassen. »Kannst du schwimmen?«

»Schwimmen? Natürlich kann ich schwimmen.«

Also beschlossen sie, dass sie fürs Erste im Fluss reisen wollten. Wenn die Jungfrau mit Verbündeten zurückkehrte und weder den Drachen noch irgendwelche Spuren vorfand, würden sie wohl davon ausgehen, dass der Drache seinen Flügel doch nicht verloren hatte und davongeflogen war.

»Das ist großartig! Toller Plan!«, sagte Aiphyron und klopfte Ben auf die Schulter, so dass dieser übers nasse Gras bis zum Rand der Lichtung schlitterte. Dann hob er seinen abgetrennten Flügel auf und schleuderte ihn über die Bäume hinweg in den Sippa. Den durften ihre Verfolger nicht finden.

»Jetzt gilt's«, grinste Aiphyron das gleiche merkwürdige Drachengrinsen, das Ben auch schon bei Feuerschuppe gesehen hatte, und seine Augen leuchteten. Der Drache durfte nicht einfach zum Fluss waten, wenn sie die Jungfrau in die Irre führen wollten. Also nahm er die gesamte Lichtung als Anlauffläche, rannte los und sprang dann vor den ersten Bäumen hoch. Trotz seiner Größe und Masse war es ein anmutiger Anblick, die Bewegungen geschmeidig wie die eines Felsenwolfs. Ben sah ihm bewundernd zu.

Aiphyron legte sich schräg in den Wind, die rechte Flanke nach oben, und dann schlug er überhaupt nicht mehr elegant, sondern ganz hektisch mit dem linken Flügel. Mühsam streifte er mit der Flügelspitze an den Wipfeln entlang und ruderte verzweifelt mit dem Schwanz, um das Gleichgewicht zu halten. Dabei drehte sich sein Körper, er bekam Schlagseite wie ein heftig getroffenes Segelschiff und stürzte über die Bäume hinweg, brach durch die Äste am Ufer und klatschte schließlich in den Sippa. Das Wasser spritzte bis zu den Wipfeln.

Aiphyron ließ sich mit der Strömung treiben, und Ben folgte ihm am Ufer. Wegen der verdammten Stromschnellen musste er rennen.

»Spring doch einfach bei mir auf«, sagte Aiphyron und paddelte Richtung Ufer.

Ben ließ sich das nicht zweimal sagen. Er kletterte auf den Rücken des Drachen, und gemeinsam folgten sie dem Flusslauf.

VIER HOLZFÄLLER UND KEIN FEUERVOGEL

Ben saß bequem auf Aiphyrons Hals, einen halben Schritt vor Flügel und Schulterknubbel. Seine Hose hatte er hochgekrempelt, die nackten Unterschenkel hingen ins Wasser, während der Drache den Sippa hinunterpaddelte. Die Wolken hatten sich im Laufe des Tages verzogen, und die Sonne brannte wieder auf sie herab. Ein wenig Kühlung an den Füßen tat gut. Ab und zu griff Ben hinter sich und berührte, scheinbar zufällig, den Knubbel. Die Wunde hatte sich inzwischen geschlossen. Auf der Flucht konnten sie Glück gebrauchen. Und etwas in ihm drängte ihn einfach, den Knubbel zu berühren.

Noch immer konnte er nicht fassen, nun tatsächlich auf einem Drachen zu sitzen. Alles war in den letzten Tagen durcheinandergegangen, er schien alles verloren zu haben, und nun war er hier. Anders als erträumt, anders als in den Mythen erzählt, doch er ritt tatsächlich auf einem Drachen.

Aiphyron hatte seit seinem Sprung ins Wasser nicht viel gesagt, er brütete vor sich hin. Fast lethargisch wirkte er, gar nicht wild und fluchbeladen. Trotz des Schweigens und des noch vorhandenen Flügels fühlte sich Ben immer stärker mit ihm verbunden. Zwar war er noch immer kein Ordensritter, aber doch immerhin eine Art Drachenreiter, sagte er sich. Und wenn der Drache die Wahrheit sagte, dann wollte er eigentlich auch kein Ordensritter mehr werden. Er dachte an die Wandmalereien und Friese mit berühmten Ordensrittern im Hellwahtempel, die er sich immer wieder angesehen hatte. Männer wie der bärtige Torreghast, der vor über tausend Jahren die heilige Ordensburg Drakeneck errichtet und den mächtigen Sturmwanderer befreit hatte, ein Drache, der erst vierhundert Jahre später in den frühen Trollkriegen gefallen war, dabei jedoch die gesamte tirdische Königsfamilie gerettet hatte. Stundenlang hatte Ben diese Männer betrachtet, die Legende waren, die den Orden zu seinem Einfluss geführt und deren Taten seinen Wunsch, Ritter zu werden, genährt hatten. Im ganzen Großtirdischen Reich gab es keine mächtigere Organisation, nur der König und der oberste Hellwahpriester standen dem Rang nach über dem Großmeister des Ordens.

Noch bis vorhin hatte Ben einer von ihnen werden wollen, doch jetzt wusste er es nicht mehr. Er wusste nicht, ob er einem Drachen noch immer die Flügel abschlagen wollte. Ihm war die Überzeugung abhandengekommen, dass dies richtig war. Er saß hier auf einem Drachen, der ihn nach allem Wissen hätte angreifen müssen. Konnte es wirklich sein, dass die weisen Männer des Ordens irrten, was die Drachen und ihre Flügel anbelangte?

Das konnte Ben nicht glauben. Irgendwer hätte das über die Jahrhunderte doch bemerken müssen. Oder war Aiphyron vielleicht eine Ausnahme, ein ungewöhnlicher Drache, der sich anders verhielt als seine Artgenossen? Mit einem Kopfschütteln schleuderte Ben diese Gedanken fort. Er würde den Drachen einfach beobachten, dann würde sich schon alles zeigen.

Einmal hatte Ben versucht, Aiphyron anzusprechen, aber keine Antwort erhalten. Jetzt wagte er es nicht mehr. Er behielt den dunklen Waldsaum am Flussufer rechts und links im Auge, entdeckte jedoch keine Verfolger. Doch das bedeutete nichts, er hatte den Weg ursprünglich ja auch selbst gewählt, weil man im dichten Laub nicht zu erkennen war. Sie hatten ihre Suche gewiss noch nicht aufgegeben, nicht, wenn es um Mord an einem Ritter ging. Sobald der Orden davon erfuhr, würde die Jagd erst richtig losgehen, und bis dahin musste er weit im Süden sein. Ben knurrte einen Fluch und griff wieder nach dem Schulterknubbel. Seine einzige Hoffnung war, dass Yanko den Mörder fand und sie dann die Jagd auf ihn abbliesen.

Immer wieder flossen kleinere Bäche in den Sippa, der zwar mit jeder Meile breiter und tiefer wurde, von einem Zusammenfluss mit dem Dherrn war jedoch weit und breit nichts zu sehen. Manchmal tauchte ein Fisch an der Wasseroberfläche auf und schnappte nach Insekten, kleine Gruppen Roter Langhalsenten schwammen hin und wieder in Ufernähe herum und schnatterten, wenn Ben und Aiphyron herankamen. Manchmal flog eine Ente über sie hinweg, auch zahlreiche andere Vögel bevölkerten den nahen Wald und den Himmel über ihnen.

»Verfluchter Ritter«, knurrte Aiphyron mit einem Mal in die plätschernden Wellen hinein. »Deinetwegen werde ich nie wieder fliegen können.«

»Aiphyron?«, fragte Ben vorsichtig.

»Du bist nie geflogen!« Das klang fast wie ein Vorwurf, und Ben wusste nicht, ob damit er oder der tote Ritter gemeint war. »Du weißt nicht, was es heißt, in eine Wolke zu tauchen und wieder hinaus. Die klare Kälte über den Wolken oder der scharfe Wind im Sturzflug, der Rausch, wenn man dem Erdboden entgegenfällt. Das Flattern der Flügel im Wind, der Kampf mit den Stürmen, von ihnen umhergeschleudert zu werden, ein Spielball, aber zugleich auch ein Spieler. Du kannst es dir nicht vorstellen, Ben. Das kannst du nicht. Das ist vollkommenes Glück, glaub mir.«

Ben wusste nicht, was er sagen sollte. Plötzlich dachte er an Nica, an ihr Lächeln, und bezweifelte sehr, dass von Winden gebeutelt zu werden ein größeres Glück wäre, als bei Nica zu sein, sie zu küssen und zu berühren. Doch das sagte er nicht.

»Nie wieder werde ich fliegen, nie wieder! Mein Flügel treibt irgendwo vor mir diesen dämlichen Fluss hinab, und ich bin für immer an den Erdboden gekettet. Nur weil sich so ein hirnloser Ritter einbildet, ich würde Jungfrauen fressen! Verfluchter Höhlenschädel!« Blitzschnell wälzte sich Aiphyron um die eigene Achse und schnappte mit seiner Klaue nach einer fliegenden Roten Langhalsente. Ben wurde in den Fluss geschleudert und tauchte unter. Wasser drang ihm in Nase und Mund, den er viel zu spät schloss.

»Sag mal, spinnst du?!«, prustete er, als er sich wieder hochgekämpft hatte. Wütend spuckte und schnaubte er Wasser und ruderte mit den Armen, um nicht erneut unterzugehen.

Doch Aiphyron beachtete ihn nicht. Er hatte die Rote Langhalsente gepackt und hielt sie sich vors Gesicht. »Du bist doch ein Feuervogel, oder? Sag es! Bist du ein Feuervogel?«

Die Ente schnatterte panisch, warf den Kopf hin und her und versuchte, Aiphyron mit ihrem platten gelben Schnabel zu pieksen. Ihre Schwingen waren zwischen zwei Krallen eingeklemmt und hingen hilflos herum.

»Sag es! Feuervogel oder nicht? Ja oder nein? Sag es!« Aiphyron schnaubte sie an. Die Ente schnatterte und pickte weiterhin auf den Drachen ein. »Willst du nun gestehen oder nicht?«

Die Rote Langhalsente schlug schnatternd um sich und gestand nicht, also hielt der Drache seine Klaue schließlich in die Höhe und ließ das Tier frei. Panisch und schlingernd flog es davon.

Vorsichtig schwamm Ben mit drei Zügen zu Aiphyron hinüber und legte die Hände auf seinen Rücken. Der Verlust seines Flügels schien dem Drachen wirklich zu schaffen zu machen. »Alles in Ordnung?«

»Ja«, sagte Aiphyron abwesend. »Komm, schwing dich wieder rauf. Es war nur eine harmlose Ente. Keine Gefahr für uns.«

So ganz klar im Kopf schien der Drache nicht zu sein, dennoch nahm Ben wieder vor dem Schulterknubbel Platz. Sein Verstand wusste trotz aller Grübelei noch immer nicht, was nun stimmte: Habemaas' alte Sagen über Samoths Fluch oder Aiphyrons Beteuerungen, er wolle die gefesselten Jungfrauen nur aus den Händen der verrückten Drachenritter retten. Sein Bauch sagte ihm, er könne dem Drachen vertrauen. Und weil auf seinen Bauch meist mehr Verlass war als auf seinen Verstand, sagte er: »Ich kenne einen Drachen, dem sind die Flügel wieder nachgewachsen ...«

Aiphyrons Kopf schnellte augenblicklich herum, fast hätte die Schnauze Ben getroffen und wieder ins Wasser gefegt. »Was sagst du da?« In den großen blauen Augen flackerte Hoffnung.

Also erzählte Ben von Feuerschuppe und von Samoths Fluch, damit Aiphyron verstand, weshalb die Ritter den Drachen die Flügel abschlugen.

»Die sind doch völlig krank im Kopf! Sie sind doch bloß neidisch, weil sie selbst nicht fliegen können«, schimpfte Aiphyron, aber dabei ließ er es bewenden. Die Ritter interessierten ihn im Moment nicht sonderlich. Dafür wollte er genau wissen, wie schnell und warum Feuerschuppes Flügel nachgewachsen waren.

»Ich weiß nicht, warum. Ich hab ihn ja nur zweimal gesehen.« Ben zuckte mit den Schultern.

»Du hast ihn zweimal gesehen, und seine Flügel wachsen nach.« Aiphyron sah ihn scharf an. »Und du hast nie zuvor gehört, dass so etwas geschehen ist, auch der Unterdrücker des Drachen wirkte überrascht, sagst du? Sag mal, kommt dir da nichts eigenartig vor? Keine Idee, was da passiert sein könnte?«

»Natürlich ist das eigenartig. Aber ich hab keine Ahnung, warum das geschehen ist.« Ben schüttelte den Kopf. Er wusste nicht, worauf Aiphyron hinauswollte.

»Dreh dich mal um«, verlangte dieser. »Bleib ruhig sitzen und streich mir über den Flügelstumpen. Den Schulterknubbel, wie du ihn nennst.«

Ben tat es und fühlte wieder das Kribbeln, das gemeinsame Pulsieren in seiner Hand und dem frisch verschorften Flügelansatz.

»Spürst du das?«, fragte der Drache ganz aufgeregt. »Spürst du das auch?«

»Ja. Das ist das Glück.«

»Das *Glück*? Welches Glück?«

Ben erzählte nun doch, dass es Glück brachte, wenn man den Flügelansatz eines Drachen rieb. Inzwischen befürchtete er nicht mehr, dass Aiphyron ihn wegen einer unbedachten Äußerung einfach fressen würde. Nachdem Aiphyron sogar die verdächtigte Ente wieder freigelassen hatte, glaubte er überhaupt nicht, dass dieser ihn überhaupt fressen würde, egal, aus welchem Grund.

»Das glaube ich nicht«, sagte Aiphyron. »Wenn es Glück

wäre, das zu dir fließen würde, dann hätte ich doch das Gefühl, etwas zu verlieren. Nicht das Gefühl, von dir etwas zu bekommen.«

»Hm«, brummte Ben. Jeder wusste, dass Schulterknubbel Glück brachten. Wobei ... wenn er genau darüber nachdachte, hatte er deutlich mehr Glück gehabt, bevor er seinen ersten Schulterknubbel berührt hatte. Da war er noch nicht des Mordes verdächtig und auf der Flucht gewesen. Rasch ließ er Aiphyrons Schulterknubbel los.

»He!«, maulte der Drache.

»Wenn es mir kein Glück bringt, vielleicht saugst dann eben du mir mein Glück ab! Und mir bleibt nur noch Pech im Leben. So ist das nämlich, seit ich Feuerschuppe berührt habe! Nur Pech!«

»Jetzt red doch keinen Unsinn, du hast mich getroffen.« Aiphyron lächelte. »Und du hast gesagt, es kam dir richtig vor. Oder?«

»Ja«, gab Ben zu.

»Dann streich mir doch einfach weiter über den Ansatz, und wir warten ab, was bis morgen passiert.«

»Na gut.« Ben blickte in Aiphyrons Augen und sah dort immer mehr Hoffnung. Der seltsame Drache bildete sich doch hoffentlich nicht ein, dass sein Flügel nachwachsen würde, nur weil Ben den Schulterknubbel berührte? Das war völliger Blödsinn. Aber Aiphyron hatte eben ja auch eine Rote Langhalsente gefangen und sie ernsthaft gefragt, ob sie ein Feuervogel sei. Sich etwas einzubilden, gehörte für den Drachen wohl dazu. Egal, es schadete wohl nicht, und so rieb Ben weiter.

Langsam trockneten Bens Haare und Hemd in der Sonne. Die Hose dagegen war zu nah am Wasser und bekam immer wieder neue Wellen ab. Als der Fluss ein wenig breiter und träger wurde, tauchte vor ihnen ein weiterer Anlegesteg auf, ebenfalls wieder am linken Ufer. Neben dem Steg waren zahlreiche dicke Baumstämme auf einer Freifläche aufgeschichtet. Fast ausnahmslos besaßen sie eine braune Rinde, doch ein einzelner Stamm, der etwas abseits lag, schimmerte golden im Sonnenlicht.

»Eine Goldesche«, hauchte Ben ehrfurchtsvoll.

»Eine was?«

»Eine Goldesche.« Ben erklärte dem Drachen, dass dies der wertvollste Baum des Kontinents und wie die Toteneiche ein Zauberwurzler war, ein Baum, der Magie aus der Erde ziehen konnte, so wie andere Bäume Wasser. Die schuppige Rinde war fester als gehärteter Stahl aus Curdien und deshalb äußerst beliebt bei zahlreichen Herrschern, die gern mit einer Rüstung aus Goldeschenrinde in die Schlacht zogen oder sich zumindest mit ihr bei Hofe zeigten. Derartige Rüstungen schützten und schmückten zugleich, und weil sie zudem so rar wie der Baum selbst waren, zeigten sie auch, wie bedeutend und mächtig ihr Träger war. Goldeschen waren nicht nur selten und dank ihrer kaum zu durchtrennenden Rinde sehr schwer zu fällen, in ihren Wipfeln nisteten auch gefährliche Koboldfalken, welche die Holzfäller mit scharfen Krallen und wilder Magie angriffen. Nicht selten kam einer der Holzfäller dabei zu Tode.

»Natürlich verteidigen sie ihren Baum«, schnaubte Aiphyron. »Du würdest dein Haus doch auch verteidigen.«

»Na ja.« Ben dachte daran, dass er sein Haus nicht verteidigt hatte, er hatte es sich von den Bütteln einfach nehmen lassen. »Aber die können doch woanders nisten. Für einen Holzfäller jedoch ist es der wertvollste Baum der Welt, er macht ihn reich. Für ihn ändert sich dadurch alles.«

»Und in der Region Vence sind Drachenflügel eine Delikatesse. Trotzdem habe ich meine den Köchen dort nicht überlassen.« Aiphyron hob den Flügel demonstrativ aus dem Wasser.

»Runter damit!«, zischte Ben und beendete damit die Diskussion.

Sie hatten sich dem Anlegesteg genähert, und er sah vier muskulöse Männer auf einem Stamm sitzen und Brotzeit machen. »Die dürfen den nicht sehen. Sie müssen dich für einen Flügellosen halten. Und lass mich reden.«

Aiphyron brummte etwas Unverständliches und verlagerte sein Gewicht so, dass der Flügel ganz im Wasser verschwand, der Schulterknubbel auf der anderen Seite jedoch aus den Wellen hinausragte.

Jetzt hatten auch die Männer sie erspäht und erhoben sich. Der größte von ihnen, ein riesiger Kerl mit nacktem Oberkörper und zotteligen schwarzen Haaren, winkte ihnen zu: »He! Junge!«

»He! Mann!«

Die vier am Ufer lachten. Auch die anderen erhoben sich, und zusammen liefen sie auf den Steg. »Wo kommst du her, Junge?«

»Aus den Bergen. Direkt von den Quellen des Sippa.«

»Ist ein weiter Weg. Komm doch mal an Land, mach Rast und erzähl uns, was in der Welt so geschieht. Viel zu selten bekommen wir hier jemanden zu Gesicht.«

»Von der Welt habe ich keine Ahnung«, rief Ben ihnen zu, der auf keinen Fall an Land gehen wollte. »Ich bin mit meinem Wasserdrachen auf einer Wallfahrt in Hellwahs und Sippas Namen, ich darf weder verharren noch den Fluss verlassen.«

»Wenn das so ist …« Die Männer hoben abwehrend die Hände. Niemand wollte einem Wallfahrer in die Quere kommen, der einem Fluss von seiner Quelle ab folgte. So etwas beschwor den unerbittlichen Zorn Hellwahs herauf. Lautlos entschuldigte sich Ben bei dem Gott für seine Lüge und versprach ihm ein kleines Opfer im steinernen Sonnenrad, denn auch eine solche Lüge beschwor den Zorn Hellwahs herauf, wenn auch keinen unerbittlichen. Langsam glitten Ben und Aiphyron am Lager der Holzfäller vorbei.

»Passt ein wenig auf«, rief der größte der Männer ihnen noch nach. »Auf dem Fluss seid ihr von oben gut zu erkennen, und heute früh erst habe ich einen geflügelten Drachen am Himmel gesehen.«

»Danke!«, rief Ben.

»Und passt auf unsere Stämme auf. Nach unserer Pause schicken wir sie auf die Reise. Trödelt also bloß nicht, sonst holen die Tothölzer euch ein und rollern euch nass.« Der Mann lachte laut auf, und seine Kameraden fielen mit ein, klopften sich auf die Schenkel und ihm auf die Schultern.

Ben verstand den Humor der Holzfäller nicht, aber er wollte ihre raue Herzlichkeit nicht unbeantwortet lassen.

»Die Goldesche auch?«, lachte er also zurück. »Dann lassen wir uns gern einholen.«

»Was hast du gesagt?«, schrie der Zottelige nun plötzlich. Er verstand wohl Bens Humor nicht. »Hier gibt es keine Goldesche, klar? Und niemand lässt eine Goldesche einfach so den Fluss runtertreiben, niemand!«

»Schon gut, schon gut. Das war doch nur Spaß«, winkte Ben ab.

»Spaß? Niemand macht einen Spaß über eine Goldesche!

Jetzt reicht's!«, brüllte der Holzfäller und sprang in den Fluss. Mit kräftigen Zügen und hochrotem Kopf schwamm er auf sie zu. Er sah aus, als wollte er Ben sämtliche Knochen brechen. Vielleicht dachte er, man könne Wallfahrer verprügeln, ohne Hellwahs unerbittlichen Zorn hervorzurufen, solange man den Wallfahrer dabei nicht vom Weg abbrachte. »Niemand spricht über eine Goldesche, die ihm nicht gehört! Niemand!«

»Was regst du dich so auf?«, schrie Ben zurück. Er konnte es einfach nicht leiden, wenn irgendwer ihm vorzuschreiben versuchte, was er tun und lassen sollte. »Du hast gesagt, dass das keine Goldesche ist. Nichts anderes werden wir den Leuten überall den Fluss hinab erzählen. Nämlich, dass wir keine Goldesche gesehen haben. Da es keine Goldesche ist, können wir ja über den Baum reden, der eben nur so aussieht wie eine Goldesche. Wir sagen allen, dass wir Ahnungslosen uns geirrt haben.«

Aiphyron ließ ein leises, amüsiertes Glucksen hören, doch die drei anderen Holzfäller brüllten nun ebenfalls auf und sprangen in den Fluss.

»Hauen wir ab. Und lass sie nicht deinen Flügel sehen«, zischte Ben.

Aiphyron grinste und nahm den Kopf halb unter Wasser. Ben hörte es schlürfen, dann hob Aiphyron den Kopf wieder und schnaubte eine heftige Wasserfontäne aus seinen Nüstern in das Gesicht des ersten Holzfällers. Der Strahl war so heftig, dass selbst dieser riesige Mann unters Wasser gedrückt und zurückgespült wurde. Dann riss Aiphyron sein Maul auf und brüllte, dass es in Bens Ohren hallte und er am ganzen Körper zitterte. Wellen breiteten sich ringförmig von Aiphyron weg aus, und Vögel stiegen kreischend in den Bäumen am Ufer auf und stoben davon.

Die Holzfäller verharrten mitten im Sturmlauf, ihre Gesichter waren bleich, die Münder standen offen, alle Kraft schien aus ihnen gewichen. Spuckend und fluchend tauchte der Fortgespülte auf, und alle vier zogen sich stumm zurück. Keiner rief mehr etwas, ihnen war wohl erst jetzt richtig bewusst geworden, was es bedeutete, einen Drachen anzugreifen. Solange Aiphyrons Körper unter Wasser war, hatten sie nur einen Jungen und einen freundlich grinsenden Reptilienkopf wahrgenommen. Jetzt hatten sie auch seine Zähne gesehen und seine Kraft gespürt. Mit hängenden Schultern schlichen sie ans Ufer und blickten dabei immer wieder zu Ben und Aiphyron zurück.

»Dem hast du's gezeigt.« Begeistert klatschte Ben dem Drachen auf den Hals. Er war selbst noch ganz benommen von dem Gebrüll.

»Nein, nein, du hast es ihnen gezeigt. Der Baum, der keine Goldesche ist. Das hat sie wirklich wütend gemacht, ein großartiger Spaß. Aber was ist eine Wallfahrt?«

Ben stutzte kurz, aber dann dachte er, Drachen und Menschen waren eben doch sehr unterschiedlich. Und er erklärte Aiphyron, dass man bei Wallfahrten bestimmte heilige Orte aufsuchte, um dort den Segen eines Gottes zu erbitten, um Erkenntnis zu erlangen oder Heilung von einer schlimmen Krankheit. Eine Wallfahrt von der Quelle eines Flusses bis zu seinem Ende verhalf zu einem langen und glücklichen Leben, von der Geburt bis zum Tod eben. Frisch Vermählte taten dies manchmal gemeinsam, häufig an einem kleinen Bach entlang, der auf einem Berg in der Nähe entsprang und sich im Tal schon bald in den Dherrn ergoss, eine solche Wallfahrt schaffte man in ein oder zwei Tagen. Auch Soldaten, die sich auf einen Krieg vorbereiteten, traten Wallfahrten an, oder jemand, der vor einer langen Reise in ein fernes Land stand. Ihn aus dem Fluss zu holen, hieß, ihn vorzeitig aus dem Leben zu reißen, und das war zutiefst schändlich.

Aiphyron nickte und ließ sich im Anschluss daran sogleich erklären, warum gerade frisch Vermählte so etwas taten und was der Segen eines Gottes war und andere Dinge, die für Ben ganz klar und selbstverständlich waren.

»Meinst du, sie schicken uns ihre Baumstämme hinterher?«, fragte Ben irgendwann, als sich die Sonne dem Horizont näherte.

»Ist mir egal. Wir haben schon genug Verfolger, da schrecken mich ein paar tote Baumstämme wirklich nicht. Die beißen nicht.«

Damit hatte er recht. Und dabei wusste Aiphyron noch nicht einmal, dass ganz Trollfurt hinter Ben her war. Davon würde er ihm aber erst morgen erzählen. Vor dem erwähnten Drachen hatten sie keine Angst, das war nach Aiphyrons Worten er selbst gewesen, kurz bevor er die Jungfrau erspäht hatte. Sie suchten sich eine dicht bewachsene Uferstelle und stiegen an Land. Hier konnten sie, geschützt von Laub und Dunkelheit, beruhigt die Nacht verbringen.

»Kein Feuer«, knurrte Aiphyron.

Ben nickte. Er hatte nicht vorgehabt, ihren Verfolgern einen so hell leuchtenden Hinweis auf ihr Versteck zu geben. Den Fisch, den Aiphyron ihm gefangen hatte, schlang er roh hinunter, und zum ersten Mal seit Beginn seiner Flucht war er satt. Es war ein großer Fisch gewesen, den der Drache ohne Mühe mit seiner Klaue aus dem Wasser geschaufelt hatte.

»Wollen wir abwechselnd wachen?«, fragte Ben.

»Das müssen wir nicht. Ein Drache erwacht immer bei Gefahr.« Aiphyron rollte sich zusammen. »Schlaf gut.«

»Ja, du auch«, murmelte Ben und versuchte, einen bequemen Platz zwischen all den aus dem Boden ragenden Wurzeln und dem herumliegenden Geäst zu finden. Egal, wie erschöpft er war, er konnte nicht einschlafen. Dreimal machte er das Zeichen der Mondgöttin mit dem Finger auf seiner Brust, doch selbst das half nichts. Aiphyrons Atem ging längst regelmäßig, da purzelten die Gedanken in seinem Kopf noch immer durcheinander. Er dachte an Nica, die anzusprechen er zu feige gewesen war und die er nun lange nicht sehen würde, vielleicht nie wieder. Auch Yanko nicht, der ihm das Leben gerettet hatte. Der würde nie glauben, was Ben erlebt hatte. Wenn Yanko und Nica ihn jetzt nur sehen könnten, wie er neben einem großen Drachen mit einem Flügel lag …

Ein Knarzen drang aus Aiphyrons Nüstern, und Ben hoffte, dass er nicht anfangen würde zu schnarchen. Sollte dieser Brocken schnarchen, dann würde er kein Auge zutun, dessen war er sicher. Doch Aiphyron atmete ruhig weiter.

Es war seltsam, wie wenig Angst er vor dem Drachen hatte, wie wohl und geborgen er sich in seiner Nähe fühlte. Jahrelang hatte er geglaubt, das Böse stecke in den verfluchten Flügeln, und jetzt fühlte er sich bei Aiphyron geschützt, und das, obwohl der Drache nach allem Wissen und Glauben zur Hälfte noch böse sein sollte.

Ben dachte an die Holzfäller und die Goldesche, an alles, was er heute gesehen hatte. Auch an die Langhalsente. Wie sollte er da schlafen? Er wälzte sich auf die andere Seite und schob einen trockenen Ast fort, der ihm in den Oberschenkel stach. Er dachte auch an die Trollfurter und daran, dass sie dem Orden Bescheid geben würden. Drachenritter würden hinter ihm her sein, wenn Yanko nicht zuvor den richtigen Mörder fand. Yanko war schlau und hatte es versprochen, er würde es schaffen, und Ben war erstaunlich zuversichtlich. Gestern Nacht hatte er viel mehr Angst gehabt. Jetzt spürte er langsam die Müdigkeit kommen, er ließ sich vom gleichmäßigen, beruhigenden Atem Aiphyrons einschläfern. Dabei dachte er an Nica, um sie mit in seine Träume zu nehmen und nicht die zornigen Ordensritter.

DIE HAND DES VATERS

Gebeugte Gestalten kamen in der Dämmerung den Berg heruntergestapft. Yanko saß mit Byasso auf der Stadtmauer und sah ihnen entgegen. Dabei spielte er mit seinem neuen Dolch und schnitzte an einem knorrigen, gegabelten Ast herum. Keine einzige Verzierung schmückte den Dolch, doch die Klinge war breit und scharf.

»Was heißt, du hast deinen Dolch verloren?«, hatte sein Vater gefaucht, als Yanko ihn nach Bens Flucht um einen neuen gebeten hatte.

»Ich weiß nicht, er ist eben weg. Überall hab ich ihn gesucht, aber …«

Misstrauisch hatte sein Vater ihn angestarrt, als überlege er, ob auch dieser Dolch in einem Toten stecken könnte.

Dann hatte er ihn als Schlamper beschimpft und war letztlich zu dem Schluss gekommen, Ben hätte den Dolch sicher geklaut. »Wir haben's dir immer gesagt, der Junge taugt nichts.«

»Aber …«

»Kein Aber! Willst du einen neuen Dolch oder nicht?«

Schweigend hatte Yanko genickt und die Klinge aus der Hand seines Vaters bekommen. Hier zu protestieren hätte Ben nichts genützt, und es war besser, niemand redete in der Stadt über einen verschwundenen Dolch.

Als Yanko nun seinen Vater unter den gebeugten Gestalten erkannte, sprang er auf den Boden und lief ihm entgegen. Byasso folgte ihm.

»Junge, was machst du denn hier?« Ein Lächeln zeigte sich auf dem erschöpften Gesicht von Yankos Vater.

»Wir haben auf euch gewartet. Wir wollten wissen, wie es aussieht.«

»Schlecht.« Er und seine Begleiter, ein gutes Dutzend aufrechter Männer aus Trollfurt, blieben bei den Jungen stehen. »Der kleine Bastard ist verschwunden, ohne eine Spur zu hinterlassen. Ich sage dir, er hat den Mord genau geplant.«

»Aber wenn er ihn so genau geplant hat, weshalb lässt er dann seinen Dolch im Herzen des Ritters stecken?«

Die Männer murrten, überließen es aber Yankos Vater, seinen Sohn in die Schranken zu weisen. »Junge, ich hab es dir schon hundertmal gesagt: Er ist überrascht worden! Oder er hat es plötzlich mit der Angst zu tun bekommen und ist davongerannt. Ein anständiger Mann versteht eben nicht alles, was ein fauler Taugenichts tut.«

»Und wenn der Mörder erst Ben erschlagen und ihn irgendwo verscharrt hat?«, erwiderte Yanko, auch wenn er natürlich wusste, dass Ben noch lebte. Aber irgendwie musste er den Verdacht ja von seinem Freund ablenken. »Wenn er dann Bens Messer genommen und damit den Ritter ermordet hat? Dann läuft der Mörder noch immer irgendwo frei herum, vielleicht sogar in Trollfurt. Und kann sich vollkommen sicher fühlen, weil ihr …«

Mit einem lauten Klatschen traf ihn die flache Hand seines Vaters im Gesicht. Der Schmied war ein starker Mann, und so taumelte Yanko zurück und wäre fast gefallen.

»Es reicht!«

»Aber Ben war's nicht.« Yanko wischte sich mit der Hand über Nase und Mund. Er schmeckte Blut auf den Lippen.

Wieder traf ihn die Hand seines Vaters, sogar noch fester

diesmal. Yankos Kopf wurde zur Seite geschleudert. »Was habe ich gesagt? Was?!«

»Dass es reicht«, knirschte Yanko. Er wusste, wenn er seinem Vater noch einmal vor anderen Vätern widersprach, würde er ihn richtig verprügeln. Als Familienoberhaupt musste er das, um sein Gesicht zu wahren.

»Es geht doch«, brummte der Schmied und strich ihm übers Haar. »Der kleine Taugenichts ist der Mörder, glaub uns das. Wir haben ein paar Jahre mehr Lebenserfahrung als du auf dem Buckel. Und jetzt ab nach Hause, deine Mutter wartet sicher schon mit dem Essen.«

Die Männer verabschiedeten sich am Stadttor voneinander und verabredeten sich für das Morgengrauen, um ihre Suche fortzusetzen. Ein paar Trollfurter waren in den Bergen geblieben, doch die meisten Familienväter kehrten abends heim.

Während Yanko mit seinem Vater nach Hause ging, legte der ihm die Hand auf die Schulter. »Ich weiß, dass du den Burschen gemocht hast, auch wenn wir dir den Umgang mit ihm verboten hatten. Das ist vergangen und vergeben. Aber sieh doch deinen Fehler ein, Junge, beharr nicht auf seiner Unschuld, wo die Beweise klar auf der Hand liegen. Jeder in Trollfurt weiß, dass er nichts taugt und ein Dieb ist, und jetzt eben auch ein Mörder. Du bist doch nicht so anmaßend zu behaupten, dass sich alle irren und nur du das Leben und die Welt durchschaust?«

»Nein, Vater.« Yankos Wange brannte noch immer, auch aus der Nase floss nun Blut. Innerlich erneuerte er jedoch das Versprechen, das er Ben gegeben hatte: Er würde den wahren Mörder suchen und finden. Er hoffte nur, dass Ben wohlauf war, denn er hatte gestern noch einmal auf der Karte nachgesehen und festgestellt, dass er sich geirrt hatte. Er hatte den

Sippa verwechselt. Dieser floss nicht mit dem Dherrn zusammen, sondern schlängelte sich über viele Meilen durch wilde Wälder und stürzte dann als gigantischer Wasserfall über eine Klippe, die als *Todesklippe* bezeichnet wurde, bevor er schließlich Hunderte Meilen von hier ins Meer floss. Wo hatte er seinen Freund da bloß hingeschickt?

BENS GABE

Ben und Aiphyron verließen am nächsten Morgen ihr Versteck in aller Frühe. Irgendwann in der Nacht waren die Baumstämme an ihnen vorbeigeschaukelt, aber die Goldesche war nicht dabei gewesen. So gut das Versteck auch war, sie wollten nicht untätig herumsitzen und darauf warten, dass ihre Verfolger sie irgendwann einholten.

Ben wusste nicht, weshalb er sich in der Nähe des Drachen so wohl fühlte, und eigentlich war das auch egal. Manchmal fühlte er noch Ehrfurcht vor seiner Größe und Eleganz, meist jedoch nur eine Art Vertrautheit, die noch gar nicht da sein durfte, nicht nach der kurzen Zeit, nicht zwischen Mensch und Drache, und wo er doch zudem kaum etwas über Drachen wusste. Aber sie war da, und er sah keinen Grund, sie in Frage zu stellen.

»Auf geht's«, rief Ben auf Aiphyrons Rücken, während der Sippa noch immer im Schatten der Bäume lag. Die Sonne war noch nicht über den Wipfeln aufgetaucht. »Wenn das so weitergeht, werde ich noch ein richtiger Drachenreiter.«

»Ein Drachenreiter?« Aiphyron knurrte. »Ich glaube, du verkennst da etwas. Als Reiter würdest du bestimmen, wo es langgeht. Ich würde sagen, ich werde hier zum Menschenträger.«

»Ha! Was soll denn das sein? Das klingt, als wäre ich ein Rucksack!«

»Schlimmer! In einem Rucksack kann man etwas transportieren, der ist zu etwas nütze. Du bist einfach nur ein

Stück Last.« Aiphyrons Lachen klang wie ein tiefer, stotternder Husten.

Ben beugte sich grinsend zur Seite, langte mit der hohlen Hand in den Fluss und spritzte einen Schwall Wasser nach vorn, direkt in Aiphyrons Auge. Er lachte, und der Drache prustete und tauchte mit dem Kopf ab. Dann kam er wieder hoch, wandte sich um und spuckte Ben einen Schwall Wasser entgegen.

Hart wurde Ben auf der Brust getroffen und nach hinten geschleudert. Er schlitterte auf dem Rücken über die Flussoberfläche wie einer der Steine, die Byasso immer hatte springen lassen. Nachdem er gut zwei Dutzend Schritt dahingefegt war, ging er schließlich auch unter wie ein Stein. Benommen sackte er Richtung Grund, Wasser drang ihm in die Nase. Ben schüttelte den Kopf, wälzte sich auf den Bauch und kämpfte sich wieder hinauf an die Luft. Das Erste, was er hörte, war Aiphyrons Lachen, es war ganz nah. Der Drache war umgekehrt.

»Gut, ich ergebe mich.« Mit erhobenen Armen fiel Ben in das Lachen ein und schnäuzte sich das Wasser aus dem Kopf. Mit zwei Schwimmzügen war er neben Aiphyron und kletterte wieder hinauf. Dabei hielt er sich am Schulterknubbel fest. Der Schorf war inzwischen abgeblättert, darunter zeigte sich helle, bläuliche Haut und eine Schicht aus kleinen weichen Schuppen. Gewachsen war der Knubbel jedoch nicht, er hatte die Größe eines Männerkopfs, genauso wie am Tag zuvor. Doch er sah auf seltsame Art gesund aus, nicht vernarbt. Als Ben darüberstrich, fühlte es sich ganz glatt an.

»Und ich dachte immer, Drachen speien Feuer, nicht Wasser«, murmelte er.

»Pah, Feuer! Ich hasse Feuer!«

»Was? Warum?«

»Wieso warum? Muss es immer einen Grund geben?«, schnauzte Aiphyron. »Ich hasse es einfach, habe es schon immer gehasst. Feuer verbrennt Dinge und Bäume und Wesen und … Ich hasse es einfach.«

»Meinetwegen«, wiegelte Ben ab. »Ich mag Feuer. Es hält mich im Winter warm.«

»Bis du verbrennst!«

Ben seufzte und zuckte mit den Schultern. »Gut. Bis ich verbrenne. Dann werde ich es auch hassen, das verspreche ich dir.«

Schnaubend schwamm Aiphyron möglichst nah an das rechte Ufer, dort trafen die Sonnenstrahlen zuerst auf die Wasseroberfläche, die linke Sippa-Seite würde noch fast den ganzen Vormittag im Schatten liegen. Ben legte das nasse Hemd ab und wrang es aus. Dann legte er es vor sich auf den Drachenhals und wartete zitternd auf die Sonne, damit sie ihn, seine Haare und das Hemd trocknete.

Doch kurz nachdem er aufgehört hatte zu zittern, gerieten sie wieder einmal in Stromschnellen, und er wurde erneut durchnässt. Da es auf Mittag zuging, ging das Trocknen nun wenigstens schneller.

Plötzlich knirschte Aiphyron mit den Zähnen, bäumte sich auf, tauchte ab und schnappte mit der Klaue nach irgendetwas. Ben verlor das Gleichgewicht und landete zum zweiten Mal an diesem Tag im Wasser. So langsam wusste er, wie er reagieren musste; er kam wieder an die Oberfläche, ohne dass ihm viel Wasser in Nase und Mund gedrungen war.

»Ha!«, schrie Aiphyron seine Klaue an, die er geballt hatte und sich direkt vor die Schnauze hielt. Etwas zappelte darin. »Gib es zu, du bist ein Feuerfisch!«

Ben rieb sich das Wasser aus den Augen und starrte den Drachen an. Das konnte doch nicht wahr sein! Der hatte wirklich einen Knall!

»Bist du einer oder nicht?«, knurrte Aiphyron, und seine Augen glühten. »Feuerfisch oder nicht, das ist hier die Frage. Sag was!«

Der zappelnde Fisch in seiner Klaue war schmal und vielleicht so lang wie Bens Bein. Neben seinem Maul hingen gelbe Fäden oder Tentakel hinab wie die Enden eines langen Schnauzbarts. Der Fisch war orange und rot geschuppt und schnappte hilflos mit dem Maul. Natürlich sagte er nichts.

»Gestehe!«, bellte Aiphyron, schüttelte den Fisch, dass dessen Bartfäden wild hin und her klatschten, und schnaubte ihm ins Gesicht. Als der Fisch noch immer nicht gestehen wollte, warf Aiphyron ihn wieder ins Wasser. »Na, dann schwimm doch weg.«

Das tat der Fisch dann auch sofort. Diesmal stellte Ben keine Fragen wie bei dem vermeintlichen Feuervogel, er kletterte einfach schweigend an seinen Platz zurück und wartete, dass Aiphyron als Erster sprach.

»Schien ein netter Kerl zu sein, der Fisch. Nicht sehr gesprächig, aber doch nett«, sagte der Drache nach einer Weile nur, und damit war das Thema erledigt.

Sie schwammen weiter, und Ben streichelte pflichtbewusst den Schulterknubbel. Irgendwann würde er jedoch nachhaken, was es mit dieser Suche nach vermeintlichen Feuertieren auf sich hatte. Wonach suchte Aiphyron und warum? Bislang hatte er nicht viel von sich und anderen Drachen erzählt. Vielleicht wurde er ja gesprächiger, wenn Ben etwas von sich erzählte, und so gestand er endlich, dass auch er verfolgt wurde. Aber Aiphyron schien über weitere Verfolger nicht sonderlich besorgt. Er drehte sich zwar immer wieder um, doch Ben war überzeugt, er wollte nur auf seinen Schulterknubbel schielen. Ben hatte auch noch nie davon gehört, dass Drachen irgendwen fürchteten.

»Es juckt«, sagte Aiphyron einmal zufrieden und meinte damit wohl seine Wunde, aber von sich und anderen Drachen erzählte er nichts.

Es war nicht so, dass Ben sehen konnte, wie der Flügelansatz wuchs. Solange dieser unter Wasser war, nahm er ihn sowieso nur verschwommen wahr. Doch irgendwann fühlte sich der Knubbel anders an. Zuerst dachte Ben, es läge daran, dass seine Hände schon ganz taub waren. So taub und kribbelig, dass er ab und zu nachschaute, ob er sich nicht schon alle Haut heruntergerieben hatte und nun mit den blanken Knochen über die frisch geschlossene Wunde strich. Die Haut war gerötet und vom Wasser verschrumpelt, jedoch vorhanden und unverletzt. Doch als der Knubbel einmal zwischen den Wellen auftauchte, weil sich Aiphyron leicht auf die Seite legte, wirkte der Ansatz tatsächlich größer, so als sei er gewachsen.

Das konnte doch nicht sein!

Ben blickte seine aufgeweichten, tauben Hände an, sie kamen ihm plötzlich fremd vor. Dann wieder den Knubbel. Doch, er war eindeutig größer als ein Männerkopf, und länglich.

»Sieh mal, ich glaube, der … also, dein Flügelansatz ist gewachsen«, sagte er zögerlich.

Aiphyron riss den Kopf herum und starrte den Überrest seines Flügels an. Vorsichtig leckte er mit der Zunge darüber, langsam und tastend. Ein Grinsen schlich sich auf sein Maul. »Ja, das sieht ganz so aus.«

Und dann packte er Ben plötzlich mit einer Klaue und hielt ihn fest. Ben war zu überrascht, um zu reagieren. Seine Arme wurden an den Körper gepresst, so dass er sich nicht rühren konnte. Der Drache wälzte sich ganz auf den Rücken, und bevor Ben auch nur ein Wort herausbrachte, warf er ihn in die Luft und brüllte dabei lautstark.

»He!«, brachte Ben schließlich hervor, als er mehrere Schritte über dem Fluss durch den warmen Wind flog. Ganz flau wurde ihm im Magen, dann zog ihn sein Gewicht wieder nach unten. Bevor er jedoch auf dem Sippa aufklatschte, pflückte ihn Aiphyron ganz sanft aus dem Sturz und schleuderte ihn wieder hinauf. Bens Magen drehte sich immer weiter, aber es war ein wundervolles Gefühl, durch die Luft zu fliegen, keinen Boden unter den Füßen zu spüren, nichts, was einen hielt, und dabei zu wissen, dass man aufgefangen wurde. Ben jubelte: »Höher!«

»Ich wusste es, ich wusste es!«, lachte Aiphyron und warf Ben noch zweimal in die Luft. Dann setzte er ihn auf seiner Brust ab, während er auf dem Rücken weiterschwamm.

Ben atmete schwer und konnte trotzdem nicht aufhören zu grinsen. Er spürte das Blut durch seine Adern pumpen und fühlte sich lebendig. War es wirklich so einfach? Einmal in die Luft geworfen, und man war glücklich?

»Noch mal!«

Aber Aiphyron schüttelte den Kopf. Aufmerksam sah der Drache ihn an. »Später. Jetzt hör mir mal zu. Du hast mir ja einen eurer Mythen erzählt, die ihr über Generationen vererbt. Wir Drachen kennen solche Mythen nicht, wir haben keine Generationen, und wir werden alt, viel älter als ihr. Dennoch haben wir natürlich Anekdoten und Geschichten, die ein Drache dem anderen berichtet, und es sind viele Geschichten aus allen Gegenden der Welt, denn nur wenige von uns sind für eine längere Zeit sesshaft, und mit Flügeln kommt man weit herum. Manche von den Geschichten handeln auch von Menschen, wenn auch meist nur am Rande, und eine davon möchte ich dir jetzt erzählen.

Vor vielen Jahren, als die gigantischen Vorväter der Trolle noch nicht zu Feuersteinen zerfallen waren und die großen Gebirge beherrschten, machten sie Jagd auf Drachen. Sie konnten mit Felsen und Eis verschmelzen, so dass selbst unsere scharfen Augen sie nicht zu entdecken vermochten, und so lauerten sie nahe der Gipfel auf uns. Stets banden sie drei riesige Felsbrocken mit langen Schnüren zu einer Bola aneinander und warfen diese nach uns, mehrere hundert Schritt weit konnten sie diese werfen, und so holten sie immer wieder einen Drachen vom Himmel, zerbrachen seine Flügel und fraßen ihn roh. Und zum ersten Mal empfanden Drachen Angst.

Die Vorväter der Trolle höhnten, kein Drache würde fortan mehr eines ihrer Gebirge im Flug überqueren. Natürlich hätten wir die Gebirge ohne Not umgehen können, doch niemand sagt einem Drachen, was er zu tun und was er zu lassen hat. Und so stürmte der erste Drache los, um sich seine Freiheit zu beweisen, doch er wurde vom Himmel geholt und aufgefressen. So erging es auch dem zweiten und dem dritten, dem vierten und dem fünften. Und schließlich wagte es keiner mehr. Jahre zogen ins Land, und kein Drache überquerte fortan ein Gebirge, und alle Drachen wurden darüber von großer Schwermut ergriffen. Es war, als hätten die Vorväter der Trolle ihnen die Flügel gestutzt.

Da wurde ein Drache geboren, der hieß Firbentorh und flog schneller als alle anderen und tobte mit den Wirbelstürmen um die Wette. Und er erkannte, dass die Drachen erst wieder glücklich und frei sein würden, wenn einer von ihnen ein Gebirge überquerte.

›Ich werde es tun‹, sagte er also und machte sich auf. Nicht in der Nacht, sondern am hellllichten Tag, damit ihn jeder sah, und er rief auch noch nach den Vorvätern der Trolle.

›Ein Drache!‹, grölten diese vor Freude, denn sie hatten schon lange keinen mehr gesehen. ›Was willst du?‹

›Ich will über euer Gebirge fliegen.‹

›Ha!‹, riefen diese. ›Du brauchst nicht zu betteln, wir lassen dich nicht!‹

›Ein Drache bettelt nicht!‹, erwiderte Firbentorh. ›Ich wollte mich nur überzeugen, dass ihr auch nicht schlaft und meinem Flug über das Gebirge zusehen könnt.‹

Ein Aufschrei antwortete ihm, und wilde Trommeln riefen alle Vorväter der Trolle zur Aufmerksamkeit. Firbentorh lachte auf, und als die Sonne am höchsten stand, begann er seinen Flug. Er tauchte zwischen die Berge, ließ sich von den Winden über eisbedeckte Gipfel tragen, stürzte waghalsig in Schluchten und raste im Zickzack voran. Riesige Bolas und Felsen sausten an ihm vorbei, die Vorväter der Trolle warfen gar mit brennenden Bäumen nach ihm, und einer schleuderte sogar seine Trommel und streifte damit seinen Flügel. Doch Firbentorh unterdrückte den Schmerz und raste weiter. Die Vorväter der Trolle heulten vor Wut und Enttäuschung und warfen immer wilder nach ihm. Ganze Hagelstürme aus Gestein und primitivem Werkzeug prasselten auf Firbentorh nieder, doch er schlängelte sich zwischen ihnen hindurch. Hin und wieder musste er schließlich doch einen Treffer einstecken, und er wurde müde.

Am Ende des Gebirges wartete nun der König der Vorväter

der Trolle auf ihn, und er schleuderte seine Bola mit scharfkantigen Kristallen nach ihm. Firbentorh warf sich zur Seite und konnte mit knapper Not verhindern, dass sich die wirbelnden Taue um seinen Körper wickelten und er in die Tiefe gezogen wurde. Doch einer der riesigen Kristalle zerschmetterte ihm den linken Flügel, so dass dieser nur noch hilflos in der Luft hing. Firbentorh stürzte, doch sein Schwung war so groß, dass er auch noch über die letzte Bergkette hinweggetragen wurde. Mit den Beinen berührte er den Felsgrat und stieß sich noch einmal kräftig ab. Torkelnd stürzte er in die Tiefe, doch mit seinem verbliebenen Flügel konnte er sich bis in die Ebene hinter dem Gebirge retten. Dort fanden ihn die anderen Drachen, er lag im Sterben.

Da tauchte plötzlich ein kleiner Mensch auf, ein Mann mit dichtem Bart und fröhlichen Augen, der sagte, er habe von einem verletzten Drachen geträumt, der seiner Hilfe bedürfe.

Die Drachen verlachten ihn, doch ließen sie ihn durch. Und der Mann ging zu Firbentorh und sagte ihm, er solle gesund werden. Tagelang saß er an seiner Seite und flüsterte auf ihn ein, und Firbentorhs zerschmetterter Flügel heilte tatsächlich.

Firbentorh erhob sich daraufhin wieder in die Lüfte und flog über die Gebirgskette zurück. Und als die Vorväter der Trolle ihn erkannten, verloren sie vor Wut und Enttäuschung alles Geschick in den Händen; was auch immer sie nach ihm warfen, sie verfehlten ihn weit. Und fortan sollte keiner von ihnen mehr einen einzigen Drachen mit einer Bola vom Himmel holen. Die Drachen waren wieder frei, überall zu fliegen, und ihre Schwermut war verschwunden.

Firbentorh und der Mensch wurden Freunde, und auch wenn der Name des Mannes inzwischen vergessen ist, so war er doch der erste Drachenflüsterer, von dem wir wissen.« Aiphyron beendete die eigentümliche Erzählung mit einem Nicken. »Viele kamen nicht nach ihm, doch ich glaube, du bist einer von ihnen. Du bist ein Drachenflüsterer.«

»Was?«, fragte Ben überrascht und verständnislos. In Gedanken war er noch ganz bei Firbentorh und den Vorvätern der Trolle.

»Ein Drachenflüsterer. Wie Firbentorhs Freund. Ein Mensch mit der außergewöhnlichen Begabung, einen Drachen kraft seiner Stimme heilen zu können.«

»Kraft der Stimme? Aber ich habe doch gar nichts gesagt, nicht ein Wort habe ich deinem Schulterknubbel zugeflüstert«, wandte Ben ein.

»Dann bist du eben ein Drachenflüsterer, der nicht flüstert, was soll's.«

»Ja, aber dann bin ich doch gar kein …«

»Papperlapapp! Du kannst das scheinbar Unheilbare heilen, das genügt! Nimm doch nicht alles so wörtlich.«

»Bin ich dann vielleicht nicht eher ein Drachenheiler?«, versuchte es Ben.

»Ach was, davon hat doch noch nie jemand was gehört. Drachenheiler! Das klingt doch dämlich. Nach einem menschlichen Beruf, den man einfach so erlernen kann. Das interessiert doch niemanden! Drachenflüsterer, die kennt man aus den alten Geschichten, da weiß jeder Drache, was gemeint ist.«

»Ja, aber wenn ich nichts flüstere, dann bin ich doch gar keiner«, gab Ben noch einmal zu bedenken, weil das alles zu schnell auf ihn einprasselte. *Ich kann das scheinbar Unheilbare heilen?*

»Jetzt stell dich doch nicht so an! Flüster halt irgendwas

herum, während du heilst. Das muss auch keiner verstehen! Hauptsache, sie hören dein Gemurmel. Und Hauptsache, du heilst!«

»Ähm, ja, schon gut.« Alles drehte sich in Bens Kopf. Konnte er wirklich Drachen heilen? Und was sollte eigentlich gerade dieses ganze Gerede von anderen Drachen? Wem genau sollte er vorspielen, er sei ein Drachenflüsterer?

»Und jetzt mach weiter«, forderte Aiphyron, bevor Ben diese Fragen aussprechen konnte. Langsam drehte sich der Drache wieder auf den Bauch.

Ben rutschte mit der Bewegung mit und setzte sich wieder vor den Flügelansatz.

»Soll ich dabei was flüstern?«, fragte er vorsichtshalber.

»Unsinn! Ich weiß ja Bescheid, mir musst du nichts vorspielen.«

Also sagte Ben nichts und strich mit den Händen weiter über die Drachenhaut. Jetzt dachte er bewusst daran, dass der Flügel heilen sollte, er stellte sich vor, wie dieser wuchs, und hatte das Gefühl, das Kribbeln würde zunehmen.

Kein Yanko und kein Byasso hatte ihm erzählt, dass er das Glück herüberfließen gespürt hatte, als er Feuerschuppes Knubbel gerieben hatte. Damals hatte sich Ben nichts dabei gedacht und war davon ausgegangen, dass sie dasselbe gespürt hatten wie er. Und wenn nicht? Konnte es tatsächlich sein, dass er heilen konnte und für Feuerschuppes Veränderung verantwortlich war? Dass dieses Kribbeln, dieses gemeinsame Pulsieren dem Drachen Heilung brachte und nicht ihm das Glück?

Von der Gabe, Drachen zu heilen, hatte er noch nie gehört. Im abgelegenen Trollfurt lebte niemand, der über eine außergewöhnliche Gabe verfügte, doch hatten sie auch dort genug

Geschichten gehört über Menschen, in denen Magie erwacht war, so wie die Magie in Toteneichen, Wasserfeen oder auch dem Blausilber steckte. Die Welt war von ihr durchdrungen, und manchmal formte sie sich eben zu einer bestimmten Gabe aus. Im Kleinen steckte sie in jedem, doch manchmal befähigte sie jemanden, wirklich Außergewöhnliches zu tun. Nur selten konnte man die Magie sehen wie das Schimmern von Blausilber.

Zahlreiche Männer und Frauen hatten versucht, die Magie mit Hilfe einer Zauberwurzel aus der Erde zu ziehen und für sich zu nutzen. Seit Jahrhunderten mühten sich diese Alchimisten, eine Wurzel der Weisen herzustellen, mit deren Hilfe auch ein Mensch die Magie aufnehmen konnte. Doch bislang vergeblich, soweit Ben wusste. Er hatte nur von Menschen gehört, die ihre Gabe von Geburt an besaßen. Von einer zierlichen Frau, die stark genug war, ein Pferd zu tragen, von einem Mann, dem das Wasser unter den Füßen zu Eis gefror, einem Mädchen, das mit Käfern reden konnte und zahlreichen anderen. Nie hatte er sich gefragt, woher diese ihre Gabe hatten, es war nicht wichtig. Wichtig war nur, was sie damit vollbrachten.

Doch jetzt, wo er selbst über eine Gabe verfügte, wollte er wissen, woher und warum, und ob es etwas mit seinem verschollenen Vater zu tun hatte. Auch wenn jede Geschichte über einen Gabenträger betonte, dass sich die Magie einfach jemanden aussuchte. Die ursprüngliche, ungebundene Magie war unberechenbar, und so folgte sie auch keinen Regeln, wenn sie jemanden mit einer Gabe beschenkte. Für Menschen, die sich gern an Gesetzmäßigkeiten klammerten, war dies unbefriedigend, und auch Ben brauchte lange, bis er seine Fragen unterdrücken konnte. Die Priester nannten die Gaben auch Hellwahs Geschenk, doch Ben wusste nicht, weshalb der Sonnengott gerade ihm ein solches Geschenk machen sollte.

Er wandte sich damit nicht an Aiphyron, sondern grübelte schweigend; seit Jahren war er es gewohnt, Fragen für sich zu behalten. Letztlich tat er das Woher und Warum doch mit einem Schulterzucken ab und hoffte, dass er sich richtig entschied, Aiphyrons Flügel wieder wachsen zu lassen, dass Samoths Fluch wirklich eine Legende war und der Drache auch mit zwei gesunden Flügeln sein Freund blieb und nicht zum Menschenfresser wurde.

Am späten Nachmittag, als der Fluss im schwindenden Sonnenlicht träge dahinfloss, sahen sie die Baumstämme wieder vor sich, wie sie kreuz und quer auf den Wellen tanzten. Rasch holten sie auf, viel zu rasch, bis sie bemerkten, dass es daran lag, dass sich die Stämme nicht von der Stelle bewegten. Sie wurden irgendwie festgehalten.

Aiphyron paddelte sofort gegen die Strömung an, so dass auch er und Ben auf der Stelle blieben und sie erst einmal beobachten konnten, was siebzig oder mehr Schritt vor ihnen geschah.

»Sie haben ein Netz gespannt, um die Stämme hier abzufangen und aus dem Fluss zu holen.« Ben deutete auf ein schweres Seil, das links und rechts am Ufer befestigt war und an dessen Unterseite ein grobmaschiges Netz zu erahnen war. Mehr war auf diese Entfernung nicht zu erkennen. Rechts zwischen den Bäumen lugte die Ecke einer Hütte hervor, eine Gestalt saß in der Nähe des Seils am Ufer und starrte auf die Stämme.

»Wollen wir an Land und zu Fuß daran vorbei?«, fragte

der Drache, aber Ben schüttelte den Kopf und deutete zu der Gestalt.

»Wahrscheinlich hat er uns schon gesehen. Und er sollte nicht unbedingt deinen Flügel auch noch erkennnen.«

»Was kümmert das einen einzelnen Holzfäller? Der ist doch froh, wenn er nicht gefressen wird. Und bis der wieder unter Menschen kommt ...«

In diesem Moment traten drei weitere Personen zu der sitzenden Gestalt. Zwei trugen Kettenhemden, die in der Sonne glitzerten, und darüber rote Umhänge mit einem bunten Wappen. Einer von ihnen deutete in den Wald, kurz darauf trat noch jemand herbei, ein fetter Kerl mit nacktem Oberkörper, der einen Kopf größer war als die anderen. Aufgeregt sprachen sie aufeinander ein. Dabei achtete keiner auf den Fluss, sie hatten Ben und Aiphyron noch nicht entdeckt.

»So allein ist der Holzfäller gar nicht«, zischte Ben. Ihm gefielen die Gerüsteten mit den Wappen gar nicht. Gehörten sie zum Drachenorden? Suchten sie nach ihm? Das Wappen konnte er auf die Entfernung nicht erkennen. So schnell konnten sie seinetwegen nicht hierhergelangt sein, doch es war bestimmt besser, nicht von ihnen gesehen zu werden. Weder er noch Aiphyrons Flügel. »Lass uns vorsichtig ein Stück zurückschwimmen und weiter oben an Land gehen. Im Dunkel der Nacht können wir ungesehen vorbeischleichen.«

»Wenn wir ein paar Schritte weit ins Unterholz gehen, klappt das auch bei Tageslicht«, brummte Aiphyron. »Dunkel der Nacht, Unsinn.«

In diesem Moment zuckelte etwa einen halben Schritt neben ihnen ein dicker Holzstamm vorbei. Er schrammte mit der Unterkante über Aiphyrons Flügel und schlingerte dann weiter in Richtung Netz.

»Drecksholz, dreckiges«, knurrte der Drache leise. »Dämlicher Nachzügler.« Dann drehte er sich um, um gegen den Flusslauf zu schwimmen.

Der Stamm war jedoch kein Nachzügler gewesen, sondern die Vorhut weiterer Stämme.

Dicke Hölzer von bis zu zwei Schritt Durchmesser und teils deutlich länger als Aiphyron schwappten auf sie zu, ein dicker Koloss mit rötlicher Rinde und beinahe schwarzem Kern hatte sie direkt anvisiert, und Aiphyron konnte sich gerade noch zur Seite werfen. Ben klammerte sich an den Flügelansatz und presste die Beine zusammen, um nicht ins Wasser zu rutschen. Haarscharf trieb der Stamm an ihnen vorbei.

Doch damit waren sie noch lange nicht aus der Gefahrenzone, immer mehr Stämme wurden auf sie zugetrieben. Weiter hinten war vom Sippa beinahe nichts mehr zu erkennen, es sah aus, als würde eine hölzerne Welle auf sie zuwalzen, der Fluss glitzerte nicht mehr im Sonnenlicht, sondern war dunkel geworden vor lauter Brauntönen. Abgeschabte Rindenstückchen tanzten auf den Wellen vor den Stämmen her. Dieser Masse konnten sie nicht ausweichen, die Stämme würden sie bis in das Netz mitreißen.

Ben warf den Kopf herum. Die Leute am Ufer hatten nun die neuen Stämme bemerkt, und damit auch ihn und den Drachen. Hektisch winkten sie ihnen zu, den Fluss zu verlassen, und Ben konnte auf die Entfernung kaum verstehen, was sie schrien, aber es war wohl ungefähr: »Kommt raus, wenn ihr zwischen dem Holz nicht zerquetscht werden wollt!«

Doch sie konnten nicht hinaus, sie durften nicht. Die Männer mit den roten Umhängen würden Aiphyron auf der Stelle entflügeln und überzeugt sein, eine gute Tat vollbracht zu haben. Sie trugen Schwerter am Gürtel, und niemand wusste, ob es Blausilberklingen waren und wie viele von ihnen noch im Wald verborgen waren.

»Tauchen!«, rief Ben Aiphyron zu. »Wir müssen so nah wie möglich ans Netz ran und dann tauchen.«

»Spinnst du?« Doch der Drache schwamm los.

Sie durften nicht länger warten, wenn sie nicht überrollt werden wollten.

»Wir sollen uns unter Wasser im Netz verfangen? Willst du vielleicht ertrinken?«

»Stämme schwimmen oben. Wahrscheinlich geht das Netz gar nicht bis zum Grund.«

»Wahrscheinlich?«, knurrte Aiphyron. »Das ist doch mal ein gutes Wort. Ich liebe todsichere Pläne.« Dabei hielt er auf die Flussmitte zu.

Auch Ben hoffte, dass der Sippa dort am tiefsten war, und vor allem, dass er recht hatte mit seiner Behauptung über das Netz.

»Nein! Nicht!« Die Leute an Land winkten sie mit den Armen zurück, einer mit rotem Umhang wedelte sie heftig herbei, und der große Fette machte gar nichts, er starrte sie einfach nur an. »Kommt raus!«

»Tauch!«, zischte Ben und winkte lächelnd den Menschen am Ufer zu. Dabei deutete er auf sein Ohr und zuckte mit den Schultern, als wolle er sagen, er sei leider taub.

»Ich tauche, wann ich will.« Aiphyron paddelte noch näher an die mächtigen Holzstämme heran, die von der Strömung ins Netz und aneinander gedrückt wurden. Es knirschte und ächzte, und mit einem dumpfen Schlag traf der erste neue Stamm auf die Wartenden und verschob deren Gebilde. Ganz vorne am Netz entdeckte Ben einen dieser rot-orangenen Fische, oder was von ihm übrig war – das Tier musste zwischen zwei Stämmen zermahlen worden sein wie zwischen Mühlrädern. Schuppen klebten auf der Rinde, der Kopf mit den toten Augen klemmte unter einem Stück Holz, das halb vom Stamm abgesplittert war. Ben schüttelte es, er wollte nicht so enden.

»Jetzt«, brummte Aiphyron, und Ben holte Luft. Mit aller Kraft klammerte er sich an den Schulterknubbel und den Ansatz des gesunden Flügels, drückte seine Fersen in Aiphyrons Flanke und ließ sich hinabziehen.

Unter Wasser schlängelte sich der Drache wie eine Seeschlange voran und tauchte tief unter den Baumstämmen hindurch. Das Wasser war klar, und Ben hielt die Augen geöffnet. Kleine Fische huschten vor ihnen davon. Das Netz reichte tatsächlich nicht weit hinab, vielleicht zwei, drei Schritt unter die Oberfläche. An seiner Unterkante lief ebenfalls ein dickes Seil entlang, das am Ufer befestigt war und das Netz so spannte.

In ihm hingen weitere tote Fische, die sich in den Maschen verfangen hatten. Diese rot-orangenen, aber auch ein flacher, halbmondförmiger Bursche, der freundlich gelb-blau gestreift und so groß wie Ben war. Sein missmutiges Maul stand offen und zeigte mehrere Reihen spitzer, ganz und gar nicht freundlicher Zähne.

Das also schwimmt im Sippa herum, dachte Ben, während Aiphyron ihn unter dem Netz durchzog, und er beschloss, seine Beine fortan nicht mehr ganz so achtlos ins Wasser baumeln zu lassen.

Ben hatte das Gefühl, die Blicke der toten Fische würden ihm folgen. Er fragte sich unvermittelt, weshalb er in diesem Sommer ständig unter irgendeinem Hindernis hindurchtauchen musste. Und warum Aiphyron so lange unter Wasser blieb und nicht an die Oberfläche zurückkehrte. Allmählich wurde ihm die Luft knapp, und er schlug dem Drachen auf den Rücken, der verstand und auftauchte. Die Baumstämme und Holzfäller lagen gut dreißig Schritte hinter ihnen. Ben sah, wie sie die Köpfe schüttelten, nur der große Fette lachte. Ben winkte ihnen zu und hustete Wasser. Sie winkten nicht zurück, doch sie zogen auch nicht ihre Schwerter. Also waren sie nicht hinter ihnen her. Erleichtert wischte sich Ben das Wasser aus dem Haar.

»Ich hätte wirklich nicht gedacht, dass das Netz nicht bis zum Grund reicht«, sagte Aiphyron schnaufend.

»Und du bist trotzdem getaucht?«

»Ich dachte, zur Not zerreiß ich es.«

»Ja, es ist immer gut, einen wohldurchdachten Ersatzplan zu haben«, lachte Ben. Dann atmete er tief durch. Es war echt knapp gewesen, sie hatten noch mal Glück gehabt. Er strich über den heilenden Flügelansatz und berührte dann Yankos Glücksgroschen, den er noch immer um den Hals trug. Egal, wer von beiden ihnen hier durchgeholfen hatte, er war ihm zutiefst dankbar.

VERRAT

Seit Yanko auf der Karte die Todesklippe im Sippa entdeckt hatte, träumte er jede Nacht davon, immer in Variationen. Dabei stürzte Ben jedes Mal den Wasserfall hinab und zerschellte viele, viele Schritt tiefer auf einem Felsen. Mal stürzte er schwimmend über die Kante, mal auf einem alten Türblatt, das er als Floß benutzt hatte, und mal sogar auf einem großen goldenen Fisch mit Sattel und Zaumzeug, der Ben getragen hatte, im Sturz jedoch hilflos mit seinen kleinen Flossen schlug und rief: »Ach, hätt ich nur zwei Flügelein.«

Yanko stand stets am Fuß des gigantischen Wasserfalls, hörte den Schrei seines Freundes über das Tosen des Wassers hinweg und sah ihn auf dem kantigen grauen Felsen aufschlagen. Nie konnte er ihn auffangen, nie ihn retten, und immer starrten ihn Bens tote Augen danach an.

Am Morgen erwachte Yanko nun stets mit dem Gefühl, seinen Freund in den Tod geschickt zu haben. Gerade einmal drei Tage lag der Mord an Ritter Narfried nun zurück, doch es waren furchtbar lange Tage und die schlimmsten in Yankos bisherigem Leben gewesen.

In Trollfurt kamen immer mehr Menschen zu dem Schluss, dass Ben eigentlich viel zu klein und schmächtig war, um einen so erfahrenen Kämpen zu töten. Doch nur Yanko beharrte weiterhin darauf, dass dies dafür sprach, dass Ben es eben nicht getan hatte. Andere kamen zu dem Schluss, dass Ben also entweder Anführer einer ganzen Mörderbande sein musste, die sich in den Bergen versteckt hielt, oder dass er seine Seele Samoth verschrieben und den Ritter mit dunkler Magie überlistet und ermordet hatte. Es ging das Gerücht, der Junge wäre nachts auf dem Friedhof gesehen worden, und er hätte tote Tiere mit sich herumgeschleppt.

»Das tun andere Jungs doch auch«, wandte manch Nüchterner in den Wirtshäusern ein.

»Ja, aber die Lauser spielen doch nur. Sind eben Rabauken. Aber Ben, das ist ein Mörder, da muss man aufpassen«, erwiderten die einen, und andere beharrten darauf, dass sich ihre Kinder nachts nicht auf dem Friedhof herumtrieben, sondern artig im Bett lagen.

So oder so, wer es vermochte, einen Drachenritter zu töten, sei es mit Hilfe von dunkler Zauberei oder mit Hilfe von Mordgesellen, der konnte natürlich jeden einfachen Bürger mit Leichtigkeit ins Jenseits befördern. Plötzlich ging in Trollfurt die Angst vor Ben um, zumal sich viele erinnerten, ihn irgendwann beschimpft oder schief angesehen zu haben, ihm also hinreichend Grund für Rachegelüste geliefert hatten. Bei Ritter Narfried hatte es schließlich auch nicht mehr gebraucht.

Kaum jemand trat mehr unbewaffnet auf die Straße, eine Frau, die sich bei der Nachbarin Mehl für das Abendessen leihen ging, steckte dafür das größte Küchenmesser ein, oft schliff sie es eigens dafür. Die Büttel erhielten Unterstützung von Yirkhenbarg, der die kräftigsten seiner Arbeiter als Hilfsbüttel zur Verfügung stellte; solange in der Mine noch nicht geschürft wurde, sei dies doch selbstverständlich, sagte er, die Männer hätten ohnehin nicht viel zu tun. Und als neue Mitglieder der Stadtgemeinschaft stünden er und seine Leute ja in der Pflicht, ihre Verbundenheit mit Trollfurt unter Beweis zu stellen.

Yirkhenbarg selbst ritt auf seinem Drachen in die Berge,

um Ben zu jagen, und seine Beliebtheit bei den eingesessenen Bürgern stieg weiter – schneller, als das für einen frisch Hergezogenen möglich erschien.

Yankos Beliebtheit dagegen sank rapide, da er sich immer noch weigerte, an Bens Schuld zu glauben. Kaum noch jemand außer Byasso wollte mit ihm sprechen, es sei denn, um ihm zu sagen, dass er krank im Kopf sei und sich gefälligst wieder einfügen solle. Doch sein Trotz war schon immer ausgeprägter gewesen als seine Fügsamkeit.

Byasso sprach meist dann mit ihm, wenn sie allein waren und niemand es sehen konnte. Als Sohn des Bürgermeisters trug er auch Verantwortung für den Ruf seines Vaters, und Yanko konnte ihm ja nicht ständig sagen, er sei zu feige, mit ihm zu reden, um so ein Gespräch zu erzwingen. Auch wenn es stimmte.

Hellwahs Tempel war in diesen Tagen oft besucht, und auch der Tempel der anderen Götter. Dieser war ein verschachtelter, verwinkelter Bau aus unterschiedlichsten Steinen, in dem zahlreiche Götter einen Schrein oder Altar hatten, der zu ihnen passte. Ein silberner Halbmond hing hoch im schmalen Alkoven, der Aphra geweiht war, und ein im Boden versenktes Becken mit Flusswasser harrte der Männer und Frauen, die zum Dherrn sprechen wollten.

Selbst Samoth war im hintersten Winkel eine verhangene schwarze Ecke geweiht, doch hier hatte Yanko bislang erst einmal eine Magd knien sehen. Eine verzweifelte, heulende Frau, die ihren Herrn verflucht hatte, weil dieser sie in Schande vor die Tür gesetzt hatte. Mit schriller Stimme hatte sie alles Unheil in Samoths Namen auf ihn herabbeschworen, hatte sich flehend, keifend und schluchzend auf dem kalten Steinboden gewunden, bis sie von mehreren Bürgern aus dem Tempel gezerrt worden war. Halb nackt war sie mit frisch geschnittenen Weidenruten aus der Stadt gejagt worden, Kinder hatten sie bis weit vor die Tore verfolgt, denn wann durften sie schon einmal ungestraft einen Erwachsenen peitschen?

Wer sonst einen anderen verfluchen wollte, tat dies meist leise und im Schutz der Nacht, um nicht gesehen zu werden. Doch jetzt erblickte Yanko jeden Tag jemanden, der mit grimmiger Miene vor Samoths schwerem schwarzem Vorhang kniete und Ben alles Schlechte, Krankheiten, Verletzungen und Unheil an den Hals wünschte. Yanko bat Hellwah, all diese Flüche von seinem Freund abzuwenden.

Am dritten Tag nach dem Mord stand nach der Schule plötzlich Nica vor Yanko, die bislang kaum je mit ihm geredet hatte, und raunte ihm zu: »Komm in einer Stunde zu den Schleierfällen. Bitte.«

Yanko war so überrumpelt, dass er nichts zu erwidern wusste. Er starrte sie einfach nur an.

Ihre großen Augen blickten ihn flehend an.

»Ach, du bist so ein Idiot, Yanko«, rief sie dann laut aus, damit die Umstehenden es hören konnten. Dabei sah sie ihn jedoch noch einmal bittend an. Dann warf sie die Hände in die Luft und lief kopfschüttelnd zu ihren Freundinnen, mit denen sie die Straße hinablief, ohne sich noch einmal umzudrehen.

Yanko sah ihnen nach, wie sie tuschelten und die Köpfe schüttelten. Dann rempelte ihn jemand von hinten gegen die Schulter und motzte: »Geh doch aus dem Weg, moderndes Rattenvieh! Oder willst du hier für deinen sauberen Freund Ben und seine Mörderbande herumspionieren? Vaterstadtsverräter, wie?«

Doch auch jetzt fiel ihm nichts Schlagfertiges ein, und so wurde er herumgeschubst, ohne vorher in den Genuss gekommen zu sein, jemanden zu beleidigen. Das gehörte seit drei Tagen zum Schulschluss dazu: Wer Tadel oder Züchtigung durch den Schulmeister stumm hatte ertragen müssen, der konnte seinen Ärger an Yanko auslassen, ohne von anderen daran gehindert zu werden, auch nicht von Yankos alten Freunden. Schließlich war in ihren Augen ja auch er der Verräter. Und da meist mehr als ein Junge über den Schultag hinweg getadelt und gezüchtigt wurde, sah sich Yanko jedes Mal einer Überzahl gegenüber. Stumm ertrug er die Prügel, denn das ging immer in ein paar Minuten vorbei, und keiner von ihnen schlug auch nur annähernd so fest zu wie sein Vater. Als Sohn eines Schmieds war man abgehärtet.

Also rappelte er sich auch heute wieder von der Straße auf, nachdem die anderen sich verzogen hatten, spuckte Blut und Rotz aus und fügte ihre Namen in Gedanken auf seine Racheliste hinzu. Keinen würde er vergessen, nicht einen. Gegen einen allein konnte er verlieren, wer ihn im ritterlichen Zweikampf besiegte, dem war er nicht gram. Das gehörte eben dazu. Wer jedoch feige in der Gruppe auf ihn eintrat, der musste dafür bezahlen. Irgendwann.

Die Hände in den Taschen und den Kopf vollgestopft mit Gedanken an fürchterliche, blutige Rachetaten, schlenderte er aus der Stadt und zu den Schleierfällen. Dort setzte er sich ans Ufer, den Rücken an eine alte Zitronenweide gelehnt, und wartete.

Der Wasserfall rief seine Albträume in ihm wach, mehrmals bildete er sich einen Schemen ein, der vor der glitzernden Wand aus Tropfen hinabstürzte, und er dachte: *Ben!* Verdammt, es ließ ihm einfach keine Ruhe, dass er seinen Freund den Sippa entlanggeschickt hatte. »Todesklippe«, murmelte er, und dann: »Entschuldige.« Als würde das helfen, einen solchen Sturz zu überleben.

Yanko sah nicht weiter auf die Schleierfälle, sondern starrte einfach auf die dunkle, feuchte Erde zu seinen Füßen und malte sich lieber aus, wie er zahlreiche Jungen verdrosch, einen nach dem anderen. Wenn er erst Bens Unschuld bewiesen hatte, müssten sie sich alle bei ihm entschuldigen, jeder Einzelne. Auf dem Marktplatz würden sie Schlange stehen, und er würde sie einen nach dem anderen in einem Kampfring erwarten und jedem von ihnen eine blutige Nase verpassen, während die Mädchen draußen applaudierten und ihm zujubelten. Völlig erschöpft würde er …

»Hallo, Yanko«, sagte da vorsichtig eine Mädchenstimme vor ihm, und er sah auf. Es war Nica, und sie war allein gekommen.

»Hallo«, antwortete er und stand auf. Sie blickten einander an, und Yanko bemerkte zum ersten Mal, wie unglaublich schön ihre dunklen Augen waren. Fast schwarz waren sie, und doch schienen sie hell zu strahlen. Ben musste sich in diese Augen verliebt haben, auch wenn er es tausendmal bestritten hatte. Schnell und verschämt löste Yanko den Blick und irrte mit ihm über Nicas schmales, ebenmäßiges Gesicht. Dabei kam er zu dem Schluss, dass nicht nur ihre Augen schön waren. Sie war sichtlich aufgewühlt und wirkte ganz und gar nicht mädchenhaft. Das gefiel ihm, und sicher hätte auch Ben das gefallen.

»Bist du wirklich überzeugt, dass Ben unschuldig ist?«, fragte sie ganz direkt. Die Frage brach förmlich aus ihr heraus, als hätte sie schon lange in ihr gebrodelt.

»Ja«, sagte Yanko etwas enttäuscht, weil das doch wirklich

bekannt war. Er würde sich doch nicht täglich verprügeln lassen, wenn er nicht überzeugt wäre. Was dachte sie sich denn? Beinahe gleichgültig erwartete er die übliche Beschimpfung, doch diese blieb aus.

»Bist du sicher?«

»Ganz sicher. Ben würde nie jemanden ermorden.« Und weil Nica ihn daraufhin nur ansah und nicht widersprach, fragte er: »Warum fragst du? Inzwischen weiß doch jeder, was ich denke, auch wenn es keinen interessiert.«

»Ich will wissen, wer den Ritter ermordet hat. Ich muss es einfach wissen.«

Yanko nickte und fragte wieder: »Warum?«

»Ich muss einfach.« Sie blickte zu Boden und biss sich verschämt auf die Lippen. »Ich glaube nicht, dass Ben ein schlechter Mensch ist, und schon gar nicht der Anführer einer Mörderbande oder ein Samothanbeter. Es wäre einfach schön, wenn er sich nicht mehr verstecken müsste und man den wirklichen Mörder fasst.«

Yanko starrte sie an. Ihre Wangen röteten sich leicht, während sie seinen Blick plötzlich mied. Hatte sie sich etwa in Ben verliebt, ohne dass irgendwer es bemerkt hatte? Das war doch unmöglich. Sie konnte doch jeden haben, ganz bestimmt jedenfalls eine bessere Partie, dachte Yanko kurz, aber dann fragte er sich, wer denn in diesem verfluchten Trollfurt eine bessere Partie wäre. Er hatte seine Zeit ja auch lieber mit Ben verbracht als mit den anderen Jungen aus all den respektablen Familien. »Dann lass uns doch gemeinsam den Mörder suchen.«

Sie sah wieder auf und lächelte Yanko schüchtern an. Die Flecken auf ihren Wangen verblassten langsam. »Du würdest mir helfen?«

»Ähm, ja klar. Wobei ich das ja andersherum sehe: Ich bin froh, dass du mir hilfst.«

Jetzt lächelten sie beide, und Yanko fühlte sich nicht mehr allein. Nica konnte einfach nicht Sidhys Schwester sein, dafür war sie viel zu freundlich. Freundlich, aber nicht brav, immerhin wollte sie mit ihm auf Mörderjagd gehen.

»Wie wollen wir also vorgehen?«, fragte er, um nicht länger über Nica nachdenken zu müssen.

»Als Erstes musst du aufhören, Ben zu verteidigen«, verlangte Nica, ohne ihr Lächeln zu verlieren.

»Was? Niemals!«, spuckte Yanko aus. »Was soll denn der schimmlige Vorschlag? Genau das wollen wir doch! Ben verteidigen!«

»Genau das wollen wir, ja. Aber es ist Ben doch nicht geholfen, wenn keiner mehr mit dir redet. So erfährst du doch von niemandem etwas. Wir müssen listig vorgehen, nicht mit lautem Getöse.«

»Hm«, brummte Yanko und unterdrückte mühsam den nächsten Protest. *Listig vorgehen,* das klang zwar vernünftig, doch es war falsch, seinen Freund zu verleugnen. Das konnte einfach nicht richtig sein.

»Schau mal«, erklärte Nica. »Sobald alle in Trollfurt Ben verdächtigen, fühlt sich der Mörder sicher. Weiß er aber, dass du noch nach ihm suchst, geht er dir aus dem Weg und ist auf der Hut. Auf die Weise können wir nichts herausfinden. Wenn er sich sicher fühlt, macht er vielleicht einen Fehler.«

»Hm«, brummte Yanko noch einmal, aber das klang wirklich vernünftig, und sein Brummen weniger abweisend. Dennoch ärgerte er sich, dass er nicht selbst darauf gekommen war, sondern ein hübsches Mädchen ihm zu einem solchen Gedanken verhelfen musste. Schließlich war er der listigste

Junge der Stadt. »Na gut. Dann verteidige ich Ben ab jetzt nicht mehr. Und was machen wir stattdessen? Wir können doch nicht einfach auf einen Fehler des Mörders warten.«

»Wir reden mit der Jungfrau Ivallya. Vielleicht kann sie einen Verdächtigen benennen. Wir wissen schließlich nicht, ob der Ritter nicht schon Feinde in der Stadt hatte, bevor er hergekommen ist. Doch sollte das so sein, weiß sie das möglicherweise.«

Das gefiel Yanko. Sie würden aber erst mit ihr sprechen, wenn er sich gegen Ben gewandt hatte, vorher wollte Nica verständlicherweise nicht mit ihm gesehen werden. Das gäbe nur Tratsch und viel zu viel Ärger mit ihrer Mutter, die genau wusste, was sich für ein junges Mädchen schickte und was nicht.

»Danke«, sagte sie noch einmal und lächelte zum Abschied. Dann lief sie durch die Bäume davon, und Yanko blickte ihr nach, bis ihre wehenden blonden Haare und das letzte Stückchen ihres roten Kleids verschwunden waren. Sein Herz klopfte, und er sagte sich, dass dies daran lag, dass er nun eine Verbündete besaß und einen Plan.

Seinen Freund zu verleugnen, gefiel ihm zwar nicht, aber wenn es der Sache diente, musste es eben sein. Dabei war er nicht besonders traurig, dass der Plan ihm die täglichen Prügel ersparte, ohne dass er sich für feige halten musste. Lächelnd folgte er ihr, um daheim den geläuterten Sohn zu spielen.

ÜBER DIE TODESKLIPPE

Der Wald am Ufer wurde nun immer dichter und düsterer, die Wipfel ragten höher in den Himmel als am Tag zuvor, und in den fröhlichen Gesang der Vögel mischte sich immer öfter ein lautes, hartes Krächzen. Hinzu kamen die Schreie von Tieren, die Ben noch nie vernommen hatte, ein hohes, zitterndes Trällern ebenso wie ein tiefes Brüllen oder ein stotterndes, hallendes Meckern, das in etwa so klang, wie er sich das böse Lachen eines Höhlenalbs immer vorgestellt hatte.

Der Wald wurde langsam unheimlich, und Ben gefiel der Gedanke nicht, am Abend irgendwo an Land zu gehen, um zu übernachten. Langsam beunruhigte ihn das Unbekannte vor ihnen mehr als die Verfolger im Rücken. Wenn sie nachts einfach im Fluss blieben und weiterschwammen, würden sie nicht so viel sehen, aber was machte das schon? Das fragte er auch Aiphyron. Er sagte ihm jedoch nicht, dass ihm der Wald nicht geheuer war, sondern dass er gern schneller vorankäme.

»Im Dunkeln hätten wir das Netz nicht gesehen. Außerdem muss ich auch mal schlafen«, erwiderte der Drache, und damit war es entschieden. Ben blieb nur die Hoffnung, dass der Wald wieder freundlicher werden würde.

Aiphyrons Flügel war inzwischen ein gutes Stück gewachsen. Ben konnte seine Fähigkeit zu heilen nun nicht mehr in Frage stellen, der Beweis war zu eindeutig. Der Flügelstumpen hatte inzwischen die Länge von Bens Arm, und Aiphyron kreiste ihn immer wieder, um sich zu vergewissern, dass der Flügel nicht nur wuchs, sondern sich auch wieder richtig bewegen ließ.

»Du wirst ein großer Mann werden«, sagte der Drache feierlich. »Ach was, du bist ein großer Mann.«

Ben wehrte ab, ihm war sein überraschendes Können trotz allem noch unheimlich. Aber ein großer Mann zu werden, gefiel ihm. Dann könnte er heimkehren und Nicas Liebe gewinnen. Als großer Mann war das leichter als als verstoßener, gejagter Junge.

Er war jedoch nicht sicher, ob auch Menschen ihn einen großen Mann nennen würden, nur weil er Drachen ihre Flügel zurückgeben konnte, oder ob sie ihn nicht eher für einen verfluchten Diener Samoths halten würden. Um Menschen zu beeindrucken, musste er auch Menschen heilen. Deshalb schnitt er sich mit Yankos Messer in den Unterarm, um seine Kräfte auch an einem Menschen auszuprobieren, aber es klappte nicht. Als er die Hand auf die offene Wunde legte, sickerte das Blut durch seine Finger und tropfte in den Fluss.

»Das hätte ich dir vorher sagen können«, brummte Aiphyron. »Dafür hättest du nicht die Hände von meinem Flügel nehmen müssen.«

»Du hast aber auch gesagt, Drachenflüsterer heilen mit ihrer Stimme.« Ben hatte es einfach versuchen müssen. Und dann fragte er etwas, das ihn schon eine Weile beschäftigte: »Die Ordensritter behaupten ja, mit den Flügeln nehme man auch Samoths Fluch von den Drachen. Aber du sagst, das sei Unsinn, und Fliegen das Schönste auf der Welt. Warum aber bleiben dann die Drachen bei den Menschen, die ihnen die Flügel abgehackt haben? Warum gehen sie nicht fort oder rächen sich?«

»Ich weiß es nicht«, antwortete Aiphyron bedächtig. »Vielleicht sind sie gebrochen. Ich glaube nicht, dass ich ohne Flügel noch ich selbst wäre, vielleicht ist man dann kein Drache mehr. Meinen einen Flügel zu verlieren, war schrecklich, und damit meine ich nicht die Schmerzen. Ich habe mich stumpf gefühlt, innen ganz hohl und leer und dunkel. Als würde ich nie wieder glücklich sein, nie wieder irgendetwas tun wollen. Ich habe mir gesagt, ich muss gegen die Leere in mir vorgehen, aber ich wusste nicht, was ich tun sollte, ich wollte, dass es mir jemand sagt, doch es war nur der tote Ritter da. Meine Schulter war nichts weiter als ein schmerzender Klumpen, mein Flügel totes Fleisch. Ich weiß nicht, wie lange ich auf der Lichtung gekauert und meine Wunde geleckt habe. Bis du aufgetaucht bist, das hat mich aus meiner Lethargie gerissen. Deine alberne Schlitterpartie hat mich aus der Leere geholt, auch wenn ich noch nicht lachen konnte. Plötzlich kehrte die Wut auf den Ritter zurück, und als du mir den Splitter aus der Wunde gezogen hast, ist deine Berührung in mich gefahren wie eine Welle aus Leben. Das hat mir Hoffnung gegeben. Genug Hoffnung, um mit dir in den Fluss zu springen und mit der Strömung zu schwimmen. Ich weiß nicht, was ein Drache fühlt, der beide Flügel verloren hat. Vielleicht ist ihm dann alles egal, und ihm fehlt jegliche Kraft für eigene Entscheidungen.«

Ben nickte. Er dachte an Feuerschuppe, der sich über das Schweigegebot hinweggesetzt hatte, als seine Flügel angefangen hatten zu wachsen, und alles ergab einen Sinn. Als Yirkhenbarg gegen ihn gekämpft hatte, hatte er geschwiegen. Da hatte er den einen Flügelansatz schon wieder verloren, und die Bediensteten waren in der Nähe gewesen. Er hatte gefaucht und sich gewehrt, aber er hatte keine Kraft gehabt, selbst anzugreifen. Nur kurz hatte er an der Freiheit geschnuppert, dann war er wieder in den flügellosen Gehorsam gezwungen worden. Ben glaubte nicht, dass Yirkhenbarg es aus Bosheit getan hatte, schließlich war er ja nicht Sidhy. Jeder glaubte, dass Samoths Fluch in den Flügeln steckte. Doch Feuerschuppe war es wahrscheinlich egal, ob er aus Bosheit oder Unwissenheit seine Freiheit verloren hatte. Es war nicht richtig, den Drachen ihre Flügel abzuschlagen, dessen war sich Ben in diesem Moment sicher.

»Ich weiß jetzt, was wir tun, wenn dein Flügel wieder heil ist«, sagte er. »Wir überzeugen den Orden der Drachenritter, dass sie einen Fehler machen, wenn sie euch jagen und verstümmeln.«

»Und wie willst du das anstellen?«

»Wir sagen ihnen die Wahrheit.« Das schien Ben das Einfachste, immerhin könnte Aiphyron mit seiner Anwesenheit bezeugen, dass er kein Menschenfresser war, und so allen die Angst vor Drachen nehmen.

»Und wenn sie nicht an der Wahrheit interessiert sind? Wenn ihnen ihre Macht viel wichtiger ist? Denn wenn Drachen keine Bedrohung mehr sind und nicht mehr befreit werden müssen, ist der Orden überflüssig.«

»So ist das eben. Als in Trollfurt die Mine geschlossen wurde, mussten die Arbeiter auch weiterziehen oder sich einen neuen Beruf suchen. Das kann doch passieren«, erklärte Ben. »Vor allem lebt es sich doch für alle besser ohne Bedrohung. Wenn ihre Aufgaben überflüssig sind, dann müssen sich die Ritter eben eine andere suchen. Die finden schon was.«

»Das ist leider ein wenig zu einfach gedacht für Politik.« Aiphyron sah ihn traurig an.

»Politik? Ist das jetzt auch wieder Politik? Verschimmelter Rattenschwanz noch mal, warum geht es immer um Politik!«, maulte Ben. »Diese elende Politik, die versteh ich einfach nicht.«

»Wer sagt denn, dass es immer um Politik geht?«

»Byasso. Und er hat recht.« Ben fluchte noch einmal. »Na gut, dann machen wir es eben anders. Ohne Politik. Dann reden wir eben nicht mit den Rittern. Wir befreien einfach alle flügellosen Drachen und bringen sie irgendwo in die Wälder oder Berge, und dort lass ich ihre Flügel wieder nachwachsen.«

»Weißt du, wie lange das dauert?«, fragte der Drache, doch er lächelte dabei, als würde ihm der Plan gefallen.

»Keine Ahnung, das hier ist doch mein erster Flügel. Aber wir können ja einfach einmal anfangen, dann sehen wir's schon. Wir haben doch sonst nichts zu tun, oder? Und gesucht werden wir ohnehin.«

Aiphyron nickte. »Wie ich schon gesagt habe: Aus dir wird ein großer Mann.«

Nach einer Weile nahm der Fluss an Fahrt auf, und in der Ferne war ein Rauschen zu hören. Erst kaum vernehmbar, legte es sich dann immer deutlicher über die Rufe der Tiere des Waldes.

»Ich glaube, da vorn kommt ein Wasserfall«, brummte Aiphyron und paddelte in Richtung Ufer. »Das ist viel lauter als alle Stromschnellen bisher.«

»Scheint so.« Sehen konnte Ben jedoch nichts, da sich der Fluss vor ihnen nach links schlängelte.

»Wir sollten außen herumgehen. Ich glaube nicht, dass ich uns da gesund durchschwimmen kann.«

Als sie das Ufer erreichten, schauten sie sich um. Niemand war zu sehen. Schon den ganzen Tag über war ihnen nicht ein einziger Mensch begegnet; sie hatten nur die Schreie der fremden Tiere gehört. Langsam stiegen sie an Land, und Aiphyron schüttelte sich das Wasser aus dem Flügel, indem er ihn ausbreitete und damit schlug, als wolle er abheben. Der Windstoß brachte Ben fast aus dem Gleichgewicht, er taumelte zwei Schritte zurück und stand wieder im Fluss. Der Drache grinste.

»Aufgeblasene Fledermaus«, warf Ben ihm an den Kopf, was anderes fiel ihm nicht ein. Er war gut im Beleidigen von Menschen, für Drachen hatte er sich über die letzten Jahre hinweg nichts einfallen lassen müssen.

»Schuppenloser Stumpen«, konterte Aiphyron.

»Rieseneidechse!«

»Bodenwinzling!«

»Wolkenkopf!«

Aiphyron knurrte und schlug mit seiner Klaue über Ben ins Laub. »Hab dich, Feuerschlange!«

Ben sprang zur Seite und starrte auf Aiphyrons Klaue. Der Drache hielt eine gut drei Schritt lange, rote Schlange mit breitem Maul umklammert und blaffte sie an. »Gib's zu! Du zündelst doch in der Nacht! Du bist eine Feuerschlange, oder?«

Die Schlange zischte und wand sich in Aiphyrons Klaue, aber sie sagte nichts. Ben stellte sich direkt neben den Drachen und ließ den Blick hektisch über die Bäume schweifen – nicht, dass dort noch weitere Schlangen lauerten. Die eine sah giftig aus.

»Willst es wohl nicht sagen, was? Na, das haben wir gleich.« Aiphyron hielt den Kopf der Schlange in den Fluss. Kein Rauch stieg auf, es zischte nicht, nur die Schlange zuckte wild. Er holte sie wieder aus dem Wasser. »Hm. Bist also wohl doch keine. Warum schaust du dann so aus? Hm? Was hast du davon? Außer Ärger.«

Die Schlange riss ihr Maul auf, aber sie sagte natürlich auch jetzt nichts. Ben ebenso wenig. Er fragte sich nur, ob das irgendwann aufhörte, diese seltsamen Beschuldigungen irgendwelcher roten Tiere. Vielleicht, wenn Aiphyron wieder zwei Flügel hatte.

»Mundfauler Kriecher«, brummte der Drache und warf die Schlange flussaufwärts zwischen die Bäume. »Dann verzieh dich. Und komm uns bloß nicht nach!«

Ben hoffte, dass die Schlange auch wirklich gehorchte. Fürs Erste verschwand sie zumindest im dichten Grün.

»Dann wollen wir mal«, sagte Aiphyron, als wäre nichts gewesen, und sie stapften am Fluss entlang.

Sie sprachen kaum ein Wort, alle Aufmerksamkeit galt dem Weg, den sie sich selbst bahnen mussten. Sie wollten nicht von irgendeinem Tier überrascht werden, vor allem Ben nicht. Nicht, nachdem er die Schlange gesehen hatte. Im Gegensatz zum Wasserfall konnte man sie nicht hören, das war viel gefährlicher.

Das Rauschen des Wasserfalls wurde hingegen immer lauter, bald übertönte es das raschelnde Laub und die Vögel in den Baumkronen, Bens Schritte und schließlich auch Aiphyrons schwere Tapser. Sie erreichten die Biegung des Sippa, die sie vom Wasser aus gesehen hatten, und gleich danach stürzte sich der Fluss über eine riesige Klippe in die Tiefe. Sie standen am Rand eines Plateaus, das abrupt in einer Steilwand endete. Bestimmt hundert Schritt unter ihnen führten Fluss und Wald weiter. Im Licht der Sonne strahlten die unterschiedlichsten Grüntöne, und der Fluss schäumte sternenweiß und floss dann träge glitzernd zwischen dem Grün davon.

»Und jetzt?«, fragte Aiphyron.

»Klettern wir hinunter.«

»Und dann?«

»Dann folgen wir weiter dem Sippa. Was sollen wir sonst tun?«

»Glaubst du, wir werden noch verfolgt?«, hielt ihm der Drache entgegen. »Also hier im Wald und nicht irgendwo anders?«

»Ich weiß nicht. Spielt das eine Rolle?«

»Ich glaube, kein Drachenritter folgt uns diesen Abhang hinab, selbst wenn sie bis hierher kommen sollten. Und nicht mal das glaube ich.« Aiphyron deutete mit einem Nicken in die Ferne. »Da unten ist nichts als Wald. Meinst du, wir finden dort irgendwo einen Drachen, den wir befreien können? Überhaupt irgendeine menschliche Siedlung?«

Ben schüttelte den Kopf. Bis zum Horizont erstreckte sich der Wald, weit und endlos. Von hier oben war nichts zu erkennen als ein grünes Meer aus Wipfeln. Nicht einmal eine Schneise für den Dherrn war auszumachen, der sich ja irgendwann mit dem Sippa vereinen sollte. Wo hatte Yanko ihn da nur hingeschickt?

»Ja, aber was dann? Wir können doch auch nicht einfach hierbleiben. Irgendwann müssen wir sowieso weiter.«

»Das schon.« Aiphyron grinste breit. »Aber was hältst du davon, wenn wir damit warten, bis mein Flügel nachgewachsen ist? Dann trage ich dich in ein paar Stunden aus dem Wald heraus. Was soll ich mich vorher mit dieser ganzen Paddelei abmühen?«

Ben starrte den Drachen an und nickte. Daran hatte er überhaupt noch nicht gedacht. Er kümmerte sich zwar den ganzen Tag um diesen Flügel, aber was das letztlich bedeutete, das hatte er ausgeblendet. Vielleicht, weil er noch nie geflogen war, vielleicht, weil er sich schon so mit der ständigen Flucht auf dem Fluss abgefunden hatte, dass er sie als gegeben hingenommen hatte. Auf jeden Fall hieß das, es war noch ein weiter Weg bis zum großen Mann, denn ein großer Mann hätte das sicher nicht übersehen.

Noch einmal strich er Aiphyron über den Flügelstumpen, dann machten sie sich an den Abstieg.

Ben war viel in den Bergen gewesen, und Aiphyrons Klauen waren kräftig und verschafften ihm leicht Halt, trotz seiner Größe. Sie kamen gut voran, im Fels fanden sich zahlreiche Vorsprünge, Ritzen und auch kleinere Büsche, die ihre Wurzeln fest in kleinen Höhlungen vergraben hatten. Immer wieder schielte Ben zum Wasserfall hinüber. Dessen Glitzern in der Sonne begeisterte ihn und erinnerte ihn an die Schleierfälle daheim. Nur war der hier viel höher und auch wuchtiger, das Wasser bildete eine dichte Wand, keinen schimmernden Schleier aus Rinnsalen und Tropfen.

Als sie etwa auf der Mitte der Steilwand waren, fiel Ben plötzlich etwas ein. Vor Begeisterung hätte er fast an einem schmalen Vorsprung vorbeigetreten. »In den alten Sagen befinden sich Höhlenverstecke unter solchen Wasserfällen! Lass uns nachsehen! Wäre doch gelacht, wenn wir da unten keine Höhle finden.«

»Verflucht!«, schnaubte Aiphyron. Ein Felsen löste sich unter seiner rechten Hinterklaue und stürzte in die Tiefe. »Verfluchter Ritter! Drachen klettern nicht, Drachen fliegen!«

»Ja, aber die Höhle?«, fragte Ben, während Aiphyron seine Klaue auf einen stabilen Felsen setzte.

»Meinetwegen, schauen wir nach der Höhle. Aber denk daran, deine Sagen behaupten auch, man müsse Drachen die

Flügel abhacken, um sie zu befreien, und meine behaupten, du würdest zum Heilen flüstern. Wunder dich also nicht, wenn du hinter dem Wasserfall gar nichts findest, oder vielleicht den Brutplatz eines komischen pferdegroßen Menschenfresserfroschs, der dort mit seiner giftigen, klebrigen Zunge auf kleine Jungs lauert, die sich zu viele alte Sagen angehört haben.«

»Und wo sollen die ganzen Jungs in dieser verlassenen Gegend herkommen?«, lachte Ben. »Wenn du dir schon eine komische Geschichte ausdenkst, dann sollte die glaubwürdiger klingen.«

»Hab ich mir nicht ausgedacht«, brummte Aiphyron missmutig. »Hab ich irgendwo gehört.«

»Dann musst du eben geschickter klauen, großer Geschichtendieb«, knirschte Ben, während er sich über eine Felskante hangelte und seine Füße kurzfristig beide in der Luft schwebten.

»Und was ist mit dir? Du hast die Höhle unter dem Wasserfall doch auch nur aus alten Sagen, oder? Das … Matschiges Ritterhirn noch mal!« Wieder löste sich ein Fels unter Aiphyron und polterte hinab. »Kein Wort mehr! Ich muss mich konzentrieren.«

Ben sah dem Felsen nach, der ein gutes Stück unter ihnen krachend durchs Laub brach, und nickte stumm. Natürlich wollte er nicht, dass der Drache hinabstürzte, denn er zweifelte ernsthaft, ob er das heilen könnte. Schweigend kletterte er weiter und erreichte schließlich sicher den Boden.

»Erster!«, schrie Ben und rannte in Richtung Wasserfall, während Aiphyron noch sieben oder acht Schritt hoch in der Felswand hing.

»Ha!«, hörte Ben ihn schreien, und dann durchbrach etwas

Schweres die tieferen Baumkronen und schlug hart auf den Boden. »Ich krieg dich noch!«

Ohne sich umzudrehen, rannte Ben zum Sippa hinüber, riss sich dabei das Hemd über den Kopf und hechtete ins Wasser. Mit schnellen Kraulzügen schwamm er direkt zur Felswand und an ihr entlang auf den Wasserfall zu, an dieser Stelle war die Strömung nicht so stark. Fast hatte er sein Ziel erreicht, da tat es hinter ihm einen riesigen Platscher, und eine Welle trug ihn schneller voran, spülte ihn fast von allein bis an den Wasserfall. Dort wühlte sich das Wasser in die Tiefe, bildete Strömungen und Strudel, doch Ben fand den richtigen Weg an ihnen vorbei und tauchte tief unten an der Felswand entlang.

Als er wieder auftauchte, befand er sich tatsächlich in einer Höhle. Dort, wo sich der Sippa tief in den Boden gegraben hatte, stand sie unter Wasser, ein paar Schritt tiefer im Inneren erhob sich der Boden über den Wasserspiegel, und ein trockener Gang führte unter das Plateau hinein. Wie weit, konnte Ben nicht sagen, seine Augen gewöhnten sich erst langsam an die Dunkelheit. Am Eingang konnte er die Höhlendecke nur erahnen, und auch weiter hinten schien der Gang höher zu sein als der Hellwahtempel in Trollfurt.

Lachend stapfte Ben an Land, die Hose triefte und hing schwer an seinen Beinen. »Was hab ich dir gesagt? Eine Höhle!«

In diesem Moment schnallte etwas Langes, Glitschiges heran und schlug ihm gegen den nackten Oberkörper. Es blieb an ihm kleben und zerrte ihn nach rechts. Er stolperte, stemmte sich dagegen, und das Ding rutschte von seiner nassen Haut. Ben sprang zurück, griff nach seinem Messer und stierte in den Schatten zwischen zwei Felsen, aus dem das Ding gekommen war.

Was war das gewesen?

Er erkannte ein riesiges runzliges Etwas mit zwei großen gelben Augen. Er sah aber nicht, wo der Felsen aufhörte und dieses Etwas begann. Ohne den Blick abzuwenden, zog er sich weiter zurück. Bestimmt schon ein Dutzend Schritt Entfernung hatte er zwischen sich und die gelb glimmenden Augen gebracht.

Wo aber blieb Aiphyron?

Plötzlich hopste das Etwas aus seinem Versteck. Mit aufgerissenem Maul landete es direkt vor Ben. Das konnte doch nicht wahr sein, es war tatsächlich ein riesiger Frosch! Nur war er viel größer als jedes Pferd, sein Maul war breit genug, dass er Ben quer mit einem Happs verschlingen konnte, ohne dass Ben den Kopf einziehen musste. Unverwandt starrte der Frosch Ben an, und Geifer sabberte aus seinem Maul. Seine grüngraue Haut war mit Warzen und alten Narben übersät.

Ben riss den Dolch aus der Scheide und sprang zur Seite. Nach links, obwohl rechts das Wasser toste. Er dachte nicht nach, er wollte einfach nur weg. Und schnitt sich so selbst den Fluchtweg ab.

»Aiphyron!«, brüllte er, doch der Sippa schluckte alle Geräusche.

Der Frosch schleuderte seine Zunge nach Ben, und jetzt wusste er, was ihn vorhin getroffen hatte. Schmatzend wickelte sie sich um seinen Bauch und blieb haften. Beim ersten Angriff hatte sie schon einige Tropfen von Bens Haut geleckt, andere waren bei seinem Rückzug zu Boden geronnen, und je trockener die Haut war, desto besser klebte die Zunge. Der Frosch zog, Ben stemmte die Füße in den Boden. Scharfe Steinkanten schnitten in die Hornhaut seiner Sohlen. Die Zunge, doppelt so breit wie seine Hand, zerrte mit furchtbarer Kraft, und Ben strauchelte Ruck für Ruck auf das gierig geöffnete Maul zu.

»Aiphyron!« Mit einem verzweifelten Aufschrei stieß er den Dolch in die Zunge. Bis zum Heft drang er hinein, dann lockerte sich der Griff der Zunge, sie schnellte zurück und riss ihm die Klinge aus der Hand. Mit einem letzten Schnalzen versetzte sie Ben in eine Drehbewegung wie die Schnur einen Kinderkreisel, sein Arm wurde dagegen ein Stück mit dem Dolch mitgezogen, bevor sich die Finger lösten, und so verlor er nicht nur die Waffe, sondern auch das Gleichgewicht. Während der Frosch ein durchdringendes schrilles Kreischen ertönen ließ, stürzte Ben auf die verdrehten Knie, die linke Schulter und das Ohr. Das Kreischen wurde lauter, als die Zunge mit der offenen Klinge im Maul des Froschs verschwand. Es hallte von den Wänden wider und betäubte Bens Ohren; aus dem Donnern des Wasserfalls wurde ein gedämpftes Rauschen. Ben drückte sich mit den Armen nach oben, ein Stechen durchfuhr sein rechtes Knie, so dass er wieder einknickte. Nein, das durfte nicht sein!

Hoch, er musste hoch!

Mühsam stemmte er sich auf die Knie, hinter dem Frosch tauchte ein zweiter Schatten auf. *Nein, nicht noch einer,* dachte Ben verzweifelt. Er wollte nicht sterben! Er musste es bis zum Wasser schaffen, hinaustauchen ins Licht, zu Aiphyron.

»Aiphyron!« Noch immer dröhnten ihm die Ohren, seine Stimme erschien ihm schrecklich dünn und hilflos.

Dem Frosch hing die Zunge seitlich aus dem Maul, sein Blick bohrte sich tief in Bens, und trotz des dämmrigen Lichts sah er sie vor Schmerz und Wut brennen. Keuchend drückte er sich von den Knien hoch und lauerte auf den nächsten Angriff der Zunge, doch diesmal sprang der ganze Frosch auf ihn zu. Noch hatte sich Ben nicht ganz aufgerichtet, aus der Hocke konnte er nicht forthechten. Der massige Körper flog auf ihn zu, würde ihn zerquetschen. Instinktiv warf Ben die Arme hoch, doch wie sollten die ihn schützen?

Da fegte der zweite Schatten heran und stieß den Frosch aus seiner Flugbahn.

»Aiphyron!«

Der Drache hatte sich in den Frosch gekrallt und wälzte sich mit ihm über den Boden. Sein Schwanz peitschte hin und her, das Maul stieß immer wieder vor und schnappte zu. Anders als bei all den angeblichen Feuertieren schlug Aiphyron richtig zu, und Ben sah, wie ungeheuer viel Kraft in dem Drachen steckte. Tief gruben sich die Krallen und Zähne ins Fleisch seines Gegners. Tief und blitzschnell. Nur kurz zappelte der gigantische Frosch mit seinen kräftigen Beinen und peitschte vergeblich mit der Zunge, doch bevor er recht wusste, wie ihm geschah, war er besiegt. Schnaubend stieg Aiphyron von dem toten Untier.

Ben hatte sich nicht bewegt, er stand einfach da und zitterte.

»Alles in Ordnung?«, fragte Aiphyron und sah ihn an.

»Ja«, murmelte Ben und ließ alle Luft aus seiner Lunge weichen. Er hatte überhaupt nicht gemerkt, dass er den Atem angehalten hatte. »Aber was war das?«

»Ein Riesenfrosch?«

Und dann schrie Ben plötzlich los. »Ein Riesenfrosch! Genau! Und ich dachte, du machst Witze! Warum lässt du mich hier allein reinlaufen, wenn du weißt, dass das da hier lauert! Das da! Ich könnte tot sein!«

»Ja aber …«

»Was aber?«, schrie Ben weiter, der keine Lust hatte, Aiphyron ausreden zu lassen. »Ein verdreckter Riesenfrosch! Woher hätte ich denn wissen sollen, dass du das ernst meinst? Sag mir das mal! Und sag jetzt nicht: Hab ich mal wo gehört, die Geschichte!«

»Aber genau so war's! Ich hab die Geschichte vor ewigen Zeiten mal gehört. Woher sollte ich denn noch wissen, dass es genau dieser Wasserfall hier war? Das war ein blöder Zufall!«

»Zufall? So einen Zufall gibt's doch gar nicht, das ist doch Unsinn! Das ist bescheuert!« Ben rannte auf den Drachen zu und schlug mit der Faust in seine Seite. »Ich hätte tot sein können!«

»Aber du bist es doch nicht«, versuchte der Drache ihn zu beruhigen und legte seine Klaue ganz sanft auf Bens Schulter.

Ben ging in die Knie und begann zu weinen. »Ich hätte tot sein können …«

Aiphyron schwieg und wartete.

Nach einer Weile stieß Ben die Klaue von sich und stapfte zu dem Frosch hinüber. Er nahm seinen Dolch an sich und trat dem toten Vieh den Fuß in die Seite. »Verfluchter Kinderfresser!«

Noch einmal trat er zu und noch einmal. Dann wischte er sich den Rotz von der Nase und sagte: »Danke.«

Ganz langsam beruhigte er sich wieder, und ihn packte die Freude, überlebt zu haben. Er beschimpfte den Frosch, schüttelte den Kopf über diesen selten dämlichen Zufall mit der übereinstimmenden Höhle und alberte schließlich mit Aiphyron herum: »Was hättest du denn auf meinen Grabstein geschrieben, wenn du einen Augenblick später gekommen wärst? *Hier ruht Ben. Er sollte ein großer Mann werden, doch dann fraß ihn ein Frosch?* Das wäre sicher sehr ehrfurchtgebietend, alle Welt würde herbeipilgern und über diese große Tragödie trauern.«

»Auf den Grabstein schreiben, ja. Davon habe ich gehört, ich weiß nur nicht, weshalb ihr so etwas tut«, sagte Aiphyron mit einem Flügelzucken.

»Das macht man, um sich an die Toten zu erinnern«, erklärte Ben knapp. Ihm fiel es immer schwer, dem Drachen solche Selbstverständlichkeiten nahezubringen.

»Dafür nehmt ihr Steine? Interessant«, brummte Aiphyron. »Wir erinnern uns mit unserem Gedächtnis und reden über sie.«

Ben starrte Aiphyron an und wusste einen Moment nicht, was er darauf erwidern sollte.

»Aber meinetwegen schreibe ich auf deinen Grabstein«, stimmte Aiphyron doch noch zu. »Aber was viel wichtiger ist: Lieder würden gesungen werden an allen Höfen und in allen Hinterhöfen.«

»So ist es!«, rief Ben, und dann dichteten sie gemeinsam ein paar holprige Verse:

Einst lebte Ben, ein großer Mann,
Der konnte, was sonst keiner kann,
Er flüstert' Drachen ruckzuck heil,
Doch für den Frosch hätt er ein Beil
wohl besser bei sich sollen tragen,
denn ohne Waff', was soll ich sagen,
Stirbt wehrlos er im Untiermagen.

Lachend schafften sie den Frosch hinaus und ließen ihn den Sippa hinuntertreiben, essen wollten sie ihn nicht. Ben warf ihm noch ein paar Steine hinterher und grunzte zufrieden, wenn er traf. Sie fingen sich ein paar Fische, sammelten Früchte und Beeren und aßen in der tief stehenden Sonne ein

Stück flussabwärts, wo das Tosen des herabstürzenden Sippa nicht so laut war. Später wollten sie die Höhle erkunden.

Und dann geschah es schon wieder: Aiphyron beschimpfte den ersten der gefangenen Fische als Feuerfisch, knurrte ihn an, wollte ein Geständnis, und als er wieder keines bekam, ließ er ihn schließlich frei.

»He!«, rief Ben. »Was soll das? Das war unser Abendessen!«

»Ich esse keinen Feuerfisch.«

»Aber … ich dachte, es wäre keiner? Du hast ihn doch freigelassen?«

Der Drache starrte ihn an und brummte: »Schon. Aber man kann trotzdem nie wissen. Vielleicht habe ich mich ja geirrt.« Dann fing er ihnen drei dicke Fische mit silbern schimmernden Schuppen, von denen er zwei sofort selbst verputzte.

Während Ben den dritten Fisch ausnahm, um ihn mit Aiphyron zu teilen, schob er sich immer wieder einen Brocken des glasigen Fleischs in den Mund und beobachtete den Drachen. Was hatte er nur immer mit diesen Feuerwesen? Konnte er ihn darauf ansprechen, ohne dass es wieder losging? Ben war einfach zu neugierig, um es zu lassen.

»Sag mal, Aiphyron«, fragte er also wie beiläufig. »Seit wann bist du hinter diesen Feuerwesen eigentlich her?«

»Seit meiner Geburt.«

»Und deine Eltern? Haben die da nie etwas gesagt?«

»Eltern? Welche Eltern? Drachen haben keine Eltern. Ich habe dir doch gesagt, dass es bei uns keine Generationen gibt.«

Ben hatte während der letzten zwei Jahre zwar auch allein gelebt, und wenn seine Mutter mal wieder besoffen herumgekeift und seinen Vater, an den er sich nicht erinnerte, wüst beschimpft hatte, dann hatte er sich oft genug gewünscht, keine Eltern zu haben, nie welche gehabt zu haben, ein Waise von Geburt an zu sein. Aber das war nur ein Wunsch gewesen, und ein unerfüllbarer dazu. Jeder hatte doch Eltern, jeder Mensch, jeder Troll, jedes Tier, jedes Wesen, nur bei Göttern war er sich nicht sicher. Aber Götter waren schließlich Götter. »Ja, aber dich muss doch eine Mutter geboren haben. Oder nicht?«

»Nein.« Aiphyron starrte ins Wasser.

»Aber woher kommst du dann?«

Der Drache brummte leise vor sich hin, den Kopf hob er nicht. Ben ließ ihn in Ruhe und wartete. Als er schon ungeduldig nachfragen wollte, antwortete Aiphyron doch noch. Seine Stimme klang zugleich rauer und sanfter als sonst. »Ich weiß nicht, woher ich komme. Ich erinnere mich an furchtbare Schmerzen, an lodernde Hitze, an das Gefühl von Nadelstichen bis in mein Innerstes. Das war, bevor ich mich bewegen konnte. Bevor ich etwas sehen konnte. Bevor ich richtig geboren war. Als ich schließlich die Augen öffnete, lag ich auf einer Ebene aus Asche. Verkohlte Überreste von nicht mehr erkennbaren Dingen, vielleicht auch Tieren und Pflanzen, lagen verstreut herum, eine Brise wirbelte die Asche hin und her. Weißer Staub, der die Sicht behinderte wie Nebel und mir Augen, Nüstern und Maul verklebte. Ich bin in irgendeine Richtung losgetappst, und als ich die Flügel ausbreiten konnte, habe ich mich in die Luft erhoben. Das war weit im Westen von hier, noch über dem Meer. Ich weiß nicht, aus was ich geschlüpft bin, ich weiß nur, dass es kurz vor meiner Geburt vom Feuer gefressen wurde, die Flammen haben mich zu früh herausgebrannt. Nur weiß ich nicht, woraus. Ich habe die wirkliche Farbe meiner Schuppen erst gesehen, als ich im Regen geflogen bin und die Tropfen das stumpfe

Grau der Asche herausgewaschen hatten. Davor wusste ich nicht, wie blau meine Schuppen sind.«

»So blau wie der Himmel«, sagte Ben, weil Aiphyron wieder schwieg.

»Ja, wie der Himmel. Doch haben sie seine Farbe, weil ich unter freiem Himmel die Augen aufschlug, oder stammt die Farbe von etwas anderem?« Jetzt sah der Drache Ben an. »Weißt du, unsere Schuppenfarbe hat mit unserer Herkunft zu tun. Ich mag Bäume, mag den Wald, vielleicht bin ich im Stamm eines Baums herangewachsen, doch welcher Baum hat schon eine blaue Rinde?«

»Mit bläulicher Rinde gibt es schon ein paar.«

»Das stimmt. Vielleicht ist ihre Färbung auch eine Mischung aus der Rinde, der Asche und dem Himmel. Wer weiß das schon?«

»Aber nicht alle Drachen wachsen in Bäumen?«, vergewisserte sich Ben.

»Nein. Ein jeder wächst da, wo es seine Bestimmung ist. In Bäumen, im Boden, selbst in einem ewig vereisten Teich hoch im Gebirge wuchs schon einer von uns heran. Seine Schuppen sind seltsam milchig-durchsichtig und glitzern hell in der Sonne. Ferner kenne ich einen, der stammt aus der Mauer einer lange verlassenen Ruine. Er ist aus dem unbehauenen Grundstein geschlüpft und nicht viel größer als meine Klaue. Ein kleiner grauer Bursche, auf den man sich verlassen kann.«

»Und was ist mit den Wolken? Können Drachen auch in Wolken wachsen? Das würde doch passen, wenn ihr das Fliegen so liebt.«

»Nein«, lachte Aiphyron. »Nein. Wir wachsen langsam, manche von uns sehr, sehr langsam. Die Wolke hätte sich längst leer geregnet, bevor sich ein einziger Knochen gebildet hätte. Aber wer weiß, vielleicht gibt es irgendwo einen wolkengeborenen Drachen, ich habe nur noch nie davon gehört. Und das Fliegen lieben wir vielleicht gerade deshalb, weil wir nicht in der Höhe geboren werden. Weil wir damit unsere Herkunft und alles hinter uns lassen können. Und weil es einfach unvergleichlich schön ist.«

Ben sah plötzlich eine Welt vor sich, in der überall Drachen wuchsen. Irgendwo verborgen, wo es kein Mensch erwartete. Vielleicht saß er in diesem Moment gerade auf einem herum. Es war wie mit der Magie, die auch überall in der Welt verteilt war und sich schließlich irgendwie eine Form gab. Er dachte an die Holzfäller zurück und fragte Aiphyron, was passieren würde, wenn jemand einen Baum fällt, in dem ein Drache heranwuchs.

»Dann hört er auf zu wachsen und wird nie lebendig. Doch das ist selten. Wer einen solchen Baum sieht, findet ihn schön und lebendig, er will ihn nicht umhacken. Er wird erst alle anderen Bäume um den herum fällen, bevor er Hand an diesen einen legt. Das ist eine Art Zauber, der uns schützt. Ich weiß nur von einem einzigen Herrscher im fernen Südosten, der wollte einst ein Verlies in einem Tal errichten, das einen wachsenden Drachen beherbergte. Seine Berater, die ihm sonst nie widersprachen, schlugen ihm andere Orte vor, das Tal sei zu schön und friedlich, doch der Herrscher war ihren Vorschlägen gegenüber so unempfänglich wie dem Zauber der Schönheit und beharrte auf seiner Wahl. Eben weil es so friedlich sei, würden die unterirdischen Kerker dort viel furchteinflößender wirken, und mehr Furcht unter den Bauern hieße mehr Macht und Ehrfurcht für ihn. Also ließ er seine Untergebenen graben. Diese schimpften und fluchten vor sich hin, sie fühlten, dass sie das Falsche taten. Doch Peitsche und Furcht vor dem neuen Verlies ließen sie knirschend gehorchen – bis sie auf riesige Knochen in der Erde stießen. Ein Drache mit gut zwanzig Schritt Körperlänge wuchs dort heran. Noch hatte sich kein Fleisch auf den Knochen gebildet, keine Schuppen. Das schlechte Gefühl der Untergebenen wuchs, sie hielten die Knochen für ein schlimmes Omen und eine letzte Warnung. Mit einem Mal verwandelte sich ihre Furcht in Zorn. Mit Hacken und Schaufeln bewaffnet stürzten sie sich auf den Herrscher, als dieser die Baustelle besichtigte, und erschlugen ihn. Sie schoben die Tat einem furchtbaren Drachendämon in die Schuhe und schütteten die Löcher wieder zu. Für den ungeborenen Drachen war es zu spät, doch das Tal behielt seinen Zauber, und es ist noch heute, Jahrhunderte später, wunderschön und voll lebendig sprießender Pflanzen.«

»Woher weißt du, dass die Geschichte stimmt? Wenn das alles schon so lange her ist, ist es doch bestimmt nur eine alte Sage.«

»Nun, ich habe ja auch schon ein paar Jahre auf dem Buckel.« Aiphyron grinste. »Aber ich weiß nicht, ob all das tatsächlich stimmt, ich habe die zornigen Arbeiter und die Knochen nicht selbst gesehen. Ich kenne nur das Tal, und das ist wirklich außergewöhnlich schön.«

»Ja, und warum wachst ihr Drachen überhaupt einfach so?«

»Das wissen selbst wir nicht. Es gibt Leute, die sagen, dass die Orte, an denen wir wachsen, nicht durch einen Schutzzauber so schön werden, sondern dass sie einfach so schön sind, dass sie eine Seele entwickeln. Und aus dieser Seele entsteht ein Drache. Andere sagen, dass sich die Götter, nachdem ihre Schöpfung beendet war, die Hände wuschen und sie trockenschüttelten. Die Tropfen, die von ihren Händen fielen, steckten noch voller Schöpferkraft, voller Drang, zu etwas heranzuwachsen. Sie versanken in der Erde und in Pflanzen, und irgendwann wuchsen aus ihnen Drachen. Wieder andere sagen, der kindische Gott Bashntog hat die Drachen einfach versteckt, um damit die anderen Götter zu überraschen. Es gibt zahlreiche Mythen, aber niemand weiß es genau.«

»Und du weißt es auch nicht?«

Aiphyron schüttelte den Kopf.

»Und …?« Es gab so viele Fragen, die Ben durch den Kopf wirbelten, er wusste gar nicht, welche er zuerst stellen sollte. Allmählich setzte die Dämmerung ein, es war eine gute Zeit für Geschichten.

»Später«, sagte Aiphyron dennoch. »Lass uns erst mal die Höhle erkunden. Das möchte ich gern erledigen, bevor ich allzu müde bin. Wir wissen ja nicht, wie groß sie ist. Und wenn sie wirklich Brutstätte für den Riesenfrosch war, erwarten uns vielleicht noch andere hungrige Mäuler, von denen ich mich ungern im Schlaf überraschen lasse.«

Ben nickte, der Drache hatte recht. Sie erhoben sich und schlenderten am Sippa-Ufer zurück. Ben suchte den Fluss im Laufen nach gigantischen Kaulquappen ab und hob unterwegs drei dicke, armlange Prügel aus trockenem Holz auf.

»Ich weiß nicht, ob du damit einen Riesenfrosch beeindruckst«, sagte Aiphyron. »Wie willst du überhaupt mit drei Keulen zugleich zuschlagen? Dir ist doch bewusst, dass du nur zwei Arme hast?«

»Damit schlag ich nicht zu, das sind Fackeln.«

»Fackeln? Kommt nicht in Frage! Kein Feuer, wir machen kein Feuer!« Aiphyron war stehen geblieben und schnaubte ihn aus nächster Nähe an.

»Ohne Fackeln sehe ich nichts«, sagte Ben.

»Nichts? So richtig gar nichts? Das kann doch nicht sein.«

»Doch. In so einer Höhle ist es stockfinster!«

»Hm.« Der Drache runzelte die Stirn, was mit all den Schuppen sehr seltsam aussah. »Und sonst? Kannst du nicht hören oder riechen?«

»Was soll ich können?« Ben schüttelte den Kopf. »Wie soll ich denn Stolpersteine riechen oder einen plötzlichen Abgrund hören? Wenn du vor mir reinfällst, ja, aber sonst?«

»Ich dachte … Irgendwer konnte das, ich weiß nur nicht mehr, wer.« Aiphyron musterte ihn missmutig. »Du brauchst bestimmt eine Fackel?«

Ben nickte.

»Na gut. Aber zünd da drin nichts an«, knurrte der Drache und stapfte weiter. »Feuer ist gefährlich, damit spielt man nicht.«

»Was soll ich denn anzünden?«, murmelte Ben leise vor sich hin. »Der hat sie doch nicht mehr alle. Felsen anzünden, oder was? Natürlich, die brennen ja auch wie Zunder, großer vorsichtiger Drache, alle heizen den ganzen Winter über mit Felsen.«

Am Wasserfall nahm ihm Aiphyron die Fackeln ab und umschloss sie mit seiner Klaue. So schaffte er sie trocken bis in die Höhle. Auch hier entdeckte Ben keine schwimmenden Riesenkaulquappen.

Drinnen wollte er sich nach trockenem Feuerstein umsehen, doch Aiphyron räusperte sich laut und schob dann den ersten Prügel tief in seinen Rachen. Er drehte ihn ein paarmal und drückte ihn dann Ben in die Hand. Irgendetwas Dunkles, Harziges klebte am oberen Ende.

»Halt mal.«

»Was ist das?«, fragte Ben und wollte daran riechen.

»Halt mal, hab ich gesagt. Und nicht an die Nase, sondern weg vom Körper.«

Ben zog eine Grimasse, gehorchte jedoch.

Aiphyron hustete ganz leicht, und eine kleine Flamme schoss aus seinem Maul. Hell loderte das obere Ende von Bens Fackel auf.

»Heiliger Hühnerfurz!«, fluchte er bewundernd. »Ich dachte, du kannst kein Feuer spucken!«

»Hab ich nie gesagt«, brummte der Drache. »Ich mag es nur nicht.«

Die Fackel leuchtete besser als jede von Menschenhand geschaffene, die Ben je gesehen hatte. Ihr Schein war leicht bläulich und reichte hinauf bis an die Höhlendecke hoch über ihnen. Ben ging umher und leuchtete den weiträumigen Bereich hinter dem Wasserfall gründlich aus, um nur ja nichts und niemanden zu übersehen. Dann stiegen sie tiefer unter das Plateau.

Von der Höhle zweigten nur kurze, kleine Stollen ab, deren Ende Ben immer schnell und mühelos erreichte, wenn er es nicht sogar schon vom Hauptgang her sehen konnte. Dieser blieb stets hoch und breit genug, so dass Aiphyron und er bequem nebeneinander vorankamen.

Drei große Säle durchwanderten sie, der hinterste und größte durchmaß sicher siebzig Schritte und war beinahe halb so hoch. An seiner Decke und auf dem Boden wuchsen hier und da helle Tropfsteine, in den meisten von ihnen erkannte Ben Gesichter. Eine besonders hässliche Fratze nannte er Sidhy und trat mit dem Fuß dagegen.

Doch weder stießen sie auf weitere Riesenfrösche oder andere Untiere, noch entdeckten sie die Knochen der in der Sage angeblich gefressenen Kinder. Die Höhle gefiel ihnen, und so beschlossen sie hierzubleiben, bis Aiphyron wieder fliegen konnte. Die Tage würden sie draußen verbringen, bei Nacht und Regen versprach die Höhle ihnen Schutz. Sie suchten sich einen schönen Schlafplatz im hinteren Bereich, wo das Tosen des Wasserfalls kaum noch zu hören war, und Ben holte sich Laub und Gras von draußen, um den Felsboden ein wenig zu polstern.

Wieder schlief Aiphyron als Erster ein. Während seine regelmäßigen Atemzüge durch die Dunkelheit drangen, tauchte immer wieder der geifernde Riesenfrosch vor Bens geistigem Auge auf. Er spürte das Klatschen der klebrigen Zunge auf seiner Haut und sah die fiesen gelben Augen. Er zwang seine Gedanken nach Trollfurt, zu Nica, und mit ihr gelang es ihm, den Riesenfrosch zu verdrängen und endlich in einen tiefen, ruhigen Schlaf zu fallen.

UNGEWOLLT

Seit Yanko kleinlaut, aber deutlich und mehrmals zugegeben hatte, dass er sich wohl geirrt habe und Ben doch der Mörder sein musste, hatte man ihn wieder in die Trollfurter Gemeinschaft aufgenommen. Dass er trotz seiner Läuterung nicht an kaltblütigen Mord, sondern Totschlag in hitzigem Zorn zu glauben schien, ließ man ihm durchgehen, schließlich waren abweichende Meinungen das Vorrecht der Jugend, sofern sie nicht zu sehr abwichen. Das Wichtigste war, dass er Bens Schuld nun öffentlich anerkannte.

Auch wenn Yanko jetzt wieder mit den anderen Jungen lachte und sprach und herumzog, seine Rachegedanken hatte er noch nicht aufgegeben. Keinen einzigen Namen hatte er von der Liste gestrichen.

Er gebärdete sich so geläutert und beinahe schon unterwürfig, dass selbst Sidhy ihn zum Schulterknubbelrubbeln einlud. Dass Yanko ihn neulich angegriffen hatte, hatte dieser inzwischen gönnerhaft verziehen; immerhin war er ja als Sieger aus dem Kampf hervorgegangen, und Yanko hatte sich endlich untergeordnet. Sidhy stolzierte durch die Straßen, als wäre er der König der Trollfurter Jungen. Innerlich knirschte Yanko mit den Zähnen, doch nach außen lächelte er und nahm die Einladung an, weil er hoffte, dass auch Nica da sein würde. Seit ihrem Treffen an den Schleierfällen bekam er sie nicht mehr aus dem Kopf, sie war die Einzige, die wusste, was er wirklich dachte, immerhin war es ihre Idee gewesen.

In der Schule lächelte sie ihn an und sprach auch mal zwei,

drei Sätze mit ihm, doch nicht viel mehr, um nicht aufzufallen. Jedes Mal schlug sein Herz schneller. Es half nichts, dass er es ihm verbot, weil doch sein bester Freund Ben Nica liebte und er sie ihm nicht wegnehmen wollte.

Dann fragte er sich: Wieso wegnehmen? Ben hatte Nica doch nie besessen, sie wusste nicht einmal von seiner Zuneigung. Und hatte Ben diese Zuneigung nicht sogar selbst bestritten? Es gab also keinen Grund, darauf Rücksicht zu nehmen, vielleicht irrte sich Yanko ja auch, und Ben empfand tatsächlich nichts für sie. Außerdem würde Ben wahrscheinlich nie zurückkehren. Nica würde sich irgendwann in einen Jungen aus Trollfurt verlieben und sich mit ihm im Geheimen treffen, um sich fern fremder Blicke und elterlicher Überwachung zu küssen und zu berühren. Warum sollte dieser Auserwählte nicht er selbst sein?

Er wäre Ben nicht in die Quere gekommen, wenn dieser weiterhin in oder bei Trollfurt wohnen würde, das tat man unter Freunden nicht, doch wenn er nicht zurückkehrte, war das etwas anderes.

»Und warum kehrt er nicht zurück?«, fragte er sich lautlos und starrte aus dem Fenster auf die weißen Berggipfel, während der Schulmeister einfache Rechenmethoden für die Jüngeren erklärte. »Weil du ihn den Sippa hinunter zur Todesklippe geschickt hast.« Das waren mehr als genug Schuldgefühle wegen Ben, zusätzliche konnte er sich nicht aufladen.

Während dort draußen die Männer nach Ben suchten, nahm sich Yanko vor, endlich mit der wirklichen Mördersuche zu beginnen. Er war wieder ein Teil der Gemeinschaft, so wie Nica es für wichtig erachtet hatte. Zudem nahm er sich vor, sich dabei in die Jungfrau Ivallya zu verlieben. Sie war schön und nur wenige Jahre älter als er, das würde schon gehen. Dann müsste er nicht mehr den ganzen Schultag lang zu Nica hinüberstarren, und er täte Ben außerdem kein Unrecht. Das war ein guter Plan. Und er stand so lange felsenfest, bis Nica von ihrem Platz zu ihm herüberlinste und lächelte.

Als sich ihre Blicke das nächste Mal fanden, nickte er ihr auffordernd zu, und sie nickte wissend zurück. So zumindest empfand er es. Und tatsächlich hatte sie ihn verstanden, denn nach der Schule kam sie zu ihm und fragte, ob sie ihn nach Hause begleiten dürfe, sie wolle sich die Schmiedearbeiten seines Vaters ansehen, sie brauche nämlich ein Geburtstagsgeschenk für ihren eigenen.

»Sicher«, sagte Yanko möglichst gleichgültig, und sie versprach ihren Freundinnen, nachher noch auf ein Pläuschchen zum Marktplatz zu kommen, doch der Geburtstag ihres Vaters ginge leider vor. Dabei machte sie ein unglückliches Gesicht. »Er wird vierzig, da kann es kein kleines Geschenk sein. Das könnte also dauern, Väter sind ja schwierig zu beschenken.«

Ihre Freundinnen nickten.

»Letztes Jahr habe ich meinem kleinen Bruder einen Sack flacher Steine geschenkt, weil er die so gern springen lässt, aber er hat mich angemotzt, ich hätte überhaupt keine Ahnung. Nur mir sagen, was ich falsch gemacht hatte, wollte er nicht«, beschwerte sich eine.

Yanko sagte ihr nicht, dass es eben darauf ankam, den Stein selbst zu finden, den man springen ließ. Das Springen selbst war doch nur die halbe Sache. Murmelsteine hätte sie ihm dagegen schenken können, die konnte man beim Spiel ja auch gewinnen, da kam es nur darauf an, dass sie schön rund waren. Aber wenn er jetzt nicht den Mund hielt, würden sie ihn den ganzen Nachmittag ausfragen, und er käme nie allein mit Nica weg. Also wartete er, bis jedes der Mädchen ein verunglücktes Geschenk beschrieben hatte und sich Nica endlich verabschieden konnte.

»Tut mir leid«, sagte sie schließlich, als sie als Letzte den Schulhof verließen.

»Das sollte es auch.« Er zwinkerte ihr zu, und nebeneinander gingen sie die Straße hinab. Ganz ohne Eile, und manchmal berührten sich ihre Schultern zufällig. Sie sprachen über alles Mögliche, bis sie die Schmiede betraten. Yankos Vater war heute wieder in den Bergen und suchte nach Ben. Wie fast jeder Handwerker arbeitete er inzwischen jeden zweiten Tag, an den anderen half er bei der Mördersuche.

»Ich denke, wir sollten heute zur Jungfrau Ivallya gehen«, erklärte Nica, als Yanko die Tür hinter ihnen geschlossen hatte. Seine Mutter war irgendwo im Wohnhaus, er war derjenige, der sich nach der Schule um die Schmiede kümmerte. Außer ihnen war niemand in der geräumigen Werkstatt, in der Esse glomm die nie verlöschende Glut von Faystos Feuer, die sein Vater vor vielen Jahren mit dem Segen des Feuergottes aus dem heiligen Vulkan Arknon geholt hatte, um auch Blausilber schmieden zu können. Die Luft über der Esse flimmerte und roch nach den schweren Harzen, die im Tempel der anderen Götter feiertags verbrannt wurden. Das Werkzeug hing aufgeräumt an der Wand, nur der Schmiedehammer stand neben dem Amboss auf dem Boden, und eine lange Zange lag herum.

»Ja, das sollten wir möglichst schnell tun«, stimmte Yanko zu. Hier mit Nica allein zu sein, machte ihn beklommen. Sie hatte sich auf einen Arbeitsschemel gesetzt und sah ihn mit diesen Augen an, die ihn zugleich unendlich glücklich machten und ihm Schuldgefühle verschafften. Alles, was er im Moment wollte, war, sie zu küssen und ihr helles Haar, ihr Gesicht, alles zu berühren. Aber sie war nicht deshalb hergekommen, und er durfte auch nicht, er wollte nicht einmal daran denken. Und wollte doch. Um diesem ganzen Durcheinander in ihm Herr zu werden, sagte er schnell, dass die Jungfrau ja noch immer beim Bürgermeister wohne, was Byasso jeden Tag in der Schule erwähnte, und das sei gar nicht weit von hier.

»Gut. Aber bevor wir gleich losstürzen, lass uns überlegen, was wir über den Mord wissen, was wir die Jungfrau fragen wollen. Nicht dass wir die Hälfte vergessen«, sagte Nica. »Also setz dich erst mal her.«

Yanko nahm auf dem kühlen Amboss Platz. Der war nah genug, dass sie einigermaßen leise miteinander reden konnten, doch zugleich auch fern genug, damit sie einander nicht zufällig berühren konnten. Er müsste sich weit vorbeugen und den Arm ausstrecken, um ihr Knie zu erreichen. Eine solche Entfernung erschien ihm sicher genug.

Lächelnd rückte Nica ihren Schemel näher. »Wir sollten aber nicht so laut reden, damit uns nicht zufällig jemand hört.«

Und sie sammelten ihr Wissen über den Mord ganz nahe beieinander, jedoch ohne sich zu berühren. Yanko krallte seine Hände an den Amboss, damit sie sich ja nicht selbstständig machten.

Da er nicht verriet, dass er Ben nach der Tat noch gesehen und ihm sogar zur Flucht verholfen hatte, trugen sie nicht viel mehr zusammen, als jeder in der Stadt wusste. Die Leiche war auf dem Bergpfad gefunden worden, ganz nahe bei Bens Höhle. Ben war betrunken gewesen, er hätte den Dolch leicht überall verlieren und jeder hätte ihn finden können. Der nächtliche Wächter des Bergtors hatte geschworen, dass er niemanden gesehen hatte, der die Stadt verlassen hatte – niemanden außer Ben. Keiner der vier Torwächter hatte irgendwen die Stadt verlassen sehen, nicht einmal den Ritter.

»Der Ritter ist sicher irgendwo über die Mauer gestiegen«, hatten die Torwächter gesagt. Jeder von ihnen hatte bestritten, getrunken oder geschlafen oder gar Damenbesuch empfangen zu haben. Mörder konnten sicher ebenso gut über die Mauer klettern wie Ritter, das half also nicht weiter, der Mörder konnte Narfried leicht gefolgt sein. Oder sie hatten die Stadt gemeinsam verlassen, weil Narfried ihm vertraut hatte.

»Aber was wollte der Ritter überhaupt nachts auf dem Berg? Warum stellt sich niemand diese Frage?«

»Die meisten sagen, Ben habe ihn rausgelockt«, antwortete Nica.

»Und wie?«

»Das sagen sie nicht. Ein Mörder wisse schon, wie man das macht, aber sie wären keine Mörder, da dürfe man sie nicht fragen.«

»Höhlenköpfiges Pack! Da hat ein toter Steinmolch doch mehr Hirn.«

Nica lachte. Vielleicht gab es keine Steinmolche, da, wo sie herkam.

»Ist doch wahr. Aber jetzt wissen wir noch immer nicht, was er da draußen wollte. Einen Mondspaziergang können wir wohl ausschließen. Vielleicht wollte er ja wirklich zu Ben und ohne Zeugen mit ihm reden. Oder der Mörder hat ihn mit irgendeiner erfundenen Geschichte rausgelockt. Oder er wollte unbemerkt zur Mine hoch.«

Nica sah ihn erschrocken an, die Mine gehörte ihrem Vater,

eine solche Verbindung war ihr sichtlich unangenehm. »Was sollte er da wollen?«

»Ich weiß es nicht. Ben und ich wollten da aber auch schon rein, als sie noch geschlossen war und ihr noch nicht hier.«

»Ja, aber ihr seid Jungs, und er … Meinst du, ein Ritter stromert nachts aus Spaß herum?«

»Warum nicht?« Yanko hatte nicht vor, mit dem Herumstromern aufzuhören, wenn er erwachsen war. Ohne wäre das Leben doch langweiliger. »Vielleicht wollte er auch einfach nur herausfinden, wie ergiebig die Mine noch ist, bevor er seinem Orden irgendwelche Abkommen mit Trollfurt vorschlägt?«

Das leuchtete Nica schon eher ein als das Herumstromern. Sollte dies tatsächlich seine Aufgabe gewesen sein, dann müsste Jungfrau Ivallya auch davon wissen. Sie machten sich also auf den Weg, und Yanko atmete auf, als sie auf die Straße traten und nichts weiter passiert war als eine versehentliche, flüchtige Berührung ihrer Hände, als sie beide zugleich nach der Türklinke gegriffen hatten.

Die Jungfrau Ivallya empfing sie in ihrem Gästezimmer in Dagwarts Haus. Sie wirkte abweisend und war gar nicht so schön, wie Yanko sie in Erinnerung gehabt hatte. Vielleicht hatte auch der Tod des Ritters und ihre Trauer sie verändert. Trotzdem versuchte Yanko, sich in sie zu verlieben, auch wenn er nicht wusste, wie man das machte.

Sie sprachen Ivallya ihr Beileid für den Verlust aus und sagten, wie gern sie den großen Mann näher kennengelernt hätten. Und sie hofften nachdrücklich, dass der Mörder bald gefunden werde.

»Danke«, sagte die Jungfrau mit einem ganz schmalen Lächeln. Ihre Züge wirkten nicht einfach traurig, sondern härter als bei ihrer Ankunft. Vielleicht aß sie auch nur zu wenig und war nun kantiger. »Aber deswegen seid ihr doch nicht hier, oder?«

»Nein«, gab Yanko vorsichtig zu. »Oder vielleicht doch. Wir würden gern bei der Mördersuche helfen.«

»Dann geht zu den Bütteln. Die organisieren die Suche nach diesem Jungen.« Sie klang kaum erfreut, das gab Yanko ein wenig Mut. Wenn sie die Suche nach Ben nicht ernst nahm, dann hatte sie vielleicht selbst einen anderen Verdächtigen.

»Wir wollen den richtigen Mörder finden.«

»Den richtigen Mörder?« Die Jungfrau musterte ihn plötzlich neugierig. »Du bist Yanko. Der Yanko. Du bist der Junge, der nicht an die Schuld dieses anderen glaubt. Ich hatte gehört, du hättest deine Meinung geändert.«

»Nun ja. Meine Meinung ist meine Meinung. Ich muss sie ja nicht immer laut hinausposaunen, manchmal ist es besser, die Leute einfach reden zu lassen.«

Ivallya nickte und wandte sich an Nica. »Und was glaubst du? Du heißt Nica, oder?«

»Ja. Ich weiß nicht, wer es war. Ich würde es aber gern herausfinden. Ben als Mörder kommt mir seltsam vor.«

Ivallya musterte sie beide. »Du bist Yirkhenbargs Tochter? Und du der Sohn des Schmieds? Was sagen eure Eltern denn dazu, dass ihr hier seid?«

»Die wissen nichts davon«, erwiderte Yanko. »Die wären wenig erfreut.«

Wieder nickte Ivallya. Langsam wurde ihr Gesicht freundlicher. Sie wollte wissen, warum Yanko dachte, dass Ben nicht der Täter war, und weshalb sie gerade zu ihr gekommen waren, der Fremden. Yanko erzählte von ihren Überlegungen, und Ivallya fand diese zwar sehr interessant, konnte ihnen aber nicht weiterhelfen. Sie wusste nur, dass Ritter Narfried hergekommen war, um Kontakt mit der Stadt aufzunehmen. In die Hintergründe und Absichten des Ordens wurde sie als Jungfrau nicht eingeweiht. Jungfrauen ließen sich in der Regel zwei, drei, vielleicht auch vier Jahre an Pfähle fesseln, dann heirateten sie meist – sie waren wegen ihrer Tapferkeit und erwiesenen Jungfräulichkeit begehrt – und verließen ihren Ritter. Wer nicht lebenslang dem Orden verpflichtet war, der wurde in nichts eingeweiht, schon gar nicht als Frau.

»Aber hat Narfried nichts erzählt? Er schien sehr redselig zu sein«, hakte Nica nach.

»Tut mir leid. Unterwegs war er immer stiller als in einem Gasthaus, und über seine Aufträge schwieg er stets. Es sei denn, es ging darum, einen Drachen zu fangen und zu befreien, das betraf mich ja auch. Doch meines Wissens waren wir nicht aufgrund von Drachensichtungen hier, sondern einfach, weil Trollfurt in Zukunft wieder an Bedeutung gewinnen wird.«

Yanko nickte. »Und was wollt Ihr jetzt tun?«

»Ich rede mit dem Bürgermeister darüber, wie willkommen eine Zusammenarbeit mit dem Orden ist. Aber da ich nur wenig Wissen und keine Entscheidungsbefugnis habe, sind das mehr oder weniger nette Plaudereien, um uns die Zeit zu vertreiben.«

»Und haltet Ihr Ben für den Mörder?«, fragte Yanko direkt und sah ihr unverwandt in die großen grünen Augen. Es war schwierig, sich in jemanden zu verlieben, den man mit *Ihr* ansprach.

»Es fällt mir schwer zu glauben, dass ein Junge einen erfahrenen Ritter besiegen kann, aber ich kenne diesen Ben ja nicht – ich weiß nicht, wie hinterhältig und stark er ist. Ich muss mich da auf die Aussagen der Leute hier verlassen, auf ihr Urteil. Das ist auch ein Prinzip des Ordens. Und es heißt, der Junge sei mit Samoth im Bunde, das könnte ihm unmenschliche Stärke verleihen.«

»Aber was glaubt Ihr selbst?«

»Ich weiß es wirklich nicht.« Sie lächelte bitter. »Ich habe immer gedacht, wenn Narfried stirbt, dann im Kampf gegen einen Drachen. Davor hatte ich Angst, natürlich. Mit einem Messerstich habe ich nie gerechnet.«

»Und weshalb seid Ihr noch hier?«, setzte Yanko seine Befragung fort. »Wollt Ihr Eurem Orden nicht vom Tod Narfrieds berichten?«

»Natürlich will ich das.« Jetzt verschwand ihr Lächeln ganz. »Aber alles zu seiner Zeit. Ich würde dem Orden sehr gern gleich den Mörder präsentieren. Oder von seiner Hinrichtung erzählen. Und solange der werte Bürgermeister so sehr seine Gastfreundschaft betont, so lange nehme ich sie gern in Anspruch.«

Sie wechselten noch ein paar Sätze, doch das Gespräch stockte schon bald. Ivallya wusste ihnen nicht zu helfen und bedauerte dies aufrichtig. Yanko schaffte es nicht, sich in sie zu verlieben, doch er verspürte kein Bedauern.

Sie verabschiedeten sich, und Yanko wollte noch mit Byasso sprechen, nur ganz kurz. Nica sagte, sie solle besser zu ihren Freundinnen, wenn sie nicht auffallen wolle, aber sie könnten sich ja später noch einmal treffen und das weitere Vorgehen beraten. Yanko nannte ihr ein kleines Haus auf der linken Dherrn-Seite, das nicht bewohnt war. Wie die meisten Häuser dort drüben. Noch waren nicht viele Minenarbeiter angekommen.

Yanko fand Byasso im Garten, wo er Gänse mit einer Schlinge an einem langen Seil einzufangen versuchte. Er erzählte, dass er gerade ein wenig mit der Jungfrau Ivallya geplaudert habe, sie sei ja recht selten in der Stadt unterwegs.

»Sieht gut aus, die Frau, was?« Byasso nickte begeistert vor sich hin.

»Das tut sie. Und darum frage ich mich, wie lange sie noch hierbleibt. Weißt du das?«

Byasso sah sich um und ging dann einen Schritt auf Yanko zu. Ganz leise raunte er: »Die geht erst, wenn Ben geschnappt ist. Vorher lässt sie hier keiner weg.«

»Es lässt sie keiner weg?« Er hatte also richtig gehört, dass die Jungfrau das Wort *Gastfreundschaft* so gehässig betont hatte.

»Natürlich nicht. Wenn der Orden von dem Mord erfährt und wir haben noch keinen Mörder, sind sie sicher wenig erfreut. Das belastet die frischen Beziehungen schrecklich, sagt mein Vater. Sie werden irgendwelche Leute herschicken, die im Notfall auch einen Unschuldigen packen, wenn Ben nicht aufzufinden ist. Der Mord an einem Ritter darf nicht ungesühnt bleiben, das kann der Orden nicht zulassen, das ist wichtig für sein Ansehen. Vielleicht suchen sie sich dann einfach den Täter, der ihnen in den Kram passt, oder wollen meinen Vater oder den obersten Büttel abgesetzt sehen, um eine Ordensmarionette auf diesen Posten zu bringen. So eine einfache Mordgeschichte kann zu furchtbarer Politik werden. Es ist besser, die Jungfrau kehrt nicht zu früh zurück. Aber sag das bloß nicht weiter.«

»Für wen hältst du mich?«

»Für meinen Freund.«

»Na also.«

Yanko ließ sich zeigen, wie man mit der Schlinge Gänse fangen konnte, und sie jagten noch eine Weile das Federvieh über den Hof. Dann verabschiedete er sich und schlenderte die Straße zum Dherrn hinunter und über die Brücke auf die andere Seite. Die ersten Häuser waren neu gestrichen, Fenster ausgewechselt, das linksdherrnige Viertel sah bewohnter aus als noch vor Wochen.

In Bens altem Haus wohnte niemand. Yanko sah sich um und warf dann rasch eine Scheibe ein. Das war für den nächsten Bewohner. »Verfluchter Dieb.«

Er lief zur Mauergasse, dort, wo die kleinen Häuser standen, für die sich kein neuer Arbeiter interessiert hatte. Diese würden für die Letzten bleiben, da war er sicher. Der Eingang des Häuschens, das er Nica genannt hatte, war zugewachsen und zeigte Richtung Stadtmauer. Niemand sah, wer hier ein und aus ging. Yanko huschte hinein. Seit er und Ben die Tür bei einem nächtlichen Streifzug aufgebrochen hatten, war sie nicht abgeschlossen.

Staub lag über den letzten Möbeln und auf dem Boden. Ein Herd, ein wackliger Tisch, zwei alte Stühle und ein morsches Bett, mehr hatten die Besitzer nicht zurückgelassen. Den hölzernen Badezuber hatten Ben und er damals entwendet und waren in ihm abwechselnd den Dherrn entlanggepaddelt, bis er auseinandergebrochen war. Yanko pustete den Staub von Tisch und Stühlen und wischte sie dann mit seinem Hemdsärmel ganz sauber. Nica sollte ihr schönes grünes Kleid nicht zu sehr beschmutzen. Das brächte ihr sicher daheim Ärger ein. Dann lief er auf und ab und sah jede Minute aus dem Fenster.

Es dauerte sicherlich eine Stunde, bis Nica schließlich kam, doch es kam ihm vor wie ein ganzes Jahr. Yanko hatte die Stühle so am Tisch platziert, dass genug Abstand zwischen ihnen war. Sie sah sich um und sagte: »Furchtbar klein als Haus, doch als Versteck sehr gemütlich. Das Bett ist leider schrecklich staubig.«

»Das Bett?«

»Auf der Matratze sitzt es sich viel bequemer als auf den harten Stühlen. Meine Mutter sagt immer, gerade Stuhllehnen sind gut für einen geraden Rücken, aber ich glaube, man kann auch ohne Lehne aufrecht sitzen. Und wenn es nicht damenhaft ist, umso besser.« Sie zerrte die mit Stroh gefüllte Matratze vom Bettgestell, um sie auszuklopfen, aber Yanko fiel ihr in die Arme.

»Lass mich«, sagte er. »Das staubt ziemlich, und das wäre schade um dein schönes Kleid.«

Sie lächelte und überließ ihm die Matratze. »Du findest mein Kleid also schön?«

Yanko wurde rot und schickte sie aus dem Zimmer, damit sie bei dem ganzen Geklopfe nicht vom Staub zugeregnet würde. Wenn sie sich daneben stellte, könne sie es ja auch gleich selbst machen. Nica ging bis zur Zimmertür und sah ihm von dort aus zu. Er hatte das Gefühl, alles, was er hier tat, war falsch, doch er klopfte weiter. Als die Matratze leidlich sauber war, schleppten sie sie aus dem Schlafzimmer in die große Wohnküche hinüber und legten sie dort auf den Boden.

Lächelnd nahm Nica Platz, klopfte einladend neben sich auf die Matratze und fragte, was Byasso erzählt hatte. Zögernd setzte sich Yanko ganz ans andere Ende der Matratze und wiederholte ihr Gespräch fast wörtlich.

»Er findet also, dass die Jungfrau Ivallya schön ist. Du auch?«, fragte Nica und erwischte Yanko damit auf dem falschen Fuß.

»Ja, schon«, stammelte er. »Aber nicht so schön wie …«

»Wie wer?« Sie sah ihn an, fragend und mit einem Lächeln und glühenden Augen.

Yankos Herz schlug so laut, dass sie es hören musste. Ganz Trollfurt musste es hören. Plötzlich schien sie so nah, obwohl er doch ganz am Rand der Matratze saß. War sie näher gerückt?

Er wollte es nicht sagen, wegen Ben, und weil er Angst hatte, sie würde lachen oder einfach aufstehen und gehen und dabei den Kopf schütteln, und morgen würde ganz Trollfurt lachen und den Kopf schütteln, und sie und er würden nicht weiter zusammen nach dem wahren Mörder suchen, und deshalb würde Ben gefasst und hingerichtet werden, und er wäre nie wieder allein mit ihr und … Und es half alles nichts, er sagte es einfach.

»Wie du. Keine ist so schön wie du.«

Es war ihm egal, dass er dabei knallrot wurde, er sah ihr nur einfach in die Augen, ängstlich und hoffend, und wartete auf ihr Urteil.

Sie schien ihn jedoch nicht verurteilen zu wollen, zumindest nicht gleich. Lächelnd rückte sie nun wirklich ein Stück näher, nur ein ganz kleines, wie aus Versehen. »Und warum hast du so lange gebraucht, das zu sagen?«

»Weil … weil du du bist, und ich nur ich.« Yanko stammelte noch immer. »Sohn des Schmieds und Tochter des Minenbesitzers. Das ist doch zum Lachen. Meine Mutter würde darüber lachen.«

»Und meine würde weinen.« Nica lachte. »Wenn sie es

wüsste. Aber sie muss ja nicht alles wissen, oder? Und jetzt komm schon her zu mir. Ich beiß dich nicht.«

Yanko rückte zu ihr, und sie hielt ihr Versprechen. Als er ihr Gesicht in die zitternden Hände nahm und vorsichtig küsste, biss sie nicht, sondern erwiderte den Kuss. Ganz sanft, und dann intensiver.

Erst als es draußen zu dämmern begann, lief Nica nach Hause. Allein, denn sie würde ohnehin Ärger bekommen, weil sie das Essen versäumt hatte, aber es war besser, sie wurde dann nicht auch noch mit einem Jungen gesehen. Ganz besonders nicht mit ihm, der vor Kurzem noch zu einem gesuchten Mörder gehalten hatte.

Yanko wartete noch eine Weile und summte glücklich vor sich hin. Sie hatten sich für morgen wieder hier verabredet. Die Schuldgefühle gegenüber Ben waren wie weggeschwemmt, er konnte sich einfach nicht schuldig fühlen, dafür war er zu glücklich.

Er konnte nicht einmal an den Mörder denken, denn heute war der schönste Tag seines Lebens gewesen. Und morgen würde wieder der schönste werden.

Sanft zog er die Haustür hinter sich ins aufgebrochene Schloss und klemmte sie dann mit einem Ruck im verzogenen Rahmen fest. Er murmelte eine Verabschiedung, die eigentlich Nica galt, und machte sich auf den Weg.

Trollfurt hatte sich verändert, und das merkte man vor allem am Abend. Aus vielen Fenstern starrten bei jedem Geräusch misstrauische Gesichter, und nur wenige Leute waren nach Sonnenuntergang allein unterwegs. Auch jeder Torwächter wurde seit dem Mord von einem Hilfsbüttel unterstützt, so dass nun immer zwei Männer nachts Wache standen. Mit einer Mörderbande vor der Stadt könne man nicht achtsam genug sein.

Auf dem Heimweg warf Yanko einen Blick zum Bergtor hinüber und erkannte im Schein der Torlaterne zwei Hilfsbüttel. Und als er dann noch am *Trollfass* vorbeilief, wusste er, wo der alte Nachtwächter des Bergtors geblieben war.

Das *Trollfass* war eine Spelunke, die nur von wenigen Frauen besucht wurde, und nicht von verheirateten, der Umgangston dort war rauer. Von den Jungen wurden nur die älteren eingelassen; Yanko hatte mit Ben manchmal durch die Scheiben hineingelugt, um eine der wenigen Frauen tanzen zu sehen. Heute lehnte der alte Torwächter reglos an der Außenwand. Er war völlig betrunken und hatte Stirn und plattgedrückte Nase an den Stein gelegt, wahrscheinlich war er beim Pinkeln eingeschlafen.

Im Vorbeigehen betrachtete Yanko die traurige Gestalt. Für die Stadt war es wohl wirklich besser, wenn jemand anders die Tore bewachte. Wobei genau besehen die Gefahr durch Bens angebliche Bande ja gar nicht bestand, daher war es eigentlich auch egal. Und während er die letzten Schritte nach Hause zurücklegte, wo ihn ein angespannter Vater und eine ängstliche Mutter erwarteten, dachte er für einen kurzen Moment nicht an Nica, sondern hoffte, dass es Ben gut ginge, wo immer er jetzt auch steckte.

DRITTER TEIL

Das Geheimnis der Ketzer

BEFREIT

Wie geplant blieben Ben und Aiphyron am Wasserfall und nahmen die Höhle in Besitz. In den ersten Tagen sandten sie immer wieder Blicke die Steilwand hinauf und waren auch sonst auf der Hut, doch sie wurden weder von Verfolgern noch von weiteren Riesenfröschen belästigt. Die Nächte verbrachten sie in der Höhle, um nicht im Schlaf überrascht zu werden. Manchmal knurrte der Drache plötzlich, rief »stinkendes Feuer« und pustete die Fackel aus, doch schnell beruhigte er sich wieder, entzündete sie erneut und entschuldigte sich mit einem Brummen.

Ben erzählte Aiphyron, wie die Menschen in Trollfurt lebten, und Aiphyron erzählte von Drachen und der weiten Welt, wo es auch Länder ohne Hellwahglauben und ohne den Orden der Drachenritter gab. Er bat Ben darum, die Geheimnisse der Drachen zu bewahren, vor allem das Geheimnis, wie Drachen zur Welt kamen. Er hatte es Ben, dem Drachenflüsterer und Freund, zum Geschenk gemacht, doch andere würden es sicher dem Orden verraten. Der würde sodann nach markanten und ausgesprochen schönen Orten suchen, nach allen Bäumen, die außergewöhnlich aussahen, weil sie von jenem Zauber geschützt wurden. Vielleicht wären ihr Hass, ihre Angst oder ihr unbeugsames Pflichtgefühl einer alten Legende gegenüber groß genug, um den Zauber zu brechen, und sie würden die Knochen der ungeborenen Drachen verdrehen und so seine Geburt verhindern.

»Aber sie wollen die Geburt doch gar nicht verhindern,

sie wollen euch flügellos in ihren Diensten wissen«, wandte Ben ein.

»Dann nutzen sie ihr Wissen über die Herkunft der Drachen eben, um den frisch geschlüpften Drachen aufzulauern. Sie bräuchten dann nicht einmal mehr Jungfrauen, um Drachen anzulocken.«

Ben versprach zu schweigen.

Sie lachten viel, fischten, aßen zusammen, sie teilten alles, und die Freundschaft zwischen Drache und Junge wurde in diesen Tagen so eng, wie Ben es bisher nur mit Yanko erlebt hatte. Die Unterschiede zwischen ihnen waren immens, doch Aiphyron hatte Ben das Leben gerettet, und Ben gab dem Drachen seinen Flügel zurück. Das verband sie.

Dieser Flügel wuchs beständig. Mit Knirschen löste er sich eines Morgens ledrig aus dem Ansatz, knackend konnte Aiphyron ihn aufspannen und mit ihm schlagen. Natürlich hob er nicht ab, doch er bewegte spürbar die Luft. Voller Freude packte er Ben und sprang mit ihm durch den Wasserfall nach draußen. Sie wurden nach unten gedrückt und von der Wucht der Fluten durchgeschüttelt. Als der Drache weit entfernt von der Höhle wieder auftauchte, Ben noch immer in seinen Klauen, brüllte er, und Ben fluchte. Er schnäuzte den halben Sippa aus der Nase, spuckte aus und schüttelte sich Wasser aus den Ohren. Mit noch halb zugekniffenen Augen starrte er auf Aiphyrons neuen Flügel und war stolz. Der Flügel war noch immer viel zu klein, doch jetzt konnte Ben daran glauben, dass Aiphyron wieder ganz geheilt würde.

Eine Woche später erhob sich Aiphyron zum ersten Mal in die Luft. Noch war der zweite Flügel kleiner, und so musste der Drache mit dem Schwanz gegensteuern, um nicht ständig im Kreis zu fliegen.

Ben sah ihm erst vom Flussufer aus zu, dann kletterte er die halbe Steilwand hinauf, um freie Sicht über die Wipfel zu haben. Er beobachtete den Drachen, wie dieser durch die Luft tollte, ungestüm und unbeschwert wie ein verspieltes Jungtier, und zugleich erhabener als ein König oder der größte Eisadler, den Ben je um einen Berggipfel hatte kreisen sehen. Kopfüber stürzte sich der Drache in den Sippa, dort, wo der Wasserfall ein tiefes Becken in den Untergrund gegraben hatte. Prustend stieg er an Land, und Ben kletterte zu ihm hinab.

»Morgen sind die Flügel bestimmt gleich groß!« Der Drache schien vor Begeisterung zu glühen. »Morgen nehme ich dich mit.«

»Was?«

»Du musst deine Erfolge als heilender Drachenflüsterer doch auch genießen dürfen.« Aiphyron klopfte ihm auf die Schulter.

»Aber ...«

»Kein Aber, du brauchst dich nicht zu bedanken. Ist doch Ehrensache, dass ich für dich den Menschenträger mache«, grinste Aiphyron, und Ben zuckte mit den Schultern.

Er wusste nicht, was er sagen sollte, er wusste nicht einmal, ob er sich mehr darauf freute oder eher Angst hatte. Wenn er daran dachte, wie glücklich und lebendig Aiphyron in der Luft gewesen war, wenn er sah, wie er jetzt vor Freude zitterte, dann fühlte er tief in sich die eigene Vorfreude darauf, einmal zu fliegen. Doch wenn ihm einfiel, dass er selbst keine Flügel besaß und wie oft er im Fluss von Aiphyrons Rücken gefallen war, dann wurde ihm ganz anders.

Was, wenn Aiphyron plötzlich nach einer geschecktenDämmermöwe griff und sie als Feuervogel beschimpfte? Bis

Aiphyron merkte, dass Ben von seinem Rücken gerutscht war, wäre er schon dreimal auf dem Boden aufgeschlagen und hätte sich alle Knochen gebrochen.

Zum ersten Mal, seit sie hier waren, dachte Ben beim Einschlafen nicht an Nica, sondern ans Fliegen. Und als er eingeschlafen war, flog er in seinen Träumen, und nicht einmal fiel er dabei von Aiphyrons Rücken.

Weil es im Traum gutgegangen war, setzte er sich am nächsten Tag ohne Proteste vor Aiphyrons Flügel. Wahrscheinlich hätte er sich sowieso nicht wehren können, der Drache brannte darauf, ihn mitzunehmen.

»He, wo bleibt mein Sattel? Wo sind die Zügel?«, grinste Ben und klopfte Aiphyron mit der flachen Hand auf die Schuppen.

»Zügel? Ich geb dir gleich Zügel, du Möchtegern-Reiter! Wer keine Richtung vorgibt, der braucht keine Zügel«, dröhnte Aiphyron und zeigte Ben dann, wie er sich am besten festhalten konnte. »Setz die Füße zwischen die großen Schuppen an der Flanke. Und dann presst du die Beine fest zusammen. Ruhig mit Kraft, ja, du kannst mir nicht wehtun. Nicht so verkrampft, ganz ruhig. Du kannst die Knie unter zwei Schuppen klemmen, dann hast du Unterstützung und auch Halt, falls du selbst loslassen solltest oder deine Kräfte erlahmen. Und die Hände kannst du auf eine Ausläuferzacke meines Rückenkamms auf dem Hals legen.«

Ben tat wie geheißen, sein Herz klopfte vor Aufregung und Anspannung. Er würde fliegen! Er sah zum Himmel hinauf, der völlig klar war bis auf eine kleine Wolke weit im Norden. Sie war ferner als Trollfurt und bewegte sich nicht.

»Dann halt dich fest!« Lachend sprang Aiphyron in die Höhe und breitete die Flügel aus. Schnurstracks flog er auf den Wasserfall zu und drehte erst ab, als Ben schon die feinen Tropfen der Gischt auf seiner Haut spüren konnte. Mit kräftigen Flügelschlägen schraubte sich der Drache hoch in den Himmel.

Ben klammerte sich an den harten Schuppenrändern und der Rückenzacke fest, er presste die Beine so stark zusammen, dass es schmerzte, da halfen alle guten Ratschläge von eben nicht. Er verkrampfte sich doch. Er spürte Aiphyrons Muskeln unter den Schuppen arbeiten, spürte den Druck, den die schlagenden Flügel erzeugten, ihre Kraft. Ausgebreitet musste jeder der beiden gut zehn Schritt lang sein, auch der nachgewachsene. Bens Magen drehte sich, und das Frühstück purzelte hin und her. Zum Glück nur hin und her und nicht wieder hinauf.

Jetzt raste Aiphyron derart schnell dahin, dass der Gegenwind an Ben rüttelte wie einer der Großen Herbststürme, die jedes Jahr an der Bergkette vor Trollfurt entlangfegten. So nah er konnte, schmiegte er sich an den Rücken des Drachen, um nicht hinuntergeweht zu werden. Mit aufgerissenen Augen sah er hinab. Die Baumwipfel zogen tief unter ihnen vorbei, der weiß schimmernde Wasserfall und das Plateau blieben immer weiter zurück. Unterschiedliche Vögel flogen unter ihnen hindurch. Ben hatte schon von Berggipfeln ins Tal geblickt, doch da hatte er festen Fels unter den Füßen gehabt. Unter Aiphyron war nichts als Luft, nichts außer dem Drachen, das Ben tragen würde. Einen kurzen Moment lang schwindelte ihm, dann packte ihn wilde Begeisterung.

Er flog!

Laut schrie er seine Freude hinaus.

»Was hab ich dir gesagt?«, lachte Aiphyron und stürzte kopfüber in die Tiefe.

»Es ist unglaublich!« Ben jubelte, während es seinen Magen wieder hob. Das war egal, er fühlte sich frei. Das war das Schönste, was er je erlebt hatte. Wie konnte nur irgendwer annehmen, Flügel seien von Samoth verflucht? Etwas, das so viel wilde, ungebändigte Freude brachte, konnte kein Fluch sein. Niemals! Immer wieder brüllte Ben lachend gegen den Wind.

Sie flogen hierhin und dorthin, ohne eine einzige menschliche Siedlung zu entdecken. Sie rasten der Sonne entgegen und stürzten sich in die Tiefe. Aiphyron breitete die Flügel gerade noch aus, bevor sie in den Wald eintauchten, und Ben konnte die Wipfel beinahe mit der Hand berühren, als sie darüber hinwegfegten. Aufgeschreckte Vögel stoben kreischend um sie davon. Schließlich flogen sie dem Sippalauf entgegen zu ihrer Höhle zurück.

Als Ben abstieg, zitterten seine Hände und Knie, er war es nicht gewohnt, sich an einem Drachen festzuklammern. Auf dem Fluss war es etwas ganz anderes gewesen. Mit wackligen Beinen taumelte er am Ufer entlang. Oder schwankte der Boden? Egal, er war geflogen! Das glückliche Grinsen wollte einfach nicht aus seinem Gesicht verschwinden. Alles drehte sich, und auch sein Magen fing wieder damit an. Ganz plötzlich entschied sich sein Frühstück, doch wieder hochzukommen. Ben ließ sich auf die Knie fallen und übergab sich an dem Stamm einer jungen Schwurbelbirne.

»Mach dir nichts daraus, das ist normal. Das Fliegen ist euch Menschen einfach fremd. Aber das gibt sich mit der Zeit«, bemerkte der Drache freundlich.

»Hättest du das nicht früher sagen können? Dann hätte ich weniger gefrühstückt.« Ben wischte sich den Mund ab, blieb aber noch knien.

»Das hätte es nicht besser gemacht, glaub mir. Du wärst nur nervöser gewesen.«

Ben erwiderte nichts, es war im Moment besser, den Mund geschlossen zu halten. Und vielleicht hatte der Drache ja recht. Auch wenn *mit der Zeit* keine sehr genaue Angabe war. Wichtig war jetzt nur, dass Ben geflogen war, dass er dieses Gefühl einmal gespürt hatte. Langsam erhob er sich. Die Beine taten nun wieder ihren Dienst, er konnte ruhig und ohne zitternde Waden stehen und gerade laufen. Er starrte in den Himmel hinauf, wo er eben selbst noch gewesen war. Vögel kreisten, die kleine Wolke hatte sich verzogen.

Immer höher stieg die Sonne, bald war Mittag. Sie aßen einen Happen und ruhten sich aus, Aiphyron döste sogar eine Weile. Aber Ben konnte die Augen nicht lange geschlossen halten, und heute Nacht würde er auch kaum Schlaf bekommen. Am Abend wollten sie endlich los in Richtung Westen. Dort war das Land stärker besiedelt, dort würden sie flügellose Drachen finden. Um selbst nicht von Ordensrittern gefunden zu werden, wollten sie in der Dunkelheit reisen.

Kurz nach Sonnenuntergang, im bleichen Licht von Mond und Sternen, hob Aiphyron ab. Ben klammerte sich nicht ganz so verkrampft fest wie beim ersten Flug. Wieder ließ er eine Höhle zurück und fragte sich, wann er das nächste Mal in einem Haus leben würde.

Alles an dem zweiten Flug war ruhiger, Aiphyron tollte nicht herum, sondern schlug gleichmäßig mit den Flügeln und behielt eine Richtung und eine Höhe bei. Weniger Tiere ließen im schwarzen Wald unter ihnen ihre Schreie hören, kein Vogelschwarm wurde von ihnen aufgescheucht. Sie verließen das bewaldete Gebiet und überquerten einen weiteren Fluss in einer welligen Ebene, vielleicht den Dherrn. An seinem Ufer entdeckten sie eine kleine Ortschaft, die aus nicht viel mehr bestand als einer riesigen Mühle und einer Handvoll Höfen. Ben erkannte kaum mehr als die Umrisse der Gebäude, doch Aiphyron sagte ihm, dass zwischen zwei Höfen ein schmaler Steg in den Fluss führte und dass ein paar kleinere Boote umgedreht am Ufer lagen. Nichts deutete auf einen Drachen hin.

Sie flogen an einer Burg vorüber, in deren höchsten Turmfenstern trotz der späten Stunde heller Lichtschein flackerte, und auch im Hof brannte ein verlassenes Feuer. Doch kein Geräusch drang zu ihnen herauf, keine menschlichen Stimmen, nicht das Muhen einer Kuh, nicht das Wiehern eines Pferdes, kein Schnattern von Federvieh und schon gar kein Fauchen eines Drachen.

Schließlich erreichten sie einen weiteren Wald, der sich im schwachen Mondlicht weiter nach Westen erstreckte, als selbst Aiphyrons Augen blicken konnten. Nach einigen Minuten entdeckten sie hier eine Stadt, die größer war als Trollfurt und zudem an der Kreuzung zweier breiter Straßen lag. Die Bäume, die bis vor die Stadtmauern gestanden haben mochten, waren gerodet worden, Felder erstreckten sich in alle Richtungen, mal mehr, mal weniger weit. Im Südosten begann das Waldgebiet bereits wieder nach gerade einmal gut zwei Meilen, dort wuchsen hohe alte Bäumen. Zwei oder drei Meilen tief drinnen erhob sich ein dicht bewachsener Hügel, auf dem eine längst verfallene und großteils überwucherte Ruine stand. Der Größe nach musste es sich um einen wehrhaften Tempel oder eine Burg gehandelt haben, vielleicht auch ein Kloster, auf jeden Fall mehr als die Hütte eines Jägers oder Fallenstellers. Zwischen den Überresten der Mauern landete Aiphyron.

Sie sahen sich um, konnten jedoch keine Spuren von Menschen entdecken. Dort, wo einst das Tor gewesen war, erkannte Ben den Ansatz eines Wegs, doch längst hatten sich Bäume und Sträucher auf ihm festgesetzt. Seit bestimmt hundert Jahren war hier kein Karren mehr hochgezogen worden, vielleicht länger. Vom Brunnen war nichts mehr übrig, doch in einer steinernen Wanne, die möglicherweise Teil eines Kamins gewesen war, hatte sich Regenwasser gesammelt – brackig und trübe, doch es löschte den Durst. Die Ruine war ein gutes Versteck, hier konnte Aiphyron warten, während sich Ben am nächsten Tag in der Stadt umhören würde, ob es Drachen gab, die sie befreien konnten.

»Wie willst du das rausfinden?«, wollte Aiphyron wissen. »So kannst du die Frage nicht stellen.«

»Ich tu so, als wäre ich älter, schon siebzehn und erwachsen, und sage einfach, ich suche Arbeit als Stallbursche und kann gut mit Drachen umgehen. Wenn ich damit nicht weiterkomme, lasse ich mir einfach irgendetwas anderes einfallen.«

Doch zuerst legte sich Ben ein paar Stunden aufs Ohr, denn er war hundemüde, und als arbeitssuchender Stallbursche war es weniger auffällig, wenn er nicht mitten in der Nacht an das verschlossene Stadttor pochte, um dann in den Straßen und auf den Plätzen herumzulungern; Geld für ein Gasthaus hatte er keines.

Die Stadt war von einer ungewöhnlichen Mauer umgeben, bemerkte Ben, als er sich ihr am nächsten Morgen näherte. Die Mauer und das turmhohe Stadttor waren aus unterschiedlichen Steinen gebaut, alle Farben saßen als Vierecke nebeneinander, ohne ein regelmäßiges Muster oder gar ein Bild zu ergeben. Im Licht der aufgehenden Sonne schimmerte jeder Mauerstein hell, als wäre er glatt geschliffen und würde jeden Tag vom Dreck gereinigt.

Die Stadt hieß Falcenzca, das erfuhr Ben schon auf dem Weg dorthin, denn er war nicht der Einzige auf der Straße. Aus den umliegenden Dörfern kamen ein paar Bauern, um ihre Ware zu verkaufen, und auch einen fahrenden Händler mit seinem voll bepackten Pferdewagen überholte Ben. So fiel er als Fremder nicht auf, die Torwächter beachteten ihn nicht und ließen ihn mit einem kaum merklichen Nicken passieren. Sie trugen gelb-grün-orangene Waffenröcke und passten somit bestens zur bunten Mauer.

Auch innen war Falcenzca ganz anders als Trollfurt, alles kam Ben hier schneller und hektischer vor. Die Leute liefen schneller und redeten schneller, rannten ihn beinahe über den Haufen und entschuldigten sich sogar schneller, als Ben sich beschweren konnte.

Er kam an einer Schmiede vorbei und hatte das Gefühl, als schlage der Schmied auch schneller auf den Amboss ein als Yankos Vater. Dabei war Yankos Vater kein zögerlicher Mann, er hatte stets das schnelle Handeln und auch Schlagen gepredigt, dies zu Trollfurter Tugenden erklärt und sonst nie viel gesagt.

Auch waren die Straßen Falcenzcas voller und die Häuser aus den unterschiedlichen Steinen erbaut, die schon in der Stadtmauer Verwendung gefunden hatten. Zwar waren sie nur selten derart bunt zusammengewürfelt, doch sah er gelbe und rote und weiße und blaue Wände, schwarze und rote und grüne Dächer. Die Leute auf den Straßen sprachen lauter und selbstverständlich schneller, und aus den Rinnsteinen und bretterverdeckten Kanälen stank es stärker, zumindest kam es ihm nach der Zeit im Wald so vor.

Ben folgte mal diesem, mal jenem Menschen, er hängte sich jenen an die Fersen, die wohlhabend aussahen, und denen, die wie Diener wirkten; so wollte er die Häuser der Reichen finden, weil nur sie im Besitz eines Drachen sein konnten. Doch keiner, dem er nachging, schien auf dem Heimweg zu sein. Ben fand den Weg zum Metzger und zum Bäcker, zu einer Weinstube, die recht gefüllt schien, obwohl es noch Vormittag war, und zum weitläufigen, offenen Tempel für die anderen Götter, der mit zahlreichen bunt glitzernden Tüchern geschmückt war. Hier und da schnappte er Gesprächsfetzen auf. Immer wieder war von einer Zeremonie die Rede, und auch von einer Hinrichtung.

»Dein Herr hat wirklich großes Glück«, sagte unweit des Tempels eine in staubiges Weiß gekleidete Frau mit einem Wasserkrug auf dem Kopf. Sie sprach zu einer jungen Frau mit sorgsam hochgestecktem schwarzem Haar, die eine eng geschnittene, hellgrüne Livree mit glänzenden Messingknöpfen trug. Die goldenen Zierkordeln an den Schultern und das dezente Wappen auf der Brusttasche wiesen sie als eine angesehene Hausdienerin aus.

»Das ist kein Glück, er hat es verdient«, entgegnete die Hausdienerin in einem bestimmten Tonfall, der so gar nicht zu einer Dienerin passen wollte.

»So war es nicht gemeint«, ruderte die andere zurück. »Natürlich hat er den Drachen und seinen Titel verdient, das würde ich niemals anzweifeln. Und es wird bestimmt eine ganz wundervolle Zeremonie.«

Ben verharrte und lauschte. Auch wenn der Herr dieser herrischen Hausdienerin kein Glück hatte, Ben fand seines außerordentlich. Er wusste zwar nicht genau, was es mit dem Drachen und dieser Zeremonie auf sich hatte, doch schien er genau zum richtigen Zeitpunkt hergekommen zu sein. Vielleicht brachte das Rubbeln der Schulterknubbel eben doch Glück, und niemand dürfte jemals mehr gerubbelt haben als er in den letzten Wochen.

»Das wird es ganz bestimmt. Nicht jede Erhebung in den Stand eines Drachenreiters kann mit der Hinrichtung eines Drachenketzers aufwarten.« Stolz lächelte die Hausdienerin, und die andere Frau stimmte ihr beflissen zu.

Ben war nicht sicher, ob sie wirklich Hinrichtung gesagt hatte. Vielleicht war es auch eine Herrichtung gewesen oder eine Hindichtung, wobei er in beiden Fällen nicht wusste, was das sein sollte.

Schließlich verabschiedete sich die Hausdienerin, und Ben folgte ihr. Nach ein paar Schritten fasste er sich jedoch ein Herz und sprach sie an. So würde er bestimmt mehr herausfinden als durch bloßes Hinterherrennen.

»Entschuldigung«, sagte er mit einem freundlichen Lächeln. »Zufällig habe ich euer Gespräch mit angehört, und ich bin fremd in dieser schönen Stadt und leider sehr unwissend. Ich habe auch nur die Worte *wundervolle Zeremonie* gehört und mich gefragt, ob ich mir diese vielleicht ansehen könnte? Wenn es denn gestattet ist.«

Die Hausdienerin maß Ben mit abschätzigem Blick, eine Augenbraue hochgezogen. Obwohl sie einen halben Kopf kleiner war als er, kam es ihm vor, als sähe sie ihn von oben herab an. Dachte man sich ihren verkniffenen Mundwinkel zu einem Lächeln, war sie sogar hübsch, vielleicht sogar sehr hübsch. Auch schien sie nicht viel älter als er, vielleicht siebzehn oder achtzehn Jahre alt. Es dauerte, bis sie etwas sagte, und Ben war sicher, sie würde ihn nach dieser Musterung einfach wortlos stehen lassen, doch er irrte sich.

»Natürlich kannst du. Jeder kann. Sie findet am Mittag auf dem Marktplatz statt.«

»Und wo finde ich den Marktplatz?«

»Du bist wirklich fremd, was?« War das etwa der Anflug eines Lächelns?

»Vor wenigen Minuten erst zum Stadttor herein.«

»Und was machst du hier?«

»Ich sehe mich erst einmal um«, erklärte Ben nach kurzem Zögern, so als hätte er alle Zeit und alles Geld der Welt. Vor ihr wollte er sich nicht als Stallbursche auf Arbeitssuche bezeichnen. Sie sah ihn schon hochnäsig genug an. Sollte sie ihn doch für einen geheimnisvollen Reisenden von weit her halten.

»Dann ist die Zeremonie sicher das Richtige.« Sie zeigte ihm den Weg zum Marktplatz und ging dann ihres Wegs; sie müsse noch vieles erledigen und vorbereiten. Sie hielt ihn wohl nicht für einen mysteriösen Abenteurer, sondern für einen Bauernburschen oder Halunken aus dem nächsten Dorf. Besah man sich sein Hemd und seine Hose, war das auch die naheliegendste Vermutung.

Ben konnte trotzdem nicht anders, er rief ihr nach: »Vielleicht sehen wir uns ja da.«

Natürlich drehte sie sich nicht um. Sie hob nicht einmal den Kopf in noch arrogantere Höhen, sie schritt einfach die Straße hinab.

»Rüschennasige Rinnsteinschnepfe«, brummte Ben und schlenderte in Richtung Marktplatz. Dabei wandte er sich zweimal nach ihr um, ob sie sich nicht doch einmal umschaute. Tat sie aber nicht.

Wehmütig dachte Ben an Nica. Inzwischen würde er es wagen, sie anzusprechen, da war er ganz sicher. Er fluchte, dass er vor wenigen Wochen noch zu feige gewesen war. Seitdem war er auf einem Drachen geflogen und einem Riesenfrosch entkommen, wieso sollte er jetzt noch Angst vor einem Mädchen haben? Vor ihrer Zurückweisung? Jetzt würden seine Knie nicht mehr weich werden, bloß weil sie ihn ansah, sagte er sich. Nur sah sie ihn im Moment gar nicht an, sie war nicht hier, sondern in Trollfurt. Und dort musste er vor allen anderen Angst haben. Ausgenommen vor Yanko natürlich.

»Irgendwann kehre ich zurück«, murmelte er vor sich hin. Sie würden Augen machen, wenn er auf einem großen Drachen eintraf. Ganz besonders, wenn es ein geflügelter war, dachte er grimmig.

Der Marktplatz war umgeben von einem bunt karierten Rathaus mit zahlreichen kleinen Ziertürmen und Erkern, einem strahlenden, gartenumsäumten Hellwahtempel mit massigen Säulen und verschiedenen herausgeputzten Geschäften, dem wuchtigen goldverzierten Handelskontor und nobleren Gasthäusern. Am Kopfende des länglich geformten Platzes, direkt vor dem Tempel, war ein mehrere Schritt durchmessendes, fast mannshohes Podest aus hellem Holz errichtet. Auf ihm standen vier bunte Ziersäulen, die mit Blumen umrankt waren. Ein Stück rechts daneben befand sich ein weiteres Podest, ebenso hoch, doch kleiner im Geviert und ganz und gar ungeschmückt. Darauf erhob sich ein einfacher Galgen mit einer grauen, abgegriffenen Schlinge.

Unter dem Galgen stand ein kleiner Schemel, auf dem ein bärtiger Mann in der bunten Uniform der Torwächter saß und einen Apfel verputzte. Das Treiben um ihn schien ihn nicht zu stören, er blickte stur in den Himmel und kaute vor sich hin.

Ben sah ihm eine Weile zu, und das Wasser lief ihm im Mund zusammen. Er blickte sich um und entdeckte am hinteren Rand des Platzes eine Reihe von Ständen aus Holz und schattenspendendem Segeltuch. Dort boten Händler Brot, Obst, Gemüse, Käse, Fleisch und unterschiedliche gegarte Gerichte feil.

Er schlenderte hinüber. So langsam füllte sich der Marktplatz, die ersten Kinder suchten sich einen Platz ganz vorn am Podest und riefen einander aufgeregte Worte zu. Männer und Frauen schlossen sich ihnen ein wenig gemessener an, andere holten sich erst noch einen Happen an den Ständen. Die Händler schrien durcheinander und hielten sich dabei die Hände trichterförmig vor das Gesicht, um das ganze Spektakel und vor allem einander zu übertönen.

»Frische Birnen!«

»Zitronenschmalzbrötchen!«

»Käsehack auf Rostzwiebeln!«

»Flussbärpasteten!«

Bei jedem Wort lief Ben das Wasser mehr im Mund zusammen, er hatte lediglich ein paar Beeren gefrühstückt. Doch alles Gebratene und Gedünstete bereiteten die Händler hinter ihren Ständen zu; so lang waren seine Finger trotz aller Übung nicht. Wenigstens konnte er sich im Gewühl vor den Ständen eine weiße Birne und zwei Grapezwiebeln von der Auslage klauen. Kauend lief er zum Podest zurück, um sich einen der vorderen Plätze zu sichern.

Die Zeremonie begann mit einem langsamen Marsch, den zwei kantige sonnenblonde Frauen im Waffenrock der Stadt auf riesigen, mit Blattgold verzierten Pauken schlugen. Die Pauken standen auf dem Boden vor dem Podest, die Frauen darauf; trotzdem reichten die Instrumente ihnen bis an den breiten Ledergürtel, an welchen Schwerter in edelsteinbesetzten Scheiden steckten. Die tiefen, dumpfen Schläge des Marschs schwemmten wie Wellen über den Marktplatz, jeder einzelne hallte nach, und Ben spürte seinen Brustkorb im Rhythmus vibrieren. Kinder stampften mit den Füßen mit, und nicht wenige Männer standen nun aufrechter und drückte die Brust raus.

Zur Musik betrat ein älterer Hellwahpriester mit einer riesigen Hakennase das Podest. Er schritt von der Mitte der Rückseite nach vorn und hatte das sonnengoldene Gewand angelegt, das den wichtigsten Festen des Jahres vorbehalten war. Auf seinem spärlichen weißen Haupthaar thronte ein Sonnendiadem mit äußerst kunstvoll geschmiedeten Strahlen, die dem Himmel entgegenzüngelten. Das Diadem sah viel beeindruckender aus als das von Priester Habemaas, prunkvoller. Trotz seines Alters wirkte der Priester kräftig und ging aufrecht.

Von links betrat ein dicker Mann mit kleinen flinken Augen, glänzender Glatze und sorgsam gepflegtem dunklem Vollbart das Podest. Er trug leuchtend bunte Stoffe und zahlreiche Ketten und Ringe, die alle mit Edelsteinen verziert waren. Der Mann stellte sich mit dem Gesicht zum Priester vor diesen und schielte immer wieder nach rechts. Sein Gefolge, das ihn begleitet hatte, verharrte am Fuße des Podests. Unter ihnen erkannte Ben die hochnäsige Hausdienerin, auch wenn sie ihr Haar nun zu einem hohen langen Zopf mit glitzernden Zierbändern geflochten hatte und eine andere Livree aus schimmerndem Stoff und überladen mit goldenen Knöpfen und Borten trug.

Doch die Augen der Menge richteten sich auf die rechte

Seite des Podests. Dort wurde von einem gerüsteten Drachenritter ein flügelloser Drache auf die Bühne geleitet. Der Ritter war eine mächtige Erscheinung, sicherlich noch größer als Ritter Narfried, und sein knielanges Kettenhemd war so glänzend poliert, dass man meinen konnte, die Ringe wären aus feinstem Silber. Vielleicht waren sie das ja auch, Ben kümmerte es nicht.

Er konnte den Blick nicht von dem Drachen lassen, dessen Schuppen grün waren und bei jeder Bewegung den Anschein zitternder Grashalme im Wind vermittelten. Der Drache war nur etwa halb so lang wie Aiphyron, jedoch kompakter. Er besaß kräftige Beine, einen sehr kurzen Schwanz und einen kurzen Hals, dafür aber ein langes Maul mit kräftigem Kiefer und schmalen, spitzen Zähnen. Auf dem breiten Rücken verliefen zwei parallele Reihen gelbgrüner Zacken.

Die Schulterknubbel des Drachen waren so klein, dass Ben sie beinahe nicht erkennen konnte.

Die Musik verklang mit einem letzten tiefen Trommelwirbel, und die Menge verstummte fast augenblicklich. Nicht das geringste Gemurmel war mehr zu hören, doch von hinten drängten die Leute neugierig nach vorn, und so wurde Ben immer wieder in den Rücken gestoßen und Richtung Podest geschoben.

»Liebe Bürger Falcenzcas und Gäste von nah und fern«, hob der Priester mit tiefer, weit tragender Stimme an. »Wir sind heute in Hellwahs Namen zusammengekommen, um gemeinsam zu bezeugen, wie der hoch geschätzte Kaufmann Dicime in den Stand eines Drachenreiters aufgenommen wird. Wegen seiner außerordentlichen Verdienste um unsere Stadt und seiner Großzügigkeit den hiesigen Menschen gegenüber, wegen seiner heroischen und patriotischen Einsätze im Wettlauf um die Gewürzinseln und seiner Treue gegenüber Hellwah, wird ihm nun der befreite Drache Schilfrücken zugeführt.«

Tief und würdevoll verbeugte sich der Kaufmann vor dem Priester und hob dann wieder den Kopf. Der Ritter führte den Drachen an Dicimas Seite, und auch der Drache beugte sein Haupt; zudem knickte er die Vorderbeine ein, sodass es wirkte, als kniete er nieder.

»Herr Dicime, ich frage dich, willst du fortan für diesen Drachen sorgen, für ihn da sein in allen Zeiten und mit ihm streiten für Hellwahs Ehre und wider den bösen Samoth und all seine Diener?«

»Ja, ich will.« Die Stimme des Kaufmanns klang unerwartet hoch.

»Und dich, Ritter Buchenbrandt, frage ich: Willst du den von dir befreiten Drachen Schilfrücken in Herrn Dicimes Obhut übergeben?«

»Ja, ich will.«

»Und ich frage dich ferner: Will Schilfrücken ihm dienen, wie es sich für einen guten Drachen gehört, ihm zur Seite stehen wie ein guter Freund, selbst wenn die Zeiten stürmisch und karg werden sollten, was Hellwah verhüten möge?«

»Ja, er will«, sagte der Ritter, und der Drache beugte erneut sein Haupt.

Die Leute um Ben her murmelten und reckten die Köpfe, doch vorsichtig, keiner wollte den nahenden Höhepunkt der Zeremonie stören.

»Ich sehe die glatten Schulterknubbel und sehe, dass Samoths Fluch von diesem Drachen gewichen ist«, fuhr der Priester mit den rituellen Worten fort. »Und somit vertraue ich ihn nun mit Hellwahs Segen deiner Obhut an, Herr Dicime.«

»Habt Dank für Eure Güte, ich werde Hellwah und Schilfrücken nicht enttäuschen«, gab der Kaufmann die erforderliche Antwort.

»Dann nehmt hin diese Halsbänder aus Stahl und Edelstein. Sie sollen das Symbol eures unzerbrechlichen Bundes sein«, intonierte der Priester und legte Dicime und Schilfrücken je ein Halsband um. »Tragt es drei Tage und drei Nächte. Am Mittag des dritten Tages nimm beide Halsbänder ab, *Drachenreiter* Dicime, und verwahre sie gut. Von da an sollt ihr ohne sichtbare Fessel aneinander gebunden sein bis in den Tod.«

»So sei es«, sagte der Kaufmann, der nun ein Drachenreiter war, mit ergriffener Stimme.

»Nun, geh mit ihm, du gehst mit meinem Segen und dem des ganzen Ordens«, fügte der Drachenritter hinzu.

Sodann verstreuten der Priester, Ritter Buchenbrandt und der frisch gebackene Drachenreiter die Asche von Schilfrückens Flügeln in alle Winde, die jedoch nur schwach wehten. Dazu erklangen die großen Pauken, und die Menge begann zu johlen, während die graue Asche auf sie niederregnete. Niemand schien sich daran zu stören, im Gegenteil, die meisten drängten noch wilder als zuvor nach vorn, um wenigstens ein wenig von der Asche bestäubt zu werden.

Wahrscheinlich bringt das Glück, vermutete Ben, doch er ließ zu, dass sich Leute an ihm vorbeidrängelten und ihn zur Seite drückten. Verbrannte Drachenflügel waren nicht das Glück, nach dem er suchte.

»Hoch, Drachenreiter Dicime!«

»Hoch, Schilfrücken!«

Ben klatschte und jubelte mit den anderen, um nicht aufzufallen.

Als das Ritualbecken mit der Asche geleert war, verließ der Ritter das geschmückte Podest. Zum Abschied verbeugte er sich kurz und zackig vor dem lächelnden Priester. Dicime winkte strahlend und triumphierend in die begeisterte Menge. Nach einer Weile stieg sein Gefolge zu ihm hinauf und brachte ihm einen breiten, gepolsterten Prunkstuhl mit goldverzierter Lehne. Dicime setzte sich, so dass sein Blick in Richtung Galgen ging. Schilfrücken legte sich neben ihm auf die Bretter. Der Priester trat nach vorn und hob die Hände. Pauken und Menge verstummten.

»Einen neuen Drachenreiter zu feiern, ist immer ein erhebendes Ereignis. Solche Festivitäten erfüllen mich immer mit großer Freude und Stolz, denn sie bedeuten, dass eine herrliche Drachenseele, die durch die Tapferkeit eines Ritters und die reine Hingabe einer Jungfrau von Samoths Fluch befreit worden ist, nun mit Hellwahs Segen ein neues Heim erhalten hat. Ein wohlmeinendes Dach über dem Kopf. Doch heute können wir diese Feierlichkeiten noch krönen!« Der Priester hatte seine Stimme noch weiter erhoben. »Denn wir haben eben nicht nur einen Drachen und seinen Reiter zusammengeführt, wir werden nun auch einem Feind von Drache und Mensch, einem abtrünnigen Drachenketzer, der Hellwahs Herrlichkeit leugnet und seine Herrschaft anficht, seiner gerechten Strafe zuführen. Seine Schuld wurde in langen Befragungen erwiesen. Möge seine öffentliche Bestrafung ein gutes Omen für die frisch geschlossene Verbindung von Drachenreiter Dicime und Schilfrücken sein! Denn wo Gerechtigkeit waltet, da ist Hellwah nicht fern.«

Die verschwitzte Menge um Ben johlte und schrie nun noch lauter.

»Hängt ihn!«, brüllten die einen.

»Tod den Feinden Hellwahs!«, kreischten andere mit wutverzerrten und seltsam entrückten Gesichtern.

»Gerechtigkeit!«

»Nieder mit dem Ketzerpack!«

Ben verstand dies alles nicht. Er war nicht sicher, ob das nun wieder Politik war und er es deshalb nicht verstehen konnte, doch ihm kam es falsch vor, den Tod eines Menschen zu einer Feier zu machen. Aber die Leute um ihn her schrien und jubelten jetzt noch lauter als bei der Drachenreiterzeremonie. Ihr Toben war eine seltsame Mischung aus Wut und Freudentaumel. Manche nickten auch einfach nur zufrieden.

Vielleicht verstand Ben es nur nicht, weil er nicht wusste, was der Mann getan hatte, woher all der Zorn auf ihn kam. Vielleicht verstand Ben es aber auch nicht, weil er sich irgendwie in ihn hineinfühlen konnte; immerhin war er selbst auf der Flucht vor seiner Hinrichtung. Die Trollfurter hatten ihn für etwas hängen wollen, das er nicht getan hatte. Ohne ihn anzuhören, das hatte er noch nicht verwunden, und es hatte ihn misstrauisch gemacht. Hatte der Mann, der in diesem Moment von zwei Wachleuten zum Galgen hochgezerrt wurde, tatsächlich das getan, was man ihm zur Last legte? Oder war er unschuldig wie Ben?

Ben war während der Zeremonie immer mehr zu Seite gedrängt worden und bemerkte nun überrascht, wie nah er vor dem Galgen stand. Der Stadtwächter, der vorhin den Apfel gegessen hatte, schirmte mit einem guten Dutzend anderer das Podest ab, um niemanden außer den Henker und den Verurteilten mit seinen Wächtern durchzulassen. Der Henker trug eine weiße Hose, einen weißen Oberkittel und eine totenbleiche Gesichtsmaske mit einer aufgemalten roten Träne unter dem linken Auge.

Der Verurteilte war vielleicht dreißig Jahre alt und unrasiert, sein Oberkörper nackt. Frische Narben verliefen über seinem Rücken und den Armen, die Finger der linken Hand wirkten klobig, so als seien sie alle gebrochen und geschwollen. Die Nase war krumm und platt. Auf der linken Schulter hatte er einen gewundenen grünen Drachen tätowiert. Irgendwer hatte diesem die Augen mit einem Eisen ausgebrannt, so dass dort nur noch dicke rote Brandblasen zu sehen waren. Die Augen des Verurteilten blickten ausdruckslos und leer.

In so mancher Sage wurde der Held zum Tode verurteilt, verhöhnte seine bösen Richter im Angesicht von Schlinge oder Richtblock und wurde dann von seinen Gefährten gerettet. Der Drachenketzer sah nicht aus wie ein Held, und Ben glaubte nicht, dass er noch viele stolze Worte finden und befreit werden würde. Unter der Schlinge wartete ein Schemel aus dunklem Holz auf ihn. Darauf sollte er steigen, und dann würde der Henker ihn unter ihm wegtreten. Es war der Schemel, auf dem noch vor Kurzem der Wächter gut gelaunt seinen Apfel verspeist hatte.

Ben spürte wieder drängende Arme in seinem Rücken, hörte die Wünsche, etwas sehen zu wollen, ein kleiner Junge wühlte sich an seinen Beinen vorbei. Er selbst wollte nichts sehen, er musste immer daran denken, dass er selbst dort oben stehen könnte.

Gegen die anströmende Masse bahnte er sich seinen Weg zum Podest zurück. Auch dort stellten sich Menschen auf die Zehenspitzen, um die Hinrichtung zu verfolgen. Der

Verurteilte wurde als Ketzer, Verräter und Verbrecher beschimpft und mit allerlei Flüchen belegt. Ben hörte, dass es ihm recht geschehe, dass es auch langsam Zeit geworden sei, wieder einen von denen zu erwischen, und dass er bitteschön möglichst lange zappeln solle. Warum sie das alles wünschten und was der Mann wirklich getan hatte, das erfuhr er aus dem zornigen und gehässigen Gemurmel der Menge nicht.

Ein kleines Mädchen wollte wissen, ob der böse Mann wirklich jeden Sonntag ein Kind gefrühstückt hatte. Die Mutter sagte daraufhin: »Nein, du Dummerchen!« Und sie verpasste dem Jungen neben ihr eine Backpfeife: »Du sollst deine Schwester doch nicht mit verlogenen Geschichten ängstigen!«

»Jetzt steigt er rauf zur Schlinge, die wird ihm dann um den Hals gelegt«, erklärte ein Vater ganz in der Nähe seinem kleinen Sohn, den er auf den Schultern trug. Der Junge zeigte mit dem ausgestreckten Finger Richtung Galgen, aber Ben interessierte das noch immer nicht, er drehte sich nicht um.

Inzwischen hatte er das Podest erreicht und sah dort hinauf; Schilfrücken interessierte ihn. Oben blickten alle gebannt zur Hinrichtung hinüber, außer dem Drachen, dessen kreisende Augen einem Insekt zu folgen schienen, das Ben nicht sehen konnte. Und außer der hochnäsigen Hausdienerin. Sie ließ den Blick über die Menge schweifen, als müsse sie diese beaufsichtigen. Dabei entdeckte sie Ben, der wiederum sie ansah. Er lächelte. Kurz wirkte es, als wolle sie das Lächeln erwidern, doch es zuckte nur kurz um ihre Mundwinkel, und sie hob die Augenbrauen und wandte den Kopf ab. Ben schüttelte den Kopf, sie war einfach eine rüschennasige Rinnsteinschnepfe und würde nie etwas anderes sein.

Noch einen Moment lang musterte Ben Schilfrücken und versprach ihm lautlos, ihn zu befreien, auch wenn er noch nicht wusste, wie. Am aufbrandenden Jubel erkannte er, dass in diesem Moment die Hinrichtung vollzogen worden war. Schnell schielte er zur Hausdienerin hinüber, um zu sehen, wie ein so hochnäsiges Geschöpf denn jubelte. Doch sie hielt die Augen geschlossen. Wollte sie eine Hinrichtung ebenso wenig sehen wie Ben, oder war es nur diese eine Hinrichtung, die sie nicht anschauen wollte? Kannte sie etwa den Verurteilten? Dann konnte sie ihm vielleicht sagen, weshalb er verurteilt worden war. Und was viel wichtiger war: Als Hausdienerin des dicken Kaufmanns wusste sie darüber hinaus, wo und wie Schilfrücken untergebracht war. Er würde ihr also weiterhin auf die Nerven gehen, egal, wie abweisend sie war.

Die Menge sah noch ein Weile zu, wie der Verurteilte baumelte, doch Drachenreiter Dicime erhob sich und befahl Schilfrücken wie einen Hund an seine Seite. Dann stiegen er und sein Gefolge vom Podest, wo er von zahlreichen Bürgern persönliche Glückwünsche entgegennahm, nickte, lächelte und wahllos Hände schüttelte.

»Hallo«, sagte Ben, als er sich zu der Hausdienerin durchgekämpft hatte. Hundertmal hatte er in Gedanken durchgespielt, wie er sich endlich trauen würde, Nica anzusprechen, hatte Tag für Tag Mut gesammelt, und das half ihm nun eben hier. Zumal das hier viel einfacher schien. Sie war nicht Nica, und er spielte einen weitgereisten Fremden, er war nicht er selbst. Er vergaß seine Schüchternheit, die ihm bei Nica und Ritter Narfried und so oft im Weg gestanden hatte, und schauspielerte sich Yirkhenbargs Souveränität herbei.

»Du schon wieder«, entgegnete die Hausdienerin.

»Ja, ich.« Ben lächelte. »Ich wollte fragen, ob du mit mir etwas trinken gehst.«

»Du siehst doch, ich muss arbeiten.«

»Dann morgen?«

»Sag mal, Junge, wie kommst du eigentlich auf die Idee, dass ich mit jemandem wie dir überhaupt rede?«

»Wieso sollte ich nicht darauf kommen? Du tust es doch gerade.«

Sie starrte ihn mit offenem Mund an.

»Morgen also«, beharrte Ben, der sich an seinem selbstsicheren Auftreten selbst berauschte. »Was hältst du von mittags dort drüben bei dem Gasthof mit dem lustigen Hahn im Schild?«

»Dem *Goldenen Hahn?* Das kannst du dir nicht leisten.« Herausfordernd sah sie ihn an.

»Das lass meine Sorge sein. Also?«

»Ich habe nicht ja gesagt.«

»Aber auch nicht nein.«

Mit blitzenden Augen starrte sie ihn an, doch jetzt war er fast sicher, dass ihr Mund zu lächeln versuchte. Da riss sich der Kaufmann Dicime doch von der Menge los und lief weiter, und sie musste folgen.

»Ich werde da sein«, rief ihr Ben hinterher, aber sie blickte nicht zurück, sondern wies eine andere Dienerin zurecht, die Einzige, die noch jünger schien als sie. Bevor der ganze Tross um die nächste Ecke bog, sah sie sich doch noch kurz um. Nun war Ben sicher, dass sie kommen würde. Es war seltsam, wie leicht es war, mit einem Mädchen zu reden, in das man nicht verliebt war.

Den Nachmittag über lief er noch ein wenig durch die Stadt, um sich die wichtigsten Straßen einzuprägen. Er belauschte die anderen Passanten, erfuhr aus ihren Gesprächen jedoch nichts Wesentliches. Hier und da stibitzte er eine Kleinigkeit und stahl schließlich den Geldbeutel eines unachtsamen Trinkers, der an einer Theke lauthals über die schöne Hinrichtung salbaderte. Ben brauchte das Geld für die hochnäsige Hausdienerin. Er hatte nachgesehen, die Preise im *Goldenen Hahn* waren wirklich hoch.

Schließlich fragte er eine alte Frau nach dem Haus des neuen Drachenreiters. Er habe die Zeremonie verpasst und würde unheimlich gern einen Blick auf den Drachen werfen.

»Haus? Palast passt wohl eher«, sagte die alte Frau und deutete die Straße hinab. »Da vorn die zweite rechts und dann immer geradeaus bis zum Stadtrand. Du kannst es nicht übersehen.«

»Aha. Aber wie sieht es denn aus?«, hakte er nach.

»Du kannst es nicht übersehen!«

Ben dankte ihr und folgte der Beschreibung. Die Alte hatte recht gehabt, dort befand sich ein Anwesen, das man nicht übersehen konnte. Zwischen den Herrenhäusern erstreckte sich eine ummauerte kleine Parkanlage, in deren Mitte ein buntes Gebäude mit zahlreichen Türmchen thronte; es wirkte wie ein Schloss der Elfen. Ausgelassenes Lachen drang auf die Straße heraus, aber die riesigen Wächter vor dem Tor sahen nicht so aus, als würden sie irgendjemanden einlassen. Schon gar keinen Fremden. Ben schlenderte pfeifend vorbei.

Dann lief er zu Aiphyron in den Wald hinaus, um ihm alles zu erzählen und einen Plan zu Schilfrückens Befreiung zu schmieden. Als er den Waldrand erreichte, fiel ihm plötzlich wieder die Tätowierung des Gehenkten ein, und er bildete sich ein, diese schon einmal gesehen zu haben. Aber wo sollte das gewesen sein? Aus Trollfurt war er eigentlich nie herausgekommen, doch ihm wollte kein Bürger seiner Heimatstadt einfallen, bei dem er diesen gewundenen grünen Drachen bereits gesehen hatte.

»Egal, wahrscheinlich bilde ich mir das nur ein«, brummte er. Viel wichtiger schien ihm, dass es so etwas wie Drachenketzer überhaupt gab. Er hatte nicht gefragt, worin ihre Ketzerei bestand, doch vielleicht wollten auch sie den Drachen ihre Flügel lassen. Vielleicht waren er und Aiphyron mit ihrem Wunsch, die Drachen wirklich zu befreien, ja nicht allein.

STADT OHNE ANGST

Trollfurt hatte sich in den letzten Wochen verändert. Dadurch, dass Ben nicht gefunden wurde, waren sich die meisten Bürger nun ganz sicher, dass er Hilfe von einer Mörderbande oder von dunklen Kräften haben musste. Oder von beiden. In der Stadt ging die Angst vor ihm um. Nur Yanko fühlte sich sicher, er wusste ja, dass Ben allein und weit weg war.

Bei ihrer Mördersuche waren Nica und er nicht recht vorangekommen. Immer, wenn sie sich im Geheimen trafen, küssten sie sich und konnten die Hände nicht voneinander lassen. Yanko nahm sich vor jeder Begegnung vor, sie würden das nächste Mal ihren spärlichen Hinweisen nachgehen, und dann küsste er Nica zur Begrüßung auf die Lippen, nur ganz kurz, und ihre Lippen waren so rot und weich und erwiderten den Kuss so zärtlich, dass alle Vorsätze sofort wieder dahin waren.

Die Jungfrau Ivallya war noch immer der umhegte Gast des Bürgermeisters und ließ sich noch immer kaum auf der Straße blicken, und nie ohne Begleitung. Diese war von derselben nachdrücklichen Freundlichkeit wie die gesamte Gastfreundschaft Odhulans.

Yirkhenbarg hielt an einem Samstag eine derart flammende Rede, dass am Sonntag darauf Habemaas' Predigt ganz dünn und einfallslos klang, fast kraftlos. Yirkhenbarg hatte vom Niedergang der Moral im ganzen Land – aber auch in Trollfurt – gesprochen. Von den Gefahren für Leib und Seele, die überall dort draußen lauerten, und davon, dass sich eine tapfere Stadt wie Trollfurt so leicht nicht einschüchtern ließe.

»Nicht von einem Jungen!«, hatte er mit Nachdruck und erhobener Faust geschrien. »Nicht von einem mordenden Taugenichts. Selbst dann nicht, wenn er tausend Kameraden von seinem Schlag in den Bergen versteckt hält! Denn ein jeder von uns ist mehr wert als tausend von seiner Art! Mir macht er keine Angst, nein, uns macht er keine Angst. Soll er doch dunkle Kräfte anrufen, wir gehen auch weiterhin aufrecht durch unsere Straßen. Denn wir wissen uns zu wehren! Ich werde auch meine Mine nicht schließen, nur weil sie außerhalb der Stadtmauern liegt. Ich werde sie verteidigen mit allem, was ich habe!«

Und immer so weiter. Alle hatten gejubelt, auch Yanko hatte sich fast anstecken lassen vom großen, herbeigeschrienen Gemeinschaftsgefühl. Doch weil er wusste, dass Ben nicht in den Bergen lauerte, und auch nicht dessen tausend Kameraden, erschien ihm der ganze Aufruf zum Widerstand eher komisch. Die Vorstellung, eine ganze Stadt rüste zum Kampf gegen einen eingebildeten Feind, ließ ihn schmunzeln, und dieses Schmunzeln brach den Zauber der Rede.

Aber sonst hatte niemand geschmunzelt, und so beschloss die Stadt tatsächlich, Maßnahmen zu ergreifen. Der Bürgermeister war der Erste, der mehr Schutz für jeden forderte. Byasso erklärte Yanko, sein Vater müsse das tun, bevor es Yirkhenbarg tat, so sei die Politik eben, und Yanko begriff langsam, warum Ben Politik nicht verstanden hatte. Manches davon ergab wirklich keinen Sinn. Und so wurde in der Stadt, die von sich behauptete, keine Angst vor Ben zu haben, das Verlassen des gesicherten Bereichs innerhalb der Stadtmauer während der Nacht verboten. Wer versuchte, nach Sonnenuntergang das Tor zu durchschreiten, wurde festgehalten. Jedem Büttel wurden nun sogar zwei Hilfsbüttel zugeteilt, und da war es ein großes Glück, dass längst weitere Minenarbeiter in die Stadt gekommen waren. Alles aufrechte, starke Männer, die anscheinend mit einer Waffe umzugehen verstanden.

Der alte Wächter des Bergtors hängte seinen Beruf endgültig an den Nagel und wurde zum Trinker.

»Der Taugenichts Ben hat ihn dazu getrieben«, sagten die Leute. »Ich habe gehört, er hat in jener Nacht den Jungen durch sein Tor aus der Stadt gelassen. Dieser Ben war dabei so aufgewühlt, dass er seinen Dolch verloren hat. Der alte Porque, der gute, hilfreiche Porque, hat ihn ihm hinterhergetragen, und jetzt plagen ihn Schuldgefühle, die wird er sein Leben lang nicht mehr los. Ohne den Dolch wäre der Mord nie geschehen.«

Yanko sprach den Torwächter auf dieses Gerücht hin an, doch Porque sagte, er könne sich an nichts mehr erinnern, was in der Nacht vorgefallen sei, und man solle ihn endlich in Ruhe lassen.

Zweimal stieg Yanko tagsüber zur Mine hinauf. Die schwere Tür war stets verschlossen, zum Schutz vor Bens Horden, wie Yirkhenbarg verkündet hatte. Wenn Yanko sein Ohr an das alte Holz legte, hörte er ferne, dumpfe Klopfgeräusche, auch mal ein Schaben. Die Arbeiter hatten also begonnen, nach Blausilber zu schürfen. Noch hatten sie in Trollfurt jedoch keine Funde stolz herumgezeigt.

Doch eigentlich war Yanko auf dem Berg, um zum Fonksee zu laufen, wo er mit Ben geangelt hatte. Er vermisste seinen Freund, aber ihm wollte einfach nicht einfallen, wie er den wahren Mörder finden sollte. Er war nicht einmal sicher, ob das Ben helfen würde, denn Ben lebte nun irgendwo anders. Wenn er nicht den Wasserfall hinabgestürzt oder sonst wie zu Tode gekommen war. Immer wieder packte Yanko dieser Gedanke, auch wenn er ihn zu verdrängen versuchte.

Schniefend setzte er sich ans Ufer und starrte auf die Bergflanke gegenüber. Dies war einer der schönsten Orte, die er kannte. Die Felsen formten sich mit wechselndem Sonnenstand zu immer neuen Gestalten und Gesichtern, man konnte in ihnen Trolle, Elfen, Drachen, Wölfe, Adler und selbst ein verkniffenes runzliges Gesicht wie das des alten Jorque erkennen. Mauerfalken und Steinsegler nisteten in den zahlreichen kleinen Höhlungen. Ben war dort gern geklettert. Ohne Ben war der Anblick trotz aller Schönheit traurig.

Yanko warf einen Stein in den See, fluchte und stieg wieder ins Tal. Unterwegs dachte er an Nica, um die trüben Gedanken zu verscheuchen und weil er den ganzen Tag sowieso an nichts anderes denken wollte.

Und dann, eines Morgens, war die Jungfrau Ivallya verschwunden.

Weder der Bürgermeister noch seine Frau noch Byasso noch sonst wer hatte sie gehen hören. Auch die sonst so wachsamen Gänse hatten nicht geschnattert.

»Ihr nach!«, befahl Bürgermeister Odhulan seinen Dienern und den Bütteln.

»Ja, aber wohin denn?«, fragten diese.

»Den Dherrn entlang. Nach Süden, dorthin, wo ihr Orden seine Burgen hat! Was dachtet ihr denn? Zu den Trollen, oder was?«, brüllte Odhulan.

Doch wie sich herausstellen sollte, war sie tatsächlich nach Norden gegangen. Keiner wusste, was sie in den Bergen gewollt hatte, doch dort wurde sie von zwei Arbeitern auf dem Heimweg von der Mine gefunden, als die sich in die Büsche schlagen wollten, um Wasser zu lassen. Und dort lag sie. Tot. Niedergestreckt von zahlreichen Messerstichen.

»Sie hat den Mörder ihres Ritters auf eigene Faust gesucht, um seinen Tod zu rächen«, vermutete Yirkhenbarg. »Sie war eine tapfere Frau, die ein so schändliches Ende nicht verdient hat.«

Die Männer und Frauen, die ihn hörten, nickten. Und sie schauderten, denn ihr Tod war der Beweis, dass Ben noch in der Nähe war, und wahrscheinlich nicht allein. Oder er war besessen. Einundfünfzig Einstiche hätte Oberbüttel Gunnadrakh gezählt, wollte der alte Jorque wissen. »Einundfünfzig! Das tut keiner allein, der klar im Kopf ist.«

Und der Säufer Jorque musste ja wissen, was in einem nicht mehr klaren Kopf vorging.

Sie beerdigten die Jungfrau Ivallya neben Ritter Narfried, und Priester Habemaas und Bürgermeister Odhulan hielten lange, ergreifende Reden. Fast jeder Bürger Trollfurts war zugegen, und sie alle trugen nun offen Waffen bei sich. Mehr Wut als Trauer stand ihnen im Gesicht, und nicht wenige murmelten nach der Zeremonie, Ben müsse einen Verbündeten in der Stadt haben, oder gar mehrere.

Schon auf dem Heimweg und beim Totentrunk in den Gaststätten wurden alte Feindschaften ausgegraben und die Knechte der Konkurrenten verdächtigt. Jeder, der Ben mal einen Apfel zugesteckt hatte, wurde schief angesehen oder gar offen beschuldigt. Manchmal reichte sogar die Erinnerung an ein zurückhaltendes Lächeln. Es kam zu Prügeleien, Messer wurden gezogen, und nur die beherzten Hilfsbüttel konnten verhindern, dass es weitere Tote gab. Die brodelnde Stadt verlangte nach einem Schuldigen, sie wollte jemanden hängen sehen.

In ihrem Versteck grübelten Yanko und Nica, was Ivallya veranlasst haben könnte, nun doch zu gehen. Rache an Ben schien unwahrscheinlich. Es war natürlich möglich, dass sie ihrer verhassten Gastfreundschaft einfach hatte entfliehen wollen. Aber was hatte sie in den Bergen verloren? Es ergab keinen Sinn, sich dort zu verstecken, schließlich wurden diese noch immer regelmäßig durchkämmt. Wer sich verbergen wollte, musste dies woanders tun, und das hatte sie gewusst.

Was sie dort auch gewollt hatte, Yanko hatte nun zum ersten Mal Angst. Natürlich nicht vor dem dämonisierten Ben, nein, aber vor dem wahren Mörder – der sich noch immer in der Gegend befand.

»Vielleicht hat sie ihm verraten, dass wir ihn suchen? Und jetzt ist er hinter uns her«, flüsterte Nica.

»Das glaube ich nicht«, sagte Yanko, aber das war nur so dahingesagt. Er zitterte.

Sie küssten sich wilder als sonst und klammerten sich aneinander. Yanko schob seine Hände unter ihre Bluse, um ihre nackte Haut zu streicheln. Über der linken Brust fühlte sich ihre Haut seltsam an. Ihm kam sie rauer vor, aber das konnte er nicht sicher sagen. Sie war einfach anders, die Stelle ergab beinahe ein Muster. Als Yanko sie mit den Fingerspitzen abtastete, drückte Nica seine Hand weg, küsste ihn jedoch weiter, und er dachte nicht mehr darüber nach.

DIE RINNSTEINSCHNEPFE

Es war noch nicht Mittag, da saß Ben schon auf dem Marktplatz gegenüber dem *Goldenen Hahn* und wartete. Das große Podest war inzwischen wieder abgebaut worden, das kleine mit dem Galgen stand noch dort, die Schlinge baumelte leer und reglos herab. Ben hatte das Gefühl, sie wartete. Das war ihm unheimlich, und er sah fort, auch wenn hier niemand wissen konnte, dass er wegen Mordes gesucht wurde.

Die Bürger Falcenzcas beachteten weder ihn noch den Galgen, auch schnappte Ben nur selten eine Bemerkung zur Hinrichtung am vorangegangenen Tag auf. Die meisten Gespräche drehten sich um die Zeremonie und wer dabei welche Kleider getragen hatte, oder um alltägliche Dinge und den Ärger mit der Frau, dem Mann oder den Kindern.

Es wurde Mittag, aber die namenlose Hausdienerin kam nicht. Ben blieb sitzen und wartete weiter; Rinnsteinschnepfen ließen einen immer warten, hatte Yanko gesagt. Aus irgendeinem Grund wollten sie herausfinden, wie lange man auf sie wartet, ohne sauer zu werden. Doch Ben war gut darin, einfach herumzusitzen. Er ließ sich von der Sonne bescheinen und dachte über mögliche Beleidigungen für hochnäsige Hausdienerinnen nach. Er begann mit: *Mit deiner Nase könntest du Wolken pflügen, so hoch, wie du sie trägst.* Als er schließlich bei *Lachenloser Miesgrünling* angekommen war, ohne mit einer einzigen der mühsam gefundenen Beleidigungen zufrieden zu sein, sagte jemand neben ihm: »Hallo, Fremder.«

Ben sah auf und sah die lautlos Beschimpfte neben sich stehen. Sie trug auch heute wieder ihre grüne Livree von gestern Vormittag, doch lächelte sie vorsichtig. Zumindest für einen kurzen Moment.

»Hallo, Fremde«, antwortete er und erhob sich. »Wollen wir reingehen?«

»Hast du keine andere Kleidung?«, fragte sie.

»Nein. Wieso?«

»Dann werden wir im *Goldenen Hahn* keinen Platz bekommen.«

»Das wollen wir erst noch sehen!«, rief Ben und sprang zur schweren Eingangstür des vornehmen Gasthofs hinüber. Doch sie hatte recht, der blasse Türsteher wollte nicht mit sich reden lassen. »Alles besetzt.«

»Und was ist mit den freien Tischen da drüben?« Ben deutete in den nur leidlich gefüllten Saal.

»Reserviert. Für anständige Kaufleute, Ritter und ihre Begleitung.«

Ben öffnete den Mund, schloss ihn wieder und ließ es sein. *Was für ein Gockel!* Er ging zurück zu der Hausdienerin.

»Und?«, empfing sie ihn mit einem besserwisserischen Grinsen.

»Der ist so hochnäsig, der könnte mit seiner Nase die Wolken pflügen.« Das war zwar nicht für ihn gedacht gewesen, aber es passte. Es passte zu ihm viel besser als zu ihr, denn sie lachte jetzt los.

»Ich weiß, wohin.« Schnell hatte sie sich wieder beruhigt und Haltung angenommen. »Komm mit.«

Ben folgte ihr. »Aber sag mir erst einmal, wie du heißt, ich kann dich doch nicht einfach *du* nennen oder *hübsche Dienerin.«* Das Letzte war ihm einfach so rausgerutscht. Hätte er etwas Vergleichbares zu Nica gesagt, wäre er wahrscheinlich erst knallrot angelaufen, dann tot umgefallen und schließlich noch vom Blitz getroffen worden.

»Nenn mir deinen Namen, dann erfährst du meinen«, forderte sie. Natürlich.

»Ben.« Ein falscher Name schien ihm unnötig kompliziert, und er hatte Angst, darauf nicht zu reagieren oder ihn gar zu vergessen. Ben war schließlich ein leidlich verbreiteter Name.

»Anula.« Das passte.

Sie führte ihn in ein kleines, gemütliches und sehr sauberes Wirtshaus, das von Blumen überschwemmt war. Vor der Tür wuchsen sie in großen hellen Holzkästen, auf den Fensterbrettern in kleinen bunten Töpfen, und auf den Tischen standen sie in Vasen aus gefärbtem Venzara-Glas. Selbst die Wände waren mit leuchtenden Blumenbildern bemalt.

Da dieses Wirtshaus nur halb so teuer war wie der *Goldene Hahn,* sagte Ben großzügig: »Such dir aus, was du willst, du bist eingeladen.«

Sie sah ihn an, als sei das selbstverständlich und er solle nicht so einen Wind darum machen, dann bestellte sie das Flatterfischmenü mit einem süßen Weißwein. Ben schloss sich an und erntete den nächsten seltsamen Blick, jedoch eher belustigt als abschätzig.

»Du sprichst wirklich komisch«, sagte Anula. »Dein Dialekt ist so knödelig. Woher kommst du denn?«

Ben erfand rasch ein kleines Dorf an der nördlichen Grenze, wo sein Vater angeblich Bürgermeister war, das aber viele Meilen von Trollfurt entfernt lag. Er dürfe aber nicht verraten, was er so weit im Süden mache, dabei handle es sich um einen geheimen Auftrag.

Zu dieser Behauptung hob sie misstrauisch die Augenbraue, doch ansonsten hatte sie tatsächlich ein paarmal gelächelt, während er große Abenteuer erfand.

»Nenn mich ruhig einen dummen Dörfler«, sagte Ben dann, »aber ich weiß wirklich nicht, was ein Drachenketzer sein soll. Wir kennen die nicht bei uns. Kannst du mir erklären, was sie so Schreckliches tun?«

»Ihr habt keine Ketzer? Wirklich? Ich dachte, die sind überall. So heißt es zumindest.«

»Vielleicht ist unser Dorf einfach zu klein.«

»Ja, vielleicht.« Sie lächelte, ohne dass Ben dies verstand. Möglicherweise hatte sie schon so lange nicht mehr gelächelt, dass sie jetzt, da sie einmal damit angefangen hatte, einfach nicht mehr aufhören konnte. Als hätte sie das Lächeln aufgestaut und angesammelt wie andere Leute Wut.

»Es ist so«, erklärte sie, »dass sich die Ketzer vor zwei oder drei Generationen vom Orden der Drachenritter abgespalten haben und sich nun *Orden der Freiritter* nennen. Sie folgen dem Irrglauben, dass Drachen ganz und gar Samoths Geschöpfe sind, dass der Herr der lichtlosen Orte nicht nur ihre Flügel geschaffen hat. Dabei ist ihm dies in Wahrheit ja nur gelungen, weil er der Mondgöttin ihr Wissen um die Vögel stahl. Und die Ketzer behaupten nun, dass der trickreiche Dieb Samoth über die Fähigkeiten eines Schöpfers verfügt, und heben ihn damit in Hellwahs Höhen. Was für eine Frechheit! Zudem bestreiten sie mit ihrem Unglauben, dass Drachen Hellwahs Geschöpfe sind und von einem Fluch befreit werden müssen. Sie halten Drachen für im Kern böse Kreaturen, die von ihnen, den Freirittern, bezwungen werden müssen.«

»Also töten sie Drachen?«, warf Ben ein. Die Hoffnung, dass er und Aiphyron bei diesen Ketzern Hilfe finden würden, war dahin.

»Natürlich nicht! Sie streben nach Herrschaft und wollen sich dafür der Macht und Kraft der Drachen bedienen. Sie unterwerfen Drachen.«

»Und wie gelingt ihnen das?«

»Sie hacken ihnen die Flügel ab.«

»Aber …« Ben schwirrte der Kopf. Er musste aufpassen, dass er sich jetzt nicht durch eine unbedachte Äußerung verriet, musste so denken wie ein guter Gläubiger und seine Frage unauffällig formulieren, um seine und Aiphyrons Pläne nicht zu verraten. »Ich weiß nicht, das klingt vielleicht naiv von mir, aber wenn sie ihnen die Flügel abhacken, befreien sie die Drachen dann nicht ebenso, wie es die Ordensritter tun?«

»Das ist aber nur Zufall!«, fuhr Anula auf. »Sie befreien sie, obwohl sie es bestreiten. Und dann nutzen sie die freundliche Sanftmut von Hellwahs Geschöpfen, um sie zu unterwerfen!«

»Hinterlistige Sumpfhornschlangen!«, schauspielerte Ben Empörung. Wenn er noch mehr erfahren wollte, musste er lautstark auf ihrer Seite sein. Noch hatte er nicht verstanden, wo der Unterschied zwischen Ordensrittern und Ketzern sein sollte; vielleicht war er für solche Erkenntnisse zu selten in der Tempelschule gewesen. Die einen Ritter wollten Drachen befreien, die anderen wollten sie unterwerfen, und beide schlugen ihnen deswegen die Flügel ab. Wie sie es auch begründeten, beide taten dasselbe, und letztlich kam es doch immer auf die Taten an. Trotzdem hassten sie sich so sehr, dass die einen die anderen aufknüpften. Oder hatte der verurteilte Ketzer doch noch etwas anderes verbrochen? Er fragte Anula danach.

»Was anderes verbrochen? Ich glaube nicht, davon war nie die Rede. Ist ja auch nicht so wichtig, auf Ketzerei allein steht schon die Todesstrafe.«

Gern hätte er sie gefragt, ob sie das für richtig hielt und weshalb sie gestern bei der Hinrichtung weggesehen hatte, doch er traute sich nicht. Er wollte nicht den Eindruck erwecken, als unterstelle er ihr Sympathien für das Drachenketzertum. Das würde sie ihm sicher krummnehmen.

In diesem Moment wurde ihr Essen auf großen Tellern in Blütenform gebracht, und sie redeten über Belanglosigkeiten, während sie aßen. Der Fisch hatte zartes, rosa-grünliches Fleisch und schmeckte vorzüglich. Der honigfarbene Wein stieg Ben rasch in den Kopf. Also trank er langsam. Schließlich fragte er Anula, ob es möglich wäre, den Drachen ihres Herrn noch einmal zu sehen. Vielleicht sogar aus nächster Nähe?

»Das kriegen wir schon hin.« Sie hatte rasch einen zweiten Krug Wein bestellt, auch diesen inzwischen geleert und zwinkerte Ben nun spitzbübisch zu.

Er zahlte, und sie schlenderten zusammen durch die belebten Straßen zum Palast des Kaufmanns und Drachenreiters Dicime. So schlimm kam Ben der Gestank in Falcenzca heute schon nicht mehr vor, und auch die allgemeine Hektik und Eile nicht.

»Herr Dicime hat gehört, dass der Drachenorden einen berühmten Ritter nach Norden geschickt hat«, raunte Anula ihm unterwegs zu. Dabei beugte sie sich ganz nah an sein Ohr, damit niemand sonst ihre Worte aufschnappen konnte. Sie roch nach Wein und einer betörend schweren Süße, die Ben nicht zuordnen konnte. Der Duft erinnerte ihn an eine große, weiß blühende, fleischfressende Pflanze, doch wahrscheinlich war es nur irgendein Parfum. »Und das nicht nur zum Drachenjagen. Sollte der Orden dort neue Kontakte aufbauen oder alte wieder aufleben lassen, will Dicime der Erste sein, der die entsprechenden Geschäftsverbindungen knüpft. In Drakenthal hat er eine kleine Niederlassung, doch nicht in Graukuppe oder Trollfurt. Du kommst aus dem Norden, er hat sicher Interesse an deinem Wissen über die ganze Gegend. Aber erwähne bloß nicht, dass ich dir davon erzählt habe, wenn wir ihm über den Weg laufen.«

»Ich sage keinen Ton«, flüsterte er, und seine Lippen berührten dabei ganz sachte ihr Ohrläppchen. Er war nicht in sie verliebt, das wusste er, doch trotzdem hätte er sie jetzt gern geküsst. Sicherlich lag das am Wein.

Die beiden Torwächter vor Dicimes Palast musterten Ben misstrauisch, nickten Anula zu und ließen beide passieren, ohne Fragen zu stellen. Anula führte Ben durch die sorgsam gepflegte Gartenanlage, die so groß war, dass man sie eigentlich einen Park nennen konnte. Vorbei an sauber zurechtgestutzten Büschen, neugierig grüßenden Bediensteten und dem bunten, verschnörkelten Palast gingen sie in den hinteren, verlassenen Bereich. Dort erreichten sie schließlich einen großen, neu errichteten Stall mit vergoldeten Gitterstäben im Fenster der schweren, beschlagenen Tür. Die Rückseite des Stalls war nicht gemauert, sie bestand gänzlich aus einem durchgehenden, ebenfalls vergoldeten Gitter und ließ viel Sonnenlicht hinein. Direkt am rückwärtigen Gitter lag Schilfrücken und schien zu dösen.

»Darf ich hinüber und ihn am Schulterknubbel reiben?«, fragte Ben.

»Was willst du?«

»Die Schulterknubbel reiben. Was sonst? Das bringt doch Glück.«

»Ehrlich?«

»Wenn ich's doch sage.«

»Dann will ich auch«, kicherte Anula in plötzlichem Übermut, packte Ben an der Hand und lief mit ihm um das Gebäude herum.

Der Drache öffnete gemächlich ein Auge, als sie sich dem Gitter näherten. Auch wenn er deutlich kleiner als Aiphyron war, so war er dennoch ein beeindruckendes Wesen. Er erinnerte Ben an Feuerschuppe, er strahlte dieselbe Ruhe aus. Beiden fehlte die überbrodelnde, wilde Lebendigkeit Aiphyrons. Ihnen fehlten die Flügel, sie konnten nicht fliegen.

Als Ben die Schulterknubbel entdeckte, verspürte er Mitleid mit Schilfrücken. Die wulstigen Narben waren noch ganz frisch, der Schorf sicher noch nicht lange abgeblättert. Lautlos versprach er dem Drachen noch einmal, dass er irgendwann wieder fliegen würde, und kniete sich ans Gitter.

»Hast du keine Angst?« Anula sah ihn bewundernd an.

»Nein. Was soll er mir denn tun? Er ist doch befreit«, antwortete Ben und versuchte, seine Stimme nicht verbittert klingen zu lassen.

»Aber er ist so groß. Und die drei Tage des Halsbandes sind noch nicht um.« Vorsichtig ging sie neben Ben in die Hocke. Die Edelsteine von Schilfrückens Halsband schimmerten in der Sonne.

»Du wirst uns doch nichts tun, Schilfrücken, nicht wahr?«, flüsterte Ben, schob die Hand durch das Gitter und legte sie auf den Flügelansatz. Sofort spürte er das vertraute Pulsieren und Kribbeln. Schilfrückens offenes Auge musterte ihn überrascht, und dabei begann der Drache, zufrieden zu brummen.

»Das ist unglaublich«, murmelte Anula.

»Gib mir deine Hand«, sagte Ben.

Sie tat es stumm, und er setzte sie auf den Schulterknubbel und legte seine Hand darüber, so dass seine Finger zwischen ihren auf dem Drachen zu liegen kamen. Das Pulsieren war nur unwesentlich schwächer als zuvor, ohne ihre Hand. »Spürst du das?«

»Ja«, hauchte sie. Sie zitterte, und Ben verstand, dass sie wirklich Angst vor dem Drachen hatte. Eine Angst, die sie sich auf keinen Fall anmerken lassen wollte. »Ist dieses Pochen das Glück?«

»So habe ich es gehört.«

»Das ist schön.« Sie bewegte ihre Finger ganz leicht hin und her und streichelte so den Schulterknubbel und auch Bens Finger. Schilfrückens Brummen wurde zu einem tiefen Schnurren, und er wälzte sich auf die Seite, so dass nun beide Flügelansätze direkt am Gitter lagen, gut erreichbar für Ben. Jedoch reagierte Anula schneller und berührte den neuen Knubbel zuerst. Ben sah ihr lächelnd zu, für einen Moment hatte sie ihre Angst überwunden.

»Ich spüre nichts«, sagte sie enttäuscht. Doch bevor sie ihre Hand zurückziehen konnte, hielt Ben sie mit seiner fest und suchte mit den Fingerspitzen den Kontakt zum Drachen. Augenblicklich setzte das Pulsieren ein, und Anula stieß ein leises »Doch!« aus.

Langsam wandte sie sich ihm zu und sah ihm überrascht in die Augen. Ihre glänzten, wahrscheinlich vertrug sie wirklich nicht viel Wein und hatte den zweiten Becher nur getrunken, weil Ben bezahlte. Verwirrt sah sie ihn an.

Ihr Gesicht war seinem so nah, auch ihr leicht geöffneter Mund, und es wäre einfach, sie jetzt zu küssen, dachte er weiter, doch er tat es nicht. Ihre Lippen sahen so verlockend aus, aber das konnte er Nica nicht antun. Zwar würde sie es nie erfahren, und natürlich wäre es keine Untreue, schließlich wusste Nica nichts von seinen Gefühlen, und er hatte ihr auch keine Treue versprochen, nicht laut, aber bald würde er ihr seine Liebe gestehen, und er würde von dem Kuss hier wissen, und wahrscheinlich würde er ihn gleichzeitig mit seiner Liebe gestehen, und dann würde Nica ihn sicherlich nie wieder ansehen. Also lächelte er Anula nur an und sagte: »Das ist schön, nicht?«

Sie forschte in seinen Augen, er sah ihre Unsicherheit, und weil er das nicht ertrug, streichelte er mit seinen Fingern über ihre. Nur ganz leicht, das musste er Nica nicht verraten.

»Ja«, sagte sie ganz leise und wandte ihr Gesicht einfach nicht ab. Wartete sie wirklich darauf, geküsst zu werden? Oder weshalb sah sie ihn so an?

Da galoppierten plötzlich Pferde in den Hof, Stimmen riefen, und ihr schien wieder einzufallen, dass es heller Nachmittag war und sie mit einem Fremden hinter dem Stall kauerte, viel zu nah an ihn geschmiegt. Jederzeit konnte jemand vorbeikommen und sie sehen. Rasch löste sie ihre Hände von Ben und stand wieder auf. Sie ging einen Schritt zur Seite, doch den Blick konnte sie nicht von ihm lassen.

Noch ein paar Augenblicke strich Ben mit den Händen über die Schulterknubbel, dann hatte er das Gefühl, dass sich unter den Narben etwas regte, etwas, das tot gewesen schien. Länger durfte Ben nicht warten, wenn er nicht auffallen wollte. Er nahm die Hände behutsam zurück und sah dem Drachen ins Auge. Schilfrücken hörte auf, behaglich zu brummen, doch er sah Ben dankbar an. Kurz hatte Ben sogar den Eindruck, als würde der Drache grinsen, als würde er nicken, während Ben dachte: *Wart's ab, wir holen dich hier raus.*

»Ich sollte wieder arbeiten«, sagte Anula nicht ganz so bestimmt, wie sie sicherlich gewollt hatte.

»Dann gehe ich besser mal.«

»Ich bringe dich noch zum Tor.«

Ben nickte, er wollte etwas Fröhliches sagen, doch ihm fiel nichts ein. Ihr Blick von vorhin hatte ihn durcheinandergebracht. Anscheinend mochte sie ihn wirklich, und er benutzte sie nur, um den Drachen zu befreien. Schilfrücken zu befreien war wichtig, sagte er sich, doch er konnte ihr trotzdem nicht in die Augen sehen. Schweigend gingen sie weiter. Die eben angekommenen Reiter waren in einem der Gebäude verschwunden, drei schweißnasse Pferde waren an den Balken im vorderen Hof gebunden und soffen gierig aus großen Wassereimern.

»Bist du noch länger in der Stadt?«, fragte Anula, als sie das Tor fast erreicht hatten. Es klang beiläufig, doch biss sie sich dabei auf die Unterlippe, und ihre Augen verrieten, dass es ihr wichtig war.

»Ich weiß es leider nicht.« Er bemühte sich um ein Lächeln und zwang sich, sie fest anzusehen. »Alles ist möglich, ich bin nicht mein eigener Herr.«

»Wer ist das schon?«

Ein Drache mit Flügeln, dachte Ben. Er zuckte mit den Schultern. »Solange ich noch in Falcenzca bin, kann ich dann hier nach dir fragen?«

»Ja.« Sie strahlte ihn an. »Abends ist die beste Zeit. Tagsüber habe ich selten frei.«

»Abends also, das kann ich mir merken.« Er ging und drehte sich erst nach einer Weile wieder um. Sie stand immer noch am Tor und blickte ihm nach. Zwischen den beiden riesigen, ins Leere starrenden Wachleuten wirkte sie verloren. Er winkte hastig und fühlte sich miserabel.

Ohne auf seine Umgebung zu achten, stapfte er durch die

Straßen. Er wusste jetzt, wo der Drache untergebracht war, den sie befreien wollten, er hatte mit seiner Heilung begonnen und so seine Lebensgeister und Hoffnung auf Freiheit geweckt; alles war viel besser gelaufen als erwartet. Und trotzdem fühlte er sich konfus, nur weil er eine hochnäsige Rinnsteinschnepfe ausgenutzt hatte, die es gar nicht anders verdient hatte. Missmutig kickte er einen Kiesel davon.

Als er einige Querstraßen weiter wieder aufsah, überholten ihn vier schwer bepackte Diener, die von einer Reise in den Süden schwärmten und fluchten, dass sie nicht mit durften. Ein Passant nach dem anderen überholte ihn, manche schüttelten den Kopf, die meisten ignorierten ihn. Gesprächsfetzen umwehten ihn, huschten an seinen Ohren vorbei und wurden von ihm ignoriert. Kaum zwei vollständige Sätze hörte er, dann waren die Sprecher schon wieder aus seiner Hörweite verschwunden. Er war wirklich zu langsam für diese Stadt. Dann zogen sogar zwei Stadtwächter an ihm vorbei, obwohl der eine hinkte und der andere O-Beine hatte.

»Das hat er wirklich gesagt?«, fragte der Hinkende mit knarzender Stimme.

»Ganz sicher. Ich kenne Leon seit Jahren, er würde mich nicht belügen. Und er war bei der Befragung selbst dabei. Zwar musste er schwören, das Gehörte niemandem zu verraten, aber – wie gesagt – wir kennen uns seit Jahren. Und ich halte ja meine Fresse, da kann er sich drauf verlassen. Ich sag's nur dir, und du kannst schweigen, das weiß ich.«

Ben schüttelte belustigt den Kopf und sah den beiden nach, wie sie weitereilten. Wenn in Falcenzca alle so dachten, war das keine gute Stadt für Geheimnisse.

»Von mir erfährt keiner, was der Ketzer gesagt hat«, versicherte der Hinkende.

Der Ketzer? Sofort beschleunigte Ben seinen Schritt, er musste in Hörweite bleiben.

»Natürlich ist das alles Unsinn, Irrglaube und leere Drohungen. Deshalb wollen sie ja auch nicht, dass die einfachen Bürger und Bediensteten davon erfahren, die werden nur panisch.«

»Sind ja leicht zu verängstigen. Aber ehrlich gesagt, wenn das wahr wäre, würde ich mir auch in die Hosen machen. Und zwar gewaltig.«

»Ja.« Der Wächter mit den O-Beinen lachte. »Aber wer nimmt schon die Worte eines Verurteilten für bare Münze? Er wollte nichts weiter, als uns Angst machen. *Wir haben den König der Drachen, und wir werden ihn unterwerfen. Er wird eure Stadt niedertrampeln wie die Puppenhäuser einer verwöhnten Prinzessin. Er wird eure Häuser im Ganzen verschlingen, denn sein Rachen ist so groß wie eure Paläste. Alle werdet ihr sterben!* Wer nimmt das schon ernst? Niemand hat je von einem solchen Drachen gehört, und keine Folter brachte ihn dazu, den Aufenthaltsort dieses angeblichen Königs der Drachen zu verraten. Diese verfluchten Ketzer haben gar nichts!«

»Gar nichts«, wiederholte der Hinkende mit einem Lachen, das beinahe selbstsicher klang. »Mit so einem Unsinn muss man wirklich niemanden ängstigen. Die armen Kinder glauben das ja noch.«

»Die Tochter meines Bruders bestimmt«, sagte der erste Wächter und begann ausgedehnt von einer langweiligen Familienfeier zu erzählen.

Ben ließ sich wieder zurückfallen und suchte sich den Weg zum Tor hinaus. Der König der Drachen? Er musste Aiphyron dringend fragen, ob an dieser Geschichte etwas dran sein konnte.

HINTER GITTERN

Bei Sonnenuntergang saßen Ben und Aiphyron in der Ruine zusammen und aßen roh, was der Drache den Tag über gefangen hatte. Ben hatte ihm alles berichtet, und sie hatten beschlossen, es heute Nacht zu wagen.

»Ein Drache hinter Gittern!«, knurrte Aiphyron zum hundertsten Mal. Er war kaum zu bändigen gewesen, als er von der Gefangenschaft erfahren hatte und hatte sofort zu Schilfrückens Rettung losstürmen wollen – obwohl er wusste, dass sie tagsüber kaum Aussichten auf Erfolg hatten. Es gab zu viele Ritter in der Stadt. Doch er verabscheute Gitter fast ebenso sehr wie Feuer.

Ben erzählte auch von dem Gespräch der Stadtwächter, das er belauscht hatte.

»So ein Unsinn!« Aiphyron schüttelte den Kopf. »Wir haben keine Könige. Jeder ist sein eigener Herr.«

»Und was ist mit der sagenhaften Größe?«

»Na ja, ein bisschen übertreibt man natürlich, wenn man jemandem Angst machen will.«

»Ein bisschen? Ein Rachen so groß wie ein Palast? Schau dir doch deinen an.«

»Es geht doch nicht um meinen.« Aiphyron schnaufte. »Natürlich bin ich größer als die meisten von uns, aber ich kannte früher einen Drachen, der war bestimmt vier- oder fünfmal so groß wie ich.«

Ben starrte Aiphyron an. Bei ihrer Höhle hatte er ihn aus Langeweile und einer Laune heraus gemessen, er war dreizehn Schritt lang, und die ausgebreiteten Flügel spannten sich sogar noch deutlich weiter! Das Vier- oder Fünffache? Das waren … furchtbar viele Schritte.

»Wo gibt es denn einen so großen Drachen?«

»Im Meer, er lebt irgendwo im Meer. Geboren wurde er auf dem Grund eines Sees, aber der wurde ihm später zu klein. Er konnte Wasser atmen wie Luft, und weil ihm Fische besser schmeckten als Vögel oder Landtiere, ging er nach ein paar Wochen zwischen den Wolken ins Meer. Schwimmen ist wie Fliegen, sagt er, und die Luft ist ihm einfach zu trocken. Nur manchmal kurvt er auch über den Wellen dahin, zur Abwechslung.«

»Fünfmal so groß wie du?« Ben konnte es noch immer nicht fassen. »Du machst Witze!«

»Nein. Und es ist gut möglich, dass irgendwo ein noch größerer Drache lebt.«

»Noch größer? Davon hätte man gehört!« Ben schüttelte abwehrend den Kopf. »Nein, nein, wenn der nicht auch im Meer lebt, hätte irgendwer längst davon erzählt.«

»Ja, aber hätte man ihm auch geglaubt? Wenn dir vor unserem Zusammentreffen ein Seefahrer erzählt hätte, er habe auf einer riesigen Insel einen Drachen mit hundert Schritt Flügelspannweite gesehen, was hättest du gesagt?«

»Hundert Schritt? Hundert? Kein Wort hätte ich ihm geglaubt«, gab Ben zu.

»Na, siehst du.«

»Aber wenn es so einen Drachen geben könnte, und einer dieser Ketzer hackt ihm die Flügel ab, könnte er ihm dann Befehle erteilen?«

»Wahrscheinlich.«

»Und wer könnte einen solchen Giganten aufhalten?«

»Wahrscheinlich niemand. Vielleicht Ilmertoh, von dem ich dir gerade erzählt habe, doch das Meer ist riesig und tief, ich wüsste nicht, wie man ihn finden sollte.«

Ben sah Aiphyron an. Ihm war überhaupt nicht wohl. »Und was, wenn es dieser Ilmertoh ist? Wenn sie ihn gefangen und entflügelt haben? Wer hilft uns dann?«

»Mensch, Junge, mach dir keine Sorgen.« Aiphyron lachte. »Ilmertoh erwischen sie nicht, der ist zu alt und zu gewitzt. Außerdem: Nur weil es irgendwo einen gigantischen Drachen geben könnte, heißt das noch nicht, dass der Verurteilte die Wahrheit gesagt hat. Vielleicht hat auch der Stadtwächter Unsinn erzählt, weil er seinen Kumpel beeindrucken wollte. Und dann darfst du nie vergessen: Welcher Ritter will einem solchen Riesen die Flügel abhacken? Welcher Schmied will ein Schwert schmieden, das solche Flügel durchtrennt? Ich glaube, diese Gefahr durch einen gigantischen Drachen, der von ketzerischen Eroberern beherrscht wird, besteht nicht.«

Ben nickte und fiel zögerlich in das Lachen ein.

Aiphyron hatte recht. Niemand könnte einen Drachen von solch immenser Größe unterwerfen. Er sollte sich lieber Gedanken über das machen, was jetzt vor ihnen lag. Wieder und wieder sprach er mit Aiphyron die Befreiung Schilfrückens durch. Um sich auszuruhen und Kräfte zu sammeln, war er viel zu angespannt.

Es musste eine gute Weile nach Mitternacht sein, als sie sich auf den Weg machten. Ben saß nahe an Aiphyrons Ohren, um ihn später über der Stadt dirigieren zu können.

Aiphyron erhob sich mit kräftigen Flügelschlägen hoch in die Luft und flog im Süden an der Stadt vorbei; der Palast des Kaufmanns lag im Nordwesten nahe der Stadtmauer, sie würden also von dort kommen. Der Mond stand nur als schmale Sichel am Himmel und spendete kaum Licht, fast alle Bürger lagen in ihren Betten, und die wenigen, die wach, nüchtern und auf der Straße waren, würden hoffentlich nicht den großen Schatten bemerken, der sich langsam über die Stadt senkte. Hundert Schritt vor der Stadtmauer hörte Aiphyron auf, mit den Flügeln zu schlagen, fast lautlos glitt er dahin und näherte sich immer weiter dem Boden.

»Da vorne links«, rief ihm Ben ins Ohr. Sie näherten sich Dicimes Palast von der Rückseite. »Lande gleich hinter der Mauer, Wachen stehen sicher nur vorne am Tor.«

Der Drache setzte mit leisen Sohlen zwischen Palastmauer und der Rückseite des Drachenstalls auf. Sofort duckte er sich in den Schatten des großen Stallgebäudes, doch niemand schien sie gehört zu haben. Aiphyron knirschte mit den Zähnen, als er die goldenen Gitterstäbe sah.

»Ruhig«, zischte Ben und glitt zu Boden. »Wir dürfen keinen Lärm machen. Warte hier, ich schaue, ob ich die Tür knacken kann.« Er warf noch einen raschen Blick in den Stall, doch seine Augen konnten das Dunkel drinnen nicht durchdringen.

Dicht an die Mauer gepresst schlich er um das Gebäude. Bisher hatte alles perfekt geklappt, wenn jetzt noch die Tür nicht abgeschlossen wäre, dann … Doch Ben kam nicht dazu, an der Klinke zu rütteln. Als er um die Ecke zur Vorderseite biegen wollte, entdeckte er einen großgewachsenen Burschen, der neben der Tür an der Wand lehnte und Wache hielt. Er musste halb taub sein, da er sie nicht gehört hatte. Doch wenn sich Ben ihm noch weiter näherte, würde er bestimmt entdeckt werden. Leise zog er sich wieder um die Ecke zurück. Ein Glück, dass der Bursche eine knallrote Livree trug und keine grüne wie die Hausdienerinnen, so hatte Ben ihn auch im Dunkeln sofort gesehen. Er schlich zurück zu Aiphyron und berichtete ihm von der Wache.

»Lass mich mal sehen«, flüsterte Aiphyron und schlängelte sich um die Ecke. Es war unglaublich, wie leise sich ein so großes Geschöpf bewegen konnte, beinahe geräuschlos. Wie eine Katze auf Beutejagd schlich er an der Wand entlang. Langsam schob er den Kopf um die Ecke. Ben atmete auf, als keine Wache Alarm schrie. Aiphyron hatte sich selbst von der Lage überzeugt, jetzt konnten sie gemeinsam einen Plan entwerfen, wie sie in den Stall kämen, ohne Aufmerksamkeit zu erregen.

In diesem Moment sprang der Drache knurrend um die Ecke. Nein, verdammt!

Lautlose Flüche auf den Lippen, raste Ben ihm nach.

Aiphyron hatte den Wächter mit der Klaue umschlossen und schüttelte ihn. »Feuermensch! Gesteh, du bist ein Feuermensch! Willst wohl friedfertige Drachen anzünden, was!«

Der Bursche in der roten Livree wurde wild gebeutelt, war aber viel zu verdattert, um irgendwas zu rufen oder sich zu wehren. Vielleicht hatte er an der Wand gelehnt und gedöst und war noch gar nicht richtig wach.

»Gesteh schon, Feuermensch! Wolltest die ganze Stadt abfackeln, was?!«

»Ruhig, Aiphyron«, zischte Ben und trat dem Drachen in die Seite. Das konnte doch nicht wahr sein, dass er genau jetzt wieder mit diesem Unsinn anfing!

»Ruhe da unten!«, brüllte irgendwer aus dem Palast heraus.

Aiphyron hielt sich den Burschen prüfend vor das Auge, und der Wächter gluckste etwas Unverständliches. Weder Rauch noch Feuer kamen ihm aus Mund oder Nase.

»Hm. Kein Feuermensch, was?«, stellte der Drache fest. »Dann zieh dich doch nicht so missverständlich an.«

Der Bursche gluckste wieder, und Aiphyron setzte ihn auf den Boden und gab ihm einen Klaps auf den Hintern. Japsend rannte der Bursche in den Hof nach vorn.

»Ganz toll«, giftete Ben. »Und jetzt? Warten wir auf die anderen Wachen, und schaust du dann, ob es Feuermenschen sind, oder was?«

»Pah«, brummte Aiphyron und sprang mit einem gewaltigen Satz über den Stall hinweg.

Ben fluchte und rannte außen herum. Vom Hof her waren nun die rennenden Schritte mehrerer Stiefelpaare zu hören, und eine schrille Stimme schrie: »Alarm!«

Der ganze schöne Plan dahin, nur weil sich Aiphyron nicht zusammenreißen konnte!

Der Drache packte die beindicken Gitterstäbe mit seinen Klauen und riss sie einfach aus der Verankerung, immer gleich drei oder vier auf einmal.

Ben sprang hinzu und zischte in die Dunkelheit im Stall: »Schilfrücken, ich bin's. Wir sind hier, um dich zu holen, um dir deine Flügel zurückzugeben.«

Schilfrücken kam herbeigewatschelt, und Ben fasste ihn an den Schulterknubbel, während Aiphyron die letzten Gitterstäbe herausriss. Sofort spürte Ben das Pulsieren, und der Drache brummte zufrieden.

»Ganz ruhig«, murmelte Ben. »Aiphyron trägt dich hier raus.«

Schreie und schwere Schritte stürmten heran, immer lauter wurde das Gebrüll. Es waren sicherlich mehr als drei Wächter.

»Tu was! Spei Feuer!«, blaffte Ben Aiphyron an. Der Drache hatte es schließlich verbockt, sollte er es auch wieder hinbiegen!

»Nein, kein Feuer«, knurrte Aiphyron und schleuderte die Gitterstäbe, die er in der Hand hielt, nach den Heranstürmenden. Ben konnte in der Dunkelheit und zudem hinter dem Stall rein gar nichts sehen, doch ein Mann schrie voller Schmerz auf, andere vor Schreck. Die Stäbe, die mindestens einen der ihren getroffen hatten, waren bestimmt vier Schritte lang. Kein Mensch konnte einen davon werfen, schon gar nicht vier auf einmal.

»Ich hab es doch gesagt, ein Drache«, jammerte eine dünne Stimme.

»Holt Ritter herbei!«, brüllte jemand. Mehrere Fußpaare trampelten davon.

»He! Nicht alle zusammen!« Die Stimme des Rufers zitterte jetzt ein wenig. Er schien allein geblieben zu sein, zusammen mit dem Mann, der immer noch vor Schmerz fluchte.

Ritter würden nicht so schnell fliehen. Ritter würden überhaupt nicht fliehen.

Aiphyron packte Schilfrücken mit seinen Klauen und presste ihn sich an den Bauch. Schilfrücken klammerte sich fest, und Ben sprang auf Aiphyrons Rücken. Dieser murrte und stöhnte unter dem Gewicht und breitete die Flügel aus. Mühsam erhob er sich ein, zwei Schritte in die Luft und torkelte davon. Im Palast wurden Lichter entzündet, immer mehr Schreie waren zu hören. Irgendwer schoss mit Pfeilen nach ihnen.

»Ein Geflügelter! Ein Geflügelter!«

»Hellwah steh uns bei!«

Mit Müh und Not überwand Aiphyron die Gartenmauer, stieß sich auf ihrem Rand mit den Hinterbeinen noch einmal ab, taumelte weiter durch die Luft und fegte mit dem wild hin und her schlingernden Schwanz einen Schornstein von einem Nachbarhaus. Ziegel polterten auf die Straße, eine neugierige alte Frau wurde beinahe getroffen, als sie den Kopf aus dem Fenster steckte. Immer mehr Falcenzcaner erwachten.

Und dann hatte Aiphyron endlich einen Rhythmus gefunden und gewann an Höhe. Ohne schlimm zu schwanken, trug er Ben und Schilfrücken über die Stadtmauer hinaus. Letzte Pfeile sausten an ihnen vorbei, doch Ben wurde nicht getroffen. An den Drachenschuppen prallten sie wirkungslos ab.

Im großen Bogen flog Aiphyron um die Stadt und zurück zu ihrem Versteck. So würden Dicimes Leute zuerst in der falschen Himmelsrichtung suchen und dann hoffentlich aufgeben. Niemand würde davon ausgehen, dass sie sich so nah bei Falcenzca verbargen. Woher sollten sie auch wissen, dass Aiphyron den befreiten Drachen nicht weit schleppen konnte?

Ächzend schlug er im Hof ihrer Ruine auf den Boden. Ben fiel von seinem Rücken, konnte sich aber abrollen. Schilfrücken landete mit einem dumpfen Krachen im Dreck neben Ben. Er fletschte die Zähne, grinste und drehte Ben die Schulterknubbel zu.

»Morgen. Morgen wieder«, stöhnte Ben, aber dann strich er doch noch eine halbe Stunde über die Narben, bevor er nicht mehr konnte und in tiefen Schlaf fiel.

Es war der zweite Tag nach Schilfrückens Befreiung, und bislang hatte niemand in der Ruine nach ihnen gesucht. Aiphyron besorgte ihnen das Essen, und Ben verbrachte die meiste Zeit damit, die Flügelansätze von Schilfrücken zu reiben. Inzwischen war er nicht mehr so sicher, ob er die nächste Zeit wirklich ausschließlich mit dem Befreien von Drachen verbringen wollte, wenn dies bedeutete, nichts anderes zu tun, als Schulterknubbel zu reiben. Mit Aiphyron war er unterwegs gewesen, aber jetzt saß er einfach herum und berührte vernarbtes Fleisch. Das heilende Pulsieren zu spüren, war immer noch großartig, aber wollte er das jeden Tag machen, vielleicht dreißig, vierzig Jahre lang? Er war nicht sicher; die Vorstellung erschien ihm furchtbar langweilig. Vielleicht reichte es ja, wenn er eine Stunde am Tag die Hand auf den Knubbel legte, und den Rest machten die Flügel von allein? Das sollte er wirklich ausprobieren, er bekam schon Krämpfe in den Unterarmen.

»Meinst du, Schilfrücken heilt weiter, auch wenn ich eine Pause mache?«, fragte er zur Sicherheit Aiphyron. »Wie war das bei dir?«

»Ich heiße überhaupt nicht Schilfrücken«, brummte der grün geschuppte Drache, bevor Aiphyron antworten konnte. Es war der erste Satz, den er sprach.

»Du sprichst!«, freute sich Ben. Es war wie bei Feuerschuppe. Die Flügelstumpen waren auf die Länge eines Arms angewachsen, und nun war er so weit, sich über die Schweige-Anweisungen der Drachenritter und seines neuen Reiters hinwegzusetzen.

»Und wie ich spreche! Noch mal im Leben lass ich mir das Maul nicht verbieten! Von absolut niemandem.«

»Von uns hat das auch keiner vor.«

»Danke.« Der Drache nickte. »Danke fürs Rausholen und Heilen, meine ich. Diese verdammten Ritter! Nennen mich einfach Schilfrücken. Schilfrücken! Was für ein dämlicher Name! Und dazu einer mit Hellwahs Segen. Wer soll das überhaupt sein? Ganz egal, ich sag euch was, auf diesen Segen, der mit dem Schwert kommt, pfeif ich! Das ist doch kein Segen, nicht! Oder? Übrigens heiße ich Jurbenmakk. Einfach Jurbenmakk. Was sollte das überhaupt? Schilfrücken! So ein Unsinn. Sieht einer von euch Schilf auf meinem Rücken wachsen? Na also. Du kannst mich aber Juri nennen, wenn du magst.«

»Alles klar, Juri. Ich bin Ben«, sagte Ben und grinste zu Aiphyron hinüber.

»Vergiss es«, knurrte der. »Ich heiße Aiphyron, und so nennst du mich auch. Nenn mich einmal Aiphi, und ich kegel Wolken mit dir.«

»Wolkenkegeln! Tolle Idee; das würde ich auch gern mit diesen vermaledeiten Rittern!«, riss Juri sofort wieder das Wort an sich.

Minutenlang sprach er so weiter, er hatte lange kein Wort gesagt. Mit den neuen Flügeln kam die Verärgerung über die Drachenritter zurück, und beide würden noch ein gutes Stück weiter wachsen.

Ben und Aiphyron ließen ihn schimpfen und erzählen, wo er herkam, was er erlebt hatte, wie er erwischt worden war und noch mehr. Dabei keimte in Ben jedoch der Verdacht auf, dass Jurbenmakk nicht nur seiner Verärgerung Luft machte, sondern dass er von Natur aus ein ziemliches Plappermaul war.

Irgendwann wurde es Ben einfach zu viel, und er hörte nicht mehr zu. Obwohl Aiphyron über das Gespräch der Stadtwächter gelacht hatte, hatte Ben immer wieder an einen riesigen flügellosen Drachen denken müssen, der mit blinder Zerstörungswut über Häuser und schreiende Menschen hinwegstapfte. Der auf Befehl eines bösen Ritters in schwarzer Rüstung alles in seinem Weg niedertrampelte und zahlreiche Menschen verschlang, ohne zu kauen. Immer wieder verschwand Nica in seinem Rachen, ohne dass Ben es verhindern konnte. Manchmal auch Anula. Ben versuchte sich das Gesicht des verurteilten Ketzers in Erinnerung zu rufen und fragte sich, ob dieser Mann mit der Wahrheit gedroht oder gelogen hatte. Natürlich sah man keinem Menschen an, ob er ein Lügner war, aber Ben wollte sich einfach irgendwie Gewissheit erzwingen. Doch vergeblich, die Erinnerung an das ausdruckslose, zerschundene Gesicht des Ketzers verriet ihm nichts.

Während Jurbenmakk redete und redete, massierte Ben weiter dessen Flügelstumpen und starrte grübelnd auf die dunkelgrauen, verwitterten Mauersteine der Ruine. So nah an Falcenzca hatte dieses Gebäude gestanden, und es wirkte doch ganz anders als die bunten, verzierten Gebäude der Stadt. Es erinnerte Ben an den alten, ebenfalls verlassenen Raubritterturm vor Trollfurt.

Und plötzlich fiel ihm wieder ein, wo er die Tätowierung des Ketzers, den gewundenen grünen Drachen, schon einmal gesehen hatte. Vor Überraschung hielt er mit einem Mal die Hände ruhig. Doch je länger er nachdachte, desto sicherer wurde er. Der Arbeiter, der mit Yirkhenbarg in die Mine gegangen war und der für einen einfachen Arbeiter viel zu stolz gewirkt hatte, hatte genau die gleiche Tätowierung auf dem Oberarm getragen. In Trollfurt selbst war diese immer von seinem langen Ärmel verdeckt gewesen, nur Ben hatte ihn oben an der Mine ohne Hemd gesehen. Wie alle anständigen Menschen trugen sämtliche Arbeiter Yirkhenbargs lange Ärmel. Waren sie am Ende alle tätowiert? Zumindest Yirkhenbarg wusste von dem grünen Drachen des einen, er musste ihn gesehen haben.

Bens Gedanken sprangen durcheinander. Solange er in der Stadt gewesen war, hatten Yirkhenbargs Leute nicht einen Brocken Blausilber gefördert. Und sie hatten niemanden in die Mine gelassen. Was hatte ein Drachenketzer dort verloren?

»Aiphyron«, sagte Ben mit schwerer Stimme und unterbrach Jurbenmakks Redefluss. Vielleicht bildete er sich irgendwelche Verrücktheiten ein, nur weil er einen Grund finden wollte, nach Trollfurt zurückzukehren. Zu Nica. Doch das ungute Gefühl, das ihn plötzlich gepackt hatte, war echt. Ihm war beinahe schlecht, es ging nicht nur um Nica. Es ging darum, dass sie in Gefahr schweben könnte, so wie ganz Trollfurt und damit auch Yanko.

»Sag mal, Aiphyron, wie lange wächst ein Drache heran? Ich meine, im Baum oder in der Erde?«

Jurbenmakk starrte überrascht zu Ben, aber er schwieg.

Aiphyron grinste den anderen Drachen an und antwortete: »Lange, zumindest länger als ein Mensch. Das kann Jahre dauern, vielleicht Jahrzehnte. Es hängt von der Größe des Drachen ab und von dem Ort, der ihn gebiert. In einem Baum geht es vergleichsweise schnell, Holz ist weich und lebendig; in Lehm oder Sand dauert es länger, und im harten Fels dürfte allein die abschließende Schuppenschicht ein paar Jahre zum Wachsen brauchen. Zumindest bei einem Drachen von meiner Größe.«

»Und wenn der Drache größer ist?«, fragte Ben stockend.

»Dann dauert es länger. Doch welcher Drache sollte …?« Aiphyron blickte ihn scharf an. »Du machst dir doch nicht immer noch Gedanken über diesen angeblichen König der Drachen?«

»Doch«, sagte Ben mit dünner Stimme. Es klang alles so

unsinnig, und doch passte es. Zufällig gleiche Tätowierungen. Arbeiter, die wie Krieger aussahen. Eine Mine, die nach Jahren wieder in Betrieb genommen wurde, obwohl sie nicht mehr ergiebig sein sollte, in der auch nichts gefördert wurde. Deren Eingang auf der Rückseite des schönsten Berghangs lag, den Ben kannte, so zauberhaft schön, dass Ben beim Klettern dort die Füße stets ganz ehrfürchtig aufgesetzt hatte. Und über deren Schließung zehn Jahre zuvor die absurdesten Gerüchte im Umlauf waren.

»Die Mine in Trollfurt«, stotterte Ben weiter, »da haben sie damals gesagt, die Arbeiter wären auf eine Gesteinswand gestoßen, die geblutet hätte. Ganz dunkel und dickflüssig. Was, wenn das stimmt? Wenn sie sich nicht durch Fels, sondern durch eine wachsende Schuppe gegraben haben? Wenn die blutende Wand kein dummer Aberglaube gewesen ist, sondern die Flanke eines Drachen?«

»Das ist …« Aiphyron schüttelte den Kopf, aber er sagte nicht *Unsinn.* Er setzte mehrmals an, aber er sagte es nicht. Verärgert und verwirrt starrte er Ben an. »Wann soll denn das gewesen sein?«

»Vor zehn Jahren.«

»Vor zehn Jahren?« Er sah nun gar nicht mehr belustigt aus. Und seine Stimme war plötzlich beinahe so leise wie die Bens. »Dann wäre dieser Drache wirklich gigantisch.«

EIN GROSSES OPFER

Nica war nun den zweiten Tag hintereinander nicht in der Schule gewesen und ebenso nicht in der alten Hütte, die ihr geheimer Treffpunkt war. Doch weil ihre Beziehung zu Yanko ein Geheimnis war, konnte er nicht einfach zu ihren Eltern nach Hause laufen und sich nach ihr erkundigen. Er vermisste sie, das verborgene Hinüberschielen zu ihr, während der Schulmeister seinen langweiligen Sermon herunterbetete, und vor allem die zärtlichen Treffen am Abend. Schon gestern hatte ihr Fehlen ihn traurig und unruhig gemacht, doch heute hielt er es einfach nicht mehr aus, nicht zu wissen, wo sie war. Sie hatte ihm ihr Fernbleiben mit keiner Silbe angekündigt.

»Was ist eigentlich mit deiner Schwester?«, fragte er also Sidhy nach dem Unterricht. Ganz beiläufig, auf dem Weg nach draußen, zwischen anderen Belanglosigkeiten.

»Was geht dich meine Schwester an?«, fauchte Sidhy und trat in die Sonne.

»Äh, gar nichts. War nur 'ne Frage.« Yanko schlug ihm spielerisch mit der Faust gegen die Schulter. »Ich wollte das mit der Höflichkeit mal ausprobieren. Meine Mutter meint, ich hätte da noch viel zu lernen. Ich sag ihr nachher einfach, ich hab's probiert, und es hat nicht geklappt.«

»Sie ist krank«, knurrte Sidhy und knuffte seinerseits Yanko.

»Was hat sie denn?«

»Bin ich Arzt, oder was? Sie ist eben krank.« Sidhy schlug noch einmal auf Yankos Schulter, fester diesmal. »Und übertreib's bloß nicht mit der Höflichkeit, das sieht sonst aus wie Neugier.«

»Das soll es natürlich nicht, die Neugier überlasse ich gern meiner Mutter.« Yanko grinste, verzichtete aber darauf, Sidhy zu knuffen. Cirpas und Lugh kamen gerade heran und hätten sich sicher gerne beteiligt und gleich eine richtige Rangelei begonnen. Beide natürlich auf Sidhys Seite. Dieser lachte kurz auf und boxte Yanko ein letztes Mal, bevor er mit Cirpas und Lugh abzog.

Krank war sie also. Hoffentlich war es nichts Schlimmes. Mit trüben Gedanken an eine schwache, bleiche, ausgezehrte, bettlägrige, hilflose Nica schlenderte Yanko nach Hause. Sein Vater hatte ihm befohlen, an diesem Nachmittag die Schmiede aufzuräumen, während er wieder einmal auf Mördersuche war. Oder – wie Yirkhenbarg es ausgedrückt hatte – dem Schutz der Gemeinschaft in den Bergen diente.

Yanko hängte Werkzeug auf, sortierte alte Eisenreste, reinigte den schwarzen Blasebalg, fegte den Kohlestaub auf dem Boden zusammen und grübelte dabei. Mit einem einfachen Schnupfen oder Husten wäre Nica doch sicherlich zur Schule gekommen, hätte ihm wenigstens irgendwie Bescheid gegeben. Hatte Sidhy vielleicht sogar so schroff reagiert, weil sie im Sterben lag? Yanko wurde ganz übel bei dem Gedanken, und er versuchte schnell, sich zu beruhigen. So schlimm konnte es nicht sein, dafür hatte Sidhy zu viel gelacht – oder?

»Elendiges Drecksloch!«, brüllte Yanko und schleuderte den Besen in die Ecke. Wen kümmerte es schon, wie eine Schmiede aussah, wenn gerade das schönste Mädchen der Welt mit dem Tode rang? Aber anscheinend war Sauberkeit in Trollfurt ja wichtiger als Nicas Leben. Kein Wort hatte der

Schulmeister über ihren Zustand verloren, und ihr eigener Bruder hatte mit Freunden gelacht.

»Wolfsbruder«, knirschte Yanko, während er den Besen wieder aufhob und weiterfegte. Nica hatte ihm ja erzählt, dass sie und Sidhy sich eigentlich gar nicht so nah standen.

Überhaupt hatte Nica vor drei Tagen noch völlig gesund ausgesehen. Sie hatte Yanko am nächsten Tag unbedingt wiedersehen wollen. Vielleicht war sie ja gar nicht krank, sondern hatte einen schlimmen Unfall gehabt. Vielleicht war sie von ihrem Balkon gefallen oder von ihrem Pferd und lag deshalb im Sterben.

So oft dachte Yanko daran, dass sie sterben könnte, dass er beim Abendessen der festen Überzeugung war, er müsse Nica heute Nacht noch sehen, sonst würde er selbst vor Sorge umkommen. Kaum einen Bissen bekam er herunter, obwohl es gutes Fleisch mit frischem Gemüse gab. Seine Mutter fühlte an seiner Stirn, ob er krank würde.

»Mir geht's gut«, erwiderte Yanko sofort.

Sein sonst so schweigsamer Vater redete die ganze Zeit davon, dass er in den Bergen zwar noch immer keinen Mörder gefunden hatte, jedoch eine ganz neue Kameradschaft mit den Männern, mit denen er auf Streife ging.

Die gegenseitigen Anfeindungen, die nach Ivallyas Beerdigung ausgebrochen waren, hatten sich inzwischen auf die Bauern, Knechte und Mägde dreier kleiner Höfe an der Südmauer konzentriert. Die Stadt hielt zusammen, niemand kaufte dort mehr Milch, Wolle oder Eier. Einige Bürger hatten deren Apfelbäume gefällt, von denen der böse Ben einst gegessen hatte.

»Yirkhenbarg ist ein guter Mann«, sagte Yankos Vater und hob den Becher. »Dass erst ein Fremder kommen muss, um uns Trollfurter zusammenzuschweißen, hätte ich nie gedacht. Aber der Yirkhenbarg ist einer von uns.«

Yanko und seine Mutter mussten mit ihm auf Yirkhenbargs Gesundheit anstoßen. Geistesgegenwärtig stieß Yanko noch hervor: »Und die seiner Familie.«

»Natürlich! Und die seiner Familie!«, rief Yankos Vater. Und seine Mutter sah Yanko ganz gerührt an. Vermutlich dachte sie, er lerne das mit der Höflichkeit so langsam.

Als seine Eltern Stunden später endlich schliefen, schlich er sich aus dem Haus. Es war beinahe Neumond, er konnte kaum etwas sehen – und er wurde kaum gesehen. Leise kletterte er über den Bretterzaun auf der Rückseite der Schmiede und weiter durch die Hinterhöfe der Nachbarn und schmale Gärten bis hin zu einem der Kanäle. Zwei großen Wachhunden begegnete er auf seinem Weg, doch die kannten ihn von klein auf und bellten nicht. Stattdessen ließen sie sich mit wedelndem Schwanz streicheln, erfreut über die Abwechslung in einer ansonsten stinklangweiligen Nacht.

Auf den Straßen durfte sich Yanko nicht zeigen. Dort patrouillierten zu viele eifrige Hilfsbüttel, die eine von Yirkhenbarg vorgeschlagene und Bürgermeister Odhulan lächelnd abgesegnete Ausgangssperre scharf überwachten. Nur wer einen triftigen Grund oder die schriftliche, besiegelte Erlaubnis des Bürgermeisters vorweisen konnte, wurde von ihnen nicht zum Oberbüttel Gunnadrakh geschleift.

Byasso hatte noch keine Zeit oder nicht den Mut gefunden, das Siegel seines Vaters zu entwenden und sich selbst und Yanko solche Passierscheine zu fälschen. Einen triftigen Grund hatte Yanko nicht; und die viel zu eifrigen Büttel prüften alles nach, egal, wie glaubwürdig man log.

Also schlich Yanko jetzt an diesem Kanal entlang, der hinter Dagwarts Haus vorbeiführte, und immer weiter, bis hinter Yirkhenbargs Anwesen. Er klopfte sich selbst auf die Schulter, dass ihm dieser Weg eingefallen war. Bestimmt war er der erste Junge, der darauf gekommen war, so den Hilfsbütteln zu entgehen.

Und sicher war er auch der erste Junge, der so bei Yirkhenbarg einstieg, dachte er Minuten später, während er seinen Fuß auf einen verzierten Rundbogen setzte, der über dem vergitterten Durchlass einer schmalen Wasserrinne angebracht war. Eine Tür gab es in der hohen Grundstücksmauer nicht.

Yanko krallte die Finger in die Oberkante der Mauer und zog sich hinauf. Kurz verharrte er und schnaufte durch, dann ließ er sich auf der anderen Seite wieder hinab. Das letzte Stück ließ er sich fallen und landete weich im hohen Gras. Als er ein tiefes, zitterndes Schnauben vernahm, fiel ihm siedend heiß Feuerschuppe ein, und er sagte sich, er war wohl auch der erste Junge, der einen Drachen vergessen hatte.

»Ich bin's nur, Feuerschuppe«, murmelte er und hoffte, der Drache würde ihn wiedererkennen und in Ruhe lassen.

Mit der feuchten Schnauze stupste der Drache Yanko gegen die Brust, und Yanko streichelte ihn und rieb kurz über seine Schulterknubbel. Und dann noch einmal. Ein wenig Glück konnte er jetzt gut gebrauchen. Der Drache brummte zufrieden und trottete neben Yanko her, während er zur Rückseite des Yirkhenbarg-Anwesens hinüberging. Zielstrebig steuerte er auf einen Vorbau zu, dessen Dach auf Höhe des zweiten Stocks einen oben offenen, umzäunten Balkon bildete, der zu Nicas Zimmer gehörte.

»Schtt«, raunte er Feuerschuppe zu und griff nach dem dicken Strunk einer knorrigen Weinpflanze, die sich am Vorbau entlangrankte, ihn sogar beinahe überwucherte. Yanko zog sich nach oben und suchte mit dem Fuß einen sicheren Tritt. Stück für Stück arbeitete er sich durch raschelndes Laub hinauf. Immer, wenn ein Ast knackte, zuckte er zusammen und hoffte, niemand habe ihn gehört.

Feuerschuppe blickte ihm hinterher, er wirkte irritiert. Natürlich, das passierte sicher nicht jede Nacht, dass jemand zu Nica hochkletterte, dachte Yanko. Und es war gut, dass der Drache nicht reden konnte, sonst würde er das alles morgen sicherlich Yirkhenbarg verraten, so genau, wie er alles beobachtete. Yanko schnaubte amüsiert auf und hangelte sich dann weiter am hölzernen Pfeiler entlang nach oben. Schließlich schwang er sich über die Brüstung auf den Balkon. Sofort sank er in die Knie und verharrte lautlos. Er lauschte in die Nacht, doch nichts Ungewöhnliches war zu hören, niemand schrie: »Alarm!«

Langsam richtete er sich wieder auf, klopfte leise gegen die Balkontür und wartete. Nichts geschah. Er klopfte noch einmal, etwas lauter diesmal. Drinnen rührte sich noch immer nichts. Also zog er sein neues Messer, steckte es in die Ritze zwischen Balkontür und Wand und fuhr diese von unten nach oben entlang. Manchmal waren solche Türen nur durch einen kleinen Riegel oder Haken gesichert. Und tatsächlich hatte er Glück. Mit einem kleinen Stoß konnte er den Metallhaken aus seiner Verankerung drücken. Gut, dass er gerade eben noch Feuerschuppes Schulterknubbel berührt hatte.

»Nica?« Vorsichtig zog er die Tür auf und blickte in das dunkle Zimmer. Viel konnte er nicht erkennen, doch niemand rührte sich. Langsam ging er ins Zimmer und fragte noch einmal: »Nica?«

Dem Kleid nach, das sorgfältig über eine Stuhllehne gelegt war, war es wirklich ihr Zimmer. Zärtlich streifte er mit den Fingerspitzen über den vertrauten grünen Stoff. Er erkannte einen massigen breiten Kleiderschrank an der linken Wand, ein Schreibpult unter dem Fenster und ein Bett hinter der Zimmertür auf der anderen Seite des Raums. Auf Zehenspitzen schlich er hinüber, doch schon auf halbem Weg bemerkte er, dass das Bett verlassen war. Und nicht nur einfach verlassen, sondern ordentlich gemacht. Das hieß, Nica war nicht nur kurz aufgestanden, sondern sie war heute nie zu Bett gegangen. Zumindest nicht hier.

Was sollte er jetzt tun? Vielleicht lag sie schwer krank in einem anderen Raum des Hauses, umsorgt von Mutter und Arzt oder schmählich allein gelassen. Er konnte doch nicht einfach in einem fremden Haus nach ihr suchen.

Doch was blieb ihm anderes übrig, die Hausdiener würden ihm sicher keine Auskunft erteilen.

Mit zwei leisen Schritten war er bei der Tür und zog sie langsam auf.

»Was tust du da?«, rief plötzlich eine herrische Frauenstimme, als er die Tür vielleicht eine Handbreit geöffnet hatte.

Nicas Mutter.

Yanko zuckte zusammen und wollte schon die Flucht ergreifen, als Nicas Vater antwortete: »Ich muss wieder zur Mine.«

Der Aufschrei hatte also nicht Yanko gegolten.

»Es ist so weit.«

»Warum sie?« Die Stimme von Nicas Mutter klang nun nicht mehr herrisch, sondern verzweifelt. »Warum konnte es keine andere sein? Die fremde Jungfrau, die hättest du nehmen sollen, sie nicht einfach töten wie den Ritter und dann in den Wald schmeißen. Du hattest eine fremde Jungfrau in den Händen!«

Yankos Kiefer klappte nach unten, als er begriff, was er da gerade gehört hatte. Yirkhenbarg hatte Ivallya und Ritter Narfried getötet? Er war der Mörder? Yanko stand reglos an der Tür und versuchte, nicht zu atmen, nicht das geringste Geräusch zu machen. Wenn Yirkhenbarg ein Mörder war, wollte er sicher nicht von ihm nachts im Zimmer seiner Tochter gefunden werden, auch wenn die Tochter nicht da war. Er wollte nirgends von ihm erwischt werden.

»Eine fremde Jungfrau, die noch dazu unsere Pläne durchkreuzen wollte? Was soll denn das für ein Opfer sein?«, antwortete Yirkhenbarg kalt. »Nein, ein Opfer muss einen Verlust bedeuten. Und die eigene Tochter ist ein Verlust. Selbst wenn sie einen verrät und sich heimlich mit einem Jungen trifft, ist sie noch immer mein Fleisch und Blut, und es schmerzt, sie zu verlieren.«

»Sie trifft sich mit einem Jungen? Mit wem?« Nicas Mutter keifte entrüstet, für einen Moment war die Opferung vergessen.

»Hat sie nicht gesagt, sie …«

»Hast du auch richtig gefragt? Mit Nachdruck?«

»Natürlich. Aber sie wollte trotz aller Schläge nicht reden. Schließlich kann ich sie nicht foltern, sie ist meine Tochter, Hellwah noch mal!« Yirkhenbarg schlug mit der flachen Hand irgendwo gegen. »Die Hauptsache ist aber doch, dass sie noch Jungfrau ist. Wir können sie dem Drachen ehrenvoll vorsetzen.«

Fast hätte Yanko aufgeschrien. Was sollte das alles? Wieso wollte Yirkhenbarg seine Tochter dem Drachen vorsetzen? Ein Opfer wofür?

Yanko hatte immer gedacht, befreite Drachen wie Feuerschuppe fraßen keine Menschen. Nur geflügelte. Doch Feuerschuppe war der einzige Drache hier in der Gegend. Und wieso wollte er den Drachen in der Mine füttern? War das ein Ritual, um das Blausilber wieder wachsen zu lassen? Was waren das für Eltern?

All diese Fragen kreisten in seinem Kopf, und ihm wollte keine Antwort einfallen. Er konnte nicht klar denken. Er wusste nur, dass Nica nicht sterben durfte. Wilde Wut kochte in ihm hoch, nur mühsam konnte er sich zur Ruhe zwingen.

»Wird sie leiden?« Nicas Mutter sprach nun ganz leise, Yanko konnte sie kaum verstehen.

»Ich weiß es nicht. Aber er ist der König der Drachen, es wird schnell gehen. Er kann sie im Ganzen schlucken. Und ihr Opfer wird sie unsterblich machen. Noch in Generationen wird man von ihr singen.«

Sie seufzte. »Ich hatte nur gehofft zu sehen, wie sie alt wird.«

»Wir haben zwei prächtige Jungen«, sagte Yirkhenbarg mit rauer Stimme, »die gute Ritter und später einmal gute Herrscher werden. Sie werden in Freiheit aufwachsen können, das darfst du nie vergessen. Dafür lohnt es sich, ein Opfer zu bringen.«

Das sagte sich leicht, wenn man nicht selbst das Opfer ist, dachte Yanko zornig. Noch immer wurde er aus dem ganzen Gerede nicht schlau. Welcher König? Feuerschuppe konnte Nica jedenfalls nicht im Ganzen herunterschlingen.

»Ja«, sagte Nicas Mutter. »Verzeih meine Selbstsucht. Ich werde beten, dass sie nicht leiden muss.«

»Mach das. Und ich muss jetzt wirklich gehen. Der Drache regt sich. Wir müssen ihm die Flügel abnehmen, bevor er endgültig erwacht. Nicht zu früh und nicht zu spät. Sonst mögen uns die Götter gnädig sein. Dann steht das Ende der Welt bevor.«

Das Ende der Welt? Das wurde jetzt wirklich zu viel. Dieser Yirkhenbarg war doch vollkommen irre! Und überall in der Stadt patrouillierten seine Arbeiter als sogenannte Hilfsbüttel; sie waren zahlreicher als die alten Büttel. Yirkhenbarg hatte Trollfurt in der Hand, überall wurde er respektiert, von vielen verehrt. Drachenreiter, neuer Minenbesitzer und hochgejubelter Retter der Stadt. Niemand würde auf Yanko hören, kein Büttel würde ihm glauben, dass Yirkhenbarg gerade seine Tochter opferte. Sie würden auf die Ausgangssperre verweisen und ihn einfach heimschleifen, wo sein Vater ihn verprügeln würde, weil er sich für seinen Sohn schämen musste, und weil er es hasste, aus dem Schlaf gerissen zu werden. Yanko würde bei den Bütteln keine Hilfe erhalten. Nirgendwo.

Aber wie sollte er allein Yirkhenbarg und einen Drachen aufhalten?

Er wusste es nicht, doch er musste es versuchen.

Unten schlug die Haustür zu, und Yanko hörte, wie im Garten nach Feuerschuppe gerufen wurde. Lautlos hastete er auf den Balkon und blickte nach unten. Der Drache war verschwunden. Eilig kletterte Yanko an den Weinranken hinunter, ohne sich groß um Kratzer zu kümmern. Abgebrochene Äste stachen in seine Handflächen und rissen ihm Striemen ins Gesicht und Löcher in Hemd und Hose. Es war egal, nur Lärm durfte er keinen machen. Und auf keinen Fall durfte er Zeit verlieren! Sehen konnte man ihn von vorne, wo Yirkhenbarg das Haus verlassen hatte und immer zwei zu Hilfsbütteln ernannte Knechte Wache hielten, nicht. Yanko sprang das letzte Stück zu Boden, rollte sich ab und raste zur rückwärtigen Mauer, die an den Kanal grenzte. Auch auf der Innenseite fand er den Zierbogen, den er als Tritt benutzte, um sich hinaufzuziehen. Während er sich über die Mauerkrone wälzte, bemerkte er zwei Gestalten, die sich mit Prügeln in der Hand an den Vorbau heranpirschten. Waren das die wachhabenden Knechte? Es war zu dunkel, um sie zu erkennen, doch wer sollte es sonst sein?

Auch oben auf Nicas Balkon tauchte eine Gestalt auf. Er hatte es gerade noch geschafft. Schnell glitt er von der Mauer und rannte davon. Die drei würden den Garten nach ihm durchkämmen und sich dann in der Umgebung umschauen.

Während er am Kanal entlangstürmte, fragte er sich, woher sie von ihm gewusst hatten. Zielgerichtet hatten sie die Stelle eingekreist, wo er Augenblicke zuvor noch gewesen war. Das war kein Zufall gewesen, und nur Feuerschuppe hatte ihn gesehen. Anscheinend hatte er den Drachen völlig falsch eingeschätzt, er fraß nicht nur Jungfrauen, sondern konnte sich anscheinend doch verständlich machen und hatte ihn verraten.

»Verdammt!« Wenn das so war, wussten Yirkhenbargs Männer genau, hinter wem sie her waren. Sie würden ihn überall in der Stadt suchen, wahrscheinlich legte sich sogar einer vor der Schmiede auf die Lauer. Und ein Hilfsbüttel würde es von dem anderen erfahren. Yanko durfte sich auf keinen Fall erwischen lassen. Hoffentlich kam Yirkhenbarg nicht darauf, dass Yanko das Gespräch gehört hatte und ebenfalls zur Mine unterwegs war. Sollten sie ihn doch ruhig in der Stadt suchen, er würde Nica retten, und dann würden sie gemeinsam fliehen. Den Sippa hinab, und vielleicht würde er so doch wieder mit Ben zusammentreffen.

Als der Uferstreifen schließlich ganz schmal wurde, glitt

Yanko in den Kanal. Mit kräftigen Zügen schwamm er zum Dherrn und folgte ihm gegen die Strömung zur Stadtmauer. Immer wieder blickte er sich um, doch kein Hilfsbüttel bemerkte ihn im dunklen Wasser. Durch das lückenhafte Gitter in der Stadtmauer tauchte Yanko aus Trollfurt hinaus. Dort eilte er im Schatten der Bäume in Richtung Berge. Er hoffte, dass er wenigstens seine Verfolger losgeworden war. Die Tore waren bewacht, und da er dort nicht zu entkommen versucht hatte, vermuteten sie ihn sicher nicht hier draußen.

»Nica, halte durch«, flüsterte er und rannte weiter. Er würde alles versuchen, doch um sie zu retten, bräuchte er Glück. Er hoffte, er hatte diese Nacht noch nicht alles aufgebraucht.

BENS ENTSCHEIDUNG

Ben raste auf Aiphyrons Rücken durch die Nacht, der Boden flog unter ihnen nur so dahin. Sie hatten Jurbenmakk in der Ruine zurückgelassen und ihm gesagt, er solle sich gut verborgen halten. Ben hoffte, Jurbenmakks Flügel würden noch ein Stück weit ohne seine ständigen Berührungen wachsen. Aber er hatte ein ungutes Gefühl, was Nica, die Ketzer und Trollfurt betraf, ein mehr als ungutes Gefühl. Und so hatte er Aiphyron überredet, bei Einbruch der Dunkelheit loszufliegen.

Ben presste sich möglichst nah an den Drachen, doch der Wind rüttelte an ihm und drohte, ihn in die Tiefe zu reißen. Bens Finger waren schon ganz steif vom Festklammern, ihn fröstelte. Seine Oberschenkel waren eiskalt, die Knie und Füße hatte er zum Schutz vor dem Gegenwind so gut es ging hinter ein paar Schuppen geklemmt. Während sie durch die Nacht rasten, fragte sich Ben, ob Yirkhenbarg wirklich zu den Ketzern gehörte, oder ob der Arbeiter oder mehrere ihn hintergingen. Und wenn Yirkhenbarg ein Ketzer war, was bedeutete das dann für Nica? Ben konnte sich nicht vorstellen, dass sie etwas Böses im Sinn hatte. Ihr Bruder Sidhy vielleicht, bei ihm konnte er sich ganz leicht ausmalen, dass der mit Vergnügen Drachen wie Menschen unterdrückte.

An Aiphyron geklammert dachte Ben an Nica, und wie er sich freute, sie wiederzusehen. Er stellte sich ihr lächelndes Gesicht vor, doch immer wieder kamen ihm Anulas Züge dazwischen. Das war nicht zum Aushalten! Jetzt störte diese Rinnsteinschnepfe schon seine Träume von Nica. Anula lächelte in seinen Gedanken, aber er zwang sie dazu, wieder diesen hochnäsigen Ausdruck anzunehmen, damit er nicht vergaß, was für ein verkniffenes Biest sie war.

»Ich hab nur ein schlechtes Gewissen, weil ich dich ausgenutzt habe, nur deshalb spukst du in mir herum«, knurrte Ben leise.

»Was hast du gesagt?«, rief Aiphyron. »Gegen den Wind versteh ich dich so schwer.«

»Nichts!«

»Na gut.«

Schweigend flogen sie weiter. Ben konnte sich in der Dunkelheit nicht orientieren, doch er hatte Aiphyron den Berg Laukom beschrieben, an dessen Fuß Trollfurt lag, den Gipfel, der beinahe wie eine Nase geformt war. Irgendwann hatte der Drache behauptet, er könne ihn sehen. Seitdem flog er schnurstracks geradeaus.

Einen Plan hatten sie nicht.

»Lande einfach vor der Mine, dann sehen wir weiter«, hatte Ben gesagt, und Aiphyron hatte gegrinst: »Das erinnert mich an unser ausgefeiltes Vorgehen bei Jurbenmakks Befreiung.«

»Dann lass dir diesmal gesagt sein, dass in Trollfurt keine Feuermenschen herumlungern. Klar? Keine Feuermenschen, keine Feuerhunde, keine Feuerkühe und keine Feuervögel. Keine Feuerwölfe, keine Feuerfelsen und keine …«

»Ich hab's verstanden! Trollfurt ist feuerfrei!«

Doch es stimmte nicht ganz. Als sie sich der Stadt näherten, bemerkte Ben selbst aus ihrer Höhe erstaunlich viele Fackeln und Laternen durch die Straßen ziehen. Nicht alle gemeinsam, sondern meist paarweise und über das ganze Stadtgebiet verteilt. Wie die Nachtwächter, die er von früher kannte, nur eben viel mehr.

»Wusste ich doch, dass irgendwas nicht stimmt«, murmelte er, während Aiphyron weiter auf den Berg zuhielt, der für Ben nichts weiter als eine finstere Wand war.

»Da vorne ist der Mineneingang. Er scheint verschlossen zu sein«, teilte der Drache ihm mit. »Und ein ziemlich junger Mann steht davor. Verhält sich seltsam für einen Wachtposten. Blickt nur manchmal umher und fummelt meist am Schloss herum. Mit einem Messer oder so. Was sollen wir tun?«

»Einfach landen. Überraschen wir ihn. Und wenn er wegläuft, pack ihn dir.«

»Mit Vergnügen.« Aiphyron hörte auf, mit den Flügeln zu schlagen, und wechselte in einen lautlosen Gleitflug. Langsam konnte auch Ben die Gestalt erahnen, die sich an der Minentür zu schaffen machte. Er nahm nicht mehr als einen grauen Schemen wahr, und dann setzte der Drache auch schon auf dem Boden auf, nur wenige Schritte von der Gestalt entfernt. Sie wirbelte herum und blieb stocksteif stehen. *Wahrscheinlich macht er sich gerade vor Angst in die Hose,* dachte Ben.

Für einen Trollfurter war Aiphyron eine riesige, von Samoth verfluchte, böse Kreatur. Erstaunlich rasch kam jedoch wieder Leben in die Gestalt, und anstatt wegzurennen, riss sie die Rechte in die Höhe, mit der sie einen Dolch umklammert hielt, und sprang auf Aiphyron zu. Was wollte dieser Mensch gegen einen Drachen ausrichten? Er hatte nicht einmal ein Schwert.

»Du wirst sie nicht fressen!«, schrie er. Seine Stimme zitterte gleichermaßen vor Wut und Angst.

»Erst mal fress ich dich«, antwortete Aiphyron trocken und

grabschte sich den harmlosen Angreifer aus vollem Lauf. Kaum hatte sich die Drachenklaue um ihn geschlossen, versuchte der Angreifer mit dem Messer auf Aiphyrons Daumen einzuhacken. Doch sein Arm hatte so wenig Spielraum, dass er nur sehr klägliche, kraftlose Angriffe zuwege brachte.

»Lass ihn leben!«, schrie Ben, der die Stimme sofort erkannt hatte.

»Warum?«, fragte Aiphyron.

»Ben?«, fragte die Gestalt und hörte mit seinen sinnlosen Angriffen auf. Und fragte noch einmal, ungläubig und lauter diesmal: »Ben? Bist du das?«

»Ja!« Er lachte und sprang auf den Boden. »Lass ihn frei, Aiphyron. Das ist Yanko, der einzige vernünftige Junge hier, und außerdem mein Freund.«

Der Drache brummte, öffnete aber seine Klaue. Yanko torkelte zu Ben und wäre fast gestrauchelt. Morgen würde er sicher überall blaue Flecken haben. Die beiden Jungen umarmten sich.

»Ich dachte, du bist tot.« Yanko schüttelte erleichtert den Kopf und heulte fast.

»Warum denn das?«

»Na, wegen dem Wasserfall.«

»Du wusstest von dem Riesenfrosch?«

»Welcher Riesenfrosch?«

»Na ja …«

»Egal«, fiel ihm Yanko ins Wort und nickte in Richtung Aiphyron. »Wir müssen erst Nica retten. Und wer ist überhaupt der da?«

»Was ist mit Nica?«

»Sie …« Plötzlich sah Yanko ihn ganz verlegen an, dann seufzte er. »Es ist einfach zu viel passiert, um jetzt alles zu erzählen. Aber ihr Vater ist komplett verrückt geworden und will sie in der Mine an einen Drachen verfüttern.« Yanko beugte sich vor und flüsterte Ben zu. »An einen geflügelten.« Wieder nickte er in Richtung Aiphyron und hob fragend die Augenbrauen.

»Nicht an ihn«, sagte Ben. »Er wird uns helfen.«

Während die beiden sich begrüßt und hektisch ausgetauscht hatten, hatte der Drache mit spitzen Krallen das Schloss aus der schweren Bohlentür gerissen und stieß eben den Eingang zur Mine auf. »Wenn die Herren mir bitte folgen wollen.«

Wollten sie nicht, sie wollten vorausgehen. Ben drängte sich an Aiphyron vorbei, doch in der Mine war es natürlich stockfinster. Nahe der Tür konnten sie den Weg noch erahnen, doch schon nach wenigen Schritten nicht mehr das Geringste erkennen. Hilflos starrten sie in die Schwärze vor ihnen und setzten nur noch vorsichtig tastend einen Fuß vor den anderen.

»Steigt auf«, brummte Aiphyron. »So, wie ihr schleicht, werdet ihr noch von einer altersschwachen Krustenschnecke überholt, die rückwärts kriecht.«

Ben packte Yanko, bevor dieser protestieren konnte, und schob ihn auf den Hals des Drachen, dann setzte er sich selbst davor. Ganz dicht schmiegten sich die Jungen an den Drachen, um nicht an der tief hängenden Felsdecke anzustoßen.

Aiphyron legte die Flügel ganz eng an den Körper und passte so gerade durch den Gang. Hin und wieder hörte Ben seine Schuppen über den Stein schleifen, während Aiphyron in einer Art kriechendem Trab durch die Dunkelheit eilte. Ben hoffte inständig, dass es nicht plötzlich doch ein Stück enger werden würde und Aiphyron stecken blieb. Schließlich waren die Gänge für Menschen gegraben worden.

Die Luft hier unten war feucht und kühl und legte sich seltsam klamm auf Lippen, Zunge und die Innenseiten der Nasenlöcher. Ben atmete sie nicht gern ein. Er hörte, wie Aiphyron immer wieder prüfend schnupperte, als misstraue er dieser Luft ebenfalls und suche nach irgendwelchen Gerüchen, die ihn warnen würden, wovor auch immer. Oder er folgte wie ein Hund einer Spur.

Flüsternd erzählte Yanko von Nicas Verschwinden und dem Gespräch zwischen Yirkhenbarg und seiner Frau, das er belauscht hatte. Von Yirkhenbargs wahnsinnigem Gerede, die eigene Tochter als Opfer darzubringen. Im Gegenzug berichtete Ben von seinem Verdacht, dass hier im Berg ein riesiger Drache heranwuchs, von den Drachenketzern und dass geflügelte Drachen keinesfalls böse und verflucht waren, sondern frei. Und dass Freiheit weder den Ordensrittern noch den Drachenketzern passte und deshalb beide verfeindeten Gruppen Drachen die Flügel abhackten. Dass die Ketzer ihren Drachen jedoch auch Jungfrauen opferten, war ihm neu.

»Du weißt, wo du langmusst?«, flüsterte Ben nach einer Weile in Aiphyrons Ohr.

»Ja. Ich kann riechen, dass hier vor Kurzem ein Drache entlanggelaufen ist. Und die Geräusche vor uns klingen, als würden dort Menschen miteinander reden.«

Ben lauschte, doch er hörte gar nichts außer Aiphyrons erstaunlich leisen Tapsern und Yankos und seinen keuchenden Atemgeräuschen. Er hörte nichts, roch nichts, sah nichts. Warum mussten nur alle Sinne eines Drachen besser sein!

Erst eine ganze Weile später vernahm Ben fernes Rufen, ein Klopfen und Schleifen, ja fast ein Kreischen. Als sie um eine Ecke bogen, sah er einen bläulich-silbernen Lichtschein am Ende des Gangs. Offenbar öffnete er sich dort in eine größere Höhle.

»Halt's Maul!«, schrie eine überschnappende Männerstimme, die hallend von den Wänden zurückgeworfen wurde.

»Schneller«, zischte Ben, den plötzlich eine neue Welle Angst um Nica durchlief. »Schneller!«

Selbst Yanko traute sich plötzlich, Aiphyron direkt anzusprechen, und er klopfte ihm mit der flachen Hand auf die Schuppen und rief: »Hüh!«

»Hüh?«, knurrte der Drache, während er schneller wurde. »Sag das noch mal, und ich dreh den Spieß um. Dann trägst du mich auf dem Rückweg.«

»Und das meint er so«, fügte Ben hinzu, weil er dachte, Yanko könnte den Satz für einen Scherz halten und lustig kommentieren. »Er macht aus Freundschaft den Menschenträger, wir beide sind keine Drachenreiter.«

Bevor der verwirrte Yanko etwas erwidern konnte, stürmten sie in einen unterirdischen Saal, der wohl überwiegend von Menschenhand aus dem Fels geschlagen worden war.

Leuchtende Blausilberadern verliefen wie ein gezacktes Gitter aus Blitzen über Decke und Wände und tauchten alles in ein diffuses, blausilbernes Licht. Die Mine war tatsächlich nicht erschöpft, doch nichts in dem Saal ließ vermuten, dass irgendwer hier Rohstoffe abbaute.

Eigentlich hätte man diesen Saal als weiträumig und groß bezeichnen müssen, doch wurde er zum großen Teil von einem Kopf, Hals und den Flügelansätzen eines gigantischen Drachen mit dunkelgrauen Schuppen voller sternförmiger weißer und roter Einsprengsel eingenommen, der wie schlafend in der Mitte lag. Die Flügel selbst verschwanden in mehreren Schritt Höhe in der groben Decke, während der ganze Körper noch tief in der rechten Wand steckte, niemand hatte diesen freigelegt. Der gewaltige Drache zitterte, und aus dem oberen Zwischenraum zwischen Körper und Fels lösten sich kopfgroße Gesteinsbrocken und polterten zu Boden. Nicht wenige von ihnen wiesen leuchtende Blausilbereinsprengsel auf.

Vor dem Flügel, der dem Eingang zugewandt war, war eine seltsame Konstruktion aus dicken Holzbohlen und stählernem Gestänge und Rädern errichtet, deren Sinn Ben erst auf den zweiten Blick aufging. Am hinteren Ende der Konstruktion war eine Art riesiges Laufrad befestigt, in dem vier schweißüberströmte Arbeiter wild rannten und es so in Schwung hielten. Ihre Oberkörper waren nackt, und jeder trug irgendwo die Tätowierung eines gewundenen grünen Drachen. Über ein breites schwarzes Band und ineinandergreifende Zahnräder wurde der Schwung des Rads auf ein mehr als zwei Schritt durchmessendes Sägeblatt übertragen, dessen schimmernde Zähne aus hartem Blausilber gefertigt waren und das immer schneller kreiste und von drei weiteren muskulösen Männern mit Tätowierung auf den Flügelansatz des Drachen zugeschoben wurde.

Erst jetzt bemerkte Ben, dass der hintere Flügel bereits durchtrennt war und nur noch vom Fels aufrecht gehalten wurde. Zähes Blut schimmerte im Schein des Blausilbers.

Auch Yirkhenbarg hatte sein Hemd ausgezogen, das Abbild des gewundenen grünen Drachen schlängelte sich rings um seinen mächtigen Brustkasten. Er ritt auf Feuerschuppe vor der ganzen Szenerie auf und ab und brüllte Befehle.

Die fenstergroßen Augen des gigantischen, felsgeborenen Drachen waren geöffnet. Ein milchiger Schleier lag wie Schlaf über ihnen, doch sie bewegten sich ruckartig in alle Richtungen, die nachtschwarzen Pupillen zuckten. Langsam schienen sie zu erwachen, doch noch spiegelte sich kein Leben oder Erkennen in ihnen, sondern nur tiefer Schmerz.

Der Anblick dieser Augen stach Ben unerwartet in die Brust.

Die Lefzen des Drachen hoben sich bebend und entblößten fast mannshohe, messerscharfe Zähne. Ein leichtes Grollen wie ferner, Unheil verkündender Donner drang zwischen ihnen hervor, Speichel troff von einer großen grauen Zunge zu Boden.

Zwischen zwei übermannshohen stählernen Ölfackeln, direkt vor dem Drachenmaul, war ein mit grünen Schuppen bemalter Holzpfahl in den Boden gegraben worden. An diesen war Nica gefesselt, das Gesicht vom Weinen verquollen, die kunstvolle Frisur aufgelöst. Sie trug ein weißes Kleid und rief mit heiserer Stimme immer wieder: »Vater! Bitte!«

Das alles nahm Ben wahr, während sie in die Höhle stürmten, und dann fraß sich die Säge in den zweiten Flügel, und dem Drachen entrang sich ein gurgelndes Stöhnen, so tief und grollend, dass die Erde bebte. Dabei riss er sein Maul weit auf, und Nica brüllte panisch, warf den Kopf hin und her und zerrte vergeblich an ihren Fesseln. Gigantische Wirbel knackten, es klang, als würde ein mächtiger gefällter Baum durch splitterndes Geäst stürzen. Sollte der Drache seinen Kopf nur ein Stück nach vorn recken, würde er Nica einfach aus Versehen zerquetschen.

»Zu ihr!«, schrie Ben.

»Ich bring die Säcke um«, knurrte Aiphyron und raste voll Wut auf die riesige Säge zu.

Yanko sprang zu Boden, stürzte, rappelte sich auf und

rannte zu Nica. Ohne nachzudenken, folgte ihm Ben. Unterwegs riss er seinen Dolch aus dem Gürtel.

Yanko erreichte Nica zuerst und säbelte mit seinem Dolch an ihren Handfesseln herum. Ben warf sich neben Yanko zu Boden, reckte seinen Dolch zwischen dessen Beinen nach dem Strick, der um Nicas Füße geschlungen war. Das Maul des Drachen stand noch immer offen, sein hervorquellender Atem stank nach Moder und verschimmeltem Moos.

Endlich waren alle Seile durchtrennt, und sie zerrten Nica gemeinsam von dem Pfahl und dem drohenden Schlund fort. Ben hatte sein Messer fallen gelassen und lächelte, Nica heulte hemmungslos, zitterte und warf sich dann Yanko an den Hals.

»Yanko!«, schluchzte sie und küsste ihn und umklammerte ihn verzweifelt, während Ben dastand und sein Lächeln zerbrach.

Der Magen krampfte sich ihm zusammen, seine Hände begannen zu zittern, Ben starrte reglos auf die beiden und ins Nichts. So hatte er sich Nicas Rettung nicht vorgestellt. Wieso taten sie ihm das an? Yanko hatte doch gewusst, dass …

»Dafür stirbst du!« Hasserfüllt gebrüllte Worte rissen Ben aus seinen trüben Gedanken, und er wirbelte herum.

Yirkhenbarg stürmte mit erhobenem Schwert auf sie zu, aber es war unklar, wen er mit diesem *du* meinte. Die fleckige Klinge schimmerte von selbst wie mattes Sternenlicht, sie war aus Blausilber geschmiedet. Feuerschuppe kämpfte weiter hinten in der Höhle mit Aiphyron. Irgendein Arbeiter schrie anhaltend voll Schmerz.

Ben brüllte auf und rannte Yirkhenbarg entgegen. Der wollte ihn also tot sehen? Ja und? Nica küsste gerade Yanko!

Wegen Yirkhenbarg hatte er sein Haus verloren und fliehen müssen! Hatte Nica Yanko überlassen müssen! Und jetzt wollte der ihn auch noch töten?

Mit heißer Wut riss Ben eine der hohen Stahlfackeln aus dem Boden, packte sie mit beiden Händen am unteren Ende und wirbelte herum. Brennendes Öl spritzte im Kreis durch die Höhle, Yirkhenbarg starrte die handgroße Flamme an, die wie ein gieriges Insekt gegen seine bloße Brust klatschte, dort hinabrutschte und die Hose in Brand setzte. Yirkhenbarg strauchelte, bremste, schlug nach den Flammen zwischen seinen Beinen und auf den Oberschenkeln und stocherte dabei wild mit dem Schwert herum.

Während er noch panisch das Feuer zu ersticken versuchte, wurde er mit voller Wucht von der Stahlfackel getroffen, die Ben bereits in der zweiten Runde herumschleuderte.

Der Aufprall ließ die Fackel vibrieren und schlug sie Ben aus den Händen, hämmerte Yirkhenbarg jedoch zur Seite. Dieser wurde gegen die entblößten Zähne des Drachen geschleudert und kippte über sie hinweg in das riesige Maul. Augenblicklich schloss es sich, öffnete sich jedoch sofort wieder und spuckte Yirkhenbarg in hohem Bogen aus. Er prallte viele Schritte weiter gegen die Wand und blieb verrenkt liegen. *Tot,* dachte Ben, dann eilte er zu Aiphyron, ohne noch einen Blick auf Yanko und Nica zu werfen.

Fünf Arbeiter lagen reglos auf dem Boden herum, keiner schrie mehr. Die anderen mussten geflohen sein.

Aiphyron wälzte sich mit Feuerschuppe über den Boden. Die beiden Drachen hatten sich ineinander verbissen und rissen sich mit den Klauen die Schuppen vom Fleisch. Schnaubend krachten sie gegen die Wände, so dass Gesteinsbrocken von der Decke prasselten. Ansatzlos schlug der kleinere Feuerschuppe immer wieder mit den spitzen Krallen nach Aiphyrons Augen, als wolle er ihn blenden. In der engen Höhle konnte er seine Wendigkeit ausspielen, Aiphyron wurde durch seine Flügel behindert, die nutzlos über seinen Rücken hingen.

Als er Ben herbeieilen sah, umklammerte er Feuerschuppe und ließ sich auf den Rücken fallen.

»Heil ihn!«, knirschte er.

»Was?« Ben starrte auf den zappelnden, umklammerten Drachen, der weiterhin nach Aiphyron schnappte.

»Heil ihn, verdammt! Bring ihn zur Vernunft!« Aiphyron keuchte vor Anstrengung. »Ich will ihn nicht töten!«

Feuerschuppe knurrte etwas, das ein *»Ich dich schon!«* hätte sein können.

Kurz zögerte Ben und starrte auf die beiden Drachenleiber. Würde Aiphyron nur kurz die Kontrolle verlieren und sie wälzten sich über Ben hinweg, wäre er Mus.

»Was soll's!«, brüllte er, es war doch sowieso alles egal, und er sprang mit Anlauf auf den rot geschuppten Rücken. Verbissen klammerte er sich an einer gebogenen Zacke fest und zog sich zu den Flügelansätzen vor. Feuerschuppe bäumte sich in Aiphyrons Griff auf, doch vergebens. Eilig rutschte Ben bis zu den Knubbeln und umklammerte sie. Augenblicklich setzte das vertraute Pulsieren ein, er spürte das Kribbeln, das von ihm zum Narbengewebe des Drachen hinüberwanderte.

»Ganz ruhig«, flüsterte er und versuchte, gleichmäßig und tief zu atmen. Sein Herz schlug wild.

Feuerschuppe warf den Kopf herum, doch Aiphyron erwischte ihn, bevor er nach Ben schnappen konnte.

»Ruhig. Wir kennen uns doch«, sagte Ben noch einmal

und konzentrierte sich auf die fließende Kraft. Ganz anders als vor wenigen Wochen hatte er inzwischen das Gefühl, sie leiten zu können. Seine Unterarme kribbelten, und allmählich erlahmte der Widerstand des Drachen. Schließlich gab er ganz auf. Mit klaren Augen sah er Ben an, und mit einem Mal stand Erkennen in seinem Blick.

»Rotgeschuppter Freund, glaub mir, der Bursche kriegt deine Flügel wieder hin«, sagte Aiphyron und musterte ihn dann mit zusammengekniffenen Augen.

Feuerschuppe brummte, antwortete aber nicht.

»Sag schon, wie sieht's aus? Feuerdrache oder nicht?«

»Nein!«, rief Ben. »Er ist kein Feuerdrache! Keine Feuerwesen in Trollfurt, hab ich gesagt!«

»Ja, schon gut. Das ist doch kein Grund, so herumzuschreien«, sagte Aiphyron und rümpfte die Schnauze. »Und jetzt heil den Großen, bevor er ganz erwacht und Schmerz sein ganzes Sein erfüllt.«

»Was soll ich?« Kopfschüttelnd drehte sich Ben nach dem Drachen im Berg um. Das riesige, grau geschuppte Wesen erwachte langsam. Und es erwachte verstümmelt und im Schmerz, so wie Aiphyron von versengenden Flammen zu früh aus seinem Geburtsort gerissen worden war. Doch dieser Drache hier musste zehnmal größer sein.

Zwischen Ben und dem erwachenden Giganten standen Yanko und Nica, sie waren inzwischen herangekommen und starrten Ben an.

»Was hast du mit Feuerschuppe getan?«, fragte Nica und sah ihn zugleich dankbar und verwirrt an.

»Ich heile Drachen. Das ist meine Gabe.« Mit versteinertem Gesicht stapfte er an ihnen vorbei. »Und jetzt lasst mich in Ruhe, ich habe zu tun.«

»Du willst dieses Riesenvieh auch heilen?«, fragte Yanko ungläubig.

»Ja«, knurrte Ben, obwohl er sich noch nicht sicher war.

»Und was, wenn er nicht so freundlich ist wie dein Aiphyron?«, sprach Yanko seine Zweifel aus, während er neben ihm herlief. »Er ist gigantisch, er könnte die Welt beherrschen. Aber wenn wir ihm auch den zweiten Flügel abschlagen, dann können wir ihn beherrschen und aufpassen.«

»Auf was aufpassen?«, mischte sich Aiphyron ein und lief nun hinter Ben und Yanko her.

»Dann lassen wir ihn gegen die Bösen kämpfen und helfen den Unterdrückten.«

»Indem du ihn unterdrückst? Das kommt mir nicht sehr prinzipientreu vor«, brummte der Drache. »Außerdem wirst du lange vor ihm sterben. Weißt du, wer ihn nach deinem Tod befehligt? Oder willst du ihn dann töten und mit in dein Grab nehmen? Es wird gemordet werden, um die Kontrolle über diesen Drachen zu erlangen. Und es werden rücksichtslose Männer und Frauen wie Yirkhenbarg sein, die solche Morde begehen. Der Drache wird ein Instrument zur Herrschaft sein, nur mit Flügeln ist er frei. Und Drachen streben nicht nach Herrschaft. Wenn du seine Hilfe willst, musst du ihn darum bitten und kannst ihm nicht befehlen.«

»Schön und gut, aber ich trau ihm nicht«, rief Yanko. »Ich habe seine Zähne gesehen. Ohne Probleme kann er uns alle hier verschlingen. Dich muss er vielleicht kauen, bevor er dich runterkriegt, aber er kriegt dich runter. Da ist es mir lieber, ich kann bestimmen, wen er verschlingt, wenn er schon Hunger bekommt. Der frisst doch ein ganzes Dorf zum Mittag!«

Ben hörte ihrem Streit nicht zu. Was Yanko, der Verräter,

zu sagen hatte, war ihm sowieso egal, der hatte doch keine Ahnung. Schweigend stapfte er weiter zu dem Drachen hinüber, der vor Schmerz mit den Zähnen knirschte und die Augen verdrehte. Er litt sichtlich, und es fiel Ben schwer, seine Gedanken zu ordnen, während er über die Bruchstücke der hölzernen Sägenkonstruktion zu den Flügeln hinaufstieg. Er sollte sich schnell entscheiden, aber nicht unüberlegt. Eigentlich war es einfach. Er könnte mit Yirkhenbargs Schwert den zweiten Flügel vollständig durchtrennen, den Drachen Granitschwinge nennen und mit ihm gegen den Orden der Drachenritter ziehen. Nur: Was unterschied ihn dann von dem Orden, wenn auch er einem Drachen die Flügel abschlug? Nichts, zumindest nichts Wesentliches.

Er hatte sich entschieden, Drachen zu befreien, er konnte doch nicht sofort eine Ausnahme wegen der Größe machen. Auch wenn er sich eingestehen musste, dass er Angst hatte. Aiphyron hatte durch das Feuer bei seiner Geburt den Tick entwickelt, wahllos Menschen und Tiere mit roter Kleidung, Federn oder Haut als Feuerwesen zu beschimpfen. Was, wenn dieser Drache nach seinen Erfahrungen jeden mit einer Säge verdächtigte, ein *Flügelstutzer* oder *Verstümmler* zu sein? Selbst wenn er dann wie Aiphyron zurückrudern würde, mit seinen riesigen Pranken würde er dennoch zahlreiche Zimmerleute und Schreiner aus Versehen zerquetschen.

»Dann heil ich ihn eben so, dass auch die Erinnerung an den Schmerz verschwindet«, murmelte Ben trotzig vor sich hin und stieg über den Drachen zu dem vollkommen abgetrennten Flügel hinüber. Der Blutfluss war inzwischen zum Erliegen gekommen, der Flügel wurde noch immer im Fels gehalten und hing direkt über dem offenen Schulterknubbel, nur einen drei Finger breiten Spalt entfernt.

Behutsam schob Ben seine Hände in den Spalt, dabei presste er die Handfläche der rechten in die obere Wunde, die der linken auf den Schulterknubbel unten. Die Wunden waren so frisch, er würde versuchen, sie wieder zusammenwachsen zu lassen.

Als er das erstaunlich helle, fast weiße Fleisch berührte, riss ihn die brodelnde Lebenskraft des Giganten fast von den Beinen. Gierig fraß sich der Schmerz des Drachen Bens Arme hoch, bis hinauf zu den Schultern wurden sie schlagartig taub, dann stachen tausend unsichtbare, mit glühenden Widerhaken versehene Nadeln unter seine Haut und bohrten in ihm herum. Ihm schwindelte, alles verschwamm vor seinen Augen, er taumelte und wäre fast vor Schwäche gestürzt, doch verbissen presste er die Hände weiter auf die Wunden.

»Heile!«, knirschte er. Nicht, weil er an die Macht des Flüsterns glaubte, sondern, um sich selbst anzuspornen. »Heile, verdammt!«

Seine Knie zitterten, wollten einknicken, doch er zwang sich, stehen zu bleiben. Der Schmerz wanderte ganz langsam über seine Schultern in die Brust. Er biss sich auf die Lippen und versuchte, ihn mit seinem Willen zurückzudrängen.

»Raus hier, verschwinde. Lass mich in Ruh und lass ihn in Ruh!«, schnaubte er, und endlich fühlte er durch den Schmerz des Drachen und die Taubheit seiner Hände hindurch das vertraute, erlösende Pulsieren. Die stechenden Schmerzen tropften von seinen Armen, die Taubheit löste sich kribbelnd auf. Ben spürte, wie sich das wunde Fleisch des Drachen regte, wie die frischen Verkrustungen knackten und aufbrachen. Nicht um zu bluten, sondern um frischem wachsendem Fleisch Raum zu geben. Er vergaß die Zeit und alles um ihn her, dieser gigantische Flügel verlangte ihm alles ab, mit jeder Faser dachte er ans Heilen, mit jedem Schnaufen atmete er den Schmerz aus, den er dem Drachen entzog. Er hörte, wie das Röcheln des Giganten versiegte, wie daraus ruhiges, regelmäßiges Atmen wurde. Bis Ben irgendwann völlig ausgelaugt und leer seine Hände von den Wunden löste und auf die Knie sank. Zusammengekauert blieb er einfach sitzen, bis Yanko ihn irgendwann packte und zum Höhlenboden hinunterführte.

»Trink«, sagte Nica und hielt ihm einen Holzbecher mit Wasser hin.

Hastig leerte er ihn und bemerkte erst jetzt, dass seine Lippen völlig ausgetrocknet und aufgerissen waren. Zweimal ließ er sich nachfüllen, dann reichte ihm Yanko einen Kanten Brot und geräucherten Speck. »Wir haben die Vorräte der Arbeiter gefunden.«

»Danke.« Langsam kauend blickte sich Ben um. Feuerschuppe döste nahe des Eingangs vor sich hin, sonst sah er niemanden.

Yanko bemerkte seinen suchenden Blick und erzählte, dass er die Toten aus der Höhle geschafft, mit einfachen Gesteinsbrocken begraben und ein paar Worte zu den Göttern gemurmelt hatte. Nica hatte nichts gesagt und auf das Grab ihres Vaters gespuckt.

»Wo ist Aiphyron?«, wollte Ben völlig ausgelaugt wissen, Tote interessierten ihn im Augenblick nicht. Nichts interessierte ihn wirklich, er plapperte einfach vor sich hin.

»Vorne, beim Eingang. Er bewacht die Mine.«

»Bewachen? Vor wem denn?«

»Vor allen.« Yanko lachte bitter. »Zwei von den Ketzern sind entkommen und haben in Trollfurt Alarm geschlagen. Du bist ein gesuchter Mörder und weißt gar nicht, wie viel

Angst die Leute vor dir haben. Dann kommst du in Begleitung eines geflügelten Drachen zurück und greifst die Mine an. Die ganze Stadt belagert uns, doch zum Glück will keiner hereinkommen, solange Aiphyron dort lauert.«

Ben seufzte und brachte ein müdes Grinsen zuwege. »Wie lange …?«

»Ein paar Stunden. Wie lange genau, ist in der Dunkelheit hier schwer zu schätzen.«

»Muss schlafen«, brachte Ben noch hervor, dann übermannte ihn die Müdigkeit, und er sank einfach zu Boden.

Als er wieder erwachte, lag Yanko schnarchend neben ihm, und Nica saß vor ihm und starrte ihn an. Er hatte schrecklich unruhig geschlafen, konnte sich aber an seine Träume nicht erinnern. Ihren Blick wusste er nicht zu deuten, doch verliebt war dieser sicher nicht. In seinem Inneren herrschte Leere, er wusste nicht, ob er selbst noch etwas für sie empfand. Und dann fiel ihm ein, dass ihr das wahrscheinlich egal war, schließlich hatte er ihren Vater getötet. Der wiederum versucht hatte, ihn zu töten, und sie an einen Drachen verfüttern wollte. Wie lange hatte sie an diesem Pfahl gehangen und das gigantische Maul angestarrt, das sie verschlingen sollte? Er mochte sich nicht vorstellen, wie sie sich fühlte.

»Kannst du auch Menschen heilen?«, fragte sie, als er sich mühsam aufrappelte.

»Nein. Leider. Bist du verletzt?«

Zögernd schüttelte sie den Kopf.

»Kommst du mit, während ich mich um Feuerschuppe kümmere?« Seine Lebensgeister waren inzwischen auch erwacht, und er fühlte sich ausgeruht und erfrischt. Er musste lange geschlafen haben.

»Ich leg mich lieber hin.«

»Komm schon. Ich muss dir was zeigen.« Er wusste zwar nicht, ob es etwas nützte, aber er wollte es ausprobieren. Langsam folgte sie ihm.

»Guten Morgen, Feuerschuppe«, sagte Ben und rieb dem Drachen über die Schnauze. Der brummte zufrieden. »Ich nenn dich erst mal weiter Feuerschuppe, ja? Bis du mir deinen wahren Namen verrätst.«

Dann legte er seine Hände auf die Flügelansätze, die seit gestern ein kleines Stück gewachsen waren. Sanft strich er über sie hinweg und bat Nica, sie solle ihre Hände zu seinen legen. Er hatte sich erinnert, wie glücklich es Anula gemacht hatte, das Pulsieren zu fühlen, vielleicht tat es auch Nica gut. Und sie brauchte dringend etwas, das ihr guttat.

Als ihre Fingerspitzen die Knubbel berührten, zuckte sie überrascht zusammen. Bevor sie jedoch die Hände wegziehen konnte, schob Ben seine Finger zwischen ihre und drückte sie fest auf das Narbengewebe. Gleichmäßig floss seine Kraft in den Drachen, und Nica sah ihn mit offenem Mund an.

»Ich kann es spüren«, flüsterte sie. Und dann schwieg sie und hielt ihre Hände fest an seine gepresst. Sie schloss die Augen und atmete ganz leise.

So standen sie noch immer da, als Yanko erwachte. Schnell zog Nica ihre Hände zurück, als er schlaftrunken zu ihnen herübertorkelte. Dabei hauchte sie Ben ein leises »Danke« zu.

»Hmm.« Er sah sie an, wie sie ihre Hände verlegen an die Schenkel schmiegte und sich Yanko zuwandte. Doch er verspürte keinen Stich, wie er erwartet hatte. Irgendwann würde er das schon noch verstehen.

»Schaust du gleich mal nach Aiphyron?«, begrüßte Ben

Yanko und klopfte Feuerschuppe auf die Flanke. »Ich muss nach dem großen Burschen sehen.«

»Mach ich«, versprach Yanko mit einem Gähnen. »Nur erst einen Becher Wasser.«

Ben ging zum Drachen im Berg hinüber. Schon auf halbem Weg erkannte er, dass der Heilungsprozess überraschend schnell eingesetzt hatte. Vielleicht lag es daran, dass der Gigant noch nicht ganz geboren war und noch in seinem Element gebettet lag, auf jeden Fall hatten sich zwischen Schulterknubbel und Flügel über Nacht bereits erste Verbindungen aus Muskeln und Knochen gebildet, sie wuchsen wieder zusammen. Die verschleierten Augen lagen friedlich in ihren Höhlen und irrlichterten nicht mehr umher, der Schmerz spiegelte sich nicht mehr in ihnen. Das Maul war geschlossen, die Lefzen bedeckten die Zähne. Und als Ben seine Hände auf die Wunde legte, setzte das vertraute Pulsieren ein, ohne dass der fremde Schmerz ihn zu übermannen versuchte.

Ben lief über den Drachenrücken zwischen beiden Flügeln hin und her und heilte abwechselnd hier und da.

Irgendwann stieg Yanko zu ihm hinauf und sagte: »Sieht heute viel gesünder aus, was du da tust.«

»Wie geht's Aiphyron?«, entgegnete Ben knapp.

»Gut. Nur wird er langsam hungrig, hat er gesagt, aber er will uns unser weniges Brot nicht wegessen. Ansonsten trauen sich die Trollfurter nicht herein, und er langweilt sich einfach.«

»Das ist erträglich.«

Eine Weile sagte keiner von beiden etwas.

»Du, Ben«, begann Yanko schließlich schwammig. »Das mit Nica tut mir leid.«

»Was?«, blaffte Ben und stellte sich dumm.

»Na ja, du weißt schon. Aber ich wusste doch nicht, ob du wiederkommst, es war nicht sehr wahrscheinlich, und plötzlich hab ich mich in sie verliebt, ohne es zu wollen, und so richtig.« Er war immer leiser geworden. »Außerdem hast du immer gesagt, du bist nicht in sie verliebt.«

»Jetzt bin ich also selbst schuld, oder was?«, fuhr Ben auf. Aber eigentlich war er ja genau das. Er hatte weder Yanko noch ihr verraten, wie es in ihm aussah. Aber Yanko hatte es trotzdem gewusst, darauf kam es doch an? Er hatte ihn hintergangen, zumindest irgendwie ... Verdammt, Ben musste sich eingestehen, dass er selbst nicht anders gehandelt hätte. Trotzdem trat er Yanko in den Hintern, während er die Hände weiter auf der Wunde hielt. Nicht allzu fest, aber es tat gut.

»Matschschmatzender Wasserghul!«

»Du mich auch!«, grinste Yanko und trat nicht zurück, sondern klopfte ihm erleichtert auf die Schulter. »Es ist großartig, dass du wieder hier bist.«

»Da bist du aber der Einzige, der das findet.« Er erwiderte Yankos Grinsen. »Frag mal die vor der Tür.«

»Vergiss Nica nicht.«

»Das tu ich nicht, sicher nicht. Ich werde aber trotzdem nicht bleiben.«

Yanko nickte. »Dachte ich mir. Aber da bist du nicht allein. Ich weiß nicht, ob ich bleiben will, ich weiß nur, dass ich ebenso wenig bleiben kann. Für die da draußen bin ich dein Komplize, so wie Nica. Keiner wird uns glauben, wenn unser Wort gegen das der Hilfsbüttel steht. Und niemand wird hier einen Drachen mit Flügeln akzeptieren.«

»Dann kann wohl keiner von uns bleiben«, sagte Ben. Ein Lächeln konnte er nicht unterdrücken.

In den folgenden Tagen bewachte Aiphyron weiterhin die Tür, doch irgendwann würden erfahrene Ritter mit Blausilberklingen und ohne Angst kommen, und dann würde er kämpfen müssen. Die Ketzer hatten sicher nach ihren Glaubensbrüdern geschickt, der Bürgermeister wahrscheinlich einen Hilfeschrei an den Orden. Sie mussten fort sein, bevor die erste Gruppe eintraf.

Auch die Vorräte neigten sich dem Ende zu, und Yanko holte den letzten Zwieback aus dem Vorratsfass, als endlich Feuerschuppes Flügel ganz nachgewachsen waren. Die Wunden des großen Drachen waren wenige Stunden zuvor endgültig verheilt. In der folgenden Nacht fiel der Schleier von seinen Augen, und er erwachte.

Bevor sie irgendetwas tun konnten, schüttelte er seine mächtigen Flügel, die im Berg steckten, und Felsbrocken lösten sich aus der Decke und stürzten herab.

»Raus!«, schrie Yanko, und Ben floh mit ihm, Nica und Feuerschuppe in den Gang. Sie hörten es hinter sich poltern. Plötzlich spürten sie einen Windzug, und frische Luft wehte heran. Das Poltern klang nicht mehr dumpf wie in einer Höhle, sondern wie eine kleine Gesteinslawine, die zu Tal rutschte. Dann kehrte wieder Ruhe ein.

Eilig kletterte Ben über das lose Gestein, das bis in den Gang gerollt war, zurück in die Höhle. Der Drache mit den gesprenkelt grauen Schuppen war verschwunden, in der gegenüberliegenden Wand klaffte ein Loch, breiter als das Anwesen des Kaufmanns Dicime. Er konnte in den Sternenhimmel hinaussehen.

Schnell eilte er an die neu entstandene Felskante hinüber und sah unter sich den Fonksee im Mondlicht liegen. Am Himmel schraubte sich ein riesiger Schatten in die Höhe, der Drache schien die Sterne weit im Norden von hier anzusteuern.

»Ich hoffe, du weißt etwas mit deiner Freiheit anzufangen«, murmelte Ben ihm hinterher.

Dann stopften er, Yanko und Nica sich die Taschen mit wertvollem Blausilber voll. Ben lief zu Aiphyron, der seit Tagen auf die Überreste der niedergerissenen Tür starrte und jeden anknurrte, der sich dort blicken ließ.

»Der Drache ist weg. Es wird Zeit, dass wir auch verschwinden.«

»Endlich!« Aiphyron seufzte auf und ließ ein fürchterliches Brüllen hören, um jeden vor der Mine in Panik zu versetzen. Tatsächlich rannte draußen irgendwer davon.

Ben schwang sich auf Aiphyrons Rücken, und gemeinsam jagten sie hinaus, sprangen in die Luft und flogen lachend über die verbliebenen, verängstigten Trollfurter hinweg. Sie flogen um den Berg zu der aufgerissenen, einst wunderschönen Steilwand über dem Fonksee hinüber, wo Feuerschuppe mit schlagenden Flügeln auf sie wartete. Auf seinem Rücken klammerten sich Yanko und Nica fest, und Feuerschuppe brüllte: »Endlich wieder fliegen!«

Und dann flogen sie gemeinsam Richtung Süden, wo Jurbenmakk auf sie wartete. Ben würde kein Drachenritter werden, doch er würde das tun, wovon er immer geträumt hatte: Er würde Drachen befreien.

ZWEITES BUCH
DER SCHWUR DER GEÄCHTETEN

PROLOG

Der namenlose Ritter in der roten Rüstung trieb den flügellosen Drachen voran. Es war ein schlanker, sandfarbener Drache mit unregelmäßigen schwarzen Flecken und langen, kräftigen Hinterbeinen, schneller und ausdauernder als jedes Pferd. Laut schlugen die breiten Tatzen auf die staubigen Pflastersteine der Straße, die schnurgerade auf das Kloster mit den zwölf Zinnoberzinnen zuführte.

Der Helm des hageren Ritters – der geschworen hatte, seinen Namen erst dann wieder zu führen, wenn er den großen grauen Meerdrachen von seinen Flügeln befreit hatte – war hinter den Sattel geschnallt, zwischen Schwertscheide und Packtaschen. Das unrasierte Gesicht war voller Schweiß und Dreck, er wirkte angespannt.

»Schneller!«, knurrte er und leckte sich über die ausgetrockneten Lippen. Er schmeckte Salz und Staub. »Gleich gibt es ja was zu trinken.«

Die Sonne brannte vom Himmel, kein Lüftchen regte sich. Trotzdem beschleunigte der Drache noch einmal. Auch er hatte das massive Kloster entdeckt, dessen weiße Mauern weithin leuchteten, und hielt die Augen starr auf die weitläufige und verschachtelte Anlage gerichtet, die sich auf einer felsigen Anhöhe am Ufer des sanften Firnh erhob. Hechelnd stürmten sie immer weiter und achteten nicht darauf, wie erschöpft sie waren.

Eine halbe Stunde später erreichten sie das Tor, das aufmerksame Wachen für sie geöffnet hatten. Zwei Ritter in blinkenden Rüstungen grüßten vom Wehrgang herunter, die große Fahne mit dem Symbol des Sonnengottes Hellwah hing schlaff und reglos an der Stange auf dem Tor.

Der rote Ritter sprengte in den Hof und zügelte den Drachen erst im Inneren des Klosters. Dort sprang er aus dem Sattel, zerrte ein kleines Päckchen aus der Satteltasche und gab dem Drachen einen Klaps auf die Seite. »Geh trinken, alter Junge. Hast du dir verdient.«

Der Drache tapste hinüber zu dem riesigen, im Boden versenkten Marmortrog vor den hohen Ställen. Hier landete das Regenwasser der umliegenden Dächer, das in kupfernen Rinnen gefangen und über ein ausgeklügeltes Rohrsystem in den Trog geleitet wurde. Wobei Trog eigentlich eine irreführende Bezeichnung war – es war ein Becken von sicherlich dreißig Schritt Länge und vier Schritt Tiefe, durch das die Novizen am Ende ihres ersten Monats tauchen mussten, während alle Drachen zugleich getränkt wurden. Eine kleine Mutprobe unter den Ritteranwärtern, keine vom Abt gestellte Aufgabe. Im Moment dösten dort nur zwei Drachen und ein halbes Dutzend Pferde in der Sonne.

Der Ritter verdrängte die Erinnerungen an seinen eigenen Tauchgang vor vielen Jahren, an die langen rauen Zungen, die einem Tauchenden neugierig und durstig über die bloße Haut leckten, und eilte auf die breite gewundene Treppe zu, die in den Haupttrakt des Klosters führte. Doch auf der untersten Stufe verharrte er überrascht. Oben an der steinernen Balustrade, direkt unter der leuchtenden goldenen Sonne über dem Eingang, stand der Hohe Abt; noch nie war dieser einem Boten entgegengekommen. Einen winzigen Augenblick lang zögerte der Ritter, dann erinnerte er sich der Etikette und neigte den Kopf. »Hoher Herr«, murmelte er mit trockenem Mund. Er sprach den Namen Morlan nicht aus.

»Hast du es?«, fragte der Abt, ohne die Begrüßung zu erwidern. Morlan war ein kleiner kräftiger Mann mit weißem Haar, großer Nase und eiskalten blauen Augen. Er trug die schlichte Tunika des Ritterordens, keine Rüstung, keine Kutte, und außer der goldenen Kette kein sichtbares Zeichen seiner Macht. Doch Hellwahs Segen lag auf ihm, er brauchte keine Insignien, die seinen Rang verkündeten. Jeder in seiner Nähe konnte die Kraft und Befehlsgewalt spüren, die ihm vom höchsten der Götter geschenkt worden war.

»Es war nicht leicht, Hoher Herr«, sagte der rote Ritter und blickte zu Boden. Er schluckte. »Die Wahnsinnigen haben seinen ganzen Besitz verbrannt, und die Asche hat der Wind längst verweht. Doch sein Topf ist dem Feuer nicht zum Opfer gefallen, ich fand ihn verbeult, halb geschmolzen und rußverschmiert im Wald. Ich hoffe, die Flammen und irgendwelche Tiere haben ihn nicht gänzlich unbrauchbar gemacht. Im Fall der anderen beiden war es einfacher. Als fahrender Händler habe ich mich in das ketzerische Trollfurt eingeschlichen und ein Hemd seines Freundes mitgenommen und ein Kleid des Mädchens. Sie ist wohl wirklich freiwillig mit ihm gegangen, ihre verbitterte Mutter beschuldigt den toten Vater.«

Ohne die geringste Gefühlsregung musterte ihn der Hohe Abt, schließlich nickte er. »Nun gut, dann muss es eben mit einem Topf gehen. Begleite mich zum Zwinger.«

Gehorsam folgte der Ritter dem Abt an seinem gierig saufenden Drachen und den Stallungen vorbei. Vereinzeltes Schnaufen, ein Wiehern und der strenge Geruch nach Drache und Hitze drangen heraus.

»Nachher kannst du berichten, wie viele Ketzer Trollfurt besetzt halten und wie viele der Bürger noch zum rechten Glauben stehen, seit Priester Habemaas fliehen musste. Wir werden es für König und Orden zurückerobern. Die Ketzer sind zu einer Plage geworden, die ausgemerzt werden muss. Aber zuerst erzähl mir, was du von dem Jungen weißt«, forderte der Abt.

»Nicht viel«, entgegnete der Ritter. »Oder zu viel. Zahlreiche Geschichten sind über ihn im Umlauf. Er ist ein Rebell, ein Mörder und Anhänger des dunklen Gottes. Angeblich reitet er einen geflügelten und damit verfluchten Drachen, auch seine beiden Gefährten Yanko und Nica wurden mehreren Zeugen zufolge gemeinsam auf einer solchen Bestie gesehen. Ob dies der Wahrheit entspricht, wage ich zu bezweifeln, doch es ist wohl erwiesen, dass dieser Ben den ehrenwerten Ritter Narfried und seine entzückende Jungfrau getötet hat. Ich weiß nicht, wie viele Spießgesellen ihm außer den beiden Freunden folgen, doch er hat die ganze Stadt in Aufruhr und Angst versetzt, und er hat sich nicht nur gegen das Recht, sondern auch gegen die Ketzer gestellt. Er muss tollkühn sein oder verrückt, auf jeden Fall aber gefährlich trotz seines jungen Alters von gerade mal fünfzehn Jahren. Und er hat seine Motive noch nicht offengelegt; niemand weiß, was er wirklich will, was ihn zu diesen Taten treibt. Die einfachen Leute in Trollfurt fürchten ihn und seine Rache. Unverfänglich habe ich beim Bier mit mehreren ausgewachsenen Männern gesprochen, die sich ihm nicht entgegenstellen würden, trotz der Belohnung, die der Orden auf ihn ausgesetzt hat. Sie schwören auf ihr Leben, er sei mit Samoth im Bunde, und nachts glühten seine Augen rot. Nur der Schmied wollte ihm sofort den Schädel einschlagen, der Bastard habe ihm seinen

Sohn gestohlen. Er will von Anfang an gesagt haben, dass dieser Ben nichts tauge, aber er selbst sei einfach zu weich und gutherzig gewesen, nicht streng genug zu seinem Yanko. Die Belohnung interessiere ihn nicht, er täte es schließlich nicht des Geldes wegen. Bens Mutter ist vor gut zwei Jahren gestorben, eine Säuferin, der Vater schon viel länger verschwunden. Niemand hatte ein gutes Wort für diesen Jungen übrig.«

»So, so, sie haben also alle Angst.« Der Hohe Abt nickte, auf seinen Lippen zeigte sich ein dünnes Lächeln. »Das habe ich mir gedacht. Deshalb werden wir uns selbst um ihn kümmern und es nicht bei der Ächtung und Belohnung belassen.«

Inzwischen hatten sie die Außenbereiche der Klosteranlage erreicht. Ganz im Norden, direkt an der gewaltigen Wehrmauer, hinter der das Plätschern des gemächlich dahinfließenden Firnh zu vernehmen war, dessen Wasser im Sonnenlicht kristallgrün schimmerte, kauerte ein gedrungener runder Turm, der sicherlich zwanzig Schritt durchmaß und dessen Außenwand aus großen verwitterten Granitquadern bestand. In dem Gebäude befanden sich rundum hohe, vergitterte Fensteröffnungen, welche die Strahlen der göttlichen Sonne hineinließen, und im Süden war ein Durchgang aus der Mauer gebrochen, der mit einem schwarzen Fallgatter verschlossen war. Einen solch gewaltigen Zwinger besaßen nur die bedeutendsten Klöster des Drachenordens. Die Luft um ihn war kalt, obwohl die Sonne hier ebenso schien wie im vorderen Hof.

Als sich Abt und Ritter dem Zwinger näherten, drängten sich vier weiße Drachen im Eingangsbereich. Mit gewaltigen Klauen rüttelten sie an dem massiven Gestänge und sogen die Luft mit geweiteten Nüstern ein. Sie schnupperten gierig und bleckten die Zähne, scharrten aufgeregt über den ausgetretenen Steinboden und stießen sich gegenseitig zur Seite – jeder suchte die Nähe des Abts, der nur einen halben Schritt vom Gitter entfernt stand.

Der kleinste Drache maß gute fünf Schritt, der größte wohl an die zwölf. Ihr Weiß glich dem einer unberührten Eisfläche, die in der klaren Mittagssonne glitzert, ihre Schuppen waren der irdische Abglanz von Hellwahs Reinheit – sie strahlten heller als jeder Edelstein. Ihre Augen waren klein und blutrot, die Pupillen schwarze Punkte, die Mäuler riesig, selbst für Drachen; darin wuchsen drei wilde Reihen langer spitzer Zähne, unregelmäßig und klar wie Eiszapfen.

Die weißen Drachen waren so kalt, dass niemand länger auf ihnen zu reiten vermochte, kein Sattel hielt diese Kälte fern. Angeblich konnte sie jedes noch so hitzige Herz gefrieren lassen, dass es hart wurde wie Stein und bei der nächsten Erschütterung in tausend Splitter zerbarst.

Dies waren die Hunde Hellwahs, rastlose Jagddrachen, einzig dazu ausgebildet, Geächtete und Glaubensfeinde zur Strecke zu bringen, wo immer sie sich verbergen mochten. Sie waren Hellwahs Zorn und strafender Arm und bei Weitem nicht so sanftmütig wie andere Drachen.

»Wirklich bedauerlich, dass du nur diesen Topf von dem Jungen auftreiben konntest«, sagte der Abt und ließ den Blick über die Drachen wandern, die tatendurstig mit den Klauen scharrten. »Aber dann müssen wir eben hoffen, dass sich der Geruch nicht vollkommen verflüchtigt hat. Oder wir finden ihn über seine zwei kleinen Freunde.«

Den Ritter fröstelte in der Nähe der weißen Drachen. Er nickte und reichte dem Abt das Päckchen. Dieser nahm es und bedeutete den beiden Wachen an der großen Kurbel, das Gatter zu öffnen. Eifrig folgten sie dem Befehl, und ratternd hob sich das Tor, während der Abt mit schneidender Stimme die drei größten Drachen herausrief und den vierten anwies, im Zwinger zu bleiben.

Aufgeregt hechelnd warteten die drei ausgewählten Drachen auf weitere Anweisungen. Mit ihren roten Augen starrten sie den Abt an, rührten sich jedoch nicht. Ohne einen von ihnen zu berühren, warf er dem ersten ein zerdrücktes Jungenhemd vor die Nüstern und sagte: »Such!«

Dem zweiten legte er ein grünes Kleid zwischen die Tatzen und sagte auch ihm: »Such!«

Den verbeulten Topf ließ er dem größten zwischen die Vordertatzen fallen. »Such!«

Die drei Drachen schnüffelten an den Stoffen und dem Metall, ließen ein eisiges Knurren hören, das dem roten Ritter eine Gänsehaut über den ganzen Körper jagte, und trabten los. Sie verließen das Kloster und würden nun kreuz und quer durch das Land laufen, ohne Rast auf der Suche nach den Menschen, deren Geruch sich auf ewig in ihren Nüstern festgesetzt hatte. Noch nie war ihnen jemand entkommen.

»Das wäre erledigt«, sagte der Abt und sah ihnen mit einem kalten Lächeln hinterher. »Jetzt stärke dich erst einmal, und dann erzähle mir von Trollfurt. Wir müssen es zurückgewinnen, bevor der Einfluss der Ketzer im Reich noch größer wird. Es darf keine Nachsicht mehr geben, die Jagd ist eröffnet, wo immer sie sich verstecken. Selbst wenn es zum Bürgerkrieg kommen sollte – wir können ihre Lügen nicht weiter hinnehmen. Zu Hellwahs Ehren und zum Schutz des einfachen Volks.«

ERSTER TEIL

Geächtet

DER GOLDENE SCHLÜSSEL

»Das ist doch Schwachsinn, du Eiterkopf!«, fluchte Ben. »Wieso sollten wir die Knochen unter dem Fenster vergraben? Was soll das bringen?«

»Schutz vor den bösen Geistern verstorbener Wilderer. Oder willst du dich im Schlaf ausnehmen lassen wie ein gepunkteter Wildbulle? Ich nicht!«, motzte Yanko.

»Ich auch nicht!«, rief Ben. »Aber das ist doch Unsinn! Die Geister von Wilderern kommen immer durch die Tür, sie sind dazu verflucht, sich nach ihrem sündigen Leben an die Regeln des Anstands zu halten. Wir müssen die Knochen unter der Türschwelle vergraben!«

»Mach doch, was du willst. Ich vergrabe meine Knochen unter meinem Fenster!«

Keifend standen sich die beiden Freunde gegenüber. Der drahtige Ben war nur unwesentlich älter und größer, er hatte schon ebenso viele Raufereien gegen den kräftigeren Yanko gewonnen wie verloren. Unter dem verstrubbelten braunen Haar, das ihm tief in die Stirn hing, funkelten die graublauen Augen angriffslustig hervor, während Yankos dunkle Augen selbst jetzt, mitten im Streit, noch schalkhaft zu blitzen schienen, als könne er nicht einmal den ernst nehmen.

Nica saß in ihrem ramponierten weißen Kleid oben auf der bröckligen Außenwand der Ruine, das lange, leuchtend blonde Haar zu einem einfachen Knoten geschlungen, und sah mit großen dunklen Augen und einem Lächeln, das sie seit dem Tod ihres Vaters vor wenigen Wochen viel zu selten gezeigt hatte, auf die beiden Streithähne herab. Die wenigen Strahlen der schräg stehenden Nachmittagssonne, die durch das dichte Laub des die Ruine umgebenden Waldes drangen, schienen ihr mitten in das lächelnde Gesicht. Nica fürchtete sich nicht vor den Geistern von Wilderern, schließlich besaß sie ein altes Amulett, das sie vor wenigen Monaten von ihrer Tante bekommen hatte, an dem Abend, als der Aufbruch nach Trollfurt festgestanden hatte. Eines der wenigen Dinge, die sie bei ihrer Flucht nicht hatte zurücklassen müssen.

»Du wirst mir noch danken, dass ich meine Knochen unter der Tür vergrabe. Sie bieten dann nämlich auch euch Schutz!«, stieß Ben hervor und stapfte um die Ecke, vorbei an den drei geflügelten Drachen, die faul im ehemaligen sonnendurchfluteten Burghof herumlagen und sich nicht regten; nur ab und zu zuckte ein Schwanz, als wolle er ein lästiges Insekt vertreiben. Wobei Drachen natürlich zu groß waren und ihre geschuppte Haut zu dick, als dass sie sich um Insekten hätten kümmern müssen.

Die längst verfallene Ruine erhob sich auf einer kleinen Lichtung, ganz oben auf einem dicht bewachsenen Hügel inmitten des Furchenwalds, nur wenige Meilen entfernt von der Stadt Falcenzca. Einst musste sie ein wehrhaftes Kloster oder eine weitläufige Burg gewesen sein, doch inzwischen waren die steinernen Überreste von Moosen, Gräsern und Sträuchern überwuchert, sogar eine einsame knotige Feuereiche erhob sich inmitten der ehemaligen Stallungen. Brunnen gab es keine mehr, der ehemalige Kamin diente als Auffangbecken von Regenwasser, wenn es denn mal regnen sollte. Nur der große, runde, unterste Raum im ehemaligen Ostturm war noch überdacht. Doch Geister schwebten nicht von oben über Mauern herein, davon hatte Ben noch nie gehört. Sie hielten den Kontakt zur Erde, in der sie begraben waren.

Ben warf sich vor der Türschwelle zum Turmzimmer auf die Knie, zerrte das Messer, das Yanko ihm vor seiner ersten Flucht aus Trollfurt geschenkt hatte, aus dem Gürtel und begann, das wuchernde Gras, die Wurzeln und die Erde zwischen den Ritzen der verwitterten Pflastersteine herauszukratzen. Nur mühsam kam er voran, die Steine waren groß und seit Jahrhunderten hier, die Ritzen zwischen ihnen schmal. Er achtete nicht auf das Schnauben der Drachen und den Vogelgesang in seinem Rücken, sondern grub stur weiter, bis er den ersten Stein aus dem Boden heben konnte. Die Erde darunter war dunkel und feucht, obwohl es seit Tagen oder eher Wochen nicht geregnet hatte. Ein aufgeschreckter, fingerdicker weißer Wurm wühlte sich hektisch in die Tiefe zurück.

Angeekelt verzog Ben das Gesicht und starrte ihm nach, bis er verschwunden war; zu spät fiel ihm ein, dass man den Wurm vielleicht für einen Zauber hätte verwenden können.

Egal, dachte er. Erst würde er den Schutz vor untoten Wilderern zu Ende bringen, dann konnten sie ja in Ruhe nach weißen Würmern graben, wenn Yanko oder Nica wussten, was man mit ihnen anstellen könnte. Vielleicht kannte sich Yanko ja wenigstens mit weißen Würmern aus, wenn er schon keine Ahnung von Schutzzaubern mit Hasenknochen hatte.

Nachdem der erste Stein heraus war, ging es leichter. Ben stieß die Klinge tief in die Erde und hebelte den nächsten heraus, dann einen dritten und vierten. Schließlich hatte er die gesamte Vorderseite der Türschwelle freigelegt.

Die Schwelle bestand aus einem ausgetretenen dunkelgrauen Gestein, das von einem feinen Gespinst aus weißen Linien durchzogen war. Sie war außergewöhnlich massiv und reichte zwei Handbreit in die Tiefe, die Erde direkt unter ihr war tiefschwarz wie Torf. Auch war sie ein wenig wärmer als der sonstige Boden und trocken, stellte Ben fest, als er Platz für die Knochen schaffen wollte. Kurz zuckte er zurück, doch als er die Finger hineingrub, stieß er auf etwas Hartes. Zuerst dachte er an eine Baumwurzel, doch es schien aus Metall zu sein und lag locker in der Erde. Hastig umschloss er das Ding und zog es aus der Tiefe. Es war ein Schlüssel aus Gold.

Ungläubig starrte er ihn an, dann wischte er vorsichtig den Dreck ab. Der Schlüssel war groß, so lang wie die Hand eines ausgewachsenen Mannes, und die Räute war einem Drachenkopf nachempfunden. Kleine weinrote Edelsteine bildeten die Augen, sie funkelten im Sonnenlicht, als wären sie lebendig. Der Bart bestand aus einer ausgebreiteten, gezackten Drachenschwinge – es konnte kein Schloss geben, in das dieser Schlüssel passte. Ausprobieren konnte ihn Ben aber nicht, die Tür über der Schwelle war schon lange nicht mehr hier, es gab nur noch verbogene rostige Scharniere in der Wand. In der ganzen Ruine fand sich keine Tür und kein Tor mehr.

»Hey, Yanko. Nica«, krächzte er. Der kleine Streit von eben war vergessen, wie all die anderen in den Tagen zuvor. Zu vieles verband sie, seit sie gemeinsam gegen die Ketzer in der alten Blausilbermine Trollfurts gekämpft hatten, die Nica einem gigantischen erwachenden Drachen opfern wollten, obwohl ihr Vater sie angeführt hatte. Auch gegen die ordenstreuen Rechtgläubigen Trollfurts hatten sie sich gewandt, denn diese hielten Ben für einen Mörder und wollten Drachen versklaven, indem sie ihnen die Flügel und damit den freien Willen abhieben. Auf zwei geflügelten Drachen waren sie gemeinsam geflohen, und eine solche Freundschaft zerbrach nicht so schnell, auch wenn sich Ben in den letzten Wochen erst daran hatte gewöhnen müssen, dass die beiden ein Paar waren und er nur ihr Freund.

Ben räusperte sich und rief lauter. Dabei konnte er den Blick nicht von dem Schlüssel abwenden. Mit einem Hemdzipfel reinigte er noch die letzten dreckigen Verzierungen, und nun schimmerte das Gold des Schlüssels so klar, als habe er bis gerade eben in der Auslage eines Goldschmieds gelegen und nicht tief in der Erde.

»Was ist los?«, fragte Yanko, als er und Nica um die Ecke bogen.

Ben hielt ihnen den Schlüssel entgegen und zeigte ihnen, wo er ihn gefunden hatte.

»Ist das Gold? Echtes Gold?«, fragte Nica.

Doch bevor sie ihn in die Hand nehmen konnte, griff Yanko danach. »Heiliger Trollbollen! Das ist phantastisch gearbeitet. So was hab ich noch nie gesehen, der Schwung der Ohren, die feinen Schuppen. Jeder Zahn ist zu erkennen. Das ist ein Meisterwerk.«

Ben grinste, als gelte das Kompliment ihm, obwohl er den Schlüssel nur gefunden, nicht gefertigt hatte. Yanko wusste, wovon er sprach, schließlich war sein Vater Schmied in Trollfurt.

»Darf ich jetzt auch mal?«, fragte Nica spitz und sah Yanko mit hochgezogenen Augenbrauen an.

»Ähm, ja, klar«, sagte Yanko und reichte ihr hastig den Schlüssel.

Ben grinste. Er konnte sich nicht erinnern, dass sich Yanko je untergeordnet hatte oder sich von irgendeinem Jungen in Trollfurt hatte herumschubsen lassen, selbst wenn dieser zwei Köpfe größer und dreimal so breit gewesen war. Doch bei Nica sah es ganz anders aus.

»Was hatte der Schlüssel unter der Schwelle verloren?«, fragte Yanko, während Nica das Kunstwerk bewundernd in den Händen drehte.

»Ein Ersatzschlüssel für Notfälle?«, schlug Ben vor, ohne nachzudenken.

»Klar, Schrumpfkopf. Und immer, wenn sich der Ritter versehentlich ausgesperrt hat, musste er den halben Weg vor der Tür aufreißen, um an den Schlüssel zu kommen. Er ist nie ohne Schaufel aus dem Turm gegangen, falls er den Schlüssel vergessen sollte. Sehr sinnvoll! Ersatzschlüssel müssen leicht zu erreichen sein.«

»Selbstverständlich. Am besten an einem beschrifteten Haken gleich neben dem Burgtor. Da freut sich dann jeder Belagerer, weil er gar keine Armee mehr mitbringen muss, um deine Burg einzunehmen. Krötenfurzer!«

»Schlammtrinker!«

»Drachenkottaucher!«

»Eiterkopf!«

»Dreifach bepisster ...«

»Jungs!«, rief Nica, und Ben und Yanko hörten auf, einander anzuknurren und sahen sie an. »Ich glaube nicht, dass das ein Ersatzschlüssel ist.«

»Sage ich doch ...«, murmelte Yanko.

»Sohlenlecker«, zischte Ben.

»Das muss irgendein Zauber sein.« Nica hielt den Schlüssel gegen den wolkenlosen blauen Himmel direkt über der Ruine und starrte ihn mit zusammengekniffenen Augen an. »Eine Schwelle ist ein mächtiger Ort für einen Zauber. Und eine normale Tür kann man mit diesem Ding auf keinen Fall öffnen.«

Die beiden Jungen nickten. Unwillkürlich blickte Ben in das runde Turmzimmer hinein, doch dort hatte sich nichts verändert. Noch immer fiel das Sonnenlicht durch die drei Fenster herein, noch immer lagen ihre wenigen Habseligkeiten über den staubigen Boden verstreut, und auch an den Wänden hatte sich keine weitere Tür geöffnet. Nica und Yanko sahen sich ebenfalls um und schienen auf etwas zu lauschen, als müsste sich eine Veränderung mit einem Geräusch ankündigen. Die Vögel sangen noch immer, die Drachen schnauften in aller Gemütlichkeit.

»Heißt das, ich habe jetzt irgendeinen Zauber zerstört?«, fragte Ben leise. »Ich meine, indem ich ihn ausgegraben habe?«

Seine Freunde zuckten mit den Schultern und sahen zu Boden. Ihnen war sichtlich unwohl bei diesem Gedanken. Yanko räusperte sich und brummte: »So verfallen, wie die Ruine ist, hat hier bestimmt kein Zauber mehr gewirkt.« Doch es klang weder überzeugt noch überzeugend.

»Lasst uns mal rumschauen, vielleicht hat sich ja doch etwas geändert«, schlug Nica vor und drückte Ben rasch den Schlüssel wieder in die Hand. »Ist deiner, du hast ihn gefunden.«

Langsam schob Ben ihn in die tiefe rechte Tasche seiner abgeschabten und mit zahlreichen bunten Flicken übersäten Hose. Zum ersten Mal im Leben besaß er etwas Wertvolles, abgesehen von dem Blausilber, das sie in der Mine eingesteckt hatten, doch er konnte sich nicht freuen. Zu viele Geschichten von armen Tölpeln kannte er, die einen Zauber gebrochen hatten und daraufhin von seiner freien Magie besessen wurden. Oder sie wurden von einem Fluch getroffen, der den

Zauber schützte. Ben hatte von Frauen gehört, denen riesige Warzen auf den Augenlidern wuchsen, so dass sie diese nicht mehr öffnen konnten, wie auch von einem Bauer, über dessen Feldern es nicht mehr geregnet hatte, selbst wenn über die Äcker seiner Nachbarn das stürmischste Gewitter hinwegfegte, nur weil er ihren Fruchtbarkeitszauber vor lauter Neid aus dem Boden gerissen hatte.

Die Erde um den Schlüssel herum war tiefschwarz und trocken gewesen, und der Tod trocknete die Dinge aus. Was war das für ein Zauber?

Ben fluchte und stapfte mit seinen Freunden durch die Ruine, doch sie bemerkten nichts, was sich seit dem Fund verändert hatte. Noch immer dösten kleine gelbe Salamander auf den Mauerresten und huschten davon, wenn sie ihnen zu nahe kamen. Eine silberne Libelle, auf deren Flügeln sich die wechselnden Grüntöne der Blätter spiegelten, tanzte durch die Ruine, und weder sie noch andere Tiere noch die dämmernden Drachen wirkten nervös. Nirgendwo hatte sich eine bislang verborgene Tür geöffnet, kein Keller voller Schätze war plötzlich erschienen. Auch stürzten die alten Mauern nicht ein, sie standen fest, auch ohne dass der Schlüssel in der Erde ruhte. Irgendwo rieselte ein wenig grauer Mörtel zu Boden.

Mit Sonnenuntergang waren letztlich die meisten Bedenken verflogen, und als sich Yanko und Nica in das Turmzimmer zurückzogen, waren die beiden bester Laune, lachten und alberten herum. Nica wirkte ausgelassen wie nie seit dem Tod ihres Vaters. Bislang hatte sie Ben nicht darauf angesprochen, worüber er sehr dankbar war. Schließlich war er es gewesen, der ihn mit der als Waffe geschwungenen Fackel getroffen, in Brand gesteckt und in den Drachenschlund gestoßen hatte. Auch wenn der Drache Nicas Vater aus- und gegen die Wand gespuckt hatte, hatte doch Ben seinen Tod eingeleitet.

Tagsüber wusste er, dass es richtig gewesen war, dass es keine andere Möglichkeit gegeben hatte, den mordgierigen und besessenen Ketzer zu stoppen, doch oft genug träumte er deswegen noch immer schlecht, denn nachts schlief sein Verstand. Dann sah er sein von Wut und Hass verzerrtes Gesicht, den Schmerz und die Überraschung, als er mit voller Wucht von der Fackel getroffen wurde. Viel deutlicher als in jener Nacht hörte er den Schädelknochen knirschen und den dumpfen Aufprall gegen die Felswand. Manchmal erwachte Ben davon, riss japsend die Arme hoch, um einen Angriff abzuwehren, einen Angriff, der nicht kam.

Ben sah Nica und Yanko nach, wie sie Hand in Hand zu ihrem Schlafplatz schlenderten, auch wenn er in der Dunkelheit nicht mehr als grobe Schatten erkannte. Dann stapfte er zu seiner Decke, die er am anderen Ende der Ruine ausgebreitet hatte. Er wollte die beiden nicht hören, solange er allein daneben liegen musste, ihr Getuschel, die Küsse und Berührungen. Er wollte nicht neben diesen Geräuschen liegen und sich einsam fühlen. Für einen Moment dachte er an die schöne Anula, die er in Falcenzca kennengelernt und anfangs für eine rüschennasige Rinnsteinschnepfe gehalten hatte. Die er belogen und getäuscht hatte, um den Drachen Juri zu befreien, die ihn dann jedoch so intensiv angesehen hatte, dass er es nicht vergessen konnte. Leichtfertig hatte er versprochen, sie zu besuchen, wenn er erneut nach Falcenzca käme, doch seit Wochen war er nicht in die Stadt hinübergelaufen. Jetzt wünschte er sich, sie wäre hier bei ihm.

Dann bemerkte er, wie sich die Drachen erhoben. Alle drei

breiteten die Flügel aus, auch die von Juri waren in den letzten Wochen dank Bens außergewöhnlicher Gabe vollständig nachgewachsen, und seit gestern konnte er wieder fliegen. Ben war ein Drachenflüsterer, und das bedeutete, er verfügte über die Kraft, Drachen zu heilen, indem er ihnen die Hände auflegte. Sogar abgeschlagene Körperteile wuchsen unter seiner Berührung wieder nach, nur den Tod konnte er nicht rückgängig machen.

Drei Drachen hatte er bislang geheilt – allen hatte ein Ordensritter einen oder zwei Flügel abgeschlagen, denn der Orden der Drachenritter glaubte an die alte Legende, die besagte, dass die Flügel von Samoth, dem dunklen Gott der Tiefe, verflucht seien, und nur ohne sie könne ein Drache frei sein. Doch Ben wusste, dass Drachen ohne Flügel nicht frei waren, sondern willenlos wie Schoßtierchen, leicht zu befehligen und zu reiten. Die Ketzer dagegen waren überzeugt, Drachen seien Geschöpfe Samoths und man müsse sie unterwerfen, indem man ihnen die Flügel nahm. Und so machten sowohl der Orden der Drachenritter als auch der ketzerische Orden der Freiritter Jagd auf wilde Drachen, um ihnen die Flügel abzutrennen. Ben wollte den geknechteten Wesen die Flügel und Freiheit zurückgeben.

Die drei, bei denen es ihm bereits gelungen war, waren bei ihnen geblieben. Aiphyron war der Erste gewesen, ein großer Drache mit Schuppen vom tiefen, wunderschönen Blau einer alten Himmelsbuche. Feuerschuppe war kleiner, vielleicht acht Schritt lang, und von dunkelroter, teils oranger oder gar gelber Färbung, sein Panzer wirkte wie ineinandergeflochtene Flammen, er war von Nicas Vater geknechtet worden. Den massigen, schilffarbenen Juri hatten Ben und Aiphyron aus dem Stall des Händlers Dicime in Falcenzca entführt.

Nun erhoben sie sich zu dritt. Tagsüber taten sie es wegen der Nähe zu der großen Stadt nicht, sie wollten die Ordensritter, die ihnen Flügel und damit die Freiheit nehmen wollten, nicht auf die Ruine aufmerksam machen, in der sie seit beinahe einem Monat lagerten. Doch nachts wollten sie sich frei fühlen.

Ben hörte die Flügel schlagen, sah ihre Schemen über den Baumwipfeln verschwinden. Er verharrte mit einem glücklichen Lächeln auf den Lippen, dann kletterte er auf das höchste Stück der einst mächtigen Außenmauer, anstatt sich hinzulegen. So weit wie möglich kraxelte er hinauf und suchte sich eine bequeme Sitzposition, sodass er eine verwitterte Zinne als Rückenlehne benutzen konnte und kein spitzer Stein in seinen Hintern piekste. Lächelnd legte er den Kopf in den Nacken und blickte in den klaren Sternenhimmel empor.

Der Mond war halb voll und von klarem Weiß, in seinem Licht konnte Ben hin und wieder den Schatten eines Drachen vorüberhuschen sehen. Sie schraubten sich in ferne Höhen hinauf, warfen sich in wilde Sturzflüge und tollten herum wie ausgelassene Welpen, obwohl zumindest Aiphyron schon deutlich mehr Jahre auf dem Buckel hatte als jeder verknöcherte, verbiesterte Erwachsene, den Ben kannte. Ihnen zuzusehen, machte Ben glücklich, es waren die schönsten Geschöpfe, die er je getroffen hatte – vielleicht abgesehen von einigen Mädchen.

Und es machte ihn glücklich, weil seine Gabe den dreien ermöglicht hatte, wieder zu fliegen. Kurz starrte er auf seine Hände, dann hob er den Kopf wieder. Es waren keine besonders großen Hände, sie waren schlank und schmutzig, aber dennoch steckte eine so große Gabe in ihnen.

Was war das für eine alte Überlieferung, der zufolge man

einem Drachen die Flügel abhacken musste, um ihn auf diese Weise zu einem friedliebenden Geschöpf zu machen? Immer wieder hatte sich Ben das gefragt, doch keine Antwort gefunden. Das Böse steckte nicht in den Schwingen! Wie konnte man das nur glauben, wenn man die Augen öffnete und sich einen freien Drachen besah? Ohne Flügel blieben versklavte, der Sprache beraubte Geschöpfe zurück, die sich nicht von der Erde erheben konnten. Was waren das für strahlende Ritter und Priester, die den Unterschied zwischen Bösem und Freiheit nicht kannten? Hatte Ben auch einst geträumt, selbst ein Ritter zu werden, inzwischen verabscheute er den Orden nur noch.

In solche Gedanken versunken beobachtete er, wie Aiphyron durch die Luft wirbelte, sich in die Tiefe stürzte, knapp über den dunklen Baumwipfeln die Flügel ausbreitete und elegant über die Ruine hinwegsegelte, über Bens Kopf, dicht gefolgt vom gedrungenen Jurbenmakk, der Juri genannt werden wollte, und Feuerschuppe, der sich nicht an seinen Drachennamen erinnern konnte.

Wie lange er ihnen zugesehen hatte, wusste Ben nicht, als Aiphyron plötzlich neben ihm landete. Aufrecht auf den Hinterbeinen stehend, lehnte er sich lässig an die Mauer, so dass sein Kopf direkt vor Ben verharrte.

»Was ist los, Junge?«, fragte er.

»Nichts.«

»Ach, komm schon, für wie blind hältst du mich? Immer wenn du nachts in den Himmel starrst, geht dir irgendwas im Kopf um. Spuck's aus.«

Langsam zog Ben den goldenen Schlüssel aus der Tasche. Er sagte nichts davon, dass er sich einsam fühlte, wenn er Yanko und Nica zusammen sah, dass er sich manchmal daran erinnerte, wie er selbst in Nica verliebt gewesen war, noch vor Yanko, und dass er an Anula dachte, immer öfter, an ihre leuchtenden Augen und das glänzend schwarze Haar, auch an die kleinen Erhebungen, die sich unter ihrer grünen Livree abgezeichnet hatten. An ihre roten Lippen, die zu küssen er versäumt hatte. In seinen Gedanken war nicht viel von ihrer Hochnäsigkeit geblieben. Ben sagte auch nichts davon, wie gern er den Drachen beim Fliegen zusah, dass er nicht einfach so in die Nacht starrte, sondern zu ihnen hinauf. Das alles behielt er für sich, er erzählte nur vom Fund des Schlüssels und fragte: »Meinst du, ich bin jetzt verflucht? Hast du so einen Drachenschlüssel schon einmal gesehen?«

»Drachenschlüssel? Wir haben keine Schlüssel. Was sollen wir damit denn absperren? Die Kleidertruhe für unsere Feiertagsschuppen? Oder unsere Paläste in den Wolken, gemauert aus Regentropfen?« Aiphyron grinste sein seltsames, lippenloses Drachengrinsen, und Ben ließ sich davon anstecken.

»Du glaubst also nicht, dass ich verflucht bin?«, hakte er noch einmal nach.

»Verflucht? Wegen eines derartig winzigen Dings? Das glaubst du doch selbst nicht.« Aiphyron beachtete den Schlüssel erst jetzt so richtig, roch an ihm und näherte sich mit dem Auge auf höchstens zwei Handbreit Entfernung. »Sieht aus wie Menschenwerk, nur feiner, schöner. Wenn ich es mir recht besehe, ist es viel zu schön für eine Arbeit aus ungeschickten Menschenhänden. So etwas könnte niemand von euch groben, ungeschlachten, kurzlebigen, ungeschickten …«

»Ja, ich hab's verstanden«, brummte Ben. »Wir können nichts. Aber ein Drache mit derart ungelenken Riesenklauen muss gerade reden.«

Aiphyron grinste.

Ben knurrte »Nacktflieger« und knuffte den Drachen, der ihn schon wieder verladen hatte, spielerisch auf die Schnauze.

»Warte mal!« Aiphyron hörte auf zu grinsen. »Ich glaube, ich habe tatsächlich schon einmal von einem solchen Schlüssel gehört oder zumindest von so einem Drachenkopf. Ich kann mich nicht mehr richtig erinnern, ich weiß wirklich nicht mehr, ob es um einen Schlüssel ging oder nur um einen derart fein gearbeiteten Drachenkopf mit roten Augen aus Edelstein. Irgendetwas war damit. Aber das ist Jahre her, viele, viele Jahre.«

»Kein Witz?«

»Nein, kein Witz diesmal. Ich kann mich nur nicht richtig erinnern.« Aiphyron starrte den Schlüssel an, dann Ben. Er schnaubte und schüttelte den Kopf, als wolle er lästige Insekten vertreiben. »Aber ich bin sicher, dass du nicht verflucht bist. Ganz sicher.«

»Gut«, sagte Ben. Das war doch schon mal etwas. »Danke.«

Dann erhob sich Aiphyron wieder in die Luft, wünschte Ben eine gute Nacht und stürzte in den Himmel.

In aller Ruhe stieg Ben von der Mauer und rollte sich in seine Decke. Er dachte an Anula, die kleingewachsene, hübsche, hochnäsige Hausdienerin mit den verkniffenen Mundwinkeln, die höchstens zwei Jahre älter war als er. In seinen Gedanken lachte sie viel, küsste ihn und berührte ihn mit sanften Fingern. Ihre Augen leuchteten wie damals, als ihre Hände gemeinsam auf Juris Schulterknubbel gelegen hatten.

Er spürte sein Herz heftiger schlagen, dabei hatte er ihr doch nur etwas vorgespielt: dass er ein Bürgermeistersohn mit geheimem Auftrag sei und dass er wiederkommen würde. Das hatte er nie ernsthaft geplant, seit Wochen hielt er sich nun wenige Meilen von der Stadt entfernt auf, doch nie hatte er sie besucht. Juris Flügel wären auch weitergewachsen, wenn er einen Nachmittag nach Falcenzca gegangen wäre. Dass er es nicht getan hatte, war doch Beweis genug, dass er nichts für sie empfand, oder nicht? Warum also schlug sein Herz jetzt schneller?

Aber morgen, dachte er, morgen würde er zu ihr gehen. Nur so. Vielleicht wusste sie mehr über diese Ruine, wer hier einst gelebt haben mochte. So würden sie möglicherweise mehr über den goldenen Schlüssel herausfinden. Ja, das sollte er wirklich tun. Der Schlüssel mochte noch wichtig sein, es ging um ihn, nicht darum, sie wiederzusehen. Das würde er auch Nica und Yanko begreiflich machen, denen er bislang noch gar nichts von ihr erzählt hatte. Er war nicht verliebt, auf keinen Fall.

»Nicht in dich, Anula«, murmelte er, schloss die Augen und sagte es gleich noch einmal, und dann nur noch einmal ihren Namen. Sein Herz schlug laut.

Über ihm tollten die Drachen durch den nächtlichen Himmel.

DER SCHWUR

Zum Frühstück teilten sich Ben, Yanko und Nica einen kopfgroßen Sonnapfel, den die Drachen bei ihren nächtlichen Ausflügen irgendwo gepflückt hatten. Es war eine süße Frucht mit saftigem hellrotem Fleisch, die ihren Namen von der leuchtend gelben Schale hatte, und davon, dass sie hoch oben in einem schlanken Baum wuchs, der in Bodennähe keine Äste trieb, sondern nur einen kleinen Wipfel mit kurzen glatten Zweigen, langen, saftig grünen Blättern und großen himmelblauen Blüten ausbildete. Es war der einzige fleischfressende Baum, von dem Ben je gehört hatte, er verschlang kleine, ahnungslose Vögel, die in seiner klebrigen Blüte landeten. Nur die fein gesäuberten Knochen blieben übrig, der Baum ließ sie fallen, und sie umlagerten den Stamm wie abgestorbene Ästchen. Aus diesen Knochen konnte man unfehlbar die Zukunft lesen, wenn man ihre Lage richtig zu deuten vermochte – das konnten jedoch nur die wenigsten. Ben hatte keinen solchen Sonnapfelbaum hier in der Nähe gesehen, die Drachen mussten weit geflogen sein.

»Wo habt ihr den her?«, fragte er.

»Gibt's da noch mehr?«, fügte Yanko an. »Schmeckt ausgezeichnet.«

»So klein und so gefräßig«, grinste Aiphyron.

»Der Baum wächst ein ganzes Stück von hier entfernt, aber das war kein Problem, denn die neuen Flügel verrichten ihren Dienst wie die alten«, hob Juri an. »Der ganze nächtliche Rundflug erinnerte mich an einen kleinen Zwischenfall vor ein paar Jahren – ich weiß nicht, ob ich davon schon erzählt habe –, als ich im Norden versehentlich fast auf einem schlafenden Troll gelandet wäre, der mich für einen fleischgewordenen Albtraum hielt, eine Wolke aus Stein, die vom Himmel fiel. Er musste seit Wochen dort gelegen haben, in seinem Ohr hatte sich Erde gesammelt, aus der bereits erste Blumen sprossen, zahlreiche Felsasseln hatten sich unter ihm eingenistet und stoben verschreckt über seinen Körper, als er sich plötzlich aufrichtete. Er stank aus dem Mund wie eine Abfallgrube und …«

»Es ist wundervoll, dass du wieder fliegen kannst«, unterbrach ihn Yanko, der in den letzten Wochen gelernt hatte, dass man Juri anders nur selten zum Schweigen brachte. Der einfache Hinweis, man habe die Geschichte schon gehört, drei- oder viermal sogar, den Anfang noch deutlich öfter, reichte nicht immer aus, nicht, wenn Juri reden wollte. »Und genau darüber habe ich gestern Nacht mit Nica gesprochen. Du darfst auf keinen Fall der letzte Drache gewesen sein, den wir aus den Händen der Ordensritter befreit haben. Nicht der letzte Drache, dem wir seine Flügel zurückgegeben haben.«

Die Drachen nickten. Diese stumme Form der Zustimmung hatten sie sich im Umgang mit Menschen angewöhnt.

»Wir?«, fragte Ben, dem Yanko eben mit flinken Fingern das letzte Stück Sonnapfel weggeschnappt hatte. »Wen meinst du mit wir, wenn du vom Flügelzurückgeben sprichst?«

»Na, uns alle. Wir gehören doch zusammen. Natürlich bist du derjenige, der sie heilt. Aber wir helfen dir, die Drachen zu entführen. Du kannst ihnen schließlich nicht im Stall des Ordens die Hände auflegen.«

»Jaja. Aber die Idee hatte ich lange vor euch«, brummte Ben. Es passte ihm nicht, dass Yanko und Nica ihre traute Zweisamkeit dafür nutzten, seine Gabe zu verplanen. Es war seine Gabe – sollten sie doch eine eigene entwickeln, wenn sie große Pläne schmieden wollten, ohne ihn zu fragen. Selbstverständlich würden sie damit Drachen befreien, aber nicht, weil Yanko es wollte.

»Das ist doch völlig egal, wer die Idee zuerst hatte«, sagte Yanko. »Doch Juri kann wieder fliegen, er braucht deine Hilfe nicht mehr. Jetzt ist der ideale Zeitpunkt, den nächsten Drachen zu befreien. Wir zeigen's dem verdammten Orden.«

»Und den Ketzern.« Nicas Züge waren wie versteinert. Ihr Vater war ein Ketzer gewesen und hatte in seinem religiösen Wahn versucht, sie einem gigantischen, erwachenden Drachen zu opfern, in dem er den König der Drachen gesehen hatte. Oft genug hatte Ben seine Mutter gehasst, weil sie ihn geschlagen hatte, und seinen Vater, weil er verschwunden war und ihn im Stich gelassen hatte, doch immerhin hatten sie nicht versucht, ihn umzubringen. Niemals hatten sie es als ihre heilige Pflicht angesehen, ihn zu opfern. Ben wusste nicht, wie viel Hass Nica deswegen fühlen mochte, sie redete nicht darüber. Vielleicht empfand sie gar nichts mehr für ihren toten Vater und ihre gehorsame Mutter, die ihren Mann von nichts abgehalten hatte. Vielleicht verwandelte sich allzu großer Hass irgendwann in innere Leere. Obwohl die Mutter noch in Trollfurt lebte, schien sie für Nica gestorben – mit keinem Wort hatte sie sie seitdem erwähnt. Als könne sie sie durch Schweigen aus ihrem Leben brennen.

»Dann müssen wir es aber richtig machen«, verlangte Ben. »Dann beschließen wir es nicht einfach nur, dann leisten wir einen Schwur, dass wir fortan Drachen befreien wollen. Bis wir den Orden überzeugt haben, dass in den Flügeln kein Fluch steckt.«

»Aber lasst uns erst am Mittag schwören, wenn die Sonne am höchsten steht. Einem solchen Schwur gibt Hellwah seinen Segen«, sagte Yanko. »Und eine tote Ratte wäre auch nicht schlecht.«

»Eine tote Ratte ist immer gut«, bestätigte Ben. »Aber Hellwahs Segen werden wir wohl nicht bekommen. Weder morgens noch mittags noch nachts. Unser Schwur richtet sich gegen seinen Orden. Warum soll er uns da helfen?«

»Weil seine Priester lügen«, murmelte Nica, die von einem Ketzer erzogen worden war. Noch immer war ihr Gesicht wie versteinert, doch ihre Stimme klang dünn und leise, als wollte sie nicht gehört werden. Unruhig schielte sie kurz in den blauen Himmel.

Yanko schwieg, ihm war sichtlich nicht wohl bei dem Gedanken, einen Gott herauszufordern.

»Schwört ihr mit uns?«, fragte er nach einer Weile die Drachen, als würde er sich dann wohler fühlen, doch sie verneinten. Selbstverständlich würden sie bei allem helfen, so gut sie konnten, doch Drachen schworen nicht, niemals. Dann tapsten sie einmal quer über den Burghof und legten sich mit einem gemütlichen Brummen dort nieder, wo die ersten Strahlen der Sonne bereits den Boden erreichten.

»Und jetzt?«

»Jetzt suchen wir eine tote Ratte, und dann schwören wir im dunkelsten Schatten, den wir finden können«, sagte Nica. »Dort, wo Hellwahs Antlitz am Himmel nicht zu sehen ist.«

Als sie nach einer langen Stunde noch immer keine tote Ratte im Wald gefunden hatten, fluchte Yanko, denn sonst waren die Viecher doch überall. Nur jetzt, wenn man sie ein einziges Mal wirklich brauchte, gab es keine Spur von ihnen.

Sie beschlossen, dass es auch ohne Ratten gehen musste. Das eigene Blut war in solchen Fällen sowieso viel mächtiger als ein totes Tier.

Sie setzten sich im Kreis an die der Sonne abgewandte Westmauer der Ruine, fern aller Fenster und Schießscharten, dorthin, wo zwei alte Regenweiden mit ihren blattreichen Ästen, die wie ein Vorhang von der Krone herabfielen, einen tiefen Schatten warfen. Mehr Schutz vor Hellwahs Blick gab es tagsüber nur in einem Gebäude oder unter der Erde, und das waren keine passenden Orte für einen Schwur. Unter der Erde war Samoths Reich.

»Was wollen wir schwören?«, fragte Yanko feierlich. Er hatte die Beine untergeschlagen, hielt den Oberkörper jedoch stolz aufrecht.

»Na, dass wir alle flügellosen Drachen befreien, wie ausgemacht«, antwortete Nica. Es klang zugleich pampig und unsicher, als hätte sie nicht viel Erfahrung mit Schwüren.

Mädchen, dachte Ben, *von manchen Dingen haben sie einfach keine Ahnung.* Man sollte nicht unbedarft schwören, nichts, das man nicht halten konnte. »So etwas können wir nicht einfach schwören, das bindet uns bis an unser Lebensende.«

»Oder darüber hinaus«, ergänzte Yanko. »Wenn der Schwur stark ist und bis zum Tod nicht erfüllt wird, dann findet man keine Ruhe. Dann müssten wir auch als Geister noch nach flügellosen Drachen suchen. Und wenn Bens Gabe dann nicht mehr wirkt, wenn seine Hände den Schulterknubbeln kein Leben schenken können, weil durch sie selbst keines mehr fließt, dann streunen wir bis in alle Ewigkeit durch die Welt, tot und ruhelos auf der sinnlosen Suche nach flügellosen Drachen. Ich will das nicht.«

Nica starrte ihn misstrauisch an, als überlege sie, ob er

scherze. Doch mit Schwüren trieb man keinen Spaß. Langsam nickte sie. »Ich auch nicht.«

»Wir sollten uns stattdessen lieber einen einzigen, aber bedeutenden Drachen vornehmen und ihn befreien«, schlug Yanko vor. »Den Drachen des Königs am besten. Das wäre eine echte Heldentat. Und ein deutliches Zeichen.«

»Du meinst wohl eher *die* Drachen des Königs. Der besitzt doch mehr als einen Drachen, der hat bestimmt ein Dutzend in den Stallungen seiner Burg. Und auf jedem Landsitz noch mindestens drei weitere«, gab Ben zu bedenken. »Da wissen wir ja nie, wann wir unseren Schwur erfüllt haben. Bevor wir alle befreit haben, hat er schon weitere versklavt, und wir müssen von vorn anfangen.«

»Dann nehmen wir eben den Drachen des Ersten Ritters aus dem Drachenorden. Oder den Drachen des höchsten Priesters Hellwahs. Auch das macht Eindruck.«

»Das bringt uns vor allem ganz schnell an den Galgen«, sagte Ben. »Wenn wir das machen, ist sofort der ganze Orden hinter uns her.«

»Feigling«, sagte Yanko. »Krötenbaby!«

»Halt's Maul!«

»Furchtwurm!«

»Ahnungsloser Trollpopel! Wir wissen doch gar nicht, wo wir diesen höchsten Priester finden! Keiner von uns. Wir sollten uns besser um die Umgebung hier kümmern. Einfach alle Drachen von Falcenzca befreien. Es gibt doch keinen Grund, von hier schon wieder abzuhauen. Die Ruine ist großartig, und wir haben gerade erst diesen seltsamen Schlüssel gefunden. Hier gibt es noch ein Geheimnis zu lüften.« Kurz tauchte Anula in Bens Gedanken auf, doch er jagte sie mit einem ärgerlichen Kopfschütteln fort. Schließlich wollte er bestimmt nicht ihretwegen in der Gegend bleiben. »Wenn wir das alles geschafft haben, dann können wir über größere Aufgaben nachdenken.«

»Falcenzca interessiert mich nicht«, sagte Nica leise, aber bestimmt. Mit kalten Augen starrte sie Ben an. »Ich will, dass wir die Drachen der Ketzer befreien. Sie wollten mich umbringen.«

Ben schwieg. Er öffnete den Mund, brachte kein Wort heraus und schwieg weiter. Wieder tauchte Anula in seinen Gedanken auf, und ihm wurde klar, dass er von hier tatsächlich nicht fortwollte, bevor er sie noch einmal gesehen hatte. Und eigentlich auch dann nicht. Jetzt, in diesem Moment, war er sicher, dass er sie wiedersehen musste. Wie hatte er nur all die Wochen im Wald vertrödeln können? Er sehnte sich nach Anula. Doch niemand konnte Nica diesen Schwur abschlagen. Sie waren Freunde, er war sogar verliebt in sie gewesen, und die Ketzer hatten versucht, sie zu töten.

Ben blickte zu Yanko, und der sah Nica an. So voller Zärtlichkeit und Mitleid, dass Ben ihn eigentlich damit aufziehen hätte müssen. Doch nicht jetzt. Yanko würde auf Nicas Seite sein.

»Dann lasst uns den Drachen des obersten Ketzers befreien«, sagte Yanko mit rauer Stimme und griff unbeholfen nach Nicas Hand. »Denk daran, wir wollen lieber nichts Unmögliches schwören.«

»Gut. Aber wenn wir uns wirklich auf einen festlegen müssen, dann will ich den Drachen von demjenigen, der meinen Vater nach Trollfurt geschickt hat«, sagte Nica und starrte Ben fordernd an. »Einverstanden?«

»Dein Vater wurde nach Trollfurt geschickt? Von wem?«, fragte er.

»Das weiß ich nicht. Vater hat nie darüber gesprochen, er hat so getan, als wäre es seine eigene Idee, als ginge es tatsächlich um ein Blausilbervorkommen, das noch immer in der Mine zu finden sei und uns reich machen würde, richtig reich.«

»Und woher willst du wissen, dass das nicht die Wahrheit ist?«

»Er hat einen Brief bekommen. Ich habe zufällig gehört, wie er mit meiner Mutter darüber gesprochen hat. Es war der Befehl, nach Trollfurt zu gehen, und es ging um irgendwelche harten Zeiten oder so. Ich weiß es nicht mehr, ich habe nur die Hälfte verstanden. Und ich bin sicher, derselbe hat später auch den Befehl geschickt, mich zu opfern.«

»Aber du weißt nicht, wer es war.«

»Meine Mutter weiß es.«

»Deine Mutter ist in Trollfurt.«

»Und?«

»Da werden wir gesucht! Die ganze Stadt …«

»Dann finden wir es eben auf andere Art heraus«, fiel ihm Yanko ins Wort. Auch sein Blick war nun so hart wie Nicas, und Ben erkannte das Verlangen nach Rache. Wer immer Nicas Vater nach Trollfurt gesandt hatte, musste ihn dazu getrieben haben, Nica an den Pfahl zu binden, da gab er ihr recht. Von selbst konnte ein Vater nicht auf einen solchen Gedanken kommen.

»Na gut. Dann soll es so sein«, sagte Ben und zog seinen Dolch. Dabei dachte er an den Moment, als sie die an den Pfahl gefesselte Nica gefunden hatten, und spürte Zorn in sich aufsteigen.

In aller Ruhe hob er ein kleines Loch im Boden aus, höchstens eine Handbreit tief und genau in der Mitte zwischen ihnen. Dabei achtete er darauf, keine größeren Baumwurzeln zu verletzen. Die schwarze Erde häufte er direkt daneben auf. Seine Freunde sahen ihm schweigend zu, bis er die Klinge am Hosenbein sauber wischte.

»Dann wollen wir«, sagte Ben, und sie streckten ihre Hände über das Loch, die Handflächen nach oben gedreht. Vorsichtig schnitt Ben über Yankos Handfläche, Blut trat aus der Wunde und tropfte in die Erde. Yanko hatte nur kurz mit dem Mundwinkel gezuckt, und nun zeigte er ein verächtliches Lächeln, das dem Schmerz galt.

Nica presste die Lippen aufeinander und reckte Ben die Hand auffordernd noch ein Stück entgegen. Er fasste sie mit der Linken, hielt sie einen langen Moment ganz ruhig. Er spürte ihr Blut pochen und versuchte, ihr mit den Gedanken Ruhe einzuflößen, so wie er einem Drachen seine Heilkräfte übertrug. Sie wirkten nicht bei Menschen, doch er konnte nicht anders. Schaden konnte es ja nicht. Dann setzte er den Schnitt. Nica ertrug den Schmerz ohne die geringste Reaktion, ihr Blut tropfte zu dem Yankos in die Schwurgrube. Langsam löste Ben seine Finger von ihrer Hand. Dann schnitt er sich selbst in die Linke.

»Bei unserem Blut und unserer Freundschaft schwören wir, dass wir nicht eher ruhen werden, bis wir denjenigen Ketzer aufgetrieben haben, der Nicas Vater nach Trollfurt geschickt hat, ihm seinen Drachen genommen haben und diesem die Flügel und Freiheit zurückgegeben haben«, sagte Ben mit tiefer Stimme. Dabei betonte er jedes Wort. Die Fingerspitzen der drei berührten sich sanft, während die letzten Bluttropfen auf ihrer Haut trockneten und verkrusteten. Ben kannte nichts Bindenderes als einen solchen Blutschwur.

»Wir schwören, den Drachen zu befreien, ihm das zurückzugeben, was blinder Eifer und falscher Glaube ihm genommen haben«, fügte Nica an. »Wir schwören, jenen Mann, der meinen Vater nach Trollfurt sandte, für seine Taten zur Rechenschaft zu ziehen. Wir schwören, dass wir jeden einzelnen Toten an ihm rächen werden, dessen Blut an seinen Händen klebt, auch wenn er es nicht selbst vergossen hat.«

Stumm starrte Ben sie an und biss sich auf die Lippen. Wenn er nicht fürchterliches Unglück auf sie alle herabbeschwören wollte, durfte er nichts sagen, bis der Schwur beendet war.

»Wir schwören, uns an ihm zu rächen für alles, was er Nica angetan hat. Wir werden ihm alles nehmen, vor allem seinen Drachen«, beendete Yanko den gemeinsamen Schwur und sah dabei unsicher zu Ben.

Mit den wunden Händen warfen sie reihum die Erde zurück in das Loch und klopften sie schweigend fest.

Als sie damit fertig waren, fluchte Ben: »Was sollte das, ihr schleimigen Rüsselkröter! Von Rache hatten wir nichts gesagt!«

»Soll das ungerächt bleiben, was der verfluchte Ketzer getan hat?«, blaffte Yanko zurück.

»Nein, natürlich nicht!«

»Wo ist dann dein Problem?«

»Ihr habt mich etwas schwören lassen, das nicht ausgemacht war! Wir haben gesagt, wir befreien Drachen. Wenn wir Nica rächen können, gut. Aber darum sollte es in dem Schwur nicht gehen!« Es war egal, wer die Worte ausgesprochen hatte, sie hatten gemeinsam geschworen, und Ben war wie sie alle daran gebunden.

»Und wenn uns die Rache wichtiger ist? Ist dir denn ein fremder Drache wichtiger als Nica?«

»Nein, verdammt! Das weißt du genau!« Verstanden sie nicht, dass er sich hintergangen fühlte? Warum hatten sie nicht offen mit ihm gesprochen? Das hatten sie doch hinter seinem Rücken geplant! Sie waren das Paar, und er eben nur ein Freund. Doch vielleicht war er nicht einmal das, einen Freund hinterging man nicht. Schon gar nicht, wenn man ohne ihn nicht hier wäre. Ohne ihn und seine Gabe wären die beiden niemals lebend aus der Mine herausgekommen. Und jetzt das! Er spuckte aus und fügte mit erzwungener Ruhe an: »Was habt ihr mit ihm vor?« Konnte Yanko, als er gesagt hatte, sie würden ihm alles nehmen, auch sein Leben gemeint haben?

Nica und Yanko starrten ihn stumm an.

»Was wollt ihr tun, verdammt? Oder verratet ihr mir das auch nicht?«

»Das werden wir dann sehen.« Yanko bemühte sich um ein Lächeln. »Ben, wir wissen es noch nicht. Lass ihn uns erst einmal finden, ja?«

»Macht doch, was ihr wollt! Ich geh jetzt nach Falcenzca.«

»Ich dachte, wir brechen auf. Wir haben geschworen, nicht zu ruhen, bis …«, sagte Nica.

»Das sagt man nun einmal so! Trotzdem darf man noch andere Dinge tun«, knurrte Ben.

»Manchmal. Aber …«, setzte Yanko an.

»Nein, immer! Man darf immer schlafen, essen, pinkeln!«, schrie Ben.

»Und dafür willst du nach Falcenzca? Um zu pinkeln?«

»Ist meine Sache! Auf jeden Fall werden wir erst nach Einbruch der Dunkelheit fliegen, um nicht gesehen zu werden.«

»Und bis dahin müssen wir noch …«

»Ich muss gar nichts! Ihr könnt allein packen und alles mit

den Drachen ausdiskutieren. Das Ganze ist doch eh euer Plan! Ich war da nicht beteiligt!« Wütend spuckte er auf den Boden. »Bei Sonnenuntergang bin ich wieder da.«

»Ben …« Nicas Stimme klang beinahe, als wolle sie sich entschuldigen.

Doch Ben stapfte wütend und enttäuscht davon. Nicht ein einziges Mal drehte er sich um.

TAUSEND GULDEN UND DAS ENDE DER WELT

Als sich Ben dem Stadttor von Falcenzca näherte, hatte er sich noch immer nicht beruhigt. Wie hatte Yanko ihn so verraten können? Sie waren Freunde! Und wie viel Wut und Hass steckten in Nica? Wenn diese sich nur gegen den Ketzer richteten, konnte ihm das egal sein, doch immerhin war es Ben gewesen, der ihren Vater mit der Fackel in den Drachenschlund gestoßen hatte. Wenn sie diesem Ketzer die Schuld an den Taten ihres Vaters gab, wenn sie sie so entschuldigte, würde sie dann irgendwann Ben dafür hassen, dass er ihren Vater getötet hatte?

Er hatte es nicht gewollt. In diesem Moment hatte er überhaupt nicht darüber nachgedacht, hatte sich nur dem Kampf gestellt, hatte Nica helfen und verhindern wollen, dass die Ketzer den gigantischen Drachen noch vor seiner Geburt unterwarfen und ihn voller Schmerz auf die Welt hetzten. Nie hatte Nica ihm einen Vorwurf gemacht. Indem er ihren Vater getötet hatte, hatte er sie gerettet, aber dennoch war es ihr Vater gewesen.

Er wollte nicht, dass Nica ihn hasste, auch wenn sie ihn gerade hintergangen hatte. Dabei konnte er ihre Wut verstehen, nur Yanko nicht. Yanko hätte ihn warnen müssen, sich nicht mit ihr zusammen seinen Schwur erschleichen. Verdammter Krötenkotfresser!

»Weg da!«, brüllte jemand direkt vor Ben. Der hatte, tief in Gedanken versunken und den Blick zu Boden gerichtet, seine Umgebung vergessen. Jetzt riss er den Kopf hoch und die

Augen auf. Ein Berittener im grün-weißen Wams und Kettenhemd trabte mit hochrotem Kopf auf Ben zu und machte keine Anstalten, sein schwarzes Pferd zu zügeln. An seinem Gürtel hing das große Schwert eines Ritters, ein runder Schild war hinter dem Sattel auf das Pferd geschnallt. Er hatte die Gerte erhoben, stierte Ben mit kleinen verkniffenen Augen an und brüllte wieder: »Aus dem Weg, Rotznase!«

Hastig sprang Ben von der Straße und schlitterte in den Graben hinab, rutschte aus und landete im Dreck auf den Knien.

»Ja, so ist's recht, Lump! Auf die Knie.« Der Reiter lachte und preschte an Ben vorbei.

Ihm folgten drei weitere Bewaffnete, die in sein Lachen einfielen, und die große, verzierte Kutsche eines reichen Mannes, die von sechs Schimmeln gezogen wurde. Sie bretterten vorbei, als würden sie aus der Stadt fliehen. Durch das milchige Kutschenfenster war niemand im Inneren zu erkennen.

Fluchend stieg Ben aus dem knietiefen Graben und wünschte dem Reiter tausend schmerzende Warzen an den Hintern und eine unablässig tropfende Eiterbeule auf die Nase. Dabei starrte er auf sein verdrecktes Hemd und die abgetragene, hundertfach ausgebesserte und von zahlreichen bunten Flicken übersäte Hose.

Lump hatte ihn der Reiter genannt. Lump. Natürlich. Wie kam Ben nur auf die Idee, dass ein anderer Städter etwas anderes in ihm sehen würde? Jemand wie dieser Ritter oder auch die schöne Anula. Mochte sie auch eine Dienerin sein, sie war es bei einem angesehenen Händler, sie lief nicht in Fetzen herum, und ihre Freunde gewiss auch nicht. Vielleicht war sie ja doch eine Rinnsteinschnepfe und hielt sich für was Besseres. War sie das etwa auch? Sie musste Dutzende Verehrer haben, doch mit Ben wollte niemand mehr zu tun haben. Sagte das nichts aus? Dutzende gut aussehende, gut gekleidete, gut gebildete Verehrer …

Doch keiner von ihnen ist ein Drachenflüsterer, dachte Ben trotzig. Keiner verfügte über eine besondere Gabe. Sollten sie doch von ihm und seiner Hose denken, was sie wollten, er war kein Lump! Außerdem hielt Anula ihn noch immer für einen Bürgermeistersohn mit einem geheimen Auftrag. Diese Rolle konnte sich mit jedem noch so gepflegten Diener messen. Er würde ihr einfach nicht die Wahrheit sagen, dann würde schon alles gut werden.

Ben näherte sich dem turmhohen Tor, das ebenso wie die gesamte Stadtmauer aus blank geschrubbten Steinen in den unterschiedlichsten Farben bestand. Grüne, rote, schwarze, blaue, weiße und andere Vierecke lagen nebeneinander, ohne dass Ben in ihnen ein Muster oder gar ein bestimmtes Bild erkennen konnte. Jede Farbe war in unterschiedlichen Tönen vertreten, hell und dunkel, marmoriert und gefleckt. Unbewusst wurden Bens Schritte schneller, er passte sich der städtischen Hektik und Eile an.

»Hey, Junge?«, rief ihm einer der Torwächter hinterher, als sich Ben mit einer Gruppe viehtreibender Bauern und staubbedeckter fahrender Händler in die Stadt schieben ließ. Obwohl es mehr fragend als befehlend geklungen hatte, tauchte Ben sofort in die nächste Gasse ab, den Kopf eingezogen, bereit loszurennen. Seine Jahre als Sündenbock in Trollfurt hatten ihm diesen Fluchtinstinkt eingeimpft.

Mit einem raschen Blick über die Schulter erkannte er jedoch, dass ihm niemand folgte. Der dicke bärtige Wächter reckte zwar den Hals und schien jemanden in dem Gewühl der Straße zu suchen – ihn –, doch der andere, ein sehniger, hochgewachsener Kerl mit Adlernase, winkte kopfschüttelnd ab und lachte ihn aus. Derweil redete auch noch ein aufgebrachter Bauer auf beide ein und schwenkte eine rot-blau gefiederte Gans, die wild mit den Flügeln schlug, vor ihren Augen hin und her.

Dennoch eilte Ben weiter und bog kurz hintereinander zweimal ab, folgte den schmalen Straßen, die ihn am sicherlich überfüllten Marktplatz in der Stadtmitte vorbeiführten. Die Bauern trieben ihr Vieh auf der breiten Hauptstraße weiter, gefolgt von den Händlern, die ihre Waren noch im Laufen anpriesen.

Ben musste auf die andere Seite von Falcenzca, und er wollte schnell zu Anula, schließlich wusste er nicht, wann sie eine kurze Arbeitspause einlegen durfte. Nach den Wochen im Wald strömten die zahlreichen Gerüche der Stadt umso intensiver auf ihn ein, der Duft von frischen Backwaren vermischte sich mit dem Kotgestank der Tiere, süßliches Parfüm der reichen Damen mit den Ausdünstungen des Rinnsteins. Ben atmete durch den Mund, um die Nase zu schonen, und schlängelte sich an in helle Farben gekleideten Bürgern vorbei, die vor Geschäften herumstanden, an knienden Bettlern mit eingefallenen Gesichtern und Knechten und Kindern auf Botengängen, die jeden Bekannten auf dem Weg freudig begrüßten, weil er eine Ablenkung von den Pflichten versprach. Hie und da schnappte er Gesprächsfetzen auf, mal ging es um den Markt und wichtige Einkäufe, dann wieder um geheime Liebschaften, die lachhaften Erlebnisse eines Trunkenbolds oder schreckliche Ketzer, die irgendwo auf dem Vormarsch waren.

»Sie sind eine wahre Plage«, ereiferte sich ein untersetzter, unrasierter Knecht.

»Möge Hellwah uns schützen«, murmelte eine gebeugte Frau im mittleren Alter.

»Der Orden wird schon für Ordnung sorgen«, behauptete einer.

»Als ob das wichtig wäre. Viel schlimmer ist doch, dass die Preise für Äpfel schon wieder gestiegen sind«, beschwerte sich ein anderer. So trug jeder seine Sorgen laut vor sich her.

Als Ben an einem Gasthof vorbeikam, vor dem eine junge Frau mit leuchtend roten Haaren Amulette gegen Ketzerflüche verkaufte, rief jemand: »Hey! Das ist er doch!«

»Wer?«

»Na, *er.* Du weißt schon!«

»Er? Unsinn. Der ist viel zu klein und allein.«

»Aber die Hose! Sieh dir die Hose an!«

»Die Hose … Du hast recht.«

Achtlos eilte Ben auch an diesem Gespräch vorbei. Langsam wurden die beiden Stimmen von anderen übertönt, versickerten zwischen all den weiteren Geräuschen, bis ein lauter Ruf an Bens Ohr drang: »Auf! Den Kerl schnappen wir uns!«

Schwere Schritte schlugen plötzlich auf das Pflaster und näherten sich. Galt das ihm? Er hatte doch gar nichts getan. Hastig blickte er sich um.

Drei Männer rannten auf ihn zu, der groben, aber gepflegten Kleidung nach Handwerksgesellen. Sie waren deutlich größer und kräftiger als Ben, und ihre Blicke galten eindeutig ihm, sie waren hinter ihm her. Einer hatte die Arme so weit nach vorn ausgestreckt, dass er beinahe das Gleichgewicht verlor. Doch nur beinahe – taumelnd und stolpernd stürzte er auf Ben zu, dicht gefolgt von seinem kahlköpfigen Kameraden, dessen Gesicht von einem gierigen Lächeln verzerrt wurde. Es war ein Wunder, dass ihm kein Schaum aus dem Mund troff.

Drei, vier Schritte hinter ihnen hechelte ein beleibter Mann mit einem dichten Backenbart her, der keuchend zwischen wulstigen Lippen hervorpresste: »Halt! Bleib stehen, Bursche!«

Das war nun wirklich das Letzte, was Ben tun würde. Er wirbelte herum und rannte los, stieß einen kleinen, für den Markttag festlich herausgeputzten Jungen zur Seite, der stürzte und doch vor Überraschung zu weinen vergaß, und bog bei nächster Gelegenheit ab. Nur nicht geradeaus weiter, unberechenbar bleiben wie ein Haken schlagender Hase auf der Flucht. Doch die drei Männer blieben ihm weiter auf den Fersen, oder zumindest die beiden schlanken. Das Keuchen des Dritten fiel immer weiter zurück.

Ben kannte sie nicht, keinen von ihnen, was wollten sie also von ihm? Es musste eine Verwechslung sein, aber sie sahen nicht aus, als würden sie sich auf ein vernünftiges Gespräch einlassen. Sie waren erstaunt gewesen, ihn allein anzutreffen, doch er war stets allein gewesen in Falcenzca. Alles deutete auf eine Verwechslung hin. Wer sollte ihn hier überhaupt kennen? Bei seinen kurzen Besuchen vor Wochen hatte er mit niemandem Händel gehabt, und als er mit Aiphyron im Dunkeln Juri befreit hatte, hatte ihn niemand deutlich gesehen.

Oder etwa doch?

Japsend und mit stechendem Herzen raste Ben durch die verschlungenen Gassen, immer wieder schlug er eine andere Richtung ein und hoffte, nicht in einer Sackgasse zu landen. Schon lange wusste er nicht mehr, wo er sich befand, die Stadt war groß. Schnaufend und mit schweren Schritten blieben ihm seine Verfolger im Nacken. Sie forderten ihn nicht mehr zur Aufgabe auf und schrien nicht nach Unterstützung. Passanten starrten ihnen hinterher, teils verärgert, teils belustigt, doch meist mit Desinteresse, solange er keinen anrempelte. Wahrscheinlich hielten sie ihn für einen kleinen Dieb und wollten sich keinen Ärger einhandeln, nicht für die Börse eines anderen oder gar nur einen geklauten Apfel. Wer wusste schon, wie sich ein Dieb in einem solchen Fall rächte?

»Lauf! Lauf! Lauf!«, feuerte ihn ein lachender Kerl in einer gelben Livree an, der mit einer Weinflasche in der Hand an einer Hausmauer lehnte. Ben jagte unter dicht behangenen Wäscheleinen hindurch, die über dem ersten und zweiten Stock quer über die Straße gespannt waren. Wären sie nur tiefer unten angebracht, könnte er sie mit einem Sprung im Lauf herunterreißen und die viel zu hartnäckigen Verfolger zum Stolpern bringen. Mit wem verwechselten sie ihn, dass sie die Jagd einfach nicht aufgaben?

»Das ist er!«, keuchte plötzlich jemand auf einer Kreuzung, und schon hörte Ben einen weiteren Verfolger, dessen nackte Sohlen im schnellen Rhythmus über das Pflaster patschten. Ben drehte sich nicht um, rannte nur immer weiter und weiter, versuchte verzweifelt, noch einmal das Tempo zu erhöhen.

»Er gehört mir!«, brüllte ein Weiterer mit tiefer, knarrender Stimme und schloss sich den Verfolgern an. Inzwischen schlugen zahlreiche schwere Füße auf den Boden, ein dunkles, bedrohliches Prasseln hinter Ben, das sich nicht abschütteln ließ. Was war hier los? So viele Leute konnten ihn doch nicht mit irgendeinem gesuchten Halunken verwechseln!

Hatte er etwa einen Doppelgänger in der Stadt?

Doch es war seine Hose gewesen, nicht sein Gesicht, das

die ersten Verfolger auf ihn aufmerksam gemacht hatte. Was war an seiner alten, tausendfach geflickten Hose denn so besonders?

In Trollfurt war Ben oft durch die Stadt gejagt worden, einfach weil er dort der Sündenbock gewesen war. Hier wusste er nicht, weshalb er gehetzt wurde, doch er wusste, dass er erst rennen und dann nachdenken sollte. Er hatte gelernt, wann man besser floh, und ihm war klar, dass er seine Verfolger möglichst schnell loswerden musste, sonst würden es immer mehr werden. Sein ominöser Doppelgänger musste sich zahlreiche Feinde gemacht haben, und Ben verspürte nicht die geringste Lust, dessen Schandtaten auszubaden.

Mit hämmerndem Herzen raste er auf die nächste Kreuzung zu, da tauchte von links plötzlich ein schwerer, gemächlicher Ochsenkarren auf, der sich ganz langsam in Bens Weg schob und die Straße versperrte. Entweder war das das Ende der Jagd oder seine Chance. Ben rannte einfach weiter, stur auf den hoch beladenen Karren zu. Auf dem Bock saß ein alter hagerer Bauer, der eine Peitsche in der Hand hielt und stur nach vorn starrte und auf seine Ochsen einmurmelte. Mit jedem Schritt erschien Ben seine Idee idiotischer, das Hindernis unüberwindbarer, doch die Schreie in seinem Rücken trieben ihn an. Halsbrecherisch setzte er über die Deichsel hinweg, direkt zwischen Ochsen und Kutschbock.

Der Bauer fluchte und hieb mit der Peitsche nach ihm, doch viel zu spät. Ben gab einem der Tiere im Sprung noch einen festen Klaps mit. Es muhte und tat einen Satz nach vorn, und der erste Verfolger stürzte beim Versuch, Ben zu folgen, in den Bauern und riss ihn vom Kutschbock. Der nächste rannte in das erste Wagenrad.

Wildes Geschrei und Ochsengebrüll erhoben sich hinter

Ben, doch er drehte sich nicht um. Er hetzte in die nächste Gasse, noch immer waren ihm Fremde auf den Fersen, wenn auch nicht ganz so dicht. Gleich an der Ecke befand sich ein kleines Wirtshaus mit winzigen Fenstern und einem verschmutzten Schild über der Tür, von dessen goldenem Stier die Farbe abblätterte. Ohne nachzudenken, stürzte Ben hinein.

Noch bevor sich seine Augen an das dämmrige Licht gewöhnt hatten, stürmte er am Tresen und undeutlichen Gestalten vorbei, die ihm die Köpfe zuwandten. Einer rief: »Vorsicht!«, doch das Serviermädchen wich von selbst aus. Irgendwas zerschellte am Boden, irgendwer fluchte: »Rotznase, eitrige!«

Schwere Schritte und knurrende Verwünschungen folgten Ben den schmalen Gang nach hinten, und er war nicht sicher, ob es die Verfolger waren oder der verärgerte Wirt. Er raste am Kellerabgang vorbei, ohne ihn zu beachten. Solche Keller, in denen üblicherweise Bier, Fleisch und anderes kühl gelagert wurde, verfügten über keinen zweiten Ausgang. In einer solchen Sackgasse hatte sich Ben eine der schlimmsten Abreibungen seines Lebens eingefangen, er wusste nur nicht mehr, weshalb.

Durch eine schwere, zum Glück nicht abgeschlossene Holztür stolperte Ben in den Hinterhof, wie er gehofft hatte, und raste weiter zum sicherlich zwei Schritt hohen Bretterzaun, der den Hof vom nächsten abtrennte. Dort sprang er hoch, klammerte sich an die Kante und zog sich hinauf, schwang das rechte Bein hinüber. Während er sich vollständig über die Kante wälzte, blickte er zurück. Ein kräftiger Mann mit grauem Backenbart und fleckiger Schürze, ein glänzendes, unterarmlanges Messer in der Hand, trampelte in den

Hinterhof. Der Wirt, stellte Ben erleichtert fest. Andere Verfolger waren nicht zu sehen.

»Ich hoffe, du brichst dir den Hals!«, rief der Wirt ihm hinterher, doch er gab die Jagd auf. Er hatte Gäste, um die er sich kümmern musste, die Rache für zerstörtes Geschirr musste da zurückstehen.

Ben hangelte sich von Innenhof zu Innenhof und hoffte auf eine unverschlossene Hintertür, den Zugang zu einem Geschäft, durch das er wieder auf die Straße gelangen konnte. Jedoch kontrollierte er nur die Hintertüren der Häuser, die auf eine andere Straße hinausführten als die, in der er verschwunden war. Für seine Verfolger sollte es aussehen, als habe er sich in Luft aufgelöst. Er wusste nicht, wie schnell sie ihn hinter den Häusern suchen würden, doch hier saß er in der Falle – zu wenig Platz, um davonzulaufen. Sobald sie im Gasthof nach ihm fragten, würde der verärgerte Wirt sie mit Vergnügen auf seine Spur setzen.

Als er im dritten oder vierten Hinterhof neben verschlossenen Türen auch auf eine behangene Wäscheleine stieß, fiel ihm wieder ein, dass mindestens einer der Männer ihn anhand seiner Hose identifiziert hatte. Egal, wie seltsam das klang, es blieb eine Tatsache, dass mehrere Männer unabhängig voneinander hinter ihm her waren. Wenn sie ihn nun alle anhand der Hose erkannt hatten, dann hatte er hier die Möglichkeit, sich zu tarnen. Er zog seine Hose aus und betrachtete sie. Sie war ein Sammelsurium bunter Flicken und Nähte, und tatsächlich wollte ihm niemand einfallen, der etwas Ähnliches trug.

Rasch wählte er von der Leine eine dunkle Leinenhose und schlüpfte hinein. Sie war zu groß, also krempelte er die Beine um. Den Bauch polsterte er mit seiner alten Hose aus, die er sich unter das weite Hemd stopfte. So war er nicht nur das auffällige Kleidungsstück losgeworden, sondern wirkte auch dicker. Den Gürtel schnürte er möglichst eng und band sich zu guter Letzt noch ein Tuch um den Kopf, wie es die Seefahrer aus dem Süden taten. Leider gab es kein schwarzes, er musste sich mit einem aus hellem Rot begnügen, das aussah, als wäre es für Mädchen. Er band es sich so eng hinter die Ohren, dass diese abstanden. Alles, was sein Aussehen veränderte, war gut. Dann machte er sich wieder auf den Weg.

Drei Hinterhöfe weiter spielten zwei Mädchen mit kleinen Puppen aus Stroh. Die Puppen trugen kleine Krönchen aus hellen Nussschalen, die Mädchen sorgsam geflickte Kleider aus gefärbtem Leinen. Als er über den Zaun geklettert kam, starrten sie ihn neugierig an, und die Dunkelhaarige fragte misstrauisch: »Bist du ein Pirat?«

»Nein, keine Angst, ich tue euch nichts.« Ben zeigte die leeren Handflächen, um zu beweisen, dass er nicht bewaffnet war. Kreischende kleine Mädchen, die die Aufmerksamkeit auf ihn lenkten, konnte er nun wirklich nicht gebrauchen.

»Bist du dann ein verkleideter Prinz?«, wollte die andere wissen. Sie hatte hellblondes, zu vier Zöpfen geflochtenes Haar und legte den Kopf schief, während sie ihn mit dunklen Augen musterte.

»Vielleicht.« Er zwinkerte ihnen zu und lächelte beruhigend. »Wo wohnt ihr denn?«

Sie deuteten auf ein Haus mit schäbig grauer Wand. Ben ging hinüber und griff nach der Hintertür. Tatsächlich war sie unverschlossen. »Zeigt ihr mir, wie es von hier auf die Straße geht?«

»Da dürfen wir nicht allein hin«, sagte die Dunkelhaarige, doch die Blonde stand auf und nahm ihn bei der Hand. »Suchst du eine Prinzessin?«

»Ja.«

»Aber in Falcenzca gibt es keine.«

»Doch.« Ben zwinkerte ihr verschwörerisch zu und legte den Zeigefinger auf die Lippen. »Nur wird sie von einem bösen Händler gefangen gehalten. Ich bin hier, um sie zu befreien.«

»Das ist gut«, sagte das Mädchen und sah ihn mit großen dunklen Augen an. »Böse Händler gibt es hier viele.« Sie zögerte einen Moment lang, dann fügte sie hinzu: »Aber nette gibt es auch.«

Sie führte ihn ins Haus und einen schmalen kahlen Flur am Treppenhaus vorbei bis zur Vordertür. Dort zeigte sie ihm einen im Stützbalken verborgenen Haken, an dem ein Schlüssel hing, viel zu hoch für das Mädchen, doch sie wollte, dass Ben sie hochhob, damit sie den Schlüssel nehmen und aufsperren konnte. Als er sie ließ, lächelte sie glücklich. Dann hängte er den Schlüssel zurück, trat auf die Straße hinaus und drehte sich noch einmal um.

»Erzähl niemandem von mir, ja?«, verlangte er. »Sonst ist die Prinzessin in Gefahr.«

Sie nickte ernst und presste die Lippen fest aufeinander. Behutsam schloss Ben die Tür.

Mit einem raschen Blick nach rechts und links vergewisserte er sich, dass kein Passant ihn auffällig musterte. Er schob die Hände in die Hosentaschen und schlenderte möglichst lässig und breitbeinig die Straße hinab, wie ein Schiffsjunge auf Landgang, der viel Zeit und nichts zu befürchten hatte. Dabei lauschte er aufmerksam auf die Gespräche um ihn her, doch niemand schien ihn zu erkennen.

Nach drei Querstraßen erreichte er die Stadtmauer, an der er sich orientieren konnte. Nun wusste er wieder, wo in Falcenzca er sich befand. Pfeifend ging er weiter, bis er auf einen schlanken Baum stieß, an dessen glatten silbrig grauen Stamm ein Pergament genagelt war. Drei Gesichter waren darauf abgebildet, die er nicht erkannte. Es handelte sich um zwei junge Männer und ein Mädchen, die im angefügten Text näher beschrieben wurden.

GEÄCHTETE GESUCHT
Lebend
1000 GULDEN BELOHNUNG

BEN – hager, braunes wildes Haar, verwahrlostes Aussehen, Hose aus hundert bunten Flicken
YANKO QUEPAHNI – normal gebaut, kurz geschorenes dunkles Haar, dunkle Augen, scheinheiliges Lächeln, unzüchtig aufgeknöpftes Hemd
NICA YIRKHENBARG – schlank, langes blondes Haar, schmales Gesicht, dunkelbraune Augen, weißes Kleid

Sie sind des Verrats am Großtirdischen Reich und der Ausübung schlimmster ketzerischer Handlungen überführt. Trotz ihres jungen Alters von 15 oder 16 Jahren haben sie mehrere Männer auf dem Gewissen und eine ganze Stadt terrorisiert.
Vorsicht!
Sie sind mit Samoth im Bunde!
Möglicherweise in Begleitung von zwei wilden geflügelten Drachen.

Ben starrte das Pergament an und erkannte sich nicht wieder, nur die Zeichnung von Nica wies eine gewisse Ähnlichkeit mit dem echten Mädchen auf.

»Tausend Gulden«, hauchte er. Das gelbe Drachensiegel in der unteren Ecke der Verlautbarung zeigte, dass es der mächtige Orden der Drachenritter höchstselbst war, der die Belohnung ausgesetzt hatte. Wenigstens stand auf dem Steckbrief *lebend,* und nicht *lebend oder tot.*

Für einen kurzen Moment wurden Bens Beine schwach, als ihm bewusst wurde, wer nun alles hinter ihnen her war. Jeder ehrbare Ritter und jeder verlauste Kopfgeldjäger, der etwas auf sich hielt, ja, sogar zahlreiche einfache Bürger witterten das schnelle Geld, wie er eben erlebt hatte. Wenn man das Alter der drei in Betracht zog, war die Belohnung erstaunlich hoch. Leicht verdientes Geld – natürlich nur, sofern man sie ohne die Drachen antraf.

»Ja. Tausend Gulden sind ein Haufen Geld«, brummte ein alter Mann, der sich neben Ben gestellt hatte und sein gehauchtes Erstaunen falsch interpretierte. »Wäre ich noch jünger, würde ich selbst mein Glück versuchen.« Er musterte Ben von oben bis unten. »Aber bist du nicht ein wenig zu jung, um nach Kopfgeld zu jagen?«

»Ja, nein … doch«, stammelte Ben, bis er sicher war, dass der Alte ihn wirklich nicht erkannt hatte. Er atmete tief durch. Die Frage war doch viel eher, ob er nicht zu jung war, um auf diese Weise gejagt zu werden. »Allein würde ich es nicht wagen. Aber ich habe vier ältere Brüder, und mein Vater kann des Geld gut gebrauchen.«

»Wer nicht, wer nicht«, murmelte der Alte und legte Ben die fleckige Hand auf die Schulter. »Du bist ein guter Junge, ein guter Junge. Dein Vater kann stolz auf dich sein. Wirklich stolz. Ich sage es ja immer, nicht alle jungen Leute sind solcher Abschaum.« Er nickte, spuckte nach dem Steckbrief und stapfte langsam davon. »Abschaum. Abschaum. Abschaum.«

Ben starrte auf das Pergament und beobachtete, wie der Speichel des Alten über Nicas hübsches Gesicht lief. Das wollte er nicht sehen, schnell wischte er ihn mit dem Ärmel weg.

Tausend Gulden.

Wer so viel Geld ausgab, hatte nicht vor, sie wirklich am Leben zu lassen, wurde ihm plötzlich klar. Der Orden wollte eine aufsehenerregende öffentliche Hinrichtung mit großen Reden über Hellwahs Macht und Gerechtigkeit. Er wollte dem Volk etwas bieten, und Tote konnte man nicht mehr hängen. Mit Abscheu dachte Ben an die einzige Hinrichtung, die er je erlebt hatte, an den aufgeregten kleinen Jungen, der auf die Schultern seines Vaters geklettert war, um alles gut beobachten zu können. Mühsam schüttelte Ben die Vorstellung ab, wie zahlreiche plappernde Kinder aufs Schafott blickten, wo er, Yanko und Nica auf den Henker warteten.

Tausend verfluchte Gulden.

Sie wurden also gejagt, wirklich gejagt. Sooft er über die Jahre in Trollfurt auch vor irgendwem davongelaufen war, nie war es um sein Leben gegangen, stets nur um eine Tracht Prügel und darum, beschimpft und verspottet zu werden. Bis er vor ein paar Wochen fälschlicherweise des Mordes an einem Ritter beschuldigt worden war. Doch Trollfurt lag viele Meilen von hier entfernt, und er hatte gedacht, das alles mit seiner Flucht hinter sich gelassen zu haben. Er hatte gedacht, all das wäre vorbei, seit der wahre Mörder, Nicas Vater, gestorben war. Wie kam er nur darauf? Nur weil Nica, Yanko und er den wahren Schuldigen kannten, änderte sich für alle anderen noch nichts. Sie hielten weiterhin ihn für schuldig, und nicht nur eines einzigen Mordes.

Geächtete gesucht.

Sie waren Geächtete, und kein Gesetz schützte sie mehr, jeder durfte sie gefangen setzen, ja sogar töten. Nun war nicht mehr nur eine kleine heruntergewirtschaftete Stadt am Rande des Landes hinter ihnen her, sondern das ganze Großtirdische Reich. Fluchend riss er das Pergament vom Baum und stopfte es in die Hosentasche. Ihm wurde übel.

Kurz dachte er darüber nach, sofort aus der Stadt zu verschwinden, aber der Alte hatte ihn nicht erkannt, er würde es schon schaffen bis zu Anula. Jetzt musste er erst recht mit ihr reden, musste sie über jene drei Geächteten ausfragen, die überall gesucht wurden. Er sehnte sich nach ihrem Lächeln und danach, sie zu berühren, und sei es nur flüchtig. Ach was, flüchtig, er würde sie küssen. Genau deshalb war er doch in die Stadt gekommen, wenn er ehrlich zu sich selbst war.

Entschlossen ging er los. Sooft er sich auch sagte, dass seine Verkleidung ihn vor der Entdeckung schützte, er schielte doch bei jedem Schritt nach rechts und links, hielt sich möglichst unauffällig am Rand der Straße, stets darauf bedacht, einen Fluchtweg im Blick zu haben. Sein Herz schlug schnell, in seinem Bauch rumorte es. Er starrte in zahllose Gesichter, doch niemand schien ihn zu erkennen, die meisten sahen einfach über ihn hinweg.

Schließlich erreichte er eine T-Kreuzung an der Stadtmauer, an der sich eine kleine Menschenansammlung gebildet hatte. Es war Markttag, und Ben erwartete entsprechend, einen tüchtigen Händler oder herumtobenden Gaukler zu entdecken, der diese Ansammlung hervorgerufen hatte, vielleicht auch einen weit gereisten Barden, der Sagen aus fernen

Gegenden zum Besten gab. Doch es war ein alter Prediger auf einer grob gezimmerten Holzkiste, dem die gut vier Dutzend Menschen lauschten.

Als sich Ben der Kreuzung näherte, bemerkte er, dass der Prediger noch gar nicht so alt war – nur hatte er sein spärliches langes Haar mit Mehl eingestäubt, und seine Stimme krächzte heiser. Dürr und ausgemergelt war er, als hätte er monatelang gefastet, die Wangen waren nicht vom Alter eingefallen. Die Haut seines nackten Oberkörpers war von der Sonne verbrannt, vom Wetter gegerbt. Seine Augen glänzten wie im Fieber.

»Das Böse ist gekommen, und es kam in harmloser Gestalt, um uns zu täuschen. Denn Samoth ist der große Täuscher!«, rief der Prediger der Menge zu, während sich Ben möglichst unauffällig einen Weg durch die Zuhörer bahnte. Es waren Männer, Frauen und Kinder von unterschiedlichem Stand, die alle mit ängstlichen Blicken an den aufgerissenen Lippen des Mannes hingen. Er sprach mit Inbrunst und hob dabei beschwörend die Hände. »Und der große Täuscher kam aus der schwärzesten Tiefe herauf und fuhr in den Körper eines schmächtigen Jungen. Dessen Vater erkannte seine böse Natur und floh, weil er zu schwach und feige war, sich gegen einen Gott zu stellen. Ja, und ich sage euch, viele Männer wären an seiner Stelle geflohen, denn viele sind schwach und feige. Die Mutter kämpfte mit all ihrer Liebe länger um ihren Sohn, doch schließlich gab auch sie auf und ertränkte sich. Denn wie konnte sie einen Sohn lieben, in den Samoth gefahren war? So blieb der Junge allein zurück, und seine Bosheit konnte ins Grenzenlose wachsen, ohne dass ihr jemand mit strenger Hand Einhalt gebot. Und weil Samoth das Stückwerk liebt, das Chaos und die Unordnung, weil er der

Gott der tausend Lügen ist und stets seine dunkle Natur zu verbergen trachtet, trug der Junge eine Hose aus tausend bunten Fetzen, eine Verhöhnung jedes anständigen Beinkleids.«

Ben stutzte und starrte den Prediger an. Vor Überraschung vergaß er sogar, über diesen Unsinn zu lachen. Allerdings lachte auch keiner der Zuhörer. Sprach der Prediger auf der Kiste etwa von ihm? Hatte er ihn gerade wirklich Samoth genannt, das Böse? Vorsichtig tastete er nach seiner Hose unter dem Hemd, überprüfte, dass sie nicht versehentlich irgendwo heraushing, und ging weiter.

»Und er kam auf die Erde und tötete einen aufrechten Ritter!« Der Prediger spuckte die Worte jetzt förmlich aus, seine Rede wurde mit jedem Satz schriller und eindringlicher. »Er stahl den Drachen des aufrechten Ordensmanns und verfluchte das arme Geschöpf, indem er ihm neue Flügel schenkte! Er rief eine weitere geflügelte Bestie herbei, und auf dieser saßen zwei Dämonen, die ebenfalls die Gestalt zweier unschuldiger Kinder angenommen hatten. Ein wunderschönes Mädchen und ein glockenhell lachender Knabe. Mit unheiliger Freude schlachteten sie einen verdienten Drachenreiter und sieben unschuldige Männer ab, vergossen ihr Blut in den tiefsten Höhlen des nördlichen Wolkengebirges und beschworen so den großen Drachen herbei, den fluchbeladenen Boten des Weltenendes. Seine Flügel sind so gigantisch, dass ihr nachtgleicher Schatten eine ganze Stadt bedeckt, wenn der Drache vor der Sonne vorüberfliegt. Und dieser Schatten ist so sehr von Samoths Gift und Dunkelheit erfüllt, dass jeder Zehnte in ihm an der schwarz eiternden Pest erkrankt, jeder Zwanzigste mit Blindheit geschlagen wird, und jedem Dreißigsten faulen beide Füße ab und zerfallen zu leichenfressenden Würmern, auf dass er sich nur noch auf schmerzenden Knien fortbewegen kann. Denn so will der große Täuscher Samoth die Menschheit sehen: krank und blind und kriechend!«

Die Menge knurrte und fluchte, jammerte über Samoths Macht und das Ende der Welt und erflehte murmelnd Hellwahs Hilfe. Ein paar wenige wandten sich kopfschüttelnd ab, doch die meisten starrten weiter zum Prediger hinauf, damit er ihnen von weiteren Ereignissen und kommenden Gefahren berichtete. Manch einer hob den Kopf und suchte den Himmel ab, als fürchte er jeden Moment die Ankunft des unheilbringenden Drachen.

Stinkender Trollbollen noch mal, dem Spinner hat Hellwah wirklich das Hirn auf die Größe einer runzligen Kiebelnuss verbrannt, dachte Ben. Jetzt also das Ende der Welt. Was würde ihnen demnächst noch alles in die Schuhe geschoben werden?

Kopfschüttelnd ließ er den Prediger und seine furchtsame Gemeinde hinter sich und eilte weiter, ohne sich noch einmal umzudrehen.

ABSCHIED

Als Ben das prächtige und weitläufige Anwesen des Kaufmanns Dicime erreichte, war seine Angst vor Entdeckung ein gutes Stück geschrumpft. Nicht weit von hier war er seinen ersten beiden Verfolgern begegnet, die ihren dicken Kameraden irgendwo hinter sich gelassen hatten. Verschwitzt, missmutig und sich gegenseitig ankeifend waren sie an Ben vorbeigehastet, hatten ihn wie alle anderen Passanten mit einem kurzen, oberflächlichen Blick gemustert und nicht erkannt. Wenn sie ihn nicht mehr erkannten, wem sollte es dann gelingen? Trotzdem schlug sein Herz laut, und er sah sich angespannt um, zuckte bei jedem lauten Ruf und schnellen Schritt in seinem Rücken zusammen.

Die beiden hohen Flügel des fein verzierten Gittertors standen offen, doch der Durchgang wurde von zwei wahrlich groß gewachsenen, muskulösen Wächtern versperrt, die Ben um Haupteslänge überragten. Sie trugen grüne Tuniken mit goldenen Verzierungen, die blanken Messingschnallen ihrer breiten Schwertgurte glänzten hell im Sonnenlicht. Beide hatten markante Gesichtszüge und ein mächtiges Kinn, das sie nach vorn gereckt hielten, doch war der eine blond, während der andere dünnes schwarzes Haar hatte. Die Nase des Blonden war riesig und gebogen.

Bei Regen könnte sie glatt zwei Feen Schutz bieten, schoss es Ben durch den Kopf, als er vor dem Tor anhielt, *eine rechts, eine links.* Zumindest solange er sich nicht erkältete und niesen musste. Er biss sich auf die Lippen, um nicht loszulachen.

Die beiden Wächter musterten ihn mit versteinerten Gesichtern, ohne die Köpfe zu senken. Keiner sagte ein Wort.

»Ja, guten Tag. Ich wollte fragen, ob die Dienerin Anula hier ist. Ich würde sie gern … besuchen«, sagte Ben nach ein paar Augenblicken des Schweigens. Über der Hetzjagd und dem Kopfgeld hatte er ganz vergessen, sich eine glaubwürdige Geschichte zu überlegen, warum er sie sprechen wollte. Und er war noch immer zu durcheinander, um sich eine überzeugende Erklärung einfallen zu lassen, als der blonde Wächter schließlich fragte: »Und wer bist du?«

»Ähm, ein alter Freund«, stammelte Ben, der gerade noch daran dachte, nicht seinen Namen zu nennen, der groß und breit als der eines Geächteten überall in der Stadt ausgehängt war.

»So alt siehst du gar nicht aus«, entgegnete der Blonde, ohne mit der Wimper zu zucken. »Aber doch alt genug für einen Namen.«

»Das schon, natürlich habe ich einen Namen. Jeder hat einen. Aber ich würde sie gern überraschen. Wenn ihr ihr nun meinen Namen verratet, dann ist die ganze Überraschung dahin, oder?«

»Ja«, sagte der Wächter gedehnt und ohne die geringsten Anstalten zu machen, ihn einzulassen oder Anula herbeizuholen. Er starrte Ben mit hellblauen Augen an, in seinem Kopf schien es zu arbeiten, ganz langsam. »Aber das ist nicht mein Problem. Mein Problem ist allein die Sicherheit von Herrn Dicimes Anwesen.«

»Sehe ich so aus, als könne ich die bedrohen?« Langsam fand Ben seine Selbstsicherheit wieder. Er versuchte ein unschuldiges Lächeln und zeigte den beiden Männern seine leeren Handflächen.

»Da hat er auch wieder recht«, mischte sich nun der zweite Wächter ein. Er grinste breit. »Komm, lass ihn rein. Das Bürschchen ist kein Räuber. Und wie ein Mörder sieht er auch nicht gerade aus.«

Auch der Blonde begann bei der Vorstellung, Ben könnte gefährlich sein, zu grinsen. »Aber was, wenn er Anula belästigt? Erinnerst du dich noch an den liebestollen, betrunkenen Zimmerer, der sie beim letzten Markt zum Tanz abholen wollte? Drei von uns hat es gebraucht, den Kerl wieder vor die Tür zu setzen.«

»Ja, aber das war ein Mann. Den Kleinen mit dem süßen roten Kopftuch schmeißt Anula eigenhändig raus, wenn er ihr dumm kommt. Dafür muss sie nicht einmal ihre Arbeit unterbrechen.«

»O ja.« Versonnen lächelte der Wächter. »Sie hat wirklich ein lebhaftes Temperament.«

Mit einem Grinsen, das immer breiter wurde, sahen die beiden Männer sich an. Ben unterdrückte den Wunsch, ihnen gegen das Schienbein zu treten.

»Au ja, das will ich sehen, wie Anula den Kleinen zur Schnecke macht«, sagte schließlich der Blonde und ließ Ben passieren.

»Mit hängendem Kopf wird er wieder rausgeschlichen kommen«, ergänzte sein Kamerad, bevor er sich Ben zuwandte: »Wahrscheinlich ist sie hinter dem Palast, heute ist Waschtag.«

»Danke«, sagte Ben und schlüpfte an ihnen vorbei. Innerlich knirschte er mit den Zähnen. Die würden Augen machen, wenn er mit Anula an der Hand hier hinausmarschierte.

»Wenn sich das dürre Seefahrerchen an Anula ranmacht, stopft sie ihn lächelnd in den Wäschetrog, wringt ihn kurz aus und schickt ihn tropfnass auf die Straße zurück«, hörte er den einen Wächter noch sagen.

Der andere prustete los: »Oder hängt ihn auf die Leine.«

»Auf die Leine, das ist gut! Anula hat schon ganz andere ganz anders abserviert.«

»O ja«, murmelte nun der Blonde, und es klang eher wehmütig als amüsiert. »Leider. Warum nur ist sie so unnahbar?«

Ohne sich umzudrehen, ging Ben weiter. Die beiden schwachsinnigen Riesenbabys hatten die Aufgabe als Wächter auch nur wegen ihres beeindruckenden Äußeren übertragen bekommen, dachte er. An ihren Fähigkeiten oder außergewöhnlicher Intelligenz konnte es nicht liegen. Sie waren wohl eher so etwas wie protzige, lebende Verzierungen auf zwei Beinen.

Wenigstens hatten sie sich nicht geirrt, was den Waschtag anbelangte. Ben ließ den mit zahlreichen Stuckarbeiten verzierten Palast links liegen, ging durch die sorgsam gepflegte Gartenanlage und vorbei an zahlreichen Büschen, die zu Kugeln, Pyramiden und anderen geometrischen Formen gestutzt waren, vorbei an einem marmornen Wasserbecken und der Reiterstatue von Herrn Dicime, die auf einem riesigen Sockel stand. Ein Diener in grüner Livree, der eben die mannshohen Fackeln an den Kreuzungen der Gartenwege auswechselte, blickte ihm neugierig hinterher, aber er sprang nicht auf ihn los.

Im hinteren Bereich, der weniger aufwendig gestaltet war und nicht der Repräsentation diente, entdeckte Ben tatsächlich Anula. Sie und zwei weitere Dienerinnen beugten sich auf der Wiese neben dem leeren Drachenstall mit den vergoldeten Gitterstäben, in dem vor wenigen Wochen noch Juri eingesperrt gewesen war, über drei große hölzerne Tröge und schrubbten Kleidungsstücke. Auf den streng parallel ausgerichteten Leinen hinter ihnen hingen nasse Hemden, Hosen, Röcke und Bettlaken schlaff in der Windstille, dazwischen das eine oder andere Wams oder eine Livree in den Farben des Kaufmanns, hellgrün und golden. Die Sonne brannte vom Himmel.

Anula hatte die Ärmel ihres weiten, hellgrünen Hemds hochgekrempelt, Waschwasser glänzte auf ihren nackten Unterarmen. Aus den streng zusammengebundenen schwarzen Haaren war eine Strähne entkommen, die ihr über Stirn und Nase hing. Während die anderen beiden Dienerinnen mindestens so viel plapperten wie Wäsche schrubbten, war sie in ihre Arbeit vertieft, die roten Lippen leicht geöffnet, und kämpfte angestrengt mit einem hartnäckigen Schmutzfleck.

Sie war sogar noch hübscher, als Ben sie in Erinnerung gehabt hatte, und sie zu sehen, machte ihn glücklich. Verfolgung und Kopfgeld waren vergessen, er war hier, und alles war gut, sein Mund mit einem Mal trocken.

Mit feuchten Händen nahm er das Tuch vom Kopf, das seine Ohren abstehen ließ und dessen hellrote Farbe viel zu mädchenhaft war, und näherte sich langsam Anula. Er bemerkte, wie sich sein Mund zu einem Lächeln verzog, er konnte nicht anders.

Noch bevor er etwas sagen konnte, hob sie den Kopf und wischte sich mit dem Handrücken die widerspenstige Strähne aus der Stirn. Mitten in der Bewegung hielt sie inne und starrte ihn an.

»Du?«, fragte sie mit leiser Stimme, und es klang mindestens so überrascht, wie Ben erwartet hatte, wenn auch nicht so erfreut.

»Ich habe doch gesagt, ich komme wieder.« Auch wenn er

sich nicht mehr sicher war, ob er das wirklich getan hatte, bemühte er sich nun, aus seinem unsicheren Lächeln ein strahlendes zu machen. Doch es wollte ihm nicht recht gelingen, Anulas Blick war zu entgeistert.

Neugierig hoben die beiden Dienerinnen die Köpfe, und als sie ihn sahen, kicherten sie und tuschelten Sätze, die Ben nicht verstand.

»Ja, aber …« Anula richtete sich ganz auf. »Ich dachte nicht …«

»Ich habe es versprochen.«

Das Kichern der Dienerinnen wurde lauter.

Anula maß ihn von oben bis unten und wirkte verwirrt. Sie bemerkte, wie er nervös an dem roten Tuch in seinen Händen herumnestelte, und ein kurzes Lächeln huschte über ihre Züge, dann betrachtete sie ihn wieder ernst. »Ich sehe, du trägst eine neue Hose.«

Ben schluckte und wurde knallrot. Die Dienerinnen kicherten nun ohne Unterlass, und das war ihm so peinlich, dass er bestimmt noch tiefer errötete. Er spürte seine Wangen brennen.

Wie hatte er nur so dumm sein können! Anula war die Einzige in Falcenzca, die seinen Namen kannte, die sich mit Sicherheit an seine Hose erinnerte und eine Verbindung zu jener auf dem Steckbrief hatte ziehen können. Schon längst musste sie davon ausgehen, dass er ein Mörder war. Er ließ die Schultern hängen und sah sie flehend an. »Hör mir zu, bitte.«

»Warum sollte ich? Das letzte Mal hast du mich belogen.« Zorn blitzte in ihren Augen. Sie war klein, ging ihm höchstens bis zur Nasenspitze, aber sie schaffte es, dass er sich viel kleiner fühlte.

»Nein. Ich … Bitte.«

»Du weißt, dass ich jederzeit schreien kann?«

»Ja. Aber das wird nicht nötig sein.«

Die Dienerinnen hatten aufgehört zu kichern. Jetzt musterten sie ihn mit einer anderen Neugier, ernster, interessierter. Er versuchte, sie nicht zu beachten, und folgte Anula ein paar Schritte zur Seite. Fort von ihnen und den Waschtrögen, fort von dem leeren Drachenkäfig, hinüber an die hohe, zinnenbewehrte Mauer des Anwesens. Als Anula schließlich stehen blieb, weit entfernt von den neugierigen Ohren der anderen Dienerinnen, hielt er einen Schritt Abstand. Er wagte es nicht, näher zu kommen oder sie gar zu berühren.

»Bist du gerannt?«, fragte sie unvermittelt.

»Äh, ja«, stammelte Ben, vollkommen überrumpelt. Stand ihm noch immer der Schweiß auf der Stirn?

»Hast du es so eilig gehabt herzukommen?«

»Äh, nein. Ja, doch. Irgendwie schon.«

»Aha. Und warum bist du hier?« Ihre Stimme klang nicht mehr ganz so schneidend.

»Ich … ich wollte dich sehen.« All seine Überlegungen und ach so raffinierten Pläne, sie geschickt über die Ruine oder die gesuchten Geächteten auszufragen, waren hinfällig. Sie hatte ihn vollkommen durcheinandergebracht mit ihrer Fragerei und ihrer Schönheit.

»Warum? Um mir weitere Lügen zu erzählen? Ich weiß, wer du bist. Warum bin ich nur auf den Schwachsinn von einem geheimen Auftrag hereingefallen? Bürgermeistersohn, als käme es darauf an!«

Was sollte er darauf erwidern? Natürlich hatte er sie belogen, aber das, was der Orden auf seinen Steckbriefen verbreitete, war noch viel weniger die Wahrheit. Er brachte nicht mehr heraus als ein einfaches: »Ich kann dir alles erklären.«

»Ich warte«, sagte sie spitz, und ihre Augen blitzten ihn wieder wütend an, doch sie hatte noch immer nicht nach den Wachen geschrien. Ein Schrei, und sie wäre um tausend Gulden reicher. Oder um wie viel auch immer, schließlich war er nur ein Drittel der Gesuchten, und das auch nur, wenn man die Drachen nicht mitrechnete.

»Ich bin kein Bürgermeistersohn, aber ich habe auch niemanden getötet.« Nicas Vater galt nicht, das war kein Mord, und jetzt war überhaupt keine Zeit für die ganze Wahrheit, sondern nur für eine Kurzfassung, für den wichtigsten Teil der Wahrheit. »Ich bin auch kein Ketzer und ganz sicher nicht mit Samoth im Bunde. Ich bin hier, weil ich dich … ähm, also, na ja, deinetwegen …«

Er war immer leiser geworden und verstummte schließlich mit offenem Mund und wild schlagendem Herzen. Sein Kopf fühlte sich so heiß an, als wäre er nicht einfach nur rot, sondern stünde in Flammen. Das hatte er wirklich nicht sagen wollen – es war ihm einfach rausgerutscht.

»Das wagst du mir einfach ins Gesicht zu sagen? Jetzt, wo alle Welt dich sucht?« Sie schrie beinahe und starrte ihn so voller Zorn an, dass Ben fast zurückgewichen wäre. »Und woher soll ich überhaupt wissen, dass du die Wahrheit sagst?«

»Du musst mir glauben«, beschwor er sie. Jetzt, da seine Gefühle einmal ausgesprochen waren, zumindest irgendwie, war es leichter weiterzureden. »Gefühle kann man nicht beweisen.«

»Deine Gefühle glaube ich dir, schau dich doch an. Rennst am helllichten Tag durch eine Stadt, in der du gesucht wirst, und begibst dich wie ein Trottel in meine Hände! Aber woher soll ich denn wissen, dass du tatsächlich niemanden getötet hast?«

»Ich …« Wie konnte sie so etwas nur fragen? Wenn sie ihn liebte, konnte sie ihn doch nicht für einen Mörder halten. Und wenn sie ihn nicht liebte, konnte es ihr egal sein. »Wenn du mich für einen Mörder hältst, dann schrei doch. Schrei nach den dämlichen Wachen und kassier dein verdammtes Geld.«

Anula öffnete den Mund und starrte ihn an. Nicht mehr nur zornig, sie wirkte verärgert, traurig, verzweifelt und enttäuscht zugleich. Sie ballte die Fäuste und atmete tief ein. »Warum bist du hier, verdammt noch mal? Du hättest geschnappt werden können.«

»Komm mit mir!«, beschwor er sie. Sie hatte nicht geschrien, sie musste ihn auch lieben! Ganz egal, was sie sagte. So waren Mädchen nun einmal, hatte ihm Yanko erklärt. Kompliziert. Ben wollte unbedingt, dass sie mitkam. Er würde ihr die wahre Natur der Drachen zeigen, sie würde alles verstehen und bei ihm bleiben, sich mit Yanko und Nica anfreunden, und …

»Mit dir kommen? Was denkst du dir! Du bist ein Geächteter, das ganze Land ist hinter dir her. Du dämlicher gedankenloser Steingnom, noch vor dem Winter haben sie dich geschnappt und werden dich hängen!« Zorn sprühte wieder aus ihrem Blick, doch zugleich liefen ihr Tränen die Wangen hinab. »Wie kannst du nur so dumm sein! Ich will nicht gehängt werden.«

»Dann sag einfach, wir hätten dich entführt. Dann lassen sie dich schon laufen.«

»Ich will aber auch nicht sehen, wie du gehängt wirst, du Idiot!«

»Aber ich bin kein Mörder.«

»Das sagst du! Der Orden sieht das anders.«

»Dann kläre ich das eben mit dem Orden und komm dann wieder«, brummte Ben trotzig, obwohl er wusste, dass das Unsinn war. Er war geächtet, und er hatte noch nie davon gehört, dass der Orden eine solche Ächtung jemals aufgehoben hatte. Wie sollte das auch gelingen? Die Steckbriefe waren verteilt, die Kopfgeldjäger unterwegs, nicht jeder von ihnen würde von der Aufhebung der Ächtung erfahren. Niemals würde der Orden die Belohnung zurücknehmen, zumal sie ja vorhatten, weitere Drachen zu befreien. Doch es war der Orden, der an den Galgen gehörte, nicht sie.

»Ich will aber nicht, dass du wiederkommst«, sagte Anula leise, während die Tränen auf ihren Wangen trockneten. »Ich will dich vergessen haben, bevor du tot bist.«

»Dann vergiss mich doch, du Rinnsteinschnepfe!«, stieß Ben hervor. »Aber geflügelte Drachen sind überhaupt nicht böse. Sie sind nicht von Samoth verflucht. Das wirst du schon noch merken. Du und der Orden und alle!«

»Ach ja? Und was spielt das für eine Rolle?«

»Nur darum geht es. Verstehst du das nicht?«

»So so. Und ich dachte, es geht um uns! Nicht um so blöde Viecher! Du bist doch verrückt! Vollkommen verrückt!«

»Mag sein.« Ben zuckte mit den Schultern. »Aber ich bin kein Mörder. Und ich komme wieder.« Das Letzte sagte er einfach, um sie zu ärgern. Weil sie nicht mitkommen wollte und weil sie die Drachen beleidigt hatte.

»Dann schrei ich.«

»Tu's doch!«

Mit verquollenen Augen starrte sie ihn an, und Ben wollte sie plötzlich umarmen, wollte sie küssen, jede einzelne Träne von ihrem Gesicht wegküssen, aber er traute sich nicht. Er hätte sie nicht anbrüllen sollen.

Ganz langsam verschränkte sie die Arme und schniefte. Die Tränen versiegten.

»Ich schreie«, wiederholte sie. Ihre Stimme war nur noch ein kaltes Flüstern.

»Komm mit mir«, sagte Ben noch einmal eindringlich und streckte die Hand aus.

Anula presste die Lippen aufeinander und schüttelte den Kopf. Mit verschränkten Armen wich sie einen Schritt zurück.

Schweigend wandte sich Ben um und stapfte davon. Er drehte sich nicht um, ließ Anula hinter sich und fühlte sich innerlich vollkommen leer. Immer wieder kniff er die Augen zusammen, um nicht selbst loszuweinen. Dafür war er zu alt und auch kein Mädchen.

Bis er das Tor erreichte, schrie Anula nicht. Mit gesenktem Kopf verließ Ben das Anwesen, ließ die höhnischen Kommentare der Torwächter unbeantwortet auf sich niederprasseln, ihr Gelächter, er habe länger durchgehalten als erwartet, und schlich zum nördlichen Stadttor, das nicht fern von hier lag. Er würde die Stadt außen umrunden, das war sicherer. Niemals würde er zurückkommen, nicht ihretwegen.

»Rinnsteinschnepfe!«

NÄCHTLICHE HEIMKEHR

Die Sonne war noch nicht lange untergegangen, da schwang sich Ben auf Aiphyrons Rücken. Er wollte einfach nur weg von hier. So sehr er sich an die Ruine gewöhnt hatte, so gute Tage sie hier auch gehabt hatten, sie lag zu nah an Falcenzca, zu nah an der geifernden Menschenmenge, die ihn gehetzt hatte, zu nah an dem Steckbrief, zu nah bei Anula. Dabei hatte er bis gestern noch gar nicht gewusst, dass er sich in die verstockte Rinnsteinschnepfe verliebt hatte, die diesem Steckbrief mehr glaubte als ihm! Sollte sie doch weiterhin einem stinkenden Händler dienen, wenn sie wollte! Sie würde nie erfahren, wie es war, zu fliegen. Selbst schuld! Er würde sie viel schneller vergessen können als sie ihn. Schon morgen würde er keinen Gedanken mehr an sie verschwenden!

Wie sein Ausflug in die Stadt verlaufen war, hatte er Yanko und Nica nicht erzählt. Das ging die beiden nichts an, sie hatten ja einander, und das Letzte, was Ben nun brauchte, war ihr Mitleid. Warum nur hatte er nie Glück bei den Mädchen?

Aus dem Augenwinkel sah er, wie Yanko Nica auf den Rücken von Feuerschuppe half. Ihr Kleid rutschte unschicklich weit über die Knie hinauf, aber nicht einmal darüber konnte er grinsen. Er fühlte sich allein.

Die letzten Stunden hatte er mit baumelnden Beinen auf der höchsten Mauer verbracht, einen Ziegelbrocken nach dem anderen herausgebrochen und in den Wald geworfen und sich gefreut, wenn irgendwelche Vögel erschreckt aufstoben oder andere Tiere raschelnd durchs Unterholz flohen.

Er hatte Steine geworfen oder ins Nichts gestarrt. Auf keinen Fall hatte er sehen wollen, wie Yanko Nica küsste oder auch nur ihre Hand hielt oder sie anlächelte. Diese Turtelei ging ihm auf den Geist.

Yanko war sein Freund, sein bester Freund, aber Ben hatte sich zuerst in Nica verliebt. Doch bevor er ihr das hatte gestehen können, hatte er aus Trollfurt fliehen müssen, fälschlich eines Mordes beschuldigt, und Yanko das Feld überlassen. Dann hatte er die dämliche Anula zurückgelassen, um Nica zu retten, und als er jetzt zu Ihrer Hochnäsigkeit zurückgekehrt war, war er schon wieder eines Mordes bezichtigt worden, den er nicht begangen hatte, oder gar mehrerer. Das konnte doch einfach nicht wahr sein! Jedes Mädchen, in das er sich verliebte, bekam kurz darauf zu hören, er sei ein Mörder! Wie sollte er es da für sich gewinnen?

Ben hatte Stück für Stück der Mauer herausgebrochen und darauf gewartet, dass die Sonne unterging und sie endlich loskonnten.

Wenn es im Gebüsch geraschelt hatte, hatte er erschreckt dorthin gestarrt, ob es auch wirklich ein Tier war und keine Verfolger aus der Stadt.

»Alles in Ordnung?«, fragte Aiphyron nun, als Ben es sich vor seinen Flügeln bequem machte.

»Ja«, brummte er. Was sollte er auch sonst sagen, ein Drache verstand nichts von der Liebe. Drachen wuchsen allein irgendwo in der Welt heran, wurden allein geboren und lebten allein, sie bildeten keine Paare wie Menschen oder auch viele Tiere. Für sie war es vollkommen normal, allein zu sein.

»Na, dann los!« Aiphyron breitete die Flügel aus und drückte sich mit den kräftigen Hinterbeinen vom Boden ab.

Ben wurde in die Höhe gerissen, er hörte die Flügel schlagen, wie ihr Wind in den Baumkronen raschelte, dann waren sie über dem Wald und stiegen immer weiter auf zu den Sternen. Plötzliches Glück durchströmte Ben, es war, als hätte er Ballast von seinem Herzen abgeworfen. Alles, was ihn gerade noch bedrückt hatte, war verschwunden, irgendwo dort unten auf der Erde zurückgeblieben, auch Anulas Zurückweisung und die Erinnerung an den Mob auf seinen Fersen.

Gegenwind blies ihm ins Gesicht, während sie mit kräftigen Flügelschlägen nach Norden flogen und noch immer an Höhe gewannen. Aiphyron kurvte ausgelassen nach rechts und links, tauchte kurz ab, nur um im Anschluss daran noch höher zu steigen. Ben wollte schreien vor Freude, doch niemand durfte sie hören. Schließlich wurden sie gejagt. Doch wer sollte ihnen hier oben schon folgen können? Also brüllte er gegen den Wind an und lachte in die Nacht.

»Das habe ich vermisst«, rief er.

»Na, dann halt dich fest«, erwiderte Aiphyron und blickte mit funkelnden Augen zu ihm zurück.

Sofort klammerte sich Ben an die rauen Schuppen, presste die Beine so fest wie möglich an den Drachen und schmiegte sich ganz flach an ihn. Jubelnd überschlug sich Aiphyron zweimal in der Luft, stürzte sich mit angelegten Flügeln in die Tiefe, während er sich um sich selbst drehte, und breitete sie wieder aus, wechselte für einige Augenblicke in einen friedlichen Gleitflug.

»Ja!«, rief Ben und schüttelte den Kopf, um den Druck auf die Ohren loszuwerden. Sein Magen drehte sich noch immer, ihm schwindelte, doch sein Kopf fühlte sich so leicht an wie lange nicht mehr. Tief atmete er durch und sah sich nach seinen Freunden um. Weit über sich erkannte er die Schemen von Feuerschuppe, der Nica trug, und Juri, auf dessen Rücken Yanko saß. Das Leben konnte wunderschön sein.

In diesem Moment schwappte plötzlich eine Welle kühler Luft über ihn hinweg, und Gänsehaut überlief ihn. Stechende Kälte kroch ihm unter die Haut, und auch Aiphyron schüttelte sich. Mit kräftigen Flügelschlägen gewann er rasch an Höhe. Im Wald unter ihnen knackte es, Wipfel wackelten im bleichen Mondlicht hin und her, eine Welle durchlief den Wald. Irgendetwas wirklich Großes schien sich dort seinen Weg zu bahnen, verborgen vom dichten Laub. Schnurgerade hielt es auf Falcenzca zu und bewegte sich schneller als ein Mensch. Über das Knacken und Rascheln hinweg vernahm Ben ein Schnüffeln wie von einem Jagdhund, nur viel lauter. Dann blieben die Geräusche zurück. Seine Hände waren eiskalt und steifgefroren, als hätte er sie eben tief in den Schnee gesteckt.

»Was war das?«, fragte er Aiphyron. Sein Kiefer zitterte.

»Ich habe keine Ahnung. Wären wir ganz im Norden, im ewigen Eis, dann ja, aber hier? Hier weiß ich es nicht.«

»Im ewigen Eis?«

»Ja. Weit im Norden, jenseits eures Wolkengebirges und der Trolllande und noch jenseits des Meers gibt es eine große Insel, die besteht nur aus Eis und gefrorenem Schnee. Wenn die Sonne hoch am Himmel steht, dann gibt es dort Gebirgszüge, die glitzern wie klare Kristalle.«

»Woher weißt du das?«

»Ich war einmal dort. Ist schon lange her.«

»Das klingt schön.«

»Das ist schön.«

»Fliegen wir auch mal hin?«, fragte Ben. Langsam kam wieder Leben in seine Finger, und der kalte Hauch und die Kreatur unter ihnen war über die Aussicht auf eine Welt wie aus Kristallen vergessen. Er hatte die schneebedeckten Gipfel der Berge geliebt, nun könnte er eine ganze Welt sehen, die so aussah oder noch viel schöner. Ihn packte die Sehnsucht, ferne Länder zu sehen, die Städte, von denen fahrende Händler in Trollfurt berichtet hatten und die nur nach einer langen, beschwerlichen und gefährlichen Reise zu erreichen waren. Es sei denn, man flog auf einem Drachen. Mit einem Drachen konnte man überall hingelangen. Kein Händler hatte je von dieser Insel aus glitzernden Eiskristallen erzählt.

»Vielleicht«, brummte Aiphyron. »Eigentlich ist es mir zu kalt dort.«

»Ach, komm schon! Ich will das sehen. Nur einmal und ganz kurz. Dann frierst du auch nicht lange.«

»Jetzt erfüllt ihr erst einmal euren Schwur, dann sehen wir weiter.«

Grimmig nickte Ben. Selbstverständlich musste vor diesem Schwur erst einmal alles andere zurückstehen. Ein Schwur war schließlich ein Schwur.

In den folgenden Stunden sprach Ben viel mit Aiphyron, und sie alberten viel herum. Erst jetzt wurde ihm richtig bewusst, dass in den letzten Wochen überwiegend die Drachen zusammen in der Sonne gelegen hatten und geflogen waren und er die meiste Zeit mit Yanko und Nica verbracht hatte. Natürlich hatte er Juri geheilt, aber davon abgesehen waren Menschen und Drachen meist unter sich geblieben. Ohne dass sie es bewusst gewollt hatten, war es einfach so passiert. Hier ein Scherz von Mensch zu Drache, da eine Bemerkung von Drache zu Mensch, auch mal ein längeres Gespräch, doch meist hatte es diese Trennung gegeben. Lag es daran, dass sie doch sehr unterschiedlich waren, egal, wie gut sie sich verstanden? Ben wusste es nicht.

Doch es gab andere Dinge, über die er jetzt nachdenken musste. Er rief die beiden anderen Drachen herbei, so dass sie alle nah beieinander flogen, und erzählte von seinen Erlebnissen in Falcenzca. Nicht von Anulas Zurückweisung, von ihr sprach er überhaupt nicht, aber davon, dass er durch die Straßen gejagt worden war und dass auf sie alle ein beachtliches Kopfgeld ausgesetzt war. Das war etwas, das die anderen erfahren mussten, schließlich ging es auch um ihre Köpfe.

Yanko brüllte ein paar saftige Flüche in den Wind, und Nica sagte mit kalter Stimme: »Auch dafür wird der verdammte Ketzer zahlen.«

Die Drachen ließen sich nicht sonderlich beunruhigen, schließlich wurden sie wegen ihrer Flügel sowieso in Hellwahs Namen gejagt. Für sie änderte sich nichts.

»Das sind einfach widerliche, selbstgerechte, gedankenlose, hohlköpfige Besserwisser in polierten Metallhemden«, knurrte Juri. »Die glauben anscheinend alles, was man ihnen erzählt. Sagt ihnen einer, Drachenflügel sind verflucht, dann ziehen sie los und hacken sie einfach ab, ohne mit uns darüber zu sprechen, wo wir Drachen doch eigentlich am besten darüber Bescheid wissen müssten. So ein Schwachsinn! Ich beiß doch auch keinem Hasen die Hinterläufe ab, so dass er nur noch mühsam durchs Gras robben kann, und nenne ihn dann frei und meine Tat gnädig und gut. Oder rupfe einem Vogel die Federn aus und erwarte dann überschwänglichen Dank von ihm, weil ich ihn aus Neid an die Erde gefesselt habe und das Ganze Freiheit nenne, und …«

»Das würde ein aufrechter Ordensritter niemals tun«, warf Yanko kichernd ein. »Nacktheit ist ein Frevel.«

»Was ist ein Frevel?«, fragte Juri.

»Nacktheit.«

»Nein. Was bedeutet Frevel?«

»Ein Frevel? Das ist so etwas wie eine Sünde, nur nicht ganz so schlimm.«

»Sünde?«

»Ich erklär's dir später«, mischte sich Aiphyron ein, dem Ben dies alles schon vor einer Weile mühsam erklärt hatte. Zumindest soweit ein Drache es verstehen konnte.

»Danke. Was ich aber sagen wollte: Diese Ritter glauben jeden Unsinn. Und jetzt eben auch, dass ihr drei tatsächlich sieben ausgewachsene, am besten noch bewaffnete Männer töten könntet. Ich meine, seht euch doch nur mal an. Ihr seid viel kleiner und dürrer und …«

»Ja, schon gut«, knurrte Yanko. »Wenigstens trauen sie uns etwas zu. Im Unterschied zu unserem schuppigen Freund mit dem seltsamen langen Namen.«

»Ja. Mord. Ganz toll«, brummte Ben. »Mord trauen sie uns zu. Immer ist es Mord.«

»Und bald müssen sie uns noch viel mehr zutrauen«, sagte Nica. Ihre Stimme wurde vom Gegenwind verweht, und doch war die Drohung darin deutlich zu vernehmen.

»Da wir uns dabei jedoch einen Ketzer vornehmen, haben sie wahrscheinlich nichts dagegen«, sagte Yanko. Es klang leichthin, als wäre es als Scherz oder Aufmunterung gemeint.

Nica schwieg.

»Habt ihr vorhin auch die Kälte gespürt?«, fragte Ben, um das Thema zu wechseln.

Die anderen verneinten, wahrscheinlich waren sie zu hoch geflogen. Selbst Juri verzichtete auf ausführliche Überlegungen, um was es sich gehandelt haben könnte. Inzwischen redete er nicht mehr ganz so viel wie direkt nach seiner Befreiung. Nur manchmal musste man ihn noch bremsen, wenn plötzlich ein Satz nach dem anderen aus ihm heraussprudelte, ohne auf ein erkennbares Ziel zuzuführen. Doch sie hatten sich ebenso daran gewöhnt wie an die Anfälle Aiphyrons, ab und zu ein rotes Tier zu packen und zu schütteln und als Feuerwesen zu beschimpfen.

Ben langte in die Hosentasche und rückte den Schlüssel zurecht, der sich verschoben hatte und gegen den Oberschenkel drückte. Vielleicht sollte er ihn irgendwo einschmelzen lassen und Gold und Edelsteine verkaufen. Dann wären sie jetzt reich. Oder er ließ daraus einen Ring schmieden. Mit einem goldenen, edelsteinbesetzten Ring hätte Anula ihn nicht zurückgewiesen. Wieso machte er es immer falsch?

Und wieso dachte er schon wieder an sie, trotz aller Vorsätze, sie zu vergessen?

»Ab morgen«, murmelte er. Ab morgen würde er sie aus seinem Kopf verbannen.

Mitten in der Nacht näherten sie sich Trollfurt. Sie sprachen nicht mehr, jeder hing seinen Gedanken nach. Ben verband nicht mehr viel mit der Stadt, doch Nica und Yanko hatten noch Eltern und Geschwister hier, Freunde oder ehemalige Freunde, die nach allem nichts mehr mit ihnen zu tun haben wollten. Im Dunkeln konnte Ben ihre Gesichter nicht erkennen, doch ihr Schweigen machte deutlich, dass ihnen die Heimkehr nicht leichtfiel.

Die Straßen lagen im Dunkeln unter ihnen, kaum ein Fenster war erleuchtet, und Ben erspähte nur zwei Laternen, die als Punkte zwischen den Häusern entlangwanderten. Das waren deutlich weniger als damals, als sich die Stadt von ihm belagert gefühlt hatte. Doch als er schließlich erkannte, dass zu jeder Laterne vier Nachwächter gehörten und nicht nur einer wie üblich, war ihm klar, dass sich die Lage noch nicht völlig beruhigt hatte.

Was war geschehen, seit sie von hier verschwunden waren? Fürchtete Trollfurt noch immer irgendwelche eingebildeten Überfälle von Ben und seinen zahlreichen Spießgesellen? Wochenlang waren sie nicht hier gewesen, sondern im Nirgendwo. Sie hatten nichts mitbekommen, wussten weder, was hier vor sich ging, noch, was sich irgendwo sonst im Großtirdischen Reich ereignet hatte. Doch irgendetwas musste vor sich gehen, wenn man die Nachtwächter hier, Gesprächsfetzen aus Falcenzca und die Predigt des Verrückten zusammenzählte.

Flüsternd dirigierte er Aiphyron zum Anwesen von Nicas Familie. Feuerschuppe kannte den Weg, und Juri folgte ihnen. Ohne mit den Flügeln zu schlagen, glitten die Drachen lautlos dahin. Langsam senkten sie sich über die Dächer und landeten schließlich im Garten der Yirkhenbargs, ganz hinten bei der Mauer, hinter der plätschernd der Dherrn vorüberfloss. Das Gras stand hoch, es war lange nicht gestutzt worden, und die Tür von Feuerschuppes ehemaligem Stall stand offen. Sie hörten ein Pferd prusten, sonst blieb es still. Beim Anflug hatten sie keinen Wächter am verschlossenen Tor gesehen, nur ein Fenster direkt am Hauseingang war schwach erleuchtet.

»Irgendwer im Haus ist immer wach«, warnte Nica. »Also leise.«

Dann ließen sich Ben, Nica und Yanko von den Drachen auf den Balkon heben, über den sie in Nicas ehemaliges Zimmer gelangten. Beim Absteigen strich Yanko mit der Hand kurz über Juris Flügel, wahrscheinlich dachte er, das bringe ebenso Glück wie das Berühren von Schulterknubbeln.

In Nicas Zimmer lag auch Wochen nach ihrem Verschwinden noch immer Kleidung von ihr herum, das Bett war gemacht, aber verlassen. Es schien, als hätte hier niemand etwas angerührt.

»Packst du mir bitte zwei Röcke und Hemden ein?«, bat Nica Yanko. »Unten in meinem Schrank liegen Satteltaschen und ein Rucksack.«

»Mach ich.«

»Und dann holst du Proviant aus der Küche. Da sparen wir uns drei Tage Jagen. Und nach all den Früchten und Tieren aus dem Wald freue ich mich auf ein einfaches Brot mit frischem Käse.«

Wieder nickte Yanko.

»Ben kommt mit mir zu Mutter.«

»Aber warum kann nicht er das ganze Zeug …«, setzte Yanko an.

»Du weißt besser, was ich mag. Und du bist hier schon einmal eingestiegen, hast du erzählt.« Sie lächelte. »Danach gehen wir zusammen in Sidhys Zimmer und holen mir noch eine Hose. Das ist viel besser, um auf einem Drachen zu reiten. Wenn ihr etwas braucht, bedient euch.«

»Sidhy statte ich gern einen Besuch ab.« Yanko grinste und schlich zum Schrank hinüber. Auch Ben dachte an die Demütigungen, die ihnen Nicas Bruder vor nicht allzu langer Zeit zugefügt hatte, und hatte nichts dagegen, ihn zu überraschen.

Ben folgte Nica aus dem Zimmer in einen dunklen Flur, an dessen Wänden er Bilderrahmen erkennen konnte, doch er achtete nicht auf sie. Nica hatte den Arm ausgestreckt und berührte mit den Fingern die Mauer, als suche sie Halt. Vielleicht sah sie auch nur schlecht.

Im Erdgeschoss unten knarzte eine Diele, dann herrschte wieder Stille. Ben hatte keine Angst, erwischt zu werden, solange die drei Drachen hinter dem Haus auf sie warteten. Welcher Diener sollte gegen sie etwas ausrichten können? Ein Schrei, und sie würden mit starken Klauen die Wände einreißen und ihnen zu Hilfe eilen.

Der Flur knickte nach links ab, und Nica öffnete bedächtig die erste Tür auf der rechten Seite. Lautlos huschte Ben hinter ihr in das Zimmer, dann verschloss sie die Tür wieder.

»Verschränk die Arme und schau grimmig«, zischte ihm Nica zu, und er gehorchte. Dann hörte er ein schabendes Geräusch, und ein Zunderstäbchen flammte auf. In dem schwachen, flackernden Licht schälte sich ihre Umgebung aus der Dunkelheit.

Sie standen in einem penibel aufgeräumten Schlafzimmer, das ein Stück größer war als Nicas. Zwei Paar schwere rote Vorhänge hingen an der gegenüberliegenden Wand bis zum Boden herab, der aus einem verschnörkelten Holzmosaik bestand, und verdeckten vermutlich zwei Fenster. Die rechte Wand wurde fast vollständig von einem mächtigen Kleiderschrank ausgefüllt, der mit den unterschiedlichsten Farben bemalt war. Blumen und Ornamente umrahmten Bilder von einer fröhlichen Jagdgesellschaft und drei knienden Rittern, die einem kleinen schwarzen Vogel einen Schwur leisteten. Ben erinnerte sich nicht mehr, aus welcher Legende diese Szene stammte, doch er hatte sie sicher schon einmal gehört. Auf einem Thron hinter den Rittern saß eine blinde Frau, in deren blondem Haar drei dunkle Federn steckten.

An der linken Wand befand sich ein fein gearbeitetes Bett

mit einem himmelblauen Baldachin, der mit einer breiten Bordüre verziert war. Auf einer Kommode daneben stand ein vierarmiger Leuchter, dessen Kerzen Nica eben mit dem Zunderstäbchen entzündete. Im Bett regte sich eine bleiche Frau mit unordentlichem Haar und eingefallenen Wangen. Verwirrt öffnete sie die Augen.

»Guten Abend, Mutter«, sagte Nica eisig. »Du bist schmal geworden.«

Und alt, dachte Ben, der sie als schöne Frau in Erinnerung hatte, die zwar selten, aber dann mit stets aufrechter Haltung durch Trollfurt gegangen oder kutschiert war, ein gnädiges Lächeln im Gesicht und immer Zeit übrig für ein freundliches Wort oder Nicken, wenn sie höflich gegrüßt wurde.

»Nica …«, hauchte die Frau und richtete sich ruckartig auf. Kurz schien es, als wollte sie lachen, dann verzog sie das Gesicht zu einer schwer lesbaren Grimasse aus Angst, Freude, Schuldbewusstsein und Überraschung. »Kind, wo hast du gesteckt?«

»Als ob dich das interessiert.« Nica hatte das Kinn vorgereckt. Sie zitterte, und es kostete sie sichtlich Anstrengung, nicht loszuschreien. Langsam zog sie die oberste Schublade der Kommode auf und holte eine lange Nadel hervor. Das Metall blitzte im flackernden Kerzenlicht. »Wenn es nach dir gegangen wäre, wäre ich tot.«

»Nein. Nein! Das war die Idee deines Vaters. Sie haben ein Opfer von ihm verlangt. Ich wollte es nicht, aber er hat gesagt, du musst es sein. Keine Fremde.« Sie rutschte an die Bettkante, wühlte sich aus den Laken, kam flehend auf ihre Tochter zu.

»Bleib liegen«, zischte Nica und hob die spitze Nadel, die sie mit der Faust umklammerte. Ihre Lippen bebten, doch der Arm war ruhig. »Bleib liegen, oder ich ramm sie dir ins Auge. So tief ich nur kann.«

Ben hielt die Arme verschränkt und hoffte, sie würde nicht zustoßen. Er wollte nicht zusehen, wie sie ihre eigene Mutter erstach, wusste aber nicht, ob er ihr in den Arm fallen sollte.

»Das würdest du nicht tun«, sagte die Mutter, verharrte aber in der Bewegung. Sie zitterte, ihre Augen flackerten unsicher.

»Du solltest es nicht ausprobieren.« Nica machte einen kleinen Schritt auf ihre Mutter zu. »Ich sagte, leg dich wieder hin!«

Wimmernd kroch sie tatsächlich zu ihrem Kissen zurück. Nun lag nackte Angst in ihrem Blick. »Ich hab dir doch gesagt, ich war es nicht.«

»Aber du hast zugelassen, dass Vater mich an den Pfahl bindet! Warum?«

»Er war mein Ehemann ...«

»Und ich deine Tochter! Du hättest statt meiner sterben sollen!«

»Aber das ging doch nicht. Das ging nicht.« Sie schluchzte, und ihre Stimme erstarb beinahe. »Es musste doch eine Jungfrau sein.«

»Eine Jungfrau?« Nica lachte bitter auf. »Aber ich bin keine Jungfrau mehr!«

Nun sackte Frau Yirkhenbarg vollkommen in sich zusammen. Tränen rannen ihr über die Wange, und sie schluchzte verzweifelt: »Das ist gelogen. Das sagst du nur, um mir wehzutun.«

Stumm schüttelte Nica den Kopf.

Ben verspürte einen Stich, den er nicht hätte spüren dürfen, ihre fehlende Jungfräulichkeit ging ihn nichts an, sie war Yankos Mädchen. Doch der Satz hatte ihn nicht überrascht, er hatte in der Ruine doch genug eindeutige Geräusche gehört.

»Das ist nicht wahr. Nicht mit ihm, nicht mit einem wie ihm.« Nicas Mutter warf Ben einen hasserfüllten Blick zu.

»Das geht dich nichts an«, presste Nica hervor. »Du bist nicht mehr meine Mutter, eine Mutter opfert ihr Kind nicht! Als Waise geht es mir besser.«

»Aber schau dich doch an, wie du aussiehst. Wie du herumläufst, und das mitten in der Nacht.« Sie deutete auf Nicas weißes Kleid, das in den letzten Wochen im Wald zahlreiche Flecken abbekommen hatte und an mehreren Stellen eingerissen und nur notdürftig genäht war. »Komm einfach heim, und alles wird gut.«

»Gut?« Wieder schüttelte Nica entschlossen den Kopf. »Es gibt nur einen Weg, wie alles wieder gut wird: Du sagst mir, wer Vater hierhergeschickt hat. Wer wusste von dem Drachen in der Mine, wer hat ihm dieses Opfer befohlen?«

»Ach, Kind …«

»Wer?«, zischte Nica und hob erneut die Nadel. Ihr Arm bebte nun, doch auf ihrem Gesicht zeigte sich keine andere Regung als Zorn.

»Nica«, sagte Ben leise, doch niemand beachtete ihn.

»Ach, Kind, du versündigst dich.«

»Wer war es?«

»Du darfst dich nicht gegen Hellwahs Gebote stellen.«

»Wenn er mich tot sehen will, dann kann er mir gestohlen bleiben!«

»Kind …«

»Wer? In Samoths verfluchtem Namen, wer war es?« Die erhobene Nadel zitterte, Nica machte einen weiteren Schritt auf ihre Mutter zu. Sie stand nun direkt neben dem Bett.

Ben starrte Nicas Mutter an, die sich verzweifelt in die Decke krallte. Bei der Erwähnung von Samoths Namen war sie zusammengezuckt, ihr Nachthemd war unzüchtig verrutscht und gab ihre knochige Schulter frei, doch das kümmerte sie nicht. Sie schluchzte vor sich hin und schloss die Augen, als könne sie den Anblick ihrer Tochter nicht mehr ertragen. In ihren Zügen zeigten sich mehr Schuldgefühle und Scham als Angst. Leise sagte sie: »Ich weiß es nicht.«

»Wer?«, fragte Nica.

Eine kurze Weile sagte keiner ein Wort, dann schlug die Mutter seufzend die Augen auf und atmete tief durch. Sie schien aufgegeben zu haben, fast wirkten ihre Gesichtszüge jetzt friedlich. »Kurz vor deiner Abreise hat dein Vater einen Boten empfangen. Er zeigte mir einen Brief, der das Siegel des Hohen Norkham persönlich trug, und sagte, wir hätten eine große Aufgabe zu erfüllen. Er war sichtlich von heiligem Eifer erfüllt, das wahre Wort hatte ihn geküsst, und doch lag ein Schatten auf seinem Gesicht. Er sagte, wir müssten stark sein, dann würde alles gut werden. Ich dachte, er meinte damit, dass wir unseren Glauben verleugnen müssten oder irgendwelche Entbehrungen auf uns nehmen, aber nicht das. Ich wusste nicht, was dir drohte. Noch vor meinen Augen hat er den Brief verbrannt, er sollte keinem Häscher des Ordens in die Finger fallen. Ich wusste es nicht. Es tut mir leid.«

Nica sah auf ihre Mutter hinab, die nun stumm um Vergebung flehte. Sie weinte nicht mehr, wirkte einfach nur ruhig und leer. Kurz kam es Ben so vor, als wollte sich Nica auf die Bettkante setzen, als würde die Nadel ein Stück herabsinken, nicht drohend, sondern als würde Nica eine Waffe sinken lassen, weil der Streit vorbei war. Dann reckte sie wieder das Kinn vor. Ihre Stimme klang rau, aber fest. »Und wo finden wir den Hohen Norkham?«

»Aber, Kind, du …«

»Wo?«

»Vierzinnen.« Der Name war nicht mehr als ein Flüstern, Ben konnte es kaum verstehen.

»Vierzinnen? *Das* Vierzinnen?«

Die alte Frau im Bett nickte.

»Gut. Soll ich ihm etwas von dir ausrichten?«

»Ich ... Sag ihm, dass er ... Nein. Nichts.« Resigniert ließ sie den Kopf sinken.

»Dann leb wohl, Frau Yirkhenbarg. Wir sehen uns nie mehr wieder.« Nica drehte sich mit erhobenem Haupt um und drückte Ben die Nadel in die Hand. Sie war feucht von Schweiß. »Pass auf, dass sie nicht nach Hilfe schreit, während ich mir noch eine Hose hole. Brauchst du auch etwas?«

Ben zuckte mit den Schultern. Er hatte zwei Hosen, und ihm ging gerade anderes durch den Kopf. Fragend starrte er Nica an, doch keine Regung zeigte sich in ihrem Gesicht. »Ein Hemd?«

»Lässt sich machen. Wir holen dich gleich ab.«

»Warte. Noch eine Hose wäre nicht schlecht«, fügte er noch schnell hinzu, weil ihm eingefallen war, dass er die eine, die verräterisch geflickte, nicht in Städten tragen konnte, falls dort die Steckbriefe aushingen, und die andere eigentlich überhaupt nicht, denn sie war viel zu weit. Sidhy hatte schon eher seine Statur, mit einem Gürtel würde ihm seine Hose passen.

Als Nica gegangen war, legte er die Nadel auf die Kommode und drohte in Richtung Bett: »Ich habe ein Messer.«

Doch Nicas Mutter beachtete ihn nicht. Mit geschlossenen Augen kauerte sie im Bett, den Kopf gegen die Wand gelehnt, die Arme um die angezogenen Knie geschlungen, und murmelte vor sich hin. Ben konnte nicht erkennen, ob die schimmernde Feuchte auf ihren Wangen neue Tränen waren. Vielleicht flehte sie Hellwah um Gnade an. Ben wusste nicht, was Ketzer in einem solchen Fall taten. Vielleicht verwünschte sie sich auch oder bemitleidete sich selbst und ihr Schicksal – das hatte seine Mutter häufig getan, bevor sie zur Flasche gegriffen hatte.

Ben konnte sie nicht bemitleiden, er hatte das Bild der an den Opferpfahl gefesselten Nica nicht vergessen. Aber er wusste auch, dass er dieser gebrochenen Frau nicht mit einer Waffe zu Leibe rücken oder sie sonst wie niederringen wollte, also hoffte er, sie würde einfach weiter vor sich hin murmeln und nicht doch noch schreien. Misstrauisch beäugte er sie, doch sie murmelte stur weiter vor sich hin.

Als sich die Tür wieder öffnete, trat Nica nicht ein, sondern flüsterte nur: »Komm. Yanko ist schon bei den Drachen.«

Ihre Mutter blickte nicht auf und starrte weiter murmelnd ins Nichts, gefangen in ihrer Welt aus Schuldgefühlen und Albträumen.

Auf dem Gang, noch bevor sie bei Yanko ankamen, packte Ben Nica an der Schulter und zwang sie, ihn anzusehen. Er fragte: »Hättest du deine Mutter wirklich erstochen?«

Nica wandte den Blick ab.

»Ich weiß nicht«, sagte sie nach einer Weile. »Ich weiß es wirklich nicht.«

PILZE UND EIN KUSS

Als die ersten Vögel des Tages zu singen begannen und sich der Himmel am Horizont ganz langsam hell färbte, landeten die Drachen. Nica hatte in Trollfurt die grobe Richtung vorgegeben, und seit sie über das ausgedehnte Waldgebiet flogen, hatten die Drachen mit ihren scharfen Augen, die auch nachts viel mehr sahen als menschliche, die Gegend nach einem geeigneten Rastplatz abgesucht. Nun gingen sie an einem Bach inmitten der Bäume zu Boden. Ben vermutete in ihm einen Zubringer zum Sippa, aber er war nicht sicher. Die hohen Bäume am Ufer standen dicht beieinander, im Unterholz zeigte sich kein Pfad, nicht das kleinste Anzeichen menschlicher Zivilisation.

Ganz in der Nähe des Bachs lag ein gutes Dutzend mehrere Schritt großer, moosbewachsener Felsen nebeneinander und übereinander, türmten sich auf bis zu den höchsten Wipfeln, bestimmt viermal so hoch wie ein einfaches Haus. Zwischen den einzelnen Brocken öffneten sich Spalten und kleine Höhlen, in denen Ben, Nica und Yanko gut auch tagsüber schlafen konnten; dort schien die Sonne nicht hinein. Es war so dunkel, dass man nicht bis in die hintersten Winkel blicken konnte.

Yanko sammelte ein paar Stöcke vom Boden auf, brach sie in unterarmlange Stücke und schleuderte sie mit Wucht in die Spalten, um giftige Schlangen und anderes Getier aufzuscheuchen, das sich dort möglicherweise wohnlich eingerichtet hatte.

Tatsächlich stob aus einer der Höhlen ein seltsamer Vogel. Er hatte ein prächtiges, leuchtend rotes Gefieder und ähnelte einem aufgeplusterten Königsschwan, nur dass er dreimal so groß war und sein gelber Schnabel leicht gekrümmt und spitz wie der eines Raubvogels. Auch waren die Beine ein Stück länger und die Flügel kleiner, zu klein, um den Vogel in die Luft zu tragen. Wild schlug er mit ihnen um sich, krächzte laut und heiser und rannte mit zornig blitzenden Augen auf Yanko zu. Noch bevor er reagieren konnte, schnellte Aiphyrons Klaue vor und packte das zeternde Tier.

»Hey, Bursche, bist du ein Feuervogel?«, knurrte er ihn an und hielt ihn sich prüfend direkt vor das rechte Auge, während er das linke zusammenkniff. Er musterte ihn mit derselben misstrauischen Abneigung wie ein Juwelier einen schlecht geschliffenen Edelstein.

Hilflos krächzte und zappelte der Vogel im festen Griff der Drachenklaue.

»Red deutlich! Ich kann dich nicht verstehen«, schnaubte Aiphyron.

»Krah«, machte der Vogel.

»Feuervogel oder nicht? Sag schon!«

»Krah!«

»Das ist keine vernünftige Antwort!«

»Krah!«

»Was?«

»Krah!«

Zu einer anderen Antwort schien der Vogel nicht in der Lage zu sein. Also ließ Aiphyron ihn nach weiterem Hin und Her langsam wieder auf die Erde und gab ihm einen aufmunternden Klaps auf den Hintern, so dass ein paar Federn knickten und der Vogel in den Bach schlitterte. Mit schlagenden

Flügeln tauchte er unter, sanfte Wellen plätscherten über ihn hinweg. Kurz darauf kämpfte er sich schimpfend wieder an die Oberfläche, reckte den langen Hals hierhin und dorthin, plusterte die Federn auf und ließ sich schließlich mit der Strömung davontreiben.

Ben und die anderen hatten Aiphyrons Anfälle bei dem einen oder anderen roten Tier zu oft erlebt, um sich noch groß darüber zu wundern oder es gar zu kommentieren. Ben starrte dem Vogel hinterher, der sich auf dem Wasser bewegte, als wäre er dort zu Hause. Inzwischen reckte er den Kopf stolz in die Höhe, als wäre nichts gewesen. Als wäre er der unumstrittene König des Bachs und nicht eben von einem Drachen durch die Gegend gekegelt worden.

»Dann macht es euch mal bequem«, sagte Aiphyron wieder ganz fidel und leckte sich hungrig über das Maul. »Ich schau mal, ob ich uns irgendein leckeres Tier zum Frühstück fangen kann.«

»Du gehst jagen?«, fragte Yanko verblüfft.

»Ja. Warum?«

»Und was ist mit dem Vogel? Du hattest gerade einen riesigen Braten gefangen und ihn wieder freigelassen. Was hattest du an ihm auszusetzen?«

»Sag mal, Junge, was ist mit dir los? Ich esse doch niemanden, mit dem ich schon geredet habe.«

»Geredet …?«

»Natürlich«, sagte Aiphyron und breitete die Flügel aus. »Bis gleich.«

Die weiteren Höhlen erwiesen sich als verlassen, sah man von ein paar Schnecken, gefleckten Nachtasseln und anderen harmlosen Krabbeltieren ab. Es waren keine frischen Spuren von größeren Tieren zu erkennen. Neugierig kletterten die drei Freunde auf die Felsen und sahen sich um. Die Bäume standen dicht, das Unterholz in der Umgebung war ausgeprägt, Anzeichen von Menschen ließen sich keine finden. Plötzlich rief Nica: »Pilze!«

»Was?«, fragte Ben.

»Seherpilze.« Ehrfürchtig deutete sie auf ein knappes Dutzend Pilze mit sonnengelben Lamellen und glänzend dunkelblauen, trichterförmigen Kappen, in denen sich im Herbst das Regenwasser sammelte. Sie wuchsen im dichten Moos auf der Nordseite eines Felsens, ihre Kappen hatten die Größe eines Handtellers.

Langsam ging Nica auf sie zu und ließ sich auf die Knie sinken. Mit den Fingerkuppen strich sie vorsichtig über den größten Pilz.

»Sind die essbar?«, fragte Yanko.

»Essbar?« Nica wandte sich um, ihre Augen leuchteten. »Kennt ihr keine Seherpilze?«

Ben und Yanko schüttelten die Köpfe, und Yanko hakte noch einmal nach.

»Weit mehr als das«, versicherte Nica. »Sie lassen einen die Wahrheit erkennen. Eigentlich sind sie Priestern vorbehalten, aber ich habe mit einer Freundin schon mal welche gegessen. Wir konnten die Bäume atmen hören, und sie hat das wahre Gesicht eines Jungen gesehen, der ihr den Hof gemacht hat: Es war eine gierige Fratze mit bluttriefenden Raubtierzähnen. Daraufhin hat sie ihn zurückgewiesen, und er hat sich nach dem nächsten Tanz um Mitternacht an einer anderen vergangen, an einem hübschen Mädchen mit braunen Locken und großen Augen, die gern mit den Jungen schäkerte. Man hat sie am nächsten Morgen an der Friedhofsmauer gefunden, wimmernd in sich zusammengesunken und mit zerrissenem Kleid, ein tiefer Schnitt quer über die linke Wange, überall grün und blau geprügelt. Der Junge war verschwunden. Die Pilze haben meine Freundin mit ihrer Vision von seiner verborgenen wahren Fratze gerettet.«

Ben und Yanko starrten tief beeindruckt abwechselnd Nica und die Pilze an. Dann fragte Yanko: »Und du? Was hast du gesehen?«

»Ich habe gar nichts gesehen. Ich habe etwas über mich erkannt.«

»Und was?«

Nica lächelte, drehte sich wieder um und pflückte vorsichtig einen Pilz. Sie brach den Stiel direkt oberhalb des Mooses ab, sodass die Wurzeln im felsigen Boden verblieben und aus ihnen ein neuer Pilz nachwachsen konnte. »Wenn du es wirklich wissen willst, nimm dir einen. Vielleicht kannst du es dann ja auch erkennen.«

»Aber …«

»Von mir erfährst du es nicht.«

»Klingt doch lustig«, sagte Ben und stieß Yanko mit der Schulter an.

Vorsichtig schnitten sie sich auch jeweils einen Pilz ab.

Dann setzten sie sich zu dritt mit untergeschlagenen Beinen in einen Kreis. Nica brach ein kleines Stück von ihrer Kappe ab und schob es sich mit Zeigefinger und Daumen in den Mund. Genüsslich leckte sie sich beide Finger ab und kaute ganz langsam mit geschlossenen Augen. Anschließend bröckelte sie sich ein zweites Stück ab und schob es hinterher.

Ben und Yanko taten es ihr nach.

Im Mund zerfiel der Pilz fast von selbst, nur die Oberhaut der Kappe hielt zusammen und schmiegte sich klebrig an die

Zunge. Ben kratzte sie mit den Zähnen ab und kaute sie zu einem Brei. Es schmeckte bittersüß und nussig zugleich und ein wenig herb nach kühler Erde. Ein leichtes Kribbeln breitete sich rasch in Bens Mundraum aus, ein Gefühl von Taubheit. Grinsend schob er sich ein zweites Stück zwischen die Lippen. Das Kribbeln wurde ein wenig stärker, doch sonst geschah nichts. Er sah, hörte, roch und spürte nichts anderes als zuvor, auch überfielen ihn keine besonderen Eingebungen.

»Und jetzt?«, fragte er nach einer Weile. »Was soll jetzt passieren?«

»Hab Geduld«, sagte Nica. »Du musst der Wahrheit schon ein wenig Zeit lassen, zu dir zu gelangen. Aber sie wird dich erleuchten.«

»Jetzt redest du wie ein Priester«, brummte Yanko.

»Der Pilz ist ja auch für Priester.«

»Und das bedeutet, dass man …?«

»Seid einfach still und konzentriert euch auf seinen Geschmack und das Kribbeln. Er wird gleich anfangen.«

Ben ließ die Hände sinken und versuchte, vollkommen zu entspannen. Er lauschte auf die singenden Vögel, das Rascheln der Blätter und den rauschenden Bach und betrachtete den halben Pilz in seinen Händen. So also erkannten die Priester die Wahrheit. Habemaas, der Hellwahpriester aus Trollfurt, hatte davon nie etwas gesagt, aber so ein Geheimnis behielt man wohl auch besser für sich. Stets hatte er behauptet, die Wahrheit lasse sich in alten Legenden und dem Strahlen der Sonne finden, und wer ihr Licht deuten konnte wie auch den Flug der Vögel, der würde Hellwahs Willen erfahren. Aber Ben wusste auch, dass sich zahlreiche Zauber in einfachen Dingen oder Wesen verbargen, in toten Ratten und in Blut. Warum also nicht auch in einem einfachen Pilz?

Er starrte ihn an, strich mit dem Zeigefinger der Rechten sorgsam über ihn hinweg. Immer deutlicher konnte er die einzelnen Fasern im schmutzig weißen Stiel erkennen. So wunderbar geformt war dieser Pilz – es musste wahrlich ein besonderer sein. Er schob seine Zunge im Mund hin und her, um dem Geschmack nachzuforschen, dem pelzigen Kribbeln. Genüsslich steckte er sich einen weiteren Brocken zwischen die Lippen.

Langsam wanderte das Kribbeln seinen Kopf hinauf, als würden zahllose Fliegen durch seine Haare wimmeln. Es kitzelte. Die Lippen schwollen an und schienen plötzlich vollkommen ausgetrocknet zu sein. Immer wieder fuhr er sich mit der ebenfalls dicken Zunge darüber, und zugleich fühlte er sich herrlich leicht, nahm alles viel intensiver wahr, die frühmorgendlichen Geräusche des Waldes formten sich zu einer fröhlichen Melodie, die er am liebsten mitpfeifen wollte, doch er konnte die Lippen nicht gleichzeitig spitzen und lächeln. Das Grau der Felsen zersplitterte zu tausend unterschiedlichen Grautönen, er konnte die kleinste Struktur im Stein sehen, ja, konnte sie mit seinen Fingerkuppen richtiggehend spüren, ohne sie wirklich zu berühren. Das Grün des Mooses wurde zum einzig wahren Grün der Welt, dem grünsten Grün aller Zeiten, dem ursprünglichen Grün, so tief und saftig. Nicas offenes blondes Haar hatte das Licht der aufgehenden Sonne aufgesaugt, selbst hier im Schatten der Felsen, und jede einzelne Strähne wurde zu einem Lichtstrahl. Mit geöffnetem Mund starrte Ben sie an, während sie den Kopf mit geschlossenen Augen kreisen ließ. Vom Pilz in ihrem Schoß war nur noch der Stiel übrig.

Auch Yanko hatte inzwischen die ganze Kappe gegessen. Den Stiel hatte er sich ins linke Ohr gesteckt, während er das rechte auf den Felsboden gelegt hatte und selig vor sich hin brabbelte: »Ich kann sein Herz schlagen hören. Ich kann sein Herz schlagen hören.«

Ben hörte nichts schlagen, doch er spürte plötzlich einen kalten Hauch über die Felsen hinwegziehen, wie der beißende Nordwind, der im Spätherbst den ersten Schnee von den strahlend weißen Gipfeln des Wolkengebirges nach Trollfurt hinuntergeweht hatte. Schneller, als sich die Härchen auf seinen Armen aufrichten konnten, war der eisige Hauch wieder verschwunden. Ben blickte sich um und sah für einen winzigen Moment zahlreiche Steckbriefe an den umstehenden Bäumen hängen. Ausnahmslos handelte es sich um Steckbriefe, auf denen Nica, Yanko und er gesucht wurden. Nicas Haar strahlte auch auf ihnen wie die Sonne, während seines wie hässliches Gestrüpp wirkte, tief in die Stirn hängendes, vertrocknetes Moos.

»Tausend Gulden«, murmelte er. »Bei einer solchen Summe werden sie uns durch die ganze Welt jagen.«

»Ich kann sein Herz schlagen hören«, brabbelte Yanko noch immer.

Mit dem nächsten Lidschlag waren die Steckbriefe verschwunden, doch Ben wusste nun, dass sie an den Haaren erkannt werden würden, das hatte der Seherpilz ihm offenbart. Wie auch die Wahrheit über sein Haar: Es war hässliches, verdorrtes, traurig herabhängendes Moos. Niemand konnte solches Haar lieben.

In aller Ruhe zog er sein Messer und hielt sich die Klinge vor das Gesicht. Sie schimmerte silbern, und er bewegte sie hin und her, immer schneller. Glückselig betrachtete er das flackernde Schimmern der Klinge.

Nica ließ immer noch den Kopf kreisen.

Es war wirklich ein wunderschönes Messer, das er von Yanko bekommen hatte. Gerührt strich Ben mit den Fingern über die Klinge, er hatte das Gefühl, einfach alles berühren zu wollen. »Danke, Yanko. Du bist der beste Freund der Welt.«

»Ich kann sein Herz schlagen hören«, sagte Yanko und öffnete die Augen. Langsam hob er den Kopf, strahlte Ben an, zog den Stiel aus seinem Ohr und hielt ihn Ben entgegen. »Der Fels hat ein Herz. Hör mal.«

»Später, das hat noch Zeit. Erst musst du dir die Haare wachsen lassen. Und zwar schnellstens. Damit sie dich nicht mehr erkennen. Das ist dringend! Die elendigen Steckbriefe sind überall.«

»Die Haare wachsen lassen?«

»Ja. Deine sind zu kurz zum Schneiden. Und wir müssen uns verändern. Unsere Haare werden uns verraten.«

Yanko lachte laut und meckernd los, schlug dabei mit den flachen Händen auf den Boden. Nach ein paar Augenblicken brach das Lachen abrupt ab, und er starrte Ben mit weit aufgerissenen, glänzenden Augen an. »Verdammt, du hast recht.«

»Die Pilze haben recht.«

Yanko brummte zustimmend und rollte den Stiel zwischen den Handflächen hin und her. Dann zerquetschte er ihn bedächtig und rieb sich die Überreste in die stoppeligen Haare. Mit wackeligen Beinen erhob er sich und stieg vom Felsen herab. »Ich geh zum Fluss und gieß' meine Haare, bis sie mir tief in die Stirn hängen.«

Ben nickte, den Blick stur auf die funkelnde Klinge in seiner Hand gerichtet. Er konnte sich in ihr spiegeln. Einen Moment lang starrte er auf seine Haare, vielleicht auch einen Tag lang, wer konnte das schon unterscheiden, dann packte er mit der Linken seinen Schopf und setzte die Klinge knapp über der Kopfhaut an. Es ziepte, als er an den Haaren herumsäbelte, aber er biss sich auf die Lippen. Jammern und Weinen war für Kinder. Immer wilder riss und zerrte er an ihnen, Büschel um Büschel fiel zu Boden.

»Autsch.« Das Messer war ihm abgerutscht, und er hatte sich die Kopfhaut geritzt. Doch der Schmerz ebbte rasch wieder ab, ein Tropfen Blut rann ihm über die Stirn, und er wischte ihn beiläufig weg. *Pah! Was für eine Babywunde, das spritzte ja gar nicht.*

Dann setzte er neu an. Noch dreimal schnitt er sich, bevor er nach letzten Haarsträhnen tastete.

»Du blutest«, sagte Nica, die plötzlich neben ihm kniete. Erschrocken schnitt er sich jetzt auch noch in die Stirn.

»Autsch!« Vorwurfsvoll sah er sie an.

»Autsch«, sagte Nica mitfühlend. »Jetzt blutest du noch mehr.«

»Ach nein«, knurrte er. »Und warum?«

»Weil du dich geschnitten hast.« Sie lächelte. »Schneidest du mir auch die Haare? Ich weiß, warum du es tust.«

Ben schüttelte den Kopf. »Sonnenstrahlen kann man nicht einfach abschneiden.«

»Bitte. Wenn ich es selbst machen muss, schneide ich mich bestimmt.«

Er sah ihre Haare rot werden wie eine untergehende Sonne, doch er wollte nicht, dass es Nacht wurde auf Nicas Kopf. Noch während er sich über diesen Gedanken wunderte, griff er vorsichtig nach einer ersten Strähne und schnitt sie auf Kinnhöhe ab. Kürzer würde er es nicht machen, es durfte nicht vollkommen dunkel werden auf ihrem Kopf.

Unentschlossen hielt er die sonnengleiche Strähne in der

Hand, er konnte sie einfach nicht zu Boden fallen lassen. Also stopfte er sie sich in die Hosentasche und langte nach der nächsten.

Nica kicherte.

Als er fertig war, kniff er die Augen zusammen, um sein Werk zu begutachten. Sonderlich gerade war ihm der Schnitt nicht gelungen, doch das machte nichts, auch die Ränder der Mittagssonne faserten aus, wenn man direkt hineinblickte.

»Feuerschuppe hat es mir erzählt«, sagte Nica.

»Was?«

»Dass du der Erste warst.«

»Der Erste?«

»Der Erste auf meinem Balkon.« Sie streckte die Hand aus und strich über seine Wange. Sie begann zu kribbeln, und dieses Kribbeln war stärker als das, das der Pilz hervorgerufen hatte.

»Ich …« Ben wollte etwas sagen, nur wusste er nicht, was. Bilder von der Nacht, als er zu ihrem Fenster hochgestiegen war, tauchten in seinem Kopf auf. Es schien ewig her zu sein.

Nica beugte sich vor und küsste ihn ganz sanft auf den Mund. Ihre Lippen waren ebenso trocken wie seine. Einen Moment lang verharrte Ben wie zu Stein erstarrt, doch Nica zog den Kopf nicht wieder zurück. Dann erwiderte er den Kuss.

Es dauerte lange, bis sie sich voneinander lösten. Jedes Taubheitsgefühl war aus Bens Zunge gewichen, und doch spürte er noch die Leichtigkeit des Pilzes.

Unten am Bach landete Aiphyron und rief: »Essen! Es gibt … ähm … ein Tier.«

Der Ruf brachte die Erinnerung an die Welt wieder in Bens Gedanken, und er sagte ganz leise: »Yanko ist mein Freund.«

»Ja. Aber warum hast du nie etwas gesagt?«

Ben zuckte mit den Schultern. Was sollte er darauf antworten? *Ich konnte nicht, ich war auf der Flucht? Du hättest mir damals nicht zugehört?* Nach seiner Rückkehr nach Trollfurt war alles anders gewesen, alles zu spät.

»Es gibt Essen«, sagte er und erhob sich.

»Warum hast du nichts gesagt?«

»Yanko ist mein Freund«, murmelte Ben noch einmal.

Beladen mit Schuldgefühlen kletterte er von den Felsen. Nica folgte ihm schweigend.

KETZER IM WIND

In der Abenddämmerung aßen sie die Reste von Aiphyrons Beute, einem gefleckten Tier, das an eine Kuh erinnerte, auch wenn die Hörner kleiner und direkt nach vorn gerichtet waren und es Tatzen statt Hufe hatte. Das Fleisch schmeckte jedoch nach Fisch, nur zäher. Ben konnte sich nicht erinnern, je von einem solchen Tier gehört zu haben. Krampfhaft versuchte er, sich an alle Geschichten über irgendwelche Waldwesen zu erinnern, nur um nicht an Nicas Kuss zu denken. Ohne Appetit kaute er auf dem Fleisch herum, blickte viel zu Boden und nur manchmal zu den anderen beiden hinüber. Nica hatte sich an Yanko geschmiegt, kicherte viel und spielte mit seinen Fingern. Nicht einen einzigen Blick schenkte sie Ben.

»Wir sollten noch schnell die letzten Pilzkappen pflücken, für unterwegs.« Yanko lachte schmatzend, er war bester Laune.

Kein Wunder, dachte Ben, ließ er sich doch von Nica kraulen wie ein Hund.

»Die machen echt verrückte Dinge mit deinem Kopf. Macht Spaß.«

»Es sind Seherpilze. Sie sind heilig und nicht für dein Vergnügen da, sondern um die Wahrheit zu sehen«, wandte Nica ein.

»Auch recht. Die Wahrheit ist schließlich auch nicht zu verachten. Dann soll also die Wahrheit unser Vergnügen sein.«

Wenn du die Wahrheit von heute Morgen wüsstest, würdest du nicht von Vergnügen sprechen, dachte Ben. Wie hatte er nur Nica küssen können? Seine Gefühle für sie waren doch längst verblasst. Das war nur passiert, weil Anula ihn hatte hängen lassen, sie war schuld. Oder eigentlich waren es die Pilze – sie hatten ihn verwirrt und dazu gebracht, seinen besten Freund zu hintergehen. Er hatte sich wie angetrunken gefühlt, nur viel leichter im Kopf, klarer als nach einem Becher schwerem Rotwein.

Die Pilze zeigen einem die Wahrheit.

Taten sie das wirklich? Vielleicht hieß es auch nur so, vielleicht irrte sich Nica diesbezüglich. Schließlich hieß es ja auch, dass die alten Legenden die Wahrheit verkündeten, doch über den angeblich bösartigen Charakter der geflügelten Drachen und Samoths Fluch logen sie.

»Ich gehe dann mal ein bisschen Wahrheit pflücken.« Yanko küsste Nica, erhob sich behäbig und klopfte die letzten Brösel von seiner Hose. Verschwörerisch zwinkerte er Ben zu.

»Lass gut sein, ich hol sie schon.« Ben sprang auf. Auf keinen Fall wollte er mit Nica allein bleiben.

»Aber übersieh keinen. Schließlich wollen wir die ganze Wahrheit, nicht nur die halbe.«

»Nein, lass einen stehen!«, rief Nica. »Alle darf man nicht nehmen, niemals! Für den Fall, dass ein Priester dringend die Wahrheit sucht, darf man einen Fundort nie völlig leer pflücken.«

»Ein Priester? Hier? Im Umkreis von Meilen lebt keine Menschenseele. Von Dutzenden Meilen, vielleicht Hunderten.« Yanko lachte wieder oder immer noch. Sollte er, solange er noch konnte.

»Das hat nichts zu sagen, die Wahrheit findet man nicht immer vor der Tür. Manchmal läuft ein Priester tagelang, um Seherpilze zu finden. Ich sagte doch, sie sind selten und wachsen nicht an jeder Ecke.«

Inzwischen hatte Ben den ersten Felsen erklommen und rief über die Schulter zurück, dass er einen stehen lassen würde. Dabei wusste er eigentlich nicht, warum er einem Priester einen Gefallen tun sollte, solange sie Falsches über Drachen predigten. Oder warum Nica ihn küsste und dann keines Blickes mehr würdigte.

Von Yanko kam kein Protest.

Bei den Pilzen angekommen, ließ er sogar mehr als nur einen stehen. Er selbst würde sicher keine einzige dieser Kappen mehr anrühren, sollte die ganze wirre Wahrheit und Nicaküsserei doch für Yanko bleiben. Einen Pilz nach dem anderen schnitt er ab und sammelte alle in seinem Hemd, das er auf den Boden gebreitet hatte. Dann faltete er es sorgsam zusammen, sodass möglichst keine Kappe brach, und rieb die Hände gründlich an der Hose ab. Er traute diesen Pilzen einfach nicht.

Bevor er sich auf den Rückweg machte, steckte er sich dennoch zwei in die Hosentasche. Es könnte ja sein, dass er doch noch einmal die Wahrheit erkennen musste, und wer wusste schon, ob sie ihm da nicht helfen konnten. Dabei schwor er sich aber, sie nur anzurühren, wenn Nica nicht in der Nähe war.

Sie flogen beinahe die ganze Nacht, der Wind wehte Ben kühl durchs geschorene Haar. Immer wieder fuhr er sich mit der flachen Hand über die kurzen, unregelmäßigen Stoppeln, es fühlte sich fremd an. Dabei kratzte er sich den frischen Schorf von der Stirn und der Kopfhaut. Zu früh, neues Blut trat aus den Schnitten. Fluchend ließ er es laufen, es war ohnehin nicht viel.

Als er sich vorhin im Wasser gespiegelt hatte, hatte er sich erschreckt und kaum erkannt. Mit den Schnittwunden und dem schlecht geschnittenen, kurzen Haar sah er aus wie ein Wegelagerer. Niemand würde ihm vertrauen, doch ebenso würde niemand eine Verbindung zu dem gesuchten Ben ziehen; er ähnelte sich nicht mehr.

Schließlich erreichten sie eine bergige Gegend, Genaues konnte Ben in der Dunkelheit nicht erkennen, und Nica deutete nach unten und ließ die Drachen landen.

Am breiten oberen Ende einer unübersichtlichen Klamm schlugen sie ihr Lager auf. Der Bach, der über die Jahre die Klamm in die Bergflanke gefressen hatte, war schmal, vielleicht acht oder neun Schritt breit, höchstens zehn; erst zur Schneeschmelze und bei starkem Regen würde er wieder zu einem reißenden Gewässer ansteigen. Hier oben fanden sie an seinem Ufer ausreichend Platz, um sich niederzulassen. Für einen ausgedehnten Augenblick gurgelte Aiphyron eine kleine Flamme im geöffneten Rachen, um den Menschen ein wenig Licht zu spenden, auf dass auch sie sich einen Überblick verschaffen konnten.

Die Drachen waren an einer beinahe flachen Stelle zwischen den hohen Bergflanken gelandet. Hier floss der Bach fast ruhig dahin, bevor er ein Stück hangabwärts über mehrere Stufen in die Tiefe stürzte. Niemand würde diesem friedlichen Gewässer zutrauen, einen solch tiefen Spalt in den Stein zu graben.

Kaum gelandet, tranken sie gierig von dem kalten Wasser. Es schmeckte so frisch und klar, wie nur ein Gebirgsbach nahe der Quelle schmecken konnte. Juri tauchte gar den ganzen Kopf unter und hob ihn erst sehr viel später wieder an die Oberfläche. Glücklich prustete er einen ganzen Schwall

Wasser durch die Nüstern hinaus. »Habe ich euch eigentlich schon erzählt, wie …«

»Ja.« Yanko hieb ihm mit der flachen Hand übermütig auf die Schulter und lachte. »Du hast uns alles schon erzählt.«

»Das glaube ich nicht«, brummte der Drache. »Die Geschichte ist für besondere Orte vorbehalten.«

Die Luft in der Klamm war kühl, Ben fröstelte und sah, wie auch Nica die Arme verschränkte und sich über die Oberarme rieb. Trotz der schief geschnittenen Haare war sie noch immer hübsch, und Ben fühlte einen Stich. Plötzlich sah er sie wieder wie an dem Tag, als er sich in sie verliebt hatte. Warum hatte sie ihn erst jetzt geküsst? Ben bedauerte, dass Yanko bei ihnen war, und dann schämte er sich für diesen Gedanken und dafür, sie geküsst zu haben. Immer weiter verrannte er sich in die Frage, warum sie es getan hatte. Wollte sie alles zerstören? Was zwischen ihr und Yanko war, die Freundschaft zwischen Ben und Yanko. Nie wieder würde er sie küssen, natürlich nicht, am besten sollte er sie nie wieder überhaupt irgendwie berühren, und sei es noch so flüchtig. Und doch dachte er daran, ihr den Arm um die Schulter zu legen und sie zu wärmen. Er fluchte lautlos. Gedanken an Anula konnte er sich verbieten, sie war nicht hier, doch Nica sah er jeden Tag. Und es half kein bisschen, ihr möglichst aus dem Weg zu gehen, sie war nie fern.

Über das Plätschern und Rauschen des Wassers hinweg waren kaum andere Geräusche zu hören.

»Habt ihr beim Anflug das Licht auf der linken Flanke des Bergs gesehen?«, fragte Nica, bevor Juri doch noch mit seiner Erzählung beginnen konnte. »Das müssen erleuchtete Fenster von Vierzinnen gewesen sein.«

»Es waren drei Lagerfeuer«, sagte Feuerschuppe.

»Lagerfeuer? War dort irgendein Fest? Heute ist doch kein Feiertag.«

»Von einem Fest habe ich nichts gesehen. An jedem Feuer saßen zwei oder drei Männer, aber sie schienen nicht zu feiern. Sie wirkten müde und gelangweilt.«

»Es ist schon wieder fast Morgen. Vielleicht sind es die Letzten, die noch wach sind. Zu erschöpft, um noch zu tanzen, aber noch nicht gewillt, schon ins Bett zu gehen.«

»Sollen wir einen Pilz essen, um die Wahrheit darüber zu erfahren, was dort vorgeht?«, schlug Yanko vor.

»Da ist es wohl sicherer, einfach hinüberzulaufen und nachzusehen«, entgegnete Ben und deutete auf die obere Kante der Schlucht, gute hundert Schritt über ihnen. Sie zeichnete sich im Mondlicht als zackige Linie vor dem Sternenhimmel ab. »Von da oben dürfte es höchstens eine halbe Stunde bis Vierzinnen sein.«

»Und bis da hinauf dauert es nur wenige Augenblicke. Drei oder vier Flügelschläge vielleicht.« Aiphyron grinste. »Ihr seid leichtes Gepäck.«

»Und du ein höchst talentierter Packesel«, entgegnete Ben ebenso grinsend. »Hast du eigentlich schon mal darüber nachgedacht, das regelmäßig zu machen? Irgendwelche Leute einen Turm rauf- und runtertransportieren, damit sie nicht die Treppe nehmen müssen? Es gibt sicher irgendwelche faulen Fürsten oder behäbige Priester, die dich dafür bezahlen würden.«

»Ich denke, die trauen nur flügellosen Drachen? Ich hatte nicht vor, sie mir stutzen zu lassen.«

»Das ist in der Tat ein Problem.«

»Ja, aber ihres, nicht meins. Hoch hinauf kommen sie ohne Flügel nicht.«

»Vor Venzara gibt es tatsächlich eine Burg mit zahlreichen Türmen, da steigt der Fürst keine einzige Stufe«, mischte sich Yanko ein. »Unter jedem der Türme wurden große längliche Kellerräume ausgehoben und über lange Gänge miteinander verbunden. In diesen Räumen befindet sich nicht viel mehr als jeweils eine riesige Kurbel, die über stählerne Träger mit dem Boden und einer Wand verbunden ist und ähnlich wie die Kurbel einer Zugbrücke funktioniert. Nur dass man mit ihr keine Brücke vor Feinden in die Höhe zieht, sondern ein kleines Zimmer mit Wänden voller feingliedriger Einlegearbeiten, das sogenannte Schwebezimmer. Darin steht ein vergoldeter Lehnstuhl mit einem besonders weichen, sonnengelben Polster, auf dem der Fürst es sich bequem machen kann, während ein Dutzend trollstarker Diener ihn inmitten des Turms nach oben oder unten kurbelt. Niemals verlassen diese Diener den Keller, sie ruhen in Schlafnischen und warten auf den fürstlichen Pfiff, der sie an die Kurbel ruft. Jeder von ihnen isst so viel wie ein Ochse, so dass sie ebenso stark sind. Dieses Schwebezimmer ist ein mechanisches Meisterwerk und nur für den Fürsten, seine Familie und ausgewählte Gäste da. Das Personal und niedere Gäste müssen selbstverständlich die Treppe benutzen. Mit Flügeln könntest du also tatsächlich die Arbeit von zwölf Dienern verrichten, Aiphyron. Und du könntest die zwölffache Bezahlung verlangen. Wäre das nichts?« Es fiel Yanko sichtlich schwer, ein ernstes Gesicht zur Schau zu stellen.

»An Stelle der zwölf Diener würde ich den lauffaulen Kerl einfach zwischen die obersten beiden Stockwerke hochschicken und dann die Kurbel festzurren. Soll er doch in seinem Schwebezimmer darüber nachdenken, warum zwölf Männer schwitzen sollen, nur damit ein einziger ohne Anstrengung einen Turm erklimmen kann. Jeder von ihnen ist doch allein stärker als der Knilch. Warum lassen sie sich so herumschubsen? Ihr Menschen seid echt trübsuppige Nebelköpfe.«

»Ha! Nebelköpfe!« Lachend warf Yanko dem Drachen eine Handvoll kaltes Wasser ins Gesicht. »Eine solche Beleidigung verlangt Satisfaktion, du geflügelter Lump!«

»Kannst du haben, erdgebundenes Bürschchen.« Blitzschnell schnippte Aiphyron den Jungen mit der größten Kralle seiner rechten Klaue in den Bach.

Yanko flitschte bis zur Bachmitte und versank mit einem Aufschrei, tauchte jedoch gleich wieder auf und spuckte Wasser. Noch immer lachend schüttelte er den Kopf und schwamm und watete an Land zurück. »Ich hoffe, deine Kralle hat 'nen Kratzer!«

»Da muss ich dich leider zutiefst enttäuschen.« Aiphyron warf einen prüfenden Blick auf seine Krallen und hob dann Yanko ans Ufer. Der zog sich die nasse Kleidung aus, hängte sie über einen Felsen und schlüpfte in die Hose und das Hemd aus Trollfurt.

Noch eine Weile alberten sie herum, aßen etwas und verglichen amüsiert die Größe von Yankos Hand mit Aiphyrons Klaue, indem sie sie aneinanderlegten, Handballen an Klauenballen. Währenddessen verblassten die Sterne über ihnen.

Als sich der Himmel immer heller färbte, ließen sich Ben, Yanko und Nica von den Drachen aus der Klamm heben. Sie wollten am frühen Morgen in der Siedlung eintreffen und erst einmal die Lage auskundschaften. Die wirkliche Befreiung des Drachen sollte dann später erfolgen, mit Hilfe von Aiphyron, Juri und Feuerschuppe.

»Wir könnten euch auch den ganzen Weg hinüberfliegen«, schlug Juri vor. »Jetzt schlafen wahrscheinlich ohnehin noch alle, gerade wenn die ganze Nacht Feuer brannten und sie gefeiert haben.«

»Danke. Aber wenn ein Einziger wach ist und uns mit euch sieht, dann war's das. Dann halten sie uns für Ketzer und hängen uns auf.«

»Ich denke, hier wohnen Ketzer?«

»Egal, sie hängen uns trotzdem auf. Auch sie halten Drachen für böse«, sagte Ben.

»Aber das stimmt.« Yanko wandte sich an Nica. Er klang erstaunt. »Wie nennen Ketzer eigentlich Leute, die aus ihrer Sicht etwas Falsches glauben? Du musst das doch wissen, dein Vater war einer.«

»Er nannte sie Ungläubige. Oder auch Ketzer.«

»Und kam er da nicht durcheinander? Ich meine, er war ja schließlich selbst ein Ketzer. Wie brachte er seine Leute nicht mit den anderen durcheinander, wenn er von Ketzern sprach?«

»Er sah sich selbst und die Seinen nicht als Ketzer, sondern als Rechtgläubige an.«

»Und der Orden? Was war dann der Orden der Drachenritter für ihn?«

»Das waren natürlich Ketzer. Sein Orden, der Orden der Freiritter, war für ihn der wahre und rechtgläubige Orden.«

Yanko lachte, aber Ben sah Nica an. Sie hatte leise gesprochen und Blickkontakt mit Yanko vermieden. Zum ersten Mal fragte er sich, ob es etwas bedeutete, dass Nica auch eine Ketzerin sein musste, schließlich war sie die Tochter eines solchen. Hielt sie ihren Glauben vor Yanko geheim, so wie sie den Kuss geheim hielt? Doch konnte sie noch immer ihrem alten Glauben anhängen, obwohl sie nun geflügelte Drachen kannte? Wie einfach konnte man einen Glauben von sich werfen, wenn er einem jahrelang als einzige Wahrheit eingetrichtert worden war?

»Wann seid ihr wieder da?«, wollte Aiphyron wissen.

»Keine Ahnung.« Ben zuckte mit den Schultern. »Wir wissen nicht, wie groß die Stadt ist und wann wir den Hohen Norkham finden. Das kann dauern, macht es euch hier also erst einmal gemütlich.«

Als sie sich Vierzinnen näherten, hatte sich die Sonne noch nicht über den Bergrücken erhoben, im Schatten der Gipfel war es dämmrig. Ben hatte sie mit sicherem Tritt quer über den streckenweise bewaldeten Hang geführt, und seit wenigen Schritten folgten sie nun der breiten, holprigen Straße, die aus dem diesigen Tal zur Siedlung hinaufführte.

Trotz des noch schwachen Lichts konnten sie erkennen, woher die Stadt ihren Namen hatte. Sie erhob sich über vier mächtigen Felszinnen, die in unregelmäßiger Reihe nebeneinander aus dem Berg wuchsen und von denen die kleinste bestimmt siebzig Schritt durchmaß, die größte wohl über einhundertfünfzig.

Hoch ragten sie alle vier auf, und die oberste Hälfte einer jeden schien von Wohnhöhlen oder zahlreichen Kellerräumen durchzogen zu sein. Sauber gehauene und gleichmäßig angeordnete Fenster saßen dort im Fels, die meisten hatten die Form eines Spitzbogens, viele waren mit grünen, blauen oder orangefarbenen Fensterläden ausgestattet, die fast ausnahmslos geschlossen waren. Ben zählte je nach Zinne zwischen sieben und dreizehn Ebenen, in denen irgendwer zu wohnen schien, eine gewaltige unterirdische Siedlung. Einige Fenster waren so groß, dass sich dahinter gut ein Tempel, eine Versammlungshalle oder ein anderweitig genutzter

Raum verbergen konnte, der einem Drachen ausreichend Platz bot.

Auf den Felsen selbst drängte sich ein schmales, spitzgiebeliges Haus an das andere, manche balancierten so nah an der äußersten Kante der Felsen, dass es wirkte, als wollten sie jeden Moment in die Tiefe springen. Licht brannte kaum irgendwo, die Stadt schien noch zu schlafen. Auf den überwiegend blauen Dachziegeln schimmerte der Morgentau. Es war ein intensives, helles Blau mit unregelmäßigen weißen Einsprengseln, das an die Farbe von Flusstaubeneiern erinnerte. Nicht weit über den Dächern kreisten große, dunkle Vögel.

Zahllose Brücken verbanden die Felszinnen miteinander, sowohl die Gebäude oben als auch die aus dem Stein gehauenen Siedlungen darunter. Es gab schmale, schlichte Hängebrücken, aber auch breite, mit zahlreichen Laternen, Türmchen und Zinnen verzierte Konstruktionen aus Stein, auf denen bestimmt drei Kutschen nebeneinander fahren konnten – oder ein großer Drache bequem mit schlenkerndem Schwanz entlanglaufen.

Sanfter Wind war aufgekommen und strich über die Gebirgskette hinweg. Er wehte die Geräusche aus dem Tal nach oben, das Plätschern von Wasser, das hungrige Blöken wilder Bergschafe und den Gesang eben erwachter Vögel.

Die Straße führte direkt auf den ersten Felsen zu und wand sich dann als breite Rampe um ihn herum. Das Stadttor musste sich auf der Rückseite befinden. Dort war es der nächsten Zinne zugewandt, so dass ein Angreifer, obwohl noch vor dem verschlossenen Tor, einen Teil der Stadt vor sich und einen weiteren in seinem Rücken hatte. Dank dieser ausgeklügelten Bauweise war er praktisch eingekesselt und konnte von wenigstens zwei Seiten aus bekämpft werden, obwohl eigentlich er die Stadt als Belagerer hatte einkreisen wollen.

»Die ist uneinnehmbar.« Mit offenem Mund starrte Yanko hinüber und blieb stehen. »Jetzt verstehe ich, warum hier irgendwelche Ketzer unbehelligt leben können.«

»Außerdem sind wir hier am Rand des Großtirdischen Reichs«, fügte Nica hinzu und atmete tief durch. »Ihr wisst selbst, wie wenig sich der König und der Orden um Trollfurt gekümmert haben.«

»Aber in Trollfurt gab es keine Ketzer«, sagte Ben und trieb die anderen weiter. Ausruhen konnten sie schließlich auch in Vierzinnen, während sie sich nach dem gefangenen Drachen umsahen.

»Glaub mir, mein Vater und seine Arbeiter waren nicht die Ersten.«

»Bist du sicher?«

»Ja. Und das alles hätte auch niemanden interessiert, Hauptsache, eine Stadt hat einen Hellwahtempel und schickt pünktlich die Abgaben. Niemand wäre gekommen, hätte es nicht die Gerüchte um neue Blausilberfunde in der alten Mine gegeben. Doch so schickte der Orden einen Ritter mitsamt Jungfrau, denn er witterte Geld. Das interessiert ihn. Was ein paar Menschen an der Grenze glauben, ist ihm egal, solange sie stillhalten.«

»Das kann uns nur recht sein«, sagte Ben nach einer Weile. »Dann dürften uns hier auch keine Steckbriefe des Ordens erwarten. Ein Ort, an dem wir nicht gesucht werden, das gefällt mir.«

So locker die letzte Bemerkung hatte klingen sollen – je näher er der Stadt kam, desto deutlicher stiegen die Erinnerungen an Falcenzca in ihm hoch. Trampelnde Schritte, die hinter ihm über das Pflaster hetzten, geifernde Schreie: *Meiner, er ist meiner!*

Unwillkürlich schielte er über die Schulter, doch die Straße hinter ihnen war so verlassen wie die gesamte Bergflanke. Aber auch wenn er sich hundertmal beruhigte, sie würden nun eine Ketzerstadt betreten, wo der Orden sicherlich keine Steckbriefe aufhängte, ganz wurde er die Angst vor einer Entdeckung nicht los. Mit Sicherheit wussten sie rein gar nichts über diese Stadt, denn keiner von ihnen war je dort gewesen. Die Schreie und hetzenden Schritte gieriger Verfolger hatten sich zu sehr in ihm festgesetzt und brodelten jetzt hoch, ohne dass er es verhindern konnte. Da half keine Vernunft. Wütend knurrte er sie nieder, er wollte kein Feigling sein.

Schritt um Schritt stiegen sie die Rampe hinauf. Die Felswand zu ihrer Linken war rissig, hier und da wuchsen spärlich Gräser oder kleine Blumen mit fingernagelgroßen roten Blüten und herzförmigen stachligen Blättern in einer Spalte.

»Gut, dass Aiphyron nicht dabei ist. Der würde jede zweite Blume ausreißen und fragen, ob sie eine Feuerblume sei.« Grinsend deutete Yanko auf die Pflanzen im Stein und zwinkerte Ben und Nica zu. »Wir bräuchten ewig.«

Ben und Nica lachten. Wenn Yanko dieses schelmische Grinsen aufsetzte, konnte man einfach nicht anders. Und doch war es nicht allzu laut. Zu viele Gedanken an einen geldgierigen Mob steckten in Ben, und Nica war sichtlich angespannt. Sie kaute auf ihrer Unterlippe herum, der Blick irrlichterte hin und her, dann blitzten wieder Wut und Hass in ihren Augen auf, und die Lippen bewegten sich, als führe sie lautlose Selbstgespräche. Gut möglich, dass sie diesen Norkham beschimpfte, den sie gleich in die Finger zu kriegen hoffte. Dass sie wieder und wieder eine Rede übte, mit der sie ihm allen Hass ins Gesicht spucken wollte.

Doch als sie schließlich das Tor auftauchen sahen, verging ihnen selbst dieses leise Lachen. Es war ein mächtiges Tor aus dunklem Holz, an das kopfgroße, fleckige, spitz zulaufende Buckel aus dunkel gestrichenem Stahl genagelt waren, wie auch flache, stilisierte Gesichter von Vögeln und Wölfen. Der eine Flügel wurde eben von zwei Männern aufgeschoben. Einer gähnte ausgiebig, während sich der andere intensiv unter der blau-roten Uniformmütze kratzte. Keiner von beiden achtete auf die zwölf Galgen, die in Reih und Glied vor dem Tor errichtet waren, alle links von der Straße und mit dicken Ketten im Fels verankert. Nur an einem einzigen Galgen baumelte kein Toter im Morgenwind.

Ben wollte auf keinen Fall hinsehen, und doch schweifte sein Blick wie unter Zwang über die elf Gehenkten hinweg, über ihre eingefallenen und mit Tau benetzten Gesichter. Die Münder standen offen, die Augen starrten ins Leere. Ben schauderte, er musste schlucken.

Seit Tagen mussten sie hier hängen, doch ihre Hände waren noch immer auf den Rücken gefesselt. Haare und Kleidung waren vom Wetter zerzaust, niemand hatte es gewagt, ihnen die Schuhe zu stehlen. Auf einem der Galgen saß ein großer Nachtadler mit schwarzem Gefieder und starrte Ben mit fahlen Augen an. Krächzend tapste er auf dem Balken hin und her und plusterte sich drohend auf. Ben sah zu dem Vogel hinauf und konnte so endlich den Blick von den Toten lösen.

Die beiden Torwächter schlurften wieder in die Stadt zurück, ohne auf die Neuankömmlinge zu achten.

»Was soll das?«, hauchte Nica.

»Abschreckung«, sagte Yanko mit dünner Stimme und

räusperte sich. »So wollen sie mögliche Feinde abschrecken und zeigen, dass mit ihnen nicht zu spaßen ist.«

»Auch in Friedenszeiten?« Nicas Stimme klang hoch. »Die können doch nicht jede Woche jemanden aufhängen, nur für den Fall, dass ein möglicher Feind vorbeikommt.«

»Woher soll ich das wissen? Dein Vater war Ketzer, nicht meiner.«

»Wir haben nie jemanden zur Abschreckung vor unseren Stadttoren aufgeknüpft! Nie!«

Wir, sie hatte *wir* gesagt, dachte Ben, aber er schwieg. Eigentlich war es egal, ob sie ein Ketzer gewesen war oder nicht. Von ihrem Vater hatte sie sich an seinem Grab losgesagt, und sie wurde von Rachegedanken gegenüber einem Ketzer getrieben. Sie gehörte nicht mehr zu ihnen, und nur darauf kam es an, darauf, was sie heute dachte, glaubte und fühlte. Ben hatte früher ja auch Ordensritter werden wollen, und jetzt verabscheute er sie. Es war seltsam, dass er sich dennoch Gedanken darüber machte, dass Nica Ketzerin gewesen war. Als mache das einen Unterschied, dass sie mit anderen Lügen aufgewachsen war als er.

Der Nachtadler schrie.

»Schon gut«, sagte Yanko. »Vielleicht hängt dort einfach eine Räuberbande, die die Stadt lange in Atem gehalten hat.«

»Und warum nimmt sie niemand runter?« Anklagend sah Nica Yanko an, als hätte er die elf Menschen eigenhändig aufgehängt.

Yanko zuckte mit den Schultern.

»Das müssen wir drinnen herausfinden«, murmelte Ben und ging weiter. Er hielt sich möglichst weit rechts und starrte stur geradeaus. Weder wollte er die Steilwand zu seinen Füßen hinabblicken noch in die Augen der baumelnden Toten.

Er hörte, wie Nica und Yanko ihm mit vorsichtigen Schritten folgten.

Als er auf der Höhe des dritten Galgens angekommen war, nagte die Neugier jedoch zu stark an ihm, und er schielte vorsichtig zu dem Gehenkten hinüber, jederzeit bereit, den Blick sofort zu senken. Das Alter des Mannes ließ sich nicht mehr so einfach schätzen, doch er war groß und kräftig, und seine Kleidung aus gutem Tuch gefertigt. Der linke Ärmel seines Hemds war bis zum Ellbogen hochgekrempelt und gab den Blick auf das untere Ende einer Tätowierung frei, die sich über den Oberarm erstrecken musste. Es war der detailreich gestochene, gewundene Schwanz eines grünen Drachen. Demnach musste der Tote ein Ketzer gewesen sein.

Natürlich, dachte Ben. Wenn hier in erster Linie Ketzer leben, müssen wohl auch die Räuber aus der Umgebung Ketzer sein.

Er sah auf zu dem Mann am Galgen, doch der drehte sich in einer Windbö und starrte nun auf das Stadttor. War das etwa ein Zeichen?

Wahrscheinlich. Die Welt steckte voller Zauber, gerade auf Friedhöfen und an Hinrichtungsstätten und überhaupt an jedem Ort, wo der Tod zu Hause war.

Doch was wollte der Tote ihm damit sagen?

Nichts. Ben schüttelte den Kopf, er hatte mit ihm nichts zu schaffen, hatte ihn nicht gekannt. Warum sollte er also zu ihm sprechen?

Im Weiterstapfen warf er wie unter Zwang immer wieder kurze Blicke auf die anderen Toten. Drei waren Frauen, und einer schien nicht viel älter als Ben selbst gewesen zu sein, doch jetzt war seine Haut grau. Keiner von ihnen schien Armut gelitten zu haben, kein Kleidungsstück war geflickt, hie und da sah Ben sogar Schmuck blitzen. Nicht einmal der war ihnen nachts gestohlen worden.

»Das waren keine Räuber, sicher nicht«, raunte er den anderen über die Schulter zu, als er nur noch wenige Schritte vom Tor entfernt war. Längst mussten die Wächter sie gesehen haben, und wenn sie laut redeten, konnten die sie wahrscheinlich verstehen.

»Das glaube ich auch nicht«, flüsterte Yanko. »Hier stimmt irgendwas nicht.«

»Ganz und gar nicht. Am besten sagen wir erst mal niemandem, was wir hier wollen.«

»Natürlich nicht.« Nica drängte Ben in Richtung Tor. »Nur lass uns erst einmal reingehen, ich will weg von diesen verdammten toten Augen.«

Der Nachtadler ließ ein klagendes Krächzen hören.

Den Wächtern erzählten sie, dass sie hier waren, um für Yankos Onkel nach Geschäftsbeziehungen zu sehen. Ihre Namen nannten sie nicht. Ebenso verschlafen wie wortfaul, ließen die beiden Torwächter sie ohne Aufhebens passieren. Sie sprachen in einem ungewohnten Dialekt, die meisten Worte klangen harscher als im Norden, nur das R wurde weicher gerollt.

Ben wagte es nicht, sie nach den Gehenkten zu fragen. In der Stadt würden sie schon alles Nötige erfahren.

EIN EISIGER HAUCH

»Wo ist der Kerl hin?«, fragte der blonde Ordensritter mit dem buschigen Schnurrbart, der ihm neben den verkniffenen Mundwinkeln bis zum Kinn hinabreichte. Anula wusste nicht, der wievielte Ritter es war, der ihr dieselbe Frage stellte, immer wieder. Sie wusste nicht, wie er hieß und warum er nicht müde wurde, sie zu befragen.

Längst hatte er aufgehört, sich die Fingernägel mit seinem Dolch zu reinigen. Wahrscheinlich hatte er eingesehen, dass er sie damit nicht beeindrucken konnte, vielleicht hatte er sich auch einfach nur schmerzhaft gepiekst oder Angst, die Nägel mit der Klinge irgendwann ganz abzutragen. Dreck zum Herauskratzen konnte sich dort schon seit gut einer Stunde nicht mehr befinden.

»Ich weiß es nicht«, hauchte Anula mühsam und zum tausendsten Mal. Noch immer zitterte sie am ganzen Körper, seit zwei oder drei Tagen wich die beißende Kälte nicht aus ihrem Körper. Wie lange genau sie hier war, konnte sie nicht sagen, in der fensterlosen Zelle konnte sie die Zeit schwer schätzen. Meistens dämmerte sie vor sich hin.

Tief saß die Kälte in ihr und füllte sie vollkommen aus, hatte jeden Knochen und jeden Muskel befallen. Ihr Herz schlug nur noch langsam und gedämpft, als läge es unter einer hohen Schneedecke. Wenn sie die Hand auf die Brust legte, fand sie das Pochen nicht. Doch es musste da sein.

Bei jeder Bewegung knirschte jedes Gelenk, als wäre es eingefroren. Freiwillig bewegte sie sich kaum. Sie lag oder saß auf der mickrigen Pritsche, starrte vor sich hin und dachte an den kalten weißen Drachen mit den eisigen Augen, der schnüffelnd auf sie zugetrabt war und sie mit seinem Hauch in Starre versetzt hatte. Ein weißer Drache des Hohen Abts, der immer dann ausgesandt wurde, wenn es galt, einen schlimmen und gefährlichen Feind des Ordens zu jagen. Was hatte Ben nur getan?

»Ich weiß, dass du ihn kennst«, knurrte der Ritter und knackte drohend mit den Knöcheln. »Der Diener an Herrn Dicimes Palasttor hat mir verraten, dass der Junge ausdrücklich nach dir gefragt hat. Es gibt Zeugen, die mir eifrig versichert haben, dass du dich mit ihm zu einem geheimen Gespräch zurückgezogen hast. Geheimes Getuschel, was? Eine verbotene Liebschaft? Oder doch eher eine Verschwörung gegen den heiligen Orden und das Großtirdische Reich?«

Sie schwieg. Sie hatte keine Angst davor, verprügelt zu werden, sie fühlte rein gar nichts, kein Glück, keine Freude, keine Angst, nur diese nagende Kälte. Ihr eisiger Körper war so taub, sie würde wohl nicht einmal die Faustschläge spüren. Oder sie würde in tausend Stücke splittern wie ein Eiszapfen. Was machte das schon, sie konnte ihr Herz nicht mehr hören, möglicherweise war sie sowieso schon tot.

»Vor Wochen war er schon einmal bei dir. Ich weiß alles!« Grimmig starrte er sie an. »Rede, verdammt noch mal, rede! Du gehörst zu seinen Verschwörern, du bist seine Spionin in Falcenzca!«

»Ich bin keine Spionin.«

»So? Und warum, bei Samoths unheiligem Namen, schützt du ihn dann?«

»Ich schütze ihn doch gar nicht! Ich weiß nur nicht, wo er ist.«

»Ach so? Das ist alles?«

»Ja.«

»Und warum hast du dann nicht nach uns gerufen, als er bei dir aufgetaucht ist?«

Genau das hatte sie sich seither schon tausendmal gefragt. Was hatte sie zurückgehalten? Sie konnte doch nicht ernsthaft verliebt sein in diesen kleinen verlogenen Verbrecher ohne Manieren! Er war sogar jünger als sie. Er war eine viel zu schlechte Partie, und doch hatte sie etwas gefühlt, etwas, das sie nun nicht mehr zurückrufen konnte, denn ihr Herz war so leise und von Kälte umhüllt. Doch sie erinnerte sich, dass es bei dem Gedanken an Ben schneller geschlagen hatte, dass er oft ihre Gedanken besetzt und sie nie das Glück vergessen hatte, das spürbar durch ihre Hände geflossen war, als sie mit ihm die Schulterknubbel von Schilfrücken berührt hatte. Wo war dieses Glück jetzt? War das alles echt genug gewesen, um ihn nicht zu verraten? Hätte sie es getan, wäre sie jetzt frei und reich. Doch diese Gedanken gingen den Ritter nichts an.

»Ich habe niemanden gerufen, weil ich ihn nicht als den gesuchten Ketzer erkannt habe«, sagte sie zum wiederholten Mal. »Dabei hätte ich liebend gern die tausend Gulden eingestrichen, glaub mir, dann wäre ich jetzt reich und keine Dienerin mehr.«

Ein dünnes Lächeln zeigte sich auf den Lippen des Ritters. Langsam ging er auf sie zu und beugte sich zu ihr herunter, bis sein Gesicht nur noch eine Handbreit von ihrem entfernt war. Sein Atem stank nach Zwiebeln, Fisch und Bier, doch sie zuckte nicht zurück. Sie war um jedes bisschen Wärme froh, das ihren Körper erreichte.

»Selbst wenn ich dir glauben würde, dass du mit ihm nicht

gemeinsame Sache machst, dass er auch dir etwas vorgespielt hat, dass du nicht wusstest, dass er ein Verräter ist, bleibt es eine Tatsache, dass du ihn kennst«, sagte er. »Und deshalb weißt du, wohin er sich gewandt haben *könnte.* Das ist die Gelegenheit, deinen guten Willen zu zeigen, uns zu helfen. Sei nicht verstockt, gib dir ein wenig Mühe. Rate seinen Aufenthaltsort, versuch dich zu erinnern, was er gesagt hat. Wenn du schon nichts mit ihm zu tun haben willst, ich würde ihn wirklich gern finden.«

»Meinst du nicht, dass der weiße Drache ihn sowieso findet?«

»Du sagst es, er wird auf jeden Fall gefunden.« Das Lächeln des Ritters wurde breiter, er bemühte sich sichtlich, freundlich zu wirken. »Damit sollte dir also klar sein, dass du ihn nicht retten kannst. Nur dich selbst. Hilf mir also, damit ich ihn vor dem Drachen aufspüre. Dann bleibt ihm die Kälte erspart.«

Daher weht also der Wind, dachte Anula. Er wollte die tausend Gulden kassieren, bevor dies einer seiner Mitbrüder tat. Es ging ihm nicht darum, einen gefährlichen Ketzer zur Strecke zu bringen, bevor der anderen weiteres Leid antun konnte, sondern nur um die ausgerufene Belohnung.

»Es tut mir leid«, sagte sie und starrte an die Decke, wo sich in den letzten Tagen Raureif gebildet hatte, weil ihr Körper so viel Kälte ausstrahlte. »Ich weiß es wirklich nicht. Und ich kann mich an keinen hilfreichen Hinweis erinnern. Er hat nie davon gesprochen, woher er kommt, wohin er geht. Er hat mir nur schöne Augen gemacht.«

»Erfolgreich, wie ich sehe.«

»Pah«, stieß sie so verächtlich wie möglich hervor. »Ich habe ihn weggeschickt. Er ist nicht mein einziger Verehrer, ich finde einen besseren.«

»Das könnte ich dir vielleicht sogar glauben.« Lächelnd streckte er die Hand aus, um ihr über die Wange zu streichen, doch kaum hatte er sie berührt, zuckte er zurück und starrte auf seine Fingerkuppen, die sich plötzlich röteten.

»Du wirst schon noch reden«, knurrte er und stapfte zur Gittertür zurück. »Ich finde einen Weg, dich zum Sprechen zu bringen, und dann hole ich mir diesen Ben. Und seine Freunde.« Wütend verließ er die Zelle. Draußen zog er noch einmal seinen Dolch und fuhr damit klappernd über die Gitter. »Und wie du reden wirst.«

Anula starrte ihm hinterher. In ihrem vereisten Innern regte sich rein gar nichts. Doch als sie daran dachte, dass der weiße Drache Ben finden würde, löste sich eine kleine Eisperle aus ihrem Augenwinkel und fiel zu Boden, wo sie zersplitterte.

VIERZINNEN

Seit einer Stunde liefen sie durch die Straßen von Vierzinnen, die sich zu der frühen Stunde nur langsam füllten. Unauffällig musterte Ben jeden Passanten, achtete darauf, ob ein Erkennen über sein Gesicht huschte, ein gieriger Ausdruck. Er lauschte darauf, ob sich hinter ihnen Schritte beschleunigten, und zuckte zusammen, wenn irgendwo ein lauter Ruf ertönte. Doch nie galt irgendetwas davon ihnen, und so beruhigte er sich allmählich.

Die Straßen waren schmal und gewunden, aus dem grauen Felsen gehauen und von den gröbsten Spitzen und Kanten bereinigt. Zwei oder drei breite Wendeltreppen führten auf jeder Zinne in die Tiefe, und so gelangten sie in die unterirdischen Ebenen der Stadt, in der ein vergleichbares Straßennetz von einer Haushöhle zur nächsten führte.

Die Felswände waren vollkommen glatt, die Decken gerundet wie ein Tonnengewölbe. Sowohl Wände als auch Decken waren von kristallinen weißen, gelben und roten Adern durchzogen, die ein stetes Schimmern abstrahlten, so dass jeder Weg in dämmriges Licht getaucht war und niemals Dunkelheit herrschte. Auf der Außenseite waren solche Adern nicht zu sehen gewesen, dort war der Stein von einem schmutzigen Grau. Als sie in der vierten Tiefebene der zweiten Zinne einen Blick in eine Gaststube warfen, sahen sie, dass dort das Strahlen der Adern mit Hilfe von schwarzen Vorhängen verdeckt werden konnte. Das dürfte vor allem in den Schlafräumen von Bedeutung sein.

»Warum leuchtet der Kristall?«, fragte Ben, doch die anderen zuckten mit den Schultern. Vorsichtig berührte er eine rote Ader. Sie war hart, trocken und gab Wärme ab wie ein Stein, der einen heißen Sommertag lang in der Sonne gelegen hatte. Er zog die Hand zurück. Darüber konnte er sich Gedanken machen, wenn sie ihren Schwur erfüllt hatten.

Oben hatten sie gesehen, dass an den Unterkanten der Dächer Rinnen angebracht waren, die das Regenwasser auffangen konnten. Dieses wurde über weitere Rinnen und Röhren bis zu einer Zisterne hinabgeleitet, die im Zentrum der ersten unterirdischen Ebene jedes Felsens errichtet war. In den untersten Ebenen fand sich jeweils ein Brunnen, der weit über hundert Schritt in die Tiefe gebohrt worden sein musste.

Als sie unbeobachtet waren, ließ Ben in der dritten Zinne, der größten, einen Stein in einen Brunnen fallen. Dessen Aufprall auf dem Wasser konnten sie erst spät und nur gedämpft vernehmen.

»Noch ein paar Meter weiter, und du hättest direkt in Samoths gute Stube getroffen«, sagte Yanko leise. Lauter zu sprechen wagte er nicht, denn unter der Erde sollte man Vorsicht walten lassen mit dem Namen des heuchlerischen Gottes der Tiefe. Dort war man ihm zu nah.

»Komm.« Nervös zog Nica ihn weg und zum Treppenhaus hinüber, ihr schien der Gedanke an Samoth neben diesem Schacht unheimlich. Ben folgte ihnen, doch er sah sich weiter nach menschlichen Verfolgern um, nicht nach einem über einen harmlosen Scherz verärgerten Gott.

Reiß dich zusammen, dachte er. Niemand kannte sie hier, nirgendwo hatte er einen Steckbrief gesehen, und niemand würde sie so verändert überhaupt erkennen. Hier lebten Ketzer, keine Ordensleute. Wenn er nicht aufpasste, würde er über seiner ständigen Vorsicht noch den Verstand verlieren. Hier waren sie sicher. Wer sich fürchten sollte, das war der Hohe Norkham.

Während über der Stadt schwarze Nachtadler kreisten oder krächzend auf den Giebeln saßen, tapsten hier unten dunkel gefleckte Hamster, so groß wie Bens Füße, mit großen gelben Augen durch die Gänge. Sie bewegten sich mit einer Selbstverständlichkeit und inneren Ruhe wie streunende Katzen und Hunde in vielen oberirdischen Städten. Nur beiläufig achteten sie auf die drei Freunde. Sie schienen keine Angst vor Menschen zu haben.

Allzu viele waren es nicht, doch Ben hatte seit ihrer Ankunft bestimmt schon drei oder vier gesehen. Und nun entdeckte er einen Hamster, wie er sich an der Wand aufrichtete, mit den kleinen dürren Vorderpfoten am Fels abstützte und hektisch über einen grün schimmernden Kristall leckte. Beschwingt und mit leuchtender Zunge eilte der Hamster nach ein paar Augenblicken weiter, während sich Ben bemühte, zu Nica und Yanko aufzuschließen. Vierzinnen war eine seltsame Stadt.

»Wie wollen wir den Hohen Norkham finden?«, fragte Nica. »Ich habe noch keinen Tempel gesehen, aber wie soll man in dieser verwinkelten Stadt auch den Überblick bewahren?«

Das war eine gute Frage. Ben wusste mit Sicherheit, dass sie noch nicht auf der vierten Zinne gewesen waren, doch er konnte auf keinen Fall beschwören, ob sie schon die fünfte unterirdische Ebene der zweiten Zinne besucht hatten. Und schon gar nicht, ob sie dort jeden Gang abgelaufen waren. Von außen wirkte die Stadt nicht groß, doch für Fremde schien sie ein einziges Labyrinth zu sein.

»Ein Tempel für Hellwah muss im Freien sein, er ist niemals unterirdisch«, erinnerte sie Yanko. Und so stiegen sie wieder hinauf.

»Wenn wir hier jemals rauskommen, will ich nie wieder eine Treppe sehen«, knurrte Ben, als er die hundertundzwölfte Stufe gezählt hatte und noch immer kein Sonnenlicht in Sicht war.

»Wir hätten doch Aiphyron mitnehmen und uns tragen lassen sollen.« Nica wandte sich um und lächelte Ben schwer atmend an.

Zögerlich lächelte er zurück und senkte den Blick. Er wollte nicht an ihren Kuss denken. Durfte es nicht, Yanko war sein Freund. Doch immer, wenn Nica lächelte, spürte er wieder ihre Lippen auf den seinen, und das machte ihn wütend auf sie und auf sich selbst.

Er zwang seine Gedanken zu Anula, obwohl er es sich verboten hatte. Oder besser: versucht hatte, es sich zu verbieten. Aber es half, ihn abzulenken. Nur, warum hatte nicht sie ihn geküsst statt Nica? Alles wäre nun viel einfacher. Außerdem war sie viel schöner als die hinterhältige Küsserin mit dem verschnittenen blonden Haar! Bestimmt lag sie jetzt noch im weichen Bett oder scheuchte hochnäsig andere Dienerinnen durch die Gegend. Sollte sie doch ihr bequemes Leben weiterleben und es sich in Falcenzca gutgehen lassen! Wieder und wieder hatte er das in den letzten Tagen gedacht, doch nun schwang in dem Gedanken immer stärkeres Bedauern mit, dass sie nicht hier war. Warum nur war sie nicht mitgekommen? Und warum hatte sie ihn trotzdem nicht verraten? Es fiel ihm immer schwerer, ihr ewige Einsamkeit zu wünschen.

Als sie schließlich an die Oberfläche kamen, stellten sie fest, dass sie hier noch nicht gewesen waren; beim Wechsel von der zweiten auf die dritte Zinne hatten sie eine Brücke benutzt, die zwei unterirdische Ebenen miteinander verband.

Schulterzuckend folgten sie der nächstbesten Gasse und erreichten eine schmale, leicht abwärts führende Brücke, die zur vierten, ein paar Schritt tiefer liegenden Zinne hinüberführte. Auf den ersten Blick erkannten sie, dass dort nur der Rand bebaut war. Schmale Häuser reihten sich an steinerne Schuppen, Ställe und mannshohe Mauern. Die gesamte Innenfläche war frei und stellenweise dicht mit saftigem Gras bewachsen, in der Mitte erhob sich ein halbes Dutzend kleinerer Felsen. Auf ihnen und um die Felsen herum tummelten sich zahlreiche langhaarige Trauerziegen, die ihren Namen dem stets mürrischen Gesichtsausdruck und ihrer behäbigen Art verdankten. Dennoch reizte man sie besser nicht, denn ihre Hörner waren spitz und lang. Es gab Bauern, die erklärten ihren Kindern, die Ziegen hätten ihre schwermütigen Augen von der Trauer über all die unartigen Jungen und Mädchen, die sie in ihrer aufbrausenden Wut auf die Hörner genommen hatten. Hinterher täte es ihnen leid, doch dann sei es zu spät.

Noch während sie die behäbig vor sich hin kauenden Ziegen beobachteten, schwappte ein tiefes Fauchen über Vierzinnen hinweg.

»Ein Drache!«, stieß Ben hervor.

»Woher kam das?« Hektisch sah sich Nica um.

»Keine Ahnung«, sagte Yanko. »Meint ihr, das war er wirklich?«

»Natürlich war das ein Drache.«

»Das ist klar. Aber wer sagt denn, dass es hier nur den einen gibt?«

»So groß ist die Stadt nicht.«

»So klein auch nicht!«

»Ja und? Ganz Trollfurt hatte jahrelang keinen einzigen Drachen!«

»Trollfurt hatte gar nichts, Trollfurt liegt am letzten Ende der Welt!«

»Ach, und das hier ist der pulsierende Nabel der Welt, oder was?«

»Könnt ihr mal aufhören?«, giftete Nica. »Trollfurt ist hier völlig egal. Woher kam das Fauchen?«

»Daher«, sagten Ben und Yanko zugleich und deuteten in völlig unterschiedliche Richtungen.

Seufzend folgte Nica einer Straße, die etwa in der Mitte beider ausgestreckten Arme entlangführte. Den ganzen Tag schon war sie nervös und angespannt, kaute auf ihrer Unterlippe herum und trommelte im Laufen immer wieder mit den Fingern gegen ihren Oberschenkel. Auch wenn sie es manchmal mit einem Scherz zu überspielen suchte, sie dachte nur daran, dem Mann gegenüberzutreten, der dafür verantwortlich war, dass sie an den Opferpfahl gebunden worden war. Ben konnte nur Wut und Hass in ihren Augen brennen sehen, der Drache, den zu befreien sie geschworen hatte, war ihr egal.

Aus einer Bäckerei drang der Duft frischen Brots, ein Metzger balancierte auf einem Stuhl und polierte mit hochgereckten Armen sein Ladenschild, ein Schmied brüllte hinter verschlossener Tür seinen Lehrling an, warum das Feuer noch nicht brenne. Mit missmutigen Gesichtern stapften die Menschen auf der Straße teilnahmslos vorbei. Nur wenige warfen sich einen Gruß zu, manche nickten kaum merklich, niemand schien guter Laune zu sein. Keiner hatte es eilig, von der hektischen Betriebsamkeit Falcenzcas fehlte hier jede Spur.

Ben, Nica und Yanko wurden dagegen häufig misstrauisch gemustert. Niemand fragte, woher sie kamen, doch jeder schien zu wissen, dass sie Fremde waren. Und Fremde schienen hier nicht willkommen. Doch so sehr Ben auch darauf achtete, auf keinem Gesicht blitzte die Freude auf, bald einen Haufen Geld einstreichen zu können. Niemand versuchte, ihrer habhaft zu werden, man ging ihnen einfach aus dem Weg wie einem räudigen, streunenden Hund.

Eine Frau, die vom Alter her ihre Mutter hätte sein können, drückte sich in den Eingang eines Fischladens und wartete mit der Hand auf der Klinke, bis sie vorbei waren, jederzeit bereit, ins sichere Innere zu fliehen. Dabei starrte sie Ben durchdringend an.

»Das ist echt seltsam«, raunte Ben, vorsichtig darauf bedacht, von keinem Stadtbewohner gehört zu werden.

»Ja, ein Fischer hier oben. Wo will der denn angeln? Im Brunnen?« Yanko breitete die Arme aus. »Oder seht ihr hier irgendwo fliegende Fische?«

»Fieberschwätzer! Unten im Tal fließt ein Fluss oder drüben in der Klamm. Ich meinte die Leute. So griesgrämig und misstrauisch. Dabei kann hier doch kein Steckbrief von uns hängen, oder?«

»Hör doch damit auf! Du wärst auch nicht anders, wenn vor deiner Stadt elf Gehenkte baumelten«, zischte Nica, und ihre Stimme wurde mit jedem Wort lauter. »Es ist die Stadt des verdammten Hohen Norkham, der meinen Vater dazu gebracht hat, mich zu opfern! Was habt ihr erwartet? Freundliche Onkel und Tanten?«

»Psst!«, machte Ben; das musste doch nicht jeder hören. Im selben Moment legte ihr Yanko beruhigend die Hand auf den Arm. Dann beugte er sich vor, als wolle er sie küssen. Ben sah weg.

Schweigend gingen sie weiter. Als sie schließlich das Gefühl hatten, die Zinne bereits dreimal umrundet zu haben, stießen sie plötzlich auf einen kleinen Platz, den sie noch nicht kannten. Dort stand ein weißer Tempel mit zahlreichen Säulen um die Außenwände, deren wuchtige Kapitelle mit allerlei stilisierten Pflanzen, Tieren und flügellosen Drachen verziert waren. Über dem Eingang prangte eine goldene vielstrahlige Sonne.

»Endlich«, stieß Nica hervor. Hasserfüllt starrte sie hinüber.

»Nicht rennen«, raunte Ben, um sie vor unüberlegten Handlungen zu bewahren. Sie waren zum Auskundschaften hier, nicht um den Hohen Norkham schon jetzt mit zornigen Tiraden zu überschütten.

So schritten sie gemütlich über den verlassenen Platz. Die Fensterläden der meisten umstehenden Häuser waren verschlossen, ebenso das Tor des Tempels. Yanko fragte, ob es bei Ketzern nicht üblich sei, den Tempel für Gläubige offen zu lassen.

»Doch«, sagte Nica und rüttelte verzweifelt an der geschwungenen Klinke aus polierter Bronze, wieder und wieder. Dann ließ sie sich auf die Stufen davor sinken. »Ich bin müde, so müde.«

Auch Yanko und Ben setzten sich. Sie waren die ganze Nacht geflogen und den ganzen Morgen Treppen und Gassen rauf- und runtergerannt. Sie hatten keine Kraft mehr, etwas anderes zu tun als dazusitzen und die Beine auszustrecken. Den Drachen hatten sie auch nicht mehr gehört.

»Soll ich uns bei dem Bäcker da vorn was holen?«, fragte Ben nach einer Weile und tastete nach den letzten Münzen in seiner Hosentasche. So wenig er aufstehen wollte, der Bauch knurrte, und er besaß noch sechs oder sieben kleinere Münzen. Ihr beinahe einziges Vermögen bestand aus dem Blausilber, das sie aus der Trollfurter Mine mitgenommen hatten und das nun bei den Drachen in einem Beutel lag. Sie hatten noch keine Möglichkeit gefunden, es zu Geld zu machen.

»Lass uns nur kurz durchatmen. Dann gehen wir alle. Wir haben keine Zeit zum Herumsitzen.« Mit einem Fluch schleuderte Nica einen Kiesel quer über den Platz. »Irgendwo muss die elendige Darmgeburt doch stecken!«

Schweigend atmeten sie also durch, während sich die Sonne langsam über den Bergrücken erhob. Von hier aus konnten sie es nicht direkt beobachten, doch sie sahen ihr Licht hell auf den noch immer taufeuchten Dächern glitzern. Irgendwo in der Nähe wurde eine Tür geöffnet, schwere Schritte entfernten sich.

Ben betrachtete seine Hände. Bald würde er mit ihnen einen weiteren Drachen kennenlernen und befreien. Seine Gabe verband ihn mit diesen Wesen. Egal, wie fremd sie waren, er fühlte sich ihnen vertraut. Doch wie vertraut waren sie Yanko und Nica? Er war immer davon ausgegangen, dass die beiden ähnlich empfanden wie er, doch weder waren sie Drachenflüsterer noch tagelang allein mit einem Drachen durch die Wildnis gereist. Wie hätten sie also eine ähnliche Beziehung zu ihnen aufbauen können? Natürlich trugen die Drachen die beiden, sprachen und alberten mit ihnen herum, aber hatten Yanko und Nica wirklich begriffen, dass Drachen mehr als Reittiere und große, sprechende Haustiere waren? Anders als Menschen, aber ganz sicher keine untergeordneten Tiere, obwohl das ganze Großtirdische Reich sie so behandelte. Nica wurde von ihrer Rache getrieben, und Yanko war beim Schwur auf ihrer Seite gewesen. Verstanden die beiden wirklich, wie wichtig es war, Drachen zu befreien?

Noch bevor er diese Gedanken richtig ordnen konnte, schlenderte ein Junge mit kurzen, dunkelblonden Locken auf den Platz, vielleicht zwei oder drei Jahre jünger als sie. Kurz stutzte er, dann kam er auf sie zu. Er war barfuß und trug eine abgeschabte, geflickte braune Hose, die ihm bis knapp übers Knie reichte, und ein weites weißes Hemd, das fleckig und ausgebleicht war und zur Hälfte aus dem Bund gerutscht. Um das rechte Unterbein ringelte sich die Tätowierung eines grünen Drachen – Ben konnte die vier Klauen sehen, die sich ins Schienbein zu krallen schienen, und den langen Schwanz, der sich oberhalb des Knöchels zweimal rundum wand. Direkt vor ihnen blieb der Junge stehen und lächelte vorsichtig mit zusammengekniffenen Augen. Es war das erste Lächeln in Vierzinnen, das sie sahen. Er erinnerte Ben an sich selbst, wie er früher allein und doch pfeifend durch die Straßen von Trollfurt gezogen war.

»Der Tempel ist zu«, sagte der Junge.

»Das haben wir gemerkt«, entgegnete Ben. »Aber warum?«

»Warum wollt ihr das wissen?«

»Weil …«, setzte Nica an, zögerte und versuchte es dann mit einem Lächeln statt einer konkreten Antwort. »Wir sind fremd.«

»Das sehe ich. Aber was wollt ihr hier?«

»Jemanden besuchen.«

»Und wen?«

»Du bist ganz schön neugierig für dein Alter, was?«

»Weiß ich.« Der Junge grinste breit. »Also?«

»Und du weißt auch, dass einem die Ohren abfallen können, wenn man zu neugierige Fragen stellt?«, mischte sich Yanko ein.

Einen solchen Unsinn hatte Ben noch nie gehört. Die Nase

konnte einem vielleicht abfaulen … das hatte zumindest seine Mutter immer behauptet. Aber sie hatte ja auch getrunken.

»Davon habe ich zwar noch nie gehört, aber sag das ihm.« Der Junge deutete auf Ben. »Er hat die erste Frage gestellt, nicht ich.«

Ben und Yanko lachten. Was für ein nassforsches Kerlchen, Ben mochte ihn. »Wie heißt du?«

»Und noch 'ne Frage. Langsam solltet ihr eure Ohren zur Sicherheit besser festnähen.«

Ben, Yanko und Nica sahen sich an. Sie zuckten mit den Schultern, zogen die Nasen kraus, wiegten die Köpfe hin und her und nickten schließlich. Der Junge hatte recht, sie hatten viele Fragen, und ohne sie laut zu stellen, würden sie wohl keine Antworten bekommen. Sie waren bestimmt zwei oder drei Stunden herumgeirrt und hatten nichts weiter als eine verschlossene Tür gefunden. Erfolgreich war das nicht, viel verdächtiger konnten sie sich ohnehin nicht mehr machen, und der Junge schien trotz seiner schnippischen Art freundlich zu sein.

»Na gut. Kannst du uns sagen, wo wir den Hohen Norkham finden?«

Mit einem Schlag verfinsterte sich sein Gesicht. »Ihr gehört also auch zu ihnen.«

»Was?« Die drei starrten ihn verdutzt an, so verdutzt, dass er stehen blieb, obwohl er sich schon halb abgewandt hatte. »Zu wem?«

»Na, zum Orden der Drachenritter.«

»Zum Orden? Sehen wir aus wie Ritter?«, fauchte Ben, ohne nachzudenken.

Kritisch musterte der Junge sie von oben bis unten. Langsam entspannten sich seine Züge, und er schüttelte den Kopf.

»Aber ihr könntet verkleidete Knappen sein. Und sie eine Jungfrau. Nehmen Ritter nicht immer Jungfrauen mit auf Reisen?«

»Ja, aber … Heißt das, der Orden ist hier?« Ben klappte der Kiefer herunter. In seinem Kopf ging alles durcheinander, dumpf hörte er die Schreie und trampelnden Füße aus Falcenzca.

»Natürlich. Was glaubt ihr denn, warum der Tempel verschlossen ist?«

»Aber wir haben den ganzen Morgen über keinen Ritter gesehen!« Ben sprang auf und sah sich gehetzt um, ließ den Blick von einem Schatten zum nächsten springen, von einem verhangenen Fenster zur nächsten Gasse. Jeden Moment konnten dort Verfolger auftauchen. »Wo sind sie?«

»Schlafen wahrscheinlich noch ihren Rausch aus.«

»Dann sollten wir jetzt besser gehen«, sagte Ben und hätte sich sofort auf die Zunge beißen können. Eigentlich hatten sie den Jungen aushorchen wollen und nichts über sich verraten.

Der Junge wirkte schlau genug, sich auf diesen Satz einen Reim zu machen, und tatsächlich musterte er Ben nun misstrauisch. Ben zwang sich zu einem Lächeln, er durfte keine Angst zeigen.

»Erst möchte ich aber wissen, wo der Hohe Norkham ist«, sagte Nica mit versteinertem Gesicht.

»Ich sagte doch, ich weiß es nicht.«

»Du weißt nicht, wo sein Haus ist?«

»Natürlich weiß ich das. Doch es ist so verlassen wie der Tempel.«

»Und? Warum? Wieso? Jetzt lass dir doch nicht alles aus der Nase ziehen! Bitte.«

»Ich glaube, du bist eine Jungfrau.« Angriffslustig schob der Junge den Unterkiefer vor und sah nun beinahe so mürrisch aus wie alle anderen Bewohner der Stadt.

Yanko konnte ein Grinsen nicht unterdrücken, Ben dagegen schielte in alle Richtungen, ob nicht irgendwo ein Ordensritter auftauchte. Wie konnten die anderen nur so ruhig bleiben? *Nimm dir ein Beispiel an ihnen und reiß dich zusammen.*

Nica presste die Lippen aufeinander und wurde rot, doch sie begann, mit zitternden Fingern ihr Hemd aufzuknöpfen, hinunter bis zwischen ihre Brüste. Dann zog sie den Stoff links der Knopfleiste zur Seite, sodass die gesamte Schulter und die obere Hälfte des Busens frei lagen.

Mit offenem Mund glotzte der Junge dorthin, und auch Ben konnte nicht wegsehen, so sehr er es sich auch befahl. *Schau weg, du bekommst schon ihren Kuss nicht aus dem Kopf, lass nicht noch das hinein!* Doch es half nichts, er gaffte hinüber, und sein Mund wurde trocken. Erst im zweiten Moment wurde ihm klar, warum sich Nica so weit entblößt hatte. Auf der nackten Haut dort schlängelte sich der tätowierte Drache der Ketzer.

»Und? Gesehen?«, fauchte sie.

Der Junge nickte und schluckte. Seine Wangen waren nun von einer mindestens so dunklen Röte überzogen wie ihre, doch seine Augen glänzten.

»Gut.« Hastig bedeckte sie wieder ihre Brust. »Denkst du jetzt immer noch, dass ich die Jungfrau eines Ordensritters bin?«

Stumm schüttelte er den Kopf.

»Ja, da hat's dir die Sprache verschlagen, was? So was siehst du nicht jeden Tag, hm? Andere haben da mehr Glück …« Yanko grinste breit und fing sich prompt einen bösen Blick von Nica ein. Mit erhobenen Händen wich er einen halben Schritt zurück.

»Seid ihr beide auch Ketzer?«, wollte er nun von Ben und Yanko wissen.

Bevor sie antworten konnten, verneinte Nica, beteuerte aber, dass sie welche werden wollten. »Deshalb sind wir auf der Suche nach dem Hohen Norkham.«

»Er ist geflohen«, sagte der Junge und musterte Nica weiterhin neugierig. Langsam kehrte seine normale Gesichtsfarbe zurück, und Ben glaubte in seinem Blick etwas wie Freude schimmern zu sehen und unterdrückte ein Grinsen. Das zu sehen, hatte er wohl nicht erwartet. »Ihm ist es gerade noch gelungen, durchs Fenster zu springen, als sie vor seiner Tür auftauchten.«

»Mit dem Drachen?«, fragte Ben ungläubig.

»Nein, ohne. Wieso mit dem Drachen? Den Drachen hat der Orden.«

»Wo?«

»Ich weiß es nicht.« Er schüttelte den Kopf. »Sie haben ihn vor ein paar Tagen aus der Stadt geschafft. Was weiß ich, wohin.«

Lautlos fluchte Ben vor sich hin. Sie waren zu spät gekommen. Als sie ihren Schwur geleistet hatten, hatte es so leicht geklungen, und jetzt konnten sie den Drachen, den sie retten wollten, noch nicht einmal aufstöbern.

»Wird er zurückkehren?«, fragte Nica.

»Der Drache?«

»Nein, der doch nicht. Der Hohe Norkham.«

»Wer weiß? Ich an seiner Stelle würde es nicht wagen. Hier wartet nur der Strick auf ihn. Bei eurer Ankunft müsst ihr den leeren Galgen vor dem Tor ja gesehen haben. Der

Orden hat geschworen, die anderen elf erst abzunehmen, wenn der Hohe Norkham seinen Platz unter ihnen eingenommen hat.«

»Danke für deine Hilfe«, sagte Ben, der immer noch mit einem Ohr auf Geräusche in der Ferne lauschte. Er verspürte nicht das geringste Verlangen, einem Ordensritter in die Hände zu laufen – auch wenn er sich inzwischen davon überzeugt hatte, mit geschorenem Kopf und neuer Hose nicht erkannt zu werden. Sie mussten ja nicht überprüfen, ob er recht hatte. Noch immer tobte die Hatz durch Falcenzca irgendwo in seinem Hinterkopf, und schaudernd dachte er an die zwölf Galgen vor dem Tor, die baumelnden Toten und den krächzenden Nachtadler. Er dachte an den freien Galgen, und für einen kurzen Moment sah er sich selbst dort hängen. Nein, sie würden ihn nicht bekommen, keinen von ihnen! »Aber wir müssen jetzt wirklich aufbrechen.«

»Ich könnte euch aus der Stadt führen«, schlug der Junge vor. Seine Augen huschten unruhig von einem zum anderen und über den kleinen Platz, als wäre ihm die Sache unangenehm. Als überlegte er, wie viel er für drei Fremde riskieren sollte. »Ihr wirkt so, als wolltet ihr bestimmten Leuten nicht in die Arme laufen.«

»Danke.«

»Ich heiße übrigens Margulv.«

Lächelnd nannten sie ihm willkürlich drei falsche Namen aus Trollfurt – Ivallya, Byasso und Sidhy – und ließen sich zur nächsten Treppe führen und von dort drei Ebenen in die Tiefe.

»Nie mehr Stufen«, murmelte Ben und nahm zwei auf einmal, als wären es dann nur halb so viele. Sie eilten an weiteren mürrischen Gesichtern vorbei und an einem gefleckten Hamster, der neugierig zu ihnen hochsah. Seine Zunge schimmerte rötlich.

Währenddessen erklärte ihnen Margulv, dass die Brücken der Oberstädte stets am schärfsten kontrolliert wurden. »Inzwischen dürften die ersten Ritter wach und auf Kontrollgang sein.« Doch hier unten gab es einen schnellen Weg über zwei schmale Hängebrücken, die so schwankten, dass sie niemand mehr benutzen wollte. »Aber sie sind vollkommen sicher. Ein paar Freunde und ich benutzen sie noch immer. Vor allem, wenn wir irgendwo was zu essen stibitzt haben und rasch die Zinne wechseln müssen.«

»Warum habt ihr euch eigentlich nicht gewehrt, als der Orden kam?«, fragte Yanko am Fuß der Treppe.

»Sie haben uns überrumpelt.« Margulv erzählte, wie die ersten Ordensleute als fahrende Händler verkleidet in die Stadt geritten waren, einen halben Tag später die nächsten, und eines Morgens war das Tor in ihrer Hand, ebenso der Tempel. Zahlreiche Ritter hatten plötzlich die Straßen durchstreift, und was sollte ein einfacher Handwerker seinen Hammer oder Dolch gegen ausgebildete Krieger erheben? Außerdem lebten nicht nur Ketzer in Vierzinnen. Warum sollte einer, der den Glauben des Ordens teilte, aufbegehren? Zudem hatte der Orden ein mit Siegel beglaubigtes Schreiben des Königs dabei, in dem stand, dass sie für Ordnung sorgen durften, denn immerhin gehörte die Stadt zum Großtirdischen Reich. Bislang hatte der König sie hier frei walten lassen, doch offenen Widerstand gegen den Orden und seinen Befehl würde er nicht dulden können, so etwas sprach sich zu schnell herum. Überall würde dann gemurmelt werden, der König sei schwach, und Schwäche durfte sich ein König als Letztes leisten. Der Hohe Norkham und elf einflussreiche Ketzer wurden für die Hinrichtung ausgewählt, ihr Besitz für Krone und Orden eingezogen. Alle anderen mussten nur ihrem Glauben abschwören, dann durften sie unbehelligt weiterleben.

»Du hast abgeschworen?«

Grimmig nickte Margulv und zeigte ihnen seine schmale Wade. Die Augen des tätowierten Drachen waren herausgebrannt worden, die Narben waren noch rot und frisch. Kurz durchzuckte Ben das Gefühl von Scham, weil er einst selbst Ordensritter hatte werden wollen. Darunter hatte er sich damals jedoch etwas anderes vorgestellt, als Kindern glühende Eisen ins Bein zu rammen.

»Tut mir leid«, murmelte er.

»Ich spür es fast nicht mehr. Und was ich wirklich denke, können sie mir nicht herausbrennen.«

Während sie immer weniger belebte Gänge entlangliefen, erzählte Margulv schnaufend von den ersten Tagen des Misstrauens und der Wut, davon, wie ein weinender Vater versucht hatte, seinen toten Sohn vom Galgen zu schneiden, um ihn vor den Schnäbeln der Nachtadler zu schützen und würdig zu bestatten, und dafür selbst gehenkt wurde. Seitdem hatte niemand mehr einen der elf Hingerichteten angerührt, nicht einmal die Nachtadler. Im Gegenteil, einer der Vögel schien gar die Toten zu bewachen.

Ben, Yanko und Nica hingen an Margulvs Lippen, während sie durch die dämmrigen Gänge eilten und schließlich in eine dicht besetzte Gaststube stolperten. In Gedanken noch immer bei dem rätselhaften Nachtadler und den Grausamkeiten des Ordens, erfasste Ben die Situation viel zu spät. Margulv stieß hinter ihnen die Tür ins Schloss und schrie: »Sie ist eine!«

Erst jetzt erkannte Ben, dass die Männer im Raum alle das Zeichen des Drachenordens trugen. Überrascht verharrten sie mitten im Frühstück, einer kippte sich einen Löffel Haferschleim in den Bart. Dann sprangen sie auf.

Wütend warf sich Yanko auf den Verräter Margulv, doch der tauchte unter seinen ausgestreckten Armen hindurch und suchte hinter den Ordensrittern Schutz, während diese blitzschnell nach Schwertern und Dolchen griffen und auf die drei Freunde zustürmten. »Ergebt euch!«

Ben wirbelte herum und war mit einem Satz bei der Tür. Doch bevor er die Klinke ganz heruntergedrückt hatte, schlug die flache Seite einer Klinge schwer und kalt auf seine Schulter.

»Das würde ich sein lassen«, knurrte eine tiefe Stimme, und Ben drehte sich langsam um. Er, Yanko und Nica waren von einem guten Dutzend Ordensritter umzingelt. Der Wirt trocknete Bierkrüge, als ginge ihn das alles nichts an, Margulv lungerte in der hintersten Ecke herum und starrte zu Boden. Von seinem freundlichen Lächeln war nichts mehr zu sehen.

Mit einem galligen Geschmack auf der Zunge hob Ben langsam die Hände.

ZWEITER TEIL

GETRENNTE WEGE

GEFANGEN

Die Fesseln schnitten Ben ins Fleisch. Er hätte heulen können vor Wut. Warum nur hatten sie einem fremden Jungen einfach so vertraut? Die Ritter hatten sich gründlich davon überzeugt, dass Nica wirklich eine Ketzerin war. Jeder von ihnen hatte die Tätowierung genau in Augenschein genommen. Nun saß sie am Tisch und biss sich auf die Unterlippe, um nicht zu weinen.

Ben und Yanko hatten sich ausziehen müssen, und als nirgendwo ein Drache auf ihrer Haut entdeckt worden war, hatte man sie wieder in ihre Kleider gesteckt. Dem Jungen waren fünf Gulden in die Hand gezählt worden. Fünf! Mit einem schuldbewussten Blick zu Nica war er schließlich gegangen.

Du weißt nicht, wie viel du eigentlich für uns hättest bekommen können, dachte Ben bitter. An Händen und Füßen gefesselt kauerte er neben Nica und Yanko in der hintersten Ecke der Gaststube. Zwei große bärtige Ritter saßen ihnen gegenüber und behielten sie im Auge, die Schwerter griffbereit vor sich auf dem Tisch.

Wenn auch Margulv nicht wusste, was sie wert waren, so schienen es die Ritter zu ahnen. Triumphierend wedelte einer von ihnen mit einem Steckbrief vor Bens Gesicht herum. »Erkennst du dich wieder?«

»Wovon sprichst du?« Ben bemühte sich um einen irritierten Gesichtsausdruck.

»Davon.« Der Ritter drückte Ben den Steckbrief fast auf

die Nase. Er war ein kleiner kräftiger Mann von etwa vierzig Jahren, der nur noch spärliches braunes Haupthaar hatte. Seine kleinen, eng stehenden Augen huschten ständig unruhig hin und her, und beim Sprechen befeuchtete er nach jedem zweiten Satz die dünnen Lippen mit einem schnellen Wischer der spitzen Zunge.

Ben wich zurück und schüttelte den Kopf. »Ich verstehe überhaupt nichts.«

»Bist du dir sicher, Arthen?«, mischte sich ein großer, drahtiger Ritter mit hoher Stirn ein, dessen Gesicht von einer mächtigen, zweimal gebrochenen Hakennase dominiert wurde. Das rechte Auge war blau und gelb geschwollen, als hätte er vor wenigen Tagen einen kräftigen Tritt abbekommen.

»Natürlich. Zwei Jungen, ein Mädchen, alle im richtigen Alter, auch die Haarfarbe stimmt. Nur die Länge nicht, aber Haare kann man schneiden.«

Der Drahtige nahm sich den Steckbrief und starrte mit seinem gesunden Auge lange darauf. »Die Kleidung stimmt auch nicht.«

»Mensch, Friedbart! Wer sich die Haare schneidet, kann sich auch umziehen.«

»Ja, klar.«

»Und schau dir den Kerl mit all den Schnitten auf dem Kopf doch an: *verwahrlostes Aussehen* passt. Das Mädchen hat dunkelbraune Augen und eindeutig ein schmales, wenn auch dreckiges Gesicht. Meinst du nicht?«

»Doch, aber was ist mit dem Dritten? Er lächelt überhaupt nicht, und schon gar nicht scheinheilig.«

»Friedbart! Kein Mensch lächelt den ganzen Tag! Und schon gar nicht, wenn er gerade gefangen wurde!«

Brummend nickte Friedbart, doch ganz überzeugt schien er noch nicht zu sein. Immer wieder sah er vom Steckbrief auf die drei und wieder zurück. »Bist du dir wirklich sicher? Da steht …«

»Was heißt schon sicher? Es geht um tausend Gulden! Tausend! Verstehst du das? Weißt du, wie viel das ist? Wir müssen einfach nur ein weißes Kleid für das Mädchen auftreiben und eine Hose mit hundert bunten Flicken für den störrischen Burschen. Das muss sich doch problemlos schneidern lassen. Wir kriegen es schon hin, dass sie genauso aussehen wie auf dem Steckbrief beschrieben.« Listig zwinkerte Arthen seinem Kameraden zu.

»Ja, aber wenn sie es nicht sind?«

»Friedbart! Bist du echt so schwer von Begriff?«, dröhnte Arthen.

Die anderen Ritter, die sich nach der Gefangennahme wieder ihrem Frühstück zugewandt hatten, lachten und schüttelten vergnügt die Köpfe: »Der Friedbart wieder. Riesige Stirn, aber nichts dahinter.«

»Ich …«, sagte Friedbart.

»Was meinst du, wem der Hohe Abt mehr Glauben schenken wird?«, unterbrach ihn Arthen. »Sollen die drei auch hundertmal beteuern, dass sie unschuldig sind, wem wird er glauben? Ihnen oder uns?«

»Aber wenn sie …«

»Hast du jetzt etwa Mitleid mit so 'ner dreckigen Ketzerin?«

»Nein, aber …« Langsam hellte sich Friedbarts Gesicht auf, er begann zu grinsen. Ein schrecklich breites Grinsen, das von einem kleinen Ohr zum anderen reichte. »Jetzt verstehe ich. Tausend Gulden. Und wir haben nur fünf bezahlt.«

Lachend prosteten sich die Ritter am Tisch zu. »Auf Friedbart, den schnellsten Denker des Ordens!«

»Friedbart und die tausend Gulden.«

»Tausend!«

Ben schloss die Augen und sackte auf der Bank zusammen. Mit keiner List der Welt konnten sie sich aus ihren Fesseln reden, wenn es den Rittern vollkommen egal war, ob sie schuldig waren oder nicht.

Arthen beugte sich zu ihm herunter, so dass ihre Gesichter beinahe zusammenstießen, sog die Luft ein und leckte sich über die Lippen. Seine kleinen blaugrauen Augen bohrten sich kalt in seine. »Leugne es, solange du willst, doch du bist es wirklich. Ich kann das riechen. Ich wusste, du würdest kommen.«

Ben presste die Lippen demonstrativ zusammen. Er würde nichts sagen, würde sie nicht verraten. Solange die Ritter dachten, sie würden ihren Abt um die Belohnung prellen, konnten sie sich immer noch verplappern. Vielleicht bekam auch einer ein schlechtes Gewissen, weil er plötzlich Angst hatte, Hellwah selbst zu betrügen. Das war ihre einzige Chance. Nein, Ben würde sich nicht verplappern, nicht noch einmal.

»Ganz wie du willst. Doch du wirst schon noch reden, glaub mir.« Mit einem bösen Grinsen wandte sich der Ritter ab und seinen Kameraden zu. »Wer als Erster ein weißes Kleid auftreibt, das dieser jungen Dame passt, darf mir helfen, es ihr anzuziehen.«

Schwein, dachte Ben, während Nica Arthen hasserfüllt anstarrte. Yanko knurrte etwas Unverständliches und zerrte an seinen Fesseln.

Derweil sprangen die Ritter von ihren Plätzen auf, Schüsseln, Becher und Stühle wurden umgestoßen, fast alle drängten aus der Wirtsstube. Selbst im Gesicht des Wirts zuckte es kurz, als überlegte er, sich ebenfalls auf die Suche zu machen.

Ein junger, schmächtiger Ritter, der ganz hinten im Pulk stand und sich nicht traute, die älteren Kameraden beiseitezuschieben, rief verzweifelt: »Dann möchte ich ihr die ketzerischen Drachenaugen ausbrennen, Herr Arthen! Darf ich, ja? Bitte! Ich habe mich als Erster gemeldet.«

»Das hast du. Aber die Augen werden nur denjenigen ausgebrannt, die ihren Irrglauben widerrufen.«

»Aber jeder hat bisher widerrufen. Wer widerruft denn nicht?«

»Sie.« Arthen lächelte. »Wir geben ihr nämlich keine Gelegenheit dazu. Schließlich wollen wir sie als unversehrte Ketzerin zum Hohen Abt schaffen. Sie soll ja noch ihr Kopfgeld wert sein, nicht wahr?«

»Oh«, sagte der Junge. »Oh, ja. Natürlich.«

Dann eilte er als Letzter in die Stadt hinaus, auf der Suche nach einem weißen Kleid. Keiner der Ritter hatte Nicas Maße genommen. Zurück blieben nur Arthen, Friedbart und die zwei großen bärtigen Ritter, die die Gefangenen reglos im Auge behielten.

»Während sich die Kameraden also um angemessene Kleidung für die junge Dame kümmern«, sagte Arthen mit gespielter Höflichkeit, »zeige ich euch nun eure Unterkunft für die nächsten Tage.«

Die Ritter bugsierten sie aus einer Seitentür des Schankraums. Der Wirt putzte noch immer beiläufig Gläser und blickte ihnen ohne die geringste Regung hinterher.

Inzwischen stand die Sonne hoch am Himmel. Ben kauerte auf den groben Bohlen und hielt sich die Hände schützend vor das Gesicht. Nur ab und zu schielte er zwischen den Fingern hindurch, doch eigentlich wollte er nicht sehen, was dort vorging.

Zusammen mit Nica und Yanko saß er in einem drei Schritt langen und knapp zwei Schritt breiten Käfig, der auf der Ladefläche eines Pferdewagens befestigt war. Seit zwei oder drei Stunden stand der Wagen ohne Pferde auf dem ovalen Marktplatz mitten auf der zweiten Zinne der Stadt und wurde von den zwei bärtigen Ordensrittern bewacht. Sie bewegten sich kaum – nicht einmal ihre Gesichter zuckten, wenn eine Fliege auf ihnen landete – und sagten nichts. Nur wenn sie nach den drei Gefangenen befragt wurden – woher diese stammten, was sie verbrochen hatten –, antworteten sie schlicht: »Samothanbeter.«

Eine überreife Wasserbirne zerplatzte an Bens Ohr, und das matschige Fruchtfleisch drang ihm in den Gehörgang und tropfte seinen Hals hinab, sein eingerissener Hemdkragen war schon vollkommen von der klebrigen Feuchte zahlloser Früchte durchweicht. Ein paar kleine schwarze Kerne rieselten zu Boden.

»Schäm dich!«, brüllte eine alte Frau mit eingefallenen grauen Wangen, und das blonde Mädchen an ihrer Hand, höchstens acht Jahre alt und wahrscheinlich ihre Enkelin, spuckte nach Yanko, kam aber nicht weit genug, weil sie sich nicht bis ganz an den Käfig herangetraut hatte. Als säßen wilde Tiere darin.

»Komm, versuch es noch mal«, ermunterte die Alte sie und schob sie ein Stück vor.

Ben sah, wie Yanko stumm die Augen schloss.

Sie waren die Sündenböcke für alles. Ben kannte das aus Trollfurt, doch noch nie hatte er sich so elend gefühlt; dort war er nie hinter Gittern gewesen, wenn die anderen ihn gepiesackt hatten. Stets hatte er noch seine Freiheit gehabt. Sobald er seine Abreibung bekommen hatte, hatte er nach Hause schleichen und seine Wunden lecken können. Er hatte sich wehren können, egal, wie hoffnungslos es gewesen war. Und trotz allem hatte er doch zu ihnen gehört. Nie war es tatsächlich um sein Leben gegangen.

Hier hingegen waren sie Fremde, namenlose Eindringlinge von irgendwo, an denen man sich straflos abreagieren konnte. Für die tief sitzende Wut auf die selbstherrlichen Ordensritter, die man herunterschlucken musste, für das schmerzhafte Ausbrennen der Drachenaugen, das man erduldet hatte, für die Toten vor dem Tor, für das Gefühl der Ohnmacht, wenn man seinem Glauben abschwören musste, für einfach alles, was in den letzten Tagen geschehen war. Und dabei konnte man den Ordensrittern zugleich beweisen, dass man wirklich konvertiert war, dass die Feinde des Ordens nun auch die eigenen Feinde waren.

Wutverzerrte Gesichter schrien und spuckten sie an, übermütige junge Männer bewarfen sie mit Obst, denn sie machten ein Spiel daraus, wer aus größter Entfernung noch immer einen Kopf traf. Selbst Steine waren nach ihnen geschleudert worden, doch als Yanko heftig aus einer Platzwunde über dem Auge geblutet hatte, waren die beiden Ordensritter doch eingeschritten. Schließlich verlangte der Steckbrief, die Gesuchten lebend abzuliefern.

Ben hatte schon lange aufgegeben zu protestieren, zu schreien, er sei überhaupt kein Samothanbeter. Stur hielt er den Kopf unten und ließ einfach alles über sich ergehen. Irgendwann würden sie aufbrechen, und dann wäre zumindest diese Tortur vorbei.

Dann würden sie zu ihrer Hinrichtung gekarrt werden.

Manchmal hob er doch den Kopf, blickte sehnsuchtsvoll in Richtung Klamm und beschimpfte seine eigene Dummheit. Dort drüben lagen Aiphyron, Juri und Feuerschuppe, und er selbst hatte ihnen gesagt, sie sollten sich keine Sorgen machen, der Ausflug nach Vierzinnen könne dauern.

Was hatte er sich nur dabei gedacht?

Wahrscheinlich würden die Drachen drei Tage lang warten, im Bach baden und sich die Sonne auf die Schuppen scheinen lassen, bevor sie zum ersten Mal überhaupt einen Gedanken daran verschwendeten, nach ihren menschlichen Freunden zu suchen. *Ach, Ben hat doch gesagt, das kann dauern,* würde Juri sagen und den anderen irgendeine langatmige Anekdote erzählen, wie er einmal sieben Wochen auf jemanden hatte warten müssen. *Den drei Schuppenlosen geht es bestimmt prächtig.*

Doch bis dahin wären sie schon längst unterwegs zu diesem Hohen Abt, und wenn die Drachen endlich doch nach ihnen sehen würden, würden sie sich eine Stadt vornehmen, in der es von Drachenrittern wimmelte. In Bens Vorstellung wurden Aiphyron erneut die Flügel abgeschlagen, ebenso Juri und Feuerschuppe, sie wurden versklavt, und alles nur seinetwegen.

Warum hatte er die Drachen nicht gebeten, nach sechs Stunden nach ihnen zu sehen?

Warum hatten sie diesem verdammten Jungen vertraut?

Wütend schlug er sich gegen die Stirn und langte so in die breiigen Überreste einer Frucht. Vielleicht war es auch das rohe Ei, das der Bäckerlehrling mit dem roten Gesicht nach ihm geschleudert hatte.

Oder hatte vielleicht sogar Hellwah selbst ihnen das eingebrockt? Mit ihrem Schwur hatten sie sich gegen seinen Orden gewandt, wie auch gegen die Ketzer, die ihn ebenso verehrten, wenn auch auf andere Art. Aber sie alle lagen falsch, was die Drachen anbelangte. Trotzig presste Ben die Zähne aufeinander. Sie lagen falsch! Drachenflügel waren nicht verflucht. Und wenn Hellwah selbst das glaubte, dann lag eben auch er falsch! Warum sollten Götter nicht irren können?

Eine Frucht sauste über Ben hinweg, traf jemanden jenseits des Käfigs. Beschimpfungen wurden hin und her geschleudert, irgendwer lachte, doch Ben hielt den Kopf unten. Solange sie sich dort draußen stritten, wurden sie hier drin wenigstens in Ruhe gelassen.

Kurz schielte er zu Yanko hinüber. Schützend hatte er den Arm um Nica gelegt, das Blut auf seiner Stirn war getrocknet und hatte sich mit allem Möglichen vermischt. Yankos Haar war vollgeschmiert mit zahllosen Essensresten, seine Kleidung von dunklen Flecken übersät.

»Betet ihr wirklich zu Samoth?«, fragte da eine leise Stimme neben Ben. Es war das erste Mal, dass diese Frage gestellt wurde.

Verwundert sah er auf und entdeckte Margulv, der auf seiner Unterlippe kaute und unruhig hin und her tippelte.

»Das fragst du jetzt?«, fauchte er. »Nachdem du uns verkauft hast? Bisschen spät, was?«

»Betet ihr zu Samoth oder nicht?« Margulv starrte Ben hartnäckig an. In seinen versteinerten Zügen war nicht zu lesen, was in ihm vorging.

»Warum sollte ich mit dir reden?«, knurrte Ben. »Dreckiger Verrätergnom.«

»Ihr betet zu Samoth«, stellte Margulv schlicht fest, und Erleichterung zeigte sich auf seinem Gesicht. Als hätte er jetzt nachträglich die Gewissheit, richtig gehandelt zu haben.

Ben schielte zu den beiden Rittern, die jedoch mehr auf den Tumult um den Wagen achteten als auf ihre Gefangenen. Bürger beschuldigten sich gegenseitig, hier schrie einer »Absicht«, dort einer »Versehen!«, doch ohne Entschuldigung. Früchte wurden als Beweismittel geschwenkt, Fäuste geschüttelt. Und irgendwer schrie: »Ein Versehen? Das hat schon dein stinkender Großvater behauptet, als er den Hamster meiner Großmutter angezündet hat! Ihm sei die Fackel aus den fetten Fingern geglitten. Pah! Ausreden, alles Ausreden!«

»Lass meinen Großvater aus dem Spiel, der ist seit fünfzehn Jahren tot.«

»Der Hamster schon viel länger!«

Es schien, als würde jeder noch so lange vergrabene Groll ausgegraben werden, alle waren wild darauf, einen anderen zu beschuldigen, irgendwen bestraft zu sehen, gerächt, für was auch immer.

Möglichst unauffällig rutschte Ben Richtung Käfigrand. Margulv stand nah am Gitter, vielleicht konnte er ihn packen und es ihm heimzahlen. Seinetwegen saßen sie im Käfig, seinetwegen würden sie hängen. Ben wollte dem Kerl wehtun, schrecklich wehtun. Doch dazu musste er ihn erst einmal lange genug in ein Gespräch verwickeln, bis er zupacken konnte.

»Glaubst du wirklich, wir beten zum Gott der Tiefe?«, fragte er. »Glaubst du, wir opfern ihm kleine Kinder? Und fressen die größeren roh? Warum haben wir dich dann nicht gleich gepackt und noch vor dem Tempel geröstet?«

»Weil es ein Hellwah-Tempel war und ihr Samothanbeter am liebsten um Mitternacht tötet, wenn die Nacht am dunkelsten ist.«

»Wer sagt das?«

»Jeder.«

»Dann irrt wohl jeder. Wir jagen auch bei Tag gern.« Ben schnellte vor, prallte mit der Schulter schmerzhaft gegen das Gitter, doch das war egal. Sein ausgestreckter Arm ragte zwischen zwei stählernen Stäben hindurch, und die Hand krallte sich in Margulvs Kragen.

Der war so überrascht, dass er sich weder wehrte noch schrie. Voller Wut zerrte Ben ihn heran, so dass das Gesicht des Jungen gegen eine Käfigstange schlug und nur noch eine Handbreit von seinem entfernt war. Die Wangen wurden gegen die Stangen gepresst, Schmerz spiegelte sich in Margulvs Augen.

»Warum hast du uns verraten? Was haben wir dir getan?«, knurrte Ben und packte immer fester zu, so dass der Hemdkragen in Margulvs Hals schnitt. »Schau doch vor das Stadttor, was der Orden euch angetan hat. Und ihnen hilfst du?«

»Ich will ihnen nicht helfen, aber ich brauch das Geld«, flüsterte Margulv mit dünner Stimme. Er versuchte nicht einmal, sich loszureißen.

»Und deshalb verrätst du eine Glaubensgenossin? Wegen ein paar Münzen? Ihr tragt dieselbe Tätowierung!«

»Bislang wurde doch keiner von uns eingekerkert. Ich dachte, sie verbrennen die Drachenaugen und lassen euch dann wieder laufen. Das bisschen Schmerz ist auszuhalten, das weiß ich.« Seine Stimme zitterte. »Meine Mutter ist doch krank.«

»Und ein solcher Verrat macht sie gesund? Wenn sie wüsste, woher das Geld kommt, würde sie bestimmt vor Scham sterben.«

Eine winzige Träne zeigte sich in Margulvs Auge, doch dann verzerrten sich seine Züge, und er spuckte Ben ins Gesicht. Um sich schlagend, riss er sich los. Ben war von dem plötzlichen Angriff so überrascht, dass er den Jungen tatsächlich entwischen ließ.

»Du sagst mir nicht, was richtig und falsch ist! Du nicht!«, schrie er aus mehreren Schritt Entfernung. Zornig kratzte er eine Handvoll Splitt und Dreck von der Straße und schleuderte sie nach dem Käfig. Ben konnte gerade noch rechtzeitig Augen und Mund schließen, bevor er im Gesicht getroffen wurde. »Wer Samoth anbetet, hat kein Recht, über andere zu urteilen!«

Dann rannte er davon.

»Ich hoffe, deine Mutter verreckt jämmerlich!«, brüllte Ben ihm nach. Ihm war egal, dass sie wohl am wenigsten für all das hier konnte, wenn sie krank daniederlag, er wollte einfach nur diesem verräterischen Margulv wehtun. Und er wollte die Wut auf sich selbst hinausbrüllen, die Wut darüber, dass er Margulv nicht hatte halten können, dass er ihm nicht wenigstens die Nase gebrochen oder ein blaues Auge verpasst hatte. »Wahrscheinlich bist du eh nicht aus ihrem Bauch geschlüpft, sondern aus einer schwarzeitrigen Pestbeule an ihrem ungewaschenen Hintern!«

»Halt's Maul«, rief irgendwer aus der Menge, und Ben wurde mit voller Wucht von einer angeschimmelten Zwiebel getroffen. Hart schmetterte sie gegen seine Nase, es knirschte. Er hätte heulen können vor Wut und Schmerz, doch er verbiss sich alle Tränen und verzog sich wieder in die Käfigmitte, das Gesicht zwischen den Knien, die Hände schützend vor den Ohren. Reglos ließ er weitere wüste Beschimpfungen und matschiges Obst über sich ergehen und versuchte, an nichts zu denken, weder an die Schmerzen noch an die Angst oder die Wut auf sich selbst.

Schließlich tauchten Herr Arthen und die anderen Ritter auf und spannten zwei große, kräftige Pferde mit wilden Mähnen vor den Käfigwagen.

»Sind das wirklich die Leute, die die armen Höhlenhamster töten?«, fragte ein kleiner schmächtiger Junge aus der Menge die Ritter.

»Ja. Es sind sehr, sehr böse Menschen.« Herr Arthen strich dem Jungen ernst über das Haar.

»Na, was habe ich dir gesagt?«, sagte sein Freund oder Bruder, der einen halben Kopf größer war und eifrig die Ordenskrieger anlächelte, während sich der kleine Junge dem Käfig zuwandte. Seine Hände waren leer und zu Fäusten geballt.

»Das ist für Kaschbi«, stieß er mit rotem Gesicht und verquollenen Augen hervor und spuckte nach Ben, Yanko und Nica. »Mörder!«

Dann zog er schniefend und mit hängendem Kopf ab. Der andere Junge schloss rasch zu ihm auf und legte ihm tröstend den Arm um die Schulter.

»Na, ihr habt wohl nicht allzu viele Freunde hier«, sagte Arthen und musterte den mit Fruchtresten und Speichel übersäten Käfigboden. Mit dem Dolch kratzte er ein Stück Feuerapfel von den Bohlen, beäugte es und ließ es wieder fallen. »Aber wenigstens haben sie euch gut gefüttert. Verhungern lassen sie hier wirklich keinen. Das Essen sollte noch bis morgen langen. Meint ihr nicht?« Laut lachend wandte er sich wieder ab und rief nach seinem Pferd.

Währenddessen nahmen ein junger Bursche mit zahlreichen Muttermalen im Gesicht und eine hübsche blonde Frau – wohl ein Knappe und eine Jungfrau – auf dem Kutschbock Platz, in dem auch die Habseligkeiten, die den drei Freunden abgenommen worden waren, verstaut waren.

Herr Arthen, Herr Friedbart und ein weiterer Ritter, der selig lächelnd ein weißes Kleid mit zahlreichen Rüschen und Schnüren auf seine Satteltaschen gebunden hatte, würden sie zu Pferd begleiten. Ruckelnd setzte sich der Wagen in Bewegung.

Langsam zuckelten sie aus der Stadt, und Ben blickte durch die Gitterstäbe zurück. Nicht wenige Menschen starrten ihnen zornig oder voll Abscheu nach, die Fäuste geballt, doch niemand schien noch weitere Früchte oder Steine übrig zu haben, um sie nach ihnen zu schleudern. Auch Margulv entdeckte er in der Menge, doch seine Miene konnte er nicht deuten. Die Käfigstangen hatten zwei geschwollene rote Linien in seinem Gesicht hinterlassen, und wenigstens das verschaffte Ben eine kleine, dumpfe Befriedigung.

EIN NACHTLAGER UND KEIN PLAN

Als sich die Sonne endlich dem Horizont näherte, hielten die Ordensritter an und schirrten die Pferde ab. Bens Magen knurrte, sein Mund war vollkommen ausgetrocknet. Natürlich hatte er die zermanschten Früchte vom Käfigboden nicht angerührt, das hatte ihm sein Stolz verboten. Irgendwann mussten sie ihnen etwas anderes anbieten, Arthen hatte etwas von morgen gesagt.

»Oh, da sind ja noch einige Früchte übrig«, kommentierte Herr Arthen, als er mit einem Wasserschlauch in der Hand herbeitrat und einen Blick in den Käfig warf. »Offenbar seid ihr sehr genügsam, und es sind ausreichend Früchte bis übermorgen.«

»Ich esse nichts, mit dem nach mir geschmissen wurde«, sagte Ben.

»Oh? Auch noch wählerisch, der junge Herr.« Herr Arthen zog die Augenbrauen hoch.

»Ihr könnt uns nicht verhungern lassen.«

»Nicht?«

»Nein. Dann bekommt ihr kein Geld mehr für uns!«

»Dann gibst du also zu, dass man für euch Geld bekommt? Dass ihr die Gesuchten seid?«

»Ihr wollt uns als die drei verkleiden. Es spielt doch keine Rolle, wer wir sind!«

»Nicht? Ich würde es trotzdem gern wissen.« Herr Arthen nahm einen genüsslichen Schluck aus dem Wasserschlauch. Ein paar Tropfen liefen ihm aus dem Mundwinkel und fielen zu Boden. Mit gespieltem Bedauern sah er ihnen hinterher und verschüttete dabei lächelnd noch einen Schluck. »Und ich werde es erfahren.«

Unwillkürlich fuhr sich Ben über die rissigen Lippen, während das kostbare Wasser in der Erde versickerte. Noch einen weiteren Tag in der grellen Sonne, und sie würden aufplatzen. Er hatte kaum noch Speichel, um sie zu befeuchten.

»Übrigens«, fügte der Ritter beiläufig an, »so schnell verhungert man nicht. An eurer Stelle würde ich jedoch die Früchte essen, bevor die Sonne alle Feuchtigkeit aus ihnen gebrannt hat. Durst ist etwas furchtbar Quälendes, lange bevor er zum Tod führt.«

Dann wandte er sich ab und schlenderte die zehn Schritt zum Lagerfeuer hinüber, das der Knappe eben voller Eifer entfachte.

Als Herr Arthen gegangen war, schob sich Yanko ein kleines Stück irgendeiner Frucht in den Mund, spuckte es jedoch sofort wieder aus und verzog angewidert das Gesicht. Dann zog er Nicas Kopf behutsam auf seinen Schoß und begann, ihr zärtlich die Reste aus dem Haar zu pflücken und durch die Streben zu werfen.

Auch ihre Lippen waren rissig, trotzdem musste Ben daran denken, sie zu küssen. Daran, wie voll und sanft sie noch vor Kurzem gewesen waren. Scham stieg in ihm auf, und er blickte rasch weg. Zugleich fühlte er sich furchtbar allein. Nica hatte ihn geküsst, doch jetzt lag ihr Kopf auf Yankos Oberschenkel. Yanko durfte ihr den Dreck aus dem Haar entfernen, nur er durfte sich um sie kümmern. Und er kümmerte sich nur um sie, nicht um Ben.

Natürlich wollte Ben von seinem Freund nicht so berührt werden, wie der Nica betatschte, doch er wollte auch zu ihnen gehören. Die beiden hatten einander, doch er hatte nur seine Erinnerung an einen verbotenen Kuss und die Gedanken an ein hochnäsiges Mädchen in Falcenzca, das ihn zurückgewiesen hatte.

Er war allein, Yanko und Nica waren zusammen.

Und das galt selbst hier und jetzt in diesem Käfig, der sie zu ihrer Hinrichtung bringen sollte.

Wie ertrug sie das nur, ohne wahnsinnig zu werden über den Kuss, mit dem sie ihn hintergangen hatte? Ben konnte Yanko deswegen manchmal nicht in die Augen sehen, aber sie küsste ihn weiterhin, als wäre nichts geschehen. Ließ sich von ihm in den Arm nehmen, ahnungslos, wie er war. Warum bemerkte Yanko nicht, wie sie ihn behandelte? So dumm, wie er sich anstellte, hatte er es nicht anders verdient, dass ein anderer sein Mädchen küsste, dachte Ben wütend.

Warum nur konnte er diesen Kuss nicht vergessen? Warum nicht Anula? Die meisten Jungen verliebten sich in ein einziges Mädchen, nur er brachte es fertig, sich zugleich in zwei zu verlieben, die beide nichts von ihm wollten. War es nicht genug, wegen einer unglücklich zu sein? Warum konnte er sich nicht entscheiden, welche von beiden für die stechende Einsamkeit in seiner Brust zuständig war? Voller Selbstmitleid überlegte er, ob ihn jemand verflucht haben könnte und warum er nicht einfach einem Mädchen begegnen konnte, das ihn wirklich mochte. Das ihn küssen wollte, auch wenn es keine Pilze gegessen hatte.

Doch wie es aussah, würde er überhaupt kein Mädchen mehr kennenlernen. Er würde hingerichtet werden und allein sterben. Hoch am Galgen, neben einem Freund, den er hintergangen hatte, und einem Mädchen, das ihn einmal geküsst hatte, als sie nicht klar im Kopf gewesen war. Von wegen Wahrheit, pah! Würden die Pilze wirklich die Wahrheit zeigen, läge ihr Kopf jetzt auf seinem Schoß und nicht auf Yankos.

Ben dachte an drei wartende Galgen, an die jubelnde, nach Tod lechzende Menschenmasse vor dem Schafott, und wurde von einer weiteren Welle der Angst überschwemmt. Er begann zu zittern und biss sich auf die Knöchel, um nicht zu weinen. Mochte er auch allein sein und bald sterben, noch hatte er seinen Stolz. Den würden ihm die verdammten Ritter nicht nehmen. Niemals.

Mit brennenden Augen und bebenden Lippen sah er hinüber zur Sonne, die rot am Horizont versank, und beschimpfte leise die Ritter. Erst stotternd, dann immer flüssiger. Mit jedem Wort stieß er auch ein wenig von der nagenden Angst hinaus.

»Ihr elenden bauchkrampfigen Darmgeburten«, murmelte er.

»Rotzfresser«, half ihm plötzlich Yanko, der den Kopf gehoben hatte und ebenfalls in den Sonnenuntergang starrte. Seine Augen waren rot umrandet.

»Wimmermäuse«, knurrte Ben mit einem mühsamen Lächeln. Zu zweit zu fluchen, half gegen die Einsamkeit und Angst.

»Angstjammernde Furchtlurche.«

»Unterwürfige Bodenwinder.«

»Wurzelgnome.«

»Stinkende Missgeburten einer grün verschimmelten Trollmutter.«

»Sollen ihnen alle Finger und Zehen einzeln abfaulen. Ganz langsam, Glied für Glied.«

»Und die Augen in den Höhlen zu gammligen Rosinen

verschrumpeln und durch die verstopften Nasenlöcher nach draußen rollen.«

»Drauftreten sollen sie dann, blind wie eine greise Erdschleiche.«

Und so ging es weiter und weiter, bis die Sonne schließlich vollständig versunken war und sich Dunkelheit über das Land senkte. Nur das flackernde Feuer sorgte noch für Licht.

Nica hatte kein einziges Wort zu den Beschimpfungen beigetragen. Jetzt richtete sie sich auf und sagte mit ruhiger Stimme: »Wir müssen irgendwie an den Schlüssel für den Käfig kommen.«

»Und wie?«, fragte Ben und blickte sie überrascht an. Er hatte gedacht, sie wäre auf Yankos Bein bereits eingeschlafen und hätte jegliche Kraft und Hoffnung verloren.

»Ich weiß es nicht. Aber dieser eine Ritter war doch ganz wild darauf, mir das Kleid anzuziehen. Irgendwie müssen wir ihn …«

»Nein«, stieß Yanko hervor. »Wir müssen ihn nicht noch auf dumme Gedanken bringen.«

»Wenn er genug getrunken hat, können wir ihn überwältigen«, warf Ben nach einem kurzen Moment der Stille ein. Egal, wie unausgereift und riskant dieser Plan sein mochte, es war wenigstens einer. Das Bild von ihrer Hinrichtung hatte sich in Bens Gedanken festgekrallt; sie mussten hier unter allen Umständen raus, bevor sie zu jenem Abt kamen. Und sie wussten nicht, ob sie schon morgen oder erst nächste Woche sein Kloster erreichen würden.

»Und wenn nicht, was dann?« Zornig starrte Yanko ihn an. »Du bist fein raus, dir passiert ja nichts.«

»Fein raus?«, zischte Ben und mühte sich, nicht laut zu werden. »Wir werden alle sterben, sobald wir bei diesem Abt sind. Das nennst du Krötenkopf fein raus? Wenn einer von denen da draußen wild darauf wäre, mir ein weißes Kleid oder meine Flickenhose anzuziehen, dann wäre ich auch liebend gern der Lockvogel. Nur will das dort keiner.«

»Wäre, wäre, wäre …«, äffte Yanko ihn nach. »Das kann jeder sagen, das ist nicht echt.«

»Ach ja? Soll ich dir mal eine echt gebrochene Nase zeigen?«

»Komm doch her. Schauen wir mal, wessen Nase als erste splittert!«

Ben wollte schon aufspringen, da knurrte Nica: »Jungs!«

Ben verharrte, auch Yanko ließ die erhobene Faust langsam sinken.

»Was soll der Unsinn?« Ohne eine Antwort abzuwarten, schaute sie Yanko an und legte ihre Hand beruhigend auf seinen Oberschenkel, doch Ben sah, dass ihre Finger zitterten. »Ben und ich haben recht. Der erfolgversprechendste Köder bin momentan einfach ich. Am besten warten wir noch, bis sich die ersten Ritter schlafen legen. Wenn dir bis dahin ein anderer Ausweg einfällt, sag ihn mir. Mir macht dieser Plan doch selbst Angst. Aber irgendwas müssen wir tun, wir können uns nicht wie dummes, wehrloses Vieh zur Schlachtbank führen lassen.«

Yanko erwiderte ihr gequältes Lächeln und strich ihr sanft über die Wange. Dann drehte er sich zum Lagerfeuer, um das die lachenden Ordensleute zechten und mit viel Wein und Gesang ihren großen Fang feierten, und stierte entschlossen in die hell lodernden Flammen. »Na, dann lasst mich mal in Ruhe denken.«

Nachdem bestimmt zwei Stunden vergangen waren, verriet sein gequälter Gesichtsausdruck, dass ihm noch immer nichts eingefallen war. Besorgt beobachtete er, wie sich erst der kichernde Knappe, dann Herr Arthen und die sichtlich beschwipste Jungfrau hinlegten. Der schwankende Herr Friedwart legte noch ein paar dicke Äste auf das hell auflodernde Feuer, während er bruchstückhaft Lobpreisungen auf Hellwah und seine strahlende Helligkeit murmelte, und erleichterte sich dann kichernd am linken Vorderrad ihres Wagens, nicht ohne dabei auch die eigenen Stiefel zu treffen. Gähnend überließ er dem dritten Ritter die erste Wache.

»Ich brauche mehr Zeit«, murmelte Yanko verzweifelt. »Warum kannst du nicht die letzte Wache übernehmen?«

»Das klingt nicht so, als wäre dir etwas eingefallen«, raunte Nica tonlos. »Mir leider auch nicht. Ben?«

Stumm zuckte er mit den Schultern.

Der Ritter, dessen Namen sie nicht kannten und den er wegen des Kleids in Gedanken den weißen Ritter nannte, schlenderte zu ihnen herüber und griente. Wie Friedbart hatte er auffallend kleine Ohren, wobei dem rechten auch noch das Läppchen fehlte. Über die ganze Wange verlief vom Mundwinkel bis ins dichte, hellbraun gelockte Haar eine alte rote Narbe, die bezeugte, dass er einmal dem Tod nur knapp entkommen war. Sie war breit und hässlich ausgefranst und ließ eher eine wilde Klaue als eine scharfe Klinge hinter der Wunde vermuten. Das linke Augenlid des Ritters zuckte stets nervös, während er sprach. »Das hättet ihr nicht gedacht, dass wir euch erwischen, was?«

Keiner antwortete. Zornig starrte Yanko ihn an, und Nica versuchte sich an einem Lächeln, das ihr jedoch völlig misslang. Zu deutlich stand ihr die Abneigung ins Gesicht geschrieben.

»Keine schlechte Idee, bei den Ketzern unterschlüpfen zu

wollen, aber wir sind auch nicht dämlich.« Der Ritter sprach langsam, fast lallend, und lachte. »Der kleine dreckige Drache mag mich im Gesicht erwischt haben, aber der Kopf funktioniert noch immer prächtig. Darum hab auch ich das Kleid gefunden. Ich und kein anderer. Das freut dich doch, Mädchen, oder?«

Zögerlich nickte Nica. Ihre Mundwinkel zuckten, aber es war nicht zu erkennen, ob sie gleich lächeln oder weinen würde. Ihre Augen waren so kalt und hart, dass weder das eine noch das andere wahrscheinlich schien.

»Gesprächig seid ihr nicht gerade, oder?«

Wieder sagte keiner ein Wort. Ben hoffte, Yanko würde sich weiterhin im Zaum halten können und schielte zu Nica. Es lag an ihr, den Ritter um den Finger zu wickeln, doch noch schienen ihr die passenden Worte zu fehlen. Sie hatte den Mund leicht geöffnet, brachte aber keinen Ton heraus.

»Halt's Maul, ich will endlich schlafen«, brummte da Herr Arthen und drehte sich auf die andere Seite.

»Schon gut.« Der weiße Ritter senkte die Stimme zu einem Flüstern und näherte sich dem Käfig so weit, dass sein Gesicht nur noch eine Handbreit entfernt war. Aus seinem Mund roch es säuerlich nach Wein. »Wir haben euch erwischt, bevor die weißen Drachen es getan haben. Wir waren schneller als die Hunde Hellwahs, die hinter euch her sind. Nicht viele Ritter können das von sich behaupten. Wir sind Helden.«

Endlich zeigte sich ein Lächeln auf Nicas Lippen.

Viel zu früh, dachte Ben. Herr Arthen war noch wach – den weißen Ritter jetzt zu überwältigen, würde ihnen gar nichts nützen. Sie mussten ihn noch eine Weile hinhalten.

»Ja, das freut dich, was?« Der Ritter zeigte ein breites Grinsen, das offenbarte, dass ihm zwei Schneidezähne fehlten und ein dritter nur noch ein brauner Stumpen war. »Alle Mädchen sind ganz wild auf Helden. Plötzlich sind all die Narben nicht mehr abstoßend, und auch ein hässlicher Mann wird angesehen.«

Ben fragte sich, ob er von diesem Unsinn tatsächlich überzeugt war, davon, dass Frauen jene als Helden verehrten, die sie in einen Käfig sperrten. Ob dieser Ritter wirklich nicht bemerkte, dass Nicas Lächeln nicht mit seinen Taten zusammenhing? Wie viel Aufrichtigkeit und Zuneigung erwartete er von einer Gefangenen?

Natürlich konnte man Menschen einschüchtern, bis sie eine kriecherische falsche Freundlichkeit an den Tag legten. Aber über eine derartig erzwungene Bewunderung konnte sich doch nur ein erbärmlicher, würdeloser Wurm freuen, kein Mann, der die Bezeichnung Held verdient hatte.

Yanko ballte die Hände so fest zu Fäusten, dass er beinahe schrie und seine Zähne deutlich vernehmbar knirschten.

Nica senkte den Kopf, als wäre sie scheu und verlegen, und Ben bemühte sich um einen ängstlich bewundernden Gesichtsausdruck, auch wenn er nur Abscheu vor diesem Ritter empfand. Und dann wurde ihm bewusst, was der eben gesagt hatte: Die Hunde Hellwahs waren hinter ihnen her. Und obwohl sie bereits in den Händen des Ordens waren, überrollte Ben eine weitere Welle der Furcht.

Von diesen weißen Drachen hatte Priester Habemaas in Trollfurt stets mit Ehrfurcht erzählt. Sie galten als niemals ermüdende Jäger, die das Herz des größten Kriegers mit einem einzigen Hauch zu Eis verwandeln konnten, so dass es bei der nächsten Erschütterung in tausend Teile zersplitterte. Sie mussten ihm nun nur noch einmal gegen die Brust tippen, und der Ritter fiel. Selbst ein kleiner Junge konnte diesen Krieger nun mit einer geschleuderten Kastanie niederstrecken. Diese Drachen hatten über die Jahrhunderte die schrecklichsten Feinde des Ordens aufgespürt, und Ben erinnerte sich noch an die brennende Bewunderung, die er im Alter von acht oder zehn Jahren und auch noch später für ihre Stärke und Macht empfunden hatte. Für ihren unfehlbaren Geruchssinn und ihre unermüdliche Ausdauer, denn niemals gaben sie eine einmal aufgenommene Fährte verloren.

Vor allem erinnerte er sich an eine Legende über einen blutsaufenden und kinderfressenden Ketzer, dessen Namen Ben längst vergessen hatte. Dieser hatte nach zahlreichen lasterhaften Taten das Großtirdische Reich verlassen, um andernorts sein Unwesen zu treiben. Er überquerte Grenzen, Flüsse und auch ein Meer. Nie wurde er sesshaft, denn er wusste, der Orden hatte ihm einen Verfolger hinterhergeschickt, den er nicht besiegen konnte. Allerdings prahlte er nach jeder weiteren Untat, man könne ihm sehr wohl entkommen, wäre man nur schnell und schlau genug. Und er sei schnell und schlau genug. So zogen die Jahre ins Land, und der Ketzer wurde älter und gebrechlicher, doch der weiße Drache folgte stur seiner Fährte, ohne zu ermüden. Schließlich fand er den Ketzer auf seinem Sterbebett in einem fernen Land, und all sein Hochmut war von ihm gewichen. Als der Ketzer den Drachen mit erlöschenden Augen sah, erbleichte er, denn er wusste nun, dass Hellwah wahrlich keine Schandtat ungesühnt ließ. Und mit einem kalten Hauch aus seinen Nüstern gefror der Drache ihn zu einer Skulptur aus niemals schmelzendem Eis. Selbst die Seele des Ketzers wurde vom Atem des Drachen gebannt und konnte sich nicht lösen. Wie feiner, glitzernder Dunst hing sie über dem zu Eis gewordenen Körper, der nur wenige Augenblicke vor seinem erlösenden Tod in ewig stechende Kälte gehüllt worden war. Denn selbst die heißesten Strahlen der Sonne erwärmten dieses Eis nicht, auch im Sommer verweigerte Hellwah ihm seine erlösende Wärme. Der schreckliche Ketzer war nun für alle Zeit zwischen Leben und Tod gefangen.

Ob er diese Geschichte wirklich glauben sollte, konnte Ben nicht sagen. Seit er wusste, wie viele Lügen in alten Legenden stecken konnten, zweifelte er an allem. Doch auf keinen Fall wollte er von einem dieser weißen Drachen erwischt werden. Er schluckte und wandte sich an den Ritter, um mehr über einen solchen möglichen Verfolger zu erfahren: »Ihr wart schneller als die Hunde Hellwahs? Das ist wirklich bewundernswert. Doch warum sollten sie hinter uns her sein?«

»Glaubst du Knilch mir etwa nicht?«

»Oh, nein, das habe ich nicht gesagt. Doch warum sollte der Orden uns diese nimmermüden Jäger auf den Hals hetzen, wenn sich anderswo viel gefährlichere Gestalten herumtreiben. Mordende Ketzer und ruchlose Räuber und diese wüsten Samothanbeter von dem Steckbrief?«

Verwirrt starrte der weiße Ritter Ben an und blinzelte. Dann knurrte er böse: »Aber ihr seid doch die auf dem Steckbrief.«

»Wenn wir das wirklich wären, warum würde Herr Arthen dann das arme Mädchen in ein falsches Kleid stecken?«, fragte Ben listig. Das Gespräch entwickelte sich anders als geplant, aber vielleicht konnte er hilfreiche Zweifel säen. »Müsste er uns dann wirklich verkleiden?«

Mit stechenden Augen starrte der weiße Ritter ihn an. Für einen kurzen Moment konnte Ben die erhofften Zweifel aufflackern sehen, dann legte sich wieder das fiese Grinsen auf die Lippen des Ritters. »Ich weiß nicht, ob er das muss.

Aber das ist mir auch egal, ich tue es nun mal einfach gern. Und ob ihr nun die Falschen oder Richtigen seid, das werden die feinen Nasen der äbtlichen Drachen auf jeden Fall erkennen.«

Innerlich fluchte Ben. Daran hatte er natürlich nicht gedacht. Was wussten schon die Pilze von der Wahrheit, die ihm gezeigt hatten, er solle sich die Haare schneiden? Darauf wäre er auch allein gekommen. Hätten sie ihm mal lieber gezeigt, wie man seinen Geruch verändert, das wäre hilfreich gewesen.

In diesem Moment erklang ein lang gezogenes, grunzendes Schnarchen; Herr Arthen war endlich eingeschlafen. Beinahe sofort fasste der weiße Ritter Nica ins Auge und zwinkerte ihr unbeholfen zu. »Ich glaube, ich hol mal das Kleid. Wir können ja schon einmal prüfen, ob es wirklich die richtige Größe hat, auch wenn du es letztlich erst zur Ankunft beim Abt angezogen bekommst.«

Irritiert sah Ben ihm nach. Sie hatten noch nicht einmal versucht, ihren Plan in die Tat umzusetzen, doch allem Anschein nach hatte dieser Widerling den ganzen Abend über genau denselben gehabt. Das war nicht gut. Beim Gepäck neben dem Feuer angekommen, beugte sich der Ritter nach vorn und kratzte sich dabei ausgiebig am Hintern.

Ein kurzer Luftzug streifte den Käfig. Er kam von oben, doch Ben dachte sich nichts dabei. Stumm starrte er weiter zum weißen Ritter hinüber, der sich langsam wieder aufrichtete, das Kleid in den Händen. Ein weiterer Windzug traf Ben, Yanko stieß ihm gegen die Schulter und zischte: »Schau hoch.«

Doch da hatte Ben das heranstürmende Rauschen bereits selbst erkannt. Drachenflügel!

Rasch hob er den Kopf und musste nicht lange suchen. Ein massiger Schatten stürzte aus dem Himmel herab, verdeckte mit jedem Augenblick mehr Sterne. Ben glaubte, in seinem Windschatten noch zwei weitere geflügelte Schemen wahrzunehmen. Mächtige Klauen prallten auf ihren Käfig und krallten sich ins Gitter.

»Festhalten«, knurrte Aiphyrons vertraute Stimme. Dann schlug der Drache kräftig mit den Flügeln. Er wischte den weißen Ritter von den Beinen, der von der aufgewühlten Luft weiter über den Boden gefegt wurde und sich fluchend dreimal überschlug.

»Was …?«, murmelte Herr Arthen verschlafen, bevor er aufgewirbelten Staub und Dreck schluckte und hustend ganz aus dem Schlaf gerissen wurde. Panisch packte er das Schwert neben seiner Liegestatt und krabbelte hinter den nächstbesten Busch.

Als sich ihr Gefängnis schwankend in die Luft erhob, lachten und jubelten Ben, Yanko und Nica. Ben klammerte sich an die Gitterstäbe, um nicht zu fallen, und sah, wie das Lagerfeuer, ein lodernder Punkt Helligkeit in der Nacht, langsam immer kleiner wurde. Er sandte stumme Beschimpfungen zu den Rittern hinunter, sein Herz pochte wild vor Freude. Frei, sie waren wieder frei! Yanko und Nica standen neben ihm und starrten ebenfalls hinab; Nica zitterte vor Erleichterung.

Mit ausgebreiteten Schwingen segelte Feuerschuppe unter ihnen hindurch und drehte ihnen den Kopf zu. »Na, alles in Ordnung?«

»Ja!«, brüllte Ben und rüttelte voll ausgelassener Freude an den Gitterstäben, sodass der Wagen noch stärker schwankte.

»Holst du mir den Ritter?«, rief Nica. »Bitte!«

»Welchen?«

»Egal. Am besten alle drei.« Sie schniefte. »Ich muss erst noch herausfinden, wer das größte Warzenschwein ist.«

»Ja, alle drei!«, bestärkte Yanko. »Wir brauchen sie wirklich.«

»Mit Vergnügen«, sagte Feuerschuppe und rief Juri zu, er solle ihm folgen.

Lachend wirbelten die beiden herum und eilten zu dem in der Ferne kaum noch erkennbaren Lagerfeuer zurück. Der Käfig schwankte.

»Wofür brauchen wir sie denn?«, fragte Ben. »Geht's um Rache?«

Nica schwieg. Den Ausdruck ihrer Augen konnte er in der Dunkelheit nicht erkennen.

»Natürlich. Willst du die Kerle etwa nicht bestraft sehen?«, sagte Yanko und schlug ihm übermütig auf die Schulter. »Aber in erster Linie hoffe ich, dass sie mehr über den Hohen Norkham wissen, wohin er geflohen sein könnte und lauter solche Dinge. Schließlich müssen wir seine Fährte neu aufnehmen.«

»Und die seines Drachen«, betonte Ben halbherzig und ärgerte sich, dass er nicht selbst daran gedacht hatte, wie wichtig das Wissen der Ritter war.

»Und die seines Drachen«, bestätigte Yanko ebenso halbherzig.

Nach einer Weile setzte Aiphyron vorsichtig zur Landung an. Trotzdem prallte der Käfigwagen mit einem Ruck auf die Erde und rollte noch ein paar Schritt weiter, bis sich die Räder im hohen Gras verhedderten. Yanko, der voller Übermut die Gitterstäbe schon hoch in der Luft losgelassen hatte, fiel auf die Knie, doch er lachte, anstatt zu fluchen.

»Bitte aussteigen, die Herrschaften. Wünsche wohl geflogen zu sein.« Grinsend bog Aiphyron mit den kleinsten Krallen jeder Klaue zwei Gitterstäbe so weit auseinander, dass sie bequem hindurchschlüpfen konnten.

»Danke.« Ben klopfte dem Drachen freundschaftlich auf das Vorderbein, bis zur Schulter kam er nicht hinauf.

»Keine Ursache. Aber das bequemste Schwebehäuschen der Welt habt ihr euch hier nicht ausgesucht. Es stinkt nach verfaulten Früchten und ...«

Nica drückte dem Drachen einen Kuss auf die Schnauze und brachte ihn so zum Schweigen. Ihre Stimme klang rau. »Danke.«

»Schon gut, wirklich«, wehrte er ab. In der Dunkelheit war nicht zu erkennen, ob auch Drachen erröten konnten. Vermutlich nicht.

Es dauerte nicht lang, bis Feuerschuppe und Juri angeflogen kamen. Jeder von ihnen trug einen vor Angst erstarrten Ritter in den Klauen. Ohne lange zu überlegen, steckten sie die beiden in den verlassenen Käfig und bogen die Stangen wieder gerade.

»Ich wünsche einen schönen Aufenthalt«, sagte Nica und tat so, als spucke sie auf den Boden. Speichel konnte sie in ihrem trockenen Mund nicht finden. »Wir haben euch ein wenig Essen übrig gelassen.« Herr Friedbart und der weiße Ritter waren bleich wie der Mond und starrten verdattert umher. Sie schienen Nica überhaupt nicht gehört zu haben. Wankend ließ sich Friedbart auf die Knie sinken und murmelte furchtsame Gebete zu Hellwah, während sein Kamerad die Hände gegen den Bauch drückte, das Gesicht verzog und sich dann mitten in den Käfig erbrach. Ihnen schien der Flug nicht sonderlich bekommen zu sein.

»Wo ist der dritte?«, fragte Yanko.

»Einen dritten Ritter haben wir nicht gesehen. Nur eine junge Frau und einen schmächtigen Jungen, die schreiend das Weite gesucht haben.«

»Der Dritte war ihr Anführer.«

»Aber er war nicht da.«

»Ich schau noch mal. Den Kerl finde ich.« Juri erhob sich und raste davon. Diesmal blieb er länger fort, doch als er schließlich zurückkehrte, waren seine Klauen leer, und die Enttäuschung stand ihm ins Gesicht geschrieben. Nicht die geringste Spur hatte er von Herrn Arthen gesehen, er musste es bis in den nahen Wald geschafft haben, wo es zahlreiche Verstecke gab, vor allem in der Dunkelheit. Es hatte keinen Sinn, dort nach ihm zu suchen.

Sie flogen zurück in die Klamm, um dort alle weiteren Schritte zu beraten.

ZU VIELE FÄHRTEN

Der fahle Mond stand hoch über der Klamm. Ben, Yanko und Nica saßen an einem kleinen Feuer und lauschten Juris ausführlichem Bericht.

Sie hatten sich die Bäuche vollgeschlagen und gierig wie Tiere aus dem Bach getrunken. Ausgelassen hatte Yanko den ganzen Kopf in das kühle Wasser gesteckt und sich den Mund volllaufen lassen. Immer wieder hatten sie lachend die Drachen gefeiert, und Juri hatte ihnen weitschweifig versichert, er und Aiphyron seien sehr wohl auf den Gedanken gekommen, dass Ben mit »es kann dauern« doch seinen menschlichen Maßstab gemeint hatte und nicht den eines Drachen. Nach Sonnenuntergang hatten sie die Stadt abgesucht und die Gehenkten vor dem Tor bemerkt.

»Das gefiel uns nicht«, sagte er. »Wir machten uns Sorgen, auch wenn wir natürlich erkannten, dass die Toten schon länger tot waren. Dennoch schien es keine freundliche Stadt zu sein. Feuerschuppe wollte sofort einen Passanten aus einer einsamen Gasse pflücken und ihn höflich befragen, ob er euch gesehen habe. Einen angetrunkenen jungen Mann, der die Begegnung morgen bestimmt auf den Alkohol schieben würde, und wenn nicht, würden es zumindest die tun, denen er davon berichtete. Doch wir hielten ihn davon ab. Wir hatten nicht den geringsten Hinweis darauf, dass euch wirklich etwas geschehen war, und ihr wart allein gegangen, um nicht mit Drachen in Verbindung gebracht zu werden. Da wollten wir diese Verbindung nicht allzu deutlich selbst herstellen, nicht dass es euch gutginge und euch genau das erst in Schwierigkeiten brachte. Denn wer konnte schon mit Sicherheit davon ausgehen, dass wirklich niemand einem willkürlich entführten Passanten Glauben schenken würde? Und wer wusste schon, wie viele Leute wir überhaupt aus den Straßen fischen mussten, bevor wir jemanden erwischten, der euch getroffen hatte? Also beschlossen wir, erst einmal in Ruhe über der Stadt zu kreisen, bis wir euch entdecken würden. Abwechselnd hat sich dabei immer einer von uns gelöst und umflog die Stadt in größerer Entfernung, einfach um sich mit allem vertraut zu machen, um zu sehen, ob dort nicht vielleicht ein einsames Anwesen zu finden war oder was auch immer. Schließlich gab es ja die Möglichkeit, dass dieser Norkham gar nicht in Vierzinnen wohnte, sondern vielleicht nur bei der Stadt. Während ihr also die Stadt selbst auskundschaftet, könnten wir uns ja ein wenig um das Umland kümmern, das fiel uns leichter als euch. Und dabei entdeckte Aiphyron dann zufällig das Feuer.«

Noch einmal dankten die drei den Drachen, dann überlegten sie, was nun zu tun sei. Nica drängte es danach, die beiden Ritter nach dem geflohenen Norkham und seinem Drachen zu befragen, doch Aiphyron schlug vor, sich die Angst der Ritter vor einem geflügelten Drachen zunutze zu machen und ihm die Angelegenheit zu überlassen. Ihm allein, damit der Ritter keine menschlichen Gestalten vor sich hatte, die ihm vertraut waren und nicht so furchteinflößend. Sie sollten keinen Menschen haben, an den sie sich voller Hoffnung wenden konnten.

Nur murrend willigte Nica ein, ihr war deutlich anzusehen, dass sie den Ritter liebend gern selbst in Angst versetzt hätte.

Während der Drache zum Käfig hinüberkroch, blieben die

anderen schweigend auf ihren Steinen am Bachufer sitzen. Es dauerte nur einen Augenblick, dann wurde das Plätschern des Wassers von einem schrillen Flehen übertönt.

»Friss mich nicht! Bitte, friss mich nicht!«, hörten sie den weißen Ritter jammern, während Friedbart immer lauter brabbelte: »Hellwah hilf! O Hellwah, sende uns dein strahlendes Licht und erlöse uns von der Dunkelheit. Hilf, Hellwah, hilf deinem armen Knecht, der auf Knien vor dir liegt.«

Im flackernden Feuerschein zeigte sich ein dünnes, eisiges Lächeln auf Nicas Lippen. Ben sah, wie sie angespannt die Finger verknotete, wieder löste und wieder verknotete. Mit dem linken Daumennagel schrabbte sie so heftig über die Finger der rechten Hand, dass er sich wunderte, dass kein Blut floss.

»Kleiner Mann, ich will dich doch nicht fressen«, brummte Aiphyron mit erlesener Freundlichkeit und einem Erstaunen, das hörbar gespielt war. »Warum sollte ich das tun? Einem Gast, dem wir unser bestes Zimmer überlassen haben. Ich würde dich nur gern etwas fragen, wenn es genehm ist. Darf ich?«

»Du sprichst! Du sprichst!«, kreischte der Ritter, während er verzweifelt am Gitter rüttelte.

»Ähm, ja. Natürlich.«

»Das kann nicht sein! Drachen sprechen nicht! Sie sprechen nicht! Niemals!« Die Stimme des weißen Ritters überschlug sich. Ben vermutete, dass Aiphyron ihn in diesem Moment mit entblößten Zähnen anlächelte, vielleicht auch eine kleine Flamme in der Kehle gurgelte. Sehen konnte er es nicht, der Käfig lag außerhalb des Feuerscheins, nur der Schwanz und die Hinterbeine des Drachen wurden von den Flammen angestrahlt.

»Hellwah, hilf«, jammerte Friedbart noch immer und immer wieder von Neuem, und er schluchzte, soweit das über die Entfernung zu verstehen war.

Ben erinnerte sich an seine eigene Angst, als er Aiphyron das erste Mal getroffen hatte. Dennoch spürte er Verachtung für die beiden in sich aufsteigen. Immerhin waren sie Ritter des Ordens, die sich einem Drachen angeblich im Kampf stellten. Wo war ihre viel besungene Tapferkeit? Oder kannten sie die nur, wenn sie von hinten aus einem Versteck brachen?

»Aber du hast doch eben selbst festgestellt, dass ich spreche«, führte Aiphyron mit ruhiger Stimme aus. »Wie kannst du da gleichzeitig behaupten, ich könnte es nicht? Widerspricht sich das nicht?«

»Samoth! Samoth spricht aus dir!« Der Schrei des Ritters ging in ein Japsen über. »Es sind die Worte des großen Täuschers, die ich vernehme. Ich werde ihnen nicht glauben. Nichts werde ich dir glauben.«

»Das musst du auch nicht, das verlangt keiner. Wichtig ist im Augenblick nur das Gegenteil, nämlich dass ich dir glaube.« Aiphyron ließ ein kurzes belustigtes Schnauben hören.

Friedbarts gemurmelte Bitten an Hellwah wurden immer leiser und verloren sich schließlich in der Nacht, wurden vom Plätschern des Bachs verschluckt.

»Ich sage nichts, ich sage gar nichts!«, rief der weiße Ritter, in dem plötzlich Trotz zu erwachen schien.

»Und wenn ich dich ganz lieb bitte?«, fragte Aiphyron mit so leiser Stimme, dass sie am Feuer kaum zu vernehmen war. Er kroch noch ein Stück auf den Käfig zu, sodass seine Schnauze nun die Gitterstäbe berührte.

Was er nun sagte, konnte Ben nicht mehr verstehen, auch

die Antwort des Ritters nicht. Doch dass er antwortete, war zu hören; erst stockend, dann sprach er schneller und schneller, hechelte fast panisch von Satz zu Satz, von Aussage zu Aussage. Nur manche Worte drangen deutlich bis zum Lagerfeuer, die meisten lauteten *nicht, nein, bitte, andere* und *schuld.*

Am Feuer wurde kein Wort gesprochen. Alle lauschten stumm in die Nacht, in der Hoffnung, doch noch etwas zu verstehen. Immer wieder schielte Ben zu Nica, in deren versteinerten Mundwinkeln immer dann ein Lächeln zuckte, wenn sich die Stimme des Ritters voller Furcht erhob.

Nach einer langen Weile kam Aiphyron zu ihnen herüber. »Er hat keine Ahnung, wo der Ketzer ist. Er vermutet, dass er in die Berge geflohen ist, denn dort gibt es zahlreiche Verstecke. Dorthin flieht jeder, der nichts zu verlieren hat, sagt er, denn die Berge sind gefährlich, nur die wenigsten Verfolger wagen sich dort weit hinein. Unter den Bergen hausen kleine, grünhäutige und kahlköpfige Gnome, die sich am Tag ihrer Mann- oder Frauwerdung selbst furchtbare Zähne aus Granit hauen und sie sich statt der kindlichen Eckzähne einsetzen. In den schwärzesten Nächten kommen sie aus ihren Höhlen gekrochen und fressen Menschen im Schlaf, denen sie zugleich mit einem bösen Zauber so tiefe Träume schenken, dass sie nicht erwachen. Diese Träume abzuschütteln, gelingt nur den wenigsten, und nicht selten ist bis dahin schon ein halbes Bein gegessen oder ein Arm. In schlimmen Fällen erwacht der Wanderer mit einem tatsächlichen Loch im Bauch oder nur einem halben Kopf auf den Schultern.«

»Ein halber Kopf, pah! Das ist doch Unsinn!«, motzte Nica. Yanko lachte, doch es war nicht klar, worüber.

»Natürlich ist das Unsinn«, fuhr Aiphyron fort. »Doch irgendwer glaubt es, und vielleicht gibt es dort tatsächlich irgendwelche Gnome, die nicht sonderlich freundlich sind. Tatsache bleibt, dass die Berge jenseits der ersten Kette gemieden werden. Aber nicht vom tapferen Orden, wie mir der Ritter versicherte. Zwei Tage lang hat dort ein halbes Dutzend Ritter vergeblich nach irgendwelchen Spuren Norkhams gesucht, bevor sie wieder nach Vierzinnen zurückkehrten, um weitere Ketzer zu befragen. Doch die meisten hatten ihrem Glauben bereits abgeschworen, und neue Glaubensbrüder konnte man ja schlecht in einen Kerker werfen oder gar foltern, und so erhielten sie nur bedauerndes Schulterzucken zur Antwort.

Übrigens heißt der Kerl Zendhen, ich habe ihn gefragt. Auch was sie mit dem Drachen gemacht haben, kann er nicht mit Sicherheit sagen. Er weiß nur, dass dieser von vier Rittern aus der Stadt geschafft wurde. Entweder zum Hohen Abt Morlan in sein befestigtes Wehrkloster an einem Fluss namens Firnh, oder er wurde dem Fürsten dieses Landstrichs hier zum Geschenk gemacht, um ihn zu überzeugen, ein wenig härter gegen Ketzer vorzugehen. Den Namen konnte ich mir aber einfach nicht merken. Wie auch immer, am wahrscheinlichsten schien es ihm, dass er nach Chybhia geschafft wurde, wo jeden vierten Spätsommer sportliche Wettkämpfe zu Hellwahs Ehren stattfinden sollen. Sie scheinen unter Menschen wohl recht bekannt zu sein, denn er war sich sicher, dass ihr davon gehört habt. Habt ihr?«

Alle drei nickten.

»Die chybhischen Spiele. Jeder kennt die«, murmelte Yanko mit leuchtenden Augen, und Ben erinnerte sich daran, dass er früher davon geträumt hatte, für Trollfurt dort anzutreten. In welcher Disziplin, war ihm egal gewesen, Yanko war es um den Ruhm gegangen. Seit mehr als einem Jahrhundert hatte es keinen Sieger aus Trollfurt gegeben, und seit die Mine vor gut zehn Jahren aufgegeben worden war, nicht einmal einen Teilnehmer. Ben hatte zwar immer zuallererst Ritter werden wollen, aber natürlich hätte auch er gern an den Spielen teilgenommen. Jeder Junge, der etwas auf sich hielt, hätte das.

Sie wurden alle vier Jahre veranstaltet, und die größten Städte des Großtirdischen Reichs sowie hochrangige Adlige und bedeutende Händler sandten ihre Vertreter, um im Faustkampf, Lauf, Wagenrennen, Dichterwettstreit, Weitsprung, Bogenschießen, Ringball oder der Jagd im Reinen Bach anzutreten. Mancher Fürst und Kaufmannssohn hatte sich sogar selbst mit den anderen gemessen. Jeder Sieger stand fortan unter dem Segen Hellwahs und wurde mit Geschenken überhäuft. Sein Name wurde im Ewigen Fels eingemeißelt, und er hatte das Recht erwirkt, in jedem Tempel und Kloster Hellwahs zu nächtigen und zu speisen. In der Heimat war man fortan ein Held.

»Dem Sieger von irgend so einer Bachjagd wird zu allen anderen Ehren der Titel eines Drachenreiters verliehen, hat er gesagt«, fuhr Aiphyron fort. »Auch wenn mir diese ganze Geschichte ausgesprochen seltsam erscheint, ist es wohl so, dass die beiden Ritter, die den Drachen für die Siegerzeremonie fangen sollten, noch nicht erfolgreich waren. Zufällig reisten sie vor ein paar Tagen durch Vierzinnen, klagten dort ihre Sorgen und fragten die anwesenden Ritter, ob sie vielleicht von einem geflügelten Drachen gehört hätten. Der Einzige, den sie bisher befreit hätten, habe die Größe einer fetten Katze und sei entsprechend nicht im Geringsten zum Reiten geeignet. Ihnen den frisch erbeuteten Drachen des geflohenen Ketzers zu überlassen, sei wohl Herrn Arthens Vorschlag gewesen, kurz nachdem diese wieder aufgebrochen waren, und dieser Herr setzte sich offenbar meistens durch. Ordensbrüder seien schließlich verpflichtet, einander zu helfen, habe er gesagt, zumal ein Turnier ohne Siegerdrachen ein Schandfleck auf der ruhmreichen Geschichte des Drachenordens sei. *Ruhmreich* hat selbstverständlich Zendhen gesagt, oder dieser Arthen, nicht ich. Wie auch immer, unser Gefangener hat nicht mitbekommen, ob die Ritter tatsächlich den erfolglosen Jägern nachgeeilt sind, den verstümmelten Drachen als Geschenk im Gepäck, oder wohin sie sonst mit ihm aufgebrochen sind.«

Einen ausgedehnten Augenblick lang herrschte Stille, nur das leise Plätschern des Bachs war zu vernehmen, das ferne Rauschen eines Wasserfalls und das knisternde Lagerfeuer. Ganz nahe am Ufer schlug ein auftauchender Fisch, der nach einem Insekt auf der Wasseroberfläche schnappte, leise Wellen.

Nica packte das Messer, mit dem sie eben noch gegessen hatte, wischte es an der Hose ab und erhob sich. »Gut. Das sind ein paar Antworten, aber es sind nicht genug. Jetzt gehe ich hinüber und stelle ihm noch ein paar Fragen zum Hohen Norkham. Dieser verfluchte Zendhen soll lernen, dass er mich ebenso fürchten muss wie einen geflügelten Drachen.«

»Nica. Meinst du nicht, dass wir genug erfahren haben?«, sagte Ben und stand ebenfalls auf. Ihm gefiel Nicas Gesichtsausdruck nicht, der gar kein Ausdruck war, sondern eine leblose Maske. In diesem Moment traute er ihr alles zu. Rötlich funkelte die Klinge im Schein der Flammen.

»Genug? Nichts ist genug. Mit diesen läppischen Antworten finden wir vielleicht den Drachen, aber sicher nicht mehr.«

»Aber das ist doch das, was wir wollen. Wir wollten immer den Drachen.«

»Den Drachen und Norkham.« Den Namen des Ketzers spuckte sie aus. »Das haben wir geschworen. Und wenn sie jetzt getrennt wurden, müssen wir trotzdem beide finden. Beide!«

»Dann lass uns mit dem Drachen anfangen.«

»Warum? Auch wenn dir der Drache wichtiger ist, ich will den ach so Hohen Norkham zuerst winseln sehen. Verstehst du das?« Herausfordernd schob sie das Kinn vor.

»He, ihr zwei«, sagte in diesem Moment Yanko und trat zwischen sie. Er legte jedem einen Arm um die Schulter. »Hört auf zu streiten. Je mehr wir wissen, umso besser, das wird auch Ben zugeben. Doch ich glaube nicht, dass wir dazu das Messer brauchen. Was suchen wir?«

»Antworten«, brummte Nica.

»Einen Drachen und einen Ketzer«, sagte Ben im selben Moment.

»Alles richtig. Aber betrachtet es mal anders: Was wir von den beiden Rittern erfahren wollen, ist die Wahrheit. Mehr können sie uns nicht sagen. Hauptsache, sie verschweigen uns nichts.« Lächelnd schob er die Hand in die Hosentasche und zog einen kleinen Beutel hervor. »Und die Wahrheit erfahren wir mit Pilzen.«

»Aber das sind heilige Seherpilze. Die sind nicht für Gefangene!«, protestierte Nica. Die Hand mit dem Messer hing unentschlossen herab, während Ben seinen Freund zweifelnd anstarrte, überrascht von dem Vorschlag. Dass man jemanden auf diese Weise zum Sprechen brachte, davon hatte er noch nie gehört. Glaubte Yanko wirklich an die Wirkung der Pilze, oder wollte er nur Nica bremsen?

»Wer sagt das?«, fragte Yanko.

»Das macht eben niemand«, beharrte Nica, die sich wohl Ähnliches fragte wie Ben. »Niemand hat so einen Unsinn je versucht.«

»Dann wird es Zeit, dass es jemand tut.« Noch immer lächelte Yanko. »Man muss schließlich nicht immer alles so machen wie alle, oder?«

»Nein.« Kurz zuckte es um Nicas Mundwinkel, dann hellte sich ihr Gesicht mit einem Mal auf. »Aber du hast recht, das könnte wirklich klappen. Lass es uns bei einem ausprobieren.«

Ben nickte, obwohl er nicht überzeugt war. Weder von der Wirkung der Pilze noch davon, dass die Ritter überhaupt etwas wussten. Sonst hätten sie den Ketzer doch sicher längst selbst gefangen. Doch Yanko hatte in einem recht: Man musste etwas ausprobieren, bevor man wirklich wusste, ob es funktionierte.

»Wir nehmen den dämlichen Friedbart«, bestimmte Nica und entzündete eine Fackel im Feuer, damit sie beim Käfig auch ausreichend Licht hatten. »Wenn er redet, können wir auch Zendhen einen Pilz geben. Wenn nicht, bleibt uns noch immer das Messer.«

Doch sie griffen schon früher zum Messer, denn Friedbart weigerte sich vehement, eine halbe Pilzkappe zu schlucken. Er schrie und jammerte, sie wollten ihn vergiften und töten. Erst versuchten sie es mit Beschwichtigungen und Vernunft, doch das half nichts. Dann drohten sie ihm mit der Klinge, doch auch das brachte sie nicht weiter.

»Bitte nicht, bitte nicht. In Hellwahs Namen, lasst mich leben«, flehte Friedbart auf Knien. Dann presste er wieder die Lippen aufeinander, als hätte er Angst, sie würden ihm den Pilz einfach in den geöffneten Mund werfen.

Zendhen saß derweil schweigend, reglos und mit gesenktem Kopf in einer Ecke des Käfigs und versuchte, nicht die geringste Aufmerksamkeit zu erregen. Immer wieder linste er zu ihnen herüber, doch sagte er nichts und rührte sich nicht.

»Der Pilz ist harmlos, wie oft denn noch?«, schrie Yanko schließlich, biss ein Stück von der Pilzkappe ab, kaute es langsam und schluckte es schließlich mit vorgerecktem Hals deutlich erkennbar herunter. Dann riss er den Mund auf, streckte die Zunge heraus und zeigte dem Ritter seine leere Mundhöhle. »Siehst du? Harmlos! Du feiger, winselnder Kniekriecher!«

»Harmlos?«

»Harmlos und lecker. Also lang zu!« Yanko warf die angebissene Pilzkappe in den Käfig.

Zögernd hob Friedbart sie auf und drehte sie in den Händen. Mit einem ängstlichen Blick auf Nica, die noch immer das Messer fest umklammerte, schob er ihn sich zwischen die Lippen. Er kaute kaum, sondern schluckte den Pilz mit zusammengepressten Augen im Ganzen herunter. Dann murmelte er: »Hellwah, hilf.«

»Und? Schmeckt's?«, fragte Yanko freundlich.

»Ähm, ja«, antwortete Friedbart und öffnete die Augen. Er strich sich prüfend mit der flachen Hand über den Bauch, drückte mal hier, mal da, als erwarte er jeden Augenblick einsetzende Schmerzen. Doch als diese ausblieben, fiel ihm offenbar ein, dass er Hunger hatte, obwohl er vor nicht allzu langer Zeit gegessen hatte. »Könnte ich noch mehr haben?«

»Später vielleicht«, sagte Yanko, und dann warteten sie darauf, dass die Wirkung des Pilzes einsetzte.

»Ich weiß nicht, wo dieser Ketzer ist«, verriet ihnen Herr Friedbart nach einer Weile mit glänzenden Augen. Auf allen vieren kam er an das Gitter gekrochen wie ein zutrauliches Tier, das gestreichelt werden wollte.

Ben verschränkte die Hände hinter dem Rücken, um ja nicht in Versuchung zu kommen, ihm über das Haar zu streichen. Alle Angst schien den Ritter verlassen zu haben. »Tagelang haben wir ganz Vierzinnen auf den Kopf gestellt, doch es half nichts; er blieb spurlos verschwunden. Niemand sprach mit uns, und seine Füße hatten im Fels keine Abdrücke hinterlassen. Aber heute, heute könnte ich seine Fährte riechen. Ich könnte den Nachhall seiner Schritte hören, so klar sind meine Ohren jetzt, ja, ich könnte seine unsichtbaren Abdrücke sogar schmecken.« Unvermittelt leckte Friedbart mit der Zunge über die groben Dielen des Käfigbodens, auf dem noch immer Fruchtreste klebten. Dann sah er sie sabbernd wie ein Hund an. »Hier war er sicher nicht.«

»Was machen die Pilze mit ihm?«, raunte Ben, der nicht wusste, ob er angewidert sein oder lachen sollte.

»Ich weiß nicht«, flüsterte Yanko. »Vielleicht kommt ihre Wahrheit derjenigen in die Quere, die im Wein stecken soll. Er hat ja auch getrunken.«

»Uns interessiert nicht, was du nicht weißt«, sagte Nica, während sie Friedbart streng musterte. »Sag uns, was du siehst.«

»Was ich sehe?« Friedbart hechelte Nica an, umschloss zwei Gitterstäbe mit den Händen und reckte ihr sein Gesicht so weit wie möglich entgegen.

»Ja. Vertraue dem Pilz. Was hat Herr Arthen vermutet, was meinst du, wo steckt Norkham? Denk nicht nach, lass einfach die Bilder in deinen Kopf«, befahl Nica. »Und mach Sitz.«

»Ich sehe ihn! Ich sehe ihn!« Gehorsam setzte sich Friedbart und strahlte Nica an. »Einsam und verlassen rennt er durch einen dichten Wald und ernährt sich von fingergroßen, grünhäutigen Gnomen, die er von Sträuchern mit flüsternden Blättern und großen blutigen Dornen pflückt. In einen schwarzen Kapuzenmantel gehüllt, flieht er vor Ordensrittern in strahlenden Rüstungen. Oder folgt er ihnen? Ich weiß es nicht, sie rennen wohl im Kreis. Auf den Bäumen sitzen bunte Vögel mit den Gesichtern schöner Frauen und singen durcheinander. Eine behauptet, ein verzauberter Drache zu sein und will geküsst werden, und dann springt sie von ihrem Ast, der plötzlich vertrocknet ist, direkt in einen Fluss aus goldenem Honig und lässt sich davontreiben, und Norkham schwimmt ihr nach, und die Ritter werfen sich auf ihre Schilde und in den Fluss und staksen mit langen Schwertern hinterher, über zahllose Honigfälle unter einem leuchtenden Sternenhimmel, und jeder Stern ist das glitzernde Auge einer haarigen Spinne, und ihre ineinander verflochtenen Beine sind die Schwärze der Nacht, die jeden Morgen von Hellwahs Feuer verbrannt wird, und der Honig fließt durch ein riesiges Fischernetz, das von einem schrecklichen Giganten gehalten wird. Er besteht aus Tausenden ineinander verkeilter, lachender Kinder. Fängt ein Kind an zu weinen, wird es in den Honigfluss gestoßen und treibt hinaus auf ein endloses bernsteinfarbenes Meer, in dem der Honig zu riesigen glitzernden Wellen erstarrt. Über das Meer fegen Wirbelstürme aus dem vielstimmigen schrillen Lachen des Kindergiganten hinweg, doch sonst weht kein Wind. Gar keiner!«

Der Ritter hatte zum Schluss hin immer schneller gesprochen und atmete jetzt schwer, als wäre er weit gerannt. Seine glasigen Augen waren auf Nica geheftet, als erwarte er Lob. Oder einen Knochen.

»Das war's?«, fragte sie.

Er nickte.

»Hast du mir sonst noch etwas mitzuteilen?«

»Ich habe schon zahlreiche Jungfrauen gerettet und unzählige versklavte Drachen befreit, selbst einen mit sieben Flügeln, gegen den kämpfte ich sogar mit brennendem Fieber und einer knapp über dem Heft abgebrochenen Klinge. Ich bin ein viel besungener Held, doch leider ging mir kürzlich meine Jungfrau abhanden. Wollt Ihr ihren Platz einnehmen und mein schöner Köder für die von Samoth versklavten Geschöpfe sein?«

»Nein.« Nica verzog das Gesicht und befahl: »Leg dich einfach hin und sei ruhig.«

Der Ritter gehorchte hechelnd.

»Das soll die Wahrheit sein?«, fragte Ben. »Dass er ein Hund ist, der von Honigflüssen träumt?«

»Einen Versuch war es wert«, brummte Yanko.

»Ich denke, er hat zumindest zu Beginn die Wahrheit gesagt«, vermutete Ben. »Der Orden hat keine Ahnung, wohin Norkham geflohen ist.«

»Das kann sein, muss aber nicht stimmen. Zur Sicherheit werde ich mir Herrn Zendhen doch noch vornehmen.« Nica zog das Messer wieder hervor.

»Was willst du tun? Ihn foltern, ihm die Finger abschneiden?«, fragte Ben. »Die Nase? Die Ohren?«

»Ja, wenn er sonst nicht redet? Was bleibt uns dann übrig? Wir müssen Norkham finden, das haben wir hoch und heilig geschworen!«

»Dabei war nie die Rede davon, andere zu quälen.«

»Meinst du vielleicht, mir bereitet das Vergnügen?«, blaffte sie ihn an.

Genau das fragte sich Ben, seit sie am Feuer nach dem Messer gegriffen hatte. Er war nicht sicher, ob es ihr wirklich um Antworten ging oder darum, Rache zu nehmen. Für die Zeit im Käfig und vor allem für das, was er ihr angedroht hatte. Sein Wunsch, ihr das Kleid anzuziehen, war kein sehr fürsorglicher gewesen. Stumm schüttelte Ben den Kopf.

»Was dann? Hast du etwa Mitleid mit dem Wurm?«

»Nein, aber …« Mehr wusste Ben nicht zu sagen. Noch vor Kurzem hatte er selbst Margulv Schmerzen zufügen wollen, und säße Herr Arthen dort drüben im Käfig, würde er ihm mit dem größten Vergnügen so viel Angst einjagen, bis er sich in die Hosen machte. Er würde ihn mit Steinen und Dreck bewerfen, bis auch dessen ganzer Körper mit schmerzhaften Blutergüssen und Platzwunden übersät war, und er würde sich darüber ärgern, dass Dreck weder schimmelte noch stank wie verfaulte Früchte. Für das, was dieser weiße Ritter Nica hatte antun wollen, verdiente er fraglos Schmerzen. Trotzdem wollte Ben nicht sehen, wie sie ihre Wut an ihm ausließ, wollte es auch nicht hören. Im Käfig war der Ritter wehrlos, das erschien ihm falsch. Aber war es richtig, den Kerl ungestraft zu lassen?

»Was, aber?«, herrschte sie ihn an.

»Nichts«, sagte er. »Aber du weißt selbst, dass es nichts bringt. Ich sehe mir das nicht an.«

»Zwingt dich ja keiner!«

»He, Ben, komm schon, du weißt, wir müssen noch mehr erfahren, wenn wir Norkham finden wollen. Es muss sein. Wenn es um den Drachen ginge, wärst du jetzt auch nicht dagegen.«

»Doch«, behauptete Ben mit leisem Trotz. Er wusste nicht, was er in dem Fall denken würde. Wie sollte man das auch wissen? Das waren nur Gedankenspiele, und er war zu müde und durcheinander.

»Es ist wichtig, dass du bleibst«, beschwor ihn Yanko. »Bitte.«

»Lass ihn doch gehen, wenn er kein Blut sehen kann«, sagte Nica bissig. »Alles muss sich um seinen Drachen drehen. Was ist mit meiner Rache? Er hat es geschworen!«

»Aber das nicht!« Ben deutete auf das Messer in Nicas Hand. »Das habe ich nicht geschworen!«

»Dann denk daran, was die oben in Vierzinnen getan haben! Denk an die Galgen vor der Stadt!«

»Daran will ich aber nicht denken!«, fauchte Ben und wandte sich ab – nicht ohne einen letzten Blick auf Herrn Zendhen zu werfen, der zusammengekrümmt im Käfig saß und voller Furcht zu ihnen herüberstarrte. Hilflos hob er die Hand ein Stück und bewegte lautlos die Lippen. Ben schien es, als würde er ihm ein *Bitte* zumurmeln, als würde er hoffen, Ben ließe ihn nicht mit den anderen beiden allein. Doch Ben schüttelte den Kopf und stapfte davon, zu aufgewühlt und zornig, um zu wissen, was er wirklich empfand. Mitleid mit diesem Ritter war es jedenfalls nicht.

Ben stapfte an den Drachen vorbei, immer weiter hinauf in die Klamm.

»Wann sollen wir dich suchen kommen?«, rief ihm Juri scherzhaft hinterher, doch Ben antwortete nicht. Er wollte einfach nur allein sein.

EINE EINSAME ENTSCHEIDUNG

Die Gischt des kleinen Wasserfalls glitzerte silbern im Mondlicht, und sein Rauschen war so laut, dass Ben kein Geräusch vom Feuer oder von dem Käfig ein paar Schritt weiter unten vernehmen konnte. Wenn er den Hals reckte, konnte er das Feuer zwischen zwei Felsen erkennen, auch den kleinen hellen Punkt der Fackel neben dem Käfig, doch das wollte er nicht. Er wollte an nichts von dem denken, was dort unten geschah, dachte aber an kaum etwas anderes.

Mit baumelnden Füßen saß er auf einem Felsen am Bach und starrte in das nächtlich dunkle Wasser. Das hatte er schon früher gemacht. Immer wenn ihn etwas bedrückt hatte, war er an den Dherrn gegangen. Wasser beruhigte ihn.

Fast fielen ihm die Augen zu, so beruhigend und monoton war das Rauschen und Plätschern. Die letzten beiden Tage hatte er kaum Schlaf gefunden, hatte nur eine Weile im Käfig vor sich hin gedämmert, als sie durch die Gegend gezuckelt waren. Erholsam war das nicht gewesen. Wut und Angst hatten ihn wach gehalten, doch ganz allein hier oben konnte er die Müdigkeit viel deutlicher spüren. Er warf einen Stein ins Wasser.

Was tat Nica Herrn Zendhen an? Wie wollte sie ihn zum Sprechen bringen?

Plötzlich hatte er den albernen Gedanken im Kopf, der Ritter würde sich in der Mitte des Käfigs zusammenkauern, dort, wo sie ihn mit der kurzen Klinge nicht erreichen konnte. Sie könnte nicht riskieren, ihren Arm hineinzustecken, denn er durfte sie nicht zu fassen bekommen, er war stärker als sie. Natürlich würden ihr sofort die Drachen beistehen, doch was wollte sie tun, wenn Zendhen tatsächlich so reagierte?

Steine schmeißen, dachte Ben. Oder sie holte sich eines der Schwerter, die sie den beiden Rittern abgenommen hatten; die Klingen waren lang genug. Widerwillig schüttelte er den Kopf, um die Bilder zu verscheuchen.

Nein, Mitleid fühlte er nicht mit dem widerlichen Ritter, das war es nicht. Es war die Kälte, die von Nica ausging, wenn sie von Rache sprach, selbst dann, wenn sie dieses Wort nicht benutzte. Sie tobte nicht, sie schrie nicht, sie spuckte Zendhen weder Verachtung noch Zorn ins Gesicht. Sie ließ sich nicht gehen. Und doch wurde sie von dem Gedanken an Rache vollkommen beherrscht, und diese Gedanken ließen sie zu Stein werden, ihr Herz, ihr regloses Gesicht und ihre wie kalter Kristall funkelnden Augen. Vor dieser Nica hatte er Angst, er wollte nicht, dass sie so war.

Und dennoch wurde er den Gedanken an ihren Kuss nicht los. Er dachte an ihre weichen, sanften Lippen und konnte keine Verbindung herstellen zu dieser Nica, die dort unten den Ritter befragte. Der Kuss gehörte in seiner Vorstellung zu der fröhlichen Nica, die er in Trollfurt kennengelernt hatte, auch wenn sie ihn natürlich erst lange danach geküsst hatte. Doch musste sie sich nach all dem, was sie erlebt hatte, nicht verändern?

Was erwartete er nach einer solchen Geschichte von ihr? Oft genug hatte er selbst nach Rache gedürstet, warum störte es ihn bei ihr so?

Er wusste es einfach nicht, war zu müde, um einen klaren Gedanken zu fassen. Ihr war übel genug mitgespielt worden, dass sie nach Vergeltung verlangen durfte, auch wenn Zendhen nur gedroht hatte.

Ein kleiner silbriger Schemen tauchte von oben in die Gischt, irgendein Fisch, der sich über die Wasserfälle in die Tiefe stürzte. Bens erster Gedanke war, dass es für den Fisch kein Zurück gab, er war zu klein, um den Wasserfall auch wieder hochzuspringen. Doch das kümmerte ihn nicht, er sprang einfach im festen Vertrauen, dass der Fluss ihn immer weiterführte. Irgendwohin, wo er lieber wäre als da, wo er herkam.

Ben spürte dieses Vertrauen nicht. Alles hatte sich diesen Sommer verändert, und seit er in Falcenzca den Steckbrief entdeckt hatte, saß eine Angst in ihm, die er zuvor nicht gekannt hatte. Auch hier in Vierzinnen waren sie verraten worden. Konnten sie irgendwann wieder eine größere Siedlung betreten, ohne gejagt zu werden?

Die ersten Wochen nach der Flucht aus Trollfurt waren anders gewesen. So sehr ihm die Träume von Yirkhenbargs Tod zu schaffen gemacht hatten, er hatte sich irgendwie frei gefühlt. Nica und Yanko waren bei ihm gewesen, Aiphyron, Juri und Feuerschuppe. Lachend hatten sie sich Helden genannt, weil sie den gigantischen Drachen vor der Versklavung bewahrt hatten. Ben hatte Drachen befreit, und das war richtig gewesen. Jetzt wollte er noch immer Drachen befreien, doch bei dem Gedanken daran, ohne die Drachen eine Stadt zu betreten, bekam er Angst. *Ein toller Held bin ich!*

Sie waren zu sechst, und gegen sie stand der Orden der Drachenritter, ja sogar das ganze Großtirdische Reich. Das war etwas ganz anderes, als das kleine, halb verlassene Trollfurt herauszufordern. Wenn er daran dachte, wollte er einfach nur davonlaufen. Doch er traute sich nicht, mit den anderen darüber zu sprechen. Zu sehr schämte er sich.

Und viel zu stark fürchtete er, dass sie dann auch von der Angst befallen wurden, wenn er ihnen deutlich machte, wie aussichtslos ihre Situation war. Wie lange mochten sie sich vor dieser Überzahl verstecken können? Sie wurden regelrecht gejagt, auch von den weißen Drachen, den unerbittlichen Hunden Hellwahs.

Ben wollte seine Angst einfach totschweigen. Mit aller Kraft versuchte er, sich nicht von ihr beherrschen zu lassen, und darum ertrug er es eben auch nicht, wie sich Nica von ihrem Rachedurst beherrschen ließ.

In diesem Moment sprang ein weiterer Fisch den Wasserfall hinab, und Ben murmelte: »Woher nimmst du nur die Gewissheit, dass es weiter unten nicht immer schlimmer wird? Wieso springst du?«

Gedankenverloren sammelte er ein paar Steinchen auf und schleuderte sie ins Wasser, weit entfernt von der Stelle, wo er die Fische gesehen hatte. Stein um Stein warf er in die Dunkelheit, das beruhigte.

Was in Yanko vorging, wusste er nicht. Yanko hatte seine Eltern in Trollfurt zurückgelassen, doch auch wenn sein Vater ihn regelmäßig geschlagen hatte, hatte ihn niemand töten wollen, und er hatte niemanden getötet. Immer noch gab er den Spaßmacher, er zeigte Ben nicht, wie viel Angst und Wut in ihm steckten, wie viel Verlangen nach Vergeltung. Doch er unterstützte Nica, als wäre es auch ihm wichtiger, Rache zu üben, als einen Drachen zu befreien. Vielleicht sprach er auch mit Nica über seine Ängste und sie mit ihm. Nur mit Ben sprach niemand.

Gähnend warf er einen weiteren Stein in den Bach. Sie standen zu dritt gegen die ganze Welt, und doch fühlte er sich, als wäre er allein. Die beiden hatten einander, doch wen hatte er?

»Dämlicher Schlammschlürfer, hör auf, so jämmerlich herumzuheulen, und reiß dich zusammen«, knurrte er sich selbst an. »Wir sind zu sechst. Und auch du hast deine Geheimnisse vor Yanko, deine Angst und Nicas Kuss. Trotzdem bist du sein Freund.«

Die letzten Steine schleuderte er gleichzeitig ins Wasser, sprang von seinem Felsen und stieg langsam durch die Dunkelheit wieder zum Feuer hinab. Er würde nicht mit Nica streiten wegen eines Mannes, der sein Mitleid nicht verdiente.

»Und? Hat er dir was verraten?«, fragte Ben, als er wieder bei seinen Freunden auftauchte.

Nica und Yanko saßen am Feuer und starrten in die Flammen, die Ritter kauerten Rücken an Rücken zusammengekrümmt im Käfig. Die Fackel steckte noch immer in einem Felsloch und tauchte sie in flackerndes Licht.

»Nein.«

»Und … wie geht es ihm?« Ben musste einfach fragen.

»Er hat sich in die Hose gemacht.«

»Und sonst? Hast du ihn schwer verletzt?«

»Verletzt?« Nica starrte ihn an. »Mit dem Messer und all dem Gerede von Blut habe ich ihm Angst gemacht, sonst nichts. Ich habe ihm genau das zurückgezahlt, was er mir angetan hat.«

»Gut.« Ben war erleichtert. Vielleicht hatte er ja alles falsch eingeschätzt.

»Gut? Nichts ist gut. Erst wenn ich Norkham in die Finger bekommen habe, ist es gut. Er hat mir so viel angetan, und ich werde ihm noch mehr antun. Niemand wird ihn von seinem Pfahl losbinden.«

Also doch. Ben schloss die Augen und atmete tief durch. »Überlass ihn doch dem Orden. Du hast die Galgen gesehen. Sie sind hinter ihm her, sie werden ihn finden und hängen. Mehr Strafe kannst du doch für ihn nicht wollen.«

»Nein, der Orden findet ihn nicht. Hast du nicht gehört, was ich gesagt habe? Zendhen weiß nichts!«

»Aber dieser Zendhen hat so viel Hirn wie ein toter Troll, natürlich weiß er nichts. Doch die anderen werden ihn aufspüren.«

»Nein, Zendhen ist nicht dumm. Der Dumme ist Friedbart.«

»Ist doch egal. Besonders helle ist er auch nicht.«

»Nein, das nicht. Aber es war Schicksal, dass sie Norkham nicht erwischt haben, dass sein Galgen frei geblieben ist. Das ist so wegen unseres Schwurs. Er ist meiner«, sagte Nica und fügte hastig hinzu: »Unserer.«

»Lass ihn ziehen, er wird dem Galgen nicht entgehen. Wir holen uns den Drachen. Das haben wir geschworen, und wir wissen, wo wir ihn finden.«

»Wahrscheinlich finden könnten«, sagte sie. »Er war sich nicht sicher.«

»Wir haben's geschworen.«

»Wir haben auch geschworen, Norkham zur Strecke zu bringen. Auch du.«

»Aber zuerst haben wir die Befreiung des Drachen geschworen! Und von ihm haben wir eine Spur!«

»Ben, hör uns zu«, mischte sich Yanko ein. Und da war es, dieses kleine Wort, das ihn tief traf. Ein Wort, das wie Verrat schmeckte: uns.

Mehr brauchte er nicht zu hören, es gab also ihn und sie, einer gegen zwei. Wieder hatten sie sich besprochen, und ihm wurde einfach nur das Ergebnis mitgeteilt. Er hatte nicht teilgehabt an dem Gespräch, keinen Einfluss nehmen können, nichts. Erneut hatten sie ihn ausgeschlossen. Wütend unterdrückte er die Stimme in seinem Hinterkopf, die ihm sagte, dass er sich diesmal selbst zurückgezogen hatte. *Sie hätten mich ja zurückholen können,* dachte er bitter. Wenn sie Wert auf seine Meinung legten.

»Was?«, fauchte er.

»Du hast recht, wir wissen, wo wir nach dem Drachen suchen können. Diese drei Spuren haben wir. Und um ihnen zu folgen, müssen wir fort von hier. Doch wohin Norkham geflohen ist, können wir nur hier erfahren. In Vierzinnen, bei einem der hiesigen Ketzer. Wenn wir erst dem Drachen folgen, dann verlieren wir ihn.«

»Und warum verlieren wir den Drachen nicht?«

»Weil er dem Sieger eines Wettkampfs übergeben wird. Es wird uns ein Leichtes sein, dessen Namen und Herkunft auch noch Tage oder gar Wochen nach den chybhischen Spielen zu erfahren. Diese Namen werden nicht geheim gehalten, sondern stolz in die Welt geschrien. Und der Drache wird in seinen Stall gesperrt werden. Im Unterschied zu Norkham ist er nicht auf der Flucht und versucht, seine Spuren zu verwischen.«

Egal, wie vernünftig das klang, Ben wollte davon nichts hören. Was, wenn sich der Ritter geirrt hatte und sie den Drachen weder im Stall des Siegers noch dem des Abts oder hiesigen Fürsten fanden? Dann wäre es viel zu spät, eine neue Spur aufzunehmen, während der Orden bis dahin bestimmt den Hohen Norkham gefangen und aufgeknüpft hatte. Den Abt und den Fürsten aufzusuchen, würde lange genug dauern, schließlich wussten sie nicht, wo die zu finden waren.

Ben konnte nicht einmal sagen, in welchem Fürstentum des Großtirdischen Reichs Vierzinnen lag. Die Suche duldete einfach keinen Aufschub.

»Es sind aber keine wirklich sicheren Spuren«, beharrte Ben.

Doch das wollten nun Nica und Yanko ihrerseits nicht hören. Sie beharrten darauf, erst nach dem verschwundenen Ketzer zu suchen.

Aber diesmal würde sich Ben nicht umstimmen lassen. Erst kam der Drache, so war es beim Schwur gewesen!

Jeder brüllte dem anderen ein »Nein!« ins Gesicht, dann herrschte Stille. Die Drachen betrachteten sie neugierig, als erwarteten sie, dass der Streit weiterging. Doch Ben hatte keine Kraft mehr, und ebenso wenig ertrug er diese schwere, drückende Stille.

Um ihr zu entkommen, fragte er: »Was machen wir jetzt mit den beiden Rittern? Egal, wohin wir gehen, mitnehmen können wir sie schlecht.«

»Freilassen können wir sie auch nicht«, sagte Yanko. »Ihre Antworten haben uns auf die Fährte des Drachen gesetzt. Sie wissen, wo wir früher oder später auftauchen, und werden es dem Orden verraten. Es ist schon ärgerlich genug, dass sie wissen, dass du deine Haare geschoren hast und die Hose gewechselt. Und Nica ihr Kleid.«

Ben erwartete fast, dass Nica vorschlug, sie sollten die beiden aufknüpfen, denn Tote verrieten nichts, doch sie schwieg, kaute wieder einmal auf der Unterlippe herum und blickte stur ins Feuer. Nicht einen Augenblick sah sie Ben an, ganz so, als wäre er Luft.

Schön, sollte sie doch schmollen, dachte Ben. Er konnte sie auch ignorieren, wenn sie das wollte! Mädchen! Grimmig wandte er sich ab und sah hinüber zu den zusammengekauerten Rittern.

Wenn sie sie einfach hier im Käfig ließen, würden sie entweder viel zu rasch entdeckt und befreit werden oder aber verdursten. Das war nicht besser, als sie hinzurichten. Was also tun?

»Ihr könntet sie doch einfach verbannen«, schlug Feuerschuppe vor.

»Verbannen?« Ben schüttelte den Kopf. »Und wie sollen wir das tun ohne Soldaten und Macht? In die Berge deuten und ihnen gebieten, das Land zu verlassen? Die lachen uns doch aus und drehen um, sobald wir sie allein lassen.«

»Ich habe nicht gesagt, ihr sollt sie hier laufen lassen.« Feuerschuppe grinste. »Die Burschen sind leicht. Juri schnappt sich einen, ich mir den anderen, und wir tragen sie über die Berge hinweg, weit hinein in das dort angrenzende Land, wenn möglich sogar über ein Meer, falls wir eines finden. Wenn wir sie dort, fern aller Siedlungen, aussetzen, an einem Ort, an dem eine andere Sprache gesprochen wird, dauert es bestimmt sehr, sehr lange, bis sie zurückfinden. Wenn sie sich überhaupt die Mühe machen und nicht dort ein neues Leben beginnen.«

Alle hielten das für eine hervorragende Idee. Selbst Nica sah auf und schenkte Feuerschuppe ein kurzes Lächeln. Und weil keiner den beiden Rittern mehr eine Frage stellen wollte, sollten sich Juri und Feuerschuppe sogleich auf den Weg machen.

Friedbarts Augen glänzten noch immer vom Genuss des Seherpilzes, in denen Zendhens zeigte sich pure Angst. Doch beide wehrten sich nicht, als sie von den Drachen gepackt wurden.

»Wir verbannen euch. Ein Schwert bekommt ihr nach der Landung, ihr sollt schließlich nicht wehrlos sein, wenn ihr auf wilde Tiere trefft«, sagte Ben.

Ein kurzer Hoffnungsschimmer glitt über ihre Gesichter, doch sie rührten sich nicht. Keine Proteste, kein Aufbäumen, nichts. Erst als die Drachen sie packten, wurde ihnen klar, was Verbannung in ihrem Fall bedeutete. Stammelnd rissen sie die Augen auf, Friedbart machte sich in die Hose, und dann erhoben sich Juri und Feuerschuppe. Ben sah ihnen nach, bis er die dunklen Schemen vor dem Sternenhimmel nicht einmal mehr erahnen konnte.

Als er sich umdrehte, hatten sich Yanko und Nica bereits hingelegt. Auch Yankos Gesicht war von Erschöpfung gezeichnet, Nica hatte sich abgewandt und schien bereits zu schlafen. Oder gab es zumindest vor.

»Lass uns alles morgen besprechen«, sagte Yanko. Er wirkte ebenso traurig wie müde. Dann drehte er sich um, legte den Arm um Nica und murmelte: »Gute Nacht.«

Ben wusste nicht, ob er oder Nica gemeint war. Stumm und allein stand er in der Dunkelheit und spürte Angst und Einsamkeit in ihm nagen. Nica hatte ihm seinen besten Freund genommen. Wenn sie Yanko irgendwann zwang, sich zu entscheiden, würde er niemals Ben wählen, diese Gewissheit spürte er tief in sich. Und sie würde ihn zwingen, sie tat es seit dem Schwur.

Langsam wandte er sich Aiphyron zu, der ihn mit seinen stets wachen Augen betrachtete. Dann holte er seine Decke und legte sich ganz nah zu dem Drachen, wie damals, als sie zu zweit den Sippa hinabgeschwommen waren. Von Aiphyron ging so viel Ruhe und Kraft aus, dass Bens Gefühl von Einsamkeit schrumpfte. Lächelnd sah er ihn an. Er wusste, dass sich niemand an einen aufmerksamen Drachen heranschleichen konnte. Wer immer sich heute Nacht ein Kopfgeld verdienen wollte, der würde es mit Aiphyron zu tun bekommen. Der Drache schien der einzige Freund zu sein, auf den er sich wirklich verlassen konnte.

Ben kuschelte sich in die Decke, beachtete die spitzen Steine auf dem felsigen Untergrund nicht, die ihm in den Rücken stachen, und lauschte dem regelmäßigen Herzschlag Aiphyrons, bis er eingeschlafen war.

Als Ben erwachte, stand die Sonne hoch am Himmel. Das Feuer war längst verloschen, doch Aiphyron lag noch immer neben ihm. Auf der anderen Seite hatten sich Juri und Feuerschuppe einen Platz gesucht, sie waren zurück. Ihre Köpfe ruhten direkt neben ihm.

Über Nacht war in Ben eine Entscheidung gereift, die er gestern noch nicht deutlich hatte fassen können. Vielleicht hatte er es auch nur nicht wahrhaben wollen, doch nun wusste er es: Er musste die anderen verlassen.

Er wollte nicht sehen, wie sich Nica in ihren Wunsch nach Rache verrannte und von ihm aufgefressen wurde. Er ertrug es immer weniger, Yanko in die Augen zu sehen, weil er Nica geküsst hatte.

Alles hatte sich geändert.

Und davon abgesehen, waren der Ketzer und sein Drache getrennt worden. Um den Schwur zu erfüllen, war es in jedem Fall das Beste, wenn auch sie sich trennten und beiden Fährten zugleich folgten. Doch das konnte er den anderen nicht sagen, sie würden es ihm ausreden wollen, ihn mit Fragen bedrängen. Und dann käme der Kuss ans Licht. Ben konnte nicht mehr schweigen.

Ben schielte zwischen den Drachen hindurch und sah, dass Yanko und Nica noch schliefen. Rasch raunte er den Drachen zu, dass sie sich trennen müssten, weil sie zwei Spuren zu verfolgen hatten. Den Kuss erwähnte er nicht. Flehend bat er sie, seinen Plan mitzutragen. Und er musste auf der Stelle umgesetzt werden, bevor er den Mut dazu verlor.

Die Drachen sahen ihn mit einem Blick an, der verriet, wie wenig sie menschliches Verhalten manchmal verstanden. Doch sie nickten.

»Kein gemeinsames Frühstück?«, fragte Juri. »Und keine ordentliche Umarmung zum Abschied?«

»Nein.« Ben schluckte. Auf keinen Fall würde er Nica umarmen. Nicht heute. »Allein sind Nica und Yanko verloren. Könnt ihr bitte bei ihnen bleiben? Juri? Feuerschuppe?«

»Wenn du magst, gern. Wir verdanken dir unsere Flügel«, sagte Feuerschuppe.

»Auch wenn ich lieber der Spur des Drachen folgen würde«, ergänzte Juri.

»Ja, danke. Aber helft ihnen, diesen Ketzer zu finden, wenn sie es unbedingt wollen. Es ist ein Schwur.« Ein Schwur, den er selbst auch geleistet hatte, dessen Erfüllung ihm nicht erspart bliebe, was immer er jetzt sagen mochte. »Nur wenn sie uns folgen wollen, um mich umzustimmen, weigert euch bitte.«

Die Drachen nickten.

Dann vereinbarten sie, sich in einem Monat in ihrer Ruine bei Falcenzca wiederzutreffen. Ben strich den beiden Drachen freundschaftlich über die Schnauzen und schwang sich leise auf Aiphyrons Rücken. Sein Gepäck nahm der Drache fürs Erste einfach in die vordere Klaue.

»Weckt die beiden gleich, wenn wir weg sind. Falls wir gesehen werden und jemand aus Vierzinnen herübereilt, um nachzusehen. Und sagt ihnen, es musste sein.« Nach kurzem Zögern fügte er hinzu: »Aber ich bin für immer ihr Freund.«

Dann breitete Aiphyron die Flügel aus und erhob sich in den klaren Himmel. Ben klammerte sich an die Schuppen und spürte eine schwere Last von sich abfallen.

Als sie die Klamm verließen, blickte er sich noch einmal um und sah, wie Yanko sich verschlafen umdrehte. Unbeholfen hob Ben die Hand und winkte.

KAEDYMIA

Sie flogen hoch oben, wo an weniger klaren Tagen die Wolken über den Himmel zogen. So weit entfernt vom Boden, dass auch im Tageslicht niemand sie genau erkennen konnte, höchstens erahnen, wie groß Aiphyron war. Doch ob ein freier Drache oder ein gigantischer Adler, wie es sie weit im Osten geben sollte, würde niemand sagen können.

Bens Hemd und Hose flatterten im Gegenwind, während der Drache mit mächtigen Flügelschlägen voraneilte. Sie kannten nur die grobe Richtung, in der Chybhia lag, doch am Tag wollten sie nicht nach unten gehen. Sie würden einfach bis tief in die Nacht fliegen und dann in der Nähe einer Siedlung lagern. Am Morgen konnte Ben dann den genauen Weg erfragen.

Er starrte hinab und betrachtete die Welt, wie sie unter ihnen vorbeizog. Dunkle Wälder wechselten sich ab mit offenen Ebenen und Auen, Flüssen und einem See, dessen Wasser hell im Sonnenlicht funkelte. Sorgsam abgesteckte Felder lagen in der Nähe der wenigen Siedlungen, hier und da schnitt eine Straße als dünner Strich durch die Landschaft. Die einzelnen Häuser der Dörfer und Städte waren so klein, dass Ben das Gefühl hatte, er könne sie mit einer Hand zerquetschen. Hier oben, fern aller Menschen, fühlte er sich frei, so frei wie nie zuvor in seinem Leben.

»Was hält uns eigentlich im Großtirdischen Reich?«, fragte Aiphyron, als hätte er seine Gedanken erraten. »Wir Drachen werden hier sowieso gejagt, ihr drei nun auch. Dabei könnten wir ohne Weiteres über die nächste Grenze fliegen und alles hinter uns lassen. Juri und Feuerschuppe haben die Ritter hinübergeschafft, aber warum nicht uns selbst?«

»Der Schwur hält uns.«

»Stimmt.« Aiphyron schüttelte über die eigene Gedankenlosigkeit den Kopf. »Deshalb schwören wir Drachen nicht.«

»Ich werde auch nie wieder schwören«, knurrte Ben. »Das schwöre ich.«

»Klappt ja hervorragend.« Aiphyron klang amüsiert.

»Ach, sei ruhig. Du weißt doch, wie ich es meine. Das war kein richtiger Schwur, sondern nur so dahingesagt.«

»Dann ist es ja gut.« Aiphyron lachte. »Kann man denn keine Pause machen von einem Schwur? Zwei oder drei Monate irgendwo ausharren, vielleicht ein ganzes Jahr, bis die Steckbriefe ausgeblichen sind und ein neues Kopfgeld auf einen anderen ausgesetzt wurde. Ihr wollt den Schwur doch erfüllen und nicht bei dem Versuch sterben, oder?«

»Meinst du, Nica hätte drei Monate Geduld?«

»Nein.« Aiphyron schnaubte.

»Außerdem verblasst mit der Zeit doch jede Spur. Ich will den Drachen befreien und nicht vor dem Orden kapitulieren. Eine Pause klingt wie Kapitulation. Und ich will vor ihnen nicht kapitulieren, egal, wie sehr sie uns jagen. Weißt du, den Schwur haben wir uns selbst ausgesucht, wenigstens die eine Hälfte, und das will ich mir nicht nehmen lassen. Ich will nicht nur weglaufen. Verstehst du das?«

»Klar.«

»Erst wenn der Drache frei ist, können wir also über ein fernes Land nachdenken. Und dann machen wir das auch.«

»Gut«, sagte Aiphyron. »Ich hätte da auch schon eine Idee. Ich glaube, dort könnte es dir gefallen.«

Doch bevor der Drache ihm von diesem Land vorschwärmen konnte, drang Ben ein Hauch von Verfall in die Nase. Der Wind roch plötzlich nach Herbst und nassem Laub, das am Straßenrand vergammelte, nach einer offenen, eitrigen Wunde, nach Blut. Aus seinem Pfeifen schien ein Klagen geworden zu sein. Gerade wollte Ben Aiphyron fragen, ob er es auch roch, da stockte dessen Flügelschlag. Sie gerieten ins Trudeln, so plötzlich, dass Ben kurz den Halt verlor und zur Seite wegrutschte.

»He!«, stieß er hervor und presste die Beine fest zusammen, krallte die Finger in die Schuppen, stützte sich auf einem Flügel ab und konnte sich so mühsam auf dem schlingernden Drachen halten.

»Riechst du das?«, fragte Aiphyron statt einer Entschuldigung, während er wieder begann, mit den Flügeln zu schlagen und Ben sich mühsam eine sichere Sitzposition suchte. »Hörst du das leise Klagen?«

»Ja. Was ist das?«

»Ein sterbender Drache.«

»Was?« Vor Überraschung hätte Ben beinahe schon wieder losgelassen und wäre doch noch in die Tiefe gestürzt.

»Nun muss dein Schwur doch warten«, sagte Aiphyron und änderte den Kurs.

»Aber …«

»Hör zu. Ich habe dich noch nie um etwas gebeten, nicht ein einziges Mal. Aber jetzt brauche ich deine Hilfe. Kaedymia braucht sie.«

»Wer ist Kaedymia?«

»Der sterbende Drache.«

»Du kannst riechen, welcher Drache das ist? Verdammt, wie gut ist deine Nase?«

»Kaedymia ist der einzige Drache, den man im Wind riechen kann.«

»Warum?«

»Weil er im Wind geboren wurde«, erklärte Aiphyron. »Er wuchs in einem Felsen heran, hoch auf dem Gipfel eines einsamen Bergs weit im Süden, der von den Menschen dort Himmelsklippe genannt wird. Es ist ein Berg, um dessen zerklüfteten Gipfel zahlreiche Winde toben und dessen Nordseite über mehrere Tausend Schritt steil abfällt. Es sieht aus, als wäre der Berg hier von einer riesigen Axt gespalten worden und die andere Hälfte verschwunden, besser gesagt: als zerschmettertes Geröll über die angrenzende Ebene verteilt worden. Dort oben, am höchsten Punkt, wuchs er heran, die Winde schabten über die Jahre langsam den Stein von seinen Schuppen, und dann, just in dem Moment, in dem er aus dem Fels schlüpfen wollte, stieß ihn eine plötzliche Böe über den Klippenrand und in die Tiefe. Wäre das eine Minute früher geschehen, wäre er auf dem Boden zerschellt, und Kaedymia wäre aus Schmerz und Gesteinssplittern geboren worden. Doch nun wurde er im Flug geboren, mitten in den Winden, welche die Himmelsklippe stets umwehten. Er breitete die Flügel aus und flog, noch bevor er seinen ersten richtigen Gedanken fassen konnte. Unter uns Drachen ist er der einzige Windgeborene, und so wie die Winde ihre Spuren in ihm hinterlassen haben, hat er seine in ihnen hinterlassen. Er ist ein Teil von ihnen, und wenn er stirbt, wird der Geruch nach Verfall und Tod über Jahre hinweg mit jedem Sturm über das Land wehen, jeder Frühlingstag wird nach Herbst riechen.«

»Aber warum stirbt er?«, fragte Ben. »Ist er alt oder krank?« An den Orden dachte er nicht, der Orden tötete nicht.

»Ja, er ist alt. Sehr alt. Aber deshalb stirbt er nicht.« Aiphyron schnupperte hektisch in der Luft und schlug immer schneller mit den Flügeln. Sie rasten dahin, Bens Augen tränten, mit solcher Wucht schlug ihm der Wind ins Gesicht. Schweigend klammerte er sich fest und hoffte, dass es nicht mehr allzu weit sei.

Schließlich setzte Aiphyron zur Landung an. Bens Knie und Ellbogen waren steif vom Flug, seine Augen verklebt und die Finger klamm vom Festkrallen. Die Luft hier schmeckte grundsätzlich frisch und salzig, doch von unten stieg der Geruch nach Verfall zu ihnen auf, wie auch ein schwerer, süßlicher Duft. Ein fernes Schnattern, Quaken und Glucksen drang in Bens Ohren.

Er öffnete die Augen und erblickte zuerst das Meer. Die Küste lag nur noch wenige Meilen von ihnen entfernt, dahinter erstreckte sich die glitzernde Wasserfläche bis zum Horizont. Weiße Linien aus Wellenschaum liefen langsam auf den Strand zu. Noch nie hatte Ben das Meer gesehen, und er erstarrte angesichts seiner Schönheit.

»Das ist …«, setzte er an, doch dann schwenkte Aiphyron ab und ging tiefer. Direkt unter ihnen lag ein breites, sumpfiges Flussdelta, das fast überall mit wuchernden krummen Bäumen bewachsen war, die kopfgroße rot-weiß marmorierte Blüten trugen. Mit angelegten Flügeln tauchte er hinab auf einen Flecken aus fester Erde, der sich wie eine Insel mitten im Morast erhob. Schlick spritzte auf, als er hart auf dem Boden landete.

Im dichten Sumpfgras vor ihnen krümmte sich ein Drache mit weißgrauen Schuppen, die mit zahlreichen rötlichen und grünen Einsprengseln verziert waren und von kristallin blauen Adern durchzogen. Sein Körper war kaum größer als ein ausgewachsener Mann, rechnete man den ebenso langen Schwanz nicht hinzu; nach Aiphyrons Worten hatte er ihn sich größer vorgestellt. Dennoch, und obwohl er nur schwach atmete, ging eine spürbare Würde von ihm aus.

Hier unten herrschte vollkommene Windstille, und doch schien ein ständiges Wispern durch die hoch gewachsenen Halme zu laufen.

»Aiphyron«, murmelte der Drache und blinzelte mit trüben, gelblichen Augen. Der Schatten eines Lächelns huschte über seine lippenlosen Züge, dann wurde es von einem rasselnden Husten weggefegt. Seine Brust war mit getrocknetem Blut und Schlamm bespritzt, ein Flügel von dem spitzen Ast eines Baums durchstoßen, die Knochen des anderen vollkommen zerschmettert, als sei Kaedymia aus großer Höhe daraufgestürzt. Auch in der Brust schien ein abgebrochener Ast zu stecken, doch bei näherem Hinsehen erkannte Ben eine Art Pfeil, dicker als sein Arm, mit einer blutverschmierten Spitze aus Blausilber, die ihn zur Gänze durchbohrt hatte und aus dem Rücken ragte.

»Was ist geschehen?«, fragte Aiphyron den Drachen und scheuchte Ben zugleich zu ihm hinüber.

»Ich …« Wieder erschütterte ein Röcheln den verwundeten Drachen.

»Nicht bewegen!«, befahl Ben und warf sich neben ihm auf die Knie. Schmerz und Mitleid, das er beim ersten Anblick empfunden hatte, waren verschwunden; er dachte nur noch an das, was er tun musste.

»Hör auf ihn«, sagte Aiphyron. »Das ist Ben. Er ist ein Drachenflüsterer.«

Ungläubiges Erstaunen spiegelte sich in Kaedymias Augen,

dann Hoffnung. Als Ben ihm die Hand auf die Brust legte und die Heilkräfte zu wirken begannen, schloss der Drache die Augen und seufzte schwer und glücklich.

»Hilf mir«, keuchte Ben und forderte Aiphyron auf, Kaedymia auf die Seite zu drehen und ihm dabei den Ast aus dem Flügel zu entfernen, ganz vorsichtig. Dann hieß er Aiphyron die Blausilberspitze von dem Pfeil brechen. »Zieh ihn ganz langsam raus. Wenn du das getan hast, wechsel die Seite und halte ihm das Loch im Rücken zu, ich kümmere mich zuerst um seine Brust.«

Ben presste beide Hände auf die offene Wunde und zwang all seine Heilkräfte in den grauen Drachen. Blut quoll zwischen seinen Fingern hindurch, doch schon bald hatte er dessen Fluss gestoppt. Seine Handflächen pochten und kribbelten, sie brannten. Hundert kleine Nadeln schienen hineinzustechen, und dazu noch eine besonders lange, die sich bis zum Ellbogen hinaufbohrte. Er knirschte mit den Zähnen, stöhnte, schwitzte, fluchte und beschimpfte den Pfeil inbrünstig. Der war so gigantisch, dass er sich fragte, ob in diesem Sumpf etwa riesige Trolle lebten, die gelernt hatten, einen Bogen zu bauen.

Bevor er zu ausgelaugt war, um sich auch um den Rücken zu kümmern, nahm er langsam die Hände von der Wunde. Sie hatte sich in einer Mischung aus weicher heller Haut und rostbraunem, rauem Schorf geschlossen. Tief atmete Ben durch und vertrieb das aufkommende Schwindelgefühl mit einem kräftigen Kopfschütteln. Dann schlich er um den Drachen herum und legte seine Hände dorthin, wo der Pfeil wieder ausgetreten war. Als er auch dort die Blutung gestoppt hatte, stürzte er keuchend auf die Knie.

»Danke«, sagte Aiphyron.

»Wasser«, entgegnete Ben. Er fühlte sich vollkommen ausgelaugt.

Kaedymia atmete regelmäßig.

Ben lächelte und trank gierig das Wasser, das Aiphyron ihm aus dem Fluss geschöpft hatte und ihm mit der hohlen Klaue unter die Nase hielt. Dann legte er sich auf den Rücken und starrte stumm in den Himmel, während langsam die Kräfte in ihn zurückflossen.

Einen ganzen Tag lang legte Ben Kaedymia immer wieder die Hände auf, sandte seine Heilkräfte in den Körper des Drachen, bis dieser endlich die gelben Augen aufschlug. Nun strahlten sie viel lebendiger, und in ihnen glomm eine Wärme, die direkt von der Sonne zu stammen schien.

»Ein Drachenflüsterer, ich bin wirklich überrascht. Und erfreut. Und zutiefst dankbar natürlich.« Kaedymias Stimme war wie das Säuseln einer warmen Sommerbrise.

»Keine Ursache«, sagte Ben verlegen.

»Das nenne ich Glück, dass ihr gerade in der Gegend wart.«

»Nicht direkt in der Gegend. Wir haben dich gerochen«, erwiderte Aiphyron. »Aber jetzt sag schon, was ist passiert? Gibt es hier schießwütige Riesen?«

»War das ein Troll?«, fragte Ben.

»Nein, nein. Ein Mensch.«

»Ein Mensch? Das ist unmöglich! Der Pfeil war beinahe drei Schritt lang!« *Er hätte sogar einen großen Drachen wie Aiphyron durchbohren können,* dachte Ben.

»Nun, es war möglich. Sie hat ihn nicht mit einem Bogen abgeschossen.«

»Sie?«

»Ja, sie. Sie lebt in einem einsamen Turm am Meer, ganz

am Rande des sumpfigen Deltas. Ich hatte schon von ihr gehört, der Wind trägt viele Stimmen und Gespräche mit sich, und er wispert sie auch aus großer Entfernung an mein Ohr. Die besessene Gujferra wird sie genannt, denn sie hat geschworen, so lange als Einsiedlerin zu leben, bis der Orden der Drachenritter bereit sei, sie als Ritterin aufzunehmen, nicht nur als Jungfrau. Doch der Orden war nicht an ihr als Kriegerin interessiert und kümmerte sich nicht um ihre Worte.

In den ersten Jahren kamen stattdessen zahlreiche Freier an ihr Tor, denn sie war außerordentlich schön und klug, und als Tochter eines wohlhabenden Kaufmanns hätte sie auch eine ordentliche Mitgift in die Ehe gebracht. Über all diese Vorzüge ließe sich ihre Besessenheit schon vergessen, dachten die Freier, oder sogar austreiben, wenn sie erst einmal in festen Händen war. Doch sie wies jeden ab, denn keiner von ihnen konnte ihre Aufnahme in den Orden erwirken, was die Bedingung für ein Ja gewesen wäre.

Mit den Jahren wurde sie verbittert und begann den Orden zu hassen, der sie so oft zurückgewiesen hatte. Keine Freier klopften mehr an ihre Tür, und damit war ihr sogar die Freude genommen, sie abzuweisen. Sie verfluchte Hellwah und begann uns Drachen zu hassen. Sie schwor, fortan jeden Drachen zu töten, bevor er vom Orden befreit werden konnte, denn sie wollte nicht länger ertragen, dass dummen, tiergleichen Kreaturen etwas ermöglicht wurde, was man ihr so hochnäsig verweigerte: die Aufnahme in den Orden.

Wer immer von diesem Schwur hörte, lachte über sie, denn was konnte eine einzelne Frau schon gegen einen großen Drachen ausrichten? Wie wollte sie ohne die Hilfe einer Jungfrau einen solchen überhaupt aus den Lüften locken, ganz zu schweigen davon, wie im Kampf gegen ihn bestehen? Auch ich dachte mir nichts dabei, in bestimmt zweihundert Schritt Höhe über ihren Turm hinwegzufliegen, mir war nicht einmal bewusst, dass das alte Gemäuer dort unten ihr Turm war.

Doch das war ein Fehler, denn wie ich schon sagte, ist sie eine kluge Frau. Sie hat ein Gerät konstruiert, dass halb Bogen, halb Katapult ist und Pfeile in solcher Größe verschießt wie diesen hier. Damit hat sie mich einfach vom Himmel geholt, während ich nur Augen für das Meer hatte. Mit letzter Kraft kämpfte ich mich bis weit über den Sumpf, um mich hier zu verstecken. Einen ganzen Tag lang dämmerte ich vor mich hin und hoffte, sie würde nicht nach mir suchen, um mir den Garaus zu machen, nicht so weit entfernt von ihrem Turm. Dabei wusste ich, sie würde mich nur erlösen, denn ich lag im Sterben. Trotzdem klammerte ich mich an das Leben, und tatsächlich habt ihr mich gefunden.« Schwer atmend beendete Kaedymia seine Erzählung.

»Wie hoch bist du geflogen?«, vergewisserte sich Aiphyron. »Zweihundert Schritt? Was ist das für eine riesige Konstruktion?«

»Sie ist eine erfindungsreiche Frau, ja«, sagte Kaedymia. »Wenn ich wieder ganz auf den Beinen bin, statte ich ihr einen Besuch ab.«

»Nein«, knurrte Aiphyron. »Bis dahin hat sie vielleicht noch einen von uns erwischt. Ich erledige das jetzt, auf der Stelle.«

»Aber der Pfeil …«, setzte Ben an, doch der Drache hatte sich bereits in die Luft erhoben und stürmte in Richtung Meer, sodass Ben den Satz nur kraftlos und ganz leise beendete. Aiphyron konnte es nicht mehr hören. »… ist groß genug, dich zu töten.«

»Er passt schon auf sich auf«, sagte Kaedymia. »Im Unterschied zu mir weiß er ja nun, welche Gefahr ihm droht.«

Schweigend machte sich Ben wieder daran, den Drachen weiter zu heilen. Er fügte den zerrissenen Flügel zusammen und richtete im zweiten einen Knochenbruch nach dem anderen. Immer wieder legte er eine Pause ein, um Kraft zu schöpfen, Wasser zu trinken und nach Aiphyron Ausschau zu halten.

»Wie weit ist ihr Turm entfernt?«, fragte Ben, als der Drache nach bestimmt drei Stunden noch immer nicht zurück war.

»Nicht weit, nur wenige Meilen.«

»Dann sehe ich jetzt nach ihm. Er müsste längst zurück sein.« Ben sprang auf.

»Ihm ist nichts geschehen«, sagte Kaedymia. »Mein Gehör ist gut. Wäre er getötet worden, hätte es mir der Wind zugetragen.«

Unentschlossen betrachtete Ben den verwundeten Drachen. Sprach er die Wahrheit? Oder wollte er nur verhindern, dass der Drachenflüsterer ihn verließ, bevor er völlig geheilt war? »Ich …«

»Du würdest dich im Morast leicht verirren. Glaub mir, hier gibt es Schlicklöcher, in denen stapeln sich die Knochen der Toten. Und zwischen ihnen hausen hungrige Kreaturen, auf die du ganz bestimmt nicht treffen möchtest. Aiphyron geht es gut.«

In den Augen des Drachen konnte Ben keinen Trug erkennen. Natürlich war er nicht sicher, ob er überhaupt dazu in der Lage war, so etwas zu erkennen, aber er vertraute ihm. Hatte Aiphyron ihn nicht als Freund bezeichnet? Oder bildete er sich das ein?

»Erzähl mir doch einfach, wie du auf Aiphyron getroffen bist«, forderte ihn Kaedymia auf. »Und was euch hierher verschlagen hat. Aiphyron wird wohl noch eine Weile brauchen.«

Ben begann zu erzählen. Er ließ sich Zeit und fragte nicht, warum Kaedymia davon nicht wusste, wenn er doch angeblich alles im Wind hören konnte. Doch wahrscheinlich wäre alles tatsächlich zu viel, um es zu verkraften, und er lauschte nur hier und da, während zahllose ferne Worte, Sätze und Geschichten unbeachtet an ihm vorbeirauschten. Also berichtete Ben von ihrer Jagd nach dem Ketzer, dem Kampf gegen den Orden und ihrem Schwur, einen Drachen zu befreien. Auch von dem Streit mit Nica und Yanko sprach er, doch er versuchte, die beiden nicht schlecht aussehen zu lassen, betonte, dass auch sie sich um das Wohl der Drachen sorgten. Als die Sonne unterging, entfachte Ben ein Feuer. Nun war es zu spät und zu dunkel, um sich auf die Suche nach dem Turm zu machen.

Stundenlang blieb Aiphyron verschwunden. Als Ben schließlich tief in der Nacht die Hände in seine Hosentaschen steckte und dort auf den Schlüssel aus der Ruine stieß, setzte er an, auch von diesem unwichtigen Detail ihrer Abenteuer zu erzählen, doch er kam nicht weit. Mit einem selbstzufriedenen Grinsen landete Aiphyron direkt neben ihnen.

»Endlich«, rief Ben. »Wo warst du so lange? Was hast du mit ihr gemacht?«

»Ich habe ihr Pfeilkatapult in kleine Stücke zerrissen und ins Meer geworfen. Auch die Pfeilspitzen aus Blausilber. Dann habe ich den Turm dem Erdboden gleichgemacht und ihre Möbel mit meinem Feuer in Brand gesetzt, damit auch ja nirgendwo ein versteckter Konstruktionsplan heil blieb.«

»Und mit ihr? Was hast du mit ihr gemacht?«

»Na, verbannt. Was denn sonst? Ich dachte, das hat sich einmal bewährt, das wäre das Beste. Also habe ich ihr eine schöne fruchtbare Insel weit draußen auf dem Meer ausgesucht, auf der sie genug Wasser und Früchte findet, jedoch keine Steine, um einen Turm zu errichten. Und kein Blausilber.«

»Hat sie sich gewehrt?«

»Ein wenig. Aber vor allem hat sie mir versichert, sie würde mich nicht heiraten, unter keinen Umständen.«

Die Frau scheint mehr verwirrt als verbittert zu sein, dachte Ben, auch wenn sie noch klar genug im Kopf war, um einen fliegenden Drachen mit einem Pfeil zu treffen. Er war froh, dass sie dazu nun nicht mehr in der Lage war. Froh, dass sie von ihrem Weg auf der Erfüllung des Schwurs abgewichen waren. Froh, dass sie Kaedymia geheilt hatten.

»Magst du mir diesen interessanten Schlüssel mal zeigen?«, fragte der gerade und lächelte Ben an.

»Welchen Schlüssel?«, entgegnete Ben, in Gedanken noch immer bei der besessenen Gujferra.

»Dem, von dem du mir eben erzählt hast.«

Verwundert zog Ben den großen goldenen Schlüssel aus der Tasche, der im Licht des Feuers schimmerte. Kurz wischte er mit dem Ärmel über die roten Augen des Drachenkopfs, zu dem die Räute geformt war. Dann drückte er ihn Kaedymia in die Klaue.

»Tatsächlich.« Der Drache lächelte versonnen. »Es ist ewig her, seit ich zum letzten Mal einen gesehen habe. Jahrhunderte. Ich dachte, sie wären längst alle verloren oder zerstört.«

»Du kennst den Schlüssel?« Ehrfürchtig sah Ben den Drachen an, der beinahe beiläufig über eine Zeitspanne von Jahrhunderten sprach.

»Der alte Kerl weiß einfach alles«, brummte Aiphyron mit

gespieltem Missmut und schüttelte den Kopf. »Immer eine ewig alte Geschichte auf Lager, was? Aber ich hab doch gesagt, dass ich das Ding irgendwoher kenne. Auch ich weiß so manches.«

»Ja, hast du«, bestätigte Ben beiläufig.

»Wenn wir gerade über dich und Wissen reden«, wandte sich Kaedymia lächelnd an Aiphyron. »Hast du eigentlich inzwischen mehr über deine Herkunft erfahren? Das ist noch etwas, das ich nicht weiß und das mich brennend interessiert.«

»Brennend. Sehr witzig«, knurrte Aiphyron, der im Unterschied zu den meisten Drachen nicht wusste, worin er herangewachsen war. Die erste Erinnerung, die er in sich trug, war die an furchtbare, stechende Schmerzen, und als er die Augen aufgeschlagen hatte, hatte er in einer mit grauer Asche überzogenen Ebene gelegen. Weißer Staub hatte wie Nebel in der Luft gehangen. Irgendein Feuer musste seinen Herkunftsort verbrannt haben, kurz bevor er schlüpfen wollte.

Wie auch Kaedymia hatte er keine normale Geburt gehabt, überlegte Ben, vielleicht war das der Grund, weshalb sich die beiden so verbunden fühlten. Doch im Augenblick interessierte ihn anderes viel mehr.

»Was ist jetzt mit dem Schlüssel?«, drängte er.

»Er ist einer der neun Großen Schlüssel, die Rauna geschmiedet hat.« Kaedymia strahlte ihn an, als müsse Ben jetzt vor Begeisterung zu tanzen beginnen. Doch Ben hatte noch nie von einem Rauna gehört, und dass der Schlüssel groß war, konnte er selbst sehen. Das sagte er auch Kaedymia, und der lachte.

»*Eine* Rauna«, sagte er. »Eine. Rauna war eine Frau. Und sie war eine Schlüsselmacherin, geboren mit einer besonderen Gabe, so wie du eben ein Drachenflüsterer bist. Rauna konnte schmieden wie keine zweite Frau und wie kein Mann zu ihrer Zeit. Schon als Kind fertigte sie beim Schmied ihres Dorfs Schlösser an, die von niemandem zu knacken waren. Doch als sie sich als junge Frau ihrer Gabe vollends bewusst wurde, schuf sie Schlüssel, die mehr konnten, als ein bestimmtes Schloss zu öffnen oder zu verschließen. Sie schmiedete kleine silberne Schlüssel, die für das Herz eines bestimmten Menschen geformt wurden und besser wirkten als jeder Liebestrank. Aus rotem Lehm formte und brannte sie einen Schlüssel für die Schleusen des Himmels, als eine anhaltende Trockenzeit ihre Heimat mit einem Jahr des Hungers bedrohte. Mit einem Messer aus Blausilber schnitzte sie aus dem Herz einer Goldesche einen bartlosen Schlüssel, der jedes Schloss öffnete, dessen Schlüssel verloren gegangen war.

Über die nächsten drei Jahrzehnte stellte sie diese und andere Schlüssel her. Schließlich verschwand sie spurlos, als sie den zur Unterwelt für den Fürsten von Aphrasehr gießen sollte, der drei Kinder bei einer schrecklichen Sturmflut verloren hatte und sie zurückhaben wollte. Damals sagten viele, sie hätte wohl auch diese Aufgabe bewältigt, wenn es ihr nur gelungen wäre, das Tor zu finden. Doch sie vermuteten, dass sie nie so weit gekommen, sondern dass ihr auf der Suche danach etwas zugestoßen war. Wer wusste schon, wo das Tor lag und wie es bewacht wurde? Andere waren überzeugt, sie habe es trotz allem geschafft, doch wer einmal das Tor zur Unterwelt durchschritten habe, kehre nicht zurück, auch nicht die fähigste Schlüsselmacherin aller Zeiten. Seither lebe sie einsam unter den Toten, als Einzige, die nie wirklich gestorben war.

Was auch immer der Grund für ihr Verschwinden war, zuvor hatte sie noch die neun Großen Schlüssel gefertigt;

Schlüssel aus reinstem Gold, die im Feuer eines vulkangeborenen Drachen geschmiedet worden waren. Diese Großen Schlüssel öffneten weder Tür noch Tor, sondern taten das Gegenteil: Sie verriegelten ein ganzes Gebäude. Vergrub man sie unter der Schwelle des Eingangs, konnte kein Unbefugter eintreten; ein Schutzzauber legte sich nicht nur über diesen Eingang, sondern über alle Türen und Fenster.

Auf diese Art wurde auch die berühmte Burg Drachensturz gesichert. Jahrelang wurde sie von sieben feindlichen Heeren belagert, jedoch nicht eingenommen. Eine wilde Horde Trolle versuchte sie zu stürmen – vergeblich. Mit welcher Übermacht die Burg auch angegriffen wurde, nie wurde sie eingenommen, bis selbst die Burgherren, viele Generationen nachdem der Schlüssel vergraben worden war, vergessen hatten, woher die Stärke ihrer Festung kam. Sie erinnerten sich nicht mehr daran, ein besonderes Augenmerk auf die unscheinbare Ausfalltür zu haben, unter welcher der Schlüssel lag, und achteten nicht auf die Tiere, die sich dort herumtrieben. Manch einer behauptete, es wäre ein allzu eifriger Maulwurf gewesen, der den Schlüssel ausgrub, doch ich bin davon überzeugt, dass ihn ein Hund auf der Suche nach einem Platz für seinen Knochen aus der Erde gewühlt hat. Achtlos ließ er ihn liegen, und eine große Königselster trug das glitzernde Ding schließlich davon. Als Drachensturz Jahre später erneut angegriffen wurde, wurden die in ihrer Selbstherrlichkeit viel zu nachlässigen Verteidiger, die sich allein auf den Ruf ihrer Feste verließen, böse überrascht.

Insgesamt neun stolze Burgen und Wehrklöster hatte Rauna mit ihren Großen Schlüsseln geschützt, doch sie alle verloren sie im Lauf der Jahrhunderte auf die eine oder andere Weise. Durch neugierige Tiere, spielende Kinder oder auch ein schlimmes, reißendes Hochwasser, das die Erde unter einer solchen Schwelle fortspülte. Nichts bewahrt einen für immer vor den Launen des Zufalls. Die Schlüssel wurden gefunden und von Wissenden genutzt und erneut unter einer Schwelle vergraben. Oder auch von Unwissenden eingeschmolzen, die nur Augen für das Gold und die Edelsteine hatten und daraus Schmuck fertigten. So nahm die Zahl von Raunas Großen Schlüsseln über die Jahrhunderte beständig ab. Bis eben wusste ich nicht, dass überhaupt noch einer existiert.«

In Bens Kopf drehte sich alles. Ein Schlüssel, dessen Zauber ein Gebäude uneinnehmbar machte. Wenn das wirklich stimmte, könnten sie damit den Orden aussperren, egal, mit welcher Übermacht dieser nach ihnen suchte. Sie benötigten nur ein Haus, einen Turm oder eine alte verlassene Burg, die sie sich aneignen konnten. Ein Gebäude, das er, Yanko und Nica auf den Drachen durch die Luft verlassen und betreten konnten, denn dann wären sie selbst unter Belagerung nicht eingesperrt.

Er schluckte. Ganz selbstverständlich hatte er Yanko und Nica in diesen Traum mit eingebunden. Schnell drängte er die Gedanken an die beiden wieder fort.

Konnte es einen solchen Schlüssel wirklich geben?, fragte er sich und antworte: *Konnte es einen Jungen geben, der mit bloßen Händen abgeschlagene Drachenflügel nachwachsen ließ?* Er grinste, doch dann fiel ihm wieder ein, wo sie den Schlüssel gefunden hatten, und misstrauisch fragte er Kaedymia, weshalb sie dann den Turm dieser Ruine hatten betreten können, wenn der Zauber des Schlüssels so mächtig sei.

»Ich weiß es nicht, dafür kann es viele Gründe geben«, antwortete der Drache. »Wenn die Tür nicht geschlossen war, dann wirkt der Zauber nicht, er versiegelt nur verschlossene Türen. Vielleicht lag es auch daran, dass die Ruine herrenlos war, dass es dort niemanden gab, der geschützt werden musste, und der Schlüssel erkannte euch als die neuen Besitzer an. Damit durftet ihr natürlich eintreten. Mit Sicherheit kann ich es dir nicht sagen, ich bin kein Schlüsselmacher, ich kannte nur den Drachen, der das Feuer für die Schlüssel gab.«

»Du kanntest ihn? Ist er tot?«

»Seit vielen Jahren. Aus irgendeinem Grund war er, der Vulkangeborene, besessen von dem Gedanken ans Meer. Er wollte seine Tiefen sehen, stürzte sich nach langem Zögern hinein und tauchte nicht wieder auf. Ich weiß nicht, ob ihn ein Seeungeheuer geholt hat oder ob sein Feuer im Wasser einfach erloschen ist.« Kaedymia starrte zu Boden und fuhr fort, doch es klang wenig überzeugt. »Vielleicht gefiel es ihm dort unten auch einfach so sehr, dass er deshalb nie wieder auftauchte. Schließlich gibt es einige Drachen, die im Wasser leben.«

Ben und Aiphyron sagten darauf nichts, sie sahen Kaedymia auch nicht in die Augen. Gemeinsam saßen sie schweigend in der Nacht, dann erhob sich Ben und legte Kaedymia noch einmal die Hände auf die heilende Brustwunde. Dabei spürte er, wie sich der flatternde Herzschlag des Drachen langsam beruhigte.

HUNDERT FRAGEN

Es war tiefe Nacht, und Yanko und Nica kreisten auf Juri und Feuerschuppe hoch über Vierzinnen. Ein paar geisterhaft dünne Wolkenschleier zogen von den Bergen her über sie hinweg und dämpften das Licht von Sternen und Mond. Die ersten Wolken seit Tagen, als wäre ihnen ein Gott wohlgesonnen, dachte Yanko. Endlich einmal.

Während Nica ununterbrochen die verlassenen Gassen unter ihnen absuchte, sah er immer wieder zu ihr hinüber. Manchmal machte ihm die eisige Hartnäckigkeit Angst, mit der sie den Hohen Norkham jagte, doch vor allem konnte er ihre Wut und ihren Hass verstehen. Alles hatte der verfluchte Ketzer ihr genommen, sie hatte nur noch Yanko. Und Yanko hatte auch nicht viel mehr, doch er war freiwillig aus Trollfurt fortgegangen. Würde er nun heimkehren, würde sein Vater ihn ganz sicher grün und blau schlagen, aber er würde ihn weder opfern noch für das ausgerufene Lösegeld an den Orden verkaufen. Und seine Mutter würde ihn nach den Prügeln wahrscheinlich pflegen und ganz vergessen, ihn zu tadeln. Beim Gedanken daran verspürte er einen Stich. Natürlich wollte er nie wieder zurück, und wenn er ehrlich zu sich war, konnte er es auch nicht. Irgendein Nachbar würde die tausend Gulden schon einstreichen wollen. Doch das änderte nichts daran, dass sein Schicksal weniger schwer war als das Nicas.

Wen er jedoch nicht verstehen konnte, war Ben. Einfach zu verschwinden, obwohl Nica ihn als Freund brauchte, das war nicht richtig. Obwohl *er* ihn als Freund brauchte. Wenn ihm dieser fremde Drache wichtiger war als Nicas Recht auf Vergeltung, na gut, das musste Yanko nicht verstehen, aber das hätten sie doch in Ruhe besprechen können, gemeinsam einen Weg finden. Selbstverständlich hätten sie sich auch trennen und zwei Spuren zugleich folgen können. Aber abgesprochen! Als Freund haute man nicht einfach ab und hinterließ einen Treffpunkt in einem Monat. Ein ganzer Monat! Da konnte so viel passieren.

Und dann auch noch Falcenzca. Erst wollte Ben dort nicht weg, und jetzt kehrte er schon wieder zurück. Dabei wurden sie dort mit Gewissheit gesucht! Was sollte das? Yanko wurde das Gefühl nicht los, dass da ein Mädchen dahintersteckte. Was sonst?

»Den da noch«, zischte Nica in diesem Moment, und Feuerschuppe stürzte beinahe lautlos und mit ausgestreckten Klauen in die Tiefe, während Nica den Hals des Drachen umklammert hielt. Blitzschnell packte er einen Passanten, der allein durch die Gassen gelaufen war und sie weder gesehen noch gehört hatte. Er war so überrascht, dass er nicht um Hilfe schrie und sich nicht wehrte. Nur ein erstauntes Gurgeln drang aus seiner Kehle.

»Das müsste reichen«, sagte Nica, als sie wieder oben bei Yanko war. »Lasst uns zurückfliegen und mit der Befragung beginnen.«

Erst als sie Vierzinnen ein gutes Stück hinter sich gelassen hatten, brüllte der schmächtige Mann in Feuerschuppes Klauen: »Hilfe! Ich werde entführt! Hilfe!«

»Sei ruhig«, knurrte der Drache und zeigte ihm die gefletschten Zähne, und der Mann verstummte auf der Stelle.

Sie kehrten zurück in die Klamm und steckten ihn in den

Käfig zu den anderen vier Männern und Frauen, die sie bereits aus Vierzinnen gefischt hatten.

»Jetzt zeigt mir eure Drachentätowierungen«, forderte Nica sie kurz danach auf, und weil sich keiner regte, fügte sie hinzu: »Wer keine hat, wird von unseren Freunden hier sofort verputzt. Um Mitternacht sind sie am hungrigsten.«

Juri zeigte sein lippenloses Grinsen und züngelte am Käfig herum.

Hastig rissen sich drei der Gefangenen die Kleider vom Leib und reckten ihnen einmal den Oberarm, einmal die Wade und auch den Rücken entgegen, wo sich ein grüner Drache direkt über dem Hintern schlängelte.

Drei von fünf waren also Ketzer, das war ein gutes Verhältnis, sie hatten Glück gehabt. Allen Drachen waren die Augen ausgebrannt.

»Bitte nicht«, flehten die anderen beiden Gefangenen und versicherten, dass sie ganz bestimmt ebenfalls Rechtgläubige von diesem Glauben seien, nur noch keine Zeit gefunden hatten, sich den grünen Drachen stechen zu lassen. »Ich bin ganz frisch übergetreten.«

»Beruhigt euch, bitte.« Nica lächelte. »Das war nur ein kleiner Scherz. Niemand wird gefressen.«

»Zumindest nicht wegen seines Glaubens«, ergänzte Yanko. »Wir haben einfach ein paar Fragen. Wenn ihr sie uns artig beantwortet, begnügen sich die Drachen mit Fisch.«

Juri grinste breit, so dass seine Zähne zu sehen waren, und patschte mit dem Schwanz auf den Boden.

»Sie mögen Fisch. Aber hier im Bach gibt es nur ganz kleine, davon wird kein Drache satt.«

»Wie auch immer, das soll nicht euer Problem sein«, sagte Nica. »Ihr seid Gäste, und die Fische sind zahlreich.«

Feuerschuppe grabschte blitzschnell nach etwas im Wasser, doch nicht schnell genug. Enttäuscht hob er die leere Klaue in die Höhe und sah hungrig zu den Gefangenen herüber. Er knurrte, vielleicht war es auch sein Magen. Yanko hatte Mühe, ernst zu bleiben, die beiden Drachen machten ihre Sache wunderbar.

Die Gefangenen wirkten verwirrt und verängstigt, hektisch sahen sie von Nica zu Yanko und wieder zu den Drachen.

»Keine Angst. Trotz Flügel sind die beiden ganz harmlos«, versicherte Nica im Plauderton und ließ Juri Sitz machen. Artig folgte er und hechelte wie ein Hund. Feuerschuppe schlug wieder nach einem Fisch, und diesmal erwischte er ihn. Genussvoll schlang er ihn herunter. In den Gesichtern der Gefangenen konnte man lesen, dass sie nicht wussten, ob sie beruhigt sein sollten oder nicht.

»Wie gesagt, wir hätten nur ein paar Fragen.« Yanko sah sie freundlich an und wartete, bis er ihre Aufmerksamkeit hatte. Dann legten er und Nica los, so wie sie es besprochen hatten. Sie fragten nach den Ordensrittern in der Stadt, nach den Gehenkten vor ihren Toren, nach den seltsamen Hamstern und den Nachtadlern, nach den Kopfgeldern für noch nicht konvertierte Ketzer, nach der ungeheuren Tiefe der Brunnen und der Anzahl der Brücken in Vierzinnen. Sie fragten nach dem Wetter und der Ernte der letzten drei Jahre, nach dem geschlossenen Tempel und der Anzahl der Drachen in der Stadt. Nach der Leibspeise des Torwächters und den Diebereien des kleinen Margulv. Ob die Blätter der Toteneiche auf dem Friedhof auch bei Windstille wisperten, ob auf ihr Vögel nisteten und ob die Feuer, die mit ihren Zweigen entzündet wurden, auch länger und heller brannten. Welcher Bäcker das beste Brot feilbot, welcher Metzger das fetteste Fleisch, wie viel Milch die Trauerziegen gaben. Auf manches bekamen sie eine Antwort, anderes rief nur ein Schulterzucken und nervöse Blicke zu den Drachen hervor, und die Beteuerung, es wirklich nicht zu wissen.

Unter all diese Fragen mischten sie auch jene nach dem Hohen Norkham, ohne jedoch zu zeigen, wie sie zu ihm standen. Die Menge an Fragen sollte verhindern, dass die Gefangenen erahnten, um was es ihnen wirklich ging.

Über den Verbleib des geflohenen Ketzers schien jedoch keiner der fünf etwas zu wissen. Dass er sich noch in der Nähe der Stadt aufhielt, glaubten sie nicht, auch nicht in den Bergen.

»Er ist ein tollkühner Mann«, sagte irgendwann der Ketzer, den sie zuletzt gefangen hatten und der die Drachentätowierung auf der Wade trug. »Ich würde vermuten, dass er längst nach Chybhia aufgebrochen ist, um seinen Drachen zurückzugewinnen.«

»Seinen Drachen?«

»Ja. Er war furchtbar stolz auf ihn, hat ihn vor Jahren selbst besiegt, unterworfen und zugeritten. Niemals würde er ihn freiwillig einem anderen überlassen. Ich denke, er wird sich zuerst seinen Drachen zurückholen und dann Rache an Herrn Arthen und den anderen Rittern üben wollen, die für die Galgen vor Vierzinnen verantwortlich sind.«

Die zwei weiteren Ketzer im Käfig nickten zustimmend, und nur einen Augenblick später auch die beiden anderen Gefangenen.

»Aber wieso sollte er dafür nach Chybhia gehen?«, hakte Yanko nach.

»Der Drache ist dort einer der Siegespreise bei den diesjährigen Spielen«, erwiderte der Mann. »Das weiß ich aus erster Hand, das haben die Ordensritter erzählt.«

»So so, dir haben sie das also erzählt? Wieso ausgerechnet dir?«

»Mir? Nein, nein, das haben sie uns allen erzählt. Und das mehr als einmal.«

Tatsächlich nickten diesmal alle Gefangenen sofort und nachdrücklich.

»Immer wieder reiten sie darauf herum, als wollten sie uns damit bloßstellen. Der eigenhändig unterworfene Drache des stolzen Norkham ist nur noch ein Preis bei einem Wettkampf«, knurrte der Mann.

»Und du meinst, auch Norkham hat davon erfahren?«, fragte Nica.

»Natürlich. Nur weil er geflohen ist, heißt das nicht, dass er keine Ohren mehr in der Stadt hat.« Der Mann schüttelte den Kopf und hob dann abwehrend die Hände. »Ich weiß nur nicht, wen.«

Mehr war über den momentanen Aufenthaltsort des Hohen Norkham nicht zu erfahren. Nach weiteren Fragen zur Ablenkung zogen sich Yanko und Nica ein Stück vom Käfig zurück, um sich zu beraten.

»Was hältst du davon?« In Nicas Augen stand die Angst, der falschen Spur zu folgen, die entscheidende Frage vergessen zu haben. »Können wir ihnen wirklich glauben?«

»Ich denke schon. Wahrscheinlich verschweigen sie uns irgendetwas, aber nur, um sich selbst zu schützen, wenn sie davon überzeugt sind, dass uns eine Antwort nicht gefällt.«

»Und Norkham? Wollen sie ihn nicht auch schützen? Er war ihr Oberhaupt, ist es vielleicht noch, wenn sie nicht aus Überzeugung den Glauben gewechselt haben. Und wer hält schon wirklich zu den Leuten, die einem zwei Löcher in die Haut brennen?«

Yanko zuckte mit den Schultern, sagte aber: »Ich glaube nicht, dass sie uns als Bedrohung für ihn ansehen, dafür waren sie zu sehr mit der Angst um ihr eigenes Leben beschäftigt. Halten die Ketzer nicht Drachen für Geschöpfe Samoths?«

Nica nickte.

»Dann haben sie Angst vor Juri und Feuerschuppe, egal, wie niedlich sie Sitz machen.« Yanko kicherte beim Gedanken daran. »Wir sollten es wirklich bei den Spielen versuchen. Die ganze Geschichte klingt glaubwürdig. Sollten wir ihn bei den Spielen nicht finden, können wir hierher zurückkehren und nach einer neuen Spur suchen. Doch was, wenn er wirklich dort ist, aber wir nicht? Wenn wir ihn trotz der Hinweise entkommen lassen?«

Nica nickte mit zusammengepressten Lippen, und Yanko nahm sie in den Arm. Wenn der trollhirnige Ben doch bloß gewartet hätte, könnten sie jetzt zusammen fliegen. Dinge ergaben sich manchmal eben, wenn man ein wenig Geduld hatte. Wenn man sich absprach!

»Was machen wir jetzt mit den Gefangenen? Meinst du, sie ahnen etwas und können dem Orden unser Ziel verraten?«

»Nein. Aber zur Sicherheit können wir sie ja von Juri und Feuerschuppe irgendwohin fliegen lassen. Nicht richtig verbannen, nur ein Stück weit ins Landesinnere, so dass sie zwei Tage zum Zurücklaufen benötigen. Bis dahin sind wir weit weg.«

Also packten die Drachen den Käfigwagen mitsamt den Gefangenen und erhoben sich unter allerlei launigen Kommentaren über das fröhliche Verteilen von Menschen überall im Großtirdischen Reich in die Luft und lachten darüber, eine Stadt in alle Winde zu zerstreuen. Als sie in der Ferne verschwanden, nahm Yanko Nica in den Arm und küsste sie.

Ohne die Drachen hatte er nicht mehr das Gefühl, beobachtet zu werden. Er klammerte sich fest an sie, die Einzige, die ihm noch geblieben war. Sie pressten sich aneinander, als könnten sie so das Gefühl der Einsamkeit aus sich herausquetschen.

Irgendwann wurde es kühl, während sie nackt auf der Decke neben dem Bach lagen, die erste Vorahnung des Herbstes wehte sanft von den Berggipfeln herab. Doch Yanko wollte sich nicht rühren, um nach seiner Kleidung zu greifen, er wollte Nica auf keinen Fall loslassen, die sich zitternd an seine Schulter gekuschelt hatte.

»Schau mal, die Sterne – wie hell sie heute leuchten«, murmelte er.

»Warum hat Ben uns verlassen?«, fragte Nica leise.

»Weil er den Verstand eines Schlickschlurfers hat«, brummte Yanko und strich ihr übers Haar. »Und ein feiges Hühnerherz.«

»Du meinst wirklich, er ist feige?«

»Nein.« Yanko schnaubte. Natürlich dachte er das nicht, und genau das ärgerte ihn daran. Einem Feigling könnte man ein solch heimliches Davonstehlen ja nachsehen. Aber Ben? »Ich weiß nicht, warum er gegangen ist. Ich verstehe es nicht. Wir waren so lange befreundet, ich hätte nie gedacht, dass er mich mal im Stich lässt. Und dich.«

»Hm.« Gedankenverloren strich Nica ihm über die Brust. Irgendetwas schien sie zu beschäftigen. Mehrmals setzte sie an, als wollte sie etwas sagen, doch kein Wort kam über ihre Lippen.

»Was ist?«, fragte er und küsste sie auf die Stirn. Den Mund erreichte er nicht.

»Nichts.«

»Nichts? Sicher?«

»Ja. Nichts.« Sie seufzte, löste sich und beugte sich auf einen Arm gestützt über ihn. »Aber du wirst mich nicht auch noch verlassen, oder?«

»Nein«, sagte er schnell. Es klang irgendwie seltsam, wie sie das gesagt hatte. Auch. Dachte sie nicht daran, dass er sie im Unterschied zu Ben liebte? »Natürlich nicht. Niemals!«

»Versprichst du es?«

»Ja.« Yanko sah sie ernst an. »Ich werde dich niemals verlassen.«

Ein kurzes Lächeln huschte über ihre Züge. Sie küsste ihn und erhob sich dann. »Mir wird kalt.«

Sie zogen sich an, setzten sich Hand in Hand auf einen Felsen und blickten auf der Suche nach den zurückkehrenden Drachen in den Himmel. Zum ersten Mal, seit Ben verschwunden war, hatte Yanko das Gefühl, dass doch noch alles gut werden würde.

»Wir werden ihn bei den Spielen finden«, murmelte er. »Und ihm die Ohren so lang ziehen, dass man ihn von Weitem für ein riesiges Schlappohrkaninchen auf zwei Beinen hält.«

UNTERWEGS

Der Käfigwagen ruckelte unter der grellen Mittagssonne dahin. Schweiß glänzte im Nacken des glatzköpfigen Hünen auf dem Kutschbock, die Ritter auf den Pferden vor und hinter dem Wagen hatten ihre Helme abgenommen, dennoch klebten ihre Haare auf der Stirn. Die Tiere schnauften schwer in der Hitze.

Im Käfig kauerte Anula. Obwohl sie sich in eine dicke Decke gehüllt hatte, fror sie. Die Sonne konnte die Kälte des weißen Drachen in ihr nicht wärmen.

»Ist schon eine Hübsche«, sagte in dem Moment einer der beiden Ritter, die direkt hinter ihrem Käfig folgten, der mit der kurzen breiten Nase. »Nur schade, dass sie uns immer die kalte Schulter zeigen muss.«

Sein hochgewachsener Kamerad brüllte los vor Lachen und klopfte sich auf den dünnen Oberschenkel. Seit sie Falcenzca verlassen hatten, musste sich Anula zahlreiche Scherze über Kälte und Eis gefallen lassen, mal derb, mal einfach dumm, immer wieder nach demselben Muster. Die wenigsten waren lustig.

Sie solle doch nicht so frostig dreinschauen. Gelächter.

Einer von ihnen verfüge schon über das richtige Werkzeug, um das Eis zu brechen, sie müsse nur darum bitten. Anzügliches Gelächter.

Sie sei schön wie eine Blume … eine Eisblume. Prustendes Gelächter.

Ob sie mit ihrem Finger mal bitte kurz das Wasser kühlen

könne, sie hätten vergessen, einen Eisblock aus einem Gletscher mitzunehmen. Begeistertes Schenkelklopfen.

Ein Wortspiel jagte das nächste, sie wurden der Sache einfach nicht überdrüssig.

Zitternd sah Anula zwischen den Gitterstäben hindurch, hinaus auf die helle, sonnenüberflutete Ebene, durch die sie fuhren. Sie blickte einer kleinen Herde Wollrinder mit ausgelassen hüpfenden Jungtieren hinterher, die von der Kutsche davontrabte. All das versuchte sie aufzusaugen, doch selbst der schönste Anblick bedeutete ihr nichts. Die Kälte in ihr war zu stark.

Niemand hatte ihr gesagt, wohin sie gebracht wurde. Doch die Gesprächsfetzen, die sie hier und da aufgeschnappt hatte, hatten ihr das Wichtigste verraten. Sie sollte ein weiteres Mal verhört werden, dieses Mal von jemandem, der zu bedeutend war, um seine Zeit mit einer Reise in ihr Gefängnis zu verschwenden, weshalb sie zu ihm gebracht werden sollte. Der König, ein Fürst oder wer auch immer das sein mochte. Er würde sie befragen. Dabei hatte der Ritter das Wort so deutlich betont.

Befragen.

Anula starrte auf ihre steifen Finger und dachte unwillkürlich an Daumenschrauben. Die Kälte hatte sie so gefühllos gemacht, dass sie nicht einmal Angst empfinden konnte.

Würde sie die Schrauben spüren, oder würden ihre Finger einfach Risse bekommen und knackend springen wie Eis?

Glühende Eisen und rostige Zangen erschienen vor ihrem geistigen Auge, doch sie empfand nichts.

Er würde sie befragen, doch sie wusste nichts und spürte nichts. Kein Schmerz würde der Befragung ein Ende setzen. Es war nicht schwer, sich vorzustellen, wo das hinführte.

Wieder sah sie aus dem Wagen, hinauf in den blauen Himmel. Irgendetwas regte sich in ihr. Trotz aller Kälte wollte sie nicht sterben.

Die Ritter lachten wieder über einen Scherz, den sie nicht gehört hatte.

Sie schloss die Augen und legte die Decke zur Seite. Egal, wie kalt ihr war, es war wahrscheinlich das letzte Mal, dass sie die Sonne sah. Sie wollte ihre Strahlen auf ihrer Haut wissen, auch wenn sie sie kaum spüren konnte.

Dritter Teil

Der Drache des Ketzers

CHYBHIA

Ich sage doch, der weiß einfach alles«, brummte Aiphyron, nachdem ihnen Kaedymia die richtige Richtung nach Chybhia gewiesen hatte. Ben kam es vor, als habe diese nicht viel gemein mit der, in die sie ursprünglich geflogen waren.

»Danke«, sagte Kaedymia zu Ben. Erste, noch durchscheinende Schuppen bildeten sich bereits wieder auf der verheilten Brustwunde, und die Flügel waren so weit gerichtet, dass sie ihn nach ein, zwei weiteren Tagen Ruhe wieder würden tragen können. Noch konnte man eine dünne Naht erkennen, wo die Membran gerissen war.

»Keine Ursache«, wehrte Ben ab, froh, dass der Hauch von Verfall aus den Wunden verschwunden war, und auch ein wenig stolz. »Danke für dein Wissen und die richtige Richtung. Andere Drachen hätten sich da ohne Hilfe verflogen.«

»Jaja«, knurrte Aiphyron. »Jetzt steig schon auf und lass diese Lobhudelei. Der Kerl ist schon eingebildet genug, und das wird im Alter immer schlimmer.«

»Pass auf den jungen Griesgram auf«, sagte Kaedymia zu Ben und grinste Aiphyron an.

Sie verabschiedeten sich voneinander, und Aiphyron erhob sich in die Lüfte.

Bester Laune flogen sie in großer Höhe dahin. Während er Kaedymia geheilt hatte, hatte Ben nicht ein einziges Mal an mögliche Verfolger gedacht. Vielleicht weil er keine Zeit dafür gehabt hatte, vielleicht weil er sich im morastigen Delta verborgen, fern aller Handelswege, vor dem Orden sicher gefühlt hatte. Doch in Chybhia würde es wieder anders werden, die Stadt musste er ohne Aiphyron betreten, also vollkommen allein. Daran hätte er denken sollen, bevor er Yanko und Nica verlassen hatte.

Das hätte nichts gebracht, erinnerte er sich, bevor er seine Entscheidung richtig bedauern konnte, sie hätten ihn sowieso nicht begleitet, sie wollten ja unbedingt diesen Ketzer jagen. Dabei waren Drachen viel wichtiger, das hatte er eben erst wieder gespürt. Nichts war diesem Gefühl vergleichbar, wenn die Heilkräfte kribbelnd durch seine Hände flossen, wenn er spürte, wie sich ein Drache erholte. Nichts, mit Ausnahme von Fliegen vielleicht.

Nein, ohne Yanko und Nica war er besser dran. In Falcenzca hatten sie ihn an seiner Hose erkannt, die Ritter in Vierzinnen hatten aufgrund ihrer Anzahl eine Verbindung zu diesem Steckbrief gezogen. Allein, ohne Haare, ohne seine auffällige Hose in einer weit entfernten Stadt, in der er niemanden kannte und niemand ihn, würde man ihn nicht erkennen. Zu den Spielen musste die Stadt nur so vor Fremden wimmeln, keiner achtete da auf einen einzelnen Jungen. Es war besser so, sagte er sich immer wieder. Zu dritt würden sie nur auffallen. Dennoch wäre er lieber nicht allein gewesen.

Er ließ die Landschaft unter sich dahinziehen und sprach mit Aiphyron über dieses und jenes, fragte ihn über Kaedymia aus, ob er noch andere Freunde unter den Drachen habe und wie oft er diese traf. Aiphyron konnte das nicht genau beantworten – es käme eben immer darauf an, wie oft sie sich zufällig über den Weg flogen, so ein Treffen plane man doch nicht. Immer wieder wiederholte Ben, was für ein Glück sie gehabt hatten, diesen außergewöhnlichen Schlüssel zu finden. »Der kann echt hilfreich sein.«

»Natürlich, aber welchen deiner unzähligen Paläste willst du damit denn verschließen?«, fragte Aiphyron. »Du besitzt nicht einmal eine Hütte und bist auf der Flucht, falls du das noch nicht gemerkt hast.«

»Mit dem Schlüssel müssen wir irgendwann nicht mehr fliehen. Eines Tages gibt er uns irgendwo den nötigen Schutz vor dem Orden.« Ben hoffte, dass es noch vor dem Winter geschehen würde. In der Kälte wollte er nicht mehr auf der Straße sein, auch nicht in der Luft.

»Ich bin lieber frei als an eine belagerte Hütte gefesselt«, brummte der Drache.

»Du frierst dir ja auch nicht den Hintern ab, wenn Schnee fällt.«

»Es gibt Länder, da fällt kein Schnee. Länder, die nicht vom Orden der Drachenritter beherrscht werden.«

Ben lächelte bei dieser Vorstellung. Nicht frieren und nicht gejagt werden. Doch bevor er von einer solchen Zukunft träumen konnte, musste er erst den Schwur erfüllen – dann konnte er mit Aiphyron irgendwo in der Sonne liegen. Vielleicht sogar am Meer und mit Yanko, Juri, Feuerschuppe und Nica.

Und Anula.

Auch wenn sie ihn zurückgewiesen hatte, plötzlich war sie wieder in seinem Kopf, und seine Gedanken verweilten am längsten bei ihr. Er stellte sich vor, wie es wäre, von ihr geküsst zu werden, und als sich nach langer, langer Zeit seine Lippen von ihren lösten, hatte er Nicas Gesicht vor Augen.

Wieso verrichteten in den Liedern die Helden ihre Taten immer für eine einzige wunderschöne Frau? Wieso wussten sie so genau, für wen sie was empfanden? Stets gab es nur eine einzige Frau, die die Richtige war; in den kniffligsten Geschichten höchstens noch eine verführerische Nachtfee oder sinnenverwirrende Nymphe, die jedoch rasch als ebenso böse wie schön entlarvt wurden, abgewiesen oder als Geschöpf Samoths geköpft. Jedem war klar, welches Herz es zu gewinnen galt, es ging nur darum, es zu schaffen. Warum war keiner dieser Helden je gleichzeitig auf eine Anula und eine Nica getroffen? Ben war sicher, dass keine von beiden eine böse Nachtfee war.

Sobald er den Drachen befreit hatte, würde er seine Träume zurate ziehen. Den Seherpilzen traute er nicht, er zweifelte, ob sie wirklich die Wahrheit verkündeten. Er würde sich eine Traumweide suchen und in ihrem Wurzelwerk Schlaf. Das Mädchen, von dem er dann träumte, wäre die Richtige. Er hoffte, es wäre Anula.

Dämlicher Warzenkopf, beschimpfte er sich selbst. Wenn du das schon hoffst, dann lass die Träumerei doch sein, flieg einfach nach Falcenzca und frag sie noch mal, ob sie mit dir kommen will. Dann ist sie die Richtige. Sie hat dich beim letzten Mal nicht für tausend Gulden verraten, sie wird es auch ein weiteres Mal nicht tun. Sag ihr klar und deutlich, was du empfindest, fall auf die Knie und stotter nicht herum wie beim letzten Mal. Oder entführ sie zur Not. Besonders schöne Frauen wurden in alten Liedern doch oftmals und gern geraubt und entdeckten erst danach ihre Gefühle für den Helden. Ben stellte sich vor, wie er Anula am Arm packte und ihr mitteilte, er würde sie jetzt rauben. Und wie sie ihn mit hochgezogener Augenbraue ansah und *Nein* sagte.

Doch.

Nein.

Doch.

Nein.

Doch.

So ging es in seinem Kopf hin und her, und er fluchte darüber, dass sie ihm sogar in seinen Träumen widersprach. Sein Herz schlug dennoch schneller, und plötzlich war es ebenso wichtig, nach Falcenzca zurückzukehren, zu ihr, wie diesen Drachen zu befreien. Doch erst der Schwur, schließlich war der Drache gefangen, während Anula frei war und sicher noch ein paar Tage warten konnte.

»Verfluchtes Feuer«, knurrte Aiphyron in diesem Moment.

Ben blickte auf und entdeckte am Horizont eine aufsteigende Rauchsäule. Kurz darauf flogen sie direkt über den Brandherd hinweg. Aus der Höhe und mit all dem dunklen Qualm war es schwer zu erkennen, doch schien es, als brannten dort zwei schon weit eingefallene Gebäude am Rand eines Dorfs. Menschen standen als kleine Punkte herum, einige schimmerten silbern in der Sonne, als trügen sie eine Rüstung.

»Ritter.« Aiphyrons Stimme war voller Verachtung.

Ben spuckte im Vorüberfliegen hinunter, in der vagen Hoffnung, einen von ihnen zufällig zu treffen.

»Das kann ich auch«, knurrte Aiphyron, flog eine Schleife und spuckte direkt über den Rittern einen dicken Batzen in die Tiefe. »Aber ich glaube nicht, dass wir den Brand so löschen können.«

Ben lachte auf, und sie flogen weiter. Aus dem Augenwinkel sah er, dass Aiphyron getroffen hatte.

Als sich die Sonne dem Horizont näherte, erreichten sie Chybhia. Die Stadt lag nicht fern eines gedrungenen, felsigen, zerklüfteten Bergs an einem großen, lang gestreckten

See, dessen Wasser von außergewöhnlicher Klarheit war. Auf ihm brach sich das Sonnenlicht wie nirgendwo sonst. Jetzt am Abend erstrahlte der Schaum der sanften Wellen in einem hellen Rot, am Mittag funkelte angeblich die ganze Wasserfläche klarer als Diamanten. Sah man dann von oben hinein, strahlte einem die Sonne ebenso gleißend entgegen wie vom Himmel, daher hatte der See den Namen Hellwahs Spiegel.

Die Häuser Chybhias waren überwiegend aus weißem Stein gebaut, und viele waren am Ufer des Sees errichtet, denn jeder suchte die Nähe zu dem heiligen Gewässer. So zog sich ein großer Teil der Stadt wie ein schmaler Streifen an Hellwahs Spiegel entlang, auf der Landseite geschützt von einer mächtigen weißen Mauer, auf deren Kamm sich mehrere Schritt hohe, gewundene Stahlzinken erhoben, welche die Strahlen der Sonne repräsentieren und gleichsam Angreifern den Zugang zur Stadt verwehren sollten.

Doch nicht nur auf dem Land erhoben sich die Häuser. Zahlreiche breite, bebaute Brücken führten weit auf den See hinaus, kreuzten sich oder führten gar auf riesigen Säulen im Bogen über die Gebäude einer anderen Brücke hinweg. Die Kapitelle der Brückenpfeiler waren mit erhabenen, vielstrahligen Sonnen verziert. Jahr um Jahr wuchs die Stadt weiter auf den See hinaus.

Je näher sie kamen, umso deutlich erkannten sie, wie prächtig Chybhia wirklich war. Viele der Häuser waren Paläste, die Tempel reich verziert, und der pompöse Eingang des bestimmt zweihundert Schritt langen Stadions, in dem viele der heiligen Wettkämpfe stattfanden, hatte ein Dach aus Goldplatten.

Die Straßen schienen sehr belebt, ein Gewühl aus Punkten in unterschiedlichsten Farben wogte sich in alle Richtungen.

Der Lärm, den sie machten, wurde als Gemurmel bis zu Aiphyron und Ben hinaufgetragen. Weit draußen auf dem See, sogar jenseits der mächtigen Türme, die mit großen Katapulten die seewärtigen Grenzen der Stadt bewachten, schwamm eine Handvoll Häuser auf Flößen. Nicht alle hatten den Anker geworfen, manche ließen sich offenbar treiben. Chybhia war so groß, dass Ben lange nicht jede Straße, geschweige denn jede Einzelheit von oben aufnehmen konnte.

»Lass uns ein Versteck finden, bevor sie dich entdecken«, sagte er. Doch weder der See noch die umliegenden Felder oder weitläufigen Wiesen im Umland der Stadt boten Schutz vor neugierigen Blicken. Auch der Berg kam nicht in Frage, er war der Austragungsort für wenigstens einen Wettkampf.

»Wie wäre es mit dem Wäldchen dort hinten?«

»Ziemlich weit weg. Da laufe ich morgen ja den halben Tag, um in die Stadt zu kommen.«

»Fauler als ein Sack Mehl, der Herr Ben«, knurrte Aiphyron. »Keine Angst, ich bring dich morgen vor Sonnenaufgang schon wieder nah genug an die Stadt heran, damit deine zarten Füße keine Bläschen bekommen. Aber wahre Helden jammern wirklich weniger herum.«

»Ich jammere nicht. Ich dachte, dass vielleicht die Zeit drängt. Abgesehen davon kann ich ohne Blasen leichter an einem Wettkampf teilnehmen. Das Einfachste wäre es nämlich, ich würde den Drachen gewinnen. Dann wird er mir überreicht, und wir müssen nicht in die Ställe einbrechen. Bestimmt sind die gut bewacht.«

»Dir ist schon klar, dass auf dich ein Kopfgeld ausgesetzt ist? Willst du als Vertreter der Geächteten antreten, oder was?«

»Schon mal was von Verkleiden gehört? Klar ist es als Drache schwer, die Schuppen zu wechseln, aber wir Menschen können uns andere Kleidung anlegen.«

»Und das macht euch zu einem anderen?«

»Manchmal.«

»Und als was willst du Bürschchen dich verkleiden? Als geschrumpfter Held?«

»Sehr witzig. Es ist völlig egal, als was ich mich ausgebe, Hauptsache nicht als mich selbst. Und wenn es als fahrender Kesselflicker ist.«

»Klingt nicht sehr glaubwürdig«, brummte Aiphyron und tauchte in Richtung Erde. Sie hatten das Wäldchen erreicht, das sich aus der Nähe als gar nicht so klein herausstellte. Die Bäume standen dicht, es war ein gutes Versteck. »Kesselflicker gewinnen keine Wettkämpfe, ohne enttarnt zu werden, wenn du mich fragst.«

»Ach ja?«

»Ja.« Der Drache setzte auf einer kleinen Lichtung auf, an deren Rand ein schmaler Bach entlangfloss. »Denkst du nicht, dass all die versammelten Helden, Ritter und Adlige misstrauisch werden, wenn sie von einem Handwerker geschlagen werden? Noch dazu von einem Jungen wie dir? Ich denke, sie sind zu sehr von sich selbst eingenommen, um das zu ertragen.«

»Hm«, brummte Ben. Das klang überzeugend, doch das wollte er nicht zugeben.

»Ich sage dir, mach dir einen schönen Tag, finde heraus, wer den Drachen gewinnt, und wir jagen ihn ihm ab, sobald er die Stadt verlässt. Dort drin wimmelt es sicher von Ordensrittern.«

Das klang weit weniger heroisch und abenteuerlich, aber vernünftig. Und tatsächlich weniger gefährlich. Beinahe unmerklich nickte Ben.

Suchend blickte er sich nach etwas Frischem zu essen um, doch außer ein paar Beeren entdeckte er am Rand der Lichtung nichts Schmackhaftes, und so kramte er ein zähes Stück Dörrfleisch aus dem Rucksack, das Yanko in Trollfurt eingesteckt hatte.

»Ich will ja nicht schon wieder damit anfangen«, sagte Aiphyron. »Aber wäre es nicht schön, bald in ein anderes Land zu fliegen, das nicht vom Orden beherrscht wird? Ich meine, wir hetzen ständig von einer Stadt zur nächsten, und wir Drachen dürfen uns immer in der Nähe verstecken. Immer dasselbe. Zu dritt war es nicht ganz so öde, aber jetzt bin ich auch noch allein.«

»Bald bist du ja wieder zu zweit«, blaffte Ben, dessen Angst schleichend wiedergekehrt war, seit sie den Boden berührt hatten. »Meinst du, ich bin wild darauf, allein in so eine Stadt zu laufen? Ich werde gejagt!«

»He, was ist los, Junge? Ich hab doch nur Spaß gemacht.«

»Toller Spaß«, brummte Ben, der auf keinen Fall zugeben wollte, dass er sich vor dem Gang in die Stadt fürchtete, davor, vom Orden erwischt zu werden.

Gehenkt.

Oder von den unerbittlichen weißen Drachen gefressen. Doch dann platzte es aus ihm heraus, und er erzählte Aiphyron von all diesen Ängsten. Der Angst, dass irgendwer doch seine Verkleidung durchschaute, der Angst vor jedem Schritt im Rücken, vor jedem nächtlichen Geräusch im Gebüsch, das ein anschleichender Kopfgeldjäger sein könnte. Der Angst, die ihn nur hoch in den Lüften in Ruhe ließ und die jetzt mit aller Macht zurückgekommen war, weil Yanko und Nica nicht bei ihm waren. Auch wenn ihre Begleitung in Vierzinnen nicht viel geholfen hatte.

»Aber ich bin bei dir«, sagte Aiphyron.

»Klar.« Ben knuffte ihn gegen die Schnauze. »Du liegst hier faul auf der Lichtung und frisst gelangweilt irgendwelche roten Käfer.«

»Ich kann morgen über der Stadt kreisen und dich im Auge behalten, hoch oben. Selbst wenn irgendein Ritter mich als fernen Punkt sieht und sogar ahnt, was ich bin, was soll er schon groß tun? Hochfliegen? Sein Schwert nach mir schmeißen?«

Ben grinste und fühlte sich gleich ein wenig wohler. Alles schien nun weniger schlimm, seit er es ausgesprochen hatte. Seit er wusste, dass Aiphyron doch irgendwie bei ihm sein würde. »Aber wie willst du mich von so fern im Auge behalten?«

»Es sind gute Augen.«

»Und wenn ich in einem Gebäude verschwinde?«

»Dann warte ich, bis du es wieder verlässt. Im schlimmsten Fall verliere ich dich auch, aber ich finde dich wieder. Und ich werde es bemerken, wenn sich ein weißer Drache der Stadt nähert. Dann gebe ich dir ein Zeichen oder hole dich sofort raus. Ich lass nicht zu, dass dich ein weißer Drache erwischt.«

»Gut«, sagte Ben und machte es sich unter einer jungen Himmelsbuche am Rand der Lichtung bequem. In dieser Nacht wurde er nicht von Albträumen geplagt.

Das kniehohe Gras war feucht vom Tau, und als Ben in der Morgendämmerung schließlich die Straße nach Chybhia erreichte, war seine Hose durchnässt und klebte kühl an den Waden. Leichter Wind wehte vom See herüber, und Ben sehnte sich nach der Sonne, die ihm die Beine trocknen und wärmen würde. Ganz langsam schlenderte er Richtung Stadt, die vielleicht noch zwei Meilen entfernt lag. Er wollte nicht als Erster am Morgen Einlass begehren, um nur nicht aufzufallen. Sicher war sicher.

Während der chybhischen Spiele wurden Streitigkeiten und Fehden in Hellwahs Namen zurückgestellt, erinnerte sich Ben. Sie wurden in den Wettkämpfen ausgetragen. Innerhalb der Stadtmauern und einer Bannmeile um sie her durfte kein Blut vergossen werden, auch fanden in diesen Tagen keine Hinrichtungen statt. Ihm würde schon nichts geschehen. Er warf einen kurzen Blick in den Himmel, doch noch war es zu diesig und lange nicht hell genug, als dass er Aiphyron entdecken konnte, nicht einmal als verschwommenen dunklen Punkt.

Vereinzelte Nebelschleier krochen wie ausgefranste geisterhafte Riesenwürmer über das Land. Die ersten Vögel hatten zu singen begonnen, doch ansonsten lag die Welt noch im Schlaf.

Da durchbrach ein dumpfer Schlag vor ihm die Stille des Morgens, und Ben zuckte zusammen. Was war das? Der Ton schien sich für einen Moment im Nebel zu verfangen, bevor er endgültig verwehte. Es klang unheimlich.

Gedämpfte Rufe waren zu vernehmen, doch Ben verstand kein Wort. Dann ein zweiter Schlag, dem weitere folgten. Regelmäßig, als würde jemand hämmern.

Hektisch sah sich Ben in alle Richtungen um, konnte jedoch die Quelle der Schläge nicht ausmachen. Aufs Höchste angespannt ging er weiter, sein Herz schlug schneller. Wütend befahl er sich, sich zusammenzureißen. Wahrscheinlich reparierte irgendein freundlicher Bauer seinen Weidezaun, oder die Straße wurde ausgebessert, damit die Stadt einen guten Eindruck auf die zahlreichen Besucher machte. Hammerschläge waren weder unheimlich noch gefährlich, auch nicht in Dämmerung und Nebel. Und niemand würde dort vorn ihren Steckbrief an einen Baum nageln. Er durfte nicht so schreckhaft sein!

Nach einer Weile sah er eine mit schwarzer Erde aufgeschüttete Terrasse links im Nebel auftauchen, vielleicht zehn Schritt im Geviert groß und drei Schritt hoch. Zwei kräftige Männer knieten dort und hämmerten auf etwas am Boden ein. Dann legten sie ihre Werkzeuge zur Seite und richteten mit einem dritten, der neben ihnen gestanden hatte, einen gut zwei Mann hohen Balken auf. Als sie ihn ein Stück weit in einem Loch versenkten und um die eigene Achse drehten, um ihn passend auszurichten, erkannte Ben, dass oben ein kürzerer, verstärkter Querstreben saß, von dem ein Strick herabhing.

Ein Galgen.

»Noch ein Stück zu mir«, befahl der dritte Mann, dann rief er: »Stopp.«

Schwungvoll schlug er irgendwelche Stützhölzer am Galgen fest, bevor sie das Loch mit dunkler Erde füllten und festklopften.

Nur nicht auffallen, dachte Ben und zwang sich weiterzulaufen. Dabei warf er immer nur kurze Blicke hinüber. Die Männer beachteten ihn nicht.

Am Fuß der Terrasse stapelten sich noch mehr Balken. Unauffällig versuchte Ben, sie zu zählen, doch er kam immer wieder durcheinander. Sieben oder acht weitere Galgen ließen sich mit dem Material aber bestimmt errichten. Auf dem obersten Balken saß ein aufgeplusterter Nachtadler und ließ sich von den lauten Hammerschlägen nicht vertreiben. Mit durchdringenden fahlen Augen stierte er Ben an. Sein scharfer Schnabel öffnete sich, und er ließ ein lautes Krächzen vernehmen, das in Bens Ohren wie ein böses Lachen klang. Er musste an die Galgen vor Vierzinnen denken.

Keine Hinrichtungen während der Spiele, so war die Tradition, dachte er verzweifelt, als das Hämmern hinter ihm wieder einsetzte und der Adler noch einmal sein dunkles Krächzen hören ließ. Was geschah hier?

Rechts am Wegrand erschien ein weißer, steinerner Pfeiler, in den schwungvolle Buchstaben eingraviert waren.

Chybhia
Stadt der heiligen Spiele
Eine Meile

Ben verstand, sein Mund wurde trotz des Nebels trocken. Der Galgen wurde außerhalb der Bannmeile angelegt, dann schadete er nicht der Tradition. Und eine Meile war schnell zurückgelegt, wenn man Blut vergießen wollte. Anscheinend schenkte das Verbot von Hinrichtungen während der Spiele nicht jedem Schutz.

Kurz dachte Ben daran, umzukehren, aber er durfte nicht. Er durfte sich nicht so leicht einschüchtern lassen, dieser Strick galt nicht ihm. Außerdem hatte er es geschworen. Niemand würde ihn erkennen, sagte er sich zum hundertsten Mal, niemand. Er trug keine verräterische Tätowierung wie ein Ketzer. Und Aiphyron kreiste über ihm. Auch wenn er ihn nicht sehen konnte, so war der Drache doch da. Entschlossen stapfte Ben weiter. Er würde seiner Angst nicht nachgeben, niemals.

Als er das offene Stadttor erreichte, hatte sich die Sonne gerade rot vom Horizont erhoben. Hatte das Tor von oben noch winzig gewirkt, so fühlte sich Ben nun wie ein unbedeutender Zwerg. Der Durchgang war bestimmt ein Dutzend Schritt hoch, und darüber prangte das große Mosaik einer goldenen Sonne. Wasserblaue Banner, Hellwahs Symbol und das des Drachenordens wehten über den mächtigen Zinnen sowie das Fischwappen des Stadtfürsten. Die stählernen Strahlen auf der wuchtigen Stadtmauer blinkten im Licht der aufgehenden Sonne. Schon Falcenzca hatte ihn beeindruckt, doch erst jetzt verstand Ben, wie klein seine Heimatstadt Trollfurt wirklich war.

Die ersten Reisenden, die im Gasthaus vor dem Tor übernachtet hatten, weil sie erst nach Schließung der Tore hier angekommen waren, betraten die Stadt. Sie trugen die unterschiedlichsten Trachten, bis zu den Knien hängende Hemden, wie Ben sie noch nie gesehen hatte, oder mit zahlreichen Schnüren und Bändern versehene, gescheckte Hosen aus einem kuhähnlichem Fell, die nur bis zu den Waden reichten. Sogar einen Mann in weitem Hemd und gestreiftem Rock aus grobem Stoff konnte er ausmachen. Um dessen Hals baumelte eine furchtgebietende Kette aus zahlreichen gebleichten Knochen, wahrscheinlich wurde er deshalb von niemandem für den Rock ausgelacht. Auch Ben unterdrückte ein Glucksen. Der Torwächter scherzte jedoch völlig entspannt mit dem Mann, als wären Röcke tragende Männer keine Seltenheit.

Ein harmloses Schlaflied pfeifend, schritt Ben an ihnen vorbei nach Chybhia hinein. Niemand kam auf die Idee, ihn aufzuhalten.

»Nicht so schnell, Junge!«, erscholl es da plötzlich doch

hinter ihm. Er war erst wenige Schritte weit in die Stadt hineingekommen. Sein Bauch zog sich zusammen, alle Muskeln spannten sich an.

Flieh!, schrie ihm jede Faser seines Körpers zu. Doch wie sollte er in dieser Stadt jemandem entkommen? Er kannte nicht eine der so früh nur spärlich belebten Straßen, er wusste nicht, wohin sie führten, wo die Sackgassen lauerten. Es gab keine Menschenmenge, in der er untertauchen konnte. Mit hetzendem Herzen blickte er über die Schulter zurück.

»Was ist denn jetzt noch?«, fragte ein dunkelhaariger Bursche nur drei, vier Schritt von Ben entfernt und wandte sich einem alten Mann mit roter Nase zu, der aus der Tür des ersten Hauses hinter dem Tor schaute.

»Bring doch gleich noch ein mittleres Käserad mit, eins von den würzigen. Die Verwandtschaft deiner Mutter ist schrecklich verfressen.«

Im Haus keifte irgendwer, und der Alte schrie hinein: »Und ob!«

Der Bursche nickte und stapfte müde und griesgrämig auf Ben zu und an ihm vorbei.

Hörbar stieß Ben die Luft aus.

In den folgenden zwei Stunden lief er kreuz und quer durch die Stadt, und der Eindruck, den er aus der Luft gewonnen hatte, bestätigte sich: Chybhia war reich. Viele der Häuser waren prächtig und hatten breite, mit herrlichen Schnitzereien verzierte Türen. Mosaiken mit Halbedelsteinen zierten manche Wand, und viele der Städter trugen Kleidung aus edlem Tuch und schweren Schmuck aus Gold und Silber, Ringe und Anhänger mit großen, glitzernden Steinen. Sie waren wohlgenährt und gut frisiert.

Doch zugleich entdeckte er mehr Bettler auf den Straßen als in Falcenzca, kleine Mädchen ebenso wie alte Männer. An vielen Kreuzungen kniete eine der zerlumpten Gestalten und hielt den Passanten die geöffneten Hände entgegen. Manch einer presste gar unterwürfig die Stirn aufs Pflaster und wartete reglos auf jede kleine Gabe, die man ihm in die Hand werfen möge. Andere saßen mit untergeschlagenen Beinen hinter einem alten verbeulten Hut, in dem drei oder vier Münzen blitzten. Manchem fehlte ein Körperteil, andere waren blind.

Ganz zu Beginn hatte er sich gefragt, warum sich diese Leute nicht einfach etwas stahlen, so wie er sich in Trollfurt Äpfel und anderes geklaut hatte. Warum kratzten sie nicht nachts einen der wertvollen Steine von den Hauswänden? Davon gab es schließlich genug. Oder zogen einem der Wohlhabenden den Beutel aus der Tasche, auch davon gab es genug. Doch dann bemerkte er, wie viele Büttel hier herumliefen, die Blicke stets aufmerksam nach hier und da gerichtet. Dazu kamen noch zahlreiche Ritter und Leibwächter. Nein, wer hier arm war, der konnte kaum stehlen, der musste betteln.

Mit offenem Mund schlenderte Ben umher, und nicht nur die prächtigen Häuser rangen ihm Bewunderung ab. Die Straßen führten von einem kleinen Platz zum nächsten, und auf vielen erhoben sich Gedenksäulen mit den Statuen von bedeutenden Siegern der chybhischen Spiele. Helden, die mehr als einen Wettkampf gewonnen hatten. Staunend las Ben die eingemeißelten Inschriften.

Ein gewisser Meholl hatte vor fünf Jahrhunderten dreimal den Lauf und einmal den Faustkampf gewonnen und war deshalb bis heute nicht vergessen. Nur einen kleinen Finger hatte seine Ehrenstatue inzwischen verloren. Ben fragte sich, wie lang dieser Ruhm noch anhalten mochte, wie viele weitere Jahrhunderte, und verspürte den Drang, doch selbst an den Spielen teilzunehmen. Dann schüttelte er den Kopf. Das war ganz sicher keine Methode, um unbeachtet zu bleiben. Und was hätte er selbst im Falle eines Siegs von der Ehrenstatue für einen namenlosen Kesselflicker?

Yanko müsste hier sein, um das zu sehen, dachte Ben und entdeckte zwei etwa achtjährige Jungen vor einer Statue. Der eine kickte einen Kiesel dagegen.

»Zidou war der Größte«, sagte der andere Junge. »Er hat in dem Jahr gewonnen, in dem der fiese Fürst Emmo Tiere für sich antreten ließ. Er hat seinen schwarzen Hund im Lauf besiegt.«

»Das weiß doch jeder«, winkte der andere ab und kickte einen weiteren Stein gegen die Säule.

Ben hatte den Eindruck, dass über die Jahre keineswegs der Ruhm verblasste, sondern die Taten im Gegenteil noch wuchsen. Welcher Mensch konnte schon einem Hund davonlaufen? Doch das war anscheinend nicht die einzige Großtat Zidous gewesen.

»Auch dass er den hungrigen Bären im Faustkampf besiegt hat«, fuhr der Junge fort. »Aber er musste nicht geblendet antreten, wie Herr Lepe, der auch ohne Augenlicht das Bogenschießen gewann.«

»Ja, Herr Lepe war auch der Größte«, stimmte sein Freund zu. »Nur halt später.«

»Sein Pfeil hat nie das Ziel verfehlt.«

»Niemals.«

»Wollen wir zu seiner Statue?«

»Gut. Aber dann müssen wir ins Stadion. Ich will in die erste Reihe.«

»Ja. Die erste Reihe ist die beste.«

Bevor sie sich auf den Weg machen konnten, sprach Ben sie an und fragte, wann welcher Wettkampf stattfinden würde. Er sei gerade erst in der Stadt angekommen.

»Genau zur richtigen Zeit«, versicherten die Jungen, und sie hatten recht, denn heute standen die ersten Runden im Faustkampf und Bogenschießen an sowie der Lauf über drei Stadionrunden. Die Jagd im Reinen Bach würde am nächsten Tag stattfinden. Die sei immer das Beste, sagten die Jungen noch, dann eilten sie davon.

Nicht einen Steckbrief hatte Ben bislang gesehen, nicht ihren und auch keinen anderen, als hätte man diese für die Zeit der Spiele abgehängt. Niemand hatte ihn misstrauisch gemustert, auch keiner der Ordensritter, die in unregelmäßigen Abständen zu viert durch die Straßen patrouillierten. Auch hatte keiner der drei Prediger, die er bislang passiert hatte, von ihm gesprochen.

Sie hatten ausnahmslos vor Sünden und dem Ende der Welt gewarnt, vor den untrüglichen Zeichen. Ben zuckte nun nicht mehr bei jedem lauten Ruf in seinem Rücken zusammen und wollte nicht mehr davonrennen, sobald er eilige Schritte hinter sich vernahm.

Angesteckt von der gespannten Stimmung, die in der Stadt herrschte, beschloss er, sich die heutigen Wettkämpfe anzusehen. Zuvor tauchte er jedoch noch schnell in ein Wirtshaus ab, um ein spätes Frühstuck zu sich zu nehmen. Er bezahlte mit dem Geld, das sie den befragten Rittern abgenommen hatten.

Plötzlich drang durch das Fenster eine Stimme herein, die er zu kennen glaubte.

»Warum nur hat Hellwah dich mit so wenig Verstand gesegnet? Es ist doch offensichtlich, dass du ein wenig mehr hättest gebrauchen können …«, sagte sie schleppend.

Arthen, schoss es Ben durch den Kopf, und er sprang ans Fenster. Hastig blickte er in alle Richtungen, konnte den verhassten Ritter jedoch nirgendwo erkennen.

Wie hätte er auch so schnell hierherkommen sollen? Und warum? Seine Aufgaben lagen in Vierzinnen, er war nur ihretwegen zu seinem Abt aufgebrochen, und da diese Reise wegen ihrer Befreiung hinfällig war, hatte er sich bestimmt wieder in Vierzinnen verkrochen.

»Arthen«, murmelte er trotzdem noch einmal mit unterdrückter Wut, aber das konnte einfach nicht sein. Es musste noch andere Menschen geben, die so sprachen. Eine Verwechslung. Er musste schleunigst aufhören, überall Verfolger zu sehen. Und zu hören. Wenn das so weiterging, würde er demnächst wohl noch eine Bedrohung riechen oder schmecken.

Er rieb sich über den Nacken, wo sich die Härchen aufgerichtet hatten. Niemand suchte in Chybhia nach ihm, schon gar nicht ein Ritter, der in einer fernen Stadt war.

Der Wirt sah ihn verwirrt an, weil er sich noch immer an die Wand neben das Fenster presste und hinaussah.

»Ich dachte, ich hätte einen Freund gesehen«, erklärte Ben leise und lächelte. Doch auch Freunde hatte er keine in dieser Stadt.

»Wenn ich einen Freund sehe, verstecke ich mich nicht«, schnarrte der Wirt mit einem schiefen Grinsen.

»Ich wollte ihn überraschen.«

»Schon gut, Junge. Ich hatte auch immer solche und solche Freunde. Noch Nachschub?«

»Nein, danke.« Das Frühstück schmeckte nun nur noch

halb so gut. Ben zahlte und reihte sich auf der Straße in den Menschenstrom ein, der zum Stadion drängte. Dabei nahm er sich fest vor, sich nicht von einem eingebildeten Ritter den Tag verderben zu lassen. Er war hier bei den chybhischen Spielen! Aiphyron hatte gesagt, er solle den Tag genießen, und das würde er auch tun. Mit federndem Schritt lief er weiter.

BLUT UND SPIELE

Als die Sonne hoch am Himmel stand, war Ben ganz von der Atmosphäre der Spiele gefangen. Es mussten Zehntausende sein, die auf den Rängen des ovalen Stadions Platz genommen hatten, vielleicht sogar hunderttausend oder mehr. Überall schrien und lachten Leute, fluchten und aßen die Leckereien der Händler, die sich mit ihren Bauchläden durch die Massen wühlten. In den unterschiedlichsten Dialekten feuerten die Zuschauer die Athleten an, teils auch mit Akzent oder in fremden Sprachen. Schrille Flöten wurden gepfiffen und kleine Trommeln geschlagen. Der eine oder andere wettete mit seinem Sitznachbarn über den Ausgang des nächsten Wettstreits.

Fremde trafen hier auf Fremde, doch waren die Begegnungen nicht vom üblichen Misstrauen geprägt, sondern von Neugier. Jeder war für die Spiele gekommen, alle hatten etwas gemein, und so wurde auch Ben schnell angesprochen. Ein kurzer Scherz wurde ihm zugeraunt, die neugierige Frage nach seinem Favoriten, und die freundliche, woher er käme.

Er antwortete mit dem einen oder anderen Scherz, und schon bald fühlte er sich als Teil der Festivitäten, auch wenn noch immer Vorsicht und Misstrauen in ihm lauerten. Er konnte sie einfach nicht endgültig abschütteln, und so redete er möglichst wenig und versuchte, nicht zu viele Fragen zu stellen, um sich nicht als völlig ahnungslos zu enttarnen.

Die meiste Zeit über starrte er bewundernd in die Arena.

In Trollfurt hatte er zu den schnellsten Jungen gezählt, doch keinen einzigen Läufer dort unten hätte er einzuholen vermocht, mit solcher Kraft schnellten sie die Bahnen aus festgetretener Erde entlang. Yanko hätte sehr viel üben müssen, um seinen Traum von einem Sieg hier wahr werden zu lassen.

Die Faustkämpfer traten im mittleren Rund gegeneinander an, wo der Boden mit feinstem dunklen Sand bedeckt war. Sie trugen nicht mehr als einen Lendenschurz in den Farben ihrer Stadt oder ihres Fürsten oder denen des Ordens. Ihre Haut glänzte vom Öl, mit dem sie sich eingerieben hatten, um dem Gegner weniger Halt zu bieten. Im chybhischen Faustkampf gab es nur wenige Regeln: Sie droschen mit unglaublicher Macht aufeinander ein, mühten sich, einander zu umklammern, traten mit den Füßen zu und versuchten, den anderen über den Boden zu rollen, auf dass der Sand an seiner öligen Haut kleben blieb und sie ihn deshalb besser greifen konnten. Mit wilder Freude schlugen sie auf Nasen und Augen ein oder hämmerten dem anderen das angewinkelte Knie zwischen die Beine. Viele hatten deshalb den Lendenschurz dick ausgepolstert, doch so mancher ging nach einem solchen Treffer trotzdem zu Boden.

Das Publikum peitschte die Kämpfer voran und hörte erst auf, wenn einer der beiden mit gebrochenen Gliedmaßen, zerschmetterter Kniescheibe oder blutiger Nase niederstürzte und schreiend oder wimmernd liegen blieb. Es waren Kämpfe, in denen niemand Rücksicht nahm. Nur wer als Sieger vom Platz ging, konnte ewigen Ruhm erlangen, noch mehr sogar als bei der Drachenjagd oder im Krieg. Wer dagegen verlor, kehrte nicht selten als halber Krüppel heim oder musste zumindest für lange Zeit das Lager hüten, während die Knochen wieder zusammenwuchsen. Die Angst vor einer solchen Niederlage trieb die Kämpfer ebenso voran wie die Schreie der Massen.

Ben hatte sich das Ganze ritterlicher vorgestellt, dabei war ihm doch schon seit einer Weile klar, dass er seine Vorstellung vom Rittertum überdenken musste. So oder so, er wurde vom Geschrei der Masse mitgerissen und jubelte schließlich einem drahtigen, rothaarigen Recken mit unglaublich langen Armen und einem zu drei Zöpfen geflochtenen Bart zu, bis dieser seinem Gegner ein Stück vom Ohr abbiss. Noch während sich Ben darüber wunderte, sprangen die Leute neben ihm grölend auf die Sitze, und er konnte nichts mehr sehen. Also stand er selbst auch auf und reckte den Hals, versuchte, zwischen dem wogenden Meer aus Köpfen und Schultern vor ihm etwas zu erkennen. Er sah gerade noch, wie sein Held am Bart gepackt wurde und der Gegner dessen hageres Gesicht gegen sein Knie schmetterte. Der Bärtige ging zu Boden und wurde mit Fußtritten eingedeckt, bis er den Arm mit gespreizten Fingern in die Höhe reckte, dem Zeichen, dass er sich geschlagen gab.

»Steh auf, du stinkendes Furunkel!«, brüllte eine dunkelblonde Frau mit sich überschlagender Stimme in der Reihe vor Ben, während sich ihr Nachbar grinsend die Hände rieb. Es sah aus, als hätten die beiden um einen hohen Betrag gewettet.

Höhnische Rufe begleiteten den Verlierer, während er auf einer Bahre aus dem Stadion getragen wurde. Der Sieger nahm seinen Applaus mit einem schmerzhaften Grinsen entgegen und hielt sich das tropfende Ohr. Morgen würde er zur zweiten Runde antreten.

Ben hatte fürs Erste genug, inzwischen war es auch lange nach Mittag, bestimmt drei oder gar vier Uhr, dem Stand der Sonne nach zu urteilen. Morgen würde er sich weitere Wettkämpfe ansehen, nicht nur die Jagd im Reinen Bach, denn der Sieger würde sicherlich nicht direkt nach dem Wettkampf die Stadt verlassen. Und Ben musste bleiben, bis er sich mit dem erkämpften Drachen auf den Heimweg machte.

Hoffentlich kam er nicht von hier – dann könnten er und Aiphyron lange warten. Doch jetzt wollte er sich erst noch ein wenig Chybhia ansehen, bevor er sich nach Sonnenuntergang wieder abholen ließ. Chybhia und vor allem Norkhams Drachen. Vielleicht durfte man ja einen Blick auf ihn werfen?

Weil Ben das für eine unverfängliche Frage hielt, stellte er sie dem jungen Mann mit dem hochroten Kopf neben sich, der erst vor Kurzem bemerkt hatte, dass seine Begleiterin weg war und gemurmelt hatte: »Wird schon wiederkommen. Weiß ja, wo sie mich findet.«

»Der Drache?«, antwortete der Rotgesichtige, ohne Ben anzusehen, nachdem er die Frage dreimal wiederholt hatte. »Welcher …? Ach ja, dieser Drache. Bestimmt befindet er sich in den Ställen an der Südseite des Stadions. Dort werden auch die Drachen der Athleten untergebracht, die Pferde für das Wagenrennen und alle anderen Tiere. Nur die Fische nicht.«

»Fische?«, rutschte es Ben heraus, bevor er daran dachte, dass er ja möglichst wenig Fragen stellen wollte.

»Für die Wasserspiele.«

»Ja, klar. Danke.« Verwirrt schob sich Ben zwischen den drängenden Leuten hindurch und stibitzte sich noch einen knusprig gerösteten Zuckermolch vom Bauchladen eines Händlers, der verbissen in die Arena starrte und auf nichts anderes achtete.

Noch immer strömten Menschen ins Stadion, Ben schien der Einzige zu sein, der es gerade verließ. Den durcheinanderhuschenden Bemerkungen der Umstehenden entnahm er, dass der Faustkämpfer von Chybhia in wenigen Minuten antreten würde, und die Einheimischen wurden sichtlich immer unruhiger. *Dieser Kampf wird mir freie Straßen bescheren,* dachte Ben. Und so war es.

Kurz verharrte er am Ewigen Felsen vor dem Eingang, dessen Wände geschliffen und mit zahllosen Namen einstiger Sieger übersät waren. Dann hielt er sich rechts, schlenderte langsam am Stadion entlang und lauschte auf das Toben der Menge, während ihm all die Eindrücke von den Wettkämpfen im Kopf umgingen. Voll Bewunderung betrachtete er die drei übereinander errichteten Bogenreihen aus poliertem weißen Kalkstein, die die Außenwand des imposanten Bauwerks bildeten. Mit den Fingerspitzen strich er prüfend darüber und fragte sich, wie die Baumeister den Kalkstein derart glatt schleifen konnten, beinahe so glatt wie die Oberfläche von gegossenem Metall.

Eine Magd mit verheulten Augen und halb gelöstem Haar kam ihm mit verschränkten Armen entgegen, und in einer schmalen Seitengasse erhaschte er einen kurzen Blick auf einen Jungen, der mit einem sorgfältig entrindeten Ast gegen einen unsichtbaren Gegner focht oder gar gegen eine unsichtbare Übermacht. Vor Ben eilte ein verschwitzter, keuchender Stallknecht mit einem Netz bleicher Wasserrüben im Arm quer über die Straße, doch dann war diese tatsächlich verlassen, sah man von einem streunenden Hund an einem Ende und zwei jungen Katzen am anderen ab, die ein schwarzes Zwerghuhn vor sich her jagten.

Als Ben das Stadion zur Hälfte umrundet hatte, erreichte er die angrenzenden Stallungen, die ebenfalls aus dem glatten Kalkstein errichtet waren. Zwischen dem ersten Gebäude und dem Stadion hindurch konnte er einen Blick auf den gleißenden See werfen. Er bedauerte, keine Zeit zum Angeln zu haben, hier mussten herrliche Fische beißen.

Ben ließ das erste Stallgebäude links liegen, aus ihm drang das Schimpfen einer jungen Frau und das Wiehern und Schnauben von Pferden. Die Fenster waren alle gleich hoch und regelmäßig über die Außenwand verteilt.

Der zweite Gebäudekomplex wirkte dagegen seltsam zusammengewürfelt, die aneinandergrenzenden Boxen variierten in der Größe ebenso stark wie Drachen, und das spiegelte sich auch in der Außenwand und in der massiv schwankenden Dachhöhe wider. Doch alle wiesen ein vergittertes Fenster auf, und in jede warf Ben einen kurzen Blick, während er gemütlich daran vorbeischlenderte, als wäre er jemand mit sehr viel Zeit, der nichts Bestimmtes suchte.

Viele Boxen waren belegt, flügellose Drachen in den unterschiedlichsten Größen und Farben lagen faul auf dem Boden herum, und nur die wenigsten hoben den Blick. Auch derart gestutzt waren es noch immer wunderschöne, erhabene Wesen, doch Ben schmerzte der Anblick der vernarbten Schulterknubbel, aus denen einst Flügel gewachsen waren, und der der matten, dumpfen Augen. Vielleicht lag es auch am dämmrigen Licht im Stall, doch eigentlich war sich Ben sicher, dass Aiphyrons, Juris und Feuerschuppes Augen viel lebendiger strahlten.

Tiefe Schwermut ergriff ihn, denn ihm wurde bewusst, dass er sie nicht alle befreien konnte, es waren zu viele.

Viel zu viele.

Nie war ihm so deutlich klar gewesen, welche Menge Drachen der Orden und die Ketzer im Glauben an Hellwah und alte Legenden bereits versklavt hatten. Er knirschte mit den

Zähnen und sog die Luft scharf durch die Nase ein, um nicht zu weinen.

»Mädchen«, flüsterte er und presste mit aller Gewalt die Augen zusammen. Erfolgreich, nicht eine Träne floss.

Nicht unweit des Endes der Stallungen war das Fenster einer großen Box mit dichtem schwarzen Stoff verdeckt. Dahinter musste sich der Gesuchte befinden – oder ein Drache, der kein Sonnenlicht vertrug, aber davon hatte er noch nie gehört. Er eilte hinüber.

Vorsichtig blickte Ben nach rechts und links, doch es war niemand zu entdecken. Er lauschte am Vorhang und vernahm regelmäßiges Schnaufen, aber das konnte auch aus einer Nachbarbox stammen. Er musste einfach wissen, wie der Drache aussah!

Ohne nachzudenken, griff er nach dem Stoff hinter dem Gitter und versuchte, ihn zur Seite zu schieben. Er war dick und schwer und schien sich unten irgendwo verhakt zu haben, denn er ließ sich nur ein Stück weit heben. Ben hielt kurz inne, um es mit einem Ruck zu versuchen.

Plötzlich hatte er das Gefühl, beobachtet zu werden, und drehte sich langsam um. Die Straße, die an Stadion und Stallungen vorbeiführte, war noch immer verlassen, doch in einer unscheinbaren Gasse schräg gegenüber saß ein in Lumpen gewandeter Mann im Schatten und starrte herüber. *Ein Bettler,* dachte Ben, doch dann hatte er den Eindruck, dass er dafür zu gut genährt wirkte und sein Blick zu forschend auf Ben gerichtet war. Langsam ließ er den Stoff los.

»Ich komme wieder«, murmelte er, aber aus Furcht, der Bettler oder ein Stallbursche könnten es hören, nur so leise, dass es mit Mühe gerade bis an seine eigenen Ohren drang und ganz sicher nicht hinter den Vorhang.

Die Anspannung wich von dem Bettler, er stierte wieder scheinbar unbeteiligt zu Boden. Irgendwas stimmte hier nicht.

Ohne sichtbare Hast ging Ben weiter, blickte noch in die eine oder andere Box, doch seine ganze Aufmerksamkeit galt der Straße hinter sich. Angespannt wartete er darauf, dass Schritte herbeieilten, doch nichts dergleichen geschah. Schließlich schlug er den Weg zum Stadttor ein. Der Lärm des Stadions verblasste immer mehr, laut klangen nur seine eigenen Schritte in den verlassenen Straßen. Unbewusst wurde er immer schneller.

Als er eine Kreuzung erreichte, bemerkte er einen erschöpften Mann in einer zerlumpten Kutte, der auf dem Boden saß und den einen Arm auf eine schäbige Holzkiste gelegt hatte. Eine dieser Kisten, auf denen die Weltuntergangsprediger zu stehen pflegten. Dieser hier schien zu dösen und auf die Rückkehr seines Publikums zu warten.

Ben ließ den Blick über das zerfurchte, ausgemergelte Gesicht des Predigers wandern und bemerkte, dass ein weißer Schleier auf seinen geöffneten Augen lag; er war blind. Dennoch hob er den Kopf und stierte Ben mit seinem toten milchigen Blick direkt an; er musste sich an Bens Schritten orientieren.

»Ja, lauf nur, du erbärmlicher Sünder, lauf«, höhnte er plötzlich mit dünner, krächzender Stimme. »Es wird dir nichts nützen, du wirst deiner Furcht nicht entkommen. Denn das Ende ist nah. Dein Ende.«

Ben hastete vorbei, erwiderte aber nichts. Zu sehr hatten ihn die Worte überrascht, zu trocken war mit einem Mal sein Mund.

»Lauf.« Der Prediger ließ ein hustendes Lachen hören,

schäumender Speichel floss ihm aus dem Mundwinkel. »Lauf, du kleiner Hase. Lauf, wenn du so einfältig bist zu glauben, es sei noch nicht zu spät.«

Immer schneller eilte Ben weiter. Was wusste der Kerl schon? Das war nur ein verrückter blinder Spinner, er hatte ihn gar nicht sehen können und schon gar nicht erkennen. Nichts wusste er über Ben! Er hätte jedem dasselbe hinterhergeschrien. Doch richtig wohl fühlte Ben sich bei dem Gedanken nicht.

Wer war dieser Bettler an den Stallungen gewesen? Wer bettelt, tat dies gewöhnlich dort, wo viele Menschen waren. Warum saß er also nicht vor dem Stadion, sondern in einer verlassenen Gasse direkt gegenüber des verhüllten Drachenstalls?

Ben sah sich um, ob ihm jemand folgte, doch er bemerkte niemanden, nicht einmal einen Schatten. Eilig lief er aus der Stadt und immer weiter. Aiphyron würde ihn beobachten und abholen, sobald es dunkel würde, so hatten sie es abgemacht. Am besten würde Ben wieder zu der kleinen Mulde laufen, in der der Drache ihn heute früh abgesetzt hatte.

Als er an der aufgeschütteten Terrasse vorbeihastete, erkannte er, dass zwölf Galgen errichtet worden waren. Zwölf wie in Vierzinnen. Wartend baumelten die Stricke in der sanften Brise, die noch immer vom See herüberzog. Auf einem Galgen saß ein Nachtadler und krächzte. Es klang wie eine Klage.

Oder eine Warnung.

Im Laufschritt folgte Ben der Straße an der Terrasse vorbei und stürmte bald darauf querfeldein. Fort, nur fort. Er hoffte, die Sonne würde bald untergehen.

KETZERJAGD

Yanko und Nica hatten einen Platz weit oben auf dem zersplitterten Berg ergattert, nur ein Dutzend Schritt vom Ziel der Jagd durch den Reinen Bach entfernt. Für jemanden wie Yanko, der am Fuß des Wolkengebirges aufgewachsen war, war es ein kleiner Berg, fast nur ein Hügel, doch erhob er sich deutlich über die Ebene und die mehr als tempelgroßen Hügel in seinem Rücken.

Zahlreiche Menschen drängten sich um und hinter Yanko und Nica, die ganz nahe am Ufer standen, denn jeder wollte einen guten Blick auf den Bach haben. Schon vor Sonnenaufgang waren sie auf dem Berg gewesen, Juri und Feuerschuppe hatten sie auf der Chybhia abgewandten Seite abgesetzt und wollten sich mangels passender Verstecke in der Umgebung lieber weit weg die Zeit vertreiben. Nach Sonnenuntergang würden sie sie wieder abholen.

Beinahe ganz oben auf dem zersplitterten Berg entsprang eine Quelle, die der Überlieferung nach der Sonnengott Hellwah selbst aufgetan hatte, indem er einfach mit dem Fuß auf den Boden gestampft hatte. Dabei war jedoch auch der Berg entzweigebrochen. Warum Hellwah aufgestampft hatte, wusste Yanko nicht, aber er war überzeugt, dass jeder Gott im Lauf seines ewigen Lebens schon genug Gelegenheiten bekommen würde, zornig zu werden oder seine Macht demonstrieren zu müssen.

Kühl und wild und in großer Menge sprudelte das Wasser aus der Quelle, stürzte als zwei bis drei Schritt breiter Bach bis in die Ebene hinab und floss dort in sanften Windungen zu Hellwahs Spiegel hinüber, der etwa zehn Meilen entfernt lag. Von dort würden die Athleten kommen. Sie sprangen von der äußersten Brücke der Stadt ins Wasser, schwammen etwa eine Meile um die Wette, bis zu der Stelle, wo sich der Bach in den See ergoss, und stürmten diesen dann bis zur Quelle hinauf. Wer sie als Erster erreichte, war der Sieger und wurde zum Drachenreiter ernannt, sofern er diesen Titel noch nicht trug. Und ihm wurde ein Drache geschenkt, in diesem Jahr Norkhams Drache.

Die Jagd im Reinen Bach war ein seltsames Rennen, das seinen Ursprung in einem überlieferten Ereignis aus den Gründungstagen Chybhias hatte.

Damals war das Land noch wild und gefährlich gewesen, Trolle hausten auf dem zersplitterten Berg. Der erstgeborene Sohn des Stadtfürsten, noch keine sieben Jahre alt, lag mit schlimmen eitrigen Beulen danieder, der Fluch Samoths hatte ihn niedergestreckt. Sehr schlimm stand es um ihn, und nur mit klarem Wasser aus der Quelle Hellwahs würde man diesen Eiter herauswaschen können, verkündete die weiseste Heilerin der Stadt. Zudem musste es noch vor dem Mittag des heutigen Tages geschehen, fuhr sie fort, da war es bereits kurz nach Sonnenaufgang.

Die Berater des Fürsten schüttelten darob die Köpfe, denn die Trolle waren zahlreich und hungerten nach Menschenfleisch. Es entspann sich ein hitziger Streit, wie viele Kämpfer man aussenden sollte, wie viele nötig seien, den Unholden in den Klüften des Bergs entgegenzutreten. Lautstark brüllten sie aufeinander ein, während die Sonne immer höher stieg.

Nur einer wartete das Ergebnis des Geschreis nicht ab.

Lachend sprang der junge Held Vasdheen in den See und schwamm auf die Quelle zu. Er wusste, die Trolle scheuten Hellwahs Wasser und würden ihn nicht direkt angreifen, solange er den Reinen Bach nicht verließ. Gefahr drohte ihm nur von den Steinen und Felsbrocken, die die Trolle nach ihm schleudern würden, und von den dicken Ästen und Keulen, mit denen sie nach ihm hauen würden. Doch da vertraute er auf seine Schnelligkeit.

Und das zu Recht. In wildem Lauf hetzte er den Reinen Bach hinauf, wich Steinen und Stöcken aus, tauchte unter ihnen hindurch und setzte über sie hinweg, erkletterte dabei Wasserfälle und ließ sich von den stärksten Stromschnellen nicht fortspülen. Mit stechender Brust erreichte er die Quelle und füllte seinen Wasserschlauch mit dem klarsten heilbringenden Wasser, das dort entsprang. Ohne Pause raste er wieder zu Hellwahs Spiegel hinab. Dabei wurde er von einem Felsen getroffen, rappelte sich jedoch blutend wieder auf und stürzte weiter. Der Wasserschlauch war nicht beschädigt worden.

Mit letzter Kraft erreichte er den Fürstenpalast noch vor der Mittagssonne, und die Heilerin konnte den sterbenden Jungen retten, und auch den blutüberströmten Helden. Dieser aufopferungsvollen Tat zu Ehren wurde das Rennen veranstaltet.

Yanko erinnerte diese Geschichte auffallend an die Legende über den ersten Drachenflüsterer, wie die Drachen sie erzählten und wie Ben sie wiederum ihm erzählt hatte. Eine Legende darüber, wie man der rohen Gewalt der übermächtigen Trolle mit Geschick und Schnelligkeit entkam.

Wenn die Leute aus Vierzinnen mit ihren Vermutungen

recht behielten, dann würde der Hohe Norkham an diesem Wettkampf teilnehmen. Yanko und Nica hatten sich eine Beschreibung geben lassen und waren sicher, ihn zu erkennen. Schweigend starrten sie den Bach hinab. Dem Geschrei der Zuschauer nach zu urteilen, stürmten die ersten Läufer bereits den steilen Berg herauf. Hier kamen sie nur noch langsam voran, ausgelaugt von den ersten Meilen mussten sie nun hangaufwärts gegen die Strömung ankämpfen, gar kleinere Wasserfälle hochsteigen und dabei vermeiden, auf den glatten Steinen auszugleiten und wieder hinabgespült zu werden.

Und sie mussten sich der Angriffe der anderen Läufer erwehren, wie Yanko feststellte, als die ersten beiden in Sichtweite auftauchten. Sie hatten die anderen ein Stück weit abgehängt, doch zwischen ihnen war ein erbitterter Zweikampf entbrannt. Ein hochgewachsener junger Mann mit langem schwarzen Haar und einem dünnen Bart auf der Oberlippe sprang mit weiten Sätzen seiner langen, dünnen Beine voran. An seiner Seite stürmte ein nicht ganz so großer und älterer Mann mit muskulösen Armen und starken Oberschenkeln durchs Wasser. Wilde Entschlossenheit brannte in seinen Augen, die im Schatten buschiger Brauen lagen, und wenige Tage alte Bartstoppeln sprossen in seinem Gesicht. Auf dem linken Oberarm prangte eine handtellergroße, verkrustete Wunde. Klatschnass patschten die knielangen Lendenschurze gegen ihre Oberschenkel.

Beide Männer rempelten sich mit den Schultern an und gerieten ins Straucheln, doch keiner stürzte. Allzu viel Zeit und Kraft verschwendeten sie nicht auf diese Kämpfe, denn die ersten Verfolger nahten bereits, und es galt, sich von ihnen nicht mehr einholen zu lassen. Beide schnauften und keuchten heftig, ihre Gesichter waren von Erschöpfung gezeichnet.

»Das ist er«, zischte Nica plötzlich.

»Das? Aber …?«

»Den Bart hat er sich zur Tarnung wachsen lassen. Und auf dem Oberarm …«

»… hat er sich die Drachentätowierung herausgeschnitten.«

»Oder sie so weit aufgeschürft, dass das getrocknete Blut sie verdeckt.«

Größe und Alter des Mannes passten. Trotzdem wollte sich Yanko noch die weiteren Läufer ansehen, wenn sie einer nach dem anderen ins Ziel kämen, um jeden Irrtum auszuschließen. Dennoch tastete er nach dem Dolch an seinem Gürtel. Nica starrte dem Unrasierten mit brennenden Augen hinterher, ihre Lippen bebten. Yanko beobachtete gespannt den Ausgang des Rennens. Er reckte den Hals, um zu erkennen, wer zuerst seine Hand an den Fels auf der Quelle schlug.

Der Junge hatte vielleicht einen halben Schritt Vorsprung, da wurde der mutmaßliche Norkham plötzlich von einem Stein an der Stirn getroffen, geriet ins Schlingern und fiel ins Wasser.

Die Zuschauer schrien auf und schüttelten wild die Fäuste.

Der Junge schien nichts davon mitbekommen zu haben, verbissen stürmte er weiter und hechtete mit ausgestreckten Armen gegen den Fels, dessen Berührung ihm den Sieg brachte. Jedoch glitt er mit seinen müden und klammen Fingern ab und schlug mit dem Gesicht dagegen. Dennoch lag in seinem Schrei mehr Triumph als Schmerz.

Yanko suchte derweil hektisch nach dem Zuschauer, der den Stein geworfen hatte. Doch wie sollte er ihn erkennen?

Vier Ordensritter bahnten sich einen Weg zum Reinen Bach und halfen dem blutenden Mann auf die Beine. Dann drehten sie ihm plötzlich die Arme auf den Rücken. Unerbittlich hielten sie ihn zu zweit fest, während ein Dritter ihm die Hände fesselte.

Das Publikum tobte, spuckte Geifer und Wut, weil es sich um den Endspurt der Jagd betrogen fühlte. Niemand kümmerte sich um die nächsten Läufer, die eben keuchend den Bach heraufkamen.

»Das ist ein gesuchter Feind des Reichs, ein feiger Ketzer und Verschwörer, der sich bereits einmal dem Galgen entzogen hat!«, rief der vierte Ritter mit erhobenen Armen in die Menge und ließ die Augen über die umstehenden Zuschauer gleiten. Seine Stimme war laut und übertönte die rasch verstummenden Proteste. Jeder wollte hören, was der Ritter zu sagen hatte. »Ein Mörder, der sich als harmloser Kesselflicker ausgegeben hat, um uns zu täuschen! Doch ein Verbrecher wie er hat es nicht verdient, Hellwahs heilige Quelle zu berühren!«

Es war Herr Arthen.

Keuchend packte Yanko Nica am Arm und zerrte sie fort, weg aus der ersten Reihe, weiter weg und einen mit Büschen bewachsenen Abhang hinab auf ein zwei, drei Schritt schmales Sims. Hatte der Ritter sie gesehen und erkannt?

Die anderen Zuschauer achteten nicht auf sie, sondern drängten auf die frei werdenden Plätze, wollten den Sieger des Laufs sehen und den gefangenen Verbrecher.

»Hängt ihn!«, schrien die ersten Stimmen voller Wut darüber, dass sich ein solcher Verräter in diesen heiligen Wettkampf hatte einschleichen können.

»Ja! Hängt ihn!«, nahmen andere den Ruf auf.

»Steinigt ihn auf der Stelle!«, kreischte eine Frau, doch sie wurde rasch übertönt. Im einheitlichen Rhythmus forderte die klatschende Menge über ihnen: »Hängt ihn! Hängt ihn! Hängt ihn!«

»Wieso ist Arthen hier?«, zischte Yanko. »Weiß er etwa von uns?«

Nica zuckte mit den Schultern und legte den Finger auf die Lippen. Nur zehn Schritt von ihnen entfernt rutschte irgendwer den Abhang hinunter. Gleich würde er sie sehen! Noch bevor sie sich wieder hinter die Büsche werfen konnten, stolperte eine Gestalt auf das Sims hinaus. Yanko erkannte sie sofort und musste sich beherrschen, um nicht loszuschreien.

Vor ihnen stand Ben.

Ben hoffte, dass Herr Arthen ihn nicht gesehen hatte, ja, eigentlich war er davon überzeugt. Dennoch schlitterte er den kleinen Abhang hinter dem Publikum hinunter, der auf einem Sims endete, das ein Stück in den Berg hineinführte und sich dann seitwärts hinabwand, in die Richtung, in der das Wäldchen lag. Von dort war er heute Nacht hochgekommen.

Er musste hier weg, bevor Arthen ihn doch noch ins Auge fasste. Er hatte gesehen, wer die Jagd gewonnen hatte, alles andere war nicht mehr wichtig. Als er auf dem Sims ankam, starrten ihn zwei Gestalten an, die nur wenige Schritte entfernt standen.

War das ein Hinterhalt?

Hatten sie auf ihn gewartet?

Ohne genau hinzusehen, wollte er schon davonstürzen, da erkannte er sie und verharrte mit offenem Mund.

Yanko und Nica.

Einen langen Augenblick starrten sie sich vollkommen verblüfft an, dann stieß Yanko hervor: »Herr Arthen. Da oben ist Herr Arthen. Wir müssen weg. Komm!« Er winkte Ben zu sich.

»Nein, da lang«, zischte Ben und deutete mit dem Daumen in die entgegengesetzte Richtung, hinter sich. »Ich kenne den Weg!«

Ohne weiter zu zögern, stürmte er davon. Nur einen kurzen Blick warf er über die Schulter, um sich zu vergewissern, dass die beiden ihm folgten. Gehetzt rannten sie los, Kies spritzte unter ihren Sohlen vom Sims. Doch kein Schrei von Herrn Arthen oder einem seiner Ritter erklang in ihrem Rücken, keine laut hämmernden Schritte, niemand war ihnen nachgestürzt.

Wilde Freude überfiel Ben, während er das Sims entlangeilte. Alle Gründe, warum er die beiden verlassen hatte, waren vergessen, er spürte nur noch das Glück, nicht mehr allein mit Aiphyron zu sein. Nicht mehr vollkommen allein, wenn es darum ging, eine Siedlung zu betreten. Eine Siedlung, in der sich überraschend Herr Arthen herumtrieb.

Alles würde gut werden!

Er war überzeugt, jetzt würden sie ihm ihre Hilfe bei der Befreiung des Drachen nicht mehr verwehren! Nicht jetzt, wo sie hier waren.

Aber warum waren sie das überhaupt? Ursprünglich wollten sie doch die Spur des Hohen Norkham aufnehmen.

Allmählich verklang das Geschrei der Zuschauer hinter ihnen, und Ben führte sie zu einer kleinen bewachsenen Fläche zwischen zwei riesigen Felsbrocken, die aus der Entfernung nicht einzusehen war und die er beim Aufstieg am Morgen entdeckt hatte. Dort umarmten sie sich endlich lange und lachten, schlugen einander auf die Schultern und bejubelten den glücklichen Zufall, der sie wieder zusammengeführt hatte.

»Ich bin so froh, dich zu sehen, ich habe gar keine Lust, dir die Abreibung zu verpassen, die du verdient hast.« Übermütig knuffte Yanko ihm in die Schulter.

»Du mir?« Ben hob spielerisch die Fäuste.

»Ja, ich dir.«

»Jungs!«, rief Nica.

Ben und Yanko lachten.

»Was macht ihr hier?«, fragte Ben dann. Er konnte beiden in die Augen sehen, aus irgendeinem Grund war Nicas Kuss nicht mehr wichtig.

»Wir wollten uns Norkham schnappen«, sagte Yanko. »Aber wir sind zu spät gekommen, wie du ja eben gesehen hast.«

»Wie ich …?« Dann verstand Ben. »Das war er?«

Nica nickte. Ben konnte in ihrem verschlossenen Gesicht nicht erkennen, was in ihr vorging.

Stundenlang blieben sie sitzen und berichteten sich gegenseitig, wie es ihnen ergangen war. Übermütig winkte Yanko in den Himmel, als Ben erzählte, dort kreise Aiphyron. Auch Nica hob die Hand, beschattete die Augen und zeigte ein kleines Lächeln. »Ich glaube, ich kann ihn sehen.«

Am späten Nachmittag stiegen sie das schmale Sims wieder hinauf und dann weiter, vorbei an der inzwischen verlassenen Quelle und bis zum Gipfel. Von dort blickten sie hinüber nach Chybhia.

Genaues konnten sie nicht erkennen, doch es schien so, als hätte sich ein Stück weit vor der Stadt eine große Menschenmenge versammelt. Dort, wo die Galgen errichtet waren.

»Hängen sie ihn etwa gleich?«, fragte Nica ungläubig. Sie tat einen halben Schritt, als wolle sie sofort loslaufen, blieb dann jedoch stehen.

»Vielleicht haben sie Angst, er entflieht ihnen ein weiteres Mal«, sagte Yanko.

»Oder es ist doch ein anderer«, warf Ben ein, ohne selbst

daran zu glauben. Weshalb sollten sie gerade jetzt einen anderen Gefangenen für eine Hinrichtung aus dem Kerker zerren? Auch dass sie heute früh zeitgleich einen anderen Ketzer in der Stadt ergriffen haben sollen, erschien wenig wahrscheinlich, ebenso wenig wie die Vorstellung, dass sie sich einfach dort trafen, ohne jemanden zu richten.

Aus Angst, von Herrn Arthen entdeckt und erkannt zu werden, blieben sie jedoch hier und vergewisserten sich nicht, was dort geschah. Am Zielpunkt der Jagd hatten sie einmal Glück gehabt und waren entkommen, sie durften es kein weiteres Mal herausfordern.

Und wer wusste schon, wie viele weitere Ritter aus Vierzinnen mit ihm gekommen waren? Ritter, denen ihre Gesichter vertraut waren wie auch die Veränderungen zu der Beschreibung auf dem Steckbrief. Also warteten sie einfach auf die Nacht.

Als die drei Drachen, die sich hoch in der Luft gefunden hatten, sie schließlich vom Berggipfel abholten, erzählte ihnen Aiphyron, dass dort in der Tat ein einzelner Mann gehängt worden war. Wie er genau ausgesehen hatte, habe er sich leider nicht gemerkt.

Nica beharrte darauf nachzusehen. Und so flogen die Drachen sie in der Dunkelheit hinüber, ließen sie jedoch ein Stück entfernt zu Boden, da die Terrasse von zwei Stadtbütteln bewacht wurde.

Zu Fuß näherten sie sich schließlich den Galgen, an deren Fuß vier schwere Fackeln mit hohen Flammen in die Erde gesteckt worden waren.

»Wer da?«, fragte einer der Büttel mit scharfer Stimme. Er klang jung, als wäre er nicht viel älter als sie, und in der Tat erkannten sie im flackernden Licht, dass in seinem rundlichen Gesicht nur spärlicher Flaum wuchs. Auch der andere wirkte kaum älter, obgleich kantiger und rasiert. Es schien so zu sein wie überall – die unliebsamen Aufgaben mussten stets die Frischlinge erledigen.

»Nur drei Neugierige, die dem Gehenkten ihre ganze Verachtung vorbeibringen wollen«, antwortete Yanko und versuchte, ausgesprochen freundlich und vollkommen harmlos zu klingen.

»Mitten in der Nacht?«

»Das Stadttor ist bereits geschlossen. Wir waren zu spät dran und durften nicht mehr hinein. Viel anderes gibt es für uns nicht zu tun«, log Ben, während sie nebeneinander die aufgeschüttete Terrasse hinaufstapften. »Im überfüllten Schankraum vor dem Tor haben wir von der Hinrichtung erfahren, und da wir die Fackeln brennen sahen, sind wir gekommen.«

Ganz verschwand das Misstrauen nicht aus den Gesichtern der Büttel, doch als sie bemerkten, wie jung die drei Freunde waren, und dass sie keine großen Waffen mit sich führten, entspannten sie sich merklich.

»Hunderttausend Schauergeschichten haben sie uns von seinen Untaten erzählt, nur den Namen des ketzerischen Verräters konnte man uns nicht verraten«, ergriff wieder Yanko das Wort.

»Es ist der Hohe Norkham, der hier baumelt«, sagte der Büttel eifrig. »Ein rücksichtsloser Anführer der schlimmsten Ketzer.«

»Aber erst jetzt macht er seinem Namen alle Ehre«, mischte sich der Zweite mit hoher Stimme ein. »Er hängt hoch, der Hohe Norkham.«

Beide lachten rau, als wäre das ein besonders gelungener Scherz. Auch Ben verzog die Lippen zu einem Grinsen, um die beiden bei Laune zu halten. Der Tote war es also wirklich.

Mit bebenden Lippen stellte sich Nica vor den Gehenkten. Wie er da in der Dunkelheit hing, nur schwach erleuchtet vom Licht der Fackeln und Sterne, wirkte er viel schmächtiger und schwächer als noch bei der Jagd im Reinen Bach. All die Entschlossenheit in den Augen war erloschen, sie waren glasig und leer. Die eingefallenen Wangen wirkten grau, das Gesicht war verzerrt vor Schmerz oder Angst.

Der Nachtadler saß auf einem Galgen am anderen Ende der Terrasse und schwieg.

»Du dreckiger, stinkender Sohn eines Trolls!«, brach es plötzlich aus Nica hervor. Sie spuckte ihm gegen die nackte Brust. »Ich hoffe, dein Tod war qualvoll!«

So viel Hass und Verzweiflung schwang in ihrer Stimme mit, dass die beiden Büttel sie verwundert mit Blicken maßen. Einem schien eine lustige Bemerkung auf den Lippen zu liegen, doch er wagte es nicht, sie auszusprechen, und murmelte nur leise vor sich hin: »Ja, zeig's ihm, Mädchen.«

Nica ballte die Fäuste und öffnete die Hände wieder. Sie atmete schwer. Verzweifelt und um ihre Rache gebracht, schlug sie schließlich mit der Faust gegen seine baumelnden Oberschenkel, zweimal, dreimal, so dass Norkham hin und her schwankte. »Ich hoffe, du findest niemals Ruhe! Hörst du? Niemals!«

»He, Mädchen, das ...«, setzte der Büttel mit dem Gesichtsflaum an, doch Nica wandte sich von allein ab.

»Gehen wir«, sagte sie zu Ben und Yanko, und gemeinsam schritten sie davon, in Richtung der Mulde, in der die Drachen auf sie warteten.

KRAWINYJAN

Drei Tage lang hielten sie sich in dem Wäldchen verborgen und beobachteten abwechselnd aus der Luft die Straße, die aus Chybhia herausführte, um zu sehen, ob der Sieger der Jagd die Stadt verlassen würde. Hinein wagten sie sich nicht mehr, solange Herr Arthen dort war. Möglicherweise hatte dieser sogar neue Steckbriefe dabei und sie inzwischen auch ausgehängt.

In der ersten Nacht und am folgenden Tag hatte Nica immer wieder getobt, dass sie um ihre Rache betrogen worden war, doch sie gab weder Yanko noch Ben die Schuld. Ja, nicht einmal Herrn Arthen. Der Einzige, den sie wüst beschimpfte, war der Hohe Norkham, wie er so dämlich hatte sein können, sich fangen zu lassen. Von einer Gruppe trolldummer Ordensritter. »Ein Kesselflicker! Als würde das nicht jeder durchschauen, du moderndes Wurmfutter!«

Sie keifte die leere Luft an, schrie hinaus, was sie ihm gern zu Lebzeiten an den Kopf geworfen hätte, jede Abrechnung, die sie hundertmal in Gedanken durchgespielt hatte. Von der sie Tag und Nacht geträumt hatte.

Doch auch wenn sie um ihre Vergeltung gebracht worden war, mit jedem Tag wurde sie ruhiger. Der angesammelte Hass, den sie aus sich herausschrie, wurde vom Wind davongetragen und wuchs nicht nach. Schließlich war der Kerl nicht entkommen.

»Na, Hauptsache, er ist tot«, sagte sie am dritten Morgen und setzte sich mit einem Lächeln zu Yanko und Ben.

Ben war froh, sie so zu sehen. Es war, als habe ein hartnäckiges Fieber sie verlassen.

Damit war der halbe Schwur erfüllt, und auch die andere Hälfte war nicht fern. Fürs Erste mussten sie nichts weiter tun als warten. Es tat ihnen allen gut, einfach Zeit verstreichen zu lassen und sich von den Anstrengungen auszuruhen.

Am vierten Tag nach ihrem Zusammentreffen war es dann so weit: Der schlaksige Sieger verließ auf dem neuen Drachen Chybhia. Aus welcher Stadt er stammte oder für welchen Fürsten er angetreten war, wussten sie nicht, doch seine Begleitung war spärlich. Gerade mal ein halbes Dutzend Berittene begleiteten ihn, und keiner schien ein Ritter zu sein. Juri hatte keine einzige Waffe aus Blausilber entdecken können. Auch wenn die Schwertklingen in Scheiden steckten, meist erkannte man eine solche Waffe doch am Griff oder an der Verarbeitung der Parierstange. Vielleicht hatte Juri auch einfach nur einen angeborenen Sinn dafür und war deshalb so sicher.

»Das wird leicht«, frohlockte Yanko, und auch Ben wollte ihm bei aller Vorsicht nicht widersprechen. Trotzdem fragte er, wie groß der Drache sei.

»In etwa wie ich«, sagte Juri. »Aiphyron sollte also leicht mit ihm fertigwerden. Feuerschuppe und ich kümmern uns um die Menschen.«

Doch sie wollten erst angreifen, wenn sich der kleine Tross so weit von Chybhia entfernt hatte, um nicht plötzlich doch gegen eine Übermacht zu stehen. Also folgten sie ihm hoch in der Luft, bis er am frühen Abend ein Nachtlager aufschlug.

Nicht weit davon entfernt legten sie sich selbst zur Ruhe. Sie wollten erst in der Morgendämmerung zuschlagen, wenn die meisten Berittenen noch schliefen, es aber bereits hell genug war, dass sie ihre Angreifer erkennen konnten. So wollten sie sich die Angst vor geflügelten Drachen zunutze machen. Ben tat vor Anspannung kaum ein Auge zu und schreckte immer wieder hoch, um den wachenden Aiphyron zu fragen: »Ist es so weit?«

»Noch nicht. Leg dich wieder hin, ich wecke dich schon rechtzeitig«, war stets die Antwort.

Schließlich rüttelte er die Menschen wach. Noch bevor sich die ersten Sonnenstrahlen zeigten, erhoben sie sich und machten sich für den Angriff bereit. Ben brachte vor Anspannung keinen Happen herunter, und auch die anderen wollten nichts essen.

Lautlos flogen sie dicht über den Wipfeln entlang, näherten sich mit leisen Flügelschlägen dem Lager und stürzten dann hinab. Bens Knie, die er fest an Aiphyron presste, zitterten, seine Hände waren schweißig. Plötzlich hatte er Angst, dass etwas schiefgehen oder sie möglicherweise in eine Falle tappen würden, die ihnen Herr Arthen gestellt hatte.

Doch seine Sorge war unberechtigt – es klappte sogar noch weit besser, als sie es sich ausgemalt hatten. Der überraschende Überfall durch drei Drachen richtete ein fürchterliches Durcheinander unter dem Trupp des neuen Drachenreiters an. Die Pferde, losgebunden von Nica, stürmten in den Sonnenaufgang davon, und die Menschen, noch halb schlaftrunken und mit vor Schreck geweiteten Augen, flohen, ohne an Widerstand zu denken. Ohne Waffen und Gepäck stürmten sie die Straße entlang, doch nicht alle in dieselbe Richtung. Die einen nach Chybhia zurück, die anderen weiter der Heimat entgegen. Wahrscheinlich dachten sie darüber jedoch nicht nach, sie wollten einfach nur weg. Dabei bewies der frisch ernannte Drachenreiter mit schnellen, langen Schritten, warum er zu Recht ein Wettrennen gewonnen hatte, und ließ alle seine Kameraden weit hinter sich zurück.

Nur einer der Bewaffneten floh nicht, sondern versteckte sich zitternd hinter einem Baum – bis Juri ihn breit angrinste und unvermittelt laut fauchte. Dann rannte auch er.

Aiphyron hatte sich sofort auf den Drachen gestürzt und hielt ihn mit seinem ganzen Gewicht am Boden. Gewandt sprang Ben von Aiphyron auf den Rücken des Flügellosen hinüber, krallte seine Hände in die verkrusteten Schulterknubbel und klammerte sich mit den Beinen fest. Kaum hatten seine Finger die Wunden berührt, spürte er das vertraute Kribbeln durch seinen Körper jagen, das Pochen unter dem Fleisch des Drachen. Er spürte, wie sich seine Muskeln vor Überraschung spannten.

»Bleib ruhig«, knurrte Aiphyron schwer atmend. »Ben ist ein Drachenflüsterer. Er gibt dir deine geraubten Schwingen wieder.«

Fauchend wand sich der Flügellose weiter in Aiphyrons Griff, doch er warf zugleich den Kopf herum und stierte Ben misstrauisch mit verdrehten Augen an. Sie glänzten dunkel wie nasser Torf.

Ben bemühte sich um ein freundliches Lächeln, während er sich weiterhin angestrengt festklammerte, um nicht abgeworfen zu werden. »Wir tun dir nichts.«

Noch einmal bäumte sich der Drache auf, dann gab er sich geschlagen. Sein neuer Meister war geflohen, niemand erteilte ihm Befehle und hetzte ihn weiter in den Kampf. Er musste fühlen, welche Heilkräfte von Ben ausgingen. Ergeben kauerte er auf dem Boden und rührte sich nicht. Sein Blick lag voller Hoffnung auf Ben. Ben konzentrierte sich ganz auf die Heilung.

»Das war ja beinahe enttäuschend einfach«, jubelte Yanko übermütig. »Wie die gelaufen sind!«

»Wirklich außerordentlich tapfere Vertreter ihrer Heimat«, setzte Nica höhnisch hinzu. »Viel besser kann man bei den großen chybhischen Spielen wahrlich nicht vertreten werden.«

Ben musste ihnen recht geben, zum Schluss war alles viel leichter gegangen als erwartet. Zu dritt hatten sie einen großen Schwur geleistet, hatten sich unterwegs so viele Schwierigkeiten eingehandelt, hatten alles mit Mühe heil überstanden. Und dann hatte ein anderer vor ihnen den Ketzer gerichtet, und der Drache musste nicht einmal wirklich befreit werden. Fast war er ihnen auf einem Silbertablett gereicht worden. Nach ihrer Trennung hatte Ben gedacht, das alles würde viel schwieriger und gefährlicher werden. Doch so sollte es ihm nur recht sein.

Nach einer Weile brachen sie auf und stapften gemeinsam durch den Wald, fort von der Straße, hinein in die Wildnis, wo sie sich ein Versteck suchen wollten, bis dem Drachen wieder Flügel gewachsen waren. Im Licht der aufgehenden Sonne schimmerten seine Schuppen wie der Panzer einer purpurnen Libelle. Ben saß auf seinem Rücken und hatte die Hände auf die Schulterknubbel gelegt. Der Drache brummte zufrieden.

»Was machen wir, sobald er wieder fliegen kann?«, fragte Yanko am Mittag des übernächsten Tages und deutete auf die hellen Flügelansätze, die dem befreiten Drachen aus den Schultern wuchsen. Sie hatten es sich auf einer kleinen Lichtung in der Biegung eines etwa ein Dutzend Schritt schmalen Flusses bequem gemacht, in dem sich dicke silbergraue Fische und schmackhafte gelbkrustige Sonnenkrebse tummelten. Kleine weiße Wolken zogen langsam über den Himmel, das Wasser plätscherte träge vor sich hin, und auch Ben verspürte nicht viel Lust, sich zu bewegen. Faul lag er auf dem Rücken und ließ die nackten Füße in den Bach hängen.

»Willst du immer noch weitere Drachen befreien?«, fragte Nica. Sie hatte nicht *wir* gesagt.

»Irgendwann ja«, antwortete Ben und richtete sich auf. Doch zuvor wollte er noch einmal zu Anula. Er hatte an den letzten beiden Tagen viel an sie gedacht, kaum noch an Nicas Kuss. »Doch zuerst würde ich gern noch mal nach Falcenzca.«

»Da werden wir gejagt«, stellte Yanko fest und warf ihm einen lauernden Blick zu.

»Wir werden überall gejagt. Aber dort lebt ein Mädchen, das …« Ben brach ab und wurde rot. Er schielte zu Nica, konnte ihr Lächeln aber nicht deuten. Ihre Hand tastete nach Yankos Oberschenkel.

»Ich wusste es!« Yanko lachte laut und schlug Ben auf die Schulter. »Wie heißt sie? Wie sieht sie aus?«

»Anula«, sagte Ben leise. »Wunderschön.«

»Mann, jetzt lass dir nicht jedes Wort einzeln aus der Nase ziehen! Erzähl!«

Ben fing bei seinem ersten Besuch in Falcenzca an. Mit jedem Satz wurde seine Erzählung lebendiger, die Vorstellung immer wirklicher, bald zu viert durch die Welt zu ziehen, bald Anula an seiner Seite zu haben. Nicas Lächeln verschwand noch immer nicht, auch nicht, als Ben davon berichtete, wie er zurückgewiesen worden war.

»Das ist egal«, tönte Yanko. »Wenn sie noch einmal Nein sagt, dann entführen wir sie einfach.«

»Habe ich auch schon überlegt.« Ben nickte.

»Schöne Frauen zu entführen, hat eine lange und ehrenvolle Tradition.«

»He!«, rief Nica und boxte Yanko gegen die Brust.

»Was denn?« Lachend packte Yanko ihre Handgelenke und hielt sie fest.

»Drachenentflügeln hat auch eine lange Tradition. Ist es deswegen …?«

»Ach, Nica, war doch nur Spaß.«

»Ja, aber was machen wir, wenn sie wirklich nicht mitkommen will?«, fragte Ben.

»Ihr ihren Willen lassen«, schlug Nica vor.

Ben brummte.

»Du musst sie nur richtig fragen«, sagte Yanko und ließ Nica los. »Du musst dich vorher waschen und am besten ein Geschenk mitbringen. Du musst ihr zeigen, wie wichtig sie dir ist.«

»Und das klappt dann?«

»Natürlich. Nica wird dir sagen, was Mädchen mögen, damit du es richtig machst. Es ist ein wenig komplizierter als eine Entführung, aber …«

Wieder boxte ihm Nica in gespieltem Ärger gegen die Rippen.

»Mädchen entführen, was? Das würde dir so passen. Euch beiden.«

Yanko grinste, Ben nickte.

»Aber nur kurz«, erläuterte er. »Ich will sie ja nicht länger einsperren. Ihr nur in Ruhe zeigen, wie Drachen wirklich sind. Damit sie weiß, wer ich bin und was ich mache. Damit sie sieht, dass die Steckbriefe lügen.«

»Was *wir* machen …«

»Ja, klar. Was wir alle zusammen machen.« Wieder nickte Ben. »Ihr werdet sie mögen. Sie ist überhaupt nicht hochnäsig, wenn man sie erst einmal kennt.« Den Gedanken, dass er selbst sie ja genau genommen nicht richtig kannte, schob er beiseite. Er liebte sie – das genügte, um ihr zu vertrauen.

»Na, unter diesen Umständen helfe ich dir«, sagte Nica. »Aber nur, um ihr eine Entführung durch euch zwei zu ersparen.«

»Danke.« Ben sah ihr in die Augen und wusste, dass sie nicht an eine Entführung dachte, sondern an den Kuss.

Sie nickte kurz.

»Wir werden dir dein Mädchen schon erobern. Aber was machen wir dann? Du hast noch immer nicht gesagt, wie es mit weiteren Drachen aussieht?«

»Aber eine Entführung …«, setzte Yanko noch mal an.

»Nein«, sagte Nica. »Ben?«

Langsam schüttelte er den Kopf. So sehr es ihn dazu drängte, er musste erst einmal fort, er konnte sich nicht auf der Stelle in die nächste Befreiung stürzen. Das ständige Gefühl, überall gejagt zu werden, ertrug er nicht mehr. Auf der Lichtung hier war es friedlich, so wie die letzten zwei Tage wollte er die nächsten verbringen. Nur eben mit Anula an seiner Seite. Natürlich würde er den Kampf gegen den Orden nicht aufgeben, ihn nur für eine kleine Weile aufschieben. Und dann mit einem ausgereiften Plan zurückkehren, um dem Orden möglichst viele Drachen zu entreißen.

»Aiphyron wollte uns Länder zeigen, in denen es auch im Winter warm ist«, sagte er, während er auf einem Grashalm herumkaute. »Länder, in denen der Orden nichts zu sagen hat und Drachen nicht in der ständigen Gefahr schweben, wegen ihrer Flügel angegriffen zu werden.«

»Das klingt schön«, sagte Nica und strich vorsichtig über die purpurn schimmernden Schuppen des Drachen, der sich neben Ben gelegt hatte und ihn erwartungsvoll mit schwarzen Augen musterte, obwohl Ben ihm mehrmals erklärt hatte, dass er eine Pause brauche und die Flügel auch ohne permanente Berührung weiterwuchsen, wenn auch ein wenig langsamer. Doch da der Drache noch nicht sprach, war er nicht sicher, wie gut er verstand. »Hier bei uns werden sie als Siegespreis ausgelobt.«

Ben schnaubte. Nicht nur das, die Vernarbungen auf dem Schulterknubbel waren überraschend frisch gewesen. Die Ritter mussten sie noch einmal schmerzvoll gestutzt oder abgeschliffen haben, nachdem sie ihn aus Norkhams Stall geführt hatten. Als könnten sie mit dem erneuten Blutvergießen dessen Herrschaft über den Drachen brechen und ihm zugleich neue Bande anlegen. Es machte Ben einfach wütend, wenn er sah, was der Orden diesen Wesen antat.

Nica und Yanko drängten Aiphyron, ihnen von diesen fernen Ländern zu erzählen, und er entwarf grandiose Bilder von ausgedehnten Küsten voll weißem Sand, von gigantischen Wäldern mit Bäumen, die sechzig Schritt hoch waren oder noch größer. Von einer riesigen Wüste, durch die Dünen aus rotem Sand wanderten wie gigantische Wellen. Ganze Karawanen hatten diese Wellen schon verschluckt.

»Da will ich nicht hin!«, rief Nica sofort.

»Keine Angst, ich auch nicht.« Aiphyron grinste. »Und auch in den gigantischen Wäldern sollten wir aufpassen. In manchen Ecken dieser Dschungel gibt es giftige Spinnen von der Größe eurer Köpfe.«

»Bäh!« Yanko schüttelte sich.

»Doch ich kenne auch wunderschöne, viele Meilen durchmessende Inseln, auf denen erloschene Vulkane thronen und über die täglich milde Winde hinwegziehen. Manchmal führen sie auch Spuren des roten Sands mit, obwohl die Wüste tausend Meilen entfernt auf dem Kontinent liegt. Großblättrige Bäume mit saftigen Früchten von der Größe und Form einer gebogenen Kralle wachsen dort in Mengen, die Insekten sind winzig und harmlos. Auf einer dieser Inseln entspringt ein so lieblicher Fluss, dass selbst die Fischfeen aus dem Meer manchmal seinem Lauf hinauffolgen, um an seiner Quelle im Mondlicht zu singen.«

»Fischfeen?«

»Ja. Das sind kleine Wesen, halb flügellose Fee, halb Fisch, die in Gruppen im Meer leben und gern den großen Segelschiffen folgen und ihren Schabernack mit den Seeleuten treiben. Nur bei Vollmond werden sie von tiefer Traurigkeit und einer Sehnsucht nach Schönheit ergriffen, dass sie die ganze Nacht über singen. Wer diese Lieder hört, wird von einem tiefen Fernweh gepackt, das schon manchen von einem Augenblick zum nächsten dazu getrieben hat, auf dem nächstbesten Schiff anzuheuern und alles hinter sich zu lassen.«

»Und du willst, dass wir diese Lieder hören?« In Yankos Blick standen deutliche Zweifel, ob er diese ganze Geschichte überhaupt glauben sollte. Doch er grinste. »Willst du uns loswerden, indem du uns irgendwo anheuern lässt?«

»Sie sind wirklich wunderschön. Und mit einem starken Willen kann man ihnen auch widerstehen.«

Den halben Nachmittag lang erzählte Aiphyron von den unterschiedlichsten Ländern, auch solchen, die sich weit jenseits der großen Ozeane befanden. Bei vielen wusste er nicht allzu viel über die dort lebenden Menschen und ihre Vorstellungen von der Welt. Doch er wusste, wo er nicht gejagt wurde, wo schon, um ihm die Flügel zu stützen oder einfach aus Angst.

»Vor deiner Größe«, sagte Yanko in dem Tonfall, mit dem er häufig ein Wortgeplänkel einleitete.

Aiphyron nickte und warf ihm einen lauernden Blick zu. Er erwartete den Angriff.

»Du bist ja auch ein großer Brocken«, sagte da der Flügellose mit schwerer Stimme.

»Was?« Alle Köpfe wandten sich ihm zu.

»Um genau zu sein: Du bist ein verdammt schwerer Brocken. Ich weiß das, schließlich hast du dich auf mich gesetzt.« Der Drache zeigte ein vorsichtiges Grinsen.

Alle lachten. Sie waren froh, dass der Drache seine Fähigkeit zu sprechen endlich wiedererlangt hatte. Ben fragte ihn nach seinem Namen.

»Krawinyjan.«

»Oh.« Ben sah ihn verlegen an. »Ich hab's nicht ganz verstanden, tut mir leid.«

»Krawinyjan«, wiederholte der Drache, langsamer diesmal.

»Gut. Alles in Ordnung, Krawinyjan?«

»Ja, danke. Danke für das hier.« Er kreiste die Flügelstumpen. »Und das, was hoffentlich noch nachwachsen wird.«

»Keine Ursache.«

»Wir hatten ja schließlich geschworen, dir zu helfen.« Yanko lachte.

»Mir? Kennen wir uns?«

»Äh, nein.« Ben schüttelte den Kopf.

»Na ja«, sagte Yanko. »Vor allem wollten wir dem Norkham eins auswischen.«

»Vor allem wollten wir dich befreien«, berichtigte Ben scharf. »Den Hohen Norkham wollten wir außerdem noch ärgern.«

»Welchen Norkham?«, fragte Krawinyjan.

BÖSE ÜBERRASCHUNGEN

Ben starrte den Drachen an und wusste nicht, was er darauf erwidern sollte, dass Krawinyjan den Hohen Norkham nicht kannte. Eine der Wolken wanderte vor der Sonne vorbei, und die Luft wurde merklich kühler. Hatten die Ritter sogar diese Erinnerung aus seinem Kopf getilgt, als sie ihm die kläglichen Überreste der Flügel ein weiteres Mal gestutzt hatten? Oder was hatte der feine Herr Arthen sonst mit ihm angestellt?

»Norkham! Das ist der, der dich jahrelang unterdrückt hat!«, rief Nica. In ihrer Stimme schwang noch immer Hass auf den toten Ketzer mit.

»Wieso jahrelang?«

»Nicht?«

»Der Bursche hat mich erst seit ein paar Tagen sein Eigen genannt. Und er hieß Erlon, nicht Norkham.«

»Ja, der. Aber davor!«

»Davor? Davor war ich frei! Bis ich vor drei oder vier Wochen eine gefesselte, strahlend blonde Jungfrau von einem Pfahl erretten wollte, an den sie gekettet war, und dabei hinterrücks von zwei Rittern angegriffen wurde. Schneller, als ich zuschnappen konnte, hatten sie mir die Flügel abgeschlagen, und aller Widerstand erlosch in mir. Alles Glück, das Gefühl, frei zu sein und lebendig. Es war schrecklich.«

Fluchend schloss Ben die Augen. Von wegen Schwur erfüllt! Sie hatten den falschen Drachen. Doch wie war das möglich? Dies war der Drache, der dem langbeinigen Sieger der Jagd im Reinen Bach überantwortet worden war. Sie hatten den dünnen Burschen doch gesehen! Und selbst Norkham war hinter ihm her gewesen. Wieso hätte er sich für einen beliebigen fremden Drachen hängen lassen sollen?

Ben fröstelte. Gedankenverloren blickte er in den Himmel, ob inzwischen weitere Wolken aufgezogen waren. Doch der schmale Streifen über der Lichtung, der nicht durch Laub verdeckt wurde, war überwiegend klar und von leuchtend hellem Blau.

Irgendwo im Wald brachen schwere Äste, Ben vernahm ein hastiges Schnüffeln. Noch in Gedanken daran, dass sie den Falschen befreit hatten, achtete er nicht darauf. Erst als sich auf seinem Arm unvermittelt Gänsehaut bildete, schreckte er auf, doch er war nicht der Einzige.

»In Deckung!«, schrie Aiphyron.

In diesem Moment brachen drei weiße Drachen aus dem Unterholz, und Ben erstarrte. Ihre Nüstern waren geweitet, die riesigen Mäuler geöffnet. Dicht an dicht reihten sich darin lange spitze Zähne, die entfernt an gewaltige Eiszapfen erinnerten, jedoch viel spitzer und härter aussahen. Die Drachen atmeten neblige Kälte in die Sommerluft.

Unter ihren Klauen waren die Pflanzen von Reif überzogen, hinter ihnen führte eine weiß glitzernde Spur durch den Wald. Unerbittliche Kälte strahlten auch ihre blutroten Augen aus.

»In Deckung, verdammt noch mal!«, brüllte Aiphyron erneut.

Doch Ben konnte sich nicht bewegen, es war, als wäre er eingefroren. Der Hauch der weißen Drachen wehte zu ihm herüber, und seine Lunge stach, als wäre er im Winter zu weit und zu schnell gerannt.

Kaum auf der Lichtung aufgetaucht, raste der größte der weißen Drachen direkt auf Ben zu. Von Kopf bis Schwanzspitze maß er bestimmt ein Dutzend Schritt, und dieser massige Körper kam nun in einem waghalsigen Satz auf ihn zugesprungen. Ben war wie erstarrt und konnte nichts tun als die riesigen gefletschten Zähne anzuglotzen. Sein Herzschlag setzte aus, vielleicht war es zu Eis geworden. Er hob nicht einmal die Arme, und einen Augenblick lang wusste er, er würde nun sterben, entweder durch diese langen Zähne oder einfach durch die Kälte, die unbarmherzig in seinen Körper kroch. Dann prallte etwas seitlich gegen den weißen Drachen, etwas Grünes.

Juri!

Er riss den weißen Drachen aus seiner Flugbahn und stürzte brüllend mit ihm in den Fluss. Gebannt sah Ben zu, wie die beiden sich im Wasser wälzten und ineinander verbissen. Fauchend schlugen sie sich gegenseitig tiefe Wunden ins Fleisch. Einzelne Wellen des Flusses vereisten, wenn das durchscheinende Blut des weißen Drachen auf sie tropfte. Doch rasch froren auch seine Wunden zu, die Kälte schien ihn zu heilen.

Auch da, wo Juri von den Zähnen oder Klauen des Weißen gebissen wurde, bildete sich Eis auf den schilfgrünen Schuppen. Doch dieses Eis stoppte Juris Blutungen nicht. Es war, als würde ein Weiher zufrieren, Schuppe um Schuppe fraß es sich voran.

»Aiphyron«, wollte Ben schreien, doch er brachte nur ein unhörbares Wispern zustande. Im Augenwinkel erkannte er, dass sich Aiphyron mit einem anderen Weißen über die Lichtung wälzte und ihm Feuer ins Gesicht spie, während er verzweifelt seinen Bissen zu entgehen suchte. Ben hoffte, das

Feuer wäre heiß genug, um die schrecklichen Zähne in wenigen Augenblicken zu Nichts zu zerschmelzen. Dann könnte Aiphyron Juri helfen. Allerdings schien am Rand der Lichtung Feuerschuppe viel stärker in Bedrängnis zu sein.

Juri durfte nicht sterben! Er hatte ihn gerettet.

Wasser schwappte über Juri hinweg, es zischte und knackte, und das Eis auf den grünen Schuppen bekam Risse. Es war, als würde der Fluss ihm zur Seite stehen.

Reiß dich zusammen und hilf ihm, wie er dir geholfen hat, warte nicht auf andere, dachte Ben mit klappernden Zähnen. Wenn er die Schulterknubbel des Weißen berührte, würde seine Wut vielleicht erlahmen. So oft hatte das bislang geklappt. Doch bei dem Gedanken daran, die eisige Kreatur anzufassen, kam tiefe Angst in Ben auf, Angst, von der Kälte einfach getötet zu werden, bevor die Heilkräfte zu wirken begannen, Angst, von seinen Zähnen erwischt zu werden.

Lautlos schimpfte er sich einen Feigling. Solche Überlegungen hatte Juri eben sicher nicht angestellt, bevor er den Weißen angesprungen und ihn gerettet hatte. Ben musste es versuchen! Langsam konnte er seine Gelenke wieder bewegen.

Zwei, drei Schritte machte er auf die zwei tobenden Giganten zu. Wasser spritzte in alle Richtungen, die peitschenden Schwänze fegten über die Sträucher am gegenüberliegenden Ufer hinweg, brachen junge Bäume entzwei und schmetterten sie gegen die nächsten Stämme. Wenn Ben dort hineingeriet, würden ihm alle Knochen im Leib brechen. Doch er musste ihn einfach berühren, ihm zeigen, dass er die Kraft hatte, ihn zu befreien, ihm seine Flügel zurückzugeben.

Dann stutzte Ben. Er konnte keinen einzigen Schulterknubbel ausmachen. Sein Blick huschte über den geschuppten Rücken und entdeckte nicht die geringste Verkrustung, keine Narbe, keine Erhöhung, nichts. Makellos reihten sich die Schuppen aneinander, als habe er nie einen Flügel gehabt. Als wäre er niemals unterworfen worden. Das war doch nicht möglich!

Das würde bedeuten, die verfluchte Bestie griff sie aus freiem Willen an.

»Ben!«, hörte er Nica schreien und wirbelte herum. Sie kniete neben der Feuerstelle auf der Lichtung und setzte eben das aufgeschichtete Holz in Brand. Einen überdrehten Moment lang dachte Ben, sie würde tatsächlich wie geplant das Abendessen zubereiten wollen, doch Yanko hockte zitternd und wimmernd neben ihr und hatte die Arme um die Knie geschlungen.

»Hilf mir!«, schrie sie weiter.

Er sprang hinüber und sah, wie sich Krawinyjan eben auf den Gegner von Feuerschuppe stürzte. Feuerschuppe war ganz von glitzernden Kristallen überzogen und bewegte sich nur noch schwerfällig. Ohne weiter hinzusehen, stürzte Ben auf die Knie und pustete wie wild ins Feuer. Kalte Asche von gestern wirbelte auf und drang ihm in Mund und Nase, so dass er husten musste.

»Was ist mit Yanko?«, keuchte er.

»Er friert. Sein Fuß wurde vom Hauch eines Drachen gestreift, als er mich von ihm weggezerrt hat.« Nica schniefte. »Wir müssen ihn wärmen.«

In diesem Moment loderten die Flammen aus den dürren Ästchen und Rindenstücken hinauf, das Feuer leckte um die dickeren Holzbrocken und fraß sich hinein.

Ben sprang zu seinem Rucksack und zerrte die zwei letzten Fackeln daraus hervor, die Aiphyron mit der leicht brennbaren, harzigen Substanz aus seinem Rachen überzogen hatte. Sofort war er zurück am Feuer und hielt sie beide in die Flammen.

»Was hast du vor?«

»Halte du Yanko warm, ich helfe Juri!« Und damit stürzte er – zwei hell lodernde Fackeln in den Händen – zurück zum Fluss, wo die beiden Drachen noch immer aufeinander einschlugen.

Beide bluteten schwer, kleinere und bis zu gut zwei Schritt durchmessende Eisschollen tanzten auf den Wellen davon oder landeten am Ufer. Überall sah Ben das dunkle Rot von Juris Blut.

»Verrecke, du hässlicher Eisklotz!«, brüllte er und schleuderte die brennende Fackel mit aller Wucht nach dem weißen Drachen. Er hatte gut gezielt und traf die Bestie mitten auf die Schnauze.

Fauchend riss sie den Kopf hoch und suchte nach dem neuen Angreifer. Juri nutzte den Moment der Ablenkung sofort und schnappte blitzschnell zu. Tief gruben sich seine Zähne in die Kehle des weißen Drachen.

»Ja!«, brüllte Ben und sprang ins Wasser. Es war eiskalt, Schauer liefen seine Beine hinauf und über den Rücken bis in seinen Kopf. Doch darauf achtete er nicht, er spürte ohnehin kaum noch etwas. Mit klappernden Zähnen watete er durch das hüfttiefe Wasser zu den ineinander verbissenen Drachen, näherte sich ihnen von der oberen Seite, wo nicht ständig die Schwänze peitschten.

Im passenden Moment sprang er vor und rammte dem Weißen die brennende Fackel mitten in eine hässliche gefrorene Wunde. Zischend tropfte frisches, durchscheinendes Blut in den Fluss, der Drache schrie und warf sich herum.

Ben hechtete davon, und blitzschnell schlug Juri seine rechte Klaue in die frisch aufgebrannte Wunde, tief drangen die Krallen hinein. Der Weiße jaulte vor Schmerz auf und hieb wild um sich.

Ben wurde von einer Welle davongespült, stieß sich noch weiter vom Grund ab, er musste fort, nur fort. Ohne Fackel war er nutzlos. Der Hauch des Drachen streifte über ihn hinweg, während er rasch untertauchte, um ihm zu entkommen.

Einen Augenblick später kämpfte er sich ans Ufer, um zum Feuer zurückzukehren. Dort ließ sich wenigstens noch ein brennender Ast auftreiben. Feuer tat diesen Biestern weh! Frierend und durchnässt rannte er torkelnd über die Lichtung, die Knie waren steif, die Muskeln wollten ihm nicht mehr gehorchen, doch er zwang die Beine voran, balancierte das Gleichgewicht mit seltsam zur Seite gestreckten Armen aus. Seine Hände waren blau.

Gerade ließ Aiphyron von einem weißen Drachen ab, der an zahlreichen Stellen mit schwarzem Ruß überzogen war, und dessen ehedem furchterregende Klauen nur noch Stümpfe zu sein schienen. In Aiphyrons Augen glomm heiße Wut. Nichts erinnerte an den freundlichen Drachen, den Ben kannte. Er stürmte quer über die Lichtung und warf sich brüllend auf den weißen Drachen, der eben Krawinyjan von sich stieß und sich suchend umwandte.

»Juri!«, schrie Ben und fuchtelte mit den Armen. »Juri braucht Hilfe!«

Doch Aiphyron beachtete ihn nicht. Dunkle Flammen trieften aus seinem Maul.

Ben wankte, so schnell er konnte, zu Nica hinüber und riss einen brennenden Ast aus dem Feuer. Funken stoben auf, glimmendes Holz fiel über die steinerne Umrandung.

»Was tust du?«, schrie Nica, die Yankos Fuß in die Hände

genommen hatte und ihn bibbernd warm rieb. Dabei warf sie gehetzte Blicke in alle Richtungen, bereit, jederzeit zu fliehen.

»Ich muss Juri helfen!«

»Damit?«

»Ja! Wirf mehr Holz nach!«, schrie Ben und rannte mit schweren Beinen wieder zum Fluss. Juri hatte ihn gerettet, er musste ihm beistehen! Er würde ihn nicht im Stich lassen.

Doch am Ufer angekommen, blieb Ben stehen und ließ den Ast sinken. Die brennende Spitze sackte zischend ins Wasser und verlosch.

Der weiße Drache war tot. Mit verdrehten Augen lag er auf dem Rücken im Fluss, um ihn breitete sich eine Eisschicht aus. Keuchend kauerte Juri neben ihm, Blut rann ihm aus zahlreichen Wunden. Allmählich wanderte das wachsende Eis des Toten auf ihn zu, in wenigen Minuten hätte es ihn umschlossen.

»Juri!« Ben ließ den Ast ganz fallen und rannte zu dem verwundeten Drachen.

»He, Ben.« Er versuchte ein Lächeln.

»Nichts da mit he. Beweg deinen dicken Hintern hier weg, bevor er dir noch einfriert!«

»Ich …«

»Los jetzt!«

»Ich … kann nicht …«

Verzweifelt legte Ben ihm die Hände auf eine offene Wunde am Hinterbein, die größte, die er auf den ersten Blick entdecken konnte. Das wunde Fleisch war so hart, als wäre es gefroren. Viel zu kühles Blut sprudelte ihm zwischen den Fingern hindurch. Mit zusammengebissenen Zähnen knirschte er: »Heile!«

Kälte kroch ihm unter die Haut und fraß sich bis in die

Knochen, schwimmendes Eis stieß ihm gegen die Hüfte, doch er achtete nicht darauf. Er versuchte, Juri zu heilen und ihn gleichzeitig ein Stück von dem toten Drachen fortzuschieben, von der wachsenden Eisfläche. Tief grub er die Füße in den Grund des Flusses und drückte mit aller Kraft. Natürlich war der massige Körper viel zu schwer.

»Beweg dich!«, schrie er wieder, und dann: »Heile, verdammte Wunde, heile!«

Kälte drang ihm in die Finger, eine eisige Kälte aus der Wunde, die seine Unterarme hinaufkroch und ihn fast dazu gebracht hätte, loszulassen. Eine Kälte, die seine Finger bewegungslos machte, gefühllos, doch stur schickte er weiterhin seine Heilkräfte hindurch. Und wenn ihm einer abbrach, das wäre egal, Juri musste leben! Dann, endlich, spürte er das vertraute Pochen, das ihm verriet, dass seine Kräfte zu wirken begannen. Langsam floss das Blut zäher, bis es schließlich ganz versiegte.

Ein Zittern durchlief Juris Körper, mühsam kämpfte er sich auf die Beine, torkelte ein paar Schritte flussabwärts und fiel wieder ins Wasser. Bis hierher würde sich das Eis nicht ausbreiten.

Ben stapfte hinterher. Er war vollkommen durchgefroren, seine Arme waren taub, doch das Wasser dort, nur ein Stück entfernt, war wärmer. So warm, wie ein Fluss im Spätsommer sein sollte. Seine Muskeln begannen zu kribbeln, die ersten schienen wieder zu erwachen.

»Los, ans Ufer«, keuchte er.

»Nein«, sagte Juri leise. »Wasser hilft mir.«

»Meinetwegen.« Schwer atmend legte Ben die Hände auf die nächste Wunde. Der Kampflärm auf der Lichtung hinter ihnen war verklungen.

»Wie geht es den anderen?«

»Gut, glaube ich. Hoffe ich.« Dann holte Ben Luft und rief: »Alles in Ordnung?«

»Ben! Ben, wo bist du?«, dröhnte Aiphyrons Stimme herüber.

»Hier!«

Einen Augenblick später brach Aiphyron durchs Unterholz. Er sah angeschlagen aus, sagte aber, dass die weißen Drachen tot seien. Allen anderen ging es gut. »Zumindest annähernd. Feuerschuppe friert, seine brüchigen Schuppen splittern, wenn er sich bewegt.«

Ben sah ihm in die Augen. Die brennende Wut war verschwunden, nun lag Sorge in ihnen.

»Ich sehe gleich nach ihm«, sagte er matt. »Erst muss ich mich noch um Juri kümmern.«

»Ich sehe zu, dass ich Feuerschuppe aufwärme. Wozu trage ich dieses verdammte Feuer denn in mir.« Mit diesen Worten wandte sich Aiphyron ab und stob davon.

Eine gute Stunde später wankte Ben auf die Lichtung. Jede der zahlreichen Wunden Juris hatte er mitten im Fluss verschlossen, nun fühlte er sich vollkommen ausgelaugt. Er musste wieder zu Kräften kommen, und vor allem musste er sich aufwärmen. Niesend und frierend warf er die nasse Kleidung am Feuer von sich und stellte sich zitternd vor die Flammen. Nur mühsam drang ihre Wärme unter seine Haut.

»Wie geht es Yanko?«, fragte er, ohne den Blick vom Feuer abzuwenden.

»Zieh dir was über, dann bekommst du auch eine Antwort«, sagte Nica spitz.

Ben zuckte zusammen und sah an sich herunter. Natürlich, er war vollkommen nackt! Daran hatte er vor lauter Erschöpfung und Hunger nach Wärme überhaupt nicht gedacht, nur an die beißende, tief sitzende Kälte, und daran, sie loszuwerden. Mit rotem Gesicht fischte er rasch eine Hose aus dem Rucksack, rubbelte sich die Beine mit einem Hemd trocken und schlüpfte hinein. Nica starrte derweil mit gesenktem Kopf stur zu Boden.

»Ich kann auch selbst reden, du kannst mich direkt ansprechen«, murmelte Yanko schlapp, während sich Ben die Hose anzog. So schwach er klang, es tat gut, seine Stimme zu hören.

»Nica sagt, der eine hat dich mit seinem Hauch berührt.« Ben nickte ihr zu. »Du kannst übrigens wieder schauen. Tut mir leid.«

Langsam hob sie den Kopf, sah ihm aber nicht in die Augen. »Schon gut.«

»Nein, er hat mich nicht berührt«, berichtigte Yanko leise. »Ich bin wohl nur barfuß in das kalte Gras getreten, das sein Atem mit Eis überzogen hat. Aber das hat ausgereicht, der Fuß ist bis über den Knöchel noch immer taub. Richtig erwischt hat es nur Feuerschuppe.«

»Gut«, sagte Ben und sah zu dem Drachen hinüber. »Also, nur das mit dir.«

Feuerschuppe lag am Rand der Lichtung und war von einem Ring aus gelb lodernden Flammen umgeben. Wie Schweiß troff es von seinen überwiegend roten Schuppen, doch es war das schmelzende Eis, das aus seinem Körper rann. Aiphyron beobachtete aufmerksam die Flammen, damit sie Feuerschuppe nicht zu nah kamen und nicht auf den Wald übergriffen.

Krawinyjan kauerte schwer atmend in der Nähe, wärmte sich ebenfalls, sah sich mit Panik in den Augen um und musterte jeden Schatten im Wald misstrauisch.

Ben raffte sich auf und schlich hinüber, Feuerschuppe brauchte ihn. Die Wärme des Feuerrings um den Drachen drang viel tiefer als die des Lagerfeuers, vertrieb die tiefste Kälte aus seinem Inneren.

»Yanko, komm her«, rief er, dann fragte er, wie es Feuerschuppe gehe.

»Das Eis ist bald raus aus ihm«, sagte Aiphyron. »Dann bist du dran.«

Ben nickte und ließ den Blick über den verwundeten Drachen wandern. Er hatte eine große Anzahl Schuppen verloren, sie waren einfach gesprungen wie Eis in der Sonne und hatten das bloße Fleisch darunter offen gelegt. Es sah schlimm aus. Wenigstens gingen die Bisswunden und die durch Krallen verursachten Risse nicht so tief wie bei Juri, das würde Ben recht schnell hinbekommen. Doch in den Augen regte sich kaum ein Funken Leben, sie wirkten leblos kalt und wie von Reif überzogen. Wie tot und blind zugleich, doch ab und zu zuckten sie.

»Wie haben sie uns aufgespürt?«, fragte Ben.

»Ich weiß es nicht. Aber hast du sie schnüffeln gehört? Ihr Geruchssinn ist außerordentlich, selbst für Drachen. In der Luft konnten sie uns nicht wittern, doch jetzt waren wir lange am Boden. Erst bei Chybhia, jetzt hier. Sie müssen zufällig auf unsere Spur gestoßen sein. Oder auf ein Pferd, das Nica losgebunden hat. Wenn sie das Pferd auch nur ganz leicht berührt hat, hing schon genug von ihrem Geruch im Fell des Tiers. Weiße Drachen riechen wie niemand sonst.«

»Sie haben keine Schulterknubbel.«

»Nein.« Ohne ein weiteres Wort erstickte Aiphyron eine kleine Flamme, die zum Wald hin wandern wollte.

»Werden noch mehr von ihnen kommen?«, fragte Krawinyjan mit brüchiger Stimme. »Ihr könnt ja einfach davonfliegen, aber ich?«

»Ich glaube nicht«, sagte Yanko, der sich auf Nica gestützt inzwischen auch am Feuerring eingefunden hatte. Seinen Fuß hielt er in Richtung Flammen, und es schien ihm tatsächlich etwas besser zu gehen. Auf seinem Gesicht zeigte sich der erste Anflug von Farbe. »Zumindest habe ich noch nie davon gehört, dass einem Geächteten mehr als ein solcher Hund Hellwahs auf den Hals gehetzt worden sei. In keiner einzigen überlieferten Geschichte war das nötig. Und auch hier sind es drei Drachen, und wir sind zu dritt.«

»Zu sechst«, sagte Aiphyron.

»Der Orden zählt nur Menschen. Deshalb seid ihr auch nicht auf dem Steckbrief. Für ihn seid ihr nichts als wilde Tiere.«

»Pah!«

»Sei froh. Sonst wären sie zu sechst gekommen.«

Aiphyron brummte etwas Unverständliches.

»Dann kommen also keine weiteren?«, vergewisserte sich Krawinyjan.

»Nein«, behauptete Yanko forsch.

Doch Ben bezweifelte, dass er sich dessen wirklich so sicher war. Dafür wanderte Yankos Blick zu oft zwischen die Bäume, zu suchend, zu ängstlich.

»Und warum haben sie keine Schulterknubbel?«, fragte Ben, während er zugleich auf ein fernes Schnüffeln lauschte.

»Weil sie nie Flügel hatten.« In Aiphyrons Stimme lag Verachtung. »Weiße Drachen werden im Eis geboren. Wie der

Winter bringen sie mit ihrer Kälte Stillstand und Tod. Sie fühlen nichts. So jemand fliegt nicht, so jemand kriecht.«

Richtig zufrieden war Ben mit dieser Erklärung nicht, sie war zu knapp. »Aber wie können die Ritter sie dann unterwerfen, wenn man ihnen nicht die Flügel abschlagen kann?«

»Man kann sie nicht unterwerfen, aber man kann sie auf einen bestimmten Geruch ansetzen. Solange sie ihm folgen, ist nichts anderes von Bedeutung. Sie suchen denjenigen, dessen Geruch sie in ihrer Schnauze tragen, und wenn sie ihn haben, töten sie ihn.«

»Und dann? Kehren sie zu dem Ritter zurück, der sie losgeschickt hat?«

»Nein. Sie haben nichts Hündisches an sich. Sie kehren heim ins Ewige Eis. Du erinnerst dich? Das Eis, das du so gern sehen wolltest.« Aiphyron grinste.

»Danke. Ich hab es mir anders überlegt.« Ben schüttelte sich.

»Einst gab es jedoch Menschen, denen sind die Weißen wie Hunde gefolgt«, sagte Krawinyjan. »Es waren nicht viele, doch über die Jahrhunderte tauchte immer wieder einer auf, der die Weißen befehligen konnte. Man nannte sie Eisherrscher, und ihre Gabe war ebenso selten wie die eines Drachenflüsterers.«

»Du meinst, ein solcher Eisherrscher hat uns die auf den Hals gehetzt?«

»Blödsinn«, brummte Aiphyron. »Das wäre ein dämlicher Zufall. Jedes Kind, das ein Kleidungsstück, ein Möbel oder nur ein paar halb gekaute Essensreste mit eurem Geruch besitzt, kann die Drachen auf euch hetzen. Dazu braucht man keine besondere Gabe.«

»Das wollte ich auch nicht behaupten. Ich habe nur gesagt, dass unter Umständen …« Krawinyjan warf einen Seitenblick auf Aiphyron und schüttelte den Kopf. »Ja, gut, ich habe nichts gesagt.«

»Na also.« Langsam löschte Aiphyron die Flammen um Feuerschuppe, um Ben den Weg frei zu machen. Das Gras, auf das das Eis getropft war, war abgestorben, der Boden hart wie im Winter, doch schmerzte die Kälte nicht mehr, wenn man auf sie trat.

»Siehst du mich, Feuerschuppe?«, fragte Ben und blickte dem Drachen direkt in die von weißer Kälte überzogenen Augen.

»Nur einen Schemen.«

»Dann erschrick jetzt nicht«, sagte er und kniete sich vor ihm auf die Erde. Ganz vorsichtig fasste er auf die offenen Augen, ihre Oberfläche war glatt und eiskalt.

»Ihr anderen lasst euch von Aiphyron ein neues Feuer entfachen, wärmt euch und macht etwas zu essen. Wenn ich hier fertig bin, habe ich Hunger«, sagte Ben noch, dann vertiefte er sich ins Heilen.

EIN ALTER ZAUBER

In den folgenden Tagen pflegten sie ihre Wunden und fragten Krawinyjan über seine Vergangenheit aus, wieder und wieder suchten sie nach einer Verbindung zu Norkham, doch vergeblich. So wenig ihnen der Gedanke gefiel, so wenig sie es verstanden, er war nicht der gesuchte Drache. Doch wo war er abgeblieben? Hatte etwa noch ein anderer Sieger eines Wettkampfs einen Drachen verliehen bekommen?

»Ich glaube, er war nie in Chybhia«, sagte Yanko schließlich, dessen Fuß wieder normale Temperatur angenommen hatte. »So oft, wie die Ritter in Vierzinnen das gegenüber den einfachen Leuten betonten, war daran etwas faul. Und das haben sie nicht getan, um die Ketzer zu demütigen, sondern einzig, um Norkham auf eine falsche Fährte zu locken. Sie waren überzeugt, irgendwer würde es dem geflohenen Ketzer berichten, doch weil sie nicht wussten, wer es verraten würde, mussten sie es möglichst jeden wissen lassen. Deshalb war auch der Käfig in Chybhia verhangen. Niemand sollte den Drachen vorzeitig sehen und beschreiben können, und ganz besonders nicht Norkham, von dem sie hofften, er würde in Verkleidung auftauchen, um ihn zurückzugewinnen. Oder zu befreien versuchen.«

»Das alles war nur eine Falle? Und warum haben sie nicht den richtigen Drachen genommen?«, fragte Nica. »Dann hätten sie sich das Theater mit dem Käfig sparen können.«

»Vielleicht weil er schon irgendwohin unterwegs war, als sie den Plan fassten? Ich weiß es nicht.«

»Oder sie hatten Angst, dass der geraubte Drache vielleicht doch noch auf seinen alten Herrn hören würde«, vermutete Ben. »Das hätte zu ziemlich unangenehmen Schwierigkeiten führen können, hätte Norkham es tatsächlich in seine Nähe geschafft.«

»Aber wo befindet sich der richtige Drache jetzt?«

»Bei diesem Abt. Oder dem Fürsten von Vierzinnen.«

Lautlos verfluchte Ben den geleisteten Schwur. In diesem Moment wollte er nur noch nach Falcenzca aufbrechen, zu Anula. Einen Drachen hatten sie doch befreit, auch einen weiteren könnten sie unterwegs gern von seinen Unterdrückern erlösen. Er wollte ja Drachen befreien, ganz sicher, doch im Moment hatte er keine Kraft mehr, weiterzusuchen. Sich weiter hetzen zu lassen.

Sie hatten doch geschworen, den Drachen eines Ketzers zu befreien, um sich nicht mit dem Orden der Drachenritter anzulegen. Und jetzt? Jetzt war dieser idiotische Drache doch bei einem Abt oder Fürsten gelandet. Ben hatte einfach die Nase voll! Wieso hatte sich dieser verfluchte Norkham den Drachen klauen lassen? Tat man das etwa, wenn man den Beinamen der Hohe trug? Hätte er nicht besser der Hohle heißen sollen?

Warum nur hatten sie geschworen? Doch nicht, um dann gezwungen zu sein, in eine Burg oder ein Wehrkloster einzudringen – etwas, das ganze Heere oft genug vergeblich versuchten. Wie sollte das gelingen? Doch Jammern half nicht – ein Schwur war ein Schwur, daran war nichts zu rütteln. Jedenfalls war das ganz sicher der letzte Schwur, den er geleistet hatte.

»Ich bin überzeugt, der Abt hat ihn sich gekrallt«, sagte Yanko. »Wieso sollte denn der Orden einen Fürsten, der

Ketzer in seinem Herrschaftsbereich nur halbherzig verfolgt, mit einem solchen Geschenk stärken? Nein, er wird selbst scharf darauf sein, den Drachen eines wichtigen Ketzers in seinem Stall zu haben, um ihn dann stolz jedem Gast zu präsentieren.«

»Meint ihr, es war auch dieser Abt, der die weißen Drachen auf uns gehetzt hat?«, fragte Nica leise.

Yanko zögerte einen Moment lang, dann sagte er: »Das kann gut sein.«

»Hat er noch mehr?« Nicas Stimme war nun kaum zu verstehen, doch das war egal. Jeder von ihnen hatte sich diese Frage selbst gestellt. Was würde sie erwarten, wenn sie dorthin kamen?

»Hm.« Ben sah hinüber zu der Stelle, wo das Eis aus Feuerschuppe getropft war. Noch immer wuchs dort kein Gras, die Erde war kahl und schwarz wie ein Acker im Winter. Auch hatte er in den letzten Tagen nie beobachtet, dass dort ein Vogel gelandet wäre. Ein junges neugieriges Baumreh war gestern im Morgengrauen davor zurückgeschreckt und hatte den Fleck nicht betreten.

»Dann versuchen wir es also als Nächstes bei dem Abt?«, dröhnte Juri.

Einer nach dem anderen nickte.

»Und ich?«, fragte Krawinyjan und hob die noch immer verkümmerten Flügel, die inzwischen wenigstens auf die Länge eines Männerarms herangewachsen waren.

»So tief im Wald bist du sicher, bis du wieder fliegen kannst.«

»Aber …«

»Sie wachsen auch ohne meine ständige Berührung«, versicherte ihm Ben zum sicherlich hundertsten Mal. »Wirklich. Ich muss nur dafür sorgen, dass sie einmal damit anfangen. Und wir dürfen einfach nicht noch mehr Zeit verlieren.«

Krawinyjan grummelte etwas davon, dass ihm das nicht gefalle und er sich selbst überhaupt nicht als verlorene Zeit betrachte.

Doch sie kümmerten sich nicht um seine Proteste, verabschiedeten sich noch am selben Abend und machten sich auf den Weg.

»Danke«, sagte Krawinyjan doch noch, und es klang aufrichtig.

»Lass dich nicht mehr erwischen«, brummte Aiphyron.

»Trau keiner Jungfrau, so sehr sie auch um Hilfe schreit«, fügte Yanko lachend hinzu.

Dann verschluckte die Dunkelheit des Waldes Krawinyjan unter ihnen. Sie kannten den Namen des Abts und den des Flusses, an dem das Kloster lag. Dorthin würden sie sich hoffentlich leicht durchfragen können. Dabei hofften sie, dass in der nächsten Stadt einmal kein Steckbrief hängen würde. Dennoch beschlossen sie, sich möglichst nur in kleinen Dörfern zu zeigen.

Drei Tage später hatten sie ein Versteck unweit des Wehrklosters gefunden. Wieder war es ein Wald, der ihnen Schutz vor neugierigen Blicken bot. In den Dörfern, in denen sie nach dem Weg gefragt hatten, hatten sie auch mehrfach gehört, der heilige Orden würde nun endlich mit aller Macht gegen das Ketzerpack vorgehen.

»Im ganzen Reich«, hatte ein alter zahnloser Bauer gemurmelt. »Keine Schlupflöcher mehr bei weichherzigen Fürsten, die sich von dem Abschaum auf der Nase herumtanzen lassen. Was soll das überhaupt? Früher hat es das nicht gegeben. Nicht, als ich jung war.«

Und seine kantige Tochter hatte Ben und Yanko gefragt, ob sie auch von den räuberischen Ketzern im hohen Norden gehört hätten, die einen gigantischen wilden Drachen auf eine kleine Stadt gehetzt haben sollen. Nachdem das Untier die halbe Bevölkerung verschlungen und ganze Straßen in Schutt und Asche gelegt habe, hätten die drei die Herrschaft dort an sich gerissen. Drei blutjunge Ketzer seien das gewesen, einer solle gar der Sohn Samoths sein, aber das könne sie nicht so recht glauben. Auf jeden Fall müsse ihnen das Handwerk gelegt werden, selbst wenn das Bürgerkrieg bedeute.

»Haben wir gehört, ja«, hatte Yanko gesagt und sich ein überdrehtes Lachen und heftigen Protest gleichermaßen verbissen. Lautstark hatten sie daraufhin die übelsten aller üblen Ketzer beschimpft und auf den Bürgerkrieg angestoßen, auf einen baldigen Sieg, und dem Alten versprochen, sich ebenfalls freiwillig zu melden, in ihrem Alter sei das schließlich das Mindeste, was sie tun könnten.

»Mein Enkel ist auch gleich gegangen.« Wieder hatte der Alte den Becher gehoben.

Die Tochter hatte grimmig genickt und ihm zugeprostet. »Auf den Sieg.«

Ben und Yanko hatten sich nach dieser Runde hastig verabschiedet. Nicht, dass irgendwo im Dorf doch ein Steckbrief hing. Auch wenn sie bewusst jedes Dorf nur zu zweit betraten, um nicht schon durch ihre Anzahl aufzufallen, wurden sie doch unruhig. Diese Familie wirkte nicht so, als würde sie so genau zählen oder über die Aufforderung, die Gesuchten lebendig abzuliefern, groß nachdenken. Nicht bei Ketzern und Samothanbetern, da wurde vorsichtshalber erst zugeschlagen, dann gezählt und gefragt, sofern das Fragen noch möglich war. Sie waren gegangen und hatten beschlossen, dass dieser Bürgerkrieg sie nichts anginge.

Doch nun hatten sie das Wehrkloster gefunden und festgestellt, dass diese Jagd nach den Ketzern, der an verschiedenen Ecken des Großtirdischen Reichs schwelende Bürgerkrieg, sie sehr wohl betraf und ihre Aufgabe erschwerte. Denn kein Fremder wurde in dieser angespannten Lage eingelassen, ohne vorher genau untersucht worden zu sein. Es herrschte die Furcht vor einem Attentat auf den Abt.

Trutzig erhob sich das verschachtelte Kloster mit den strahlend weißen Mauern und den zwölf weithin sichtbaren Zinnoberzinnen auf einer kleinen Anhöhe in der Ebene. Schnurgerade führte eine sorgsam gepflegte Straße aus grauen Pflastersteinen auf das mächtige Tor zu; aus welcher Stadt sie kam, wusste Ben nicht.

Auf der Rückseite des Klosters schlängelte sich der Firnh entlang, ein gemächlicher Fluss von mittlerer Größe. Sein Ufer war dicht mit Bäumen und Büschen bewachsen, und nicht fern davon begann der Wald, in dessen Tiefen sich Ben und die anderen meist verbargen, viele Meilen entfernt. Nahe des Klosters war es zu gefährlich, dort trieben sich der Jäger des Ordens mit seinen Gehilfen und auch Bauern aus dem nahen Dorf herum, die Holz schlugen. Und sicherlich versteckten sich dann und wann auch Jungen dort, um in der Dämmerung zu wildern.

Das Dorf lag unweit des Klosters in der Ebene. Reiche Felder und Weiden voller fetter Tiere erstreckten sich ringsum, die Häuser waren groß und gut in Schuss. Zahlreiche Streifenhühner tummelten sich pickend in den Straßen, Kühe muhten zufrieden.

Ben lag mit Yanko im Ufergestrüpp und beobachtete, wie ein dralles schwarzhaariges Mädchen eine weiße Zicke zum Kloster hinauftrieb. Unter einem Arm trug sie einen großen Korb, die Zicke zerrte an ihrem Strick. Ihr Meckern war über das Rauschen des Flusses hinweg nicht zu hören. Von ihrem Versteck aus hatte Ben keinen Einblick auf das Tor, doch noch bevor das Mädchen auf dem Weg dahin von einem breiten Rundturm verdeckt wurde, hob sie die Hand und winkte fröhlich.

»Da«, raunte Yanko. »Die kennen sich alle. Einfach alle. Wie sollen wir uns da verkleiden und als Dörfler ausgeben?«

»Das geht auf keinen Fall«, bestätigte Ben. Den Gedanken, einfach in der Nacht mit den Drachen im Innenhof zu landen, hatten sie schon vor einer Weile verworfen. Zu groß war die Übermacht hinter diesen Mauern, zu zahlreich die flügellosen Drachen, die unter fremdem Befehl standen. Sobald sie bemerkt würden, hätten sie sie alle am Hals, dazu Dutzende Ritter, viele sicherlich mit Blausilberklingen bewaffnet, starken Klingen, die Drachenschuppen durchdringen und Flügel vom Körper trennen konnten. Und egal, wie sie es anstellten, sie würden bemerkt werden. Alle Türme waren Tag und Nacht besetzt, und ein geflügelter Drache von Aiphyrons Größe war viel zu auffällig. Ganz zu schweigen von dreien.

»Da! Das Gitter im Rundturm.« Yanko stieß ihm den Ellbogen in die Seite.

»Was?« Doch kaum hatte Ben die Frage ausgesprochen, sah er es selbst. Eine kleine diesige Wolke schwappte heraus und sank zu Boden. Das Gras dort schimmerte weiß in der Sonne, als wäre es mit Reif bedeckt. Er fluchte. Eisgeborene Drachen.

»Wie wollen wir unseren Burschen da nur herausholen? Das Kloster ist uneinnehmbar.«

»Ob uneinnehmbar oder nicht, spielt doch keine Rolle. Einnehmen wollen wir es nicht, wir wollen nur ungesehen hineinkommen. Und wieder hinaus.«

»Jetzt hör schon auf mit deiner Wortklauberei, du weißt, was ich gemeint habe«, knurrte Yanko. »So oder so sind es zu viele Wachen. Unbetretbar oder uneinnehmbar ist da doch egal.«

»Es ist nicht …« Ben stockte, dann musste er sich vor Aufregung zusammenreißen, um nicht laut loszujubeln. Mit einem Mal, einer kleinen Idee waren alle Zweifel und Grübeleien plötzlich in den Hintergrund gedrängt. Er wusste, wie sie hineingelangen würden. »Es ist eben nicht uneinnehmbar! Nur die Großen Schlüssel sorgen dafür, dass ein Gebäude mit einem Zauber derart geschützt ist. Und die sind fast alle verschollen, nur wir haben noch einen.«

»Ja und? Hast du deinen Verstand mit dem letzten Nieser jetzt vollständig rausgerotzt, oder was? Willst du das Kloster auch noch mit einem Zauber schützen? Das erleichtert uns die Sache nicht, sondern … Dir ist schon klar, dass wir es nicht verteidigen wollen, sondern dort eindringen?«

»Ja.« Ben grinste breit, sagte aber nichts. Er genoss es, Yanko zappeln zu lassen.

»Und deshalb hilfst du ihnen?«

»Nein. Ich helfe uns.«

»Und wie?«

»Denk doch mal nach.«

»Was soll ich nachdenken, wenn du es schon weißt? Spuck es aus!«

»Erinnerst du dich an die Sage von dem verfluchten Ritter,

der keine Eiche mit bloßen Händen berühren konnte, weil sie auf der Stelle verdorrten und innerhalb von einer Stunde zu schwarzem Humus zerfielen? Der in den Turm des wahnsinnigen Trollkönigs eindrang, indem er das schwere Eichentor berührte?«

»Ja«, sagte Yanko zögernd. Die Ratlosigkeit war noch immer nicht aus seinem Gesicht gewichen.

»Das hat mit unserem Eindringen in das Kloster überhaupt rein gar nichts zu tun.« Übermütig kicherte Ben.

»Kindskopf!«

»Sauertopf!«

»Ich hoffe, deine Zunge wird von Warzen überwuchert und du erstickst daran, wenn du nicht sofort redest!«

»Denk nach.« Er musste ihn einfach noch zappeln lassen.

»Rede!« Yankos Augen blitzten.

»Schon gut, schon gut. Wie schützt man ein Gebäude mit dem Großen Schlüssel?«

»Lass die Fragerei. Rede!«

»Wie?«

Yanko knirschte mit den Zähnen und verdrehte die Augen, dann knurrte er: »Indem man ihn unter einer Schwelle vergräbt.«

»Und wann wird der Zauber gebrochen?«

»Wenn …«, hob Yanko schnaubend an, dann riss er die Augen auf, und der Kiefer klappte ihm nach unten. »Das ist es! Wir müssen den Schlüssel unter einer Schwelle vergraben und anschließend einfach wieder ausgraben, dann stehen uns alle Türen offen.«

Ben klopfte ihm grinsend auf die Schulter.

»Aber das ist doch kompletter Unsinn. Das kann so nicht funktionieren!«

»Genau deshalb klappt es. Lass es uns doch einfach versuchen.«

Noch immer grinsend und kopfschüttelnd schlichen sie ein Stück in den Wald hinein, während auf der anderen Flussseite das Mädchen ohne Korb und Ziege in ihr Dorf zurückkehrte.

Um Mitternacht waren sie zurück, diesmal in Begleitung von Nica. Leise schwammen sie weiter flussabwärts ans andere Ufer, dann schlichen sie sich im Schatten der Büsche an das Kloster heran. Abgesehen vom leisen Plätschern hinter ihnen, den vereinzelten Schreien jagender Raubvögel und dem Piepsen einer Fledermaus war es still. Nur wenn sie genau lauschten, konnten sie hin und wieder einen der Wächter hoch auf den Zinnen hören, Gemurmel, schwere Schritte oder ein Schwert oder Schild, die versehentlich über den Stein schrabbten.

Auf der Suche nach einer unscheinbaren Seitentür oder einer Ausfallpforte ließen sie die Blicke über die Mauer wandern. Unter dem Haupttor konnten sie schließlich schlecht unbemerkt den Schlüssel vergraben. Doch die zwei Pforten, die sie entdeckten, waren zu nah an den Türmen. Hier würden die Wächter sie hören.

»Und jetzt?«, raunte Nica. »Soll ich sie ablenken?«

»Nein.« Vehement schüttelte Yanko den Kopf. »Wir brauchen Zeit zum Graben. So lange kannst du sie nicht in ein Gespräch verwickeln.«

»Aber …«

»Nein. Am Ende kommen sie dann noch genau durch die Tür heraus, an der wir buddeln, um dich näher kennenzulernen oder dich einzulassen.«

Nica schwieg.

Die Wächter hinter den Zinnen waren nur als dunkle Schemen gegen den Himmel zu erkennen, doch stets bemerkten sie einen in der Nähe der Türen. Ben bezweifelte, dass sie allzu aufmerksam in die Tiefe starrten. Unbemerkt hinüberzuhuschen, wäre wahrscheinlich kein Problem, aber graben? Das ging nicht.

»Warum haben sie keine ihrer Türen vergessen? Irgendeinen unbedeutenden Eingang in einem lange unbenutzten Seitenflügel.«

»Weil es keinen unbenutzten Seitenflügel gibt«, sagte Ben enttäuscht. »Lasst uns gehen und nachdenken. Wir kommen morgen wieder.«

Widerstrebend zogen sie sich zurück. Ohne einen größeren Umweg glitten sie gleich unterhalb des Klosters in den Fluss und ließen sich von der Strömung davontreiben. Nach einer Weile warf Nica noch einen letzten Blick zurück und verharrte, packte die anderen beiden an den Armen.

»Da.« Aufgeregt zeigte sie auf eine Handvoll besonders dichter Sträucher am Ufer, vielleicht fünfzig oder hundert Schritt vom Kloster entfernt. Zwischen zweien spiegelte sich der Mond im Wasser. Es wirkte, als würde hier ein höchstens zwei Schritt breiter Bach in den Fluss münden. Doch auf der Anhöhe war keine Spur davon zu erkennen. Handelte es sich etwa um einen unterirdischen Zufluss, der unter dem Kloster hindurchführte?

»Was ist das?«

»Kommt mit«, flüsterte Nica und zog sie hinüber. Tatsächlich führte dort ein schmaler Graben, in dem das Wasser knöcheltief stand, zwischen zwei dichten Büschen hindurch. Vorsichtig schob Nica das Gesträuch auseinander. Dahinter öffnete sich eine gut mannshohe und ebenso breite Höhle, die sich horizontal in die Anhöhe erstreckte. Es war stockdunkel, nach zwei Schritten konnten sie nichts mehr erkennen. Keiner von ihnen hatte eine Fackel dabei.

»Was wollen wir hier? Trolle oder Bären jagen?«, zischte Yanko.

»Dafür ist die Höhle zu klein«, sagte Ben. »Und viel zu gerade, wie von Menschenhand angelegt.«

»Ich glaube, das ist ein geheimer Fluchtweg aus dem Kloster«, sagte Nica. »Als ich das Wasser zwischen den Sträuchern gesehen habe, ist mir eingefallen, wie Sidhy immer von solchen Fluchtwegen gesprochen hat.«

»Das passt.«

»Wie meinst du das?«

»Das passt zu dem Feigling Sidhy und zu diesem Abt, dass sie sich immer eine Fluchtmöglichkeit offen halten«, knurrte Ben.

»Dumm ist es aber nicht«, sagte Nica. »Wenn du dich lieber von einer Übermacht ausräuchern lässt …«

»Na dann los. Worauf warten wir noch?«, drängte Yanko, streckte die Arme aus und schlurfte tastend in die Dunkelheit. Ben konnte hören, wie seine Schritte durch das flache Wasser platschten, dann schien er den Fluss ganz zu verlassen.

»Warte«, flüsterte Nica und folgte ihm. Ben stapfte hinterher.

Und Nica hatte recht. Nach einer Weile erreichten sie ein schmiedeeisernes Gitter, das fest in der Wand verankert war.

»Ist es nur eine Absperrung oder eine Tür?«, fragte Ben.

»Ein Schloss, ich fühle ein Schloss«, keuchte Yanko aufgeregt, als er es abtastete. »Und Scharniere. Es ist eine Tür!«

Begeistert warfen sie sich auf die Knie und wühlten mit Händen und Messern in der festgestampften Erde, die über dem Felsboden lag. Dann brachen sie kleinere Brocken aus dem Stein, die durch Risse schon halb gelöst waren. Mühsam drangen sie Stück für Stück tiefer. Sie wechselten sich ab, bis die Klingen stumpf und die Finger blutig waren. Dann betteten sie den Schlüssel ehrfurchtsvoll in das ausgehobene Loch.

Ben bildete sich ein, ein Kribbeln wie beim Heilen zu spüren, als er ein letztes Mal über das Gold strich, doch nur ganz schwach. Dann füllten sie das Loch mit Steinen und Erde wieder auf und traten den Boden fest.

»Und jetzt?«, fragte Yanko.

»Jetzt warten wir, bis der Zauber wirkt.« Vorsichtig berührte Ben das Gitter, ob er auch dort das Kribbeln spüren konnte, doch da war nichts. Aber es war schließlich auch nicht seine Gabe, warum sollte er da ihr Wirken fühlen können?

»Und wie lange dauert das?«

»Bestimmt bis morgen«, sagte Ben. »So ein Zauber ist zu mächtig, um sich sofort zu entfalten. Das klappt nicht einmal beim Fortzaubern von Warzen. Und Drachenflügel wachsen ja auch nicht in ein paar Augenblicken nach.«

Enttäuscht gaben die anderen ihm recht. Es klang, als hätten sie gehofft, schon in wenigen Minuten ins Kloster eindringen zu können.

»Wir brauchen ohnehin noch einen genauen Plan«, sagte er. »Und wenn wir uns dort hineinwagen, sollten die Drachen nicht weit sein. Für alle Fälle.«

»Aber was, wenn in der Zwischenzeit einer den Schlüssel stiehlt?«, fragte Yanko.

»Unsinn.« Ben lachte. »Wer soll denn hierherkommen? Und wenn, dann bricht eben er den Zauber. Hauptsache, wir kommen morgen hinein.«

Spät in der Nacht und müde erreichten sie ihr Lager. Dort erwartete sie Juri mit einem breiten Grinsen. »Na, hat alles geklappt?«

»Wir hoffen es.« Ben erzählte von der geheimen Gittertür. »Gab es bei euch irgendetwas?«

»Na ja, wir dachten, wenn ihr euch durch das Kloster schleichen wollt, dann solltet ihr auch aussehen wie Ritter.« Er deutete auf einen kleinen Haufen mit drei Ritterkutten, wie sie sie oft genug über oder statt der Rüstung trugen.

»Woher …?«

»Wir sind ein bisschen herumgeflogen und haben das Nachtlager von einer Gruppe Ritter zwischen hier und Falcenzca entdeckt. Sie führten einen leeren Käfigwagen mit sich, als würde der Orden jetzt schon Luft einsperren und bewachen. Als gönnten sie nichts und niemandem seine Freiheit. Wie auch immer, sie haben die Mäntel als Zudecken benutzt, und wir haben sie ihnen im Schlaf entrissen. Das war ein fröhliches Erwachen für die Helden, sage ich dir. Fluchend, vor Erschrecken kreischend, grunzend und japsend, was für ein vergnügliches Durcheinander. Wir waren weg, bevor sie uns richtig gesehen haben.« Juris Grinsen wurde noch breiter, Feuerschuppe und Aiphyron gluckten. »Keine Angst, es war weit weg von hier. Niemand zieht eine Verbindung von da zu dem Kloster hier.«

»Großartig, danke. Das hat uns noch gefehlt. Ehrlich.« Glücklich hob Ben eine der Kutten auf, sie war riesig. Nica und er würden sie nach dem Aufstehen noch kürzen und enger nähen müssen, aber es wäre eine ausgezeichnete Tarnung, wenn sie morgen Nacht durchs Kloster schlichen. Sah sie jemand von ferne, würde er sie für Ritter oder Knappen halten. Jetzt war er überzeugt, dass alles klappen würde.

IM KLOSTER

Am nächsten Abend ließen sie sich von Juri über den Fluss bringen. Sie wollten nicht mit durchnässter Kleidung durch das Kloster tapsen, denn das würde genau die Aufmerksamkeit erregen, der sie mit den behelfsmäßig umgenähten Kutten zu entgehen versuchten. Auch blieben so die Fackeln trocken. Juri dagegen genoss es, durch das Wasser zu waten, so nah am Kloster wollten sie nicht fliegen. Zusammen mit Aiphyron und Feuerschuppe würde er zwischen den Bäumen warten und darauf lauern, ob alarmierende Geräusche über die Mauern drangen.

»Wir sehen zu, dass ihr einen ruhigen Abend habt«, sagte Ben leichthin und schüttelte alle Angst, erwischt zu werden, ab.

»Dann bis nachher«, brummte der Drache und glitt in den Fluss zurück.

Ben, Yanko und Nica schlichen am Ufer entlang und tauchten schließlich in die Höhle unter dem Kloster. Im Schein der Fackel hatten sie die Gittertür schnell erreicht. Dahinter führte die Höhle weiter in Richtung Kloster, weiterhin schnurgerade, als wäre sie künstlich angelegt. So weit das Licht reichte, war nichts und niemand zu sehen. Auch hörten sie keine auffälligen Geräusche.

»Dann wollen wir mal«, sagte Ben und kniete sich auf den Boden. Langsam grub er den Schlüssel aus, wischte die letzte Erde mit dem Daumen von den eingesetzten Edelsteinen und schob ihn in die Hosentasche.

»Geh auf. Bitte«, beschwor er murmelnd die Tür, dann drückte er dagegen. Die Tür bewegte sich nicht. Er drückte fester, doch nichts geschah.

»Ziehen, du musst ziehen«, flüsterte Yanko und deutete auf die Scharniere. Nica hielt sich die Hand vor den Mund, um nicht hemmungslos zu kichern. Sie alle waren angespannt.

Ben murmelte einen Fluch und zerrte am widerspenstigen Eisen. Rost rieselte zu Boden, dann tat es einen Ruck, und die Tür schwang auf. Sie unterdrückten die Jubelschreie und fielen sich in die Arme.

»Was für ein Schlüssel«, murmelte Ben voller Bewunderung für die Gabe der Schlüsselmacherin.

»Was für ein Zauber«, flüsterte Nica beinahe zur gleichen Zeit.

»Hat eigentlich einer von uns gestern an der Tür gezogen, bevor wir den Schlüssel vergraben haben?«, fragte Yanko. »Vielleicht hat ja schon vor Jahren einer vergessen, sie abzusperren, und sie war überhaupt nicht verschlossen.«

»Alberner Moorkopf!« Ben lachte. Aber er konnte sich nicht erinnern, tatsächlich geprüft zu haben, ob die Tür verschlossen war. Hatten sie einfach Glück gehabt?

»Schtt«, zischte Nica, und sie drangen Schritt für Schritt tiefer unter die Anhöhe.

Es dauerte nicht lange, da stießen sie auf den endgültigen Beweis, dass dieser Gang von Menschen angelegt worden war, zumindest zum Teil. Grob aus dem Stein gehauene Stufen führten an seinem Ende in die Höhe.

»Jetzt vorsichtig mit den Fackeln«, flüsterte Ben. »Nicht dass man von oben ihren Schein zu früh sieht.«

Also löschten sie zwei, bevor sie langsam die gewendelte Treppe in die Höhe stiegen. Zum Glück war sie nicht allzu schmal, ein Drache von Feuerschuppes Größe ohne Flügel musste sich hier noch durchzwängen können. Hoffentlich maß der Gesuchte nicht zwanzig Schritt oder war ausgesprochen breit.

Nach zahlreichen Windungen erreichten sie endlich eine schwere, eisenbeschlagene Tür. Die letzte brennende Fackel steckten sie in einen Riss in der Wand dreiunddreißig Stufen weiter unten, sodass ihr Schein nicht bis hier hoch reichte. Dann drückten sie die knirschende Klinke runter, und die Tür schwang auf.

Sie öffnete sich in einen aus grauem Stein gemauerten Gang, nirgendwo waren Fenster oder auch nur schmale Schießscharten zu sehen. Das einzige Licht stammte von einer Fackel, die weit vor ihnen in einer Halterung hing. Da jeder unterirdische Raum in Samoths Reich eindrang und man seine Dunkelheit fürchtete, brannten in Klöstern und Tempeln dort stets Fackeln, um zu zeigen, dass Hellwahs Licht jeden Ort erhellen konnte. Außer dem leisen Knistern der Flamme vernahmen sie keinen Laut.

»Los«, flüsterte Yanko.

Leise schritten sie voran, die Kapuzen der groben Kutten über die Köpfe gezogen. Dabei achteten sie darauf, sich so natürlich wie möglich zu bewegen, weder gebückt noch auf Zehenspitzen, um bei einer zufälligen Entdeckung keinen Verdacht zu erwecken, weil sie wie Eindringlinge wirkten.

Kaum hatten sie die Fackel passiert, teilte sich der Gang. Yanko deutete nach rechts, wo im Schein einer weiteren Fackel Stufen zu erkennen waren, die in die Höhe führten. Ben und Nica nickten. Der Gang links endete nach wenigen Schritt an einer wuchtigen Tür mit massiven Scharnieren aus schwarzem Stahl, die ein Stück weit offen stand. Durch den Spalt erkannte Ben Eisenstangen wie von einem Käfig. Er packte Yanko am Arm, deutete darauf und wisperte: »Da sind Gitter.«

»Ja und?«, gab er ebenso leise zurück.

»Wenn nun dort …«

»Im Keller befinden sich üblicherweise die Zellen für Menschen«, sagte Nica. »Wieso sollen sie denn einen Drachen hier unten hineinpferchen? Durch diese engen Flure?«

»Und wenn sie es trotzdem tun? Wie dämlich wäre es dann von uns, oben durch den Innenhof zu schleichen, wo uns jeder sehen kann? Ich schaue besser kurz nach …«

Natürlich glaubte er selbst nicht wirklich daran, doch warum sollten sie nicht einmal Glück haben? Wenn es die kleinste Möglichkeit gab, dass sie nicht dort hinausmussten, wo sie jederzeit von einer Wache entdeckt werden konnten, dann wollte er sie prüfen. Auf keinen Fall wollte er dem Abt in die Hände fallen.

Langsam näherte er sich der Tür, lauschte und vernahm ruhiges Atmen, als schlafe dort jemand. Handelte es sich dabei um einen Gefangenen oder einen Ritter? Nach einem Drachen klang es nicht. Dennoch schob er vorsichtig den Kopf in den Türspalt.

Auch in dem länglichen Raum dahinter brannte eine Fackel, doch in ihrem Schein war weder ein Ritter noch ein Drache zu erkennen. Die Gitter, die Ben gesehen hatte, gehörten zu einer engen, kahlen Zelle für Menschen. Es war nicht die einzige – ein gutes Dutzend Zellen reihten sich rechts und links die Wände entlang.

Viele schienen leer zu sein, nur in der vordersten kauerte ein äußerst bleiches, zitterndes Mädchen, ihr Haar schimmerte beinahe weiß wie das einer Greisin. Mit den Armen hatte sie die Knie umklammert, die Augen standen offen und stierten in die Flamme der Fackel.

Einen Augenblick lang hatte Ben das Gefühl, sie zu kennen, dann erkannte er sie wirklich.

»Anula …« Er stolperte in den Raum, ohne darauf zu achten, ob sich in irgendwelchen Ecken doch ein Wärter aufhielt.

Sie sah furchtbar aus, so schmal und leblos, und er wusste, was der Schimmer in ihrem Haar bedeutete. Bei dem Gedanken, wie viel eisig stechenden Schmerz sie fühlen musste, krampfte sich sein Magen zusammen. Noch einmal hauchte er ihren Namen und klammerte sich an die Gitter ihrer Zelle. Sie waren kalt.

Zögernd löste sie den Blick von der Fackel und sah ihn an. »Ben?«

»Ja.«

»Was tust du hier?«

»Ich …«

»Bist du hergekommen, um mich zu retten?«, fragte sie ohne eine sichtbare Regung. Doch in ihrer Stimme lag eine Spur Hoffnung.

»Äh, nein«, sagte Ben vollkommen überrumpelt. Er hatte sie sicher in Falcenzca geglaubt, nicht hier, nicht in diesem Zustand. Sie starrte ihn an, und ihm wurde bewusst, was er eben gesagt hatte. »Das heißt, doch natürlich, natürlich holen wir dich hier heraus. Ich rede Unsinn. Lass mich nur den Schlüssel finden.«

Stumm starrte sie ihn an, und er ließ den Blick durch den Raum schweifen, deutete mit den Händen hilflos hierhin und dorthin. Es war kaum mehr als ein kahler Gang, der von einer Zelle zur nächsten führte. Nirgendwo standen ein Tisch oder ein Stuhl für eine Wache, und an den Wänden konnte er auch keinen Haken mit Schlüsseln entdecken.

»Weißt du, wo …?«

»Nein.«

»Ich finde den Schlüssel. Und dann hole ich dich hier raus.«

»Geh nicht.« Sie hatte nicht laut gesprochen, doch Ben hatte das Gefühl, dass sie innerlich vor Angst schrie.

»Ich muss.«

»Aber du kommst wieder?«

»Ja. Ja! Natürlich! Ich komme wieder.« Er fasste durch die Gitter, um ihre Hände zu greifen. Sie waren eiskalt, und ihre Kälte stach tief in sein Fleisch. Doch er zwang sich, nicht sofort zurückzuzucken, sondern ihr zärtlich über die Finger zu streichen.

Wieso hatten sie ihr das angetan?

Er wollte nicht darüber nachdenken, ob sie eine Ketzerin war oder gar eine Mörderin oder einfach nur unschuldig gejagt wie er. Er ertrug es nicht, sie so zu sehen. Warum nur konnte er keine Menschen heilen? Warum nur Drachen?

»Was haben sie dir nur angetan …?«, murmelte er und zog nun doch langsam die Hände zurück, bevor sie völlig steif vor Kälte wurden.

»Ein weißer Drache …« Plötzlich huschte ein Schatten über ihr Gesicht. »Aber er sucht dich. Dich.«

»Nicht mehr. Er ist tot. Alle drei sind tot.«

»Gut.« Anula schloss die Augen und atmete tief durch. »Mir ist schrecklich kalt.«

»Ich weiß.«

»Aber du kommst wieder?«

»Ja. Ganz sicher«, versprach er. »Weißt du, wo die Drachenstallungen sind?«

Irritiert schüttelte sie den Kopf. »Ich habe nicht darauf geachtet.« Ihre Stimme klang brüchig. Zum Glück fragte sie nicht, weshalb Ben gerade dort nach dem Schlüssel für ihre Zelle suchen wollte.

»Schon gut.«

»Ben?«

»Ja.«

»Ich habe ihnen nichts gesagt. Gar nichts.«

»Gut.« Ben lächelte, obwohl er nicht wusste, was sie ihm damit mitteilen wollte. Aber es schien ihr wichtig zu sein.

»Wirklich«, beharrte sie.

»Das glaub ich dir.«

»Dann kommst du auch wieder?«

»Ja, ich komme wieder.« Noch immer vollkommen durcheinander löste er sich von ihrer Zelle und stapfte zurück zu Yanko und Nica. Was hatten sie mit Anula gemacht? Sie war so verwirrt und gebrochen. Wut stieg in ihm auf.

Er erinnerte sich, dass sie von dem weißen Drachen wusste, der hinter ihm her war, und dachte daran, wie wichtig es ihr war, nichts gesagt zu haben, und plötzlich verstand er. Sie war hier, weil der Orden ihn suchte, weil der Orden sie nach ihm befragt hatte. Mit einem Mal wurde ihm schlecht. Er presste die Unterarme gegen den Bauch und würgte, erbrach sich aber nicht. Er. Er war schuld, dass Anula hier war. Um ihn drehte sich alles, und er stützte sich an der Wand ab, bevor seine Knie einknickten.

»Ben«, stieß Nica aus.

»Was ist los?«, fragte Yanko, sprang herbei und griff ihm stützend unter den Arm. »Bist du in Ordnung?«

Ben nickte.

»Aber …?«

»Anula«, stammelte er und atmete tief durch. Nein, nicht er hatte ihr das angetan, sondern der Orden. Dieser verfluchte Abt. Verworren und mit vor Zorn zitternder Stimme erklärte er den beiden, dass sie nicht mehr nur einen Drachen befreien mussten. »Und wenn wir auf den Abt treffen, schlag ich ihn tot.«

Yanko starrte ihn schweigend an, legte ihm die Hand auf die Schulter und nickte grimmig.

Nica fragte: »Warum holen wir sie nicht sofort dort heraus?«

»Weil wir keinen Schlüssel haben, und ohne macht es zu viel Lärm«, sagte Ben und kämpfte mit den Tränen. »Erst der Drache. Verdammter Schwur. Nie wieder werde ich schwören. Egal, was.«

Er wandte sich ab und stapfte den Gang entlang zur Treppe nach oben. Er fühlte keine Angst mehr vor einer Entdeckung, nur noch den Wunsch, den Schlüssel aufzutreiben und dem Abt wehzutun, dem Mann, der Anula das angetan hatte.

Die Treppe führte hinaus in einen engen fünfseitigen Innenhof, den ein schmaler Durchgang mit dem nächsten Hof verband. Ben warf einen Blick hinaus, konnte jedoch niemanden sehen. Verlassen lag der Hof im schwachen Licht von Sternen und Mond. Die Schemen auf den Zinnen blickten in die andere Richtung. Schnell versuchte er, sich zu orientieren, erkannte den Zwillingsturm im nächsten Hof und zog den Kopf wieder zurück. Zu viele Gebäude reihten sich aneinander, um sich mit letzter Sicherheit zurechtzufinden, zu viele Winkel und Ecken, Mauervorsprünge und Erker machten die ganze Anlage unübersichtlich.

»Hast du den Rundturm gesehen?«, raunte Yanko.

»Nein. Aber ich weiß, wo er ungefähr liegen muss.«

»Meinst du nicht, dass auch die anderen Ställe dort in der Nähe sind?«

Ben zuckte mit den Schultern. Das musste nicht sein, aber es schien mindestens so erfolgversprechend, wie einfach blind loszulaufen. Leise huschten sie hinaus.

So gut es ging, hielten sie sich in den Schatten der Gebäude, tauchten unter einem erleuchteten Fenster hinweg, aus dem leises Gemurmel und Essensduft drangen. An einer rissigen Holztür, die in einen Turm führte, eilten sie vorbei, wie auch an der verriegelten doppelflügligen Luke im Boden, die vermutlich in den Weinkeller führte. Gepresst atmend erreichten sie schließlich einen weitläufigen Hof, an dessen linker Seite schräg gegenüber eine breite Treppe in das mächtige Hauptgebäude des Klosters führte. Für den Rundturm mussten sie sich hier jedoch rechts halten, hinunter zur Außenmauer. Am Rand des Hofs befand sich ein dreißig Schritt langes Becken, dessen Sinn sich Ben nicht sofort erschloss.

»Eine Drachentränke«, murmelte Nica und deutete dann auf ein lang gezogenes, breites Gebäude dahinter. Der Stall!

Und jetzt hörte auch Ben das tiefe schwere Schnauben und nahm den typischen erdig strengen und zugleich süßlichen Geruch wahr, der in der Luft hing. Sie schlichen hinüber, zogen den stählernen Riegel an der Tür zurück und schlüpften hinein. Nur spärlich drang Licht durch die Fenster der Boxen, von denen sich eine an die andere reihte. Überall war regelmäßiges Atmen zu hören, dort ein tiefer Seufzer, und irgendwo kratzten Krallen über Stein. Doch keines der Geräusche deutete auf die Anwesenheit eines Menschen hin.

»Wie wollen wir den Richtigen finden?«, fragte Nica. »Wir kennen seine Schuppenfarbe nicht.«

»Achte auf die Türen«, sagte Ben und deutete auf eine verzierte Bronzeplakette an der ersten Box, auf dem *Donnerklaue* stand.

»Wie willst du ihn an der Tür erkennen?«

»Da er erst seit Kurzem hier ist, hat er wahrscheinlich noch kein Namensschild. Möglicherweise ist er in der neuen Umgebung auch unruhig und tippelt hin und her.«

Also liefen sie die Stallgasse entlang, musterten die Türen zu beiden Seiten und lasen Namensschilder wie *Sonnensturm, Laubschuppe* und *Schimmerschnauze.* Dabei linsten sie auch zu den flügellosen Drachen hinein, die meist vor sich hindösten, nur einer kaute gelangweilt auf einem großen blanken Knochen herum. Es gab Drachen in den verschiedensten Farben, schlanke und solche mit breitem Rücken, stachelbewehrte und glattschuppige, doch bei allen Unterschieden war keiner kleiner als sechs Schritt in der Länge, die meisten maßen sogar um die zehn oder zwölf. Insgesamt dreizehn Drachen zählte Ben, und an elf Türen hing tatsächlich ein Namensschild, an dem Haken einer der beiden anderen eine alte abgeschabte Satteltasche.

»Der da«, raunte Nica und deutete auf die blanke Tür ohne Tasche.

Ben nickte und trat an das Gitter. Dahinter kauerte ein langer, schlanker, moorschwarzer Drache, der sich beinahe wie eine Schlange zusammengeringelt hatte. Die Schwanzspitze zuckte unruhig hin und her, die tiefen Augen starrten Ben misstrauisch an.

»Ganz ruhig, alter Junge«, brummte Ben und schob langsam die Verriegelung zurück, ohne den Drachen aus den Augen zu lassen. »Ich bin hier, um dir zu helfen.«

Der Drache ließ ein leises Knurren hören und entblößte die Zähne.

»Ruhig, ganz ruhig.«

»Willst du da wirklich rein?«, fragte Nica bang.

»Das muss er«, antwortete Yanko, doch auch er klang angespannt.

Ben achtete nicht auf sie und hielt weiterhin nur den Drachen im Auge. Bedächtig zog er die schwere Tür auf und betrat mit vorgestreckten leeren Handflächen die Box. Das Knurren hielt an, doch zumindest machte der Drache keine Anstalten, ihn anzuspringen. Sollte er es sich noch anders überlegen, könnte er Ben mit einem Haps in zwei Hälften beißen.

»Ganz ruhig, ich tue dir nichts«, sagte Ben mit sanfter Stimme, aus der er jedes Zittern zu bannen versuchte. Wirkliche Angst hatte er nicht, dafür fühlte er sich Drachen zu stark verbunden.

»Du ihm? Hauptsache, er tut dir nichts«, murmelte Yanko leise, doch Ben verstand es trotzdem.

Der Drache hob die Lefzen. Blutige Fleischfasern steckten zwischen zwei seiner spitzen Zähne.

Obwohl Ben keine Angst hatte, pochte sein Herz schneller, denn dem Orden traute er längst das Schlimmste zu. Was hatten die Ritter dem Flügellosen befohlen, falls ein Fremder seine Box betrat? Stammten die Fleischreste von einem früheren Eindringling? Rasch schob er diese Fragen beiseite. Sicherlich hatte ihm niemand befohlen, jeden anzugreifen, der die Box betrat, schließlich mussten Stallburschen hier ja ausmisten, es gab Besucher im Kloster und Neulinge.

»Komm her«, sagte er mit einem leichten Zittern und machte seinerseits einen weiteren Schritt auf den Drachen zu. Er war nun so nah, dass er den warmen Atem aus den Nüstern spüren konnte. Langsam trat er neben den mächtigen Kopf mit der langen spitzen Schnauze und beugte sich vor, um die Schulterknubbel zu berühren.

Das Knurren wurde lauter und drohender. In der Box nebenan schabten Schuppen über den Boden, etwas stieß dumpf gegen die Zwischenwand. Auch der breitmaulige Drache gegenüber wurde unruhig, presste den Kopf gegen die Gitter und starrte herüber.

»Keine Angst«, murmelte Ben, was ebenso gut an ihn selbst gerichtet sein konnte. Was wusste er schon, ob er nicht doch plötzlich zuschnappte?

Dann berührten seine Hände die Schulterknubbel. Für einen kurzen Moment fürchtete er, diesmal könnte seine Gabe ihn im Stich lassen, doch dann spürte er das vertraute Pulsieren in der Handfläche, den Fluss seiner Kräfte.

Er spürte, wie die Vernarbungen der alten Wunden warm wurden und Leben in das tote Gewebe floss, spürte, wie sich die Muskeln unter den Schuppen spannten. Und er hörte, wie das Knurren erstarb, wie es sich zu einem zufriedenen Brummen wandelte, das an das Schnurren einer Katze erinnerte.

Auch aus Ben wich die Anspannung. Er lehnte sich bequem gegen den Drachen und dachte mit aller Kraft daran, wie die Flügel des Drachen wuchsen, an aufplatzende Vernarbungen und heilendes Fleisch. Er wusste, er musste so schnell heilen wie noch nie, wenn sie noch in der Nacht wieder verschwinden wollten.

Auch in den Boxen nebenan kehrte langsam wieder Ruhe ein.

»Und jetzt?«, hörte er Yanko fragen.

»Jetzt brauche ich ein wenig Zeit«, antwortete Ben. Schweiß trat ihm auf die Stirn. »Bis er mir ganz vertraut und die Knubbel sich so weit gelöst haben, dass er uns hinausfolgt, egal, was man ihm befohlen hat.«

»Was ist ein wenig? Eine halbe Stunde?«

»Länger«, presste Ben hervor, der es nicht einschätzen konnte, aber darüber jetzt nicht debattieren wollte.

»Und was machen wir?«

»Warten«, sagte Ben und vertiefte sich wieder in die Heilung.

Warten, dachte Yanko abfällig. Nein, er würde jetzt nicht zwei Stunden oder länger im Dunkeln herumstehen. Wenn er schon nicht draußen im Hof herumspazieren konnte, würde er sich wenigstens den Stall in Ruhe ansehen.

»Komm«, sagte er zu Nica, doch sie schüttelte den Kopf. Sie wollte bleiben, falls Ben Hilfe brauche. Das waren Ideen, wie sie Mädchen hatten, dachte Yanko und schlenderte die Stallgasse entlang. Ben hatte beim Heilen noch nie Hilfe gebraucht. Sollte sie sich eben langweilen, er würde das nicht tun.

In die Boxen hatten sie bereits bei der Drachensuche gründliche Blicke geworfen, doch am Ende der Gasse befand sich noch eine dünne Tür aus hellem Holz, die leicht verzogen in den Angeln hing. Vorsichtig drückte Yanko die Klinke herunter und drückte gegen die Tür. Sie war unverschlossen.

Ob sie das immer war oder ob es am Zauber des Großen Schlüssels lag, den sie vergraben und wieder ausgebuddelt hatten, wusste Yanko natürlich nicht, doch vermutlich hatte es nichts mit irgendeiner Gabe zu tun, denn diesen Raum zu verschließen, war überflüssig. Hier lagerten keine Schätze, sondern Sättel und Leinen, Zaumzeug für Pferde und Eimer mit Trockenfleisch für die Drachen. Yanko hatte die Sattelkammer gefunden. Eine weitere Tür führte durch die rechte Wand in den Pferdestall. Dort waren nur die Geräusche der Tiere zu hören, kein Mensch schien sich mitten in der Nacht bei ihnen aufzuhalten.

Neugierig durchstöberte Yanko jeden der hohen Spinde und roch an dem Fleisch. Zwei schöne rote Äpfel aus einer Holzkiste steckte er sich in die Hosentasche, und dann entdeckte er den verzierten Sattel des Abts. Zumindest standen der Name Morlan und sein Titel in verschlungenen Buchstaben über dem polierten Holzbügel, auf dem er ruhte. Der verdammte Abt, dem Ben vorhin den Tod gewünscht hatte. So weit würden sie mit ihrer Rache wohl nicht gehen können, ohne erwischt und hingerichtet zu werden. Aber irgendetwas musste er mit dem Sattel doch anstellen können.

Vielleicht sollte er ihn mit Pferdedung einreiben? Oder noch besser mit Drachenkot? Drachenkot, in den er rostige Nägel rührte. Unentschlossen sah er sich nach Schaufel und Eimer um. Dabei wanderte sein Blick zum kleinen Fenster hinüber und hinaus auf den gedrungenen Rundturm, in dem sie weitere weiße Drachen vermuteten. Drachen, die nach ihrem Geruchssinn jagten.

»Ha!« Das war es! Dass sich der Abt in die stinkenden Ausscheidungen irgendeiner Kreatur setzte, war ein Streich für kleine Jungen. Aber er war kein kleiner Junge mehr, und es gab etwas viel Besseres: Er konnte den Abt mit seinen eigenen Waffen schlagen. Sollte er doch einmal sehen, wie es war, gehetzt zu werden.

Von wilder Begeisterung gepackt, griff er nach den Ecken der sonnengelben Decke, die unter dem Sattel lag, und schlug sie um ihn. Oben verschnürte er das Bündel mit einem Strick. Dabei achtete er sorgsam darauf, nicht das Leder zu berühren. Dann schulterte er das schwere Bündel und schlich sich durch den Pferdestall hinaus. Von dort war es nicht weit bis zum Rundturm, und auf diesem hielt kein einziger Schemen Wache.

Als er an dem dunklen Haus mit den kleinen Fenstern neben dem Stall vorbeischlich, knirschte ein berstendes Schneckenhaus unter seinen Füßen. Ein fetter Vogel lauerte auf dem Giebel und krächzte, wohl eine Eule. Yanko bog in eine schmale Gasse zwischen dem länglichen Haus mit den kleinen Fenstern und einem Schuppen aus rauem schwarzen Holz am Rand des klösterlichen Kräutergartens. Das Gewicht des Sattels drückte ihn nieder, doch er war von seiner Idee noch immer derart berauscht, dass er am liebsten freudig gepfiffen hätte. Natürlich tat er es nicht.

Und dann hörte er die Schritte. Eilige Schritte und murmelnde Stimmen, die ihm entgegenkamen. Ohne nachzudenken, warf er sein Bündel über den bewachsenen Zaun zum Kräutergarten und sprang selbst hinüber. Er tauchte zwischen zwei Beerensträucher und hielt die Luft an. Kleine Dornen kratzten über seine bloße Haut, doch er gab keinen Schrei und keinen Fluch von sich.

Die Schritte verharrten.

»Schtt«, zischte eine Stimme. »Hast du das gehört?«

»Was?«, flüsterte eine andere.

»Schtt.«

Sie schwiegen und schienen zu lauschen. Angst raste durch Yankos Adern. Wieso war er nur auf diesen idiotischen Gedanken gekommen, einen Sattel quer durch das Kloster zu schleppen? Wieso hatte er keinem Bescheid gegeben? Die Luft wurde ihm langsam knapp, und er atmete ganz langsam aus, sog ebenso langsam neue Luft ein.

»Da ist nichts«, flüsterte die zweite Stimme, Yanko kam sie jung vor. Als wäre der Sprecher kaum älter als er selbst.

»Aber ich habe es rascheln hören. Und einen dumpfen Schlag.« Auch diese Stimme war jung.

»Vielleicht ein Tier, das einen Sack Samen umgeworfen hat und dann durch den Garten verschwunden ist.«

»Und wenn es ein Ritter war?«

»War es nicht.«

Zwei Stimmen hatte Yanko bislang unterscheiden können, und es klang, als wollten sie ein Zusammentreffen mit einem Ritter vermeiden. Das konnten keine Wächter sein. Waren es andere Eindringlinge? Ein wenig beruhigte sich seine Angst, doch auch ihnen wollte er nicht in die Hände fallen.

»Woher willst du das wissen?«

»Ich weiß es nicht. Hauptsache, der Abt erwischt uns nicht, und auch der Griesgram von Küchenmeister nicht. Die meisten Ritter verstehen das, sie haben selbst eine solche Mutprobe bestanden.«

Mutprobe? Ganz langsam drehte Yanko den Kopf, so dass er zwischen den Ästen auf den schmalen Weg hinausschielen konnte. Doch er sah nichts als die dunkle Hauswand.

»Meinst du?«

»Klar. Komm weiter.«

Sie setzten sich wieder in Bewegung. Yanko konnte nun undeutlich zwei schlanke Gestalten erkennen, die an seinem Versteck vorüberhuschten. Sie schienen splitternackt zu sein, beide trugen einen Dreschflegel über der Schulter. Beim besten Willen konnte er sich nicht vorstellen, was das für eine Mutprobe sein sollte. Doch er verstand gut, dass man so nicht erwischt werden wollte. Nackt in einem Kloster, das setzte wohl Hiebe.

Yanko blieb liegen, bis die Schritte lange verklungen waren. Kurz dachte er daran, den Sattel einfach liegen zu lassen und den Plan zu verwerfen, aber Ben hatte sich Rache an dem Abt gewünscht, und besser konnte man sich kaum rächen. Er würde jetzt nicht kneifen, er war kein Feigling.

Langsam richtete er sich auf und hob den Sattel über den Zaun. Dann kletterte er selbst hinterher und folgte dem Weg weiter Richtung Rundturm. Dabei sah er sich immer wieder um, mühte sich, nicht das geringste Geräusch zu machen, und lauschte auf alles. Doch er traf kein zweites Mal auf die beiden Nackten und auch auf sonst niemanden. Ohne sich noch einmal ins Gebüsch werfen zu müssen, erreichte er den Rundturm.

Schon bei den letzten Schritten überlief ihn ein Schauer. Die Luft wurde merklich kühler, und er schien Winter einzuatmen. Langsam umrundete er den Turm bis zu einem breiten Gittertor voller Reif, das in eine Mauer aus Granit eingelassen war.

An der Rückwand des bestimmt zwanzig Schritt durchmessenden Zwingers lag tatsächlich ein ausgestreckter weißer Drache. Zitternd kniete sich Yanko auf den eisig harten Boden und wickelte den Sattel aus, noch immer vorsichtig darauf bedacht, ihn auf keinen Fall zu berühren. Dann schlug er die Decke um seine Hände, ergriff mit ihnen umständlich den Sattel und versuchte, ihn zwischen zwei Gitterstangen hindurchzuquetschen.

Der Drache hob den Kopf und stierte ihn mit Augen an, die selbst in der Dunkelheit rot zu glimmen schienen. Aufreizend langsam erhob er sich, jeder seiner Schritte knirschte, als laufe er über Schnee.

Der Fuß, mit dem Yanko in das Eis des weißen Drachen

getreten war, begann furchtbar zu jucken. Schmerz wie von hundert kleinen Nadeln stach in seine Zehen, wanderte bis über den Knöchel hinauf und wurde zu einem dumpfen Pochen. Er unterdrückte den Drang, sich zu kratzen und zu wärmen. Angst stieg in ihm auf, er wollte nicht, dass ihm der Drache zu nahe kam. Was würde dann mit seinem Fuß geschehen? Die Bestie kam nicht durch die Gitter hindurch, doch ihr Hauch und ihre Kälte schon.

Hektisch drückte er mit aller Gewalt weiter gegen den Sattel, der sich mit dem Knauf irgendwie verhakt oder festgeklemmt hatte. *Geh durch!* Keuchend schlug er mit beiden Händen gegen den Sattel, und mit einem Knirschen rutschte dieser ganz hindurch. Auf der Stelle sprang Yanko zurück, um Abstand zwischen sich und den eisigen Drachen zu bringen, die Decke noch immer in den Händen.

Dumpf prallte der Sattel auf den Boden.

»Such«, murmelte Yanko. »Such den Abt, der genauso stinkt. Der bestimmt schon hundertmal auf diesen Sattel gefurzt hat.«

Prüfend schnupperte der Drache an dem Leder, ohne Yanko aus den unbewegten roten Augen zu lassen. Kalte Luft stieg aus seinen Nüstern. Mit gefletschten Zähnen zuckte er zurück und knurrte leise.

»Ja, genau, den sollst du jagen und in tausend Stücke beißen. Oder ihn zu einem hässlichen Eisklotz frieren und dann in tausend Stücke zerschmettern«, sagte Yanko. Und fügte in Gedanken hinzu: *Ich hoffe, der Sattel stinkt in deiner angeblich so empfindsamem Schnauze fürchterlich. Jeder einzelne Abtfurz soll sich dort festbrennen und so stechen wie die Kälte in meinem Fuß.*

Gierig starrte der Drache ihn an.

Yanko wagte es nicht, näher an ihn heranzutreten, und

schon gar nicht wagte er es, das Gitter des Zwingers zu öffnen, um den Drachen loszulassen. Was, wenn doch ein wenig von seinem Geruch auf den Sattel gelangt war?

»Nicht mich sollst du jagen. Ihn«, flüsterte er und deutete auf den Sattel.

Der Drache fletschte die langen krummen Zähne und stierte weiterhin Yanko an. Eisige Kälte schwappte aus dem Zwinger, die Luft schien noch kälter zu werden. Yanko sah seinen Atem aufsteigen wie im Winter. Hoffentlich hatte er keine Dummheit begangen. Hoffentlich hatte der Drache wirklich nicht seinen Geruch in der Nase.

Ach was, beruhigte er sich. Er hatte aufgepasst. Dennoch würde er den Drachen jetzt sicher nicht freilassen. Aber auch der Orden würde das nicht tun, stellte er mit grimmiger Genugtuung fest. Er konnte förmlich vor sich sehen, wie ein einfacher Stallbursche am Morgen den Sattel entdecken würde, wie er alles fallen ließ und den Abt und andere Ritter herbeischrie. Wie sie ratlos und fluchend um den Zwinger standen und zähneknirschend beschlossen, die Bestie nie wieder auf einen Menschen zu hetzen, denn sie trug den Geruch des Abts in ihrer Schnauze. Und nichts konnte sie von einer einmal aufgenommenen Fährte abbringen.

»Mach es dir gemütlich, du kommst hier nicht mehr raus, bis du verschimmelst«, sagte Yanko. Es war der letzte weiße Drache des Klosters und damit keiner übrig, um ihn auf unschuldig Geächtete zu hetzen. »Wenigstens behältst du dabei deine Farbe, ist doch auch etwas?«

Der Drache schnaubte Kälte in die Nacht, die Augen weiterhin ausdruckslos auf Yanko gerichtet. Nichts deutete darauf hin, dass er ihn verstanden hatte.

»Ach, friss einfach den Abt«, murmelte Yanko und wandte

sich ab. Mit jedem Schritt, den er sich vom Zwinger entfernte, schwanden Kälte und Schmerz aus seinem Fuß. Zufrieden mit sich selbst huschte er zurück in den Stall. Dabei rieb er sich mit den Händen über die Oberarme. Er freute sich darauf, Ben und Nica von seinem Streich zu berichten, und dann dachte er wieder an die beiden Nackten mit Dreschflegeln und hoffte, dass ihre Mutprobe nicht im Stall stattgefunden hatte.

Doch dort war keine Spur von ihnen zu entdecken. Nica stand noch immer an der Boxentür und blickte aufmerksam zu Ben hinein, der mit geschlossenen Augen am Drachen lehnte und schwitzte. Sein Unterkiefer bebte vor Anstrengung. Lächelnd stellte sich Yanko neben Nica und drückte ihr einen Kuss auf die Wange.

Langsam löste Ben die Hände von den Schulterknubbeln des Drachen. Die Vernarbungen auf der rechten Seite waren bereits aufgebrochen, und er fühlte frisches glattes Fleisch darunter. Fleisch, das wachsen wollte.

»Verstehst du mich?«, fragte er und bewegte den Kopf betont langsam von oben nach unten. »Wenn ja, dann nicke. So wie ich.«

Der Drache sah ihn mit seinen dunklen Augen an, blinzelte zweimal und wies mit seiner Schnauze auf die Schulterknubbel.

»Ja, ich mach gleich weiter. Sag mir nur: Verstehst du, was ich sage?«

Zögerlich nickte der Drache.

»Gut. Sehr gut.« Ben lächelte erschöpft. »Warst du lange Zeit der Gefangene eines Mannes namens Norkham, der sich selbst der Hohe nannte?«

Der Drache nickte.

Ben atmete erleichtert aus. Er wusste nicht, was er getan hätte, wenn es wieder der Falsche gewesen wäre. Nica ließ einen unterdrückten Freudenschrei hören, Yanko ballte die Faust.

»Willst du mit uns kommen?«, fragte Ben weiter. »Raus aus dem Kloster und in die Freiheit?«

Erneut nickte der Drache, diesmal jedoch weit weniger zögerlich.

»Und dich wird nichts zurückhalten?«

Wieder nickte der Drache, doch Ben war nicht sicher, was das bedeuten sollte. Er hatte die Frage schlecht gestellt.

»Frag ihn doch, ob er das Gitter an der Zelle von deinem Mädchen aufbiegen kann«, sagte Nica. »Ihren Namen habe ich vergessen.«

Ben klappte der Unterkiefer herunter. Vor Überraschung brachte er kein Wort heraus. Der Drache wandte sich ihr zu und sah sie erwartungsvoll an.

»Ein Gitter, dünner als das hier.« Nica deutete auf die armdicken Stangen in der Boxentür. »Kannst du das aufbiegen?«

Der Drache nickte. Er wirkte irritiert, als habe sie nach etwas Selbstverständlichem gefragt.

»Sehr gut, dann sparen wir uns die Schlüsselsuche.«

»Danke«, stammelte Ben und strahlte sie an, dann den Drachen, dann wieder sie. Wieso war er nicht selbst darauf gekommen? So einfach und doch ... »Wie ...?«

»Ich hatte viel Zeit nachzudenken, während du vertieft warst.« Nica lächelte. »Der andere Kerl hat mich ja allein gelassen.«

»Dafür habe ich mich für dich schon am Abt gerächt. Das wäre also auch erledigt«, ergänzte Yanko mit einem Grinsen für Ben. »Aber genauer erzähl ich dir das erst, wenn wir hier raus sind.«

Mit dem moorschwarzen Drachen im Schlepptau verließen sie den Stall. Seine Schritte waren erstaunlich lautlos. Yanko berichtete leise von zwei nackten Jungen, die irgendwo durch das Kloster schlichen. »Aber keine Sorge. Sie wollen ebenso wenig bemerkt werden wie wir. Wenn sie uns hören, verstecken sie sich wahrscheinlich, anstatt Alarm zu schlagen.«

Sie nahmen denselben Weg zurück, den sie gekommen waren. Als sie den großen Hof hinter sich gelassen hatten und an dem hohen Hellwahtempel mit den Fenstern aus gelbem Glas entlangschlichen, glaubte Ben plötzlich daran, dass sie es wirklich schaffen würden. Obwohl der Drache zu lang war, um in jedem Schatten verschwinden zu können, bewegte er sich doch unauffällig. Seine schwarzen Schuppen waren nachts eine großartige Tarnung. Noch zwei Höfe weiter, und sie hätten den Eingang in die rettende Tiefe erreicht. Dort waren sie sicher. Dort wartete Anula auf ihre Befreiung. Dort würde alles …

»He, ihr! Was macht ihr da?«, drang eine Stimme zu ihnen herunter.

Ben sah auf und erkannte die Schemen zweier mächtiger Gestalten auf der Mauer, von denen sich einer zu ihnen heruntergebeugt hatte. Ihre Kettenrüstung schimmerte im Sternenlicht, mehr war kaum zu erkennen. Zwei wachende Ritter, und sie hatten sie erwischt!

Nein, dachte Ben, einfach nur: *Nein.* Tiefe Resignation erfasste ihn, und das konzentrierte Heilen hatte ihn so viel Kraft gekostet, dass er ihr nichts entgegenzusetzen hatte. Sie würden gehenkt werden, davor gefoltert und in einem Käfig zur Schau gestellt, bespuckt und mit Obst beworfen, und Anula würde vergeblich auf ihre Befreiung warten. Das war das Ende. So knapp vor dem Ziel, so furchtbar knapp. Sie konnten nur rennen und verzweifelt hoffen, dass wenigstens einer entkommen würde. Und die Drachen zu Hilfe holen oder mit ihnen fliehen.

Noch während Ben erstarrt und mit hängenden Schultern dastand und all diese Gedanken über ihm zusammenschwappten, schlug Yanko die Handflächen flehend vor der Brust zusammen und sah hinauf. Jämmerlich rief er: »Bitte. Bitte verratet uns nicht. Wenn uns der Griesgram von Küchenmeister bei der kleinen Mutprobe erwischt, zieht er uns die Ohren so lang, dass wir damit den Boden wischen können, ohne uns zu bücken. Bitte.«

Der Wächter lachte lauthals los. »Noch mehr Knappen, köstlich. Furchtsame noch dazu, und das während einer Mutprobe. Was für ein Spaß! Aber wenn ihr schon Angst vor Tazies habt, dann lasst euch besser nicht vom Abt erwischen.«

Sein Kamerad legte ihm die Hand auf die Schulter und griente. »Hört auf ihn. Er weiß, wovon er spricht. Sein verunglückter Tauchgang ist noch immer legendär.«

»Ach, lass die Armen doch damit in Ruhe.« Der Erste winkte ab. »Geht einfach weiter und tut, was ihr tun müsst. Wenigstens habt ihr genug Anstand, nicht nackt herumzurennen.«

Ohne zu verstehen, was da eben passiert war, wie Yanko das gemacht hatte, stapfte Ben weiter. Zitternd und auf Beinen, die derart schwach waren, dass sie ihn eigentlich nicht mehr hätten tragen dürfen. Nur nicht nachdenken, einfach weitergehen, bevor die Wächter es sich vielleicht noch anders überlegten.

Yanko tauchte als Erster in den schmalen Eingang zum

Verlies, dann Nica und schließlich Ben. Der Drache zögerte. Den Kopf bekam er durch die Tür, doch mit den beiden Vorderbeinen blieb er an der Öffnung hängen. Misstrauisch starrte er Ben an.

»Komm schon. Nimm sie ganz nah an deinen Körper.« Ben zog die Schultern hoch und sog die Luft ein, um es zu zeigen. »Der Gang ist breiter als die Laibung. Die Treppe wird dann noch mal ein Stück enger, aber du schaffst es. Wenn du hier oben hindurchpasst, kommst du auch unten hinaus in die Freiheit.«

Der Drache blickte ihn an und knurrte.

»Ich versprech es dir, du wirst nicht stecken bleiben. Und draußen gebe ich dir deine Flügel zurück. Du wirst wieder fliegen.«

Noch immer knurrend, zwängte sich der Drache herein. Erst das eine Bein, dann das andere. Schuppen schabten über den weißen Stein, aber er schaffte es. Auch die Hinterbeine konnte er mit großer Mühe durch die Tür quetschen, dabei knirschte er jedoch mit den Zähnen, und seine Augen blitzten zornig. Ben wollte gar nicht darüber nachdenken, wie der Drache reagieren würde, wenn er doch nicht durch das untere Gitter passen sollte. *Ach was,* dachte er. Das könnte er mühelos aus dem Fels brechen. Und dort unten hörte sie niemand.

Sie führten den Drachen zu Anulas Zelle, und Anula starrte sie an.

»Du bist gekommen«, sagte sie zu Ben, doch ihr Blick wanderte immer wieder über seine Schulter. »Du bist wirklich gekommen.«

»Ich hab es doch versprochen.«

»Hast du den Schlüssel?«

Lächelnd deutete Ben auf den Drachen hinter sich. Dann

sagte er zu ihm: »Das ist das Gitter. Kannst du bitte möglichst leise sein, wenn du es öffnest?«

Der Drache nickte. Er schob sich bis an die Zelle heran und legte vier Krallen ganz sanft auf die Gitterstäbe. Langsam bog er die Stangen rechts und links des Schlosses auseinander. Noch bevor die Stangen krachend barsten, sprang es mit einem hellen Klicken auf. Quietschend schwang die Tür in den Raum. Ben fiel dem Drachen um den Hals, Anula war zu kalt, um sie zu umarmen.

»Komm mit«, sagte er, und sie lächelte ihn schwach an.

Auch Yanko lächelte, und ebenso Nica, nur der Drache nicht. Der Raum vor den Zellen war zu eng für ihn, um sich umzudrehen.

Knurrend und schnaubend schob er seinen langen Körper rückwärts, ganz langsam einen schwerfälligen Schritt nach dem anderen aus dem Zellentrakt hinaus und gerade bis zur Treppe in den Innenhof zurück. Ben dirigierte und beruhigte ihn, während der Drache knurrte und die Zähne fletschte. Dabei hätte Ben doch viel lieber Anulas Hand gehalten, trotz der Kälte. Oder sie wenigstens angesehen.

Endlich war der Drache weit genug zurückgewichen, um vorwärts in den Gang zu kriechen, der über die Wendeltreppe in die Tiefe und von dort unter dem Kloster hinausführte. Auf der Treppe starrte der Drache Ben an, als wolle er ihn verschlingen, doch er schob sich über die Stufen hinab, während sein Panzer über Boden und Wände schrabbte und die Beine sich krumm und verdreht ihren Weg suchten. Es dauerte scheinbar ewig, bis sie unten angelangt waren. Durch die gerade Höhle ging es dann schneller voran.

Die Sonne war noch nicht aufgegangen, als sie sich endlich an den Sträuchern vorbei in den Firnh drängten. Leise lachend folgten sie seinem Lauf fort vom Kloster, und auch aus den Zügen des Drachen war aller Grimm gewichen.

Es dauerte nicht lange, da wurden sie von Aiphyron, Juri und Feuerschuppe eingeholt.

»Lass mich das Mädchen tragen«, sagte Aiphyron, während Anula ihn und die beiden anderen geflügelten Drachen mit trotz der Kälte furchtsamen Augen ansah. »Ich halte ihre Kälte am leichtesten aus.«

»Ihr anderen springt auf seinen Rücken«, ergänzte Juri. »Und Feuerschuppe und ich schleppen diesen moorschwarzen Burschen davon. Zumindest so weit, bis wir da angekommen sind, wo diese Ordensstinker nicht mehr nach unseren Spuren suchen. Ab da können wir auch weiterlaufen. Weil, ehrlich gesagt, der Kerl sieht schwer aus, fast so schwer wie die steinerne Säule, die ich mal auf einen Berg geschleppt habe. Ich weiß nicht, ob ich euch das schon mal erzählt habe. Das war damals, als …«

»Hast du«, unterbrach ihn Yanko und klopfte ihm auf die Seite.

»Keine Angst«, sagte Ben derweil zu Anula. »Aiphyron ist ein Freund. Er wird dich weder fallen lassen noch fressen. Der Orden lügt, was geflügelte Drachen anbelangt.«

Zögerlich nickte sie.

»Er trägt ein Feuer in sich, das dir vielleicht hilft.«

»Ja, vielleicht«, sagte Aiphyron ausweichend. »Ich versuche mein Bestes. Das schulde ich Ben, immerhin hat er mich geheilt. Und andere.«

»Du hast ihn geheilt?«, fragte Anula. Sie klang verwirrt. *Vielleicht auch ein wenig bewundernd,* dachte Ben.

»Das ist eine lange Geschichte für später«, sagte er. »Jetzt lass uns erst von hier verschwinden.«

Und sie schwangen sich auf Aiphyrons Rücken, während dieser Anula behutsam in seine Klaue nahm. Juri und Feuerschuppe packten den frisch befreiten Drachen und erhoben sich schwankend und taumelnd in die Luft. Gemeinsam flogen sie dicht über dem Wald davon, während die ersten Vögel zu singen begannen.

EPILOG

Sie saßen auf einer weiteren Lichtung am Ufer eines weiteren plätschernden Bachs und warteten darauf, dass die Sonne endgültig unterging. Dämmerung senkte sich bereits zwischen die Bäume, und Yanko hielt Nica umschlungen, die ihre nackten Füße ins Wasser baumeln ließ. Anula hatte den Kopf auf Bens Schoß gebettet, und er spielte gedankenversunken mit ihrem schwarzen Haar. Sie war nicht mehr kalt. Aiphyrons Feuer hatte nach und nach das Eis in ihr geschmolzen, und Ben konnte sie berühren, ohne dass stechender Schmerz unter seine Haut kroch.

Seitdem wollte er sie nicht mehr loslassen, ständig suchte er ihre Nähe. Und sie hielt sich an ihm fest und murmelte oft: »Bleib bei mir, du bist so schön warm.«

Ben beugte sich zu ihr hinab und küsste sie auf die schimmernden Lippen. Auch wenn Aiphyron die Kälte aus ihr vertrieben hatte, so blieb ihre Haut doch verändert: Sie glitzerte in der Sonne wie ein zugefrorener Weiher. Dennoch fand Ben Anula noch immer wunderschön. Und sie würde mit ihnen kommen, wie auch Marmaran, der moorschwarze Drache.

»Seid ihr so weit?«, fragte der nicht lange darauf, als es immer dunkler wurde. Stolz hielt er die Flügel ausgebreitet. Fünfzehn Jahre war er von dem Ketzer Norkham in Knechtschaft gehalten worden, seit zwei Tagen konnte er wieder fliegen. Heute fühlte er sich stark genug, Anula zu tragen.

»Und wie wir das sind«, rief Yanko und sprang auf.

»Dann also los.«

Jeder der vier stieg auf den Rücken eines Drachen und ließ sich von ihm in die Höhe tragen. Während die Welt um sie in Dunkelheit versank und erste Sterne am Himmel erschienen, flogen sie nach Süden, in ferne Länder, von denen Aiphyron ihnen versprochen hatte, dass sie selbst im Winter warm seien. Und dass dort der Orden der Drachenritter nicht das Geringste zu sagen hatte.

DRITTES BUCH
DAS VERLIES DER STÜRME

PROLOG

Der Wind pfiff scharf über den Innenhof, als Akse das Kloster Sonnenflut zum ersten Mal betrat; in ihm konnte er das nahe Meer schmecken. Der Herbst war gekommen, und mit ihm sein fünfzehnter Geburtstag und der Rauswurf aus dem Kloster Dherrnschlag. Nun hatte sein Vater ihn hierhergeschickt, mit einem versiegelten Brief und der Drohung, ihn zu enterben und aus der Familie auszuschließen, wenn er erneut die nötige Disziplin vermissen ließe.

Voll Staunen betrachtete Akse die langen Stallungen, die ihren Ausmaßen zufolge mehrere Dutzend Drachen beherbergen mussten. Sonnenflut war um so vieles größer als Dherrnschlag, beeindruckender. Hier wollte er bleiben. Er schielte in alle Richtungen, ob er nicht einen Drachen sehen konnte, doch vergebens. Ihr Schnauben und Scharren vernahm er durch die offenen Fenster. Schon wollte er hinüberrennen, da erinnerte er sich wieder an die Worte seines Vaters und sein Versprechen, fügsam zu sein und zu tun, was von ihm erwartet wurde. Also ging er schnurstracks in das Hauptgebäude, wo der Abt ihn erwartete. Jetzt, und nicht in einer halben Stunde.

»So, so«, sagte der Hohe Abt Khelchos, nachdem er den Brief zweimal gelesen hatte. Er war ein älterer Mann mit lustigen Pausbäckchen und einem Lächeln auf den Lippen. Doch als er Akse musterte, lag in den Augen Strenge, fast schon etwas Unerbittliches. »Hier steht, du hast dir eine bunte Flickenhose angezogen, um wie dieser Samothanbeter Ben auszusehen, der überall gesucht wird, und hast deinen Kameraden verleitet, sich wie sein Verbündeter Yanko herzurichten. In dieser Aufmachung seid ihr quer durch Dherrnbruck gerannt. Was sollte das? Wärst du gern ein Samothanbeter? Oder geächtet?«

»Nein, Herr!«, sagte Akse schnell. Hatte sein Vater nicht geschrieben, weshalb er es getan hatte? »Es war lediglich eine Mutprobe. Ich hatte mit anderen Knappen gewettet, dass ich …«

»Eine Wette, so, so«, unterbrach ihn der Hohe Abt scharf. »Du bist also der Ansicht, diese Steckbriefe sind für deine Belustigung da?«

»Nein, Herr.« Akse neigte demütig den Kopf. Disziplin und Gehorsam, er hatte es seinem Vater versprochen. Auf keinen Fall würde er hinausgeworfen werden, noch bevor der Abt ihn überhaupt angenommen hatte. Er musste schweigen, selbst wenn der ihm die Worte im Mund verdrehte.

»Gut.« Noch immer lächelte der Abt, und noch immer hatte das Lächeln seine Augen nicht erreicht. »Wenigstens scheinst du einsichtig. Dein Vater schreibt, du hast ein Problem mit dem Gehorsam, und bittet, ob ich mich nicht darum kümmern könnte. Das will ich gern tun, und ich hoffe, du willst das auch. Sag mir also frei heraus: Willst du Gehorsam lernen?«

»Ja, Herr.« Akse blickte den Abt möglichst treuherzig an. Er wollte Drachenritter werden, weil er auf so einem herrlichen Geschöpf sitzen und sich von ihm durch die Lande tragen lassen wollte, nicht um fraglos Befehle zu befolgen. Doch so schwer es ihm fiel, er würde sich um fügsames Verhalten bemühen. Wäre er irgendwann erst allein mit seinem Drachen unterwegs, war er frei und konnte tun und lassen, was ihm beliebte.

»Gut«, sagte der Hohe Abt. »Ich schulde deinem Vater noch einen Gefallen, und so werde ich dich hier aufnehmen und dir Gehorsam, ritterliches Pflichtgefühl und Demut beibringen. Ich werde nicht so schnell aufgeben wie der Abt von Dherrnschlag; bislang habe ich noch aus jeder Rotznase einen strammen Ordensritter geformt. Mit Geduld und den notwendigen Strafen. Hast du mich verstanden?«

»Ja, Herr.«

»Gut«, sagte der Abt zum dritten Mal. »Dann darfst du dich jetzt entfernen. Bruder Sieghold, zeig dem neuen Knappen sein Quartier.«

»Ja, Herr«, sagte einer der beiden Ritter, die während der Unterredung reglos an der Tür gewacht hatten.

»Noch etwas, Akse«, hielt ihn der Abt zurück. Das Lächeln war nun aus seinem Gesicht verschwunden. »Komm niemals auf die Idee, einen Kameraden zu solchen Verkleidungsspielchen wie in Dherrnbruck zu inspirieren. Wir sind nicht so verweichlicht wie sie. Wenn hier jemals ein solcher Ben auftaucht, wird er gehenkt. Sofort und mit dem größten Vergnügen. Mir ist es dann egal, ob es sich um einen falschen oder echten Samothanbeter handelt. Mit Hellwah und den Grundsätzen unseres Ordens wird kein Schindluder getrieben. Von niemandem. Hast du verstanden?«

Akse schluckte.

»Gut.« Der Abt lächelte wieder.

ERSTER TEIL

WELLEN

GÜLDENES GESCHMEIDE

Du musst dich im Sprung nach links drehen, das hält die Seeungeheuer fern«, sagte Yanko.

»So ein Unsinn«, widersprach Ben sofort. »Das Wichtigste ist, dass man die Zehen spreizt. Auf keinen Fall zusammenkrallen, das lockt Seeungeheuer an wie ein fetter Wurm den Raubfisch.«

»Wer krallt denn schon die Zehen zusammen! Nur angstzitternde Bleichköpfe.«

»Schlafliedpfeifer.«

»Mäusemelker.«

»Nebenstraßenkriecher.«

»Flautenschlotterer.«

Die beiden Freunde standen auf einem nur zwei Hand breiten Sims mitten in einer hohen, senkrecht abfallenden Klippe und krallten die Finger in kleine Spalten. Ein gutes Dutzend Schritt in der Tiefe schwappte das leuchtend blaue Meer in sanften Wellen gegen den weißen Fels, über ihnen erstreckte sich die Klippe bestimmt weitere fünfzig oder sechzig Schritt. In den zahlreichen Rissen und Höhlungen nisteten hysterisch gackernde, weiß gefiederte Muschelelstern, brüteten ihre länglichen, grüngrau gesprenkelten Eier aus und ließen ab und zu hellen Kot in die Tiefe fallen.

»Bitte, nach dir«, sagte Yanko, der eben an der Schulter getroffen wurde, und nickte lächelnd hinab. »Mädchen zuerst.«

»Nein, nein, Säuglinge zuerst. Nach dir.« Ben erwiderte das

Lächeln und dachte, dass es wirklich verdammt weit hinunter ging. Gestern waren sie nur halb so hoch geklettert. Eine leichte Brise pfiff an der Klippe entlang, brachte aber kaum Kühlung. Hier im Süden brannte die Sonne schon im Frühling unerbittlich heiß auf sie herab.

»Dämliche Drecksviecher, es langt!«, rief Yanko, der erneut von einer Ladung Muschelelsternkot getroffen wurde, diesmal auf den Kopf. Hastig wischte er sich mit der Hand durchs inzwischen lange dunkle Haar. Er hatte es wachsen lassen, während Ben seines weiterhin kurz schor, damit er nicht so aussah wie auf den Steckbriefen, und auch weil es Anula gefiel. Mit einem Triumphschrei sprang Yanko und drehte sich nach rechts, fluchte fürchterlich und ruderte mit den Armen, um die Richtung zu wechseln. Als wäre die Drehung nach links wirklich wichtig.

»Die Zehen!«, brüllte Ben ihm hinterher. Gerade hatte er dem Kerl doch noch gesagt, worauf es wirklich ankam, und jetzt machte er doch so ein Theater wegen der völlig unbedeutenden Drehung. »Pass auf die Zehen auf!«

Bevor Yanko reagieren konnte, schlug er mit zappelnden Gliedern auf dem Wasser auf und versank. Ben sah nur einen undeutlichen Schemen verschwinden, Gischt spritzte hoch, Wasser schwappte gegen die Bewegung der Wellen.

Yanko tauchte nicht wieder auf.

Ben stierte hinab, er konnte einfach nichts erkennen, immer neue Wellen rollten heran, und die Zeit verrann. Er hoffte, dass Yanko nichts passiert war, dass er nicht auf einen Felsen geprallt oder von einem Ungeheuer geschnappt worden war.

Hoffentlich hatte Yanko noch rechtzeitig die Zehen gespreizt! Angst packte Ben, aber er konnte nicht springen und nachsehen; was, wenn Yanko genau in diesem Augenblick auftauchte? Er würde auf seinem Kopf landen und ihm den Hals brechen. Das wäre kaum hilfreich.

»Komm schon«, murmelte er und befürchtete jeden Moment, dass sich Blut auf den Wellen ausbreiten würde, aber ihr Schaum blieb weiß. Eine um die andere schlug gegen den Fels, angespannt begann Ben sie zu zählen. Eins, zwei, drei, vier … Das konnte doch nicht sein!

Endlich tauchte Yanko auf. Er prustete, ruderte wild mit den Armen und lachte, während Ben vor Erleichterung seinen Namen schrie.

»Tauch so tief du kannst!«, brüllte Yanko. »So tief du kannst. Und dann achte auf den Fuß der Klippe!«

»Mach ich!«, rief Ben und warf einen kurzen Blick zur Bucht hinüber, wo die vier Drachen in der Sonne lümmelten und die Mädchen im Sand saßen. Nicas blondes Haar leuchtete in der Sonne, Anulas helle Haut glitzerte wie ein zugefrorener Weiher; diese Spuren vom eisigen Atem des weißen Drachen waren ihr geblieben, auch wenn seine lähmende Kälte sie längst verlassen hatte. Die beiden sahen nicht herüber. Typisch Mädchen. Nichts bekamen sie mit, aber nachher wollten sie alles erzählt bekommen.

Lächelnd sprang Ben und spreizte die Zehen, so weit er konnte. So weit, dass er einen Krampf bekam und sie zusammenkrallte, direkt bevor er auf dem Wasser aufschlug.

Fluchend riss er den Mund auf und schluckte Salzwasser, worüber er erneut eine Schimpftirade loslassen wollte und wieder Salzwasser zwischen die Zähne bekam. Er spreizte die Zehen wieder, presste die Lippen fest aufeinander und ließ sich in die Tiefe sacken. Als er langsamer wurde, stieß er mit Kopf und Armen nach unten und schwamm mit kräftigen

Zügen weiter hinunter. Das Wasser drückte gegen seine Ohren, während er die Augen weit aufriss.

Schon nach wenigen Schritten erreichte er den sandigen Grund. Dort sah er sich hastig um, sein Herz schlug heftig, er wollte atmen, aber ganz sicher kein weiteres Salzwasser schlucken. Rasch entdeckte er das, was Yanko gemeint haben musste: eine etwa türgroße Höhle, die in den Fels führte. Dunkel war es dort drin, Ben konnte nicht weit hineinblicken, doch er glaubte, weit hinten einen schwachen Schimmer zu erkennen.

Als er sich wieder nach oben wenden wollte, sah er etwas Flaches, Metallisches von der Größe seiner Hand auf der Schwelle der Höhle liegen und griff danach. Dann wirbelte er herum und stieß sich vom Grund ab. Die Brust wurde ihm zusammengepresst, er brauchte dringend Luft. Japsend durchbrach er die Wasseroberfläche.

»Und?« Yanko saß auf einer Art Sims unter einem Überhang am unteren Rand der Klippe und grinste ihn an.

»Höhle«, keuchte Ben, für ganze Sätze hatte er noch keine Luft. Er wedelte mit dem Metallstück vor Yanko hin und her. »Davor.«

»Was ist das?«

»Weiß nicht«, schnappte Ben und ließ sich auf das Sims helfen. Langsam drehte er seinen Fund in den Händen und klopfte ihn gegen den Stein. Schlamm und Rost tropften herab. Ben kratzte mit den Fingernägeln weiter daran herum, legte drei kleine kreisrunde Löcher frei, entdeckte geschwungene Verzierungen und eine Kante, von der etwas abgebrochen sein musste.

»Das ist ein Beschlag«, sagte Yanko. »Vielleicht der einer Tür …«

»Unsinn!« Ben schüttelte den Kopf. »Kein Mensch baut Türen unter Wasser. Die würden doch morsch werden und zerfallen.«

»Und nur der Beschlag übrig bleiben. Und was haben wir? Einen Beschlag, aber keine Tür.«

»Ach was! Der ist doch viel zu klein für eine Tür. Der ist höchstens von einer Truhe.«

Mit großen Augen starrten die beiden sich an.

»Eine Schatztruhe!«

»Genau! Von irgendeinem Handelsschiff, das im Sturm an der Klippe zerschellt ist.«

»Oder von einem Piratenschiff. Beladen mit unsagbaren Schätzen!«

Ben starrte seinen Freund an, schluckte und sagte mit belegter Stimme: »Ich hab da unten irgendetwas schimmern sehen.«

Yanko klappte der Kiefer nach unten. »Schimmern? Weißt du, was das heißt?«

»Ja. Wir sind reich!« Ben grinste. Er warf den alten Beschlag auf das Sims und rutschte unter dem Überhang hinaus, der ihnen Schutz vor dem sporadisch tropfenden Muschelelsternkot bot. Sie mussten wieder nach oben klettern, um ganz nach unten zu tauchen. »Piraten haben immer die allergrößten Diamanten. Abgesehen von Königen, versteht sich.«

»Kistenweise Gold und Geschmeide«, ergänzte Yanko und rutschte ihm hinterher.

»Ich werde Anula eine goldene, nein, güldene Kette bringen. Mit gleißenden Edelsteinen«, verkündete Ben feierlich und begann, die Klippe hinaufzukraxeln.

»Eine Kette?« Behände folgte Yanko ihm. »Eine Kette hat doch jedes Dienstmädchen, die Ketten kannst du meinetwegen alle haben. Nica bekommt von mir ein güldenes Diadem mit gleißenden, riesigen Edelsteinen.«

»Ach ja?« Ben kletterte schneller. Diesen unteren Teil waren sie schon mehrere Male hinaufgeklettert, er fand die passenden Ritzen und Vorsprünge inzwischen beinahe blind. »Dann nimm dir doch das erstbeste Diadem, das du findest. Anula kriegt dann eben eine kunstvoll geschmiedete Krone von mir.«

»Pah! Piraten haben keine Kronen«, knurrte Yanko und versuchte, Ben zu überholen. Wer zuerst oben war, konnte auch als Erster springen und sich die besten Schätze unter den Nagel reißen.

»Piraten rauben auch Prinzessinnen. Sie haben sehr wohl Kronen!«, keuchte Ben und zog sich weiter nach oben. Schweiß bildete sich auf seiner Stirn.

»Ach so, eine Prinzessinnenkrone meinst du. So eine will ich gar nicht, die sind ganz klein«, sagte Yanko abschätzig, während er ein Stück zurückfiel.

Ben war immer der bessere Kletterer gewesen, daheim in Trollfurt war er häufiger in die Berge gegangen, hatte dort die Einsamkeit und Ruhe gesucht, wenn er mal wieder von allen als Sündenbock durch die Stadt gejagt worden war. Oder zum Vergnügen, wenn auch nicht zu seinem. Unter dem Gackern der Muschelelstern und dem Rauschen der Wellen stieg er auf das hohe Sims, von dem sie eben gesprungen waren, machte Yanko Platz und wartete. Es war besser, gemeinsam zu tauchen – so eine Truhe voller Schätze war bestimmt schwer, und Yanko hatte ja eben auf die Kronen verzichtet. Sein Herz schlug schnell, als er sich vorstellte, wie Anula auf ein solch prunkvolles Geschenk reagieren würde. Staunen würde sie, lachen, ihn umarmen, küssen und … Er musste den Schatz einfach heben. Den schönsten Schmuck der Welt sollte sie bekommen.

Er blickte zu ihr hinüber, beobachtete, wie sie gemeinsam mit Nica am Ufer kauerte und irgendetwas aus dem Meer fischte. Wahrscheinlich Muscheln. Ben lächelte. Ja, Muscheln waren auch ganz hübsch, aber nichts im Vergleich zu einem Piratenschatz. Gar nichts.

»Kopfüber?«, fragte Yanko atemlos, der inzwischen neben ihm stand.

Ben starrte in die Tiefe. Das waren mehr als zwölf Schritt, mussten einfach mehr sein, bestimmt fünfzehn oder sechzehn. Weiß kräuselten sich die Wellen. Langsam nickte er, die Wendung unter Wasser kostete einfach zu viel Zeit und Schwung, und sie brauchten am Grund noch genug Luft, um in die Höhle zu tauchen.

»Dann auf drei.«

Gemeinsam zählten sie und sprangen. Vor Aufregung vergaßen sie, sich zu drehen oder die Zehen zu spreizen. Mit ausgestreckten Händen versuchte Ben, das Wasser zu teilen, damit er mit dem Kopf nicht allzu hart auftraf, dann tauchte er sofort mit aller Kraft in die Tiefe. Das Wasser um ihn war aufgewühlt von ihren schlagenden Beinen und Armen, er sah nichts, das Meer brannte in seinen Augen, und dann berührte er endlich den Grund und wirbelte Sand auf. Sofort glitt er am Boden entlang zur Klippe, nur keine Zeit und Luft verschwenden. Hinter sich spürte er Yanko, der ihm folgte.

Ben fand die Öffnung im Fels, zog sich hinein und stierte in die Dunkelheit vor sich. Das Wasser war hier ruhiger, doch kein Sonnenlicht drang zwischen die rauen, von verkrusteten Muscheln und Korallen überwucherten Wände, an denen er sich entlanghangelte. Trotzdem sah er ein schwaches Leuchten vor sich – dort musste der Schatz liegen. Wahrscheinlich war eine der Truhen aufgebrochen und das Gold darin so rein, dass es von allein schimmerte; Blausilber tat dies schließlich auch. Ben spürte, wie ihm die Luft knapp wurde, doch das Schimmern war so nah, jetzt würde er nicht aufgeben. Das Schimmern schien von einer Münze auszugehen, die einfach so im Wasser schwebte, ganz nah der rechten Höhlenwand. Sie musste sich irgendwo verfangen haben, an einer dünnen Alge hängen oder an einer vorspringenden Koralle.

Noch zwei Züge.

Noch einen.

Ben streckte die Hand aus. Die leuchtende Münze schwebte direkt neben einer dunklen Abzweigung von der Haupthöhle, gleich über einem Haufen bleicher Knochen, die halb vom Sand bedeckt waren. Dabei handelte es sich um große Knochen, keine kleinen Fischgräten. Noch bevor ihm recht bewusst wurde, was dort lag, packte ihn etwas am rechten Knöchel und zerrte ihn blitzschnell zurück. Ben wurde hin und her gewirbelt und traf mit der ausgestreckten Hand gegen den Fels, sodass ihm bohrender Schmerz in den Unterarm fuhr.

Yanko, knurrte er innerlich. Dieser vermaledeite Giergeier wollte unbedingt schneller beim Schatz sein als er. Doch das würde er nicht zulassen, er …

In diesem Moment schoss eine schuppige Fratze mit einem kopfgroßen, aufgerissenen Maul, in dem gewaltige spitze Zähne prangten, aus der dunklen Abzweigung und schnappte zu, nur eine Handbreit vor Bens Nase. Hervorquellende, perlmuttfarbene Augen stierten ihn kalt an.

Voller Panik schrie Ben los, was unter Wasser nur ein hilfloses Blubbern zur Folge hatte, schlug und trat um sich und kratzte der widerlichen Fratze über das rechte Auge, das sich glatt und kühl anfühlte, aber auch hart wie geschliffener Marmor. Hinter der Fratze schloss sich ein kurzer Hals an und daran ein salamanderartiger Körper mit verkümmerten, flossenartigen Vorderfüßen. Die Kreatur schlängelte zurück in ihren Abgrund, dann bleckte sie wieder die Zähne.

So schnell er konnte, zog sich Ben an den engen Felswänden Richtung Höhlenausgang, den Blick stur auf das lauernde Unwesen gerichtet. Dessen Augen schimmerten im Schein der schwebenden Münze, die Kiemen pumpten, doch es startete keinen weiteren Angriff.

Als er endlich den Ausgang der Höhle erreichte, war ihm vor Luftmangel so schwindlig, dass er sich kaum orientieren konnte. Seine Arme und Beine waren schwer und schwach. Doch Yanko hatte dort auf ihn gewartet, er packte ihn unter der Achsel und zerrte ihn mit nach oben. Zumindest hoffte Ben, dass Yanko noch wusste, wo oben war. Er selbst war sich nicht sicher, ließ sich einfach leiten.

Prustend tauchten sie kurz darauf auf. Ben schnappte nach Luft und schluckte just das Wasser einer heranrollenden Welle. Fluchend spuckte er aus und sog dann endlich herrlich frische Luft ein. Langsam zogen sie sich auf das untere Felssims.

»Danke«, sagte Ben kraftlos und atmete tief durch, wieder und wieder. Er zitterte.

»Keine Ursache.«

»Was, bei Samoths verlogener Zunge, war das?« Die kalten Augen und riesigen Zähne waren noch immer in seinem Kopf, das Herz schlug laut.

»Ein Münzmolch.«

»Ein was?« Das klang so albern, Ben hätte fast gelacht. Doch ihm war nicht nach Lachen zumute.

»Ein Münzmolch. Mein Vater hat mir davon erzählt, als ich kleiner war und immer nach Piratengeschichten gefragt habe. Ich saß auf dem Amboss und ließ die Beine baumeln, während er das Schmiedefeuer schürte. Da hat er gesagt, selbst die schlimmsten Piraten fürchten nur weniges so sehr wie den Münzmolch. Keiner weiß, woher er stammt und wo die Jungen schlüpfen, aber immer kriecht einer über den Meeresgrund herbei, wenn ein Schiff oder Boot gesunken ist. Mit den großen vorderen Pranken schleppt er gierig die Schätze in das nächste düstere Loch auf dem Grund und häuft sie auf, um darauf zu brüten. Hat er sich eingerichtet, hängt er eine einzige Münze als Lockmittel vor sein Versteck, am liebsten eine goldene. Diese befestigt er mit Hilfe eines besonderen Speichelfadens an einem Felsen oder an Korallen. Der getrocknete Faden ist unsichtbar und fest wie der eines Spinnennetzes. Also, übertragen, du musst dir eine entsprechend riesige Spinne vorstellen, der Körper groß wie ein Ochse oder gar eine Hütte. Dann leckt der Molch die Münze an, woraufhin sie von allein zu schimmern beginnt. Fortan wartet er auf neugierige Fische, die der Glanz anlockt, auf Krebse und anderes Getier, um diese zu verschlingen. Doch vor allem lauert er auf ahnungslose Schatzsucher; denn der Münzmolch ist ein Menschenfresser. Mit jeder Woche, die verstreicht, wachsen seine fürchterlichen Zähne, während die hinteren Pranken verkümmern, da er sie kaum noch braucht. Hat er einmal einen Schatz in Besitz genommen, bewegt er sich dort nicht mehr fort und wird zu einem verbiesterten, bissigen Gesellen, der seinen angehäuften Besitz bis auf den Tod verteidigt. In jedem anderen Wesen sieht er einen neiderfüllten Dieb, vor dem er seinen Schatz verbergen muss, obwohl er es ja selbst ist, der andere mit der schimmernden Münze anlockt.

Der Münzmolch sei ein Widerspruch in sich, hat mein Vater gesagt. Sein ständiges Misstrauen, seine Angst, jeder Fisch, Krebs und Mensch wäre ein Dieb, und die tiefe Dunkelheit seines Lochs dringen ihm unter die Schuppen, das ständige Warten macht ihn hungrig. Er liebt seinen Schatz und er hasst ihn, weil er ihn nicht fressen kann. Dabei kann der Schatz ebenso die Ladung eines gesunkenen, goldbeladenen Handelsschiffs sein wie auch drei mickrige Münzen, der steinlose Ring und die alte Angelschnur eines armen Fischers, der vom Sturm überrascht wurde und über Bord ging. Doch je größer der Schatz, desto größer der Molch.«

Noch immer angespannt starrte Ben Yanko an. Er machte ihm keinen Vorwurf, dass er ihn nicht gewarnt hatte, obwohl er von der Existenz derartiger Kreaturen gewusst hatte. In seinem Kopf war gar kein Platz für Vorwürfe, das Bild der großen, gierigen Fratze hatte sich ihm eingebrannt, und eigentlich wollte er nie wieder dort hinunter. Doch je größer der Molch, desto größer der Schatz, hatte Yanko gesagt, und für eine ordentliche Krone musste man seine Angst überwinden und in den meisten Erzählungen auch ein schreckliches Untier. Einen Schatz musste man erringen, davon war Ben überzeugt.

Noch einmal würde die Kreatur ihn nicht überraschen. Eilig sah er sich um und tastete auf dem Fels herum, als könne er hier eine passende Waffe in die Hand bekommen. Die Messer hatten sie dummerweise bei den Mädchen gelassen. »Dann müssen wir wieder runter. Der Bursche war riesig.«

»Nein.« Yanko lachte nervös. »Der war eher klein. Richtiges Geschmeide finden wir da nicht, höchstens ein paar Weinkrüge aus Bronze und eine Handvoll Münzen.«

»Bronze? Bronze ist eine Beleidigung für jeden echten

Schatzjäger. Ich kann doch Anula keinen Bronzekrug schenken. Soll die sich den statt einer Krone auf den Kopf setzen, oder was? Eine Vierjährige könnte so Prinzessin spielen, aber Anula?«

»Das geht auf keinen Fall«, stimmte ihm Yanko zu. »Nica würde mich auslachen. Da findet man ja auf der Straße schöneres Geschmeide. Lass uns lieber ein paar Muscheln hochholen.«

»Ja, Muscheln sind hübscher als Bronzekrüge. Mädchen mögen Muscheln. Und daraus kann man auch Ketten machen.« Ben nickte und versuchte das Bild der geifernden Fratze aus seinen Gedanken zu vertreiben. Klein sollte dieser Münzmolch also gewesen sein. Dann müssten die großen ja die Ausmaße eines Drachen wie Aiphyron haben. Kein Wunder, dass sogar Piraten sie fürchteten. Auf jeden Fall hatte Yanko gesagt, Münzmolche verharrten in ihren Höhlen und warteten – er würde sie beim Muscheltauchen also nicht überraschen. Gut.

Gemeinsam ließen sie sich wieder ins Wasser gleiten und suchten den sandigen Grund ab. Schon bald hatte Ben eine schöne, münzgroße, fächerförmige Muschel gefunden, die im Sonnenlicht tiefblau glänzte.

»Meine ist größer«, sagte da Yanko und zeigte ihm eine schneckenförmige mit hellgrünen Spitzen, so dick wie eine Männerfaust.

»Pah«, knurrte Ben herausgefordert und sprang zurück ins Meer. Da fand er sicher eine noch größere.

Eine gute Stunde später waren sie sicher, dass sie den gesamten Grund in Reichweite abgesucht hatten, die Muscheln türmten sich hoch auf dem Sims. Und sie konnten sich nicht entscheiden, wer von ihnen die größere gefunden hatte. Bens Favorit war flach und beinahe rund, von schwarz-silbernen Ringen überzogen und groß wie ein Teller. Yanko hatte eine röhrenförmige, die grün-gelb-weiß gescheckt und lang wie ein Unterarm war. Länger als Bens Fund, aber schmaler. Nach einigem Hin und Her einigten sie sich auf Unentschieden, schließlich waren beide etwa gleich schwer. Dass beide Muscheln zu schwer und zu groß waren, um sie sich um den Hals zu hängen, spielte keine Rolle mehr. Die Mädchen würden sich dennoch freuen, am Strand der Bucht hatten sie sicher nichts Vergleichbares gefunden.

»Trotzdem ist das nur ein Anfang«, sagte Yanko. »Weißt du, für Mädchen muss man richtige Heldentaten vollbringen. Besonders für so schöne wie unsere.«

»Aber das haben wir«, protestierte Ben. »Wir haben sie beide gerettet. Erst Nica, dann Anula. Und wir haben Drachen befreit.«

»Das ist schon lange her.«

»Ein halbes Jahr, nicht viel länger.«

»Für Frauen kann das eine Ewigkeit sein.«

»Ach ja? Und wer sagt das? Yanko, der Kenner der tausend Frauen?«

»Das weiß man eben.« Herablassend sah Yanko Ben an. »Meine Mutter hat meinem Vater stets vorgeworfen, dass früher alles besser gewesen sei, als er ihr noch regelmäßig Schmuck geschmiedet hat. Und er hat dann gebrummt, sie solle sich nicht beschweren, sie habe jetzt ja alles, Ringe und Ketten und Ohrringe und Armreifen, und er könne sich jetzt doch wenigstens einmal einen gemütlichen Feierabend mit Freunden in der *Wildsau* leisten. Aber den alten Schmuck hat sie nicht gelten lassen, als würde er gammlig werden wie Käse oder Wurst, sie wollte neu beschenkt werden. Ich sage dir, Frauen kriegen nie genug.«

»Hm.« Ben erinnerte sich nicht an seinen verschollenen Vater, aber seine Mutter hatte diesem auch Jahre nach seinem Verschwinden jedes Mal Vorwürfe gemacht, wenn sie getrunken hatte. Und getrunken hatte sie jeden Tag. Aber genau genommen hatte sie jedem Vorwürfe gemacht – auch Ben und jedem in Trollfurt, den Göttern und eigentlich der ganzen Welt.

»Doch, glaub mir. Gibst du ihnen eine Heldentat, dann wollen sie jeden Monat eine neue.«

»Und was machen wir jetzt?«, fragte Ben, der Anula auf keinen Fall verlieren wollte. Was, wenn Yanko recht hatte? Diesen Monat hatte er noch nichts Heldenhaftes vollbracht. Anula war wunderschön, sie konnte jeden haben, aber Ben wollte nicht, dass sie jeden hatte. Er wollte, dass sie bei ihm blieb.

»Na ja. Wir könnten einen Unschuldigen befreien, oder böse Monster oder schreckliche, menschenfressende Räuberhauptmänner töten. Oder auch legendäre Schätze finden.«

Ben dachte an den geifernden Münzmolch und daran, dass versunkene Schätze von seinen Artgenossen bewacht wurden. Er dachte daran, dass er Nicas Vater im Kampf getötet hatte und ihn das in zu vielen Träumen verfolgt hatte. Eigentlich wollte er nicht wieder töten. Zumindest keinen Menschen. »Ich kenne keinen Räuberhauptmann.«

»Ich auch nicht.« Yanko schnaubte und spuckte ins Meer.

»Dann lass uns doch Jungfrauen befreien. Jungfrauen erretten ist die heldenhafteste aller Heldentaten.«

»Und dann?«

»Was dann?«

»Was machen wir mit den Jungfrauen?« Yanko lachte kurz auf. »Die sind immer wunderschön und schrecklich dankbar, die können wir ja nicht einfach so mitnehmen, da würden uns Nica und Anula die Köpfe abreißen.«

»Stimmt. Aber vielleicht gibt es auch alte Jungfrauen? Solche, die einfach nur errettet und heimgebracht werden wollen?«

»Hm. Das klingt nicht …«

»Ja, schon gut.«

»Also ich finde, wir sollten das mit den Schätzen weiterverfolgen. Schätze an Land, die nicht von einem Münzmolch bewacht werden. So vollbringen wir Heldentaten und haben zudem noch Geschenke zum Mitbringen.«

»Gut.« Ben starrte auf das Meer. Ja, Schätze zu finden, schien ein guter Gedanke zu sein. Geschmeide, eine Krone für Anula. Und irgendwann würden sie auch wieder einen Drachen befreien, ganz bestimmt. Aber im Augenblick war das Großtirdische Reich fern, und damit auch die Gedanken an den Orden der Drachenritter und die Belohnung, die auf ihre Köpfe ausgesetzt war. Die nächsten Taten sollten erst einmal für Anula und Nica sein. Er schleuderte eine aussortierte Muschel weit hinaus ins Meer und erhob sich.

»Dann also abgemacht. Ab morgen beeindrucken wir die Mädchen.«

FLASCHENPOST

Stolz überreichten Ben und Yanko ihre Muscheln und setzten sich neben Anula und Nica, ließen sich zum Dank küssen und klopften sich innerlich selbst auf die Schulter, während die Mädchen die außergewöhnliche Schönheit der beiden Geschenke lobten. Anula hob das helle Schimmern von Bens Muschel hervor, während Nica mal auf diese, mal auf jene Stelle im Muster von Yankos Geschenk deutete und sagte, wie einzigartig und hübsch die Farben gerade dort ineinandergriffen.

»Und sie sind ziemlich groß, oder?«, bemerkte Yanko schließlich.

»Richtige Brocken«, ergänzte Ben und verkniff sich die Frage, welche größer sei.

»Ja.« Nica nickte bedächtig und drehte ihre Muschel in den Händen. »Sie sind schon ein bisschen arg schwer, aber irgendwie können wir sie schon mitschleppen. Wäre schade, sie hierzulassen, sie sind ja wirklich schön.«

»*Wir* und *mitschleppen* ist gut gesagt«, mischte sich der Drache Aiphyron ein und blinzelte gegen die tief stehende Sonne. »Im Endeffekt landen die Dinger doch auf unseren Rücken.«

»Willst du jetzt etwa sagen, dass dir eine Muschel zu schwer ist?«, stichelte Ben.

»Nein, nein. So groß sind sie ja wirklich nicht. Weit im Westen gibt es Muscheln, die werden von den Menschen dort mit eigenen Kränen aus dem Meer gehievt und als eine

Art Badewanne für die ganze Familie benutzt. Zwei kleine Kinder, die nicht schwimmen konnten, sind darin schon ertrunken. Das nenne ich groß.«

»Dann ist es ja gut, dass unsere so winzig klein sind.« Anula lächelte und strich Ben über die Wange. »Klein und wunderschön.«

Ben schwieg und knirschte mit den Zähnen. Das nächste Mal würde er ihr eben eine wirklich kleine Muschel mitbringen, damit sie sehen konnte, was winzig klein bedeutete.

Yanko wechselte das Thema und erzählte ausführlich, wie sie heldenhaft von der Klippe gesprungen waren, kopfüber und bestimmt aus zwanzig Schritt Höhe. »Zwanzig Schritt! Niemand aus Trollfurt hat das je gemacht.«

»Das war bestimmt sehr schön«, sagte Nica. »Aber wollt ihr gar nicht wissen, was wir gemacht haben?«

»Ähm, ich dachte, ihr habt hier einfach in der Sonne gesessen?«

»Auch.« Nicas Augen blitzten.

»Aber ihr seid nicht die Einzigen, die etwas gefunden haben«, bemerkte Anula.

»Na, dann zeigt uns eure Muscheln«, sagte Ben, auch wenn er sich nicht vorstellen konnte, dass sie am Strand wirklich große gefunden hatten. »Die sind bestimmt auch wunderschön. Und auch leichter zu tragen.«

»Keine Muscheln. Wir haben das dort aus den Wellen gefischt.« Anula zeigte auf eine dreckige Flasche mit kurzem, dickem Hals, die hinter ihnen im Sand lag. Algen klebten auf dem verkratzten, milchigen Glas. Ohne sie gründlich zu säubern, würde Ben auf keinen Fall daraus trinken wollen. Darüber hinaus war sie vollkommen leer.

»Ähm, ja, auch schön«, sagte Ben. Er fragte nicht, wie sie aus ihr eine schöne Kette machen wollten.

Yanko wirkte ähnlich ratlos. Doch er langte hinüber und nahm die Flasche in die Hand, schüttelte sie mit hochgezogenen Brauen, hielt sie gegen die Sonne und kniff ein Auge zu. Dann tat er, als würde er daran lauschen, und sagte gewichtig: »Scheint tatsächlich leer zu sein.« Grinsend roch er auch noch an der Öffnung und verzog das Gesicht. »Abgesehen vom Gestank.«

»Aber als wir sie aus dem Meer gefischt haben, war sie nicht leer.« Triumphierend schwenkte Nica ein Stück Pergament.

»Was bei Samoths stinkendem Atem ist das?« Yanko starrte sie an. »Zeig her!«

Auch Ben wurde von dem Fund völlig überrumpelt. War das etwa eine Schatzkarte? Hatten die Mädchen mit ihrer Strandhockerei mehr erreicht als sie beim Tauchen? Aufgeregt rutschte er zu Yanko hinüber. Nica legte das Pergament in den Sand. Es war keine Karte, sondern eine unverständliche Nachricht.

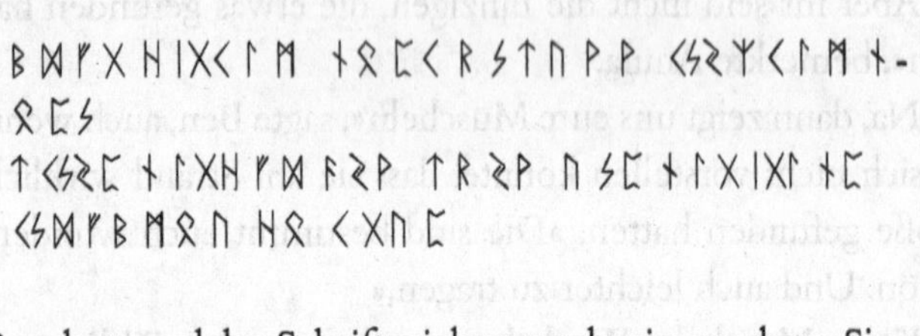

Ben hatte solche Schriftzeichen noch nie gesehen. Sie waren kantiger als die Buchstaben des Tirdischen und wurden dominiert von geraden Linien; nirgendwo fand sich ein geschwungener Schnörkel oder auch nur ein kleines Häkchen. Wuchtige Zeichen, wie aus Fels gehauen.

»Auch wenn es keine Karte ist – meint ihr, das ist wenigstens die Wegbeschreibung zu einem Schatz?« Yankos Stimme klang nur halb so hoffnungsvoll wie seine Worte.

Ben schüttelte den Kopf. Üblicherweise handelte es sich bei einer Flaschenpost um einen Hilferuf, das wusste er aus zahlreichen Erzählungen, Piratengeschichten und Heldensagen. Vielleicht hatte sie ein unschuldig Gefangener aus seinem Verlies geworfen, in einen Fluss vor dem vergitterten Fenster, der ins ferne Meer mündete. Oder sie stammte von einem Schiffbrüchigen, der auf einer einsamen Insel irgendwo dort draußen festsaß und noch immer vom Pech verfolgt wurde. Ja, nicht nur verfolgt, geradezu verhöhnt! Wie unwahrscheinlich war es, dass eine solch winzige Flasche im riesigen Meer tatsächlich von irgendjemandem gefunden wurde? Dass sie an Land gespült und entdeckt wurde, bevor ein riesiger Fisch sie versehentlich schluckte oder sie an einer kantigen Klippe zerschellte? Dass sie von den Wellen in diese verlassene Bucht getragen wurde, just in jenem Moment, da sich hier vier Menschen aufhielten? Auf einen solchen Zufall zu hoffen, musste schwer sein.

Und nun kamen all diese glücklichen Umstände zusammen, doch keiner der Finder konnte die Schriftzeichen lesen. Alles war vergebens. Wenn der Absender das wüsste, würde er fluchen und heulen wie ein Klagewolf und sich die Haare raufen, dachte Ben, noch mehr als sowieso schon. Er müsste verzweifeln.

»Das ist bestimmt die Nachricht eines Schiffbrüchigen«, sagte Anula.

»Und wo ein Schiffbrüchiger ist, da ist ein Schiff gesunken«, sagte Yanko. »Und wo ein Schiff gesunken ist, da liegt ein Schatz. Immer. So einfach ist das. Eine solche Nachricht ist fast so gut wie eine Schatzkarte.«

»Oder er ist ein gefährlicher Meuterer, der niedergerungen und vom Kapitän und seiner getreuen Mannschaft ausgesetzt wurde. Dann ist da kein Schiff gesunken«, gab Ben zu bedenken.

Seit sie selbst Vogelfreie waren, konnte er jedoch jeden gut verstehen, der meuterte oder sich sonst wie zur Wehr setzte, insbesondere wenn es sich um ein Schiff des Ordens der Drachenritter handelte.

Doch bevor er weiter über Meuterer nachdenken konnte, tauchte plötzlich wieder das Bild eines gigantischen, geifernden Münzmolchs vor seinem geistigen Auge auf, und er war nicht mehr sonderlich erpicht darauf, einen versunkenen Schatz zu finden. Gegen einen vergrabenen Schatz auf der Insel selbst hatte er dagegen selbstverständlich nichts einzuwenden.

»Ach was, Meuterer. Das ist bestimmt ein Schiffbrüchiger, dessen Insel von versunkenen Truhen geradezu umzingelt ist. Einem Meuterer geben sie doch keine Flasche und Feder und Pergament mit, wenn sie ihn aussetzen!« Aufgekratzt drehte sich Yanko zu den dösenden Drachen um. »He, Aiphyron, kannst du das lesen?«

»Nein, kann er nicht. Das haben wir ihn natürlich schon gefragt«, sagte Nica so spitz, wie es sonst nur Anula hinbekam. Die beiden Mädchen freundeten sich immer mehr an. »Auch die anderen drei. Wir haben nicht einfach nur so in der Sonne herumgesessen.«

»Hab ich doch nie gesagt«, brummte Yanko.

»Ach nein?«

»Zumindest hab ich es nicht so gemeint.«

»Dann ist es ja gut.«

Ben starrte aufs Meer hinaus und versuchte zu erkennen,

woher die Wellen kamen. Irgendwo dort draußen lag eine Insel, auf der vielleicht ein Schiffbrüchiger oder Meuterer festsaß, einsam und ausgehungert. Seit Wochen oder Monaten, vielleicht gar seit Jahren. Der dieser Flasche nachgestarrt hatte, die all seine Hoffnungen über die Wellen mit sich trug. Der seither täglich den Horizont absuchte, ob sich nicht endlich ein Segel und somit Rettung zeigte.

Ben blickte zu der kleinen zerkratzten Flasche, die neben Yanko im Sand steckte, und dann wieder auf das Meer hinaus. Er empfand Mitleid mit diesem Fremden, der so ganz andere Schriftzeichen verwendete, und wollte ihm helfen. Es musste doch ein Leichtes sein, mit den Drachen dort hinzufliegen und ihn zu retten! Sie konnten jeden Tag Entfernungen zurücklegen, für die ein Schiff eine gute Woche oder noch länger benötigte. Irgendwie mussten sie herausfinden können, welchen Weg die Flasche genommen hatte, wenn sie schon die Nachricht nicht entziffern konnten. Einen Schiffbrüchigen zu retten, galt sicher auch als Heldentat. Und wenn sich Yanko dann noch mit den Münzmolchen anlegen wollte, sollte er das doch tun. Ben würde Anula mit der Errettung eines Verhungernden beeindrucken, das war heldenhaft genug. Jedenfalls, solange Yanko nicht vor ihm eine güldene Krone fand.

»Ich weiß nicht, woher die Wellen kommen«, sagte Anula, als könne sie seine Gedanken lesen, und legte den Kopf auf Bens Schulter. »Wir haben die Flasche nicht kommen sehen, nur auf der letzten Welle torkeln.«

Ben nickte. Vielleicht konnten sie hoch oben in der Luft die Meeresströmungen erkennen, vom Rücken eines Drachen aus sehen, woher die Flasche gekommen sein musste.

In den letzten Monaten hatten sie nichts anderes getan, als von einem schönen Ort zum anderen zu fliegen, je weiter weg vom Großtirdischen Reich, desto besser. Aiphyron, der von allen am weitesten herumgekommen war, hatte ihnen den Roten Wasserfall von Algone im Sonnenaufgang gezeigt, wenn das Wasser weithin leuchtete wie eine Feuersäule, und bei einer steifen Brise die Singenden Klippen am Ende einer Meeresenge, deren Namen Ben schon wieder vergessen hatte. Einen gigantischen Baum, dessen Wipfel fast so ausladend war wie halb Trollfurt. Seine violetten, handförmigen Früchte schmeckten süßer als alles, was Ben bisher gegessen hatte, und jeder Finger doch ein wenig anders.

Sie waren weit im Süden gewesen, in Ländern, in die sich der Sommer zurückzog, wenn in Trollfurt Winter herrschte. Länder, in denen die Bauwerke und Trachten der Menschen völlig fremd waren. Seinen sechzehnten Geburtstag hatte Ben auf dem Gipfel der Himmelsklippe gefeiert, einem riesigen Berg mit senkrechter Nordwand, auf dem der Drache Kaedymia herangewachsen war. Sie hatten oben gesessen, die Beine über eine Felskante baumeln lassen und den Sonnenuntergang beobachtet. Dann waren sie im Sturzflug in die Nacht gestürmt. Kurz hatten sie sogar das Land besucht, in dem ewiges Eis herrschte und das tatsächlich so schön war, wie Aiphyron geschwärmt hatte, doch auch fürchterlich kalt, viel zu kalt für Anula.

Vieles hatten sie seit ihrer Flucht gesehen, sich beinahe täglich neue Ziele gesucht, waren einfach ihren Launen und den Winden gefolgt. Nur die Städte hatten sie stets gemieden und darauf geachtet, anderen Menschen aus dem Weg zu gehen, weil sie nicht in die Fänge des Ordens geraten wollten, der auf sie ein Kopfgeld ausgesetzt hatte und allen Drachen die Flügel abschlug, um sie zu gefügigen, sprachlosen, an den Boden gefesselte Kreaturen zu machen.

Wenn sie also sowieso keine genauen Pläne hatten, warum sollten sie da nicht nach einer Insel suchen, auf der jemand festsaß, und ihn retten?

Als er es vorschlug, war niemand dagegen, und Anula drückte ihm einen Kuss auf die Wange. Vielleicht war das nur eine späte Entschuldigung dafür, dass sie seine Muschel klein genannt hatte, aber wahrscheinlich hatte Yanko recht: Mädchen wollten Jungen, die immer neue Heldentaten vollbrachten. Gut, dass er das jetzt wusste. Er würde nie wieder aufhören mit den Heldentaten.

Als die Sonne kurz darauf den Horizont berührte und sich der Himmel rot färbte, forderte Yanko den schilffarben geschuppten Drachen Juri zu einem Wettschwimmen heraus, wie er es seit zehn Tagen jeden Abend getan hatte. So sehr sich Yanko auch anstrengte – auch diesmal zog der Drache mühelos davon und gewann mit zwei Körperlängen Vorsprung – seinen gewaltigen Körperlängen, nicht denen eines fünfzehnjährigen Jungen. Er war am Wasser geboren, es war sein Element, aber als Yanko prustend und keuchend an den Strand torkelte, schwor er, eines Tages werde er ihn schlagen. Juri ließ ein amüsiertes Schnauben hören und verzichtete ganz auf seine üblichen ausufernden Ausführungen darüber, warum dies nie geschehen werde.

Dann suchten sich die beiden Paare jeweils ein abgeschiedenes Plätzchen und zogen sich zurück, während die Drachen weiterdösten oder im letzten Tageslicht über das Meer flogen und nach Fischen schnappten, die sich an die Oberfläche wagten.

Stunden später lag Ben noch immer wach, an Anulas Rücken gekuschelt und den Arm auf ihrer Schulter, so wie sie es mochte. Seit sie Gefangene des Ordens gewesen war und der Eishauch eines weißen Drachen sie berührt hatte, hungerte sie nach jedem Sonnenstrahl und nach menschlicher Wärme, auch wenn die Kälte des Drachen längst aus ihrem Körper verschwunden war – wenn auch noch nicht aus ihren Gedanken und Träumen. Sie schlief besser, wenn sie wusste, dass jemand über ihren Rücken wachte, und sie wollte, dass Ben dieser Jemand war. Niemandem sonst erzählte sie von der Kälte in sich, sie hielt sie für eine Schwäche, und Schwächen gab man nicht zu.

Eine widerspenstige Locke kitzelte Ben in der Nase, aber das war es nicht, was ihn am Einschlafen hinderte. Anula atmete regelmäßig und ruhig, und auch er schreckte seit vielen Nächten nicht mehr aus Albträumen hoch. Die Bilder von Nicas Vater, den er im Kampf getötet hatte, um sie vor dem rituellen Opferpfahl zu retten, machten ihm seltener zu schaffen als noch vor Monaten. Auch plagte ihn schon lange nicht mehr jede Nacht die Angst, der Orden der Drachenritter könnte ihn aufspüren. Fern des Großtirdischen Reichs hatten sie alle mit jeder ruhigen Nacht diese Angst weiter abgestreift; Ben fühlte sich nicht mehr wie ein Gejagter.

Und doch lag er nun wach und starrte in einen Himmel, in dem er zwar die meisten Sterne von daheim kannte, doch sie standen an ungewohnter Stelle. Über dem Meer bildete eine Gruppe von neun hellen Sternen ein Gesicht, das er in Trollfurt nie gesehen hatte.

Er dachte an seine Heimatstadt am Fuß des Wolkengebirges, an seine verhasste, trinkende Mutter, die ihn oft geschlagen hatte und schließlich in den Dherrn gesprungen und ertrunken war, an die heiligen Spiele in Chybia und wie sie dem

Orden ein ums andere Mal entkommen waren. Daran, wie sie Anula und den Drachen Marmaran aus dem Kloster mit den zwölf Zinnoberzinnen befreit hatten. An den schwelenden Bürgerkrieg zwischen Ordensrittern und Ketzern, die sich selbst Freiritter nannten und doch kein bisschen besser zu Drachen waren, denn sie hielten sie für Geschöpfe Samoths, die unterdrückt werden mussten, und schlugen ihnen ebenso die Flügel ab wie der Orden. Die gleiche Handlung, nur zwei unterschiedliche Lügen als Rechtfertigung und Begründung. Und er dachte an den Münzmolch, der unter der Klippe dort drüben lauerte.

All das war weit weg. Endlich.

Endlich hatte er es geschafft, dies alles hinter sich zu lassen, die Bilder der gehenkten Ketzer vor Vierzinnen und die der zusammengepferchten flügellosen Drachen im Kloster mit den zwölf Zinnoberzinnen plagten ihn nicht mehr. Er dachte kaum noch daran, nur eben jetzt. Und immer dann, wenn er sich bewusst machte, dass er nicht mehr daran dachte.

Verdammt!

Er verabscheute die Erinnerung an Drachen, denen er nicht hatte helfen können.

Tief atmete er durch und zwang sich zu anderen Gedanken. An die Flaschenpost und den Schiffbrüchigen, der irgendwo dort draußen auf Hilfe hoffte. Vielleicht war er längst gerettet oder verhungert, von wilden Tieren gefressen oder ertrunken beim verzweifelten Versuch, an eine Planke geklammert nach Hause zu paddeln. Ben wusste nicht, wie er aussah, doch er hatte sich ihn in den letzten Stunden immer wieder vorgestellt, dürr und verdreckt und ausgelaugt und voller Schrammen.

Warum hatten gerade sie die Flaschenpost gefunden? War

das Vorsehung, ein Zeichen? War es eine ihnen auferlegte Aufgabe, ihm zu helfen?

Ihn ärgerte, dass er die Nachricht nicht entziffern konnte, dass er auf Mutmaßungen angewiesen war, von wem und woher die Flasche stammte.

Hatte ihn das wach gehalten?

Die Überzeugung, dass irgendwo dort draußen jemand darauf hoffte, von ihnen gerettet zu werden? Dabei kannte er ihn doch gar nicht. Aber wie sollte derjenige denn auf seine Verwandten und Freunde zählen, wenn diese keine Nachricht von seiner Not hatten?

Langsam löste sich Ben von Anula und hob den Kopf, musterte ihr Gesicht mit den vollen roten Lippen, das auch im Mondlicht schimmerte wie von Eis überzogen. Eine widerspenstige Haarsträhne hing ihr quer über die Nase. Obwohl sie zwei Jahre älter war, wirkte sie im Schlaf so klein und verletzlich. Das war sie nicht, natürlich nicht, aber sollte der Orden sie ein weiteres Mal in die Hände bekommen, würde ihr all ihre Stärke nicht helfen. Jeder Mensch konnte gebrochen und getötet werden. Ben wollte sie küssen, doch zugleich wollte er sie nicht wecken, also ließ er es sein.

Leise schlüpfte er unter der Decke hervor und erhob sich. Anula brummte irgendetwas, schlief aber weiter, und Ben schlenderte zu Aiphyron ans Meer hinüber.

Der Drache maß an die fünfzehn Schritt, und seine blauen Schuppen wirkten im Licht des Halbmonds viel dunkler als am Tag, kaum heller als der nächtliche Himmel, nur dass die Gestirne fehlten. All die feinen, an Granit erinnernden Konturen wurden von der Dunkelheit geschluckt. Als Ben noch zwei Schritte entfernt war, schlug Aiphyron die leuchtend blauen Augen auf.

»Kannst du auch nicht schlafen?«, fragte Ben.

»Ich hab tagsüber zu viel gedöst, außerdem schlafe ich doch nie tief. Aber was hält dich wach?«

»Ich weiß es nicht.« Ben strich dem Drachen freundschaftlich über die Schnauze und setzte sich vor ihm in den Sand. »Glaubst du wirklich, wir können den Weg der Wellen zurückverfolgen und den Ort finden, von dem die Flasche gekommen ist?«

»Ich kann es dir nicht versprechen, wir können es nur versuchen. Ist dir das so wichtig?«

»Seltsam, nicht wahr?« Mit der Rechten grub Ben eine Muschel aus dem Sand und schleuderte sie wie einen flachen Stein aufs Meer hinaus. Sie sprang nicht ein einziges Mal auf, sondern tauchte sofort mit einem Platschen ins Wasser und versank. »Glaubst du an Schicksal?«

»An Schicksal?«

»Ja. Schicksal, Vorsehung, was auch immer. Glaubt ihr Drachen daran? Wir Menschen tun es eigentlich, aber wir sollen auch glauben, dass man Drachen die Flügel abschlagen muss, um sie von einem Fluch zu befreien, und das ist Unsinn, und darum weiß ich jetzt gar nicht mehr, was ich glauben soll. Ist es ein Wink des Schicksals, dass wir diese Flaschenpost gefunden haben, oder nur ein dämlicher Zufall? Hätte sie auch jeder andere finden können, der rein zufällig hier entlanggeschlendert wäre, oder war sie für uns bestimmt? Sind wir dazu ausersehen, diesen Schiffbrüchigen zu suchen, auch wenn wir seine Nachricht gar nicht lesen können?«

»Macht das denn einen Unterschied?«

»Ja. Natürlich.« Ben krallte die Hand wieder in den Boden, fand jedoch nur kühlen, feuchten Sand. Mit Schwung schleuderte er ihn weit hinaus ins Meer. »Ich weiß es nicht. Darum frage ich dich ja.«

»Ich glaube, einem Schiffbrüchigen ist es vollkommen egal, ob er zufällig gerettet wird oder von einem, der es für sein Schicksal hält. Hauptsache, er wird gerettet. Es spielt keine Rolle, ob du die Botschaft durch Zufall oder schicksalhafte Absicht erhalten hast. Es geht nur darum, was du mit dem neuen Wissen machst.«

»Welches Wissen denn?«, brummte Ben. »Neues Wissen hätte ich, wenn ich die rattenbolligen Buchstaben lesen könnte. Aber das kann ja keiner. Dabei dachte ich, du sprichst alle Sprachen.«

»Aber ich lese keine einzige. Und das mit dem Sprechen ist so auch nicht …«

»Ja, schon gut. Ich wollte ja nur wissen, ob das Schicksal hier eine Aufgabe für mich hat.«

Schweigend sah Aiphyron ihn an, dann sagte er: »Hast du eigentlich in Trollfurt alles getan, was deine Mutter von dir verlangt hat?«

»Was? Wieso …?« Was kümmerte ihn jetzt seine Mutter? Warum konnte Aiphyron einfach nicht beim Thema bleiben? »Nein, natürlich nicht.«

»Und hast du stets das gemacht, was der Priester verlangt hat?«

»Nein, aber …«

»Und das, was all die Jungen erwartet haben, die dich immer wieder durch die Straßen gejagt haben?«

»Nein! Was denkst du denn, weshalb sie mich gejagt haben?«

»Gut.« Der Drache lächelte. »Wenn es also wirklich so etwas wie Schicksal, Vorhersehung und Prophezeiungen geben sollte, warum solltest du denn dann tun, was sie von dir erwarten, wenn du es bei sonst niemandem tust?«

»Weil … weil …« Ben schüttelte den Kopf. Das konnte man doch nicht vergleichen! Das war etwas ganz anderes, das war … Zögerlich zuckte er mit den Schultern und begann unsicher zu grinsen. »Weil das Schicksal viel … nun ja, viel mächtiger ist?«

»Aha.« Aiphyron verzog den lippenlosen Mund. »Du willst dich also einfach nur den Mächtigen beugen?«

»Nein! Verdammt, nein!« Warum verdrehte ihm der Drache einfach die Worte im Mund? Er hatte sich doch auch nicht vor dem mächtigen Orden der Drachenritter gebeugt, der dämliche Schuppenkopf wusste das doch! Das war einfach etwas anderes, das war … Aber Ben konnte nicht richtig fassen, wo der Unterschied lag, und brachte kein Wort heraus.

»Dachte ich mir. Dann musst du wohl einfach selbst entscheiden, was du tun willst.«

»Was wir tun, haben wir doch längst entschieden«, knurrte Ben. Darum ging es ihm nicht, er wollte nur verstehen, warum er den Schiffbrüchigen und die Flasche nicht aus dem Kopf bekam. Warum er nicht schlafen konnte.

»Selbst wenn es Schicksal wäre, dann wäre es nicht deines«, sagte Aiphyron. »Sondern das von Anula. Schließlich hat sie die Flasche gefunden.«

»Aber damit wäre es auch meines«, sagte Ben und erhob sich wieder. Das war etwas, das Drachen nur schwer verstanden. Sie wurden aus der Welt heraus geboren, wuchsen in der Erde, im Fels, in Bäumen oder auf dem Grund des Meeres heran. Sie hatten keine Eltern, kannten keine Liebe. Auch wenn sie sehr wohl wussten, was Freundschaft war, waren sie im Kern Einzelgänger.

Zum Abschied strich er Aiphyron noch einmal über die Schnauze und schlich zurück zu Anula. Vorsichtig kuschelte er sich wieder an sie, und sie griff im Schlaf nach seinem Arm, hielt ihn fest. Und obwohl Aiphyron ihm noch mehr Gedanken in den Kopf gesetzt hatte, schlief Ben nun beinahe sofort ein.

Kein einziger Albtraum plagte ihn in dieser Nacht.

VON INSEL ZU INSEL

Sicher, dass die Muschel nicht doch zu schwer ist?«, neckte Ben Aiphyron und schwang sich auf seinen Rücken, kaum dass die Sonne zwei Handbreit hoch am Himmel stand.

Die Muschelelstern der Klippe gackerten laut und wild durcheinander, letzte Beschimpfungen der Eindringlinge zum Abschied. Eine leichte Brise wehte über das Meer herein, und das hieß, die Wellen stiegen ein wenig höher als gestern, ihre weißen Schaumkronen waren leichter zu sehen.

»Wenn mir meine Last zu schwer wird, werf ich einfach überflüssigen Ballast runter«, entgegnete Aiphyron. »Dich wahrscheinlich. Ich weiß ja, dass die Muschel Anula gefällt, die bring ich schon heil ans Ziel.«

»Danke.« Anula saß bereits auf den Schultern des moorschwarzen Marmaran und lachte. »Dann habe ich wenigstens ein letztes Andenken an den armen, in die Tiefe gestürzten Ben.«

»Das könnt ihr vergessen. Wenn ich stürze, dann reiß ich die Muschel mit hinab.« Lachend klemmte Ben die Knie unter zwei Halsschuppen, um genügend Halt zu finden.

»Wieso trage eigentlich ich Anulas Muschel?«, fragte Aiphyron und sah Marmaran an. »Sie sitzt immerhin auf deinem Rücken.«

»Ich habe Ben überzeugt, ein Kavalier zu sein und das schwere Ding für seine Freundin zu tragen.«

»Wie nobel von dir. Du lernst menschliches Verhalten erstaunlich schnell.« Aiphyron schnaubte und sprang in die

Höhe, breitete die Schwingen aus und erhob sich mit kräftigen Flügelschlägen in die Luft.

Der Wind pfiff durch Bens kurzes Haar und ließ sein dünnes Hemd flattern, dessen Ärmel er weit hochgekrempelt hatte. Egal, wie oft Ben inzwischen schon geflogen war, jedes Mal fühlte er sich wieder frei und leicht und glücklich wie beim ersten Flug, nur dass ihm nicht mehr übel wurde von all dem Auf und Ab.

Es war, als würde er alle schweren Gedanken und Ängste am Boden zurücklassen. Er konnte nicht anders, er schrie seine Freude gegen den Wind hinaus und hörte schwach die Rufe seiner Freunde, die hinter ihm verweht wurden. Dann beugte er sich vor und klammerte sich ganz an Aiphyron, um dem Wind weniger Angriffsfläche zu bieten. Den Kopf hielt er dabei so, dass er aufs Meer hinabsehen konnte. Hell glitzerte die Sonne auf jedem Wellenkamm, darunter war das Wasser von einem tiefen Blau, durch das hie und da ein Schatten huschte. Ben konnte nur die grobe Richtung der Strömung erahnen, und nicht einmal dessen war er sicher. Endlos schien sich das Meer in alle Richtungen auszubreiten, von überall rollte es heran. Wie sollten sie hier dem Weg einer winzigen Flasche folgen?

»Meinst du, der Wind ändert die Richtung der Wellen?«, rief er Aiphyron ins Ohr.

»Ich habe keine Ahnung.«

»Weißt du denn wenigstens, wo wir ungefähr hinmüssen?«

»Ganz ungefähr. Aber Juri kennt sich mit Wasser viel besser aus.«

Der am Wasser geborene Drache flog neben ihnen und hatte den Blick stur nach unten gerichtet. Nun zog er an ihnen vorbei, machte einen leichten Bogen nach links und hielt diese Richtung minutenlang bei. Dann stürzte er hinab, während die anderen die Höhe hielten, raste direkt über der Wasseroberfläche entlang, bis er plötzlich mit schlagenden Flügeln in der Luft verharrte und die hintere rechte Klaue ins Meer hielt, als wolle er die Temperatur prüfen.

Oder den Verlauf der Strömung.

Langsam nahm er wieder Geschwindigkeit auf und änderte die Richtung erneut ein wenig. Noch einmal senkte er kurz eine Klaue ins Meer, dann gesellte er sich zu ihnen in der Höhe, um eine halbe Stunde später wieder in die Tiefe zu stürzen und den ganzen Kopf im Meer zu versenken. Als sie nach oben kamen, hatte er zwar keine Richtungsänderung vorgenommen, aber drei Fische verschlungen, und Yanko war vollkommen durchnässt und beschimpfte den Drachen vergnügt.

Auf diese Weise legten sie Meile um Meile zurück. Ben wusste längst nicht mehr zu sagen, welchen Wellen sie folgten, eine sah aus wie die nächste, doch Juri klang zuversichtlich, dass sie nicht weit vom Kurs der Flasche entfernt sein konnten: »Natürlich weiß ich nicht, welche Stürme oder Meerestiere ihren Weg noch beeinflusst haben, aber die ungefähre Richtung stimmt. Sollten wir drei Meilen rechts oder links vom Kurs abkommen, so sehen wir eine mögliche Insel von hier oben immer noch.«

Kurz nach Mittag entdeckten sie tatsächlich ein Dutzend schwarzer Klippen, die wie riesige grobe Säulen aus dem Meer ragten.

Die Drachen landeten, um sich einige Augenblicke auszuruhen. Dann aßen die vier Menschen vom Proviant, während sich die Drachen frische Fische fingen. Aiphyron beschimpfte einen leuchtend roten Fisch mit gelber Rückenflosse als widerlichen Feuerfisch, hakte nach, ob er wirklich einer sei, und als der Fisch stumm blieb, schleuderte er ihn wieder ins Meer, um sich einen anderen zu krallen, einen mit silbrig grauen Schuppen.

Keinen kümmerte das, denn inzwischen hatten sich auch Anula und Marmaran längst an diese kurzen Anfälle Aiphyrons gewöhnt, in roten Tieren Feuerwesen zu vermuten. Zudem waren sie seltener geworden. Auf keiner der Klippen ließ sich irgendein Anzeichen finden, dass hier je ein Mensch gewesen war; die spärlichen Überreste von drei verlassenen Vogelnestern in drei Spalten waren die einzigen Anzeichen von Leben. Nach einer Weile flogen sie weiter.

Als er den Proviant aus dem Rucksack gezogen hatte, war Ben auch wieder einmal das Blausilber in die Hände gefallen, das er seit ihrer Flucht aus Trollfurt mit sich herumschleppte. Egal, wie wertvoll es war, sie hatten es bislang nicht verkauft, denn der Orden stellte daraus die Schwerter her, mit denen er den Drachen die Flügel abschlug. Aus keinem anderen Metall ließen sich derart scharfe Klingen schmieden, und der Orden besaß schon mehr als genug Waffen. Wem sie die groben Brocken auch verkaufen mochten, er würde sie mit Sicherheit an den Orden weiterverscherbeln. Und da Ben dies nicht wollte, trug er es seitdem mit sich herum.

Mehrmals hatte er daran gedacht, daraus Schmuck für Anula schmieden zu lassen, weil poliertes Blausilber diesen wunderschönen Schimmer besaß. Doch er wusste, sobald der Orden eine solche Kette oder Ringe oder Armreifen in die Finger bekam, würde er alles ohne Zögern einschmelzen und zu Waffen verarbeiten, um sie gegen geflügelte Drachen einzusetzen. So wie er es bei den vier getan hatte, mit denen Ben jetzt flog. Er war ein Drachenflüsterer, seine Gabe befähigte ihn, Drachen zu heilen, indem er ihnen die bloßen Hände auflegte. Wie konnte er dann dazu beitragen, dass sie verstümmelt wurden?

Ben spuckte aus, er verabscheute den Orden und seine Taten im Namen des Sonnengottes Hellwah. Irgendwo würde er sicher besonders gleißende Edelsteine und Gold und Silber auftreiben, aus denen er Anula außergewöhnlichen Schmuck machen lassen konnte. Oder er würde doch noch einen Piratenschatz finden. Aiphyron war sein Freund, er würde ihm sicher gegen den Münzmolch helfen, wenn dieser nicht in einer so engen Höhle wie unter der Bucht lauerte.

Langsam zog Ben einen faustgroßen Brocken Blausilber aus dem Rucksack, der wie eine Art Satteltasche über den Drachen geschnallt war und hinter Bens rechtem Bein baumelte, während links zwei Decken und das Kochgeschirr hingen. In der Sonne strahlte das Blausilber hell und schimmerte. Sein verschollener Vater hatte in einer Mine gearbeitet, und damals war Ben bestimmt schrecklich stolz auf ihn gewesen, doch er erinnerte sich nicht mehr. Schließlich hatte er früher auch Drachenritter werden wollen.

»Verdammte Lügen«, murmelte er und ließ den Brocken fallen. Sie flogen so hoch, dass er den Aufschlag im Meer nicht hören konnte.

»He! Was tust du da?«, rief Yanko, der neben ihm flog. »Ich wollte daraus Schmuck für Nica machen!«

»Aus meinem Anteil?«, brüllte Ben, obwohl sie das schwere Metall wegen des hohen Gewichts auf alle Rucksäcke verteilt hatten, nicht nach Anteilen. »In deinem Kopf nistet doch ein Schrumpfwurm! Außerdem hatte ich die Idee lange vor dir! Aber ich hab sie verworfen, weil …«

»Du wolltest Schmuck für Nica machen?«, mischte sich da Anula ein, die mit Marmaran plötzlich über ihm auftauchte.

Sie beugte sich tief über den Drachenhals hinab und klang gar nicht erfreut.

»Nein! Nicht Nica, dir!«

»Aha! Aber jetzt wirfst du das Blausilber doch lieber ins Meer? Gönnst du den Fischen wohl mehr als mir?«

»Und was ist mit Nica?«, hakte Yanko nach. »Wenn du schon Anula …«

»Ja, was ist mit mir?« Nica hatte ihren Namen gehört und mit Feuerschuppe aufgeschlossen.

»Ben wirft gerade unseren Schmuck ins Meer«, erklärte Anula.

»Was?«

»Ich werfe Blausilber ins Meer! Blausilber, verdammt! Keinen Schmuck!« Wütend zerrte er noch einen Brocken aus dem Rucksack und schleuderte ihn hinab. »Daraus macht man keinen Schmuck, sondern Waffen, die die Schuppen von Drachen durchdringen können. Ich will nicht, dass das irgendwie dem Orden in die Hände fällt!«

»Niemand von uns will dem Orden in die Hände fallen, weder mit noch ohne Schmuck.«

»Trotzdem hatten sie uns alle schon gefangen! Wäre das Blausilber nicht bei den Drachen gewesen, wäre all das jetzt ein Schwert.«

»Dann schmeißen wir es halt runter!«, brüllte Yanko und zerrte ein Stück Blausilber aus seinem Rucksack. Mit gespieltem Bedauern ließ er es in die Tiefe fallen. »Du wärst ein herrliches Diadem geworden.«

»Der Gedanke zählt.« Nica lächelte Yanko an und kramte ebenfalls das Blausilber aus ihrem Rucksack, um es ins Meer regnen zu lassen.

»Und diese Gedanken sollten wir auf keinen Fall aus den

Augen verlieren.« Auch Anula warf nun ihr Rohmetall hinab. »Auch ohne Blausilber.«

»Auf dass der fieberköpfige Orden keine einzige neue Waffe in die Finger bekommt!«

Ein Brocken nach dem anderen raste hinab, jeder wurde mit einem weiteren Fluch gegen den Orden begleitet. Schließlich drückten sie auch den Drachen Blausilber in die Klauen, das diese mit vergnügten Flüchen ins Meer schleuderten.

»Danke«, sagte Aiphyron, als der letzte Krümel Blausilber vom Ozean geschluckt worden war.

»Reiner Selbstschutz«, brummte Ben. »Ich dachte, ich mach das mal, bevor du noch mich zu Ballast erklärst.«

»Ich sag euch was«, rief Yanko. »Der Schiffbrüchige ist bestimmt kein einfacher Seemann. Einfache Seemänner können nur selten schreiben, und schon gar nicht so sauber in der Linie und gleichmäßig. Also muss es doch der Kapitän oder ein reicher Händler oder ein gebildeter Erbe sein, der zum wohlhabenden Onkel in die Ferne geschickt wurde. Und wenn wir den heimbringen, dann überhäuft er uns vor Dankbarkeit mit Gold und Schmuck und …«

»Und du sagst immer, ich sei derjenige, der zu viel redet?«, brummte Juri.

»Willst du etwa …?«

»Festhalten!«, knurrte Juri und ließ sich mit dem fluchenden Yanko in die Tiefe fallen, tastete mit den Klauen nach der Strömung und tauchte durch drei Wellen hindurch. Bis nach oben konnte Ben Yanko schimpfen und prusten hören.

Am Nachmittag sahen sie endlich eine kleine Insel vor sich auftauchen. Sie maß vielleicht eine halbe Meile im Durchmesser und war dicht bewachsen. Als sie näher kamen, erkannten sie zahlreiche weiße Vögel mit langen schwarzen Schnäbeln, die über den Wipfeln kreisten. Die meisten Bäume trugen dunkelgrüne, armlange Blätter, die übereinanderlappten und jede Sicht auf den Boden versperrten. Weder am schmalen Ufer noch im seichten Wasser davor waren die Überreste eines Schiffs auszumachen, nirgendwo stieg der Rauch eines Feuers auf, und auch nach anderen Spuren menschlichen Lebens hielten sie vergeblich Ausschau.

»Ganz am Horizont ist noch eine andere Insel«, sagte Feuerschuppe.

»Zwei«, korrigierte Marmaran. »Ein Stück weiter links ist die zweite.«

Aiphyron brummte zustimmend. Keiner der Menschen konnte etwas erkennen.

»Später.« Ben deutete hinab. »Erst sehen wir uns die an.«

Im Sinkflug umkreisten sie die Insel, dann landeten sie auf einer Gruppe kahler Felsen am südlichen Ufer. Ein kleiner Krebs eilte über den dunklen Stein davon, die Vögel stießen kurze schrille Triller aus, und unweit der ersten Bäume lagen die Überreste einer drei Fuß langen Schildkröte in der Sonne, dem Geruch nach schon eine Weile. Ben konnte nicht glauben, dass ein hungernder Schiffbrüchiger so viel Fleisch ignorieren würde.

»Hallo!«, brüllte Yanko in Richtung Bäume, die Hände als Trichter um den Mund gelegt.

Unwillkürlich zuckte Ben zusammen.

»Was tust du da?«, fragte Nica.

»Ich rufe …«

»Und wenn uns jemand anders hört? Nicht der Schiffbrüchige, sondern …«

»Wer soll denn sonst hier sein? Meinst du, der Orden unterhält hier ein Kloster, und gleich brechen tausend schwer bewaffnete Ritter aus dem Gestrüpp, die uns seit Tagen auflauern?«

»Natürlich nicht. Aber der Gedanke steckt einfach noch so drin …«

Gedanke, dachte Ben. Sie sagte Gedanke, obwohl sie *Angst* meinte. Selbst auf diesem winzigen Eiland fern des Großtirdischen Reichs wurden sie den Orden nicht vollkommen los.

Das Trällern der Vögel wurde lauter und schriller, doch niemand kam aus dem dichten Gehölz gestürmt, um mitgenommen zu werden.

Nach einer Weile zückte Ben seinen Dolch, um selbst hineinzugehen.

»Was tust du? Hier ist keiner.«

»Wahrscheinlich. Aber vielleicht ist er angeschlagen oder schläft tief drinnen in einer Höhle, sodass er uns nicht hört.«

»Ja, vielleicht.« Yanko klang nicht überzeugt.

Dennoch griffen nun alle nach ihren Dolchen und Messern und folgten ihm. Niemand konnte wissen, welche wilden Tiere sich dort fanden. Schließlich krochen auch Feuerschuppe und Marmaran ins Unterholz, die Flügel eng an den Körper gepresst, und doch schabten sie rechts und links an Rinden und Ästen entlang, knickten einige von den Bäumen oder Büschen.

Aiphyron und Juri überflogen derweil die Insel, ob sie von oben nicht doch einen Hinweis auf einen Gestrandeten entdecken konnten. Immer wieder brüllten sie hinunter: »Hier kommt Rettung!«

Und Yanko brüllte zurück: »Wir brauchen keine! Danke!«

Zweimal durchquerten sie den Wald und stießen auf nichts Auffälliges außer einem halb zugewachsenen Loch im Boden, in das Ben beinahe gestürzt wäre. Eine drei oder vier Schritt durchmessende Höhle, die beinahe senkrecht wie ein Brunnen in die Tiefe führte. Sie sahen nichts als Schwärze und rochen abgestandene Luft.

»Hallo!«

Doch nichts als dumpfes Echo antwortete ihnen. Sollte ein Schiffbrüchiger hier hineingestürzt sein, wäre ihm nicht mehr zu helfen.

In der Inselmitte stießen sie auf eine kleine Quelle, an der sie ihre Wasservorräte auffüllten. Doch auf menschliche Spuren stießen sie nicht. Wenn jemand hier gewesen war, hätte er sein Lager bestimmt am Wasser aufgeschlagen, oder am Strand, um gesehen zu werden. Auf diesem Stückchen Land befand sich niemand.

»Wie viel weitere Inseln hattet ihr noch mal gesehen?«, fragte Anula, als sie wieder auf die Felsen am Ufer hinaustraten.

»Zwei«, sagte Marmaran. »Aber dahinter war noch ein Schemen, der sich vielleicht noch als dritte herausstellt.«

»Na, dann haben wir ja noch einiges vor uns. Lasst uns hier keine Zeit mehr vertrödeln.«

Als die Sonne unterging, erreichten sie die zweite Insel, die größer war als die erste, bestimmt drei oder vier Meilen durchmaß und ebenfalls zum überwiegenden Teil von den hohen Bäumen mit dem dichten, großblättrigen Laub bewachsen war. Auch diese umkreisten sie einmal, um den besten Ort für eine Landung zu finden, und auch diesmal konnten sie keine offensichtlichen Anzeichen menschlichen

Lebens entdecken. Doch im Dämmerlicht konnte man leicht etwas übersehen.

Der angesprochene Schemen am Horizont hatte sich tatsächlich als sogar zwei Inseln herausgestellt, die versetzt hintereinander lagen, und weit abseits ihrer Route, ganz im Westen, war auch noch einmal Land zu erahnen. Ben fragte sich, wie sie hier einen einzelnen verschollenen Menschen finden sollten, wenn sich die Inseln weiterhin so vermehrten.

»Oder mehrere«, wandte Anula ein. »Wer sagt denn, dass nur einer überlebt hat?«

»In Seemannsgeschichten und Abenteuern ist es immer einer«, murmelte Ben.

Sie schlugen am Strand ein Nachtlager auf, im Dunkeln wollten sie nicht durch einen fremden Wald stolpern. Zum Glück gab es hier Sand, sodass sie nicht auf hartem Fels liegen mussten.

Obwohl Ben wusste, dass die Drachen gut wachten, schlief er nur zögerlich ein, und auch Anula drehte sich immer wieder unruhig in seinem Arm hin und her. Die Wellen schwappten beruhigend ans Land, die Blätter rauschten friedlich und leise im Wind, doch dazwischen mischten sich immer wieder Geräusche, die er nicht einordnen konnte. Etwas, das wie ein tiefes Seufzen klang, ein Summen, ein Kreischen, das sich wie meckerndes Lachen anhörte, ein fernes Schaben und dann ein plötzliches Schnattern, hell und hektisch, bis es abrupt abbrach.

Darauf folgte Stille.

Ben erwartete, ein Knirschen und Kauen zu hören, doch nichts dergleichen war zu vernehmen. Sanft schwappte das Meer auf den Sand, Welle um Welle. Der Wald war ruhig, viel zu ruhig. Bis irgendwo ein Vogel schrie und erneutes Kreischen gedämpft herüberdrang.

»Was war das?«, flüsterte Anula.

»Ich weiß nicht.«

»Und wenn es herkommt?«

»Aiphyron passt auf, und die anderen auch.« Ben drückte ihr einen sanften Kuss aufs Ohr. »Schlaf weiter.«

»Weiter ist gut gesagt«, murrte Anula, aber sie kuschelte sich an ihn. »Träum schön.«

»Du auch.«

Doch der Wunsch wollte nicht helfen. In Bens Träumen fielen hundert wimmelnde Ordensritter über sie her, über und über tätowiert mit diesen fremden Schriftzeichen aus der Flaschenpost. Lange Zungen hingen ihnen aus den Mündern, wie bei hechelnden Hunden, und sie schlugen den Drachen die Flügel ab. Die ledrigen Membranen zogen sie über Bootsgestelle aus riesigen bleichen Knochen, und zwei Flügel stellten sie auf wie Segel. Wie trunken lachten sie und brüllten etwas von einer raffinierten Falle und: »Fliegen ist Sünde! Ihr sündigen Trottel könnt jetzt nach Hause schwimmen.«

Voller Inbrunst schmetterten sie eine Hymne für den Sonnengott Hellwah, fuhren auf den blutigen Flügelbooten davon und ließen sie auf der plötzlich kargen Insel zurück, umgeben von nichts als Tausenden leeren Flaschen, die alle flüsterten: »Lies mich, lies mich, lies mich«, bevor der Wind über sie hinwegblies und so eine fröhliche Melodie pfiff.

Ben erwachte vom Gesang der Vögel und schloss die Augen wieder – bis ihm einfiel, wo sie sich befanden, und er die Decke von sich schleuderte. Heute würden sie den Schiffbrüchigen finden, das fühlte er. Oder auch die Schiffbrüchigen, aber ganz sicher waren es keine hundert Ordensritter. Verdammte Träume!

Auch die Geräusche der Nacht waren im Sonnenschein vergessen oder nicht mehr bedrohlich. Wenn nachts ein Fuchs eine Ente riss, dann hatten vier Menschen in Begleitung von vier Drachen noch lange nichts zu befürchten.

Nach dem Frühstück begannen sie mit dem Rufen, wenn auch ohne viel Hoffnung. Die Insel war deutlich größer, schon nach hundert Schritt würde sie wohl niemand mehr hören, geschweige denn in der Mitte oder gar am anderen Ende. Und tatsächlich antwortete auch niemand. Ebenso stürzte niemand zu ihnen heraus, um sich auf die Knie zu werfen und ihnen überschwänglich zu danken. Es half nichts, sie mussten auch diese Insel durchkämmen.

Diesmal stapften sie zu acht durch den dichten Wald, keiner der Drachen kreiste über ihnen. Aiphyron ging voraus und wälzte eine Schneise durch das Unterholz. Dennoch schnalzten immer wieder Äste hinter ihm zurück und trafen Ben im Gesicht oder an den schützend erhobenen Armen. Tief hängende Zweige und Blätter strichen ihm übers Haar, abgebrochene Zweigstückchen rieselten herab.

Die ganze Rettung eines Unbekannten erwies sich als deutlich langweiliger und zielloser als erwartet. Warum konnten die Inseln hier nicht karg und überschaubar sein?

»Vorsicht!«

Ben duckte sich sofort, doch zu spät. Ein zurückschnellender dicker Ast wischte ihn von den Beinen, und er landete schmerzhaft auf dem Hintern. Motzend erhob er sich, hackte dem Ast zur Strafe ein paar Zweige und Blätter ab, spuckte ihn an und ging weiter. Noch so etwas, und der Schiffbrüchige könnte verdursten! Selbst schuld, hätte er halt Tirdisch geschrieben!

Auch hier fanden sie zwischen zwei knorrigen Bäumen eine Quelle, aus der sie trinken und die Vorräte auffüllen konnten, und ein ganzes Stück davon entfernt ein Loch, das in die felsige Tiefe führte. Dieses war ebenso breit wie das auf der anderen Insel, jedoch nicht ganz so zugewachsen, sodass es gut zu erkennen war und keiner Gefahr lief, hineinzustürzen.

»Hallo!«, brüllte Ben wütend hinunter, aber auch hier antwortete nur das Echo.

Aiphyron schob seine Schnauze über den Rand, schnüffelte und stierte hinab. »Ich kann nichts erkennen außer Stein. Und es stinkt nach Moder.«

»Hier ist niemand.« Yanko stellte sich zwischen sie und legte ihnen den Arm um die Schultern. »Lasst uns verschwinden, dann schaffen wir heute noch eine Insel. Wir können unmöglich jede Ecke auf jeder Insel absuchen.«

Ben drehte sich um und sah Anula und Nica an. Sie erwiderten seinen Blick und warteten, als wäre es allein seine Entscheidung, nur weil die ganze Suche sein Vorschlag gewesen war. Aber sie wirkten nicht, als machte ihnen das hier Spaß. Also zuckte er mit den Schultern. »Meinetwegen, gehen wir.«

Doch noch bevor sie sich umgedreht hatten, stürzte Feuerschuppe ins Gebüsch und raste zwischen peitschenden und splitternden Ästen hindurch. Schwer schlugen seine Klauen auf den Boden. Vor ihm erklang ein hektisches Schnattern, das Ben zusammenzucken ließ. Ein Schnattern, wie er es in der letzten Nacht gehört hatte. Und wie in der Nacht verstummte es ganz plötzlich.

Als Feuerschuppe zurückkehrte, trug er eine grün gefiederte Ente von der Größe eines dicken Schafs im Maul und presste zwischen zusammengebissenen Zähnen »Mittagessen« hervor.

»Kann ich einen Schenkel abhaben?«, fragte Yanko und klopfte dem Drachen auf die Schulter.

»Klar.«

Also setzten sie sich an den Strand und machten ein Feuer, um die Riesenente zu braten. Auf einmal hatte es Yanko nicht mehr eilig. Pfeifend rupfte er das Tier und wartete geduldig, bis es durch war. Ihr Fleisch war dunkler als das einer gewöhnlichen Ente und um vieles zarter.

Juri und Aiphyron fingen derweil noch eine Handvoll Fische, und Marmaran, der die schärfsten Augen hatte, überflog die Insel dreimal und brüllte, ob da unten jemand gerettet werden wolle.

Niemand antwortete, nur ein paar schwarze Baumhörnchen kreischten und sprangen unter ihm von Ast zu Ast. Zu klein, um eine lohnende Beute darzustellen.

»Von keiner der anderen Inseln steigt Rauch auf«, berichtete er noch, also ließen sie Juri nach dem ausgedehnten Mittagsmahl am Nachmittag entscheiden, wohin sie sich wenden sollten. Schließlich konnte er am ehesten die Strömung und den Weg der Flasche einschätzen. Er deutete nach Osten, und sie löschten das Feuer und setzten ihre Suche fort.

VON LÖCHERN UND DER LAUERNDEN DUNKELHEIT

Sie erreichten die dritte Insel am späten Nachmittag, umkreisten sie wie die anderen und riefen ihr Hilfsangebot in die Tiefe. Wieder reagierte niemand, doch da der Schiffbrüchige auf dem Pergament diese fremden kantigen Zeichen verwendet hatte, verstand er ihre Sprache wahrscheinlich nicht. Woher sollte er wissen, was sie schrien? Vielleicht fürchtete er geflügelte Drachen und versteckte sich irgendwo dort unten, kauerte zitternd unter einer Wurzel, und sie müssten ihm erst mit Zeichensprache verständlich machen, dass geflügelte Drachen nicht verflucht waren und er gerettet. Also landeten sie erneut am Strand. Es handelte sich um die bislang größte Insel, aber Marmaran sagte, die eine im Westen sei mindestens doppelt so groß, und auf dem Flug hierher habe er noch eine weitere im Süden erspäht.

»Da haben wir ja noch einiges vor uns.« Anula seufzte.

»Wetten, wir finden hier wieder so ein dämliches Loch im Boden?«, fragte Yanko.

»Noch ein Loch?« Ben schüttelte den Kopf. »Nein, noch so eins wäre ein zu großer Zufall. Wo kommen die überhaupt her?«

Keiner wusste das zu sagen. Vulkane konnten es nicht sein.

»Vielleicht haben hier früher mal Menschen gelebt«, schlug Juri vor. »Und das sind die Überreste der Brunnen, die sie gegraben haben. Längst ausgetrocknet und seit Jahrzehnten nicht mehr benutzt. Weit im Westen eurer Heimat habe ich so einen ausgehobenen Schacht mal gesehen, der erinnerte mich an einen ähnlichen im Nordosten, wo ich an einem schönen Herbstnachmittag auf einem moosbewachsenen Irrgarten aus Felsen landete, weil ich dort im Schatten …«

»Und all die anderen Überreste, wo sind die?«, unterbrach ihn Yanko. »Die behauenen Steine der Hausmauern, die gerodeten Schneisen für Straßen oder auch nur das Dach und die Kurbel für den Eimer über dem Brunnen? Ein Brunnen, der nicht einmal gerade in die Tiefe führt, sondern leicht schräg.«

»Vielleicht waren die Häuser aus Holz und sind seit Jahrhunderten vermodert und die Straßen überwuchert, weil es so lange her ist?«

»Aber warum sollte man überhaupt einen Brunnen graben, wenn man direkt um die Ecke eine sprudelnde Quelle hat?«, warf Nica ein.

»Gute Frage.« Feuerschuppe schnaubte. »Vielleicht, weil sie zum Nachbardorf gehört und jeder eine eigene Wasserstelle haben wollte? Menschen sind so.«

»Wie auch immer, das ist lange her«, sagte Anula. »Löcher im Boden sind Löcher im Boden. Was sollen uns die kümmern? Hauptsache, wir finden wieder eine solche Quelle, das ist viel wichtiger.«

»Klar ist Wasser wichtiger als ein Loch voller Dunkelheit und Nichts.« Yanko sah sie kopfschüttelnd an. »Eigentlich. Aber hier geht es nicht um ein Loch, sondern um eine Wette, das ist sehr viel wichtiger. Also, um was wetten wir jetzt, Ben?«

Ben zuckte mit den Schultern. Was sollte er schon setzen? Er besaß kaum etwas außer seiner Kleidung, und den Dolch und den durchstoßenen Glücksgroschen hatte er von Yanko erhalten, die konnte er schlecht einsetzen. »Schlag was vor.«

»Gut. Dann wetten wir um das Recht der ersten Wahl beim nächsten Schatz oder der Belohnung, wenn wir den Schiffbrüchigen retten.«

»Einverstanden. Wer gewinnt, darf als Erster aussuchen, wenn wir einen Schatz finden.«

Sie schlugen ein, und Yanko grinste und flüsterte, sodass ihn nur Ben verstehen konnte: »Ich hab da nämlich so ein Gefühl, dass wir bald fündig werden. Und dann gehört das Diadem mir. Und damit Nica und nicht Anula.«

»Ach ja? Werden wir ja sehen«, presste Ben zwischen den Lippen hervor und drückte mit der Hand, so fest er konnte. Yanko hielt dagegen, bis sie beide krampfhaft lächelnd rot anliefen und sich voneinander lösten.

»Die Wette gilt.«

So tauchten sie erneut in einen Wald ein. Das Unterholz schien hier weniger dicht zu sein, die Drachen fanden leichter einen Weg zwischen den Bäumen hindurch, auch wenn sie immer wieder Äste zur Seite schieben mussten. Rufend kämpften sie sich voran. Über ihnen trällerten die weißen Vögel, weiter entfernt hörten sie das Geschnatter der grün gefiederten Riesenente. Und irgendwo schrie eines dieser Baumhörnchen, und ein anderes antwortete. Insekten summten in den Baumkronen.

Die Luft unter dem Blätterdach war drückend, das verschwitzte Hemd klebte Ben auf der Haut, und er wurde der Suche langsam überdrüssig. Dafür schämte er sich, da er noch immer Mitleid mit dem Schiffbrüchigen aus seinem Kopf hatte. Doch immer mehr drängte sich der Gedanke in den Vordergrund, dass er ihn doch gar nicht kannte, nicht wusste, wo er gestrandet war, ja nicht einmal, ob er überhaupt existierte. Vielleicht hatte ein siebenjähriger Spaßvogel die Nachricht vor drei Jahren in einen Fluss geworfen und erinnerte sich nicht einmal mehr daran?

Mit Sicherheit wusste Ben nur, dass er nicht die nächsten Wochen von Insel zu Insel fliegen wollte, um diese abzusuchen. Eigentlich wusste er im Moment überhaupt nicht, was er machen wollte. Grübelnd stapfte er weiter und weiter.

»Ha!«, schrie Yanko irgendwann und deutete durch die Bäume nach rechts. »Wusste ich's doch.«

Tatsächlich erkannte Ben durch das Gebüsch eine lichte Stelle mit nacktem Fels, in dem ein ebenfalls fast vier Schritt durchmessendes Loch prangte. Viel zu breit für einen Brunnen.

»Ha!«, schrie Yanko noch einmal und sprang mit ausgestrecktem Zeigefinger hinüber.

»Was willst du da?«, rief ihm Ben nach. Der Kerl musste doch nicht so ein Theater wegen einer kleinen Wette veranstalten. Das vermieste Ben die ohnehin schon miese Laune noch mehr. Jetzt fehlte nur noch, dass sie hinter dem nächsten Baum wirklich einen Schatz fanden, der aus einer Handvoll kleiner Münzen, löchrigen Stiefeln und einer einzigen, edelsteinbesetzten und frisch polierten Krone bestand, die Yanko dann Nica schenkte, während Anula leer ausging.

»Ich … Hier sind irgendwelche Flecken.« Yanko deutete auf den Rand des Lochs. »Sieht fast aus wie Blut.«

»Was?« Nun stürzten alle hinüber. Ben stolperte und wäre fast in die Tiefe gefallen, wenn Anula und Nica ihn nicht gleichzeitig gehalten hätten.

»Danke«, keuchte er. Es war einfach nicht sein Tag.

Neugierig begutachteten sie die Handvoll dunkler Flecken auf dem hellgrauen Stein. Sie waren von rötlich brauner Farbe und längst getrocknet, trotzdem konnte es alles Mögliche sein. Vielleicht herabgetropftes Harz der hiesigen Bäume oder der Kot dieser nervig kreischenden Hörnchen. Wie sollten sie das ausschließen können?

Unvermittelt leckte Marmaran mit flinker Zunge darüber und schmatzte. »Ja, das ist Blut. Ich kann aber nicht sicher sagen, ob menschliches oder von einem Tier. Drache ist es nicht.«

»Woher weißt du, wie menschliches Blut schmeckt?« Anula hob die Augenbrauen.

»Ich weiß es ja nicht sicher«, protestierte Marmaran und grinste.

»Ja, ja.« Anula starrte ihn weiter an. »Also woher?«

»Ich war der Drache eines Ritters. Oder Ketzers, was auch immer. Wenn er verwundet wurde, ist sein Blut auf mich gespritzt. Auch das anderer Kämpfer konnte ich riechen, und manchmal habe ich es auch versehentlich in den Mund bekommen. So ist das im Kampf. Oder hältst du mich für einen Menschenfresser?«

»Unsinn.« Anula rieb ihm über die Schnauze und lächelte.

»Hallo!«, schrie Yanko in das Loch hinab. »Hallo! Ist da wer? Jemand verwundet?«

Doch auch hier bekamen sie keine Antwort. Wenn irgendwer in das Loch gestürzt war und noch unten lag, wie tief unten auch immer, dann lebte er wohl nicht mehr. Etwas anderes war bei einem solchen Abgrund auch nicht zu erwarten gewesen. Wahrscheinlich stammte das Blut wirklich von einem Tier. Ben dachte an das abgebrochene Geschnatter der letzten Nacht. Tiere starben auf diesen Inseln wie überall, sie verletzten sich.

»Hallo!«, brüllte nun auch Juri mit aller Kraft, und seine tiefe Stimme hallte wie fernes Donnergrollen in der Tiefe wider, sodass sie verstärkt zurückgeworfen wurde.

»Das hat jetzt wirklich jeder gehört. Auf allen Inseln im Umkreis.« Yanko, der neben dem Drachen stand, rieb sich mit der Linken das Ohr und klopfte ihm mit der Rechten auf die Schulter. Unten herrschte noch immer Stille. Sie wandten sich ab und stapften weiter.

Minute um Minute verrann. Sie entdeckten eine kleine Höhlung unter einer Baumwurzel, in der sich keine menschlichen Spuren fanden; nur zwei schillernde Käfer jagten sich mit klickenden Scheren im Kreis. Gelangweilt kickte Ben einen Stein nach ihnen, traf jedoch nicht.

Weiter und weiter stapften sie, bis sie schließlich auch noch auf eine Quelle stießen, die zwischen zwei Felsen hervorsprudelte. Sie waren höchstens fünf Schritt hoch und vollständig zugewachsen mit Gräsern, hellgrünen Flechten und kleineren Sträuchern, die sich mit bleichen Wurzeln in das Erdreich in den Ritzen klammerten.

Neben der Quelle befand sich eine kleine Feuerstelle mit kalter schwarzer Asche, dahinter führte eine übermannshohe Spalte in den grauen Fels, die mit einer Palisade aus grob zurechtgeschnitzten Ästen verschlossen werden konnte.

Die mit langen, geflochtenen Gräsern zusammengeschnürte Palisade lehnte neben der Öffnung wie eine einladend geöffnete Tür, auf dem Boden daneben lag ein angespitzter Stock von Mannslänge, ein behelfsmäßig hergestellter Speer.

Ganz sicher stammte der nicht von einem Tier. Überall im Kreis lagen Splitter von aufgebrochenen rötlichen Nussschalen.

»Hallo!«, brüllte Ben, von plötzlicher Freude gepackt. Sie hatten ihn gefunden!

»Hallo!«, schrien auch die anderen, aber nur ein paar Vögel und Hörnchen antworteten. Niemand trat aus der Felsspalte hervor. Auch aus dem Wald ertönte keine Antwort, keine Schritte näherten sich.

»Und jetzt?«

»Warten wir«, sagte Juri und trank aus der Quelle. »Bald geht die Sonne unter, spätestens dann kommt er hierher zurück.«

»Und wenn nicht?«

»Dann suchen wir morgen weiter.«

Auch Ben sah ein, dass Warten sinnvoller war, als noch eine halbe Stunde durch den Wald zu irren, während sich die Dämmerung zwischen die Bäume senkte. Die Schatten unter den großen Blättern wurden schon jetzt dunkler. Doch es gefiel ihm nicht, tatenlos herumzusitzen, also sah er sich um, während Yanko mit vier noch geschlossenen, faustgroßen, rötlichen Nüssen vor den Mädchen jonglierte, um bewundernde Blicke zu kassieren. Auch von Anula.

Pah! Armseliger Angeber. Vier Nüsse war für Welpen. Für blinde, lausverseuchte Welpen. Vier Nüsse, das machte Ben nachher mit einer Hand.

In der Spalte neben der Palisade fand sich ein Bett aus vertrockneten Blättern und Gräsern, in den Fels neben der Tür waren Striche eingeritzt, stets fünf senkrechte, die dann von einem sechsten durchgestrichen waren. Eine seltsame Art der Zählung. Dreizehn Blöcke ergaben die Summe von achtundsiebzig Strichen, daneben prangten noch vier senkrechte.

»Zweiundachtzig Tage«, vermutete Ben. Zweiundachtzig Tage Einsamkeit, denn er hatte nur ein einziges Bett gesehen. Zweiundachtzig Tage Nüsse und Riesenenten und jede

Nacht das Schnattern und Kreischen im Ohr. Was für ein bitteres Los.

Langsam ging Ben wieder hinaus und warf einen Blick auf den Speer. Die Spitze war mit dunklen Flecken übersät. Blut. Unwillkürlich dachte er wieder an die Flecken vor dem tiefen Loch.

»Wir sollten nach ihm suchen«, sagte Ben. »Wenn er könnte, wäre er bestimmt schon hier.«

»Und wo willst du ihn suchen?« Yanko ließ eine Nuss fallen und fluchte. Anula und Nica sahen nun Ben an, und Yanko brummte unwirsch, dass es nicht seine Schuld sei, Ben habe ihn abgelenkt.

»In dem Loch. Da waren Blutspuren.«

»Aber sie waren draußen am Rand. Wenn er wirklich hineingestürzt ist, dann müssten die Flecken unten drin sein.«

»Vielleicht ist er oben gestolpert, hat sich den Kopf geschlagen und ist dann unglücklich über die Kante gerutscht.«

»Wir haben gerufen, und zwar laut. Da war niemand«, gab Juri zu bedenken.

»Vielleicht ist er bewusstlos.«

»Bewusstlos?«

»Oder taub.«

»Taub?«

»Was weiß ich. Es kann hundert Gründe geben, warum er nicht gleich geantwortet hat. Und vielleicht ist es morgen zu spät? Was, wenn wir warten und er heute Nacht stirbt, ganz langsam verblutet?«

Niemand antwortete. Yanko schnaubte, ließ die Nüsse fallen und erhob sich.

»Also los.« Ben stapfte voran. »Wir nehmen ein paar Lianen aus den Bäumen als Seil, an denen könnt ihr mich runterlassen. Dann kann ich nachsehen, ob da wer ist, und wir müssen uns nicht auf sein Gehör verlassen.«

Als sie das Loch schließlich erreichten, war die Nacht hereingebrochen. Sorgfältig verknotete Anula die drei Lianen, die die Drachen aus den Bäumen gepflückt hatten, und prüfte jeden Knoten dreimal.

Aiphyron brach einen Ast auf Armlänge zurecht und schob ihn sich mit spitzen Krallen in den Rachen, drehte ihn dort hin und her. Als er ihn wieder herauszog, war die Spitze mit einer zähen Masse umwickelt. Diese setzte er dann mit einem kurzen Schnauben in Brand, sodass Ben über eine Fackel verfügte. Ihre Flamme flackerte im sanften Wind. Aiphyrons Abscheu vor Feuer war geringer geworden, seit er sich in Begleitung von Menschen befand, die täglich damit hantierten. Und vor allem, seit er Feuerschuppe damals mit seinem Feuer hatte helfen können.

»Und wie soll er die halten, während er runterklettert?«, fragte Anula spitz. »Mit dem Mund?«

»In der Hand.«

»Und womit hält er sich fest? Nur mit der anderen? Oder nimmt er dazu dann die Zähne?«

»Ganz wie er will.« Grinsend machte Aiphyron eine Schlinge ins untere Ende der Liane. »Da setzt er sich rein, und wir lassen ihn hinunter. Wir lassen den Kleinen doch nicht klettern.«

»He! Wen nennst du klein?« Ben fuchtelte mit der Fackel vor Aiphyron herum. »So eine Beleidigung verlangt … verlangt … Wie heißt das? Ach, du weißt schon, ein Duell eben. Jawohl!«

»Komm wieder, wenn du groß und ein Ritter bist.«

»Da kannst du lang warten. Ritter, pah!«

»Kindsköpfe«, knurrte Anula, riss die Schlinge an sich und kontrollierte auch diesen Knoten, zerrte ihn noch einmal fester, obwohl dies nach dem kräftigen Griff des Drachen sicher nicht nötig war.

Marmaran leckte noch einmal über die Flecken auf dem Boden und schmatzte wie ein reicher Händler bei der Weinprobe. »Könnte wirklich Mensch sein.«

»Kannst du Alter und Haarfarbe auch schmecken?«, fragte Yanko. Beide lachten, Nica verdrehte die Augen.

»Pass auf dich auf«, sagte Anula schließlich, als Ben in die Schlinge kletterte, und gab ihm einen flüchtigen Kuss.

»Mir passiert schon nichts«, antwortete er und lächelte sie an. Er griff sich die Fackel und stieg über die felsige Kante.

Langsam ließ Aiphyron ihn hinab, Ben setzte einen Fuß unter den anderen und hielt so Abstand zur Wand. Beinahe senkrecht bohrte sich der Schacht in die Tiefe, die Wand war erstaunlich glatt für eine natürliche Höhle. Nichts deutete darauf hin, dass sie gemauert und menschlichen Ursprungs war, aber viele Kanten schienen abgeschliffen wie die eines Steins, der lange im Fluss lag.

Doch ein Brunnen?

Nein, ein Brunnen war das nicht.

Die Öffnung über ihm wurde immer kleiner, bis er sie kaum noch sah; die Nacht war beinahe ebenso dunkel wie die Tiefe. Das Licht der Fackel flackerte über den Fels, und Ben sah nicht mehr zurück. Weitere Blutflecke konnte er nirgendwo erkennen. Einmal schimmerte etwas, das aussah wie getrockneter Schleim einer Schnecke, nur schwarz. Doch bis er »Halt« schrie, war er schon daran vorbei.

»Was ist?«, dröhnte Aiphyrons Stimme hinab, die Liane bewegte sich nicht mehr.

»Nichts! Weiter.«

Die Luft wurde immer stickiger und kühler. Ben atmete den beißenden Geruch seiner Fackel ein, blickte bei jedem zweiten Schritt nach unten und sah nur Schwärze – bis sich fester Grund aus der Dunkelheit schälte. Noch ein paar Schritt, dann hatte er ihn erreicht.

»Ich bin unten«, rief er, als er beide Füße auf dem Boden aufsetzte. Er war eben und genauso glatt wie die Wand des Schachts.

»Gut!«, brüllte Aiphyron. »Sehr gut. Viel Seil hatten wir nicht mehr.«

»Was siehst du?«, drängte Anula. »Ist da wer?«

Ben stand in einer Art Höhle, die ebenso gerade und gleichmäßig schien wie der Schacht über ihm. Ihr Durchmesser maß mindestens dreimal seine Körpergröße, und sie verlief in beide Richtungen leicht abschüssig unter dem Schacht hindurch. Er hielt die Fackel hoch und sah nach links und rechts. Nichts war zu erkennen außer steinernen Wänden und Dunkelheit.

Hier lag kein Verwundeter.

Hatte er sich etwa in eine der beiden Richtungen geschleppt? Auf der Suche nach einem anderen Ausgang? Zwar glaubte Ben nicht, dass jemand, der so tief stürzte, es überleben konnte, doch er stieg aus der Schlinge und suchte den felsigen Boden halbherzig nach Spuren ab. Abdrücke würde er hier kaum finden.

»Hallo? Ben, verdammt!«, rief Anula. »Sprich mit uns! Was siehst du?«

»Nichts. Ein Gang, der in zwei Richtungen führt, aber darin

ist nichts. Ich …« Da fiel sein Blick auf vier dunkle Flecken, die denen oben ähnelten, nur dass sie größer waren. Er ging in die Hocke und fuhr prüfend mit dem Zeigefinger darüber. Sie waren trocken und staubbedeckt. Mit dem Nagel ließ sich eine dünne Schicht abkratzen. »Jetzt könnte ich deine feine Zunge gebrauchen, Marmaran. Ich glaube, hier ist Blut.«

»Blut?«

»Na ja, wieder solche Flecken, aber sonst keine Spur von einem Menschen oder Tier.« Ben starrte nach links und rechts in die Dunkelheit. »Vielleicht hat er seinen Sturz an den Wänden abbremsen können, oder er hatte auch ein Seil, das gerissen ist. Und von hier ist er dann weiter, weil er nicht wieder hoch konnte.«

»Dann müsste das doch hier hängen.«

»Stimmt auch wieder.«

»Siehst du wen?«

»Nein. Hab ich doch gesagt. Aber das Licht reicht nur ein paar Schritt weit. Seid mal ruhig.« Ben holte tief Luft, dann schrie er: »Hallo! Ist da wer?«

In der anschließenden Stille vermeinte er ein fernes Schnaufen zu hören, so als würde jemand schwer atmen. Er konnte nur nicht sagen, woher. Es war so undeutlich und leise, vielleicht nur sein eigener Atem oder der Wind von oben.

Nein, da war es wieder. Es schien aus der rechten Höhle zu kommen, jetzt war er sicher.

»Hallo?« Unschlüssig machte er zwei Schritte in diese Richtung. »Alles in Ordnung?«

Immer deutlicher konnte er das Schnauben vernehmen – bis er endlich begriff, dass es nicht lauter wurde, sondern immer näher kam. Sehr schnell, und es klang auch überhaupt nicht nach menschlichem Atmen.

Es wurde von einem schweren Schaben begleitet. Steinchen rieselten zu Boden, und Ben vermeinte sogar eine Art Schmatzen zu vernehmen. Wurde die Dunkelheit vor ihm tatsächlich noch dunkler? Das war doch nicht möglich. Eine Welle stickigen Modergeruchs schwappte auf ihn zu.

Mit einem Schrei stolperte Ben zurück, ließ die Fackel fallen, wirbelte herum und griff mit beiden Händen nach der Liane. Zeit, richtig in die Schlinge zu schlüpfen, blieb nicht.

»Hoch! Zieht mich hoch!«, brüllte er, als er etwas Massiges im Schein der am Boden liegenden Fackel heranstürmen sah, etwas, das den gewaltigen Gang fast vollständig ausfüllte. Er konnte es nicht genau erkennen – es schimmerte wie Fischschuppen im Mondlicht, und doch war es tiefschwarz wie der unglückbringende Sargkäfer, der seine Eier unter Toteneichen vergrub.

Mit einem Ruck wurde Ben nach oben gerissen. Ein schmerzhaftes Zerren durchfuhr seine Schultern, und er schrie, klammerte sich aber weiter fest. Auf keinen Fall würde er loslassen, er musste hier weg, nur weg. Mit dem Knie schlug er gegen die Wand, es schabte über den Fels, und dann packte ihn etwas am Fußgelenk, umschlang ihn wie ein klebriges Seil und riss ihn mit ungeheurer Kraft wieder in die Tiefe. Die Haut wurde von seinen Handflächen geschmirgelt, es brannte. Er konnte sich nicht mehr halten, stürzte und schlug mit aller Wucht am Boden auf.

Dumpfer Schmerz breitete sich über den Rücken in seinem Brustkorb aus, ihm blieb die Luft weg, sodass er nur noch hilflos japste. Ein kaltes Stechen drang in seinen Kopf, und er wurde von dem massigen Etwas mitgeschleift, bis dieses ein gutes Dutzend Schritt vom Schacht entfernt stehen blieb und sich umdrehte. Ben war benommen, er konnte nichts tun, dachte nur immer: »Nein!«, weil er wusste, er würde jetzt sterben, wenn er nicht floh. Doch er konnte sich nicht aufrappeln, sein Körper gehorchte ihm nicht mehr.

Die Fackel lag zu weit entfernt, als dass er Genaues hätte sehen können. Langsam drehte sich die schimmernde Schwärze vor ihm um. Sie roch nach Moder und offenen Wunden, nach Fisch, der über Stunden in der brennenden Sonne gelegen hatte. Er vernahm lautes Schmatzen, und wieder durchzuckte ein Stechen seinen Kopf, als er sich zu erheben versuchte.

»Nein.« Nur ein Flüstern drang zwischen seinen Lippen hervor. Er schmeckte Blut.

Nein!

So wollte er nicht sterben, nicht so, und eigentlich überhaupt nicht.

»Ben!«, hörte er es in der Ferne, doch er wusste nicht, wer geschrien hatte. Es klang nach vielen Stimmen, sie alle hallten in seinem Kopf wider, voller Angst und Wut und Schmerz.

»Aiphyron!«, kreischte eine hohe Stimme, schrill und sich überschlagend vor Verzweiflung, und Ben dachte *Anula.*

Anula war ein guter letzter Gedanke, wenn er schon sterben musste.

Dann vernahm er wieder ein Schleifen, Knirschen und Knurren, und plötzlich prallte etwas dumpf auf den Boden hinter ihm, so schwer und hart, dass den Boden ein Zittern durchlief.

Nicht noch einer, dachte Ben, und er sah etwas in der massigen Schwärze vor sich blitzen, die kleinen kalten Augen eines Hais. Angst überschwemmte ihn und spülte jeden schönen Gedanken an Anula fort.

»Stirb, du stinkende Darmgeburt«, hörte er eine vertraute

Stimme fauchen, und eine riesige Gestalt stürmte mit angelegten Flügeln an Ben vorbei und stürzte sich auf die Schwärze mit den kalten Haiaugen. Laut klatschten die beiden gigantischen Körper gegeneinander, Boden und Wände zitterten, lose Gesteinsbrocken brachen aus der Decke und polterten herab.

Aiphyron!

Bens Körper wurde von einem Schluchzen geschüttelt, Dankbarkeit vermischte sich mit Schmerz. Eine Träne rann ihm über die Wange, zornig wischte er sie weg. Er war doch kein Mädchen! Mühsam rappelte er sich auf, langsam verschwand das Schwindelgefühl. Er musste seinem Freund helfen! Nur, was sollte er in diesem Kampf beitragen? Er war viel zu klein und schwach, um eine Unterstützung zu sein.

Licht, dachte er und torkelte zurück, um die Fackel zu holen. Dieses Ding kam in der Dunkelheit sicher besser zurecht als Aiphyron.

Er hörte den Drachen vor Schmerz brüllen und knurren vor Wut, dann wurde es plötzlich blendend hell. Ein Feuerstoß leckte durch die Dunkelheit, eine Hitzewelle schwappte über Ben hinweg. Es roch verbrannt, und ein schrilles Heulen gellte durch die Dunkelheit, doch der Kampf war noch nicht vorbei. Noch immer schlugen massige Körper gegen die Wände. Ben krallte sich die Fackel und stürzte zurück. Wo blieben denn die anderen?

»Hilfe!«, schrie er über die Schulter zurück.

»Weg da unten!«, drang es herab, und dann polterten Gesteinsbrocken, und etwas Großes schlitterte durch den Schacht.

»Verstärkung kommt!«, rief Ben Aiphyron aufmunternd zu.

Doch der Kampf war vorbei.

Heftig atmend lag Aiphyron auf dem steinigen Untergrund. Er blutete schwer aus einer Wunde an der linken Flanke, tiefe Risse durchzogen die Membranen seiner Flügel, und ein Auge quoll halb aus seiner Höhle. Es wirkte glasig und leer.

Vor dem Maul des Drachen lag ein schwarzer Haufen, der selbst das Fackellicht zu schlucken schien. Er rührte sich nicht.

»Aiphyron!«, keuchte Ben, und der Drache grinste schwach.

»Ausgesprochen gute Idee von dir, hier herunterzuklettern«, sagte Aiphyron und hustete. Unablässig tropfte Blut aus der Wunde an der Flanke, und das gesunde Auge zuckte vor Schmerzen.

Ben warf sich neben ihm auf die Knie. Die aufgerissenen Handflächen bluteten und brannten noch immer. Ben biss die Zähne zusammen und legte die Hände auf den tiefen Riss im Drachenkörper.

Hinter ihnen plumpste Feuerschuppe auf den Boden und eilte herbei.

»Ben!«, kreischte Anula von oben. Ihre Stimme hallte durch den Schacht. »Ben! Sag was!«

»Alles in Ordnung«, murmelte Ben schwach, der all seine Kraft für die Heilung brauchte. Er spürte, wie seine Gabe zu wirken begann, wie seine Hände warm wurden und kribbelten, seine Arme bis über die Ellbogen hinauf, die Halsschlagader pochte. Er spürte, wie er Schwäche und Schmerz aus Aiphyron heraussog, wie er ihm Kraft übertrug, wie das Fleisch des Drachen zitterte, wie das Blut unter seinen Händen langsam gerann.

Das alles war ihm vertraut, und doch war es diesmal anders, denn er trug selbst offene Wunden, ihrer beider Blut vermischte sich, und das Kribbeln in Bens Händen wurde so stark, dass es sich in ein Stechen wandelte. Doch er nahm die

Hände nicht fort, presste sie stur weiter auf die Wunde und ließ seine Gabe wirken, egal, wie sehr ihn das schwächte. Aiphyron durfte nicht sterben, auf keinen Fall. Das würde Ben niemals zulassen.

»Alles in Ordnung«, wiederholte Feuerschuppe laut, aber anscheinend nicht überzeugend genug. Es dauerte nur wenige Augenblicke, bis Anula hinter ihnen in den unterirdischen Gang sprang. Sie hatte sich an der Liane herabgehangelt, einen schweren Dolch zwischen den Zähnen. Beim Aufprall fiel er ihr aus dem Mund, doch sie packte ihn sofort wieder und drehte sich lauernd in alle Richtungen, die Klinge zum Angriff erhoben. Als sie Ben entdeckte und die Lage begriff, steckte sie die Waffe weg und eilte herbei.

»Was ist?« Ihre Stimme zitterte.

»Aiphyron.« Mit einem Nicken deutete er auf die Wunde, deren Blutfluss nur langsam versiegte.

Schweigend setzte sich Anula hinter ihn und legte ihm die Hände auf die Schultern, als könne sie ihm so Kraft schenken. Und auch wenn sie über keine besondere Gabe verfügte, fühlte sich Ben besser. Dann vergaß er sie und dachte nur noch an Aiphyron.

Sehr viel später löste Ben seine Hände von der Wunde. Die Arme zitterten, und er blieb einfach sitzen. Er konnte nicht aufstehen, würde sofort wieder umkippen.

»Wird er durchkommen?«, frage Anula.

»Ja.« Ben versuchte ein Lächeln. Es glückte fast, seine Lippen waren trocken. Als er mit der Zunge darüberfuhr, fühlte er, dass sie aufgeplatzt waren.

»Kann ich was helfen?«

»Wasser«, sagte Ben knapp, dann kroch er auf Knien zu Aiphyrons Kopf, um ihm die Hände vorsichtig auf das verletzte Auge zu legen. Als Ben bedächtig Druck ausübte, stöhnte der Drache. Er konnte Flügel nachwachsen lassen, da würde er doch so ein kleines Auge wieder in Ordnung bringen können.

Hinter ihm sprang Anula zum Schacht zurück und giftete Yanko an, er solle Wasser an der Liane herunterschaffen. Und zwar sofort, sonst würde sie ihm die Ohren so lang ziehen, dass sie die Liane ersetzen könnten.

Und das Wasser kam.

ENTSCHEIDUNG IN DER SONNE

Als am nächsten Morgen spärliches Sonnenlicht durch den Schacht fiel, konnte Aiphyron auf dem verletzten Auge wieder sehen. Verschwommen zwar, und es war noch immer geschwollen, aber mit jeder Minute wurde es besser. Auch die Risse in den Flügeln wuchsen langsam wieder zusammen. Während der Nacht hatten sie sich direkt unter den Schacht geschleppt, fort von dem toten Angreifer, dorthin, wo sie wenigstens ein wenig Licht erahnen hatten können, als der Mond aufgegangen war. Noch nie hatte Ben die Sonne so sehr begrüßt wie die spärlichen Strahlen, die sich nun hierher verirrten.

»Danke«, brummte Aiphyron und zwinkerte unbeholfen mit dem dicken Auge.

»Ja, danke«, sagte Ben und boxte dem Drachen spielerisch auf die Schulter der unverletzten Seite, bevor er nach oben deutete. Das Ende des Schachts war über dreißig Schritt entfernt, bestimmt vierzig. »Ich muss dir danken. Du bist da einfach runtergesprungen.«

»Was hätte ich denn sonst tun sollen? Die lächerlich dünne Liane kann mich nicht halten, und zum Fliegen ist es zu eng.«

»Du hättest sterben können!«

»Du auch.«

Sie sahen einander an und grinsten unbeholfen. Dann husteten beide erschöpft, und Ben sagte: »Ich glaub, etwas von deinem Blut ist gestern in meine Adern gekommen und meines in deine. Ich hoffe, mir wachsen jetzt keine Schuppen oder so.«

»Bloß nicht, dann sprießen mir am Ende so hässliche Haare auf dem Kopf.«

»Keine Angst, die kann man rasieren«, sagte Anula und gähnte. Sie war bei ihnen geblieben, hatte Wasser und Proviant entgegengenommen und Bens Wunden versorgt, als er eine kurze Pause beim Heilen eingelegt hatte. Irgendwann in der Nacht war sie eingenickt und eben wieder aufgewacht. »Aber so ein Bart in ein paar Jahren würde dir sicher stehen.«

Der Drache brummte etwas Unverständliches, das wenig zustimmend klang.

Dann rappelten sie sich auf und sahen nach dem toten Wesen, das Ben angegriffen hatte. Es lag noch immer weiter unten im Gang, wo kaum Tageslicht hinfiel. Die Fackel war längst erloschen, und das wenige Licht, das bis dorthin drang, schien von der Kreatur geschluckt zu werden. Wie ein Berg aus glänzender Schwärze lag es da. Die beiden kleinen Augen waren nun stumpf wie Kohlestücke, und selbst die lange Zunge, die aus dem riesigen Maul hing, und die spitzen schiefen Zähne darin waren schwarz.

Vollkommen verdreht lag es im Gang und trotzte dem Licht, ließ kaum Konturen erkennen und warf keinen Schatten. Oder vielleicht war das Gegenteil der Fall – es war nichts weiter als ein Schatten, etwas, das nie von der Sonne berührt wurde.

Nur mit Mühe erkannte Ben Beine, die an die einer Krabbe erinnerten, mindestens elf Stück. Ferner Zangen wie die eines Kellerkäfers und zwei mehrere Schritt lange, wurmartige Fortsätze über den Augen, da wo Insekten Fühler hatten oder Ziegen Hörner. Der fischige Gestank war stärker geworden, doch die Haut der Kreatur fühlte sich trocken und rau an, und fast überall hart wie die Rinde einer Goldesche.

Der Kopf wirkte wie der einer Schlange, doch Ben konnte keinen Hals erkennen, und er konnte weder sehen noch sich vorstellen, wie der Kopf in den Körper überging. Auch konnte er sich nicht erinnern, wie dieses Wesen im Leben ausgesehen hatte, obwohl es doch vor ihm lag. Obwohl es ihn gestern noch angegriffen hatte. Ben sah in ihm nur eine willkürliche Ansammlung undurchdringlicher Dunkelheit.

»Was zur Buckelkuh ist das?«, fragte er, doch Anula und Aiphyron schüttelten nur die Köpfe.

»Soll ich es ins Licht zerren?«, fragte der Drache.

»Nein«, sagte Ben hastig. Eigentlich wollte er nicht wissen, wie es aussah, er wollte es nur möglichst schnell vergessen. Anula packte seine Hand und drückte sie.

»Und was machen wir jetzt?«

»Ich leg dir noch mal die Hände auf, und dann schauen wir, wie wir hier herauskommen. Wer weiß, ob es davon noch mehr gibt.« Daran hatte er zum Glück in der Nacht nicht gedacht. »Eine solche Begegnung langt fürs Leben.«

»Dann lass uns gleich verschwinden. Ich bin so weit wiederhergestellt, dass ich da hochkraxeln kann.« Aiphyron wandte sich dem Schacht zu, presste die Beine rechts und links gegen die Wand und kletterte mühsam hinaus. Er fluchte und keuchte, schaffte es aber, ohne abzustürzen. Dann zog er Anula und Ben nacheinander an der Liane hinauf.

Bens Hände und Rücken schmerzten noch immer, ebenso das Knie, wenn er es durchdrückte. Doch als er Aiphyron die Hände in der warmen Sonne auf das Auge legte, als er seine Heilkräfte durch die Fingerspitzen rinnen spürte, als er fühlte, wie der Schmerz von dem Drachen genommen wurde, da fühlte er sich glücklich. Als er mit Yanko nach Schätzen getaucht hatte und wenn er allein war mit Anula, das waren ebenso Momente des Glücks, und doch waren sie etwas anderes. In diesem Moment spürte er deutlich, wie sehr er das Heilen vermisst hatte. Das war es, was er machen wollte, was in ihm steckte, was ihn ausmachte. Seine Gabe, sein Wesen.

Er war glücklich, und zugleich hätte er fast heulen können vor Wut, wenn er die verletzten Flügel sah. Mit aller Wucht riefen sie ihm all die verstümmelten Drachen in Erinnerung, die er im Großtirdischen Reich gesehen hatte. Die sie eigentlich alle hatten befreien wollen, auch wenn sie ihren Schwur damals erst einmal nur auf einen einzigen Drachen beschränkt hatten, auf Marmaran.

Ursprünglich hatten sie für die versklavten Drachen und die Wahrheit kämpfen wollen, bis dann der Orden sie gejagt hatte, bis sie gesehen hatten, wie hoch das Kopfgeld war, das auf sie ausgesetzt war, bis die Angst gekommen war und sie vor der Übermacht geflohen waren.

Wie sollten sie sich einem ganzen Land entgegenstellen? Allein?

Aber wozu verfügte er über seine Gabe, wenn er nach Schätzen, Muscheln und einem Schiffbrüchigen suchte, dessen Flaschenpost er nicht einmal lesen konnte? Und der nun bestimmt tot war, verschlungen von der Dunkelheit unter dem Schacht, die von Aiphyron besiegt worden war. Einem Drachen, der sein Leben für Ben riskiert hatte, während Ben davonrannte, anstatt weitere Drachen zu befreien.

Natürlich war der Orden mächtig und in tausendfacher Überzahl, aber im Augenblick schämte sich Ben für seine Feigheit.

Als er Aiphyron gefragt hatte, ob er an Schicksal glaube, hatte dieser gesagt, Ben solle einfach nur tun, was er für richtig halte. Ob dazu auch gehörte, sich gegen den Willen eines

Gottes zu stellen, das wusste er nicht. Ein Gott war immerhin … nun ja, eben ein Gott.

Doch darum ging es hier schließlich auch nicht – es ging um verlogene Priester und einen Orden, der sich auf den Sonnengott Hellwah berief, wie auch auf alte Legenden über einen Fluch Samoths, des Gottes der Tiefe. Ein Fluch, der angeblich in den Flügeln der Drachen steckte und sie in wilde, überwiegend Jungfrauen verschlingende Bestien verwandelte.

Diese Legenden waren Lügen, das wusste Ben. Weshalb sollten die Priester und Ritter also ansonsten die Wahrheit sagen, wenn sie vom Willen Hellwahs sprachen? Gegen solche Priester würde sich Ben mit Vergnügen stellen; sie waren durch und durch Menschen, keine Götter.

Beinahe zärtlich strich Ben über Aiphyrons geschundene Schwingen. Er wollte nicht mehr zulassen, dass der Orden anderen Drachen die Flügel abschlug und ihnen damit den Willen zur Freiheit und die Fähigkeit zu sprechen nahm. Sie auf diese Weise in gefügige Geschöpfe verwandelte, in gehorsame Reittiere oder bessere Wachhunde. Wenn er an die flügellosen Drachen in den Stallungen des Klosters mit den zwölf Zinnoberzinnen dachte, wurde er schwermütig und zornig. Es war so falsch, was der Orden tat und predigte, sie durften das nicht einfach so hinnehmen. Sie kannten die Wahrheit, nur sie konnten sie erzählen. Und nur Ben konnte den Drachen ihre Flügel wiedergeben.

»Wie geht's euch?«, unterbrach Yanko seine Gedanken. Zusammen mit Nica trat er eben aus dem Wald, brachte Wasser und frische Früchte.

»Hm«, brummte Aiphyron, es klang sehr zufrieden.

»Besser«, sagte Ben und nahm das Wasser. Egal, wie viel er trank, sein Mund war noch immer ausgetrocknet.

»Was meinst du, was das da unten war? Das Ding, das dich angegriffen hat?«

»Ich weiß nicht. Es war einfach nur dunkel und unförmig und … Noch nie habe ich von so einer Kreatur gehört.«

»Meinst du, es war ein Geschöpf Samoths?«

»Ich weiß nicht, kann sein.« Ben atmete tief durch und nahm noch einen Schluck Wasser. »Es ist tot, das ist alles, was mich interessiert.«

»Und jetzt?«

»Jetzt fliegen wir heim. Und machen endlich da weiter, wo wir vor Monaten aufgehört haben. Wir befreien Drachen und machen dem Orden das Leben schwer.«

»Hm«, brummte Aiphyron und klang noch ein Stück zufriedener als vorhin.

»Und der Schiffbrüchige?«, fragte Yanko. »Meinst du, das Blut im Schacht stammt von ihm?«

Ben nickte. »Oder zumindest von irgendeinem Schiffbrüchigen, der hier gestrandet ist. Wir können nicht alle Inseln der Welt absuchen, ob irgendwo noch ein anderer steckt, der vielleicht diese dämliche Flaschenpost geschrieben hat, die kein Mensch lesen kann. Wir müssen uns um Drachen kümmern. Und um den verdammten Orden!«

»Meinetwegen.« Yanko zuckte mit den Schultern und deutete dann grinsend zum Schacht hinüber. »Hier ist es ja auch nicht unbedingt sicherer als daheim.«

Ben lachte, aber nur kurz.

»Nein, es ist nicht wie daheim«, widersprach Anula. »Solange wir nicht einfach in das nächstbeste Loch steigen, das in Samoths Reich hinabführt, ist uns in den letzten Monaten nichts passiert. Im Großtirdischen Reich dagegen werden wir gejagt, und zwar von beinahe jedem. Wir sind Geächtete, hast du das vergessen? Und in den Augen aller Kopfgeldjäger noch harmlose Kinder. Alle halten uns für leicht verdientes Geld, alle werden hinter uns her sein. Alle!« Anulas Stimme war mit jedem Satz lauter geworden. In ihren Augen spiegelte sich die blanke Angst, sie hatte viel mehr Zeit in Gefangenschaft verbracht als Ben, Yanko oder Nica.

»Anula.« Ben wollte sie in den Arm nehmen, aber sie stieß ihn weg.

»Nein, nichts da mit *Anula.* Spar dir dein Säuseln, ich komm da nicht mit!«

»Bitte, Anula.«

»Nein!« Sie sprang auf und stürmte davon.

»Anula!« Ben rannte ihr hinterher. Was sollte das? Davonlaufen, das war doch nicht ihre Art. War die Angst so groß?

Doch auch jetzt war sie nicht weit geflohen, Ben musste nur ein kurzes Stück weit in den Wald hinein, da stand sie und wartete auf ihn. Zwei Schritt von ihr entfernt blieb er stehen und sah sie an.

»Ich will nicht vor den anderen reden«, sagte sie und zog die Nase hoch. Aber sie weinte nicht. »Ich will nicht, dass sie wissen, wie viel Angst ich habe. Dass sie mich für einen Feigling halten.«

»Niemand hält dich für einen Feigling. Du warst gestern schneller unten als Yanko oder Nica.«

»Nun ja.« Anula atmete schwer. »Das war was anderes. Da hab ich nicht nachgedacht.«

»Ja, Mut ist einfacher, wenn man nicht nachdenkt.« Er ging einen Schritt auf sie zu.

»Dann müsstest du ja der mutigste Mensch der Welt sein!« Anula verschränkte die Arme. »Erst steigst du in dieses vermaledeite Loch, und anstatt froh über deine glückliche Rettung zu sein, willst du gleich ins nächste steigen! Das ganze Großtirdische Reich ist nur ein riesiges dunkles Loch!«

»Ich …«

»Ja, du!«, schrie sie, weil sie sonst nichts mehr zu sagen wusste.

»Verstehst du nicht, dass ich zurückmuss? Dass meine Gabe …«

»Deine Gabe, deine Gabe … Verstehst du nicht, dass ich nicht zurückkann? Und dass ich auch nicht hierbleiben kann? Allein!«

»Aber wer sagt denn, dass du allein …«

»Ja, was meinst du, mit wem die anderen alle mitgehen? Deine Freunde, deine Drachen! Ich hab nur noch dich, niemanden sonst, und wenn du gehst, dann muss ich mit! Ich zieh doch nicht in der verlassenen Höhle ein und warte auf das nächste Untier!«

Ben öffnete den Mund und sagte dennoch nichts. Auf diesen Gedanken war er nie gekommen. Dass sie Angst hatte, er könnte sie zurücklassen. Um sie herum schrien Vögel, irgendwo knackte ein Ast. Sonst war alles ruhig, die Blätter hingen reglos in der Windstille. Seufzend ging er noch den letzten Schritt auf sie zu und umarmte sie. Sie hielt die Arme weiterhin verschränkt, wich jedoch nicht zurück.

»Verstehst du das nicht?«, fragte sie leiser.

»Doch, aber …« Unbeholfen strich ihr Ben durch das dunkle Haar und wollte ihr alle Angst nehmen, sie einfach heraussaugen wie den Schmerz aus Drachen, aber bei Menschen konnte er nichts tun. Er fühlte sich hilflos. »Aber ich bin der Einzige, der es tun kann. Niemand sonst kann den Drachen ihre Flügel wiedergeben.«

»Und deshalb bist du dazu verpflichtet, oder was? Sie sind doch selbst schuld. Hätten sie sich halt nicht fangen lassen!«

»Sie wollten Jungfrauen retten! Wie kann ich zulassen, dass sie bestraft werden, weil sie helfen wollen? Und gestern ist mir Aiphyron ohne zu zögern beigesprungen.«

»Ich etwa nicht? Gerade hast du noch geschwärmt, dass ich so mutig war, und jetzt ist dir plötzlich Aiphyron lieber!«

»Er ist mir nicht lieber, er …«

»Und warum entscheidest du dich dann für ihn? Und gegen mich?« Sie zitterte in seinen Armen.

»Ich entscheide mich nicht gegen dich!« Warum nur machte sie ihn derart wahnsinnig? Rinnsteinschnepfe! Rüschennasige, wunderschöne Rinnsteinschnepfe. »Ich will doch, dass du auch mitkommst! Ich will nicht ohne dich sein, aber für die Drachen bin ich nun mal der Einzige, der …«

»Für mich auch!« Sie versuchte ihn von sich zu stoßen, doch er umklammerte sie fester, ließ sie nicht los. Sie keuchte vor Anstrengung. »Hörst du mir überhaupt zu? Für mich bist du auch der Einzige, du blinder, blöder Schwachkopf!«

Schwachkopf? Wütend packte er ihren Kopf mit beiden Händen, drehte ihr Gesicht zu ihm, um ihr ganz andere Beschimpfungen entgegenzuschleudern. Was Beleidigungen betraf, da hatte er weit mehr drauf als sie! *Schwachkopf* war für Kleinkinder.

Tief holte er Luft, und dann sah er in ihre zornigen, blitzenden, verängstigten Augen und wusste nichts mehr zu sagen – jedes böse Wort war aus seinem Kopf verschwunden. Er starrte auf ihre bebenden Lippen, beugte sich vor und küsste sie, weil er nicht anders konnte. Jeden Augenblick erwartete er, dass sie ihm eine scheuerte, aber sie erwiderte den Kuss. Leidenschaftlich und ängstlich und an ihn geklammert. Der Kuss schien ewig zu dauern.

Danach lief ihr eine Träne über die Wange.

»Weißt du denn nicht, was sie mit uns machen, wenn sie uns erwischen?«, fragte sie leise und wischte ärgerlich die Träne fort.

»Doch. Aber du weißt auch, was sie mit den Drachen machen, wenn wir sie nicht hindern.«

»Ich hab trotzdem Angst. Wenn sie uns erwischen, dann …«

»Diesmal lassen wir uns nicht erwischen«, sagte Ben so überzeugt wie möglich und drückte sie fest an sich. »Wir haben noch immer den Großen Schlüssel, mit dem wir unser Versteck uneinnehmbar machen können. Wir können fliegen! Oder uns zumindest fliegen lassen. Wenn wir uns irgendwo hoch oben in einer verlassenen Burg im Wolkengebirge verschanzen, sind wir sicher. Kein Ritter der Welt kann uns da etwas anhaben.«

»Aber um Drachen zu befreien, müssen wir da raus«, sagte Anula.

»Ja, das müssen wir.«

»Welcher Schlüssel beschützt uns dann?«

Ben sah sie an: »Ich lass nicht zu, dass sie dich erwischen.«

Anula versuchte ein Lächeln – vergeblich. Sie beide wussten, dass niemand ein solches Versprechen geben konnte. Man konnte alles daransetzen, den anderen zu beschützen, aber wie konnte man sicher sein, dass dies genug war? Schweigend standen sie da, die wenigen Sonnenstrahlen, die durch das Blätterdach fielen, glitzerten auf Anulas Haut.

»Na gut.« Sie seufzte. »Aber sag den anderen nichts von meiner Angst.«

»Klar.« Ben grinste. »Aber ich befürchte, sie haben uns gehört, so laut, wie du geschrien hast. Zumindest, dass du mich Schwachkopf genannt hast.«

»Das dürfen sie natürlich gern hören.« Jetzt grinste auch sie.

Als sie zu den anderen zurückgingen und ihnen von dem Plan erzählten, sich im Wolkengebirge zu verschanzen, verschränkte Nica die Arme und knurrte: »Ich will nicht zurück nach Trollfurt.«

»Aber dort kennen wir uns aus, dort …«

»… ist meine Mutter.«

»Meine auch«, mischte sich Yanko ein und wirkte plötzlich ernst. »Ich würde gern wissen, wie es ihr geht. Wie es allen geht.«

»Da darfst du aber allein nachschauen!«, rief Nica und stürmte in den Wald. Mit einem verwirrten Blick rannte Yanko ihr nach.

Ben sah ihnen mit offenem Mund hinterher. »Sag mal, habt ihr euch abgesprochen, du und Nica?«

»Äh, nein.«

»Du Schwachkopf! Rotznasiges Muttersöhnchen!«, scholl Nicas Stimme aus dem Wald.

»Sicher?«, fragte Ben.

»Sicher. Aber vielleicht wollte sie nur geküsst werden.«

Ben schüttelte den Kopf und dachte, dass er die Mädchen nie verstehen würde. Um einen Kuss könnte sie ja auch anders bitten, doch weitere Beschimpfungen hörte er nicht, kein weiteres lautes Wort.

Als die beiden wieder aus dem Wald kamen, hielten sie sich an den Händen, und Yanko schlug vor, sie könnten ja auch erst einmal zurückfliegen und sich dann ein schönes Versteck suchen. »Muss ja nicht das Wolkengebirge sein.«

Ben nickte. Und war froh, dass daraufhin keiner der Drachen davonstürmte.

»Was hast du jetzt genau vor?«, fragte Nica beim Packen. »Als wir Marmaran gesucht haben, wussten wir genau, was wir wollten. Aber jetzt?«

»Befreien wir die anderen Drachen«, sagte Ben knapp. Er wusste selbst, dass das kein ausgeklügelter Plan war.

»Da sind Hunderte, vielleicht Tausende im ganzen Land. Und während du einen heilst, hat der Orden drei anderen die Flügel abgehackt. Du warst es doch, der mir bei unserem Schwur damals erklärt hat, dass es unmöglich ist, alle zu befreien, dass wir uns auf einen festlegen sollen.«

»Wir sind einfach zu wenige«, mischte sich Yanko ein. »Wir müssten mehr sein.«

»Ja. Aber woher sollen wir mal eben tausend Verbündete nehmen? Soll ich sie mir aus der Nase popeln?«, fragte Ben bissig.

»Wir sind Geächtete und allein. Alle anderen glauben, dass geflügelte Drachen verflucht sind.«

»Das habt ihr früher aber auch geglaubt«, sagte Aiphyron.

»Ja, früher …« Ben winkte ab.

»Aber wenn wir uns geändert haben, können das die anderen auch«, sagte Nica.

»Der Orden glaubt uns kein Wort«, sagte Yanko. »Der hat uns gehenkt, bevor wir den Mund aufgemacht haben.«

»Er will die Wahrheit nicht hören, weil sie bedeutet, dass er seine Macht verliert«, wiederholte Ben das, was ihm Aiphyron vor Monaten erklärt hatte.

»Dann müssen wir eben andere Leute überzeugen«, sagte Anula. »Leute wie uns.«

»Das ändert nichts daran, dass der Orden Drachen die Flügel abschlägt.«

»Aber wir gewinnen vielleicht Verbündete«, sagte Yanko. »Und können irgendwann schneller Drachen befreien, als der Orden neue versklaven kann.«

Ben nickte. Die Wahrheit zu verbreiten, schien so wichtig zu sein wie Drachen zu befreien. Der Orden profitierte von der falschen Legende, aber für alle anderen würde die Wahrheit das Leben ändern, so wie sie es bei ihnen selbst getan hatte. Darauf würden sie bauen. Jetzt mussten sie nur eine Möglichkeit finden, dass ihnen jemand zuhörte, statt beim Anblick der geflügelten Drachen panisch zu fliehen.

»Zur Not müssen wir einfach neben den Fliehenden herfliegen und immer weiter auf sie einreden, bis sie erschöpft sind«, schlug Marmaran vor.

Ben bezweifelte, dass eine Verfolgung besonders viel Vertrauen förderte, aber irgendwie würden sie es schon schaffen. Er glaubte an die Kraft der Wahrheit.

STURM

Zwei Tage lang waren sie beinahe ohne Unterbrechung geflogen. Seit Stunden hatte Ben das Gefühl, als säße er auf einem brennenden Stirnstachlernest, als Aiphyron endlich rief: »Ich seh die großtirdische Küste. Irgendwo dort vorn muss der Dherrn münden.«

Ben kniff die Augen zusammen, doch er konnte nichts erkennen außer Meer und einem diesigen Streifen am fernen Horizont. Sollte das die Küstenlinie sein? Oder war das nur eine Nebelbank? Der Flügelschlag des Drachen war noch immer gleichmäßig, kam Ben aber müder vor. Immer wieder frischte der Wind auf, und die letzte Erholungspause war lange her.

»Was meinst du, wann sind wir dort?«, fragte er.

»Nachher. Irgendwann.«

»Ach nein. So genau wollte ich es dann doch nicht wissen.«

»Noch vor der Dunkelheit. Kommt darauf an, was der Wind macht.«

Als hätte der es gehört, schlug er ihnen plötzlich mit vermehrter Wucht entgegen. Krampfhaft krallte sich Ben fest, um nicht davongeblasen zu werden, und hörte Yanko fluchen, Nica schreien und nichts von Anula. Schnell drehte er sich um. Ihre offenen Haare flatterten wild, und sie presste sich ganz nah an Marmarans Schuppen, um dem Wind möglichst wenig Widerstand zu bieten. Erleichtert lächelte Ben und drehte sich wieder um, schmiegte sich an den Drachenhals.

Ben genoss den Wind, er mochte es schon am Boden, wenn jeder Schritt mehr Kraft kostete, wenn er durchgeschüttelt wurde und torkelte und dieser Gewalt dennoch trotzte. Wenn er gegen allen Widerstand vorankam. Hier oben empfand er dieses Glück noch stärker, denn im Flug zerrten die Winde viel heftiger an seiner Kleidung. Weder Häuser noch Bäume noch sonst etwas bremsten seine Kraft, doch Aiphyron flog unbeschadet weiter. Mit ihm fühlte sich Ben unbesiegbar. Er verspürte nicht die geringste Angst, herunterzufallen. Sollte ihn tatsächlich eine Bö erfassen, würde Aiphyron ihn im Sturz auffangen.

Graue Wolken rollten am Himmel heran wie aus dem Nichts, der Wind wandelte sich zu einem richtigen Sturm, der immer wieder die Richtung änderte. Ben sah hinunter auf die Wellen, die höher und höher schlugen; sie waren schon lange nicht mehr strahlend blau, sondern schmutzig und dunkel. Und da, weit vor ihnen, inmitten des tosenden Ozeans, erhob sich eine kleine Insel, auf der eine trutzige Festung mit zahlreichen Türmen stand. Schon wollte Ben rufen, wer da wohl wohne, so abseits aller anderen Siedlungen, als er noch etwas anderes bemerkte, keine Meile von der Insel entfernt. Dort wurde ein Schiff, so fern, dass es wirkte wie von einem Kind geschnitzt, vom Sturm in Stücke gerissen. Der letzte Mast knickte eben um und wurde fortgespült.

»Da!«, schrie Ben, doch er deutete nicht hinüber, wollte seinen Griff nicht lockern.

Aiphyron verstand trotzdem, nickte und warf sich entschlossen in den Wind. Mit kräftigen Flügelschlägen tauchte er zwischen die tobenden Böen und kämpfte sich an das geborstene Schiff heran. Viel war nicht mehr von ihm übrig. Ein zerfetztes Segel trieb auf den Wellen dahin, der Hauptmast war längst zersplittert und nun nicht mehr zu sehen, der ganze Rumpf bereits in der Tiefe versunken. Nur hie und da tanzten Bruchstücke der Planken, leere Fässer oder eine ausgerissene Kabinentür über die wütenden Wellen. Überlebende Seeleute waren nirgendwo zu sehen, doch Bens Augen tränten im beißenden Sturm; er konnte nicht klar erkennen, was dort alles auf dem Wasser trieb.

Plötzlich bemerkte Ben einen Mann mit zerfetztem Hemd, der sich mühsam an einer Planke festklammerte.

»Schneller«, knurrte er, obwohl er wusste, dass Aiphyron sein Bestes gab, ihn über das Tosen bestimmt nicht hören konnte und den Mann wohl längst entdeckt hatte.

Mit letzter Kraft hing dieser an seinem Stück Holz und wurde hin und her geschüttelt, von den Wellen emporgehoben und wieder untergetaucht. Gefangen im Kampf um das eigene Leben, reichte er einem Jungen die Hand, um diesem zu sich heraufzuhelfen. Doch das Meer schlug über ihnen zusammen, und der Junge wurde fortgespült. Der Mann schrie und reckte sich vergebens.

Die Hände des Jungen griffen ins Leere.

Aiphyron legte die Flügel an und stürzte hinab, die Augen stur auf den Jungen gerichtet, der sich kaum noch an der Oberfläche halten konnte. Wieder schwappte eine Welle über ihn hinweg, noch kurz war seine ausgestreckte Hand zu erkennen, dann war er verschwunden, endgültig geschluckt vom Ozean.

»Nein!« Ben schrie, obwohl er den Jungen nicht gekannt hatte, und Aiphyron brüllte: »Halt dich fest!«

Dann warf sich der Drache ins Meer. Hart schlug es Ben ins Gesicht, Salzwasser drang ihm in Augen und Nase. Er schluckte und hustete, schluckte erneut und presste die Lippen fest aufeinander. Das aufgewühlte Meer drohte ihn vom Rücken des Drachen zu wischen; mit aller Gewalt zog und zerrte es an ihm. Verzweifelt klammerte sich Ben an den Hals des Drachen. Er sah nichts außer wilder Gischt und den Schuppen direkt vor seiner Nase, hörte nichts außer dem dumpfen Tosen um sich. Seine Arme und Beine schmerzten vor Anstrengung, das Meer drückte auf seine Ohren, dass ihm schwindelte.

Endlich bog Aiphyron den Rücken durch, änderte die Richtung und paddelte nach oben zurück. Ben krallte sich weiter fest, die Finger wurden ihm steif, das Kinn schlug gegen die rauen Schuppen. Und dann waren sie draußen, hatten das tosende Meer verlassen und wurden wieder vom Sturm gebeutelt, der laut in Bens Ohren heulte. Er japste und schnappte nach Luft, öffnete langsam die brennenden Augen. In der rechten Klaue des Drachen hing der Junge.

Ben jubelte.

Auch der Junge schnappte gierig nach Luft und sah sich schließlich um. Er warf den Kopf hin und her, plötzlich Panik in den Augen. Dabei begann er zu schreien und zu strampeln, wollte sich losreißen und hämmerte mit den Fäusten voller Angst auf die Krallen, die ihn umklammerten.

Wollte der vermaledeite Höhlenkopf etwa wieder ins Meer stürzen?

»He! Halt still, Furznase!«, brüllte Ben. »Oder willst du ersaufen?«

Der Junge drehte sich zu Ben um und erstarrte. Offenbar hatte er ihn bislang noch nicht wahrgenommen. Einen langen Moment stierte er ihn an, dann begann er wieder wild um sich zu schlagen. »Ich will nicht sterben! Ich will nicht sterben!«

»Dann halt still!«

Und tatsächlich erlahmten seine Schläge, aber vielleicht auch nur, weil er aufgegeben, nicht weil er begriffen hatte, dass der Drache seine Rettung war.

Ben atmete durch, dann fiel ihm der Mann wieder ein, der den Jungen auf die Planke hatte ziehen wollen, und er blickte über die Schulter zurück. Hinter ihnen flog Marmaran, er torkelte im Unwetter hin und her. Mit beiden Klauen hielt er eine Gestalt umklammert, die strampelnd um sich schlug, noch heftiger, als es der Junge getan hatte. Ben erkannte den Schiffbrüchigen, der wirklich zäh zu sein schien, wenn auch nicht besonders helle. Juri und Feuerschuppe folgten ihnen mit leeren Klauen. Niemand sonst hatte das Unglück überlebt.

Aiphyron hatte Kurs auf die Insel genommen, unmöglich konnten sie die beiden Geretteten bis ans Festland tragen, die Drachen waren schon vorhin erschöpft gewesen.

»Halt endlich still, du triefender Wurm!«, hörte Ben Marmaran brüllen.

Der Junge begann wieder zu zappeln, und Aiphyron fauchte ihn an, zu sehr mit dem Fliegen beschäftigt, um klare Worte zu artikulieren.

Immer wilder tobte der Sturm, immer beharrlicher blies er ihnen entgegen, als wollte er sie mit aller Macht von der Insel fernhalten. Doch sie mussten sie erreichen, bevor die Drachen ihre letzte Kraft verloren. Andernfalls würden sie alle ertrinken – niemals würden sie es in diesem Unwetter bis ans Festland schaffen, nicht einmal, wenn sie die eben geretteten Schiffbrüchigen wie Ballast abwarfen.

Nein, dachte Ben, das wäre noch schlimmer, als ihnen beim Ertrinken zuzusehen. Sie mussten es einfach schaffen. Er klammerte sich an Aiphyron, feuerte ihn stumm an und versuchte, ihm die Erschöpfung mittels seiner Gabe zu nehmen. Doch er konnte nicht, keine Heilkraft floss durch ihn, nur die Muskeln zuckten vor Anstrengung.

Stück um Stück näherten sie sich der Insel. Wolken wirbelten hoch über den zahlreichen Zinnen der riesigen Festung, und mit einem Mal erfasste der Sturm sie von der Seite, schleuderte sie um die Insel herum. Aiphyron überschlug sich, brüllte und warf sich mit gebleckten Zähnen gegen den Wind.

Ben schrie und rutschte weg, seine Linke löste sich von den Schuppen, panisch griff er in alle Richtungen, fand an Aiphyrons Ohr Halt und packte zu. Aiphyron fauchte und warf sich mit aller Kraft nach vorn.

Und dann, mit einem Mal, regte sich die Luft um sie nicht mehr. Hinter ihnen, nur wenige Schritt entfernt, noch um das Ende von Aiphyrons Schwanz, toste weiterhin das Unwetter, doch hier war alles ruhig. Selbst zu hören war es kaum, so als wäre es eine Meile entfernt.

Überrascht von der plötzlichen Ruhe verlor Aiphyron das Gleichgewicht und stürzte die letzten Schritte bis zum Ufer mit schlagenden Flügeln voran, als wäre er gestolpert. Unbeholfen prallte er auf den felsigen Grund. Ben fiel von seinem Rücken und rollte sich ab, so gut es ging. Dabei schlug er sich das rechte Knie auf, doch es floss nur wenig Blut.

Aiphyron hatte die Klaue geöffnet, und der Junge rutschte heraus. Hastig krabbelte er zwei, drei Schritt davon, dann sackte er zusammen und blieb keuchend und hustend liegen. Sein nasses schwarzes Haar hing ihm tief in die Stirn, er war kleiner als Ben und hager und hatte erstaunlich große Füße. Furcht stand in den großen grünen Augen, die Nase tropfte, doch war nicht zu erkennen, ob von Wasser, Tränen oder Rotz. Ben schätzte ihn auf höchstens dreizehn Jahre.

»Sucht euch Deckung«, knurrte Aiphyron, und Ben warf sich hinter einen Felsen. Doch das Unwetter wanderte keinen Schritt weiter, es fiel nicht über sie her, sondern verharrte einfach draußen auf dem Meer. Ungläubig starrte Ben auf die Wellen, die schäumend ans Ufer klatschten, viel kleiner als die großen Brecher dort draußen. Als würde das Unwetter die Insel meiden. Noch immer regte sich kein Lüftchen. Vorsichtig hob er den Kopf und sah nach seinen Freunden.

Einer nach dem anderen durchbrach die Sturmwand und wurde irgendwo ans Ufer der Insel geschleudert. Verwirrt und fluchend blieben sie liegen oder suchten Deckung. Dann, nach einigen Augenblicken, rappelten sie sich auf wie Ben und blickten misstrauisch umher.

Nica stützte Yanko, der aus der Stirn blutete, ihren Arm aber schnell abschüttelte. »Ist nur ein Kratzer.«

Anula stolperte auf Ben zu und blickte hektisch hin und her. Marmaran folgte ihr, noch immer hielt er den Mann in seiner Klaue, fast als hätte er ihn über den Kampf mit dem Sturm und die plötzliche Stille vergessen. Bald waren sie alle beisammen und schielten weiterhin misstrauisch nach dem Unwetter. Es schien ein wenig abzuflauen, doch noch immer umgab es die ganze Insel, während auf ihr selbst Ruhe herrschte. Diese Ruhe war so vollkommen, dass sich Ben inzwischen sicher fühlte, und auch die Drachen machten keine Anstalten mehr, sich irgendwo zu verstecken. Sie alle waren überzeugt, dass ihnen hier nichts geschehen würde.

»Es gibt seltsame Orte auf der Welt«, brummte Juri, doch er fügte keine seiner ausführlichen Anekdoten an.

»Hm«, brummte Marmaran und ließ endlich den Schiffbrüchigen los.

»Was wollt ihr von uns?«, fragte der und musterte sie misstrauisch. Wie der Junge hatte er schwarzes Haar, nur war es kürzer geschnitten. Er war kräftiger gebaut und hatte ein kleines Bäuchlein, das von wohl zahlreichen und reichlichen Mahlzeiten zeugte. Unter der kleinen Nase trug er einen mächtigen Schnauzbart, die Koteletten waren blitzförmig rasiert und seine Augen von klarem Blau. Unruhig huschte sein Blick hin und her. Die durchnässte Kleidung schien aus edlem Stoff zu bestehen, ein Hemdärmel war eingerissen. Um den Hals trug der Mann eine schwere Goldkette, an den Fingern drei breite Ringe, die ebenfalls aus Gold waren und jeder mit einem schweren roten Stein geschmückt.

Ben erkannte keine Ähnlichkeit zwischen ihm und dem Jungen, und weil der Mann nur einen kurzen besorgten Blick zu diesem geworfen hatte, der noch immer auf dem Boden kauerte, und nicht hinübergelaufen war, vermutete er, dass sie nicht verwandt waren.

»Was sollen wir von euch wollen?« Yanko starrte ihn an. Die Wunde auf seiner Stirn hatte inzwischen aufgehört zu bluten, und Nica hatte das trockene Blut mit Spucke fortgewischt.

»Das weiß ich nicht. Keiner von uns ist eine Jungfrau«, erwiderte der Mann.

Der Junge warf ihm einen irritierten Blick zu, dann riss er die Augen auf und rief: »Oh, ja. Ich bin ein Mann, kein Mädchen. Keine Jungfrau. Ein Mann, jawohl!«

Aiphyron grinste.

Das schien den Jungen noch nervöser zu machen, er krabbelte rückwärts davon. »Ich schmecke auch gar nicht gut, bin ganz sehnig, an mir ist viel zu wenig dran, ich bin …«

»Beruhig dich!«, sagte Ben. »Keiner will euch fressen.«

»Und was wollt ihr dann?« Noch immer wirkte der Mann misstrauisch.

»Nichts! Wir wollten euch retten, sonst nichts.«

»Geflügelte Drachen als selbstlose Retter.« Seine Stimme triefte vor Spott. »Die Sagen sind voll von solch edlen Heldentaten.«

»Ihr glaubt uns nicht? Meinetwegen könnt ihr gehen. Undankbares Pack! Geht doch, wohin ihr wollt …« Verärgert deutete Ben raus aufs Meer. »Wenn ihr meint, dass ihr allein besser zurechtkommt, bitte …«

»He! Können wir das verschieben?«, fragte Anula. »Wollen wir nicht erst herausfinden, wer hier wohnt? Nicht dass es eine Überraschung gibt.«

Ben blickte zu der nahen Festung hinüber. Erst jetzt wurde ihm richtig bewusst, wie riesig sie war. Gewaltige dunkle Quader bildeten massige Mauern mit mannshohen Zinnen, die mal schnurgerade, mal rund aus dem felsigen Grund zu wachsen schienen. Die zahlreichen Türme, dick und rund, erhoben sich bestimmt sechzig oder siebzig Schritt in die Höhe, manche wohl gar hundert. Das ihnen zugewandte Tor aus schwarzem, beschlagenem Holz übertraf die Ausmaße der Stadttore von Falcenzca und Trollfurt deutlich, und in den Fenstern könnte selbst der größte Mann der Welt aufrecht stehen und die Arme recken, er würde die obere Kante der Laibung dennoch nicht erreichen.

Doch nirgendwo zeigte sich ein Anzeichen von Leben, kein Schatten bewegte sich hinter den glaslosen Fenstern, nirgendwo hing Wäsche oder standen ein Eimer, eine Forke oder sonstige Gegenstände herum. Alles war ruhig, niemand schrie, auch kein Tier. Keine Töpfe klapperten, nichts. Die Festung schien seit Jahren verlassen, und dennoch zeigten sich keine größeren Anzeichen von Verfall.

»Behältst du die Festung im Auge und schreist, sobald sich etwas rührt?«, bat Ben. »Das hier müssen wir auch klären.«

»Ihr wisst nicht, was das ist?«, fragte der Mann. Sein Misstrauen schien sich zumindest ein wenig zu legen, nun schimmerte Neugier in seinen Augen.

»Nein. Woher denn?«

»Das ist das Verlies der Stürme. Und hier wohnt seit Jahrhunderten keiner mehr.«

»Seit Jahrhunderten, schön. Das überprüfen wir gleich. Jetzt verratet uns erst einmal, wer ihr seid.« Ben blickte von dem Mann zum Jungen hinüber, dessen Blick noch immer ängstlich von einem Drachen zum nächsten wanderte.

»Ich bin Finta Dogha, ein Händler aus Rhaconia. Und das ist mein Schiffsjunge Nesto. Und ihr?«

»Reisende«, antwortete Ben knapp. Noch wollte er ihre Namen nicht preisgeben, die bestimmt noch immer auf zahlreichen Steckbriefen prangten und die beeindruckende Belohnung von tausend Gulden versprachen. »Und um Eure nächste Frage gleich zu beantworten: Nein, wir haben nichts mit Samoth zu tun, rein gar nichts. Auch sind Drachenflügel kein uralter Fluch des dunklen Gottes der Tiefe.«

»Ganz und gar nicht«, bestärkte Juri.

»Die Legende von Samoths Fluch irrt hier gewaltig«, sagte Ben grimmig.

»Demnach wollt ihr sagen, ihr seid nicht seine Diener?« Zweifelnd sah der Händler sie an.

»Nein!«

»Und warum sollten wir das glauben?«, fragte der Junge leise.

»Wir haben euch schließlich noch immer nicht gefressen, oder?«, knurrte Aiphyron.

»Ihr könnt reden?«, fuhr Nesto plötzlich auf und starrte ihn mit aufgerissenen Augen an.

»Ja«, brummte Aiphyron. »Natürlich. Jeder Drache mit Flügeln kann das.«

»Bei mir hat er sich nicht gewundert«, sagte Juri. »Vielleicht liegt sein Erstaunen nicht in den Flügeln begründet, sondern in deinem Gesichtsausdruck, der manchmal, nun ja, wie soll ich das sagen, nicht allzu viel Weisheit vermuten lässt …«

»Solche Worte von einem, der halb so groß ist wie ich, zeugen auch nicht gerade von großer Weisheit«, knurrte Aiphyron.

»Ja, aber er hat recht«, mischte sich Feuerschuppe ein und grinste. »Wenn du den Kopf so schräg hältst und die Augen zusammenkneifst, dann erinnert das manchmal an eine käfersuchende Moorechse, die …«

»Hallo!«, rief Nica. »Könnt ihr mal ernst bleiben?«

Da begann Finta Dogha plötzlich zu lachen, laut und dröhnend. Er schüttelte sich richtiggehend, schlug sich mit den Händen auf die Schenkel, prustete und verschluckte sich beinahe.

»Danke, dass ihr uns gerettet habt.« Finta Dogha lächelte nun einigermaßen beherrscht, das Misstrauen war aus seinen Zügen verschwunden. Die blauen Augen strahlten nun freundlich, fast schelmisch.

»Jetzt glaubt Ihr uns?« Nica schüttelte den Kopf.

»Ja. Samoth mag der Gott der Tiefe sein und hinterlistig, lügnerisch und verschlagen, aber ich glaube nicht, dass er eine solche Scharade aufführen würde, um uns etwas vorzuspielen. Warum auch? Einem Schiffsjungen und einem verschuldeten Händler, die ohnehin in seiner Hand sind.«

»Gut erkannt«, sagte Juri.

»Der Orden lügt, merkt es euch«, ergänzte Yanko rasch, bevor der Drache weiterreden konnte. »Ein Drache ohne Flügel ist nicht frei, sondern versklavt.«

»Ich weiß, dass der Orden immer mal lügt.« Finta Dogha schnaubte verächtlich. »Wie gesagt, ich bin Händler in Rhaconia, einer Stadt nahe der Mündung des Dherrn. Bekannt ist sie für den großen Hafen und Schiffe, die die ganze Welt bereisen, sowie einen gemischten Fischsalat mit Seezwiebeln und scharfer blauer Soße. Und für das Kloster Sonnenflut, in dem der Orden zahlreiche junge Knappen zu Rittern ausbildet. Dort werden die vielversprechendsten Jungen des ganzen Landes unterrichtet. Und obwohl jeder in Rhaconia Handel treiben darf, reißt der Orden alle guten Geschäfte an sich oder behindert die unabhängigen Händler mit scheinheiligen Begründungen. Erst letzten Monat hat er kurzfristig wertvolle Tücher beschlagnahmt, die ich aus dem fernen Hyndagd eingeführt hatte. Als er sie zurückgab, fehlten alle schwarzen, weil diese angeblich von einem Samothanbeter verflucht worden waren.«

»Und warum seid Ihr dann geblieben, Herr Dogha?«

»Finta«, sagte der Händler. »Nennt mich Finta. Wer mein Leben gerettet hat, der soll mich bestimmt nicht mit Herr anreden.«

»Gut, Finta«, sagte Ben. »Gern. Weshalb bist du also geblieben?«

»Nun ja, es ist noch immer meine Heimat und eine reiche Stadt, dort lassen sich trotz allem gute Geschäfte machen. Der

Transport ins Landesinnere fällt über den Dherrn leicht. Ich habe viele Kontakte im Großtirdischen Reich, aber viele sind darauf aufgebaut, dass ich von Rhaconia aus operiere. Und – das muss ich gestehen – meist beschlagnahmt der Orden meine Ware auch nicht, sondern kauft sie, und dabei erziele ich einen guten Preis. Schließlich hat der Orden Geld.« Finta lächelte entschuldigend. »Teure Tücher und fremde Gewürze sind nun mal nicht für Bauern und Handwerker bestimmt. Und im nahen Kloster werden oftmals die Kinder von Adel und Handel aus dem ganzen Großtirdischen Reich ausgebildet. Das sind Familien, mit denen man gern ins Geschäft kommt. Na ja, das nächste große Geschäft wird jetzt wohl noch eine Weile warten müssen.«

»Wieso?«

»Ihr habt gesehen, was eben mit meinen Schiffen geschehen ist und …«

»Es waren mehrere?«, unterbrach ihn Ben.

»Zwei. Und die liegen jetzt auf dem Grund des Meeres oder treiben irgendwo umher. Ohne sie bin ich hoch verschuldet, und es wird dauern, bis ich neue Ware herbeigeschafft habe, neue Schiffe ausgerüstet …« Er zuckte mit den Schultern. »Und im Moment bin ich nicht mehr sicher, ob ich mit dem Orden überhaupt noch Geschäfte machen will. Nach allem, was ihr eben kurz angedeutet habt, habe ich wohl den letzten Rest Glauben an ihn verloren. Hellwah mag ein guter Gott sein, aber sein Orden scheint mir einen anderen Weg eingeschlagen zu haben. Einen Weg, den niemand gutheißen sollte.«

ZWEITER TEIL
Rhaconia

EINE ALTE SAGE

Als sich die Dämmerung auf die Insel senkte, hatte sich der Sturm vollständig beruhigt, und das Meer lag beinahe reglos im letzten Licht des Tages. Rot wurde es auf den sanften Wellen gespiegelt. Alle Wolken waren vom Himmel verschwunden, und Ben konnte am Horizont einen schmalen Streifen Land erkennen. Dort lag das Großtirdische Reich, in das sie morgen zurückkehren würden.

Noch immer saßen sie beisammen und unterhielten sich über die Lügen des Ordens und die Wahrheit über die Drachenflügel. Bens besondere Gabe als Drachenflüsterer verschwiegen sie dabei jedoch.

Finta erzählte ihnen von zahlreichen gefährlichen Reisen in ferne Länder und den seltsamsten Gewürzen, die er je entdeckt hatte, so wertvoll wie Gold. Anula behielt dabei die riesige Festung im Blick.

»Woher willst du wissen, dass dort niemand lebt?«, fragte sie irgendwann.

»Kennst du wirklich nicht die Geschichte vom Verlies der Stürme?«, erwiderte Finta.

»Nein. Aber Geschichten interessieren mich nicht, sie können so falsch sein wie die Legende des Ordens. Weshalb also bist du so sicher? Warst du schon einmal hier? Ist das deine Festung?«

»Nein.« Finta lächelte. »Die Festung gehört niemandem, und niemand war seit Menschengedenken hier.«

»Woher willst du das wissen?« Anula starrte ihn an.

»Hast du irgendwo ein Anzeichen von Leben gesehen? Eine Bewegung, irgendetwas?«

»Nein, aber ...«

»Was für eine Geschichte?«, fragte Yanko den Händler. »Wenn dieses Gebäude wirklich ein Verlies der Stürme sein soll, dann ist es kein sehr gutes, bedenkt man den Sturm, der vorhin hier tobte. Besonders eingekerkert schien der Bursche mir nicht zu sein.«

»Er hat dort draußen getobt, hier war alles ruhig, wie du sicher bemerkt hast«, sagte Finta. »Die Stürme toben nur draußen auf dem Meer.«

»Was willst du damit sagen?«

»Also gut, hört mir zu. Ist aber keine kurze Geschichte, macht es euch also bequem«, sagte Finta und erzählte ihnen die Sage vom Verlies der Stürme.

Es war in den Tagen kurz nachdem sich die Götter auf den höchsten Berg der Welt zurückgezogen hatten und nur selten noch das Land der Menschen besuchten. Die jungen Hafenstädte Rhaconia und Venzara erblühten damals und wetteiferten um die Vorherrschaft auf See. Keine andere Stadt, kein anderes Land konnte ihnen in dieser Hinsicht das Wasser reichen, ihre Segelschiffe waren groß und dennoch schnittig. Stolz durchpflügten sie das Meer, reisten entlang der bekannten Küsten bis in weit entfernte Länder, wo die Seeleute Handel trieben und auf fremdartige Wesen stießen, von denen sie warme Felle oder Horn so hart wie Edelstein erbeuteten.

Sie waren die Ersten, die sich auf das offene Meer hinauswagten, und brachten schweren Schmuck und Berge von Gold nach Hause, dazu Blausilber für zahlreiche Klingen der Ordensritter. Und für die Rüstungen der Stadtherren und obersten Würdenträger sogar die unzerstörbare Rinde der seltenen Goldesche.

Schon bald wuchs der Reichtum der beiden Städte ins schier Unermessliche, und nicht wenige Händler bestreuten gar ihr abendliches Mahl mit dem Staub von Diamanten und Saphiren, um vor Gästen mit ihrem Wohlstand zu protzen. Viel zu hoch türmten sich Fleisch und Beilagen auf den Tellern, rubinrot, topasgelb und smaragdgrün schimmerten sie im Licht der untergehenden Sonne oder schweren Kerzenständer. Bevor die reichlichen Überreste anschließend den hungrigen Dienern überlassen wurden, wurden sie gründlich gewaschen, denn kein Unwürdiger sollte sich am Gemmenstaub bereichern. Lieber spülten die Herren diesen ins Meer.

Grenzenlos schien der Reichtum zu wachsen, von überall schleppten die Händler Schätze und seltene Rohstoffe herbei, bis eines Tages Seetrolle in der Lagune der Zersplitterten Titanen auftauchten und die Häfen der beiden nahe liegenden Städte belauerten.

Nicht grau wie ihre Artgenossen in den Bergen waren sie, sondern grün und blau und mit zottigen Haaren und Bärten, die an triefenden Tang erinnerten. Sie sagten von sich, sie seien die lebenden Verwandten der Riffe und Korallenbänke, die Söhne und Töchter von rauen Klippen und dem aufgewühlten Meer.

Derartig gewaltig und stark waren sie, dass sie ihre klobigen, aber mächtigen Boote schneller ruderten, als ein Segelschiff im strammen Wind fuhr. Und so machten sie Jagd auf die Schiffe der Händler, enterten diese mit riesigen Dreizacken und schweren Äxten und erschlugen jeden, der sich wehrte. Dann schaufelten sie alle Güter auf ihre Boote, versenkten die stolzen Handelsschiffe und verschleppten die überlebende Besatzung, um sie auf ihrer Insel zu mästen und zu fressen, denn wie ihre Brüder an Land waren sie grausame Menschenfresser.

Die Schätze der Händler warfen sie beinahe achtlos in das Verlies unter ihrer Festung.

Wer fortan ausgesandt wurde, das geraubte Vermögen zurückzugewinnen, scheiterte und landete selbst auf dem Grund des Meeres oder in den Menschenställen der Trolle. Es dauerte nicht lang, da legte kein Schiff mehr an oder ab in den Häfen von Venzara und Rhaconia. Die Händler fluchten und jammerten, doch kein Seemann war bereit, ein Schiff zu besteigen, das ihn unweigerlich in den Kochtopf der fürchterlichen Seetrolle führen würde.

Schon bald waren die rivalisierenden Städte sicher, dass die Seetrolle eine Strafe der Götter waren, und die Straßenprediger von Venzara gaben dem ungezügelten Lebenswandel in Rhaconia die Schuld, während die Priester von Rhaconia mit erhobenem Zeigefinger die ketzerischen Gedanken und Handlungen in Venzara anklagten.

Die Rivalität drohte in offene Feindschaft und blutige Auseinandersetzungen umzuschlagen.

Damals lebte auch ein junger Mann namens Ailon, von hagerer Statur, jedoch flink und gewitzt. Er war der Sohn einer armen Näherin aus Rhaconia und eines unwirschen Gerbers aus Venzara und deshalb in keiner der Städte willkommen. Stets hieß es, er sei einer von den anderen, von denen, die Unglück über sie gebracht hätten.

»Du Bastard gehörst nicht zu uns!«, grollten sie hier wie da, und Ailon wurde gehänselt, gejagt und verprügelt, bis er schließlich beide Städte verließ und mit bebender Stimme fürchterliche Rache schwor.

Während er nun einsam und zornig durch fremde Landstriche zog, entdeckte er, dass er über eine außergewöhnliche Gabe verfügte: Er war ein Beutelnäher.

Mit der langen Nadel, die er von seiner sorgenden Mutter zum Abschied bekommen hatte, konnte er einen Essensbeutel nähen, der sich nie leerte, solange man ihn nicht vollständig umstülpte. Tat er eine Handvoll süßer Gelbbeeren hinein, hatte er fortan so viele Gelbbeeren, wie er verspeisen konnte. Verwahrte er einen geräucherten Hirtenfisch darin, so vermehrte sich dieser bis in alle Ewigkeit, stets frisch und wohlschmeckend, als habe er ihn eben aus dem Kamin gezogen und nicht aus einem kleinen Beutel.

Fortan litt er nie wieder Hunger, diese Furcht seiner Mutter hatte sich nicht erfüllt. Als er jedoch auf einem Markt geräucherten Fisch aus seinem Beutel verkaufen wollte, zerfiel der Fisch zu einem stinkenden, faulenden Brei, und Ailon musste wieder einmal vor einer aufgebrachten Menschenmenge davonlaufen, die ihn *Betrüger* und *Giftmanscher* schimpfte. Und so hatte sich sein Traum von leicht verdienten Gulden nicht erfüllt.

Einen Beutel zu nähen, der Münzen vermehrte, gelang ihm nicht.

Doch in den folgenden Monaten und Jahren fertigte er einen Beutel der Tarnung, in den er selbst hineinsteigen konnte und reichlich Platz fand, obschon dieser nur faustgroß war. Ebenso einen Beutel des Wohlgeruchs, in dem er den Duft von Blumen einfangen und diesen jederzeit wieder abgeben konnte. Er lernte, die betörendsten Düfte zu mischen, und diese stäubte er auf die Haut junger Frauen und gewann so ihre Gunst, doch leider auch den Neid gewalttätiger Nebenbuhler. Glücklicherweise hielt sich deren Zahl in Grenzen, während die seiner Freunde wuchs, wie auch das Ansehen, das er hier wie da genoss.

Über die Jahre schwanden langsam auch seine einstigen Rachegedanken, zumal sein Glück beständig zunahm, während die Seetrolle den Städten weiter zusetzten. Bald sah er in Venzara und Rhaconia nur noch die Heimat seiner Eltern, die einstigen Demütigungen und Ablehnungen belasteten ihn nicht mehr. Und so kehrte er eines Tages zurück, sprach bei den beiden Stadtfürsten vor und bot an, die Seetrolle zu vertreiben, wenn er dann nur die Schätze behalten dürfe, die diese im Lauf der Zeit geraubt und gehortet hatten.

»Wie willst du schmächtiger Bursche das anstellen?«, fragten die Fürsten.

»Das lasst nur meine Sorge sein«, antwortete Ailon. »Nur sichert mir die Schätze der Trolle zu.«

»Nun gut, so sei es.« Die Herrscher schlugen ein, doch innerlich lachten sie über diesen großspurigen Fremden. Wie sollte ihm gelingen, was ihre Streitkräfte nicht vollbracht hatten? Doch was hatten sie schon zu verlieren? Verloren waren die Schätze ohnehin, und sollte der junge Mann tatsächlich Erfolg haben, wäre der Seeweg wieder frei, um neue anzuhäufen. Wenn nicht, dann war nur ein Fremder gestorben.

Kein Kind meiner Stadt, dachte jeder der zwei Fürsten bei sich.

Und so machte sich Ailon auf den Weg. Er wanderte an der Küste entlang, weit in den Süden, wo die Fischerdörfer von einer schrecklichen zweiköpfigen Seeschlange heimgesucht wurden. Ihre Mäuler waren so groß, dass sie Kinder mit einem Bissen verschlang, ihr peitschender Schwanz so stark, dass sie mit einem einzigen Hieb ein Boot versenken konnte. Ihre Haut war härter als Stahl und von keiner Waffe zu durchdringen.

Als hätte er nie von dieser Gefahr gehört, setzte sich Ailon pfeifend auf einen zerklüfteten Felsen, der weit ins Meer hinausragte, und ließ sich die Sonne ins Gesicht scheinen. Gemächlich öffnete er seinen Beutel des Wohlgeruchs, in dem sich eine süßlich-schwere Duftmischung befand, der bislang keine Frau hatte widerstehen können. Beinahe zärtlich blies er ein Duftwölkchen hinaus aufs Meer und wartete.

Es dauerte nicht lange, dann warf sich die schreckliche Seeschlange mit aufgerissenem Maul an Land, um ihn zu fressen, doch er hauchte ihr den süßen und schweren Duft entgegen und betörte damit das Untier. Zischend und züngelnd lag die Schlange nun vor ihm, zwanzig Schritt lang und unfähig, ihn anzugreifen oder die Quelle des Wohlgeruchs zu verlassen. Ruhig blieb Ailon sitzen und ließ immer wieder ein Duftwölkchen aus seinem Beutel aufsteigen, wenn die betörende Wirkung zu verblassen drohte. Die Sonne ging unter und wieder auf.

Tagelang saßen sie sich gegenüber, und Ailon kämpfte verzweifelt gegen den Schlaf. Würde er einnicken und den Beutel verlieren, würde der Wind oder eine Welle ihn forttreiben, wäre es um ihn geschehen. Drohten die Augen ihm zuzufallen, biss er sich auf die Lippe oder kniff sich in Arm oder Bein. Er klemmte sich Hölzchen unter die schweren Lider und spritzte sich wieder und wieder kaltes Wasser ins Gesicht. Zwei elend lange Wochen hielt er sich auf diese Weise wach, und dann endlich begann sich die Schlange zu häuten.

Lauernd beobachtete er sie dabei, und in dem Moment, als sie ihre Haut abwarf, schnellte der flinke Ailon vor und stach das Untier tot, denn die neue Haut war noch frisch und verwundbar. Nun konnten die Fischer der Küste wieder ihre Familien versorgen und die Kinder ungefährdet am Strand spielen. Ailon rollte die riesige abgelegte Schlangenhaut zusammen und stopfte sie in seinen unermesslichen Beutel der Tarnung.

Dann machte er sich auf den Weg nach Osten.

Denn weit hinter den schneebedeckten Gipfeln der Erken lebte ein knauseriger Bauer, der nannte einen großen, feuerspeienden Hahn sein Eigen. Einst war dieser einem brennenden Vulkan entstiegen, ohne dass seine Federn Feuer gefangen hatten. Mit frischem Korn und harter Hand unterwarf der Bauer das Tier und richtete es ab wie einen Wachhund. Aufgestachelt vom Bauern trieb fortan der Hahn die Knechte und Mägde des Hofs an und ließ sie ununterbrochen schuften, auf dass der Bauer mehr und mehr Korn, Milch, Eier und Fleisch verkaufte. Bald stolzierte der wohlhabende Bauer wie sein Hahn durch das Dorf und über den Wochenmarkt in der nahen Stadt und ließ sich hofieren.

Zu diesem Bauern nun ging Ailon und zeigte ihm seinen Beutel, der alles Essen so wunderbar vermehrte. Der Bauer lachte ihn aus, doch Ailon steckte ein gekochtes Ei hinein und holte eines nach dem anderen heraus. Als schließlich fünf Dutzend Eier auf dem Tisch lagen und noch immer kein Ende abzusehen war, glaubte ihm der Bauer und sah eine Möglichkeit, ohne viel Arbeit noch sehr viel reicher zu werden.

»Was willst du für den Beutel haben?«, fragte er mit gierigem Glanz in den Augen.

»Vier Federn von deinem Hahn«, antwortete Ailon und stellte sich auf zähes Feilschen ein, war der Bauer doch berühmt für seinen Geiz.

»Nichts leichter als das«, sagte der Bauer jedoch sofort, da die Federn ihn nichts kosteten. Lachend packte er das Tier und riss ihm im Übermut gleich fünf Federn aus. »Ach, nimm sie alle. Ich bin ein großzügiger Mann.«

Der Hahn krächzte und spuckte wütend Glut, doch er wagte nicht, seinen Herrn anzugreifen, sondern pickte stattdessen nach den Eiern.

Ailon dankte und ging seiner Wege, während der Bauer noch am selben Abend ein junges Kalb schlachtete und das zarteste Stück Rückenfilet in den Beutel steckte. Sodann holte er ein Stück Fleisch nach dem anderen heraus und ging die ganze Nacht nicht zu Bett, sondern lud Berge von frischen Filetstücken auf seinen Wagen. Am nächsten Morgen lenkte er den Wagen höchstselbst in die Stadt, um das Fleisch auf dem Markt zu verkaufen. Noch unterwegs probierte er zwei Stück, die er sich hatte braten lassen. Sie schmeckten vorzüglich.

Doch kaum hängte er auf dem Markt ein Preisschild an den Wagen, verwandelte sich das burghoch aufgetürmte Fleisch in einen widerlich stinkenden Brei, schwappte vom Wagen, begrub den gierigen Bauer unter sich und gab ihn nicht mehr frei.

Sein Hof wurde von dem Hahn übernommen, der die Knechte und Mägde weiterhin schuften ließ. Und sie gehorchten, denn jahrelang hatten sie nichts anderes getan und waren es gewohnt.

Ailon erreichte schließlich mit der Schlangenhaut und den Hahnenfedern im Gepäck den hohen, steilen Berg der Götter. Er band sich zwei der im Vulkanfeuer gestählten Federn an die Schuhsohlen und packte zwei mit den Händen. Ihr langer Kiel war ungewöhnlich spitz und konnte selbst die

Rinde einer Goldesche durchstoßen, und so drang er auch in härtesten Stein wie in Quark.

Abwechselnd schlug Ailon seine vier Federn in die Felswand und kletterte so Schritt um Schritt auf den Berg. Winde pfiffen um ihn herum und zerrten an seiner Kleidung, Vögel umkreisten ihn neugierig und sangen spöttische Lieder, doch Ailon ließ sich nicht beirren. Drei lange Tage dauerte es, bis er endlich den Gipfel erreichte. Mühsam rollte er sich über die Kante und blieb schwer atmend liegen.

Irgendwann richtete er sich auf und erkannte keine hundert Schritt entfernt die mächtigen, strahlenden Häuser der Götterstadt. Ihre Pracht ließ ihn erstarren, und dann bemerkte er Churigee, die Göttin der Winde, die von ihren Kindern von seinem Aufstieg erfahren hatte.

Mit wehendem blondem Haar und verschränkten Armen stand sie vor ihm und fragte mit donnergrollender Stimme: »Was willst du hier, Mensch?«

»Nichts. Ich wollte nur mal sehen, wie Götter so leben«, entgegnete Ailon leichthin, wie er es sich vorgenommen hatte. Doch es fiel ihm schwer, nicht auf die zitternden Knie zu fallen, auch wenn er nicht wusste, ob der auszehrende Aufstieg ihn derart geschwächt hatte oder der Anblick einer Göttin. Seine forsche Antwort baute darauf, dass Götter Mut zu schätzen wissen.

Und tatsächlich lachte Churigee. »Du tust etwas, das kein Mensch zuvor gewagt hat, und erwartest tatsächlich nichts dafür?«

»Ja, so ist es.« Ailon setzte ein vorsichtiges Lächeln auf. »Das heißt, der Aufstieg war einigermaßen beschwerlich. Wenn ich einen Happen zu essen bekommen könnte, bevor ich wieder hinuntersteige, wäre das wundervoll.«

»Nun, das lässt sich machen.« Beeindruckt lud die Göttin ihn zu einem Mahl ein und führte ihn in ein Haus mit grauen Wolkenwänden.

Doch bevor sie sich zu Tisch setzten, bat Ailon, sich kurz frisch machen zu dürfen, so verschwitzt und zerzaust schicke es sich nicht, mit einer hohen Dame zu speisen, und schon gar nicht mit einer Göttin. Lächelnd wies ihm Churigee den Weg ins Badezimmer.

Dort suchte Ailon rasch nach all den zahlreichen Kämmen Churigees und nahm alle leuchtenden Haare der Göttin an sich, die sich dort zwischen den Zähnen verfangen hatten; es waren zwölf Stück. Dann kämmte er sich hastig und wusch sein Gesicht mit kaltem Wasser.

Beim anschließenden Mahl mit der schönen Göttin war er kurz versucht, ihr seinen betörenden Beutel der Düfte zu zeigen, aber dann dachte er, dass er eine Göttin wohl nicht so leicht beeindrucken konnte. Und erzürnen wollte er sie sicher nicht – mit einem Wutausbruch würde sie ihn vom Berg fegen und wohl bis ans Meer wehen, wo er auf den Felsen zerschellen müsste.

Also dankte er freundlich für die Bewirtung und stieg wieder hinab. Rasch kehrte er an die Küste zurück und fertigte aus einer Hahnenfeder eine spitze, harte Nadel, eine zweite schliff er geduldig zu einer Klinge, die schärfer war als jede andere. Mit dieser schnitt er nun kreisrunde Stücke aus der Schlangenhaut und nähte sie mit der Nadel und den unzerreißbaren Haaren der Göttin zu zwölf Beuteln zusammen.

In einen dieser Beutel füllte er den tobenden Schaum einer riesigen Welle, die sich beim nächsten Sturm an den Felsen brach. Mit den anderen fing er elf unterschiedliche Winde ein, eine steife Brise aus dem Westen, einen heißen Sturm aus dem Süden, der feinen Sand mit sich führte, dazu kühle, fallende Winde aus dem Norden, einen wirbelnden Orkan aus dem Osten und andere mehr. Alle diese band er sich an den Gürtel.

Dann bestieg er ein kleines wendiges Segelboot und fuhr jenseits der Lagune der Zersplitterten Titanen hinaus auf den Ozean. Kaum entdeckten die Seetrolle ihn, stürzte sich ein erstes Boot mit hungrigem Gebrüll auf ihn. Doch als die Trolle schon die Enterhaken ausfuhren, öffnete Ailon den ersten Beutel, und die steife Brise füllte plötzlich sein Segel und jagte das Boot an den verdutzten Trollen vorbei, die sich nun versehentlich ins Meer stürzten statt auf den so schmackhaft riechenden Menschen.

Ailon lenkte das Boot schnurgerade auf die Insel der Menschenfresser zu, und als ihm die nächsten Trolle mit gebleckten Zähnen entgegenruderten, öffnete er den zweiten Beutel, und ein tosender Sturm fegte die gewaltigen Kreaturen aus ihrem Boot und spülte sie weit hinaus aufs Meer, wo sie versanken und wieder zu Riffen wurden, während ihre hasserfüllten Schreie unter Wasser zu Sand zerfielen.

Einen Beutel nach dem anderen öffnete Ailon und blies die Trolle aus ihren Booten, wehte sie von der Insel und versenkte all jene, die ihn mit gewetzten Messern und giertriefenden Augen angriffen. Alle anderen ließ er schließlich von der gewaltigen Welle im letzten Beutel davontragen, weit weg in Länder so fern, dass nicht einmal die Handelsschiffe von Venzara und Rhaconia sie je erreicht hatten.

Sodann nahm Ailon die Insel der Trolle in Besitz. Er ließ die Gefangenen aus den Verliesen frei und setzte sie im letzten erhaltenen Trollboot, das er in Schlepp nahm, an Land.

Der Jubel in beiden Städten war unbeschreiblich, und sie feierten Ailon als Helden und Retter, stießen auf ihn an und klopften ihm auf die Schultern. Schon bald zog er sich jedoch wieder auf die Insel zurück, denn er wollte sich nicht allzu sehr feiern lassen von Leuten, die ihn noch Jahre zuvor verspottet und verachtet hatten.

Vier Wochen verbrachte er auf der Insel und sortierte dort die erbeuteten Schätze, um sie gerecht zwischen Vater und Mutter aufzuteilen. Doch wann immer sich draußen ein Sturm zusammenbraute, ging er hinaus und fing ihn in einem seiner zwölf Beutel.

Währenddessen hatten die Stadtfürsten Zeit gehabt, ihr Versprechen zu bedauern, Ailon all die Schätze zu überlassen, die einst Bürgern ihrer Städte gehört hatten. Unabhängig voneinander, aber zur gleichen Zeit kamen sie zu dem Schluss, dass sie ihm das Gold zwar versprochen, ihm jedoch keine Steuerfreiheit zugestanden hatten. Und sie hatten beide in Erfahrung gebracht, dass der Fremde aus ihren Städten stammte.

»Er ist einer von uns, ein Sohn unserer Stadt!«, verkündete der Stadtfürst von Rhaconia öffentlich und verwies auf seine vor Rührung weinende Mutter.

»Er ist einer von uns, ein Sohn unserer Stadt!«, verkündete der Stadtfürst von Venzara öffentlich und verwies auf seinen Vater, der auf seiner Vaterschaft schon seit Tagen mit stolz geschwellter Brust beharrte.

In beiden Städten jubelten die Massen ihrem abwesenden Helden zu, und beide schickten zugleich leise ihre besten Steuereintreiber mit großen leeren Kisten und bewaffneten Gehilfen auf die Insel. Gleichzeitig legten sie an und eilten in die Festung, wo der erstaunte Ailon sie empfing.

»Der Fürst sendet dir Grüße und nennt dich einen Helden unserer Stadt«, sagten die einen.

»Auch einen Helden der unsrigen«, ergänzten die anderen. »Doch auch Helden zahlen Steuern.«

»Die Hälfte deines Vermögens gehört der Gemeinschaft«, erklärte ein Steuereintreiber aus Venzara dem verdutzten Ailon mit herzloser Freundlichkeit. »Und da deine Taten beweisen, wie sehr dir die Gemeinschaft am Herzen liegt, wissen wir, dass du dich gern am Glück aller beteiligst und dich diesem nicht widersetzt.«

»Auch deine andere Gemeinschaft erwartet die Hälfte«, sagte der Steuereintreiber aus Rhaconia und deutete erfreut auf die beiden Haufen, die Ailon in den letzten Wochen für seinen Vater und seine Mutter sortiert hatte. »Vielen Dank für deine hilfreiche Zuarbeit. Du bist ein wahrer Held.«

In Windeseile trug jede Stadt einen der beiden Schatzhaufen davon.

Zähneknirschend und von den bewaffneten Gehilfen flankiert musste Ailon ihnen zusehen. Doch als die beiden beladenen Schiffe die Insel verlassen hatten, kochten die alten Rachegedanken wieder hoch, und er öffnete sechs seiner Beutel.

Wilde Stürme fegten über das Meer und versenkten die Schiffe mit Mann und Maus und Gold.

Die anderen sechs Beutel vergrub er auf der Insel und befahl ihnen, immer dann zu stürmen, wenn sich ein Schiff der Insel näherte oder jemand versuchte, die gesunkenen Schätze zu heben. Auch ohne Trolle sollten die beiden Städte die Insel und das Meer vor ihren Häfen fürchten müssen.

Nachdem sieben Schiffe von plötzlichen Winden zerschmettert und versenkt worden waren, näherte sich nie wieder eines der Insel. Die Schätze ruhen noch immer auf dem Grund des Meeres.

Die alte Festung der Seetrolle wurde fortan nur noch das *Verlies der Stürme* genannt. Manchmal heißt es, der Geist von Ailon gehe dort noch um, denn ohne Schiff habe er die Insel selbst nicht mehr verlassen können und sei dort einsam gestorben. Seine wütenden Flüche gegen Rhaconia und Venzara seien noch immer in den Stürmen zu vernehmen.

Doch die meisten glauben, der heldenhafte Beutelnäher habe die Insel schwimmend verlassen und seine Eltern mit in ein fernes Land genommen, wo er mit seiner Gabe zu hohem Ansehen gekommen sei und sie alle noch ein langes, glückliches und erfülltes Leben führten.

Als der Händler geendet hatte, senkte sich Stille über die kleine Gruppe. Inzwischen war es vollkommen dunkel, nur ein kleines Lagerfeuer spendete Licht, das Aiphyron nebenbei und ohne großes Murren entzündet hatte.

»Und Yanko behauptet immer, ich rede viel«, brummte Juri schließlich.

»Und wer sagt, dass diese Geschichte wahr ist?«, fragte Anula.

»Beweisen kann sie natürlich niemand, dafür ist das alles zu lange her. Doch ich weiß, dass seit Jahren kein Händler aus Rhaconia es gewagt hat, auch nur in die Nähe der Insel zu kommen. Alle haben einen gewaltigen Bogen außen herum gemacht, nur eben ich nicht.« Finta stieß ein kurzes, bitteres Lachen aus. »Aber das war nicht freiwillig. Viel zu spät habe ich bemerkt, dass mein Steuermann mal wieder vollkommen betrunken war, dicht wie eine torkelnde Miesquappe, die man in einem Teich aus purem Rum ausgesetzt hat. Als ich aus der Kajüte gestürmt bin und das Ruder selbst herumreißen wollte, war es zu spät.«

Für einen langen Moment sagte keiner ein Wort. Sie starrten in die Flamme, und Ben lag ein ausgedehnter Fluch auf den Lippen, der sein Mitleid bekunden sollte, aber er sprach ihn nicht aus. Stattdessen beobachtete er zwei Funken, die langsam höher und höher stiegen und sich dabei taumelnd umkreisten.

»Tut mir leid«, murmelte Anula schließlich, ließ aber das Verlies der Stürme noch immer nicht aus den Augen.

Finta winkte ab und räusperte sich. »Danke, aber … Verdammt, ja, danke, ihr habt uns gerettet. Ohne euch wären Nesto und ich auch ersoffen.«

»Ja, schon gut.« Ben fühlte sich seltsam beklommen.

»Nein, ich meine das ernst.« Finta sah sie der Reihe nach an. »Wenn ich euch irgendwie helfen kann, mich irgendwie erkenntlich zeigen, dann sagt es mir.«

Sie nickten, packten ihren Proviant aus und machten sich daran, ihn zu verteilen, damit auch Nesto und Finta etwas zu essen bekamen. Darüber hinaus fing Juri noch ein paar Fische, auch wenn Ben die langsam nicht mehr sehen konnte. In den letzten Wochen hatte er einfach zu viele davon verspeist. Egal, ob gebraten oder geräuchert, mit gerösteten Algen oder geklautem Brot.

Während alle noch genüsslich kauten, verkündete Anula, sie wolle sich die Festung anschauen. Und zwar möglichst gleich.

»Kommst du mit, Ben?«, fragte sie. »Wenn ich nicht selbst nachgesehen habe, dass dort wirklich niemand haust, tu ich heute Nacht kein Auge zu.«

»Wenn da wer wäre, wäre er bestimmt schon rausgekommen. Schaut lieber, ob ihr ein paar gemütliche Betten findet«, sagte Yanko, während sich Ben erhob und von Aiphyron schnell eine Fackel machen ließ. Dann grinste Yanko anzüglich und spießte einen weiteren Fisch auf einen Stock, um ihn über das Feuer zu halten. »Eine Viertelstunde Vorsprung lassen wir euch, also trödelt nicht mit der Bettsuche.«

»Schlammschlürfer«, brummte Ben, während Nica Yanko in den Oberarm boxte.

»Wenn schon, dann gebt uns eine ganze Stunde«, erwiderte Anula, ohne mit der Wimper zu zucken, und zog Ben mit sich fort.

Am Eingang der Festung angekommen, stellten sie fest, dass im gewaltigen Haupttor noch eine kleinere Tür eingelassen war. Wobei kleiner hier auch nur im Verhältnis galt; die stählerne Klinke war fast einen halben Schritt breit und befand sich ein Stück oberhalb ihrer Gesichter.

»Große Biester, diese Seetrolle«, murmelte Ben, gab Anula die Fackel und drückte die Klinke mit beiden Händen hinunter. Mit aller Kraft zog er an der Tür. Es knirschte und quietschte, dunkler Rost blätterte ab und rieselte zu Boden, und dann endlich schwang sie langsam auf. Es schien, als sei sie tatsächlich seit Ewigkeiten nicht mehr bewegt worden.

»Nach dir, schöne Dame«, trällerte Ben und deutete eine elegante Verbeugung an.

»Pah!« Verächtlich sah sie ihn an. »Spar dir deine Höflichkeit für eine angesehene Gaststube. Bei einem unbekannten Verlies, in dem es auch noch spuken soll, ist es nicht angebracht, die Dame vorzulassen.«

»Ähm, ja …«, stammelte Ben.

»Die Helden früher waren anders«, sagte Anula und rauschte an ihm vorbei durch die Tür.

Verdattert hastete Ben ihr nach.

Hinter dem Tor führte ein mehrere Schritt kurzer Gang unter der massiven Außenmauer hindurch, der an einem zweiten, ebenso mächtigen Tor endete. Die groben Bohlen nahe des rechten Scharniers waren derart verbogen, dass eine zwei Finger breite Ritze den Blick auf einen gewaltigen, sternenbeschienenen Innenhof freigab. Der Boden bestand aus großen Felsplatten, von denen manche gebrochen waren. In keinem der umliegenden Gebäude brannte auch nur das geringste Licht, nirgends war eine Bewegung zu erkennen.

Ben legte das Ohr an die Ritze, konnte aber nichts vernehmen außer dem lauten Lachen Feuerschuppes, das vom Lagerfeuer bis hier hereindrang.

»Wahrscheinlich hat Finta doch recht«, sagte Anula und deutete auf den Gang hinter ihnen. Sie hielt die Fackel tief über den Boden, und so konnte auch Ben ihre Spuren im dichten Staub erkennen. Ihre, und sonst keine, nicht einmal die Abdrücke eines kleinen Tiers. Das hieß, sie waren sicher.

»Wollen wir dennoch weiter hinein?«, fragte Ben. Ihn hatte die Neugier gepackt, er wollte die weiteren Räume der Festung erkunden.

»Morgen. Dass keine Spuren zu finden sind, heißt nicht, dass es hier nicht spukt.«

»Spukt? Es ist noch lange nicht Mitternacht.«

»Trotzdem. Wer sagt denn, dass sich Geister immer nach der Uhr richten müssen?«

»Wieso wer? Sie tun es einfach.« Verwirrt blickte Ben sie an. Das wusste doch jedes Kind. »Aber wenn du Angst hast, ich kenne da ein geheimes Symbol, das einen untrüglich vor bösen Geistern schützt, wenn es einem mit der Spucke eines Menschen, der einen wirklich liebt, auf die Stirn gemalt wird. Komm her.« Er spuckte sich in die Linke, rührte mit dem rechten Zeigefinger darin herum und sammelte weiteren Speichel im Mund.

Angewidert verzog Anula das Gesicht. »Bleib mir damit bloß vom Leib!«

»Warum?«

»Weil ich nicht glaube, dass das hilft!«

»Wieso? Zweifelst du an meiner Liebe?«, fragte Ben scheinheilig und unterdrückte mühsam ein Grinsen.

»Wenn du mich mit Spucke einreiben willst, ja.«

»Aber es ist gute, ehrliche Spucke, mit Liebe …«

»Ben! Nein!«

»Ha! Reingelegt.« Feixend wischte er seine Hände an der Hose trocken.

»Kindskopf, ekliger«, brummte Anula, lächelte aber widerstrebend.

Ben drückte ihr einen feuchten Schmatz auf die Stirn. Auch wenn er nicht mehr an kindische Speichelzauber glaubte, sicher war sicher. »Warum bist du dann mit mir hergekommen, wenn du nicht rein willst?«

»Um mit dir zu reden. Allein«, sagte sie. »Wenn die Festung wirklich verlassen ist und auch das mit den Stürmen stimmt, wäre das doch das ideale Versteck für uns. Hier findet uns der Orden nie.«

»Und wenn doch, dann versenken die Stürme seine Schiffe«, trumpfte Ben auf. »Du hast recht, das ist perfekt.«

»Zudem können wir sie noch mit dem Großen Schlüssel schützen, wie du schon gesagt hast. Hier wären wir sicher. Wenn es nicht spukt.« Anula lächelte vorsichtig, als glaube sie eigentlich nicht an einen solchen Geist.

»Das ist großartig. Warum bin ich da nicht selbst drauf gekommen? Das ist das sicherste Versteck der Welt.« Ben lachte und lief aufgedreht die zwei Schritt zwischen ihr und dem zweiten Tor hin und her. »Und jede Nacht fliegen wir rüber an die Küste und treiben den Orden in den Wahnsinn. Von hier aus machen wir ihn fertig, Jawohl!« Schwer atmend blieb er vor Anula stehen. »Aber warum hast du das nicht am Feuer gesagt?«

»Wegen des Händlers und des Jungen. Wir müssen ja nicht gleich jedem Fremden erzählen, wo wir uns verstecken und was wir vorhaben. Sollen sie doch denken, wir fliegen in ein paar Tagen weiter, irgendwohin.«

»Du glaubst, Finta würde uns an den Orden verraten?«

»Nein. Eigentlich nicht.« Sie rümpfte die Nase. »Aber wie sollen wir sicher sein? Wir kennen ihn nicht. Und vielleicht erzählt er es seiner Frau und die dann ihrer besten Freundin, natürlich unter dem Mantel der Verschwiegenheit, und die dennoch ihrem Bruder, dem sie natürlich bedingungslos vertraut, und der im Suff einem Freund, dessen Sohn zufällig Drachenritter werden will. Letztlich verrät uns dann der, weil sein Sohn im Gegenzug dafür als Knappe aufgenommen wird. Du weißt doch, wie es läuft.«

»Ja«, sagte Ben. Er verstand ihr Misstrauen nur zu gut. Seit Monaten waren sie zu acht unter sich geblieben, davor waren sie alle verraten, gejagt oder eingesperrt worden, und das auch von Menschen, die sie kannten, mit denen sie verwandt waren oder sich befreundet glaubten. So etwas hinterließ Spuren. Wahrscheinlich hätte auch Ben am Feuer nichts gesagt, wenn ihm diese famose Idee selbst gekommen wäre. »Aber den anderen sagen wir Bescheid, so schnell es geht.«

»Meinetwegen.«

»Aber nicht sofort.« Er nahm sie in den Arm, strich ihr das

Haar hinter das Ohr und küsste sie. Wenn sie nicht weiter in die Festung eindrangen, hatten sie noch viel Zeit, bevor die anderen sie suchen kommen würden. Und diese Zeit konnten sie auch nutzen, wenn Yanko seine Bemerkungen schon fallen gelassen hatte. Schließlich waren sie viel zu selten allein.

DAS SICHERSTE VERSTECK DER WELT

Am nächsten Morgen machten sie sich daran, das Verlies der Stürme zu erkunden. Finta und Nesto versprachen sie, sie am Abend hinüber ans Land zu bringen, sodass sie nach Hause gehen konnten. Nur tagsüber ging das nicht; bei Licht sollten die geflügelten Drachen besser nicht gesehen werden, und niemand in ihrer Begleitung, der keinen Wert auf eine Befragung durch den Orden legte.

»Wenn ihr uns wirklich einen Gefallen tun wollt«, sagte Ben, als sie in den kahlen, mit Felsplatten gepflasterten Innenhof traten, »dann erzählt einfach überall herum, dass euch geflügelte Drachen gerettet haben. Dass sie eben nicht von Samoth verflucht waren, sondern frei und freundlich.«

»Das geht leider nicht. Oder kaum.« Bedauernd sah Finta ihn an. »Wenn ich derartige Dinge behaupte, gelte ich sofort als Samothanbeter oder Ketzer, auch wenn die selbst ernannten Freiritter eigentlich etwas ganz anderes glauben und selbst Drachen versklaven. Dennoch, jeder Zweifel an den Glaubenssätzen des Ordens wird rabiat bestraft, so kurz nach dem Ende des Bürgerkriegs, in dem Hunderte starben und ebenso viele Ketzer gehenkt wurden. Hier und da schwelt der Konflikt sogar noch. Wenn wir so etwas sagen, werden wir sofort eingekerkert, im schlimmsten Fall mit Daumenschrauben befragt und anschließend hingerichtet.«

»Nein, dann nicht.« Ben schüttelte den Kopf. Das mussten Finta und Nesto nicht riskieren, es war schließlich nicht ihr

Kampf. Der Gedanke an Daumenschrauben verursachte ihm ein unangenehmes Ziehen im Bauch, doch es änderte nichts an dem Entschluss, dass er die Wahrheit erzählen würde. Er durfte sich eben nicht erwischen lassen, aber das hatte sowieso festgestanden.

»Meinen Freunden kann ich es vielleicht erzählen«, sagte Nesto. »Die verraten mich bestimmt nicht.«

»Danke«, sagte Ben. »Aber bring dich nicht in Gefahr.«

»Nein. Und so viele Freunde hab ich gar nicht.«

»Na ja, ich werde auch mal zusehen, ob ich nicht doch etwas tun kann«, brummte Finta, der sichtlich nicht feiger dastehen wollte als sein Schiffsjunge.

»He, Ben!«, rief Yanko quer über den Innenhof. Er war vorausgeeilt und rüttelte an der Tür zu einem dicken grauen Turm. »Vielleicht haben die Steuereintreiber ja nicht alle Schätze gefunden! Vielleicht liegt hier ja noch eine Krone oder so herum!«

»Kaum. Diese Gold riechenden Gierhälse sind gründlich«, murmelte der Händler.

»Mal sehen, wer sie zuerst findet!«, rief Ben im selben Moment, packte Anula bei der Hand und rannte mit ihr zum nächsten Turm. Dieser war größer und aus hellerem Stein, verfügte jedoch über schmalere Fenster. Das erschien ihm vielversprechender.

»Dein Turm ist viel mickriger!«, brüllte er noch, aber Yanko war bereits im Inneren verschwunden. Hastig rüttelte Ben an der Tür, doch das Schloss der schweren Eichentür war zugerostet und klemmte.

»Darf ich?« Grinsend tänzelte Feuerschuppe herbei und trat mit aller Kraft gegen die Tür, sodass diese aus den Angeln gerissen wurde und in den unteren Flur flog.

»Danke.« Ben erwiderte das Grinsen, dann stieg er mit Anula vorsichtig über die Schwelle.

Der Flur und die anschließenden Räume erhoben sich mindestens sechs Schritt hoch und waren entsprechend breit. Die Luft war kühl und roch dank der offenen Fenster frisch und nach Meer. Anzeichen von Leben fanden sie im gesamten Erdgeschoss nicht, nur ein paar zurechtgehauene Felsbrocken, die als Hocker und Tisch gedient haben mochten, ein länglicher vielleicht als Bank oder Bett; wenn dort einst Stroh oder eine Matratze gelegen hatte, so waren die inzwischen vermodert und zerfallen. Alles war von grauem Staub bedeckt, und auf einem Fenstersims entdeckte Ben die Abdrücke eines Vogels, wahrscheinlich einer Möwe. Die Wände bestanden aus glatten, kahlen Steinquadern, hier und da hingen noch letzte Befestigungsringe für Fackeln, und irgendwo steckte ein verbogener Haken in einer Ritze. Von Schätzen fand sich nicht die geringste Spur.

Eine Wendeltreppe führte an der Außenwand entlang nach oben, die Stufen waren kniehoch und jeder Schritt mühsam. Dennoch sprangen Ben und Anula eine nach der anderen hinauf, machten auf jeder siebten eine kurze Pause und küssten sich.

»So dauert es ja ewig«, sagte Anula auf der achtundzwanzigsten Stufe und lachte.

»Egal. Das darf ewig dauern«, sagte Ben und küsste sie erneut.

Alle Räume waren ähnlich leer wie die zu ebener Erde, irgendwo entdeckten sie einen Tisch, der grob aus Holz zusammengezimmert war. Ein Stockwerk darüber lagen die Überreste von etwas, das früher ein Fell gewesen sein könnte. Ganz oben unter dem Dach sammelten sie die Bruchstücke einer kopfgroßen gedrechselten Muschel ein, die in mehrere Teile zersprungen war. Als sie diese aneinanderfügten, erkannten sie, dass sie oben aufgebrochen und sauber abgeschliffen war, so als wäre sie als eine Art Trinkhorn verwendet worden. Es wirkte schön, schöner als Ben sich die Arbeiten dieser primitiven Menschenfresser vorgestellt hatte. Nachdenklich steckte er die Einzelteile ein, dann verließen sie den Turm wieder. Hier gab es keinen Zugang zu einem Keller oder Verlies.

Auch der nächste Turm war verlassen und leer, hatte zum Glück jedoch viele siebte Stufen. Erst als sie anschließend eines der breiten Gebäude mit spitzem Dach betraten, das mit Perlmutt gedeckt zu sein schien, bot sich ihnen ein anderer Anblick. Hier mussten die Seetrolle wirklich gelebt haben. Lange Tische, breite Hocker und Stühle, massive Schränke und mannshohe Truhen aus schwerem Holz standen in vielen Räumen, manche waren mit Korallen verziert, andere vom Wurm zerfressen oder vom Alter gebeugt.

In den Schränken fanden sich weitere Trinkgefäße aus gedrechselten Muscheln, dazu Teller aus flachen. Einige waren unbeschädigt. Sie fanden aus Knochen geschnitzte Gabeln und aus spitzen, gezackten Zähnen gefertigte Messer, Löffel aus Horn und Holz. Sie entdeckten zahlreiche alte, teils verbeulte Gebrauchsgegenstände, vom Topf bis zum grobzahnigen Kamm, jedoch nichts aus Edelmetallen oder Gemmen.

An einer Flurwand hing die gegerbte Haut eines acht Schritt langen Hais. Dort, wo die Augen gewesen waren, befanden sich nun zwei Löcher.

»Sie sind fast wie wir. Nur dass wir uns Felle an die Wand hängen statt Fischhäute«, murmelte Ben.

»Sie waren«, korrigierte ihn Anula. »Und sie waren nicht wie wir. Sie haben Menschen gefressen.«

»So meine ich das nicht. Ich wollte …« Ben öffnete eine breite, doppelflüglige Tür. Dann stockte er. »Was bei Samoths finsterem Nasenloch ist das?«

Vor ihnen erstreckte sich ein langer Saal. Der Boden war kniehoch mit Sand bestreut, Muscheln und getrocknete Seesterne lagen darin, wie auch getrocknete mumifizierte Fische. Obwohl die Farbe überwiegend abgeblättert war, ließ sich doch erahnen, dass die Wände einst in den unterschiedlichsten Blautönen bemalt gewesen waren, hier und da erkannte Ben etwas, das wie der Schwung einer Welle aussah.

Am Kopfende des Saals erhob sich ein kleines Podest über den Sand. Darauf ruhte ein riesiger Krake, der ausgestopft oder mumifiziert sein musste. Leere Augenhöhlen glotzten schwarz zu ihnen herüber, die Arme waren ineinander verschlungen und ragten hinter dem gewaltigen schwarzen Körper bis beinahe zur Decke empor, die gut zehn Schritt hoch war. Sie wirkten, als habe sie jemand zu einer gigantischen Lehne geflochten. Aber weshalb sollte jemand so etwas tun?

»Sieht aus wie ein Thron«, murmelte Anula bestürzt. »Als habe der Trollkönig hier auf dem Krakenkopf gesessen und zu den Untertanen im Sand gesprochen …«

»Vielleicht musste er den Kraken selbst töten, um seinen Herrschaftsanspruch zu untermauern«, vermutete Ben und war für einen Moment schwer beeindruckt. Was mussten die Seetrolle für ungeheure Kämpfer gewesen sein.

Und Menschenfresser, erinnerte er sich wieder, und schon war all seine Bewunderung verflogen. Was für widerliche Stinkschädel, diese Seetrolle. Er sprang in den Sand und stapfte hinüber.

»Warte«, rief Anula und folgte ihm.

Der Krake fühlte sich an wie trockenes Leder und war hart wie Stein. Oben hatte er zwei flache Dellen, die Ben zum Lachen brachten.

»Es ist wirklich ein Thron«, sagte er. »Und das sind die Abdrücke von den fetten Hinterbacken des Trollkönigs. Der hat jahrelang nichts anderes gemacht als hier herumgelümmelt und Befehle erteilt.«

»Spinner.« Anula lachte. Wer hier bequem hatte sitzen wollen, musste vier Schritt groß gewesen sein.

Die Augen des toten Tiers waren entfernt worden. Vielleicht durch Glas oder Edelsteine ersetzt, wie es auch die meisten Jäger taten, vermutete Ben.

»Und wo sind die dann jetzt?«, fragte Anula. »Hier sind nur tiefe Löcher.«

»Wenn es Edelsteine waren, haben sie bestimmt die Steuereintreiber herausgebrochen.«

»Du bist eklig.«

»Ich nicht. Die«, erwiderte Ben. »Und wenn das wirklich ein Thron ist, dann waren es bestimmt Edelsteine.«

»Hör auf.«

Und wenn sie sogar Edelsteine aus dem Thron brechen, übersehen sie gewiss keine Krone oder andere Schätze, dachte Ben. Dennoch ließ er den Blick noch einmal durch den Saal schweifen. Vergebens, nirgendwo fand sich auch nur das kleinste Anzeichen eines Schatzes.

»Komm, wir zeigen es den anderen«, sagte Anula.

»Gleich«, sagte Ben und hopste auf den Thron. Dort intonierte er: »Ich bin der fürchterbare König der Seetrolle!«

»Du bist winzig, du abgebrochener König der Zwergtrolle.« Anula lachte und zog Ben herunter und mit sich hinaus in die Sonne.

Auch Yanko, Nica, Nesto und Finta hatten ähnliche Funde gemacht, abgesehen von dem Krakenthron, was Yanko sichtlich wurmte. Stattdessen waren er und Nica auf eine Truhe voll halb verfallener Lendenschurze und Umhänge gestoßen. Die Lendenschurze waren so groß, dass sie der klein gewachsenen Anula fast als Zudecke hätten dienen können. Dennoch waren sie kein Vergleich zu dem gigantischen, ausgestopften Kraken.

»Aber ein richtiger Schatz ist das auch nicht«, sagte Yanko trotzig, und Ben musste ihm recht geben.

Gemeinsam oder getrennt suchten sie noch stundenlang weiter, während die Drachen draußen in der Sonne dösten und ab und zu einen Fisch fingen oder eine schwere, verschlossene Tür eintraten, wenn sie darum gebeten wurden.

Ben bemerkte, dass Nesto die Drachen immer wieder scheu beobachtete. Angst schien er keine mehr zu empfinden, doch es dauerte bis weit nach Mittag, bis er es endlich wagte, Juri anzusprechen. Ben sah es zufällig, als er aus einem hoch gelegenen Fenster blickte. Auf diese Entfernung konnte er nichts verstehen, doch der Junge lächelte vorsichtig.

»Hast du dir eigentlich mal überlegt, wie viele Münzmolche vor der Insel hier leben müssen? Da, wo die Schiffe gesunken sind?«, fragte Yanko Ben, als die beiden gemeinsam das nächste Gebäude durchforsteten, während die Mädchen unten geblieben waren, um eine Reihe besonders sauber geschliffener Trinkmuscheln zu begutachten. Die kleinen hatten die Größe, um als gemeinschaftliche Krüge zu dienen.

»Nein.« Zugleich entsetzt und beeindruckt schüttelte Ben den Kopf. »Aber, Hellwahslichtnochmal, du hast recht. Oder es ist ein gigantischer Riesenmünzmolch, der sich die Ladung beider Steuerschiffe geschnappt hat. Der müsste so groß wie Aiphyron sein.«

»Aiphyron? Pah! Viel größer, so lang wie beide Segelschiffe hintereinander. Da ist Aiphyron eine Eidechse im Vergleich. Ich sag dir, dort möchte ich auf keinen Fall ins Wasser fallen. Wer da taucht, ist verloren. Allein wenn so ein gigantischer Molch nur mal tief einatmet, entstehen wilde Strudel, die einen unerbittlich in die Tiefe reißen. Und wer da runtergezogen wird, den verschlingt der Münzmolch mit einem beiläufigen Happs und schluckt ihn im Ganzen runter. Und dann muss der im Bauch des Giganten ganz langsam verdursten.«

Ben schauderte, dann erzählte er Yanko von dem Plan, sich hier einzuquartieren. Und dass er dem Händler und Nesto nichts sagen sollte.

»Klar sage ich nichts. Ich hatte ja überlegt, ob wir vielleicht bei Finta in die Lehre gehen sollten und auf diese Weise unauffällig Unterschlupf in der Stadt finden, aber euer Plan ist besser.«

»Ja. Aber schlecht ist deiner auch nicht.« Gönnerhaft klopfte Ben Yanko auf die Schulter.

»Können wir ja später doch noch überlegen«, sagte Yanko, der seine Idee trotz allem natürlich nicht einfach so aufgeben wollte. »Aber weißt du, was mich im Moment am meisten interessiert? Wo ist das Verlies?«

»Das Verlies?«

»Ja. Finta hat doch erzählt, die Trolle haben die Menschen hier in einem Verlies gemästet, und Verliese liegen von Natur aus unterirdisch. Aber wir haben noch keinen einzigen

Zugang zu einem Keller oder Gewölbe gefunden. Nicht einen einzigen. Überhaupt keinen Raum, der annähernd wie ein Verlies aussieht, mit vergitterten Fenstern und so. Einen, in dem man jemanden einsperren kann. Findest du das nicht merkwürdig?«

»Ja.« Ben kratzte sich an der Nase, so wörtlich hatte er die Einzelheiten nicht genommen. »Nun ja, vielleicht waren es aber auch nur Holzställe im Innenhof, die es inzwischen nicht mehr gibt, weil die Freigelassenen sie vor Wut verbrannt haben. Und die Sage übertreibt.«

»Vielleicht. Aber ich glaube, wir haben einfach noch nicht alles gefunden. Jede ordentliche Festung birgt auch ein geheimes Verlies. Und wenn es das gibt, dann ist es bestimmt voller Schätze.«

»Soll mir recht sein«, sagte Ben, dem dieser Zusammenhang zwar nicht zwingend schien, der aber natürlich nicht das Geringste gegen ein geheimes Verlies und dort wartende Reichtümer einzuwenden hatte.

Doch nirgendwo fanden sie eine Treppe, die in die Tiefe führte.

Als sich Yanko später auf die Suche nach Nica machte, schlenderte Ben zu dem Schiffsjungen Nesto hinüber, der auf die Festungsmauer geklettert war und aufs Meer starrte.

»Kann ich raufkommen?«, fragte Ben, setzte den Fuß auf einen kleinen Vorsprung und griff nach einer Mauerritze in Kopfhöhe.

»Klar.« Nesto drehte sich um und lächelte, als er Ben erkannte. »Da drüben, gleich hinter dem zweiten Torturm, ist eine Treppe.«

»Treppen sind für Mädchen«, knirschte Ben, zog sich ein Stück hoch und fand einen Vorsprung für den zweiten Fuß.

Doch mit dem ausgestreckten linken Arm tastete er vergeblich nach einer Vertiefung, in die er greifen konnte. Also ließ er sich wieder nach unten fallen und brummte: »Und für Jungen, die es eilig haben.«

Kurz darauf saßen sie nebeneinander und blickten in Richtung Großtirdisches Reich. Das Meer war ruhig, die Sicht klar und die Küstenlinie gut am Horizont zu erkennen.

»Hast du Heimweh?«, fragte Ben.

»Nein.«

»Kein bisschen?«

»Nein. Deshalb bin ich doch zur See gefahren. Um fortzukommen.«

»Hm. Das versteh ich.« Mit zwei Fingern lockerte Ben beiläufig ein Stück Stein aus der Mauer und schleuderte es Richtung Meer. Nicht weit genug, es prallte auf den Fels und rollte noch ein Stück, bevor es liegen blieb. »Wolltest du schon immer zur See fahren?«

»Nein. Früher wollte ich Drachenritter werden.«

Überrascht blickte Ben den Jungen an, der so schmächtig und jung war. Bis vor einigen Monaten hatte sich Ben dasselbe gewünscht, was für ein merkwürdiger Zufall. Oder auch nicht, denn wahrscheinlich wollte jeder Junge im Großtirdischen Reich Drachenritter werden. »Was hat sich geändert, dass du nicht mehr wolltest?«

»Geändert?« Inzwischen hatte Nesto ein kieselgroßes Stück aus der Mauer gebrochen und schleuderte es in Richtung Meer, doch ebenso wie Ben zu kurz. »Nun, ich wurde … Weißt du, mein Vater war einst der jüngste Knappe, der je die Aufnahmeprüfung des Ordens bestanden hat. Und das nicht gerade knapp, sondern mit den besten Ergebnissen aller zwölf Jungen, die in jenem Herbst im Kloster aufgenommen wurden. Dabei war seine Familie weder von Stand noch wohlhabend. Jeden einzelnen Übungskampf gewann er, und ihm wurde eine große Zukunft als Drachenritter zugetraut. Die Ritter stritten sich lauthals darum, ihn unterrichten zu dürfen, manche wurden sogar handgreiflich, obwohl sich das ganz und gar nicht geziemte. Doch dann wurde er im Schlaf von einem schwarzen Skorpion in den großen rechten Zeh gestochen. Das kriechende Gift breitete sich aus, und bis zum Morgengrauen war sein Fuß verdorrt, steif, trocken, schwarz und ohne Gefühl bis zum Knie hinauf. Nur mit Mühe und dank seiner Zähigkeit konnte der Giftfluss gestoppt werden, doch fortan konnte er sich nur noch hinkend fortbewegen. Er wurde niemals ein Ritter. Ob ein anderer Knappe, der auf sein Ansehen neidisch war, das Tier in sein Bett gelegt hatte, hat man nie herausgefunden.

Er erlernte das Schmiedehandwerk und diente dem Orden am Amboss, indem er prächtige Rüstungen und die schärfsten Klingen Rhaconias schmiedete. Und er schwor feierlich, dass sein Sohn einst die ihm vorbestimmte Stelle als Ritter einnehmen würde, doch dann wurde ihm eine Tochter nach der anderen geboren. Fast drohte er zu verzweifeln, bis schließlich ich als sechstes Kind zur Welt kam, sein erstgeborener Sohn.

Vom ersten Tag an bildete er mich mit Hingabe aus. Ich lernte fechten, bevor ich laufen oder sprechen konnte. Ich sollte ihn nicht nur als jüngster Knappe aller Zeiten ablösen, sondern in allem übertreffen. Weniger war nicht gut genug, also übte ich besessen unter seiner Anleitung von Sonnenaufgang bis -untergang, und ich wollte nichts anderes als Ritter werden und meinen Vater übertreffen.

Am Abend vor der Prüfung bekam ich Fieber, aber ich sagte

nichts. Seit Wochen sprach mein Vater mit glänzenden Augen nur noch von diesem Tag, von einer triumphalen Aufnahme in den Orden. Jeden Nachbarn, jeden Fremden auf der Straße hatte er darauf hingewiesen, ich konnte nicht einfach ausfallen. Über Nacht wurde das Fieber schlimmer, Schüttelfrost gesellte sich hinzu, doch ich sagte mir, in einem wirklichen Kampf würde ein gefräßiger Drache auch keine Rücksicht nehmen, und ging hin, ich dämlicher Schwachkopf.

Nun, vielleicht hätte ich es trotz Krankheit geschafft, irgendwie und mit Müh und Not, doch ich war so aufgeregt, dass ich schon bei der Begrüßungszeremonie meinen Schild auf den Fuß des Jungen neben mir fallen ließ. Und so ging es weiter. Ich stolperte, wo es nur ging, glitt während des Hindernislaufs um das Kloster aus, zerbrach einen Bogen, und schließlich rutschte mir beim Ausholen das Schwert aus den schweißnassen Fingern und raste auf den Hohen Abt Khelchos zu. Niemals hätte es ihn getroffen, doch ein Ritter schlug es im Flug zu Boden, und die Umstehenden schrien: *Attentat!* und *Mörder!*

Ein Dutzend Ritter warf sich auf mich, drückte mich zu Boden und führte mich schließlich ab. Tagelang wurde ich eingesperrt und befragt, ob das ein geplanter Anschlag gewesen sei. Nur der gute Ruf meines Vaters rettete mich. Ein Ruf, den ich befleckt hatte. Von diesem Tag an konnte ich meinem Vater nicht mehr in die Augen sehen, und er sprach kein Wort mehr mit mir. Ich war sein einziger Sohn, er hatte keine weitere Hoffnung, seinen Traum erfüllt zu sehen; nun musste er auf einen Enkel warten. Doch meine älteste Schwester hatte erst zwei Mädchen geboren, und meine zweitälteste wies jeden Freier ab. Mein Vater fluchte den ganzen Tag.

Ich schämte mich furchtbar über mein Versagen, aber ich

konnte es nicht wiedergutmachen. Wäre ich nur nicht so stolz gewesen und hätte mein Fieber akzeptiert! Dann hätte ich es später versuchen können. Dann wäre ich jetzt zwar nicht der jüngste Knappe, aber wenigstens *wäre* ich ein Knappe und mein Vater trotzdem stolz auf mich. Oder würde zumindest noch mit mir reden. Aber so war ich nur eine untragbare Schande und lief davon, um zur See zu fahren.«

Als Nesto geendet hatte, schwiegen sie eine Weile, bis Ben fragte: »Du willst also eigentlich bis heute Drachenritter werden?«

»Bis gestern.« Nesto schleuderte einen weiteren Stein hinab. »Manchmal habe ich in den letzten Monaten den Orden verflucht, weil er mir keine zweite Chance gegeben hat. Weil er tagelang ernsthaft dachte, ich sei ein Attentäter, obwohl jeder das Fieber hatte sehen können. Das war nicht richtig, und jetzt habe ich geflügelte Drachen gesehen und mit ihnen gesprochen. Sie haben uns gerettet – wie können sie also von Samoths Fluch besessen sein? Wie kann jemand verlangen, ihnen die Flügel abzuschlagen? Also frage ich mich, ob überhaupt irgendwas an den Taten des Ordens richtig ist.«

»Ist es nicht.« Ben ließ den nächsten Kiesel über seine Handfläche rollen.

»Aber einmal hat ein Ritter meine Schwester Nytheen gerettet, als sie in einer Gasse von einem betrunkenen Rüpel gepackte wurde. Das war richtig.«

»Hm.« Ben ließ den Stein achtlos aus seiner Hand fallen. »Ja. Das war wohl richtig.«

»Da siehst du es.«

Schweigend saßen sie nebeneinander und starrten aufs Meer hinaus. Im Westen zogen ein paar Wolken auf, und der sanfte Frühlingswind blies ihnen warm ins Gesicht; vom vergangenen Winter war nichts mehr zu spüren.

»Und was willst du jetzt machen?«, fragte Ben.

»Was schon? Weiter zur See fahren. Sobald Herr Dogha ein neues Schiff hat, kann er mich sicher wieder brauchen.«

»Und bis dahin?«

»Hoffe ich, dass ich irgendwie bei ihm unterkomme. Irgendeine Arbeit im Hafen oder in seinem Haus lässt sich hoffentlich finden. Manchmal habe ich schon Botengänge für ihn erledigt.« Nesto spuckte im weiten Bogen von der Mauer, weil er keinen Stein mehr zum Werfen hatte. Natürlich kam er nicht bis zum Meer. »Und bis dahin kann ich ja nachts durch Rhaconia schleichen und ein paar Steckbriefe von den Wänden reißen, auf denen drei junge Geächtete gesucht werden, die in Begleitung geflügelter Drachen reisen. Über den Bürgerkrieg sind sie eh fast vergessen.«

»Das klingt zumindest, als wäre es richtig.« Ben lächelte. »Danke.«

»Nichts zu danken. Ohne euch wäre ich schließlich tot.«

EIN HELD AUS DER FERNEN PYRAMIDENSTADT

Als sich die Sonne dem Horizont näherte, saßen sie auf hölzernen Bruchstücken von Trollmöbeln im Innenhof bei ihrem letzten Proviant zusammen und verabschiedeten sich von Finta und Nesto.

»Ich dachte, ich könnte vielleicht mitfliegen und mich ein bisschen in Rhaconia umsehen«, sagte Ben fast beiläufig, als Finta kurz um die Ecke gegangen war, um draußen gegen die Mauer zu pinkeln.

»He! Das hatte ich mir auch gedacht«, sagte Yanko mit vollem Mund. »Also, dass ich mitgehe, nicht du.«

»Ich hab's aber zuerst gesagt.«

»Nur weil ich noch gekaut habe.«

»Selbst schuld, wenn du so verfressen bist.«

»Kann ja nicht jeder so ein Lattendürrer sein wie du.«

»Gierstumpen!«

»Drängeltöle!«

»Nachzügler!«

»Blöder Sturkopf! Dann lass uns doch zu zweit gehen«, schlug Yanko vor. »Zwei Köpfe sehen mehr als einer, heißt es doch immer.«

»Zu zweit werden wir leichter erkannt. Nein, es …«

»He, ihr Möchtegern-Helden«, mischte sich Anula ein. »Weshalb muss denn einer von euch gehen?«

»Na, du kannst nicht. Deine glitzernde Haut ist viel zu auffällig«, sagte Yanko.

»Ich will ja auch gar nicht! Darum geht es doch nicht.«

»Und ich kann mir auch noch das Haar mit Asche schwarz färben«, sagte Ben zu Yanko. »Deines ist viel zu dunkel, da fällt der Unterschied kaum …«

»He! Ihr habt Anula nicht verstanden!«, rief Nica. »Wieso sollte überhaupt einer von uns mitgehen? Welchen Sinn hätte das denn?«

»Ähm, Sinn?« Verwirrt sah Yanko sie an. »Das liegt doch auf der Hand. Weil wir nur so etwas über Rhaconia herausfinden können. Weil einer von uns in Begleitung von Finta unauffällig in die Stadt kommt, ohne dass …«

»Psst!« Nica nickte in Richtung Nesto.

»Ist egal. Er kennt die Steckbriefe.« Ben winkte ab. »Und will sie abreißen.«

»Er hat uns erkannt?«, brauste Anula auf. »Und dann wollt ihr einfach so in die Stadt spazieren? Weshalb sollte er der Einzige bleiben, der euch erkennt?«

»Er hat uns nur erkannt, weil wir zusammen waren und in Begleitung von geflügelten Drachen. Stimmt's?« Ben sah den Jungen an.

Nesto nickte und wich Anulas bohrendem Blick aus.

»Mich allein hättest du also nicht erkannt?«, fragte Yanko schnell. Wieder nickte Nesto, und Yanko lächelte und deutete auf sich selbst. »Na?«

»Aber mich noch weniger. Ich kann mir nämlich die Haare färben.«

»Beim ersten Regen wäscht sich das wieder raus. Und dann bist du viel verdächtiger, denn ein Unschuldiger würde sich nie die Haare färben!«

»Ach nein?«

»Nein!«

»Und was ist mit Bürgermeister Odhulan?«

»Der gilt nicht. Graue Haare sind etwas ganz anderes.«

»Wie auch immer.« Ben lachte. »Ich wollte eh nicht bleiben, bis es zu regnen beginnt.«

In diesem Moment näherte sich Finta pfeifend dem Feuer.

»Und weiß er auch Bescheid?«, zischte Anula.

»Ich weiß nicht«, sagte Ben und blickte Nesto fragend an.

Der zuckte mit den Schultern. »Ich hab nichts gesagt.«

Finta trat heran und sah sie reihum an. »Nochmals danke euch allen. Das sage ich bewusst, denn ihr habt ziemlich laut gesprochen, und der Wind trägt die Worte weit.« Er lächelte. »Von daher kann ich eure Fragen gern beantworten. Nein, sicher erkannt hatte ich euch nicht, aber doch vermutet, wer ihr seid. Keine Angst, natürlich verrate ich euch nicht. Ihr habt mein Leben gerettet, das werde ich euch nie vergessen. Zudem werden der Orden und ich sicher keine Freunde mehr.«

»Gut«, sagte Ben.

Die anderen schwiegen.

»Natürlich kann von euch gern einer mitkommen und bei mir wohnen«, fuhr Finta fort. »Ich gebe ihn als den Sohn eines fernen Handelspartners aus, der mitgekommen ist, um unsere berühmte Stadt zu besuchen. Nur die Haare würde ich mir an deiner Stelle nicht färben, Ben. Du weißt nie, ob du zu einem späteren Zeitpunkt nicht wiederkommen willst, wenn es regnet.«

»Sag ich doch«, brummte Yanko. »Also kein Vorteil für dich.«

»Dann werfen wir eben eine Münze.«

»Abgemacht.«

Sie beschlossen, dass Nesto werfen sollte, er war unparteiisch. Da sein und Fintas Geld jedoch vollständig im Sturm verloren gegangen war und sich Nica und Anula weigerten, bei dieser *Kinderei* mitzumachen, mussten Ben und Yanko erst mit Grashalmen auslosen, von wem sie eine Münze nehmen wollten. Ben gewann, Yanko fluchte und wies Nesto an, die Münze fest an seiner Hose zu reiben, um allen Schweiß und Geruch von Ben zu entfernen, damit dies nicht das Glück beeinflusste. Schließlich war bekannt, dass Münzen ihren Besitzer bevorzugten.

»Kopf«, sagte Yanko schnell, um wenigstens den Vorteil der ersten Wahl zu haben.

»Zahl.« Ben nickte feierlich.

Mit dem rechten Daumen schnippte Nesto die Münze hoch in die Luft, kurz darauf schlug sie dicht neben dem Feuer auf und rollte in Schlangenlinien über die Felsplatten, direkt vor Anulas Füße. Blitzschnell trat sie darauf.

»He!«, rief Yanko.

»Warum müsst ihr immer die Helden spielen?«, fragte sie.

»Wir spielen nicht«, sagte Ben. »Aus dem Alter sind wir raus.«

»Ach?« Anula zog die Brauen hoch und deutete auf ihren Fuß, unter dem die Münze lag.

»Das ist etwas ganz anderes«, murmelte Ben. »Das ist vernünftig. Ohne richtige Schwerter können wir uns ja nicht duellieren, um herauszufinden, wer gehen darf.«

»Na, das leuchtet ein.« Seufzend nahm Anula den Fuß von der Münze.

»Es gilt trotzdem?« Ben sah Yanko fragend an.

»Meinetwegen.«

Die Münze lag mit der Zahl nach oben.

»Ja!« Ben jubelte.

»Samoths stinkender Hintern noch mal!« Yanko trat gegen

einen Stein. »Deine Münze, der Fuß deiner Freundin, ich hätte es wissen müssen!«

»Aber du hast zugestimmt.«

»Ja, verdammt!« Wütend spuckte er ins Feuer. »Aber das nächste Mal darf ich.«

»Welches nächste Mal?«, fragte Nica misstrauisch.

»Das ist doch egal! Aber immer hat er Glück.« Yanko schob den Unterkiefer vor. »Und irgendein nächstes Mal wird es schon geben.«

Als sie sich in der Dämmerung zum Aufbruch bereit machten, übergab Ben Anula den Großen Schlüssel, damit sie ihn vergraben und so seine Magie wecken konnte – am besten unter einer kleinen, unauffälligen Pforte, nicht unter dem Haupttor. Anula nahm den Schlüssel und nannte Ben einen wurmstichigen morschen Holzkopf, küsste ihn aber trotzdem zum Abschied und hielt ihn dabei lange umschlungen. Auch Yanko wünschte ihm viel Glück, blickte dabei jedoch sehnsuchtsvoll auf die beiden Drachen, die zur Küste fliegen wollten. Juri würde den Händler tragen, während Ben und Nesto auf Aiphyrons Rücken Platz nahmen.

»Übertreib's nicht«, mahnte Anula noch Ben und tätschelte dabei Aiphyron die Seite.

»Ja, Frau Aufseherin«, sagte Ben. Er hasste es, wenn Anula klang, als wäre sie weit mehr als diese zwei Jahre älter. In den Sagen hieß es immer, die Gattin des Helden blieb daheim und harrte besorgt seiner Rückkehr. Deren Abschiedsworte hatte er sich immer anders vorgestellt. Besorgt eben, und bewundernd, nicht bevormundend. Dagwarts Frau hatte ihn sicher nicht gemahnt, es nicht zu übertreiben, als er in die Schlacht gegen Trollhorden gezogen war.

»Wenn du süßes Gebäck findest, bringst du es bitte mit?«, erinnerte ihn Nica, als wäre er ein Diener, der einkaufen ging.

»Ja«, brummte Ben und fühlte sich überhaupt nicht mehr wie ein Held, als die Drachen die Flügel ausbreiteten. In diesem Moment hätte er Yanko gern seinen Platz abgetreten.

Doch nur in diesem Moment. Als sie über das Meer flogen, packte ihn die Vorfreude auf kommende Entdeckungen, auf die unbekannte Stadt. Angst, erkannt und erwischt zu werden, hatte er hier oben auf Aiphyrons Rücken nicht. Sie würden es dem Orden zeigen.

Unterwegs ließ sich Ben erzählen, was aus der einst so stolzen Hafenstadt geworden war, die mit Venzara zusammen das Tor zur Welt gewesen war. Venzara war noch immer berühmt als mächtige Handelsstadt, für das außergewöhnliche Glas, das dort gefertigt wurde, und für die gigantische Drachenstatue in der Hafeneinfahrt, deren reiner Kristallzahn angeblich jedem Mann Fruchtbarkeit verlieh, der ihn berührte. Doch von Rhaconia hatte in Trollfurt niemand gesprochen.

»Ja, das sagenhafte Glas hat uns das Genick gebrochen«, murrte Finta und gab Ben einen raschen Überblick.

Als Venzara vor Jahrhunderten die Glasherstellung perfektioniert hatte, legten die Händler aus fernen Landen fast ausnahmslos dort an, um die Schiffe mit Glas zu füllen, nachdem sie ihre Ladung gelöscht hatten. Zeitgleich verlor Dherrnbruck an Bedeutung, weshalb nur noch wenige Waren den Dherrn hochgeschifft wurden; Waren, die in Rhaconia umgeladen wurden. Im nördlichen Trollfurt hatte man die Blausilbermine noch nicht entdeckt, und das wachsende Falcenzca war über Venzara viel leichter zu erreichen. Nur das Kloster am Ewigen Feuer nutzte Rhaconia noch immer als Hafen, so wie auch das Kloster mit den zwölf Zinnoberzinnen den Fernhandel weiterhin über Rhaconia abwickelte.

Dies führte zwangsläufig dazu, dass der sowieso schon mächtige Orden der Drachenritter dort immer einflussreicher wurde. Vor den Toren der Stadt gründeten sie das Kloster Sonnenflut, das sich bald zur bedeutendsten Ausbildungsstätte für Drachenritter im gesamten Großtirdischen Reich entwickelte. Jeder Adlige von Rang und jeder Händler mit Einfluss versuchte, seine Söhne dort unterzubringen, denn hier wurde die künftige Elite des Ordens unterrichtet.

Gut, dachte Ben. Es schien ihm genau der richtige Ort zu sein, um ihren Kampf gegen den Orden zu beginnen. Elite hin oder her, Jungen in seinem Alter von der Wahrheit zu überzeugen, stellte er sich einfacher vor als hochnäsige Ritter von dreißig Jahren, die in ihnen nur Kinder sahen.

Sie landeten in einer kleinen, bewaldeten Bucht südlich von Rhaconia, etwa eine halbe Fußstunde von der Stadt entfernt. Scharfkantige Felsen, um die sich unberechenbare Strudel bilden konnten, ragten vor ihnen aus dem Wasser, kein Fischer würde versuchen, hier zu landen. Die hohen Bäume hatten tief hängende Äste, sodass alles hinter einem schmalen Sandstreifen auch kaum einzusehen war, obwohl es zwischen den knorrigen Stämmen ausreichend Platz gab, damit sich ein großer Drache dort bequem hinlümmeln konnte. Einen richtigen Weg ins Landesinnere gab es nicht. Man musste sich einen steilen Abhang hinaufkämpfen, und das nächste Dorf war zu weit entfernt, als dass sich heimliche Liebespaare hierhin zurückziehen würden.

Kaum waren sie gelandet, flog Juri auch wieder zurück, während Aiphyron hier bis zum nächsten Abend auf Ben warten würde.

»Das ist ein guter Treffpunkt«, versicherte Finta. »Hier kommt kaum jemand her, und zu fressen lässt sich auch leicht etwas fangen.«

Aiphyron nickte und wünschte Ben viel Spaß. Dann warfen sich Ben, Finta und Nesto ins Meer, tauchten unter, spritzten sich gegenseitig nass und zogen sich zurück an Land, wo Finta und Nesto ihre Haare zerwühlten, damit sie einigermaßen wie Schiffbrüchige aussahen. Bens waren dafür zu kurz. Er rollte seine Hosenbeine und Hemdsärmel bis zu den Handgelenken und Knöcheln herunter, wie es sich für einen anständigen jungen Mann gehörte. Einen kurzen Moment dachte er sogar daran, seine Hose zu zerreißen, weil das dramatischer aussehen würde, doch dann ließ er es sein; das erinnerte zu sehr an die Beschreibung seiner mehrfach geflickten Hose auf dem Steckbrief, und den wollte er niemandem ins Gedächtnis rufen.

Für einen kurzen Moment dachte er daran, dass Finta ihn verraten könnte; er war verschuldet und brauchte dringend Geld. Doch mit einem Kopfschütteln verwarf er den Gedanken sofort wieder. Sie hatten ihm das Leben gerettet, weshalb sollte er es also tun? Außerdem hätte er dann doch bestimmt darauf gedrängt, dass auch Yanko und Nica ihn begleiten würden, schließlich brachten sie nur zu dritt die volle Belohnung von tausend Gulden. Und egal, wie viel Geld das war, zwei neue Schiffe voll exotischer Waren konnte man sich damit nicht leisten.

Der durchnässte Finta drängte munter zum Aufbruch, und Ben verfluchte sein dämliches Misstrauen.

»Was wollt ihr?«, begrüßte sie ein mürrischer Stadtwächter, doch als Finta ins Licht trat, änderte sich sein Tonfall schlagartig. Er bellte seine Kameraden an, schleunigst das Tor zu öffnen, und fragte mit unterwürfiger Besorgnis: »Was ist geschehen, Herr Dogha? Weshalb landet Ihr nicht im Hafen an?«

»Ein Sturm«, keuchte der Händler, wischte sich das kaum noch feuchte Haar aus der Stirn und erzählte knapp, wie seine zwei Schiffe von einer gigantischen Welle erfasst und zerschmettert worden waren. Bewundernd beobachtete Ben, wie geschickt er den Erschöpften und Verzweifelten spielte, bis ihm bewusst wurde, dass dies nicht viel Talent erforderte, schließlich war ihm dies alles zugestoßen. Er musste einfach erschöpft und verzweifelt sein. Wie er sich auf der Insel den ganzen Tag seit seiner Errettung zusammengerissen hatte, dies verdiente eigentlich Bewunderung.

»Oh, dieses verdammte Verlies der Stürme«, murmelte der Torwächter. »Irgendwann wird es uns noch den Untergang bringen.«

»Das wollen wir doch nicht hoffen«, entgegnete Finta und verabschiedete sich, weil er ohne weitere Verzögerung zu seiner Frau wolle.

»Aber natürlich.« Der Torwächter und seine Kameraden verbeugten sich höflich, keiner von ihnen beachtete Ben oder Nesto länger als einen Augenblick. Ben war trotzdem überzeugt, dass sie sich in dem kurzen Augenblick sein Aussehen genau eingeprägt hatten, um ihn fortan dem angesehenen Händler zuordnen und entsprechend behandeln zu können. Dennoch schlug Bens Herz unter ihrem Blick schneller, weil er fürchtete, sie würden ihn erkennen und gefangen nehmen. Obwohl sie ihn passieren ließen, verschwand die Anspannung nicht vollständig. Nach Monaten in der Ferne hatte er wieder eine Stadt betreten, in der er gesucht wurde. Und das ohne die Begleitung seiner Freunde.

Hinter der Stadtmauer mischte sich der Gestank von totem Fisch, Kot und Abwasser in die Seeluft. Rhaconias Häuser waren vielfach aus hellem Stein errichtet, so weit Ben das im Schein der wenigen Laternen beurteilen konnte. Sie wirkten höher als in Trollfurt oder Falcenzca, während die meisten Straßen und Gassen schmaler waren. Viele wanden sich geschwungen durch die Nacht, kreuzten sich immer wieder, manchmal trafen nur drei, manchmal fünf oder sogar mehr aufeinander, sodass Ben schon bald die Orientierung verloren hatte.

Trotz der späten Stunde waren die Straßen erstaunlich belebt. Sie überholten zwei betrunkene Seeleute, die sich gegenseitig stützten und dennoch nicht geradeaus laufen konnten. Andere sangen grobe Lieder oder unverständliche in fremden Sprachen. Wie in Chybhia, der Stadt der heiligen Spiele, begegneten Ben die unterschiedlichsten Leute in den unterschiedlichsten Gewändern, nur schien hier alles weniger edel zu sein. Neben dem Gesang und dröhnendem Lachen hallten auch wüste Beschimpfungen und wilde Drohungen durch die Nacht.

Von ferne erhaschte Ben einen Blick auf eine Messerstecherei zweier aufgebrachter Betrunkener, die jedoch schnell von ihren Kameraden beendet wurde, indem einer schrie: »Ich schmeiß 'ne Runde!«

»Der Hafen ist nachts sicherlich nicht der beste Ort der Welt«, erklärte Finta und führte sie in ein ruhigeres Viertel, in dem das Verhalten bald zurückhaltender wurde und die Kleidung auffälliger und teurer, die Farben bunter. Ein Großteil der Männer schien viel Zeit auf die Rasur zu verwenden, viele Bärte bildeten Muster, waren geflochten oder mit glitzernden, geschliffenen Steinen verziert. Als Ben die dritte Frau sah, die einen Schirm trug, der mit teurer Seide oder Samt bespannt war, fragte er Finta danach. Ein Griff schien aus Elfenbein zu sein, ein anderer mit kleinen Edelsteinen besetzt.

»Das sind Sonnenschirme«, antwortete der Händler.

»Es ist Nacht«, warf Ben ein.

»Ja.« Finta lachte. »Anfangs haben sich ein paar Priester vehement gegen die Schatten spendenden Schirme ausgesprochen, denn sich vor Hellwahs Glanz zu verstecken, sei suspekt, zu behaupten, man brauche Schutz vor ihm, gar Gotteslästerung. Andere hielten dagegen, Hellwah habe auch die Bäume erschaffen, und sich in ihrem Schatten aufzuhalten, sei auch keine Sünde. Schließlich einigten sie sich darauf, dass die Schirme kein Sonnenschutz seien, sondern Mode, und weil sie mit teuren Stoffen bespannt waren, ein Zeichen von Wohlstand und Ansehen. Seitdem trägt jede Dame, die etwas darstellen will, einen Schirm. Tagsüber und nachts. Und all jene, die sich besonders hellwahtreu geben wollen, halten ihn so, dass kein Schatten auf ihr Gesicht fällt.«

»Ja, aber wo ist da der Sinn?«

»Ich sagte doch, das Zurschaustellen von Wohlstand und Ansehen. Manch Adliger hat schon einen Schirm als Zeichen der Wertschätzung verliehen.«

An einem kleinen Platz, auf dem drei mächtige, knorrige Bluteichen wuchsen, zeigte er Ben das prächtige Wirtshaus *Zum Drachen,* in dem überwiegend Ritter verkehrten. Kein sonderlich einfallsreicher Name für eine solche Herberge, dachte Ben, doch Augen hatte er nur für die zwei Drachen, die vor der Tür dösten. Als sein Blick auf die vernarbten Schulterknubbel fiel, stieg Wut in ihm auf. Unwillkürlich tat er einen Schritt auf sie zu, wollte den Arm ausstrecken, dann hatte er sich wieder im Griff. Auf keinen Fall durfte er auffallen; er würde noch Zeit finden, sie alle zu befreien. Neben den Drachen waren Pferde angebunden.

»Sind wohl nicht nur Drachenritter da?«, fragte Ben und deutete auf die Tiere.

»Ach, die Drachen sind von auswärtigen Rittern«, erklärte Finta. »Die aus dem Kloster kommen meist zu Fuß oder mit Pferden. Wenn hier zwanzig Drachen warten müssten, wäre der ganze Platz überfüllt. Sie sind ja doch ziemliche Brocken.«

Ben nickte und fasste nun den Gasthof ins Auge. Die großen Fenster aus klarem Venzaraglas waren hell erleuchtet, im Schankraum tranken und lachten und feierten zahlreiche Männer in den Farben des Ordens mit beinahe ebenso zahlreichen schönen, jungen Frauen.

»Seht mal, die Jungfrauen sind auch da«, sagte Ben.

»Oh, nein.« Finta lachte. »Das da drin sind keine Jungfrauen.«

Nesto kicherte, und Ben hatte verstanden. Ja, er war der Trottel aus dem abgelegenen Trollfurt und hatte keine Ahnung von der weiten Welt. Kein Grund für Nesto, gleich so zu kichern!

Als ein Ritter heraustrat, fiel sein Blick zufällig kurz auf Ben, doch weiter beachtete er ihn nicht. Gut, dachte Ben, der zwar keine Angst spürte, aber noch immer angespannt war – auch wenn die Anspannung mit jedem Ritter und Nachtwächter nachließ, der ihn nicht beachtete.

Zwischen den drei Bäumen auf dem Platz erhob sich das bronzene Denkmal eines Ritters mit mächtigem Backenbart, der in großer Pose einem langen Drachen den zweiten Flügel abschlug. Sein breites Siegerlächeln offenbarte perfekte

Zähne, während der Drache ihn dankbar und unterwürfig anhimmelte.

»Herr Gekkin, der umjubelte Befreier von dreizehn Drachen«, sagte Finta, als er Bens Blick bemerkte. »Eine stolze Anzahl, doch man munkelt, alle seien deutlich kleiner gewesen als der des Standbildes.«

»Ich hoffe, der vierzehnte hat ihn verschlungen«, brummte Ben.

»Das kann man in gewisser Weise so sagen.« Finta lächelte. »Der vierzehnte war eine alles verschlingende Sie in menschlicher Gestalt, und er hat sie geheiratet.«

Lachend wandten sie sich ab, und Ben warf noch einen letzten Blick zurück auf die Drachen vor dem Gasthof. Noch immer rührten sie sich nicht.

Auf ihrem weiteren Weg kamen sie noch an den Statuen von drei weiteren, längst verstorbenen Rittern vorbei, deren Namen Ben sofort wieder vergaß, und kreuzten eine breite Straße.

Finta deutete nach links: »Dort liegt der große Tempel zu Hellwahs Ehren. Und nicht weit davon entfernt der kleinere für die anderen Götter.«

»Und dahinter, drei Querstraßen weiter, befindet sich die Schmiede meines Vaters.« Nesto machte jedoch keinen Schritt in diese Richtung, sondern ging weiter mit ihnen.

Die Straßen verliefen nun gerader und waren so breit, dass zwei Kutschen bequem aneinander vorbeikonnten. Das Pflaster war besser erhalten als im Hafen, doch es war viel weniger los. Grobe Flüche vernahmen sie nicht, doch dreimal drang ein Fauchen durch die Nacht, das Ben vertraut war. Drachen. Hier würden sie viel zu tun bekommen.

Schließlich erreichten sie Fintas Palast. Im Dunkeln konnte

Ben seine Größe nur erahnen, gerade einmal in zwei Fenstern brannte Licht. Wie eine Handvoll anderer Prachtbauten in der Nachbarschaft war er von einem gepflegten Garten und einer hohen Mauer umgeben. Weiter hinten auf dem Grundstück konnte Ben die Schemen weiterer Gebäude erahnen.

Längst waren Bens Hemd, Hose und Haare getrocknet, und auch seine Begleiter wirkten nicht mehr wie frisch der See entstiegen.

»Herr Dogha«, begrüßte ihn der große blonde Torwächter in der blauen Livree erfreut und riss das Tor auf, während der kleinere Wächter ins Haus stürzte, um die Ankunft des Hausherren zu vermelden. »Wie schön, dass Ihr zurückgekehrt seid. Doch verzeiht, es ist nichts vorbereitet, der Hafen hat uns nicht Bescheid gegeben, dass die Schiffe eingelaufen sind.«

»Es ist kein Schiff eingelaufen«, gab Finta zurück und führte Ben und Nesto ins Haus, während der Wächter verwirrt am Tor zurückblieb.

»Kein Schiff?«, murmelte er. »Aber wie seid Ihr dann …?«

Im Haus blieb Ben nur wenig Zeit, den großen Empfangssaal mit dem schweren roten Teppich, dem bunt bemalten Deckenfresko und den Wandgemälden von stolzen Männern, Frauen und Schiffen zu bestaunen. Dann eilte bereits eine schöne, blonde Frau mit vollen Lippen herbei, die ebenso groß war wie Finta. Sie trug ein Kleid aus grünem Samt und große goldene Ohrringe. Plötzlich standen überall Bedienstete im Raum, ohne dass Ben sie hatte kommen sehen, und Nesto hatte sich irgendwohin verdrückt.

Als der Händler die schöne Frau, wahrscheinlich seine Gattin, züchtig auf die Lippen küsste, fühlte sich Ben überflüssig.

Die Bediensteten blickten alle demonstrativ irgendwo anders hin, und Ben tat es ihnen gleich, musterte Teppich und Gemälde und fühlte sich beobachtet.

Erneut flog die Tür auf, prallte gegen die holzvertäfelte Wand, und ein Mädchen in Bens Alter stürmte herein und auf ihn zu, ebenso schön wie die Händlersgattin, ebenso blond und mit ebenso vollen Lippen. Sie riss die Arme hoch, stutzte, als sie Ben sah, flog mit einem verwirrten Lächeln an ihm vorbei und fiel Finta um den Hals, dessen Frau sich vor dem Ansturm kaum in Sicherheit bringen konnte.

Seine Tochter, dachte Ben, und in diesem Moment rief sie tatsächlich: »Vater!«

Was für ein wunderbares Lächeln, dachte Ben weiter, während die beiden Finta abwechselnd mit Fragen bewarfen, ohne ihm Zeit für eine Antwort zu geben.

»Halt, halt, halt!«, rief der Händler und hielt beiden den Mund zu. Dann begann er zu erzählen, dass er in einen fürchterlichen Sturm gekommen und die Schiffe mitsamt ihrer Ladung verloren seien. Alle Ausgelassenheit war dahin, seine Frau und die Tochter klagten entsetzt, wollten wissen, wie es ihm gehe, und verlangten, mehr zu erfahren.

Da deutete Finta auf Ben und sagte: »Das ist Citho, der Sohn eines Handelsfreundes aus der Pyramidenstadt Entheb. Er hat uns auf dem Rückweg begleitet, und als der Sturm die Seeschwalbe mit seiner wilden Wut zerschmetterte, packte er mich am Arm, bevor ich von den tosenden Wellen in die Tiefe gerissen wurde, und zerrte mich auf eine breite Planke, an die er sich selbst nur mit Mühe klammern konnte. Er hat mir das Leben gerettet. Mir und Nesto.«

Die Frau und das Mädchen ließen Finta los und sprangen auf Ben zu, dankten ihm wieder und wieder, tätschelten ihn, küssten seine Hände und umhalsten ihn, während er von so viel Überschwang völlig überrumpelt dastand, rot anlief und nicht wusste, was er sagen oder tun sollte. Die Bediensteten sahen ihn nun ganz anders an, mit Hochachtung, und Ben fluchte innerlich, dass Finta ihn nicht auf diese Geschichte vorbereitet hatte. Wieso stellte er ihn als Lebensretter hin?

Klar, Ben hatte ihm das Leben gerettet, aber das war doch kein Grund. Er hatte sich doch nur unauffällig die Stadt ansehen wollen, ohne Aufmerksamkeit zu erregen.

»Mein lieber Junge, wie können wir dir bloß danken?«, fragte Frau Dogha und hielt ihn fest im Arm, strich ihm über das kurze Haar, als wäre er ein Kind.

Ben hasste das. Das schöne Mädchen dagegen hatte ihn längst losgelassen. Warum konnte es nicht andersherum sein?

»Ich, also … Vielleicht ein Glas Wein?«, bat er, nur um irgendetwas zu sagen. Und wenn sie den Wein holte, müsste sie ihn loslassen, hoffte Ben. Doch sie umklammerte ihn noch fester, und eine Träne lief ihre Wange hinab. Ben spürte, wie sie zitterte, während eine Dienerin aus dem Raum stürmte, das Gewünschte zu beschaffen.

»So bescheiden, er ist so bescheiden«, sagte Frau Dogha immer wieder. »Ein wahrer Held.«

»Ja«, brummte Finta. »Aber jetzt lass ihn los, Frau. Du erdrückst ihn ja noch.«

»Oh.« Tatsächlich trat sie einen Schritt zurück, dann stürmte sie wieder zu ihrem Mann und umschlang diesen. »Was für ein Glück, dass du noch lebst. Was für ein unendliches Glück.«

»Danke«, sagte das Mädchen leise und drückte Ben einen Kuss auf die Wange.

»Kein Ursache«, murmelte Ben und sah zu Boden. Lange konnte er ihr nicht in die hellen blauen Augen sehen.

»Das ist meine Tochter Mircah«, stellte Finta sie vor. »Mein einziges Kind.«

Ben nickte und reichte ihr unbeholfen die Hand, auch wenn das nach all den Umarmungen und dem Kuss seltsam wirkte.

Dann wurde die Doppeltür an der hinteren Wand aufgestoßen und Ben in einen weiteren prächtigen Raum geleitet. Dieser wurde von einem langen Tisch dominiert, der aus dem bläulichen Holz einer Himmelsbuche gefertigt schien. Seine Oberfläche war so fein geschliffen, dass die Platte das Licht des hundertfachen Kerzenleuchters spiegelte, der von der Decke hing. Blitzblanke Weinkaraffen aus Silber und große Teller aus Glas standen auf dem Tisch, schnaufende Diener trugen eilends Platten mit Käse und kaltem Braten herbei, mit buntem Fischsalat, frischem Brot und Obst.

Ben wurde auf einen gepolsterten Stuhl mit hoher Lehne gedrängt und sein Teller mit Essen überhäuft, der glänzende Krug mit schwerem rotem Wein gefüllt.

Für einen hoch verschuldeten Mann lebte Finta nicht schlecht, dachte Ben, während ihm das Wasser im Mund zusammenlief. Vielleicht hätte er es in Trollfurt damals auch besser mit Schulden versuchen sollen anstatt mit dem Stehlen von Äpfeln.

»Auf dich«, sagte Frau Dogha und hob ihren Becher, während sie Ben tief in die Augen sah.

»Auf dich«, sagte Mircah und blickte ihm noch tiefer in die Augen.

»Auf meinen Retter.« Finta lächelte und zwinkerte ihm zu.

»Auf, ähm … das Glück, dem unsere Rettung zu verdanken ist. Und die Planke.« Langsam fand sich Ben in seine Rolle hinein.

»Auf die Planke.« Frau Dogha lächelte. »Aber vielleicht hat dich doch eher ein gutes Schicksal auf unser Schiff geführt, nicht einfach Glück.«

Sie tranken, und Ben spürte den zweiten Schluck schon im Kopf. Er fühlte sich leicht. Hungrig begann er zu essen und zu erzählen. Er bekam ganze Sätze heraus und schmückte das große Lügenmärchen von seiner Heldentat reichlich aus, die er so nicht vollbracht hatte, sondern nur mit Aiphyrons Hilfe.

Irgendwann fiel ihm auf, dass er seinen falschen Namen vergessen hatte. Lachend trank er noch mehr Wein und phantasierte wild drauflos, als Mircah ihn nach seiner Heimat fragte. Von prächtigen Pyramiden, in denen sie dort lebten, von pyramidenförmigen Hüten und einer wohlschmeckenden Krabbenart, die ihre Scheren zum Klettern in Bäumen mit vier Stämmen und spitz zulaufender Krone benutzte, und deren Panzer ebenso pyramidenförmig war.

»Das klingt alles wunderschön, Citho«, sagte sie, und Ben strahlte und wiederholte innerlich immer wieder den Namen.

»Wo hast du unsere Sprache gelernt?«, fragte Mircah. »Du beherrschst sie perfekt.«

»Äh, ja, danke.« Ben starrte sie an. Hätte Finta nicht daran denken können, als er ihm eine falsche Herkunft verpasste? »Mein Vater, also, er wollte, dass ich sie von klein auf lerne, damit ich irgendwann unsere Geschäfte im Großtirdischen Reich übernehmen könnte. Kann.«

»Das ist ja wunderbar. Dann bleibst du länger hier?«

»Gemach, gemach«, mischte sich Finta ein. »Lass den jungen Mann doch erst einmal in unserem Land ankommen, bevor du seine ganze Zukunft verplanst. Vielleicht schickt sein Vater ihn ja auch in die Niederlassung nach Aphrasehr, und er ist schon nächste Woche fort.«

»O nein.«

»Wir werden sehen.« Finta sah Ben an. »Wer weiß schon, welche Verpflichtungen unser Gast hat, auch gegenüber den Lieben in der Ferne.«

Und so aßen und tranken sie weiter, lachten und sangen ein schlecht gereimtes Hohelied auf alle hilfreichen Planken der Welt und vergaßen auf Fintas Befehl hin den Verlust der beiden Schiffe und aller Waren.

Erst weit nach Mitternacht wurde Ben in ein geräumiges Zimmer im Gästeflügel geführt, in dem ein weiches Bett auf ihn wartete, das nach Frühlingsblumen duftete. Er zog sich aus und wickelte sich in die ebenso weiche wie wohlriechende Decke. An ein solches Leben könnte er sich wirklich gewöhnen.

Beim Einschlafen dachte er an Anula, doch immer wieder tauchte kurz Mircahs Gesicht vor ihm auf. Und Fintas strenger Blick, der besagte: »Lass die Finger von meiner Tochter. Lebensretter hin oder her, das geht zu weit!«

»Pah. Sie hat mich auf die Wange geküsst, nicht ich sie«, murmelte Ben und dämmerte weg.

PLÄNE

»Willst du wirklich nicht bleiben?«, fragte Frau Dogha, als Ben nach einem ausgedehnten Frühstück aufbrach. Sie hatte ihm neue Kleidung herausgelegt, Hemd und Hose in strahlendem Blau und Rot und aus einem weichen, fließenden Stoff, den er nicht kannte. Angemessene Kleidung für einen Händlersohn in den Farben der Familie Dogha. Nun dürfte ihn niemand mehr mit dem Lumpen mit bunt geflickter Hose auf den Steckbriefen in Verbindung bringen.

»Ich kann leider nicht«, sagte Ben und rieb sich den Kopf, der vom schweren Rotwein brummte. Er war das Trinken nicht gewohnt. »Verpflichtungen, die mein, ähm, Vater mir aufgetragen hat.«

»Das verstehen wir natürlich. Aber du bist uns jederzeit willkommen«, sagte Finta und legte ihm die Hand auf die Schulter. »Wenn du Hilfe brauchen solltest, bei was auch immer, wir sind für dich da.«

»Danke.«

»Vergiss es nicht. Und komm wieder«, sagte Frau Dogha, und Mircah nickte und sah ihn traurig und zugleich hoffnungsvoll an. Für sie war er ein Held.

»Auf jeden Fall«, versprach Ben und warf sich den großen Hängebeutel mit dem Proviant über, den Finta ihm in der Küche hatte herrichten lassen. Frau Dogha hatte ihm noch eine zweite Hose und ein Hemd dazugepackt, damit er im Notfall etwas zum Wechseln hatte. Schließlich müsse man bei geschäftlichen Besprechungen einen guten ersten Eindruck hinterlassen, und das klappte mit Flecken nicht. Lächelnd drehte er sich um und schlenderte mit heroisch breiten Schritten zum Tor hinaus. Auf der Straße hielt er sich rechts, doch schon an der ersten Kreuzung wusste er nicht, woher sie am Vorabend gekommen waren. Tagsüber sah alles anders aus.

Die Wächter an den Eingängen der Prachtbauten blickten nicht mehr auf ihn herab wie sonst, was sicherlich der Verdienst des neuen Hemds war.

Schon erstaunlich, was so ein Stück Stoff alles bewirken konnte. Doch bei der Orientierung half es nicht weiter, und Ben wollte den neu gewonnenen Respekt nicht gleich wieder durch dumme Fragen verlieren.

»Geradeaus«, sagte da eine Stimme hinter ihm, und Ben drehte sich um.

»Nesto! Wohin bist du gestern verschwunden?«

»Ins Dienstbotenhaus. Diener speisen nicht mit den händlerischen Herrschaften, und Schiffsjungen schon gar nicht.« So wie er es sagte, klang es nicht sonderlich bedauernd. »Ich wollte mich nur noch schnell verabschieden.«

»Willst du nicht mitkommen? Ich könnte einen ortskundigen Begleiter gebrauchen.«

»Ja, würde ich gern. Aber die Arbeit wartet.«

»Na, dann …«, antwortete Ben gedehnt und unterdrückte alle Überredungsversuche. Wahrscheinlich war es besser, sich allein umzusehen, bevor Nesto doch noch mitbekam, was sie genau vorhatten. »Dann also bis bald.«

»In Ordnung. Bis bald.« Nesto drehte sich um und rannte zurück.

Ben ging geradeaus weiter. Ohne Eile folgte er mal dieser, mal jener Straße. Er hatte Zeit, und zum Hafentor würde er sich später durchfragen können. Vor der Dunkelheit konnte Aiphyron sowieso nicht ungesehen losfliegen. Jetzt galt es erst einmal, sich einen Überblick zu verschaffen. Schließlich wusste nicht nur Nesto nicht, was sie vorhatten, sondern genau genommen auch sie selbst nicht. Natürlich wollten sie Drachen befreien, so weit war es klar, und darüber hinaus dem Großtirdischen Reich die Wahrheit bringen, doch selbst ein so angesehener Händler wie Finta Dogha scheute sich, diese auszusprechen, und fürchtete das Gefängnis. Wie also sollten sie vorgehen, um sie zu verbreiten?

Ben sah in die Gesichter um ihn herum, ernste Diener und schwitzende Boten, plaudernde Mägde und trödelnde Handwerksgesellen. Ihre Blicke streiften ihn nur flüchtig, als wollten sie ihn nicht herausfordern. Doch wer von ihnen würde ihm glauben, wenn er die Wahrheit verriet?

Keiner.

Alle würden sie nicken, weil er wohlhabend aussah, wie der Sohn eines Mannes, dem man nicht widersprach. Doch überzeugen würde er nicht einen einzigen. Und manche würden ihn wohl sogar verpfeifen.

Nein, Worte allein halfen nicht – sie mussten ihnen zeigen, wie freundlich Drachen sein konnten. Aiphyron, Juri, Feuerschuppe und Marmaran mussten das tun. Aber nicht hier, nicht in einer Stadt voller Ordensritter. Die würden den Drachen die Flügel abschlagen, noch bevor sie zwei Sätze herausgebracht hatten.

Über diese Gedanken hatte Ben einen großen Platz erreicht, dessen gesamter Boden aus dem kleinteiligen Mosaik einer vielstrahligen Sonne bestand. Die glatt geschliffenen, handtellergroßen Platten in den unterschiedlichsten Schattierungen von Gelb und Rot und Blau strahlten hell im Tageslicht. Im Zentrum der Sonne erhob sich ein weißer Tempel mit den höchsten Säulen, die Ben je gesehen hatte. Strahlend kündeten sie von Hellwahs Größe und der Macht seiner Priester. Gegen seinen Willen war Ben beeindruckt, verharrte einen Moment lang und blickte hinüber zum offenen Portal, wo zahlreiche Männer und Frauen ein und aus gingen, darunter auch Seeleute aus fernen Landen.

Langsam schlenderte Ben hinüber.

Neben dem Eingang stand eine Art hölzerne Wand von drei Schritt Breite. An ihr waren verschiedene Pergamente befestigt, überwiegend Steckbriefe. Beinahe sofort bemerkte er den ihm wohlbekannten, der tausend Gulden für die Ergreifung von Ben, Yanko und Nica versprach, und Bens Magen zog sich zusammen.

Der Steckbrief war alt und vom Wetter angegriffen, eine Ecke abgerissen, doch Ben erinnerte sich gut an die Angst, die er damals auf der Flucht vor dem Orden empfunden hatte. Noch immer steckte sie in ihm, drohte, wieder hochzukochen, aber nun war seine Wut größer, sein Wille, etwas zu ändern. Er würde nicht erkannt werden, nicht in seinem neuen Hemd, nicht mit den kurzen Haaren, nicht allein. Die unbeholfene Zeichnung besaß mehr denn je keinerlei Ähnlichkeit mit ihm.

Tief atmete er durch, bezwang die Angst und schielte nach links und rechts. Tatsächlich beachtete ihn niemand, niemand schien überhaupt die Aushänge zu beachten, als wären sie zu veraltet oder zu vertraut. Es gab keinen Grund zur Besorgnis. Die meisten Steckbriefe boten Geld für die Ergreifung eines Ketzers, manche für die eines Mörders oder Landesverräters. Für die wenigsten gab es eine höhere Summe als für Ben, Yanko und Nica. Dann stockte Ben. Ganz am Rand, halb zugehängt von der Ankündigung eines großen Viehmarkts in der nächsten Woche, entdeckte er den Steckbrief, den er gefürchtet hatte.

KETZERIN GESUCHT
Lebend
100 Gulden Belohnung

Anula Sequo – klein, zierlich, achtzehn Jahre alt, schwarzes Haar und eine Haut, die unnatürlich wie Eis schimmert.

Sie ist des Verrats am Großtirdischen Reich und der Ausübung ketzerischer Handlungen überführt. Vermutlich eine Verbündete der vogelfreien Ketzer Ben, Yanko Quepahni und Nica Yirkhenbarg. Flüchtig! Wurde zuletzt gesehen im Kloster mit den zwölf Zinnoberzinnen.

Auch auf der zum Glück nur mäßig gelungenen Porträtskizze war Anulas Schönheit zu erkennen; und ihre Haut würde sie überall verraten. Ben spürte einen Stich. Er hatte gewusst, dass sie gesucht wurde, doch es zu sehen, war noch etwas anderes.

Unvermittelt packte ihn die Angst um sie, doch noch stärker spürte er den Zorn auf den Orden in sich. Was bildete sich dieser selbstgefällige Haufen eigentlich ein? Immer wenn ihm jemand nicht passte, bot er einen Batzen Gulden, in der Hoffnung, irgendwer würde sich schon kümmern. Unmengen von Gulden aus den unermesslichen Schatzkammern, die alle menschlichen Ärgernisse beseitigen sollten. Was für feige Moorwürmer! Und das schimpfte sich Ritter?

Ben spuckte aus und wünschte, die verdammten Ritter sollten die Angst der Gejagten wenigstens einmal am eigenen Leib erfahren. Einmal nachts bei jedem Geräusch aufschrecken aus Furcht, aufgestöbert worden zu sein. Einmal spüren, wie es war, wenn man von allen gejagt wurde und niemandem vertrauen konnte.

Und das zu Unrecht. Aber wer besaß schon genug Geld und den Mumm, so etwas …?

Plötzlich begann Ben zu grinsen. Mumm hatten sie, und Geld benötigten sie eigentlich nicht, nur ausreichend Pergament, Tinte und Feder und ein Siegel. Sie sollten einfach Steckbriefe aushängen, die zehntausend Gulden auf den Abt des hiesigen Klosters aussetzten. Wenn der Kopfgeldjäger dann bei der Ablieferung am königlichen Hof doch nicht ausbezahlt wurde, war das sicher nicht ihr Problem. Ben lachte leise vor sich hin.

Und sie konnten hier auch eine Bekanntmachung aufhängen, die die Wahrheit über Drachen verkündete und das öffentliche Sprechen über Samoths Fluch zur schlimmsten Ketzerei erklärte.

Ja! Das musste er den anderen sagen. Diese Wand voller Bekanntmachungen war eine wundervolle Idee.

Pfeifend warf er einen kurzen Blick in den Tempel, dessen Wände von Malereien übersät waren. Ein strahlender Hellwah tat dies und das, und die ebenso strahlenden Ritter entflügelten diesen und jenen Drachen. Und stets retteten sie dabei noch eine schöne Jungfrau.

Oberhalb der Wandmalereien reihte sich Fenster an Fenster, um Hellwahs Licht einzulassen. Für den Blick hinaus waren sie viel zu hoch. Wer sich im Tempel aufhielt, sollte nicht die Welt draußen sehen, sondern nur die auf Leinwand gebannten Taten eines Gottes und seines Ordens.

Wo zur stinkenden Fischmade nehmen wir nur so viel Pergament her?, fragte sich Ben, als er den Tempel wieder verließ. Finta wollte er nicht fragen. Je weniger Leute Bescheid wussten, umso besser.

Den halben Tag lief Ben kreuz und quer durch die Stadt. Dabei fand er in seiner Hosentasche irgendwann einen Beutel, der prall mit Münzen gefüllt war.

»Verschuldet, so, so«, murmelte Ben und festigte den Entschluss, später auch mal verschuldet zu sein, wenn das solche Geldbeträge mit sich brachte. Er würde sich in der halben Welt verschulden und davon die andere Hälfte kaufen.

Zum Mittag kaufte er sich erst einmal einen scharfen Lammspieß mit Feuersoße und schlang ihn hungrig herunter. Dann ließ er sich noch vier für den Abend auf der Insel einpacken. Diese stopfte er in seine Provianttasche, die langsam ärgerlich schwer wurde. Dennoch stapfte er neugierig weiter.

Als er eine Stunde später auf einem der zahlreichen kleinen Plätze mit Ritterdenkmal eine kurze Pause einlegte, sich gegen eine Hauswand lehnte und den Blick über die Passanten schweifen ließ, bemerkte er ein halbes Dutzend Knappen, die im Gleichschritt in Zweierreihen durch eine Gasse marschierten und fröhlich sangen:

Kam einst ein Drach geflogen,
von Samoths Fluch verwirrt,
Wollt sich die Jungfrau holen,
die …

»… lieber mir gehört!«, krakeelte einer der Knappen aus der letzten Reihe laut, lachte und kam so aus dem Gleichschritt.

»Akse! Mann, wir müssen das morgen können!«, brauste der große braunhaarige Knappe vorne rechts auf. Der ganze Trupp kam zum Stehen. »Wenn wir da aus dem Rhythmus kommen, dann dürfen wir die Ställe putzen oder den Innenhof schrubben. Dir scheint das ja Spaß zu machen, so oft, wie du das tust, aber …«

»Und wenn der Abt deine Zeilen hört, dann schmeckst du den Stock. Den Stock. Das macht dir wohl auch Spaß, oder?«, ergänzte ein Knappe aus der zweiten Reihe mit rotem Gesicht.

»Wie soll der Abt uns hier hören?«, brummte der, der Akse genannt worden war. »Morgen sing ich schon richtig. Und ihr könnt mir nicht erzählen, dass euch die Jungfrauen egal sind.«

»Habt ihr die neue von Herrn Farmir gesehen?«, mischte sich ein weiterer Knappe mit leuchtenden Augen ein. »Mann, hat die große …«

»Schnauze!«, brüllte der braunhaarige Bursche, der der Anführer zu sein schien. »Fang du nicht auch damit an. Wir sind mit Akse schon gestraft genug! Morgen müssen wir im Gleichschritt marschieren, und zwar blind und sehr viel gleicher als die anderen Einheiten! Das ist kein Spaß, das gehört zur Ausbildung! Wie willst du je zur Elite gehören, Akse?«

»Ich denke, wir sind schon die Elite?«

»Aber es geht darum, die Elite der Elite zu sein! Also weiter! Wieder von vorn!«

Akse zuckte mit den Schultern und reihte sich ein. Dabei fiel sein Blick auf Ben. Ben grinste ihn an und zwinkerte ihm zu, der Junge zwinkerte zurück.

Kam einst ein Drach geflogen,
von Samoths Fluch verwirrt,
Wollt sich die Jungfrau holen,
die …

»… lieber mir gehört«, sang Ben lautlos und schüttelte den Kopf.

Im Lauf des Nachmittags sah er noch weitere Knappen, die in solchen Sechsereinheiten durch die Stadt marschierten, eine gleicher als die andere, und immer gab der Junge vorne rechts den Ton an. Ben verstand nicht, warum sie nicht in ihrem Kloster übten, aber das konnte ihm auch egal sein.

Als er auf seinem Weg durch die Stadt zum zweiten Mal eine Straße überquerte, in der sich eine große Handelsniederlassung an die nächste reihte, begegnete er einer hochgewachsenen Frau mit aufwändig hochgestecktem Haar, großer, leicht gebogener Nase und hochgerecktem Kinn. Ihr gelbes, spitzenverziertes Kleid leuchtete weithin und mit den großen blutroten Rubinen ihrer Kette und Ohrringe um die Wette. Ihr folgten vier schwer bepackte Diener in mattgelben Livreen. In der Linken hielt sie einen Schirm, der über der kostbaren Seidenbespannung noch ein zweites, kleines Dach aus scheinbar purem Blattgold besaß. Das war vollkommen sinnlos, half aber wohl beim Protzen.

Auf dem rechten Arm trug sie einen etwa katzengroßen,

flügellosen Drachen, dessen Schuppen ebenfalls gelb und dessen Bauch rundlich war. Der Drache steckte in einer maßgeschneiderten roten Uniform mit goldenen Knöpfen, auf dem breiten Kopf trug er einen kleinen, ebenfalls goldenen Helm.

Ben klappte das Kinn nach unten.

»Na, du kleiner Racker«, sagte die Frau und tätschelte dem Drachen den Helm.

Der Drache schnurrte.

»Hat mein kleiner Held etwa Hunger?«, gurrte die Frau. Schon war ein Diener heran und reichte ihr einen Streifen getrocknetes Fleisch. Ohne ihn anzusehen, nahm sie es mit zwei spitzen Fingern und hielt es dem Drachen vor das Maul. Der schnappte zu.

»Feiner Held, ja so ein feiner Held«, flötete die Frau, packte den Drachen unter dem Doppelkinn und schüttelte den Kopf hin und her, während dieser noch zu kauen versuchte.

Kotz ihr aufs Kleid, Kleiner, dachte Ben. *Komm, mach schon.* Dann setzte er ein falsches Lächeln auf und trat der Frau entgegen. »Ach, das ist ja ein ganz liebreizender Drache. Allerliebst.«

Sofort standen zwei Diener an ihrer Seite und starrten Ben finster an, so drohend, als hätten sie Schwerter statt Kistchen und Koffer in den Händen. Misstrauisch musterte auch die Frau Ben.

»Verzeihung, ich wollte nicht unhöflich …«, stammelte er. »Ich bin Citho, ein Gast von Herrn Dogha. Der Sohn eines Geschäftsfreundes.«

»Oh«, sagte die Frau und lächelte. »Wie dumm von meinen Dienern, du trägst ja seine Farben.«

Die Diener traten zurück, starrten ihn aber weiter finster an.

»Könnte ich ihn mal, äh, streicheln?«, fragte Ben.

»Aber natürlich.« Die Frau lächelte. »Das ist Held. Held, das ist der freundliche Citho. Citho gibt dir jetzt auch ein Happi-Happi.«

Ehe sichs Ben versah, hatte ihm der Diener einen Streifen getrocknetes Fleisch in die Hand gedrückt. Vorsichtig hielt er es dem Drachen mit der Linken hin, während er mit der Rechten über seinen Rücken strich und knapp hinter dem Hals verharrte. Selbst durch den Stoff hindurch konnte er die Schulterknubbel spüren, kaum größer als sein Daumennagel. Er sandte seine Heilkräfte aus und spürte ein leichtes Pulsieren. Der Drache hörte auf zu kauen und schnurrte glücklich.

»Ach«, jauchzte die Frau. »Er mag dich. Sonst ist er so scheu gegenüber Fremden.«

»Ähm, ja, ich mag ihn auch.«

»Du musst uns unbedingt besuchen kommen, hörst du? Unbedingt. Ich bin Frau Xabon, und wir sind beinahe Nachbarn von Herrn Dogha.«

»Ich komme gern«, versicherte Ben. *Und dann klau ich dir deinen kleinen Drachen, du widerliche Schabracke.*

»Oh, wir freuen uns.« Lächelnd packte sie das rechte Vorderbein des Drachen und winkte damit Ben zum Abschied. »Bis dann.«

Auch Ben winkte, jedoch mit seiner eigenen Hand.

Die Diener starrten ihn weiterhin grimmig an. Langsam drehte sich Ben um und ging in Richtung Hafen; auf keinen Fall wollte er einer weiteren verrückten Händlersgattin begegnen.

Erfreut stellte er fest, dass der Hafen bei Tag viel freundlicher war. Zwar wurden auch jetzt reichlich Beschimpfungen geknurrt, jedoch vornehmlich von Arbeitern, die schwer zu schleppen hatten und mehr Unterstützung von ihren Kameraden erwarteten. Es wurde geflucht, gelacht und getrunken, aber Messer wurden keine gezogen. Überall wimmelte es von Seeleuten mit den unterschiedlichsten Dialekten und Akzenten. Wer gerade nicht arbeitete, würfelte oder trank.

Ben lief eine Mole aus roten Granitquadern entlang, die sich weit hinaus ins Meer erstreckte, um die heranrollenden Wellen zu brechen und dem Hafen Schutz zu geben. Es war eine ausgesprochen lange und breite Mole, die ihre Ursache bestimmt in der Sage um Ailon, die Seetrolle und die bedrohlichen Winde hatte.

Als Ben das Ende erreicht hatte, sah er sich um. Gut konnte er den Hafen überblicken und die ersten der dicht gedrängten Häuser dahinter. Noch weiter hinten ragte der hohe Tempel über die anderen Dächer hinaus. Auch sah er die bewaldete Bucht, wo Aiphyron auf ihn wartete, weit weg zu seiner Rechten, und links, nicht fern von der Stadtmauer, direkt an der Mündung des Dherrndeltas, ein weitläufiges befestigtes Kloster mit hohen Türmen, riesigen Stallungen und dicken Mauern. Gänzlich aus weißem Fels errichtet, erhob es sich weithin sichtbar im flachen Land. Der Mittelturm wuchs so hoch in den Himmel, dass man meinen könnte, er suche Hellwahs Nähe. Dort also wurde den Knappen beigebracht, singend im Gleichschritt zu gehen.

Ben atmete die frische Seeluft ein und blickte hinaus aufs Meer. Ihre Insel war nirgendwo zu erkennen. Obwohl es erst Frühjahr war, schien die Sonne fast so warm wie im Trollfurter Sommer. Kleine Wolken zogen über den Himmel, und Ben wandte sich wieder dem Kloster zu. Es wirkte so mächtig, als könnte es jedem Ansturm trotzen.

»Unserem nicht«, murmelte Ben. Er würde sich nicht einschüchtern lassen, davongerannt waren sie lange genug. »Wir kommen vom Verlies der Stürme und werden über euch hinwegfegen!«

Langsam ging er zurück. Kurz bevor er den Hafen erreichte, setzte er sich auf die Mole, ließ die Beine über die Kante baumeln und beobachtete pfeifend, wie ein breiter Zweimaster abgeladen wurde. Ein paar Arbeiter warfen ihm seltsame Blicke zu. Vielleicht, weil er ganz hinausgelaufen war, vielleicht auch nur, weil er hier saß und scheinbar nichts zu tun hatte. Wahrscheinlich taten so vornehm gekleidete Jungen solche Dinge üblicherweise nicht, aber Ben war das egal. Er wollte beim Entladen zusehen, das hatte er noch nie gemacht. Die Schiffe in Trollfurt waren viel kleiner gewesen, eigentlich nur Boote, und in den letzten Monaten war er zwar weit herumgekommen, hatte aber größere Siedlungen gemieden. Sollten sie doch alle glotzen wie Quellaugenfische, wegscheuchen würde ihn keiner. Wer wusste bei seiner Kleidung schon, wie reich und einflussreich seine Familie war?

»Hast du gehört, dass die Seeschwalbe und die Wellenflug abgesoffen sind?«, fragte in diesem Moment ein unrasierter Hafenarbeiter seinen Kollegen. Die beiden hatten eine schwere Kiste ganz in der Nähe von Ben abgesetzt und schnauften durch.

»Ja. Ist eine Schande«, sagte der Angesprochene und wischte sich den Schweiß von der Stirn. »Verdammtes Verlies der Stürme.«

»Wenn es denn schuld war«, brummte der Erste.

»Was denn sonst?«

»Der alte Lobstan war ein richtiger Saufkopf, seit seine Tochter mit dem Ketzer durchgebrannt ist.«

»Lobstan war der Steuermann?«

»Ja.«

»Eine Schande, dass so einem noch ein Schiff anvertraut wird.«

»Der arme Herr Dogha.«

»Seine arme Mannschaft! Nach allem, was ich gehört habe, hat er überlebt.«

»Das schon. Er ist aber hoch verschuldet, und jetzt sind alle Waren weg.«

»Ach, was soll's.« Der Arbeiter winkte ab und stützte sich auf die Kiste. »Die Händler sind doch alle reihum verschuldet. Je größer die Schulden, umso größer das Haus. Ich versteh das nicht, aber es ist so. Der Dogha kommt schon wieder auf die Beine.«

»Wollen wir's hoffen.«

»Warum? Kann uns doch egal sein. So außerordentlich gut zahlt er nicht.«

»Ich hab gehört, der hat eine hübsche Tochter.«

»Ja und? Was hat das damit zu tun?«

»Ach, nur so. Wär halt schade.«

»Sonst müssen wir sie eben trösten.«

»Ja.«

Die beiden Männer lachten.

»Dann mal weiter.« Sie packten die Kiste und schleppten sie den Kai entlang.

»Der einäugige Simbha soll auch 'ne hübsche Tochter haben«, keuchte der Unrasierte. »Und Husten. Vielleicht können wir ja erst einmal die trösten?«

»Halt's Maul und trag.«

Ben blickte ihnen nach und war nun endgültig sicher, dass er demnächst mit dem Schuldenmachen beginnen musste. Hier herrschten seltsame Sitten.

Am späten Nachmittag schlenderte er langsam aus dem Hafen. Er sah nach rechts und links, doch unter all der aufgetürmten Ladung am Kai konnte er kein Pergament entdecken. Sie würden es wohl dort stehlen müssen, wo sie auch das Siegel hernahmen. Entschlossen verließ er die Stadt und stapfte zu Aiphyron, sobald es dunkel war.

NÄCHTLICHE STRASSEN

»So, so, eine hübsche Tochter hat er also, der gute Finta Dogha«, bemerkte Anula spitz, als Ben seinen Bericht beendet hatte. »Das nächste Mal geht Yanko.«

»Kommt überhaupt nicht infrage«, protestierte Nica.

»Und wie soll er das machen?«, fragte Ben. »Sich mal eben als mich verkleiden? Dazu ist der Stumpen doch viel zu klein.«

»Und einfach nicht hager und höhlenköpfig genug«, knurrte Yanko.

»Ist doch egal. Morgen Nacht gehen wir sowieso alle zusammen«, beschloss Ben, und keiner widersprach. »Alle außer Anula.«

»Aber …«

»Kein Aber. Deine Haut ist zu leicht zu erkennen. Unsere Beschreibungen und die Kritzeleien passen auf jeden Fünften in unserem Alter, aber du …«

Anula protestierte nicht weiter, zumal Marmaran anbot, bei ihr zu bleiben, damit es nicht zu langweilig wurde. »Wir werden im Mondlicht schwimmen und ausgiebig schlemmen. Sollen die anderen doch durch die Nacht hetzen, wir lassen es uns so richtig gut gehen.«

Ben lächelte dankbar, weil Anula so nicht mit ihren Albträumen und der inneren Kälte allein blieb. Yanko hatte den ganzen vergangenen Tag nach einem verborgenen Verlies voller Schätze gesucht, jedoch nichts gefunden. Nun versuchte er Ben in seine Überlegungen einzubeziehen.

»In der ganzen Sage war nie die Rede von vergessenen Schätzen«, sagte Ben.

»Mann, du weißt doch, Sagen und Legenden erzählen nicht unbedingt die volle Wahrheit. Die Steuereintreiber müssen etwas übersehen haben.«

»Und was, wenn hier nie Schätze waren, sondern nur Stürme?«

Yanko lächelte milde und deutete in alle Richtungen. »Schau dir doch die Festung an. Kein Verlies? Das ist unmöglich. In solchen Festungen gibt es immer verborgene Schätze.«

Ben schüttelte den Kopf. Yanko war von dem Gedanken an einen Schatz besessen. Nur weil er die Wette gewonnen hatte und zuerst aussuchen durfte. »Wir brauchen Pergament, das ist jetzt wichtiger als Schätze. Was meinst du, wo können wir das am besten stehlen?«

»Mit den Schätzen können wir uns Pergament ohne Ende kaufen«, erwiderte Yanko.

Sie sprachen bis tief in die Nacht, doch weder hier noch da kamen sie weiter. Dann führte Anula Ben über den Innenhof an die Südmauer zu dem hohen Turm mit den acht Erkern.

»Das ist unser Turm«, sagte sie.

»Unser Turm?«

»Ja.« Lächelnd öffnete sie den linken Flügel der massiven Eichentür. »Während du unterwegs warst, haben wir uns eingerichtet. Der Thronsaal und die große Küche gehört allen, ansonsten hatte jeder freie Auswahl.«

Die Fackel in der Hand, folgte ihr Ben die breite Treppe hinauf in den dritten Stock. Ihre Schatten flackerten auf den kahlen, alten Wänden, und mit einem Mal erschienen sie ihm viel schöner als die mit wertvollen Teppichen behangenen in Fintas Palast. Das war ihr Turm, Anulas und seiner. Solange Finta und Nesto hier gewesen waren, hatten sie die Festung nicht richtig in Besitz genommen, waren einfach herumgetollt, wie an vielen Orten in den letzten Monaten. Erst in diesem Moment wurde ihm wirklich bewusst, dass die Insel und das Verlies der Stürme ihr neues Zuhause sein würde. Er wusste nicht, für wie lange, doch auf jeden Fall für jetzt.

»Unser Turm«, wiederholte er leise und ließ die Fingerspitzen über den groben Stein gleiten, während er die letzten Stufen erklomm.

Der größte Raum im dritten Stock verfügte über einen tiefen Erker mit zwei Fenstern nach Osten.

»Dort sehen wir die Sonne aufgehen«, erklärte Anula.

Ben nickte und stieg mit der Fackel zu einer Wandbemalung hinüber, die ihn viel mehr begeisterte, als früh geweckt zu werden. An vielen Stellen war die Farbe bereits abgeblättert, doch er konnte blaue und weiße Wellen erkennen, die einen riesigen schwarzen Kraken mit roten Augen umtosten. Drei noch erhaltene Arme und drei halb verblasste schlängelten sich über drei Wände, ein verwischter, aufrechter Seetroll stellte sich der Kreatur mit einem Dreizack entgegen.

»Du mochtest doch den Kraken im Thronsaal?«, sagte Anula.

Ben nickte und drehte sich zu ihr um. »Danke. Es ist wunderschön.«

In der Raummitte stand ein großes Bett aus Stein, das Anula mit Lendenschurzen und anderen Stoffen gepolstert und darüber zwei Decken wie Laken gebreitet hatte. Zwei weitere lagen als Zudecke bereit. Hier würde sich Ben heimisch fühlen. Es erinnerte ihn an sein Haus in Trollfurt, nur dass der

Turm deutlich größer war und Ben nicht allein. Glücklich schloss er Anula in die Arme, dann löschten sie die Fackel und kletterten auf das Bett.

Anula kuschelte sich an ihn. »Wärme mich.«

Er umschlang sie fest. »So gut?«

»Hm«, flüsterte Anula, die Lippen nah an seinem Hals. Es klang zustimmend. »Ist Fintas Tochter wirklich so hübsch?«

»Ja. Hübsch. Aber lange nicht so schön wie du«, sagte Ben und meinte es auch so. Wieso machte sie sich solche unsinnigen Sorgen?

Mit einem Seufzen schmiegte sich Anula weiter an ihn und war bald eingeschlafen. Ben lag noch lange wach, starrte auf die hellen Sterne vor dem Fenster und dachte an Mircah. Anula hatte sie ihm wieder ins Gedächtnis gebracht. Warum zwang sie ihn nur, sie beide zu vergleichen? Jetzt überlegte er tatsächlich krampfhaft, was an Mircah schöner war als an ihr.

»Nichts«, murmelte er und schloss die Augen.

Die Sonne war schon lange untergegangen, als sich Aiphyron, Feuerschuppe und Juri im Tiefflug Rhaconias Hafen näherten. Sie flogen so knapp über dem Meer, dass die Klauen beinahe durch die Wellen pflügten und sie fast mit dem dunklen Ozean verschmolzen. Anders als gegen den klaren Sternenhimmel würden sie auf diese Weise nicht gesehen werden, und falls doch, dann wohl nur als dunkler Schemen, den jeder für ein Schiff halten musste. Lautlos glitten sie das letzte Stück dahin, dann landeten sie am äußersten Ende der Mole, und Ben, Yanko und Nica stiegen von den Rücken der Drachen.

»Wir sind in ein paar Stunden zurück«, flüsterte Ben.

»Und wenn nicht?«, fragte Aiphyron.

»Dann sind wir morgen Abend wieder in der Bucht. In derselben wie gestern.«

»Alles klar. Aber erst mal bleiben wir in der Nähe.«

Ben führte Nica und Yanko über die Mole in den Hafen, sanfte Wellen plätscherten gegen den Stein. Mit jedem Schritt nahmen sie den Gestank der Stadt deutlicher wahr, ebenso vereinzelte Flüche und eine wüste Streiterei, vielstimmiges Lachen und das Grölen der Trunkenen. Mit einem flauen Gefühl im Bauch dachte Ben an die Messerstecherei des Vortags, doch gleichzeitig war er dankbar für das wilde Treiben der Seeleute und Hafenarbeiter, denn so würde niemand auf sie achten.

»Schscht«, zischte er, und sie huschten lautlos und gebückt die letzten Schritte auf der Mole entlang.

Unbemerkt erreichten sie den Kai und richteten sich auf, bevor das Licht der wenigen Straßenlampen oder aus einer der häufigen Tavernen sie erfassen konnte. Betont unauffällig schlenderten sie weiter in die Stadt hinein.

»Geschafft.« Nica atmete tief durch.

»Raffinierter Bürzelkater«, sagte Yanko und knuffte Ben bewundernd gegen die Schulter.

Aufrecht führte Ben sie weiter in die Stadt. Doch nun blieben sie nicht mehr unbemerkt – auf den belebten Straßen wurden Nica immer wieder anzügliche Bemerkungen und grobes Gelächter hinterhergeschleudert, und Yanko konnte jedes Mal nur mit Mühe eine bissige Antwort unterdrücken.

»Ein Mädel für zwei? Fleißig, sage ich, fleißig«, dröhnte da eine tiefe Stimme.

»Aber wie wäre es mit einem ganzen Mann statt den zwei halben Portionen?«, setzte eine hohe, krächzende Männerstimme noch drauf, um sich anschließend vor Lachen zu überschlagen. Irgendwer klopfte sich sogar auf die Schenkel.

»Jetzt reicht's. Endgültig!« Yanko blieb stehen und wirbelte herum.

»Weiter«, zischte Ben und packte ihn an der Schulter. Aus dem Augenwinkel erkannte er zwei massige Schemen, die ihnen schwankend folgten.

»Warum? Hast du Schiss?«

»Nein. Aber die haben Messer.«

»Woher willst du …«

»Die haben hier alle Messer. Alle!« Ben zerrte Yanko mit.

»Ich auch«, protestierte Yanko halbherzig, ließ sich aber mitschleifen.

»Aber du nimmst damit kleine Fische aus, sie schneiden Bäuche auf.«

»Was?« Nica sah ihn entsetzt an.

»Nur im Hafen, das tun sie nur im Hafen«, versuchte Ben zu beruhigen. »Weiter oben in der Stadt ist alles viel friedlicher.«

»Und weshalb landen wir dann im Hafen? Bist du lebensmüde, oder was?«

»Nein. So müssen wir durch kein Tor.«

»He! Schönes Mädchen!«, brüllte da wieder die tiefe Stimme. »Wir haben's uns überlegt. Wir sind auch zu zweit. Wie wär's?«

»Verpisst euch!«, schrie Nica über ihre Schulter, dann rannte sie davon. Ben und Yanko folgten ihr sofort. Schwere Schritte schlugen hinter ihnen auf das Pflaster, immer wieder übertönt von einem Keuchen oder Lachen. Aber schon bald fielen sie zurück, sie hatten wohl zu viel Wein getrunken.

»Das war knapp«, schnaufte Ben, als sie zwei Querstraßen weiter stehen blieben, um Atem zu schöpfen.

»Knapp für diese Pickeltrolle«, knurrte Yanko schwer atmend und legte seinen Arm um Nica. »Das hätte ich nicht zugelassen.«

»Ich weiß.« Sie lächelte.

Und Ben dachte, dass man Heldentaten vielleicht nicht immer vollbringen musste – manchmal reichte es auch, sie zu versprechen. Er führte sie weiter auf den Platz, an dem die Gastwirtschaft *Zum Drachen* der Ordensritter stand. Auch dort herrschte noch allerlei Leben, doch niemand belästigte Nica.

Neugierig wurde sie gemustert, jedoch nicht angesprochen, nicht einmal gefragt, ob sie irgendjemandes Jungfrau werden wollte.

Einer plötzlichen Eingebung folgend ging Ben weiter bis in die breite *Warenstraße,* in der alle größeren Händler der Stadt eine Niederlassung hatten. Die breiten Gebäude mit den verzierten Säulen und riesigen Fenstern hätten Ben niemals auf die Idee gebracht, dass die Händler in Rhaconia wegen des Ordens schlechte Geschäfte machten. Selbst die kleinste Niederlassung wirkte größer und prächtiger als jedes Geschäft in Trollfurt. Hier boten sie von Sonnenaufgang bis Sonnenuntergang die unterschiedlichsten Waren aus fernen Ländern feil.

»Weißt du, welches Finta gehört?«, fragte Nica, und Ben deutete auf ein vierstöckiges Bauwerk mit blau geäderten Marmorsäulen und Wänden aus poliertem rotem Stein; die Klinken der mächtigen doppelflügligen Tür waren aus Gold, die Tür selbst aus geschwärzter Eiche und ihr Rahmen mit detaillierten Schnitzereien verziert.

»Verschuldet, hm?«, brummte Yanko. »Scheint einträglich zu sein, das Schuldenmachen.«

»Hab ich auch schon gesagt«, betonte Ben.

Gegenüber von Fintas Niederlassung blieb Nica vor einer breiten Fensterfront voll exotischer Kleidung stehen. Manche der ausgestellten Röcke und Kleider schienen mit schimmernden Silberfäden durchwirkt zu sein, die Jacken und Mäntel besaßen Knöpfe aus Edelstein, und eine Bluse hatte einen unschicklich tiefen Ausschnitt.

»Scheint auch ein verschuldeter Händler zu sein.« Lachend deutete Yanko auf die breite Zierleiste aus Silber über dem Fenster, aus der Schemen gestanzt worden waren, die die Geschichten zahlreicher gefahrvoller Meeresüberquerungen erzählten.

»Schaut es euch später an«, sagte Ben und zerrte seine Freunde weiter. »Erst kümmern wir uns um das, wofür wir gekommen sind.«

»Und das wäre?«

»Da.« Er deutete auf eine Schreibstube fast ganz am Ende der Straße, an die er sich gerade wieder erinnert hatte. Tagsüber war hier alles mit Menschen überfüllt gewesen, kein Ort, an dem man leicht etwas klauen konnte. Doch in der Nacht war die Straße so verlassen wie die geschlossenen Geschäfte.

Die Schreibstube wirkte in ihrer Schlichtheit und ohne all den Pomp der anderen Häuser fast schäbig und unscheinbar. Sie war nur wenige Schritt schmal, jedoch ebenfalls vier Stockwerke hoch und schloss nahtlos an die Handelsniederlassungen rechts und links an. Die Tür war massiv und mit Eisen beschlagen, das Fenster im Erdgeschoss vergittert.

»Und was sollen wir hier?«, fragte Yanko.

»Na, hinein«, sagte Ben. »Kannst du das Schloss knacken?«

»Wieso ich?«

»Dein Vater ist Schmied in Trollfurt.«

»Und du bist der Taugenichts von Trollfurt. Wer sollte da eher …?«

»Lasst mich mal.« Nica drängte sich an ihnen vorbei und zog eine Ziernadel aus dem Haar. Eine Weile stocherte sie damit im Schloss herum, während die Jungen sie anstarrten. Doch das Schloss wollte nicht aufspringen.

»Lasst es uns von hinten probieren«, sagte Ben schließlich, der schon in Falcenzca gute Erfahrungen mit Hinterhöfen gesammelt hatte. Suchend liefen sie einmal um den Block und fanden tatsächlich auf der Parallelstraße einen geöffneten Gasthof, durch den sie unbeachtet huschen konnten. Auf der Rückseite erstreckte sich ein schmaler Hof, der durch einen mannshohen Bretterzaun von den Nachbarn zu beiden Seiten abgegrenzt war. Behände kletterte Ben hinüber. Yanko half zuerst Nica hinauf, und während sie sich drüben auf den Boden fallen ließ, folgte er ihnen. Mehrere Zäune überwanden sie auf diese Weise, dann hatten sie die Rückseite der Schreibstube erreicht. Auch hier war das Fenster im Erdgeschoss vergittert und die abgeschlossene Tür massiv.

»Und jetzt?« Yanko sah Ben an, als wolle er sagen: *Alles deine Idee.*

»Helft ihr mir da rauf.« Nica deutete zum ersten Stock hoch, wo ein Fenster halb offen stand.

»Warum du?«

»Ich bin die Leichteste.«

Dies zu bestreiten, wagte natürlich keiner der Jungen. Also stieg Yanko auf das hoch gelegene Fensterbrett im Erdgeschoss und klammerte sich am Gitter fest. Ben stellte sich mit dem Rücken zur Wand vor ihn und hielt sich die verschränkten Hände vor den Bauch, sodass Nica sie als Tritt nutzen konnte. Von dort kletterte sie auf seine Schultern und über seinen Kopf und Yanko weiter hinauf, bis sie das obere Fensterbrett erreichen und sich hinaufhangeln konnte. Yanko half so gut es ging mit der ausgestreckten Hand nach, während Ben gleichzeitig versuchte, Yanko zu stützen, der sich nur noch mit der Linken festhielt, und Nica im Auge zu behalten, falls sie fiel. Sie fiel nicht, sondern verschwand leise im Inneren.

»Hoffentlich ist das kein Schlafzimmer«, murmelte Yanko und starrte bang hinauf. Doch kein überraschter Schrei ertönte, auch nicht die Geräusche eines Handgemenges.

»Ich weiß nicht, ob hier überhaupt jemand über Nacht ist«, erwiderte Ben. Dann warteten sie schweigend und lauschten. Nichts war zu hören, rein gar nichts.

»Eigentlich wollten doch wir die Mädchen mit unseren Taten beeindrucken«, sagte Yanko irgendwann. »Und jetzt lassen wir Nica vorgehen. Das ist irgendwie falsch.«

»Hm«, brummte Ben. Wahrscheinlich babbelte Yanko nur vor sich hin, weil er nervös war. Würde Nica jetzt drinnen erwischt werden, könnten sie ihr von draußen nicht beispringen.

»Wo bleibt sie nur?«, murmelte Yanko nach einer Weile und trat von einem Bein auf das andere. Ben befürchtete, er würde jederzeit das Fenster eintreten oder nach Nica rufen, wenn sie nicht sofort erschien.

»Jetzt wird es langsam …«, setzte Yanko an.

»Nein«, knurrte Ben sofort.

»Aber …«

»Wart noch ein wenig.«

Yanko murrte, trat aber weiter tatenlos hin und her, bis sich endlich die Hintertür öffnete und Nica sie breit angrinste. In der Hand hielt sie den Schlüssel. »Es ist keiner hier.«

»Wurde auch Zeit«, murmelte Yanko, dann huschte er mit Ben hinein.

Nica führte sie durch den unteren Schreibraum mit drei Pulten, einem Tresen und einem Regal mit unterschiedlichsten Pergamenten hindurch, in eine kleine Seitenkammer, in der sich nur ein schmales Fenster zum Hinterhof befand. Schnell hatten sie es mit einem Brett zugestellt, sodass kein Licht nach draußen dringen konnte, und entzündeten eine Handvoll Kerzen. Hier würden sie in Ruhe schreiben können.

Aus dem Schreibraum holten sie einen Stapel Pergamente und verschiedene Tinten und Federn. Mit ihren Dolchen brachen sie die Schublade unter dem Tresen auf, wo sie zwei Siegel und rotes Wachs entdeckten, die ausgesprochen wichtig und offiziell aussahen. Die Münzen daneben ließen sie achtlos liegen.

»Wunderbar. Dann lasst uns jetzt den Abt des hiesigen Klosters in die Pfanne hauen.« Yanko rieb sich die Hände, und Nica schrieb mit großen Buchstaben auf das erste Pergament: GESUCHT!

»Wie heißt der Kerl?«, fragte sie.

»Keine Ahnung«, antwortete Yanko.

»Woher soll ich …?« Ben starrte seine Freunde an, dann lachte er los. Was war er für ein sumpfiger Trottel! Das hätte er Finta oder einen Passanten fragen können, ohne aufzufallen.

»Und jetzt?«

»Nehmen wir einfach den Abt vom Kloster mit den zwölf Zinnoberzinnen«, sagte Ben. »Abt ist Abt. Und sein weißer Drache wird ihn schon nicht gefressen habe.«

»Leider, ja.«

Also schrieb Nica langsam, während sie über jede Zeile

debattierten, denn gesehen hatte ihn von ihnen bislang nur Anula.

KETZER GESUCHT
Lebend
10.000 Gulden Belohnung

Herr Morlan – anmaßend, strenge Züge, dünnhäutig, ziemlich alt, gekleidet in die Tracht eines Abts. Schnarcht.

Er ist des Verrats am Großtirdischen Reich und der nächtlichen Ausübung ketzerischer Handlungen an sich selbst verdächtig, sowie der verbotenen Einfuhr gefälschter weißer Drachen. Gibt sich als Abt aus.
Vorsicht! Mit Samoth im Bunde.
Lügner!
Wurde zuletzt gesehen im Kloster mit den zwölf Zinnoberzinnen.

Dann stempelten sie das Pergament mit einem Siegel und fertigten ein Dutzend weitere mit dem gleichen Inhalt an, nur manchmal ließ Yanko ihn furzen oder rülpsen statt schnarchen. Anschließend versuchten sie sich an die Namen all der Ritter zu erinnern, die sie damals gefangen genommen hatten und die zum Teil von den Drachen auf eine abgelegene

Insel verbannt worden waren. Darüber hinaus erfanden sie weitere Namen und gaben den Gesuchten möglichst wenig konkrete Beschreibungen, sodass sie auf zahlreiche Ritter zutrafen und damit jeden verdächtig machten. Einen Steckbrief nach dem anderen verfassten sie, einen unsinniger und seltsamer als den nächsten, bis schließlich ein dicker Stapel Pergament auf dem Tisch lag. Auf dem obersten stand:

VERRÄTER GESUCHT

Schlafend

500 Gulden Belohnung

Horgh Höhlenhall – groß, kräftig, dreiundzwanzig Jahre alt, dunkelblondes Haar und pickelnarbiges Gesicht, hölzerner Kopf, angerostetes rechtes Rüstungsbein.

Er ist des Verrats am Großtirdischen Reich und der Ausübung ritueller Grundsteinbepinkelungen in sieben Klöstern und dreizehn Tempeln überführt. Hält sich für lustig, ist meist jedoch nur betrunken. Vorsicht: Rüstungsnässer! Wurde zuletzt gesehen auf der vergeblichen Suche nach Verstand. Rechnet deshalb fest mit Beförderung.

»Ja, das ist gut.« Yanko grinste Nica an, die ihn geschrieben hatte. »Rüstungsnässer.«

»Dein gebückter Abthinternerkunder war aber auch nicht schlecht.«

»Da hat mich Bens tauber Krötenseufzersammler drauf gebracht.«

»Ähm, ja? Klingt nicht sehr ähnlich.«

»Ja. Ich weiß auch nicht mehr, wie der Zusammenhang war.«

Lachend klopften sie sich reihum auf die Schulter. Dann steckten sie das Siegelwachs und die beiden Stempel ein, Yanko und Nica eilten hinüber, um so viel Pergament einzustecken, wie sie tragen konnten, und zwei Handvoll kleiner Nägel mit großen Köpfen. Ben zögerte kurz, betrachtete den dicken Stapel Steckbriefe und dachte plötzlich daran, dass sie eigentlich zurückgekehrt waren, um die Wahrheit zu verkünden. Das da waren jedoch alles Lügen.

»Aber Lügen, die der Wahrheit dienen«, sagte Yanko, als Ben seine Bedenken ausgesprochen hatte.

»Geht so was?«

»Was weiß ich? Zumindest machen sie Spaß.«

Dem konnte keiner widersprechen.

»Na ja, wir sind ja auch zurückgekehrt, um den Orden zu bekämpfen«, sagte Nica. »Sie sind viel zu viele und viel zu stark, um ihnen offen entgegenzutreten, aber ihre Glaubwürdigkeit können wir infrage stellen. Indem wir sie lächerlich machen, nehmen wir auch ihren Mythen die bedeutsame Schwere. Wenn wir so die Leute dazu bringen, ihre Lügen und Legenden zu hinterfragen, dann dient das auch der Wahrheit. Zumindest irgendwie.«

Ben und Yanko starrten sie beeindruckt an. Auch wenn sie nur die Hälfte verstanden hatten, es klang überzeugend. Dennoch beharrte Yanko darauf, dass die gefälschten Steckbriefe auch einfach nur Spaß machen durften, während Ben wollte, dass sie auch etwas für die direkte Wahrheit tun sollten und dass auch die Wahrheit Spaß machen konnte. Also schrieben sie noch ein halbes Dutzend Bekanntmachungen.

BEKANNTMACHUNG
NEUE WAHRHEIT ÜBER DRACHEN

Hiermit wird offiziell verkündet, dass Drachen mit Flügeln freie und freundliche Geschöpfe sind. Hellwah höchstselbst hat diese neue Wahrheit unserem König in einem hellsichtigen Traum verkündet.
Wer fortan behauptet, Drachenflügel seien von Samoth verflucht, wird mit öffentlichem Zungenspalten bestraft.
Wer fortan einem Drachen die Flügel abschlägt, soll seine Arme und die Zunge verlieren.
Alle flügellosen Drachen sind unverzüglich in den nächstgelegenen Hellwahtempel zu bringen, wo ihnen eine förmliche Entschuldigung zuteilwird, bevor sie ihrer Wege gehen dürfen.

Gezeichnet:
Priester Nachtschau,
des Königs Traumdeuter

Mit einem zufriedenen Grinsen teilten sie die beschriebenen Pergamente unter sich auf, löschten die Kerzen und ließen sich mit dem Schlüssel auf die verlassene Warenstraße hinaus. Ben stopfte sich im Hinausgehen noch rasch die Tasche mit leeren Seiten voll. Die kleine Wasseruhr hinter dem Tresen des Schreibraums zeigte an, dass es bereits nach Mitternacht war.

Zu der späten Stunde wirkte die Stadt ausgestorben, weder Schritte noch Stimmen waren zu hören, auch niemand zu sehen, obwohl das bei der Dunkelheit sowieso schwierig war. Nur eine kleine schwarze Nachtmöwe glitt über sie hinweg, und eine fette Ratte huschte den Rinnstein vor ihren Füßen entlang. Weit entfernt kläffte ein Hund.

Sie schlichen die Straße hinab und hielten an jedem zweiten Gebäude. Vorsichtig hämmerten sie mit den metallenen Knäufen ihrer Dolche je ein Pergament in die hölzernen Türen. Dabei hielten sie ein Stück ihrer Hemden auf den Nagel, damit der Stoff die Schläge dämpfte.

Immer weiter eilten sie durch das nächtliche Rhaconia, nagelten die Steckbriefe und Bekanntmachungen an dicke Bäume, auf die Tür einer unachtsam abgestellten Kutsche und über zahlreiche Aushänge des Ordens. Als ihnen in einer schmalen Gasse doch ein menschlicher Schatten entgegenkam, war dieser herumgewirbelt und geflohen, bevor sie reagieren konnten. Sie waren also nicht die Einzigen, die etwas zu verbergen hatten, obwohl das wohl eher ein einfacher Dieb oder Beutelschneider gewesen war.

Den wenigen einsamen Nachtwächtern, die auf den Straßen patrouillierten, konnten sie leicht ausweichen, denn ihre hellen Lampen kündeten schon von Weitem ihr Kommen.

Als sie die meisten Steckbriefe verteilt hatten, wollte Yanko seine letzten an der Tür des Gasthofs *Zum Drachen* aufhängen.

»Du willst wohl unbedingt erwischt werden?«, zischte

Nica, und Ben dachte, dass Yanko wohl in erster Linie sie beeindrucken wollte.

»Ach was, erwischen. Die Ritter schlafen längst.« Yanko schüttelte den Kopf. »Aber wenn wir es an ihren Treffpunkt hängen, ist das ein Zeichen. Du hast doch gesagt, wir wollen sie lächerlich machen. So zeigen wir, dass wir wissen, wo sie sich aufhalten. Und dass wir keine Angst vor ihnen haben.«

Es stellte sich heraus, dass sie auch keine Angst haben mussten. Der Gasthof war verlassen, jedes Licht erloschen, die Fensterläden zugezogen. Schnell hatten sie an Tür und zwei Fenster Steckbriefe gehängt, dazu drei an die Bäume auf dem Platz davor. Yanko kletterte auf das Denkmal des Ritters und spießte einen Steckbrief auf die Spitze seines Schwerts, sodass es wie eine Fahne aussah.

»Und jetzt zum Tempel.« Ben huschte davon.

»Jawohl!« Yanko eilte hinterher.

»Jungs! Ihr seid vollkommen bescheuert! Nur weil wir einmal Glück hatten, heißt das nicht, dass …« Nica brach ab, fluchte und folgte ihnen.

Unterwegs bedauerte Yanko, dass sie nicht irgendwelche verdorbenen Lebensmittel mit sich führten, die sie in die Küche des *Drachen* hätten schmuggeln können. Etwas, das den Rittern schlimmen, anhaltenden Durchfall verschafft hätte. »In einer Rüstung muss das ganz besonders widerlich sein. Die zieht man nicht mal so eben aus.«

Ben lachte, und Nica verzog das Gesicht und verkündete, dass sie eklig seien.

Dann erreichten sie den großen Platz der Sonne, der ebenso verlassen schien wie die Straßen. Doch an jeder Ecke des zentralen Tempels brannte eine übermannshohe Fackel. Auch wenn der Eingang im Schatten der großen Säulen lag, die hölzerne Wand für Anschläge davor war im Sternenlicht gut zu erkennen. Nirgendwo warf ein Gebäude einen schützenden Schatten. Ben hatte noch nie das Gefühl gehabt, dass die Sterne so helles Licht spendeten. Der Mond war weit davon entfernt, voll zu sein, und doch war die Nacht nicht vollkommen finster.

»Und wenn uns jemand sieht?«, fragte Nica.

»Halten wir die Gesichter unten, um nicht erkannt zu werden.«

»Aber wenn sie uns jagen?«

»Warum? Weil wir etwas aufhängen?«, fragte Ben. »Ist ja nicht so, dass wir irgendwo einbrechen oder jemanden zusammenschlagen.«

»Ich will trotzdem nicht erkannt werden«, sagte Nica. »Wir werden gesucht.«

»Ich weiß. Und ich will auch nicht erwischt werden, aber da vorn werden die offiziellen Bekanntmachungen angeschlagen. Wenn wir jemanden überzeugen können, dann hier.«

»Ach, verdammt«, brummte Nica, schlug den Kragen hoch und zog den Kopf tief zwischen die Schultern. »Warum haben wir keine Tücher oder Kapuzen dabei?«

»Weil wir damit auffallen«, sagte Ben, der nicht zugeben wollte, daran einfach nicht gedacht zu haben.

Mit gesenkten Köpfen, doch sonst aufrecht wie harmlose Spaziergänger schlenderten sie über den Platz; sie mussten ein albernes Bild abgeben. An der Holzwand angekommen, riss Ben sofort alle hängenden Steckbriefe ab, zuerst den für Anula, dann den mit ihren Namen. Er nahm alle, damit der Orden nicht sofort daraus schließen konnte, wer sie waren. Rasch steckte er sie ein, während Yanko bereits damit begann, ihre aufzuhängen und Nica aufmerksam in alle Richtungen blickte, damit sie nicht überrascht wurden. Ben half Yanko.

»Nachtwächter«, zischte Nica plötzlich. »Zwei.«

Sofort tauchten sie hinter die ersten Säulen des Tempels, pressten sich in ihren Schatten. Leise atmend schmiegten sie sich an den kühlen Marmor, nur Ben schob den Kopf ganz langsam um die Säule und beobachtete, wie sich die beiden Wächter auf dem Platz trafen und im Schein ihrer Laternen ein Gespräch begannen. Sie wirkten entspannt, aber das konnte auch gespielt sein.

»Kommen sie her?«, flüsterte Yanko nervös, der hinter der Säule nichts sehen konnte.

»Noch nicht. Pst.« Ben wagte kaum hinüberzublicken. Hatte der eine Wächter eben Richtung Tempel genickt? Hatte er sie gesehen, oder führte ihn sein normaler Rundgang näher heran? Dann würde er sie entdecken, fürchtete Ben plötzlich.

Langsam zogen sie sich weiter zurück, tiefer in den Schatten hinein. Als sie die Tempeltür erreichten, bemerkte Yanko, dass diese nicht abgeschlossen war. Wie in Trollfurt. Dort drinnen musste es ein Versteck geben.

Die Nachtwächter auf dem Platz verabschiedeten sich voneinander und schlurften in unterschiedliche Richtungen davon. Keiner kam zum Tempel herüber.

Ben hörte, wie Nica erleichtert die Luft ausstieß. Sein Herz schlug schnell, nur langsam verließ die Anspannung seinen Körper. Nach einem tiefen Atemzug wollte er vorschlagen, die letzten vier Steckbriefe auszuhängen und dann zu verschwinden, als Yanko einfach die Tempeltür aufschob und hineintrat.

»Yanko!« Nica schlug sich mit der Hand gegen die Stirn und folgte ihm. Sie sah nicht glücklich aus.

Ben schloss sich ihnen an, damit sie nicht noch getrennt würden.

»Bist du irre?«, zischte Nica, als sie Yanko eingeholt hatte. »Wenn hier jemand ist?«

Doch er grinste nur. »Hier ist keiner. Es ist Nacht. Ich leg nur schnell eine Bekanntmachung vorn auf die Kanzel. Mit etwas Glück liest die morgen einer vor, bevor er merkt, was das überhaupt ist. Wenn das ein verschlafener Priester tut, dann haben wir sie.« Mit glänzenden Augen huschte er Richtung Altar.

»Er ist wirklich irre«, sagte Nica, aber nun klang es eher bewundernd. Ben verspürte den plötzlichen Drang, etwas noch Verrückteres zu tun, Yanko zu übertreffen und Nica zu beeindrucken, obwohl sie nicht seine Freundin war. Oder gerade deswegen. Für einen Moment dachte er daran, die detaillierten Wandmalereien zu ergänzen. Den Drachen mit Tinte riesige Schwingen zu malen oder den Rittern die Augen zu schwärzen, sodass sie blind und tot wirkten, und Hellwah würde er … dem Sonnengott könnte er …

Nein.

Nein, auf keinen Fall würde er das Bild eines Gottes verschandeln, das erschien ihm dann doch zu riskant. Auf jeder Darstellung wurde seine Größe und Macht gepriesen, manchmal sein Zorn gezeigt. Niemand forderte einen Gott heraus. Auch wenn sie nicht mehr auf Erden wandelten, schließlich konnte man nie wissen, ob der Geschmähte nicht doch von seinem Berg herunterstieg und einen mit dem Licht der Sonne blendete oder mit ihrem Feuer verbrannte.

So, du forderst jemanden nicht heraus, nur weil er mächtiger ist?, hörte Ben Aiphyrons Stimme in seinem Kopf und fluchte lautlos. Nein, das war es nicht, es war nur … Woher sollte er denn wissen, ob Hellwah die Untaten und Lügen seines Ordens guthieß? Wenn er das wüsste, wüsste er, ob er den Tempel beschmieren durfte. So ließ er es lieber sein. Schließlich hatte Hellwah selbst ihm gegenüber nie ein böses Wort über geflügelte Drachen verlauten lassen. Mit Angst vor einem Gott hatte das bestimmt nichts zu tun.

Vielleicht nächstes Mal, dachte er noch, dann kehrte auch schon Yanko zurück.

»Können wir jetzt?«, fragte Nica ungeduldig, und Yanko nickte.

Vorsichtig schlichen sie aus dem Tempel, hefteten die letzten Pergamente an die Wand für die Aushänge und eilten in Richtung Hafen. Sie hatten es tatsächlich geschafft! Mindestens fünf Dutzend Steckbriefe aufgehängt, vielleicht zehn. Übermütig lachten sie, klopften sich auf die Schultern und jagten sich ausgelassen gegenseitig. Als sie um eine Kurve tobten, wären sie fast in die Arme eines Nachtwächters gerannt. Gerade noch rechtzeitig, bevor der Schein seiner Laterne ihre Gesichter erfassen konnte, wirbelten sie herum und stürmten davon.

»Halt!«, rief der Wächter und folgte ihnen. Er war allein, und doch rannten sie, als wäre die ganze Stadt hinter ihnen her. Auf keinen Fall durften sie sich erwischen lassen, die Taschen voller abgerissener Steckbriefe mit ihren Gesichtern. Da würden sie sich nicht herauswinden können, der Galgen drohte.

Nein, niemals!

Sie mussten nur schneller sein. Wild schlug Bens Herz, die schlenkernde Tasche prallte immer wieder gegen seine Flanke und auf den Hüftknochen, er keuchte vor Anstrengung. Der Wächter blieb ihnen hartnäckig auf den Fersen, doch mit jedem Schritt vergrößerte sich ihr Vorsprung ein winziges Stück.

Wenn sie das durchhielten, würden sie entkommen. Irgendwann musste er sie aus den Augen verlieren, und so bogen sie an jeder Kreuzung ab und schlugen Haken wie ein flüchtender Wurfhase.

Als sie irgendwann mit stechenden Seiten in eine schmale Gasse tauchten, versperrten ihnen zwei große kräftige Männer den Weg, die sich dort im Schatten gegenseitig stützten. Der eine übergab sich auf eine Türschwelle, während der andere gegen die Laibung pinkelte.

»Aber hallo«, begrüßte sie eine vertraute tiefe Stimme. »Das ist doch das schöne Mädchen mit der Vorliebe für gleich zwei Männer.«

»Wo?«, sagte der andere krächzend und hob den Kopf. Irgendwas lief ihm den Mundwinkel hinab.

»Halt!«, rief der Nachtwächter auf der Straße hinter ihnen. »Wer seid ihr?«

»Hast du's dir doch noch überlegt?« Der Mann mit der tiefen Stimme wandte sich ihnen zu, die Hose noch immer offen und eine Hand in Richtung Nica ausgestreckt. Er schwankte bedenklich, und sein Kamerad hielt sich nur mit Mühe an seiner Schulter fest.

»Überlegt? Na?«, echote die hohe Stimme und ließ ein meckerndes Lachen folgen.

»Haltet die Fresse, verdammt! Sie ist mein Mädchen!«, schrie Yanko und trat dem ersten mit voller Wucht gegen das Knie. Dessen Arm ruderte wild durch die Luft, es war nicht klar, ob er das Gleichgewicht halten oder Yanko schlagen wollte, doch beides gelang nicht so recht. Yanko versetzte ihm noch einen wütenden Stoß gegen die Brust, und der riesige Mann fiel einfach um. Sein Kamerad, die Hand noch immer in seine Schulter gekrallt, stürzte mit ihm und auf ihn. Ben hörte nur ein Grummeln und Ächzen und Würgen, und dann war er mit Yanko und Nica vorbei und rannte so schnell er konnte zum Hafen, während der Nachtwächter hinter ihnen auf die beiden Betrunkenen stieß.

»Hab ich euch«, hörte Ben noch, obwohl er überzeugt war, dass der Nachtwächter ihre Schritte vernahm. Aber wahrscheinlich kümmerte er sich lieber um wehrlose Trunkenbolde als um irgendjemanden, der noch rennen konnte. Ein solches Verhalten war sicherer. Wahrscheinlich hatte der Nachtwächter fast ebenso viel Angst wie Ben.

Als sie schließlich die Mole erreichten und auf ihr hinausstürmten, war es noch immer dunkel, und die Drachen warteten auf sie.

DREI JUNGEN UND EIN FISCHER

Dreimal hatten sie Anula und den Drachen nun bei einem späten Frühstück gegen Mittag von ihrem nächtlichen Ausflug erzählt, und mindestens fünfmal von dem Zusammenstoß mit den Betrunkenen. Mit jedem Mal wurden die Gassen dunkler und länger, die Nachtwächter und Steckbriefe zahlreicher, die Betrunkenen größer und betrunkener, und Ben berichtete vollkommen überzeugt, aus dem Keller des verlassenen Gasthofs *Zum Drachen* unheimliche Geräusche und Waffengeklirr gehört zu haben. Nur ganz leise, aber bestimmt hätten da noch ganze Ritterhorden gezecht und sie sich dennoch erfolgreich angeschlichen. Als Yanko schließlich bemerkte, er habe noch gar nicht erwähnt, dass im Tempel … Da schnitt ihm Juri rabiat das Wort ab: »Und du meinst immer, ich bin derjenige, der zu viel quatscht?«

»Da hat dir wohl jemand den Rang als Plapperkönig abgelaufen«, stimmte Anula lachend zu. Sie hatte sich an Ben geschmiegt und hielt das Gesicht in die Sonne. »Wie wollen wir jetzt herausfinden, was die ganze Geschichte gebracht hat?«

»Das muss ich übernehmen«, erklärte Ben. »Als Fintas Gast kann ich die Stadt als Einziger ohne großes Aufsehen betreten.«

Anula drehte den Kopf und sah ihn an, sagte aber nichts. Ben konnte nicht erkennen, ob sie überrascht oder sauer oder nur traurig war. Erfreut schien sie auf keinen Fall.

»Ich bin eben der Einzige, der das kann«, bekräftigte er noch einmal, jedoch leiser.

»Und wann wolltest du los?«, fragte Anula noch ein Stück leiser, gefährlich leise.

»Möglichst bald.« Er küsste sie auf das Haar, ihr Mund war nicht in Reichweite. »Und ich wollte vielleicht zwei oder drei Tage bleiben. Um die Stadt auszuspionieren, um …«

»Zwei oder drei Tage, ja? Warum muss es denn überhaupt diese eine Stadt sein?« Anula löste sich von ihm und stierte ihn an. »Die ganze Küste hier ist voller Fischerdörfer, wo man die Wahrheit ganz leicht verkünden kann, das ganze Land voller Städte. Aber nein, du willst unbedingt in die Stadt, wo der nette Händler Finta Dogha lebt.«

»Na ja, vor allem weil der Orden in direkter Nachbarschaft ein Kloster unterhält«, erläuterte Ben. »Und auch weil ich bei Finta leicht Unterschlupf finde, das erleichtert …«

»Bei Finta, klar. Bei der hübschen Tochter!«

»Ach, lass mich mit der Tochter in Ruh!«

»Ich? Du fängst doch immer damit an, dass du unbedingt allein nach Rhaconia willst!«

»Ich hab dir gesagt, dass du viel schöner bist! Und die Einzige!«

»Dann verhalte dich auch so! Und renn nicht immer zu ihr!« Anula zitterte, ihre Stimme überschlug sich.

»Aber …«

»Ach halt die Klappe!«, schrie sie und rannte davon. Wieder einmal, wie schon auf der Insel. Wieso tat sie das?, fragte sich Ben.

Das Weglaufen passte nicht zu ihr. Und eigentlich müsste sie doch froh sein, dass er hier die Taten vollbrachte und nicht Nicas Yanko. Er verstand die Mädchen einfach nicht so gut wie Yanko.

»Was …?« Hilfesuchend sah Ben seinen Freund an. Der

zuckte jedoch nur mit den Schultern und sagte: »Eifersucht ist ein gutes Zeichen. Hat mein Vater gesagt.«

»Dass sie vor mir davonläuft, soll ein gutes Zeichen sein?« Ben wandte sich an Nica. Wenn das Yankos Meinung war, konnte er gut darauf verzichten. »Ich denke, ihr Mädchen steht auf Heldentaten?«

»Was? Wieso Heldentaten? Was hat das damit zu tun?« Verwirrt sah sie ihn an.

»Hat Yanko gesagt. Es …«

»Geh ihr einfach nach«, unterbrach ihn Nica. »Was die Heldentaten anbelangt, das lasse ich mir von Yanko erklären.« Dabei klang ihre Stimme, als würde Yanko nicht viel zu Wort kommen und sie ihm etwas ganz anderes erklären wollen. Und zwar gründlich.

Ben holte Anula in der Trollküche im Hauptgebäude ein. Der Staub war hier notdürftig rausgefegt, das unbeschädigte Geschirr geputzt und sauber aufgereiht. Anula hatte sich einen schweren Muschelbecher gekrallt und schleuderte ihn gegen die Wand. Splitter stoben in alle Richtungen, ein längliches, spitzes Bruchstück landete vor Bens Füßen, als er eintrat. Keuchend starrte sie ihn an.

»Verstehst du denn nicht, dass ich Angst habe?«, schrie sie, bevor Ben etwas sagen konnte.

»Wegen Mircah?« Ben versuchte, möglichst ungläubig zu klingen, um ihr zu zeigen, wie unsinnig ihre Eifersucht war.

»Wer ist Mircah?«, giftete sie.

»Ähm, Fintas Tochter.«

»Nein! Doch nicht ihretwegen. Oder sollte ich?«

»Äh, nein. Natürlich nicht …«

»Warum fängst du dann damit an?«

»Du hast angefangen, verdammt!« Wütend kickte Ben das Muschelbruchstück vor seinen Füßen weg. »Du hast gesagt, dass du Angst hast!«

»Aber doch nicht vor diesem verwöhnten Hinterhofprinzesschen! Ich hab Angst, dass der Orden dich erwischt! Dass dich irgendwer in Rhaconia erkennt und du eingekerkert wirst!« Atemlos sah sie ihn an, dann sprach sie ruhiger weiter, doch ihre Stimme zitterte. »Dass sie auch hier einen weißen Drachen haben, mit dem sie dich befragen. Oder sie holen ihn herbei, das Kloster mit den zwölf Zinnoberzinnen ist nicht weit.«

»Mir wird nichts passieren«, sagte Ben mit aller Überzeugung, die er aufbringen konnte. Ganz wohl war ihm selbst nicht, wenn er an ihre nächtliche Flucht dachte. Doch niemand hatte gesagt, dass ihr Kampf für die Drachen risikolos sein würde. Langsam trat er die letzten drei Schritte zu ihr hin, nahm sie in den Arm und hielt sie fest. Wann würde sie endlich ihre tiefe Angst verlieren, die Kälte des weißen Drachen, die sich in ihren Knochen eingenistet hatte? Die sie in ihren Klauen hielt und zittern ließ, wenn sie lediglich an den Orden dachte? Er konnte nur ahnen, was sie durchgemacht hatte, als sie der kalte Atem eingehüllt hatte, er hatte ihn nur in stark abgeschwächter Form gespürt und gesehen, was er Drachen antun konnte. Als er Juri und Feuerschuppe nach dem Angriff der weißen Drachen geheilt hatte, war die furchtbare Kälte auch in ihn gekrochen. Aber über Umwege, nicht so unerbittlich direkt wie in sie. Warum nur konnte er keine Menschen heilen? Warum nur konnte er die Kälte nicht auch aus Anula saugen?

Mehrmals hatte er es versucht, heimlich in der Nacht, während sie in seinen Armen schlief. Weil er nicht akzeptieren wollte, dass seine Gabe beschränkt war. Doch er hatte nichts erreicht, außer dass er sie zweimal geweckt hatte, weil er in verzweifelter Konzentration zu fest zugepackt hatte.

Die Vorstellung, einmal auf dieselbe Weise wie sie gefoltert zu werden, oder überhaupt gefoltert zu werden, machte ihm schreckliche Angst, aber er zeigte sie nicht. Mädchen verliebten sich nicht in bibbernde Furchtmolche, und er wollte sie niemals verlieren.

»Das kannst du nicht wissen«, sagte Anula, doch sie stieß ihn nicht von sich. Sie brauchte seine Nähe und Wärme. »Können wir nicht erst einmal in irgendeinem Fischerdorf die Wahrheit verkünden? Ein Dorf ohne Ritter, in das ich euch begleiten kann. Auch die Drachen, die den Menschen zeigen können, wie freundlich sie sind?«

»Du willst mit?« Er sprach nicht aus, dass sie noch vor Kurzem zu viel Angst gehabt hatte, ins Großtirdische Reich zurückzukehren.

»Allein hier zu warten, ist genauso schrecklich.« Sie zuckte mit den Schultern, doch in den Augen spiegelte sich Furcht. »Und wenn wir alle acht in ein kleines Dorf fliegen, ist es egal, ob sie uns wegen meiner Haut erkennen. Sie sind zu schwach, um uns festzuhalten.«

Ben lächelte. Da hatte sie vermutlich recht.

»Vielleicht ist das Dorf ja auch so abgelegen, dass sie gar keine Steckbriefe vom Orden bekommen.«

»Vielleicht, ja. Ich weiß nur nicht, ob wir die Zeit dazu haben«, sagte Ben, weil er Anula einfach nur in Sicherheit wissen wollte. Hier, im Verlies der Stürme.

»Bitte. Nur ein Dorf, das dauert höchstens ein paar Stunden. Dann lass ich dich auch nach Rhaconia.«

»Meinetwegen.« Ben seufzte. Noch immer hatte er Angst

um sie, aber wenn sie ihre überwinden konnte, dann sollte er es wohl auch schaffen. Und vielleicht hatte sie ja recht, vielleicht war es gut, die Wahrheit erst in mehreren Dörfern zu verankern, bevor sie sich dem Orden stellten. Mit den Drachen wäre es – anders als mit den falschen Bekanntmachungen – bestimmt ein Leichtes, die Leute zu überzeugen. Wenn sie dabei waren, konnte jeder sehen, wie freundlich sie waren. Sie konnten sogar ihre eigene Sicht der Dinge darlegen.

Am Nachmittag landeten sie zu acht in der Nähe eines kleinen Dorfs, das ein gutes Stück südlich von Rhaconia lag. Sie gingen in einer großen Bucht mit hellem, leuchtendem Sandstrand zu Boden, in der drei Jungen von höchstens sieben Jahren mit toten Krabben spielten. So versunken, dass die drei umzingelt waren, bevor sie sichs versahen.

»Hallo, Jungs«, sagte Ben und lächelte. Sie alle lächelten, auch die Drachen, das hatten sie so besprochen. Freundlich, immer freundlich sein.

Die Jungen schrien. Einer stolperte und fiel in den Sand, der zweite stürzte sich ins Meer, und einer starrte sie reglos an. Fast schien es, er stellte sich tot wie ein Insekt.

»Hallo«, sagte Ben noch einmal und stieg von Aiphyrons Rücken. »Schöner Tag heute, oder?«

Auch die anderen sprangen von den Drachen, Juri setzte mit ein paar Flügelschlägen dem Jungen im Meer nach und fischte ihn aus einer Welle, die ihn fortzuspülen drohte. Fast wirkte es, als könne der Junge gar nicht schwimmen. Sanft setzte Juri ihn an den Strand, der Junge keuchte und hustete und spuckte Wasser und Rotz.

Der Junge im Sand hatte sich auf den Rücken gerollt und

auf die Ellbogen gestützt, schrie noch immer und sah ängstlich nach links und rechts, konnte jedoch keinen Fluchtweg erkennen.

Der dritte starrte sie weiter mit offenem Mund an.

»Hallo, Jungs«, sagte nun auch Aiphyron, und jetzt waren alle still.

Sie starrten den Drachen an, der zu ihnen sprach.

Plötzlich fing der Erstarrte an zu schluchzen. »Bitte, tut uns nichts. Bitte.«

»Das werden wir nicht«, versicherte Ben. »Das sind freundliche Drachen.«

»Nein, sind sie nicht. Sie haben Flügel.«

»Ja, aber schau mal, Juri hier hat deinen Freund vor dem Ertrinken gerettet.«

»Aber bestimmt nur, um ihn zu fressen. Geflügelte Drachen fressen Kinder«, sagte der Junge.

»Tun sie nicht«, sagte Ben. »Sie haben uns schließlich seit einem halben Jahr nicht gefressen.«

»Nein, tun sie nicht«, sagte auch der Gerettete. »Sie fressen Jungfrauen. Keiner von uns ist eine Frau, und viel zu jung sind wir auch.«

»Und warum heißen sie dann Jungfrauen?«, keifte der Erstarrte.

»Na, weil sie jung sind, aber keine Kinder. Eigentlich ist es die Kurzform für unverheiratete Frauen. So wie die da.« Der Gerettete zeigte mit dem Finger auf Anula, während ihm das Meerwasser aus dem Haar lief. »Das da ist eine Jungfrau.«

»Ähm, ja«, sagte Ben und sah, wie Anula zu Boden blickte, während Yanko ein albernes Kichern unterdrückte und Nica darüber den Kopf schüttelte. »Aber die Drachen fressen auch sie nicht. Das seht ihr doch, oder?«

»Wir fressen überhaupt keine Menschen«, fügte Aiphyron hinzu.

Die anderen Drachen nickten heftig und lächelten ganz breit.

»Doch«, sagte der Junge im Sand. »Mein Papa sagt, ihr fresst Menschen. Und mein Papa lügt nicht.«

»Und warum lassen wir euch dann in Ruhe?«

»Vielleicht seid ihr satt?«

Aiphyron knurrte verzweifelt auf, der Junge im Sand fing wieder an zu schreien.

»Sei liebenswürdig, Aiphyron. Liebenswürdig, bitte«, sagte Ben und wandte sich wieder an die Kinder. »Wenn wir euch nicht fressen, dann ist das doch ein Beweis dafür, dass wir euch nicht fressen, oder?«

Der Erstarrte sah ihn verwirrt an. »Frisst du etwa auch Menschen?«

»Nein! Das sage ich doch die ganze Zeit! Keiner von uns frisst Menschen!«

»Aber die Drachen haben Flügel.« Dass er noch immer nicht gefressen worden war, schien den Jungen zwar nicht einsichtiger, doch zumindest mutiger zu machen. Seine Stimme klang nun fest.

»Die sind zum Fliegen da! Nicht zum Fressen. Oder isst du etwa mit deinen Armen, Kleiner?« Ben merkte, wie er ungeduldig wurde.

»Spitze Zähne haben sie aber auch«, mischte sich der Errettete ein.

»Natürlich müssen wir etwas fressen …«, versuchte Juri zu erklären.

»Ha!«

»Aber keine Menschen«, knurrte er. »Keine Menschen. Verstanden?«

»Aber ihr habt doch Flügel«, wiederholte der Erstarrte.

»Ja, und?«

»Damit seid ihr von Samoth verflucht. Und Samoth ist auch der Gott der Lüge. Wenn ihr also redet, lügt ihr.« Ein kurzes, triumphierendes Lächeln huschte über das Gesicht des Jungen, als sei er stolz auf seine außerordentliche Spitzfindigkeit. Dann wurde ihm wohl wieder bewusst, was er da gerade gesagt und scheinbar lückenlos bewiesen hatte, und er starrte die Drachen zitternd an.

»Aber wir haben keine Flügel«, mischte sich nun Yanko ein, obwohl sie ausgemacht hatten, dass erst einmal Ben reden sollte.

Nur einer, um das Vertrauen der Kinder zu gewinnen. Das war jedoch sichtlich schiefgegangen. »Also sind wir nicht verflucht.«

Verblüfft starrte ihn der Junge an, dann schüttelte er den Kopf. »Menschen mit Flügeln gibt's nicht. Und wenn ihr mit geflügelten Drachen unterwegs seid, seid ihr Samothanbeter. Die lügen.«

»Oder ihr seid Ketzer«, ergänzte der Gerettete altklug. »Und die lügen auch.«

»Nur Drachen ohne Flügel sprechen die Wahrheit«, bestärkte ihn sein Freund.

»Drachen ohne Flügel sprechen überhaupt nicht!«, fuhr Ben sie an.

»Dann lügen sie aber auch nicht«, stellte der Gerettete ganz schlicht fest.

»Aber eure Drachen haben Flügel«, beharrte der Erstarrte. »Und geflügelte Drachen lügen, das weiß doch jeder. Ich an eurer Stelle würde ihnen nicht trauen.«

Verzweifelt starrte Ben die drei Rotznasen an. Wie sollte er ihnen die Wahrheit bringen, wenn sie überzeugt waren, dass er log? Sie hörten einfach nicht zu!

»Lasst uns verschwinden«, sagte Yanko. »Das sind kleine Kinder. Im Dorf finden wir sicher einen Erwachsenen, der uns zuhört.«

»Gut.« Ben seufzte.

»Unser Dorf ist da hinten«, sagte der Erstarrte schnell und deutete nach Norden. Von oben hatten sie jedoch gesehen, dass es im Süden lag. *Nicht vollkommen verdummt, der Kleine,* dachte Ben.

»Das war gelogen«, sagte er dennoch und lächelte ihn an. »Pass auf, dass dir keine Flügel wachsen, wenn du das öfter machst.«

»Das kann passieren?« Entsetzt starrte der Junge ihn an. Zum ersten Mal schien er Ben zu glauben. Warum jetzt?

»Was denkst du?«, blaffte Yanko. »Wenn das so wäre, müsste der ganze Orden der Drachenritter fliegen können.«

»He! Ritter lügen nicht!«, schrien die drei zugleich und wurden rot vor Zorn im Gesicht. »Ich will Drachenritter werden!«

»Dann viel Glück«, murmelte Ben bitter. Verbohrt genug waren die Kleinen ja schon.

»Ihr bleibt hier!«, knurrte Yanko. »Wenn ihr uns folgt, fressen die Drachen euch auf!«

»Yanko«, zischte Nica.

»Ich wusste es!«, rief der Erstarrte, dann begann er zu zittern und rannte davon, seine Kameraden im Schlepptau.

»Lass gut sein, Nica«, sagte Ben. »Die haben uns eh nicht geglaubt. Und so stören sie uns wenigstens nicht, während wir mit ihren Eltern reden. Oder sonst einem Erwachsenen. Hauptsache, jemand mit Verstand.«

Sie stiegen auf die Drachen und flogen hinüber zum Fischerdorf, das sich oberhalb der nächsten Bucht erstreckte. Es handelte sich um eine Ansammlung zweier Dutzend kleiner Häuser aus hellem Stein und vielleicht halb so vielen Holzschuppen. Die meisten Dächer waren geflickt, viele Wände verwittert. Mehrere Segelboote waren an den drei langen Stegen im Hafen vertäut, weiter im Landesinneren erstreckte sich eine Handvoll Felder. Auf einer Weide grasten sieben magere Buckelkühe und eine Herde Schafe. Mitten im Dorf stand ein Hellwahtempel mit nur wenigen Säulen. Nichts an ihm war aus Marmor. Ben ließ den Blick über das Meer schweifen, nur drei oder vier Boote schaukelten weit draußen über die Wellen.

»Nehmen wir uns den Mann im Hafen vor?«, fragte Aiphyron. »Er hat ein Mädchen in eurem Alter dabei. Oder doch lieber den Schäfer? Oder …?«

»Den im Hafen«, beschloss Ben, bevor Aiphyron alle Einwohner herunterleierte, die er erkennen konnte. Einer erschien ihm so gut wie jeder andere. Sie stürzten hinab und landeten auf der schmalen schrägen Freifläche zwischen den ersten Häusern und dem kleinen Hafen.

»Guten Tag«, sagte Ben ausgesprochen höflich und stieg von Aiphyron, während Yanko und Anula die ersten Häuser im Blick behielten, damit sie nicht von dort überrascht wurden. Irgendwo wurde eine Haustür zugeschlagen.

Der Fischer, der ganz versunken sein Boot repariert und dabei der jungen Frau an seiner Seite etwas erklärt hatte, sah auf. Kurz zuckte er zusammen, dann starrte er sie ebenso missmutig wie misstrauisch an. Sein kantiges Gesicht war von Alter und Wetter zerfurcht, die Mundwinkel zeigten weit nach unten, die Nase war breit und hatte mindestens einen Bruch überstanden. Furcht funkelte in seinen Augen, aber er ließ sich von ihr nicht beherrschen. Wahrscheinlich hatte er genug Seeungeheuer und flügellose Drachen gesehen, um bei ihrem Anblick nicht in Panik auszubrechen. Langsam richtete er sich zu voller Größe auf, die Gelenke knirschten.

»Bleib hinter mir, Vilette«, herrschte er die junge Frau an.

»Ja, Vater«, hauchte sie. Sie war wohl ein, zwei Jahre älter als Ben und sah ihrem Vater ähnlich, doch die Nase war zum Glück nicht ganz so breit und nicht gebrochen. Sie zitterte.

»Was wollt ihr?«, knurrte der Fischer und packte das große Beil aus seinem Werkzeugkasten. Die Schneide blitzte hell in der Sonne, und Ben war überzeugt, der Fischer schliff es jeden Tag, nur so zum Vergnügen, so grimmig wie er aussah.

»Reden«, erwiderte Ben. »Nur reden.«

»Na, dann rede.«

»Willst du dafür nicht dein Beil weglegen? Das ist wirklich nicht …«

»Sehe ich so dämlich aus, Bursche?«

»Äh, nein.« Das war kein guter Anfang, ganz und gar nicht. Trotzdem versuchte es Ben mit einem Lächeln. Lächeln, immer lächeln. Egal, wie nervös er war.

»Ich sehe gespannte Bögen an drei Fenstern«, teilte Yanko mit gepresster Stimme mit.

»Und ein paar unfreundliche Gesichter mehr«, ergänzte Nica.

»Weiter hinten lauert noch ein Bauer mit einer Heugabel.«

»Schön.« Mit aller Gewalt hielt Ben das Lächeln aufrecht. Bögen waren nicht gut. Auch wenn die Drachen damit nicht ernsthaft verletzt werden konnten, sie vier Menschen konnten sterben. Ein gezielter Schuss, und alles war vorbei. Lächeln, immer nur lächeln. Wahrscheinlich schossen sie nicht zuerst, aus Angst vor der Rache der Drachen. Er räusperte sich und sagte: »Wir wollten euch nur mitteilen, dass geflügelte Drachen freundliche Geschöpfe sind. Und ganz und gar nicht verflucht.«

»Sagt wer?«

»Na, wir.« Ben strahlte und stieß Aiphyron mit dem Ellbogen in die Seite.

»Genau«, sagte der Drache. »Und ich muss es wissen, ich bin schließlich einer.«

»Du hast Flügel«, sagte der Fischer. »Also bist du Samoths und lügst.«

»Nein«, knurrte Aiphyron. »Ich bin niemandes Geschöpf, ich lüge nicht.«

»Nicht mal Hellwahs Geschöpf?« Der Fischer lachte kurz auf. »Dann existierst du gar nicht.«

»Aber ich bin hier.«

»Das sehe ich. Und das bedeutet, dass du lügst. Aber das verraten uns ja deine Flügel schon.«

»Nein«, widersprach Ben nachdrücklich. »Er spricht die Wahrheit.«

»Und warum soll ich dir Knirps glauben? Ich kenn dich nicht, du bist nicht von hier.«

»Nein, bin ich nicht. Aber denk doch mal nach. Hat dich einer der freundlichen Drachen hier angefallen? Hat einer von ihnen dir Schaden zugefügt? Etwa versucht, dich zu fressen?«

»Das kann eine List sein. Samoth ist ein Meister des Trugs.«

»Ach ja? Meinst du? Laut den Legenden des Ordens fallen geflügelte Drachen aber wie rasend über Jungfrauen her. Sie können sich nicht beherrschen. Keine List, kein Trug, nur wilde Gier.«

»Ich bin keine Jungfrau.«

»Und deine Tochter?«

Der Fischer nickte und warf einen kurzen eisigen Blick hinter sich. »Das ist mir sofort aufgefallen. Und du kannst dir sicher sein, dass ich ihr den Kopf waschen werde, sobald ihr verschwunden seid. Was für eine Schande! Wer auch immer es war, dem Kerl schlag ich den Schädel ein.«

»Vater!« Entsetzt blickte das Mädchen ihn mit offenem Mund an, die Wangen gerötet. Das war Zorn, keine Scham, dachte Ben und starrte den Mann an, der schneller an der Jungfräulichkeit und Aufrichtigkeit seiner Tochter zweifelte als an einer alten Legende. Der Fischer drehte sich nicht zu ihr um.

»Du glaubst also einer alten Legende mehr als deiner Tochter?«

»Meine Tochter hat mich schon belogen, das ist menschlich. Aber die Legende ist göttlich und war schon wahr, bevor dieses Dorf errichtet wurde.«

»Ach ja? Wann hat denn der letzte geflügelte Drache euer Dorf angegriffen, wenn das so furchtbare Bestien sind?«

»Das ist lange her. Vor meinen Lebzeiten.« Der Fischer spuckte aus. »Dank der Drachenritter, die uns beschützen, sind wir sicher.«

»Beschützen? Und wo sind sie jetzt?«

»Ich denke, ihr seid freundlich, und wir brauchen keinen Schutz?«

»Und ich dachte, du glaubst uns nicht? Wenn wir so gefährlich sind, warum fliehst du dann nicht längst?«

»Und überlasse euch meine Tochter? Was hältst du von mir?«

Ben starrte ihn an und musste ihn einen Moment für seine

Tapferkeit bewundern. Ein einzelner Mann, der vier Drachen trotzte. »Ich denke, du bist ein mutiger Mann.«

Ein kurzes Lächeln huschte über die Züge des Fischers, dann versteinerten sie wieder. »Weißt du, es ist egal, was für süßliche Worte du von dir gibst. Einem Samothanbeter glaube ich kein Wort.«

»Ich bin kein Samothanbeter!«, fuhr Ben auf.

»Du bist in Begleitung geflügelter Drachen.«

»Weil sie Freunde sind! Um zu beweisen, dass sie nicht von Samoth verflucht sind!«

»Für wie einfältig hältst du mich eigentlich, Rotzbengel? Wenn ein Fisch zu mir sagt, er sei kein Fisch, dann glaube ich ihm nicht. Und wenn ein geflügelter Drache sagt, er sei keiner, dann …«

»Aber es sind geflügelte Drachen! Darum geht es doch!« Ben warf die Arme in die Höhe. »Es sind geflügelte Drachen, und sie sind friedlich!«

»Davon hat noch niemand gehört. Nicht eine einzige Geschichte gibt es darüber, und ich kenne sie alle. Ich wäre fast mal Drachenritter geworden.«

Schon wieder so ein Möchtegern- und Beinahe-Ritter, das konnte doch nicht wahr sein.

»Was brauchst du Geschichten, wenn du echte Drachen vor dir hast? Drachen, die dir nichts tun!«

»Geflügelte Drachen sind Lügner, wie oft denn noch. Darauf fall ich nicht rein.«

»Ach, verdammter vermooster Sturschädel!«, fluchte Ben. »Wir verschwinden.«

»Gleich«, sagte Aiphyron, stapfte zu dem Fischer hinüber, der sein Beil fester umklammerte und sich zitternd vor seine Tochter stellte. Immerzu lächelnd hob Aiphyron den reparierten Mast hoch und setzte ihn mühelos in die Aussparung im Rumpf, eine Arbeit für drei kräftige Männer. »Und jetzt schlag ihn fest.«

Der Fischer tat wie geheißen, dann brummte er: »Danke. Das heißt aber nicht, dass ich dir deswegen glaube.«

»Hatte ich bei so einem Sturkopf nicht erwartet.« Aiphyron drehte sich um und ließ Ben aufsteigen, dann flogen sie davon.

PALASTFÜHRUNG FÜR DEN GOTTESLÄSTERER

Mann, das war einfach genial.« Ben schwärmte eine halbe Stunde später noch immer von Aiphyrons spontaner Hilfsbereitschaft. »Ob der Kerl jetzt will oder nicht, er denkt in den nächsten Tagen über freundliche geflügelte Drachen nach.«

»Hauptsache, er lässt dabei seine Tochter in Ruhe«, sagte Nica.

Ben nickte, aber er befürchtete das Schlimmste für das Mädchen, so stur, wie der Vater gewesen war. Wahrscheinlich hielt er den Verlust der Jungfräulichkeit für schlimmer als den eines Arms. Vielleicht weil man von den Armen zwei hatte. Dabei müssten besorgte Väter doch eigentlich glücklich sein, wenn ihre Töchter nicht mehr das erste Ziel für geflügelte Drachen waren, wenn sie diese so fürchteten. Das waren also die Menschen, denen sie die Wahrheit bringen wollten.

»Ach was«, sagte Yanko. »Nicht alle Menschen sind so. Wir müssen es nur wieder und wieder versuchen, irgendwann überzeugen wir einen.«

»Ja, einen.« Anula lachte bitter. »Einen von wie vielen Tausend?«

»Wenn wir erst einmal einen haben, dann ist die Wahrheit in so einem Dorf angekommen«, sagte Nica. »Ihm glauben sie eher als uns Fremden, er überzeugt weitere. Oder bringt sie wenigstens dazu zu zweifeln, und solche Zweifel sind ein guter Anfang. Sie rütteln an der Lüge des Ordens.«

»Dann sollten wir am besten noch weitere Dörfer aufsuchen, während Ben in Rhaconia ist«, sagte Yanko. »Zweifel säen.«

»Und Aiphyron könnte noch ein paar Fischerboote reparieren«, ergänzte Juri. »Vielleicht steckt ja ein richtig geschickter Handwerker in ihm.«

»Klauenwerker«, korrigierte Yanko.

»Sehr lustig«, knurrte Aiphyron.

»Nein, im Ernst«, sagte Marmaran. »Wir können wirklich schauen, dass wir hier und da ein wenig aushelfen. Den Bauern beim Pflügen, Fischern beim Angeln und so weiter. Sie sollen alle sehen, dass wir nicht böse sind.«

»Und Jägern beim Jagen«, ergänzte Feuerschuppe.

»Klar, das beruhigt die Menschen ungemein.« Yanko lachte. »Ein großer Drache, der blitzschnell ein Tier reißt. Und dann mit blutigen Zähnen sagt, er sei ganz freundlich und komme in Frieden.«

»Ach, halt die Klappe!«, brummte Juri. »Sonst schmeiß ich dich noch ganz freundlich und in Frieden runter.«

Sie flogen hoch über der Erde, sodass sie von unten nicht erkannt werden konnten. Ben zeigte allen die verlassene Bucht, eine halbe Wegstunde vor Rhaconia gelegen, die zu ihrem geheimen Treffpunkt geworden war. »Wer mich auch abholt, das ist der sicherste Ort, um in Ruhe aufeinander zu warten.«

Sie beschlossen, dass jeden Abend nach Dunkelheit ein Drache dorthin fliegen würde, um nachzusehen, ob Ben da war. Ansonsten würden sie die Dörfer der Umgebung abklappern, sich umhören und die Wahrheit verbreiten. Und hier und da ein wenig zur Hand gehen.

»Sollen sich aber bloß nicht daran gewöhnen, die Menschen«, brummte Juri. »Ich werde ganz bestimmt nicht die nächsten zweihundert Jahre irgendwo den Knecht spielen.«

Ben würde derweil herauszufinden versuchen, ob der Orden irgendwelche Schwachpunkte hatte, wie man ungesehen ins Kloster gelangen konnte und ihn weiter lächerlich machen, und ob sie vielleicht sogar die Blausilberklingen der Ritter stehlen und vernichten konnten. Ohne diese Klingen konnte keinem Drachen ein Flügel abgeschlagen werden.

»Dann finde doch auch heraus, wer sie schmiedet. Dafür braucht man Faystos Feuer aus dem Vulkan Arknon – nur dieses ist heiß genug, um das harte Blausilber zu schmieden«, schlug Yanko vor. »Mein Vater hatte so eines in seiner Schmiede, und er war schrecklich stolz auf diese angeblich nie verlöschende Glut. Ein bisschen Wasser langt dafür nicht, das weiß ich, das habe ich im Zorn ausprobiert, als er mich wieder einmal geschlagen hatte. Ich dachte, wenn er neues holen müsste, wäre er wochenlang weg und ließe mich in Ruhe. Na ja, wie gesagt, es hat nicht geklappt. Aber vielleicht finden wir ja doch einen Weg. Dieses *nie* ist bestimmt eine Übertreibung.«

»Das sind *nie* und *immer* immer«, dozierte Nica und blickte dann irritiert, als ihr bewusst wurde, selbst *immer* verwendet zu haben.

»Aber pass auf dich auf«, sagte Anula und sah Ben eindringlich an.

»Klar«, versprach Ben, obwohl er und auch Anula wussten, dass er sich daran nicht halten würde.

Nach kurzen Abschiedsworten schraubten sich Juri, Feuerschuppe und Marmaran noch höher in den Himmel, um möglichst unbeachtet über Rhaconia hinwegzufliegen und weiter im Nordwesten nach Dörfern zu suchen. Aiphyron trug Ben ein Stück hinaus aufs Meer, tauchte dort hinab und brachte ihn schwimmend zurück an Land. Außerhalb der Sichtweite von Rhaconia und jeder anderen Siedlung, sodass dort keiner seine Flügel erkennen konnte. Mit kräftigen Zügen erreichten sie die Bucht.

»Danke«, sagte Aiphyron zum Abschied.

»Wofür?«

»Was du für die Drachen tust.«

»Keine Ursache.« Ben grinste unbeholfen. »Hängt wohl mit meiner Gabe zusammen. Ich mach das gern.«

Aiphyron legte sich in den Schatten der ersten Bäume; zurückfliegen würde er erst in der Dunkelheit. Ben stapfte davon.

Am frühen Abend erreichte er Rhaconia, und tatsächlich erkannte ihn der Torwächter wieder und grüßte ehrerbietig. Ben nickte ihm huldvoll freundlich zu, wie er es bei Finta Dogha gesehen hatte. An diese Art der Ehrerbietung könnte er sich gewöhnen. Die anderen Wächter starrten ihn dagegen misstrauisch an, bis der Erste ihnen etwas zuraunte, wahrscheinlich, dass er ein Gast und Freund von Finta Dogha sei. Sofort straffte sich ihre Haltung, glätteten sich ihre Züge.

Die Straßen waren ebenso belebt wie bei seinem letzten Besuch, und doch hatte sich die Stimmung in der Stadt verändert. Noch immer wurde im Hafen viel geflucht und auch gelacht, doch alles wirkte gedämpft. Es patrouillierten deutlich mehr Wächter als am Vortag durch die Straßen, und ihre Gesichter waren ausnahmslos verschlossen oder drohend. Sie sagten nichts, es sei denn, sie verlangten von einem Fremden, er möge seine Tasche öffnen oder ihnen den Karren oder Wagen für eine Durchsuchung überlassen. Keiner von ihnen beachtete Ben näher, sobald sie das feine Hemd in Fintas Farben erkannt hatten.

Immer wieder schnappte Ben das Wort *Steckbrief* auf. Gut, ihre Taten waren also bemerkt worden.

Die Sechsereinheiten Knappen marschierten auch heute durch die Straßen, doch sie stapften noch verbissener im Gleichschritt als am Vortag. Sie stierten derart entschlossen ins Nichts, als würden sie in den Krieg ziehen und nicht einfach nur üben.

Über kleinere Umwege schlenderte Ben zu Fintas Heim. Dabei passierte er verschiedene Stellen, an denen sie ihre Pergamente aufgehängt hatten. Nicht eines war mehr an seinem Platz, alle waren abgerissen und wieder durch die des Ordens ersetzt worden. Teils altvertraute, teils auch neue. Eine große Zahl von neuen, und diese verkündeten alle dasselbe:

GOTTESLÄSTERER GESUCHT

Lebend

1.000 Gulden Belohnung

Eine unbekannte Anzahl unbekannter Gotteslästerer hat Pergamente mit verbrecherischen Lügen und gefälschte Steckbriefe in Rhaconia aufgehängt.

Vermutlich Samothanbeter!

Respektlos gegenüber Hellwah, König und dem Orden der Drachenritter. Des Siegelmissbrauchs und Diebstahls schuldig.

Ihre Äußerungen sind bei schärfster Strafandrohung zu ignorieren!

Hinweise auf ihre Identität nimmt jeder Ritter und Vertreter der Stadt entgegen. Die Belohnung wird bei Ergreifen ausgezahlt.

Gotteslästerer also, dachte Ben. Dann waren sie jetzt also auch noch Gotteslästerer, obwohl sie nur den Orden der Lüge bezichtigt und Steckbriefe auf Abt und Ritter ausgestellt hatten, nicht auf Hellwah. Ein ziemlich anmaßendes Urteil des Ordens, der sich damit quasi göttlich machte, aber Ben hatte nichts anderes erwartet.

Tausend Gulden, dachte er noch, erstaunt, wie sehr den Orden ihr nächtlicher Scherz getroffen hatte. Das war so viel, wie auf sie wegen angeblichen Mordes ausgesetzt gewesen war. Das hieß, der Orden fürchtete die Wahrheit wirklich. Oder lächerlich gemacht zu werden. Der ganze Steckbrief wirkte schnell zusammengeschustert und hilflos, nicht sehr durchdacht. Wie sollte fortan ein einfacher Bürger überhaupt einen Steckbrief ernst nehmen, wenn ihm mit Strafe gedroht wurde, aber nicht mitgeteilt, wie er echte und falsche unterscheiden konnte?

Ben lächelte. Er spürte nicht die kalte Angst wie damals, als er den ersten Steckbrief mit ihren Namen entdeckt hatte. Im Unterschied zu damals hatten sie es diesmal ja darauf angelegt, und der Orden hatte auch keine Beschreibung von ihnen. Niemand konnte sie aufgrund dieses Steckbriefs identifizieren. Ben spürte nur Stolz und die Hoffnung, dass sie tatsächlich etwas erreichen konnten.

Ein Vater im edlen grünen Wams packte seinen wohl bereits erwachsenen Sohn grob am Ohr, zerrte ihn davon und zischte: »Warst du das?«

»Nein!«, flehte dieser.

»Und wo warst du gestern Nacht?«, knurrte er. »Ich hab deine ständige Aufmüpfigkeit so satt!«

»Aber …«

»Wenn du jetzt nicht spurst, dann …«

»Aber ich war's nicht!«

»Dann melde ich dich trotzdem! Wo warst du?«

»Bei Turde. Ich war bei Turde!«

»Was?« Der Vater ließ das Ohr los und schlug dem Jüngeren mit Wucht gegen den Hinterkopf. »Heim! Sofort! Ich hab dir hundertmal gesagt, dass sie unter deiner Würde ist! Ein viel zu billiges Mädchen. Halt dich an Gerlina!«

»Aber Turde ist schöner«, sagte der Sohn und gab Fersengeld. Vielleicht war er doch noch nicht völlig erwachsen. Der schwere Stiefel des Vaters schwang ins Leere, als er nach seinem Hintern trat.

»Komm du nur nach Hause!«, brüllte der Vater und ging grummelnd seiner Wege.

Kopfschüttelnd schlenderte Ben weiter. Hatte der Mann eben nur versucht, die Wahrheit aus seinem Sohn herauszuholen? Oder hatte er tatsächlich vermutet, sein Sohn könnte das gewesen sein? Dann sollte Ben mal mit dem Sohn reden und vorfühlen, was dieser so von dem Orden hielt. Doch so sehr er den Kopf reckte, der Geflüchtete war nicht mehr zu sehen.

»Wie geht's den anderen, Citho?«, fragte Finta Dogha munter und goss tiefroten Wein in die zwei schweren Silberkelche auf dem goldbeschlagenen Tischchen zwischen den beiden Sesseln aus purpurnem Leder. Obwohl sie allein waren, benutzte er den falschen Namen, sei es, um sich daran zu gewöhnen, oder für den Fall, dass sie belauscht würden.

»Gut«, antwortete Ben und schlug die Beine übereinander. Noch nie in seinem Leben hatte er so edel und bequem gesessen.

Nach einer herzlichen Begrüßung und dem mehrgängigen

Abendessen hatten sie sich in das Weinzimmer zurückgezogen, das direkt zwischen dem Speisesaal und dem Branntweinzimmer lag. Das Weinzimmer war dem Hausherren und seinen männlichen Gästen vorbehalten, Frauen und Diener hatten keinen Zutritt. Hier pflegte der Händler Geschäfte abzuschließen oder ungestörte Gespräche zu führen. Mircah und Fintas Frau waren sichtlich enttäuscht gewesen, als Finta ihren Gast hier hereingeführt hatte.

»Das freut mich zu hören«, sagte Finta und stieß mit Ben an. »Wie schon gesagt, ich bin euch dankbar, und wenn ich euch irgendwie helfen kann, sei es mit einer Schlafmöglichkeit in der Stadt oder Waren wie Pergament oder Siegelwachs …« Er zwinkerte.

»Danke. Das ist wirklich großzügig.« Angespannt musterte Ben den Händler. Hatten sie in der Nacht doch irgendwo Spuren hinterlassen? Oder woher wusste Finta, dass …? Dann lächelte er. Nein, natürlich konnte Finta ihr Auftauchen und das der Steckbriefe und Bekanntmachungen in Verbindung setzen. Er kannte ihre Namen, wusste, dass sie keine Freunde des Ordens waren, und hatte sie mit den geflügelten Drachen gesehen. Wer außer ihnen sollte so etwas tun? Finta war klug, sonst wäre er nie so weit gekommen. Trotzdem wollte Ben nichts direkt zugeben. Aus alter Gewohnheit; er konnte nicht aufhören, überall Verrat zu vermuten. Vielleicht auch nur, weil ihm diese Geheimniskrämerei Vergnügen bereitete. »Aber ich weiß nicht, ob wir demnächst überhaupt etwas brauchen. Und du bist verschuldet, hast im Sturm auch genug Waren verloren, da können wir von dir nichts annehmen.«

»Ach, ich komm schon wieder auf die Beine, mach dir mal keine Sorgen. Ich weiß schon, wie.«

»Das freut mich.« Ben nippte an dem Kelch. Der Wein war

fruchtig und schwer, stieg einem jedoch nur langsam in den Kopf. »Der ist gut.«

»Davon habe ich auch noch reichlich, wenn du also ein paar Flaschen einstecken möchtest? Auch für deine Freunde.«

»Gern.«

»Ach, weißt du was? Ich hab da ein kleines Lagerhaus in Hafennähe, das zeige ich dir morgen. Dafür könnte ich dir einen Schlüssel überlassen. Falls du mit Freunden doch mal später am Abend oder in der Nacht unterwegs bist, und ihr bekommt plötzlich Durst. Oder Lust, ein paar Gedanken zu Pergament zu bringen. Dann könnt ihr euch dort spontan bedienen.«

»Das ist wirklich nett. Für so ein paar unbedeutende Gedanken oder ein wenig Durst würden wir dich auch ungern wecken.« Grinsend und mit wachsendem Vergnügen ließ sich Ben auf dieses seltsame Spiel der Worte ein, dieses Herumreden um die eigentlichen Dinge. Byasso in Trollfurt hatte so etwas stets als Diplomatie oder Politik bezeichnet, und Ben hatte es nicht verstanden. Aber hier mit Finta und dem Wein machte es Spaß. »Aber hast du keine Angst, dass wir deine ganzen Vorräte plündern?«

Finta kramte einen Schlüssel aus seiner Hosentasche und drückte ihn Ben in die Hand. »Weißt du, ohne euch würde ich nicht einmal mehr mein Leben besitzen. Was soll ich also mit ein wenig Wein knausern?«

»Na ja …«

»Außerdem glaube ich, eure Gedanken sind es wert, aufgeschrieben zu werden. Du weißt ja, was ich von dem Orden halte.«

Ben nickte. Es war schwierig, das Misstrauen zu überwinden, das sich in ihm gegenüber jedem festgesetzt hatte, aber er bekam immer mehr das Gefühl, dass sie hier einen ernst zu nehmenden Verbündeten gewonnen hatten. Und wenn er an die Menge der draußen patrouillierenden Ritter dachte, war wirklich jeder Verbündete wichtig.

»Falls ihr demnächst irgendwann wirklich nachts unterwegs sein solltet, solltet ihr einen guten Grund dafür nennen können. Sie haben die Nachtwächter in der Stadt vervielfacht. Erfahrene Männer laufen nun zu dritt durch die nächtlichen Straßen und sind befugt, ausnahmslos jeden nach dem Woher und Wohin zu fragen. Natürlich kontrollieren sie nicht jede Tasche und weder die Ordensritter noch uns Händler, aber … Die Leute haben einfach Angst, dass nun der schon beendet geglaubte Bürgerkrieg doch hierherkommt.«

»Bürgerkrieg?« Dass ein paar Steckbriefe und eine abweichende Wahrheit eine solche Furcht erzeugen konnten, damit hatte Ben nicht gerechnet.

»Ja. In Falcencza haben sie eine Handvoll Ketzer geschnappt, auch ein Dutzend in Venzara, aber hier, direkt an der Residenz einer der sieben Hohen Äbte des Ordens, war es so ruhig wie in der Hauptstadt selbst. Kein Vergleich zu den Kämpfen im Norden oder Osten.«

»Im Norden?«

»Ja. Am schlimmsten war es in der Region von Trollfurt. Für ein paar Wochen war die abseits gelegene Stadt ganz in den Händen der Ketzer. Eine Stadt auf dem absteigenden Ast ist immer ein Ort voller Unzufriedener, der Hang zur Rebellion ist dort ausgeprägt. Dazu kommt eine Lage am Rand des Reichs, fern der großen Klöster und Machtzentren. Dort vergisst man leicht, wer das Sagen hat, und verbotene Gedanken können unbeachtet gären.«

Ben nickte, versuchte jedoch, unbeteiligt zu wirken. Wahrscheinlich hatte Finta ihn schon längst an seinem Dialekt im Norden verortet, doch er würde seine genaue Herkunft nicht einfach verraten. Auch wenn er Finta vertraute, so hatte er doch noch Anulas Warnungen im Kopf. Wer wusste schon, ob dieser sich nicht versehentlich bei seiner Frau oder Tochter verplapperte? Und die sagten es irgendwem, der sich dann an die Steckbriefe mit den Ketzern erinnerte. Nein, je weniger er preisgab, desto weniger hatten die Menschen zu reden, und umso sicherer waren sie. Demnächst sollte er dringend gegenüber Frau Dogha fallen lassen, dass sein Sprachlehrer aus dem nördlichen Graukuppe stammte. Also der Sprachlehrer von Cintho.

Aber dass Trollfurt ein Ort für Rebellen sein sollte, da hätte Ben gern widersprochen. Niemand hatte sich dort je gegen irgendeine Ordnung gestellt, die Ketzer waren von außerhalb gekommen. Nun gut, Yanko und er stammten auch von dort, und sie hatten es immerhin geschafft, schon doppelt per Steckbrief gesucht zu werden.

»Weißt du, wie es derzeit in Trollfurt aussieht?«, fragte Ben.

»Friedlich, soweit ich gehört habe. Aber bei den Kämpfen sind einige gestorben.«

»Das bringt der Krieg wohl mit sich«, sagte Ben und versuchte krampfhaft, unbeteiligt zu klingen. Zwar hatte er vom Bürgerkrieg gewusst, doch nicht von den Toten in Trollfurt. Irgendwie war er immer davon ausgegangen, dass die Kämpfe irgendwo anders stattgefunden hatten. Nie hatte er einen Gedanken daran verschwendet, es könnte jemand gestorben sein, den er kannte. Er nahm einen Schluck Wein und blinzelte die Träne weg, die sich in seinem Auge bilden wollte. Die wurmkriechigen Trollfurter hatten ihn damals hängen wollen, aber es war seine Heimat, und nicht jeder war immer schlecht zu ihm gewesen. Byasso nicht, und ein paar Knechte und Mägde hatten ihn gedeckt, wenn er bei ihren Herren Äpfel oder Eier stibitzt hatte. Und Yankos Eltern lebten noch dort – zumindest hoffentlich. Er würde es ihm sagen müssen, und das war schrecklich. Er hustete und räusperte sich. »Starker Wein.«

»Ja.« Finta nickte und musterte ihn scharf. »Weißt du, eine Frage hätte ich noch, und da ist mir deine Einschätzung sehr wichtig. Glaubst du, dass es auch hier zum Bürgerkrieg kommen wird?«

»Ich hoffe doch nicht.«

»Gut.« Nachdenklich rieb sich Finta mit der Hand über das Kinn und behielt ihn weiter im Auge. »Nicht, dass ich euch falsch einschätze. Wer kann denn wissen, was solche nächtlichen Bekanntmachungen noch alles verkünden?«

»Nein.« Entsetzt schüttelte Ben den Kopf. Erst jetzt hatte er richtig verstanden. Hatte Finta etwa im Ernst überlegt, ob sie zum Bürgerkrieg aufrufen wollten? Keiner von ihnen wollte Krieg. »An Krieg denkt keiner von uns. Nur an die Wahrheit.«

»Nun denn, da bin ich dabei. Auf die Wahrheit«, sagte Finta und hob erneut den Kelch. Sie stießen an und saßen eine Weile schweigend da. Ben ließ den Blick über die Gemälde an der Wand schweifen und betrachtete die in kostbares Leder gebundenen Bücher hinter den klaren Glastüren des massiven Schranks. So nahe an Venzara schien Glas überall Verwendung zu finden.

Da drangen plötzlich Schreie von draußen herein. Ben verstand ein barsches »Halt!«, alles andere war nur fernes Gemurmel.

»Das ist wahrscheinlich vorn an der Kreuzung«, erklärte

Finta. »Heute ist ein Schiff meines lieben Nachbarn und Konkurrenten Jodhyn eingelaufen, und die übereifrigen Nachtwächter kontrollieren nun wohl jede zweite Lieferung in sein Haus.«

»Aha«, sagte Ben.

»Bei Haus fällt mir ein, dass ich dir meines noch gar nicht richtig gezeigt habe. Komm mit«, sagte Finta, leerte sein Glas und erhob sich.

Ben tat es ihm gleich und folgte ihm hinaus in den Flur.

Fintas Palast wirkte von innen sogar noch größer als von außen. Auf allen Böden lagen dicke, kunstvoll geknüpfte Teppiche. Viele zeigten abenteuerliche Szenen aus der Seefahrt, aber auch Drachen und bekannte Helden waren abgebildet, wie auch allerlei Raubtiere, von denen Ben die Hälfte nicht kannte. Zahlreiche silberne Leuchter und Lampen aus buntem Glas erhellten die Räume, in denen Möbel aus Feuereiche oder anderen edlen Hölzern standen; einige der Schränke, Tischchen und Truhen waren mit Edelmetallen beschlagen. Aus Trollfurt kannte Ben kein vergleichbares Gebäude.

In der riesigen Küche trafen sie auf eine hübsche Dienstmagd, die das Geschirr spülte und alles penibel polierte. Als sie eintraten, unterbrach sie sofort ihre Arbeit und grüßte mit einer Verbeugung: »Herr Dogha. Herr Citho. Soll ich gehen?«

»Nein, bleib«, sagte Herr Dogha freundlich. »Wir sind gleich wieder weg. Nur eine kurze Führung.«

Vorsichtig arbeitete sie weiter und achtete darauf, ihnen nicht im Weg zu stehen, während Finta Ben stolz zahlreiche seltene Gewürze zeigte, die er überwiegend selbst eingeführt hatte.

»Sie kannte meinen Namen«, sagte Ben, als sie wieder draußen waren.

»Natürlich. Es ist gutes Personal.«

»Wie heißt sie?«

»Pinda.« Finta lächelte. »Aber das musst du dir nicht merken.«

»Nun, mir ist es aber lieber, wenn ich die Namen der Leute kenne, die mich kennen.« Es erschien ihm richtig, auch wenn sie nur seinen falschen Namen wussten.

»Ganz, wie du magst. Soll ich dir dann morgen früh die anderen zweiunddreißig Angestellten im Haus und den Handelshallen vorstellen? Am Nachmittag dann die Leute in Lager und Hafen und …«

»Zweiunddreißig?« Er wusste nicht, wie er sich so viele Namen auf einmal merken sollte. »Vielleicht ist es besser, ich versuche mir nur mal die Namen derjenigen zu merken, denen ich begegne.«

Finta lachte. »Ja. Dachte mir, dass es zu viele sind.«

Er zeigte Ben bunte Gemälde aus fernen Ländern, eine Flasche mit Heilwasser aus der Quelle auf dem zersplitterten Berg bei Chybia, das merkwürdig schwarz-rot gestreifte Fell einer zwei Schritt langen Raubkatze mit riesigen oberen Eckzähnen, das armlange Modell seines gesunkenen Schiffs Seeschwalbe und ein merkwürdiges Spiel, bei dem man kleine weiße Bälle aus Elfenbein mit einer Art Paddel durch kleine Tore kicken musste. Dabei war der Weg zum jeweils nächsten Tor von seltsamen Hindernissen versperrt, Türmchen, Röhren, Schanzen und gar einem kleinen Labyrinth. Das Spiel nahm einen ganzen Raum ein, beinahe so groß wie das Haus, in dem Ben aufgewachsen war. So konnte man leben.

»Und da wohnen die Damen«, sagte Finta schließlich und deutete einen Gang entlang, der nach wenigen Schritt abbog, sodass sein Ende und die Türen zu den Gemächern nicht zu sehen waren. Er war mit einem weichen dunkelroten Teppich ausgelegt, die Wände mit verschnörkelten Blumenabbildungen verziert. »Da hast du leider keinen Zutritt.«

»Ich verstehe«, sagte Ben, obwohl ihm das etwas albern erschien, dass er nicht einmal den Flur betreten durfte. Von hier konnte doch kein Gast an eine Tür pochen, wenn er Mircah oder Frau Dogha sprechen wollte.

»Weißt du, Mircah ist mein kleines Goldstück. Sie ist so liebreizend und zart, ich möchte sie am liebsten vor allem bewahren. Väter sind da, nun ja, vielleicht ein wenig eigen. Du verstehst?«

Ben dachte an den Fischer mit seinem Beil und nickte.

»Gut. Ich weiß, du hast mein Leben gerettet. Du kannst hier alles haben, aber nicht mein kleines Goldstück.« Finta lächelte, doch seine Augen blitzten kurz gefährlich auf. »Aber was rede ich da, du hast ja Anula.«

»Äh, ja. Ich habe auch nie im Entferntesten …«

»Ich weiß, ich weiß.« Und damit war das Thema vergessen. Während Finta die Herkunft und Bedeutung von diesem Gemälde und jener Skulptur erklärte, führte er Ben zwei breite Treppen mit goldenem Geländer hinunter und wieder eine mit marmornem hinauf, hinüber auf die ganz andere Seite des Gebäudes, wo sich der Gästeflügel befand, den Ben bereits kannte. Unterwegs trafen sie auf einen Diener, der neue Kerzen in die Leuchter verteilte.

»Herr Dogha, Herr Citho«, grüßte er mit einer Verbeugung.

Finta erwiderte den Gruß mit einem kaum merklichen Nicken. Ben tat es ihm gleich, schließlich wollte er sich unauffällig einfügen.

»Das war Drehan«, sagte Finta.

»Danke«, sagte Ben und wiederholte den Namen leise, um ihn nicht zu vergessen. Drehan. Drehan und … und … und … »Und wie hieß noch mal das Mädchen in der Küche.«

»Pinda.« Finta zwinkerte. »Ich werde sie bitten, dir noch ein Bad einzulassen, vielleicht hilft dir das, den Namen zu behalten.«

»Ähm.«

»Es dürfte eine Weile her sein, dass du gebadet hast. Gestern warst du zu schnell verschwunden.« Finta öffnete die Tür zu einem kleinen, vollkommen gefliesten Raum, der durch eine Tür mit Bens Zimmer verbunden war. »Genieß es. Und eine angenehme Nachtruhe.«

»Gute Nacht«, sagte Ben und setzte sich vorsichtig auf den Rand einer großen Marmorwanne, die den gefliesten Raum dominierte.

Sie war länger als er groß, ohne Weiteres könnte er darin ertrinken. Sollte er etwa darin ein Bad nehmen? Daheim hatte ihn seine Mutter in einen engen Holzzuber gesteckt und mit einem groben Schwamm abgeschrubbt, bis seine Haut rot gewesen war. Er hatte es gehasst, ein Bad zu nehmen, und es nach ihrem Tod vermieden. Würde ihn jetzt Pinda abschrubben? Misstrauisch sah er sich nach harten Bürsten und Schwämmen um, konnte jedoch keine entdecken.

Oder hatte Finta etwas anderes gemeint, als er sagte, Ben würde sich ihren Namen nach einem Bad leichter merken? Sie war hübsch, aber noch älter als Anula. Und Finta wusste doch von Anula, bei dem Gespräch über Mircah hatte er beharrlich auf ihre Existenz gepocht.

Ben lauschte auf Schritte im Flur und war nicht sicher, ob er sich vor Pinda überhaupt ausziehen sollte. Wie verhielten sich Händlersöhne? Was wurde von ihm erwartet? Nervös spielte er mit dem obersten Knopf seines Hemds, achtete jedoch darauf, ihn nicht zu öffnen. Die falsche Identität war eine idiotische Idee gewesen; wäre doch besser Yanko gegangen.

Als Pinda kurz darauf das Zimmer betrat, sah sie ihn kaum an. Sie wirkte überrascht, ihn hier zu sehen. Hätte er nebenan warten sollen? Er versuchte, möglichst gelangweilt zu wirken. Er war ein Fremder, woher sollte er die Anstandsregeln in diesem Land kennen?

Entschlossen knöpfte er den obersten Hemdknopf auf, aber nur den.

Schweigend feuerte sie einen kleinen Ofen neben der Wanne an, obwohl es nicht kalt war, und drehte ein handtellergroßes Rad an einer Röhrenkonstruktion über der Wanne. Wasser plätscherte heraus und in die Wanne. Ben war zu überrascht, um die gelangweilte Miene aufrecht zu halten. Dann riss er sich wieder zusammen – Cintho gehörte zu den Menschen, die alles kannten.

Pinda, die ihn weiterhin nicht direkt ansah, schien sein seltsames Mienenspiel nicht bemerkt zu haben, warf eine Prise Kräuter und getrockneter gelber Blütenblätter ins Wasser und goss einen Schluck süßlich riechendes Öl hinterher. Anschließend legte sie ein großes Handtuch auf das Tischchen neben die Wanne.

»Wünschen Sie sonst noch etwas, Herr Citho?«, fragte sie scheu und blickte zu Boden.

»Äh, nein. Danke, Pinda«, sagte Ben.

Überrascht sah sie ihn kurz an. Ihre Augen waren groß und blau. »Gute Nacht, Herr Citho.«

»Gute Nacht, Pinda«, entgegnete Ben freundlich. Wenn er den Namen noch mehrmals aussprach, würde er ihn sich auch merken können. Einen von dreiunddreißig.

Sie ging mit einer Verbeugung.

Langsam zog sich Ben aus und stieg in die Wanne. Das Wasser war herrlich warm, und der süßlich herbe Duft ließ ihn angenehm dämmrig werden. Zum ersten Mal verstand er, warum jemand freiwillig baden konnte. Es musste schön sein, reich zu sein. Oder verschuldet.

Lange blieb er in der Wanne liegen und dachte an Anula, an ihre Pläne, die Drachen zu befreien. Und für einen kurzen Moment bedauerte er, dass Finta nicht sein Vater war. Es war albern, aber er hatte nie einen gehabt. Verschollen, hatte es immer geheißen, aber vielleicht war er auch nur vor Bens versoffener Mutter davongerannt. Wer hätte es ihm verdenken können? Aber wäre er damit nicht auch vor seinem Sohn davongerannt? Finta hätte das nie getan, auch der verstockte Fischer nicht, so schlimm er sich sonst verhalten hatte. Oder bezog sich der väterliche Beschützerinstinkt nur auf Töchter?

Er dachte daran, dass Nicas Vater sie hatte opfern wollen. Nein, es lag nicht am Geschlecht, sondern daran, dass Finta ein feiner Kerl war und Nicas und seine Eltern nicht. Vielleicht konnten sie ja eine Weile hier leben, wenn das alles vorbei war. Wenn sie nicht mehr geächtet waren und die Drachen endlich frei.

KEINE NACHTRUHE

Ben lag bestimmt eine halbe Stunde wach unter der Zudecke aus fließendem glänzendem Stoff und wünschte sich, Anula wäre hier. Dann müsste sie nicht allein auf den Trolllumpen in ihrem Turm schlafen. Er war schon die zweite Nacht hier, doch niemals zuvor hatte Ben ein derart weiches Bett erlebt. Wieso war diese Matratze nur so gleichmäßig und weich? Als hätte man die Laken mit Schafwolle ausgestopft. Oder mit Wolken.

Mitten in diese schlaftrunkenen Überlegungen hinein klopfte es an sein Fenster. Das Zimmer lag im ersten Stock. Er musste sich verhört habe. Oder war ein kleiner Vogel dagegengeflogen?

Wieder klopfte es. Da war tatsächlich etwas. Mit einem Mal wach und entschlossen zog Ben seinen Dolch und schlich im Dunkeln zum Fenster hinüber. »Ja?«

Draußen erklang ein gedämpftes, unverständliches Flüstern, das von einem weiteren Klopfen begleitet wurde. Ben zog den Vorhang ein Stück zur Seite und erkannte durch das Fenster einen Schemen, der balancierend auf dem schmalen Fenstersims hockte und sich mit den Händen in die Laibung krallte, Gesicht und Oberkörper fest gegen das Glas gepresst. Wer immer das war, er war ein herausragender Kletterer. Etwa ein Dieb?

Nein, Diebe klopften üblicherweise nicht. Er war kleiner als Ben und schien unbewaffnet, zumindest hielt er keine in der Hand. Vorsichtig öffnete Ben das Fenster einen Spaltbreit.

»Ja?«, fragte er, ohne das Gesicht an den Spalt zu halten. So leicht wollte er es dem Fremden nicht machen, falls er ihn doch überwältigen wollte. Fest umklammerte er seinen Dolch.

»Ich bin's, Nesto«, keuchte der Schiffsjunge.

»Nesto?« Ben erkannte die Stimme und riss das Fenster vollständig auf. »Komm rein. Hättest du nicht die Tür nehmen können?«

»Ich wollte nicht gesehen werden. Die Diener würden nur tuscheln, wenn du mich empfängst. Ich bin doch nur der Schiffsjunge.«

»Und deswegen darf ich dich nicht empfangen?«

»Ja. Natürlich.« Nesto sah ihn irritiert an.

Ben beschloss, dass er das nicht verstehen musste. War ein Händlersohn nicht höhergestellt als die Diener? Weshalb musste er als solcher also auf ihr Getuschel achten? »Was gibt's?«

»Ich muss dir was erzählen.« Nesto hopste auf Bens Kleidertruhe und setzte sich in den Schneidersitz. Von der anfänglichen Schüchternheit auf der Insel war nichts geblieben. »Als ich heute früh in den Hafen gegangen bin, um ein paar Botengänge zu erledigen, haben alle über die neuen Steckbriefe in der Stadt geredet, und auch über die Bekanntmachung zu freundlichen geflügelten Drachen. Viele haben darüber gelacht oder geschimpft, es alles Unsinn genannt, aber dem einen oder anderen war anzusehen, dass er nichts gegen einen solchen Scherz auf Kosten des Ordens hatte. Und über den Kai liefen zwei kleine Jungen, von denen der eine schwärmte, wie wundervoll es sein müsse, einen geflügelten Drachen zu reiten, wenn die gar nicht verflucht wären.

Sind sie aber, hat der andere ganz altklug gesagt.

Aber wenn, hat der Erste beharrt. *Stell dir das doch mal vor.*

Ja wenn, das wäre toll, stimmte der Zweite zu. *Nur nicht für meinen großen Bruder, der hat schon auf einer Leiter Höhenangst. Auf der untersten Sprosse.*

Die zwei lachten laut, und ich habe ihnen zugenickt, ich weiß ja, wie freundlich Drachen sind und wie schön ein Flug mit ihnen sein kann. Und plötzlich hatte ich die Vorstellung, alles würde sich ändern, geflügelte Drachen unsere Freunde sein und nicht nur verstümmelt die Reittiere des Ordens und reicher Händler. Es war eine schöne Vorstellung, so als würde alles gut werden, verstehst du?«

Ben nickte stumm und wartete. Nesto wirkte nicht so, als sei er fertig.

»Eine Stunde später lief mir dann jedoch ein alter Freund über den Weg. Chavii. Der ist zwei Jahre älter und hat damals die Aufnahme in den Orden geschafft im Unterschied zu mir, und seitdem sieht er mich nur noch von oben herab an. Von verdammt weit oben, falls er mich überhaupt beachtet.

Mit fünf Kameraden und Schaum vorm Mund ist er durch die Straßen marschiert, die nächtlichen Aushänge hatten sie alle mächtig zornig gemacht, und da entdeckten sie ein Mädchen, vielleicht neun oder zehn Jahre alt. Irgendwo hatte sie einen dieser falschen Steckbriefe gefunden und auf die Rückseite unbeholfen eine Katze gezeichnet und darunter geschrieben: *Katze gesucht, 1 Gulden Belohnung,* und dazu eine Beschreibung ihres Fells und den Namen. Schniefend hängte sie das Pergament eben an einen Baum, da packte sie der erste Knappe und brüllte: *Wir haben sie!*

Das Mädchen plärrte, aber Chavii hat ihr das Pergament aus der Hand gerissen, und ein anderer Knappe half, das Mädchen zu halten und mitzuzerren.

Gotteslästerin!, keiften die Knappen. Ihre Stimmen haben gezittert und sich fast überschlagen.

Ein paar Passanten wirkten verwirrt oder blieben stehen, aber als die Knappen gifteten: *Weitergehen, hier gibt's nichts zu sehen!,* da taten sie es, es war niemand von Rang anwesend. Niemand, der sich wegen eines fremden Mädchens mit dem Orden anlegte.

Also bin ich rüber und sagte: *Hey, Chavii, das ist ein kleines Mädchen, die …*

Halts Maul, Nesto!, blaffte er mich an. *Oder sollen wir dich ebenfalls mitnehmen? Hast du etwa auch was mit den Steckbriefen zu tun?*

Nein, sagte ich, *ebenso wenig wie die Kleine. Die sucht ihre Katze.*

Ach ja?, brüllte er. *Eine Katze suchen? Das ist doch albern! Katzen können nicht lesen. Ich sage dir, die Kleine ist ganz gerissen, die verhöhnt mit ihrem Katzensteckbrief unsere Art der Rechtsprechung!*

So ist es, hat sich ein anderer Knappe eingemischt. *Und woher hat sie überhaupt diesen falschen Steckbrief?*

Kennst du den Kerl?, wollte der größte Knappe von Chavii wissen und deutete auf mich. Chavii antwortete: *Ich kannte ihn mal. Bevor er zu einem erbärmlicher Versager wurde.*

Und dann schoben sie mich zur Seite und schleppten das Mädchen fort. Verdattert über den ganzen Unsinn bin ich ihnen kurz nach, aber als Chavii noch mal drohte, mich einzusperren, bin ich doch besser zurückgeblieben und wieder an die Arbeit. Diese hochnäsigen Knappen sind doch vollkommen bekloppt, oder? Wie du gesagt hast, weißt du?«

»Ja«, erwiderte Ben knapp. Was waren das für selbstgefällige Feiglinge, die zu sechst ein kleines Mädchen festnahmen? Und das mit der lesenden Katze? Als würden Verbrecher, die nicht lesen konnten, nicht per Steckbrief gesucht.

»Da dachte ich, ich frag mal, ob ihr Hilfe braucht. Die Steckbriefe waren doch von euch, oder?«

Ben grinste. »Wie kommst du darauf? Ich bin nur ein harmloser Gast in dieser Stadt und kenne sonst niemanden.«

»Klar. Citho.« Auch Nesto grinste. »Aber wenn du und die Niemande Unterstützung bei einer harmlosen Unternehmung benötigt ...«

»Sage ich gern Bescheid. Mir fällt bestimmt was ein. Danke.«

»Nichts zu danken. Du hast mein Leben gerettet.« Nesto hüpfte von der Truhe und federte lautlos auf dem Boden ab. »Ich geh dann jetzt mal, ist schon spät. Längst Zeit, die Steckbriefe abzuhängen wie versprochen. Auch wenn ich kaum noch welche von euch gesehen habe.«

»Warte«, hielt Ben ihn auf. »Lass das sein. In den Straßen patrouillieren sie wie besessen, und wenn nur unsere Steckbriefe verschwinden, weiß der Orden gleich, wer neu in der Stadt ist.«

»Oh«, sagte Nesto. »Daran habe ich gar nicht gedacht. Aber klar, dann lass ich sie hängen.«

Ben nickte. Dann stutzte er und musterte Nesto noch einmal neu. Vielleicht mussten sie wirklich anfangen, anderen zu vertrauen, wenn sie den Kampf gegen den Orden gewinnen wollten. »Dein Vater ist doch Schmied, hast du gesagt, und arbeitet für den Orden. Du kennst dich also ein wenig damit aus, oder?«

Nesto bejahte.

»Yanko und ich haben neulich mal darüber nachgedacht, ob es eventuell doch möglich ist, Faystos Feuer zu löschen. Ohne das Feuer kein Schmieden von Blausilberklingen, ohne diese kein Abhacken von Drachenflügeln.«

»Ihr wollt einen Vulkan löschen?« Nesto starrte ihn mit offenem Mund an, halb bewundernd, halb zweifelnd, ob Ben vielleicht verrückt geworden war.

»Äh, nein. Das heißt, wenn das gehen würde, klar … Sofort. Aber eigentlich hatten wir erst mal nur an die Schmiede des Ordens gedacht.«

»Oh.« Für einen Moment wirkte Nesto fast enttäuscht über ein so banales Ziel, dann zeigte sich jedoch Begeisterung auf seinem Gesicht. »Ich soll also die Schmiede meines Vaters löschen?«

»Wenn du das schaffst, wäre es großartig. Oder wenn du zumindest herausfinden könntest, wie man es bewerkstelligen kann, damit wir es erledigen können.«

»Mach ich«, sagte Nesto und kletterte geschickt aus dem Fenster. Blitzschnell war er auf dem Boden angekommen und huschte durch den Garten davon.

Ben konnte sich leicht vorstellen, wie er auf einem Schiff die Segel reffte oder den Mast hochstürmte.

Für einen kurzen Moment fragte er sich, ob Nesto einfach nur neue Freunde suchte, schließlich hatte er zugegeben, nicht viele zu haben, und sein Vater hatte ihn mehr oder weniger verstoßen. Doch seine Empörung über den Orden war echt gewesen, er half ihnen nicht nur aus Dankbarkeit, davon war Ben überzeugt.

Noch ein Verbündeter neben Finta, dachte er glücklich und ging wieder ins Bett. Es war mitten in der Nacht, doch er war zu aufgeregt, um einzuschlafen. Unruhig wälzte er sich hin und her, ganz in Gedanken an den Kampf gegen den Orden versunken.

Das ging bestimmt eine weitere halbe Stunde so, dann kratzte es an der Tür. War Nesto zurückgekommen und hatte jetzt doch den Weg durchs Haus genommen?

»Ja?«, fragte Ben, kroch aus dem Bett und warf sich ein Hemd über. Den Dolch nahm er nicht zur Hand, welche Gefahr sollte ihm auch aus dem Haus drohen?

Wieder kratzte es. Konnte in diesem Haus niemand seinen Namen nennen? Kopfschüttelnd zog Ben die Tür auf, davor stand Mircah. Sie trug einen langen blauen Wollmantel mit großen goldenen Haken über dem Nachthemd, rote Pantoffeln und ein breites Lächeln im Gesicht.

»Darf ich reinkommen?«, fragte sie.

»Nein«, sagte Ben schnell, der augenblicklich an Fintas Worte zu Vätern und ihren Töchtern dachte.

»Gut«, sagte sie und drückte sich einfach an ihm vorbei. Ihr Haar streifte über seine Wange, sie duftete nach den Blumen mit großen roten Blüten, deren Namen Ben immer vergaß. Lächelnd setzte sie sich auf seine Bettkante. »Willst du die Tür nicht schließen?«

Nein, wollte er nicht, er wollte, dass sie ging, auf der Stelle, aber dann hatte er plötzlich Angst, draußen könnte jemand vorbeigehen und sie sehen, und das wollte er noch sehr viel weniger, also schlug er hastig die Tür zu. »Was willst du hier?«

»Reden.« Noch immer lächelnd sah sie ihn an. Fintas unschuldiges, behütetes Goldstück. »Was sollte ich denn sonst wollen?«

»Ja, nein, nichts, aber …«, stammelte Ben, den Anulas Misstrauen und Fintas Andeutungen völlig durcheinandergebracht hatten. Auf keinen Fall wollte er allein mit ihr entdeckt werden. »Was, wenn dein Vater dich hier sieht?«

»Ach was, der schläft. Außerdem reißt er mir schon nicht den Kopf ab.«

»Dir nicht, aber mir«, brummte Ben.

»Ach was«, sagte sie erneut. »Du hast sein Leben gerettet.«

»Nichts *ach was.* Das hat er mir ziemlich deutlich zu verstehen gegeben.«

»Und? Hast du deswegen Angst vor ihm? Ich denke, du bist ein wahrer Held?« Keck sah sie ihn an.

»Angst?« Ben schnaubte. Wollte sie ihn beleidigen? Er war höchstens ein wenig beunruhigt, und selbst das würde er nicht zugeben. Lässig verschränkte er die Arme vor der Brust und lehnte sich gegen den schweren Schrank, weit weg vom Bett. »Das hat doch nichts mit fehlendem Mut zu tun. Er hat mich aufgenommen, ich will ihn nicht vor den Kopf stoßen.«

Sie seufzte. »Ich werde es ihm schon nicht verraten. Ich bin es nur leid, mit keinem Jungen ohne Aufsicht reden zu dürfen. Was ist denn so schlimm am Reden?«

»Du wirst beim Reden beaufsichtigt?« Irritiert sah er sie an.

»Na ja, nur beim Reden mit jungen Männern. Ohne Aufsicht schickt es sich eben nicht.«

»Und bei alten Männern?«

»Das kommt darauf an.«

»Aha.« Ben fragte nicht weiter, er war nicht sicher, ob sie wirklich über das Reden sprachen.

Schweigend blickten sie sich an.

»Und wie ist deine Heimat so?«, fragte Mircah. Eine solche Frage hätte sie wohl auch tagsüber und unter Aufsicht stellen können.

»Schön«, antwortete Ben und versuchte sich an den Namen der Pyramidenstadt zu erinnern.

»Hm. Schön also?«

»Ja. Schön.« Ben lächelte unbeholfen und lauschte, ob draußen Schritte zu hören waren. Zum Glück blieb alles ruhig.

»Du bist nicht sehr gesprächig, oder?«, fragte Mircah.

»Äh, nein.«

»Dabei erzählen sich die Mädchen hier, dass bei euch alle Jungen furchtbar zudringlich seien und ununterbrochen prahlen.« Sie errötete, sah ihn aber direkt an. »Du bist anders, oder? Sonst hättest du viel mehr Aufhebens um die Rettung meines Vaters gemacht.«

Ben konnte ihren Blick nicht deuten; er schien ihm halb bewundernd, halb unsicher. Sein Mund wurde trocken, er schluckte. »Äh, ja«, antwortete er leise. Nun, da ein hübsches Mädchen ihn wegen einer Heldentat bewunderte, war es ihm unangenehm, und er fragte sich, ob sie wirklich nur reden wollte. »Deshalb wurde ich ausgewählt, um bei euch irgendwann die Geschäfte zu führen. Ich passe besser ins Großtirdische Reich als meine Brüder.«

»Du würdest unsere Zweisamkeit also nicht einfach so ausnützen und mich küssen?«

»Nein, natürlich nicht.« Mit allem Nachdruck schüttelte er den Kopf. »Das würde ich niemals.«

»Hm.«

Ben wusste nicht, ob dieser Laut Zufriedenheit oder Enttäuschung ausdrücken sollte. Und noch immer wusste er nicht, was er tun sollte. Klar, reden, aber über was? Sie wollte doch bestimmt nicht den ganzen Abend über Küsse sprechen.

»Aber ich könnte dich einfach küssen«, sagte sie unvermittelt und erhob sich langsam, tat einen kleinen Schritt auf ihn zu. »Und wenn du ihn nicht erwiderst, schrei ich das ganze Haus zusammen.«

»Aber …« Entsetzt starrte Ben sie an. Sie hatte wunderschöne Lippen, und dennoch … »Dein Vater, er wird …«

»Wenn mein Vater uns erwischt, kriegst du mehr Ärger als ich. Viel mehr Ärger.« Sie kam einen weiteren Schritt näher, lächelte.

»Aber warum solltest du das tun?«, fragte Ben und wich verdattert zurück.

Plötzlich blieb sie stehen und lachte laut. »Du solltest dein Gesicht sehen.«

»Was?«

»Als wollte ich dich auffressen. Dabei mach ich doch nur Spaß.«

»Spaß?«

Jetzt lächelte sie schelmisch. »Ich wollte einfach rausfinden, was du tust. Du würdest mich wirklich nicht küssen, oder?«

Ben zuckte mit den Schultern, öffnete den Mund und schloss ihn wieder. Er wusste nicht, was er sagen sollte. Wieso war das alles Spaß?

»Findest du mich so hässlich?«, fragte sie, und ihr Gesicht bekam etwas Lauerndes. Oder bildete sich Ben das nur ein? Er war zu durcheinander, um klar zu denken.

»Nein, also doch, aber dein Vater … und … also …«, stammelte er. Wie auch immer ihr Ausdruck zu deuten war, auf keinen Fall wollte er Mircah vor den Kopf stoßen. Auch wenn das alles nur ein Spiel von ihr war, selbst da wollte sie nicht zurückgestoßen oder hässlich genannt werden, bestimmt nicht. Jetzt Anula zu erwähnen und als Grund für seine Zurückhaltung anzuführen, würde wie eine Ausrede, eine spontane Erfindung wirken. Ihm musste etwas anderes einfallen, auf keinen Fall durfte er die Frage im Raum stehen lassen, ob sie hässlich war. Das würde sie ihm nie verzeihen. »Also, nein, du bist wunderschön, aber Gastfreundschaft ist uns heilig. Ganz furchtbar heilig. Wenn ich die missbrauche, dann muss ich tausend Schritt über glühende Kohlen pilgern. Barfuß. Auf einen steilen, pyramidenförmigen Vulkan hinauf, der sich in meiner Heimat gleich vor der Stadt erhebt. Und alle alten verbitterten Frauen dürfen Glasscherben und rostige Nägel auf die Kohlen werfen, und die glühen dann auch und brennen sich in meine Fußsohle, und es gab mal einen Mann, der hat die Gastfreundschaft siebenhundert Mal oder noch öfter gebrochen, und der musste den Vulkan so oft hinauflaufen, bis seine ganzen Füße und die Unterschenkel weggeschmolzen waren und er schließlich auf Knien kriechen musste und fortan immer für ein Kind gehalten wurde, weil er so klein war.«

Mircah kicherte. »Das ist doch albern.«

»Nein, ehrlich.« Ben sah sie flehend an. Sie musste ihm einfach glauben. »Ehrlich?«

»Ja.«

»Ihr habt seltsame Bräuche in eurem Land.« Sie schüttelte den Kopf. »Und du würdest tatsächlich pilgern, auch wenn dich niemand erwischt? Wie sollen die Richter deiner Heimat je davon erfahren?«

»Die Götter sehen alles«, sagte Ben hastig, weil man sich hinter Göttern immer gut verstecken konnte.

»Äh, ja.« Sie schlug die Augen nieder, als fühle sie sich ertappt, und seufzte. »Weißt du, ich wollte einfach noch etwas erleben, bevor ich heirate. Wenigstens ein verbotenes Gespräch führen, irgendetwas tun, das sich nicht schickt. Ohne an gesellschaftliche Regeln oder göttliche Gebote zu denken. Und wenn du mich geküsst hättest, dann … Ich weiß auch nicht. Irgendwie habe ich das Gefühl, mir rennt die Zeit vor meiner Hochzeit davon, und ich hab sie nie richtig genossen.«

»Du heiratest? Schon bald?«

»Natürlich! Ich bin letzten Monat siebzehn geworden, erwachsen. Jetzt stehen die Bewerber mit ihren Angeboten Schlange, und irgendwann demnächst wird sich mein Vater entscheiden.«

»Angebote?«, fragte Ben irritiert.

»Selbstverständlich.« Beleidigt sah sie ihn an. »Oder meinst du etwa, ich sei nichts wert und niemand würde für mich bieten? Die einzige Tochter des Hauses Dogha?«

»Äh, doch, aber …«

»Und nachdem die Schiffe jetzt versunken sind, drängt die Zeit ein wenig. Lange kann Vater es nicht mehr hinauszögern.«

Wollte sie damit sagen, dass Finta sie verkaufte? An den Bewerber mit dem höchsten Gebot? Sie, sein Goldstück? Das passte doch gar nicht zu ihm. Oder war das in Rhaconia üblich? Waren Eheschließungen in der Handelsstadt nichts anderes als ein Geschäft? Fast hätte er Mircah nun aus Mitleid doch geküsst, nur ganz kurz und auf die geschlossenen Lippen, um ihr das Verbotene zu schenken, das sie sich wünschte. Er konnte sie gut verstehen. Aber dann dachte er an Anula und was sie von seinem Mitleid halten würde. Und dass sie sicher keines mit ihm hätte. Also ließ er es sein und fragte stattdessen: »Und dich stört das nicht?«

»Was?«

»Na, die Angebote für dich? Dass du, ähm, verschachert wirst.«

»Verschachern sagt man nicht.« Pikiert schürzte sie die Lippen, dann lächelte sie stolz. »Es sind wirklich gute Angebote dabei. Nur wenige Töchter eines unabhängigen Händlers wurden je höher gehandelt. Was soll mich daran stören?«

»Äh, nichts.« Ben schüttelte den Kopf. Und sie behauptete, in seiner Heimat gebe es seltsame Bräuche. Sollten sie irgendwann tatsächlich alle Drachen befreit haben, würde er über nächtliche Bekanntmachungen nachdenken, die das Verkaufen von Töchtern verboten.

»Ich habe nur die Hoffnung, dass vielleicht ein anderer, wohlhabender Geschäftspartner meines Vaters ein noch höheres Gebot abgibt. Vielleicht für seinen Sohn in meinem Alter«, sagte sie leise und starrte dabei wieder auf ihre Füße.

Weil Ben nicht wusste, ob sie von ihm sprach oder nur ganz allgemein, schwieg er.

»Bei euch geben Väter keine Angebote ab, oder?«, fragte sie und hob den Blick.

»Nein, das ist nicht üblich.«

Sie presste die Lippen aufeinander und nickte. »Ich glaub, ich geh jetzt besser. Vielleicht magst du mir ja morgen von deiner Heimat erzählen? Tagsüber, wenn mein Vater nichts dagegen hat.«

Ben nickte und öffnete langsam die Tür. Auf dem Flur war niemand zu sehen, auch keine Schritte waren zu hören. »Dann bis morgen.«

»Bis morgen«, sagte Mircah und drückte ihm im Vorbeigehen ganz schnell einen Kuss auf die Lippen.

»Entschuldige«, sagte sie noch und huschte aus dem Zimmer. »Ich hoffe, der war keusch genug, damit du nicht pilgern musst.«

Nein, pilgern musste er nicht. Nur eisern schweigen.

NEUE VERBÜNDETE

Am nächsten Tag zeigte Finta Ben auch die anderen Bereiche seines Anwesens. Das Gras war kurz geschnitten, hohe Olivennusspalmen und sauber gestutzte Hornbeersträucher flankierten die gewundenen Wege. Direkt neben dem Palast, jedoch mit einem eigenen Eingang zur Straße hin, lag das goldverzierte Handelshaus, in dem Finta wichtige Geschäfte abschloss und auch wertvolle Waren lagerte wie Edelmetalle, Schmuck, Gemälde und seltene Schriften. Die Räume waren groß und prunkvoll und bestens dazu geeignet, Eindruck zu schinden.

Auch das Dienstbotenhaus, das sich ein Stück dahinter anschloss, hatte eine beeindruckend schöne Fassade. Hinein gingen sie nicht, das sei uninteressant, sagte Finta, und nicht angemessen.

Ben wollte eben widersprechen, da entdeckte er durch die Büsche und Baumstämme hindurch etwas, das all seine Aufmerksamkeit beanspruchte. Weit hinten auf dem Grundstück waren ein paar Felsen und Steinplatten zu einem flachen, künstlichen Hügel von vielleicht vier Schritt Höhe aufgeschichtet. Daneben befanden sich zwei weitläufige, halb zugewachsene Drachenställe, die ihm bislang nicht aufgefallen waren.

»Du hast Drachen?«, entfuhr es ihm, und er beschleunigte seinen Schritt. Er hatte in der Nacht und den ganzen Morgen weder ein Fauchen gehört noch etwas gerochen.

»Ich hatte einen«, sagte Finta, der sich eilte, mit Ben Schritt zu halten. »Mein Vater hatte zwei, daher die beiden Ställe.«

»Und wo ist deiner jetzt?« Ben hatte die Ställe inzwischen erreicht und stellte enttäuscht fest, dass beide leer waren.

»Drachen sind ein Zeichen von Macht und Einfluss, sie sind wichtig, wenn man sich selbst darstellen will. Also war Kristallkralle auf Handelsreisen immer dabei. Auch auf der Seeschwalbe, als wir gesunken sind.«

»Aber Drachen können schwimmen«, protestierte Ben leise und dachte an die gewaltigen Wellen, die über das Schiff hereingebrochen waren, an die geborstenen Planken, die vom Sturm umhergeschleudert worden waren. Warum hatte er sich nicht wenigstens über Wasser halten können, bis sie gekommen waren?

»Er wurde vom umknickenden Mast am Kopf getroffen und über die Reling gefegt«, sagte Finta tonlos. »Er versank wie ein Stein, muss wohl benommen gewesen sein.«

»Verdammt.« Ben spürte Mitleid mit dem Drachen, den er nie getroffen hatte.

»Ja.«

»Das tut mir leid. Sehr leid.«

»Danke.« Finta zuckte mit den Schultern und holte tief Luft. »Damals wusste ich das mit den Flügeln nicht. Dass sie nicht verflucht sind.« Es klang, als wolle er sich bei Ben entschuldigen, einen flügellosen Drachen besessen zu haben.

»Woher hättest du es auch wissen sollen?«, sagte Ben und starrte auf den leeren linken Stall, dessen Tor weit offen stand. Fintas Drachen hätte er gern befreit, wahrscheinlich hätten sie ihn nicht einmal entführen müssen, wenn sie Finta von Bens Gabe erzählt hätten.

»Komm, ich zeig dir das Lagerhaus im Hafen«, sagte Finta in die trüben Gedanken hinein und führte Ben quer durch die Stadt.

Es war tatsächlich ein kleineres Gebäude im Gewirr der unterschiedlichen Lagerhallen und Speicher, die sich westlich des Hafens erstreckten. Doch es enthielt die versprochenen Pergamente, den roten und weiteren Wein und allerlei andere Waren. Mehrere Federn, schwarze und rote Tinte und Siegelwachs fanden sich in der Schublade eines kleinen, wackligen Schreibtischs neben dem Eingang.

»Nur mein Warensiegel bitte ich euch nicht zu verwenden, ja?« Finta grinste unbeholfen.

Als sie das Lager wieder verließen, schloss Ben mit seinem Schlüssel ab. Er passte.

Auf dem Weg zurück ließ sich Ben das Anwesen von Herrn Xabon zeigen, dessen aufgetakelte Gattin ihren Schoßdrachen so furchtbar verhätschelte und ihn wohl zu Tode füttern würde, wenn Ben nichts dagegen unternahm. Dabei stellte er fest, dass der Händlerpalast direkt daneben von einem stachelbewehrten, erdbraunen Wachdrachen im Auge behalten wurde. Dieser ging Ben höchstens bis zum Knie und trabte mit hoch erhobenem Kopf durch die symmetrisch gestaltete Gartenanlage. Immer wieder stieß er ein Röcheln aus und pustete dabei weiße Aschewölkchen durch die Nüstern. Wäre der auch nachts draußen, könnte Aiphyron ihn sicher einfach im Flug aus dem Anwesen fischen und in einer Klaue mitschleppen.

Des Weiteren ließ sich Ben von Finta noch einiges über seine angebliche Heimat erzählen, was er dann alles für Mircah beim Mittagessen und einem kleinen Spaziergang danach wild ausschmückte, damit alles zur nächtlichen Pilgergeschichte passte und Mircah etwas zu lachen hatte. Sie lachte tatsächlich viel. Anschließend verabschiedete er sich. Die Geschäfte seines Vaters würden ihn immer wieder in umliegende Dörfer führen, mehr könne er nicht verraten, aber er käme ganz bestimmt bald wieder.

»Ich bin noch eine ganze Weile in der Gegend«, versprach er, und Mircah und Frau Dogha freuten sich und bestanden darauf, dass er auch wirklich wiederkäme.

Bepackt mit frischem Proviant verließ er das Anwesen und vermeinte noch zu hören, wie sich Frau Dogha bei ihrem Mann leise erkundigte, ob nicht Cithos Vater auch ein Angebot abgeben möchte, er sei doch ein guter Geschäftspartner. Aber wahrscheinlich hatte er sich verhört.

»Leider nein«, vernahm Ben noch Fintas Antwort, und dann war er durch das Tor und außer Hörweite. Schnurstracks durchquerte er die Stadt, die ihm allmählich vertraut war, und verließ sie diesmal durch das Tor in Richtung Kloster. Er musste einfach einen Blick darauf werfen, bevor er zu seinen Freunden zurückkehrte.

»Was willst du?«, fragte einer der zwei Wachposten am mächtigen Klostertor. Beide waren einen guten Kopf größer als Ben, bestimmt doppelt so breit und in glänzende Rüstungen gekleidet. Ihre langen Umhänge strahlten in leuchtendem Rot.

»Ich bin ein Gast in Rhaconia, komme von weit her und wollte höflichst fragen, ob ich einen kurzen Blick in dieses weithin berühmte Kloster werfen dürfte.« Ben strahlte die beiden an.

»Wirst du erwartet?«, fragte der Wachposten ungerührt.

»Erwartet?« Ben stellte sich weiterhin naiv und bemühte sich, das Strahlen aufrechtzuerhalten. »Ich befürchte, nein. Aber ich bin schrecklich neugierig und ein Gast in diesem schönen Land.«

»Nicht in diesem Kloster. Nicht, wenn du nicht erwartet wirst.«

»Es sei denn, du hast ein angemessenes Anliegen.« Der zweite Wachposten musterte ihn abschätzig, als könne er das nicht glauben. Die Farben eines Händlers halfen wohl nicht überall weiter. »Wir kommen ja auch nicht zu dir und wollen mal eben deine Küche besichtigen.«

»Nein, natürlich nicht.« Ben lachte furchtbar freundlich und versuchte, zwischen den Wachposten hindurch einen Blick ins Innere der Klosteranlage zu werfen. In dem Teil des Innenhofs, den er überblicken konnte, entdeckte er drei dieser Knappeneinheiten, die verbissen marschierten, während zwei weitere Knappen den sauberen, lang gezogenen Hof fegten. Einer aufrecht mit einem Reisigbesen, der andere auf den Knien mit einer winzigen Bürste, die vielleicht für Haare geeignet war, aber sicher nicht für die großen weißen Steinplatten. In ihm erkannte Ben den Jungen, der beim Marschieren in Rhaconia das Lied umgedichtet hatte. Seinen Namen hatte er vergessen, irgendwas mit A.

Außerdem sah Ben zwei Ritter, die in ein ernstes Gespräch vertieft schienen, und weiter hinten drei lachende Jungfrauen. Dazwischen tappte eine Handvoll gackernder Hühner umher. Irgendwo fauchten Drachen und wieherten Pferde, eine Ziege meckerte.

»Und?«, hakte der erste Wachposten nach. »Hast du nun ein Anliegen?«

»Außer meiner Neugier?«, rutschte es ihm heraus, bevor ihm klar war, dass die beiden eben bestimmt auf jede Lüge hereingefallen wären, obwohl er ihnen bereits die Geschichte vom neugierigen Gast im Großtirdischen Reich aufgetischt hatte.

»Ja.«

»Ähm, später vielleicht«, sagte Ben und biss sich auf die Lippe.

»Dann komm später wieder«, sagte der zweite Torwächter mit heiligem Ernst.

Langsam schlenderte Ben davon. Er bezweifelte, dass die beiden ihn wiedererkennen würden, wenn er am nächsten Tag mit einer ganz anderen Geschichte vorsprach. Gut. Die Klostermauern waren hoch und dick, die Tore massiv, aber die Wächter anscheinend nicht sonderlich klug. Er hatte den Schwachpunkt des Klosters gefunden.

Grübelnd ging er weiter. Es musste doch eine Möglichkeit geben, dort hineinzugelangen. Noch wusste er nicht, was genau er dort drinnen wollte, aber es gab sicher eine Fülle an Möglichkeiten, Schaden anzurichten oder Steckbriefe aufzuhängen. Und natürlich zahllose Drachen zu befreien.

Vielleicht sollte er sich als Knappe bewerben? Oder doch eher Yanko?

Nein, als Drachenflüsterer könnte er leichter das Vertrauen der Drachen gewinnen. Er musste es selbst tun.

In Gedanken versunken umrundete er langsam die Stadt und blickte sich immer wieder zum Kloster um. Auch aus der Ferne sah es uneinnehmbar aus. Die Stallungen waren bestimmt groß genug für vier Dutzend Drachen. Oder noch mehr. Trotz der dämlichen Torwächter würden sie einen guten Plan brauchen.

Etwa eine Stunde lang wartete Ben im Dunkeln und warf gelangweilt Steine ins Meer, bis Aiphyron in der Bucht auftauchte.

»Schön, dich zu sehen«, sagte der Drache und ließ ihn aufsteigen. »Ist alles gut gegangen in der Stadt?«

»Alles bestens. Es gibt zwar haufenweise Bekloppte in Rhaconia, aber Finta und Nesto sind echt unsere Verbündeten. Sie helfen, wo es nur geht.«

»Klingt gut. Wir werden immer mehr gegen den Orden.« Aiphyron erhob sich in die Luft.

»Ja.«

»Wir haben auch eine Verbündete gewonnen.«

»Was?« Fast wäre Ben vom Drachen gefallen. »Wen denn?«

»Erinnerst du dich an Vilette, die nicht mehr ganz jungfräuliche Tochter des alten Fischers?«

Er nickte.

»Die ist in der Nacht nach unserem Besuch von daheim abgehauen. Und inzwischen bei uns auf der Insel.«

»Auf unserer Insel? Was? Aber wieso denn?« Ben spürte einen Stich, er fühlte sich verraten. Wie hatten sie nur hinter seinem Rücken beschließen können, jemanden aufzunehmen? Sogar Finta und Nesto hatten sie zurück an Land gebracht. Das Verlies der Stürme sollte ihr geheimes Versteck sein.

Geheim!

»Wir haben beschlossen, ihr zu helfen, als wir sie im nächsten Dorf gefunden haben. Ihr Vater hatte sie fürchterlich verdroschen und sie in diesem Dorf Unterschlupf gesucht. Als wir auf dem Marktplatz landeten, hat sie der Menge hoch und heilig versichert, dass wir nur reden wollten. Wir würden zwar ketzerischen Unsinn von uns geben, aber wirklich nur reden. Daraufhin haben die Dörfler beschlossen, sie totzuschlagen, weil sie eine Samothanbeterin sein müsse, und wohl auch, weil sie, ein Mädchen, ohne Blausilberwaffen leichter zu töten war als wir Drachen. Also haben wir sie der aufgebrachten Menge entrissen und mitgenommen.«

»Aber mit auf die Insel?«

»Was hätten wir sonst tun sollen? Sie zu ihrem Vater zurückbringen, damit er sie noch mal verprügelt? Oder sie irgendwo aussetzen?«

»Nein«, brummte Ben. »Und wie ist sie so?«

Aiphyron schnaubte belustigt. »Auch wenn sie uns sonst aus dem Weg geht, hat sie inzwischen jedem Drachen doch mindestens zwei Dutzend mal ihr blaues Auge gezeigt und versichert, das habe sie von ihrem Vater, weil sie keine Jungfrau mehr sei. Keine Jungfrau sei sie mehr. Das hat sie mehrmals betont. Anscheinend traut sie dem Frieden noch nicht so ganz.«

Ben lachte. Was sollte es, er hatte Nesto ja auch die Geschichte mit der Schmiede anvertraut, ohne die anderen zu fragen. Wenn man getrennt war, musste man eben manchmal allein Entscheidungen treffen. Und die anderen mussten das dann akzeptieren. »Und du meinst, wir können ihr vertrauen?«

»Ja.«

Ben seinerseits vertraute Aiphyrons Urteil, damit war das für ihn geklärt. Belustigt erzählte er noch von den seltsamen Heiratssitten in Rhaconia und den dämlichen Torwächtern des Klosters. Der Drache flog ausgelassen einen Salto, sodass Ben beinahe in die Tiefe gestürzt wäre, und schon bald erreichten sie das Verlies der Stürme. Der Wind blies ganz sanft über das Meer.

Nach seiner Ankunft setzten sie sich alle um ein Feuer im Innenhof zusammen, und Ben erzählte von Finta und Nesto, von dem dicken Schoßdrachen und dem gewaltigen Kloster, vom Lagerhaus im Hafen und davon, dass Nesto nach einem Weg suchen würde, das Feuer der Schmiede zum Erlöschen zu bringen. Er sagte nichts von Mircah und nichts vom Bürgerkrieg in Trollfurt. Erst wollte er wissen, wie es seinen Freunden ergangen war, bevor er Trollfurt erwähnte.

»Nun, von dem einen Dorf hat dir ja Aiphyron schon berichtet«, sagte Yanko. »Aber von einem anderen ganz bestimmt nicht.«

»Jetzt fängt er damit wieder an«, brummte der Drache und schnaubte verächtlich.

»Es war vielleicht das dritte oder vierte Dorf, das wir besuchten. Wir dachten, wir klappern erst einmal möglichst viele ab und kommen später mehrmals wieder, reden jedes Mal, und die Drachen gehen dann irgendwo zur Hand. Man muss das ja langsam aufbauen, sich einen Überblick verschaffen und die Leute erst an geflügelte Drachen gewöhnen. Jahrelange Furcht baut sich schließlich nicht auf einmal ab. Nun gut, nach zwei, drei ersten Dörfern hatte ich langsam das Gefühl zu wissen, wie man mit den Menschen reden musste. Freundlich, ganz locker, immer mal einen kleinen Scherz einbauen, weil ernst sind sie beim Anblick der Drachen schon von allein, viel zu ernst. Ich bearbeitete also so einen jungen Fischer mit viel Charme, seine Frau guckte misstrauisch durchs Fenster, die Kinder, die draußen gespielt hatten, lugten um die Ecke seiner Hütte, neugierig und verängstigt zugleich. Der Fischer hatte seinen Dolch gezogen und starrte die ganze Zeit abwechselnd mich und die Drachen grimmig an. Und dann endlich steckte er den Dolch weg und …«

»… bestimmt nur, um ein Beil zu ziehen, weil das größer ist. Die haben doch alle Beile, diese misstrauischen Fischer«, brummte Aiphyron.

»Wenn du meinst ... Seine Kinder zumindest schätzten sein Verhalten ganz anders ein. Sie dachten, die Gefahr sei vorbei, die Neugier besiegte die Angst, und sie kamen um die Ecke gewetzt. Ein kleines Mädchen und ein Junge. Der Junge war vielleicht sechs Jahre alt und einer von denen, die Drachenritter werden wollen. Er trug rote Hosen und hatte sich ein leuchtend rotes Tuch als Ritterumhang umgeworfen und ...«

»Nein«, unterbrach ihn Ben.

»Doch.«

»Rotes Haar hatte er auch«, brummte Aiphyron missmutig, aber leise.

»Das hatte er in der Tat«, fuhr Yanko fort. »Aiphyron sprang also an mir vorbei, packte den kleinen Burschen und schüttelte ihn kräftig durch, fragte mit gefletschten Zähnen, ob er ein Feuerjunge sei, schüttelte ihn erneut, knurrte und ... Die Mutter im Haus schrie, der Vater drehte durch, riss den langen Dolch wieder aus der Scheide und sprang Aiphyron an. Der wischte ihn jedoch einfach weg, so ganz nebensächlich mit einer Klaue, und der Fischer flog durch die Luft und prallte gegen seine Frau, die eben aus dem Haus stürmte. Beide stürzten zu Boden, Nica brüllte Aiphyron an, das sei ein lieber Junge, kein Feuerjunge, ein lieber, er solle ihn gefälligst in Ruhe lassen. Das Mädchen stand einfach da und plärrte. Aiphyron knurrte den Jungen weiter an, ob er ein Feuerjunge sei, und der heulte nein, er sei ein Ritter. Das jammerte er mehrmals, und daraufhin verzichtete Aiphyron sogar darauf, ihn irgendwohin zu schleudern, setzte ihn auf den Boden und sagte, er solle aber ein artiger Ritter sein, ja? Keinem die Flügel abschlagen, ja? Der Junge nickte verängstigt, und wir suchten das Weite, denn aus den Nachbarhäusern kamen nun alle möglichen Leute geschwärmt, aufgeschreckt vom Geschrei der Eltern. Alle waren sie mit Dolchen oder Werkzeug bewaffnet. Der Vater brüllte und rappelte sich wieder auf, die Mutter kroch zu ihren Kindern, und wir stürzten davon. Ein schwerer Hammer wurde uns hinterhergeschleudert, traf aber nicht.«

»Was wollt ihr denn? Keinem ist was passiert«, murrte Aiphyron. »Und man kann nicht vorsichtig genug sein mit diesen Feuerwesen. Die brennen die Welt nieder!«

»Ja, klar«, sagte Yanko.

»Hauptsache, es ist nichts geschehen.« Ben grinste. Auch wenn er sich an Aiphyrons Anfälle gewöhnt hatte, irgendwie schaffte es der Drache immer wieder, damit zur falschen Zeit zu kommen. »Was war mit den anderen Dörfern?«

»Schwierig und meist ähnlich. Du warst ja in einem dabei«, sagte Nica. »Aber ich glaube, mit der Zeit kriegen wir sie. Wir brauchen einfach Geduld. Und vielleicht sollten wir auch in den Dörfern solche Bekanntmachungen über freundliche geflügelte Drachen und den falschen Fluch Samoths aufhängen. Dort patrouillieren in der Früh keine Knappen, die sie sofort wieder abhängen.«

»Gute Idee.«

Ben betrachtete die Fischertochter Vilette, die bislang geschwiegen und zugehört hatte. Sie war wirklich übel zugerichtet, das eine Auge vollkommen zugeschwollen, die Unterlippe dick und verkrustet, ihre krumme und gebeugte Körperhaltung und der verbissene Gesichtsausdruck verrieten, dass sie große Schmerzen haben musste. »Alles in Ordnung?«

»Ja. Aber ich bin keine Jungfrau mehr.«

»Ich weiß.«

»Das ist gut«, sagte Vilette. »Unter Drachen ist das sehr gut.«

»Den Drachen ist das ziemlich egal. Nur Menschen machen darum ein großes Theater.«

Unsicher sah sie ihn an. »Willst du, dass ich lieber eine Jungfrau bin?«

»Nein. Sei einfach, wie du bist, wie du sein willst. Nur darauf kommt es an.«

»Das hat Anula auch gesagt.«

»Siehst du? Anula ist ein kluges Mädchen.«

Und dann konnte Ben es nicht mehr weiter hinauszögern. Er holte tief Luft und erzählte, dass auch in Trollfurt der Bürgerkrieg gewütet hatte, schlimmer als sonst wo im Großtirdischen Reich. Dass es einige Tote gegeben hatte, auch wenn Ben nicht wusste, wer gefallen war.

»Meine Eltern!« Yanko sprang auf. »Ich muss da hin. Auf der Stelle!«

»Dein Vater hat dich geschlagen«, warf Nica ein. »Richtig verdroschen.«

»Trotzdem ist er mein Vater. Und Mutter hat mich nicht geschlagen.«

»Aber sie hat deinen Vater auch nicht aufgehalten«, sagte Ben, der sich an zahlreiche blaue Flecken Yankos erinnern konnte.

»Ja und?«, fauchte Yanko. »Deswegen will ich doch nicht gleich, dass sie tot sind! Ich will wissen, ob sie noch leben.«

Niemand sagte ein Wort. Ben hätte ihn gern aufgehalten, er brauchte Yanko hier, beim Kampf für die Wahrheit. Sie hatten doch gerade erst begonnen. Doch was sollte er sagen? Yanko würde ihm vorhalten, dass er das nicht verstehen könnte und hätte damit recht. Bens Mutter war schlimmer gewesen. Aber wieso musste Yanko ihn jetzt verlassen? An dem, was geschehen sein mochte, konnte er sowieso nichts mehr ändern.

»Was ist mit Byasso und all den anderen?«, fragte Yanko.

»Ich weiß es nicht«, sagte Ben.

»Und willst du es nicht wissen?«

»Nein.« Ben schüttelte den Kopf. »Oder doch. Natürlich hoffe ich, dass es Byasso gut geht, aber ich will Drachen befreien und dem Orden die Wahrheit um die Ohren hauen. Hier und jetzt und nicht irgendwann später. So haben wir es beschlossen!«

Yanko fluchte und warf einen Kiesel ins Feuer. »Aber ich muss es wissen.«

»Dann geh doch heim zu Mami!«, giftete Ben. Monatelang hatte der Kerl bestimmt nicht einmal an seine Eltern gedacht, und plötzlich waren sie wichtiger als seine Freunde und der gemeinsame Kampf. »Aber komm bloß wieder.«

»Klar komme ich wieder. Meinst du, ich will da bleiben?«

»Was weiß ich? Du willst ja auch hin!« Obwohl Ben es geahnt hatte, fühlte er sich verraten.

»Heißt das, du willst jetzt sofort und allein los?«, fragte Nica scharf. »Das kommt nicht infrage.«

»Was heißt hier allein? Vielleicht will ja wenigstens Feuerschuppe die alte Heimat sehen.«

»Oder ich komme mit«, rief Juri aus dem Hintergrund. »Ist ein weiter Flug, da kann ich dir ein paar Geschichten von früher erzählen.«

»Bloß nicht, altes Plappermaul«, beschwerte sich Yanko, aber er konnte ein Grinsen nicht unterdrücken, und seine Augen glänzten.

»Glaubst du vielleicht, das beruhigt mich, und ich lasse euch zwei allein fliegen?« Entschlossen schob Nica das Kinn vor. »Ich komme mit. Auch wenn mir egal ist, ob meine Mutter tot ist.«

»Haut doch alle ab!«, knurrte Ben. »Hier haben wir ja nichts zu tun. Mit den paar Rittern werden wir auch ohne euch fertig.«

»Ben, lass sie gehen«, sagte Anula. »Wenn sie zurückkommen, ist bestimmt noch genug zu tun. So oder so werden wir den Orden nicht bis nächste Woche von der Wahrheit überzeugt haben.«

Ben fluchte, sagte aber nichts. Er wusste, dass sie recht hatte. Das änderte jedoch nichts an dem Gefühl, verraten worden zu sein. Grimmig starrte er Yanko an. Er wollte, dass der Kampf endlich richtig begann.

zwei allein fliegen?« Entschlossen schob Nica das Kinn vor. »Ich komme mit. Auch wenn mir egal ist, ob meine Mutter tot ist.«

»Lasst doch alle ab«, knurrte Ben. »Hier haben wir ja nichts zu tun. Mit den paar Rittern werden wir auch ohne euch fertig.«

»Ben, lass sie gehen«, sagte Anula. »Wenn sie zurückkommen, ist bestimmt noch genug zu tun. So oder so werden wir den Orden nicht bis nächste Woche von der Wahrheit überzeugt haben.«

Ben fluchte, sagte aber nichts. Er wusste, dass sie recht hatte. Das änderte jedoch nichts an dem Gefühl, verraten worden zu sein. Grimmig starrte er Yanko an. Er wollte, dass der Kampf endlich richtig begann.

DRITTER TEIL

DER KAMPF BEGINNT

ERSTE ERFOLGE UND FLIEGENDE STEINE

Als Yanko, Nica, Juri und Feuerschuppe am nächsten Tag aufgebrochen waren, wirkte das Verlies der Stürme noch größer und verlassener. Ben hatte beschlossen, Anula erst mal nicht mit dieser seltsamen Vilette und Marmaran allein zu lassen – würde er eben erst in ein paar Tagen nach Rhaconia zurückkehren. Sie hatten ausreichend Pergament und Tinte hier, um die nächstgelegenen Dörfer mit der Wahrheit zu versorgen.

Während Ben und Anula in der Sonne saßen, Steckbriefe und Bekanntmachungen schrieben und mit Siegeln versahen, beobachtete Ben, wie Vilette immer wieder zu den Drachen sah. Es war einfach schwer, sich ihrer Schönheit und Erhabenheit zu entziehen.

Am Nachmittag fasste sie sich ein Herz und fragte Marmaran, warum seine Schuppen schwarz seien und die von Aiphyron blau.

»Das ist wie bei euch Menschen. Der eine ist blond, der andere dunkelhaarig oder brünett«, sagte Marmaran.

Ben wusste, dass Drachen ihre Herkunft nicht gern und leichtfertig verrieten.

»Blaue Haare hat aber keiner«, entgegnete Vilette. »Zum Glück.«

»Heißt das, dir gefallen meine Schuppen nicht?«, brummte Aiphyron.

»Ähm, doch, nein, ich meine …« Die alte Unsicherheit

zeigte sich auf ihren Zügen, aber sie wich nur einen winzigen Schritt zurück.

Aiphyron grinste. »Erwischt.«

»Fiesling«, sagte sie, machte zwei Schritte auf ihn zu und tat so, als würde sie nach ihm schlagen. »Ich finde Marmaran viel schöner.«

»Ha! Da hörst du's, du grässlicher Wurm«, triumphierte Marmaran.

»Sie fasst langsam Vertrauen«, flüsterte Ben. »Nur richtige Beschimpfungen muss sie noch lernen. Mit *Fiesling* kommt sie nicht weit.«

Anula lachte. »Da siehst du es. Wir werden einen nach dem anderen überzeugen.«

Ben nickte, obwohl er gehofft hatte, es würde schneller gehen. Schweigend schrieben sie weiter und blickten immer wieder zu Vilette und den Drachen hinüber, die inzwischen in ein Gespräch über das Fliegen und den lügnerischen Gott aus der Tiefe versunken waren.

Plötzlich ließ Anula die Feder sinken. »Wir sollten weniger Steckbriefe schreiben.«

»Weniger? Wieso weniger? Viel mehr!«

»Nicht in den Dörfern. Dort sollten wir nur daran arbeiten, alle von der Falschheit von Samoths Fluch zu überzeugen. Wenn wir zugleich die Ritter diffamieren, machen wir uns nur unnütz Feinde. Sie halten die Ritter für edel und ihre Beschützer.«

»Und genau das müssen wir ihnen austreiben.«

»Nicht alles auf einmal.«

»Aber der Orden hat sich über die Steckbriefe furchtbar geärgert! Wir müssen den Orden lächerlich machen, das trifft ihn.«

»Ja, aber nur dort, wo er auch selbst ist. Was in den Dörfern geschieht, bekommt der Orden doch kaum mit.«

»Hm«, brummte Ben.

»Komm, lass es uns so machen. In der Stadt kannst du den Orden ja weiterhin zur Weißglut treiben.« Anula lächelte dieses Lächeln, das Ben so liebte und fürchtete, weil es ihn jedes Mal irgendwann einknicken ließ. Und da er das wusste, gab er dieses Mal gleich nach, obwohl er nicht überzeugt war.

Es war tiefe Nacht, als sie im ersten Dorf auf dem kleinen Platz vor dem noch kleineren Hellwahtempel landeten. Möglichst leise glitten Ben und Anula von den Drachen und hängten drei wichtig aussehende Bekanntmachungen an die nächsten großen Bäume. Eine vierte schlug Ben direkt an das hölzerne Portal des Tempels. Sie alle hatten einen ähnlichen Inhalt und erklärten den bisherigen Glauben an einen Fluch Samoths auf Drachenflügeln für vom König höchstselbst abgeschafft, unversehrte Drachen zu freien Wesen und das Abschlagen ihrer Schwingen zu einem Verbrechen.

Lautlos erhoben sie sich wieder und eilten weiter, von einem Dorf zum nächsten. Wo es keinen Tempel gab, nagelten sie die Bekanntmachung nur an Bäume oder auch an irgendwelche Wände im Hafen. Immer weiter nach Süden folgten sie der Küste und machten hier und da einen Abstecher ins Landesinnere, bis sie schließlich eine Stunde vor Morgengrauen das letzte Dorf erreichten, das Anula zuvor mit den anderen besucht hatte.

Es war groß, fast schon ein Städtchen, und verfügte über einen richtigen Marktplatz am Hafen. Ben schlug vor, die Pergamente dort an der kleinen offenen Halle und an der

Taverne anzuschlagen. Anula kannte aus der Erinnerung keinen besseren Ort.

»Wo noch?«, raunte Ben, als die beiden hingen.

Mit einem Nicken deutete Marmaran zu einem Gebäude, das offiziell aussah, vielleicht ein Rathaus. Ben schlich mit einer Bekanntmachung hinüber und schlug die vier Nägel mit einem stoffumwickelten Stein ein, damit das Hämmern gedämpft wurde.

»Darf ich die Drachen streicheln?«, fragte da plötzlich eine dünne Stimme hinter ihm.

Ben wirbelte herum und bemerkte einen blonden Jungen mit großen dunklen Augen, der ihm höchstens bis zum Bauch ging.

»Was?«, zischte er.

»Darf ich die Drachen streicheln?«, flüsterte der Junge.

»Warum bist du nicht im Bett?«, fragte Ben.

»Ich kann nicht schlafen. Darf ich die Drachen streicheln?«

»Willst du später mal Ritter werden?«

»Nein. Darf ich die Drachen streicheln?«

»Das müssen wir die Drachen schon selbst fragen. Aber ich glaube schon. Komm mit.«

»Ich bin schon groß«, sagte der Junge und griff dennoch nach Bens ausgestreckter Hand. »Mein Bruder ist viel kleiner.«

»So so«, sagte Ben und nahm ihn mit zur Halle.

»Darf ich dich streicheln, Drache?«, fragte er, als sie bei Marmaran angekommen waren.

»Klar«, antwortete er.

»Danke.« Ungeschickt patschte der Junge dem Drachen mit der flachen Hand auf der Schnauze herum.

»Hast du keine Angst vor den Drachen?«, fragte Ben.

»Warum?«

»Äh, weil …«

Der Junge deutete auf Anula. »Die Frau mit der glitzernden Haut hat das letzte Mal doch gesagt, dass die Drachen lieb sind.«

»Das stimmt, da hat sie recht. Meinst du, dein Bruder hat Angst?«

»Mein Bruder hat vor allem Angst.«

»Und deine Mutter?«

»Meine Mutter auch.«

»Und dein Vater?«

»Der nicht.« Der Junge löste sich von Marmaran und lief zu Aiphyron hinüber. »Darf ich dich auch streicheln?«

Aiphyron nickte.

»Auf jeden Fall«, knurrte Marmaran. »Streichel ihn genauso fest wie mich auch.«

Und der Junge begann, auf Aiphyrons Nüstern zu patschen. »Mein Papa ist tot.«

Ben wusste nicht, was er sagen sollte, und schwieg, bis der Junge genug von der Streichelei hatte.

»Danke«, sagte er artig. »Ich geh jetzt lieber wieder ins Bett.«

»Mach das. Und sag allen, dass die Drachen lieb sind.«

»Ja.« Der Junge wetzte um die Ecke und verschwand im Dunkel der Nacht. Ben und Anula stiegen auf die Drachen und flogen heim.

Sie schliefen bis Mittag und schnitten dann die Pergamente klein, sodass Stücke von der Größe einer Männerhand übrig blieben. Darauf schrieben sie, dass der Orden log und Drachenflügel nicht verflucht waren, dass das Verstümmeln von Drachen grausam sei, Fliegen aber wunderschön und keine Gotteslästerei. Als sie einen dicken Stapel beisammenhatten, setzten sie sich zwischen die Zinnen der Brustwehr hoch oben auf ihrem Turm und ließen die Beine baumeln. Die Sonne schien warm, und die Sicht war so klar, dass sie am Horizont die Küstenlinie erkennen konnten. Eine Möwe flog schreiend über sie hinweg.

»Glaubst du, dass Yanko wirklich wiederkommt?«, fragte Ben.

»Er hat es versprochen«, sagte Anula. »Und er ist dein Freund.«

»Aber wenn sein Vater tot ist und seine Mutter ihn bittet zu bleiben, lässt er sie dann allein?«

»So was darfst du nicht denken«, fuhr Anula auf. »Damit beschwörst du nur ein Unglück herauf!«

Schnell spuckte Ben dreimal über seine rechte Schulter, um es ungesagt zu machen. Auf keinen Fall wünschte er Yankos Vater den Tod.

»Yanko und Nica haben sich ihren Turm so sorgfältig herausgesucht, die kommen wieder. Du hättest sehen sollen, wie stolz uns Yanko da herumgeführt hat, als du weg warst. Wer gibt schon eine Burg auf, um wieder ein kleines Zimmer bei seinen Eltern zu bewohnen?« Anula zwinkerte ihm zu. »Und vergiss nicht, Nica will auf keinen Fall in Trollfurt bleiben.«

Das leuchtete Ben ein. Auch die Drachen wollten nicht dortbleiben, und Yanko würde sie nicht alle für seine Eltern verlassen. Erleichtert atmete er auf. »Hat ihr Turm eigentlich ein Verlies?«

»Nein. Ich glaube, den Traum hat Yanko endgültig aufgegeben.«

»Schade, dass er in dem Fall nicht recht hatte.«

»Schade, ja.« Anula lachte. »Was würdest du mit deinem Anteil an einem Schatz eigentlich machen? So oft, wie ihr Jungs darüber redet, musst du tausend Pläne haben.«

»Na ja, es geht vor allem darum, einen zu finden, ihn zu bergen.« Ben zuckte mit den Schultern. »Der Schmuck wäre natürlich für dich. Vom Rest könnten wir vielleicht Finta helfen, seine Schulden zu bezahlen. Dann müsste er seine Tochter nicht verkaufen.« Er erzählte ihr von den merkwürdigen Heiratssitten in Rhaconia. »Wenn er nicht so verschuldet wäre, müsste er nicht das höchste Angebot annehmen und könnte Mircah vielleicht sogar mitwählen lassen.«

Anula nickte und verzichtete darauf, Ben eifersüchtig zu fragen, ob er ausgewählt werden wollte. Im Gegenteil, zum ersten Mal zeigte sie Mitleid mit der Händlertochter. Und sie bedankte sich für den Schmuck, als hätte sie ihn wirklich bekommen.

In der Nacht flogen sie nach Rhaconia und kreuz und quer über die Stadt hinweg. Dabei warfen sie ein Schriftstück nach dem anderen in die Straßen und möglichst viele Hinterhöfe hinab. In den Höfen würden sie nicht so schnell von Nachtwächtern oder Rittern gefunden.

»Wir sollten sie Flugpergamente nennen«, sagte Ben und starrte ihnen hinterher, wie sie wie Herbstblätter in die Tiefe taumelten. »Weil wir sie im Flug abwerfen.«

»Flugschriften«, sagte Anula. »Pergamente ist viel zu lang.«

»Abgemacht.«

Anschließend kreisten sie noch zweimal über dem Kloster und leerten die letzten Bekanntmachungen und eine Handvoll Steckbriefe aus ihren Taschen.

Dann ließ sich Ben am äußeren Ende der Mole absetzen und huschte auf ihr in den Hafen und weiter zu Fintas Lagerhaus. Dort holte er so viel Pergament, wie er tragen konnte, und eine Flasche Wein. Mit der Beute unterm Arm eilte er zurück zu seinen wartenden Freunden, und sie kehrten gemeinsam heim.

Vilette hatte aufgehört, permanent ihre nicht vorhandene Jungfräulichkeit zu betonen, und verriet ihnen die Namen einiger Dörfer und die der meisten Menschen aus ihrem.

»Hast du Freunde, die du von der Wahrheit überzeugen kannst?«, fragte Ben. »Dir glauben sie bestimmt eher als uns.«

»Keine, die jetzt nicht auf Vaters Seite sind.«

»Und dein … na, du weißt schon.«

Mit zusammengepressten Lippen schüttelte sie den Kopf und sah ihn ängstlich an.

»Wenigstens er muss doch zu dir halten.«

»Pah.« Anula sah ihn belustigt an. »Dafür, dass du selbst einer bist, kennst du die Männer ziemlich schlecht.«

»Dafür, dass du behauptest, einen zu lieben, machst du die Männer ziemlich schlecht«, antwortete Ben und wandte sich wieder an Vilette: »Meinst du nicht, dass er zu dir hält?«

Verzweifelt sah sie von Ben zu den Drachen und zurück. »Also, nein, er …«

»Du bist noch Jungfrau«, fuhr Anula auf.

Vilette wurde rot und sah rasch zu den Drachen. Keiner rührte sich, um über sie herzufallen.

»Aber warum hast du uns nicht die Wahrheit gesagt?«, fragte Ben.

»Weil …« Wieder sah sie zu den Drachen. »Ich wollte sichergehen. Ich wusste ja nicht, ob …«

»Schon gut.« Anula fasste ihr tröstend an den Arm.

»Und dein Vater hat dich trotzdem verprügelt?«, fragte Ben.

»Er glaubt den Drachen. Er ist überzeugt, dass sie es riechen können und dass ich lüge.«

»Na, dem werde ich was erzählen«, knurrte Ben.

»Nein, bitte, lasst ihn in Ruhe. Vielleicht könnt ihr ihn ja überzeugen, dass die Legenden lügen und ich unschuldig bin? Dann könnte ich wieder zurück.«

»Du willst trotz allem zurück?«

Vilette blickte zu Boden, nickte aber. *Wie Yanko,* dachte Ben. Er konnte das nicht verstehen.

Also flogen sie in ihr Heimatdorf und redeten wieder auf die Leute ein. Niemand wirkte freundlich, doch nahm diesmal auch keiner ein Beil zur Hand. Auf Vilettes Wunsch erzählten sie nichts von ihr, nannten die Dörfler aber bei ihren Namen, um Vertrauen aufzubauen, und halfen, ein beschädigtes Schiff an Land zu heben. Dem Mann, dem es gehörte, holten sie schnell ein paar größere Fische aus dem Meer, damit seine Familie nicht Hunger leiden musste. Er dankte ihnen brummig, versicherte zugleich jedoch, dass er sie noch immer für verflucht und Samothanbeter hielt. Die Umstehenden nickten, und doch hatte niemand bislang die Bekanntmachungen von den Bäumen abgehängt.

In anderen Dörfern war das anders. Zahlreiche Pergamente waren heruntergerissen, und in einem lang gezogenen Dorf an der Straße von Rhaconia nach Dherrnbruck sahen sie von oben einen Ritter auf dem Tempelplatz, der von einem Drachen und einem Knappen begleitet wurde und mit großen Gesten auf die Einwohner einredete. Dort landeten sie nicht.

Zwei weitere Drachenritter erblickten sie im Lauf des Tages, die jeweils von einem Dorf zum nächsten eilten. Ein deutliches Anzeichen dafür, dass sie den Orden aufgeschreckt hatten, nun galt es, vorsichtig zu sein. Auch wenn sie einen Ritter und seinen Drachen wohl besiegen konnten, nur zu viert wollte sich Ben nicht auf einen Kampf einlassen. Jetzt konnten sie die Hilfe der anderen gut gebrauchen. Beim Anblick der Ritter presste Anula die Lippen aufeinander, aber sie bat Ben nicht, sie mögen umkehren, und dafür bewunderte er sie.

In Ediga, einem Fischerdorf mit zwanzig hellrot gestrichenen Häusern, gingen sie herunter, nachdem sie keinen Ritter entdecken konnten. Irgendwo wurde eine Tür zugeschlagen, die Straßen waren verlassen, und die Wellen schwappten laut auf den Strand.

Ben sprang von Aiphyrons Rücken und sah sich um. Von ihren Pergamenten hing kein einziges mehr.

Ein bärtiger Mann trat aus einem Haus und rief: »Verschwindet!«

»Wir wollen nur reden.« Ben machte drei Schritte in seine Richtung.

»Verschwindet, hab ich gesagt!«, schrie der Mann. »Mitsamt euren Lügen und den verfluchten Kreaturen!«

»Hört uns doch erst einmal zu.« Langsam näherte sich Ben ihm.

»Hör du uns zu!«, rief ein weiterer Mann, der eben auf die Straße trat. »Wir sagen: Verschwindet aus unserem Dorf!«

»Aber …«

»Verschwindet!«, brüllte ein dritter. Er war kaum älter als Ben, und der hatte ihn nicht kommen hören.

Rasch sah sich Ben um. Zahlreiche grimmige Gesichter starrten aus den Fenstern heraus, dazu eine Handvoll, die nur neugierig wirkten.

»Verdammt noch mal«, brüllte Ben. Warum ließen die Trottel ihn nicht einfach ausreden? Er wollte doch nur vernünftig reden!

»Verschwindet!«, schrien nun sieben oder acht Männer und zwei Frauen zugleich, die sich auf der Straße zusammenrotteten. Wo waren die alle auf einmal hergekommen?

»Verschwindet!«, fielen auch zahlreiche Gesichter in den Fenstern ein. Bevor Ben etwas erwidern konnte, flog ein Stein auf ihn zu und prallte ihm dumpf gegen die Brust. Schmerz durchfuhr ihn, er torkelte einen Schritt zurück, und für einen Moment blieb ihm die Luft weg. Dann bückte er sich, hob den Stein auf und schleuderte ihn zurück, ungefähr dorthin, wo er hergekommen war. »Feiges Pack!«

Als sei dies ein Zeichen gewesen, schrien alle Dörfler auf, krallten sich Steine vom Boden und warfen sie nach ihm. Er riss die Arme schützend hoch und tauchte ab. Trotzdem wurde er an der Schulter und Stirn getroffen.

»Ben!«, brüllte Anula, und er sah, wie aus ihrer Richtung ein Stein auf die Dörfler flog.

Er bückte sich, um weitere Steine aufzusammeln, da wurde er am Ohr getroffen. Ihm schwindelte, dann wurde ihm schwarz vor Augen. Blind schleuderte er die Steine. Er konnte nicht sehen, ob er traf, doch irgendwer fluchte. Gut.

Plötzlich wurde er von einer riesigen Klaue gepackt und mitgerissen. Er verlor den Boden unter den Füßen und hörte das wütende Fauchen der zwei Drachen.

»Wir wollten nur reden!«, röhrte Aiphyron so laut, dass die kleinen Häuser zitterten. Die Dörfler jammerten panikerfüllt, Ben hörte das hastige Trampeln fliehender Füße, kein einziger Stein wurde mehr geworfen. Höher und höher wurde Ben getragen, und als er endlich wieder klar sehen konnte, war die Erde bestimmt dreißig Schritt unter ihm und entfernte sich weiter und weiter. Marmaran folgte ihnen mit Anula.

»Wollen wir umkehren?«, fragte Anula Minuten später, als sie in einer Bucht Bens Platzwunde mit Meerwasser auswusch.

Es brannte, und Ben fluchte und knirschte mit den Zähnen, schüttelte aber den Kopf. »Nein. So schnell geben wir nicht auf. Nicht wegen ein paar Steinen.«

»Aber …«

»Nein!«

»Aber!«, herrschte Anula ihn an. »Lass mich ausreden! Aber wenn wieder einer Steine wirft, dann wirfst du nicht zurück. Dann hauen wir auf der Stelle ab.«

»Wenn die anfangen, dann …«

»Hauen wir ab, verdammt noch mal!«

»Sie hat recht«, sagte Aiphyron mit Nachdruck. »Mit Steinen überzeugst du keinen von deiner Friedfertigkeit. Und ihr könnt so ein Auge verlieren oder sogar sterben, was soll das bringen?«

Ben holte Luft, um zu protestieren, er würde nicht feige fliehen und so ein paar Kiesel schon aushalten, doch dann sah er vor seinem geistigen Auge eine blutende Anula auf der Straße liegen, reglos, und gab nach. Er wollte nicht, dass ihr etwas geschah.

Im nächsten Dorf erwartete Ben jeden Moment, von einem Stein getroffen zu werden oder dass plötzlich ein Ritter aus einer Tür oder einem Schatten trat. Die Lüfte hoch über dem Großtirdischen Reich gehörten ihnen, doch der Boden noch immer dem Orden und seinen Anhängern. Auch wenn sie dort landen konnten und eine Zeit lang unbehelligt blieben, sicher waren sie nur auf ihrer Insel. Keinen Moment wollte die Anspannung von Ben weichen, immer wieder schielte er besorgt zu Anula, doch die Leute waren fast freundlich zu ihnen. Ein Bauer, der eine neue Scheune errichten wollte, ließ sich von den beiden Drachen die schweren Stämme gefällter Bäume aus dem Wald holen. Zum Dank wollte er ihnen eine Flasche Branntwein schenken, doch Ben winkte ab – sie hätten es gern getan, und er solle damit am Abend lieber auf ihr Wohl trinken. Der Bauer versprach es, und seine Nachbarn sagten, sie würden ihm dabei helfen, auch wenn sie ganz bestimmt noch immer an Samoths Fluch glaubten.

Schließlich erreichten sie am frühen Abend einen kleinen Weiler etwa drei Meilen von der Küste entfernt. Er bestand nur aus vier Höfen, und sie waren dort bislang nur nachts gewesen, um eine Bekanntmachung aufzuhängen. Erfreut stellte Ben fest, dass sie noch hing; vielleicht wurden sie auch hier nicht gleich mit Steinen empfangen.

Als sie landeten, trat ein drahtiger alter Mann mit schütterem grauem Haar aus dem ersten Hof, und bevor Ben oder Anula auch nur einen Gruß herausgebracht hatten, sagte er: »Gut, dass ihr kommt. Der Pflug steht gleich hinter dem Haus.«

»Was?« Verwirrt starrte Ben ihn an.

»Seid ihr nicht zum Helfen hier?« Die Stimme des Alten klang, als sei er keinen Widerspruch gewohnt.

»Äh, doch, aber …?«

»Dann kommt mit.« Er führte sie zu dem Feld, das sich gleich an das Grundstück anschloss, und deutete auf den Pflug, der dort bereitstand. »Ich habe gehört, ihr seid recht schnell. Kann ich dem Jungen und dem Mädchen trotzdem was zu trinken anbieten?«

»Du hast von uns gehört?«

»Ja. Oder gibt es hier noch mehr geflügelte Drachen, die in jedem Dorf Reparaturarbeiten und Hilfe bei Aussaat und Fischfang anbieten, ohne dafür etwas zu verlangen?«

»Äh, nein. Wahrscheinlich nicht«, stammelte Ben, noch immer überrumpelt.

»Heißt das, wir zwei dürfen schuften, und die beiden Kleinen werden durchgefüttert?«, knurrte Aiphyron. »Andersherum wär's mir lieber.«

Der Alte musterte ihn kurz, dann sagte er: »Ich glaube nicht, dass ich Becher in eurer Größe habe.«

»Ich trink auch direkt aus dem Fass«, sagte Marmaran.

»Und was darf's sein? Wein oder Bier?«

»Wasser.«

»Wasser gibt's im Bach.« Ungerührt deutete der Alte auf die andere Seite des Weilers.

»Zu großzügig, danke«, sagte Marmaran, aber auf Bens Bitte nahm er den Pflug und schob ihn mühelos über das Feld. Aiphyron begab sich an seine Seite und pflügte mit den Klauen. Gemeinsam versuchten sie, eine Melodie zu pfeifen, was aber mit den lippenlosen Mündern nicht gelingen wollte. Also summten sie.

»Scheinen lustige Kerle zu sein«, sagte der Alte und stellte drei Krüge mit verdünntem Wein auf den Tisch hinter seinem Haus. »Ich bin Kugg.«

Ben und Anula nickten, nannten ihre Namen jedoch nicht, was den Alten nicht zu stören schien. »Glaubst du nicht, was der Orden sagt?«

»Ich glaube nur, was ich sehe und was meine Freunde sagen.«

»Und?«

»Ich hab gehört, dass ihr helft, und ihr seid da und helft. Vom Orden war noch keiner zum Pflügen da, sie kommen immer nur nach der Ernte, um ihren Teil zu holen.« Viel mehr sagte der schweigsame Kugg nicht, bis die Drachen bei Einbruch der Nacht fertig waren.

Auf dem Rückweg flogen sie noch eine Schleife über Rhaconia, und Ben fragte Marmaran über dem Viertel mit den Händlervillen, ob er den stachelbewehrten Wachdrachen im Freien sehen konnte. Er konnte. Doch vom Schoßdrachen nebenan war keine Spur zu sehen, wahrscheinlich durfte der nicht allein hinaus, weil er sich sonst die Füße schmutzig machte.

Noch waren die Straßen belebt, also warteten sie auf einer nahen Klippe eine gute Stunde ab, dann kehrten sie zum Händleranwesen zurück. Nun waren keine Lichter mehr auf den angrenzenden Straßen zu sehen. Aiphyron stürzte mit Ben in die Tiefe und schnappte sich den kleinen Drachen, der sie viel zu spät hatte kommen sehen und erst dann laut röchelte, zappelte und fauchte, als sie schon wieder weit über dem Palast in der Luft waren.

»Wachdrache, pah«, brummte Ben, während Aiphyron fluchte: »Die Stacheln pieksen.«

Knurrend und schimpfend flogen sie über das Meer, und Aiphyron drohte dem kleinen Drachen mehrmals, ihn fallen zu lassen. Doch der knurrte nur und pustete Rauchwölkchen durch seine Nüstern.

Auf der Insel angekommen, hielt ihn Aiphyron weiter fest, und Ben legte ihm die Hände auf die kleinen Schulterknubbel. Beinahe sofort konnte er das Kribbeln spüren, das seine Gabe stets begleitete. Und beinahe ebenso schnell hörte der Drache mit dem Röcheln und Strampeln auf.

»So ist es recht«, sagte Ben, während er weiter über die Schulterknubbel strich. »Wir sind deine Freunde. Alles wird gut.«

Der Drache schnurrte.

FAMILIENBANDE

Sie waren bei der ehemaligen Blausilbermine im Wolkengebirge gelandet und warteten auf die Dunkelheit, vorher wollten sie nicht hinunter nach Trollfurt. Von Bäumen verborgen saßen sie auf einer Felskante unterhalb der Schneise, die der gigantische Drache bei seinem Erwachen in die Bergflanke gerissen hatte, und sahen auf die Stadt.

Yanko konnte nur mit Mühe die Tränen unterdrücken, was ihn maßlos ärgerte. Da predigte er Ben, man müsse Mädchen mit Heldentaten beeindrucken, und was tat er? Saß neben Nica und flennte fast wegen ein paar zerstörten Bauwerken. Sie hatte nur kurz hier gelebt, und doch war auch sie sichtlich betroffen. Er hielt ihre Hand umklammert, um sie zu trösten, und weil er sich selbst dann nicht so verloren fühlte.

Alle Häuser linksseitig des Flusses Dherrn standen nicht mehr, kein einziges. Das Haus, in dem Ben aufgewachsen war, und das, das er nach dem Tod seiner Mutter besetzt hatte, waren Schutt und Asche. Ebenso war das Haus niedergebrannt, in dem sich Yanko mit Nica damals heimlich getroffen hatte, jenes Haus, in dem sie sich zuerst geküsst hatten. Dort, auf der linken Seite des Dherrn, hatten letzten Sommer die Arbeiter Yirkhenbargs gelebt, allesamt Ketzer.

»Ich schätze, die Ketzer haben den Krieg verloren«, sagte Yanko mit rauer Stimme, doch auch der rechtsseitige Teil Trollfurts hatte seine Wunden davongetragen. Ein paar Dächer waren eingestürzt und nicht wieder repariert worden, als stünden diese Gebäude nun leer. Der Tempel leuchtete nicht mehr weiß, sondern schien grau von Asche. Warum hatte ihn niemand gesäubert?

Doch die Schmiede seines Vaters war unversehrt, Rauch stieg aus dem Schornstein. Auch das Haus des Bürgermeisters und das Anwesen von Nicas Familie waren unbeschädigt oder ausgebessert, doch über beiden flatterte eine große rote Fahne mit dem Symbol des Ordens, einem sonnengelben Drachenkopf. Hin und wieder vernahmen sie auch das beiläufige Fauchen eines Drachen, es schienen also noch Ritter in der Stadt zu sein.

»Zwei«, sagte Juri. »Es sind stets dieselben zwei Drachen.«

»Wir versuchen es ohne Kampf«, sagte Nica.

Unwillig gab Yanko ihr recht. Die anderen waren in der Überzahl, und ohne Bens Gabe konnten sie die Drachen nicht überzeugen, dass sie ihnen nur helfen wollten. Sie konnten sie nicht mitnehmen. *Ganz toll,* dachte Yanko. Erst flennte er fast, dann schreckte er vor einem Kampf zurück. Sehr beeindruckend.

Als die Sonne versank, wurde es kühl; der Sommer war noch nicht gekommen. Yanko fröstelte und spürte, wie Nica zitterte.

»Danke, dass du mitgekommen bist«, sagte er und schlang den Arm um sie. »Besser so?«

»Ja.« Sie schmiegte sich fest an ihn. »Trotzdem sollten wir uns bei deinen Eltern auch warme Jacken holen.«

Sie warteten, bis es ruhiger und richtig dunkel geworden war, dann sanken sie im lautlosen Gleitflug gemeinsam zur Schmiede hinab. Sie hatten beschlossen, sich auf keinen Fall zu trennen.

Durch das erleuchtete Fenster der Wohnstube blickte Yanko hinein und sah seine Eltern am Tisch sitzen. Sein Vater trank mit verschlossenem Gesicht, während seine Mutter strickte und auf ihn einredete. Beide sahen nicht glücklich aus, anscheinend fehlte er ihnen noch immer. Natürlich, trotz allem hatten sie ihn ja geliebt, liebten ihn noch immer. Er war ja auch nicht vor ihnen davongelaufen, es war einfach geschehen. Er hatte doch nur Nica retten wollen und Ben helfen.

Als er nun die vertrauten Gesichter sah, spürte er plötzlich Heimweh, so heftig, wie er es im Süden nicht gespürt hatte. Aber er hatte Ben versprochen, sofort zurückzukehren. Egal, wie sehr sie flehen würden, er würde nicht bleiben.

Entschlossen nahm er Nica bei der Hand und führte sie durch die nie verschlossene Hintertür der Schmiede ins Haus. Die Drachen kauerten sich draußen in den Schatten und würden auf alles lauschen, was drinnen und draußen geschah.

»Hallo, Vater«, sagte Yanko mit fester Stimme, als er mit Nica in die Wohnstube trat. Mit verschränkten Armen blieb er an der Tür stehen; er würde nicht weich werden.

»Sohn«, keuchte Yankos Mutter und erhob sich von ihrem Stuhl, taumelte dann jedoch so sehr, dass sie sich gleich wieder setzen musste. Das Strickzeug sank ihr in den Schoß.

»Wo kommst du her?«, knurrte sein Vater. Mit zusammengekniffenen Augen stierte er Yanko an, als wäre er nur mal eben ein paar Stunden zu lang fort gewesen und müsste sich jetzt auf eine Abreibung gefasst machen. Keine Spur von Wiedersehensfreude. »Was willst du? Ist dieser Nichtsnutz Ben auch bei euch?«

»Nein.« Wut kochte in Yanko hoch. Warum beleidigte sein Vater schon wieder Ben, bevor er ihn überhaupt begrüßt hatte? »Mein allerbester Freund Ben hätte eure Gastfreundschaft und den Trollfurter Galgen sehr gern in Anspruch genommen, er konnte dennoch leider nicht kommen. Er lässt aber grüßen.«

»Sag ihm, meinetwegen kann er verrecken.«

»Schatz!« Yankos Mutter packte ihren Mann am Arm. »Sei doch nicht so grob!« Dann wandte sie sich an Yanko: »Wir dachten, du bist längst gefangen oder tot ...«

»Danke für euer Vertrauen«, erwiderte Yanko bitter.

»Auf dich ist ein Kopfgeld ausgesetzt. Was sollen wir denn erwarten?« Sein Vater knallte den Becher auf den Tisch und erhob sich.

»Willst du es kassieren, oder was?«, raunzte Yanko ihn an. Das lief ganz anders, als er es sich vorgestellt hatte. Eine besonders herzliche Begrüßung hatte er nicht erwartet, aber wenigstens irgendeine Begrüßung und ein Lächeln, dazu die Frage, wie es ihm ergangen sei. Er hatte sich schließlich auch Sorgen gemacht.

»Unsinn, das will er nicht«, sagte seine Mutter schnell. »Auch wenn du nicht mehr hier wohnst, bist du noch immer unser Sohn.«

Sein Vater brummte etwas Unverständliches, das nicht sonderlich nach Zustimmung klang, und setzte sich wieder. Yanko starrte sie mit offenem Mund an.

»Und als deine Mutter frage ich dich, was du dir dabei gedacht hast, in solchen Zeiten mit der Tochter eines Ketzers hier aufzutauchen. Willst du uns in deinen ganzen Schlamassel mit hineinziehen?«

»Nein. Wir sind schon wieder weg«, sagte Yanko mit rauer Stimme. Er fühlte sich leer und taub, so ausgeliefert und klein wie nach einer Tracht Prügel, obwohl sein Vater noch nicht einmal zugeschlagen hatte. Zugleich kochte Zorn in ihm hoch, und er spuckte auf den Boden, weil er wusste, wie sehr sie das hassten. Für sie war er nichts weiter als ein Schlamassel. Das konnten sie haben! »Ich wollte nur sehen, ob ihr noch lebt. Was mich anbelangt, seid ihr gestorben.«

»Du widerliches Spuckschwein!« Sein Vater sprang erneut auf, sodass der Stuhl umkippte, und schleuderte den Becher nach ihm, verfehlte ihn aber. Nica duckte sich geschickt. Wein spritzte zu Boden. Mit zitternden Fingern riss er sich den Gürtel aus der Hose.

»Wag es ja nicht, Vater.«

»Sonst?«

»Schau einfach aus dem Fenster.«

»Lächerlich. Damit überrumpelst du vielleicht ein paar Kinder, aber nicht mich.« Sein Vater nahm den Gürtel doppelt und fletschte die Zähne. »Junge, darauf habe ich seit Monaten gewartet …«

»Schön, dass du mich vermisst hast«, knurrte Yanko. Er würde nicht zurückweichen, diesmal nicht.

»Drachen«, keuchte seine Mutter, die aufgestanden und ans Fenster getreten war. »Geflügelte Drachen.«

Verblüfft ließ sein Vater den Gürtel sinken und drehte sich zu ihr um.

»Dann ist es wahr, dass du jetzt Samoth anbetest?«, fragte seine Mutter.

»Nein. Wahr ist, dass geflügelte Drachen freundlich sind und der Orden ein Haufen verlogener Drecksäcke.«

»Das ist Blasphemie«, knurrte sein Vater.

»Schön, dass du dem Orden mehr glaubst als deinem eigenen Sohn.«

»Sohn? Mein Sohn betet nicht zu Samoth. Du bist nicht mein Sohn!«

»Schatz!«, fuhr seine Mutter auf, aber weiter bedrängte sie

ihn nicht. Es war wie früher, sie war mit etwas nicht einverstanden, tat aber nichts dagegen. Nachher würde sie wieder weinen.

Yanko nahm Nica bei der Hand und zog sie hinaus.

»Raus!«, brüllte sein Vater, als würde ihn dieses letzte Wort wenigstens dafür entschädigen, dass er Yanko nicht verprügelt hatte.

Bei den Drachen angekommen, knurrte Yanko einen ausufernden Fluch, um nicht zu flennen. »Warum nur kann ich keine normalen Eltern haben?«

»So wie ich oder Ben?«, fragte Nica und schnaubte, fuhr ihm jedoch zugleich tröstend durchs Haar.

»Nein. Wie Byasso. Oder … ach, verdammt, du weißt schon.«

»Ja.« Sie schniefte. »Lass uns trotzdem mal nach meiner Mutter sehen.«

Sie stiegen auf die Drachen und flogen leise hinüber. Als Yanko einen letzten Blick zurückwarf, sah er seine Eltern am Fenster stehen. Entsetzt starrten sie ihm nach, und seine Mutter machte das Schutzzeichen vor bösen Gedanken.

Als sie sich dem Anwesen Yirkhenbargs näherten, erkannten sie, dass vor Feuerschuppes ehemaligem Stall ein anderer, sechs Schritt langer und dunkel geschuppter Drache ohne Flügel im Gras lag und döste. Hinter den erleuchteten Fenstern sahen sie fremde Menschen. Auf der rückseitigen Mauer kauerte eine kleine Gestalt und starrte auf das Gebäude hinüber.

»Sidhy«, entfuhr es Nica, und sie gingen nach unten.

Aufgeschreckt drehte sich der Junge um und wäre vor Schreck fast von der Mauer gefallen. Es war tatsächlich Sidhy, und er sah schlecht aus, abgemagert und vernachlässigt, das helle Haar lang und schmutzig, eine Narbe zog sich über seine linke ungewaschene Wange.

»Hallo, Bruder«, sagte Nica kühl, als die Drachen auf dem schmalen Streifen zwischen Mauer und Dherrnkanal gelandet waren.

»Nica!« Sidhys Züge hellten sich auf. »Du bist es wirklich, kleine Schwester.«

»Ja.«

»Aber …« Mit zitternden Fingern deutete er auf die Drachen. »Tun die nichts?«

»Was soll das, du kennst mich doch«, brummte Feuerschuppe.

»Äh, Feuerschuppe?«

»Wer sonst?«

»Ich hab dich gar nicht erkannt, im Dunkeln und mit den, äh, Flügeln. Hallo?«

»Hm«, brummte der Drache. Er klang nicht glücklich.

»Nein, die tun nichts«, versicherte Nica noch mal.

»Gut.«

Gut. Das war alles, was er sagte. Würden ihnen alle anderen doch ebenso schnell glauben, dachte Yanko bitter. Währenddessen wandte sich Sidhy ihm zu und begrüßte ihn ebenso freundlich.

Yanko nickte knapp. Liebend gern hätte er den Kerl von der Mauer gestoßen, damit er sich den Fuß brach oder so. Für alles, was er früher getan hatte. Aber es war Nicas Bruder, sie hatte das Recht, ihn zuerst zu stoßen, wenn sie wollte.

»Ich bin so froh, euch zu sehen«, sagte Sidhy. »Ich dachte, ihr seid tot.«

»Da bist du nicht der Einzige«, knurrte Yanko.

Sidhy ignorierte ihn und sah Nica an, plötzlich ernst und

traurig. »Es tut mir so leid, was Vater und Mutter mit dir … Ich wusste es nicht.«

Nica wirkte vollkommen überrumpelt. Mehrmals setzte sie an, etwas zu erwidern, doch sie brachte kein Wort hervor. Auch Yanko wusste nichts zu sagen. Mitleid aus Sidhys Mund war einfach überraschend.

»Mutter hat es mir erst gesagt, kurz bevor sie sie gehenkt haben.«

»Mutter ist tot?«

»Ja. Seit Winteranfang. Da haben sie alle Ketzer gehenkt, die nicht gefallen sind. Und Lenyoni haben sie mitgenommen, um ihn in ein Waisenkloster zu stecken.« Beim Gedanken an seinen kleinen Bruder schluckte Sidhy. »Dort soll er Demut und den rechten Glauben lernen.«

»Lenyoni«, hauchte Nica, ihre Stimme zitterte. »Wohin?«

»Ich weiß es nicht. Anscheinend machen sie das mit allen Ketzerkindern, die noch zu jung für eine Hinrichtung sind.« Sidhy zuckte mit den Schultern. »Wenigstens hat er noch eine Gabel nach einem Ritter geworfen, bevor sie ihn wegschaffen konnten, und ihn im Auge getroffen.«

Nica ließ ein Schnauben hören, halb verzweifeltes Lachen, halb Schluchzen. »Und du?«

»Hab mich in einer Höhle versteckt. In der auch Ben gelebt hat. Ich … hatte einfach Angst. Hab noch immer Angst.«

Und während Yanko tiefes Mitleid mit Nica verspürte, konnte er nicht umhin, sich ein klein wenig über Sidhys Schicksal zu freuen. Sollte er doch noch ein ganzes Jahr in seiner Höhle sitzen und vor Furcht bibbern.

Doch Nica fragte ihren Bruder einfach: »Willst du mitkommen?«

»Ja«, sagte Sidhy sofort. Und erst nach einem kurzen Zögern: »Wohin?«

»In den Süden.«

»Ich glaube nicht, dass es Ben gefällt, wenn wir ihn mitbringen«, wandte Yanko ein, als er die Sprache wiedergefunden hatte.

»Ben?« Sidhy sah sie abwechselnd an, Verzweiflung zeigte sich auf seinen Zügen. »Bitte, Yanko, nehmt mich mit. Es tut mir leid, was ich zu Ben gesagt und ihm angetan habe … Nica, bitte!«

»Steig hinter mir auf«, sagte Nica. »Aber bei Ben entschuldigst du dich selbst.«

»Ben wird darüber nicht glücklich sein«, wiederholte Yanko noch einmal und sah Sidhy mit Abscheu an, während dieser auf Feuerschuppes Rücken kletterte. »Und ich bin es auch nicht.« Er hatte nicht vergessen, wie sich Sidhy verhalten hatte, und misstraute ihm noch immer.

»Sidhy ist mein Bruder. Er ist alles an Familie, was ich noch habe.«

»Du hast mich. Und Ben und Feuerschuppe, Juri, Anula …«

»Ja. Aber du auch, und du wolltest deine Eltern dennoch sehen. Und ich bin alles, was Sidhy noch hat. Ich kann ihn nicht zurücklassen.«

Dagegen gab es leider wenig einzuwenden. Missmutig starrte Yanko ihn an und fragte, ob er wisse, was mit Byasso sei.

»Nein. Als ihr verschwunden wart und die Toten in der Mine gefunden wurden, durfte er nicht mehr auf die Straße, damit er niemanden in seinem Alter traf. Sein Vater war der Ansicht, und ist es wohl immer noch, Byasso suche sich immer die falschen Freunde. Er sperrte ihn zum eigenen Schutz in sein Zimmer.«

»Normale Eltern wie Byassos, was?«, fragte Nica spöttisch.

»Ach, sei doch ruhig«, brummte Yanko. »Wir fliegen rüber.«

Als sie das Fenster zu Byassos Zimmer im ersten Stockwerk erreichten, hielt Juri mit konstantem Flügelschlag die Höhe, und Yanko klopfte gegen das Glas. Es dauerte eine Weile, bis Byasso öffnete. Sein dunkles Haar war noch immer kurz und penibel gescheitelt.

»Hallo, alter Freund.« Yanko grinste.

Byasso klappte der Kiefer herunter. Er war so überrascht, dass er sogar vergaß, das Fenster sofort wieder zuzuschlagen.

»Wie geht's?«

»Yanko? Bist du's wirklich?«, fragte Byasso mit zitternder Stimme.

»Erkennst du mich denn nicht mehr?«

»Ich dachte, du bist …«

»Nein«, unterbrach ihn Yanko. »Ich bin nicht tot. Ben auch nicht. Aber du bist lebendig begraben, habe ich gehört. Von deinem Vater.«

»Der Drache hat Flügel«, stammelte Byasso.

»Ja. Zwei. Macht dir das Angst?«

»Was?« Byassos Gesicht verfinsterte sich sofort. Er hatte sich anscheinend trotz allem nicht verändert. Eigentlich ängstlich, doch warf man ihm Angst vor, tat er alles, um den Gegenbeweis anzutreten. Mit den richtigen Worten konnte man ihn zu fast allem herausfordern.

»Ich habe gehört, du traust dich nicht, auf einem Drachen zu fliegen, deshalb bin ich hier.«

»Wer sagt so was?« Byassos Augen blitzten vor Wut.

»Pfff.« Yanko zuckte mit den Schultern. »Das war nicht nur einer, ich hab's hier und da gehört.«

»Mach Platz!«

Yanko rückte ein Stück nach vorn, sodass Byasso hinter ihm aufspringen konnte. Ohne zu zögern, stürzte er aus dem Fenster und plumpste auf den Drachen. Juri sackte einen halben Schritt in die Tiefe und fing sich wieder.

»Danke, dass du auch mich gefragt hast, ob ich noch so eine Last mit mir herumschleppen will«, knurrte er. »Aber vielleicht ist der Bursche ja höflicher als du, und nicht ganz so unnütz.«

Yanko lachte und stellte sie einander vor.

»Und jetzt?«, fragte Byasso. Nun, da er auf dem Drachen saß, sah er nervös in die Tiefe.

»Fliegen wir in den Süden und bringen der Welt die Wahrheit.«

»Und wenn ich nicht will?« Byassos Blick wanderte von der Tiefe zu den Drachen und Yanko, zum offenen Fenster und wieder nach unten.

»Hast du etwa Angst?«, fragte Yanko lachend, und die Drachen erhoben sich in den Himmel, während Byasso über solch unverschämte Unterstellungen schimpfte, und dann schon bald über seinen Vater, den verfluchten Kerkermeister seines einzigen Sohns.

ALLES ÄNDERT SICH

Ben war mehr als überrascht, als die anderen bei ihrer Rückkehr Byasso und Sidhy dabeihatten. Byasso umarmte er erfreut, Sidhys Entschuldigungen ließ er mit versteinerter Miene über sich ergehen und befahl ihm dann, den Sand im Thronsaal der Trolle zu glätten.

»Das ist doch Unsinn«, protestierte Nica.

»Nein, lass gut sein«, sagte Sidhy und tat es, ohne zu murren. Der Bürgerkrieg, der Tod seiner Eltern und das Verschleppen des jüngeren Bruders hatten ihn verändert. Ausgestoßen zu sein, in einer Höhle zu leben und zu hungern, das hatte ihm seine Hochnäsigkeit genommen. All sein Stolz hatte sich aus der ach so bedeutenden Stellung seines Vaters gespeist, doch der hatte versucht, seine eigene Tochter zu opfern, Sidhys Schwester. Dieses Wissen hatte Sidhys Stolz gebrochen, er ging jetzt leicht gebeugt. Vielleicht wollte er einfach von Ben bestraft werden, weil er sich inzwischen für das schämte, was er Ben angetan hatte. Oder er hatte sich einfach zu einem unterwürfigen Schleimer entwickelt, wie Yanko vermutete. So wie er früher Buckelei erwartet hatte, buckelte er jetzt selbst gegenüber allen, die er für übergeordnet hielt.

Während er den Sand glättete, lümmelten Ben und Yanko abwechselnd oder gemeinsam auf dem Trollthron und kommandierten Sidhy herum. Nach einer Stunde wurde es ihnen langweilig, und Ben sagte Sidhy, er solle aufhören und sich lieber um die Küche kümmern, damit sie dort gemeinsam speisen konnten. Sich einfach nützlich machen, sich selbst und auch Byasso ein Zimmer herrichten; Byasso natürlich das größere. Sidhy tat es, ohne zu murren, er bedankte sich sogar.

In den nächsten Tagen stellten sie fest, wie nützlich es war, frische Gesichter als Begleitung zu haben. In den Dörfern konnten die Leute sehen, dass sich tatsächlich jemand den angeblichen Samothanbetern angeschlossen hatte.

»Pah! Die sind nicht von hier«, murrten zwar einige Griesgrame, doch allgemein half der Zuwachs ihrem Ansehen. Bald beteiligte sich auch Vilette an ihren Ausflügen, doch sie beharrte darauf, nur dorthin zu gehen, wo sie niemanden kannte. Nun konnten sie mehr Dörfer in kürzerer Zeit besuchen, da sie wussten, wo sie nicht unmittelbar bedroht wurden; auch wenn dies nur eine Handvoll war und die Dörfer, die nach Rittern schickten oder nach Steinen griffen, zahlreicher waren. Dort konnte ein Drache mit ein oder zwei Menschen auf dem Rücken allein auftauchen, seine Hilfe war willkommen. Nica flog öfter mit Sidhy, was Yanko sichtlich nicht passte.

»Er ist ihr Bruder«, sagte Ben, der sich langsam an seine Anwesenheit gewöhnte.

»Das ist mir egal«, knurrte Yanko.

Doch Hilfe bei Fischfang und Aussaat war nicht alles, was von den Drachen gewünscht wurde. Eine wachsende Zahl von Kindern wollte von den Drachen Geschichten hören, und dann schlug stets Juris große Stunde. Die Kinder hatten eine ausgeprägte Geduld.

Als besonders hilfreich erwies sich jedoch, dass Sidhy und Byasso nicht per Steckbrief gesucht wurden. Sie konnten tagsüber ohne großes Aufsehen nach Rhaconia hinein und Vorräte stehlen: Brot und Gewürze und alles, was sie nicht in Fintas Lagerhaus entdeckten oder selbst jagen, fangen oder sammeln konnten. Gerade Sidhy war eine große Verstärkung, er hatte in den letzten Monaten gelernt, sich verborgen zu halten und sich irgendwie durchzuschlagen.

Nachts hängten sie Bekanntmachungen und Steckbriefe auf. Dabei gingen sie jedoch sehr umsichtig vor, hatten nie mehr als zwei oder drei Pergamente bei sich, und diese auch gefaltet in den Schuhen verborgen. Die Nägel steckten sie sich in die Schuhsohle, damit Nachtwächter bei einer Durchsuchung ihrer Taschen nichts finden konnten.

Während Byasso das alles mit der ihm eigenen Mischung aus ausgeprägter Vorsicht und provozierter Tollkühnheit erledigte, fand Sidhy großen Gefallen daran, die Denkmäler der Ritter obszön zu beschmieren und ihre Namen zu verunstalten; den wenigen Jungfrauendarstellungen verpasste er Bärte und ihren keusch verborgenen Brüsten schwarze Tintenklecksnippel. Das war nicht sehr tiefsinnig, aber erfolgreich.

Beinahe täglich stieg die Wut der Ritter und Nachtwächter und alle drei Tage die Summe auf dem Steckbrief, der die unbekannten Gotteslästerer suchte. Ben genoss die versteinerten Blicke der marschierenden Knappen jedes Mal, wenn er Finta besuchte. Doch wenn ihn einer der großen, kräftigen Ritter misstrauisch musterte, wurde ihm mulmig, und er spürte die Angst, erwischt zu werden.

Zwei weitere Jungen, ein Brüderpaar von vierzehn und fünfzehn Jahren aus dem Dorf der vehementesten Steinewerfer, hatten sich ihnen angeschlossen. Vilette wusste, dass die beiden schon Ärger mit dem Orden gehabt hatten, und das hatte Ben die Entscheidung erleichtert, ihnen zu vertrauen. Auch hatte sich Ben erinnert, wie sie die Drachen beim ersten Treffen angesehen hatten, und das war Bewunderung, nicht Abscheu oder Angst gewesen. Dennoch weihten sie die beiden nicht in alles ein; sie blieben im Dorf wohnen und bekamen heimlich Pergamente, um diese zu verteilen. Weil dies ohne Drachen jedoch zu langwierig war, gingen sie zum Kloster Sonnenflut, um sich für irgendwelche Handlangertätigkeiten zu bewerben. Auf diese Weise hofften sie, von Blausilberlieferungen oder anderem zu erfahren. Doch ihre erste Aufgabe bestand darin, eine Warenlieferung auf dem Fluss nach Dherrnbruck zu begleiten, und so waren sie erst einmal unterwegs und keine Hilfe.

»Vielleicht ist das auch ganz gut«, sagte Anula. »Vielleicht tragen sie so die Wahrheit in Städte und Dörfer, in denen wir noch nicht waren.«

»Ja«, sagte Ben zweifelnd. »Vielleicht.«

Am nächsten Morgen brach Ben mit Aiphyron erneut nach Rhaconia auf. Er bat den Drachen, in der Bucht zu warten, weil er nur ein paar Stunden bleiben und noch am selben Tag zurückkehren wollte.

»Klar. Aber nächste Woche suchen wir uns endlich eine andere Bucht als Treffpunkt«, sagte Aiphyron. »Wenn ich noch länger immer auf dieselben Steine starren muss, werde ich noch irrsinnig.«

»Du meinst, du hältst dann unschuldige rote Vögel für Feuervögel und krallst sie dir einfach aus dem Flug und beschimpfst sie wüst?«

»Ach, halt die Klappe«, knurrte Aiphyron.

»Danke.« Ben grinste und patschte ihm vergnügt auf die Schnauze, wie er es manchmal tat, seit der kleine Junge das getan hatte. Dann wurde er kurz ernst. »Ich bin echt froh, dass wir uns damals getroffen haben.«

»Ich auch«, brummte Aiphyron und erwiderte das Grinsen. »Und jetzt spar dir das Säuseln für Anula und finde endlich heraus, wie wir das Schmiedefeuer zum Verlöschen bringen können.«

Doch in dieser Hinsicht hatte Nesto keine guten Nachrichten für Ben, als sie sich bei Finta hinter den leeren Drachenställen trafen. »Ich habe alles Mögliche versucht und sogar meinen Vater aufgesucht, um ihm vorzuschwindeln, ich hätte auf meinen Reisen von einem verloschenen Schmiedefeuer gehört, und ich wolle ihn warnen, damit ihm das nicht auch passiere. Aber er sagte nur: Ammenmärchen. Nichts könne Faystos heiliges Feuer löschen. Dann hat er einen Eimer Wasser darübergegossen, das einfach zischend verdampfte, und hat mich hinausgeworfen. Ich solle nicht seine Zeit verschwenden, wie ich es schon mit zu vielen Jahren gemacht habe. Auch Sand richte nichts aus.«

»Und sonst?«

»Nichts, tut mir leid. Es ist ein ewig brennender Stein aus dem Vulkan Arknon. Weder verzehrt die Flamme den Stein, noch kann sie erlöschen. Ein Ästchen, das ich in dem Feuer entzünde, kann ich zu Boden werfen und einfach austreten, aber den Stein selbst nicht.«

»Dreifach bepisster Trollbollen noch mal.«

»Nun ja.« Auf Nestos Zügen zeigte sich ein vorsichtiges Lächeln. »Ich dachte, wenn wir es nicht löschen können, müssen wir es eben stehlen.«

»Stehlen?«

»Na ja, der Stein ist nicht groß, nur heiß.«

»Nesto, Mann, du bist brillant!« Wieso nur war er nicht selbst darauf gekommen? Auf irgendeine Weise musste er auch in die Schmieden gebracht werden, man musste ihn tragen können. Also konnte Aiphyron ihn einfach weit hinaus aufs Meer bringen und dort in den Tiefen versenken. Sollte sich doch ein Münzmolch draufsetzen und verbrennen. Oder sie nutzten es selbst im Verlies der Stürme. Zum Kochen und um Fackeln, Lampen und Lagerfeuer zu entzünden.

Aufgeregt überlegten sie, wie es Nesto gelingen mochte, in der Nacht in die Schmiede zu gelangen und eine Tür zu öffnen. Dann müssten sie nur noch ein Gefäß für den Transport finden, das nicht von den außergewöhnlich heißen Flammen verzehrt wurde. Und das Aiphyron anfassen konnte, ohne sich die Klauen zu verbrennen.

Nesto versprach herauszufinden, wie sein Vater das Feuer hergeschafft hatte, und Ben beschloss, Yanko das Gleiche zu fragen. Wenn ihnen das gelingen würde, hätten sie viel erreicht. Dann könnten sie sich in den kommenden Wochen alle Blausilberschmieden des Landes vornehmen. Keine neuen Schwerter für den Orden.

Pfeifend verließ Ben Stunden später die Stadt. Wenn ihnen das gelang, würde sich alles ändern.

Doch als er die Bucht erreichte, hatte sich bereits alles geändert. Aiphyron war nicht mehr da.

Der Platz unter den Bäumen war aufgewühlt, als hätte dort ein kurzer heftiger Kampf stattgefunden. Krallen hatten sich tief in den Boden gebohrt und Wurzeln ausgerissen. Die Erde war übersät mit dunklen Flecken.

Blut.

Viel Blut, viel mehr als von einem Menschen.

Getrocknetes Blut.

»Nein!«, keuchte Ben, und sein Herz krampfte sich zusammen. »Aiphyron!«

Panikerfüllt sah er in alle Richtungen. Vergeblich versuchte er, sich zur Ruhe zu mahnen. Vielleicht hatte sich der Drache nur in der Nähe versteckt. Doch weshalb kam er dann jetzt nicht heraus? Ben stürmte zu der aufgewühlten Erde hinüber. Er zitterte, ihm war schlecht, und dann sah er sie im Augenwinkel.

Sie lagen im Wasser. Ganz nah am Ufer, die sanften Wellen schwappten über sie hinweg.

Aiphyrons Flügel.

»Nein!« Mit tränenverschleierten Augen stürzte er darauf zu und versuchte verzweifelt, sie an Land zu zerren. Als wären sie Ertrinkende und müssten nur an die Luft und atmen, und alles würde wieder gut.

Doch nichts würde wieder gut werden.

Ben heulte und schrie und zerrte die Flügel ein Stück weit auf den Strand. So weit, dass sie nicht fortgespült werden konnten. Für mehr reichte seine Kraft nicht aus. Verzweifelt sank er auf die Knie und packte den ersten Flügel dort, wo er von der Schulter getrennt worden war. Dort, wo das Blut eine dicke raue Kruste gebildet hatte, die unter seinem festen Griff bröckelte. Wo Knochen gesplittert waren.

Wie im Wahn packte er die Wunde mit beiden Händen und sandte all seine Heilkräfte hindurch, als könnte er aus dem Flügel einen ganzen Drachen wachsen lassen, nicht nur einen Flügel aus einem Drachen.

»Aiphyron, nein!« Er umkrallte den Flügel immer fester, doch kein Pulsieren wollte sich einstellen, nichts regte sich. Es war nur noch totes Fleisch.

Ben ließ die Hände sinken und blieb reglos sitzen, den blutigen Flügel auf den Knien. Er fühlte sich furchtbar allein. Was sollte nur ohne Aiphyron werden?

Mehrmals spuckte er aus, weil er dachte, er müsse sich

übergeben, doch nur übler Geschmack nach Galle stieg in ihm auf, und er fühlte sich vollkommen leer. Tränen rannen ihm über das Gesicht.

»Ben, du Flennbaby!« Wütend schrie er auf, stieß den Flügel von seinem Schoß und zog den Rotz die Nase hoch. Was hieß hier ohne Aiphyron? Er war nicht tot, es waren nur seine Flügel. Aiphyron war irgendwo. Unterjocht, aber am Leben. Zum ersten Mal versklavt und verstummt. Einen Flügel hatten sie ihm mal genommen, doch nie beide. Ben musste ihn finden und befreien. Und zwar sofort – weit konnten sie noch nicht sein.

»Ihr verfluchten Eisenhemden!«, brüllte Ben und stürzte wieder unter die Bäume. Hastig sah er sich noch einmal nach irgendwelchen Hinweisen um und entdeckte am Rand des Kampfplatzes ein abgerissenes Stück eines roten Umhangs. Eines Umhangs, wie ihn alle verfluchten Ordensritter trugen. Warum waren sie nur alle gleich? Gleichschritt, gleiche Lügen im Kopf und gleiche Kleidung am Leib. Wie sollte er da erkennen, aus welchem Kloster oder welcher Stadt dieser eine stammte?

Doch würde ein Ritter nicht möglichst immer ins nächstgelegene Kloster gehen? Und sei es nur, um seine Wunden zu versorgen und sich als Held und großen Befreier feiern zu lassen. Inständig hoffte Ben, dass Aiphyron dem Kerl viele tiefe und schmerzhafte Wunden beigebracht hatte, die sich entzünden und schwarz eitern würden. Oder den Kerlen, wahrscheinlich waren sie feige in der Gruppe gekommen. Und natürlich von hinten.

Jetzt, da er den Boden gründlicher betrachtete, entdeckte er auch Spuren, die aus der Bucht hinausführten. Quer durch den Wald und auf die Straße, die aus dem Süden kam und nach Rhaconia führte, daran vorbei und weiter zum Kloster Sonnenflut.

Hatte er es nicht gesagt? Das nächstgelegene Kloster.

Er würde sie kriegen und Aiphyron befreien!

Verzweifelt rannte er die Straße entlang, weiter und weiter, bis er die letzten Bäume hinter sich ließ. Kurz verharrte er am Waldrand und blickte über die Ebene. Links vor ihm erstreckte sich Rhaconia, dahinter das Kloster, das im Schein der tief stehenden Sonne blendend weiß strahlte. Es war zu weit entfernt, um etwas Genaues zu erkennen, doch gerade eben näherte sich jemand dem fernen Tor, der größer war als ein Pferd. Den Bewegungen nach war es eindeutig auch keine Kutsche. Etwas blitzte bläulich in der Sonne.

»Aiphyron«, keuchte Ben und rannte wieder los. Die letzten Tränen auf seinem Gesicht waren längst getrocknet. Er würde Aiphyron da noch heute heraushauen, egal, wie viele verfluchte Ritter in diesem Kloster steckten. So dämlich wie die Torwächter waren, würde er leicht hineinkommen, er musste sich nur schnell ein besonders dringendes Anliegen überlegen. Und war er erst einmal im Kloster, würde ihm schon etwas einfallen, wie er mit Aiphyron auch wieder herauskam.

»Wirst du erwartet?«, fragte der erste der beiden Torwächter.

Ben konnte nicht mit Sicherheit behaupten, dass es dieselben vom letzten Mal waren, doch sie sahen genauso aus; riesengroß, massig, mit einem gewaltigen Kinn und reglos wie aus Stein. Eben wie beinahe jeder Torwächter, auf den er jemals getroffen war.

»Ein dringendes Anliegen führt mich her«, sprudelte es aus

Ben hervor, obwohl er sich über die drängende Sorge um Aiphyron nur eine dünne Geschichte zurechtgelegt hatte.

»Und welches?«, fragte der zweite Torwächter.

»Es geht um ein Fass, das kürzlich geliefert wurde. Eine schrecklich peinliche Fehllieferung. Es enthält nicht den gewünschten Weißwein für die Gäste des Abts, sondern verdünnte Drachenpisse, die morgen früh in die Pyramidenstadt Entheb geliefert werden sollte.«

»Verdünnte Drachenpisse?« Zum ersten Mal zeigte sich auf dem Gesicht des ersten Torwächters eine Regung, und das war Abscheu.

»Ja. Die Leute dort sind extrem abergläubisch und schreiben ihr Heilkräfte zu.«

»Die trinken das?« Die Abscheu wuchs sichtlich.

»Was weiß ich, ich hoffe es nicht für sie. Zumindest zahlen sie einen Haufen Geld dafür. Wenn ihr euch also etwas dazuverdienen wollt, sammelt in nächster Zeit Drachenpisse.«

»Hm.« Der zweite Torwächter schien ernsthaft darüber nachzudenken.

»Und was willst du jetzt im Kloster?«, fragte der Erste, der wirklich schwer von Begriff schien.

»Ich muss sofort mit der Küche reden, dass die Fässer im Hafen verwechselt wurden. Sollte der Abt heute Gäste bekommen und ihnen versehentlich das falsche Getränk vorsetzen lassen, dann könnte das als äußerst grobe Beleidigung aufgefasst werden und zu bösen Konflikten führen.« Ben versuchte möglichst entsetzt zu blicken, um Mitleid zu erregen. »Und ich bekomme zwei Dutzend Hiebe mit dem Rohrstock auf die Fußsohlen, weil ich zu spät gekommen bin. Vielleicht werden mir auch die Zehen gebrochen. Wer zu langsam ist, der muss auch nicht laufen können.«

»Von wem?«, fragte der erste Torwächter verdutzt. »Das ist keine übliche Strafe bei uns.«

»Von meinem Herrn«, sprudelte Ben hervor. »Dem das Fass gehört und …«

»Das ist doch egal«, unterbrach ihn der zweite Torwächter, dem langsam dämmerte, was gleich geschehen könnte, und trat zur Seite. »Der Abt hat tatsächlich einen Gast. Also eile dich!«

»Danke.« Ben huschte an ihnen vorbei und war froh, dass sie nicht nach dem Namen seines Herrn gefragt oder sonst einen Beweis für seine Geschichte verlangt hatten. Was für Trottel!

Kaum hatte er den Innenhof des Klosters betreten und befand sich im Sichtschatten des ersten Gebäudes, verlangsamte er seinen Schritt. Auf keinen Fall durfte er durch sein Verhalten auffallen. Dann würde ihn auch niemand beachten, denn auf den ersten Blick hatte er festgestellt, dass sich neben den Rittern, Knappen und Jungfrauen auch Stallburschen, Handwerker und kunstvoll rasierte Männer in vornehmer Kleidung hier aufhielten. Niemand fasste ihn länger ins Auge, also durchquerte er pfeifend und wie selbstverständlich den ersten Innenhof.

Er stapfte vorbei an den Pferdeställen, dem Ziegengehege und den übereinandergestapelten Wurfhasenkäfigen, ließ das Gebäude mit den hohen Fenstern rechts liegen, passierte die Hellwahkapelle mit den großen Fenstern aus buntem Glas und erreichte durch einen mit Reliefs verzierten Steinbogen zwischen Bibliothek und Gästehaus schließlich den zweiten Innenhof. Dort hielten sich zahlreiche Knappen auf, doch heute marschierten sie nicht. Einige übten den Schwertkampf, andere putzten Sättel. Einer kniete auf dem Boden, blickte Richtung Sonnenuntergang und betete mit erhobenen Armen. Doch die meisten standen in drei Schlangen vor einer sieben Schritt hohen Holzkonstruktion, die grob einer steilen Bergwand nachempfunden war. Dahinter schlossen sich drei gespannte, zehn Schritt lange Seile an, die an drei glatten Holzpfählen endeten. Auf Kommando stürmten die jeweils vordersten Knappen los und kletterten um die Wette über dieses seltsame Ding, hangelten sich an den Seilen entlang und rutschten die Pfähle hinunter. Dabei zählten sie die Namen berühmter Ritter und Äbte in einem merkwürdigen Singsang und immer stärker keuchend auf. Ben schüttelte den Kopf; und er hatte nur die Torwächter für Trottel gehalten.

Der zweite Innenhof war deutlich größer als der schon gewaltige erste, denn hier befanden sich die Stallungen der Drachen. Ihr Fauchen war deutlich zu vernehmen, hin und wieder schabten Schuppen oder Krallen über Stein. Genussvoll sog Ben den angenehm erdigen Geruch ein, der von ihnen herüberdrang.

Vor den Stallungen befand sich eine bestimmt fünfundzwanzig Schritt lange Tränke, vor der vier Drachen lagen und Wasser schlabberten. Am gierigsten trank ein Drache mit meerblauen Schuppen und kurzer breiter Schnauze, der wohl eben im Kloster angekommen war und in der Länge beinahe so viel maß wie Aiphyron.

Doch es war nicht Aiphyron.

Dumpfe Enttäuschung machte sich in Bens Brust breit. Hatte er tatsächlich diesen Drachen vor dem Klostertor gesehen und auf die Entfernung mit seinem Freund verwechselt?

Nun, das änderte nichts daran, dass Aiphyron hier sein

musste. Vielleicht war er längst in einen Stall gesperrt worden.

An der Seite des Drachen stand ein Ritter, dessen Gesicht Ben irgendwie vertraut erschien, doch konnte er es nicht einordnen. Hatte er ihn etwa in Rhaconia im *Drachen* oder davor gesehen? Oder irgendwo auf der Straße beim Durchsuchen irgendwelcher Karren? Auch der Ritter starrte ihn an und schien einen Augenblick lang nachzudenken. Dann weiteten sich seine Augen, und er brüllte: »Bleib stehen, Junge!«, obwohl sich Ben nicht rührte.

Doch ein solcher Befehl hatte genau die gegenteilige Wirkung auf Ben, besonders wenn die Worte wie eben jede Freundlichkeit vermissen ließen. Er wirbelte herum und stürmte davon, so schnell er konnte, schnurstracks in Richtung Tor. Auffallen ließ sich jetzt wohl nicht mehr vermeiden.

»Haltet ihn!«, kreischte der Ritter mit überschnappender Stimme, und zahlreiche verschwitzte Knappen stürzten sich auf Ben. Sie waren überall. Den ersten beiden, die noch immer die Namen von Äbten aufsagten, konnte Ben mit zwei schnellen Haken ausweichen, unter den Armen des dritten tauchte er hindurch, doch dann wurde er zu Boden gerissen. Es waren einfach zu viele.

Hart schlug er auf die Steinplatten, überall schürfte Haut auf, und die Luft wurde ihm aus den Lungen gepresst. Zahlreiche Hände packten ihn, hielten ihn fest und zerrten ihn wieder auf die Beine. Es waren viel zu viele, um sich loszureißen.

»Hallo, Junge.« Mit einem fiesen Grinsen baute sich der Ritter vor ihm auf, und Ben wusste nun, wo er ihm schon einmal begegnet war. Er versuchte, sich nichts anmerken zu lassen, spürte aber, wie er erbleichte.

»Na? Erinnerst du dich?«, fragte der Ritter.

»Nein«, presste Ben hervor und schüttelte vehement den Kopf.

»Dann denk mal an Vierzinnen zurück, an letzten Sommer.« Der Ritter grinste breit vor Freude. »Einmal bist du uns entkommen, doch noch mal passiert uns das nicht, Ben. Tausend-Gulden-Ben.«

EIN VERRÄTER

Ich habe nur Aiphyrons abgehackte Flügel gefunden und riesige Blutflecken auf dem Boden. Von ihm selbst und Ben fehlte jede Spur«, schloss Juri mit leiser Stimme. Es war fast Mitternacht, und er war eben von der Bucht zurückgekehrt. Als sie nicht wie vereinbart wiedergekommen waren, hatte er nach den beiden gesucht.

Anula schluchzte und umschlang ihren Körper mit den Armen, als sei ihr kalt. Sie murmelte Bens Namen und wippte hin und her.

»Niemand außer uns wusste von der Bucht«, stammelte Nica. »Wieso …?«

»Ein Verräter! Wir haben einen Verräter unter uns«, zischte Yanko. Natürlich, das war es. Und ebenso natürlich war klar, um wen es sich dabei handelte. Voller Wut drehte er sich zu Sidhy um und schlug ihm die geballte Faust ins Gesicht. Dieser verdammte kleine, widerwärtige Rostgroschen!

Blut spritzte aus Sidhys Nase, als er zurücktaumelte, und Yanko setzte nach und stieß ihm gegen die Brust, damit er umfiel. Dann stürzte er sich auf ihn und drosch wild auf ihn ein.

»Was soll das?«, jammerte Sidhy und hob die Arme, um sich zu schützen.

»Du fauliger Stinkbovist!« Yanko schlug Sidhys schwache Arme zur Seite, um dem verlogenen Schleimbatzen noch eins auf die Nase zu geben.

»Nein!«, schrie Nica und fiel ihm in den Arm.

»Yanko!«, schrie auch Byasso und packte den anderen Arm. »Beruhige dich, Mann!«

»Beruhigen?«, schrie er und spuckte nach Sidhy, verfehlte ihn aber. »Ben ist verschwunden und Aiphyron versklavt! Wie soll ich mich da beruhigen?«

»Ich war's nicht«, stammelte Sidhy, der wohl erst jetzt langsam begriff, weshalb Yanko ihn angesprungen hatte. »Ich war es nicht! Ehrlich!«

»Da hörst du es!« Nica funkelte ihn böse an. »Lass ihn in Ruh!«

Widerstrebend erhob sich Yanko von Sidhy, behielt ihn jedoch weiter im Auge. »Und wer war es dann?«

»Vielleicht ist ein Ritter zufällig in der Bucht vorbeigekommen?«, sagte Nica. »Vielleicht ein ganzer Tross, der sich verlaufen hat. So etwas kann passieren.«

»Das glaube ich nicht«, erwiderte Juri. »Die Ritter müssen Aiphyron überrascht haben und nicht einfach über ihn gestolpert sein. Sie mussten gewusst haben, dass wir die Bucht als Versteck benutzen. Die Spuren deuten darauf hin, dass es schnell vorbei war.«

»Ich sag's doch. Ein Verräter«, knurrte Yanko.

»Und selbst wenn?« Mit einem Hemdzipfel versuchte Nica die Blutung ihres Bruders zu stillen. »Wer sagt, dass es Sidhy war?«

»Wer soll es denn sonst gewesen sein? Du oder ich? Oder Anula vielleicht? Auch für Byasso leg ich meine Hände ins Feuer.«

»Nein. Byasso verdächtige ich auch nicht«, sagte Nica scharf.

Zeitgleich sahen Yanko und sie zu Vilette. Ängstlich blickte das Mädchen sie an und stammelte: »Nein … ich würde doch nicht … nicht Ben und … ihr habt mich gerettet, wie könnte ich euch da verraten?«

»Warum sollen wir dir glauben?«, fragte Yanko. Wenn es Sidhy nicht war, musste es sie gewesen sein.

»Weil … ich …« Sie sah zu dem noch immer blutenden Sidhy und begann zu weinen.

»Willst du sie nicht auch schlagen?«, fragte Nica bissig.

»Sie ist ein Mädchen.« Empört sah Yanko sie an. Niemals würde er ein Mädchen schlagen, was dachte sie von ihm? »Während Sidhy nur wie eines heult.«

»Lass endlich meinen Bruder in Ruh!«, schrie Nica.

»Siehst du? Er lässt sich sogar von seiner Schwester verteidigen.« Im selben Moment bereute er es, Nica so anzugehen, aber wenn er Sidhy eines reinwürgen konnte, dann konnte er nicht anders. Sidhy hatte es nicht anders verdient.

»Willst du mal spüren, wie es ist, wenn ich ihn richtig verteidige?« Zornig hob Nica die Hand. »So als kleines Mädchen!«

»Nica! Komm schon!« Yanko wich einen Schritt zurück. Nicht dass er Angst hatte, er wollte sich nur nicht mit ihr schlagen.

»Hört auf«, knurrte Marmaran. »Vielleicht war es doch ein Zufall. Vielleicht hat ein Ritter Aiphyron zufällig beim Anflug gesehen, seine Kameraden herbeigerufen, und dann haben sie ihn überrascht. Erst Zufall, dann planvolles Vorgehen.«

»Ja, genau«, schluchzte Vilette. »Ich war es nicht, ehrlich.«

»Hm«, brummte Yanko, der Sidhy einfach nicht trauen wollte. Und auf keinen Fall würde er sich bei ihm entschuldigen.

»Das könnte sein«, sagte Juri, und Nica sah Yanko herausfordernd an.

»Hm«, brummte Yanko noch einmal. Egal, wie Nica ihn ansah, auf eine Entschuldigung konnte der Kerl lange warten. Dass es so gewesen sein könnte, hieß noch lange nicht, dass es auch so gewesen war.

Nica starrte ihn weiter mit ihren blitzenden dunklen Augen an. Das war doch nicht zum Aushalten! Ohne Sidhy anzusehen, brummte er: »Es tut mir leid. War vielleicht etwas überhastet von mir.«

»Schon gut«, sagte Sidhy und zog die Nase hoch. Es klang so unterwürfig, Yanko konnte ihm einfach nicht trauen. Egal, was Nica dachte, er würde ihn weiter im Blick behalten.

»Vielleicht ist Ben gar nichts passiert«, sagte Anula leise und umschlang sich noch immer mit ihren Armen. »Das kann doch sein, Juri, oder? Vielleicht war er noch gar nicht in der Bucht, als sie Aiphyron geholt haben, oder?«

»Kann sein«, erwiderte der Drache gedehnt.

»Das war bestimmt nicht sein Blut, oder?«

»Nein.« Juri schüttelte langsam den Kopf, als wüsste er nicht, was er glauben sollte. »Aber warum war er dann nicht da? Hätte er nicht auf jemanden von uns gewartet?«

»Oder er ist noch gar nicht aus der Stadt herausgekommen«, sagte Anula hoffnungsvoll. »Vielleicht ist er noch immer bei Finta.«

»Ja, das könnte sein«, sagte Yanko. »Bringst du mich in die Stadt, Juri?«

»Jetzt?«

»Wann denn sonst? Nächste Woche?«

»Aber was, wenn sie auch Finta und Nesto geschnappt haben?«, wandte Byasso ein. »Ich kenne die beiden ja nicht, aber wenn der Orden zuerst ihnen auf die Spur gekommen ist? Und Ben bei ihnen geschnappt hat und aus ihm Aiphyrons Versteck herausgepresst hat? Dann …«

»Nein!«, schrie Anula. »Sag das nicht! Niemand hat Ben geschnappt!«

»Aber wenn doch?«, flüsterte Nica kraftlos. »Dann lauern sie uns in Fintas Haus auf. Sobald einer von uns dort auftaucht, wird er gefangen und eingekerkert.«

»Das ist egal«, knurrte Yanko. »Das wissen wir nicht, und das muss ich riskieren.«

»Nein!«, sagte nun Nica scharf. Wenigstens schien sie nicht nur um ihren verhätschelten Bruder Angst zu haben.

»Es ist Ben!«, beharrte er. Erwartete sie wirklich, dass er hier herumsaß und nichts tat?

»Ben!«, betonte Anula, und die Drachen nickten grimmig. Selbst der kleine Wachdrachen, der seine Sprache noch nicht wiedererlangt hatte und erst über noch nutzlose Stummelflügel verfügte.

»Ja. Aber auch Ben ist kein Grund, ihnen ins offene Messer zu rennen«, sagte Nica, und Marmaran gab ihr recht: »Wir wissen nicht, was genau passiert ist. Und auf jede Möglichkeit müssen wir anders reagieren. Also lasst uns nachdenken.«

Als Yanko dennoch einfach auf Juris Rücken springen und losfliegen wollte, klammerte sich Nica an ihn und ließ ihn erst wieder los, als er aufgab.

Stunde um Stunde diskutierten sie, während die Nacht verrann, fassten Pläne und verwarfen sie wieder. Diese elende Unwissenheit zerrte an ihnen. Wie sollten sie ihren Freunden helfen? Sie wussten nicht einmal, wo sie sich befanden. Klar war nur, dass sie die Bucht nicht mehr als Versteck nutzen konnten.

»Und deshalb muss einer von uns jetzt los. Jetzt sofort, bevor die Sonne aufgeht«, sagte Yanko und erhob sich. »Sicher landen können wir nur an der Mole, und das geht nur in der Nacht.«

»Sidhy und Byasso sollten gehen. Sie sind auf keinem Steckbrief, niemand wird sie erkennen«, sagte Nica.

»Aber es ist auch andersherum, sie kennen niemanden«, wand Yanko ein. »Ich gehe. Ich pass schon auf, dass ich keinem Ritter in die Arme laufe.«

»Deine Art aufzupassen kenne ich«, murrte Nica. »Ich komme mit.«

Yanko schüttelte den Kopf. »Du nicht. Wenn sie Ben haben und ihn mit dem Steckbrief in Verbindung bringen, dann suchen sie nach dir und mir. Dann bringst du mich eher in Gefahr, als eine Hilfe zu sein.«

»Aber nach zwei Jungen suchen sie nicht. Ich komme mit«, sagte Byasso, ohne dass ihn jemand einen Feigling nennen musste.

HOHER BESUCH

Ben hatte die ganze Nacht kein Auge zugetan. Der Steinboden der Zelle war kalt und die schmale, nackte Pritsche aus ungehobeltem Holz hart. Immer wieder verfluchte er den dummen Zufall, der diesen Ritter genau zum selben Zeitpunkt ins Kloster geführt hatte wie ihn. Wahrscheinlich würde der Kerl das ein freundliches Schicksal nennen oder Hellwahs gütige Vorsehung und sich für einen tollen Helden halten, obwohl er nur Glück gehabt hatte.

Wütend schlug Ben mit der Faust gegen die Pritsche und rieb sich dann die schmerzende Hand. Wie hatte er nur so dumm sein können, einfach loszurennen, ohne einen vernünftigen Plan zu haben? Ohne auf Unterstützung zu warten? Er war ein höhlenköpfiger Buckelochse. Andererseits war er doch problemlos ins Kloster gekommen, er hatte sie ausgetrickst und wäre ohne diesen Ritter sicher entkommen. Wer konnte denn mit ihm rechnen? Vierzinnen war weit weg, und nur das Dutzend Ritter dort hatte ihn mit kurzen Haaren gesehen. Niemand sonst hätte ihn erkannt.

Draußen ging eben die Sonne auf, und die Ritter feierten dies mit einem Gebet zu Hellwahs Ehren. Dumpf drangen die rituellen, gemeinsam gesprochenen Worte zu ihm herein, doch so undeutlich, dass er sie nicht verstehen konnte. Weiter weg fauchten Drachen, ein einsamer Hahn schrie, Pferde wieherten hungrig, und dann war die Morgenandacht vorbei, und der Tag begann mit müde marschierenden Knappeneinheiten vor Bens Fenster.

»Du hast Besuch«, sagte da der griesgrämige, glatzköpfige Kerkermeister des Ordens, der plötzlich an die Gittertür von Bens Zelle getreten war. »Hohen Besuch. Also geh' auf die Knie.«

»Ich soll vor dir knien?«, fragte Ben angriffslustig.

»Nicht vor mir, Ketzer«, knurrte der Kerkermeister und hob einen unterarmlangen Holzknüppel, mit dem er seinen Willen gegenüber den Gefangenen durchzusetzen pflegte. »Knie vor dem Hohen Abt Khelchos, in dessen Gewalt du bist.«

»Lass gut sein, Bruder Kerkermeister«, sagte da eine salbungsvolle Stimme, und der Hohe Abt trat ebenfalls vor das Gitter von Bens Zelle. »Die Ehrerbietungen von Ketzern sind vollkommen nutzlos. Ihr Kniefall ist nichts weiter als eine Lüge, und ich beginne ein Gespräch ungern mit einer solchen.«

Herausfordernd starrte Ben den Hohen Abt an. Er war ein Mann von vielleicht fünfzig Jahren mit freundlichen roten Pausbäckchen und großen braunen Augen, die lebendig funkelten. Seine bartlosen Züge waren weich, die Nase gerade und das graue Haar noch immer voll. Es trug eine Rittertunika, die mit breiten Zierborten aus Goldfäden ausgestattet war, und um den Hals eine schwere Goldkette mit dem Symbol eines Drachenkopfs, der von einer Sonne umrahmt war. An jedem Finger steckte ein großer Ring, und an seinem breiten Gürtel hing ein Schwert mit aufwändig verziertem Griff. Auch wenn es in einer Scheide steckte, wusste Ben, dass die Klinge aus Blausilber war. Trotz der eher freundlichen und gemütlichen Gesichtszüge strahlte der Mann Macht aus.

»Ich freue mich, dass du hier bist, Ben.«

Ben schnaubte. »Ich mich nicht.«

Auf Khelchos' Lippen zeigte sich ein feines Lächeln. »Du bist stolz und widerspenstig. Das ist gut. Das gefällt mir.«

Dir? Was gefällt dir denn daran?, dachte Ben. *Du willst deine Knappen doch stolz, aber gehorsam.* Doch laut sagte er nichts.

»Wusstest du, dass der Hohe Abt Morlan, der das Kopfgeld auf dich ausgesetzt hat, inzwischen leider verstorben ist?«, fragte Khelchos. »Auf der Heiligen Suche nach neuen weißen Drachen wurde er bedauerlicherweise von einem großen Bären angefallen und verspeist. Auch wenn Hellwah ihm die Macht verliehen hatte, mit weißen Drachen zu reden, so konnte er den viel kleineren Bären doch nicht davon abhalten, ihn zu töten. Manchmal nimmt das Leben doch recht seltsame Wege, nicht?«

Ben zuckte mit den Schultern, sagte jedoch noch immer nichts und verkniff sich auch jede triumphierende Bemerkung über Morlans Tod.

»Somit können wir dich natürlich nicht an ihn ausliefern.« Der Abt lächelte. »Weißt du, was das für dich bedeutet?«

»Nein«, sagte Ben nun doch, leise und misstrauisch. Sanft keimte Hoffnung in ihm auf. Hieß das etwa, der Steckbrief war null und nichtig?

»Nun«, sagte der Hohe Abt Khelchos noch immer lächelnd. »Das bedeutet, dass wir dich hier bei uns in Rhaconia hängen dürfen.«

Wütend stürzte Ben ans Gitter, um diesen widerlich grinsenden Drecksabt durch die Stäbe hindurch zu packen, da sauste der Schlagstock des Kerkermeisters blitzschnell auf seinen rechten Unterarm herab, und stechender Schmerz durchfuhr ihn. Ben schrie. Sofort holte der Kerkermeister wieder aus, und Ben zog seine Arme zurück.

Nicht einmal jetzt hatte der Hohe Abt aufgehört zu lächeln, er hatte nicht einmal gezuckt. »Widerspenstig, ich sag es ja.«

Ben presste die Lippen aufeinander und kämpfte mit den Tränen. Schmerz, Wut und die Angst vor dem nahen Tod wollten ihn übermannen. Doch er würde vor dem Abt keine Schwäche zeigen.

»Nun, ich werde dich morgen noch nach deinen unbedeutenden Freunden befragen lassen, und in zwei Tagen wirst du dann hängen.« Mitleidig sah Khelchos ihn an. »Ich weiß gar nicht, wieso Morlan ein so hohes Kopfgeld auf euch ausgesetzt hat. Du bist so klein.« Er seufzte. »Nun ja, wie auch immer, überlege dir noch deinen letzten Wunsch und was du vor der Hinrichtung essen willst.«

»Ich will den Drachen sehen, der gestern neu in euer Kloster gekommen ist«, sagte Ben, ohne nachzudenken. Mit der Linken hielt er den pochenden Unterarm.

»Gestern?« Irritiert sah der Abt ihn an.

»Ja, gestern. Blau wie die Rinde einer alten Himmelsbuche, etwa dreizehn Schritt lang.«

»Der Drache von Herrn Melchon?«

»Nein!«, fuhr Ben auf. »Der ist doch meerblau. Ich meine den Drachen, der erst gestern seine Flügel verloren hat.«

Langsam schüttelte der Abt den Kopf. »Gestern haben wir keinen Drachen befreit.«

»Lügner!«, schrie Ben.

Der Kerkermeister schlug mit dem Stock gegen die Gitterstäbe, dass es laut in Bens Ohren dröhnte.

»Weshalb sollte ich denn lügen?«, fragte der Abt und gewann sein salbungsvolles Lächeln wieder. »Der letzte Wunsch ist heilig. Meinetwegen kannst du vor deinem Tod alle Drachen in den Stallungen sehen, auch wenn das ein seltsamer

Wunsch ist.« Und er wandte sich ab und ging gemessenen Schritts davon.

Ben starrte ihm nach. Obwohl er es nicht zugeben wollte, der Abt hatte tatsächlich keinen Grund, ihn anzulügen. Aiphyron war nicht hier.

Oder doch? Man konnte diesen verlogenen Rittern einfach nicht glauben.

Als die Kerkertür ins Schloss fiel, fiel auch der Stolz von Ben ab, der ihn vor Khelchos aufrecht gehalten hatte. Schluchzend sank er zu Boden und umklammerte den anschwellenden Arm.

Aiphyron war nicht hier.

Es hatte nie einen Grund gegeben, sich ins Kloster einzuschleichen. Ben würde nur wegen seiner eigenen Dummheit gehenkt. Er ließ die Tränen laufen und rollte sich auf dem harten Boden zusammen wie ein Baby. Was nutzten nun all sein Stolz und die Wut? Aus dieser Zelle konnte er nicht ohne Hilfe entkommen, und keiner wusste, wo er war.

Er würde sterben.

VIER HINRICHTUNGEN UND EIN RETTUNGSPLAN

Seit vor einer Stunde die Sonne aufgegangen war, hatten sie das Anwesen von Finta unauffällig im Auge behalten, waren die Straße hinauf- und hinuntergeschlendert, hatten ganz langsam zahllose falsche Kiesel aus den Schuhen geschüttet, doch kein Ritter hatte es seitdem betreten oder verlassen. Die Männer am Tor trugen die Farben der Familie Dogha, und doch wusste Yanko nicht, ob sie es wagen sollten, hinüberzugehen und um Einlass zu bitten. Der Orden war sicher schlau genug, eine Falle so zu stellen, dass sie nicht sofort als solche erkannt wurde. Unruhig warteten sie eine weitere halbe Stunde und wussten dann noch immer nicht, was sie tun sollten. Yanko hasste die vielen *Vielleichts,* mit denen sie sich herumschlagen mussten.

Doch bevor sie endlich eine Entscheidung trafen, kam ihnen das Glück zu Hilfe. Nesto trat heraus und schlug den Weg Richtung Hafen ein.

Gemächlich folgten sie ihm über zwei Kreuzungen hinweg, bis sie von Fintas Palast nicht mehr gesehen werden konnten. Yanko blickte sich kurz um, und da er keine Ritter sah oder andere verdächtige Gestalten, bedeutete er Byasso, erst einmal Abstand zu halten und alles zu beobachten. Rasch schloss er zu dem Schiffsjungen auf. »Hallo, Nesto.«

Der Angesprochene wirbelte herum. Überraschung zeigte sich auf seinem Gesicht, die sich beinahe sofort in Erleichterung verwandelte. »Du? Aber … Hast du das von Ben gehört?«

»Was?«

»Leise.« Hastig sah sich Nesto um. »Sie haben ihn geschnappt! Er soll hingerichtet werden!«

»Hingerichtet?«

»Ja! In zwei Tagen schon. Ich wollte eben ins Lagerhaus, um euch dort eine Nachricht zu hinterlassen.«

»Hingerichtet?«, fragte Yanko noch einmal. Das durfte nicht wahr sein! In zwei Tagen schon?

»Ja. Zusammen mit drei anderen Ketzern.«

»Und da wolltest du uns jetzt eine Nachricht ins Lagerhaus bringen, für das Ben den Schlüssel hat?« Yanko packte den Jungen am Kragen und schüttelte ihn. »Sehr hilfreich, äußerst hilfreich.«

»Wir wussten nicht, wie wir euch sonst erreichen sollten.« Nesto blickte ihn beschwörend an und legte seine Hände auf Yankos Arme. »Komm mit. Und lass mich los, wir dürfen nicht auffallen. Im Lagerhaus können wir reden.«

Mit einem kurzen, unauffälligen Wink bedeutete Yanko Byasso, ihnen in kurzem Abstand zu folgen, dann eilte er mit Nesto durch die Stadt.

»Es tut mir schrecklich leid«, raunte der Schiffsjunge.

»Was ist mit Aiphyron?«, fragte Yanko.

»Aiphyron?« Verblüfft wandte sich Nesto ihm zu. »Woher soll denn ich …? Was ist mit ihm?«

Irritiert blieb Yanko stehen. Wieso überraschte Nesto die Frage derart? Er wusste doch auch, was mit Ben geschehen war.

Doch bevor Yanko etwas sagen konnte, entdeckte er zwei Knappen, die im Gleichschritt durch die Straßen liefen, einen Stapel Pergament unter den Arm geklemmt, und an einem Baum stehen blieben. Dort brachten sie mit schnellen Hammerschlägen eines an und marschierten dann weiter.

GROSSE KETZERHINRICHTUNG

Am kommenden Sonntag werden mittags
auf dem großen Tempelplatz vier Ketzer
zu Hellwahs Ehren hingerichtet, darunter der
schreckliche Ben.
Ein Ketzer für jede Jahreszeit, einer für jede
Himmelsrichtung, so wie es Hellwah gefällig ist.

Kommt alle und bringt die Familie mit!

Entsetzt starrte Yanko auf die schwarze Schrift, dann packte er Nesto am Ärmel und zog ihn weiter Richtung Lagerhaus. Er musste alles erfahren, sofort. Unterwegs lauschte er auf das, was ringsum gesprochen wurde, und nicht wenige freuten sich auf die Hinrichtung.

»Sie haben den schrecklichen Ben geschnappt«, sagte sogar ein kleiner Junge auf dem Weg vor ihnen.

»Gut.« Sein noch kleinerer Bruder jubelte. »Aber wer ist der schreckliche Ben?«

»Du weißt aber auch gar nichts«, sagte der Ältere herablassend.

»Das sage ich Mama, dass du mir nichts sagst«, jammerte der Kleinere.

»Petze! Das ist halt der schreckliche Ben von den Steckbriefen.«

»Oh!« Er klang beeindruckt. »Und was macht der?«

»Was schon? Der ist schrecklich.«

Yanko stellte dem Jungen ein Bein und lief an ihm vorbei. Sollte er doch plärren, der kleine Wichtigtuer.

Im Lagerhaus stellte Yanko dem Schiffsjungen Byasso vor, und Nesto erzählte ihnen, dass gestern Abend vier Ritter zu Finta gekommen waren und ihm von Bens Gefangennahme erzählt hatten. Er habe Fintas Farben getragen, und die Ritter wollten wissen, was denn der Händler dazu sage.

Derart in die Ecke gedrängt, hatte Finta behauptet, Ben habe sich mit dem gefälschten Brief eines Geschäftsfreunds als dessen Sohn ausgegeben, mit der Bitte, ihn nach Rhaconia mitzunehmen. Finta hatte den Sohn nie gesehen und habe sich über dessen außerordentliche Kenntnisse des Tirdischen gewundert, doch keinen Anlass gesehen, am Brief seines Freundes zu zweifeln; schließlich hatten sie über solche Pläne schon einmal letztes Jahr gesprochen, und das Siegel war echt. Es täte ihm furchtbar leid, wenn er einen solchen Ketzer und schrecklichen Verbrecher ins Großtirdische Reich eingeschleppt habe, und er würde gern Buße tun und Hellwah ein Opfer darbringen, golden wie die Sonne. Das hatte die Ritter einigermaßen beruhigt, und so waren sie abgezogen.

»Warum hat er nicht versucht, ihn zu verteidigen?«, fragte Yanko barsch. Er hatte das dringende Bedürfnis, irgendwem die Schuld zu geben.

»Weil sie von Anfang an von einem Ben gesprochen haben, nie von Cintho. Sie wussten also, wer er wirklich ist. Alles andere hätte Finta ohne Umwege an den Galgen neben Ben gebracht.«

»Und warum hat er uns nicht früher Bescheid gegeben?«

»Wie denn? Er wusste nicht, ob er nicht beobachtet wird,

er konnte die Nachricht nicht selbst aus dem Haus bringen, um euch nicht alle in Gefahr zu bringen. Ich war nicht da, bin erst heute früh heimgekehrt, und sonst kann er doch niemandem trauen. Niemand sonst weiß von euch.«

»Ja, aber hier ins Lagerhaus?«

»Wohin denn sonst?« Nesto wirkte verzweifelt. »Wir wussten doch nicht, wo ihr seid, das hat Ben nie verraten. Vermutlich noch immer auf der Insel, aber wie sollten wir da hinkommen ohne Drachen? Mit einem Schiff würden wir absaufen!«

»Verdammt!« Yanko trat einen Stapel Kisten um. Seine Wut galt weder Nesto noch Finta.

»Ich bin so froh, dass ich euch getroffen habe«, sagte Nesto. »Wir müssen Ben da irgendwie heraushauen. Ich dachte, am besten ist der Moment, wenn er das Kloster verlässt.«

»Du hast einen Plan?« Plötzlich wurde Yanko von Dankbarkeit gegenüber Nesto gepackt.

»Vielleicht«, sagte Nesto, und Yanko beschloss, dieses Wort fortan aus ganzem Herzen zu hassen. Warum konnte er nicht einfach *Ja* sagen?

Nesto erklärte ihnen, dass ein Verurteilter üblicherweise bis kurz vor der Hinrichtung im Kloster blieb. Von dort wurde er kurz vor Mittag mit der Kerkerkutsche in die Stadt gefahren, wo bereits die neugierige Menge und die Galgen auf dem Tempelplatz warteten. »Üblicherweise wird die Kutsche bewacht, aber mit vier geflügelten Drachen sollten wir die Ritter doch überraschen können.«

»Drei«, berichtigte Yanko. »Aiphyron ist doch nicht mehr bei uns. Haben die Ritter wirklich nichts über ihn gesagt?«

»Nein. Sie haben Ben geschnappt, als er sich ins Kloster einschleichen wollte. Mehr weiß ich nicht.«

Was hatte Ben nur im Kloster gewollt, wenn die Ritter Aiphyron nicht hatten? Yanko verstand es nicht. Aber das konnte ihnen Ben ja später selbst erklären. Jetzt, da sie wussten, wie sie ihn befreien konnten, würde alles gut werden. Dankbar umarmte er Nesto und ließ sich die Kerkerkutsche und deren üblichen Geleitschutz genau beschreiben. Bis zum Abend hatten sie einen ausgefeilten Plan entwickelt, und Nesto hatte ihnen auch von seinem und Bens Überlegungen berichtet, das Schmiedefeuer zu stehlen.

»Das ist gut.« Yanko nickte. »Aber bis Ben gerettet ist, interessiert mich nichts anderes als seine Befreiung. Keine Blausilberklingen, keine Wahrheit.«

Er und Byasso huschten über die Mole davon.

DER LETZTE WUNSCH

Am Tag seiner Hinrichtung saß Ben bei Sonnenaufgang mit angezogenen Beinen auf der Pritsche, die Wangen auf die Knie gepresst. Die ganze Nacht hatte er an Anula gedacht oder an seinen Tod, an all die Drachen, denen er nun nicht mehr die Flügel zurückgeben konnte.

An Aiphyron.

Wieso musste er sterben, bevor er ihm die Freiheit zurückgegeben hatte? Er kniff die Augen zusammen, um nicht zu weinen, das hatte er in der Nacht genug getan. Die Ritter mussten jeden Moment kommen, und sie sollten seine Tränen nicht sehen.

Für einen wahnwitzigen Moment hatte er davon geträumt, seine Freunde würden ihn hier herausholen, aber die ganze Nacht war es ruhig geblieben. Niemand hatte an der Kerkertür gerüttelt, niemand versucht, in das Kloster einzudringen. Woher hätten sie auch wissen sollen, dass er hier gefangen war?

Wieder dachte er an Anula und daran, dass er sie nicht wiedersehen würde, dass seine Angst, sie könnte ihn verlassen, unbegründet gewesen war. Nun würde er sie verlassen, wenn auch nicht freiwillig.

Yanko hatte gesagt, Heldentaten seien gut, um eine Frau zu beeindrucken.

»Nur solange man dabei nicht stirbt«, murmelte Ben und wollte lächeln, doch das gelang ihm nicht. Yanko würde er auch vermissen.

Zumindest hatte er ihn und Nica am Vortag nicht verraten.

Er hatte Angst vor der Befragung gehabt, an Daumenschrauben und den schrecklichen Hauch weißer Drachen gedacht, und dann war alles ganz anders abgelaufen. Zwölf Knappen in seinem Alter hatten nacheinander versuchen dürfen, ihm die Wahrheit zu entlocken, ohne Gewalt anzuwenden. Es war nichts anderes gewesen als eine Unterrichtsstunde zur Wahrheitsfindung ohne Folter.

Der Hohe Abt Khelchos nahm anscheinend weder Ben noch seine Freunde sonderlich ernst und war auch nicht besonders gut auf den verstorbenen Hohen Abt Morlan zu sprechen. Möglicherweise wollte er ihn nachträglich lächerlich machen, indem er so tat, als habe Morlan hohe Summen auf die Köpfe harmloser Kinder ausgesetzt. Der würde sich noch wundern, wenn Yanko und Nica ihn erst rächen würden. Nun huschte doch ein kurzes Lächeln über Bens Züge, wenn auch ein grimmiges.

Den Knappen hatte er nichts über seine Freunde verraten, immer wenn sie mit entschlossenen Gesichtern nach der Wahrheit verlangten, hatte er gesagt, dass Drachen ohne Flügel frei und freundlich seien.

Die meisten Jungen wussten darauf nicht anders zu reagieren als ihn anzuschreien: »Lüge! Alles Lüge! Ketzerei!«

Nur dieser Akse, der schon in Rhaconia aus dem Gleichschritt gefallen war, hatte geschwiegen und über seine Kameraden geschmunzelt. Ben dagegen hatte er nachdenklich betrachtet.

Ein anderer hatte Ben geschlagen und dafür einen Rüffel des unterrichtenden Ritters kassiert. »Keine Gewalt, Khonar. Folter lernt ihr erst nächstes Jahr.«

Das war die ganze Befragung gewesen.

Schließlich erschien der Kerkermeister und tischte Ben ein reichhaltiges Frühstück auf. Er brachte jedoch keinen Bissen herunter. Wozu sollte er auch, er wollte nicht satt sein, wenn er starb.

Er wollte auch nicht sterben.

Der Hohe Abt selbst holte ihn ab und führte ihn tatsächlich durch die Drachenstallungen. »Das war doch dein letzter Wunsch?«

Ben nickte, obwohl ihm alles egal war. Wozu war ein letzter Wunsch nütze, wenn man wusste, dass es der letzte war?

Doch es blieb ihm nichts anderes übrig, er folgte dem Abt. Seine Hände waren gefesselt, die Füße mit einer kurzen Kette verbunden, sodass er nur kleine Schritte machen konnte. Der rechte Unterarm war vom Knüppel des Kerkermeisters noch immer dick und blau, doch der Schmerz zum Glück abgeebbt. Solange er ihn nicht groß belastete, spürte er nichts. Zwei kräftige Ritter führten ihn, es gab keine Möglichkeit zu entkommen.

Als er jedoch die lange, sonnendurchflutete Stallgasse mit den hohen Fenstern betrat, war er plötzlich froh, hier zu sein. Noch einmal Drachen zu sehen, auch wenn es nur geknechtete, flügellose waren. Langsam schlurfte er an den Drachen vorbei, sog ihren erdigen Geruch ein, mit all den anderen Nuancen. Es war, als könnte er Gerüche aus allen Regionen der Welt aufnehmen, den dunkler Wälder, weiter Wüsten und hoher Berge, den nach Meer und Moor. Durch die Gitterstäbe betrachtete er die herrlichen Wesen in allen Farben von tiefschwarzer Erde bis zum hellsten, glitzernden Sand.

Mitleid überschwemmte ihn und ließ für einen kurzen Moment die Angst vor der Hinrichtung in den Hintergrund treten. Sein Unterkiefer bebte, kaum konnte er die Tränen zurückhalten. Niemand würde diese Drachen mehr befreien. Selbst wenn es den anderen gelang, sie aus dem Kloster zu entführen – wirklich frei würden sie ohne Flügel nicht sein. Versklavt, bis irgendwann einmal vielleicht wieder ein Drachenflüsterer geboren würde. Das mochte hundert Jahre oder länger dauern. Er, Ben, würde jetzt sterben.

Verdammt!

Neugierig musterte ihn ein Drache mit grasgrünen Schuppen, als ahne er, wer Ben war. Was er war. Sein Blick folgte ihm, als Ben vorüberschritt, und er gab ein sanftes Brummen von sich. Kurz schloss Ben die Lider und atmete durch, dann öffnete er die Augen wieder.

»Und? Gefällt dir dein letzter Wunsch?«, fragte der Abt mit einem verhaltenen Lächeln. Warum musste er nur immerzu lächeln?

Ben schüttelte den Kopf. Er ertrug es kaum noch, und doch wollte er sie alle ansehen, und auf keinen Fall würde er Schwäche zeigen. »Sie sind wunderschön, sehen aber krank aus. Verstümmelt, so ohne Flügel.«

»Ich habe erfahren, was du gestern von dir gegeben hast. Sehr schön.« Der Abt nickte. »Wirklich sehr schön, so viel Widerspenstigkeit. Wäre für heute nicht deine Hinrichtung angesetzt, ich würde die Knappen weiter mit dir üben lassen. Du bist eine anspruchsvolle Aufgabe.«

Eine anspruchsvolle Aufgabe? Ich bin ein Mensch, du widerlicher, lächelnder, dreckiger Lügenborst, dachte Ben. »Nun, dann sagt die Hinrichtung doch ab.«

»O nein, das geht nicht. Hinrichtungen sagt man nicht so leichtfertig ab. Die Leute freuen sich doch schon darauf. Und die wollen wir nicht enttäuschen, oder?« Tadelnd sah ihn der

Abt an, und Ben hatte das Gefühl, er würde ihm gleich eine schlechte Bewertung geben. »Für meine Knappen findet sich schon noch eine andere Aufgabe.«

»Ja. Irgendein anderer Unschuldiger wird sich schon fangen lassen.«

»Ach, Ben. Du hättest noch viel zu lernen über die Welt und wie es in ihr zugeht. Wenn du Zeit dafür hättest.«

Ben schnaubte und sagte nichts. Das alberne Gespräch hatte doch keinen Zweck.

Inzwischen hatten sie das nächste Gebäude betreten, und langsam näherten sie sich dem Ende der allerletzten Stallgasse, da bemerkte Ben einen feinen Geruch nach Blut und Eiter in der Luft. Ein Stück vor ihm erklang ein schmerzerfülltes Fauchen.

Aiphyron, dachte Ben für einen Moment, seine Wunden waren frisch. Doch dann bemerkte er einen felsgrau geschuppten Drachen mit gebirgsbachklaren Augen, der höchstens sieben Schritt maß. Seine rechte vordere Pranke war aufgerissen, die Wunde tief, die aufgelegten Kräuter nutzlos. Er musste schlimme Schmerzen haben.

»Darf ich zu dem Drachen hinein?«, fragte Ben, ohne nachzudenken. Wenn er noch etwas letztes Sinnvolles tun konnte und die Schmerzen lindern, war das gut.

»Noch ein Wunsch nach dem letzten Wunsch?«, fragte der Abt spöttisch.

»Bitte.« Zum ersten Mal, seit er gefangen genommen worden war, bat er um etwas, und das schien den Abt zu überraschen. Langsam nickte er, und Ben öffnete vorsichtig die Tür.

»Ganz ruhig, Junge«, sagte Ben und berührte ihn zuerst an den beiden Schulterknubbeln, sandte seine Heilkräfte aus. »Ganz ruhig.«

»Der will sich nur Glück herbeirubbeln«, raunte ein Ritter dem anderen zu.

»Etwas spät«, gab der gehässig zurück. »Hätte er machen sollen, bevor wir ihn erwischt haben.«

Überrascht starrte der Drache Ben an und begann tief zu schnurren.

Ben ging neben ihm in die Knie und griff nach der Klaue, die der Drache ihm bereitwillig hinhielt. Bedächtig legte Ben die Hände auf den tiefen Riss, die Schuppen rechts und links davon waren glatt wie geschliffene Steine in einem sprudelnden Bach.

Augenblicklich spürte er das vertraute Kribbeln, das mit seinen Heilkräften einherging, und packte fester zu. »Ganz ruhig.«

Der Drache sah ihn hoffnungsvoll an und schnurrte weiter. Ben musste schnell sein, er wusste nicht, wie viel Zeit der Abt ihm in der Box gönnen würde. Er schloss die Augen und sperrte die Welt aus, konzentrierte sich. Er begann zu zittern und ärgerte sich, dass er nichts gegessen hatte und nun so schwach war.

»Heile«, raunte er fast tonlos und spürte, wie sich die Wunde langsam schloss.

»Bei Hellwah«, entfuhr es dem Abt, und auch die Ritter keuchten vor Überraschung und machten das Sonnenzeichen vor der Stirn.

»Kein Wort davon zu irgendwem«, befahl der Abt.

»Ja, Herr«, sagten die Ritter einstimmig und schlugen die Hacken zusammen.

»Und du, Junge, sagst mir sofort, was du da tust.« Die Stimme des Abts war schneidend. Schwang in ihr sogar ein wenig Angst mit?

»Ich heile«, antwortete Ben schlicht und hielt die Pranke weiter umschlossen.

»Jetzt verstehe ich, warum Morlan dich so besessen gejagt hat. Und ich denke, du solltest sofort aus der Box herauskommen.« Mit zusammengekniffenen Augen starrte er ihn an. Gier funkelte in ihnen. »Es wird Zeit, dass ich dir selbst ein paar Fragen stelle. Und zwar ganz anders als die Knappen. Mir wirst du antworten.«

VERKRUSTETE GESICHTER

Keiner von ihnen hatte besonders gut geschlafen, und nun wollte die Zeit bis zum Aufbruch einfach nicht verrinnen. Byasso und Sidhy waren noch vor Sonnenaufgang über die Mole in die Stadt gelangt, um sich bei der geplanten Hinrichtung unter das Volk zu mischen. Sie sollten sich umsehen und auf alles Unvorhergesehene achten. Auch wenn nichts Unvorhergesehenes passieren durfte, wollten sie Bens Leben retten.

»Du willst wirklich mit?«, fragte Yanko.

»Natürlich. Es geht um Ben.« Anula blitzte ihn an. Von ihrer Angst, erneut dem Orden in die Hände zu fallen, war nichts mehr zu sehen, nur wilde Entschlossenheit. Mit den Fingern rührte sie seit Minuten in einer großen Trollschale, in der sie Wasser mit feiner grauer Erde gemischt hatte, sodass sich ein klebriger Brei ergab. Gründlich zerdrückte sie jeden Klumpen, dann trug sie die zähe Masse langsam auf das Gesicht auf. Ihre auffällig glitzernde Haut verschwand unter einer Schicht dunklen Schlamms, nur die blitzenden Augen, der verbissene Mund und die Nasenlöcher blieben frei. Das schwarze Haar fiel ihr offen über die Schultern, in den vordersten Strähnen klebte Schlamm.

»Du siehst zum Fürchten aus.« Yanko lächelte.

»Gut«, sagte Anula.

»Das ist wirklich gut«, sagte Nica und fasste selbst in die Schüssel, um ihr Gesicht zu bemalen. »Sie sollen uns auch fürchten.«

Grimmig nickte Yanko und schmierte sich selbst den kühlen Schlamm ins Gesicht. Er spürte, wie er verkrustete und das Gesicht hart und reglos wurde. »Geben wir ihnen über den Schlamm hinaus noch weitere Gründe, uns zu fürchten.«

Entschlossen kletterten sie auf die Drachen, die ebenfalls nicht mehr freundlich wirkten. Nicht wie die zuvorkommenden Aussaathelfer oder jemand, mit dem man ein Wettschwimmen veranstaltete. Immer wieder fletschten sie die Zähne oder schlugen mit den Schwänzen nach harmlosen Insekten oder gar Möwen. Mit den brennenden Augen und dieser raubtierhaften Unruhe wirkten sie vielmehr so, als seien die Geschichten der Ordensritter wahr. Es waren zornige, gefährliche Geschöpfe. Lange vor der Mittagszeit erhoben sie sich in die Luft und flogen Richtung Rhaconia. Vilette blieb als Einzige zurück.

»Bereite schon mal einen schönen Festbraten vor«, rief ihr Yanko zum Abschied zu. »Ben hat sicher Hunger, wenn wir zurückkommen.«

Sie flogen hoch und höher und weit oben über die Stadt hinweg, doch die scharfen Drachenaugen konnten erkennen, dass sich auf dem großen Platz bereits die ersten Menschen einfanden. Die meisten Frauen hatten ihre Schirme dabei, wie an Festtagen üblich, und trugen sie stolz über der Schulter. Direkt neben dem Tempel standen vier Galgen, deren Podest offenbar über Räder verfügte und das aus einem Seitenflügel herbeigerollt worden war. Von den Verurteilten war nichts zu sehen; alles war, wie Nesto gesagt hatte.

Außer Sichtweite begannen sie über dem Kloster zu kreisen. Selbst mit herausragenden Augen würden sie von unten für Vögel gehalten werden. Sie kreisten und kreisten, bis die

Sonne schließlich direkt über ihnen stand. Wo blieb nur diese Kerkerkutsche?

»Siehst du schon was?«, fragte Yanko, wie er es schon mehrmals getan hatte.

»Nein«, antwortete Juri auch diesmal.

»Es ist Mittag. Marmaran und ich schauen schnell zum Tempel, ja?«, rief Anula, dann eilten sie davon, ohne eine Antwort abzuwarten.

Yanko vermeinte in ihrer Stimme Angst zu hören. Eine Angst, die er selbst spürte.

Wo steckte Ben?

Hellwahs Macht war zur Mittagsstunde am größten, deshalb beharrten die Ritter sorgsam darauf, alles Rituelle dann durchzuführen, auch die Hinrichtungen von Glaubensfeinden, während Mörder auch zum Frühstück oder abends gehenkt werden konnten. Besorgt blickte er nach unten, dann hinter Anula her. Marmaran zog zwei schnelle Kreise über der Stadt, dann kehrte er zurück.

»Nichts«, knurrte er. »Das Podest ist leer, doch der Platz ist überfüllt. Und die Menschen sind unruhig.«

Was hatte das zu bedeuten?

»Da unten tut sich was!«, rief Feuerschuppe. »Eine schwarze Kutsche ist eben aus dem Gebäude mit den vergitterten Fenstern gekommen. Sie nähert sich dem Tor und wird von sechs Rittern auf Pferden begleitet.«

»Das ist sie. Endlich!«, stieß Yanko hervor. »Dann also los.«

Nica und Feuerschuppe lösten sich von ihnen, rasten in Richtung Rhaconia und sanken immer tiefer. Juri und Marmaran kreisten dagegen weiter wie Geier über der Kutsche, doch auch sie gingen tiefer und tiefer.

Als die Kutsche das Kloster verlassen hatte und knapp dreihundert Schritt die Straße entlanggefahren war, stürzte Nica mit Feuerschuppe hinab. Sie kreischte und schwang drohend die kleine Faust, er fauchte und brüllte. Beinahe sofort hielt die Kutsche an.

Dreißig Schritt vor ihr landete Feuerschuppe und brüllte: »Euer Abt stinkt!«

Wütend stürmten die sechs Ritter auf ihn zu, und sofort gingen Marmaran und Juri in den Sturzflug. Yanko klammerte sich an Juris Hals, wilde Freude raste durch seine Adern. Die Ritter waren einfach furchtbar dumm, auf ein solches Ablenkungsmanöver hereinzufallen, doch er genoss es.

»Euer Abt frisst Würmer aus der Tiefe, die Samoth ausgeschieden hat!«, schrie Feuerschuppe und erwartete die Ritter mit ausgebreiteten Flügeln. Schnaubend hatten sie ihre Blausilberklingen gezogen und holten im Galopp aus, um ihm die Flügel abzuschlagen. Feuerschuppe fletschte die Zähne, und Nica rief: »Ritter haben den Kopf nur, um dem Helm Halt zu geben.«

Wütend schrien die Ritter auf, schwangen drohend die schimmernden Klingen, und Feuerschuppe sprang elegant in die Höhe, sodass die Ritter unter ihm hindurchjagten und ihre Schwerter harmlos durch die Luft pfiffen.

In diesem Moment schlugen Juri und Marmaran neben der Kutsche auf dem Boden auf. Jetzt musste es schnell gehen. Wie abgesprochen zertrümmerte Marmaran mit einem wuchtigen Tritt die Deichsel, und Anula schrie die Pferde in die Flucht oder auch nur ihre Wut hinaus. Im selben Moment stieß Juri die beiden überraschten Ritter vom Kutschbock. Fluchend stürzten sie zu Boden, doch da sie nur das leichte Kettenhemd für festliche Anlässe trugen, rappelten sie sich schnell wieder auf und zogen die Schwerter.

»Tod dem Samoth!«, schrien sie, und Marmaran fauchte sie an, während er seine Klauen wie Juri auf das Kutschendach setzte.

Die Kutsche war massiv, nirgendwo war ein Fenster angebracht; wahrscheinlich zur Strafe: Den Verurteilten sollte Hellwahs Licht vorenthalten werden. So war es jedoch schwierig, einen sicheren Griff zu finden. Während die Drachen noch nach Ritzen und stabilen Verzierungen tasteten, in die sie ihre Klauen krallen konnten, sprang ein Ritter tollkühn auf den Kutschbock, von dem aus er Juris Flügel mit dem Schwert erreichen konnte.

Yanko wollte etwas nach ihm schmeißen, hatte jedoch nichts in der Hand. Bevor er seinen Dolch ziehen konnte, pustete Marmaran ihn einfach wieder hinunter, sodass er scheppernd und fluchend über den Boden rollte und die Waffe verlor.

Yanko lachte und schrie: »Halt dich fest, Ben!«

Dann hoben die Drachen die Kutsche gemeinsam in die Luft. Dumpfes Poltern und eine unverständliche Antwort ertönten aus dem Inneren, wahrscheinlich eine Verwünschung, weil er sich das Knie gestoßen hatte. Yanko lachte erneut und feuerte die Drachen an, die noch immer keinen einheitlichen Rhythmus gefunden hatten und mit der schweren Last hin und her schwankten. Weiteres Poltern und Grummeln drang aus dem Innern.

»Jetzt rechter Flügel!«, befahl Juri, und Marmaran knurrte, gehorchte aber. Und so fanden sie zusammen und erhoben sich rasch immer weiter in die Luft. Juri blickte nach unten, und als er die verdutzten Gesichter und offenen Münder der Ritter entdeckte, die ihre Pferde gewendet hatten, lachte er noch lauter. Auch Anula jauchzte und weinte vor Glück.

Feuerschuppe schloss mit Nica zu ihnen auf, und dann flogen sie raus aufs Meer. Zu ihrer Insel, wo sie in Sicherheit waren.

»Dann komm mal raus, du alter Flüsterkopf«, rief Yanko, während Marmaran die Kutschtür mit zwei Klauen packte und aus den Angeln riss. Eben waren sie vor dem Verlies der Stürme gelandet und hatten die Kutsche ganz sanft auf den felsigen Boden gesetzt. Hastig kratzte sich Anula den Schlamm aus dem Gesicht, damit Ben nicht ihren furchterregenden Anblick, sondern den schönen zu sehen bekam, die wie Eis glitzernde Haut. Wahrscheinlich hätte er sie auch gern einmal in ihrer Kriegsbemalung gesehen, dachte Yanko, als die Tür barst.

Langsam traten drei Gestalten ans Licht, doch keine von ihnen war Ben.

»Ben!«, schrie Anula und grub sich die Finger tief ins Gesicht. »Ben! Komm raus!«

Doch die Kutsche war leer.

»Was habt ihr mit unserem Freund gemacht?«, brüllte Yanko die drei Gestalten an.

Es waren zwei Männer und eine Frau, alle blass und abgemagert, die Augen tief in den Höhlen, die Haare strähnig und stumpf. Sie wankten und blinzelten im hellen Sonnenlicht. Ihr Alter war kaum zu schätzen, irgendwas zwischen zwanzig und dreißig. Nur ihre Kleidung war sauber und frisch und wollte nicht recht zu ihnen passen. Für die Hinrichtung waren sie zu Hellwahs Ehren festlich herausgeputzt worden. Die Hände wirkten, als seien einige Finger gebrochen, sie zitterten.

»Wir haben nichts gemacht«, flüsterte die Frau, und sie alle sanken auf die Knie. »Bitte.«

»Wo ist der Junge, der bei euch war?«, schrie Yanko verzweifelt. »Der mit euch gehenkt werden sollte?«

Die drei hielten die Blicke gesenkt. »Bitte nicht.«

»Rede!« Yanko packte einen der Männer am Kragen, den, der am gesündesten aussah. Er war so voller Wut auf den Orden und Mitleid für diese drei armen Gestalten und wusste nicht, was er tun sollte. Er wollte jemanden schlagen, doch es war kein Ritter da.

»Bitte tut uns nichts.«

Yanko atmete tief durch. »Das haben wir nicht vor. Wir wollen nur unseren Freund zurück.«

»Er ist nicht eingestiegen.« Der ausgemergelte Mann schluckte. »Sie haben uns allein losgeschickt.«

»Warum?«

Voller Angst blickte ihn der Mann an, dann sagte er: »Der andere Verurteilte ist tot.«

»Nein!«, schrie Anula.

Yanko zitterte, brachte aber kein Wort heraus. Nica schlug die Hände vors Gesicht, die Drachen brüllten, und Marmaran trat die Kutsche fauchend ins Meer. Sie knackte, zwei Räder brachen ab.

»Sie haben gesagt, er ist in der Gefangenschaft gestorben. Krank.«

»Was?«

»Das sagen sie immer, wenn es an der Folter lag«, sagte der Mann leise.

Yanko sah auf seine mehrfach gebrochenen Finger, die roten Striemen und die ausgefranste Narbe, die unter dem Hemdsärmel hervorsahen. Er wollte nicht wissen, was die Kleidung noch verbarg.

»Bitte«, wimmerte die Frau, die wohl noch nicht begriffen

hatte, dass sie frei waren, und die letzten Wochen und Monate in ständiger Angst und Qual verbracht haben musste. »Wir können nichts dafür.«

Yanko blickte sie kurz an, dann musste er sich abwenden. Er hasste den Orden. Und dann fühlte er nur noch Schmerz und Trauer. Fassungslosigkeit über den Tod von Ben. Alles Glück und jede Hoffnung hatte ihn verlassen.

Warum nur waren sie nicht in der letzten Nacht ins Kloster eingedrungen und hatten sich auf einen Kampf eingelassen? Jetzt war alles zu spät. Er begann zu weinen und sank zu Boden. Die Welt um ihn verschwand in dumpfer Leere.

»Was machen wir mit den dreien?«, fragte Marmaran irgendwann, und Yanko wusste nicht, ob zum ersten oder hundertsten Mal. Er zuckte mit den Schultern. »Gib ihnen den Braten, ich bringe nichts herunter.«

»Sollen wir sie in die Festung lassen?«

»Nein.« Das wollte er nicht. Er wollte dort niemanden einlassen, wo Ben nun weg war. Die Festung sollte ein Ort bleiben, der nur ihnen gehörte. Er wollte dort keine Fremden haben, am liebsten hätte er auch Vilette wieder rausgeschmissen.

Langsam rappelte er sich auf und torkelte hinein, Nica und Anula begleiteten ihn.

»Verdammter Orden«, sagte Yanko und schloss Anula in die Arme. Sie brauchte jede Nähe und Wärme, die sie bekommen konnte. Nica protestierte nicht, sondern kauerte sich neben sie. Gemeinsam und eng umschlungen warteten sie auf die Nacht.

Als Marmaran Byasso und Sidhy von der Mole abgeholt hatte, bestätigten sie mit tonloser Stimme die Geschichte der drei Verurteilten. Ein Ritter war vor die Menge getreten und hatte verkündet, dass der schreckliche Ben in Gefangenschaft bedauerlicherweise erkrankt und gestorben sei, doch er habe seine Untaten bereut und Hellwah um Gnade für seine Sünden angefleht. Somit würden leider nur drei Ketzer hingerichtet.

Erkrankt und bereut, pah, dachte Yanko. *Niemals.*

Kurz darauf waren auch diese Hinrichtungen abgesagt worden, weil geflügelte Drachen die Kutsche entführt hatten. In der Stadt hatte es Tumulte gegeben, doch das interessierte Yanko nicht. Er hörte nicht zu, sah einfach zu den Sternen hinauf und vermisste seinen besten Freund.

NAMENLOS

Unter der Maske juckten die Haare wie verrückt. Sie bedeckte seinen gesamten Kopf; eng schmiegte sich das harte Leder an seine Haut, nur Öffnungen für die Augen, die Nasenlöcher und den Mund waren ausgeschnitten, und zwei für die Ohren, damit er etwas hören konnte. Denn zu hören und zu gehorchen war wichtig, ja mehr noch, es war alles, was jetzt noch zählte, hatten sie gesagt. Er war zum Verräter geworden, hatte sich den Leuten angeschlossen, die zu bekämpfen er geschworen hatte. Nicht tatsächlich geschworen, aber dennoch. Aus Angst hatte er klein beigegeben.

»Willst du sterben oder für mich arbeiten?«, hatte der Hohe Abt gefragt, und ohne Zögern hatte er geantwortet: »Für Euch arbeiten.«

Er wollte nicht sterben, auf keinen Fall.

Er wollte auch nicht mit Khelchos paktieren, doch er hatte weder den Mut noch den Trotz aufgebracht, um den Tod zu verlangen.

»Du bist ein erbärmlicher Furchtmolch, Ben«, murmelte er und sah zu dem kleinen vergitterten Fenster empor, durch das er nur Dunkelheit erkennen konnte, nicht einen einzigen Stern. Leise hatte es zu regnen begonnen.

»Was soll ich tun?«, hatte er also den Hohen Abt gefragt.

»Drachen heilen«, hatte dieser wenig überraschend geantwortet. »Oft genug werden sie im Kampf schwer verwundet oder auch, wenn die jungen Knappen Mist bauen. Du kannst dabei helfen, dass sie schneller wieder einsatzfähig sind.« Anschließend hatte er sich erkundigt, ob Ben auch alte Verletzungen heilen konnte, und Ben hatte genickt.

»Gut«, hatte der Abt gesagt, ihm die Maske aufgesetzt und mit drei kleinen goldenen Schlüsseln hinter dem Kopf verschlossen. Ben hatte ein neues Hemd aus grobem Leinen bekommen und eine passende Hose, trockenes Brot und alten Käse zu essen, und dann war er in diese Zelle ganz am letzten Ende des Kerkers gebracht worden. »Ruh dich aus, bis es dunkel ist. Dann wirst du abgeholt.«

Jetzt war es schon eine ganze Weile dunkel, und Ben versuchte sich einzureden, dass er ja kein echter Verräter war, dass er nur überleben wollte, bis sich eine Möglichkeit zur Flucht ergab. Oder dass seine Freunde ihn bestimmt irgendwann befreien würden. Irgendwann mussten sie herausfinden, wo er steckte. Doch bis dahin würde er dem Orden helfen, die Knappen schneller auszubilden und die Ritter mit wieder genesenen Reittieren zu versorgen.

Ich kann die Schmerzen der Drachen lindern, das ist eine gute Sache, dachte er, aber er wusste, dass das nicht der Grund gewesen war, warum er eingewilligt hatte. Der Grund war einzig seine Angst gewesen.

»Maskenjunge«, sagte da ein Ritter vor seiner Zelle und sperrte die Tür auf. »Es ist Zeit.«

Sie waren zu zweit gekommen, und es handelte sich um die beiden Ritter, die heute Mittag Zeuge seiner Heilkräfte geworden waren, Herr Sieghold und Herr Rotheisen. Ben selbst hatte auf Befehl des Abts seinen Namen wie sein Gesicht verloren. Fortan sollte er für die meisten im Kloster Sonnenflut unsichtbar sein, für die anderen nur der Junge in der Maske.

Die beiden Ritter legten ihm abermals die Fußkette an und

führten ihn aus dem Kerker und über den dunklen, verlassenen Innenhof zu den Stallungen hinüber. Sanft tropfte der Regen auf seine Maske, wo er abperlte, und sog sich in seine Kleidung. Sie zogen die breite Holztür auf und schoben Ben in die Stallgasse, die nur von wenigen Lampen erleuchtet und menschenleer war, abgesehen von einem Knappen, der lustlos den Boden fegte.

»Akse!«, sagte Herr Sieghold scharf. »Mach, dass du hier herauskommst.«

»Was hast du schon wieder angestellt?«, fragte Herr Rotheisen mit einem Lachen. »Beinahe jedes Mal bist es du, den ich bei einer Strafarbeit erwische.«

Akse stellte den Besen gegen die Wand und starrte Ben an. »Wer ist das?«

»Das geht dich nichts an«, entgegnete Herr Sieghold nachdrücklich.

»Das ist niemand«, ergänzte Herr Rotheisen. »Du hast ihn nie gesehen. Das ist ein Befehl.«

»Verstanden, Herr«, erwiderte Akse und schlug die Hacken zusammen.

»Und jetzt raus hier.«

Der Knappe eilte an ihnen vorbei, warf dabei einen neugierigen Blick auf Ben und sah ihm fragend in die Augen. Er verschwand nach draußen, und die Tür fiel hinter ihm ins Schloss.

»Der Junge kommt vor lauter Strafarbeiten doch nie zum Schlafen.« Herr Rotheisen schüttelte den Kopf. »Keine Ahnung, warum ihn der Hohe Abt nicht rauswirft.«

»Er wird seine guten Gründe haben, die er uns einfachen Rittern nicht mitteilt. Und auch dafür hat er sicherlich gute Gründe.« Herr Sieghold zuckte mit den Schultern und zerrte

Ben am Arm den Gang entlang. Vor einer Box hielten sie an, und Herr Rotheisen öffnete die Tür.

»Ihm wurde letztes Jahr das Hinterbein zerschmettert.« Herr Sieghold deutete auf den Drachen darin. »Seitdem hinkt Blutklaue.«

»Er ist ein großer Kämpfer«, ergänzte Herr Rotheisen, und dann wurde Ben in die Box gestoßen.

»Ruhig, Junge«, murmelte Ben und näherte sich dem Drachen mit den erdbraunen Schuppen; nur seine rechte vordere Klaue war tiefrot.

Blutklaue brummte.

Ben strich ihm sanft über die Schnauze und berührte kurz seine Schulterknubbel. Es kribbelte, und Blutklaue wandte sich ihm mit demselben überraschten Ausdruck in den Augen zu, den er bei bislang jedem Drachen nach dieser Berührung gesehen hatte.

»Alles wird gut«, murmelte Ben und ließ sich neben dem verletzten Bein nieder. Die Box war mit feinem Sand ausgestreut, und so saß Ben halbwegs bequem. Langsam strich er über die rauen Schuppen und spürte durch sie und das Fleisch hindurch, dass die Knochen zersplittert und falsch zusammengewachsen waren. In Gedanken fügte er sie richtig zusammen und versank in seiner Gabe, um diese Gedanken Wirklichkeit werden zu lassen. Er spürte nichts mehr außer dem Kribbeln in seinen Händen und ab und zu den warmen Atem des Drachen, wenn sich dieser ihm neugierig zuwandte.

Nach einer Stunde oder zwei nahm er sich die Zeit, zu den beiden Rittern zu sehen, während er die Hand weiter auf dem Bein beließ. Herr Sieghold stand soldatisch steif neben der Box und starrte stur den Gang hinunter, während Herr

Rotheisen ab und an zu Ben hereinschielte, jedoch kurz und vorsichtig. Als wären sie angewiesen worden, genau das nicht zu tun.

Wahrscheinlich durfte es nicht sein, was er vollbrachte, überlegte Ben, doch es war zu nützlich, um es zu ignorieren oder zu töten, wie alles andere, das nicht sein durfte. Und Herr Sieghold wollte auf keinen Fall sehen, was nicht sein durfte – dann fiel es ihm leichter, es auch weiterhin aus seinen Gedanken zu sperren.

Ben sei fortan unsichtbar, hatte der Hohe Abt befohlen, und die beiden Ritter bemühten sich nun wohl, diesen Worten Folge zu leisten; nur dass Herr Rotheisen einen schwächeren Willen besaß.

Ben sah wieder zu Blutklaue und dann durch das große Fenster hinaus in die Nacht, wo es noch immer regnete. Plötzlich bemerkte er im schwachen Schein der Stalllampe ein schmales, regenüberströmtes Gesicht neben dem Fenster. Es gehörte einem Jungen in Knappentracht, der sich an die Wand presste, ganz geschickt außerhalb der Sichtweite seiner beiden Wächter. Es war Akse, und er starrte neugierig herein, sah auf Bens Hände und ihm direkt in die Augen. Dann zog er sich zurück. Wie lange hatte er ihn beobachtet? Etwa seit er von den beiden Rittern vertrieben worden war? Grübelnd heilte Ben weiter.

»Ich bin gleich fertig«, sagte Ben eine halbe Stunde später laut, damit ihn auch jemand vor dem Fenster hören konnte. Falls Akse noch immer dort stünde, wollte er ihn warnen, dass sie nun rauskämen.

»Kein Grund herumzubrüllen«, knurrte Herr Sieghold. »Unsichtbar zu sein bedeutet auch, unhörbar zu sein.«

Stumm nickte Ben und erhob sich langsam. Zum Abschied

strich er dem Drachen noch einmal über beide Schulterknubbel, dann folgte er den Rittern zurück in seine Zelle. Unterwegs hoffte er, dass irgendwem im Kloster der geheilte Drache auffallen würde. Und der könnte sich fragen, wie das geschehen war. Dass Ben unsichtbar sein sollte hieß nicht, dass seine Taten es auch waren.

Am nächsten Morgen wurde Ben von einer Zeremonie unweit seiner Zelle geweckt, die sich direkt an das Morgengebet anschloss.

»So wie sich die Sonne jetzt am Horizont erhebt, so möge sich Hellwahs Kraft erheben und in den Körper seines geschundenen Geschöpfs dringen«, intonierte der Hohe Abt. »Möge er den armen Blutklaue heilen und ihm neue Gesundheit schenken.«

Während die Ritter anschließend eine gemeinsame Hymne sangen, dachte Ben zähneknirschend, was für ein raffinierter Bursche der Abt doch war. Indem er sich mit Bens Heilkräften schmückte, unterdrückte er alle Fragen zur Genesung des Drachen, bevor sie aufkeimen konnten. Auf diese Weise würde er wohl auch kommende Heilungen erklären. Solange nur zwei treue Ritter Bescheid wussten, war dieses Geheimnis sicher. Da fiel Ben ein, dass auch Akse von ihm wusste, und er lächelte. Ein ungehorsamer Knappe.

Wenn Khelchos das wüsste, wäre er sicherlich nicht erfreut.

Ben war überzeugt, dass der Abt gewollt hatte, dass er das Gebet um Heilung gehört hatte. Damit Ben wusste, er hatte alles im Griff. Denn obwohl er Ben benutzte, er wollte ihn auch demütigen und ihm zeigen, dass es kein Gerede über plötzliche Heilungen geben würde. Alles würde Hellwahs Gnade zugeschrieben.

Und ebenso sollte er bestimmt den Unterricht hören, der nachmittags vor seinem Fenster stattfand, bei dem ein Ritter die Geschichte des Ordens vortrug und die Legende, wie Samoth die unschuldigen Drachen mit Flügeln verflucht hatte. Ben sollte mit der Wahrheit des Ordens gefüttert werden. Zum Ende des Unterrichts sprachen die Knappen im Chor:

Heil dem höchsten Gotte Hellwah,
Sonne und Licht in der Höh,
Und heil dir, Chillos,
Ordensgründer und Held.
Mögen euer Glanz und euer Beispiel uns leiten,
Durch den heutigen Tag,
Dunkle Zeiten,
Und immerdar.

Laut und inbrünstig sprachen sie und so eindringlich, dass sich die Worte in Bens Kopf festsetzten. Angewidert schüttelte er sich und dachte an Anula und seine Freunde und alles Schöne, was ihm in den Sinn kam. Dann wartete er auf die Dunkelheit.

Zwei Nächte ging es so. Er wurde hinausgeführt und durfte ein frisch durchstochenes Auge und eine eiternde Brustwunde heilen, während die Schwellung auf seinem Arm ohne fremde Hilfe zurückging. Am Morgen erklang dann das vom Abt gesprochene Gebet, und die Ritter priesen Hellwah anschließend laut und leidenschaftlich. Den Drachen schien es also gut zu gehen. Und Khelchos genoss bestimmt das Loblied, das ihm ebenso galt wie dem Sonnengott. Ben wusste, dank seiner Hilfe hielten sie Khelchos nun für einen Auserwählten und folgten ihm sicherlich überallhin. Ben hatte ihn größer gemacht, als er war. Ohne es zu wollen, hatte er dem Orden einen Helden geschenkt. Er fluchte.

Später hörte er den kurzen Fetzen eines Gesprächs vor seinem Fenster. Den jungen Stimmen nach handelte es sich um zwei Knappen.

»Und wenn sich Meerschaum dabei verletzt?«, fragte der eine.

»Ist doch egal«, antwortete der andere. »Das bekommt der Hohe Abt mit einem Gebet schon wieder hin.«

Dann waren sie außer Hörweite, und Ben fluchte erneut, weil er nun auch noch dafür gesorgt hatte, dass die Knappen rücksichtsloser mit den Drachen umgingen; es wuchs ja alles wieder zusammen. An die Schmerzen schienen sie nicht zu denken.

Überhaupt fluchte Ben innerlich viel, um all die Lobpreisungen Hellwahs und Marschlieder der Knappen zu übertönen, die sich gegen seinen Willen festsetzen wollten. Wie hatte er nur zustimmen können, für den Abt zu arbeiten? Wäre er doch besser tot!

Nein!

Er packte die Maske mit beiden Händen und rüttelte zornig an ihr. Jeden Tag juckten die Haare darunter schlimmer, auch die Ohren und die Gesichtshaut. Mit abgekauten Fingernägeln kratzte er über das Leder, als würde das etwas bringen.

»Hallo«, sagte da eine Stimme vor seiner Zelle. Draußen war es noch hell, und es klang nicht nach einem seiner beiden Ritter.

Als Ben aufblickte, erkannte er Akse, der mit einem Besen in der Hand dastand und ihn so hielt, dass er jederzeit weiterfegen konnte. Doch im Moment hielt er ihn ruhig und starrte Ben an.

»Du bist Ben«, sagte er und trat nach einem kurzen Blick den Gang hinunter ganz an die Tür heran.

Ben zuckte zusammen. Wie konnte der Kerl das wissen? Er hatte ihn doch nur mit Maske gesehen. Oder war das eine Falle des Abts, der ihn auf die Probe stellen wollte? Herausfinden, ob er wirklich schwieg und seinen Namen verleugnete?

»Ich bin nur der Junge in der Maske«, sagte Ben tonlos.

»Ein ziemlich dämlicher Name.« Akse grinste. »Und ziemlich lang.«

Ben sah ihn an. Nein, wollte der Abt ihm eine Falle stellen, hätte er einen anderen Knappen geschickt. Einen, auf den er sich verlassen konnte. »Woher willst du wissen, wer ich bin?«

»Wer viel kehrt, sieht viel.« Akse grinste.

»Ach ja?«

»Ja.« Plötzlich wirkte der Knappe viel ernster. »Ich habe gehört, was du bei der Befragung durch uns Knappen gesagt hast. Über freie Drachen mit Flügeln. Dann stirbst du angeblich kurz vor deiner Hinrichtung, und noch in derselben Nacht sitzt ein maskierter Junge in einer abgelegenen Zelle, aus der er nur nachts zu Drachen geführt wird, um sie zu heilen. Das ist doch kein Zufall. Ich habe gesehen, was du tust.«

»Ich rede mit den Drachen und lege ihnen die Hände auf. Aber dein Abt betet für sie zum herrlichen Sonnengott. Meinst du nicht, dass er die größere Macht hat?«

Akse biss sich auf die Lippe und nickte. »Das müsste jeder Ordensritter und Knappe wohl so sehen. Nur finde ich es seltsam, dass er erst für ihre Gesundheit betet, seit du hier bist.«

»Zufall?«

»Mag Zufall sein. Aber wenn er wirklich die Macht hat, Drachen zu heilen, warum dann erst jetzt? Warum hat er sie jahrelang leiden lassen?«

Ben starrte den Knappen an, der auf seinen Besen gestützt dastand und ihn ebenso neugierig musterte. Sein Blick war anders als der der anderen Knappen, seine Worte sowieso. »Wenn ich wirklich dieser Ben wäre, was willst du von mir?«

»Lernen.«

Irritiert starrte Ben ihn an. »Was?«

»All das, was du über Drachen weißt. Alles, was du mir beibringen kannst. Ich wollte Ritter werden, seit ich meinen ersten Drachen gesehen habe. Ich liebe Drachen, sie sind so wunderschön und groß und erhaben. Aber Gleichschritt ist nicht so mein Fall, habe ich festgestellt.«

Ben lachte. »Habe ich gesehen.« Es war ihm einfach so herausgerutscht.

»So?«

»Ja, in Rhaconia. Du magst Jungfrauen.«

Jetzt lachte Akse, dann wurde er wieder ernst. »Ich habe über alles nachgedacht, was du gesagt hast und was seitdem geschehen ist, und glaube, du weißt mehr als alle anderen hier.«

»He!«, drang da die Stimme des Kerkermeisters den Gang entlang. »Brauchst du noch lang?«

»Ich komme!«, brüllte Akse zurück, nahm hastig den Besen auf und fegte den letzten Dreck zusammen.

»Und ich komme wieder«, flüsterte er, als er an Bens Zelle vorbeiging.

GEFUNDEN

Tagelang hatten sie getrauert, jeder auf seine Weise. Während sich Anula nach Nähe hungernd an Marmaran geschmiegt hatte und jeden berührte, der ihr in der viel zu leeren Festung über den Weg lief, hatte Yanko dem Orden hunderte Male Rache geschworen. Nur wusste er nicht, wie sie auszuführen war. Wie konnten sie, eine Handvoll Menschen und Drachen, dem mächtigen Orden entgegentreten? Oder wenigstens dem einen Kloster, in dessen Mauern Ben zu Tode gefoltert worden war? Yanko stand auf dem höchsten Turm und starrte ununterbrochen in Richtung Küste. Dort lag das verfluchte Kloster.

Nach dem Regen in der Nacht nach Bens Tod schien nun wieder die Sonne, und das Meer lag ruhig da. Unerträglich ruhig für Yankos Geschmack. Unvermittelt ertönte da ein anschwellendes Heulen, und wie aus dem Nichts wurde die See aufgewühlt; sie brach auf wie ein Vulkan.

Einen Moment lang erwartete Yanko, ein gigantischer Münzmolch, Krake oder gar ein Drache würde aus der Tiefe auftauchen und sich auf sie stürzen und alle fressen, bis ihm klar wurde, dass das Heulen nicht von einem lebenden Wesen stammte. Eben war aus dem Nichts ein Sturm aufgezogen.

Auch wenn sich direkt über der Insel kein Lüftchen regte, ringsum wuchsen die Wellen gewaltig an. Von einem Moment auf den nächsten türmten sie sich haushoch und rasten über das Meer. Vor den Mauern der Festung schrien die drei

Verurteilten, die nicht wussten, wie ihnen geschah. Sie starrten aufs tobende Meer, konnten jedoch nicht den leisesten Wind im eigenen Haar spüren. Auch wenn sie sich daran gewöhnt hatten, dass geflügelte Drachen ihnen nichts antaten, das war zu viel.

Die Sage hat recht, dachte Yanko. Obwohl er bereits den zweiten Sturm erlebte, war er erst jetzt wirklich überzeugt. Den ersten hatte er nicht kommen sehen, er war vor ihnen da gewesen, und dann hatte die Rettung von Nesto und Finta alle klaren Beobachtungen verhindert. Doch dieser Sturm war ohne die geringste Ankündigung aufgezogen. Und wenn die Sage recht hatte, dann musste da draußen irgendwo ein Schiff sein. Rückte etwa der Orden mit einer Flotte an?

Hastig suchte er den direkten Weg zur Küste ab und ließ den Blick weiter nach rechts und links wandern. Von einer Flotte entdeckte er nicht die geringste Spur, lediglich ein kleines Fischerboot mit zerrissenen Segeln wurde von den Wellen gnadenlos herumgeschleudert. An Bord befand sich nur eine kleine Gestalt, die sich hilflos an den Mast klammerte und jederzeit über die Reling gespült werden konnte.

»Juri, da!«, schrie er dem Drachen zu, der im Innenhof gedöst hatte, bis der Sturm dumpf zu heulen begonnen hatte, und deutete aufs Meer. »Mach schnell!«

Ohne nachzufragen, stürzte Juri los. Mit seinen scharfen Augen hatte er das Boot augenblicklich entdeckt und erreichte es rechtzeitig, bevor es vollkommen in Stücke gerissen wurde. Er packte die kleine menschliche Gestalt und kämpfte sich zurück. Warum nur flaute der Sturm nicht sofort ab, nachdem er das Schiff versenkt hatte? Das hatte der Beutelnäher Ailon nicht besonders gut hinbekommen. Juri wurde schrecklich durchgeschüttelt, und Yanko befürchtete schon, er würde den nächsten Freund verlieren. Und den hätte er dann sogar selbst in den Tod geschickt! Da erreichte der Drache ausgepumpt und durchnässt die Insel und fiel vor der Festung zu Boden. Yanko eilte hinaus.

»Juri! Alles in Ordnung?«, rief er, und erst als der Drache bejahte, wandte er sich dem Mensch vor dessen Klauen zu. Es war ein rothaariger Junge mit Sommersprossen und kleinen, abstehenden Ohren. Er war wohl jünger als Yanko, zumindest einen halben Kopf kleiner. Noch immer spuckte er Salzwasser aus.

»Was wolltest du so allein auf dem Meer?«, raunzte Yanko ihn an, als wäre er sein großer Bruder.

Auch Nica, Sidhy und Byasso waren inzwischen aus der Festung gekommen und starrten den Jungen gespannt an.

»Ich wollte zu euch.« Hustend wandte er sich an Juri und keuchte: »Danke.«

»Bitte«, sagte der Drache knapp, sah ihn aber freundlich an.

»Zu uns?«, fragte Yanko misstrauisch.

»Ihr seid doch die Leute, die Drachen mit Flügeln mögen?«

»Und?«

»Ich wollte mich euch anschließen.«

»Aha.« Mitleidig sah Yanko auf ihn herunter. »Und warum?«

»Weil ich glaube, dass ihr recht habt.« Er deutete auf Juri. »Und der da hat mich gerettet.«

»Das hat er aber nicht getan, bevor du in dein Boot gestiegen bist. Hast du noch nie vom Verlies der Stürme gehört?«

»Doch. Aber ich dachte, die Geschichte sei so falsch wie die vom Fluch in Drachenflügeln.«

Yanko nickte und stieß ein Schnauben aus. Schneid hatte der Kleine. »Wie heißt du?«

»Gibor.«

»Aber woher wusstest du, dass wir hier sind?«, mischte sich Nica ein. »Wie hast du uns gefunden?«

Verwirrung zeigte sich auf Gibors Gesicht. »Na ja, man sagt das so.«

»Man?«

»Ja. In den Dörfern.«

Yanko starrte ihn an. Woher konnten die Leute das wissen? Ahnte es irgendwer, seit sie mit der Kutsche über das Meer geflohen waren? Sonst hatten sie doch stets darauf geachtet, nicht zu zeigen, wohin sie flogen.

»Woher können sie das wissen?«, fragte Nica und sah fragend in die Runde.

Sidhy presste die Lippen zusammen und wich ihrem Blick aus.

»Sidhy?«, fragte sie scharf.

»Kann sein, dass ich mich einmal verplappert habe, als ich …« Er verstummte und sah trotzig zu Yanko. »Aber Verplappern ist ein Versehen und kein Verrat! Du brauchst mich nicht wieder zu verprügeln!«

Doch der Schlag kam diesmal von unerwarteter Seite. Wutschnaubend langte ihm Nica eine. Seit Bens Tod waren sie alle angespannt, jeder von ihnen steckte voll Trauer und unterdrückter Wut, die nur auf einen Grund wartete, auszubrechen.

Sidhys Augen weiteten sich vor Entsetzen, und Yanko konnte nicht anders als loszulachen, obwohl es nicht im Geringsten lustig war, dass nun ihr Versteck bekannt war. Lachend umarmte er Nica. »Das war wundervoll, meine Schöne.«

»Wenigstens wissen wir dank mir jetzt, dass die Stürme uns wirklich schützen«, versetzte Sidhy trotzig.

Plötzlich formte sich eine Idee in Yankos Kopf. Wenn die Stürme tatsächlich Schiffe versenken konnten, dann war dies die Möglichkeit, furchtbar Rache zu nehmen. Aufgeregt rief er: »Das ist es! Wir locken den Orden her! Seine ganze verdammte Flotte! Und dann wird sie von den entfesselten Stürmen des Verlieses versenkt. Wir schicken alle Ritter auf den Grund des Meeres!«

Die anderen sahen ihn an. In ihren Blicken lagen mehr Vorwürfe als Begeisterung.

»Sie haben Ben getötet!«, stieß er hervor.

»Und deshalb willst du Hunderte versenken?«, fragte Nica. »Mitsamt all den Seeleuten und Schiffsjungen, während der schuldige Folterknecht und der Abt wahrscheinlich daheim im Kloster bleiben?«

»Ja!«, schrie Yanko. »Verdammt!« Seit sie ihre Rache bekommen hatte, war sie viel weicher geworden, dachte er, doch dann musste er sich eingestehen, dass sie auch damals nicht auf dem Tod aller Ketzer beharrt hatte, sondern nur den einen hatte finden wollen, der ihren Tod befohlen hatte. Und sie hatte recht. Leiser fügte er hinzu: »Nein. Will ich nicht.«

Dann spuckte er wütend aus, selbst seinen besten Freund zu rächen, war er nicht in der Lage. *Versager!* Er schnauzte Gibor an: »Du bleibst erst einmal vor der Festung bei den dreien da.«

Im Folgenden erzählte ihnen Gibor, dass in manchen Dörfern gerätselt wurde, warum sie nicht mehr gekommen waren. Man hatte von einem Angriff auf Rhaconia und das Kloster durch geflügelte Drachen gehört, aber nicht jeder wollte glauben, dass es sich dabei um dieselben handelte, die ihnen bei der Arbeit geholfen hatten.

»Es hat uns doch eh kaum einer geglaubt«, brummte Yanko mürrisch.

»Doch, ich.«

»Ja, du! Ein Junge, der wahrscheinlich nur vor seinen Eltern davonläuft. Ein Geschlagener, Eingesperrter, Rausgeschmissener oder Waise.« So *wie wir alle hier,* dachte er verbittert. »Was haben deine dir angetan?«

»Äh, nichts.« Gibor wirkte verwirrt.

»Und weshalb bist du dann hier?«

»Na, wegen der Wahrheit«, sagte er leise.

»Wir müssen wieder los!«, polterte Byasso. »Da! Es gibt Leute, die uns glauben. Ben hätte nicht gewollt, dass wir aufhören, die Wahrheit zu verkünden.«

»Ohne ihn hat es doch keinen Sinn«, sagte Yanko. »Er ist der Einzige, der Drachen heilen kann.«

»Wir können vielleicht keine Drachen befreien, aber verhindern, dass weitere versklavt werden!«

»Der Abt kann auch Drachen heilen«, sagte da Gibor. »Habe ich zumindest gehört. Er hat mit Hilfe von Gebeten zu Hellwah Wunder gewirkt.«

Mit offenen Mündern starrten sie ihn an. Warum hatten sie noch nie davon gehört?

»Der Hohe Abt gibt Drachen ihre Flügel wieder?«, fuhr Yanko den Jungen an. Das konnte doch nicht wahr sein, der Orden predigte das Gegenteil.

»Nein!« Heftig schüttelte Gibor den Kopf. »Er kann Blindheit heilen und lahme Füße und all das.«

»Das nützt keinem«, stieß Yanko hervor.

»Nur den Blinden und Lahmen«, wandte Juri ein. »Die dürften darüber ziemlich froh sein. Ich kannte mal einen Drachen, der …«

»Später«, zischte Yanko.

»Das ist interessant«, sagte Nica. »Konnte der Abt das schon früher?«

Gibor zuckte mit den Schultern. »Ich bin nur selten in der Stadt und nie im Kloster, aber bislang hat man davon in unserem Dorf nichts gehört.«

»Wisst ihr, was das heißt?«, fragte Nica und sah sie reihum an. Ihre Augen strahlten. »Dass bedeutet, dass unsere Bekanntmachungen und die Entführung vor der Hinrichtung sie wirklich nervös gemacht haben. Der Orden setzt nun neue angebliche Wundergeschichten in die Welt, um seine Stärke zu preisen.«

»Meinst du wirklich?«

»Ja! Oder glaubt einer von euch, dass da mehr dahintersteckt? Wieso sollte jemand mit solchen Heilkräften freiwillig ein Abt des Ordens werden?«

Eine solche Vorstellung war in der Tat absurd. Der Orden erfand also neue Lügen, um die Wahrheit zu bekämpfen. Das konnte nur bedeuten, dass er sie wirklich fürchtete. Sie, einen winzig kleinen Haufen, der Widerstand leistete. Das gab Hoffnung, ab morgen würden sie den Kampf wiederaufnehmen. Wenn er schon nicht die ganze Flotte versenken durfte, dann würde Yanko zumindest herausfinden, wer Ben zu Tode gefoltert hatte. Und an ihm würde er sich furchtbar rächen.

»Wisst ihr, was mich seit zwei Tagen beschäftigt?«, fragte Nica plötzlich. »Aiphyrons Flügel. Wieso lagen sie noch immer in der Bucht, als Juri dort ankam? Die Flügel werden doch üblicherweise rituell verbrannt. Warum haben die Ritter es diesmal nicht getan?«

»Vielleicht sollten wir sie finden?«, schlug Sidhy vor.

»Vielleicht. Aber warum?«

Darauf wusste keiner eine Antwort. Dafür, dass Ritter freiwillig auf ein Ritual verzichteten, musste es sehr gute Gründe geben. Doch solange sie diese nicht kannten, kamen sie hier nicht weiter. Darüber hinaus half es ihnen nicht weiter, Aiphyron ohne Ben zu finden. So sehr es schmerzte, ihn in der Gewalt des Ordens zu wissen, ohne Bens Gabe konnten sie nichts für ihn tun. Er war unwiederbringlich versklavt.

VON DRACHEN UND FALSCHEN GEBETEN

Nachdem Ben in der folgenden Nacht einen Drachen von einem versteiften Kniegelenk geheilt hatte, wurde er zurück in seine Zelle geführt. Herr Sieghold vermied mit verbissener Miene jede Berührung und jeden Blickkontakt, während Herr Rotheisen ihn inzwischen sanfter anfasste und höflicher behandelte als in der ersten Nacht. Beide hatten wohl daran zu knabbern, dass sie die Wahrheit hinter den Wunderkräften des Abts kannten. Tagsüber wurde auf dem Hof vor Bens Fenster mit wachsender Ehrfurcht über den Abt gesprochen.

Als die Ritter gegangen waren, machte es sich Ben so bequem wie möglich auf der Pritsche, um noch ein wenig Schlaf zu finden. Doch kaum hatte er die Augen geschlossen, wurde vor der Zelle sein Name gemurmelt. Ben rappelte sich auf und erkannte Akse. Diesmal hatte er keinen Besen dabei.

»Was machst du denn hier?«, zischte Ben.

»Du hast versprochen, mir von Drachen zu erzählen.«

»Ja, aber … Wie bist du reingekommen?«

»Durch die Tür.« Akse grinste. »Der gute Bruder Kerkermeister schläft nachts wie alle anderen, und ich habe einen Schlüssel für den Gang. Ich musste zu oft fegen, da hat er mir einmal den Zweitschlüssel überlassen und vergessen, ihn zurückzufordern.«

»Du hast den Schlüssel?«

»Nicht zu den Zellen.« Bedauernd schüttelte Akse den Kopf. »Rauslassen kann ich dich leider nicht.«

»Würdest du es tun?«

Einen Moment lang sah ihn Akse an, als würde er ernsthaft überlegen. »Nur mit einem guten Plan. Wenn ich dabei erwischt werde, komme ich nicht mit Bodenfegen davon. Dann werde ich wohl gehenkt.«

»Wie ich«, brummte Ben.

»Nein, wirklich. Im Unterschied zu dir bewahrt mich nichts und niemand vor dem Galgen.«

»Das war ein einziges Mal. Aber wenn ich bei einem Fluchtversuch erwischt werde, wartet auf mich bestimmt auch der Strick.«

»Nein. Der Abt braucht dich, du bist sicher. Was du auch anstellst, er wird dir nichts tun. Zumindest nichts wirklich Schlimmes.«

»Klar. Deshalb habe ich auch die letzte Zelle mit Blick auf den Innenhof bekommen.« Ben schnaubte. Warum machte sich der Knappe über ihn lustig? »Das Kloster ist jahrhundertelang ohne meine Hilfe ausgekommen. Wenn ich sterbe, gibt es eben wieder mehr verletzte Drachen, für den Abt ändert das gar nichts.«

Lächelnd schüttelte Akse den Kopf.

»Du magst viel über Drachen wissen, aber von Menschen hast du keine Ahnung. Bei dir geht es nicht nur um die Drachen, nicht mehr. Khelchos hat sich von dir abhängig gemacht, weil er sich selbst bei den morgendlichen Heilgebeten in den Mittelpunkt stellt. Hätte er unerklärliche Wunderheilungen zugelassen, hätte es Getuschel gegeben, aber die meisten hätten einfach Hellwah gedankt und gepriesen, und es wäre gut gewesen. Nun aber hat er sich als denjenigen dargestellt, der mit Hellwahs Gnade heilen kann. Doch ohne dich kann er das nicht, ohne dich ist er ein Abt, den Hellwahs Gnade verlassen hat. Niemals wird er dich hinrichten lassen.«

So hatte Ben das noch nicht gesehen. Aufgeregt sprang er von der Pritsche und trat an das Gitter. »Meinst du wirklich?«

»Ich weiß es.« Akse lächelte. »Aber jetzt erzähl mir von Drachen.«

Obwohl Ben die nachdrückliche Überzeugung Akses fehlte, spürte er dennoch Erleichterung. Vielleicht war der Galgen für ihn wirklich ferner, als er fürchtete. Konnte das wahr sein?

Die beiden Jungen setzten sich einander gegenüber auf den Boden, die schwere Gittertür zwischen sich, und Ben berichtete so manche Episode, die er erlebt hatte und die etwas über das Wesen von Drachen aussagte. Doch weil er nicht wusste, wie weit er Akse wirklich trauen durfte, erzählte er nichts von seinen Freunden, ihren Plänen, dem Verlies der Stürme und auch nichts von der Herkunft der Drachen, weil Aiphyron ihn einst gebeten hatte, darüber zu schweigen. Sie redeten und redeten, und Ben konnte den Knappen immer besser leiden. Schließlich erzählte er ihm sogar, dass er Drachen die abgeschlagenen Flügel zurückgeben konnte; das hatte Akse sowieso schon fast erraten.

»Mann, wäre es schön, einmal zu fliegen«, sagte Akse, und Ben nickte und schwärmte davon, wie er zum ersten Mal auf Aiphyrons Rücken in die Höhe gestiegen war. Doch der Gedanke daran brachte auch die Erinnerung an die abgeschlagenen Flügel wieder, wie sie in der Bucht hin und her geschwappt waren.

»Hast du eigentlich etwas von einem Drachen gehört, dem am Tag meiner Gefangennahme hier in der Nähe die Flügel abgeschlagen wurden?«, fragte Ben mit belegter Stimme.

Akse schüttelte den Kopf.

»Bist du sicher?«

Angestrengt dachte der Knappe nach. »Ganz sicher. Keiner unserer Ritter hat kürzlich einen neuen Drachen angeschleppt. Auch ansonsten habe ich nichts gehört, doch das hätte ich. Kein Ritter würde darauf verzichten, ein nahe gelegenes Kloster aufzusuchen und sich für seine Tat feiern zu lassen. So eilig haben es die wenigsten, dass sie sich das entgehen lassen.«

Es wollte Ben einfach nicht in den Kopf. Er hatte die Flügel doch gesehen, und er würde sie niemals verwechseln. Außerdem war Aiphyron nicht da gewesen – irgendjemand hatte ihm die Flügel abgeschlagen und ihn mitgenommen, das war gewiss. Vielleicht ein Ritter aus einem rivalisierenden Kloster? Gab es so etwas?

»Wollen wir versuchen, einen Drachen zu befreien?«, riss ihn Akse aus seinen Gedanken.

»Einen Drachen befreien?« Natürlich wollte Ben das, doch er wusste nicht, ob Akse es ernst meinte. So wie er es sagte, schien es ein Kinderspiel zu sein. Als würde er sich nur erkundigen, was sie am nächsten Tag essen sollten. »Und wie?«

»Wir haben morgen Gruppenreiten. Dabei verletze ich einen Drachen mit dem Messer zwischen den Schulterknubbeln. Nicht schlimm, aber doch so, dass sie dich in der kommenden Nacht zu ihm schicken. Und wenn du die Hand auf seine Wunde legst, kannst du mit der anderen unauffällig die Flügelansätze daneben heilen. Dann beginnen sie wieder zu wachsen, richtig?«

»Ja. Aber was bringt das? Zwei Tage später wissen sie von meiner Gabe und schlagen die neuen Flügelstumpen ab.«

»So viel Zeit lassen wir ihnen nicht. Ich sorge dafür, dass seine Box in der folgenden Nacht offen steht. Die Stallgasse kehren muss ich nach einer solchen Geschichte sowieso. Dabei kann ich ihm auch zuflüstern, er soll in die Wälder fliehen und sich verstecken, bis er wieder fliegen kann. Die Torwächter bekomme ich schon abgelenkt, die sind nicht die schlausten.«

»Ich weiß.« Grinsend dachte Ben daran, wie er ins Kloster gekommen war.

Akse erzählte ihm weitere Geschichten von den acht Torwächtern, die seit Jahren reihum die Eingänge bewachten, auf den Türmen Ausschau hielten oder schliefen. Gemeinsam lachten sie über deren blinden Befehlseifer und hielten sich die Hände vor den Mund, um den Kerkermeister nicht zu wecken oder die anderen Gefangenen aufmerksam zu machen. Wer wusste denn, ob nicht einer petzte, um sich ein warmes Abendessen zu erbetteln?

Nach einer Weile sah Akse ihm fest in die Augen. »Und? Machen wir's?«

Ben nickte. »Danke.«

»Nichts zu danken, war doch meine Idee. Bis dann.« Leise schlich sich der Knappe davon. Ben sah ihm nach, solange er konnte.

Doch, er hatte ihm sehr viel zu verdanken. Es schien, als habe er hier drin einen Freund gefunden; etwas, das er niemals erwartet hatte. Akse hatte ihm einen Teil seiner Angst genommen und die Kraft zum Widerstand zurückgegeben.

Als Ben überlegt hatte, wie er hier hereinkommen könnte, hatte er es sich zwar vollkommen anders vorgestellt, aber nun würde er das Beste daraus machen, wenn er schon mitten in einem Kloster war und einen Verbündeten besaß, der sich frei bewegen konnte. Sie würden den Orden zur Verzweiflung treiben, o ja. Zum ersten Mal seit Tagen verspürte er so etwas wie echte Hoffnung.

EIN ZUFÄLLIGER FUND

Die Wahrheit in den Dörfern zu verkünden, war nun manchmal sogar zäher und schwieriger als vor der ausgefallenen Hinrichtung. Misstrauische Blicke achteten darauf, ob sie nicht hier eine jungfräuliche Tochter entführen wollten und da eine Kutsche oder einen Karren. Und doch versuchten sie es weiter und weiter, und überall vermeinte Yanko wenigstens *ein* Augenpaar zu erkennen, das freundlich blickte oder *ein* Gesicht, in dem Neugier oder Zweifel am Orden standen. Und jeder Einzelne zählte.

Wegen Bens Tod und Aiphyrons Versklavung hatten sie beschlossen, dass erst einmal keiner allein bleiben sollte. Also waren sie stets als Gruppe mit drei Drachen unterwegs.

Als sie irgendwann im Landesinneren zwischen zwei Dörfern über ein kleines Wäldchen flogen, ging Marmaran mit Byasso über einer Lichtung plötzlich nach unten.

»He!«, rief Yanko, doch Juri schoss schon hinterher, und auch Feuerschuppe schloss sich an. Kaum waren sie am Boden, erkannte Yanko den Grund für die Landung. Am Rand der Lichtung lagen zwei abgeschlagene, sandbraune Drachenflügel. Sie waren in etwa so groß wie die Feuerschuppes, blutverkrustet und an mehreren Enden von kleinen Tieren angeknabbert. Eine Handvoll Fliegen und Käfer erhob sich, als Yanko näher trat.

»Flügel, schon wieder«, brummte er, dann rief er lauter zu Nica: »Glaubst du, die sollten wir auch finden? Da würde jemand wohl zu sehr auf einen Zufall hoffen, oder nicht?«

»Wieso?«, rief Byasso. »So oft, wie wir zwischen den Dörfern hin und her fliegen, mussten wir sie einfach irgendwann finden. Marmarans Augen sind so herausragend.«

»Aber darauf kann sich niemand verlassen«, sagte Nica. »Und das könnte bedeuten, dass auch Aiphyrons Flügel nicht für uns zurückgelassen wurden, sondern dass es einen Ritter gibt, der auf das Verbrennen verzichtet.«

»Ein ungehorsamer Ritter?« Yanko schnaubte verächtlich. »Das kann nicht sein.«

Während Marmaran mit seinen scharfen Augen den Wald im Blick behielt, untersuchte Juri die Spuren auf der Lichtung. Die Erde war von Krallen und schweren Stiefeln tief aufgewühlt, doch die Gräser hatten sich bereits wieder aufgerichtet; die ausgerissenen waren trocken.

Der Kampf musste länger als ein paar Stunden her sein, und dieser Drache hatte sich anscheinend heftiger gewehrt als Aiphyron. Als hätte er sich nicht so leicht überrumpeln lassen.

»Aiphyron war klug und stark und doppelt so groß, wenn man die Flügel zum Maß nimmt«, sagte Yanko. »Das passt doch nicht.«

»Hier passt gar nichts«, knurrte Juri. »Ich sehe auch kein Loch von einem Pfahl, an den eine Jungfrau gebunden war oder so.«

»Vielleicht haben sie sie einfach an einen Karren gebunden oder ihr nur ein paar schwere Ketten umgelegt«, sagte Byasso.

»Ja, vielleicht«, knurrte Juri und schlich langsam in Richtung Waldrand, Blick und Schnauze stur auf den Boden gerichtet. »Aber ebenso seltsam erscheint es mir, dass sie in diese Richtung verschwunden sind; teils zu Pferd, teils zu Fuß. Nicht zur Straße Richtung Kloster, sondern mitten in die Wildnis.«

»Kannst du der Spur folgen?« Aufgeregt sprang Yanko zum Drachen hinüber.

»Ich weiß nicht, wie weit, und nur sehr langsam. Zudem haben sie mindestens einen halben, eher einen ganzen Tag Vorsprung.«

»Heiliger Trollbollen noch mal! Wenn es derselbe Ritter war, der Aiphyron geholt hat, sollten wir es versuchen.«

»Und was machen wir ohne Ben, wenn wir ihn gefunden haben?«, fragte Nica.

»Zumindest können wir ihn rächen«, sagte Yanko.

Byasso nickte zustimmend.

»Aber auf dem Boden holen wir sie nicht ein«, gab Marmaran zu bedenken. »Wir sollten einfach grob in diese Richtung fliegen und schauen, ob wir von oben etwas erkennen.«

»Und wenn sie irgendwo abgebogen sind?«

»Warum sollte man abbiegen, wenn man querfeldein läuft? So etwas macht man nur auf Straßen, sonst kann man den direkten Weg wählen.«

Grimmig erhoben sie sich wieder in die Luft und flogen mit je hundert Schritt Abstand zwischen sich und im Zickzackkurs Richtung Norden, den Blick stur auf den Boden gerichtet. Zur Not würden sie die ganze Gegend absuchen – ein Drache ohne Flügel und Menschen zu Fuß konnten nicht allzu weit sein.

Drei Stunden später deutete Juri nach unten auf eine Ruine, die sie an anderen Tagen nicht beachtet hätten.

»Runter«, schrie Yanko.

Aber der Drache stieg rasch höher. »Sie dürfen uns nicht sehen«

Schon bald waren sie so hoch, dass Yanko alles nur noch

undeutlich erkennen konnte, aber Marmaran, der wie Feuerschuppe zu ihnen aufgeschlossen hatte, berichtete ihnen, was dort unten geschah.

Es handelte sich um eine Ruine, wie sie zu Hunderten im Großtirdischen Reich existierten, und noch nicht einmal die einer richtigen Burg, sondern nur um die verlassenen Überreste eines großen, ehemaligen Wehrhofs eines Landadligen. Die hohe Außenmauer aus Granit bröckelte an mancher Stelle, stand aber noch immer massiv, ebenso wie drei der vier lang gezogenen Gebäude. Im Innenhof und auf den Mauern befand sich ein gutes Dutzend schwer bewaffneter Männer in dunklen Rüstungen und schwarzen, wappenlosen Tuniken, die einen äußerst wachsamen Eindruck machten. Vier weitere Männer führten zwei flügellose Drachen an einer Leine umher, einen sandfarbenen in Feuerschuppes Größe und Aiphyron.

Aiphyron gab sich zahm und geduldig und trottete ohne Widerstand im Kreis, als erst ein dicker, wohlhabend gekleideter Mann auf ihm ritt und anschließend ein zehnjähriges Mädchen auf seinen Rücken kletterte und ihn am Ohr zog.

»Wir müssen ihn da rausholen«, knurrte Yanko. Er konnte kaum fassen, dass sie Aiphyron gefunden hatten. »Und zwar sofort!«

»Nein«, widersprach Nica. »Wir wissen nicht, wie viele weitere Drachen noch in den Ställen warten. Und Aiphyron gehorcht diesen Kerlen, er wird uns angreifen.«

Yanko fluchte. Aiphyron dort unten zu wissen und nichts tun zu können, war unerträglich.

»Jetzt steigen sie auf den anderen Drachen«, berichtete Marmaran. Was sollte das? Konnte man hier etwa Drachenreiten lernen? Tief im Wald versteckt und unter Aufsicht von zahlreichen Schwarzgekleideten erschien das unwahrscheinlich. Nirgendwo war ein richtiger Ritter zu erkennen.

»Vielleicht sind es Geheimritter für die dunklen Aufträge des Ordens«, entfuhr es Byasso. »Solche, die unliebsame Adlige in Nachbarreichen ermorden. Und allzu einflussreiche Ketzer.«

»Unsinn! Das gibt es nicht. Und was will dann das kleine Mädchen dort?«

»Vielleicht ist sie die Tochter des Anführers und hat Geburtstag?«

»Wer sie auch ist, sie hat einen schlechten Geschmack«, sagte Marmaran. »Sie tätschelt dem kleinen Drachen die Schnauze, und Aiphyron wird wieder in den Stall geführt.«

»Blödes Gör«, schimpfte Yanko. »Was machen wir jetzt?«

»Einer muss hierbleiben und weiter beobachten, was mit Aiphyron geschieht.« Nica klang nachdrücklich. »Vielleicht ergibt sich ja doch eine Gelegenheit, ihn irgendwie herauszuholen. Aber die dort unten müssen über mindestens eine Blausilberklinge verfügen und haben Aiphyron und den anderen besiegt. Wir können da nicht einfach so einfallen.«

So sehr sie es hassten, Nica hatte recht. Ohne Verluste würden sie einen Kampf nicht überstehen, und gewinnen konnten sie rein gar nichts. Selbst Yanko wollte nicht, dass jemand für nichts weiter als Rache starb.

»Und jetzt sieht die Kleine den dicken Mann an und deutet dauernd auf den Drachen. Sie scheint zu betteln«, fuhr Marmaran fort. »Auch wenn es unsinnig klingt, es wirkt, als würde sie den Drachen kaufen wollen. Hier wird mit Drachen gehandelt!«

»Drachen werden von Rittern verliehen«, wandte Yanko

ein. »Sie werden nicht verkauft. Das ist eine Zeremonie mit viel Aufwand und großen Worten.«

»Aber diese hier nicht, darum die abgeschiedene Lage und die Heimlichtuerei!«, rief Nica. »Marmaran hat recht, das ist ein Schwarzmarkt für Drachen. Für all die Wohlhabenden, die keinen Drachen verliehen bekommen haben, oder ihrem Empfinden nach zu wenige. Doch hier können sie weitere erstehen. Von Rittern, die plötzlich mehr besitzen wollen als nur Schwert, Rüstung und einen Raum in einem Kloster.«

»Was sind das für Ritter?« Verwirrt schüttelte Yanko den Kopf.

»Vielleicht liegt es an der Nähe zu Rhaconia. Wir wissen doch, dass hier selbst die Töchter verschachert werden. Wenn das mit dem eigenen Fleisch und Blut üblich ist, warum sollte man dann keine frisch entflügelten Drachen verkaufen, anstatt sie ins Kloster zu bringen?«

»Fliegt ihr zur Insel zurück«, sagte Marmaran. »Ich behalte mit Byasso erst mal alles im Auge. Falls sie Aiphyron fortschaffen, folgen wir ihm. Morgen kann uns ja jemand ablösen.«

ERPRESSUNG

Ben stand in seiner Zelle und lauschte in die Nacht. Bislang war alles so abgelaufen, wie Akse es geplant hatte. Am Vortag hatte er einen grünschuppigen Drachen mit langer Schnauze und kurzen breiten Füßen zwischen den Schulterknubbeln verletzt, und Ben hatte ihn geheilt. Stundenlang hatte er dabei seine Heilkräfte in die Flügelstumpen gesandt, bis seine Bewacher allzu ungeduldig geworden waren und ihn herausgerufen hatten. Sie waren müde und gereizt und hatten keine Lust mehr, auf der Stelle zu stehen.

»Verhalte dich still«, hatte er dem Drachen noch zugeraunt und in seinen Augen erkannt, dass er verstanden hatte. »Ein Freund wird kommen und dich rauslassen. Bis dahin sei ruhig.«

Seitdem hatte Ben nichts tun können als warten. Irgendwann heute Nacht würde Akse ihn befreien. Seit Ben von der Heilung eines kurzschnauzigen Wachdrachen zurück war, lief er unruhig in seiner Zelle auf und ab, blieb stehen und lauschte, lief wieder auf und ab, blieb wieder stehen. Nichts war zu hören.

Er trat unter das hoch gelegene Fenster, sprang, klammerte sich an der Unterkante der Laibung fest und zog sich hoch. Schwer atmend starrte er durch das Gitter in die Nacht, konnte jedoch nichts entdecken. Natürlich, er hatte weder den Stall noch das Tor im Blickfeld. Dennoch sah er in immer kürzeren Abständen hinaus. Sein Arm war nur noch blau, Schmerzen verspürte er keine mehr.

Es musste bereits Stunden nach Mitternacht sein, da raunte eine Stimme vor seinem Fenster: »Er ist raus.«

Sofort sprang Ben hinüber und zog sich hoch, doch niemand war zu sehen. Er wagte nicht, Akses Namen zu rufen oder überhaupt etwas. Dennoch war er sicher, dass alles geklappt hatte. Dankbar ließ er sich auf die Pritsche sinken, um noch ein wenig Schlaf zu finden.

Doch kaum hatte er die Augen geschlossen, begannen auch schon die ersten Vögel zu singen. Dämmerung breitete sich aus, aber statt der üblichen Morgenandacht drangen lautes Rufen und eilige Schritte herein. Das Kloster schien in Aufruhr, Ben lächelte.

Kurz darauf kam Herr Rotheisen den Zellengang herabgestürzt und starrte in Bens Zelle.

»Du bist hier?«, stieß er atemlos hervor.

»Wo soll ich denn sonst sein?« Ben blickte ihn mit gespielter Verwirrung an, obwohl sein Mienenspiel unter der Maske nicht zu erkennen war.

»Nirgendwo.«

»Was ist denn da draußen los?«

»Ein Drache ist verschwunden. Und … Das geht dich überhaupt nichts an, Maskenjunge!« Der Ritter stürmte davon.

Grinsend setzte sich Ben auf die Pritsche. Es hatte tatsächlich alles geklappt.

Nach einer Weile hörte er draußen fernes Fluchen, dann Schreie. Kurz darauf wurde die Tür zum Zellentrakt aufgeschlossen und jemand hereingeschleift.

»Ich war es nicht. Ich hab es nicht getan. Was es auch ist, ich war's nicht!« Bens Herz blieb stehen, als er Akses Stimme erkannte. »Ihr könnt nicht jedes Mal mich beschuldigen!«

»Diesmal bist du zu weit gegangen«, sagte eine kalte Stimme. »Viel zu weit.«

»Aber ich war's nicht!«

»Du hattest Stalldienst, als Laubjäger verschwunden ist, und die Torwächter haben sich an dich erinnert. Zwar erst eben, aber sie sind sicher, dass du es warst, trotz der albernen Maskerade.«

»Nein! Ich war's nicht!« Akse klang verzweifelt.

»Kein Mensch wird dir glauben. Nicht einmal der Abt. Du hast einen Drachen in die Welt hinausgeschickt, eines von Hellwahs kostbarsten Geschöpfen. Wenn der Abt heute gnädig gestimmt ist und wir das Tier gleich wiederfinden, lässt er dir vielleicht nur die rechte Hand abhacken.«

»Nein! Bitte!«, wimmerte Akse.

Dann schlug eine Tür zu, Schritte entfernten sich.

Ben saß zusammengesunken in seiner Zelle und zitterte. Am liebsten hätte er tröstende Worte durch den Gang gerufen, aber das würde alles nur schlimmer machen. Wenn irgendwer erfuhr, dass er Akse kannte, würde diesem weit mehr geschehen, dann half alles Leugnen nicht mehr. Auch war Ben nicht sicher, ob er ungeschoren davonkäme, egal, wie sicher Akse gewesen war, dass der Abt ihm nichts tun konnte.

Er war auch sicher gewesen, dass die Befreiung des Drachen klappen würde.

Alle Hoffnung war dahin, Bens Kopf ausgefüllt mit grausamen Bildern von riesigen Äxten und blitzenden Schwertern, die auf Akses Arm niederrasten.

Wenn der Abt gnädig gestimmt ist.

Das Wimmern füllte den Gang aus, bis irgendwer rief: »Halt's Maul, Jammerlappen.«

Ben wusste nicht, ob es ein Ritter oder ein anderer Gefangener gewesen war, doch langsam erstarb das Wimmern.

Ben wippte vor und zurück. Sie würden ihm die Hand abschlagen, weil er Ben geglaubt hatte. Weil er zugehört und beschlossen hatte, Bens Freund zu sein. Hätte Ben doch einfach den Mund gehalten, dann würde Akse jetzt bestimmt irgendwo den Boden fegen oder vielleicht auch etwas ausmisten, aber nicht seine Hand verlieren. Was hatte dem armen Kerl die Wahrheit geholfen, die Ben ihm gebracht hatte?

Ben fühlte sich schuldig und allein.

Was nutzte dem Knappen die Wahrheit jetzt? Warum hatte er sie nicht ignorieren können, wie all die anderen aus dem Orden?

»Schwachkopf«, murmelte Ben zu sich selbst, so leise, dass ihn niemand hörte. Hilflos umklammerte er seine Beine und starrte ins Nichts. Dass ein Drache mit nachwachsenden Flügeln entkommen war, änderte an Bens Laune nichts. Der getrocknete Schweiß und Schmutz unter der Maske juckten.

Sehr viel später wurde die Tür zum Zellentrakt erneut aufgestoßen, und der Kerkermeister brachte allen Essen. Unweit von Bens Zelle blieb er länger stehen.

»Junge, es sieht nicht gut aus für dich. Der Abt hat keinen gnädigen Tag heute, Laubjäger ist unauffindbar, und in Rhaconia wird gemurrt, seit die Hinrichtung ausgefallen ist. Es wird gemunkelt, der Abt habe den Landstrich nicht mehr im Griff, seit sich geflügelte Drachen hier herumtreiben. Das darf er nicht auf sich sitzen lassen. Ich befürchte, er kann dich nicht einfach so mit dem Verlust der Hand davonkommen lassen.«

»Nein, bitte nicht!«, stöhnte Akse.

»Er hat dir einfach zu viel durchgehen lassen.« Der Bruder Kerkermeister klang bedauernd, wahrscheinlich kannte er Akse dank seiner häufigen Strafarbeiten so gut wie keinen anderen Knappen. »Diesmal muss er hart sein. Ich sag es dir besser gleich, damit du bei der Urteilsverkündung stark sein kannst. Diesmal wirst du hängen.«

Hängen? Entsetzt sprang Ben auf. Wie konnten sie ihn hängen? Sein Bauch verkrampfte sich. Er hatte ihn in den Tod geschickt, er allein. Das durfte nicht sein! Er musste etwas dagegen tun. Nur was? Er war doch selbst ein wertloser Gefangener.

»Kerkermeister!« Er hatte geschrien, bevor er nachgedacht hatte.

»Was willst du?«, gab der unwirsch zurück.

»Ich muss mit dem Abt reden. Sofort!«

»Du musst?« Der Kerkermeister lachte auf. »Sollte der Abt je gewusst haben, dass du existierst, dann hat er es längst vergessen.«

»Ach ja?« Wütend spuckte Ben aus, wollte schon eine Beleidigung brüllen, doch dann riss er sich zusammen. Beleidigungen halfen Akse nicht weiter. »Dann eben mit Herrn Rotheisen!«

»Ach ja?« Mit schweren Schritten kam der Kerkermeister zu ihm herüber und baute sich vor seiner Zelle auf. »Was gibt es denn so Wichtiges, dass der hohe Herr Maskenjunge einen Ritter zu sich bitten lässt?«

Ben trat an die Gitter heran und sagte mit leiser, kalter Stimme: »Das kann ich nur Herrn Rotheisen oder dem Abt sagen. Und glaubt mir, es ist sehr viel wichtiger, als Ihr denkt.«

»Von einem Gefangenen nehme ich keine Befehle entgegen.« Doch dem Gesicht des Kerkermeisters war anzusehen, dass er um Bens Bedeutung wusste. »Aber ich werde mich bei Herrn Rotheisen beschweren, dass sich der Junge in der Maske unverschämt verhält.«

»Gut«, knurrte Ben.

Viel schneller als erwartet stand der Ritter vor seiner Zelle. Viel zu schnell, als dass Ben über das hatte nachdenken können, was er vorhatte. Inständig hoffte er, dass er jetzt keinen Fehler machte, dass er Akse richtig einschätzte und vor allem der den Abt. Aber er konnte nicht zulassen, dass der Junge gehenkt wurde.

»Was gibt's?«, fragte Herr Rotheisen. Er stand direkt vor Bens Tür und sprach so leise, dass ihn sonst niemand hören konnte.

»Ich will nicht, dass dieser Knappe gehenkt wird«, gab Ben ebenso leise zurück.

»Ach ja? Und du denkst, du könntest mal eben die Rechtsprechung übernehmen?«

»Das hat nichts mit Recht zu tun. Sagt dem Abt, ich werde aufhören zu heilen, wenn er ihn nicht freilässt.«

»Soll das etwa eine Drohung sein?« Verblüfft starrte der Ritter ihn an. »Wenn du nicht heilst, stirbst du. Was sollte das irgendwen sonst kümmern? Wir haben dich in der Hand, nicht du uns.«

»Wenn ich sterbe«, sagte Ben mit aller Härte, zu der er trotz seiner Angst fähig war, »dann wird kein Hellwah die morgendlichen Gebete um Heilung mehr erhören. Das weiß ich, das wisst Ihr und das weiß der Abt; wenn auch niemand sonst.«

»Was meinst du …?«, setzte der Ritter an und erbleichte. Anscheinend hatte er über die ganze Situation weniger nachgedacht als Akse.

»Habt Ihr verstanden?«

Der Ritter nickte und musterte Ben voller Angst und Verwirrung. Er räusperte sich und sagte, er werde es dem Abt ausrichten. Dann stiefelte er davon.

Schon kurz darauf war er zurück und berichtete, der Abt sei bereit, mit Ben zu reden. Aber er käme sicher nicht hier herunter und Ben nicht bei Tageslicht hinauf. Ben werde bei Anbruch der Nacht abgeholt, die Urteilsverkündung sei erst einmal aufgeschoben. Ben solle sich aber sehr gut überlegen, was er zu sagen habe, ein Hoher Abt lasse sich nicht ungestraft erpressen.

Bis weit nach Sonnenuntergang lief Ben in seiner Zelle auf und ab wie ein wildes Tier. Jetzt gab es kein Zurück mehr, er hatte den Abt herausgefordert.

Als es dunkel wurde, war er aufgedreht und übernächtigt, und er spürte, wie die unterdrückte Furcht an ihm rüttelte.

Herr Rotheisen brachte ihm einen langen dunklen Kapuzenmantel und befahl ihm, ihn überzuziehen. Dann führte er ihn aus dem Kerker. Im Vorbeigehen warf Ben einen Blick auf Akse, der auf seiner Pritsche kauerte und mit leerem Blick zum Fenster hinaufstarrte. Ben schwor sich, ihn zu retten.

Der Abt empfing ihn nicht in seinen üblichen Räumlichkeiten, sondern in einem kleinen, spärlich eingerichteten Hinterzimmer, um ihm zu zeigen, dass er keinerlei Respekt verdiente. Doch Ben wollte keinen Respekt von ihm. Dass der Abt nicht lächelte, war ihm genug.

»Ich glaube, wir müssen etwas Grundlegendes klären«, sagte der Abt kalt und ohne Umschweife.

Außer ihnen und Herrn Rotheisen befand sich niemand im Zimmer, was Ben aufatmen ließ. Der Abt verzichtete auf eine angemessene Leibwache, nicht einmal Herr Sieghold war anwesend. Er wollte wirklich nicht, dass irgendwer etwas erfuhr, und das hieß, er war verwundbar.

»Das müssen wir«, entgegnete Ben nicht weniger kalt.

»Nur erklär mir zuerst, was dich an diesem Knappen interessiert. Woher kennst du ihn?« Lauernd blickte der Abt ihn an.

»Ich kenne ihn überhaupt nicht. Aber aus all dem Geschrei im Hof und Kerker habe ich entnommen, dass er einen Drachen freigelassen hat. Ihr wisst, wie ich zu Drachen stehe, da kann ich nicht zulassen, dass er hingerichtet wird. Für eine solche Tat sollte niemand bestraft werden.«

Khelchos nickte kaum merklich und starrte ihm kalt in die Augen. »Und ich kann nicht zulassen, dass mir jemand in meinem Kloster Befehle erteilt. Schon gar nicht ein gesichtsloser Gefangener.«

»Denkt an die Morgenandacht.«

»Das tue ich.« Jetzt zeigte sich doch ein Lächeln auf seinen Lippen, ein ausgesprochen freudloses. »Mich wundert nur, dass du an so etwas denkst. Offenbar habe ich dich unterschätzt.«

Ben lächelte und schwieg.

»Sei dir sicher, das passiert mir nicht noch mal.« Der Abt wandte sich ab und trat an das geschlossene Fenster zum Innenhof. »Dieses eine Mal will ich deiner Forderung nachkommen. Solltest du es jedoch je wieder wagen, mir eine solche Nachricht zu schicken, lasse ich dir beide Beine brechen und dich fortan zu den Drachen tragen. Zum Heilen brauchst du sie nicht. Haben wir uns verstanden?« Er drehte sich um, in seinen Augen stand Hass.

Nach kurzem Zögern nickte Ben. Er würde sich jetzt nicht

auf einen Machtkampf einlassen, nicht wenn es derart in dem Abt brodelte. Sollte dieser ihm irgendwann wirklich die Beine brechen wollen, konnte er ihn erneut an die Bedeutung der Morgenandacht erinnern.

»Glaub es mir, Junge«, sagte Khelchos mit gefährlich leiser Stimme. »Wenn du das noch einmal versuchst, dann finde ich einen Sündenbock dafür, dass Hellwahs Segen für die Drachen ausbleibt. Und dieser Sündenbock werde nicht ich sein, und er wird furchtbar leiden.«

Ben schluckte und begriff, dass er den Abt überrascht hatte, und dass dies alles war, was ihn davor bewahrte, schon jetzt verkrüppelt zu werden. Noch benötigte der Abt seine Heilkräfte, doch das kalte Glitzern in den Augen verkündete, dass er sich furchtbar rächen würde. Nicht jetzt sofort, sondern geplant und sehr, sehr ausdauernd. Ben hatte Akse gerettet, doch lange würde er sich darüber nicht freuen können.

»Euer Wort genügt mir nicht.« Ben bemühte sich, das Zittern in seiner Stimme zu unterdrücken. »Der Knappe wird jetzt auf der Stelle freigelassen, und zwar mit einem schnellen Pferd. Ich werde mir vom Klostertor aus ansehen, wie er davonreitet, und mich überzeugen, dass ihm nicht sofort zehn Ritter folgen, um ihn im nächsten Wald aufzuknüpfen.«

Khelchos nickte kaum merklich. »Heute Nacht folgt ihm keiner. Aber ich kann nicht garantieren, was meine Ritter morgen früh tun werden, wenn sie erfahren, dass er weg ist. Schließlich haben sie geschworen, das Böse und die Feinde Hellwahs zu bekämpfen.«

Damit war der Handel beschlossen. Der Hohe Abt schickte Herrn Rotheisen in den Kerker, um Akse zu holen, und ging selbst mit Ben zum Tor. Dabei befahl er ihm, sich die

Kapuze tief ins Gesicht zu ziehen, damit die Maske nicht zu erkennen war.

Die vom unerwarteten Besuch überraschten Torwächter grüßten unterwürfig und mit zusammengeschlagenen Hacken. Hastig öffneten sie das Tor auf Wunsch des Abts, dann warteten alle schweigend.

Stille lag über dem Kloster; selbst die Drachen und Tiere verhielten sich ungewöhnlich ruhig. Angespannt wartete Ben, bis sich endlich Huftritte näherten. Herr Rotheisen führte ein Pferd am Zügel und Akse an einer Kette herbei. Der Knappe zitterte und blickte ungläubig nach links und rechts, als erwarte er, dass sich alles gleich als böser Scherz herausstellen würde. Doch das tat es nicht.

Am Tor angekommen, öffnete Herr Rotheisen seine Kette und nahm ihm auch die von den Füßen ab. Mit ausdruckslosem Gesicht drückte er ihm die Zügel in die Hand.

»Dank eines vornehmen Fürsprechers, der gern unerkannt bleiben möchte, bist du frei«, sagte der Abt. Inzwischen trug er wieder sein übliches Lächeln auf den Lippen und nickte in Bens Richtung. Er spielte Theater für die Torwächter. »Fürs Erste. Doch es könnte geschehen, dass dich morgen ein Rat der Ritter für vogelfrei erklärt. Das wäre sehr bedauerlich, aber wohl kaum zu verhindern. Die ergebenen Ritter sind Hellwahs Willen zu größerem Gehorsam verpflichtet als mir.«

»Ich danke Euch.« Akse ging vor Ben auf die Knie. Dabei hielt er die Zügel weiter fest umklammert, als wolle er das Pferd und die neu gewonnene Freiheit nie wieder loslassen. Die Drohung des Abts hatte er sicherlich verstanden.

Vogelfrei, schoss es auch Ben durch den Kopf. Sie würden ihn mitleidlos und ohne Unterbrechung jagen, und zwar auf Befehl des Abts, dessen war er sich in diesem Moment sicher. Khelchos würde nicht ruhen, bis er Ben Akses abgeschlagenen Kopf auf einem Teller servieren könnte. Plötzlich wurde ihm bewusst, was der Abt unter Rache verstand; sie war nur vollkommen, wenn er Ben zuerst das Scheitern all seiner Pläne und Bemühungen aufzeigen konnte. Erst dann würde er ihn töten lassen, erst wenn Ben wusste, dass sein Opfer überflüssig gewesen war. Ohne fremde Hilfe war Akse verloren.

»Schon gut, Junge, steh auf.« Ben beugte sich zu dem Knappen hinab und tat, als wolle er ihm aufhelfen. Dabei näherte er sich seinem Ohr und raunte ihm zu: »Verlies der Stürme.«

Akse erhob sich und blickte Ben überrascht und dankbar in die Augen. Doch er sagte nichts, nickte nur ein letztes Mal und schwang sich aufs Pferd. Er schnalzte, stieß ihm die Fersen in die Seite und galoppierte durch die Nacht davon. Rasch verschwand er in der Dunkelheit. Weder sah noch hörte Ben irgendwelche Verfolger. Als die Huftritte in der Ferne verklungen waren, wurde er wieder in seine Zelle geführt.

MIT DEM WISSEN DES GERETTETEN

Seit zwei Tagen beobachteten sie nun abwechselnd die Ruine, in der Aiphyron festgehalten wurde, doch noch immer wussten sie nicht, was zu tun war. Zu viele gut gerüstete Männer hielten sich dort auf, und stets waren sie wachsam.

Während Nica mit Feuerschuppe dort kreiste, saßen Yanko und Anula im Sand des Thronsaals und wälzten wieder und wieder dieselben Fragen. Der Wachdrache umschwirrte wieder und wieder mit seinen zurückgewonnenen Flügeln den ausgestopften Kraken und warf ab und an ein kurzes Wort ein, selten ein hilfreiches. Vor zwei Tagen hatte er ihnen mitgeteilt, dass er Quobemhonn hieß, ihnen außerordentlich dankbar sei und fortan die hohe Festung bewachen und bis zum letzten Blutstropfen verteidigen werde. Seine lange Zeit als unterdrückter Wachdrache hatte wohl Spuren hinterlassen, er hatte der Händlerfamilie in Rhaconia fünf Generationen lang gedient.

»Wir bekommen Besuch!«, rief Marmaran plötzlich von draußen.

Wieso stürmt es dann nicht?, dachte Yanko und sprang ans Fenster. Doch er konnte niemanden sehen.

»Wer ist es?«, rief Anula hinter ihm.

»Ein Junge auf einem großen Brett«, gab Marmaran zurück. »Er hat ein Paddel in der Hand und sieht erschöpft aus, ich hol ihn mal ab.«

Yanko und Anula rannten aus dem Thronsaal und hinaus vor die Festung. Im Innenhof schloss sich ihnen Sidhy an. Sie erreichten das Ufer, als der Drache eben eine drei Schritt lange und fünf Handbreit schmale Holzplanke und einen Jungen auf den Boden setzte. Er schrie nicht panisch beim Anblick des geflügelten Drachen, sondern ließ sein Paddel fallen und bedankte sich bei Marmaran.

»Fast hätte ich es nicht mehr geschafft«, keuchte er und sank auf die Knie. »Aber ich dachte, mit einem richtigen Boot werde ich vom Sturm versenkt.«

Ein schlauer Bursche, dachte Yanko und fasste ihn schärfer ins Auge. Seine Worte deuteten darauf hin, dass er nicht aus Versehen hier angespült worden war.

Erst jetzt wurde ihm bewusst, dass der Junge Hose und Tunika eines Ordensknappen trug, beides verschmutzt und durchnässt. »Wer bist du?«

»Ich heiß Akse. Ben hat gesagt, ich soll herkommen.«

Ben!

Anula schrie auf, und Yanko stand einfach da, unfähig, sich zu rühren. Das konnte nicht sein, Ben war tot. Tot. Und doch fühlte er einen kurzen Moment die irrsinnige Hoffnung, sein Freund sei noch am Leben. Dann hasste er diesen Jungen dafür und hielt alles für einen bösen Scherz, er war schließlich ein Knappe. Hass und Hoffnung, Glück und Schmerz, Yanko fühlte alles zugleich. Er wollte sich an die Hoffnung klammern, wollte alles andere aus seinem Kopf verbannen. Doch durfte er das wirklich? Dieser Akse hatte ein ehrliches Gesicht. Doch auch wenn er nicht log, bedeutete das nicht, dass Ben noch lebte, schließlich konnte er bereits vor längerer Zeit mit Ben gesprochen haben; in Rhaconia oder als er das Kloster betreten hatte. Angespannt stammelte er: »Wann …?«

»Gestern.« Der Knappe atmete noch immer schwer und erhob sich langsam. »Gestern Nacht.«

Gestern! Erleichterung durchströmte Yanko.

»Wo?« Anula packte den Knappen an den Schultern und schüttelte ihn. Eine Mischung aus Hoffnung, Angst, Lachen und Schmerz verzerrte ihre Züge.

»Im Kloster. Er hat mich vor dem Galgen gerettet.«

Anula wirkte, als wollte sie vor Freude tanzen, doch dann sackte sie einfach in die Knie und weinte. So sehr, dass sie vor Krämpfen geschüttelt wurde.

»Wie geht's ihm? Was hat er noch gesagt?«, sprudelte es aus Yanko hervor.

»Nichts.« Akse lächelte. »Er hat mir nur *Verlies der Stürme* zugeraunt, für mehr blieb uns keine Zeit. Ich weiß nicht einmal, was ich hier soll und wer ihr seid.«

»Bevor wir dir das sagen, erzählst du uns erst, wer du bist und warum Ben nicht tot ist.«

Akse berichtete ihnen, wie Bens Gabe ihn vor dem Galgen gerettet hatte, wie der Abt ihn ausnutzte und wie Ben Akse erst die Wahrheit über Drachen erzählt und ihm dann das Leben gerettet hatte.

»Wir müssen Ben befreien!« Yanko fuchtelte mit den Armen, deutete hierhin und dorthin, als wolle er Befehle für einen sofortigen Angriff geben. Aufgedreht rannte er hin und her, unfähig, sich ruhig zu halten. »Wir müssen ihn raushauen, die Klostermauern niederreißen! Alles plattmachen! Auf der Stelle!«

»Und was, wenn das eine Falle ist?«, fragte Sidhy.

»Du willst wohl nicht, dass er zurückkommt?«, schrie Yanko ihn an, doch er wusste, dass Sidhy recht hatte. Warum sollten sie einem Knappen trauen? Welchen Beweis hatten sie, dass Ben noch lebte? Doch andererseits: Welchen Beweis hatten sie eigentlich, dass Ben tot war? Keinen einzigen, nur die Behauptung des Ordens. Konnte Akses Geschichte wirklich wahr sein?

»Ich fliege heute Abend rüber und sehe nach«, sagte da Quobemhonn, der sie fröhlich umkreiste. »Im Dunkeln kann man mich mit einem großen Vogel verwechseln, auch wenn das eine Frechheit ist. Wo finde ich seine Zelle?«

»Aber wir anderen kommen mit«, bestimmte Anula, bevor Akse antworten konnte. »Wenn er den Abt wirklich so sehr gegen sich aufgebracht hat, ist die Zeit knapp.«

Kaum hatte sich die Dämmerung über das Land gesenkt, da erhoben sich die drei Drachen mit Yanko und Anula in die Luft. Niemand hatte Nica und Feuerschuppe abgelöst, dafür sei einfach keine Zeit gewesen, versicherten sie sich gegenseitig. Doch eigentlich hatte nur keiner zu der Ruine fliegen wollen, weil das bedeutet hätte, nicht bei Bens Befreiung dabei sein zu können. Und darauf wollte keiner verzichten.

Als sie das Kloster erreichten, war das Tor bereits verriegelt, doch noch herrschte Leben im Innenhof und den Stallungen. Ein Pferd wurde im Feuerschein beschlagen, ein einzelner Knappe wieder und wieder über ein Holzgestell gejagt, doch niemand kehrte den Boden.

Ungeduldig kreisten Bens Freunde am Himmel, bis Quobemhonn knurrte, er werde schon nicht gesehen, und sich in die Tiefe fallen ließ. Yanko verlor ihn in der Dunkelheit rasch aus den Augen, das war ein gutes Zeichen. Sah man nur seinen Schemen, hielt man ihn vielleicht wirklich für einen außerordentlich plumpen Schwan oder ähnlich großen Vogel.

Nach wenigen Minuten war er zurück. »In der Zelle sitzt wirklich ein Junge, der eine Maske trägt. Ich habe Ben geflüstert, da ist er zusammengezuckt. Dann ist aber jemand gekommen, und ich bin auf und davon.«

»Sollen wir stürmen?«, fragte Yanko voller Tatendrang. Ben lebte! Dieser Gedanke durchströmte ihn wie pures Glück. Wild zappelte er auf Juris Rücken, bis der ihn anknurrte, er solle endlich stillhalten.

»Wir warten«, bestimmte Marmaran. »Die da unten sind alle bewaffnet.«

»Angst trotz dicker Schuppen?«

»Ja. Um euch menschliche Gepäckstücke. Und um Ben.«

»Wenn dieser Akse wirklich die Wahrheit gesagt hat, müssen wir seine Zelle nicht stürmen«, sagte Anula. »Dann wird Ben über den Innenhof zu den Ställen geführt. Genau dann schlagen wir zu.«

Und so kreisten sie über dem Kloster, während das Leben unten langsam erstarb. Als der Innenhof endlich verlassen war, betraten zwei Ritter das Gebäude, das auch den Kerker beherbergte, und die Drachen glitten im Schutz der Nacht langsam und leise tiefer. Bang und voller Erwartung stierte Yanko ununterbrochen auf die Tür zum Kerker. Es schien Stunden zu dauern, bis die Ritter wieder heraustraten, doch dann führten sie tatsächlich einen Jungen in ihrer Mitte, der eine Maske trug. Einer der Ritter hielt seinen Oberarm umklammert, der andere berührte ihn nicht und würdigte ihn keines Blickes. Der Junge hinkte.

»Los«, flüsterte Anula, und sie stürzten hinab. Sie wussten, alles musste schnell gehen. Yanko klammerte sich eng an Juri, der Gegenwind fuhr ihm heftig ins Gesicht und zerrte an seinem Hemd. Der Boden raste auf sie zu.

Als die Ritter den Luftzug der Drachenflügel endlich spürten, blickten sie nach oben. Doch viel zu spät, Juri war bereits über ihnen. Der erste Ritter ließ Ben los und griff nach seinem Schwert, doch Juri trat ihn mit voller Wucht gegen die Brust, sodass er gegen die bestimmt fünf Schritt entfernte Stallwand geworfen wurde und benommen zu Boden sank. Ansatzlos wirbelte Juri herum, so rasch, dass Yanko fast von seinem Rücken gefallen wäre. Mit letzter Kraft klammerte er sich fest, während der Drache dem zweiten den Schwanz mit vollem Schwung ins Gesicht drosch, sodass der zu Boden geschmettert wurde und sich schreiend mehrmals überschlug. Ohne weiter auf ihn zu achten, sprang Juri in die Höhe und breitete die Flügel aus.

Marmaran, der ihnen in Juris Windschatten gefolgt war, packte sich in diesem Moment den völlig verdutzten Jungen mit der Maske, der beinahe reglos mitten im Klosterhof stand. Ganz sanft umschloss seine große Klaue den Jungen, dann jagte er mit einem lauten Brüllen in den Himmel. Der Junge wehrte sich nicht, die Drachen in den Stallungen antworteten mit lautem Fauchen.

Die Wächter am Tor und auf den Türmen schrien, ein Pfeil zischte haarscharf an Yankos Gesicht vorbei.

»Duckt euch, sie schießen!«, rief er und schmiegte sich an Juris Schuppen, versteckte sich hinter ihm. Von solchen Pfeilen konnte ein Drache nicht ernsthaft gefährdet werden. Ausgelassen schrie er hinab: »Blindei!«

»Ben!«, rief Anula. Ihre Stimme zitterte. »Bist du's wirklich? Sag was!«

Und der Junge antwortete: »Anula! Ja. Ja, ich bin's.« Es war eindeutig seine Stimme. Er lachte und rief alle ihre Namen, selbst die von Nica und Feuerschuppe, die überhaupt nicht hier waren, was er in der Dunkelheit nicht sehen konnte. Dann brüllte er eine derart lange Verwünschung an den Abt in die Tiefe, dass er sie dreimal unterbrechen musste, um Luft zu holen.

Yanko spürte, wie ihm Freudentränen über die Wange rannten. »Juri und ich sagen Nica und Feuerschuppe Bescheid. Wir sehen uns im Verlies.«

DER VERLOGENE SCHWARZHÄNDLER

Mit spitzen Krallen hatte Marmaran die Schlösser an Bens Maske aufgebrochen, und Anula hatte ihm vorsichtig das verschrumpelte Gesicht gewaschen und die abgestorbenen Hautstückchen und den getrockneten Schweiß abgerieben. Sie hatte geweint und gelacht und ihn immer wieder vorsichtig geküsst. Dann hatten sie alle gemeinsam bis weit in die Nacht geredet und sich gegenseitig berichtet, wie es ihnen ergangen war. Jetzt lagen Ben und Anula eng umschlungen in ihrem großen Bett in der Trollfestung. Ben hatte das Gefühl, ihr noch so vieles sagen zu wollen, doch eigentlich wollte er nur immer wieder wiederholen, wie sehr er sie liebte. Wie sehr er sie vermisst hatte, wie stolz er auf sie war und so vieles, doch er brachte vor Müdigkeit keinen vernünftigen Satz heraus.

Sanft löste sich Anula von ihm und sah nach seinem Bein. Der Abt hatte es nicht brechen lassen, doch der Kerkermeister hatte ihm bei der nächsten Essensausgabe mit seinem Stock draufgeschlagen, sodass der Knöchel und die Wade dick und blau waren. Ob auf Befehl des Abts oder weil er selbst wütend auf seinen maskierten Gefangenen gewesen war, wusste Ben nicht. Vorsichtig küsste Anula die beiden Schwellungen, dann kroch sie wieder in Bens Arme.

»Ich …«, sagte Ben, aber dann wusste er schon nicht mehr weiter. Der Schlafmangel der letzten Nächte forderte seinen Tribut. Bevor ihm die Augen zufielen, hob er noch die Hand, um durch Anulas Haar zu streichen, um sie zu sich zu ziehen und zu küssen, doch bevor er die Bewegung ausgeführt hatte, war er eingeschlafen. Er schlief so tief und friedlich, dass er erst am nächsten Nachmittag erwachte.

Am Abend brachen sie zu der Ruine auf, in der Aiphyron gefangen war. Akse hatte Bens Bein untersucht und versichert, dass nichts gebrochen war. Den Schmerz musste Ben nun einfach aushalten, denn ohne seine Gabe konnten sie den Drachen nicht befreien. Keiner wollte gegen Aiphyron kämpfen, er war zu groß und stark, und sie wussten nicht, ob er ohne Flügel nicht wild Feuer speien würde, wenn die schwarzen Männer es ihm befahlen. Sie mussten es mit einer List versuchen, und so gingen sie im Schutz der Dunkelheit ein Stück vor der Ruine zu Boden.

»Wie seh ich aus?«, fragte Ben und strich sich durch das frisch gewaschene Haar.

»Gut.« Anula lächelte und rubbelte mit dem Daumen über den obersten Knopf seines Hemds. Er trug die zweite Garnitur, die ihm Finta Dogha gegeben hatte, und damit die Farben des Händlers.

»Und ihr seid sicher, dass es ein Schwarzmarkt für Drachen ist?«, fragte Ben. Er wusste, dass es keinen besseren Plan gab, doch seine Gefangenschaft steckte ihm noch in den Knochen. Er hatte Angst.

»Wir haben dich im Blick«, antwortete Marmaran. »Wenn irgendwas passiert, holen wir dich sofort raus.«

Ben nickte.

Anula umarmte ihn und küsste ihn und wollte ihn nicht loslassen. Langsam löste er sich und atmete tief durch. Dann schritt er auf einem schmalen Pfad durch den nächtlichen Wald Richtung Ruine. Den angeschwollenen Fuß zog er nach und bemühte sich, nicht auf den Schmerz zu achten. Hinter ihm erhoben sich die Drachen wieder, Anula und Yanko blieben am Boden. Der Pfad führte gerade zwischen den Bäumen hindurch, immer wieder ragten Äste hinein, die er mit erhobenen Händen beiseiteschob. Es war zu dunkel, um irgendwelche Spuren zu erkennen, der Wald schien in seiner Schwärze undurchdringlich. Nur selten knackte etwas, und ein Tier, das er nicht kannte, stieß ein hohes Klagen aus.

Schließlich erreichte er den alten Wehrhof, dessen Mauern im spärlichen Mondlicht hoch und dick wirkten. Ohne zu zögern näherte er sich dem Gebäude.

»Halt! Was willst du hier?«, empfing ihn ein Mann in schwarzer Tunika am Tor. Er war so groß und breit wie die meisten Wächter, mit denen es Ben bislang zu tun bekommen hatte, wirkte aber nicht annähernd so einfältig wie die des Klosters. Im Augenwinkel erkannte Ben einen zweiten Mann, der sich im Schatten hielt, die Hand am Schwert.

»Ich bin Herb. Herr Finta Dogha schickt mich, ich soll mir einen Drachen ansehen.« Ben wollte weder seinen richtigen Namen noch Citho verwenden, falls von der verunglückten Hinrichtung doch etwas bis hierher in den Wald gedrungen war. Er hoffte dennoch, dass nicht und dass sie Fintas Farben erkannten und sogar gehört hatten, dass er seinen Drachen in einem furchtbaren Sturm verloren hatte. Denn darauf basierte ihr ganzer Plan. Finta hatte betont, wie wichtig ein Drache für einen Händler war, um Eindruck beim Geschäftspartner zu schinden. Es war glaubwürdig, dass Finta nun einen neuen suchte, schließlich wusste niemand, wie wenig er neuerdings vom Entflügeln der Drachen hielt. Und da er nicht sonderlich gut mit dem Orden stand, war auch ein Ausweichen auf den

Schwarzmarkt glaubwürdig. Nun kam es nur noch darauf an, dass sie Ben die Geschichte tatsächlich glaubten.

»Um diese Zeit und zu Fuß?«, fragte der Mann. Dass Ben zu Finta gehörte, schien er erst mal hinzunehmen.

»Nun ja …« Ben zuckte mit den Schultern. Noch bevor er mit dramatischen Worten erzählen konnte, dass sich sein dämlicher Gaul den Fuß gebrochen hatte und er vom langen Marsch mit einem verstauchten Fuß erschöpft war, trat der zweite Mann aus dem Schatten.

»Ich dachte, Herr Dogha wollte morgen selbst kommen?«, fragte er.

»Äh, ja«, sagte Ben lahm und hoffte, man sah ihm die Überraschung nicht an. In seinem Kopf überschlug sich alles. Wollte sich Finta nach dem Verlust seines Drachen tatsächlich einen neuen kaufen, bei allem, was er inzwischen erfahren hatte? War es für ihn als Händler wirklich so wichtig, einen Drachen zu haben, um die Geschäftspartner zu beeindrucken? Tiefe Enttäuschung bemächtigte sich Bens. Das durfte und konnte nicht sein. Oder wusste Finta gar, dass es sich um Aiphyron handelte, und wollte er ihn lediglich freikaufen? Aus Dankbarkeit, weil sie ihn vor dem Sturm gerettet hatten. Das erschien Ben viel wahrscheinlicher, und bei diesem Gedanken durchströmte ihn Dankbarkeit. »Nun ja, ich bin sozusagen die Vorhut.«

»Vorhut, so, so.« Misstrauisch betrachtete ihn der Erste. »Ist hier eher unüblich, oder?«

»Nun ja, ich kenn mich mit Drachen aus … Ich …« Das Wissen um Fintas Kommen hatte Ben durcheinandergebracht.

»Lass ihn rein, Jjengho«, sagte da der zweite. »Er sieht erschöpft aus, und ich bin mir sicher, ihn schon bei Herrn

Dogha gesehen zu haben. Wer sollte ihn denn sonst geschickt haben?«

»Du kennst ihn?« Langsam hellte sich das Gesicht des Ersten auf. »Nun, dann komm rein, Herb. Der Drache ist schräg gegenüber. Wenn du sonst noch etwas brauchst, sag Bescheid.«

Jetzt ließen sie ihn eintreten, ohne weitere Fragen zu stellen, keiner begleitete ihn, um ihn zu überwachen. Das war viel leichter gegangen, als er gedacht hatte. Von einer Bande Schwarzhändler hätte er mehr Misstrauen erwartet, aber da hatte ihm eben der Zufall geholfen. Dass Finta am nächsten Tag herkommen wollte, war einfach ungeheures Glück. Warum sich der Händler einen Drachen besorgen wollte, darüber würde er später nachdenken, jetzt galten all seine Gedanken Aiphyron. Finta war unwichtig.

Mühsam unterdrückte Ben den Wunsch, einfach loszurennen, und schritt angemessen gemächlich zum Stall hinüber. Das breite Tor deutete darauf hin, dass hier schon Drachen gehalten worden waren, als der Hof noch intakt gewesen war. Ein Mann, der mit einer Flasche in der Hand vor dem anschließenden Gebäude lehnte, grüßte ihn mit einem knappen Nicken. Ben hob kurz die Hand.

Der Stall war nicht verschlossen. Ben trat ein und zog die Tür hinter sich zu. Beim Gedanken daran, Aiphyron wiederzusehen, wurden seine Knie weich. Wenn auch einen Aiphyron ohne Flügel. Ben griff nach der Lampe neben dem Eingang und entzündete sie. Mit ihr in der Hand ging er langsam weiter und entdeckte den gesuchten Drachen in der ersten Box.

»Aiphyron«, flüsterte Ben. Vor Freude schlug sein Herz schneller.

Der Drache blickte ihn mit matten Augen an. Ein Hauch von Wiedererkennen lag in ihnen, doch sie hatten ihr Feuer und ihre Lebendigkeit verloren. Als er grinste, wirkte es fast wie ein Zähnefletschen. Dennoch kam ihm der Drache an die Stalltür entgegen. Ihn ohne Flügel zu sehen, versetzte Ben einen Stich. Obwohl er es gewusst hatte, verursachte ihm der Anblick der frisch vernarbten Schulterknubbel Schmerzen, er hatte das Gefühl, sich an der Schulter kratzen zu müssen.

Hastig stellte Ben die Lampe ab und öffnete die Tür. Er schlüpfte zu Aiphyron hinein und strich ihm vorsichtig über die Schnauze. Der Drache schnurrte, und Ben umarmte ihn vor Freude.

»Alles wird gut«, murmelte er und kletterte auf Aiphyrons Rücken. Schmiegte sich an ihn, legte sein Ohr auf die Schuppen, um das große Herz schlagen zu hören. Rasch richtete er sich wieder auf und streichelte zärtlich über die Schulterknubbel. Dann legte er die Hände darauf und all seine Kraft und Wünsche in einen einzigen Gedanken: »Heile.«

Das vertraute Kribbeln durchfuhr ihn so heftig, dass er beinahe losgelassen hätte. Vielleicht lag es an ihrer tiefen Freundschaft, vielleicht daran, dass sich ihr Blut erst kürzlich miteinander verbunden hatte, doch noch nie hatte er so stark gespürt, wie seine Gabe wirkte. Fast erwartete er, dass jeden Moment Flügel heraussprießen und das Dach durchstoßen würden. Natürlich geschah das nicht, doch Ben heilte weiter und weiter. Das Kribbeln wanderte durch seine Arme und erfasste schon bald den ganzen Körper.

Nach einer Weile kam der Mann herein, der ihn am Tor erkannt hatte, und fragte, ob alles in Ordnung sei, ob er etwas trinken oder essen wolle.

»Nein, danke.«

»Wenn du ihn richtig reiten willst und nicht nur draufsitzen, kannst du gern in den Hof rauskommen.« Der Mann lächelte spöttisch und ging wieder hinaus.

»Später«, antwortete Ben und lächelte ebenfalls. Und wie er später reiten würde. So schnell, den Schwarzhändlern würden die Augen aus dem Kopf fallen.

Er hörte, wie der Mann draußen zu irgendwem sagte: »Komischer Kerl, den Herr Dogha da geschickt hat.«

Doch niemand störte ihn mehr. Das erschien ihm seltsam, aber warum sollte er sich Sorgen machen, wenn es einmal besser lief als geplant?

Alle halbe Stunde fragte er Aiphyron, ob er ihn verstehe und nun alle Befehle abschütteln könne, die auf ihm lagen. Ob er bereit sei zu fliehen. Weit nach Mitternacht nickte der Drache endlich.

Er rieb ihm noch eine Weile über die Schulterknubbel, um ganz sicher zu sein, dann führte er Aiphyron in den Innenhof. Dort sah er sich um, konnte jedoch keine Männer erkennen außer den zweien am Tor. Wahrscheinlich hatten sich die anderen hingelegt.

»Mensch, Junge, du gönnst dir auch keinen Schlaf«, rief der eine ihm zu, der Jjengho genannt worden war. »Was machst du da eigentlich, wenn du dich mit Drachen auskennst? Bringst du ihm irgendeinen Trick bei?«

»Ja«, sagte Ben. Zustimmen war immer das Einfachste, wenn man keine Ahnung hatte und nicht auffallen wollte. Er schwang sich auf Aiphyrons Rücken und ritt im Kreis, näherte sich dabei immer wieder dem Tor. Schließlich ließ er Aiphyron nur zwei Schritt vom Tor entfernt anhalten, streckte sich und kreuzte die Arme über dem Kopf. Das war das

Zeichen, dass Aiphyron frei war. Der Drache knurrte gefährlich, als er die beiden Männer ins Auge fasste.

»He!«, sagte der eine und lachte. »Und das soll ein Trick sein?«

»Ich bringe ihm ausgereiftes Drohen bei«, sagte Ben.

»Sehr nützlich.« Der Mann lachte wieder. »Steigert sicher seinen Wert.«

Noch bevor Ben mit ihm über den Wert von Drachen reden konnte, stürzten Marmaran und Feuerschuppe herab, beide ohne einen verwundbaren Menschen auf dem Rücken.

Wie aus dem Nichts fielen sie über die zwei Männer her, die von Ben und Aiphyron abgelenkt waren. Die Drachen hatten sie zu Boden gedrückt, bevor sie die Schwerter aus der Scheide gezogen hatten.

»Kein Laut, oder ihr seid tot«, knurrte Feuerschuppe, und die beiden gehorchten. Einen bangen Moment lang erwartete Ben, dass Pfeile auf sie niederprasseln würden, abgeschossen von weiteren Wachposten, die von ihm unbemerkt in irgendwelchen dunklen Räumen lauerten, doch nichts geschah. Eilends sprang er zu Boden und öffnete das Tor, damit Aiphyron hinaustrotten konnte. Hinter ihm verschloss er es wieder von innen und ließ sich von Marmaran über die Mauer heben. Bei einem zufälligen Blick sollte alles aussehen wie gehabt.

»Bringt die beiden irgendwo in den Wald, weit weg, sehr weit weg, und lasst sie laufen«, sagte Ben.

Aiphyron war gerettet, das war alles, worauf es ankam. Die beiden wehrlosen Männer zu töten, wäre Mord. Doch allzu leicht mussten sie es ihnen auch nicht machen: »Ohne Kleidung und ohne Waffen.«

»Herr Dogha wird sich rächen«, knurrte der eine noch, dann wurden sie davongetragen.

Eine seltsame Drohung, dachte Ben. Was sollte es einen Drachenkäufer kümmern, ob … Und dann endlich begriff er. Finta war kein Käufer, sondern der oberste Schwarzhändler, der Kopf der dreckigen Saubande. Wie hatte er die ganze Zeit nur so dämlich sein können? Wer hatte ihm denn die Bucht gezeigt, in der Aiphyron angegriffen worden war? Mit einem flauen Gefühl im Magen sah er dem Drachen in die Augen und fragte: »Hat Finta dir das angetan? Hat er dir die Flügel genommen?«

Aiphyron nickte. In Ben krampfte sich alles zusammen. Finta, der ihnen sein Leben verdankte. Wie hatte er das tun können? Der verräterische, verlogene Drecksack.

Vor Wut zitternd kletterte er auf den Drachenrücken. Hatte der eine Schwarzhändler nicht gesagt, Finta würde morgen herkommen? Dem würden sie entgegengehen und eine böse Überraschung bereiten.

Finta zu überraschen, war einfacher als gedacht. Er kam allein zu Pferd und verließ die Straße von Rhaconia dort, wo der Trampelpfad zur noch mehrere Meilen entfernten Ruine abzweigte. Der Pfad, der wohl ehedem eine Straße gewesen war.

Aiphyron und Ben brachen aus dem Gebüsch hervor, die anderen stürzten vom Himmel herab und hatten Finta eingekreist, bevor er auch nur reagieren konnte.

Fintas Pferd scheute, doch er hielt sich geschickt im Sattel.

»Du?«, stieß er hervor, als er Ben erkannte, und erbleichte. »Ich dachte, du bist tot.« Dann verzog er das Gesicht zu einem schiefen Lächeln. »Aber es ist schön, dich am Leben zu …«

»Warum?«, unterbrach ihn Ben barsch.

»Wie kannst du das fragen? Weil du mein Freund bist.«

»Warum hast du es getan?«, schrie Ben und deutete auf Aiphyrons Schulterknubbel. So fest hatte er sich vorgenommen, kalt und überlegen zu sein, doch vor Wut und Enttäuschung konnte er nicht ruhig bleiben. Hatte er sich wirklich einen Moment lang gewünscht, dieser Mann könnte sein Vater sein? Fortan konnten ihm alle Väter der Welt gestohlen bleiben!

»Ich …« Finta blickte reihum und erkannte in den abweisenden Gesichtern, dass sie es wussten. In diesem Moment musste ihm klar geworden sein, dass Leugnen nichts nützte.

»Für meine Familie«, murmelte er. Dann räusperte er sich und sprach lauter weiter, trotzig. »Für meine kleine Mircah, damit ich sie noch nicht verheiraten muss. Nicht so früh und nicht an den Sohn von Herrn Xabon, nur weil ich meine Schulden bei ihm nicht zurückzahlen kann! Damit ich etwas Geld hereinbekomme, bevor mir mein ganzer Besitz von den Gläubigern genommen wird. Nur wegen des Sturms! Was kann ich denn dafür?«

»Aber wir haben dich gerettet!«

»Deshalb habe ich auch keinen von euch verraten!« Finta sah ihn nachdrücklich an. »Nicht einen Moment habe ich daran gedacht, euer Kopfgeld zu kassieren. Ich wollte nicht, dass der Orden dich fängt. Und Mircah habe ich lange erklärt, dass sie nicht sauer sein darf auf dich. Dass du kein Verräter bist, wie sie glaubt, sondern wirklich mein Retter.«

»Es geht nicht um mich! Es geht um Aiphyron!«, brüllte Ben. Wie konnte Finta glauben, dass Mircahs Meinung über ihn hier eine Rolle spielte? Dass es ihn interessierte, was sie zu sagen hatte?

»Ich brauchte Geld, verdammt!«, fuhr Finta auf. »Wisst ihr eigentlich, wie viel so ein schöner großer Drache einbringt? Vielleicht war es nicht ganz richtig, was ich getan habe, aber ihr hattet doch noch mehr Drachen …«

»Was?«, schrie Ben. Er hörte, wie die anderen ebenfalls aufschrien, derb fluchten oder mit den gewaltigen Zähnen knirschten, doch sie hatten versprochen, ihn reden zu lassen, und hielten sich zurück. »Du hast ihm die Flügel abgeschlagen!«

»Ja, aber doch nur, weil du es mir gesagt hattest. Du sagtest, auf ihnen liegt kein Fluch, aber wer einen Drachen unterwerfen will, muss ihm die Flügel abschlagen. Ich wusste doch nicht, warum sie euch vieren auch mit den Flügeln gehorchen, das hast du mir nicht verraten. Außerdem hätte ich ihn mit Flügeln nicht verkaufen können, wegen der Lügen des Ordens über den angeblichen Fluch Samoths. Lügen, die wir beide nicht glauben. Wir stehen doch beide gegen den verbrecherischen Orden, der die Drachen alle fälschlicherweise für sich beansprucht. Dabei sollte jeder ein Recht auf einen Drachen haben, auch ein Waisenjunge wie du. Gemeinsam gegen den Orden, ja?« Hoffnungsvoll blickte Finta ihn an.

»Aber du arbeitest mit dem Orden zusammen! Ich habe den roten Umhang in der Bucht gefunden.«

»Umhang?« Finta hob fragend die Hände, doch in seinen Mundwinkeln zuckte es.

Ben begriff. Der Umhang hatte nur dazu gedient, sie auf eine falsche Spur zu bringen. Und er war natürlich wie ein Trottel darauf reingefallen. »Vergiss es. Aber versteh endlich, die Drachen gehorchen uns nicht, sie sind unsere Freunde!«

Hatte Finta wirklich so wenig begriffen? Nichts, rein gar nichts. Niemand hatte ein Recht auf einen Drachen! Mit seiner elenden Krämerseele hatte er sich die Wahrheit so zurechtgebogen, dass eine Möglichkeit übrig blieb, Geld zu verdienen. Alles, was Ben neben seinem Zorn noch empfinden konnte, war Verachtung.

»Meinetwegen, Freunde. Wie ein treuer Hund oder mein Pferd hier. Aber es sind doch keine Menschen, oder? Es sind nur Tiere, wenn auch besonders edle und wertvolle.« Verunsichert schaute Finta umher. Die Drachen knurrten nun laut, ihre Augen blitzten. »Ausgesprochen edle, natürlich. Aber es ging um meine Familie! Was hätte ich denn tun sollen?«

»Und Aiphyron ist *meine* Familie!«, rief Ben. »Was also soll ich mit dir tun, da du ihn versklaven und verkaufen wolltest?«

»Er ist doch kein Mensch!«, wiederholte Finta stur. »Du kannst ihn doch nicht wie einen behandeln.«

Bevor Ben antworten konnte, war Juri nach vorn geschnellt und hatte den Händler aus dem Sattel gerissen. Zornig warf er ihn zu Boden und hielt ihn mit einer Klaue fest. Die scharfen Krallen zerrissen das teure Hemd, und in seinen Augen brannte eine derart heiße Wut, dass Ben nicht hinsehen konnte, obwohl sie nicht ihm galt; sie verursachte ihm Schmerzen. Die Stimme des Drachen grollte wie die lautesten Donner des Nordens: »Und du bist kein Drache! Was also soll ich mit dir Wurm tun?«

Finta ächzte vor Schmerz, schlotterte vor Furcht und wich dem unerbittlichen Blick aus. Panisch versuchte er, sich aus dem Griff zu winden, jedoch vergeblich. »Ben, bitte! Ruf ihn zurück!«

»Du hast es nicht verstanden, Finta«, sagte Ben ungerührt. »Immer noch nicht.«

»Ruf ihn zurück!«

»Ich bin nicht sein Herr.« Ben schüttelte den Kopf.

»Tut mir leid, Ben«, brummte Juri. »Aber ich habe das Gerede nicht mehr ausgehalten.«

»Schon gut. Ich auch nicht. Und ich will nichts mehr davon hören.«

Sie fesselten und knebelten den Händler und setzten ihn an einen Baum, während sie berieten, was mit ihm zu tun sei. Dabei strich Ben weiter über Aiphyrons Schulterknubbel, die bereits ein kleines Stück gewachsen waren. Sie konnten Finta keinem Gericht des Großtirdischen Reichs übergeben, da deren Rechtsprechung auf den Lügen über Drachen beruhte. Sie waren Geächtete, die über eine eigene, freie, vom Reich unabhängige Insel verfügten, und so mussten sie auch selbst Recht sprechen. Die Todesstrafe kam nicht infrage, einen Kerker hatten sie nicht, und Finta keine Flügel, die man ihm zum Ausgleich hätte nehmen können. Arme und Zunge wären nicht dasselbe, egal, was sie auf den Pergamenten verbreitet hatten.

»Verbannung«, schlug Yanko letztlich vor. »Das hat doch damals mit den Rittern gut geklappt.«

Die anderen nickten, und Marmaran erklärte sich bereit, den Händler fortzuschaffen. Doch Finta wollten sie es nicht so leicht machen wie damals den Rittern Friedbart und Zhenden, ihm würden sie kein Schwert mitgeben, nicht einmal einen Dolch. Sollte er auf wilde Tiere treffen, müsste er sich eben mit bloßen Händen zur Wehr setzen oder fliehen.

»Und nimm eine Insel, die ein tiefes Loch im Zentrum hat, das wie ein Brunnenschacht in die Tiefe führt«, fügte Juri hinzu. »Ich war mal auf so einer Insel, weit im Süden, und …«

»Wissen wir«, schnitt ihm Anula das Wort ab. »Wir waren dabei.«

Irritiert blinzelte der Drache, dann lachte er.

»Bist du mit der Strafe einverstanden?«, fragte Ben und sah Aiphyron an, der seine Sprache noch nicht wiedererlangt hatte.

Der Drache nickte.

»Dann lass uns heimgehen.«

Sie alle erhoben sich. Marmaran packte Finta in seine Klauen und erhob sich. Ben beobachtete, wie er immer weiter verschwand. Er war sicher, er würde Finta Dogha niemals wiedersehen.

EPILOG

Vor den Toren der Festung schlug Aiphyron mit seinen kleinen Flügeln. Noch konnte er sich nicht in die Luft erheben, doch mit jedem Tag wuchsen sie weiter, auch ohne dass Ben sie ständig berührte. Dennoch tat es Ben oft, weil es so schneller ging.

Marmaran war zurückgekehrt, er hatte Finta auch noch den Gürtel genommen. Das Schmiedefeuer hatten sie noch immer nicht gestohlen, den dicken Schoßdrachen noch nicht entführt. So viele Ideen und Pläne, die sie nicht umgesetzt hatten. Noch nicht.

Immer wärmer brannte die Sonne vom Himmel und kündete vom kommenden Sommer, und sie hatten erfahren, dass der Hohe Abt Khelchos von den eigenen Rittern gestürzt worden war, weil er zum eigenen Vorteil mit einem Samothanbeter paktiert und dessen verfluchte Gabe als Hellwahs Werk ausgegeben hatte. Ein eitler Sünder und eine Schande für den Orden.

So sehr sich Ben über dessen Schicksal freute, so sehr hatte diese Entwicklung auch einen Haken, sollte jetzt doch ein neuer Abt die Leitung des Klosters übernehmen. Ein unnachgiebiger Mann, hieß es, der nicht so weich gegenüber ungehorsamen Knappen war wie der bisherige gegenüber Aufrührern wie Akse. Ein unbestechlicher Ritter, der jeder Abweichung von den reinen Lehren des Ordens aufs Entschiedenste entgegentrat. Im Kloster und im gesamten Umland.

Ben starrte zu der großtirdischen Küste hinüber, sie wirkte dunkel und karg. Die Erinnerung an seine Gefangenschaft verfolgte ihn noch immer im Traum, wie auch das Bild von Aiphyrons abgehackten Flügeln.

Wieder und wieder hatten sie mit den Menschen dort drüben geredet, doch die meisten wollten die Wahrheit nicht hören. Oder nur, um sie wie Finta verdreht zu ihrem Vorteil zu nutzen.

»Weißt du, manchmal habe ich das Gefühl, wir haben gar nichts erreicht«, sagte er zu Aiphyron.

»Nichts erreicht?« Schmunzelnd schüttelte der Drache den Kopf. »Ihr Menschen mit eurer Ungeduld. Schau dich doch um. Wir haben eine sichere Festung gefunden und neue Verbündete. Als du vor einem knappen Jahr auf mich gestoßen bist, warst du auf der Flucht und allein, und ich hatte einen Flügel verloren. Gesucht werden wir noch immer, aber wir haben Freunde, Juri und Nica, Feuerschuppe, Yanko und Marmaran. Und Anula liebt dich. Wir haben dem Orden die Stirn geboten, vier Menschen vor dem Galgen gerettet, und sogar ein Knappe hat die Seiten gewechselt. Das nennst du nichts?«

»Hm.« Ben warf einen Stein in die Wellen. »Aber die meisten glauben uns nicht.«

»Eine derartige Lüge ist schwieriger zu besiegen und langlebiger als alle Hohen Äbte zusammen. Wirkliche Veränderungen benötigen Zeit, aber wir haben sie angestoßen. Die Wahrheit ist in der Welt, und der Einfluss des Ordens schwindet, auch wenn er es noch nicht wahrhaben will. Wir haben Zweifel gesät, und obwohl der neue Abt mit aller Härte vorgehen wird – solange wir da sind, wird er nie alle Zweifel an der Lüge des Ordens ausmerzen können.«

»Meinst du wirklich?« Wieder blickte Ben über das ruhige Meer, und der Küstenstreifen am Horizont erschien ihm plötzlich viel freundlicher.

»Ja. Der Orden wird nie wieder die Macht haben wie in den Tagen, bevor wir ihm entgegengetreten sind. Und eines Tages wird sie ganz verschwunden sein.«

Das klang gut. Nun mussten sie nur noch verhindern, dass stattdessen gierige Händler wie Finta Dogha die Macht übernahmen. Warum konnte das Zusammenleben nicht überall so friedlich und freundlich sein wie hier im Verlies der Stürme?

»He, Ben, du dürrer, maskenloser Möchtegernheld!«, schrie Yanko aus einem hoch gelegenen Turmfenster. »Ich hab mit Nica und Anula noch mal unsere Muscheln gewogen, und meine ist schwerer als deine. Also ist sie auch größer, du Schwächling!«

»Was?« Ben wirbelte herum. »Du betrügerischer Pfützentaucher hast deine doch bestimmt mit nasser Erde gefüllt!« Schimpfend stürmte er hinein, um seine Muschel und Ehre zu verteidigen.

Hinter sich hörte er Aiphyron lachen.

BONUSMATERIAL

DER SCHOSSDRACHE UND DAS KOPFGELD

Eine *Drachenflüsterer*-Erzählung

Seit einem guten Monat waren Aiphyrons Flügel wieder nachgewachsen, und er kreiste ausgelassen über dem Verlies der Stürme, jagte zwischen den Türmen hindurch, während die untergehende Sonne bereits den Horizont berührte und die Wellen rot färbte. Ben sah nur selten hinauf oder zu Anula und Byasso hinüber, die sich um den neuen Kräutergarten am Westturm kümmerten. Er würfelte im Hof gegen Akse und Juri um Münzen, Muscheln, glänzende Steine, Murmelsteine und was die Hosentaschen sonst noch hergaben. Juri hatte natürlich keine Taschen, er hatte seine Einsätze vor dem Spiel einfach aus dem Meer geborgen. Vor der Insel waren genug Schiffe gesunken, um immer etwas zu finden.

Aus dem Küchenfenster roch es würzig nach Gebratenem. Sidhy hatte sich unter Vilettes Anweisung zu einem ordentlichen Koch gemausert, und Marmaran fing mit Freude Fisch oder flog ans Festland, um zu jagen.

»Was wollen wir wegen der ganzen Kopfgeldjäger tun?«, fragte Akse und warf zwei gute Fünfen und eine Drei. »In jedem zweiten Dorf an der Küste lauert einer auf uns.«

»Mir macht Nesto mehr Sorgen«, sagte Ben, doch dann würfelte er drei Sechsen, und alle Sorgen waren vergessen. Grinsend sackte er den ganzen Gewinn ein. Diesmal hatte Juri sogar eine alte Goldmünze vom Meeresgrund geholt.

Misstrauisch schnupperte der Drache an den Würfeln, als könnte er Betrug riechen. Aber da war nichts.

»Essen fassen!«, rief Sidhy und schlug mit einer Kelle auf

eine riesige verbeulte Pfanne ein. Manchmal glaubte Ben, Sidhy würde nur kochen, damit er so einen Lärm veranstalten konnte.

»Na endlich!«, brüllte Yanko von irgendwo, und alle stürmten in die Festung. Nur die großen Drachen blieben draußen, sie aßen sowieso alles lieber roh.

Die Freunde setzten sich an die große Tafel und schlugen sich die Bäuche von gewaltigen Seetrolltellern voll. Abwechselnd lobten sie Vilettes und Sidhys Kochkünste, lachten über Dummheiten der Ordensritter, erinnerten sich an Erlebtes und riefen Drachenneckereien zum Fenster hinaus, auf die Juri lautstark und ausführlich antwortete. Sie genossen diese gemeinsamen Abende, die viel zu selten waren. Meist fehlte mindestens einer von ihnen, weil er irgendwo unterwegs war im Kampf gegen den Orden und für die Wahrheit.

Überall an den Wänden ringsum hingen Steckbriefe von ihnen, die sie hier und da im Großtirdischen Reich abgerissen hatten. Die sammelten sie, vor allem die mit falsch geschriebenen Namen, fehlerhaften Beschreibungen und verunglückten Zeichnungen. Doch in erster Linie sammelten sie jeden Steckbrief, auf dem das Kopfgeld für einen von ihnen gestiegen war, denn das bedeutete, dass sie den Orden ein weiteres Mal erbost hatten. Jede Erhöhung war ein Triumph. Byasso führte penibel Buch, wessen Kopf gerade wie viel einbrachte, und hatte eine Liste zwischen all den Steckbriefen aufgehängt, dort, wo jeder sie sehen konnte. Eine Rangfolge. Ben, den der Orden zum Anführer der Geächteten gemacht hatte, weil er nicht begriff, dass Freunde keine Hierarchie brauchten, führte mit großem Vorsprung. Auf seinen Kopf waren unfassbare 25.000 Gulden ausgesetzt. Doch jeder von ihnen brachte längst über 1.000 Gulden ein, selbst Vilette.

Jeder von uns ist dem Orden ein Vielfaches von dem wert, was er besitzt. Wer kann das schon von sich behaupten?, dachte Ben, als er den Blick über die zahllosen Steckbriefe schweifen ließ, die beinahe die ganze Wand bedeckten.

»Du machst dir wegen der Kopfgeldjäger echt keine Sorgen?«, hakte Akse nach. »Obwohl Nesto gesagt hat, dass schon wieder drei neue in Rhaconia angekommen sind?«

»Hier kriegen sie uns nicht. Und es müssen sich doch nur zwei, drei von uns weiter im Landesinneren zeigen, wild herumbrüllen und ein paar Beschimpfungen an eine Klostermauer schmieren, schon rennen die Kopfgeldjäger dahin, weil sie eine neue Spur haben. Sie wissen nicht, wo wir stecken. Und was ein Drache in zwei, drei Stunden fliegt, dafür brauchen sie Tage. Aber Nesto riskiert jedes Mal viel zu viel, wenn er uns Nachrichten aus der Stadt zukommen lässt«, sagte Ben.

Seit Finta Dogha verschwunden war, nahm Nesto jede Arbeit an, bei der er interessante Neuigkeiten aufschnappen konnte. Das war ihm wichtiger als die Bezahlung. Er erledigte Aufträge, die ihn ins Kloster führten, trieb sich in Gasthäusern wie *Zum Drachen* herum, in denen bevorzugt Ritter abstiegen, oder schuftete im Hafen, wo Gerüchte aus aller Welt eintrafen. Nachts schlich er dann zum vereinbarten Treffpunkt, um zu berichten, was er erfahren hatte. Mehrmals war er Nachtwächtern nur um Haaresbreite entkommen, einmal hatte ihn sogar ein Pfeil an der Schulter gestreift. Nesto war ihr Spion in Rhaconia, und er riskierte alles, ohne mit der Wimper zu zucken. »Ich hab einfach Angst, dass sie ihn irgendwann erwischen.«

»Er verrät uns nicht«, sagte Yanko mit vollem Mund. »Bestimmt nicht.«

»Nein, aber er wird trotzdem gefoltert. Und dann hingerichtet.«

Das Lachen am Tisch verstummte.

»Und was sollen wir dagegen tun?«

»Wir bräuchten einen anderen Boten. Einer, der noch weniger auffällt. Der ständig durchs Tor kann, ohne den Wachen aufzufallen, selbst nachts.«

»Wer sagt denn, dass er durchs Tor muss?«, fragte Anula. »Wir bräuchten jemanden, der nachts über die Mauer schlüpft und Botschaften auf Pergament abholt, die Nesto irgendwo versteckt hat, wo sonst keiner nachsieht. In einem unbenutzten Schornstein oder einer hoch gelegenen Baumhöhle. Er ist ein ausgezeichneter Kletterer.«

»Und wo nimmst du jemanden her, der mal so eben über die Mauer schlüpft?«, fragte Yanko, wieder mit vollem Mund. »Drachen könnten das, aber die sind zu groß, selbst Quobemhonn wird nicht mehr für einen Vogel gehalten, wenn er tief fliegt.«

Damit hatte er leider recht. Doch der Gedanke eines anderen Boten war jetzt im Raum, und sie überlegten hin und her, bis es wieder Anula war, die einen Gedanken hatte: »Und was ist mit dem Schoßdrachen der einen Händlerin? Ben hat erzählt, der ist klein wie eine Katze. Wenn wir ihn befreien und er uns hilft, dann …«

Alle nickten.

Ben schlug sich gegen die Stirn und sprang auf. »Das hätten wir schon längst tun sollen!«

»Wo willst du hin?«, rief Anula.

»Na, den Drachen befreien. Das war dein Vorschlag.«

»Jetzt sofort?«

»Es ist Nacht. Soll ich bis zum Tag warten?«

»Nein, aber willst du nichts planen?«

»Das können wir unterwegs. Gestern war Neumond, ab heute werden die Nächte wieder heller. Je eher, desto besser.« Außerdem hatte er vorhin drei Sechsen gewürfelt, heute hatte er einfach Glück, das musste man nutzen.

»Ich komme mit«, sagte Quobemhonn, der auf dem Fensterbrett kauerte und aufmerksam nach draußen starrte, ohne etwas vom Gespräch zu verpassen. Er war der einzige Drache bei ihnen, der klein genug war, um sich auch in Räumen aufzuhalten.

»Ich auch«, sagte Yanko.

»Nein, ich«, widersprach Nica und nickte in Richtung Byassos Liste. »Du willst doch nur, dass dein Kopfgeld steigt.«

»Und du nicht?« Yanko klang misstrauisch, er war stolz auf sein Kopfgeld.

»Nein.« Nica sah ihn scharf an und hielt den Kopf leicht schräg. Das konnte gefährlich werden.

»Dann musst du ja auch nicht mit.« Yanko grinste.

»Doch, genau deshalb.«

»Keine Angst, wir werden schon nicht erwischt. Dann weiß auch keiner, wer das war, und kein Kopfgeld steigt.« Yanko machte eine kurze Pause und fügte lässig hinzu: »Außerdem bin ich eh zweiter.«

Mit zusammengebissenen Lippen starrte Nica ihn an, er grinste zurück.

»Lass sie doch machen«, sagte Anula fast beiläufig. »Wir beide fliegen inzwischen in den Norden, Kopfgeldjäger weglocken. Dabei sollen wir sogar gesehen werden, dann steigt eben unser Kopfgeld.« Sie lächelte. »So groß ist sein Vorsprung auf uns nicht.«

Yankos Lächeln verschwand.

»Warum kann ich das nicht machen?«, fragte Byasso.

Ben nickte, weil es ihm lieber war, wenn Byasso in Gefahr war, nicht Anula.

»Wegen meiner Haut. Ich bin nicht zu verwechseln. Wer mich sieht, weiß, dass ich es war. Und ist überzeugt, dass Ben nicht weit ist.«

»Und was kann ich machen?«, fragte Sidhy.

»Den Abwasch«, knurrte Yanko.

Weit nach Mitternacht brachten Aiphyron und Feuerschuppe die beiden Freunde über das Meer. Sie hatten so lange gewartet, damit Rhaconia schlief, wenn sie ankamen. Ben liebte es, nachts zu fliegen, wenn nichts zu hören war außer dem Schlagen der mächtigen Flügel und dem Wind, der über die Ohren pfiff. Anula und Nica hatten gesagt, sie sollten vorsichtig sein, aber was sollte schon schiefgehen? Quobemhonn begleitete sie. Er war auf dem Nachbaranwesen als Wachdrache versklavt gewesen, kannte die Routine der Wachen und wusste, wo die Drachenstallungen lagen. So ein winziger Schoßdrache würde schon keine Schwierigkeiten machen.

»Meinst du, die Mädchen kriegen es hin, dass ihr Kopfgeld steigt?«, fragte Yanko, als sie sich der Küste näherten. Er klang tatsächlich besorgt.

»Warum sollten sie?«

»Anula hat es gesagt.«

»Anula neckt einen gern.« Ben lachte. »Das kann ich dir sagen.«

»Ja, aber …«

»Und wenn schon? Was wäre dabei?«

»Du hast leicht reden, aber mich können sie einholen. Und

ich will nicht weniger gefürchtet sein als ein Mädchen. Auf keinen Fall.«

Ben warf einen Blick hinüber, aber Yanko grinste nicht. Es war kein Scherz gewesen. »Nur weil sie sich wo sehen lassen, steigt ihr Kopfgeld doch nicht. Sich sehen lassen ist keine Straftat.« Er dachte eher daran, dass es sinnlos war, was die Mädchen taten. Solange Yanko und er in Rhaconia einen Drachen befreiten, würde niemand glauben, dass sie im Norden waren. Daran hätten sie früher denken sollen, jetzt war es zu spät, um umzukehren. Anula würde schon nichts geschehen, und Nica auch nicht.

Yanko nickte grimmig. »Hast recht. Sehen lassen ist keine Straftat.«

Wie erwartet brannte in Rhaconia so tief in der Nacht kaum ein Licht. Auch die Händleranwesen lagen im Dunkeln, nur die Wachstuben an den Toren und Eingängen waren erleuchtet. Der Palast der Familie Xabon verfügte über eine weitläufige Gartenanlage mit alten Bäumen und einem romantischen Labyrinth aus hohen Hecken, das einer herzförmigen Blüte nachempfunden war. Aiphyron und Feuerschuppe wollten dort in der Mitte landen und warten. Von außen waren sie dort weder vom Palast noch vom Dienstbotenhaus oder Handelskontor zu sehen, und auch nicht von den Drachenställen. Dass die Nachtwächter durch die verschlungenen Pfade patrouillierten, schien unwahrscheinlich.

»Was machen wir mit den Hunden?«, fragte Quobemhonn, als sie hoch oben kreisten. »Nachts gehört der Garten zwei mächtigen schwarzen Jagdhunden.«

»Die übernehme ich«, brummte Feuerschuppe, und Yanko kletterte im Flug auf Aiphyrons Rücken hinüber.

»Typisch«, knurrte Aiphyron. »Ich krieg immer die schweren Aufgaben.«

»He!«, protestierte Yanko.

Feuerschuppe stürzte in die Tiefe, und Ben konnte im Dunkeln nicht sehen, was dort unten geschah. Kein Kläffen drang herauf, als sich Feuerschuppe wieder erhob und irgendwas davontrug.

»Eigentlich ergibt das alles gar keinen Sinn«, sagte Aiphyron plötzlich. »Wir befreien einen winzigen Drachen, weil wir hoffen, dass er für uns ungesehen in die Stadt fliegt. Aber dafür müssen erst einmal wir ungesehen in die Stadt.«

»Alter Klugpupser«, brummte Ben. »Du meinst also, wir sollen ihn nicht befreien?«

»Doch, natürlich. Aber wenn es klappt, brauchen wir ihn gar nicht, und wenn nicht, dann …«

»Es ist halt nicht immer Neumond«, unterbrach ihn Ben, obwohl er wusste, dass Aiphyron nicht so verkehrt lag. »Und früher in der Nacht sind viel mehr Menschen wach, und irgendwann schaut einer in den Himmel und … egal. Ihr seid einfach zu fett für Vollmond, und wir ziehen das jetzt durch!«

»Ist mir recht.« Aiphyron grinste.

»Dann lass doch die Spitzfindigkeiten.«

»Festhalten.« Aiphyron ließ sich in die Tiefe fallen und glitt im eleganten Bogen von hinten auf das Anwesen. Beinahe lautlos landete er im Herzen des Labyrinths. Nur wenige Augenblicke später gesellte sich Feuerschuppe zu ihnen. Auf dem Nachbargrundstück bellte ein Hund. Hatte der sie entdeckt?

»Für den bin ich nicht verantwortlich.« Abwehrend hob Feuerschuppe die rechte vordere Klaue.

»Schnauze!«, brüllte ein Mann nebenan. Der Hund verstummte.

»Und wo sind die Hunde von hier?«, fragte Ben.

»Vor der Stadt.«

»Gut.«

Sie lauschten in die Nacht, doch es war nichts zu hören. Kein weiteres Bellen, keine Schritte.

»Wie kommen wir jetzt aus dem Labyrinth raus?«, fragte Yanko.

»Habt ihr euch von oben den Weg nicht angesehen?«, fragte Aiphyron.

»Es ist dunkel.«

»So schwer wird es schon nicht sein. Das steht schließlich zum Vergnügen hier, nicht damit sich die hohen Gäste verlaufen und irgendwann verhungern.« Entschlossen stapfte Ben in den erstbesten Durchgang, über dem sich ein Bogen aus Blumen erstreckte. Yanko und Quobemhonn folgten ihm. Wahrscheinlich führte sowieso jeder Weg nach draußen.

Die Hecken bestanden aus unterschiedlichen, akkurat geschnittenen Büschen mit Blüten in allen möglichen Farben. Die meisten waren in der Nacht geschlossen, doch ihr Duft lag noch immer in der Luft. Am Tag, bei geöffneten Blüten, musste die schwere Süße fast betäubend sein. Sie gingen geradeaus, rechts, links, rechts, links, links, folgten einer längeren Biegung und drehten in einer Sackgasse um. Auch Quobemhonn stapfte zu Fuß hinter ihnen her; die Gänge waren so schmal, dass er die Flügel nicht richtig ausbreiten konnte. Sie gingen wieder links, dann rechts und noch mal rechts, bis sie an einen Durchgang kamen, der wie der Eingang in der Mitte einen Blumenbogen besaß. Das musste der Ausgang sein. Vorsichtig lugte Ben um die Ecke, dann prallte er zurück.

»Was ist?«, flüsterte Yanko. »Wachen?«

»Aiphyron und Feuerschuppe.«

»Und deshalb flüstern wir?«

»Ich lass mich von den beiden doch nicht auslachen.«

Lautlos zogen sie sich zurück. Sie schlichen geradeaus, bis sie sich für eine neue Richtung entscheiden mussten.

»Und jetzt?«

»Schau ich nach.« Quobemhonn stellte sich quer in den Gang und flog drei Schritt nach oben, gerade so weit, dass er über den Heckenrand blicken konnte, aber von außen nicht auffiel.

»Und?«, flüsterte Yanko.

»Ich vermute rechts«, sagte Quobemhonn.

»Vermuten kann ich hier unten auch.«

»Ich müsste höher steigen, um mehr zu sehen, aber dann werde ich vielleicht bemerkt. So seh ich überall Hecken.«

»Soll jetzt einer von uns hochklettern und entscheiden?«

»Nein. Rechts passt schon.«

Also gingen sie nach rechts. Fünf Schritte weiter plädierte Quobemhonn nach einem weiteren Blick über die Kante für links.

»Sicher?«, fragte Yanko.

»Vermutlich.«

»Hast du als Wachdrache damals eigentlich Eindringlinge gesehen oder nur vermutet?«

»Doch lieber geradeaus«, sagte Quobemhonn.

»Sicher?«, fragte Yanko.

Ben ging dieses Hin und Her auf den Geist, und er lief einfach los. Geradeaus führte der Weg in eine Sackgasse.

»Aha«, sagte Yanko.

»Du hast mich durcheinandergebracht«, beschwerte sich Quobemhonn. »Ich wollte erst nach links.«

»Also links jetzt, ja?«

»Ja. Nein, rechts. Wir kommen von der anderen Seite.«

Also bogen sie nach rechts ab. Als Quobemhonn bei der nächsten Entscheidung wieder unsicher war, flog er einfach einen ganzen Schritt höher hinaus und sah sich einen Augenblick länger um.

»Jetzt hab ich's«, verkündete er und führte sie mit erhobenem Kopf aus dem Labyrinth.

Davor war niemand zu sehen. Nach vorn gebeugt huschten sie im Schutz von Bäumen und Sträuchern bis zu den Drachenstallungen hinüber. Es waren zwei große Gehege, die selbst einem Drachen von Aiphyrons Größe Platz boten. Beide waren leer, und nur das linke sah aus, als würde es regelmäßig genutzt. Im Futtertrog klebten die spärlichen Überreste einer Mahlzeit, der Boden war mit Heu bedeckt. Das rechte Gehege dagegen wirkte kahl. Die Gitterstäbe von beiden standen viel zu weit auseinander, um den kleinen Schoßdrachen einzusperren. Einen kleinen Käfig suchten sie hier vergeblich.

»Und jetzt?«, fragte Yanko.

»Suchen wir im Palast.« Ben hatte befürchtet, dass die widerliche Protznase ihr verhätscheltes Goldstück nicht aus den Augen ließ.

»Und wo?«

»Im Damenflügel.« Wenn die Doghas einen hatten, dann auch die Xabons.

»Und der ist wo?«

»Im Palast.«

»Na, dann ist das ja kein Problem.«

»Spinnt ihr?«, fragte Quobemhonn.

»Ja«, sagten Ben und Yanko zugleich. »Aber kneifen geht nicht.«

Wieder suchten sie den Schutz von Bäumen und Sträuchern, während sie auf die Rückseite des Palasts zueilten.

»Wartet hier«, raunte Quobemhonn, als sie die letzten Bäume erreicht hatten. Er ließ sich das Seil geben, das Ben eingesteckt hatte, und flog zum zweiten Stockwerk hinauf. Von der Straße aus war er nicht zu sehen, auch die Torwächter wachten auf der falschen Seite, und die Nachbarpaläste standen zu weit weg, um einen sicheren Blick zu haben. Er knotete das Seil an einen steinernen Zierdrachen unterhalb des Dachs, und dann entdeckte auch Ben das Fenster im zweiten Stock. Es stand halb offen, und das baumelnde Seil führte direkt daran vorbei.

So viel Glück muss man nutzen, dachte Ben, eilte hinüber und kletterte an der Wand hinauf.

Quobemhonn hatte derweil das Fenster ganz geöffnet. Yanko folgte Ben, und schon bald standen sie zu dritt in einem geräumigen Badezimmer mit einer großen Wanne aus Marmor. Auf dem Sims unter dem goldgerahmten Spiegel lag ein nachlässig gesäubertes Rasiermesser, nirgendwo stand auch nur ein einziges Parfumfläschchen.

»Stinkender Trollbollen, Männerflügel«, murmelte Ben, der überzeugt war, dass alle Händlerpaläste ähnlich angelegt waren. »Oder Gästeflügel.«

»Und das heißt?«, fragte Yanko.

»Frau Xabons Gemächer sind auf der anderen Seite.«

Leise öffneten sie die Tür und schlichen auf den Flur. Ben, der als Einziger von ihnen eine Führung durch einen ähnlichen Palast bekommen hatte, ging voraus. Quobemhonn hatte außer dem Garten und seinem Zwinger nur das halbe Erdgeschoss betreten dürfen. Ben entschied sich für links. Durch die vereinzelten Fenster drang nur spärliches Sternenlicht, Ben konnte kaum etwas erkennen. Tastend streckte er die Rechte aus und setzte nur zögernd einen Fuß vor den anderen. Wenigstens knarzte der Boden kaum. Sie brauchten eine halbe Ewigkeit, um die erste Abzweigung zu erreichen, und die erahnte Ben mehr, als dass er sie sah. Wie sollten sie so in einen anderen Flügel finden?

»Soll ich vielleicht vorgehen?«, flüsterte Quobemhonn.

»Wieso?«

»Weil ich auch im Dunkeln halbwegs sehen kann.«

»Sag das doch gleich«, murrte Yanko.

»Psst«, sagte Ben.

Also ging nun Quobemhonn voraus, Ben hielt sich an seinem hochgereckten Schwanz fest und Yanko an Bens Schulter. Warm und rau lagen die Schuppen in Bens Hand. Sie mussten ein lächerliches Bild abgeben. Zum Glück war es so dunkel, dass es niemand sehen konnte. Aber voran kamen sie nun schneller, und es wäre noch lächerlicher, blind gegen eine plötzlich auftauchende Säule zu laufen.

Als sie das breite Treppenhaus erreichten, konnten Ben und Yanko wieder etwas sehen, denn hier brannten auf jedem Stockwerk zwei Laternen aus buntem Venzaraglas. Sie standen rechts und links auf der breiten marmornen Brüstung, jeweils da, wo die Stufen weiter nach oben oder unten führten. Beim Treppenabsatz dazwischen handelte es sich um eine kleine Säulenhalle, vielleicht zehn auf sechs Schritt groß. Es war eine Halle, die den Besucher mit feinen Mosaiken, zierreichen Kapitellen und knapp überlebensgroßen Standbildern beeindrucken sollte. Die Männer und Frauen aus Marmor und Bronze trugen imposante Umhänge und Schmuck, saßen auf einem Drachen oder hatten den Fuß wie ein erfolgreicher Jäger auf eine überquellende Schatztruhe gesetzt. Da es keine bekannten Sagengestalten waren, vermutete Ben in ihnen Vorfahren der Familie Xabon. Sie alle trugen das Kinn herrschaftlich hoch. Noch bevor sie sich entscheiden konnten, wo sie die Suche fortsetzen sollten, hörten sie unbeholfene Schritte von unten und ein Pfeifen, das versuchte, eine Melodie zu sein.

Sofort gingen sie hinter den nächsten Statuen in Deckung und kauerten sich in die Schatten. Ben war dankbar für die pompösen Umhänge. Vorsichtig lugte er zwischen dem Truhendeckel und der Ferse eines glücklicherweise sehr beleibten Vorfahren hindurch.

Ein junger Mann torkelte die Stufen hinauf, in der unbeholfenen Melodie vermutete Ben eine beliebte romantische Weise. Der Mann war vornehm gekleidet, penibel rasiert und stank mächtig nach Bier. Mit der Rechten umklammerte er eine schwankende Laterne, mit der Linken eine geknickte Blume. Auf dem Treppenabsatz vor ihnen atmete er durch, gähnte, lächelte die Blume an und lallte: »Da kann sie gar nicht Nein sagen.« Dann tapste er die Treppe weiter hinauf. Dabei begann er wieder zu pfeifen.

»Und jetzt?«, fragte Quobemhonn, als das Pfeifen nicht mehr zu hören war.

»Ihm nach. Der sah aus, als wollte er in den Damenflügel«, sagte Ben und tastete nach den glückbringenden Würfeln in seiner Tasche. Er hatte es gewusst.

»Aber er sah nicht so aus, als würde er noch irgendwo hinfinden«, murmelte Yanko.

Als sich Ben gerade erheben wollte, hörten sie schon wieder Schritte, leiser jedoch, und er ging wieder in Deckung. Es war eine Frau um die dreißig mit aufgelösten Haaren, die barfuß und im Nachthemd die Stufen heruntertapste. Sie trug zwei große goldene Kerzenständer unter dem Arm und brabbelte vor sich hin: »Wenn du von mir klaust, klau ich eben von dir.«

Was war nachts nur in diesen Händlerpalästen los? Schon bei Finta Dogha waren Mircah und Nesto nachts bei ihm aufgetaucht. Schlief hier überhaupt irgendwer?

Die Frau blieb stehen, kratzte sich an der Nase und ließ dabei eine Kerze fallen, die auf die Statue zurollte, hinter der Quobemhonn lag. Fluchend sprang sie hinterher. Ben sah, wie Yanko nach seinem Messer griff, und schüttelte den Kopf. Yanko machte irgendeine Geste, die Ben nicht verstand. Es sah aus wie *Ich pieks den Troll,* und das konnte nicht sein. Quobemhonn pustete sanft in Richtung der Kerze, sodass diese noch vor seinem Versteck zum Liegen kam. Die junge Frau hob sie auf, steckte sie wieder in den Ständer und ging zurück zur Treppe. Dort stellte sie beide Leuchter ab, kratzte sich noch mal an der Nase, nahm sie dann vorsichtig wieder auf und stieg weiter nach unten. Das Ganze hatte ewig gedauert.

Yanko brummte: »Jetzt ist der elende Säufer über alle Berge.«

»Was sollte das mit dem Messer?«, zischte Ben.

»Ich hätte ihr nur Angst gemacht.«

»Damit sie rumschreit?«

»Damit sie den Mund hält.«

»Und wie lange?«

»Bis wir sie fesseln und knebeln und irgendwo verstecken, wo sie erst morgen gefunden wird.«

Ben brummte etwas Unverständliches. Eine List wäre besser gewesen, aber er wusste selbst nicht, welche. Also hielt er den Mund.

»Wenn ihr immer noch hinter dem Mann herwollt, ich

kann ihn noch riechen«, sagte Quobemhonn, und Ben drängte: »Sag das doch gleich.«

Quobemhonn führte Ben und Yanko nach oben und wieder fort von den Lichtern der Treppe. Es half nichts, Ben packte ihn erneut am Schwanz. Beim zweiten Mal kam es ihm zum Glück nur noch halb so lächerlich vor. Langsamer als mit Licht, aber nicht halb so langsam wie ohne Drachen, schlichen sie auf der Spur des Säufers durch dunkle Flure und Räume, bis Ben plötzlich ein bisschen mehr sehen konnte. Irgendwo vor ihnen musste eine Lichtquelle sein, wohl eine weitere Treppe.

Doch als sie vorsichtig um die Ecke bogen, standen sie vor dem gesuchten Damenflügel. Ben erkannte ihn an den verschlungenen Blumendarstellungen an Wänden und Decke und den Motiven auf dem Teppich, Bilder von Pracht und Höfen, nicht von Jagd und Kampf wie bei den Männern. Das Licht, das Ben dies alles sehen ließ, spendete die Laterne des Säufers, die wenige Schritt vor ihnen auf dem Boden stand. Neben ihr lag der Säufer selbst und schlief, die Hand an eine verschlossene Tür gelegt. Seine Angebetete war wohl nicht da oder hatte ihn nicht eingelassen. Seine Füße stießen fast an die andere Wand, er blockierte die ganze Breite des Flurs. Vorsichtig hüpfte Quobemhonn über ihn hinweg, der weiche Teppich dämpfte seine Landung. Yanko stieg hinterher, und Ben wollte es ihm nachtun.

»Hallo, Jungs«, lallte der Säufer, als Ben gerade den Fuß hob, und kicherte. Speichel tropfte ihm aus dem Mundwinkel. »Was macht ihr da?«

Yanko griff nach seinem Messer, aber Ben dachte: *Dreistigkeit siegt,* und fragte: »Wir wollen zur holden Frau Xabon. Wisst Ihr, wo das ist?«

»Dritte Tür links.«

»Danke. Und psst.« Er hielt den Zeigefinger an die Lippen und zwinkerte verschwörerisch.

»Ihr Glückspilze«, murmelte der Mann und drehte sich um, um weiterzuschlafen.

Ben überlegte, seine Laterne zu stehlen, aber das erschien ihm zu riskant. Auf dem Rückweg vielleicht. Doch er musste etwas sehen, wenn er den Schoßdrachen packen wollte, da konnte er sich nicht auf Quobemhonns Augen verlassen. Leise griff er nach der Lampe, als der Säufer einen schweren Atemzug tat. Er stieß ein Grunzen aus, wachte jedoch nicht auf.

Sie folgten dem Flur um einen Knick, und erst ein gutes Stück dahinter fand sich die dritte Tür links.

»Meint ihr, das stimmt?«, flüsterte Yanko.

»Besser, als zu raten«, raunte Ben.

Yanko zuckte mit den Schultern und kniete sich hin, um das Schloss zu knacken. Im Verlies der Stürme hatte er das zum Vergnügen geübt. Glücklicherweise war nur einmal abgeschlossen und der Riegel nicht vorgelegt. Ben lauschte gespannt auf den Säufer, bis das Schloss aufschnappte. Sie schlichen hinein und sperrten hinter sich ab, auch den Riegel schoben sie vor.

Der Raum wurde von zwei hohen, breiten Kleiderschränken dominiert, die anderen Möbel waren klein und mit filigranen Schnitzereien verziert. Überall stapelten sich Kisten und Kästchen, auf dem Tischchen am Spiegel stand eine große Schmuckschatulle. Rechts stand eine Tür halb offen. Leise glitten sie hindurch und standen im Schlafzimmer. Bens Blick fiel sofort auf das breite Bett, das halb von durchscheinenden Tüchern verhangen war. Darin schlief Frau Xabon.

Am Fußende des Betts lag ein großes goldenes Seidenkissen, und in ihm versunken und kaum zu erkennen – der gesuchte Schoßdrache. Er war etwa katzengroß und hatte gelbe Schuppen, einen rundlichen Bauch von den ständigen Leckereien und ein Doppelkinn. Seine alberne rote Uniform trug er beim Schlafen nicht.

Ganz leise, um ja niemanden zu wecken, schlich Ben hinüber. Er winkte Yanko zu sich, zählte mit den Fingern lautlos von drei hinunter auf die geballte Faust und presste dann dem Drachen mit der Rechten die Schnauze zu. Die Linke legte er sofort auf die Schulterknubbel, um dem Drachen zu zeigen, wer er war. Zeitgleich packte Yanko den Schwanz und drückte den Körper ins Kissen, damit der Drache nicht strampelte. Beinahe sofort war der Drache wach, zuckte hin und her und wollte knurren, konnte jedoch nicht. Ben spürte das heilende Kribbeln in den Schulterknubbeln und in seiner Hand. Nur wenige Augenblicke dauerte der lautlose Kampf, dann begriff auch der Drache, was das Kribbeln bedeutete, und hörte auf zu zappeln. Er starrte Ben an, und Erkennen zeigte sich in seinen Augen. Die Heilkräfte schienen bei einem so kleinen Wesen viel schneller zu wirken.

Ben beugte sich vor und flüsterte ihm fast unhörbar ins Ohr: »Wir holen dich hier raus. Ich kann dir deine Flügel zurückgeben. Aber sei leise, sei bloß leise.«

Quobemhonn war plötzlich neben ihnen, nickte dem Schoßdrachen zu und präsentierte seine Flügel.

Yanko ließ den kleinen Kerl los, während Ben ihn sicherheitshalber noch eine Weile heilte. Der Drache gurrte. Als sich Ben erhob, stand Yanko am Bett von Frau Xabon, deutete auf seine Schläfe und nickte grinsend. In der Linken hielt er ein Stoffknäuel. Ben hatte keine Ahnung, was das jetzt heißen sollte, und zuckte mit den Schultern. Sie mussten ernsthaft üben, sich mit Zeichen zu verständigen. Yanko winkte ihn an seine Seite.

Bevor Ben wusste, wie es weitergehen sollte, drückte Yanko der Händlerin plötzlich den geballten Stoff als Knebel in den Mund und presste seine Hand fest darauf. Sie fing an zu zappeln, Ben packte hastig ihre Arme, und Quobemhonn sprang auf ihre Beine.

»Schaut mich an«, raunte Yanko, beugte sich tief über sie und deutete auf sein grimmiges Gesicht. »Ich bin Yanko, und ich klaue gerade Euren kleinen fetten Drachen. Mädchen sind nicht dabei, verstanden? Keine Mädchen.«

Frau Xabon stierte ihn mit aufgerissenen Augen an, als wäre er verrückt. Sie kämpfte nicht mehr. Trotzdem ließen Ben und Quobemhonn nicht los.

»Y. A. N. K. O. Yanko. Verstanden?«

Sie nickte, aber Ben bezweifelte, dass sie wirklich verstanden hatte.

»Gut.« Lächelnd band ihr Yanko den Knebel mit einem Seidentuch fest, dann holte er verschiedene Gürtel und Tücher aus den Kleiderschränken, um sie zu fesseln. »Wenn Ihr nicht schreit, passiert Euch auch nichts.«

»Bist du vollkommen verrückt?«, knurrte Ben, der endlich seine Sprache wiedergefunden hatte.

»Ich hab dir gesagt, dass ich mich nicht von einem Mädchen überholen lasse.«

»Aber …«

»Bis die da wieder frei ist, sind wir längst auf und davon und zurück im Furchenwald.«

»Sturbockiger Höhlenschädel«, schimpfte Ben und meinte es auch so. Was dachte der Kerl sich dabei? Die falsche Spur mit dem Furchenwald war gut, aber Byassos Liste mit den Kopfgeldern war nur ein Spiel, kein Grund …

Seine Gedanken wurden von einem Kratzen an der vorderen Tür unterbrochen. Ben, Yanko und Quobemhonn erstarrten. Auf das Kratzen folgte ein sachtes Klopfen.

»Holde Dame?«, flötete eine leise Stimme auf dem Gang.

Ben sah sich nach dem kleinen Schoßdrachen um, den er losgelassen hatte, um Frau Xabon zu packen. Der Drache war weg, sein Schlafkissen verlassen.

Frau Xabon rührte sich nicht und starrte voll Angst auf das Messer an Yankos Gürtel.

Yanko fluchte.

»Meine Holde.« Das Klopfen wurde lauter, drängender.

Konnte in diesem vermaledeiten Palast nicht wenigstens einer nachts in seinem Bett bleiben? Ben sank auf die Knie, um unter das Bett zu blicken. Wo steckte nur der Schoßdrache?

»Mach keinen solchen Lärm und warte, bis du an der Reihe bist«, rief der Säufer auf dem Gang. »Da sind schon zwei drin.«

»Was?« Jetzt wurde an der Tür gerüttelt. »Wer ist da drin?«

»Ganz toll, Yanko«, presste Ben zwischen den Zähnen hervor. »Danke.«

»Du hast ihm doch gesagt, wo wir hingehen«, motzte Yanko. »Nicht ich.«

»Ohne deine *Ich-bin-der-Gefährlichste*-Nummer hätten wir schon längst wieder weg sein können.«

»Macht auf!« Irgendwer hämmerte gegen die Tür, dann sprang er dagegen. »Helft mir!«

Quobemhonn entdeckte den mampfenden Schoßdrachen in einer fetten Keksdose und zog ihn heraus.

Irgendwo draußen wurde eine Tür geschlagen, irgendjemand rannte herbei. Es wurde gerufen, geflucht und gegen die Tür getreten.

»Und jetzt?«, fragte Yanko.

»Bleibt nur das Fenster.« Ben riss es auf und starrte auf den schwarzen Boden weit unter ihnen. Sie waren im vierten Stock, und kein Baum stand nah genug, um hinüberzuspringen.

»Ich versuch mein Bestes.« Quobemhonn packte Yanko unter den Achseln. »Du springst, und ich schau, ob ich dich tragen kann.«

»Kannst du?«

»Vermutlich.«

»Vermutlich?«

»Vielleicht.«

»Du spinnst.«

Die Tür knirschte bedrohlich. Längst klang es so, als würde mehr als einer dagegenspringen. Ben drückte die Schlafzimmertür zu und schloss sie ab. Sie war bei Weitem nicht so stabil wie die draußen, das würde die Eindringlinge nur wenige Augenblicke aufhalten. Dann rannte er zurück ans Fenster, gerade rechtzeitig, um Yanko an Quobemhonns Klauen in die Tiefe torkeln zu sehen. Das war kein Fliegen, nur ein gebremster Sturz. Yanko und Quobemhonn schlugen am Boden auf und rollten sich ab und übereinander. Quobemhonn kämpfte sich als Erster auf die Beine und stieg wieder auf. Yanko humpelte in Richtung Labyrinth. Ben kletterte auf das Fenstersims, den Schoßdrachen fest gegen die Brust gedrückt, die Hände auf den Schulterknubbeln. Endlich hatte der Drache aufgehört zu mampfen.

Die äußere Tür barst. Er hörte Leute in den Vorraum purzeln. Männer und Frauen riefen durcheinander: »Frau Xabon?«

Quobemhonn packte Bens Schultern, und sie taumelten in die Tiefe. Der Schoßdrache krallte sich angstvoll in seine Brust, Bens Magen hob sich, und alles war viel schneller vorbei als gedacht. Knapp über dem Boden ließ Quobemhonn los, Ben prallte hart auf und rollte sich ab. Sofort rappelte er sich auf und tastete nach dem Schoßdrachen. Er atmete. Ben hielt ihn fest und rannte Richtung Labyrinth. Ein stechender Schmerz fuhr durch seinen Knöchel, und er taumelte, fiel aber nicht. Er durfte nicht. Der Schoßdrache atmete heftig, er konnte das kleine Herz an seiner Brust schlagen hören.

Quobemhonn stürmte im Flug an ihm und Yanko vorbei und scheuchte Aiphyron und Feuerschuppe aus dem Labyrinth. Sie setzten über die Hecken hinweg und landeten vor den heranstolpernden Ben und Yanko.

Im Palast hinter ihnen barst eine Tür, Fenster wurden erleuchtet. Geschrei alarmierte die Torwachen.

Rasch kletterte Ben auf Aiphyrons Rücken, Feuerschuppe half Yanko hinauf.

Irgendwer stürmte von vorn in den Garten. Ben hoffte, dass keiner von ihnen Pfeil und Bogen dabeihatte.

Die Drachen sprangen in den Himmel. Mit mächtigen Flügelschlägen stiegen sie schnell weiter und weiter hinauf. Aus einem Fenster im vierten Stock wurden ihnen wüste Flüche hinterhergeschleudert, aber keine Pfeile.

»Richtung Furchenwald«, keuchte Ben und rang nach Atem. Aiphyron tat ihm den Gefallen und flog nach Norden. Erst als sie in sicheren Höhen waren und vom Boden aus nicht mehr gesehen werden konnten, wendeten sie und flogen zum Verlies der Stürme.

»Danke, Quobemhonn.« Ben schnaufte. »Das war haarscharf.«

»Ja.« Yanko rieb sich das Knie. »Besser, wir erzählen davon nur die Hälfte. Muss sich ja keiner nachträglich Sorgen machen.«

Ben wusste genau, warum Yanko diese Hälfte verschweigen wollte. Dank seines Geistesblitzes mit dem Furchenwald waren die Mädchen wenigstens nicht umsonst nach Norden geflogen. Jetzt deutete alles darauf hin, dass sie sich im Landesinneren aufhielten. »Ja, besser. Sonst reißt uns Nica den Kopf ab. Egal, ob sein Wert gerade gestiegen ist oder nicht.«

Der Schoßdrache strampelte sich von Bens Brust frei. Dann setzte er sich vor Ben auf Aiphyrons Schuppen und reckte die Schnauze in den Wind, als würde er selbst fliegen. Seine Schulterknubbel zuckten, er gurrte und fauchte, und beides klang, als wäre er glücklich. Als sie schließlich ihre Insel erreichten, war der kleine Drache heiser, und das erste Licht des Tages schimmerte bereits am Horizont.

KEINE ANGST
Eine gestrichene Szene

Zum beliebtesten Bonusmaterial vieler DVD-Veröffentlichungen gehören häufig die deleted scenes, *gedrehte Filmszenen, die letztlich doch aus der Endfassung herausgeschnitten wurden. In der Literatur läuft das oft anders, dort wird hier und da ein Wort gestrichen, ein Satz oder ein halber Gedankengang, von dem die andere Hälfte in ein anderes Kapitel wandert. Als literarisches Bonusmaterial nun* deleted words *aufzulisten, ergäbe keinen Sinn. Diese Menge an* und *und diversen Adjektiven will keiner lesen.*

Folgende Szene aus dem ersten Drachenflüsterer-*Roman wurde jedoch tatsächlich fast wie beim Film im Ganzen herausgeschnitten. Im Roman wird auf Seite 91 eine Prügelei erwähnt, die in der ursprünglichen Fassung sehr viel ausführlicher beschrieben wurde. Da sie jedoch das gesamte Tempo des Romans zu sehr verschleppt hätte, ohne wesentlich Neues zu bieten, fiel sie fast vollständig der Überarbeitung zum Opfer; nur der einleitende Dialog zwischen Ben und Byasso blieb im Roman enthalten (verschoben auf S. 89). Da auch der Anschluss mit dem großen Trollfurt-Rennen entsprechend angepasst wurde, lässt sich die Szene nicht ganz ansatzlos wieder einfügen. Doch für alle, die genau wissen wollen, warum Ben und Yanko im Roman humpeln, hier nun die Szene exakt so, wie sie in der ursprünglichen Fassung enthalten war und bislang noch nicht gedruckt erschienen ist, sondern nur auf der Website lesehappen.de.*

Und als Ben mit Byasso auf der großen Dherrnbrücke saß, ohne Yanko und ohne einander zu beschimpfen, die Beine baumeln ließ, den Handwerkern bei der Arbeit zusah und dabei auch ein paar wehmütige Blicke zu seinem alten Haus sandte, sagte Byasso plötzlich, Sidhy sei doch bloß ein Großmaul. »Ich weiß ohnehin nicht, was dieser Yirkhenbarg hier überhaupt verloren hat. Vater fragt sich das auch.«

»Ich dachte, dein Vater wusste als Erster vom Kauf der Blausilbermine und auch von Yirkhenbarg?«, fragte Ben.

»Das schon. Aber er wusste ja nicht, dass dieser Kerl hier so auftreten würde, so hochnäsig, so anmaßend. Dass er sich nicht einfach einfügen würde, sondern mit einem Drachen einmarschieren, als wäre er der Größte. Wie ein Herzog oder König! Als wäre er hier der Bürgermeister und nicht nur einer von vielen Geschäftsleuten am Ort.«

Daher also weht der Wind, dachte Ben. Byassos Vater, der Bürgermeister, sah seine Macht bedroht. Laut sagte er: »Immer wenn ich deinen Vater mit Yirkhenbarg sehe, lächelt er und klopft ihm auf die Schulter.«

»Ja, was soll er denn sonst machen? Yirkhenbarg genießt hohes Ansehen, seine Arbeiter werden bald kommen, dann ändert sich hier einiges, wenn wir nicht aufpassen. Einiges!« Byasso sah Ben wissend an und hatte den rechten Zeigefinger warnend erhoben.

»Und um das zu verhindern, lacht dein Vater täglich über Yirkhenbargs Scherze und klopft ihm auf die Schulter?«

»Ja, das macht man so«, sagte Byasso. »Das ist Politik, davon verstehst du nichts.«

Das gab Ben freimütig zu. Er hatte sich noch nie Gedanken über Politik gemacht, aber jetzt, wo er gleich zu Beginn dieser gefährlichen Veränderungen aus seinem Haus geschmissen worden war und es wirklich wissen wollte, konnte Byasso ihm diese Politik auch nicht erklären. Er wisse nicht, wo er da anfangen solle, brummte er, und deshalb ließe er es am besten ganz.

Ben wollte gerade sagen, Byasso traue sich nur nicht, ihm etwas zu erklären, da tauchte Yanko auf. Mit hochrotem Kopf rannte er herbei und strahlte übers ganze Gesicht.

»Ben! Byasso! Ich bin gerade Kaspe, Lugh und Aaser begegnet, die auf dem Weg raus aus der Stadt waren. Ist erst ein paar Minuten her. Und just als sie an mir vorbeigehen, fragt Aaser, ob sie nicht auf Sidhy warten sollten, und Kaspe sagte nein, der findet den Weg zum Turm schon allein und kommt in ein paar Minuten nach. Und sie sind weiter, durchs Tor raus und rechts, in Richtung altem Raubritterturm. Wenn wir uns beeilen, können wir Sidhy bei den ersten Bäumen auflauern und ihm seine längst verdiente Abreibung verpassen. Was meinst du, Ben, es wird Zeit, oder?« Yanko zwinkerte ihm zu.

Ben und Byasso sprangen auf, und zu dritt rannten sie aus der Stadt. Drei gegen einen war nicht besonders ritterlich, aber das war Sidhy auch nie gewesen. Sie würden ihn ja auch nicht gemeinsam verdreschen, sondern schön einer nach dem anderen. Erst Yanko, dem sie die ganze Gelegenheit überhaupt verdankten und der deshalb das Vorrecht auf diese Prügelei hatte, dann Ben, der aufgrund seiner Erlebnisse die größten Rechte auf Rache hatte, und dann Byasso, weil er auch dabei war und nicht leer ausgehen sollte.

»Aber bei dem Kakerlakenkopf weiß man ja nie, was der alles zu meckern findet. Dabei weiß er doch gar nicht, wie das Leben hier in Trollfurt läuft«, keuchte Yanko im Laufschritt. »Diese ahnungslose Darmgeburt!«

»Furzschädel.«

Sie eilten den gewundenen Waldweg entlang, um möglichst frühzeitig bei den drei Felsen zu sein, dem perfekten Platz für einen Hinterhalt. Ab dort standen die Bäume dichter, und der Weg führte in einer engen Kurve um die hausgroßen Granitbrocken herum. Sie liefen und sahen sich dabei immer wieder um, ob Sidhy schon käme, da zischte Byasso plötzlich: »Da vorne! Vor uns! Ist er das?«

Durch das helle Laub hindurch sahen sie ein oder zwei Gestalten, die hinter der nächsten Kurve den Weg entlangschlenderten.

»Dann aber mal los!«, rief Yanko und rannte, so schnell er konnte.

Ben und Byasso fielen sofort zwei, drei Schritte zurück, sie waren nicht so schnell. Ihre nackten Füße patschten auf den kühlen, trockenen Boden, und Ben rutschte fast weg, als er hinter Yanko um die Kurve jagte. Einen Augenblick später wäre er fast vor Überraschung gestolpert, als er sah, wem sie da folgten.

Nicht weit vor ihnen erkannte er Sidhy, der sich umgedreht hatte und ihnen entgegensah. Neben ihm stand Nica, bildschön wie immer, ein fragendes Lächeln im Gesicht.

»Halt«, brachte Ben mühsam hervor, sodass gerade einmal Byasso ihn verstehen konnte. »Nicht, wenn sie dabei ist.« Wie sollte er je Eindruck auf sie machen, wenn er jetzt schon wieder, und noch dazu direkt vor ihren Augen, ihren Bruder verdrosch?

»Wieso?«, fragte Byasso atemlos im Weiterlaufen. »Sie ist ein Mädchen. Sie wird schon nicht so fest zuschlagen, vor der brauchen wir keine Angst zu haben.«

»Angst?«, stotterte Ben. »Wieso Angst?«

»Jaaaa!«, brüllte derweil Yanko und stürmte auf Sidhy zu.

»Nein!«, knurrte Byasso. »Ich hab gesagt, keine Angst! Keine Angst! Ich hab keine Angst vor einem Mädchen! Willst du sehen, wie wenig Angst ich habe?« Und dann raste er tatsächlich mit erhobenen Armen auf Nica zu.

Oder doch auf Sidhy?

Ben war das egal, er musste ihn stoppen! Sie durften vor ihren Augen nicht zu mehreren auf ihren Bruder los, und schon gar nicht durfte irgendwer auf Nica losgehen! War Byasso denn völlig von Sinnen?

Sidhy und Nica wussten nicht, wie ihnen geschah, sie blieben einfach stehen. Yanko sprang Sidhy aus vollem Lauf mit einem Schrei frontal an, Ben trat in einen spitzen Stein und stürmte dennoch weiter, der Schmerz in der Fußsohle war ihm egal, es ging um Nica. Er erreichte Byasso gerade noch rechtzeitig, hechtete auf seinen Rücken, riss ihn um und stürzte mit ihm genau zwischen Nica und dem Knäuel Sidhy und Yanko hindurch. Dabei versuchte er, Nica anzulächeln, bekam aber nur eine schreckliche Grimasse hin. Nica blickte ihm verblüfft hinterher.

Byasso und er knallten auf den Boden und überschlugen sich. Ben kämpfte sich sofort nach oben und presste den überraschten Byasso zu Boden, drückte dessen Gesicht in den Dreck.

»Ich hab dir gesagt, du sollst die Finger von ihr lassen!«, knurrte er so laut, dass auch Nica es hören musste. Das war wichtig.

»Aber …«, versuchte Byasso etwas zu antworten, doch Ben drückte seinen Kopf weiterhin nach unten, sodass alle weiteren Worte im Dreck stecken blieben. Was er zu sagen hatte, sollte Nica nicht hören.

Jetzt wurde Byasso wütend und begann sich zu wehren. Er warf seinen Körper hin und her, wollte sich aus Bens Griff befreien, fluchte und schimpfte: »Du widerlicher Krötendreck! Du pestbeuliges Hundegesicht! Eitriges Verräterschwein!«

Yanko beschimpfte Sidhy ähnlich abwechslungsreich, während Sidhy auf dem Rücken lag, das Gesicht hinter den Armen versteckte und pausenlos »Missgeburt! Du Missgeburt!« brüllte.

Ben steckte den einen oder anderen Treffer ein, schlug aber selbst nicht zu, sondern versuchte weiterhin, Byasso einfach festzuhalten, und das möglichst locker, um seine Überlegenheit und Stärke zu demonstrieren.

Doch Nica sah ihm gar nicht zu, stattdessen brüllte sie: »Hilfe! Hilfe!«, und trat Yanko von hinten mit dem Fuß in den Rücken. Dann hetzte sie davon. Sie stürzte an Ben vorbei und rannte schnell und mit unanständig hochgerafftem Rock den Waldweg hinunter.

Ben sah ihr nach, starrte auf ihre nackten Beine, passte nicht auf und wurde von Byassos Ellbogen auf der Nase getroffen. Es fing sofort an zu bluten, und ehe er sichs versah, hatte sich Byasso nach oben gekämpft und drosch nun auf ihn ein, traf ihn immer wieder auf die Hände, die er schützend vors Gesicht hielt.

»Was sollte das? Haben sie deinen Verstand dreimal durch einen Mühlstein gequetscht, oder was?«

Byasso spuckte Erde und Speichel auf ihn hinab.

»Was sollte das?«

»Was?«

»Na das!«

Sie ließen voneinander ab und starrten sich an. Dann sahen sie zu Yanko, der sich von Nicas Tritt erholt und Sidhy wieder im Schwitzkasten hatte, während er ihn fröhlich beschimpfte. Über diese Beschimpfungen und Sidhys Keuchen hinweg hörten sie dröhnende Schritte heranpreschen, doch viel zu spät.

Als Ben aufsah, waren Kaspe, Lugh und Aaser schon heran. Sie waren größer, älter und ausgeruht, und fielen mit siegessicherem Gejohle über sie her.

Sie hatten ihnen nicht mehr viel entgegenzusetzen; Ben bekam gleich einen Tritt in den Magen und kam danach nicht wieder richtig hoch. Fuß, Nase, Hände, Bauch, alles schmerzte sowieso schon, und immer mehr Tritte prasselten auf ihn ein. Bis irgendwann Ruhe war. Einer spuckte ihm noch ins Gesicht, wahrscheinlich Sidhy, wer sonst.

»Das war ein Fehler! Das werdet ihr noch furchtbar büßen!«, keifte er mit überschnappender Stimme. »Ganz andere Zeiten brechen noch an, und dann werdet ihr immer vor mir kriechen! Im Staub, so wie jetzt! Kriechen! Wenn … wenn …« Schwer atmend verstummte er und spuckte noch einmal nach ihnen. »Missgeburten!« Dann zog er mit seinen drei Kameraden ab.

Ein paar Augenblicke lang blieb Ben einfach im Dreck liegen und fragte sich, wie irre dieser Sidhy war. Er würde sicher niemals vor ihm kriechen, nicht freiwillig. Dann rappelte er sich halbwegs hoch und sah sich um.

Yanko hatte es am übelsten erwischt, an ihm hatte sich Sidhy abreagiert. Sein Arm lag merkwürdig verdreht hinter seinem Rücken, das Hemd war voller schmutziger und roter Flecken und so zerrissen, dass es nur schwer zu nähen sein würde. Und das hieß, Yanko würde daheim die nächste Abreibung bekommen.

»Alles in Ordnung?«, fragte Ben und robbte zu ihm hinüber.

Yanko knurrte etwas Unverständliches, und Byasso sagte deutlicher: »Ja.«

Ben half Yanko auf, der verdrehte Arm war zum Glück nicht gebrochen, es hatte nur so ausgesehen. Doch Yankos rechter Knöchel schwoll an, dick und blau.

»Was war jetzt das, Ben?«, fragte er.

»Wieso fragst du mich? Byasso wollte Nica angreifen! Ein Mädchen! Wer macht denn so was?«

»Ich weiß nicht, aber dieses Mädchen kennt unsere Regeln anscheinend auch nicht. Sie hat mich getreten, einfach so. Und von hinten!«

»Ja, gut, das war nicht ritterlich. Aber wir wissen trotzdem, dass es sich nicht gehört, ein Mädchen zu schlagen.«

»Verflucht, ja! Aber man schlägt auch nicht seine eigenen Kameraden!«

»Genau!«, mischte sich Byasso ein. »Und ich wollte sie doch auch nur erschrecken. Außerdem hast du gesagt, ich hätte Angst, gegen ein Mädchen zu kämpfen. Ich hab aber keine Angst!«

»Das habe ich nie gesagt!«

»Hast du doch!«

»Nein!«

»Doch!«

»Nein!«

»Jungs! Hört auf damit!« Yanko hielt sich mühsam auf seinem gesunden Fuß aufrecht, linste Ben und Byasso aus dem einen Auge an, das nicht zuschwoll, und lachte plötzlich lauthals los. »Was sind wir nur für Schwachköpfe. Wir ziehen los, um zu dritt einen verweichlichten Angeber zu stellen, und holen uns eine richtig derbe Schlappe ab, weil wir uns selbst die Köpfe einschlagen. Was für eine Heldentat! Das wird noch in Jahrhunderten besungen werden!«

Ben und Byasso starrten ihn an und mussten dann selbst grinsen. Dann nahmen sie Yanko in ihre Mitte, stützten ihn und hinkten nach Hause.

Wenn ich wirklich Drachenritter werden will, muss ich noch einiges lernen, dachte Ben missmutig. Sie würden ihn sicher gegen andere Anwärter kämpfen lassen, und da durfte er nicht so eine Niederlage einstecken. Wie ein Held hatte er sich eben nicht verhalten. So würde er die Prüfungen des Ordens nie bestehen.

»Ich glaube ja, du hast dich in diese Nica verguckt, Ben«, sagte Yanko nach einer Weile und riss ihn so aus seinen trüben Gedanken. »Das mit der Ritterlichkeit ist doch Unsinn.«

Ben protestierte auf der Stelle. »Was habe ich?« Wie konnte Yanko erwarten, dass Ben irgendwelche romantischen Gefühle offen zugab, noch dazu vor jemandem wie Byasso? Byasso würde ihm das doch wochenlang vorhalten. »Ihr Vater hat mich quasi aus der Stadt gejagt! Was sollte ich ausgerechnet mit der?«

»Sie ist hübsch.«

»Ach was!«

»Alle sagen, sie ist hübsch, so viel kannst du wenigstens zugeben.«

»Na gut, dann ist sie eben hübsch. Lass sie das schönste Mädchen der Welt sein, das ist mir vollkommen egal. Ihr Vater hat mich trotzdem aus meinem Haus geworfen.« Darauf würde Ben noch hundert Mal beharren, wenn Yanko nicht endlich aufhörte.

»Ich habe nicht gesagt, du hast dich in ihren Vater verguckt.« Yanko grinste und musste daraufhin husten.

»Ach, spar dir deinen Atem und hink weiter. Du brauchst ihn noch, um deiner Mutter eine Geschichte aufzutischen, warum du dein Hemd so zerrissen hast. Mit der Wahrheit handelst du dir nur Ärger ein.«

»Ich sage einfach, ich hätte mich mit dir geprügelt. Dann denkt mein Vater, ich bin endlich zur Vernunft gekommen, und das Hemd spielt keine Rolle mehr.«

»Ja, du bist ein wahrer Freund.« Ben klopfte Yanko auf die Schulter, der zuckte zusammen und stöhnte: »Ah, tu das nicht.«

Mühsam grinsend humpelten sie langsam zurück nach Trollfurt. Irgendwann würde Sidhy schon noch seine Abreibung bekommen.

»GUT MÖGLICH, DASS ER UNS DANN WAS REINDRÜCKT …«

Ein Interview mit Ben und Yanko über Dinosaurier, gefährliche Risse und Boris Koch. Die Fragen stellte unser freier Mitarbeiter, der Fiktionsjournalist und ausgebildete Hirnkriecher Hagen von der Höhl.

Für das folgende Gespräch ließ mich Boris Koch durch eine quietschende Hintertür in seinen Kopf. Ich landete in einer idyllischen Meeresbucht, die von steilen Felswänden umgeben war. Die See lag ruhig da, hoch oben auf den zerklüfteten Klippen wuchsen dichte Büsche mit zu Röhrchen gerollten Blättern, wie ich sie nie zuvor gesehen habe, und gedrungene Bäume mit ineinander verflochtenen Doppelstämmen. Der Sand am Ufer war grobkörnig und fast weiß, die Sonne brannte heiß. Eigentlich hatte ich gehofft, auf der Insel der Stürme herauszukommen, aber die Geächteten ließen Fremde wohl nicht so einfach in ihr Versteck. Vielleicht hatten sie Angst, ich würde anschließend einen Ordensritter interviewen und mich dabei verplappern. Beides hatte ich nicht vor.

Als ich ankam, war niemand da. Ich blickte in den tiefblauen Himmel, doch in der einen Richtung waren nur Vögel zu sehen, in der anderen blendete mich die Sonne. Keine Spur von einem Drachen. Wartend setzte ich mich auf einen hellen Felsen und zog Schuhe, Socken und die dicke Jacke aus; ich hatte nicht gewusst, wie warm oder kalt es in dem Autorenkopf sein würde. So kühl, wie Boris Koch mich angesehen hatte, hatte ich einen Schneesturm befürchtet.

Ich krempelte die Hosenbeine hoch. Die Luft schmeckte

wie daheim nach Salz, doch die Schreie der Möwen waren lauter und länger und klangen wie eine schwermütige Klage und nach unstillbarem Fernweh. Dort, wo die sanften Wellen auf den Strand plätscherten, entdeckte ich eine Handvoll tellergroßer, bunt schillernder Muscheln im Sand. Bevor ich jedoch hinüberschlendern konnte, kamen Ben und Yanko barfuß um die Kante der Steilklippe gestapft; sie mussten in der Bucht nebenan gewartet haben. Ihre Kleidung war rissig und abgetragen, die Füße schmutzig, aber sie begrüßten mich mit einem freundlichen Lachen. Nach ein paar Begrüßungsworten einigten wir uns auf ein entspanntes *Du*, und das Interview konnte beginnen.

Hagen von der Höhl: Was uns dort draußen am meisten interessiert, sind natürlich die Drachen. Bei uns gibt es keine, aber Boris Koch behauptet regelmäßig, sie seien von Dinosauriern inspiriert. Könnt ihr das bestätigen?

Ben: Was sind Dinosaurier?

Yanko: Keine Drachen? Ihr seid arme Schweine …

H: Das kannst du laut sagen. Dinosaurier sind sogenannte »Schreckensechsen« oder »schreckliche Echsen«, die vor 65 Millionen Jahren ausgestorben sind. Heutzutage sind von ihnen nur noch versteinerte Knochen im Boden zu finden. Manche waren gigantisch und …

B: So ein Blödsinn. Woher willst du wissen, wer vor 65 Millionen Jahren gestorben ist? Habt ihr da Aufzeichnungen?

H: Nein, das ist eine wissenschaftliche Theorie, die …

Y: Drachen sind keine Theorie.

B: Und bestimmt nicht ausgestorben.

Y: Versteinert habe ich auch noch keinen gesehen. Stein ist viel zu schwer, um zu fliegen.

H: Als sie noch lebten, waren sie natürlich noch nicht versteinert, aber fliegen konnten nur wenige.

Y: Aber Drachen fliegen, zumindest freie Drachen.

B: Außerdem sind Drachen nicht schrecklich, sondern wunderschön. Majestätisch.

Y: Gibt's bei euch einen Orden der Dinodingsdaritter?

H: Nein.

Y: Dann ist das alles Unsinn. Wer hätte ihnen sonst die Flügel abschlagen sollen? Aber wundert mich nicht, der liebe Herr Koch redet ja viel, wenn der Tag lang ist. Sagt: *Jungs lieben es, nach Schätzen zu suchen,* und dann dürfen wir die Klippe hochklettern und ins Meer springen, aber da gibt es gar keine Schätze, nur die Falle von einem dämlichen Münzmolch, und wir tappen fast rein. Redet über Schätze und gibt uns ein hinterhältiges Monster.

B: Ja, der veralbert einen echt gern.

H: Heißt das, ihr würdet lieber in den Büchern eines anderen Autors stecken?

B: Das weiß ich nicht, da war ich noch nie.

Y: Ich hab mal von einem Wolfram von Eschenbach gehört, bei dem müssen alle in Reimen reden. Das wäre nichts für mich.

B: Bloß nicht. Aber ich hab mal mit einer Figur von Stephen King geredet, die war tot.

Y: Auch nicht schön.

B: Eben. Schaut euch doch um: Sonne, Strand, Meer. Wir fliegen mit Drachen, statt über tote Dinodingsdas nachzudenken, und haben Anula und Nica. Worüber wollen wir uns beschweren?

H: Auf euch ist ein Kopfgeld ausgesetzt.

B: Ja, okay …

H: Ihr seid nur eine Handvoll gegen den mächtigen Orden der Drachenritter.

Y: Aber wir werden mehr. Und wir sind im Recht. Das ist mir lieber, als ein widerlicher Drecksack zu sein, der seine Macht dem Leid anderer verdankt. Ich kann ruhig schlafen.

B: Manchmal. Wenn der gute Herr Koch nicht wieder seinen Rappel kriegt und nachts arbeiten will. Dann hetzt er uns um Mitternacht durch die Gegend, weiß vor Müdigkeit aber selbst nicht mehr, was er tut. Wir landen auf einer Insel, das findet er dann doch blöd, löscht die Insel wieder raus, und wir liegen plötzlich im Wasser, im kalten, tosenden Wasser, weil kein Boden mehr unter den Füßen. Hastig fügt er einen Felsen ein, und wir stehen wieder auf dem Trockenen. Aber weil der Felsen so winzig klein ist, stehen wir uns auf den Füßen rum. Und wenn Aiphyron auf deinen steht, ist das echt nicht angenehm. Also macht er aus dem Felsen einen riesigen Felsen. Weil es aber inzwischen richtig spät ist und der Herr Koch richtig müde, wird es stattdessen ein rissiger Felsen, und einer von uns rutscht dann in so einen Riss hinein, weil eben *alles* doch auch riesig ist, und dann musst du da schneller wieder rausklettern, als der Herr Koch das falsche Wort korrigiert hat. Sonst bist du plötzlich im Fels eingeschlossen, weil alle Risse zu sind. Und wenn der nette Herr Koch dann Feierabend macht, hängst du im Stein fest, bis er das Malheur irgendwann am nächsten oder übernächsten Tag bemerkt.

Y: Oder wie du damals durch Auflegen zusammengebissener Zähne heilen wolltest? Das sah vielleicht albern aus, das Gesicht mitten in die offene Wunde gepresst.

B: Du magst nicht wissen, wie das geschmeckt und gerochen hat. Und der tolle Herr Koch hat das wochenlang nicht bemerkt. Aber weißt du, was wirklich nervt? Diese *deleted scene*.

Erst verpasst er uns dort so eine richtige Abreibung, dann sagt er, war wohl doch ein bisschen zu viel, war nicht so gemeint, das musste nicht sein, sorry, ich nehm's zurück, blablabla. Das macht er aber nur halb, weil den Schmerz lässt er drin, und wir müssen trotzdem humpeln. Was nützt uns das? Tut trotzdem alles weh. Und dann hieß es: *Ich brauch Bonusmaterial, schönes Bonusmaterial für den Sammelband!* Und ich dachte, vielleicht finden wir jetzt doch den Schatz, oder wir können es uns am Strand ein wenig schön machen mit unseren Mädchen, aber nein, als Erstes erinnert er sich an die alte herausgestrichene Abreibung und packt die wieder ins Buch, und wir kriegen zum zweiten Mal auf dieselbe Art so richtig auf die Fresse.

Y: Wenn der irgendwann noch mal mit einem Bonusding anfängt, dann streik ich, ehrlich.

H: Streiken? Könnt ihr das?

Y: Na ja, ist ziemlich schwierig, der Herr Koch will ja immer, dass alle nach seiner Pfeife tanzen. Aber er lässt sich leicht ablenken. Wenn ich also ruf: *Guck mal, da drüben!* Und Ben jubelt: *Ein Wolkengarten aus Regensand!* Dann sitzt er da und überlegt, was das sein könnte.

H: Und was ist ein Wolkengarten aus Regensand?

B: *(lacht)* Keine Ahnung! Er ist der Autor, er muss das rausfinden. Und während er grübelt, machen wir Pause. Ist halt wichtig, dass man so was ruft, wenn man gerade in der Sonne am Strand sitzt oder gemütlich auf einem Drachen fliegt. Nicht dass man gerade frierend irgendwo im Unwetter rumhängt oder ein paar Ordensritter an der Backe hat.

H: *Verweile doch, du Augenblick …*

B: Hä?

H: Goethe.

Y: Wie auch immer. Irgendwann löscht der Herr Autor dann

Bens Antwort, aber inzwischen ist er überzeugt, mein vorangegangener Ausruf ist von ihm. Also lässt er ihn drin und überlegt, was mich zu so einem Ausbruch veranlasst hat, was *da drüben* denn sein könnte, und damit haben wir die ganze Geschichte ins Stocken gebracht.

B: Gut möglich, dass er uns dann was reindrückt, ein Drachenkatapult, das uns beschießt, ein Wirbelsturm mit faustgroßen Hagelkörnern oder so, statt einfach ein gemütliches Rasthaus. So ist er halt, aber wenn wir oft genug dazwischenquatschen, dann ist sein roter Faden dahin.

H: Und dann?

Y: Dann arbeitete er länger, und das heißt nachts, wenn die Konzentration nachlässt.

H: Und das bedeutet dann rissige Felsen und gefletschte Zähne in der Wunde, ich verstehe …

B: Genau das. Wir können zwar streiken, aber am Ende baden doch wieder wir das Ganze aus. Es ist irgendwie einfacher, gegen den Orden der Drachenritter zu kämpfen als gegen Herrn Koch.

Y: Schon, ja. Aber ganz so schlimm wie die ist er nicht.

B: Nein, so schlimm ist er nicht.

H: Das ist doch mal ein schönes Schlusswort. Ich danke für das Gespräch.

B: Nichts zu danken.

Y: War uns ein Vergnügen.

B: In die Bucht hier kommen wir immer wieder gern.

DER UNVERWUNDBARE PRINZ
(StirnhirnhinterZimmer-Remix)

Seit dem März 2005 bilde ich zusammen mit den Kollegen Christian von Aster und Markolf Hoffmann die Berliner Lesebühne Das StirnhirnhinterZimmer. *Gemeinsam tragen wir in der famosen Z-Bar alle zwei Monate phantastische, schräge, groteske, ernste oder schrecklich alberne Texte vor, manchmal unterstützt von literarischen Gästen und inspiriert von mehr oder weniger tiefsinnigen Themen wie* Einhornherpes, Gartenarbeit *oder* Berlin in Angst und Schrecken. *Kurzgeschichten dominieren diese Abende, doch manchmal lesen wir auch Balladen, Briefe oder kurze Theaterstücke, die nie für lebende Schauspieler gedacht waren. Und erscheint ein neuer Roman von uns, wird dieser mit ausgewählten Szenen vorgestellt. Um den* Drachenflüsterer *vorzustellen, habe ich unter anderem die Sage* Der unverwundbare Prinz *aus dem Anhang ausgebaut. Würde es sich um Rockmusik handeln, könnte man von einem Remix sprechen. Einer Maxiversion. Eines dieser Stücke, die letztlich als Bonustrack in der neuen 3-Alben-Box landen. Und was für die Rockmusik recht ist, soll mir für die Literatur nur billig sein.*

Vor tausend Jahren herrschte König Thechagam über das Großtirdische Reich. Er war ein mächtiger und starker Herrscher, der die südlichen Piraten besiegte und die Grenzen im Osten und Westen ausdehnte, ein ehrenvoller dreifacher Drachenreiter. Seine Gemahlin, die schöne Königin Nystra mit dem sonnengleichen Haar, gebar ihm zwölf hübsche und aufgeweckte Töchter, aber nur einen Sohn, den schmächtigen Prinzen Calasdin.

Mit all ihrer mütterlichen Liebe umsorgte sie den schmächtigen Stammhalter, drei Kindermädchen wurden allein für ihn angestellt. Doch so sehr die fleißigen Frauen ihn auch hegten und pflegten und fütterten, stets blieb er klein und hager und kränklich. Er hüstelte und schniefte vom Herbstbeginn bis tief ins Frühjahr hinein.

Die Jahre vergingen, und König Techagam durchreiste das Land, brachte Räuber zur Strecke und erweiterte hier und da die Grenzen seines Reichs oder sorgte dafür, dass die Nachbarn ihre Grenzen nicht ausdehnten. Immer wieder kehrte er jedoch heim zu Frau und Kindern. Und stets ließ er seinen Sohn zu sich rufen, maß ihn mit strengem Blick und sagte: »In deinem Alter war ich größer.«

Prinz Calasdin versuchte zu schummeln, er stellte sich auf die Zehenspitzen oder – als er älter und raffinierter wurde – stopfte seine Schuhe unter der Fußsohle mit Stoffen aus, wie auch die Schultern, um breiter zu wirken. Doch es gab nicht genug Stoff, um seinen Vater zufriedenzustellen. Stets schickte der König ihn den Schwertkampf üben, mit Waffen aus Holz gegen die Söhne verschiedener Ritter vom Hofe. Sie waren in Calasdins Alter, doch größer, schwerer, kräftiger und auch geschickter im Kampf. Und so zog sich Prinz Calasdin zahlreiche Blutergüsse und Prellungen zu, manchmal blutete er sogar, wenn er heimkehrte. Dann nickte der König wohlgefällig und brummte: »Gut so, mein Junge, das macht dich stark.« Als wären Schwellungen und Wachstum dasselbe.

Die Königin aber konnte ihre Angst nur schwer verbergen, wenn ihr Sohn so geschunden durch das Schloss schlich. In zwei oder drei Jahren, vielleicht aber schon in einem, würde ihr Gatte Calasdin mitnehmen auf eine seiner Fahrten, und dann wären es keine Holzschwerter mehr, die ihn trafen. Er würde keine blauen Flecken mehr davontragen, sondern tiefe Wunden.

Oder auf der Jagd?

Jede Nacht träumte Königin Nystra von seinem Tod, sah ihn im Kampf gegen einen Feind fallen oder von einem Verräter aus den eigenen Reihen mit der Lanze von hinten aufgespießt, das unschuldige kränkliche Herz durchbohrt. Sie träumte von vermummten Meuchelmörderhorden und wilden Bestien, wurde beinahe irrsinnig darüber und klagte ihrem Gemahl ihre Angst. Doch König Techagam lachte nur und nannte sie ein schwaches Weib. »So ist das Leben eines Mannes eben. Gefährlich!«

Also beschloss sie, selbst zu handeln. Der König war schließlich keine Mutter, er konnte sie nicht verstehen.

Drachenblut mache einen Mann unverwundbar, erzählten die Zofen und Mägde und auch manch ehrwürdige Geschichte, und so setzte Königin Nystra ihre Hoffnungen auf dieses alte Wissen. Denn altes Wissen, an winterlichen Herdfeuern weitergegeben von Generation zu Generation, war mächtig.

So wartete sie darauf, dass ihr Gemahl wieder aufbrach zu männlichen Abenteuern, und zerrte dann in der ersten Nacht seiner Abwesenheit ihren Sohn aus dem Bett.

»Was ist? Was ist denn los?«, murmelte er schlaftrunken.

»Sei still«, zischte sie. »Dein Leben, es gilt, dein Leben zu retten.«

Prinz Calasdin verstummte und begann zu zittern. Mit angstvollen Augen ließ er sich von seiner Mutter durch den Palast schleifen. Hierhin und dorthin schielte er, erwartete jeden Augenblick einen Angriff, Feinde, die plötzlich hinter Türen oder Vorhängen hervorbrachen. Doch alles blieb ruhig, kein noch so ferner Kampfeslärm war zu hören. Auch eilte seine Mutter nicht zum Geheimgang, der eigens für eine plötzliche Flucht angelegt worden war. Ebenso wenig sprang sie mit ihm aus dem Fenster, sondern stieß ihn in die goldene Badewanne mit den Drachenkopfverzierungen, die der König von einer Reise in den Süden mitgebracht hatte.

»Mein Leben? Was ist mit meinem Leben?«, jammerte der Prinz, doch seine Mutter befahl ihm nur, sich auszuziehen, und rief vier verdiente Helden der königlichen Leibgarde zu sich. Ihnen befahl sie, den zweiten königlichen Drachen zu töten und all sein Blut in die Wanne zu füllen. Kurz zögerten sie, doch dann besannen sie sich, dass strikter Gehorsam ihre Aufgabe war, und taten schweigend und mit grimmigen Mienen, wie ihnen geheißen. Nur der schwächliche Prinz Calasdin beklagte den Tod des majestätischen Wesens tränenreich.

»Sei still!«, herrschte die Königin ihn an und wusch seinen Kopf und die Schultern mit ihren eigenen Händen; der übrige Körper des Jungen steckte vollständig im warmen Blut. »Dein Leben ist mir wichtiger als das aller Drachen der Welt.«

Dann wusch sie sich das Blut von den Händen und befahl ihrem Sohn, bis zum Morgen in der Wanne zu bleiben, damit der alte Zauber auch genug Zeit hatte, seine Wirkung zu entfalten.

Am Morgen nun war das Blut getrocknet und steinhart, der Prinz konnte sich in der Wanne nicht mehr bewegen, er saß fest wie eingemauert. Und tatsächlich war das Drachenblut von keiner Waffe zu durchdringen, auch kein Werkzeug verursachte einen Kratzer auf dem rotbraunen Block.

Die wehklagende Königin wurde vom heimkehrenden König sofort verbannt, und als dieser schließlich starb, ging Prinz Calasdin als Wannenkönig in die Geschichte des Reiches ein. Weil er von der Welt so wenig gesehen hatte und in Angst erzogen worden war, hatte er klare Vorstellungen davon, wie das Leben zu laufen hatte, und erließ zahlreiche Verbote. In seinem blutigen Block konnte er jedoch keine eigenen Kinder zeugen, und so endete mit seinem Tod die Linie seiner Familie auf dem Thron, und die Ersten Tirdischen Erbfolgekriege begannen, in denen zahlreiche junge Männer fielen und ebenso viele trauernde Mütter Königin Nystra verfluchten.

DANKSAGUNG

Gern wird am Ende von Romanen einigen Leuten gedankt, die zum Entstehen der Geschichte beigetragen haben. Hat man mehrere Romane geschrieben, hat man irgendwann mehrmals denselben Leuten gedankt, sind es doch häufig dieselben Leute, die einem helfen. Zumindest solange man nicht den Verlag, die Familie oder Freunde wechselt.

Zugleich fällt auf, dass man manchen Leuten nie gedankt hat, weil ihre Hilfe eben erst später beginnt, nach dem Schreiben der Danksagung, oder weil sie nicht an einen bestimmten Roman gekoppelt ist. So dankbar ich den üblichen Verdächtigen noch immer bin, in diesem Sammelband möchte ich die Gelegenheit nutzen, um denjenigen zu danken, die ich an entsprechender Stelle im *Verlies der Stürme* noch nicht erwähnt habe:

Christian Grobmeier für sein Engagement bei meiner Website, für das Aufbauen und Betreuen einer weiteren Infosite für mich Social-Media-Muffel, für seine Freundschaft und das eine oder andere Getränk.

Christian von Aster und Markolf Hoffmann für hundert gemeinsame Lesungen und die Inspiration aus dem StirnhirnhinterZimmer. Was tun wir da eigentlich?

Carolin Assmann für das Organisieren von Lesungen, für das Herumschicken quer und längs durch die Republik und phantastische Abende in Leipzig.

Sabine Kohl von der Medienagentur Randomhouse für ihren Einsatz, auch diesen Roman an eine Produktionsgesellschaft zu verkaufen, so wie sie die Filmoption zu *Vier Beutel Asche* verhandelt hat. Und für sonnige Getränke auf dem Filmfest München.

Silvia Häpp von der Presseabteilung des Heyne Verlags für das Vermitteln von Interviews und Besprechungen, für Messetreffen und ein offenes Ohr.

Gesche Wendebourg und Franziska Hippe für den Verkauf der Übersetzungsrechte nach Polen und in die Türkei.

Und danke an die Kollegen der oben Genannten und alle anderen im Verlag, die quasi hinter meinem Rücken zum Erfolg eines Buchs beitragen, sei es in der Herstellung oder später im Vertrieb, wenn sie Buchhändlern erklären, warum die genau mein Buch in ihr Sortiment aufnehmen müssen.

Ihr alle seid mit schuld daran, dass es von den *Drachenflüsterer*-Romanen jetzt auch diesen Sammelband gibt. Und wenn das mehr Arbeit für euch bedeutet, lasst euch gesagt sein, dass ihr euch das selbst eingebrockt habt.

Boris Koch im Juni 2013

Die lang ersehnte Fortsetzung um den mutigen Drachenflüsterer Ben und seine Freunde

Boris Koch
Der Drachenflüsterer – Die Feuer von Arknon
ISBN 978-3-453-27104-3

Der junge Ben ist Drachenflüsterer und hat es sich zur Aufgabe gemacht, die majestätischen Geschöpfe vor der Verfolgung durch die Drachenritter zu schützen. Als der am meisten gefürchtete Kopfgeldjäger des Landes auf Ben angesetzt wird, muss dieser fliehen, begleitet von seinem treuen Gefährten, dem Drachen Aiphyron. Es bleibt ihm nur eine Hoffnung: Im Ewigen Eis, bei den weißen Drachen, könnte es ein wirksames Mittel geben, um den Orden dauerhaft zu schlagen. Doch der Weg dorthin ist gefährlich – und die weißen Drachen gelten als besonders grausam …

www.heyne.de

HEYNE <